张屏

那人约二十来岁，身量颇高，瘦骨嶙峋，穿着一身灰扑扑的破旧长衫，皮色黄黑，两腮凹着，眉头皱着，一双饿鹫般的眼紧瞅着兰大人的家门口。

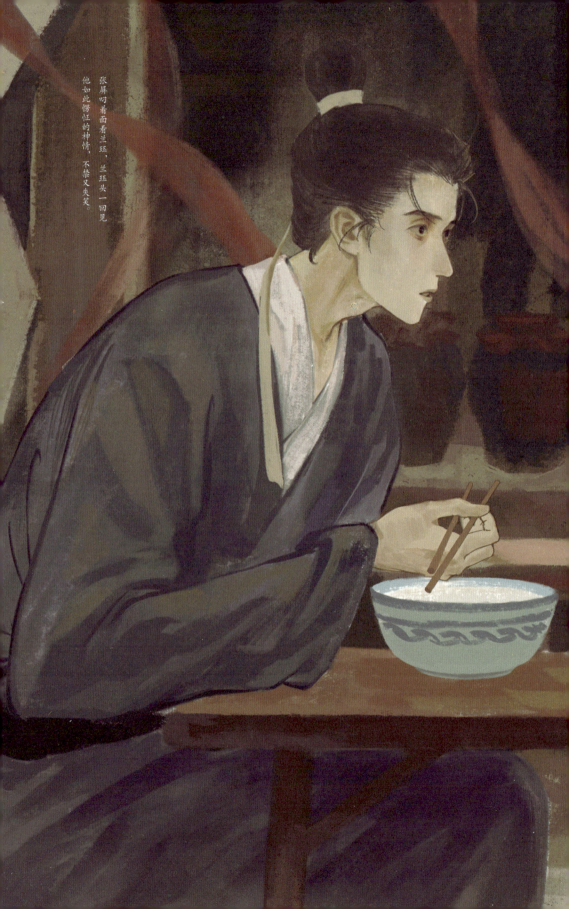

张屏叮着面看兰珏，兰珏头一回见他如此愕怔的神情，不禁又失笑。

兰珏

但可惜兰大人长得太好了，年纪又轻，先帝看了之后说，这样的人不做探花，上哪里还找个比他更合适的探花？所以兰大人就成探花了。

张公案

大风刮过 著

上册

北京联合出版公司
Beijing United Publishing Co.,Ltd.

图书在版编目（CIP）数据

张公案：全三册 / 大风刮过著. -- 北京：北京联
合出版公司，2024.1

ISBN 978-7-5596-7231-5

Ⅰ.①张…　Ⅱ.①大…　Ⅲ.①长篇小说—中国—当代
Ⅳ.①I247.5

中国国家版本馆CIP数据核字(2023)第183926号

张公案：全三册

作　　　者：大风刮过
出 品 人：赵红仕
责任编辑：龚　将
封面设计：吴黛君

北京联合出版公司出版
（北京市西城区德外大街83号楼9层 100088）
北京新华先锋出版科技有限公司发行
大厂回族自治县德诚印务有限公司印刷　新华书店经销
字数923千字　787毫米×1092毫米　1/16　49印张
2024年1月第1版　2024年1月第1次印刷
ISBN 978-7-5596-7231-5
定价：99.00元（全三册）

目录

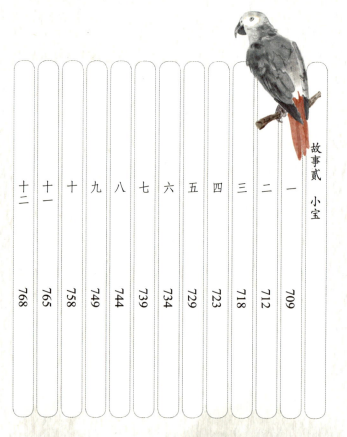

卷壹

黄 大 仙

一

京城清明，未得细雨，天色微阴。礼部侍郎兰珏从小角门中踱出了府邸。

兰侍郎这几日颇躁得慌，科考将近，携着这个那个到他府中的人也越来越多了，但朝廷最近要清正吏治，御史台中的那些清流们写得弹劾奏折中，本本皆有他的大名。不外乎说他收受贿赂，弄巧钻营，贪赃枉法成性，以权谋私专精。倘若主持科考，必定会把那样这样对不起皇上和社稷的事情干尽，腐朽国家的根本，蛀蚀朝廷的大梁。

今上着人把其中几份淋漓尽致的折子略去人名，誊写一摞，送给兰珏，最上面压着一张朱砂笔题字——

朕信兰卿，定能为朝廷甄选贤才，办好今科。

笔迹犀利，仍有一丝少年稚气可寻，是皇上亲笔。

兰珏捧着这叠纸，只觉得手腕疼。

弹劾折子上的这些罪状，大略地说，他都沾上了，但往细里说，又都夸大太过。

但凡穿上官袍，谁没有一点子这种事儿。即便那些自诩孤高的所谓清流，也不见得多么干净。

只是，拿到了这摞东西，本次科考，必定要清清寡寡，不可沾半点油腥了。

小皇上年不过十五，手段已渐露端倪，今后越来越要打叠精神。

兰侍郎把御批供上案头，右脑仁儿也开始疼。

钱财珍玩，络绎地送到眼跟前，却拿不得。退了，还要赔上许多小心，折却许多人情。

兰侍郎心中郁结，便换了便服，独自出门走走，散一散闷气。

出了长巷，兰珏瞥见街边的一棵大树下，站着一个人，正直勾勾地看着兰府。

那人约二十来岁，身量颇高，瘦骨嶙峋，穿着一身灰扑扑的破旧长衫，皮色黄黑，两腮凹着，眉头皱着，一双饿鹜般的眼紧瞅着兰大人的家门口。

兰大人觉得，这个人一定不是来给他送礼的。他立刻把做过的亏心事都想了一遍，没想到有哪件能和这人对上。

他又把自己早年干过的风流事都想了一遍，即便算上他十六岁干下的第一桩韵事，也跑不出一个这么大的儿子。

但那青年执着地望着兰府的身姿实在让兰大人瘆得慌，恰见对面街边走过三四个书生。这几人转头看见了那青年，顿时哂笑几声，低声议论了几句。

兰珏绕路过去，那几个书生走到一家茶肆外，正要彼此谦让入内，兰珏举步上前，拱了拱手："几位兄台也是今科的试子吗？"

几位书生与兰珏彼此寒暄一番，进了茶楼同桌共饮，闲话些科考之事。其中一个蓝衣书生道："听闻今科有柳老太傅之孙参试，看来头甲已定下了一位，只有两个位置可争了。"

另一个青衫书生道："吾有自知之明，只要能进三甲内，哪怕末名都知足了，头甲之位万不敢想，随他是哪个能中。"

那蓝衣书生似笑非笑道："只可惜我们不会投胎，姓不了柳和王，也没有万贯的财势，能迈得进兰侍郎府的门槛。"

兰珏顺着他的话道："那位兰侍郎，说不定并非传言中那么势利，方才我就见侍郎府门口站着一位黑瘦的仁兄，看打扮不像有财有势。"

几位书生都笑了，蓝衣书生道："曹兄，你看到的莫不是一个穿破灰衫儿的瘦高个，有些山野乡土气的？"

兰珏颔首："是，是。"

蓝衣书生呵呵笑了两声："他倒是想进侍郎府，只怕石头狮子都不让他进。看来曹兄真是刚到京城，没听过该兄的大名。此人叫张屏，是西川郡来的试子，听说无父无母，城隍庙里长大，在乡绅捐助的义学中念书，居然被他考进了西川郡举荐进京的名录之内。只可惜因一桩事坏了名声，最可笑是，竟在市集上摆摊卖面，丢尽我们读书人脸面。京中试子，就算和他同是西川郡来的，也没几个人与他往来。"

兰大人听得这惨淡的身世，心中些微发虚，又不禁回顾回顾那些背地后里干下的事。

应该没有让谁家破人亡过……兰大人不太肯定地琢磨。

那蓝衣书生见他愣神，接着道："曹兄也觉得卖面之事匪夷所思？"

兰珏道："的确是想不到竟去干这个。"

又一名褐衣书生便接着说，因为这张屏已经走投无路，据闻他刚到京城时，赁下一间破屋居住，屋主做米铺营生，觉得张屏忠厚老实，便不收他房钱，还周济他三餐，只让他在店铺内算账。那店主只有一个女儿，与张屏同在店中进出，店主有意招张屏做个入赘女婿。谁料他执意不肯，那女子还差点寻了短见。

兰珏道："此事孰是孰非真不便说，固然屋主与张生有恩，但若张生不喜欢他家女儿，硬逼着娶也不大好。"

蓝衣书生道："曹兄太厚道了，张屏是嫌那女子腿脚不太灵便，他念着自己倘有高中一日，有这么位夫人不体面罢了。那女子寻了自尽，他也没去探望。这事传得十分广，众人从此都鄙薄张屏为人，他的名声算是毁了。还有那好管闲事的，说他如果高中了，便把这件事捅到怀王面前去。只说他讥讽跛子，他今生就别想再有出头之日。"

兰珏含笑听着，怀王乃是今上的皇叔，手握兵马大权，暂摄朝政。怀王少年时，骑马摔断了腿，右腿微跛。

试子之间，向来倾轧严重，看来这张屏是触了什么人的晦气，有意借此打压他。

兰珏有意沉吟片刻，道："或许，这位张兄有什么不得已的苦衷，不敢有家眷牵挂，也未可知。"

几位书生都又笑了："看来曹兄爱看西山红叶生之流写的那些传奇话本，猜出江湖悬疑来了。"

与几位书生作别出了茶楼，兰珏慢慢踱回府，思忖要不要着人查查这个张屏的来历，又觉得这么做未免过分多疑。

他已不在兰府外的树下了，兰珏朝那棵树瞧了瞧，决定先等一等。

回到府中，兰珏随便问了问内府管事最近有没有什么可疑人物。管事的说，都是那些来送礼的人罢了，没什么可疑的。

这么一说，兰珏倒觉得可疑了。

他府上的门房一向谨慎，就算一只苍蝇在门前多绕几圈，他们都要揣测是否苍蝇腿上被刺客装了毒针，没道理留意不到张屏。

管事的又道："老爷你出去的时候，我们在后面跟着，看见过一个穷书生在门前站着，特别留意了一下，估计是个送不起礼的穷酸，站了一时，他就走了。"

兰珏哦了一声，不再提此事。

科考临近，司部衙门平添许多公务，朝中又连接要办几件大事，怀王即将娶妃，太后快过寿辰，兰珏连接几天忙到天黑才回府。

这天傍晚，他回府稍早，脱去官服，又换上一件半旧衣衫，踱出了府。

街道上，来来往往多是儒巾长衫，一派临考气象。兰珏绕到一条小街口，一面老墙下，四根竹竿挑着个简陋的棚子，炉灶在棚下升腾着迷离的白烟。

一个瘦削的青年正掀开锅盖，拿着一把大铁勺在锅中搅拌，灰布长衫外系着一条破围裙，好像从鬼故事中爬出来的孤魂。

兰珏走到摊前："摊主，一碗面。"

青年掀起眼皮："只有素面了。"

兰珏向那摊位上一扫，只见案桌上放着一个浅篓，里面分明还睡着四五枚鸡蛋。"再加一颗荷包蛋吧，煮老一些。"

青年嗯了一声，一脸很不想加蛋的模样，但没多说什么。

一旁的矮桌都空空如也，可见这面摊的生意并不算好。兰珏随便在一张桌边坐下，桌上放着醋壶、辣椒碟儿，还有一个小碟中放了几头糖蒜。

兰珏道："摊主是西北一带的人吧，那里吃面好放醋，京城倒是少有这种吃法。"

青年嗯了一声，抓了把面粉洒在案板上："西川郡南池县人。"

兰珏微微笑了笑："南池县，可是产大叶茶的地方？听说那茶搁在牛乳中煮了加盐巴最好喝，早先一些胡人爱的喝法。"

青年抢着一根擀面杖埋头擀面，干巴巴道："那边冬天冷，风比刀硬，喝这种胡茶能御寒。最冷的时候，还要再加两滴酒。"

兰珏道："对，西边的酒，也烈得好，不像京城的，只管香绵了。"

青年没接话，埋头切面，刀在案板上咚咚作响。

面刚下锅，一个书生匆匆撞到摊前，一迭声叫："我的张屏兄哟，你怎么还卖面呢？早说了今天有好事介绍给你，赶紧收拾回去，再有半个时辰，人家就到了。"

张屏抓起青菜丝下到锅里，在围裙上擦擦手："正好先卖完这一份。"

那书生哎呀哎了一声："你就是连半文钱也舍不得少挣。"

张屏慢吞吞道："不挣，就没得吃。"

书生唉声叹气地拖了一张小板凳坐下："你要是因这几文钱，真正大好的生计飞了，才叫得不偿失。"

兰珏在一旁瞧着，待那书生坐定，与他搭话道："这位仁兄……"

那书生一副喜好结交的模样，立刻拱了拱手："承蒙垂问，小弟陈筹，敢问兄台贵姓，可也是今科试子？"

兰珏含笑道："正是，小弟曹玉，是南郡来的，刚到京城不久。"

兰大人其实已不算年轻了，但自恃保养得当，朝中同僚亦常赞他翩翩好似二八年少，故而与这些小后生论交攀谈，自称一声小弟，老脸不红大气不喘。

陈筹果然毫不生疑，兴兴头头道："真是巧遇，不知曹兄在何处居住。小弟与这位张兄是西川郡的试子，日后多多亲近，讨论些文章道理。"

兰珏讶然地道："啊？原来这位摊主兄竟也是试子吗？"

陈筹顿了顿，望向张屏，露出惭愧慌乱的神色："啊……是，是……张兄他家中贫困，权且为之，其实他学问很好，我们西川试选，他考了第三名，有些人时常诽谤他，曹兄不要听信。"

兰珏道："士农工商，都是社稷的根本，本无高低贵贱。听说朝中的大员们，早年未发迹时，亦有过临街卖字，破庙存身之事。卖面与卖字，有什么差别？许多人都写得一手好字，却不能像张兄这样，做得一手好面。"

兰珏说这话，多半出自真心，因为早年临街卖字的人中，就有他。兰侍郎年轻的时候苦过，特别能体恤这些穷苦的小青年们。可惜现在大都说他势利，实在是世人的误解。

陈筹又笑起来："是了是了，曹兄这才是真正道地的见解，可惜不是人人都像曹兄这么通情达理。"

兰珏更加通情达理地说："就连庙里的神仙还有人骂，何况我等凡夫。说便任他说，做就由我做，所谓各人顾各人。"

陈筹搓着手连连点头："曹兄说得太好了！"见张屏端着热腾腾的面碗过来，侧身让开路，"可惜今天小弟与张兄有要事，不能与曹兄尽情畅谈，曹兄要得空，就去小耗子巷，我和张兄就在最里头门朝北那小院里住。"

兰珏颔首，挑起一筷面，自然不会入口。

陈筹站起身，搓搓手："张兄，时辰真的不早了，要不然我先去等着，就是巷口朝东那家茶楼里头，二楼包间儿已经订下了。你回去了之后换换衣裳就赶紧过去。"

张屏埋头收菜板，应了一声。

陈筹又歉然向兰珏道："曹兄，对不住，真不是催你的意思，你慢慢吃，我先走一步了，你要是觉得这面好，以后多光顾光顾张兄的生意……"连声道了别，走了。

兰珏起身相送，坐下时假装没留意，啪的一声，将面碗扫落，汤面泼了一地，连面碗也碎了，那颗荷包蛋沾着泥污，躺在残汤碗渣上。

兰珏叹了口气："怎么就手滑了，糟蹋了张兄的好面，连带打了你的碗，实在惭愧。"从袖中取出钱袋，随便抓了一把铜板丢在桌上。

张屏面无表情地走到桌边，垂眼看地面，缓缓蹲下身，捡起那颗荷包蛋。

他托着荷包蛋，走到放净水的木桶边，舀了一瓢水，将蛋仔细洗净，放进一个碗中，拿了扫帚，把面和碎瓷扫进簸箕。

兰珏正要离开，张屏端着簸箕起身，忽然道："兰大人，这碗面里没有毒。"

兰珏停住了脚步，转过身，暮色之中，张屏拄着扫帚站着，如同荒野坟头边，一棵孤独的酸枣树，带着幽幽的苍茫，直视着兰珏。

"兰大人，我去你家门口，不是跟你有仇。你家门房吃了我的面，没给钱，我那天是去要账。"

兰珏沉默地站了半晌，开口问："你怎么知道我看见了你？"

张屏道："兰大人看得见我，我就看得见你。"

兰珏再问："你又怎么猜得到我是谁？"

张屏道："兰大人最近被弹劾了，不敢收礼。你穿着家常衣服从兰府出来，又不像家丁管事。"

兰珏愣了一愣，不知怎么的，竟有些想笑："你那天既然猜到了我是谁，为什么不把这事和我说。"

张屏垂下眼皮："本来也没多大的事，一点小钱，是我跟门房的账目，与兰大人无关。再说，我要因为这点事，告诉了兰大人，他们不忿，也要修理修理我，我做得是小买卖。"

兰珏扬起了眉，一时竟不知道说些什么好。

张屏放下簸箕，又回到桌边，从桌面上拿了八枚铜板："面三文，碗六文钱一个，旧的，算五文。"

手指瘦而长，声音板板正正。

兰珏看着他把钱收进衣袋，道："我刚才来的时候，你只肯卖给我素面，就是料定了我不会吃你的面？"

张屏没有回话，拿着抹布擦拭桌面。

兰珏袖手站在旁侧，不由得想，这件事，算是桩笑话，因此却见识到今科的试子中一个有趣的后生，倒也不坏。

每次科考，是天下求功名的读书人的头等大事，也是朝中诸官的一件趣事。尤其是像兰大人这种凭借科举晋身的官儿，用林中老鸟的双眼看着这些拼命想挤进林子的青涩小雏们，揣度着他们的将来，有一种过来人的怡然。

这么多年看了这么多人，兰大人对自己的眼光尚有几分把握。

看这张屏的言行举止，倘若能榜上有名，进了朝廷，清正廉洁的党林中，会发出一根峥嵘的新枝吧。

他笑了笑，转身离去，临行前道："也罢，这场误会，的确是我一时多心。你叫张屏？若是在学问上也像你的眼神这般好，说不定用不了多久，你就能与本官同殿为臣。在此之前，如有机会，我再来尝尝你的面。"

张屏堆好板凳，兰珏的身影已转过街角，余下一抹长长的背影，在旧砖墙上拖曳而过。

张屏收起棚子，推起板车，往家中行去。

二

回到住处，张屏倒腾了一下泡糖蒜的缸子，草草洗了把脸，换上唯一一件还算周正的长衫，到了巷口外的吉庆茶馆。

陈筹正在茶馆内楼梯口处打转，一见他立刻扑过来："我的个张老板，你可算来了，人家两个真老板都已经到了，上面茶都沏好了，赶紧的！"

一把拖了张屏上楼，进了二楼最里面的小包间。

包间内，茶博士正在上茶，一男一女坐在桌边，男的约莫五十左右，面圆身宽，一脸和气，女子看面相不到四旬，大方脸盘儿，粉涂得煞白，耳边荡着一对镶玉的大金坠子，两道倒竖的柳眉平添精干。

陈筹向这两人躬身赔笑道："金老爷金夫人，抱歉得紧，张兄他一时耽搁，怠慢了二位，我代他赔个不是。"一面又向张屏道，"这位金老爷，就是赫赫有名的来喜班班主，赶紧见过。"

金老爷站起身呵呵笑道："不敢不敢，做戏班子的，比不得你们读书人斯文。"

张屏顿时知道了，陈筹介绍的这笔好生意是什么。

京城物价极高，赁屋备考开销巨大，家境不富裕的试子们大都要寻些门径赚点补贴。

这门径又分为几等。

第一等，卖诗卖赋；第二等，卖字卖画。这两等都是抢着做的，但要有些才名的方能做得来，做得好了，这一点点虚名飘进朝廷中，有那么两句诗赋几张字画被考官提前留意到，对科试大有帮助。

做不好一二等的，就只能去第三等中默默地寻些门径了，每届会试前，京城的书坊中，总会多出许多时新的话本，暗格之内，崭新的春宫活色生香，京城的各大戏班，月月都能上演新戏，勾栏里的姐儿们，传唱着各色有情有趣的香艳小诗。

张屏知道，陈筹新近就揽了一个写戏的活计，在写一出情戏，讲一个在秋日里偶发春情的小姐如何与一个书生私奔，却又被某将军抢去做妾，生下两个娃之后再遇书生，不知道该不该抛下孩子再和书生私奔的苦情故事。

张屏还曾告诉过陈筹，夜半翻墙的时候要留意哪些细节，用什么方法可以翻得更快。

张屏很是感激陈筹帮忙找活的好意，但张屏做事，素来以事实为本，在情事上，他暂时无本可参，不能毫无根据地胡编乱造，所以他觉得自己不合适。

厮见完毕，入座后，金老爷开门见山直入主题，他的戏班最近想赶着排一出新戏，急需找人写个本子。

金老爷说："一定要快！够快！还要够劲！"双眼灼灼发光，张屏猜测了他大概是要哪种的够劲，诚恳地说："在下，不……"

陈筹眼明手快地一把按住他，把他的话头截住："金老爷要的这出戏，我敢用人头担保，张屏是最合适的人选！他一向最擅长这个，有时候我晚上睡不着，找他给我讲个故事，他和我说的那些事儿，让我连着三个晚上都不敢合眼！"

金老爷一拍大腿："好极好极！张公子真是个难得的人才！就是要这样得劲的，把庆圆班那帮孙子们的台子挤塌！"

金夫人嗑着瓜子儿，眯着眼向张屏笑："张公子，如果你写的这出戏能红过庆圆班的那一出，你就是能比过西山红叶生的才子，这回科举，保不准能中个状元！"

张屏冷静地说："西山红叶生自《边塞烽火》之后的几本书都是伪作，据在下揣测，此人应该早已亡故。"

西山红叶生乃本朝传奇话本的第一人，据说他写的传奇，连皇上和怀王都爱看，当今太后读他的成名作《乱世盗侠》时，看到魏昌公主为了侠盗殉情一节，曾经泣不成声。此人的身份一直是谜，数年之前，写完《边塞烽火》之后，就声称封笔，从此隐匿江湖。

金老爷道："西山红叶生肯定早就死了，大家都明白，庆圆班的那帮孙子也知道，所以才明目张胆发死人财，他奶奶的不是玩意儿！"

来喜班和庆圆班算是京城中两个比较出类拔萃的戏班，一直互相竞争，挖角抢戏各展手段。

金老板收到消息，庆圆班要把西山红叶生的《乱世侠盗》中，侠盗与公主的一段情编成一出新戏，近日开演。

这段情可是看哭过太后的，来喜班深深感到了威胁，所以他们也要赶一出新戏，压倒庆圆班。

"咱们肯定要整个狠的，要不然压不住他！"金老板咬牙切齿道，"要是可着劲儿地找狠段子，其实有的是，就是谁都不敢改，才子佳人戏，现成的礼部兰大人搞上他那先夫人的事儿；寡嫂和小叔，比如怀……"

金夫人赶紧青着脸咳嗽两声，截住金老爷的话头："所以我们思来想去，选了个现成的段子，张公子你照着写就行。不过，还有个事儿，要先说在前头……"金夫人面有难色，"公子你知道，西山红叶生名声摆着，世人庸俗，我们也不得不……"

陈筹咳了一声："张兄，是这样，金老爷他们对外说这出戏是东湖居士写的，就是马廉那小子，他已经收了钱答应了，你看……"

马廉也是今科试子，蜀郡人士，却是难得的靠写戏文混出了名声，如今已进了诗赋一列，曾公然斥责张屏不配为读书人，与张屏这等人同为试子深感耻辱。

张屏平板板道："对此事我无所谓，只要马兄同意……"

金老爷不等他把话说完就笑道："张公子真是个大方人，那就这么定了！我们选的那个段子，是个带鬼怪的。这年头，就得来点神神鬼鬼的才够带劲，他有侠盗与公主，我们有小姐和大仙！"

陈筹一拍巴掌："看，张兄，我就说你合适，鬼故事，你最拿手。我这种胆小的若写这种戏，写个开头，自己先吓死了。"

张屏道："我一向以为，世上并无鬼魂。"

陈筹赶紧拉他袖子，幸而金老爷和金夫人并没有在意，也可能是觉得找个不信鬼的才敢大胆地写鬼戏，继续兴致勃勃地和张屏说戏。

金夫人道："张公子，鬼怪这种东西，其实还是有的，因为我给你说的这个事儿，就是件真事。一二十年前，我娘家的表妹，被一个黄鼠狼精迷了……"

五月初一，兰珏手上有一件紧急公务要到刑部去查旧档。

他亲自坐轿到了刑部，刚进门，就看见几个捕快押着两个人推搡着往另一边去，兰大人觉得，这两个人犯有点眼熟。

一个好像是张屏，另一个貌似是陈筹……

他问身边的刘典吏："这是又有了什么案子？"

刘典吏道："案子还没审，具体下官也不清楚，听说是其中一个张姓书生意图谋害某个戏班的班主。"

想不到没过一个月，这张屏居然真的犯了命案，兰珏微有些意外，他随口再问了问，到底怎么谋害的。

刘典吏也不大清楚，只模棱两可地说，应该是用了凶器，那班主现在只剩下一口气吊着，不知道活不活得过来，如果没挺过来，这个案子就是真正的命案了。

这么说着，就走到了务政殿前，刑部侍郎王砚在门口相迎，向兰珏拱手道："兰大人，稀客稀客。今天有什么紧要公干，居然亲自过来？"

兰珏还礼道："还不就是封赏刘知荟之事，吏部说户部的档归他们，就把刑部查档之事丢到我们礼部头上。虽然是个循例的事儿，如果随便派个文吏来做，又显得怠慢刘大人，所以我就亲自过来一趟，劳烦墨闻兄你帮我开一回卷宗了。"

雍朝例制，凡有官员升迁封赏，都要查核履历出身。近日，中书舍人刘知荟擢升为御史中丞，另获赐封赏若干。拟升和拟赏的文书先下到吏部和礼部，待提查档案，确定刘大人身世清白，不是罪籍后代蒙混入朝，方可以正式升赏。

兰珏觉得这个规矩有些多余，初得功名或者有大升迁的时候查一查就罢了，这么每升必查，最后反倒成了一种形式，那些升得快的官员，其履历吏部和礼部都能倒背，实在没有必要。

但兰珏不是个爱提意见的人，在礼部做，讲究的是以和为贵，意见留给谏官们去提，他觉得不合理的地方，只是在心里想想罢了。

王砚笑道："我料着就是此事，不过同级司部调研刑档要尚书大人的批字，我也不能擅开。可巧我们陶大人今天好不容易撞到了一宗命案，恐怕你要等他审完这一堂。"

正说着，外面咚咚鼓声响。王砚挤挤眼："看吧，尚书大人已经要升堂了。这一回可有得审，我这里有刚沏好的茶，佩之你权且喝着在此坐坐，我先失陪一阵，陶大人审案，我们要在一旁聆听学习。"

兰珏在心里笑了。刑部尚书陶周风是他岳丈柳羡的门生，一个地道的清官，地道的好人，个性温暾，有些学究气，如果搁在户部、翰林院这样的地方，任他温和地和着稀泥，定然是个好官，可他偏偏是刑部尚书。

据说陶大人做刑部尚书是柳羡临终前的遗愿，兰珏疑心是岳丈临终前吐字不清，致使门生们把"陶周风只可入闲部"听成了"刑部"。当时先帝也已病入膏肓，手一抖就批了，陶周风便做了刑部尚书。

几年下来，刑部的血淋淋的案子少了很多，要么悬而未断，要么被大理寺提调审理了。陶大人在奏折中欣欣然地写："近日又有一案，盖因争产而致，臣以圣人之言，先帝与皇上之仁厚劝化之，案犯痛悔流泪，可见盛世之朝，嗜血之人亦可教矣……"

其时皇上还未亲政，怀王与云棠等几位辅政大臣看了这封奏折后，转呈皇上，由中书令代皇上批复道："案犯是谁，判处何刑？"

陶大人回奏道："案犯开审之前便已认罪，乃死者幼子，实为死者小妾偷情所生。身世不清，又被魔障迷去心窍，做此恶行，着实堪怜，臣提笔欲判斩立决时，不禁泪盈于眶，若心存圣人教化，何至于此，呜呼……"

未几，奏折批复，龙飞凤舞一行朱字："呜呼，弑父凶徒，十恶不赦，不杀他圣人也流泪，立斩！"

陶大人含泪判了杀父犯斩立决，没过多久，他又上书奏请在天牢之外种垂柳，栽菊花，使十恶不赦的罪犯聆听落雨声、鸟雀鸣，感悟间大爱，还要刻印劝善小册，分发给天牢案犯人手一册，教化众生。

怀王和云棠、王勤等几位辅政大臣忍了陶周风很久，但谁都不愿意落下个违背先帝和柳老太傅遗愿的话柄，都在咬牙等着皇上亲政之后收拾他。陶大人可能也隐约感到了这个苗头，皇上亲政后的这些时日，一直在抖擞精神，拼命办案，每案都由他亲自坐堂，让下属的官员们旁听，替他参详拿主意。

刑部的下属官员，背后管陶大人叫"陶善人"，王砚更是没少听其父王勤抱怨陶周风，不免对他不大尊敬。

兰珏道："我刚进来时，看见捕快拿住了两个书生，像是今科试子的模样，就是要审的这个案子的疑犯吧？可惜，你们刑部办案，我不大好去听。"

王砚扬眉道："你要想听我就捎带上你呗，并不是什么关系到朝廷的案子，听也无妨。陶大人不计较这个。而且这两个貌似真的是今科的试子，你听听也好。"

兰珏笑道："那我就去听听，当了这么多年官，升堂审案还真没见过多少。"

王砚引着他从小径抄侧门到了刑部大堂，堂上已然开审，兰珏站在屏风后，只见陶大人端坐案前，一脸心痛地问："你们两个身为今科的试子，既读圣人书，怎么还会行凶啊？"

陈筹带着哭腔颤声道："大人，学生冤枉！昨夜学生两人在家中睡觉，哪里也没去，更没有去谋害金老爷！"

陶大人叹息道："如果不是你们干的，为什么那金李氏一口咬定是你们呢？"

陈筹高声道："不能她说是学生，那就是学生做的，请大人明鉴，的确不是我们！"

陶大人道："说话的这位疑犯，你是不是叫陈筹？据金李氏说，的确不是你做的，她说的是，你身边的张屏是主谋，你大概就是个帮凶吧……"

陈筹颤声道："学生也不是帮凶！张屏更不是主谋！昨夜我们两个都在家里睡觉，怎么可能跑到城西去杀金老爷。"

陶大人再叹了口气："你说，你们两个都在家里睡觉，你们是睡一个屋，还是两个屋？如果是一个屋，是睡一张床，还是两张床？如果是睡一张床，你们那个睡里，哪个睡外？睡觉是深是浅？能不能保证你出去了，他就会醒，他出去了，你就会醒？"

陈筹抖抖索索道："禀大人，学生和张屏一个睡西厢一个睡东厢，但是我们外头那家养了一条狗，晚上只要有脚步声它就叫，昨晚它没叫过，大人不信可以传邻居来问话！"

陶大人沉吟片刻，道："狗叫了没有，本官自会查询……"

旁侧站着的孔郎中偷偷对书令耳语几句，书令再向陶大人耳语几句，陶大人接着说："就算狗没叫，也不意味什么。本官知道，世上有一种药，名曰迷魂药，又名蒙汗散，按在肉包馅中，与狗食之，狗昏睡，便不吠……"

书令再对陶大人耳语几句，陶大人再道："且此药，迷狗之前，可先迷人。即是说，你睡着，他可能醒着，反之亦然。"

陈筹顿时急了："大人，凡事要讲证据，有什么证据能证明学生或张屏有迷魂药？"

陶大人沉默了一下，道："亦无证据可证明，你们没有。"

兰珏在屏风后几乎失笑，书令咳了一声，插话道："大人，不如先传金李氏。"

陶大人慢吞吞一拍惊堂木："传金李氏。"

兰珏从屏风的缝隙中看那张屏，只见他一直一言不发地站着，垂着眼皮，面无表情，倒和这刑部大堂十分合衬，兰珏都不由在心里想——

到底是不是他？

少顷，一个半老妇人进了公堂，跪倒在地痛哭流涕："求青天大老爷做主，这个叫张屏的谋害我相公，民妇险些就做了寡妇了啊啊啊……大人一定要让他血债血偿啊啊啊……"

陶大人温声道："金李氏啊，杀人不是一项小罪过，万一误判，两个未来的朝廷栋梁可能就会折在公堂上了。你夫君金礼发是半夜遇袭，你为什么一口咬定罪犯乃张屏？可有人证物证？夜色昏暗，那证人看清楚了吗？"

金李氏擤了把鼻涕："禀大老爷，我夫君一向为人和善，从没得罪过什么人，戏班上下，左右邻里都能作证。唯独前些时日，这个陈筹举荐了张屏给我们班子写个本子，不能演，没按原定的钱数给他。他就怀恨在心，对我夫君痛下毒手……"

金李氏攥着手绢，一边哭，一边说，前天夜里她夫君金礼发吃坏了肚子，连跑茅厕，约莫三更时分，金礼发又去茅厕，她在屋中听见一声惨呼，跑到厕房，就看见金礼发坠在厕坑中，捞上来后人昏了，还以为是熏的，待到打水洗净，才发现胸前伤口，好在伤口在靠肩窝的地方，并未丧命。但伤口进了秽物，加之失血过多，至今昏迷不醒，半只脚在阎王殿里。

陶大人感慨地说："看来凶徒是预先埋伏在茅厕内，待金礼发进入后行凶。在污秽不堪之地潜藏良久，这个凶手很隐忍啊。"

捕快又带上戏班的一名学徒小五对证，小五道，当时他正被师父罚在大树下扎马步，听到金礼发惨呼之后，他恍惚间看到一个人影一闪而过，但月光下看不大清，只记得身形瘦高。

堂下捕头禀报道，已着人验看过金礼发的伤口，凶器应该是一把尖长的刀。金李氏说，目前只与书生张屏有怨，捕快们就去查张屏，发现他面摊上换了一把新刀，据面摊的老吃客说，之前的确有一把削蔬果皮的尖长菜刀。

捕快们再去搜查张屏的家，发现屋内有一件内衫，一条旧裤，隐有异臭。

陶大人半闭起眼睛："也就是说，疑犯张屏，可能在持刀行凶后，将凶器与染血的外衫遗弃，但没染血的衣服，却因为他埋伏在厕房内许久，而留下了成为线索的气息……唉，张屏，人证物证俱在，你有何辩解？"

张屏抬起眼皮，慢吞吞地道："大人，学生以为，这几项皆不算实在证据。且，金夫人的话并不完全属实。他们不是没给学生原本答应的钱数，而是根本没给钱。那戏并非不能演，金老爷的戏班已经排上了。"

陶大人眯眼道："倘若如你所说，你岂非更有谋害金礼发的理由？"

张屏道："禀大人，学生的菜刀，案发前两日便丢了，有人可以作证。"

陈筹在一旁点头："对对，去面摊的老主顾应该知道，新刀是张屏托我在黄铁匠那里买的，他也能作证。张屏腌了卖的一缸鸭蛋臭了几个，就自己吃了，我也吃了两个，和我们住一个院的邓岳曹琴他们几个也都吃了，都能作证。张屏吃完还倒腾那个鸭蛋缸，还有糖蒜缸，衣裳能不臭么……再说，张屏没去过金老爷家，众所周知，金老爷跟戏班一起住，来喜班排戏练功往往都是通宵，张屏怎么能如此顺利地进入院子，到茅厕害了金老爷，再顺利出来？"

那小五直着喉咙道："因为你是那张屏的帮凶！禀尚书大老爷，这个陈筹常到我们那边走动，他还喜欢过我们班子的香荷姐，一定就是他给张屏指了路！"

陈筹声音蓦然也大了："你含血喷人……"

小五连声嚷："就是你就是你！"加上金李氏的哭声、捕快的喝止声，公堂上乱成一团。兰珏在屏风后揉了揉额角。

黄色，眼前全是黄色……

金礼发在恍惚中昏乱地挣扎。

黄色淡去，鼻端嗅到浅淡的清香，春天，满山遍野开着野花的时候，风里总是这个味儿。

他就走在山野中，草地里的泥土被露水浸透了，鞋底鞋帮都糊上了湿泥。

他匆匆地走，因为他要赶紧去……

太阳光迎着照进眼里，他眯起眼，隐约的，他看见……

他想抬手挡住光，想看分明，他张了张嘴……

那是……那是……

他什么话也说不出……

砰！陶大人一拍惊堂木："肃静，公堂之上，不得喧哗。"他瞧着堂下两个本该前程无限的年轻人，遗憾地摇头，"本部堂也想相信你们的辩解，但着实牵强，这几项证供单看固然似有不足，但为何偏偏都让你赶上了，偏偏你又与金礼发夫妇有隙，本部堂不得不……"

旁侧，一个小吏匆匆自屏风后绕出，向孔郎中耳语几句，孔郎中急忙上前一步道："尚书大人请且慢，卑职有新案情禀报，那金礼发刚刚在昏迷中呓语，可能是本案的线索。"

陶大人道："唔？他说了甚？"

孔郎中的神色有些古怪："那金礼发不断在说三个字——黄大仙。"

陶大人皱眉："黄大仙，就是民间传闻中，成精的黄鼠狼？这与本案有什么关系？"

堂下，张屏沉声道："大人，黄大仙与金班主让学生写的戏文有关。金夫人说，一二十年前，她的一位表妹突然暴毙，当时，众人都以为她的死因是被成精的黄鼠狼吸了魂魄。金夫人让学生把此事改作一出戏，但说黄鼠狼有些不雅，让学生换成狐狸。"

陶大人沉吟片刻，满脸了然："本部堂明白了，是不是你没有按照金班主的要求改，致使他昏迷之中仍心怀耿耿？'黄大仙'三字，就是用来代指你。张屏啊，目前看来，所有证供都对你很不利。你还有何话辩解？"

张屏又垂下了眼皮："学生无话可说。"

金夫人猛叩首："请大人速速结案，为民妇的夫君讨回公道！"

陶大人捋须，摇首，叹气，王砚终于忍不住上前一步："大人，卑职以为，此案仍疑点甚多，不如再盘查一两日，说不定能有更实在的证据。"

陶大人微微颔首："也罢，今日就权且退堂，金李氏，你放心，本部堂定然会给你一个公道。"

着人将张屏暂时收押进大牢，陈筹是从犯的证据不足，当堂释放，金李氏哭哭啼啼地和戏班的人走了。

陶大人整衣退堂，兰珏趁机上前说明了来意，拿到陶大人的批复，去卷宗库查档。

虽然这次盘查只是走一走形式，也不能马虎，待天近傍晚，兰珏才出了卷宗库，去知会王砚查档结果。

兰珏坐在书案边写查档录纪，王砚在一旁盯着一碗茶水揉太阳穴。

兰珏不由笑道："王侍郎为何连连叹气？"

王砚有气无力道："唉，与众同僚一道陪尚书大人聊了一下午案情，头疼。"

兰珏蘸了蘸墨："尚书大人似已断定那张屏就是罪犯，怎的还要你头疼？"

王砚道："我们这位陶大人，一向小心谨慎，怜才惜弱，他也怕自己断错了案，所以犹豫不肯决。"

兰珏没说什么，今天陶尚书对案件的审断实在令他大开眼界，可怜那张屏居然撞在了其手里，不知道会不会变成菜市口又一抹倒霉催的野魂。

王砚呷了口茶："我觉得，这宗案子，另有蹊跷，凶手未必是那个张屏。"

兰珏依然未接话，待他写完录纪，墨迹干透，王砚盖印收归档部，忽而道："佩之，晚上有空无？"

兰珏道："回司部归档后就没事了，莫不是墨闻想请我吃饭？"

王砚袖着手笑道："比吃饭还好，听一出新戏，去不去？"

兰珏道："王侍郎，你若是要今天这宗案子，我去有些不合规矩。"

王砚道："说得跟你兰侍郎多么规矩一样，放心吧，我一定不会给你找麻烦，只求你帮我个忙，晚上这出戏，我请，但，能否在你府中唱？"

三

夜晚，兰侍郎府的水榭悬罗披纱，灯火明亮，微风袭帘，天然幽凉，临时搭就的台子上，一个书生正拉着小姐缠缠绵绵地唱："我的好姐姐呀，这几日想你想断了肠，茶不思来饭不香，亭阁上日日将你望，不知你可曾把我想……"

兰珏的后槽牙发酸，王砚摇着扇子道："哎呀，真是个听曲儿的好地方。"

女婢躬身添茶，兰珏目光扫向不远处，瞥见廊柱后露出一角衣料。

兰珏沉声道："出来。"

一个小小的身影僵硬地从柱子后转出来，垂下头："爹爹。"再向王砚行礼。

王砚笑道："许久不到府中拜会，令郎又长高了不少。我记得，名字是叫兰徽吧，来，来，到这边听戏。"

兰徽喜悦地抬头，瞄见兰珏的脸色，又赶紧耷下眼。

兰珏缓声道："你现在年纪还小，看这种男欢女爱的戏尚不合适，回房去温书，入更就睡吧。"

兰徽嗯了一声，不情不愿地挪了挪，兰珏又道："晚饭吃了吗？"

兰徽小声道："吃了。"又抬眼看兰珏，"爹爹，大舅舅说，端午节让我过去吃粽子。"

兰珏道："那你就过去吧，你桐表哥今年科考，爹爹要回避，就不和你一道去了。"

兰徽再嗯了一声，向兰珏和王砚各行个礼，被管事引着回房了。

王砚嗤笑道："佩之，你管儿子也忒紧了吧，令郎今年都七八岁了，看看戏怎么了，我家那三个野猴子，打记事就跟着他们祖母看戏，什么没看过。成天上蹿下跳的，就差把院墙给我拆了，的确不像令郎这么斯文。"

兰珏端起茶盏拨了拨浮叶："我从没管过他看戏，但这么个班子，这么出野戏，难道你会请回府里给令郎们听？"

王砚拱了拱手："算我错了，这次实在对不起兰侍郎，倘若此案另有转机，在下一定重谢。"

这么说着，台上那出戏已经唱完了，一个小厮到座位前打千儿道："小的请兰大人和这位老爷安，不知道方才的小戏两位大老爷是否入眼？另禀二位，下一出是《月下私会》。"

兰珏皱了皱眉："方才这出戏委实一般，下一出不用唱了，拿戏名册来，再另点吧。"

小厮诚惶诚恐地退下，片刻后，与一位中年汉子一道过来，那汉子是唱小丑的，脸上已经上了妆，抹着一个雪白的鼻子，捧上戏名册，恭敬道："二位老爷如果不喜欢文戏，小的们再唱一出武戏。"

兰珏慢慢地翻戏名册："我倒是喜欢听文戏，晚上听武戏太闹。但，都是才子佳人，听得腻了，有没有新鲜些的？"

那汉子赶紧点头："有，有！不知大人爱听神怪戏么。有一出《古井娘子》，是书生与一个水鬼的，再有一出《仙女怨》，是说牛郎与织女，还有一出《魅娘》，是狐仙……"

兰珏道："想来也是女狐仙了，书生遇着女狐仙，还是有些老套，有没有再新鲜些的，像是小姐遇见男狐仙……"

汉子的神色闪烁了一下，支吾道："有倒是有一出，只是……"

兰珏挑起眉："莫不是在我府中不方便唱？"

汉子连忙道："岂敢岂敢，能到兰大人府中唱戏，是小的们几辈子的福分。只是，这是一出新戏，册子上都还没写，刚排了几天，怕词儿生，唱得不好，大人怪。"

王砚在一旁道："不怪，不怪，有新戏听就行。"

兰珏合上戏名册："唱来听听吧，即便唱错了也无妨。"

汉子连连点头应着，带着小厮退下。

过了不多久，戏将开始，这出戏叫作《狐郎》，王砚道："狐郎、狐郎，本该叫作黄鼠狼。"

台上，一个小姐装扮的女子斜卧在榻上，握着一把团扇，幽幽地唱："又是一年春到了，满园的春花春意闹，我眼望着春色意倦倦，端起那菱花镜，镜中人不曾有一点春色在眉梢……"

兰珏的牙又开始酸了，那张屏长得木愣愣的，竟能把一段少女思春之情写得如斯活泼，果然是人不可貌相。

戏中少女名叫玉蝶，她思盼春情，去庙中烧香，殿上的神像突然开口说话："……我本是天庭一散仙，偶尔下界到凡间，见你心诚志念坚，便许你一段好姻缘，就在三更夜半的后花园……"

玉蝶回到家后，暗自思量："一个木雕泥塑的像，言语这般不端庄，只怕世上本无仙，有人装神弄鬼把我骗。"

王砚道："这女子怎的突然精明了，戏没法唱了吧。"

他话刚说完，戏台上玉蝶突然唱词一变："我这样想，实在是不应当，神仙都有普救众生的好心肠，既已将我来点化，我怎能不去会会那天赐的如意郎……"

于是玉蝶就去了后花园，遇见了一个戴着面具的年轻男子，浑身异常香，玉蝶虽然看不到他的脸，但被这香气迷得酥麻麻，便委身与那男子。

一场欢好后，玉蝶回到闺房，又开始唱："静下心，细思量，不觉浑身冰凉，人鬼到底未定，真假竟不分明，那香竟似迷魂汤，让我不由得把清白葬，我到底……"

帘子后，探出一颗头，低声道："错了，错了……"

兰珏抬手命停戏，唤过戏班的人道："为什么说错了？"

白鼻子汉子吞吐半晌，支支吾吾道："大人，实不相瞒，这戏后来改过，我们班主说，第一遍写砸了，又着人修了，刚刚唱错了词，唱成没改过的，小的们该死！"

兰珏道："之前玉蝶从庙里回来的第一段也唱错了，唱成了旧词，后来的一段与戏一开始的唱段才是新修的词，对否？"

白鼻子汉子匍匐在地："对，对……"

兰珏早已看出，那玉蝶一直举在手里的团扇上糊着词稿，恐怕是一时糊错成了旧稿，才唱错了，他含笑道："罢了，本来就是我硬要你们唱，有些强人所难，错了没什么，接着唱吧。"

白鼻子汉子谢恩离去，台上的玉蝶换了一把团扇，重新开始唱，曲调还是方才的曲调，词却完全变了。

"静下心，细思量，想来想去都是我的郎。胡郎啊，你定然是仙，才会把我的心儿牵，胡郎啊，我巴不得明日白昼立刻成黑夜，再把你见……"

玉蝶与胡郎偷偷摸摸恩爱数天，玉蝶忽然发现胡郎有点不对。

在又一个缠绵的夜晚，玉蝶问："郎，你为什么有尾巴？"

胡郎终于承认了："我不该把你骗，其实我是狐，不是仙。"

胡郎说，他是一头要成仙的狐，倾心于玉蝶的花容月貌，故而与她夜夜私会。胡郎还说，他身上那浓郁的香气，是为了掩饰住狐臊。

玉蝶把团扇举到眼前，低低唱道："……迷魂的香，用这个理由也相当，却为何，一直不肯让我见你真颜，莫不是依然在把我骗……"

玉蝶突然顿了一下，后退两步飞快到了幕布边，装作嗔怪地一转身，胡郎扶住她的肩把她转过来时，她手中那把蝶戏牡丹的团扇已变成了蜻蜓栖荷。

兰珏不由笑了。

玉蝶深情地对着胡郎唱道："你不必将我骗，即便你是狐，不是仙，我对你的心依然不变……"

第二日，玉蝶已出嫁的姐姐回娘家，玉蝶对她说，她爱上了一个仙，即将与他一同离开，她还说，姐姐，如果我不能对父母尽孝，请代我向他们赔罪，莫把我怨。

姐姐只以为玉蝶在说梦话，几日后，家人忽然发现玉蝶不见了，只余下一封书信，一个香囊。

山林中，玉蝶与胡郎依偎在花前。

戏唱完，天已近四更，兰珏命人厚赏戏班，王砚喃喃道："只怕这件案子，真不是张屏做的。"

兰珏不便多说什么，只端起微凉的茶，向管事的道："再把戏班领头的人叫来，就说我觉得这出戏甚好，很想看看他们没改之前的戏本。"

管事的应了一声，正要走，兰珏又叫住他："罢了，先别说戏本的事情，只说刚才这出戏唱得不错，难为他们了，让这几个戏角儿还有管事的到小花厅去领赏。"

管事的领命匆匆离去，兰珏与王砚先到小花厅中，过不许久，刚才的扮小丑的汉子带着扮玉蝶和胡郎的两人到了小花厅，汉子的脸已经洗干净了，唱《狐郎》的那对男女脸上还带着妆。

兰珏让仆役另拿了几封红包赏赐，几人千恩万谢地接了，兰珏又道："刚刚听着两个戏本一起唱，倒错乱的有趣。但不知能不能看看改之前和改后的戏本。"

戏班的三人互望一眼，依然是那汉子赔笑开口道："兰大人，对不住，我们班主吩咐过，戏本不能轻易拿给旁人看……"

兰珏抬了抬手，左右服侍的诸人皆退下，厅门合拢，小花厅内，只剩下了兰珏、王砚和这三个戏子。

兰珏道："天已不早，我和王大人还要上朝，就长话短说不再绕弯子了。你们故意把新旧两个戏本互换着唱，是早已认出我请的这位是刑部的王侍郎，特意唱给他听的吧？此时有什么话，可以直说了。"

下首的三人神色变了变，那中年汉子扑通跪倒在地，叩首道："小的这种雕虫伎俩，果然瞒不过两位大人的法眼，大人，我们班主遇害蹊跷，当年的李小姐死得也蹊跷。小的方才斗胆，想请青天大老爷明察！"

王砚整一整衣衫，端正坐好："李小姐是谁，你们班主遇害又有什么蹊跷？"

中年汉子道："回大人话，此事说来话长。这来喜班本叫李家班，小的名叫李七，唱《狐郎》的这二人，一个是我的侄儿晴舒，一个是我的外甥女香荷，都是旧李家班的人。"

原来，这个戏班本是金夫人金李氏娘家的，金李氏的外公李太公早年唱戏，后来自己做了班主，组了个戏班。

他膝下有一男一女，长男，也就是金李氏的舅舅不爱学戏，做了布匹买卖，李太公就让自己的一个得意门生入赘，娶了金李氏的母亲，生下的孩子随李姓，依然是李家的基业。

却没想到，人算不如天算，金李氏本有个弟弟，十岁多一点不幸出天花夭折了，她爹也染上了病，没多久过世，金李氏的相公金礼发早年自己也组过小戏班，就趁势接管了李家班，怕李家班改成金家班让李家的人心里难受，就改名来喜班。渐渐做大，来到京城讨生活。

王砚道："这就有趣了，就算金李氏的父亲和弟弟都死了，寡母撑不起一个戏班，她还有个舅舅，戏班原本就该是她舅舅的，怎么能姓金了？"

李七道："唉，此事说起来可叹，李太公实在是个大善人，可他李家不知怎么的，子息不旺。李大少爷娶了数房妻妾，始终只有一个女儿，一二十年前，死了。后来过继了一个孩子，只为了接那些买卖生意，始终不是亲生，也看不上这个戏班，所以就归了外孙小姐的夫君。"

王砚微微颔首："那位死掉的小姐，就是这出戏里的玉蝶吧。你为什么说她死得蹊跷？"

李七道："禀大人，分家之后，大少爷就住在李家老宅隔壁，因此他家的事小人再清楚不过。死去的孙小姐名叫璃娘，打小养在深闺中，和那些高门大户家的小姐一样，门风再严谨不过。"

璃娘自小大门不出二门不迈，除了偶尔过来姑母这边走动之外，几乎从未见过外人。

可就在某一天，璃娘突然死了，衣衫齐整，死在床上，面容安详，好像睡着了一样。

家里人不明白她的死因，偷偷请来一个神婆问讯，神婆说，璃娘小姐是被精怪吸走了魂魄。

王砚轻叩桌案："荒唐，荒唐，无故暴毙，怎么不报官？"

李七垂首道："……小的本不该说这种话，当年，私下里，小的曾听到一种说法……之所以没报官，是因为验看了璃娘小姐的尸体，发现她已有数月的身孕……"

王砚猛一拍座椅的扶手："这分明是奸杀，更要报官，无知草民，为了区区脸面，放脱了一个凶犯逍遥法外近二十年！"

李七道："但璃娘小姐委实没有与男子接触的机会，即便她到本宅来，亦是走小门进内院，闲杂人等根本无法靠近。神婆说，小姐定然是被精怪给迷了，于是就秘密办了后事，连……连尸首也是烧成了灰，再下了葬……"

王砚皱眉不语，片刻道："后来呢？"

李七道："后来……后来此事就不再提，这事本该早就过去了，没想到班主找人写戏，夫人竟然让人照着这个写戏。戏写完后，班主很不高兴，让我们不要排了，又着人重写。"

王砚挑眉："是你们班主不高兴？"

李七说，是，这个戏写完时，金班主有事不在京城，金夫人都命他们先排着了，结果再一日班主回来，见到了戏，十分不高兴，说万万不行，又找人重写，所以他们手里才有两个本子。

"小的是看来第一个本子，猛然想起了这件蹊跷之事，班主又忽然的遇害，小的觉得实在蹊跷。来兰大人府上唱戏时，小五认出了王大人，小的斗胆，故意让他们把两个本子混淆唱，好请大人留意。请大人恕罪。"

兰珏只管喝茶听着，王砚道："是了，你这么一承认，我也想到了，你们固然不记得词，也不该把新旧两本戏在扇子面上糊错了，这么一番做作，反倒露出了马脚。"

李七叩首："大人英明锐利！明察秋毫！"

王砚展开扇子，呵呵笑道："罢了罢了，本部院最不爱听这些阿谀之词。你觉得多年前李小姐之死与今日金班主遇害大有关联，是因张屏写的戏本而起，但并无实际证据，此事需详细查证。但你尽可放心，若有冤屈，定能大白。李家有你这样一位家仆，亦算得一义奴了。"

李七又连连顿首。

他与另两人离开之前，王砚又唤住李七，像随口似的问道："对了，李小姐身亡时，金李氏与金礼发成亲了没？"

李七道："刚成亲不久，夫人当时身怀有孕，在娘家养胎，璃娘小姐经常过来陪她说话，据说……"

李七的神色闪烁了一下。

王砚道："据说怎样？"

李七犹豫道："这是无关的闲话了，据说我们班主老爷，当年想娶的，本是璃娘小姐，并非我家夫人，但因他家里是做过戏班的，才改聘了夫人。"

王砚笑道："若非娶了你们夫人，恐怕也没这个戏班，这就是命中注定。"

李七道："是啊，夫人生产后不久，夫人的弟弟就出天花死了，可不就是命嘛。"长叹一声。

戏班的三人走后，王砚捧着茶盏出神良久，道："佩之，此案你怎么看？"

兰珏打了个呵欠："我又不在刑部做事，能怎么看，跟着看看热闹罢了。王大人别忙着想案子，赶紧洗漱更衣，该上朝了。"

王砚站起身："正是正是，幸亏我有先见之明，把官服轿子都带到你府上了，否则可真要耽误上朝了。"

兰珏命人沏上浓茶，安排厢房供王砚洗漱更衣，自去匆匆洗漱，稍微用了些饭，换上官服，前去上朝。

下朝之后，兰珏未敢耽搁，又到司部衙门办公。忙到下午，不觉头重脚轻，提早回府，出皇城时，只见王砚从另一方匆匆而来，大步流星，神采奕奕。

王砚抓住兰珏的衣袖，把他拖到大树下，目光炯炯地低声说："佩之，我已想出此案大概端倪，但怕走漏风声，不便去审讯金李氏，待我再问问张屏，便能很快水落石出。"

兰珏含笑道："那就好。"

王砚拍着他的肩道："真是多亏你了，佩之！今天李七的一番话，实在是意外之喜！"

兰珏道："只是举手之劳，不敢居功，此案完结，王大人记得还我一顿酒便可。"

王砚道："当然，当然！我赶着办事，先告辞了。"

兰珏终究还是略微出言提醒："李七的言语，在我听来，都还有些……总之，看来王大人你要诸多劳累。"

王砚眯眼笑道："我知道的，李七的话不够详尽，仍有许多地方不清楚，唉，不说了，我先去司部。"拱手告辞。

兰珏目送他离去，慢慢踱出皇城。

回府的路上，兰珏无意中掀开轿帘，瞥见陈筹手中提着一个竹篮，往刑部的方向走。

兰珏回到府中，没去补眠，换了一身素旧衣衫，坐一乘小轿出门，在离刑部大牢不远的一个僻静路口下了轿，寻了一家茶楼，挑个窗户临街的雅间坐下，要了一壶茶，慢慢地喝。

喝着茶，他自己也有些好笑，有多少年不曾做这种一时脑热的事情了。喜欢刨根问底到底是人之天性，这么一桩小案子，他竟然也上起心了。

到底是因为案情，还是因为张屏，兰珏也不大清楚。

过了大约两刻钟，只见陈筹拎着篮子，远远地从刑部的方向过来。兰珏结了茶钱，走出茶楼，恰好在门口迎着陈筹，陈筹勉强向他笑道："曹兄，甚巧，你怎么在这里？"

兰珏端详他的神色，看出自己所料不错，张屏没有把他的真实身份告诉陈筹。

他笑一笑道："到附近拜会一位朋友，顺便进来喝杯茶。曹兄你……难道是去探望张兄吗？"

陈筹挂下脸，长叹一口气："唉，原来曹兄你也听说了，真是坏事传千里。都是我的错，给张屏招揽活计，反而惹祸上身。"

兰珏道：“我听闻刑部的陶大人是个清官，他亲自审这个案子，定然能还张兄一个清白。”

陈筹道：“但愿托曹兄吉言，我总觉得……”他左右看看，压低声音，“我总觉得，张屏好像知道真凶是谁。今天，刑部的王侍郎去牢里审他，问了他一些关于金班主夫妇的话，张屏好好地答着话，却居然敢向侍郎大人说，侍郎大人错了。王侍郎当场脸就绿了，立刻走了，牢里的人都说他不知好歹，侍郎大人分明是来帮他的，他却说大人错了。我琢磨着，是不是张屏知道真凶是谁，但不知为什么，他不敢说……”

这倒是有趣了，兰珏顿觉没白过来一趟。

他思量了一下，道：“陈兄，你再去见张兄时，告诉他一句话，可以点明是我曹玉送他的。只让他记得，他若知道真凶是谁，对其他人千万不能说，没证据之前，对陶尚书大人不可明说。切记切记。”

四

陶周风一夜没睡好。

他梦见自己结了案，判了张屏斩立决，张屏变成了一只鬼，浑身血淋淋的盯着他，幽幽地说：“我冤枉……”

陶周风一个激灵坐起身，一身潮汗，窗外他夫人养到半大的小公鸡喔喔地吊嗓子，天还未亮，约莫已是快上朝的时辰。

陶周风翻了个身，道：“老爷，你还是去跟皇上说，把这个什么刑部尚书给辞了吧。你一辈子连鬼故事都不敢听，哪是干这个的料，俸禄不多拿一文，天天做噩梦，胡子梢都吓白了。翰林院多好，秦夫人跟我讲，她家老头子天天闲得不得了。”

陶周风一言不发地下了床，踱到门边，拉开门，一片黑茫茫。

到了司部衙门，陶周风依然心绪不宁，他思来想去，觉得这个张屏的确有可能是冤枉的，一个马上就要参加科试的试子，放弃大好前程，去杀一个戏班老板，这不是读书人的作为。

他翻开卷宗，又看着所有证据都明明白白地指向张屏。

陶周风叹气，忧愁，踱步。

晌午，陶周风亲自去牢房探望张屏，张屏正坐在墙角吃饭，他把剩下的半个馒头小心地放回碗里，才站起身行礼。陶周风在心中想，这的确是个好后生。

陶周风蔼声道：“这牢中，是苦了些。你在这里，不心慌，不怨恨本部堂吗？”

张屏道：“学生不是凶手，相信一定会得到一个公道。”

陶周风更和蔼地道:"王侍郎对本部堂说,他觉得你并非谋害金礼发的凶手,但王侍郎找你询问其他疑点时,你为何顶撞了他?你帮王侍郎找到其他人的可疑之处,岂非更有希望脱罪?"

张屏垂下眼皮:"王侍郎怀疑之处并无可疑,学生不能把它说成可疑。"

陶周风捻了捻胡须:"你为何断定并无可疑?"

牢中昏暗,狱卒举着火把照明,张屏站在摇曳的火光中,目光神态,和陶周风梦里的那只冤鬼一模一样:"如果大人相信,学生能找到证据和证人。"

金李氏也做了一夜噩梦,她梦见表妹璃娘站在床前,喊她:"姐姐……湘婉姐姐……"

金李氏心神不宁,坐卧难安。

刑部派人告诉她,凶手的刀刃上可能有毒,或是金礼发掉进粪坑中秽气入体太深,伤势十分凶险,但金礼发开口说了几句话,是凶案的关键,刑部会全力救治他,已调来了不少名医,并张贴出榜文,悬赏征召能治好金礼发的大夫。

金李氏恳请去见相公一面,没被允许。

她一整天就像被油煎一样,小学徒们在院中吊嗓,听得她心烦意乱,摸了针线坐在窗边,一个晃神,竟似回到了多年以前,她怀着老大,坐在窗下绣肚兜儿,璃娘推开门朝她笑:"姐姐。"

璃娘那些时日和平日里不大一样,别人没留意,她却看得出来。

皮色比以往娇嫩,像擦了胭脂一样,红润润的,平时没精打采,病恹恹的,此时却老爱咬着嘴唇笑,眼角弯着,眼神有些飘,不知想着什么。

她拧着璃娘的手道:"你这死妮子,该不会背着你爹妈找了小相好的吧。"

璃娘的双目水波荡漾,问:"湘婉姐姐,你信不信有神仙?"

她道:"信,信有个白胡子的老神仙,早把你手上拴了根线,另一端连着个潘安般的公子哥儿。"

璃娘垂头笑了:"姐姐,你记不记得,小时候,咱们一道救的那只黄鼠狼?"

她想了一想,依稀是有这么回事儿,小时候,家里后院有只黄鼠狼偷鸡,被夹子夹了一条后腿,一颠一颠地从她和璃娘眼前跑过。

她们听大人讲过,黄鼠狼放屁臭不可闻,所以后退三步,眼睁睁地看它钻过狗洞跑了。

她愣了一愣,道:"难道那黄鼠狼成了精,来缠你?"

璃娘绞着手绢不说话,她一把抓住璃娘的手:"好妹妹,你可别吓我,黄鼠狼可是个腌臜东西，那些鬼呀怪呀的碰不得，女孩子家，千万不能上当。"

璃娘扑哧笑了："姐姐，我晓得。但他才不会害我，他是仙，我都看不见他的脸，他身上的香气只有天上才有。我们这些凡人在他眼里才是又臭又腌臜哩。"

门咚咚地响了，金李氏手一颤，针扎到了手，她扯过一块布头裹住手指，两三个刑部公差进了屋内。

"金李氏，尚书大人要开堂再审此案，跟我们走一趟吧。"

二审开堂，与一审时的阵仗差不多，只是陶尚书身边站的人换成了一个穿绛红侍郎官服的官儿。

金李氏认得此人，他是当朝王太师的长子王砚，她听小五说，班子在礼部兰侍郎家唱戏时，这位王侍郎在场，将李七、晴舒和香荷三人叫去问话了。

金李氏心中有些不好的预感，堂下只有她一个跪着，张屏与陈筹均不在。陶尚书清了清喉咙，道："本案今日再审，是因查出了一些与案情相关的关键线索。金李氏，本部堂问你，你说你听到你相公金礼发的呼声，方才去了茅厕，可有人证？"

金李氏愣怔了片刻，颤声道："大人，难道你怀疑民妇谋害我相公？冤枉啊大人！民妇与相公夫妻二十年一向和睦，为何要谋害他，请大人明察！凶手明明是那个张屏！"

陶大人道："现在凶器尚未找到，张屏虽可疑，并无实际证据。本部堂办过几件案子，凶手往往就是第一个在现场的人，你并没有人证，亦能不排除嫌疑啊。"

金李氏膝行两步，哭道："大人，民妇与相公夫妻恩爱，戏班众人皆能作证，民妇怎么可能谋害我相公，这定然是那张屏污蔑我！"

陶大人叹息一声，摆了摆手，几个差役带着一个人迈进门槛，在金李氏身边跪下，居然是李七。

李七道："夫人，十几年前，璃娘小姐死的时候，是你出面作证，说璃娘小姐曾与你讲过，她认得了一个黄鼠狼精，大老爷和大夫人才认定璃娘小姐是被黄鼠狼精吸了精魄而死，没错吧。"

陶大人道："金李氏，据盘查案情所得，你表妹璃娘，当年分明是被人诱奸致死，而非什么精怪，你真的不知情？"

金李氏浑身像筛糠一样抖起来："大人，民妇的表妹的确是被黄鼠狼精吸魂致死，再说她已死了快二十年，这和我夫君被害有什么关系？"

陶大人缓缓道："据查，你表妹璃娘，乃是养在深闺之中，根本无法与男子接触，可有此事？"

金李氏点头，哭着断断续续道："大人……所以璃娘死之事，才是精怪所为，她当年的的确确和我说过，一个黄鼠狼成了仙，来找她……"

陶大人道："那你为何不告知她的父母？"

金李氏哭道："后来她又和民妇说那是玩笑……我们姐妹常在一起玩闹，我以为不当真……等她死了……我才晓得，才晓得是真的……"

陶周风身边的王砚冷声道："一个年少未嫁女子，在深闺之中，的确难以见到男子，但有些男子，却是十分容易见得到她。譬如父兄，譬如，姐夫……"

金李氏的哭声顿止，陶大人叹了口气："金李氏，听说，你相公金礼发之前欲娶的，是你的表妹璃娘，之后又改娶了你，可有此事？"

公堂之上，鸦雀无声。过了片刻，几个差人押着张屏缓缓走到堂下，陶周风向王砚颔首示意，王砚转目望向堂下："金李氏，你能否告诉尚书大人与本部院，你为何要张屏写这出《狐郎》？"

金李氏的牙齿咯咯地打架："民妇、民妇偶尔做了一个梦，所以民妇就偶尔起意……"

王砚冷冷道："你让张屏写这出戏，是为了你相公金礼发！"

金礼发在黑暗中挣扎着，他察觉到了熟悉的气息。

是他，他来了……

金礼发的手抽搐了两下，喉咙咯咯作响，急促地喘息。

黄大仙……他……

"金李氏，你知道当日璃娘之死定有隐情，你隐约猜到了凶手是谁，却隐忍近二十年，一直不点破，你有意让张屏写这个案子，他在写戏文时无意中点破了案件的真相，迷香、故意遮盖的面孔都表明案件是璃娘认得的人所为，金礼发看到戏本的反应印证了你的猜测，你便以此为机会，在半夜痛下杀手，栽赃张屏！"

金李氏拼命地磕头，额头已隐隐透出血痕："尚书大老爷，这位侍郎大老爷，民妇没有杀我相公，更不知道什么表妹遇害的隐情，民妇如果说谎，天打五雷轰！"

张屏抬起眼皮，看了王砚一眼，王砚眯起眼："张屏，看你神色，好像对本部院的推断心有不服？"

张屏再看了他一眼，一言不发。

王砚冷笑一声，转过目光："李七，你说本部院的推测对不对？"

李七匍匐在地："尚书大老爷英明，侍郎老爷英明，草民不过是个戏子，不敢妄自评论案情。"

王砚袖起手："你何止不敢评论，你此时定然在心里说，这位王侍郎真是个傻蛋，说什么他就信什么，完全按老子的摆布走，是不是啊？"

李七大骇，抬起头，王砚转过身，向陶周风躬身："尚书大人。"

陶尚书咳嗽一声，正一正衣襟，一拍惊堂木："李七，你为何诬陷金礼发夫妇杀人，两件案子到底有什么真相，快快从实招来！"

李七瘫软在地，瑟瑟发抖。

王砚俯视着他，森森冷笑："金礼发与金李氏如果与璃娘之死有关，绝对不会将这件事拿出来让人写成戏本。你区区一个下人，竟知道如此多的秘密，想必也能深入内宅。十几年前，你诱奸璃娘，大约被金礼发无意撞见，他当时并没有想到所见之事与凶案有关，不料戏本写成后，竟点到了当时凶案的关键，你怕金礼发回忆起当日之事，发现端倪，为了灭口，索性造出张屏杀人的假象，将金礼发、金李氏，与胡诌却无意诌到关键的张屏一起铲除。之后据捕快查证，戏本写成之时，分明金礼发与金李氏都不在京城，你却刻意更改，用来诱导本部院以为金礼发有鬼，更在言语中句句机关，企图把本部院当成棋子。真是狡诈至极。可惜，聪明反被聪明误，你的种种作为，反倒成了你才是凶手的证供！"

李七匍匐在地上，涕泪横流地高呼冤枉，王砚袖手走到堂下，踱至张屏面前："张屏，你当时连呼本部院错了，此时是否还要对本部院说那句话？"

张屏依然不说话，王砚绕着他走了一圈儿，忽然有个捕快匆匆进来，在堂下单膝跪倒："尚书大人，已得了。"

陶尚书招手："快，快带上堂来！"

捕快匆匆离去，少顷，四五个捕快推搡着一个人进得堂内。

那人约莫四旬年纪，身形瘦长，面色微黄，胡须稀疏，头戴方巾，一身半新不旧的长衫，挎着药箱，看模样是个郎中。

张屏上前一步，向堂上躬身："尚书大人，此人就是十几年前奸杀璃娘，数日前谋害金礼发的凶手。"

金李氏望着那郎中，颤声道："你……你……"

郎中面无表情，任由捕快按着跪倒在地。捕快抱来一只活兔，一直诊治金礼发的牛医令将郎中的银针插入兔子耳后，兔子少顷便两眼迷离，匍匐在地，像睡着了一般一动不动。

陶大人道："银针上分明是淬了药，为何却不发黑？"

牛医令回禀道："银针淬的，并非是毒，而是一种草药，下官特意去太医院讨教，《杂方拾遗录》中有载，六南山一带，有一土方，将当地名曰猪牙、马耳、羊麻的几味草药合煎成汁，能使人畜无知无觉。"

陶周风道："只是无知无觉，并非致命，何以判定其意图谋害金礼发？"

牛医令道："银针上淬的药使人无知无觉后，脉相极弱，吐息全无，几乎像是死了，他再用这针连封金礼发通天、承光等几处大穴，若非下官等及时施救，金礼发必死无疑。"

那郎中匍匐在地上一动不动，金李氏一迭声叫："大人，他是民妇和我夫君的同乡罗领，他两个来月前到了京城，就在巷口住，想是同乡方便些，戏班里连民妇两口子有头疼脑热都让他治，多有惠顾他，与他绝无仇怨，他怎会……"

郎中只管伏着，一言不发，陶大人一拍惊堂木："罗领，你意图谋害金礼发，罪证确凿，那晚用刀刺伤金礼发，将其推下粪池，还有十余年前奸杀李璃娘之事，究竟是不是你所为？"

罗领缓缓直起身道："大人，草民只是揭榜替金老爷治病，想让金老爷少些痛苦，所以才在针上涂了药，医令大人也说了，那药只能使人昏迷，草民没见过大世面，身在刑部，旁边又有这么多官老爷，难免害怕，一时糊涂，扎错了穴位，险些害死了金老爷，是草民医术不精。但万万与谋害二字无关，还有什么奸杀之事，更令草民糊涂。正如金夫人所说，金老爷与金夫人于我有恩，草民为何要害他们？"

陶周风捻须不语。

罗领接着道："尚书大人若不信，可以去草民家中搜查，看看能否搜到罪证，再则，草民只是个郎中，手无缚鸡之力，金老爷家中开戏班，年轻时练过拳脚，体格健硕，即便草民埋伏在茅厕中偷袭金老爷，也未必能一定得手。厨房窄小，金老爷中了刀，挣扎之间，说不定还能把我推进粪坑。那夜月色明亮，厨房附近并无妥当的藏身之地，戏班上下的人都认得我，行凶后逃走，极容易暴露行藏。草民如果想害金老爷，在他的药里下毒即可，怎么会用这种方法？"

陶大人继续抚须，继续不语。

王砚呵呵冷笑两声："张屏，你向尚书大人说，罗领是谋害金礼发与奸杀璃娘的真凶，还有别的证据吗？"

张屏躬了躬身，未曾答话。

王砚再冷笑道："那就是没有？真是滑稽！这就是想要进朝廷做官的试子，连本朝律例尚未背熟，两嘴皮子一翻，就敢断案判定凶犯了。"向堂上拱手道，"尚书大人，依下官看，罗领自辩有理，证供不足，至多判行医不当，过失伤人之罪。张屏当问个诬陷良民罪，本案的案犯就是李七！"

李七一直在默默地倾听，听到此话，陡然抬起头："大人，草民冤枉，大人说草民是凶手，也没有确凿证据……"

王砚道："本部院既已推断出了你作案的缘由，岂能找不到证据？捕快已查到，近日你曾向金班主夫妇提出要涨工钱，这出《狐郎》前后练了两次，金班主让你们加紧练唱，你也有诸多不满。刚才罗领的自辩，更印证了刺杀金老爷的凶手是戏班中人。"

陶大人道："不错，根据本部堂多年的断案经验，一般正面袭击被害人的，大都是熟人。对迎面而来的陌生人，寻常人都会有防备。"

王砚道："大人英明。另外，下官其实已寻到了凶器。"

他使个眼色，有捕快呈上一个盖着布的托盘，隐隐泛着臭气。陶大人掀开盖布，里面是一把刀，刀身窄长，刀柄老旧。

王砚道："这把刀是下官命人在来喜班茅厕粪池中寻到，已比对过，应该就是凶刀。"

陶大人呼了一口气："张屏啊，这是你的刀吗？"

张屏道："正是学生丢的那把。"

李七嘶声道："刀是他的，为何要说凶徒是草民？"

王砚脸色一变，喝道："大胆，你这刁徒，偷刀行凶，以为能瞒天过海？还在妄自狡辩！本部院已询问过，金礼发被害之前，有学徒看见你出了屋子。金礼发快醒了，凶手是谁，他应该知道。我劝你快快招供，莫要等大刑伺候！"

李七浑身筛糠般地跪着，冷汗一颗颗地冒下来，他自然知道，这个公堂上，陶尚书尚在其次，真正难对付的是这位当朝太师长子王侍郎。就算王侍郎随便拉具尸体来说是他杀的，立刻把他砍了，恐怕他也只能认了。

事到临头，不能不说实话了。李七咬了咬牙，两眼一闭，颤声说："大人，草民招供，此事草民并非主谋，主谋是那罗领！"

罗领骇然道："李七哥，你我往日无怨近日无仇，为何要诬陷攀附？"

李七冷笑道："你当我是傻子么，你指使我做事，我自然要留些证据，岂能最后罪名我背，你却落得干净？"向堂上叩首道，"尚书大老爷，侍郎大老爷，草民屋中一个地方藏有罗领给我的几封书信，他让我找人仿照金礼发的笔迹誊写，再用方法做旧，当作昔日金礼发勾引璃娘的证据。"

捕快到了李七房内，果然找到了那几封书信。

李七也不是善茬，为防备罗领给他的书信不是亲笔所写，谎称自己记不得顺序，让罗领当他面在信纸上标了顺序。

笔迹清晰，无可辩驳。

证据上堂，交由陶大人过目。陶周风叹息道："罗领啊，看来凶手就是你，当年杀璃娘的，是不是也是你，所以你才要杀金礼发灭口？你到底为什么要做这么多事？贪图妇人的美色，犯下如此滔天大恶，你对得起苍天，对得起世间，对得起你的爹娘吗？"

罗领面泛青紫，双目布满红丝，高声道："我没杀璃娘！我是要为璃娘报仇！是他们杀了璃娘！居然还把此事写成戏来唱！"猛然扑向张屏，"你这书生，我倒要谢谢你！若不是你，我还不知道害死璃娘的罪魁祸首是金李氏，我一直都以为是她娘那个泼妇！"

几个差役上前按住罗领，张屏垂目看着他，面无表情，目光却有些怜悯。

"杀了璃娘的，其实还是你。若在下没有猜错，你怕她不肯和你走，直到最后，都没对她说实话，她在不知情时被你下了麻药，却被家人当作真的鬼怪作祟，烧了尸体。听你方才言语，金李氏的弟弟与母亲之死，是否也与你有关？"

罗领沉默片刻，神色变幻，忽然凄声大笑："哈哈，不错，是我干的！那老娘儿们，就是她，出头请了神婆，说被神怪迷了的孽身留不得……他们活活烧死了璃娘！我就先弄死她儿子，再弄死她！都怪我一时手软，居然放过了真正该死的人！二十年后，我也要报复回来！"

五

案子审完，已是一夜过去。

罗领坦然招供，说清了事情的始末。

他做学徒时，跟着师父学看诊，无意中窥见了李璃娘的容貌，此后念念不忘。但以他的身份想娶璃娘为妻等于痴心妄想。他自幼长在市井，学过一手开锁入院的本事，便乔装改扮，装成精怪，与璃娘夜夜相会。

后来，他发现璃娘已有身孕，此事早晚会败露，想与璃娘一起私奔，又怕她陡然知道他的真实身份，闹将起来，不好收拾。于是就对璃娘下药，想待半夜无人时，再从坟中把璃娘挖出，谁料璃娘曾把自己遇见黄鼠狼仙一事告知表姐李湘婉，李湘婉得知璃娘死后大惊，不敢对舅舅舅母说出此事，告诉了自己的母亲，她母亲又告诉了兄嫂。再请神婆验看，璃娘居然有孕，又加之神婆一派胡诌，李家居然就连夜把璃娘匆匆抬去烧了。

李家因这件事乱成一团，这桩秘密的丧事多由李家的女婿金礼发操办。赶大早去置办灵位纸钱时，金礼发居然看见了罗领在河边点着香烛烧纸钱。

罗领父母早已亡故，师父虽然年老多病，尚在人世，金礼发撞见此时微有疑惑，却来不及细想。

之后罗领又借故请他喝酒，谎称那日是在祭典亡故的父母，待灌醉金礼发后，从他口中套得是谁做主要烧掉璃娘。

李湘婉为了替璃娘保守秘密，一直没告诉金礼发真相，故而金礼发只说了，是岳母让请神婆，神婆做主。

罗领便决定替璃娘报仇，恰好李湘婉的弟弟伤风，他在药中动了手脚，使那男童像中了天花般死掉。

罗领很谨慎，他蛰伏了一段时间，尽情地欣赏了李湘婉之母的丧子之痛后，待师父病逝，才又神不知鬼不觉地毒死了李氏。

其后，罗领便离开了镇子，在外漂泊近二十年。

阴差阳错地，他来到京城，恰好遇见了金礼发和金李氏，这两人居然恰在此时把璃娘的事找人写了戏本。

"我以为，这是璃娘的在天之灵要告诉我，真正害她的是谁。"

罗领为来喜班中人治病时，看到了戏本，他深感惊骇，戏本之中，居然猜透了他当年所作所为的真相。

他开始怀疑李湘婉当时是不是故意弄死璃娘，金礼发看到这个戏本，说不定会联想起当年所见。

金礼发看见这个戏本，大怒，找人重写，罗领更觉得是金氏夫妇做贼心虚。

金礼发和李湘婉都不能留。

恰好因戏本的笔金之事，张屏与金礼发有了恩怨，张屏与罗领身量相近，罗领便想到了以张屏为幌子。戏班中的李七对金礼发夫妇早心存不满，看了戏本后，也对当年事情起疑，甚至还找他商量。罗领便有意引导，让李七以为金礼发才是真凶，更有谋夺李家财产之意。

他偷了张屏的刀，配了泻药，让李七去行凶，再有意在月下从来喜班的学徒眼前晃过，没想到金礼发命大，居然没死。

金李氏在堂上流泪叩谢，多谢青天大老爷替她夫君抓到凶手，更解开了璃娘近二十年的冤案。

"璃娘妹妹命苦，去了之后，说不定真成了神仙，那几个晚上，不知道怎么的，我老做梦梦见她，才想让写这个戏。大概是她知道这罗领来了，让民妇替她讨回公道……"

晨曦之中，张屏走出刑部大门，有人在他身后道："且慢。"

张屏回头，只见王砚在一丈开外，负手皱眉道："你，过来。"

张屏跟着王砚进了一间静室，王砚让人端上茶水，屏退左右，合上房门。

"这起案子，本部堂的见解不如你，毕竟，你知道来龙去脉比我多。但，你找出了一个凶手，我找出了一个凶手，总算差不太多。"

张屏道："今日堂上，若非王大人逼李七，此案就要等金礼发醒来，才能破。"

王砚踱了两步："那是，那是，其实李七的证供亦不足，硬是被本部堂诈了出来。"

张屏道："李七的凶衣，应在他房间的梁上，或地砖下。"

王砚拧眉审视张屏："你是说，你亦猜到了李七是凶手？"

张屏慢吞吞道："金礼发正面被刺，学生只猜到，动手的是戏班中人，李七，乃大人查出。"

王砚重重哼了一声，拉开椅子坐下："本部堂不用你留脸面，我倒不信了。你怎么就认定了元凶身份，说来给我听听。"

王砚抬袖斟茶，氤氲的茶雾中，张屏垂下眼皮。

"学生只是觉得，世上会用药的人不多。"

要是谁随便去药店里配一服迷药，或者买蹊跷的药材，定然会被留意。

而璃娘一案，关键就是药，她被药迷奸，又被药所害。

王砚的手微微顿住："原来如此，是，这世上蒙着脸作案，又懂迷香的，大概就是两种人。"

一种是惯于行走江湖的采花贼，但与璃娘交好数月，不像采花贼的作风。

还有一种，就是郎中。

郎中能深入内宅，看到璃娘容貌，他身上有药材的味道，所以要用浓香掩饰。

这件案子像一张蒙了灰的蜘蛛网，张屏不过是恰巧看到了真正关键的那根线而已，没什么大不了。

王砚端起茶盏："金礼发被害，你就猜是杀璃娘的凶手干的，因为你那本戏？其实也可能是仇杀，以本部院多年的经验，有些看似有关联的案子，不过是凑巧而已，另有内情的十分多。这回恰好让你蒙着了。"

张屏道："大人说得极是，这两个案子不能一开始就猜有关联，因为没证据。意图谋害金老爷的凶手有二，显而易见。行凶者必定是戏班中人，另一人负责布置迷局。但，谁是主谋，谁是从犯，及行凶缘由，都不清楚。"

王砚转着茶盏道："既然不清楚，你怎么把它与璃娘案扯到一起去了？"

张屏依然用那副让王大人觉得很不顺眼的死样子道："学生有两个凭据。一则，金老爷昏迷时，说了黄大仙。"

"他在粪坑里熏坏了，昏话不可信。"

"二来，大人来审问在下时，问到了当年之事。之前没问，忽然问到，显然凶手有意漏出些行迹给大人。"

王砚将茶盏重重一放："你的意思是，本部院信了凶手的谎言，反倒给了你线索？"

张屏不紧不慢道："学生只是觉得，那凶手对璃娘一事，了解的太多，太过在意，若非与此事有重大干系，恐怕不会如此。加之学生知道，戏班曾请郎中过来治嗓子，金老爷那夜拉肚子必然是因为泻药……"

王砚截住他话头，摆手道："罢了罢了罢了，你走吧。"

明明也算个不小的案子，被这个张屏这么一说，好像是没多大点的事儿一样。

王砚仔细想想，的确不算个复杂的事儿。但这么桩事儿，他居然都没看破，王大人心里堵得慌。他看着这个张屏，越发觉得怄得慌。

虽然怄得慌，张屏一只脚要跨出门槛时，王砚却又道："对了，你这回科考，最好趴在榜上。本部院想看看你进了朝廷，是个什么角色。"

张屏道："学生尽量不辜负侍郎大人的期待，尽力趴上去。"恭恭敬敬作了一揖，退出房门。

出了刑部，市集上已经熙熙攘攘，张屏摸摸长衫，从衣缝里抠出了几个铜钱，是他被押进刑部时，匆匆藏的。进牢房换囚服时，长衫被扒下来，扯破了，但钱还在。

张屏拿着这几枚钱到街边摊上，喝了一碗粥，吃了半张饼。

京城的好处就是，地方很大，人很多，谁都不会留意你，即便你刚从牢中出来。

吃完了早饭，张屏随顺着人流出了城门，城外河沟边的苇子叶全被薅完了，一根根的苇子杆在太阳底下竖着，光秃秃的。

张屏沿着河向东走，他知道有个水坳，在那边的山窝里，长着苇子，应该没人去薅。

晌午，张屏兜着一襟苇叶回到住处，陈筹已知道案子结束，欢天喜地，还到街上买了些酒菜以示庆祝。

张屏沐浴之后，却没有吃酒，反倒在院中捣弄，把苇叶泡进清水，又将缸中腌的咸鸭蛋一颗颗取出来，仔细挑拣。

傍晚，兰珏从司部衙门回府，轿子刚到府门前，行速忽然有些异常。

随从道："又有哪个书生想巴结大人，居然堵在门口送礼，前面正在轰他，惊扰大人了。"

兰珏将轿帘掀起一条缝，遥遥看到了一个熟悉的身影。

兰珏道："把他送的东西拿来我瞧瞧。"

随从顿了顿，应了一声是，少顷后捧了件东西来。是个竹篾编的带盖提篓。

兰珏打开盖子，里面整齐放着半篓粽子，苇叶清香，还带着温热。

兰珏盖上篓盖，将篓子递还给随从，淡然道："丢了。"

第二天就是端午，不用去朝中。一大早，兰徽便被接去了柳府，偌大的府邸只剩下兰珏与一群下人。

兰珏颇觉意兴阑珊，这些年逢年过节，常常是他一个人过，厨房里做的粽子再好，独自吃也没什么味道。

百无聊赖，他换了件薄衫，袖一把扇子，出了府邸。

让小轿停在市集附近，兰珏下了轿子随意四处看，日头颇毒，他沿着街边阴凉的地方走，穿过卖香囊彩线的摊子，前方的旧墙根下，那个摊子依然支着，棚子下的桌椅空空如也，没有半个客人。那卖面的书生也没有站在炉灶边，躲在棚下的阴凉处，捧着一卷书在看。

兰珏走到摊前，张屏抬起头，缓缓站起身。

兰珏道："还有面否？"

张屏面无表情道："没面，有粥、粽子。"

兰珏走到棚下，在一张空桌边坐下。张屏端了一碗粥，两个粽子，放在桌上。

粥是小米粥，熬得颇浓稠，里面缀着一块块的白色碎片，兰珏尝了尝，是咸蛋白。

兰珏随口问道："对了，那陈筹可好？"

张屏幽幽答道："不大好，粽子吃多了，撑到了，在床上睡着。"

兰珏剥开一个粽子，却是小枣的。

"粥中有蛋清，为何不是蛋黄粽？"

张屏闷声道："蛋黄粽，都吃了。"

兰珏方才扫见，案桌的浅篓里，还卧着几个鸭蛋。

"那就来枚咸蛋，要绿壳的。"

张屏嗯了一声，转过身，桌案上传来砰砰的敲击声。

片刻后，一个白瓷碟子放到兰珏面前，兰珏不禁笑了。

碟子中，躺着两枚金红油汪的咸蛋黄。

鬼笔筒

一

兰珏吃完了粽子，付了钱就回府了，没再和张屏说什么。

张屏沉默地收了钱，也没和他说什么。

傍晚，兰徽从柳府回来，哭丧着一张脸，对兰珏说："爹爹，我以后能不能不去大舅舅家了？"

兰珏管教兰徽虽然严厉，但天天忙于公务不大在府中，请的西席先生好脾气，兰徽在家中放养惯了，在规矩森严的柳府闷得慌，天天闹着不爱去。

兰珏照例教导他道："你母亲早逝，外祖母、舅舅、姨母见到你就像见到你母亲一样，他们都很关爱你，即便你长大了，也要记着孝敬他们。你那位桐表哥一肚子好学问，你应当多学学人家。"

兰徽瘪瘪嘴，委委屈屈抬头看了看兰珏，又把头低下去，哭丧着脸走了。

夜半，兰珏在熟睡之中听到一声惊叫，急忙起身赶到隔壁，兰徽抱着凉毯缩在床角，瑟瑟发抖。几个下人正围在床前安慰。

兰珏看了看他哭花的脸，从一旁的小童手中拿过手巾，在温水盆中浸湿，拧了拧，走到床边。

"堂堂男儿，做个噩梦就能吓哭了，将来如何成大事？"

兰徽把脸埋进毯子里，不说话。

兰珏皱眉把手巾递到他跟前："拿去，擦擦脸，接着睡。"

兰徽不动，不吭声，兰珏的眉锁得更紧了些，一旁的小童急忙道："老爷，怨不得少爷，少爷今天在柳府过节，听了件蹊跷事儿，惊着了。连那边的大老爷都说这事儿古怪。少爷人小，心里净，晚上生了噩梦，也情有可原。"

兰珏笑："这世上哪有那么多作祟的鬼魂精怪，不过是人心中的妄念罢了。再说，门上插着艾，身上配着雄黄，怎么还能怕鬼怪？"

兰徽的肩膀颤了颤，慢慢抬起脸，双眼红彤彤的："我看见它爬过来了。"

兰珏没奈何道："那你随我去正厢房睡，让为父见识见识鬼长什么模样。"

兰徽飞快地爬下床，从兰珏手中接过手巾擦了擦脸，跟着兰珏到了正厢房，站在床边，又怯怯抬眼看兰珏。

兰珏挑了挑眉："你睡里面，那鬼来了，让它先从我身上爬过去。"

兰徽哧溜一声钻到床里，紧贴墙躺着。

兰珏躺到床上，让下人们熄灯退下，灯烛灭掉，房门合拢时，兰徽抖了一下。

兰徽一直紧贴着墙，无声无息，兰珏合上眼，调匀呼吸，过了许久，兰徽窸窸窣窣翻过身，向兰珏身边轻轻挪动，伸手抓住兰珏的衣袖，片刻后，呼吸匀长，酣然入梦。

兰珏倒睡不大好了，浅浅眯了一时，估摸着到了该上朝的时辰，轻轻起身。兰徽睡得正香，兰珏把袖子从他手中拉出来，他也只动了动，抓着薄毯，继续呼呼地睡。

兰珏下了朝，直接到了礼部衙门，在司部内用了早饭，一直忙到傍晚才回。

到了厅中，兰徽从屏风后转出来，向他请安，兰珏挑眉看他："不怕鬼了？"

兰徽耷拉着头不吭声。

兰珏坐进上首椅中："你昨天到底在大舅舅家听到了什么故事，说给我听听？"

兰徽抬眼看了看兰珏，小声说："大舅舅买了个笔筒，他说，那是死人骨头烧的，有鬼。"

兰珏皱了皱眉，他的岳丈先太傅柳羡一向不信鬼神，柳府中从不敢提一个鬼字。女眷们去庙里烧个香，都要瞒着老头子偷偷前往，比做贼还谨慎。柳羡虽已过世多年，余威仍盘旋在府内，府上逢年过节给老头子上香烧纸，都要先说叨说叨——"知道你老人家不喜欢这个，但请接受儿孙们的一片孝心"云云。能让岳丈亲手调教出的大舅子吐出鬼字，可见此事的确不寻常。

兰珏道："那你见着那个笔筒了？"

兰徽摇摇头，眼眶又红了："我看见那笔筒在大舅舅桌上放着，就去摸，结果舅母就哭了，说这是冤魂来找舅舅报仇的，还叫我去佛堂拿香灰擦手，这几天都别吃肉。"

兰珏道:"那笔筒长什么模样?"

兰徽道:"就是个白瓷筒,都不带花纹的,破了,上面有个印儿。"

兰珏道:"难道是一根树枝模样的印子?"

兰徽扁着嘴点点头。

兰珏揉揉他头顶:"知道了,这个鬼,你爹我需要再去查查它的来历。你先到书房去,继续念书。"

兰徽眨眨兔子般的眼:"爹爹,我念了一天了,我害怕。"

兰珏板着脸道:"爹为什么一向告诉你,世上本无鬼神?鬼魅者,邪祟之气也,若你心无破绽,不信不想不闻不问,它便不能侵你害你。眼下你不听教诲,沾染了邪门歪道,连你大舅舅都怕,爹一时也无法降服,唯有在圣人画像前,读圣贤书,以浩然正气抵御,断不可再有杂念,否则……"

兰徽的小脸蜡黄,转身直奔书房。

兰徽在书房里睡了一夜,连饭都在里面吃。第二天,兰珏下了朝,迎面遇见了王砚,王砚笑吟吟道:"听说兰大人你的大舅子,被冤魂找上了。"

兰珏无奈道:"莫提此事,连我儿子一起被吓着了,直哭着有鬼。我正想着,买什么法器回去哄他。"

王砚笑道:"令大舅子一辈子没做过亏心事,只办了一件冤案,就这辈子忘不掉了。依我说,要么是他多想,要么是有人闹鬼。"

兰珏道:"六年之前我还是中书衙门小吏,只大略听闻一个参加科试的试子被人冤枉,朝廷一时不察,判错了案。但不知详情,我总在疑惑,当时负责此案的人,各个都严谨精细,怎么会判错了案?"

王砚负手叹了口气:"唉,那件案子,我看过卷宗,如果放到今天,没有前车之鉴,撞到那帮老迂腐手中,说不定还是会错判。一开始其实是一件平常案子,源头是那个筹募善款的文会。这事你应该知道。"

兰珏颔首,六年前那场文会,无人不知。当时西北几个郡大旱,朝廷趁着即将科考,众士子云集京城之机,由户部挑头,联合几个大商会,搞了一场半官半私的文会,以灾情为题,征募诗词画赋,每人限一篇。选出最优者,再由商会竞拍,所筹善款用于赈灾。

担任评判的,或是德高望重的名绅,或是才名远播的文士。

在此文会中胜出,几乎等于多了一分科考榜上有名的机会,甚至可能内定为三甲人选，试子们都挤破头地参与。

最终，江西儒生陈子觞以一篇《梅赋》夺魁。

但，就在次日，一群书生联名上告，说陈子觞的《梅赋》非他所作，乃是窃了另一名书生马洪的文章。

马洪说，他苦思数日，忽然在梦中得到佳句，连夜赶出这篇赋，心力交瘁，病倒在床，错过了交文的期限。没想到陈子觞来探病时偷了他这篇文。

"因为日期太近，无法从笔迹稿纸上判断谁先谁后，刑部便与礼部一道，详细盘查这两名试子。主办此案的，是刑部尚书窦方和令大舅子——时任吏部侍郎的柳远。"

马洪系西北甘凉郡选拔出来的试子，家境贫苦，全家砸锅卖铁供他念书，勤奋简朴，小心谦和。而陈子觞家境富裕，祖父做过知府，父亲是江西郡富甲一方的豪绅，其母也系名门闺秀。陈子觞为人骄纵散漫，到了京城后，租赁豪宅居住，成天饮酒作乐，同届老实本分的试子都不与他往来，他还经常出言讥讽出身贫苦的人。

十数名试子联名上书，为马洪作证，说马洪写赋时，还曾数度与人探讨词句，大家都能证明赋实乃马洪所作，指责陈子觞窃文。

那篇《梅赋》抒发的是一种历经磨砺，不屈上进的情怀，主审此案的几位官员都觉得，陈子觞并不像能写出这种文的人。

刑部又调出了陈子觞以往的文章与参加州试、郡试的考卷，发现陈子觞以前的文章写得平平，与《梅赋》的文风大相径庭。他州试、郡试的考卷更是多有疏漏。再经过追查，竟查到州试与郡试时，陈子觞的父亲曾给考官送过重礼。

王砚道："当年云太傅还是丞相，一直质疑此案有疑点。陈子觞窃文一事，毕竟证据不足，其父送礼给考官，固然违反律法，但未必是贿赂，也可能是答谢。是否舞弊，还当调出两试所有的考卷比对之后才能下结论。"

兰珏道："若听了云大人的，也不会有以后的冤屈了。"

王砚冷笑："可不是，但当时主办的几位，包括令大舅子，都说一个靠贿赂考官得功名的纨绔子弟，怎么可能写出傲立寒霜的《梅赋》。又说有人得知，陈子觞的父亲曾托人辗转走云大人的门路。先帝便让云大人不得插手此事。"

于是，礼部取消了陈子觞参加会试的资格，陈子觞身败名裂，一时间人人唾骂其为文贼，刑部责令江西郡彻查郡试和州试的舞弊案，陈子觞的父亲被抓到官府审讯。甚至还追查到陈子觞的祖父做知府的时候，曾涉嫌收受贿赂的旧事。陈府一昔破败。

当然，《梅赋》文魁的称号改给了马洪。京城里，人人拍手称快。

几日后，陈子觞投湖自尽，死前在湖心亭中用血写满了冤字。

陈子觞的父亲当时已被关进大牢，其母陈白氏上京为其收尸，到京城的时候，眼已经哭瞎了。

陈子觞的尸体在湖中腐烂，已被焚化，与他相交者，迫于当时形势，不敢公开替他收尸，只偷偷保留他的部分骨灰，藏在一个白瓷的笔筒中。

陈白氏击鼓为子鸣冤，被官府驱赶，就撞死在刑部衙门前。陈父在牢狱里中风，未几病亡。

这时，江西郡两试的考卷比对结果出来，发现陈子觞的文章中虽有疏漏，但在同科考生中，的确有资格进入会试名单。

亦有人看不过去，站出来为陈子觞作证，说陈子觞探望马洪时，的确是在他已经交了《梅赋》之后，而且根本没进内屋，在堂屋放下东西就走了。

朝廷重开此案，改由丞相云棠主审，经过数月调查，比对各种证据，发现陈子觞果然是冤枉的。

当初替马洪作证的十几名试子，亦都招认，他们和马洪平日相交甚好，且一直看不惯陈子觞，就作了伪证。

《梅赋》这篇赋，实实在在是陈子觞写的，他写这篇赋，是因为其母。

陈子觞是家中独子，自幼骄纵，但他是个孝子，其母嫁进陈家之后，数年未育，受尽婆婆的讥讽，她的姐妹也嘲笑她，后来生了儿子，才在婆家过上了好日子。陈子觞念书考功名，希望能让母亲做上诰命夫人，在娘家姐妹面前也扬眉吐气。

当年陈白氏每每受到讥讽时，就绣梅花，她是名门闺秀，颇有才情，还题过几首梅花诗，陈子觞的《梅赋》中，化用了几句其母写的诗。

案情真相大白后，会试已过，马洪中了进士，已封了官衔。刑部判了马洪斩立决，他至死都一口咬定，是陈子觞偷了他的文。

"结案后，云大人威信更盛，窦方自尽谢罪，令大舅子辞官，心虚至今，所谓清流一脉伤筋动骨，朝廷才能有今日之局面。其实马洪等人聚众诬告，本是一件极其寻常的案子，历代常见，手法并不高明，就是因为陈子觞乃富家公子，马洪贫苦，便有不少人觉得，富必欺贫。加之那陈子觞平时不太会做人，诬告他的穷书生人多，所谓三人成虎，众口铄金，又极会鼓动造势，煽动许多不明就里者跟风说陈子觞有罪，朝廷以为顺应民意，却办了冤案。"

兰珏问："参与诬告之人，后来怎么判了？"

王砚道："几个主谋斩或刺配，但后来许多人，只是随大溜落井下石，就判得较轻，或是终身不得有功名，再轻些的就是免去功名，责令数年不得参与科考之类。朝廷还在陈子觞自尽的湖边立了祠堂，给他爹娘都加了封衔，江西陈宅也改建了祠堂。人都死了，这些也都是装装门面罢了。"

说完此事，恰好到了端瑞门前，兰珏与王砚拱手作别，前往司部衙门，天色阴沉，烟灰的天际挂着一缕黑云，好像一抹不肯散去的冤魂。

到了司部衙门，属下向兰珏禀报，礼部衙门接到了一封匿名书信。

这封信来得极其蹊跷，昨天兰珏最后离开的司部，并没有看到这封信，今天一早，书吏就看见这封信别在内院的门锁上。

信纸是普通的粗纸，笔迹粗陋，墨已洇开了，七零八落地写着——

试子马廉乃文贼，窃文盗名，不配参加科试。

下属问兰珏，要如何处置这封信。

兰珏把信丢进抽屉："当没看见吧。"

下属道："可这信为什么会在门上？要不要还是请刑部……"

兰珏摆手："说不定是个玩笑，不必大惊小怪。有本事把信插在礼部的门上的人，怎么会不明白，一个试子有没有资格参加考试，不是这点理由所能左右。我等只是奉旨筹办科考，即便尚书大人，也做不了这么大的主，定夺考生参试的资格。"

兰徽在书房里睡了两天，第三天傍晚，兰珏回府，递给他一方锦盒："这是爹为你置备的法器，贴身佩戴，就不用怕那个鬼了。"

兰徽欢欢喜喜地打开，锦盒里是一只白玉雕的野猪，支棱着两根獠牙，脊背上有个孔，拴着一根红绳子。

兰珏把野猪挂到兰徽脖子上，揉揉他头顶，语重心长道："你在大舅舅家招惹的那只妖怪是一只树妖，野猪专能拱树，正是它的克星。"

兰徽刚看到野猪时，表情中带着怀疑，听了兰珏的话，顿时高兴起来，把野猪翻来覆去看了几遍，抚摸着它的獠牙："爹爹，多吃猪肉是不是也有同样的功效？"

兰珏肃然道："不错，但吃寻常的家猪肉没用，要吃野猪肉。你听你大舅母的话，吃了几天素，我让厨房今晚做一道野猪云腿酱三丝。多吃几口，别再挑嘴了。"

兰徽用力点头，出了前厅，跑到花园撒欢去了。

端午过后，张屏没有再做生意，金夫人备了重礼酬谢他，张屏推辞了一部分，剩下推辞不掉的，仍然足够他衣食无忧到放榜，陈筹也稍带沾了光。

经过金家一案，张屏的名声大震，即便那些声称不齿与他为伍的清高试子们，也承认此人有几分才华，可惜人品太差。这样的才华，老天居然赐给了一个人品烂污的人，实在令人惋惜。

陈筹忿忿然道："那个马廉现在见人就说惋惜你的人品和才华，还有那帮装清高的孙子们，其实就是见不得旁人好，依然拐着弯儿地抹黑。事实上，最不要脸的就是他们，天天说别人人品烂，背地里下三烂的事干得数不清，只是平常人不会和他们一样，两眼紧盯着别人，做那种四处抹黑人的缺德事罢了。早晚有一天，看他们狗咬狗。就说那个马廉，他那点名头都是抄的，眼下收钱挂名写本子的事情都露底了，还恬不知耻地蹦跶。天怎么不收了他！"

张屏一言不发地钻进鸡窝，他本想对陈筹说，这次的事不能怨马廉，是金老爷和金夫人去找马廉，请他挂名，而非马廉找人代写。马廉答应了，只能说明他贪钱而已。

但陈筹看马廉一向特别不顺眼，说了恐怕陈筹会更加跳脚，张屏就选择了沉默，专心致志替方婶盘查，吞了她家小鸡崽的究竟是王伯家的老黑猫还是马瘸子家的三花。

陈筹在鸡窝边跺了跺脚："不过，马廉现在肯定恨死你我了，那事一出，逼得他承认，戏是你代他写的，就算他到处说是你冒名顶替，他全不知情，估计明眼人都不会信他，嘿嘿。"

会试之日转眼即到。按照规矩，定下试题之后，兰珏等参与出题和知道题目的官员都要统一被关起来，直到考完才能放出。

这样一来，兰珏就要有许多天不能回府，他不放心把兰徽独自留在府中，柳家的长孙柳桐倚参加本次会试，为了避嫌，不能接兰徽过去，兰珏便去求王砚。

王砚极其爽快地答应了，兰珏立刻命人给兰徽打包行李，亲自送他到王府。

兰珏一直觉得，兰徽的性子有些闷闷蔫蔫的，这番故意把兰徽送到王家，也是想让兰徽多些朝气。王砚的儿子虽然皮，胜在活泼。

王砚的侍郎府在城北荣安街，兰珏送兰徽到了王砚府中，一进内院，就看见院里的大树杈上探着几个脑袋，对着兰珏和兰徽扮鬼脸，丢石子。

那棵老树不算粗壮，树杈瑟瑟发抖。

王砚中气十足地对树大吼，让他们滚下来给兰伯父见礼，几个孩童挤眉弄眼地爬了下树，左扭右扭地喊了一声"见过兰伯父"，王砚提着其中两个大些的娃的耳朵，歉然地对兰珏说："我家几个猴崽子一直没规矩，见笑了。"

兰珏含笑扫视眼前的五个孩子，道："墨闻兄，你不是只有三位公子么，另两位是……"

王砚咳嗽了一声，松开一只耳朵，指着矮些的两个小花脸说："还有两个是闺女。"

兰珏听说有女孩，脸就红了，结结巴巴问好，两个女娃撇撇嘴，大些的那个朝他丢了个小石头。

王砚拉着脸喝道："咄，胡闹！"又向廊内吼，"你们几个婆娘也不好好管管孩子，净给我在外人面前丢脸！"

廊内的凉阁里一直响着呼啦呼啦搓牌的声音与女眷嬉笑声，牌声顿了顿，一个女子的声音悠然道："老爷这么说，好像平时拦着不让管孩子的那个人是我们似的。"

王砚的脸色发紫，兰珏赶紧找了个话题岔开去，忽然瞥见远处的游廊上站着一个少年，一袭轻衫，眉目风流，华美无双。少年遥遥向兰珏笑了笑，拱手为礼，折入厢房。兰珏还了礼，向王砚道："原来令弟也在府上，前几年见过一回，那时还小，如今竟这般风华。"

王砚道："阿宣那混小子越长越像我爹，哪能变得这么出挑。这是太傅的次子云毓，阿宣这两天住这边，约他过来吃茶的。"

兰珏恍然："原来是云太傅的次子，真是好个风流的少年。看样子过不多久就能进朝廷了。后生可畏。"

二

兰珏把兰徽安放在王砚府中，放心地被关了起来。开考的那一天终于到了，张屏与陈筹起了大早，来到试场外，排队等着检验衣物、抽领试部与试房号。

本次参加会试的试子由全国十一个郡与京城选出，共计三百六十名。试题分为典、纶、雅、贤四部。每九十个试子考同一部试题，试房号与试题关联安排，临近的试房都不同题，防止作弊。

陈筹踮起脚向前瞧了瞧，松了一口气："还好，我们来得早，还能抽题，排后面的就只能捡人家抽剩下的了。"

检验衣物完毕，等着抽取试题试房时，前方微有喧哗，陈筹又踮脚看了看，呵呵笑了："喂喂，张兄，马廉走大运了，他抽到了那个鬼房，十四号，那个试房特别邪性，听说当年有个考生做不出题，急死在里面，后来进去的人就要变成他的替死鬼。马廉好像和考官说要换，哪能给他换。"

张屏道："替死鬼一事是谣传，不可信。"

排在他们前面的一个试子回身笑了笑："这位兄台说得对，鬼既无影无形，世人如何得见？所谓鬼魅，不过是人心中的妄念罢了。"

陈筹道："你们没见过离奇之事，自然不信。但，邪性的东西，真是有的，说不定你们哪天就遇上了。"

张屏不吭声，那试子含笑道："兄台说得亦有道理。"

他年纪看起来甚轻，衣衫素简。风姿秀雅却是陈筹平生未见，陈筹见他言辞谦和，有意与他结交，遂攀谈道："在下陈筹，我旁边这个叫张屏，我们都是西川郡的试子，兄台贵姓？"

那试子的双目亮了亮："难道是破了黄大仙杀人一案的张公子？在下仰慕久矣……"

话尚未说完，前方的人已入场，那试子歉然地笑了笑，回身抽选试题试房，考官验看了他的名帖，只拿出三个试部牌让他抽选。陈筹有些疑惑，待其入场，张屏开始抽选时，嘀咕道："明明四部题都没选完，为什么只给他抽三个？"

身后有人轻轻扯他衣袖，小声道："原来你们不认得他，他就是先太傅柳羡的孙子柳桐倚，典部的卷子是他姑父兰珏出的，他当然不能选。"

张屏抽中了三百五十八号试房，纶部考卷。

陈筹抽中了雅部，四十三号试房。

试院的场地极大，分十二列，每列六十间试房，共七百二十间。

相邻的试房之间相隔的墙壁不是砖砌，而是整块的石板，相背而对的两列试房之间隔有水渠，中间种着荷花，试房后墙有窗，这个时节，窗外荷花婷婷，有助于试子舒缓心绪。

为防止作弊，十二列试房隔列使用，这样，试子的对面与背面的试房中都没有人，相邻试房考的不是同一部卷子，较能杜绝互通有无的行径。

张屏进了第十一列的倒数第三间试房。

试房不大，房中有一张窄榻、一桌一椅、一张矮几、一张方凳，桌上搁着统一配发的笔墨纸砚，矮几与方凳专供吃饭时用，以防试子在桌上吃饭污了考卷。墙角还有一个盆架，架上有一个脸盆，盆架下放了一小桶清水。

每间试房门口都有一个铜铃，铃坠上的绳子穿过墙壁挂在门边，如果有事，可以随时拉铃叫护卫。

试房中还有一个小隔间，做厕房之用。

张屏上下仔细打量试房，屋顶被细木板封住，不见房梁，窄榻没有床栏，墙上并无钉子，防止有试子想不开上吊。

试房的地上铺着细席，张屏用手抠了抠，席子粘贴在地上，大约是方便在考完后拆下，就不用再翻修地面了。

试房的墙壁都重新粉刷过，桌椅也是新漆的。看不出上一科试子留下的痕迹。

矮几上有一盏油灯，桌斗里放着火石，还有一盘蚊香。

门外护卫来回巡视，在门前停步，一脸警惕地看着张屏。张屏便不再看了，坐在凉榻上，拿蒲扇扇了扇风，护卫驻足片刻，方才走了。

夜晚，张屏答卷答得有些累，停笔休息，躺到榻上，忽然发现榻首的几根竹条可以卸下来。

他拆下竹条，只见这些竹条的背后都刻痕，打乱了拆卸的顺序，重新一根根排列，刻痕居然拼成了一行弯弯曲曲的文字。

张屏在道观中长大，认得这是符咒，大约是前几科中的哪个试子，想借助所谓鬼神之力答题，就在卧榻上刻了符咒，走之前唯恐被发现，把竹条打散重新装过。这些笔画与字迹笔画不同，因此没被整修考场物品的人留意。

只是，一般想要这样做的试子都画文昌符、魁星符等等。这道符咒却是请鬼的，而且是请枉死的鬼。

张屏望着这些竹条思量了片刻，油灯火光摇曳，门窗缝中，忽然漏出细细的呜咽声。

那声音忽远忽近，张屏推开后窗辨认，却见对面试房的一扇窗内，有微弱的灯光闪动。

呜咽声正是从那扇窗的方向飘来，窗纸上一道黑影一晃，灯火倏然灭了，呜咽声也沉寂在夜色中。

隔着水渠的那列空试房静立在暗夜下，仿佛刚才的一切都是梦中的幻象。

次日早上，张屏隔壁的隔壁被人用担架抬出了试场。

早上场役来送饭，门内没人应声，推门而入，只见此生口吐白沫倒在地上，人事不省。

医官前来查看，说是癫痫发了，还好没咬到舌头，但是不能再接着考了，只能算他交卷，把人抬出试场。

那试子躺在担架上，双手微微抽搐，忽然猛地坐起身，大喊："有鬼！有鬼！"

几个护卫把他按在担架上，匆匆向前走，巡场官侧首看见了站在门边的张屏和其他试子，皱眉摆摆手："都进去，哪年科考没有一个两个的。跨出门，便以交卷或作弊论处。"

张屏与众试子们都回到了房内。

张屏记得，昨夜有灯火的，便是与三百五十六号试房相对的那间空房。

这件事之后，试场中一片太平，再无奇怪的事情出现，直到考试结束。

会试三天过去，兰珏被从小院中放了出来。一乘轿子将他抬到皇城文观阁内，他与其他参与阅卷的官员将要继续被关在这里，直到阅卷结束。

这次会试极其圆满，除了一名试子因病被抬出考场外，其余全都顺利答卷完毕。

兰珏与其余官员闻之都十分欣慰。但就在此时，兰珏的顶头上司，本次会试的顶梁柱，礼部尚书龚颂明，因热伤风加上痢疾，被送回府中休养，不能参加阅卷。

龚大人倒下之后，和他一样年事已高的两位老大人也倒下了。朝廷不得不另外调人阅卷，临时从翰林院调了两名少壮的大学士，但龚大人的位置非同一般，需要找个至少同级的人顶替，兰珏与众官们都猜想，恐怕是要让云太傅过来压场了，没想到小皇帝的一道圣旨，居然调派刑部尚书陶周风代替龚颂明职务，主持审卷。

平心而论，陶周风是先太傅柳羡的门生中，学问最好的一个，堪称本朝一代大儒，担任这个职务，远比他在刑部合适。而且陶周风脾气好，从不爱自做决断，最喜欢让下属做主，批阅考卷的官员们权限更宽了许多，所以众官都心悦诚服，欢欣鼓舞，觉得小皇上英明神武。

文观阁在皇城西南犄角，兰珏和阅卷的其余八位官员每晚在侧殿睡觉，白天在主殿阅卷。

主殿隔出四个内间，每两个官员在一间内阅一部卷，陶周风在外间喝茶坐镇。

第一阅，典、纶、雅、贤四部，每部荐十份卷子。第二阅，由陶周风主审，从四十份卷子中选出三十份，就是今科中选名单，送交御前，以备殿试。

兰珏出了典部的题，他的内侄柳桐倚考了贤部，他便只能阅纶部与雅部。兰珏本想阅纶部，但曾经弹劾过他的大学士李方同也要阅纶部。李方同是中书令李峋的侄儿，李峋女儿即将做怀王妃，也就是说，李方同马上要成为皇帝的叔叔的岳丈的亲侄，算起来比皇上还高了一辈。

兰珏自忖惹不起这位皇亲，李大人性情锋锐，疾恶如仇，离得远一些比较不容易惹到，对大家都好，所以兰珏选了雅部。

事实证明，兰珏的选择十分精明，几天之后，李大人就和与他一起阅卷的刘大人掐了起来，一直掐到陶周风面前。

兰珏谨慎地在雅部的门内观望，李方同和刘大人是为了两份卷子争执不下，纶部举荐的名额只剩下最后一个，刘大人看上了一份卷子，李方同看上了另一份，闹到要让陶周风评判，陶周风和稀泥道："皇上的圣谕中有云，本次科举提拔人才，可以不用拘泥于陈腐。虽然择四十份卷子是旧例，但总有破例嘛，就好像本部堂虽然是刑部尚书，也能坐在这里一样。既然二位难以决断，可见这两位试子都有出类拔萃的地方。纶部就选十一份卷子，从四十一份卷中再决定。我这便写个折子呈上。"

陶周风连夜写了五千余字的折子，小皇上批复五个字——便由卿决断。

陶周风捧到了批复，其余三十九份卷子也已择出，开始复阅。

复阅时，陶周风捧着贤部的一份卷子，爱不释手，啧啧赞叹。贤部的两位主审也对此卷称赞不已，称其为圣贤风骨，锦绣文章，必定是今科状元，当即点选。

选中之后，兰珏也去看了那份卷子。

的确一笔好字，对答不俗，文章清俊，堪称无可挑剔。考卷开封，意料之中的名字——柳桐倚。

后面的二十八份卷子很快择出，到了第三十份时，却又卡在了李方同和刘大人打架的那两份卷子上。李方同和刘大人各执一词，陶周风对两份卷子犹豫不决，其余的二十九份卷子已经开封，抄好名单，准备放榜了，陶周风还没有犹豫完。

已选出的二十九人中，兰珏没有看到张屏，他心中竟隐隐有惋惜之感。可能这个年轻的后生头脑虽好，但不太适合科试。对朝廷来说，倒是可惜了。

想及此处，兰珏又有些好笑，那张屏进了朝廷，想必也是李岍、李方同一派，与己何干，几时，自家也操起这样的闲心了。

那厢，李方同已经开始和刘大人互相攻击，质疑对方是不是收了所选考生的贿赂。

最后陶周风道："不然，便将这两份卷子都先开封，公示姓名，再由众大人共同审阅决定。"

两份卷子拆开封条，兰珏看到姓名，先和陶周风一样愣了愣，接着乐了。

李方同选中的人，竟是张屏。

刘大人荐选的卷子，答卷试子名叫马廉。

兰珏把两份卷子都看了看。

张屏的答卷，一篇文章写得硬邦邦的，破题算是别致，剖析条理清晰，搭配上一笔死板板的小楷字，好像一块方方正正的板砖，分量是有，就是太愣。

刘邴冷笑道："倘若列几个条目就能成好文章，那衙门里代写讼状的各个是文豪。"

李方同道："此生的这篇文虽然死板有余，文采不足，但从答卷中可见此生思路清晰，性情严谨，见解独特。反观刘大人选的这一篇，的确是花团锦簇，句句皆有来历，从历代大家到本朝名士，我都看见了，只是看不见他在哪里。一个连己见都没有的人，进了朝廷之后，要怎么处理政务，替百姓谋福祉，替皇上分忧愁？不说别的，他这笔字，就是仿的兰大人吧，虚丽浮夸，恰如其文！"

刘邴摇了摇扇子："李大人，你这话说的，到底是嫌这学生的字不好呢，还是在贬低兰大人？"

李方同神色一僵，向兰珏拱手："抱歉，一时口误，兰大人的字我是极其佩服的，可这学生只模仿其形，刻意做作，全无神韵。"

兰珏含笑道："无妨无妨，兰某知道李大人是在赞扬兰某，多谢多谢。"

他看那马廉的卷子，试卷上的行楷，乍一看是有他的字迹的影子，可惜那些字都轻飘飘的，好像水草般浮在纸上。的确和李方同所说的一样，十分浮夸。

兰珏自己好书画，看人往往先看字，何况马廉又仿了他的字体，不由得更加苛刻，觉得从字上来看，此人性情有些浮躁。

再端看马廉的对答与文章，乍一看，颇为工整艳丽，细细品读，每个句子都似曾相识，依稀这句在这里见过，那句在那里见过。兰珏从中看到了柳羡的政见、云棠的文风，兰珏几篇颇有虚名的诗赋中的句子也在其中。

但此生极会取巧，他把这些句子打碎了，这一点那一点，穿插着用，他这样做，还带着讨考官欢心的用心，但倘若遇上个性死板的考官，只怕不会领情，还会质疑他的品行。

不过，像此生倒是有几分心智，像柳羡和云棠这种有天地之别的，都能被他再中和了几个人的文髓之后编在一体，居然也成了一章。

此生如果进了朝廷，应该比张屏更混得开些。

但，兰珏蓦然记起了那天礼部门上的那封告密信——

试子马廉是文贼，窃文盗名，不配参加科试。

李方同道："这马生极会投机取巧，文章如同做人，要有自己的精神风骨，在此生的字和文中，我都看不到骨头。"

刘邴笑道："李大人好大一顶帽子压下来。引文用典，本是寻常事，一向只听说会用典是学问好，到李大人这里怎么就成了投机取巧品行差了？难道李大人习字时没临过帖，写文章不曾用古人词句？我倒觉得此生伶俐机敏，堪成大器。李大人宁可抬举一个死鱼眼珠般的试子，也不取马生，莫不是其中提到了柳老太傅的词句，李大人不高兴？恩师云太傅的词句此生也有用，我倒觉得他用得极好，若恩师见到了，必然会赞赏。"

李方同青了脸，陶周风连忙劝和道："唉，二位为皇上选拔人才，都是本着一片耿耿之心。这两个试子嘛……确实难以抉择。这个张屏，本部堂认识，怪不得看他的字迹有些眼熟。前日刚审过一场案子，此生头脑机敏，协助刑部破了多年的悬案。文章虽然写得死板了些，但，本部堂觉得，他这个人并不死板……"

其余的阅卷官听到这个话风，就知道陶周风比较属意张屏。

与兰珏一同阅卷的翰林院吴学士立刻道："原来此生还有断案的天分。难怪他的文章如此严谨。皇上、太后娘娘、怀王殿下都曾说过，朝廷里需要多一些稳重谨慎的人才，此生恰好合适。"

刘郲道："正因如此，张屏才不可取。思路死板，不懂变通是其一。其二，他论证之时，所引典句，多出儒学之外。夫法者，民之治也；务者，事之用也。这是哪里的句子？法家重刑严苛，此生《商君书》都用上了，要进了朝廷，保不定就是个商鞅般的酷吏。兰大人，你说对不对？"

李方同的叔父李岈与陶周风同是柳羡的门生，自属一系，兰珏虽然是柳羡的女婿，但柳羡从没让他进过柳家门，兰珏一向与王太师一门走得近，王太师与云太傅同气连枝，此时李方同那方占了上风，情理上，兰珏本来该帮刘郲说两句话。

可兰珏自然属意张屏，马廉那些小聪明，实在不太上道。刘郲这么抬举他，十有八九，收过一些好处。

兰珏想着那封告密信，隐隐觉得有些蹊跷，道："单看考卷，两名试子都有可取之处，马廉词句活泛，张屏失之文采，但见解独到。法家虽多酷吏，但管仲韩非，都是圣贤，只是一句《商君书》，却也……确实难以决断……"

陶周风欣然道："兰侍郎说得很是嘛！"

李方同没想到兰珏居然会在言语中偏向张屏，看着兰珏的眼神有些复杂。

刘郲呵呵道："唉，兰大人，只怕李大人会因为那两个粽子，不领你的情啊。"

李方同皱起眉："什么粽子？"

兰珏道："哦，这个试子张屏，其实兰某也认得。还曾在他开的小摊上吃过两回饭，一次吃面，一次吃粽子，可能刘大人所指的就是这件事。"

李方同神色微变："这个试子，居然当街卖吃食？"

刘郲笑吟吟道："何止。据闻，他还到兰大人府上送过礼，是吧，兰大人？"

兰珏道："对，送过一篓粽子，兰某当然不敢收礼，就丢了。"

陶周风替兰珏开解道："兰侍郎认得他，本部堂也认识。那次本部堂审案时，兰大人在刑部，都见过……"

李方同的脸色已全黑了，刘邴继续道："据闻此生还曾做过始乱终弃之事，有些情色纠纷。不过，阅卷当以考卷为主，不可以人品而论……"

陶周风道："哦？怪了，单看此生文字，不像这种人啊？"

李方同冷然道："陶大人，是下官才疏学浅，错荐了卷子。张屏此卷，请当下官从未推荐过。"

陶周风捧着张屏的卷子，唉声叹气："李大人，你考虑好了？如果你不推举，这卷子到不了本部堂这里，张屏便就此落榜了。"

李方同脸色铁青，深深一揖："是下官无能，一时眼花。请大人准许下官收回举荐，这般人品，我李方同无论如何不会推荐！"

陶周风深深叹息，卷起张屏的考卷，抚摸半晌，放到一旁，提笔在马廉的卷子上打了个圈。

刘邴含笑道："李大人本不用如此严谨，刘某对一些事情也只是听闻而已，唉，说来是我耽误了他，倘若不开考卷，说不定他便中了。可惜李大人错失了一位门生。"

李方同生硬地道："李某还要谢谢刘大人，否则，收了这种人做学生，必定是李某一生的耻辱！"

兰珏在一旁一言不发地笑了笑，折回雅部的阅卷房内。

三十名会试中榜者已选出，即刻誊写名单发榜，并把中榜名单与考卷呈交御前，等待殿试。

放榜的那个上午，张屏和陈筹站在人群中，反复将榜单看了几遍，确定上面没有他二人的大名。

张屏默默地转身，走出了人群，陈筹垂头丧气走在他身后。

一匹白马疾奔而来，险些撞到张屏，张屏与陈筹闪到街边，马上的人勒住缰绳，居高临下俯视他二人，扬眉笑道："张兄，陈兄，好巧。"

张屏掀起眼皮，只见马上的马廉神采奕奕，眉梢眼底，尽是得色："张兄，陈兄，榜上可有名乎？"

陈筹硬邦邦道："名落孙山，真是羡慕死马兄你了。"

马廉笑道："哪里哪里，吊榜尾罢了，殿试之上，恐怕也是如此，侥幸而已。二位仁兄高才，下一科定能金榜题名！"一抖马缰，卷尘而去。

陈筹哼道："小人得志！唉，可惜，人家就是能得了志……张兄，你有什么打算？我想就留在京城。"

张屏道："我回南池县，京城物价太高，住不起。"

陈筹道："你与我一样，都没爹没娘的人，在哪里不行？京城的物价是高，不过先前你卖面，不也够花吗？等以后咱俩互相帮衬，之前的几个月都过了，三年，那还不是一晃眼的事儿？除非，你不想接着考了……那多可惜……连马廉都能中，科举我看没什么难的，下一科你我肯定能中！"

张屏没吭声，回到住处，倒头睡了一觉。

陈筹与几个落榜的试子一同去买醉，彻夜未归，第二天早上才醉醺醺地回来。

张屏把他拖到床上躺好，推着许久没用的小板车，又到了路口出摊。

傍晚时分，他看见一个熟悉的人影，从街那边走来。

那人走到摊前，向他道："一碗面。"

张屏往面中打了颗荷包蛋，煮得老老的。端上面时，兰珏笑了笑："我没要加蛋。"

张屏在围裙上擦了擦手，闷声道："算送的。"

兰珏握着筷子看他："落榜之后，有何打算？"

张屏道："想回老家去。出摊赚点路费。"

兰珏挑起面，淡淡道："若你想继续留在京城，我家里正好缺一个账房。不过若是这样，下一科时，不管是谁荐了你的卷子，你都要算我的门生了。"

张屏沉默片刻，道："多谢大人抬爱，但，学生还是想回家。"

兰珏笑了笑："我只是这么一说，自然还是要按照你的意愿选择。"

吃完面，兰珏起身付账，街的那头，突然出现了一群捕快，手拿兵器镣铐，向这个面摊走来。

雄赳赳地走在这群捕快最前面的，居然是王砚，大红的官服在夕阳下格外刺眼。

王砚的视线扫过兰珏，定在张屏身上，一抬手："押回刑部！"

几个衙役往张屏身上套上铁链，王砚深深地望着他："你是属扫把的吗？"

兰珏不由得问："究竟怎么回事？"

王砚再看向兰珏，神色复杂，眼神无奈："会试中榜的一名试子马廉死了，他又是疑犯。"

三

放榜之时，会试选拔出的三十名试子的名单也送到了御前。待一个月之后的殿试完毕，分出三甲，三十名试子方能得到进士身份。

永宣帝翻看完试子的名单和考卷，将几位阅卷官召到御书房问话。

"朕听闻，今科试子之中，有个考生名叫张屏，协助刑部破获了一起悬案。陶爱卿的奏折中亦曾提到过此生，大有赞赏。这样的人才，为何不在选出的三十人之中？"

龚尚书的痢疾已经好了，身体还未完全恢复，颤巍巍地站着。他没有参加阅卷，无法作答，便奏请让翰林学士李方同回答。

永宣帝向案下扫了一眼，道："龚爱卿，为何兰卿未到，要李卿来和朕解释？"

龚颂明长叹了口气："禀告皇上，这次选拔出的三十名试子之中，有一名刚刚遇害，刑部正在审理此案。遇害的试子名叫马廉，审卷之时，几位阅卷的官员在马廉与皇上方才提的张屏之间难以取舍，还起了争议。陶大人、兰侍郎与李学士等几位大人，都看好张屏，而刘学士则举荐马廉。后来，因一些缘故，李学士撤销了对张屏的推荐，马廉中选。放榜当晚，马廉便遇害，刑部已将张屏带到衙门。兰侍郎似乎之前就认得张屏，亦有些嫌疑，不便前来面圣，因此未到，请皇上恕罪。过不多久，刑部详陈此事的折子，应该就会呈上了。"

永宣帝听罢，微微皱眉："龚爱卿的意思是，兰卿在私下把阅卷的过程泄露给张屏了？"

龚颂明连忙跪下："皇上，臣万万不敢。是刑部有此揣测。"

永宣帝站起身，和颜悦色道："龚爱卿快起身，朕只是随口问询，并没有别的意思，你大病初愈，不宜劳累。"又命小宦官给龚颂明搬了把椅子。

龚颂明刚谢恩完毕坐定，永宣帝又道："这桩案子还是陶爱卿主审吗？之前那桩什么黄鼠狼杀人的案子，他上书给朕，对那张屏多有赞赏。"

一时间众官都摸不透永宣帝的意思，龚颂明含混道："这个臣就不清楚了。或者……陶大人为了避嫌，会把此案移交大理寺。"

永宣帝笑了笑："那朕即刻给陶爱卿写道手谕，让他不必避忌。朕相信陶爱卿的品行。以往历朝，王公官员举荐才子，多成佳话。若在本朝，官员只是认识考生，就要落上嫌疑，岂不会被后世耻笑？阅卷官员在放榜后的第二天才能出皇城。放榜的当天晚上，马廉遇害，因此兰爱卿应该目前没有嫌疑才是。"

又唤过一个小宦官，命兰珏即刻入宫。

约半个时辰之后，兰珏到了御书房，永宣帝道："兰爱卿，听说陶爱卿与你在阅卷时，都属意张屏的卷子。朕亦想看看此生的文章。你把张屏的试卷拿来给朕吧。"

李方同向前一步："皇上，那张屏品行有亏，而且如今是命案疑犯，这样做是否不妥？"

永宣帝道："朕只是想看看他的卷子罢了，卿不必太过顾虑。"

李方同还要说话，兰珏已跪倒在地："龚尚书抱歉，陶大人主审阅卷完毕就回刑部了，是臣一时疏忽，还未得到皇上的旨意，就发了榜。请皇上治罪。"

永宣帝含笑道："兰爱卿快请起，进士科三十人，由你们择选，这是旧例。朕信任众卿，不予干涉。便是不批阅，先发了榜，朕亦相信众卿的眼光，下不为例便是。"

龚大人一头冷汗，匍匐在地，其余官员也都跟着跪下，这才找到了重点。

原来小皇上在张屏一事上纠缠许久，乃是醉翁之意不在酒。按照本朝规矩，进士科三十人选出，本应该先呈上名单和试卷，由皇上过目后，才能放榜，有些人选皇上觉得不妥当，还要临时调换。

但因为先帝身体不好，今上登基时年幼，都是由太傅代阅，这么多年成了惯例。

这次的三十人选出之后，云太傅向龚大人要名单复阅。龚大人以为还是按照这个惯例，云太傅审了一遍之后，他就直接放榜了，把刚亲政的小皇帝丢在了脑后。

龚大人的冷汗湿透了衣衫。

兰珏虽主动把责任扛下了，但放榜的时候，他还被关在皇城内，这个榜是谁做主放的，小皇上心里肯定和明镜一样。

永宣帝已又站起身，关切道："众爱卿快快平身，朕只是问询，并无责怪之意。龚爱卿，科举虽已过，但你又要更加操劳，怀王皇叔大婚在即，卿一定要爱惜身体，否则，朕的皇婶可就过不了门了。"

龚大人重重叩首。

出了御书房，众官都松了一口气。

龚大人抓住兰珏的手道："还是兰侍郎的脑子转得快，幸亏你来了，否则我等还坠在迷雾中犹不知啊。"

兰珏道："大人过誉了，下官也是一时顿悟。"

刘郿道："对了，兰大人，你被请到刑部问话，没什么吧？"

兰珏轻描淡写道："哦，多谢刘大人关怀，只因那张屏被刑部抓捕时，兰某正在他摊上吃面，所以王侍郎循例让我到刑部去问了两句话。"

刘郿道："看来那张屏的确有些才能，单是做面的手艺，就能让兰大人反复流连。唉，望他不要是杀人的凶徒。对了，刑部查到什么蛛丝马迹没有？"

兰珏道："刑部查案，兰某怎敢逾越询问，只知道马生平时树敌颇多，刑部单疑犯就抓了好几个。唉，可惜一个进士人才，刘大人平白失去了一个优秀的门生，节哀顺变。"

李方同重重哼了一声，刘郿长叹了一口气，兰珏笑了笑，与刘郿等人拱手作别。

张屏蹲在刑部大牢的牢房角落里，默默地吃牢饭。

刑部大牢在陶大人的治下，牢饭还是不错的，馒头不算硬，有粥还有咸菜。张屏吃得比较满足。

陈筹坐在张屏身边，捏着馒头愁眉苦脸。

"张兄，我们出去之后，要不要去庙里烧点香？落榜不说，还连接有牢狱之灾……唉……"

其他几个与马廉曾有过节的书生聚集在一起愤愤地咒骂。

"这个马廉，死了都不让人安生！"

"这种人，杀他都嫌脏了我的手！"

"刑部这是什么意思，是没有证据证明我们没杀他，但也没证据证明我们杀他了，为什么要把我等关进大牢？吾要告上大理寺，吾要告御状！"

……

王砚站在甬道的拐角处，沉默地望着牢房的方向。

孔郎中低声道："王大人，一下子关这么多疑犯进来，有些不合规矩，尚书大人的意思也是，留下一两个，其他的都放了吧。大人为甚关了他们，又在这里看？"

王砚面无表情地道："他们可能都不是真凶，但查看他们在牢里的言行，或许会发现蛛丝马迹。这案子不是一般的凶案。"

孔郎中心里有些不以为然，此案横看竖看，都像是个平常的仇杀案，但还是凑趣地问王砚："大人观察到了什么？"

王砚不作声，牢房中，一个书生低声道："……依我看，马廉是被鬼当作替身了吧，他不是抽中了那间试房？……考试的头一天晚上，空考房里有哭声，你们听到没有？……"

有两三个书生打了个哆嗦，默默点头。

另一个书生哼道："不会是你们癔症了吧，我什么都没听到。要说我们可疑，那封若棋岂不更可疑？他与马廉的恩怨非同一般，又做过那种营生……"

王砚立刻让捕头去查一查说话的这个人还有他口中封若棋的底细，捕头匆匆离去。

又一个书生道："也是，马廉抽中的那个试房，曾经吊死过人，找替身的也应该是吊死鬼才对，但是马廉是淹死的……"

王砚翻开卷宗，细细思量马廉这一案。

马廉，二十五岁，蜀郡人士，无父母亲族，泊居京城已有五年，参加会试之前，用东湖居士之名写戏本为生，颇有些名气。

马廉死在自家的浴桶里，是淹死的，身上还有多处刀伤。仵作验看伤口，断定马廉是先被砍伤，再被凶手按进浴桶淹死。足见此人与他有深仇大恨。

马廉善钻营，结交了不少人，也为了名利挤对过不少人。目前关在刑部大牢里的六人，都是与马廉有仇，又在那个晚上可能行凶的人。

疑犯之一张屏，西川郡南池县人，二十一岁，今年正月到京城。马廉曾公开斥责他品行不端，耻于和他同为读书人。张屏曾写过一个戏本，原是要挂东湖居士的名字，后因前日一桩命案，此事传扬开了，马廉唯恐别人说他的本子多是找人代写，就到处说张屏冒名顶替。这次会试，马廉的卷子压过了张屏的卷子，成了中选的最后一人，但尚没有证据能够证明，张屏知道此事。

案发的时候，张屏说他在家里睡觉。王砚审问他，为什么两次命案，你都是疑犯，都在家里睡觉？

张屏答道，因为两次命案都在夜里发生，学生一直睡得早。

王砚在张屏的供词卷上挥笔画了个圈儿，放到一旁。

疑犯之二高扬贵，江南郡苏安县人，三十二岁，居京城六年。多替马廉代写戏本，酬金马廉取九成，只分他一成，高扬贵不忿，曾在酒醉后砸过马廉家大门。

高扬贵说，案发那夜，他娘子腹痛，他一直帮娘子揉肚子，家里唯一的一个丫鬟可以作证。但经刑部查明，其实那夜高扬贵并没有在家，到了五更才回家，在巷口还被野狗咬了一口，小腿上有个新鲜的牙印儿。

高扬贵一直支吾不肯说他到底去了哪里，就被刑部抓进了大牢。

王砚看那高扬贵，面色暗黄，精神萎靡，束发的带簪，脚上的鞋袜，都是新的。狱卒从他身上搜到一个同心结，衣衫上还有一股妇人的脂粉与头油的味道。十有八九，高杨贵有个相好，恐怕是大户人家的妻妾，他不敢说实话。

王砚在高扬贵一卷上批了个否，丢进篓中。

疑犯三韩维卷，江南郡高邮县人士，二十四岁，二月刚到京城，乃是本次会试的落第试子，曾与勾栏杨柳翠的舞伎影怜相好，后来影怜被马廉包了，拒与韩生相见，韩维卷硬闯勾栏，和马廉有过当面冲突，马廉讥讽韩维卷没钱还想嫖姐儿，韩维卷诅咒马廉不得好死。这次放榜之后，马廉中选，韩维卷落第，韩曾狂吼过上天不公，马廉这种人明明该死，为什么要他这么好命。

韩维卷说，案发的时候，他和陈筹、吕仲和两名落榜试子一起在湖边喝酒。但是因为他们三个和马廉都有仇，甚至不排除是共犯，所以不能互相作证，一起蹲进了大牢。

疑犯四吕仲和，鲁郡怀圣州人士，二十六岁，去年腊月来到京城，本次会试的落第试子之一。吕生十几岁就犯上了脱发症，年末三旬，头顶已尽秃，平时束发遮掩，不敢让他人知道，某次偷偷去看郎中的时候，恰好遇见了马廉，被他知道了这个秘密。吕仲和还有个毛病，一着急就口吃，某次文会，与人比赛吟诗，吕仲和的一首咏春诗作到第三句，一时情急，犯了结巴，念道："疑似嫦娥踏踏踏踏踏月来。"成为盛传的笑话。

马廉喜欢在文章中用别人的句子，吕仲和的这首诗就被他改了几个词，用在了一本戏中，他还在戏里写了个丑角，抹着白鼻子，头顶秃了，偏偏要在光头上贴一块头巾，出场就唱："那边有个小娘子骑驴驴驴驴驴来。"

于是认得吕仲和的人都知道了他其实是个秃子。本来吕仲和已在京城谈了一门亲事，岳家嫌他穷而且秃，就退亲了。吕生备受打击，大病一场，会试的时候病还没好，十成的学问只发挥出了三成，名落孙山，对马廉恨之入骨。

疑犯五陈筹，西川郡薛城人士，二十三岁，与张屏同时来京城，本次会试的落第试子。陈筹是六个疑犯之中与马廉恩怨最浅的一个，他也写些戏本之类补贴生活，替马廉做过代笔，曾有几个本子他想要单独接，却抢不过马廉。陈筹平日喜欢吹牛，一时说他原本家财万贯，一时说曾经到过一个神奇的国度，那里全是仙子般的美女，女国王还要招他做王夫。马廉时常取笑他，一起饮宴时，就引他说那些吹牛的话，把他当个小丑，讥讽他取乐。

虽然都是零星小事，但日积月累也能成为深仇大恨。王砚在韩、吕、陈三人的名字上各点了一点，把这份卷宗放到一旁。

第六位疑犯巩秦川，就是在牢中提到封若棋的那位。二十二岁，京城人士。他十六岁就开始写戏本，化名天北散人，在京城根基深厚，马廉写戏本时一直抢不过他。京城的思贤书局刊印一批戏本售卖，巩秦川的名气高过马廉，待遇也压在马廉头上，马廉觉得巩秦川挡了他的路，一直想找机会对付他。

去年，一群罗根国的胡人在京城酗酒闹事，烧了几所房屋，连京兆府的捕快也打了，京城一时人人激愤。马廉知道巩秦川喜欢勾栏里的一个罗根美姬，常去看她跳舞，还动过想把她买回府的念头，就把此事泄露给旁人知道，又雇了几个人，假扮成痛恨罗根人的热血之士，往巩秦川的家门口扔烂菜，泼粪便。

马廉一直主动与巩秦川结交，两人还常常一起喝酒，巩秦川不信马廉会害他，但知道他看胡姬的人又只有马廉，他爱吃胡麻饼之类的小事也被传扬了出去，马廉搞完这些小动作，开始公开写一些暗讽巩秦川的诗。

咒骂巩秦川的人越来越多，巩秦川为了知道真相，索性豁出去了，当时他和马廉都在书局租赁下的一座居所中整理自己的文稿，只有他两人进出。他有意写了一首讥讽热血之士的长诗，分别写在他和马廉共事之处的墙上、自己家里，和一座茶楼上。

这三处地方的诗，名字和开头几句是一样的，只是全诗的长短和用词略有不同。

当天晚上，巩秦川变成了人人喊打的"胡奴"，那些最先号召大家声讨他的檄文中，援引的，是他题在居所里的句子。

巩秦川经过那一事，名声大损，马廉趁机四处宣扬自己，他只在背地里挑头踩巩秦川，除了挑拨巩秦川怒火的那些暗讽的诗句之外，再没有公开参与进这件事中。逢年过节，马廉送给书局的礼物中，还不忘加上巩秦川一份，说巩秦川因为那件事中他写的几句诗对他有误会，不与他往来，礼物请书局的人代转云云。书局觉得他比巩秦川有品行涵养，马廉顺便和那些一起踩巩秦川的文士们成了知己，时常互相吹捧，文士们四处撰文赞美马廉才华横溢，还替他起了个封号"东湖神笔"。

王砚听了巩秦川的这些供词后，便道："那么你与马廉仇怨颇深。"

巩秦川冷笑道："恨倒谈不上，只是觉得此人十分恶心。更不会去为了报复这种人，让自己做杀人犯。我一直不太懂人情世故，经此一事，算是历练一番，亦有收获。再说，马廉对付我这些伎俩，与他当年算计封若棋比，真是不值一提。想到封若棋，我就不觉得自己倒霉了。"不断提到封若棋，也不知道是真的同情，还是有意拉他下水。

王砚在巩秦川的供词上画了两个圈儿，准备去会会封若棋。

封若棋这个人，不能贸然让捕快去拿。因为此人在三年前中了进士，兰珏的顶头上司——礼部尚书龚颂明是他的老师。

封若棋在江南郡芜州做地方官，眼看用不了几年就能升到知府，前些时日，他进京探望恩师龚大人，案发的时候，的确在京城。

王砚不希望封若棋是真凶，一旦封若棋这种级别的官员牵扯进了这个案子，案件就会被大理寺抢去。

王砚推想，像封若棋这种官员应该不会因为陈年旧怨赔上自己，冒险去杀一个目前还没摸到官门的人。

不过，阅卷的时候，云太傅的爱徒刘邴极力举荐马廉，马廉的确攀上了高枝，若被封若棋知道，也不一定。

王砚再去牢房看了看，那几个书生，该气愤的气愤，该吵嚷的吵嚷，张屏蹲在犄角旮旯里，又在吃，吃晚饭。

陈筹吃不下饭，张屏替他把馒头啃掉。王砚看见他就一阵心烦，挥袖离开大牢，命人将名帖送到封若棋的住处，预备明日前去拜望。

夜半，兰珏被兰徽的惊叫声惊醒，兰徽又红着两只眼睛看着他道："爹爹，鬼……"

兰徽从王砚府中回来，成了一块黑炭，身上多了几处擦伤瘀伤，但目光炯炯，朝气蓬勃，兰珏正暗自欣慰，不想又出现此事，无奈道："爹爹不是给了你野猪护身吗？怎么还怕鬼？"

兰徽磨磨蹭蹭从怀里掏出那只野猪，原来是和王家的孩子玩打仗时，把野猪的獠牙折了。

"爹爹，鬼又来了，是不是野猪牙断了，拱不了树了？"

兰珏只得再让兰徽到他房中睡了一夜，兰徽一直在咕咕叽叽说，那鬼浑身是血，是从水里爬上来的。不是树鬼是水鬼，野猪不管用。

第二天，兰珏下朝后，即刻到玉器店，替兰徽订了一只玉猫。

玉器店旁，是一座寺院，兰珏出了玉店，正要上轿，却看见一个熟悉的身影匆匆出了寺院，闪进一顶朴素的小轿。

那身影依稀是他的大舅子柳远。

王砚坐着轿子，到了封若棋的居所。

封若棋在京城有座宅子，位于城西采蓉巷。巷子窄小，王砚的轿子曲曲折折走了许久，在最深处的门前停住。

随侍叩了叩老旧的门扇，片刻后，一个约三旬男子开了门，一身淡青的长衫，束着一顶旧方巾。王砚的随侍上前道："敢问封大人可……"话未说完，即被王砚打断："你等在这里候着。"径直推门进了院子。

那人插上院门，王砚拱手笑了笑："封大人好生朴素，住在这个小院里，连个下人都没有。"

那人躬身行礼道："王侍郎谬赞了，这里是下官的旧宅。这次到京，虽待不多少时日，住在自己家里，总比别处方便。下官知道王侍郎今日过来，所以就把闲杂人等都支开了，方便大人问话。"

王砚转过影壁，随封若棋步上碎彩石铺成的甬道。封若棋将王砚让进前厅，请到上首入座。

"下官知道，王侍郎今天来，是为了今科的试子马廉被杀一事。下官与马廉昔日有些恩怨，不过都是些陈年的小事，况且，马廉被杀那晚，下官正在恩师龚大人家中，与恩师聊天，谈了一夜。"

王砚接过封若棋捧来的茶盏，抿了一口，茶水是早已预备好的，不热不冷，恰到好处。

王砚赞了一声好茶，放下茶盏道："龚尚书前日生病，本部院也曾代家父去看望过，还好是小病，但也需好好调养，不能太劳累。"

封若棋轻叹一声："恩师年事已高，多次起意要告老还乡，都又因皇上、太后或怀王殿下的挽留，未能如愿。他老人家也是操惯了心，总放不下，就像这次下官去探望他，屡次劝他去睡，最后还是陪他聊了一夜。"

王砚道："我等后辈都应当学习龚大人的这一番报效朝廷之心。封大人，本部院到此的缘故，想来你应知道了。本部院收到举报，说你与一桩案子有些牵连，都是些捕风捉影的言辞，说给封大人听一听，有哪些捏造的地方，尽管告诉我。"

封若棋道："大人太客气了，即便怀疑下官，将下官带回刑部，亦是情理之中。下官也想早些澄清，洗脱嫌疑，大人请讲。"

天牢里的几个书生或悲叹或愤慨了一夜，都累了，左等右等不见提审，巩秦川叹道："希望我等之中不要出现一个冤魂。陶尚书是个好人，可那王侍郎刚愎自用，不分青红皂白，就把我们抓进来，如今不审也不查，不知要怎样。"

陈筹道："巩兄啊，我多事说你一句，你为什么要在王侍郎面前说那个叫封什么的人有嫌疑？我和张兄见识过他办案，谁越指认别人，他越怀疑谁。"

巩秦川道："封若棋是朝廷命官，要不是他的确和马廉仇怨很深，我也不会说他。封若棋的另一个名字，你们兴许听说过，就是慕叶生。"

陈筹变色道："原来是那个写传奇的慕叶生，这人名声可不怎么样啊。"

张屏在草铺上翻过身，众书生都竖起耳朵。

巩秦川冷笑道："马廉的成名之作，抄自慕叶生的一篇传奇，慕叶生的名声又是毁在马廉手中，连文章都写不成了，你说他恨不恨马廉？"

封若棋自幼爱读传奇，尤其仰慕西山红叶生、颠酒客等人，就也动笔写了传奇，还给自己起了个名字叫慕叶生。

封若棋写了几本传奇，文字生硬，情节多有做作，但因为写得快，写得多，也挣了一些薄名。

马廉起初写戏本时，用了封若棋传奇中的情节与句子。那戏本被百霞班的崔班主看中，拿来演，崔班主还把它推荐给思贤书局的馆主，刊印出售。

崔班主请了些文士替此戏列名作荐，也请了封若棋。

马廉声称是仰慕封若棋才用了他的文章，崔班主觉得，封若棋再替他作个荐，恰好有个噱头，于双方的名气都是个提升。

偏偏封若棋气量狭窄，不大识得抬举，那戏排好试唱，有人说马廉把封若棋朽木般的文，化成了美玉，更加之，马廉写的，是一出情戏，主角是个身陷江湖的女子，众多男人爱她如痴如狂，马廉把封若棋写他家侠客们的一些词句段子用到了这位颠倒众生的女子身上。

封若棋勃然大怒，骂道，一个搔首弄姿的骚浪娘儿们，也敢顶个侠字出来招摇，真是什么东西！脏了我的文章！

马廉讨了个没趣，一些嫉妒他的本子被大戏班子看上的人，趁机拿封若棋的话来骂他，崔班主也十分恼火，便与马廉在酒宴上也骂了封若棋一通。

"慕叶生那个穷酸，给脸不要脸，他写传奇，这辈子难登大雅之堂。这出戏一唱，便是天下皆知，那时他还不是东湖居士脚下的一块泥？看得起他才用他的文章。他还当自己是李白杜甫？李白杜甫的诗天天被引用，也没见他们从棺材里面爬出来咬人。"

戏出来之后，马廉赢了不少名声，但也有不少人不断提他抄了封若棋文章之事。

马廉很烦恼，他未有名声时，慕叶生是一块很好用的踏脚石，如今他有名有利，慕叶生就是一根必须除去的肉中刺。他踩了慕叶生上位，总不能再被反踩。为了将来前程着想，必须要把慕叶生处理掉。若慕叶生封笔，文章湮灭无息，那些文字，便就是马廉的。即便不能让慕叶生封笔，也要坏了他的名声，最好让他人人喊打，那么即便用了他的文章，也是替天行道。那些句子，本就该是他马廉来用，才不会白瞎在慕叶生手里。

于是，崔班主出钱，马廉雇人，把封若棋的文章全部弄回来，仔细研究，就算鸡蛋里，也要找出鱼刺。偏偏封若棋一直谨慎，文章中即便有引用，也是千百年的典故，一时找不出破绽。

就在这时，天上掉下来个机会。原来封若棋家境贫寒，写传奇稿酬低微，便在刊印他传奇的颂世书局中帮忙点校整稿，赚些补贴。书局馆主有位内侄，也写了一篇传奇，便让封若棋点校，再替他作荐。

封若棋就替侄少爷润色了文章，写了个荐。他不知道这本传奇，内里竟有抄袭。

侄少爷的传奇上市之后没卖掉几本，没人发现他是抄的，偏偏合该此事发作，一年多之后，马廉因为找不到封若棋的把柄，就把他落名荐过的文章也翻出来看，恰好翻到了这一本。

马廉大喜，立刻着人找到被抄的苦主，告知他此事，并且教导他，这部传奇是封若棋点校举荐，怎么会看不出是抄的？说不定还是封若棋教的，所以不必找侄少爷，不必找书局，就咬住封若棋要说法。

苦主要仰仗马廉等"热心同道"替他申冤，就依言而行，只咬住封若棋，闹得沸沸扬扬。封若棋有苦说不出，既冤得慌，又不能把侄少爷献出去，只好咬牙顶了咸菜缸。

马廉找了几个善于仿字的高手，模仿封若棋的笔迹，写了篇声明，恐吓苦主不知好歹，竟敢与他封若棋作对，封若棋衙门里有的是人，预备告上衙门，找一百个状师和讼师，组个团，把苦主告得不能翻身。

此声明流传甚广，思贤书局着手下文士炮制了几篇檄文，丢出之后，许多人纷纷响应。崔班主也着戏班排了几出小戏，跳跳舞舞，讥讽慕叶生的衙门里有人和百人大状，一时间"慕叶生"这三个字人人骂、人人讽。连街上的三岁小童都会唱——

慕叶生，不寻常，腰杆硬，舌头长，最爱教人抄文章，谁敢说他告死你，人家衙门有门路，还有一百个大状……

巩秦川道："实不相瞒，当年讨伐慕叶生的文章，有一篇就是我所写，馆主受崔班主之托，还吩咐我们，要骂到慕叶生再无颜面活在世上，让他自己寻个短见，死了最好。彼时我骂了慕叶生，几年后，被马廉阴的人换成了我，算报应吧。"

慕叶生经此一事，从此销声匿迹。如今世人提起他，依然是那个衙门里有人和百人大状的笑话。

王砚向封若棋道："本部院所知的事情，就是这样，封大人看可有出入？"

封若棋道："稍有些出入，其实馆主内侄一事，并非马廉主谋。当日下官在书局做点校，有一个写史论的，因平时不会做事，得罪了书局中人，恰好一部稿子犯了点事情，落下把柄，就从此不能在书局刊印。因我与此人有些利益冲突，有些与我不睦的人，说是我嫉妒了他，有意排挤，也是一石二鸟之计。其实我只点校传奇，根本碰不到史论。但此人信了，是他看出了馆主内侄的文章过错，先挑起此事，马廉只是得知后趁火打劫，但此人势力不如马廉，后来的确是马廉出力更多。呵呵，现在回想，那时不过香干般大小的天地，却与官场一般厉害。"

王砚又抿了一口茶，道："封大人受了这般大的委屈，如何放下了这件事情？"

封若棋道："那时下官心里真的是又恨又冤，恨不得雇车到黄河边上，跳进去算了。后来有一天，我走在郊外，听见一座山寺的钟声，忽然想，人生在世，不过几十年，什么不像浮云一般，转眼即逝？忽然地，就放下了，然后参加科举，竟然就中了。也算有得有失吧。"

王砚拨了拨茶碗里的浮叶："封大人这叫作豁达。不过，封大人放下之前，是不是还做过些事？"

封若棋一愣，再一笑："悟了，自然就放下了，回头想想，只是芝麻大的一点事，因此而烦恼，真不值得。"

王砚也笑笑，从袖中取出了一本旧书，墨蓝皮儿。

"这本《九松山剑客》是本部院无意中得到的，书中剑客手刃仇人，着实痛快。本部院怎么觉得，里面那剑客被冤屈的过程，和封大人昔日的经历，有些类似……嗯，写本传奇的人，叫咸菜生，这个名字，甚是有趣……"

封若棋神色变了变，轻咳一声："大人果然明察秋毫，连这本书都找了出来。下官实在无所遁形。咸菜生……是下官的另一个化名……这本书,的确乃下官所写……"

王砚仍笑："哦？封大人不是已经放下了吗？怎么还会有这本书？封大人写这本书，是申冤，洗白？还是……"

封若棋道："写这本书时，下官还没有放下，不是为了申冤，又怎能洗得白，马廉如此阴毒，下官不想脏自己的手报复，所以文章里，把他写成一具尸体，权当泄愤。"

王砚垂下眼帘，拍了拍那本书："嗯，泄完愤，封大人就放下了？"

封若棋道："其实之后，还有一段事，下官泄愤写了此书，有一天去茶楼，碰见了一个年轻男子与一个少年，在议论此书，那年轻男子说，可惜本可以是部好书，但写书之人心有怨恨，写出来不是侠士，全然没有侠的风采。那少年就道，若事事斤斤计较，又怎么能看到天下？我听到那些话，豁然开朗，这才去了郊外踏青。后来，下官才知道，当日我在茶馆中碰见的人，竟然是当今圣上和怀王殿下。下官竟无意中，得到了皇上与怀王殿下的教诲。下官从此发愤读书，去参加科考，决心报效国家。"

王砚叹了口气："本部院真是羡慕封大人啊，本部院托家父之荫，做到今天这个官位，依然没有得到过皇上或怀王殿下的亲自教诲，实在福薄。哪天本部院也去写个传奇，用个化名叫窝头生，封大人看怎样？"

封若棋忙站起躬身道："王侍郎说笑了。"

"总之，此事的确是封若棋嫌疑最大。"巩秦川在草铺旁坐下，"那本《九松山剑客》暗合当时之事，一定就是他化名写的，里面那个阴险小人吕投被魔教的暗器伤得体无完肤，求剑客搭救，剑客拉他上悬崖后，他还想推剑客下山，后来被剑客掌风一扫，跌落悬崖，这是不是和马廉的死法有点类似？张兄，你脑子好，会断案，你看这事是不是太巧了？"

张屏思索片刻，谨慎地说："证据不足。"

高扬贵低声道："依我看，有可能不是封若棋。马廉，唉，死得蹊跷。据我所知，他为了这次科举能中，用了些邪门歪道，你们有没有听说过请灵符？"

王砚回到刑部，书令迎接他，问这一趟可有结果。

王砚道："有。"

他有些烦恼，这件案子目前来看，最大的疑犯是封若棋。本来，王砚是想找出他无罪的证据，但听了他一番辩白，越听越觉得可疑，封若棋言辞闪烁，抬出他的老师龚颂明，表明自己没机会杀马廉。后来连皇上与怀王都搬了出来，意图证明，他不会嫉妒马廉攀附上了云太傅将来可能会在仕途上压过他。他越这样拼命洗脱嫌疑，就越看起来不清白。

书令道："刚刚又有个案子报了过来，尚书大人亲自接的，是柳远柳大人家出了件怪事。"

王砚满脑子都是这件大案，随口哦了一声。

书令左右看了看，低声说："这件案子可真是闹鬼了，柳大人前些日子得了笔筒，说是在鬼市上买的，买回家之后，就接连出了各种蹊跷事情。今早，那笔筒竟然，平白地化成了一堆骨灰……"

四

王砚道："什么闹鬼，必然是有人搞鬼。"

乔书令神色凝重："可是大人，据说，那笔筒被锁在空屋内，屋子的门窗锁都是好好的！是密室！若是有人搞鬼，那人要怎么做到？"

王砚嗤地一笑："密个鬼的室！人都进去了，把笔筒换成骨灰，还叫密室？这种障眼法无须理会，只想他为什么要这样做。"

乔书令道："大人说得甚是，那人为什么要这样做？"

王砚道："十有八九，是有人想借几年前陈子觞的案子翻点波浪。不知尚书大人会怎么查。"

乔书令神色闪烁了一下："这个……下官也不知道……"

王砚笑了笑，乔书令一向是陶周风的传声筒，恐怕是陶周风对这个案子全无主意，才会让乔书令过来探口风。

果然，到了下午，陶周风就把王砚叫过去，说大理寺那边弄到一桩大案，需要大理寺、刑部、御史台三司会审，陶周风要顾那个案子，便顾不上柳远家这一桩，因此由王砚接手。

王砚欣然接下，又向陶周风道："下官手里还有马进士被杀那件案子，可能办案时会少些虚浮的礼节，稍微快一点，还望柳大人不要怪王某唐突。"

陶周风道："放心，柳大人脾气好，你若早些查出来，他更安心，这个雷厉风行的作风，正是你的长处，好好发挥。"

王砚道："谢大人赞赏，下官一定尽情发挥。"

一出务政殿，王砚立刻吩咐属下："让毕捕头带人去一趟柳府，将那笔筒变成的骨灰取过来，把在柳府做事不满七年的下人统统带回刑部。再着人到礼部，只说本部院急用，调马廉与陈筹的卷宗过来！"

这厢刑部众捕快奔向柳府，那厢乔书令到礼部调档。

兰珏亲自替乔书令取了卷宗，王砚只调马廉与陈筹的卷宗，兰珏猜出，王砚定然是要盘查马廉被杀一案与六年前陈子觞一案有没有牵连。

六年前陈子觞冤案，罪魁祸首是马洪，六年后，马廉被杀，嫌犯之一名叫陈筹。

都是马与陈这两个姓氏，如斯巧合，的确令人生疑。

只是，兰珏隐隐觉得有些蹊跷，若非柳远愿意，陶周风不会把柳府的案子转给王砚。京兆尹冯邰和大理寺卿邓绪都与柳家有交情，亦都擅长断案，尤其邓绪。一个笔筒闹鬼，说不上大事，为何柳远要把这个案子报到刑部，让王砚来查？

捕快们牵着浩浩荡荡一长串柳府的下人走回刑部，引得许多人在路边观望，啧啧赞叹："王侍郎不愧是太师的公子，家学渊源，抓犯人都跟他爹征兵一样，一抓一串！"

张屏等人在牢里蹲着，只见捕快们推着黑压压的一堆人进来，分着关在各个牢房里。陈筹惊诧道："爷爷呀，这是哪个案子，竟有如此多的嫌犯！"

有几个人被关进了他们隔壁的牢房。陈筹凑过去与他们攀谈："诸位是怎么进来的？犯了哪个案子？"

其中一人有气无力地道："我等是吏部侍郎柳大人家的仆役，我们家老爷前几天买了个笔筒，连连闹鬼，刑部的老爷疑心是我们搞鬼，就把我们给弄进来了。"

陈筹的精神顿时振奋："笔筒怎么能闹鬼？"

那人左右看了看，低声说："这个，我们也不清楚。但听说，我们老爷当年判了一个冤案，让一个书生屈死了。这个笔筒就是装他骨灰的。他的冤魂回来报仇了……"

几个书生的眼睛都直了，张屏从粥碗上抬起头，陈筹愕然："难道是指陈子觞那个案子？"

柳府的下人进了天牢不多久，吏部侍郎柳远的轿子也停在了刑部门外。

"王侍郎，你行事雷厉风行，固然令人钦佩，但抓敝府的这么多下人进牢房，是否有些不妥？"

王砚抛下手中的卷宗："极妥。柳大人，我怀疑这桩案子与六年前的陈子觞一案有关，且和我手上的另一宗案子有些牵连，为了早日破案，不得不激进些。恰好柳大人亲自过来了，我正要过去拜望柳大人，有句要紧话想问——柳大人是怎么得到那个笔筒的？"

柳远轻叹一声："实在是无意中得到……前些日子，我因一些公务，去了一趟鬼市……"

今上刚刚亲政，要整顿吏治，朝廷收到举报，有些官员收受贿赂，收来的名贵物品府中堆放不下，就私下卖掉。

京城郊外，有个鬼市，原本是一些破落大户人家的子弟，把家中的东西出来变卖，又拉不下脸，便趁着夜深之后，在市集中摆摊，摊子上只有一盏油灯照亮，买东西的人看不清卖东西的人是谁，后来这样的市集逐渐成了气候，变成了特定的黑市，一般三四更天开，五更快天明时收。

御史台得到风声，这个黑市成了某些官员变卖贿赂的特定场所，背后有一股势力操控。柳远便同御史台、大理寺的两名官员乔装成平民百姓，到鬼市上先去转了一趟，摸摸底。

为了乔装得像一点，三位官员都在摊上随便买了点不值钱的小东西。柳远就随手买了这个笔筒。

王砚问："柳大人还记得卖给你笔筒之人的相貌否？为何偏偏会选这个笔筒？"

柳远无奈道："鬼市的摊主，统统都看不见模样，听声音是个成年男子，我平时喜欢收集文房四宝，当时恰好听见他在招呼，便去看了看。"

王砚皱眉："摊子上都有些什么东西？"

柳远道："笔、笔架、砚台、扇子之类，昏灯之下难辨好坏，只那个笔筒是个瓷的，也是囫囵的，要价不高，所以就买了。"

王砚道："柳大人几时发现那笔筒不对劲？"

柳远道："我买的笔筒，明明上面有山水画，回家之后，却变成了白瓷笔筒，还有了一道裂痕。"

当时柳远付了钱，摊主就拿一块黑色的布替他把笔筒包了起来，待回家后，柳远打开布包，笔筒的模样变了。

王砚挑眉："那道裂痕，柳大人觉得像什么？"

柳远道："大约有些花枝的模样。"

柳远看到了这个白瓷笔筒，不由得想起几年前陈子觞一案，陈子觞的母亲撞死在刑部前，她怀中，装着陈子觞骨灰的白瓷笔筒居然没碎，滚在地上，骨灰撒落一地，笔筒和骨灰沾着陈母的血，柳远每每做噩梦，总要梦见这一幕，冷汗淋漓。

但他在王砚面前，并没有说这些事，只道，他夫人觉得这事有些不吉利，妇道人家没有见识，就把笔筒供进了佛堂中。

王砚又问："那佛堂，平时谁都能进吗？"

柳远道："佛堂在内院，只有女眷能进入内院，平素也就是内人在里面烧香，一两个贴身丫鬟打扫。"

就在笔筒供进佛堂的第二天夜里，两个丫鬟哭着和柳夫人说，佛堂里有火光，她们在窗上看到了一个男人的影子，还听到了男人的叹息声。

柳远亲自带着家丁到佛堂查看，佛堂里什么痕迹都没有，也没有新近点燃过灯烛的味道。

柳远便说这是无稽之谈，训了丫鬟一通，谁料又一天，柳夫人在佛堂诵经时，听到了一个男子的叹息声，柳夫人吓得瘫坐在地，又听到了一个老妪的叹息。柳夫人请寺院的高僧来念了超度经，还请了纸符镇压，把佛堂锁住。然后到今天早上，笔筒居然变成了灰。

那些灰，王砚着仵作验看过，的确是骨灰。

王砚合上卷宗，向柳远道："柳大人，王某初步推断，此案应与六年前的陈子觞案有关，府上的蹊跷之事，定有人装神弄鬼。但案犯没有伤及柳大人和其他人，尚不清楚用意何在，所以将贵府陈子觞一案前后入府的下人都带回了刑部。也请柳大人仔细想一想，陈子觞一案前后，直到今日，除了笔筒闹鬼之外，府上有无什么可疑之人蹊跷之事。"

柳远道："几年前那桩案子之后，柳某引咎辞官，承蒙圣上不弃，重新起用，家中事务，一向都是内人与管家打理，王大人所问，柳某也要回府查询后才能回答。"起身拱手道，"但王大人思绪敏捷，断事犀利，柳某钦佩不已，这一案，还要托付王大人了。"

柳府的下人们在牢里关着，依然不见提审问话。陈筹长叹道："看来王侍郎的爱好是抓人关在牢里看着开心。"

正抱怨着，几个狱卒簇拥着一个蓝袍子的官走到他们这间牢房门前，打开牢门。

陈筹认得这个官是孔郎中。

孔郎中举着一张纸念道："高扬贵、巩秦川、张屏，侍郎大人有令，你们可以出去了。"

几个书生都愣了愣，陈筹从草铺上跳起来："那我哩？我、韩兄、吕兄，为什么不能出去？"

孔郎中面无表情道："你们几个不能出去，自然有不能的缘故。"向张屏几人摆手道，"快走。"

张屏爬起身，陈筹拉着他的衣角泪流满面："张兄，上次是你，这次是我，你出去之后，替我查明白这件事，千万把我弄出来！王侍郎把巩秦川都放了，居然不放我们几个，我觉得刑部靠不住！"

孔郎中黑着脸，只当没听见，未同他计较。巩秦川笑道："侍郎大人明察秋毫，脑子自然是比陈兄你明白，知道巩某是无辜的。我先告辞了，陈兄你多保重！"拍拍陈筹的肩膀，扬长而去。

张屏宽慰了陈筹几句，随后出了牢房。

天气闷热，张屏在牢里关了许久，浑身早已臭不可闻，街边的苍蝇抛弃了墙角的秽物，统统来和他亲近。

张屏绕到刑部正门外，徘徊了一阵，回想起牢中，柳府下人讲起的闲话。

"……我们老爷能不怕么，当年那个冤死鬼陈子觞的娘撞死在刑部门口，我们大人的轿子刚好到了刑部，那叫个惨啊，我是亲眼见到的……那女人死的时候还抱着她儿子的骨灰，装在一个白瓷笔筒里的，跟老爷买回来的那个笔筒子一模一样，就在血里滚着，骨灰混在血里……当时我的腿都软了，老爷半天没下得去轿子……"

张屏刚离开天牢，陈筹、吕仲和、韩维卷三人便被王砚提审。

捕快把他三人带到一间静室中，竟然拿了椅子让他们坐下，还倒了三杯茶。

陈筹三人战战兢兢地坐了，王砚坐在上首的桌后，和颜悦色地看着他们。

"本部院看了你们的陈词，有件事始终不解，你三人落第，去喝闷酒，为什么要选在六年前，试子陈子觞含冤自杀的那个湖边？"

张屏回到住处，沐浴完毕，倒头睡了一觉。

第二天大早，他走到城南的湖边，这座湖昔年叫作秋棠湖，六年前，陈子觞投湖自杀之后，改名叫惜才湖，湖边还有一座陈进士祠堂。朝廷追封了陈子觞一个进士身份，立祠堂祭祀。

祠堂的台阶光滑，门槛上钉的铜片都磨得明亮。祠堂内香烟缭绕，上首陈子觞的塑像穿着进士衣冠，手握书卷，神态祥和。

旁侧的墙上，嵌着两块石板，一块上刻着一篇铭文，曰陈子觞乃江西才子，有惊世之才，不幸被奸佞小人所害，朝廷痛失英才，看来人间不应该有如此人才云云。

写这篇铭文的人竟然是当年的丞相，如今的太傅云棠。

另一块石板上刻的就是陈子觞当年蒙冤的那篇《梅赋》。

塑像座下有一张桌，桌边坐着一个老道，面前摆着香烛黄纸等物事，半闭着眼打瞌睡。张屏望了那塑像和两块石板半晌，走到桌前："道长，请香。"

老道撑开眼皮："有二十文一束、十八文一束、十五文一束，要哪种？"

张屏从袖子里抠出几个铜板："请散香，只请三根。"

老道随手抽了三根香："六文。"

张屏瞄着那几种香道："道长，最便宜的香只要十五文一束，为什么给学生的是最贵的，还三根就要六文？"

老道一脸不耐烦："散香只有这一种，一个价钱。你这书生，好歹穿着长衫，怎么连请香都讨价还价？"

张屏拱拱手："学生家贫，望道长体恤。"

老道摆摆手："罢了罢了。"从那最便宜的香束中抽出三根，丢在案上，"三文钱。不能再少了。"

张屏把那香拿在手里，眼睛却又瞟向其他两束香，一脸犹豫。

"学生既然过来上香，是不是请好一些的香，显得心更诚些？"

又摸摸那十八文一束的，最后放下了六文钱："学生还是请最贵的吧。"

老道翻了翻眼皮，揣起六文钱。张屏拿着三根香，点着了，对着陈子觞的塑像躬身拜了拜，插进桌案上的香炉，再踱到老道的桌案前："道长，不知道这祠堂中可备有笔墨？学生想要赋诗一首，以表悼念。"

老道袖起手："祠堂的墙上不准写字，写诗回家写。"

张屏却不肯罢休："名刹古寺都能题句留念，怎么这里就不行，道长未免太不通情理。"

老道冷笑道："你要是想讲道理，就去和朝廷讲，老道也只是个看祠堂的。你看祠堂内外的墙壁，干不干净？一旦有人偷着写，都是贫道给铲下来，涂平了。不让你写，是不让你费无用功。"

张屏默不作声地踱开，走到墙边，从袖子取出一张纸，覆在墙上的石板上，又掏出一块石墨。

老道跳起身：“咄！干什么？！”

张屏认真道：“学生想把云太傅的文章与这篇赋拓回家去，揣摩学习。”

老道跌足道：“贫道在这里看祠堂几年，真没见过比你难缠的。十文钱，拓完了赶紧走。”

张屏犹豫地问：“八文可否？学生家贫。”

张屏揣着两页拓纸走出祠堂，绕着湖转了一圈，湖边原本的亭子改建了祠堂，在湖的另一边又盖了一座小亭子，名曰修德亭。马廉被杀那晚，陈筹、韩维卷、吕仲和三人就是在这座亭子里喝酒。

张屏走到亭子边，见一个人负手站在亭中，身旁的石桌边放着一个沙漏。他也瞥见了张屏，不由得皱了皱眉。

张屏向他行礼道：“侍郎大人。”

王砚眯眼看他：“你想替陈筹洗冤？”

张屏道：“学生只是随便走走。”

王砚哼了一声，不再理会他，远远地，一个捕快气喘吁吁地跑向亭子，在亭边跪倒，呼哧呼哧直喘气。

王砚沉吟地看向桌上的沙漏。

张屏道：“侍郎大人，从学生与陈筹住的小耗子巷，到这湖边，如果不骑马，最快大约三刻钟，从马廉住的竹荫巷到湖边需要一个时辰，倘若骑马则至少会省去一半的时间。”

王砚冷冷地说：“滚。”

张屏离开了湖边，回到住处，做了一锅烩面片，给陈筹送去。

陈筹向他哭诉，昨天被王侍郎审了一通，王砚逼问他们，为什么要去陈子觞自杀的那个湖边喝酒。

陈筹哭着说，不就是去湖边喝酒觉得更符合当时的心境些么，没考之前，怕沾晦气，不敢靠近那个湖，考完之后过去喝酒，还是沾着晦气了。

韩维卷和吕仲和都捧着烩面片叹息。

出了大牢，张屏走到当日的试场外，徘徊了一阵，守门的几个差役向他道：“闲杂人等不得靠近，快走快走。”

张屏道:"学生只是想进去看看,几位可否行个方便?"

差役道:"就是因为总有你这样的人,我们才天天要守在门口,天黑都不能回去!再看十遍考场,落榜了还是落榜了,三年之后再来吧!"

张屏被轰到一旁,继续在对面街边转悠,过了一时,只见一乘蓝布轿子从门内出来,一个穿着小吏服色的人上了轿,轿子晃晃悠悠向着城北去了。

张屏在路边的馄饨摊前坐下,要了一碗馄饨,问摊主道:"刚刚离去的,是哪位大人?"

摊主笑道:"看你这读书的公子,在京城待了这么久,连官服都辨不出?刚刚那位是试院的掌吏孙大人,虽然不是真正的官儿,一个正经的县太爷可都比不上他。"

张屏道:"这位大人看来不太好见。"

摊主打量了他两眼:"寻常人等,难。这位孙大人有个叔父,在礼部兰侍郎家做管事,一般人的面子他都不卖。"

张屏点点头,低头默默吃馄饨。

天将黑时,兰珏从衙门回到家,轿子到了府门口,小厮在轿外道:"老爷,上回那个送粽子的穷酸又来了,要轰他走吗?"

兰珏淡淡道:"让他跟着进府。"

兰珏进了府内,换下官服,方才到了偏厅。张屏杵在厅中央,长身一揖道:"学生见过兰大人。"

兰珏微微颔首,指向一边座椅:"不必太拘谨,坐。"等他在上首的椅上坐了,张屏这才到一把椅子上坐下。

侍婢捧上茶,兰珏道:"你今日来找我,究竟因何事?尽可直言。"

张屏垂下眼皮道:"学生想问兰大人,贵府的账房一职,还有无空缺?"

兰珏不禁笑了:"你那日不想过来,所以账房已经另找了人。眼下只有厨房里缺人,可怎么好?"

张屏抬眼望着他:"学生会做饭。"

兰珏含笑道:"我知道你会做饭,但厨房终究不是读书人该进的地方,我也不会这么埋汰你。这样吧,我儿兰徽顽劣,一个西席管不住他,你先帮吴士欣几日,我再替你安排其他事,可否?"

张屏站起身,躬身道:"谢兰大人。"

兰珏又道:"若非你的字迹与学问都有些死板,让你直接教徽儿也未尝不可,其实不论学问还是做事,稍微活泛些,都更有好处。"

张屏低头道:"学生谢谢兰大人教诲。"声音仍然死板板的。

兰珏微笑道:"你回去收拾东西,随时都可以搬过来。"

张屏回到住处,收拾好衣物,第二天搬进了兰珏的府中。

兰珏去司部衙门前,已吩咐过管事的,孙管事和颜悦色地带他去了已经安排好的厢房,还带了裁缝替他量身,做新衣袍。

兰徽的西席先生吴士欣比张屏大了三四岁,是南方人,白白净净,脾气极好。他教兰徽,本来就没太多事,便只让张屏帮他整理兰徽的功课。

吴士欣带张屏去见兰徽,兰氏父子都生得极其漂亮,兰徽与兰珏长得不太相像,反倒和张屏有过一面之缘的柳桐倚有些神似。兰徽打量了一下张屏,不感兴趣地继续埋头盯着书本。吴士欣给他讲书,他恹恹地听,手里的书半天不翻一页。

讲完一堂课后,吴士欣悄悄向张屏道,徽少爷前几天去柳府撞了鬼,最近都不精神,身上还常常青一块紫一块,着实有些蹊跷。

吴士欣去如厕,让张屏看着兰徽做功课,兰徽在纸上软绵绵地乱涂,张屏把住他的手,将他握笔的姿势扶正:"习武须得循序渐进,太急于求成,反而容易走火入魔。"

兰徽手一抖,猛地抬头看他:"你怎么知道的。"

张屏的视线淡淡扫过他红肿的手边跟袖口露出的青印儿,并未回答,面无表情地盯着兰徽泛黑圈的双眼:"连夜修习内功,更不可取,精气神亏,凡事无所成。"

兰徽眨眨眼,抓住他的袖子:"别,别告诉我爹……"

张屏摸摸他的头:"暂不要熬夜、劈砖头,先练轻功。"

兰徽立刻点头。

晚上,兰珏回到府内,发现兰徽居然挺乐意多出一个张屏教他,不禁有些意外。

兰珏用完晚饭,沐浴完毕,到后园散步,听见假山后隐隐有说话声,依稀是孙管事在叹息:"……你的境遇,着实可怜,但在府里祭拜,万一被老爷知道了,你的饭碗也就没有了。也罢,我有个侄儿,在试院做事,我看能否叫他带你进去……"

另一人的声音饱含着感激道:"多谢孙叔。"居然是张屏。

兰珏不动声色地绕路回到小厅内,吃了两杯茶后,才着人把张屏叫来,屏退左右,含笑道:"之前说你死板,竟是看错了你。你为了查案,居然想着在本部院的家里找门路。"

张屏耷着眼皮站着,不吭声。

兰珏的双眉挑了挑:"你哄孙管事的活泛劲儿都到哪里去了?你家有哪位先人,

要到试院中祭拜啊？"

张屏闷声道："学生不敢欺瞒大人，学生想知道杀马廉的真凶到底是谁，才要进试院查看。"

兰珏搁下茶盏："马廉一案，自有刑部在查，你信不过王侍郎，想要自己查也罢，本部院记得，马廉是被仇杀，与试院有什么关系？"

张屏道："有一件事，学生觉得蹊跷，当日进场时，马廉抽中了十四号试房，与监场官争执了起来，他说是因为试房死过人，觉得不吉利，所以要换。与他平时行事不符。"

按照马廉平素为人，绝对不可能得罪监场官。

"学生觉得，倒像是他要告诉谁，他在十四号试房一样。"

兰珏道："你怀疑他事先和人串通好了作弊？如果他真要作弊，肯定连监场官都打通，就算没有打通，帮他作弊的人，也肯定有能力弄到他的试房号。他何必多此一举？"

张屏不作声。

兰珏抿了口茶，张屏又道："考试的时候，我对面的空试房中，有人在哭。三百五十六号试房的考生，第二天发了羊痫风。"

兰珏浮起一抹笑："你是想说，那试子发了羊痫风，是被鬼吓的？"

张屏肯定地道："不是鬼。"

兰珏拨了拨茶叶："也罢，你如果真的闲得想查案，就先帮我一个忙。徽儿撞了鬼，这事你可能听说了，就是柳大人家的一只鬼笔筒闹的。你明天，帮我去灵觉寺问问住持大师，柳大人亲自去他那里，请的是什么符，我也想请一套。"

王砚在司部衙门中看卷宗一直看到晚上，属下忽然前来禀报道："侍郎大人，令弟来了。"

只听门外靴声囊囊，果真是王宣的声音笑吟吟地道："哥，你居然为了公务连家都不回，大嫂还以为你在外面养了小歌伎，特意来让我抓你回家。"

王砚合上卷宗，站起身，看向迈进门槛的王宣按了按太阳穴："你平时总嫌刑部晦气，怎么今天过来了？"

王宣道："奉了娘、二娘和大嫂之命，就算再晦气的地方也得来。爹爹有令，今晚都回家里吃饭，大嫂下午就到了，娘和二娘亲自下厨替你炖了好汤补身体，赶紧跟我回去喝。"

王砚无奈道："你捧着这么大一把尚方宝剑过来，我哪敢不回去。要是耽搁了，大娘和娘非把我剁了炖汤不可。"

王宣笑眯眯道:"你知道就好。"扯着王砚出了门。

次日早上,王砚刚到刑部衙门,孔郎中神色凝重进了务政殿内,插上内间的门,低声向他道:"侍郎大人,出事了。柳府的两个丫鬟,在牢里死了。"

死掉的两个丫鬟是单独关在一间牢房中的,初步断定是自杀。

王砚立刻命人去柳府,告知此事,查问这两个丫鬟的出身来历。再到牢中,验看了尸体与牢房。

狱卒说,明明关进来的时候,这两个丫鬟还好好的,突然昨天晚上就撞墙死了。

王砚询问昨晚牢中有没有异常的事情发生,狱卒跪在地上瑟瑟发抖,发誓绝没有。

王砚忽然隐隐觉得这件事有些蹊跷,他出了天牢,到务政殿中等待捕快的查问结果。

张屏起了个大早,赶去灵觉寺,待兰珏下朝回府,他已经从灵觉寺回来,向兰珏道:"住持大师说,柳远大人并没有请符,只是请了一套《金刚经》。"

兰珏看了看他空空的两手:"你为什么没请一套经书?"

张屏不吭声。

兰珏再问:"怎么不答话?"

张屏道:"学生只会回答实话。"

兰珏道:"难道我不准你说实话?"

张屏抬眼看着兰珏:"兰大人让学生前去,并不是为了请经,学生便没有多此一举。"

兰珏笑了笑:"你先回房吧。"

张屏躬身道:"学生今天想请一天假。"

兰珏瞥了他一眼,他知道,即便他对张屏说,这件案子连身为刑部侍郎的王砚,都会骑虎难下,凭你一个小小的落榜试子,绝不可能查到真相,张屏也不会听。

于是他只是淡淡地说:"这座府邸你可以随便进出,不必每次都向我说。"

张屏道了声谢,回到房中,把长衫脱下,换了一身短衣,离开了兰珏府。孙管事知道了他昨晚被兰珏叫去问话,猜测是昨晚的事发,有意回避,不再提帮他进入试场的事。

张屏便没有去试场,顶着烈日,一路走到了竹荫巷。

马廉的住处早已被刑部搜查过，该取走的证物都带回了刑部，但王砚觉得此案要往细里查，仍派捕快日夜把守宅子，顺便观察有没有风吹草动。

张屏到了巷子里，立刻被捕快轰出了巷口。他正要绕进路边的窄巷，忽然有个声音遥遥道："那个书生……"

张屏继续向前走，那声音又道："那位穿了短衣的书生——"

张屏方才回头，只见路边的茶棚下，坐着两个人，一个是四十余岁的瘦削男子，头戴一顶半旧凉巾，一身瓦灰的薄衫，蓄着短髭，两道凌厉的刀眉，下面却是一双细细的善眼，正望着张屏，起身道："这位书生，我家小主人看你面善，能否相请到棚下吃一杯茶？"

他身边坐着的少年向张屏笑了笑，如珠如玉。

张屏走进茶棚，拱了拱手。那灰衣人自称姓徐名登，是祁府的管事，那少年是祁府的小少爷祁朱，来京城看望叔父。因见张屏长得像多年不见的一位亲戚，倍感亲切，所以冒昧搭话。

那少年祁朱接着道："再则，我见兄台穿着短衣，但举止像个读书人，亦有些好奇。敢问兄台名姓？"

张屏道："张屏。"

祁朱再问："有字无？"

张屏答："字芹塘。"

祁朱道："好方正的名字。张屏这两个字，似乎曾在哪里听过。"顿了片刻，一敲折扇，"是了，之前在茶馆中，听见有人议论一位今科的试子，被刑部误抓成疑犯，却在大堂之上，破了一宗陈年的悬案。此人就叫张屏。该不会正是张兄吧？"

张屏道："是在下。"

祁朱立刻道："真是失敬失敬。"继而一扬眉，又笑了，"那么，我可猜出，张兄为什么这副打扮了。"

他年纪至多十五六岁，眉目犹带稚气，虽然举止语气都十分老成，这一笑却又带出了少年的烂漫，低声道："你是来查案的吧。"

张屏岿然不动，表情也没动。

那位徐管事呵呵笑道："张公子不必顾虑，我家小主人年纪不大，但天生喜欢离奇的案子，来到京城，左右无事，听了不少奇案。实不相瞒，今天小主人带着在下，是特意到了这里，也对那件案子有几分兴趣。"

祁朱用折扇轻轻点着桌面："听说这件案子，刑部认为犯人是几个书生，莫非张兄以为另有内情？"

张屏盯着桌面道:"在下没见到过案发的地点,死者的宅子外堵着官差,关于此案的所有都是听来的,不敢做判断。"

祁朱道:"不错,办案终究要讲真凭实据,那个宅子,我或许有办法进去。"

张屏的眼皮动了动,祁朱接着说:"我叔父与刑部的陶尚书有些交情,徐登凑巧认识门口的把守捕快头领,只说张兄是死者的好友,想进去看看,或许可以通融。"

张屏点点头:"那就有劳了。"

徐登站起身:"小主人与张公子先坐着,我过去和捕头说说。"匆匆离开茶棚,过不多久,匆匆回来,"可以进了。"

张屏随在少年和徐登身后又回到竹荫巷,门前的捕快都不见了,徐登道:"我自作主张给了些钱,请他们去吃茶了,但大约只有两三刻钟。"

三人进院,徐登插上了院门。

马廉这些年挣了不少钱,不像其他穷书生一般与人搭伙住宿,而是单独赁下了这个小院。

不过马廉并没有雇下人,说是要读书写文章,嫌下人吵得慌,只让一位住在巷口的老妪隔几天过来帮他洗洗衣服。

据那老妪说,马廉有些怪癖,从不准她进屋,只让她在院子里洗衣服,洗完了就走。

张屏打量院子,地面上的树叶和灰都是新落的,砖缝中的草刚出新芽,门扇窗缝中只有新尘,没有积灰,屋内灰砖的地面也干干净净。

小院的屋子统共只有一间堂屋、两间厢房、一间厨房,院子的墙角还有一间厕房。

两间厢房,一间做书房,一间是卧房。马廉就是在卧房沐浴时,被杀了。

凶刀、澡盆等证物都已经被刑部拿走了,床铺、柜中的衣物也被翻拣过,祁朱负手站在屋中,徐登眯着眼四处查看,张屏左右看了一圈儿,往门闩上瞧了瞧,走出卧房,却去了厨房,祁朱随在他身后,只见张屏打开碗柜,将调料罐细细查看一番。

捕头将查到的结果禀报王砚。

柳府说,死掉的两个丫鬟是一对姐妹,去年年末才买进了柳府,还留有她们的卖身文书。

捕快依照文书查到她们的亲人,竟发现了重大蹊跷。

捕头把几张纸放到王砚面前,吞吞吐吐道:"大、大人,属下查到的就是这些,请大人放心，属下绝不乱说。"

王砚拿起纸扫了几眼，脸色大变，大踏步出了务政殿，喊人备轿。

"回太师府！"

兰珏向龚尚书告了个假，一早离开了司部衙门，回到府中，命人取了一柄碧玉如意封进锦盒，另配上几样礼品，换了一身寻常的衣袍，便让备轿。

管事问道："老爷要去谁家送礼？"

兰珏笑了笑："去柳府。"

王砚乘轿一路狼烟到了太师府，一下轿子，便揪住一个人："王宣在哪里？"

被揪住的小厮瑟瑟道："禀、禀大少爷，二少爷在、在问雪园陪……"

话没说完，王砚便把他丢到一旁，大步流星走向问雪园。

王宣正与几个好友在园中看胡姬跳舞，瞥见王砚，立刻站起身："咦？哥，你的案子办完了？正好……"

王砚铁青着脸盯着他，吐出一个字："来。"

王宣一脸茫然，放下酒杯，随王砚走到园外，进了一间静室。王砚插上房门，突然抬手，狠狠照脸给了王宣一拳。

王宣猝不及防，一个趔趄，险些坐倒在地，捂着脸愕然道："哥，你做什么？"

王砚青着脸冷笑道："你还敢问我？昨天，刑部大牢里那两个柳家丫鬟，是不是你杀的？柳府的那只鬼，是不是你闹的？证供已经摆在刑部案头，你要今晚在天牢里睡？！"

王宣呆站了片刻，喊冤道："哥，真不是我！"

王砚眯起眼："不是你？牙婆收了银子，把青楼歌女当作良家女子卖进柳家，造户籍的不是你？花钱雇假爹娘的不是你？给燕燕楼的唐妈妈银子的不是你？城外那个鬼市的大东家不是你？！"

兰珏的轿子停在柳府后门外，小厮向门卫通报，几个门卫怔了片刻，才奔进门内，过了一时，柳远从门内走出，兰珏下了轿，抬袖道："柳大人。"

柳远道："妹夫怎的如此生分，我们本是一家人，先父已过世多年，妹夫仍总不登门，愚兄心中一直愧疚。今天终于过来了，先进去吃茶，着人接徽儿过来，一家人一道吃顿饭吧。"

兰珏道："不必了，柳老太傅曾立下誓言，兰某今生不得进柳家一步，太傅已仙逝，遗训更不能违背。兰某今日过来，是提前送上贺礼，徽儿一直极崇拜他的桐倚表哥，殿试之后，柳家说不定能再出一个状元，这份礼，只当是徽儿送的，望不要推辞。"

随行的人捧上礼盒，柳远道："既然是送给桐倚的，我这个伯父便不好替他推辞了。"着人接下礼盒，又道，"待到放榜，如果真能托妹夫吉言，再摆宴席。这几日家宅不宁，不便再接徽儿过来玩，他舅母一直挂念得慌。"

兰珏道："徽儿自受了惊吓，夜里时常做噩梦，我每每看到他，总是想起他的母亲。他从小没娘，我公务繁忙，对他多有疏忽，总觉得对不起他，亦对不起他娘。他常与外祖母家亲近些，亦多谢柳大人看在令妹的情面上疼爱他，但如今他年纪渐渐大了，要用功读书，可能就不便再过来。"

柳远的神色变了变，道："妹夫怎么这样说，徽儿喜欢他桐倚表哥，就让桐倚教他功课……"

兰珏含笑叹了口气，截住他的话头："徽儿虽然像他母亲，到底还是兰家的孩子，总是滋扰外祖母家，亦不是道理。我这番前来送礼，亦是想当面感谢柳大人这些年对徽儿的疼爱。兰某不才，在朝廷里名声也不怎么样，大舅子能毫不避忌地疼爱徽儿，我心中极其感激。务必要道一声多谢。"

兰珏一向觉得，人生最要不得两个词——"较真""生气"。但这一次，他认真地上了火。

他一直疑惑，兰徽对撞鬼说得头头是道，应该不只是听说有鬼，更像是亲眼见过什么恐怖的场景。

柳远得柳羡真传，真的会信了鬼神之说？

待到张屏去了趟灵觉寺，说柳远请了一套《金刚经》，兰珏方才彻底肯定，所谓柳宅闹鬼，乃是柳远有意为之，恐怕已经知道闹鬼的人是谁，而且十有八九就是王家，所以柳远才会把案子报到刑部，故意让王砚来查。

兰徽在柳府撞鬼，以及兰珏之后巧遇柳远之类的种种，不过是在布迷魂阵罢了。

被柳远当作放假消息给王砚的传声筒，兰珏尚觉得无所谓，但把兰徽当作棋子，有意让一个小孩子以为闹鬼，看到血腥可怖的情形，兰珏却忍不得。

所谓清流，所谓柳府，所谓砥柱，真使的是上台面的计谋，真尽得了毫不徇私的精髓，真是什么东西。

兰珏含笑向柳远抬袖躬了躬身，乘轿离去。

王宣抓住王砚的袖口，辩解道："其他的是我做的没错，但人绝不是我杀的！昨天晚上去找哥，总不会蠢得偏偏挑那个时候灭口吧。那姓柳的假道学，成天就和爹作对，有人弄那什么市集，让我去挂个名头而已，偏偏他咬住不放，还要往爹身上扯，也不想想他自己干下的事。我起先是想帮爹在柳家安两个眼线，后来也只是叫这两人吓吓他罢了。定然是那柳远查到了那两个丫鬟的身世，顺便杀了栽赃在我身上，真不是我！要是我做的，我也不会不敢认！"

王砚的额上青筋暴跳："是，你什么不敢？有的是胆子，只是没脑子！这种事情，用你亲自去做？给柳远一步好棋反将一军，他就等着看戏了！你收拾收拾衣裳，等着坐牢吧！"

王宣直了眼："哥，你不会要学姓柳的做清官，搞什么大义灭亲，抓你亲弟弟吧？人真不是我杀的，你抓我进去是冤狱！"

王砚冷笑："你找个证据，证明不是你？空口无凭，除了我是你哥，哪个信你？你知不知道有个词叫疑犯？晓不晓得疑犯就要下大狱？"

王宣紧抓住他袖子："哥你不要唬我，爹也不会看着我进大牢的。我承认，是我错了，我鬼迷心窍，觉得马廉的计策不错，就往柳府安插眼线了，装鬼这事，又用了他的计策，结果他居然死了，那两个小娘儿们非说是沾了鬼，被鬼杀了，说不要做了，下面人不懂事，竟让唐婆找上了我，要不，谁也找不出证据说我和这事有关……"

王砚的眉头越皱越紧越皱越紧："……马廉？"

张屏从马廉住所的厨房中出来，又转到了书房，徐登正在仔细敲书房的墙壁和地砖。

突然，他的手顿了顿，掀开一块地砖，露出一个暗格。

袖手站在一旁的祁朱也露出了一丝惊喜的神色，走到暗格边，徐登从其中取出了一叠纸，都是银票，数额不菲。

徐登道："写戏本的书生，可拿不到如此高的酬金，到钱庄中查，应该能查到这些银子的来历。"

祁朱颔首道："不错。"瞥向张屏，张屏却正在看着一样东西沉思，那是一个外形寻常的香炉，放在靠着白墙的条桌上。

张屏捻了捻香灰，嗅了嗅。

这并不是一尊熏香用的香炉，而是祭拜时，点线香的香炉。

白墙上，香炉正对的位置挂着一幅字。那是四个正楷的大字——勤学苦读，写得非常方正，看不出是谁的笔迹。

马廉在祭拜谁，不敢让人知道？

王砚回到刑部，坐到桌案后，烦躁难当。

两个丫鬟到底是王宣的人灭了口，还是柳远让人杀的，尚未分明，但看来王家这一次是脱不了干系了。

陶周风定然在这个位置上坐不久，尚书之位原本指日可待，说不定包括马廉被杀，这整件案子，都是冲着他王砚来的。

王砚猛地翻开卷宗。

查！依然要接着查！越是暗流汹涌，他偏偏就越要查下去！看看到底是什么结局！

急促的脚步声在门外由远及近，孔郎中踏进门槛时声音变了调，脸上都泛着激动的红光："侍郎大人，户部刚送来的急书，这件案子真不得了！"

王砚打开他递上的文书，又一次愣住了。

在几乎要认为真凶不是阿宣的人就是柳远的人，之前的一切全部都是障眼法之时，眼前的东西，却证实了他最开始对案情的推测——

马廉和马洪是亲兄弟，陈筹是陈子觞同父异母的亲弟弟。

王砚拍案而起，在院中拦截住正要回家吃晚饭的陶周风。

"大人，下官恳请堂审马廉被杀一案。"

陶周风同情地看着王砚，沉吟着。他在思索要不要告诉王砚，他弟弟王宣可能牵扯进此案的事情已经被捅到了御前，大理寺说不定正在调查。

陶周风一直挺喜欢王砚，谁都不是自己选的爹娘，王砚虽然对他不太尊敬，但确实是个有能力的属下。陶周风最喜欢有脑子肯做事的年轻人，哪个年轻人没一点小毛病？脾气暴躁些，傲气些，没什么。

陶周风想了想，还是没有讲，打着马虎眼说："那么，你先把卷宗备好，待本部堂看过，明天再议。"

王砚坚定地堵着他的去路："大人，下官取得了重大证据，请大人即刻准许堂审。"

陶周风为难道："这……"

人门处突然一阵骚乱，几个衙役和乔书令一起匆匆奔过来："大人，大人，太……太……"

一群护卫簇拥着一个人雄赳赳地从他们身后走来，苍山麒麟纹绛紫袍，祥云如意玉带，雄狮髯里藏着霸道，环豹眼中含着虎威，陶尚书立刻行礼："下官参见太师……"

话未说完，王太师一把揪起他身边的王砚，抬起蒲扇般的右手，一巴掌挥下："逆子！"

王砚被打了个趔趄，王太师又是一掌扇去："无法无天的东西！哪个给你如此大的胆子，徇私枉法，包庇你弟弟？！"

陶周风拦得晚了，一管鼻血顺着王砚的鼻孔流出。

王太师一抬手，中气十足喝道："带上来！"

几个护卫扯过一个五花大绑的人，按着跪倒在地，是王宣。

王太师这才慢条斯理整了整袖口，向陶周风道："陶尚书，冒昧闯入刑部，勿怪唐突，风闻老夫的逆子王宣，牵扯进一桩案子，逆子王砚今日回府，与其弟通气，竟是有意放纵，老夫便把王宣拿来，请陶大人随便处置。"

王砚擦了擦鼻血，王宣颤声道："爹，儿是被人诬陷，不关哥的事！"

王太师抬足便踹，陶周风赶紧拦住："太师……此事……下官并不知情……"

王太师怒看向王砚："你竟然敢隐瞒陶尚书？"

陶周风立刻说："没有没有，是……尚无……明显证据……此案需细细审理。"

王太师道："没关系，陶尚书，你尽管审，最好现在就开堂审王宣这个孽畜！升堂前，先把王砚拿下，重打六十大板！老夫就在一旁看着！"

陶周风道："太师大义灭亲，下官钦佩不已……只是……"看向王砚，"王侍郎，打不得，他主审一件大案，已找到确凿证据，事不宜迟，下官要即刻升堂。请太师体谅。"

王太师眯起眼："哦？有此事？也罢，请尚书大人且把王宣押进牢房，王砚的罪过定不能饶，审完这一堂，老夫便去向圣上请罪，这个大逆不道的东西，斩了便罢！"

陶周风又赶紧道："斩不得，马廉被杀一案牵扯重大，扑朔迷离，若无王侍郎，此案很可能又会变成千古疑案了……"

王太师重重一甩袖子："好吧，看在陶尚书替你说情的分上，此罪暂且记着，待到案子一审完，即刻请皇上斩了你们这两个小畜生！先将王宣押进大牢！"

陶周风点头："好，好，那就先把王小公子带到天牢里去……"

张屏、祁朱和徐登又一同走到了马廉家的院中，张屏一直不说话，祁朱问道："张兄心中有结论了？"

张屏低头道："马廉可能不是蜀郡人，凶手认识马廉。其他的目前暂不敢下定论。"

祁朱的脸上露出了一丝失望。

"你在厨房里翻看马廉的调料，发现里面没有辛辣作料，所以判断他不是蜀郡人？其实也有蜀人不喜吃辣。"

徐登跟着说："假如你是因为房门判断，凶手是马廉的熟人，不算合理，这么热的天，马廉未必是关着门沐浴。"

张屏道："马廉根本没洗澡，凶手杀了他后，再把他放到浴盆里。其实马廉一直在院子里洗澡，凶手不知道这件事，把澡盆放进了卧室。"

他指向井沿边，小凳上有一个胰子盒，旁边的一条绳架晾晒衣物过于矮，是坐在澡盆里时，随手搭手巾和衣服所用。

祁朱看张屏的目光重新变得饶有兴趣："凶手为什么要把马廉放在澡盆里？"

张屏道："在下只看证据，目前根据证据，做不了结论。"

祁朱用折扇轻轻敲着下巴："那么，你敢说出的两点结论，有什么证据？"

张屏垂下眼皮："在下认识马廉，和他吃过饭，在外吃饭时，他只吃米，吃辣，而后满脸通红，口唇起泡。"

马廉的厨房里没有辛辣调料，没有米，只有面，用的是胡麻油。

"他明明在井边，却不是冲澡，而是用澡盆，看院中的地，应是常用水洗，屋中的地砖却只是清扫。"

那么就是马廉在洗澡之后，还会把洗澡水用来冲洗地面。

"衣服不是天天换。"

马廉的衣服，隔几天才会让巷口的老妪过来清洗，他是个爱干净的人，大热天，却不天天换衣服。

徐登笑了笑："这是西北人的做派。只是你这样说，又矛盾了，凶手既然认得马廉，为什么还会犯下把澡盆放到卧室的错误？"

张屏道："他若不认识马廉，何必多此一举。"

徐登摇头："牵强。"

张屏又不说话了。祁朱道："唉，只凭这些，可找不出凶手是谁啊。他那叠银票，也不知从何而来。"

徐登道："这个容易，待小人把银票交给刑部的捕快去查，算是送给他一份功劳。马廉这人身上疑点真是挺多，听说，他能中科举，是因为云太傅的门生刘郱刘大人的举荐。啊，这话我不便乱说。"

张屏再低头道："学生还想去试场看看。"

祁朱瞥了一眼徐登，徐登道："少爷，时辰不早，该回去了。"

祁朱笑道："也罢，今天碰见张兄真是一场缘分。来日再见。"

与张屏作别离去。

兰珏回到府中后，忽然接到传召，命他即刻见驾。

兰珏不明所以，换上朝服，火速赶到宫中。

张屏回到小耗子巷的住处，他虽然搬到了兰府，这里的住处并没退，他拿了提盒，在街边买了几个烧饼、半桶豆腐脑，去给陈筹送饭。

到了刑部大牢，守卫却不准他进去探视，张屏摸出几个钱，塞给守卫，守卫道："罢了吧，你这几个子儿，还不够兄弟们喝白水。不是我们想诈你，尚书大人刚刚升堂审完，他是几年前那个淹死在湖里的冤鬼书生的弟弟，在堂上他已经招了。本案被杀的那人的亲哥害了他哥，你说这案子还有别的悬念不？他现在关的牢房，也不是你想见就能见的。"

张屏提着吃食慢慢转过身，走回了兰府。

他回到兰府时，天已黑透，上房中灯火通明，貌似是兰珏刚刚从宫中回来。张屏在走廊上碰见了吴士欣，吴士欣问他去了何处，又说，兰徽今天没见到张屏，还屡屡问起他。

张屏随口答了几句，回到自己住的厢房外，只看见一个黑影在附近走动，见到张屏，就走过来，竟是孙管事。

孙管事咳嗽两声，左右看看，低声道："小张，我把你那个事儿，和我侄儿说了，明天一早，能让你进试院一时，但不能待长。"

张屏躬身重重一揖："多谢孙叔。"

第二天，天刚破晓，孙管事的侄儿带着张屏进入了试院。

偌大的试院空空荡荡，孙掌吏说，今天开始清空屋内，所以试房门都没锁，让张屏赶紧去看，他在这里放风。

张屏点了点头，快步走向试房，他先去的是当日传出哭声的那间空屋。

屋中什么都没有，空荡荡的，因为它没有没用作试房，因此也没有桌椅。张屏仔细看了一圈儿，又到了那名发癫痫的试子所在的三百五十六号试房。

三百五十六号试房考的是贤部的试卷，张屏在屋中验看，最后蹲下身，看了看床底。

他再走到当日自己所在的试房，也看了看床底，又去了隔壁，最后才走到马廉所在的十四号试房。

张屏心中有个疑问，需要在这间试房内得到验证，马廉是马洪的弟弟，云太傅当年替陈子觞翻了案，亲自断了马洪死罪。马廉更改户籍，到了京城，为什么还会攀附上云太傅，得到他的门生刘邴的大力举荐？

马廉的试房号称曾死过一个书生，但看起来与别的试房并没有不同。张屏再仔细看了一番，果然，如他所料，竹床上的竹片和其他房中的一样，可以拆卸，只是，竹片背后已经被削平了，什么都没有。

三百五十六号的也是这样。张屏的床下刻的鬼符却还在。

张屏回到兰府，已是中午，他在房中坐，房门突然响了两下。

张屏望向门外，赶紧站起身，躬身道："兰大人。"

兰珏含笑看他："不必多礼，因你这两日都告假，我不知你是否身体不适，就来看一看。中午吃过了吗？"

张屏道："在外面吃了。"

兰珏道："看来你还是在为了陈筹的那件案子奔波。难道查到了什么？"

张屏摇头："学生，有一件事，始终想不通。我不明白为什么。"

兰珏难得见到他愁苦的神情，不由得感到有趣，视线瞥到了桌上的几张纸："这是什么？"

那是张屏从陈子觞的祠堂中拓回的铭文。

兰珏没去过陈子觞的祠堂，便把那几张纸拿起来看。云棠虽是太傅，字却不算顶尖，兰珏不便多评论，就去看陈子觞的那几张，讶然道："这陈子觞的字可不一般啊，怪了，他怎么能学出这笔字？"

张屏猛抬头，一把抓住了兰珏的衣袖："敢问大人，怎么不一般？"

张屏又到了竹荫巷外，在那个茶棚下来回踱步。

太阳西斜，茶棚老板几乎要拿棍子赶他的时候，张屏背后响起两声咳嗽。

那少年祁朱遥遥向他笑道："张屏。"徐登依然在他身边。

张屏躬身："学生有要事。"

徐登在旁边的茶楼要了一间静室，合上房门，祁朱笑道："张兄有什么事，可以说了。"

张屏跪倒在地："皇上，张屏逾越，想查几样卷宗。"

"祁朱"在逆光中站起身，微微眯眼："你倒真是聪明，怪不得能得陶周风举荐，连兰珏都开口荐你。你怎么认出了朕？举止？言谈？还是朕的化名？"

张屏低头："都不是，张屏认得邓大人，因此猜出了皇上的身份。"掀起眼皮，看了看徐登。

"邓大人办过的大案与那本《循迹录》学生都拜读过，对邓大人心生仰慕，曾在大理寺门口和邓大人府前偷看过。"

永宣帝笑了出声："邓卿，原来朕竟是沾了你的光。也罢，张屏，你一介书生，并无功名，凭什么向朕提如此要求？"

张屏道："草民知道凶手是谁。"

永宣帝挑眉："是谁？"

张屏沉声道："草民想看这次科举的卷宗，还有两个人的档案。"

五

陶周风坐在务政殿中，拿着两根竹签儿，犹豫不决。

他在两根竹签上各刻了两个印子，掂在手里，翻来覆去地看。

到底是升堂，还是不升？

就在陶大人闭上眼，丢出竹签的时候，门外忽然传来了一阵纶音。

"大人，大人，圣旨到了。"

陶周风噌地睁开眼，直奔出门，险些闪到老腰。

圣旨说，马廉被杀一案和柳府闹鬼一案牵扯重大，着刑部立刻停审，两案并作一案，由刑部、大理寺、御史台三司会审。

陶周风松了一口气。未久，大理寺的沈少卿带着两个推丞、一名主簿过来提录这两件案子的卷宗。

沈少卿向王砚拱手，笑吟吟道："王侍郎，得罪了，除了卷宗之外，奉圣谕，令弟我们也要带回大理寺。"

按本朝律制，有三司会审的大案，重要案犯都统一移交大理寺关押。

王砚板着脸道："沈大人这是公事公办，说得罪太客气了。邓大人亲自侍奉皇上到案发之地看了，想必或有结论在胸中，要移哪个案犯，悉听尊便。"

沈少卿再客客气气寒暄了两句，着人到牢里提出了王宣。

王宣从小到大没受过罪，在牢里关了这一回，蓬头垢面，胡子拉碴，眼窝都凹了。他被几个衙役牵着，一径低着头，不看路边的王砚。沈少卿有意惊讶道："啊呀，怎么这样对王小公子？快，先安排梳洗梳洗再说。"

王砚冷冷道："一个大狱中的嫌犯，怎得梳洗？刑部没有这种规矩。"

王宣抬头，傲然道："不错，等出了这冤狱，我自当好好地洗！望大理寺不要误判冤案。"

沈少卿含笑道："这次是三司会审，刑部、大理寺、御史台，哪一个都不能单独定了王小公子你的罪，请小公子放心。"

王砚皱眉看了看正欲离开的沈少卿："大牢里的陈筹与其他两个书生，沈大人为何不提？"

沈少卿抬了抬衣袖："沈某只奉命提转王宣一人，王大人，告辞了。"

兰珏在朝中，听到了关于这两件案子纷纷扬扬的传闻，心中也有些疑惑。原本只是一件考生被杀的案子，竟然闹得出奇地大。

更让他疑惑的是，那天张屏匆匆出门，到了夜里，又匆匆回来，居然向他说，要请几天长假。

兰珏准了。

第二天，管事的来和兰珏说，厨房里的小厮去米店买粮，看见张屏背着一个包袱，搭一辆驴车出了城门，当时天还没亮透，城门刚开。

小厮以为张屏卷了兰府的东西偷着跑了，赶紧回来告诉管事的，管事的又赶紧告诉兰珏。

兰珏含糊地说："啊……我知道这个事儿，他家里有点事，告了假。"

兰珏不禁猜测，张屏到底去了哪里，要查什么？

张屏走后，兰珏奉诏进宫，永宣帝坐在勤政殿的龙椅内，屋中一股醒脑的油膏气味。

兰珏便道："最近政务繁忙，请皇上保重龙体。"

永宣帝揉着太阳穴道："唉，这几天，一会儿是太师，一会儿是邓卿，一会儿是柳卿，每次都是朕刚要去偷懒歇觉，他们就来了。对了兰爱卿……张屏怎样了？"

兰珏道："他告假，好像家里有什么事，出京城了。"

永宣帝打了个呵欠："哦，朕觉得此生有些才华，落榜太可惜了。但他的事情，要等这两件案子办完才能议。他想去试院再看一看，朕不方便答应他，那天和兰卿一说，后来如何了？"

兰珏道："此生走了臣家里一位管家的门路，偷偷混进试院去看了，是臣对家人管束不力，请皇上降罪。"

永宣帝抬手："罢了，这种小事，不必认真计较。"又道，"皇叔的婚事，筹办得如何？"

兰珏没想到张屏竟然这般交运，不过掺和进这件案子，尚不知是福是祸。

他只作什么都不知道，也不过问。这两件案子并成一件，改成三司会审之后，因为大理寺和御史台都要审阅卷宗，犯人要重录供词，证供要重验，还要从地方上调出相关人员的身份档案，连凶案地点都重新看了一遍，一来一去，又耽搁了许多时日后，方才开审。

开审那一天，兰珏忙着验看怀王大婚的喜花，原本定下的样式制了出来，呈给太后过目，太后却说，不如她想的好看，要换，整个礼部人仰马翻。

龚大人年纪大了，跑不动了，往宫里呈样式，等着太后和皇上过目的事儿就全由兰珏来做。

好不容易太后看上了一个样式，兰珏松了一口气，出皇城时，却遇见了曾与他一起阅卷的翰林院学士吴景莘，吴学士愁眉深锁向他道："兰大人，大理寺或御史台的人找过你没？"

兰珏一愣，吴学士留意看了看他的表情，低声道："难道，兰大人还不知情？谁承想一个试子被杀，竟牵扯了这么大，连你我都不得安生。"

兰珏道："……兰某实在云里雾里，还望吴大人详细解惑。"

吴学士再叹气道："就是试子马廉被杀一案，今天开审了，刑部查到马生是六年前陈子觞一案的案犯马洪的亲弟弟。刑部抓住了另一个试子，是陈子觞的弟弟，刑部那边判断，可能是陈子觞的弟弟杀了马洪的弟弟，替兄长报仇。大理寺说，刑部的判断不对，杀马廉的人，其实王太师的小公子，王宣。"

兰珏又怔了怔："这可是……"

吴学士遥望着天边："大理寺查得，在会试入场时，马廉的举止就有些怪异，晚上，还有考生听到空试房中有哭声，一个考生考试时癫痫发作，被抬出了考场。邓大人觉得，这件事和马廉被杀或有关系，就封了试院去查，结果发现，试房的床下，都被人做了印记，疑似与科考舞弊有关。有人提前泄了题……马廉能中，亦是因为舞弊，万幸啊，兰大人，当日，你亦是中意张屏，未曾举荐马廉，否则可是说不清了。"

兰珏道："实在是万幸，只是，当日刘大人一力举荐马廉，假如刑部查到的是真事，当日马生的哥哥可是云太傅定的罪……兰某无论如何也想不通。"

吴学士叹道："出考卷的朱大人和高大人已经被大理寺带去问话了，刘邴也自身难保。两个监场官已在牢里，一场科举，闹出这般大的娄子！唉，假如那一天，李大人不是临时起意，不再举荐那个名叫张屏的试子，或许就不会有今天这般一塌糊涂的局面。"摇头而去。

次日上午，兰珏刚下朝，便见大理寺沈少卿领着几个公人，守在他轿前。

兰珏已心中有数，微笑向沈少卿道："沈大人这是要给兰某上枷锁，还是镣铐？可要兰某先自行把官服脱下？"

沈少卿拱手道："不敢，不敢，今日三司会审试子马廉被杀一案，有一事想请兰大人前去询问，只是堂上作证而已。"亲自挑开一旁马车的车帘，让兰珏上了车，径直到了大理寺。

三司会审的公堂，设在大理寺。

兰珏上了堂，只见邓绪与御史台都大夫卜一范端坐堂上，堂下跪着陈筹、王宣和另外两个书生，站着刘邴。

堂下三司的属官品阶低于兰珏的，皆垂手避让，陶周风竟然没有与邓绪和卜一范同坐，而是坐在旁侧的一张小桌子后，一脸伤感，王砚站在陶周风身边，面色比平时红些，像是刚刚与谁激烈争执过，向兰珏点头笑时，还有些勉强。兰珏先与邓绪、卜一范和陶周风见礼，再含笑道："兰某涉案之人，诸位大人不必多礼。"

邓绪道："哪里哪里，只是请兰大人作证人，绝无涉案之说。"命人搬椅子，让兰珏坐。

兰珏只在与王砚对面的位置站定，躬身向堂上道："邓大人和卜大人有什么要问下官的，请说。"

邓绪道："兰大人，当日审评会试考卷时，诸位审卷官中，刘邴的行径是否有些反常？"

兰珏道："下官并未察觉什么反常，当日刘邴大人因举荐考生，与李方同大人微有争执，这在审卷中，本属常见，考官择选考卷，本就如同工匠择选美玉，若遇上特别投缘的文字，往往爱不释手。"

邓绪道："也就是说，兰大人并没有看出，刘邴乃是收了贿赂，才举荐马廉的？"

兰珏微微皱眉："科考阅卷，历来都是择定了考卷之后再开封查看考生姓名，以往还有誊录一项，后因有些试子字迹潦草，誊录易有疏漏，所以先帝改制，不再誊录，审卷官一开始并不知道自己审哪部的卷子，刘大人所阅的纶部考卷，当时差点就是下官审了。"

刘邴看着兰珏的目光中充满了感激。

邓绪颔首："那么刘大人，本寺便不明白，你为何有恁大能耐，偏偏审得了马廉那一部的卷子。"

刘邴盯着邓绪道："下官也不明白，邓大人为何口口声声，只说我收了贿赂，马廉的卷子陶大人与诸位主审官都看过，都说颇有才情，邓大人无凭无据，何以污蔑下官？"

邓绪道："既然把刘大人请到堂上，自然就有证据了。"

一招手，堂下的断丞官呈上一叠票据和一把钥匙。

邓绪先取那叠票据："这几张是马廉在京城胡商处购得珍玩的票据，其中有一尊八宝玉象，在刘大人家中，找到了一模一样的。你家下人已经招了，连同礼单都在，至于马生的文章颇有才情……"

邓绪再拿起那把钥匙："马廉在科考之前，把一个盒子存在了珍宝斋内，盒上的漆封还有日期，盒中是贤部的考卷。刘大人可能不知道，本次科举，贤部的考卷换过一次，出卷之后，高大人觉得不大好，又请旨重出了一遍，马廉盒中的，却是没换之前的旧卷，区区一个考生，怎么会有弃而不用的卷子？三百五十六号的考生发了癫痫，偏偏也是贤部，真是巧。"

大理寺去查那名癫痫的考生，但他已痴傻，满口咿咿呀呀，连句囫囵话都说不出来。

大理寺再去查负责封档试题的官员，发现有一个就在大理寺去查的前一天失踪了。那半夜的哭声，当时的巡场官说，是有一个小吏，听见空考房中有奇怪的声音，误以为有鬼，入内查看，又失手烧了灯笼，被巡场官呵斥，吓得哭了。

当时巡场的所有人都能作证。

邓绪心知此事不可能如此巧合，但苦无证据，也只能暂且按下。

他再拿起案上的另一叠票据："这是一叠银票，数额庞大，马廉区区一个穷书生，绝不可能有这般家业，王宣，这叠银票是什么来历，你该清楚？"

王宣昂然道："我不知道邓大人是什么意思。"

邓绪放下银票："此案来龙去脉，本寺心中已有大概。王小公子，城外有个鬼市，是你做庄家吧，马廉受雇于你，更替你做了些与柳府闹鬼一案有牵连之事，这些钱财，都是他的赏钱。更因如此，他才得到了贤部的考卷，又有重礼送给刘邴，获得举荐。马廉被杀，根本就是被灭口。"

王砚上前一步道："邓大人，下官有异议。大人所说，只是推论。马廉既然是马洪之弟，为何要更改户籍，来到京城？假如他花钱买了考卷，又贿赂审卷官，留下证据，等于是留下断送自己前途的祸根，他为何要这样做？陈筹是陈子觞之弟，案发当天，恰好有犯案的时间。明明亦有重大嫌疑，大人为什么一直无视我刑部的调查，略过不提？"

堂上的气氛有些僵持，王宣幽幽地说："哥，你不要顶撞邓大人，别人会说你是为了包庇我护短。我没做过就是没做过。一个那样的人，用得着我犯杀人罪么。我相信皇上和上天都有公道！"

兰珏不由得想，假如他是王太师，此时此刻，肯定想捏死这两个傻儿子。

他也在想，真相到底是什么。

马廉是马洪的弟弟，云太傅与他有杀兄之仇，从邓绪列举的这些证据看，马廉的这些作为，反倒像是……

堂上依旧僵持时，沈少卿匆匆走到邓绪身边耳语几句。

邓绪的神色阴了阴，最终皱眉朗声道："现有一人，得知此案的真凶与来龙去脉，已得到皇上的御批，特准上堂。"

众人面面相觑，兰珏转目看向堂外，只见一个风尘仆仆的身影穿过庭院，跨进大堂。数日不见，他又瘦了不少，皮色黑里透红，眼越发往里凹着，脸上还有一圈泛青的胡茬。

陈筹顿时激动地扭动起来，声音里都带着哭腔："张兄，张兄，你可来了……"

王砚皱眉，其余两司的官吏都不明所以，邓绪道："张屏，既然你求得到了皇上的御批，特准上堂，假如不知道真凶是谁，欺君之罪是什么下场，你也应该清楚。"

张屏恭恭敬敬道："学生清楚，学生已查到真凶是谁，证据确凿。"

邓绪冷笑道："哦？那正好，本寺与刑部意见相左，本寺以为，马廉是参与了试场舞弊，而被灭口，刑部则说，马廉之死，与当年陈子觥一案有关，你所谓的真凶，不知是出自哪一方。"

张屏抬起眼皮，看了看邓绪，又看了看陶周风和王砚，王砚哼一声，转过视线，张屏道："学生查得的结果，与刑部一致，马廉之死，是因当年陈子觥一案，与试场舞弊无关。"

王砚有些诧异地转目看他，邓绪更诧异，微微变色道："张屏，你确定？"

张屏一字字道："学生确定。"再看向王砚，"其实本案的凶手，早已被刑部的王侍郎抓获，一直关在刑部。"

陈筹已面无人色，邓绪面无表情道："真凶是谁？"

张屏道："本案的真凶，是个已经死了的人。"

死人怎么能杀人？

邓绪淡淡道："张屏，将你认为的真凶说出便罢，若有证据，一一列举，公堂之上，不必故弄玄虚。"

张屏侧转过身："杀马廉的凶手，就是此人。"手所指向，是陈筹身边的一人。

当日和陈筹一起在湖边喝酒的另一个书生，吕仲和。

堂上的众人又都变了颜色，陈筹一脸错愕，半张开嘴，邓绪道："张屏，三司会审的公堂，可非随便乱指凶手的地方。你说吕生是凶手，有什么凭证？你又说真凶是个已经死了的人，难道在暗示本寺和其他两位大人，此人另有身份？"

张屏又垂下眼皮："学生不善言辞，这案子太过复杂，一时不知道该从何说起。大人可以着人去吕仲和的住处查抄，他当晚行凶时穿的衣服和其他证物，应该都在他的家里，能够证明学生所言不虚。其实，吕仲和是杀马廉的凶手，本应该非常容易就查到。只是因为王大人太英明了，凶手算错了几个人，才会出现今天的局面。"

王砚的脸青中透绿，邓绪即刻命人去吕仲和的住处，又道："张屏，你虽有皇上的特许，但公堂上，也容不得你如此讥讽王侍郎。"

张屏抬眼看看邓绪又看看王砚，一脸端正："学生是说实情，并没有讥讽王大人。凶手希望尽快被官府抓到，故意在马廉的家中留下了许多线索……学生惭愧，不会说话。"

王砚的脸色越来越多彩，卜一范打圆场道："没关系，你不用紧张，慢慢说。"

张屏顿了顿，在心里整理了一下顺序，方才接着说："学生被关在狱中时，互相诉说被怀疑的原因，我发现吕兄的话中有破绽。他和马廉可能没仇。马廉没有挖苦他，讥讽他的那个戏本，不是马廉写的。"

马廉出名之后，各大戏班找他写本子的太多，加之为了筹备科举，马廉多是拿钱挂名，尤其最近半年。

邓绪道："马廉请人代笔，当然不会明说，你怎么知道那戏本是不是他写的？吕仲和为什么要撒这种对自己全无好处的谎？"

张屏道："吕兄说，他去年腊月来到京城，又结识一名女子，到谈婚论嫁，再被马廉写本子讥讽，坏了婚事，这个时间，怎么推测都不对。学生当时也不明白，为什么吕兄要扯这种谎。"

如果吕仲和与马廉没有仇，那么他就不是杀马廉的疑犯了。一般犯人撒谎都是替自己脱罪，可吕仲和为什么偏偏要说让自己背上杀人嫌疑的谎？

所以张屏一开始以为自己想错了，他去看了马廉的宅邸，又看了试场，越来越疑惑。

"学生在马廉家中查看后，发现了一条明线和一条暗线，这两条线能够找到两个完全不同的凶手。但杀了马廉的，明明应该只有一个人。"

那条明线，就是马廉溺死在浴桶中，死前身上有刀伤，凶徒把凶刀抛弃在现场，马廉家的值钱的东西并没有被盗走，如此残忍的手法，表明凶手与马廉有仇，趁马廉沐浴的时候潜入，把他杀死。

"马廉卧房的墙旁和门闩被刮过，是刑部拿证据的时候刮的，学生猜测，应该是墙上有泥痕？"

王砚面无表情地颔首："不错，干泥中混有草屑，可能是凶手蹭上的。另外地上还有干痰渍，混有食渣，有酒气，或是马廉的，或是凶手吐的。"

泥痕可以证明凶手或许从一个潮湿有草的地方来，干痰渍则说明凶手可能喝过酒。

马廉被杀的那晚，既在潮湿的地方，又喝了酒，最大的嫌疑就是陈筹、吕仲和、韩维卷三个在陈子觞的祠堂边喝酒的书生。

王砚负起手，瞥了一眼堂上："下官在移交大理寺的卷宗中，亦写明了这些疑点，但邓大人一直视而不见。"

邓绪的眉头跳了跳，口气和蔼地道："张屏，你继续往下说。"

张屏接着道："本来凶手以为，证据如此清晰，刑部肯定会抓到他们三个。这三个人都与马廉有仇，都有嫌疑，要排除假象找到真凶，按照一般的办案手法，就是先查抄他们几人的家宅。在吕仲和的住处一定能找到证据，此案轻易便可结案定罪。诸位大人如果不信学生的话，可等找到证据后，我再往下说。"

吕仲和家距离大理寺颇远，即便骑快马来回，加上搜查，至少也要一个多时辰，邓绪道："也罢，你接着说。你说有两条线，两个不同的凶手，又是怎么回事？"

张屏道："学生刚才就说了，凶手算错了几个人，第一个就算错了王大人。王大人留意到了破绽，也没有按照他的推想，去查抄家宅，而是先取证推测，因为此案涉及的人物太过繁杂，反而未能破案。"

王砚铁青着脸道："本部院查看浴桶，发现那血迹有异，不像是马廉在浴桶中时遇袭，而是遇袭之后再拖进浴桶溺死，所以觉得本案不简单，那些证据，亦不能算作直接的证据，所以没有贸然查抄，只是将嫌犯扣押查证。"

张屏道："学生看到的那条暗线，与王大人推断一致。"

王砚瞥了他一眼："不敢不敢，本部院查到的都不是真凶，怎么能与你比？公堂之上，少绕圈子，直说便可。"

兰珏一直在一旁只管听，只觉得眼前的情形颇有趣。

这案子他也听得云里雾里，但知道张屏说的是对的。因为吕仲和从张屏指认他的那一刻起，就一直一言不发，垂头跪着，也看不到表情，这已经等于认罪了。

张屏道："那条暗线其实也很简单，凶手是马廉的熟人，他们的关系很亲近，亲近到马廉亲自把他请到房中谈话。凶手在卧室里偷袭了马廉，然后再打水，把他按进浴桶中溺死，装扮成是他在沐浴时遇袭。"

但是凶手没想到，马廉平时是在院子里洗澡。

"其实，只要确定了这一点，很容易推断出凶手的身份。马廉是个谨慎的人，他身上有个秘密，怕被人发现，连洗衣服的老妪都进不了他的房门，什么人能与他特别亲近，直接进入他的卧房？"

公堂之中的气氛忽然古怪了起来，几位大人的眼神都有点意味深长。

卜一范捻了捻胡须："这个么……只有情人了……"

张屏肃然道："定然不是情人，如果是情人，不可能不知道马廉在院子里洗澡。"

卜一范怔了怔："那会是谁？"

张屏道："这个人的身份，从马廉的经历中推敲推敲就能知道。马廉家穷，五六年里，有了东湖居士的名头，又攀附上太师一系，能试场舞弊，定有人提携。"

提携马廉的人，是谁？

马廉拼凑封若棋的文章起家时，谁替他撑腰？马廉为人阴损，却能屹立不倒，谁是他的靠山？

"崔班主最初提携了马廉，但是这么多年，一直在做马廉后盾的，是思贤书局。"

王砚双眉拧得更紧，思贤书局他也留意过，不过与张屏的推断不一样，他留意思贤书局，是因为巩秦川和封若棋的话。

崔班主商人重利，马廉最初的那个戏本是给他写的，他替马廉撑腰无可厚非。但思贤书局是京城大书局，当年封若棋的名头高过马廉，为什么思贤书局宁可得罪一个有些名声的文士，也要捧一个名不见经传，且抄文的马廉。

"思贤书局是京城的大书局，由其牵线，让马廉攀附上王太师亦不为奇。学生特意去思贤书局查过，书局中，负责马廉戏本的，是二掌柜。"

思贤书局的大掌柜多年未曾出现过了，一直都由二掌柜主事，也有传闻说，大掌柜早已经亡故了，书局等于是二掌柜的。不过鲜少有人见过这个二掌柜。

马廉的住处，就是思贤书局替他租的，他与这位二掌柜的关系，必定很亲密。

"这件案子的经过，经学生推测，应是如此——凶徒叩开马廉家的大门，马廉招待了他，马廉起初是和他一起在书房，他去卧房取一件东西，就此送命。学生猜测，可能是茶叶罐或是茶壶。"

张屏到厨房中查看，发现马廉在死前烧水沏过茶，茶壶在书房中，凶手取走了一个杯子，只留下另一个水杯，但马廉的卧房里没有茶盏。

"凶手来时，当然没有带刀，凶刀是从书房取走的，香炉所对的那堵白墙上，挂的本应是一把刀。刀鞘上有铁，所以墙面有磨损的痕迹，倘若被刑部发现，凶刀不是凶徒带来的，或会怀疑马廉不是在洗澡时遇袭，于是特意带了一幅半旧的字挂在挂刀处遮掩，可惜有疏漏，这样一幅旧字，卷轴顶端和挂绳上居然没有灰。凶手上桌取刀，无意中打翻过香炉。香炉中的香灰和下面的金刚砂混在了一起。"

邓绪道："听你这样说，的确有道理，但你为何要说凶手是吕仲和，难道不是真凶嫁祸给了吕仲和？"

张屏道："学生与吕兄同在狱中，发现他的小腿上有被香灰烫过的痕迹。凶手杀了马廉，布置完毕后，收拾了书房，又换下血衣，包裹起来，整理了仪容，这才离开马廉的家，所以还留下了一样证据。"

邓绪皱眉："什么证据？"

张屏道："马廉家的梳子。吕仲和的头，恐是天气的缘故……有些炎症……梳子上沾了药膏。可能是吕兄疏漏了，没有清洗梳子，也可能是他故意为之，好让官府尽快抓到他。"

一直垂着头的吕仲和缓缓抬起了头，一双眼中闪着奇异的光。

左右衙役上前，掀开他的裤脚，果然见右腿的小腿上有点点烫痕。

陶周风摇头道："真是匪夷所思……假如吕仲和就是思贤书局的二掌柜，他把自己搞成两个人，杀马廉，要官府以为是他，又不是他，岂不是很矛盾？眼下年轻人的心思，本部堂越来越不懂了。"

邓绪道："吕仲和是凶手，眼下倒是说得过去了，但他是思贤书局的二掌柜一项，还是你凭空臆想居多，还少实证吧。陶大人说得对，他为什么要这样来回折腾啊？"

张屏掀起眼皮看看邓绪："思贤书局常年从济世堂预订药膏，医治头皮，另外，亦还是有几个人见过二掌柜的。此案之前，二掌柜已要把书局转手卖掉，契约都已立好，大人可以去查证。学生一开始也想不明白，为什么吕兄要这样做，但后来因为一件事，查到了另一个真相，这才明白，吕兄之所以这样做，因他是个守法之人，杀人者偿命，他早有预谋杀马廉，亦早打算以命偿还，他不想别人知道他杀马廉的真正原因，所以生造了另一个身份。但他除了王侍郎外，又算错了两个人，一个是陈筹，他没想到，陈筹居然是陈子觞的弟弟，王大人因此着力查陈筹，没有怀疑其他。他算错的另一个人，是马廉，他不知道马廉真正的秘密，马廉的秘密又引开了大理寺的注意，所以他反而安全了。"

张屏看向吕仲和，神色中有一丝悲哀："吕兄，马廉没有投靠云太傅和王太师，他不知道真相，他想报仇。"

吕仲和怔住。

张屏又转过视线，继续向堂上道："吕兄的秘密是——"

吕仲和突然开口道："张屏，我求你了，别说。"

张屏顿住，再看向他，吕仲和的脸上一片淡然，定定地看张屏："我杀了人，我偿命，该死的人都死了，你知道了真相，你也能明白。算我求你了，别说。"

张屏沉默片刻，肃然道："我若顾全了真凶的名声，两件案子，三个死者的冤魂皆不得安宁。"

吕仲和的神情终于转为绝望，突然闭上眼，猛地向旁边的柱子撞去，他身边的衙役眼疾手快地按住他，掰住他的下颌，往他的嘴里塞了一团布。

张屏的眼中又闪过同情和不忍，终于还是站直了身体，沉声道："吕仲和虽然是凶手，但不算真凶，真凶早在六年前已经死了。若不是兰大人的提点，学生也想不到，陈子觞一案和本案的真相，竟是如此。"

邓绪的神色已有些不耐烦："张屏不必多言其他，直接指出凶手便可。"

吕仲和在衙役掌下绝望地挣扎。

张屏躬身道："禀大人，学生所说的那个真凶，就是昔年的刑部尚书窦方。"

整个公堂都静了。

连兰珏都一时无法思考。只听张屏接着道："学生在听到当年陈子觞一案时，也有一件事始终想不明白，陈子觞的文章中引用了他母亲的诗句，这样的证据，不早点说出来，要等到他家破人亡，为他翻案的时候，才被查出，不合常理。"

任何一个人在被冤枉的时候，都会尽量拿出能证明自己清白的证据。为什么陈子觞没有？

是没有，还是说出之后，却被人故意无视？

"窦大人是位清官，办过几件大案，学生久慕其名，在陈子觞一案中，他把陈家的家底全部掀出，唯独忽略了这条线索，学生觉得很蹊跷。还有陈子觞母亲的死。"

陈夫人撞死在刑部门前，还故意挑在柳远的官轿到达的时候，这种举动，很像是无法做到某件事，无法说出某些真相时，无奈的最后挣扎。

她在用自己的命喊冤，她知道什么，无法说出来？

"等学生查到真相的时候，才发现，其实陈夫人是用自己的死来告诉世人此案的内情。"

邓绪终于又开口了，他盯着张屏，一字字道："你此时所言，已有诽谤朝廷命官之嫌，若你拿不出证据，什么后果，你自己清楚。"

张屏未曾回答，只接着刚才的话说。

"学生在查思贤书局的时候，发现了一件很蹊跷的事，六年之前，陈子觞获罪的那场文会，思贤书局是主办的商户之一。"

陈子觞被冤枉，那么谁能拿到他的文章，立刻给马洪？显然是主办文试的人。

为什么马洪至死都不肯说出他为什么要诬陷陈子觞？给他陈子觞文章的到底是谁？

马洪与马廉家境贫寒，马廉怎么有能力更改自己的户籍，作为蜀郡人士来到京城？

"种种拼在一起，陈子觞倒像是被人故意陷害的一样，这些学生都想不通，缺少一个原因。"

缺少陈子觞被蓄意谋害的原因，这样精密的布局，布局的人显然不是一个平常的人，他为什么要这样做？

六年之后，思贤书局的二掌柜为什么要搞出另一个假身份杀了马洪的弟弟马廉？

"直到兰大人无意间看到了学生拓下的陈子觞的笔迹，告诉了学生一个典故，此案方才真相大白。"

张屏从衣袖中取出一张纸，是那天他在陈子觞的祠堂拓下的碑文。

邓绪按了按额头道："兰侍郎，刚好你在，你能否详解一下，陈子觞的笔迹中，怎么能看出六年前的冤案真相？"

兰珏道："下官亦不明白真相是什么，只是觉得陈子觞的字很难得。没想到本朝还会有人写出这样的一笔字。"

左右把拓本呈上，连陶周风也凑上去看了看。

卜一范道："这是王右军的行书体，世人多习之，未有什么稀罕。"

陶周风却皱了眉："是有些怪了，他怎么能写出这笔字来？"猛然抬头，"难道……"

兰珏轻叹道："陶大人看出来了，此生的字摹的是王右军的兰亭书，但怪的是，摹得并非欧阳询、虞世南、褚遂良或冯承素之本。"

据传，昔日唐太宗使宰相萧翼骗得了《兰亭集序》，爱不释手，命朝中的书法大家们临了摹本，还刻在石上，赐发皇亲重臣和天下学宫。

褚遂良、欧阳询、虞世南、冯承素、诸葛贞的摹本最为出名。

《兰亭集序》的真本相传做了唐太宗的陪葬，那些摹本与石刻亦在战乱中渐渐失传，流传到今世的，只有褚、虞、冯、欧阳的摹本。

张屏道："兰大人的这番提点，让学生想到了多年之前本朝发生的一件事，相信诸位大人定然亦很熟悉。"

陶周风半张开嘴："难道，难道……？"愕然坐回椅子上。

张屏缓缓颔首。

二十多年前，本朝曾经出过一桩令人唏嘘的奇事。

庆州的一个小县东陞建庙挖土，从地下挖出了一只石匣，县里以为这是件古物，上交州府。

当时任庆州知府的，就是陈子觞的祖父陈文定。

石匣送到州府时，陈文定的好友，翰林院学士周公遂回乡省亲，路过庆州，正在陈府做客，他精通古玩，鉴别此匣后，断定可能是唐物。

陈文定请了工匠打开石匣，匣中没有金银珠宝，黄缎衬里，只躺着一卷帛书。书上写的，赫然是《兰亭集序》，但看字体和落款，又非褚、虞、冯、欧阳摹本。

周公遂反复推敲验看，推测这卷帛书极有可能是已失传的诸葛贞摹本。

修庙的那处所在，原本是唐时的一处学宫，大概是唐末战乱时，学宫的人为了躲避兵祸，把摹本封在石匣内，藏在地下。

历时许多年后，才重见天日。

陈文定和周公遂立刻上书禀报朝廷。

先帝得知后大喜，命令周公遂即刻带着帛书回京城。

周公遂离开庆州，乘船返回京城，就在当天晚上，在江上遇到了水匪，全家老少与船上仆役船工近三十余人，几乎全部葬身江内。

船被一把大火烧了个干净。

这件案子震动朝野，刑部奉旨彻查，一个多月之后破了案，作案的凶犯是江边一带的流寇，匪首名叫牛霸，据他供认，他见周公遂是个"钦差官老爷"，船上箱笼众多，就起了歹意，杀了人，取了金银珠宝之后，就放火烧了船。

查抄他匪窝，果然只见金银等物，没有诸葛贞《兰亭集序》摹本的踪影。

可能这本摹本已葬身火海，从此失传。

牛霸及一干匪寇全部被处以极刑，陈文定也引咎辞官。

窦方是周公遂的门生。张屏得到皇帝的许可，翻阅了以往的档案，发现窦方当时曾上书朝廷，力陈此案仍有疑点，怀疑牛霸是受人指使，并非单纯为了劫财，但当时他刚中科举不久，还只是一名小吏，人微言轻，又没有证据，此案还是在牛霸等人被斩之后，就结案了。

吕仲和面如死灰，已停止了挣扎，他的头发在方才挣扎时散开，露出了半秃的头顶。

头皮上疤痕斑驳，依稀是烧伤的痕迹。

陶周风颤巍巍道："你，就是周家那个活下来的孩子中谦？"

二十多年前，陶周风也在翰林院任职，与周公遂是同僚，那件惨案令他颇为悲痛，他记得，那件惨祸中，只有周公遂最小的儿子中谦幸免。

周中谦当时才两三岁，被养娘抱着跳到河里，头还被着了火的圆木砸中，居然漂到了岸上，离奇地捡了一条命。

陶周风与几个同僚凑了些钱，给这孩子还有周公遂的老父亲送去，却被周老太爷婉拒。

周老太爷道："吾儿冤不得申，死不瞑目，要这钱有何用？"

吕仲和眼中流下的泪里混了血，纵横在脸上。

张屏不忍看他，接着道："学生在查旧档时，发现在结案后，马洪和马廉兄弟突然地出现在了西北甘凉县的户籍薄上。学生亲自前去盘查，发现，马洪和马廉是被窦大人秘密迁了户籍，寄养在西北甘凉县的一户穷人家，为窦大人办理此事的几位官员名单已记录，诸位大人可以随时传话问询。而马洪和马廉，其实是水匪牛霸的儿子。"

卜一范不由怔了怔："窦大人为什么要这么做？"

陶周风叹息道："窦大人胸襟广阔，连弑师凶犯的子女都肯悉心照料，实为世人之典范啊。"

邓绪冷冷道："本寺猜想，窦方如此做，是想从这两个小儿身上找到指使牛霸的真凶的下落吧。"

牛霸的儿子们仍活在世上，或许会握有什么秘密，真凶或许会不放心，就此露出马脚。

对于当时无法查到真相的窦方来说，这一点点的线索，也好过什么都没有。

张屏道："窦大人当时怎么想已不得而知，但学生在马洪和马廉甘凉县的家里，还找到了一些书信，是窦大人的笔迹，证明窦大人一直在关照着这两兄弟，使得他们即使家境贫困，也能够读书。他们并不知道自己的身世，都把窦大人当成了最敬重的叔父。窦大人与他们联系时所用身份是思贤书局的主人。"

窦方违反了朝廷命官不得经商的禁令，私自开办了思贤书局。

他的用意，可能是为了方便寻找诸葛贞《兰亭集序》摹本的线索。真凶拿着这本摹本，或许会变卖、临摹。书局是最容易得到讯息的地方。

但是窦方等了二十多年，都没有查到什么。这时牛霸的两个儿子已长大，书都念得很好，长子马洪还通过了西北郡的甄试，来到京城参加会试。

就在此时，窦方却发现有个同样来参加会试的试子，笔迹疑似临摹了诸葛本《兰亭集序》。这个人，竟是他恩师周公遂的好友陈文定的孙子，陈子觞。

"所以陈子觞的案情定然会是冤案，因为，一步步设计他，盗他的文，冤枉他，直到闹得他家破人亡的人就是窦方。陈子觞的母亲以死鸣冤，想告诉柳大人，她的儿子因笔获罪，真凶就坐在刑部大堂上。"

马洪是窦方的从犯，他与窦方联手造成了六年前的冤案，被杀时，也没有说出真相。

他究竟知不知道自己的身世，还只是情愿用命报答对窦方的恩情，亦不得而知。

"陈子觞冤案过后，窦大人替马廉又更改了户籍，马廉自始至终不知真相，这从他想要报复云大人和王太师就能看出来。"

陈子觞之案后，窦方也许是觉得大仇已报，马洪也为此死了，他想要放过牛霸的另一个后人，让他好好活下去。所以他替马廉把户籍又改到了蜀郡的望山县，把思贤书局留给了周公遂的儿子周中谦，服毒自尽了。

"可马廉不知道此事的真相，他觉得，叔父是个好人，兄长也是个好人，因为云大人替陈子觞翻了案，判了马洪死刑，他要替兄长报仇。所以他来到了京城，投靠叔父，他不知道叔父就是窦方，周公子可能是告诉他，叔父病故了。而且，虽然窦方放过了马廉，但是周公子并不打算放过他。"

周中谦挣扎着，表示自己有话说，邓绪示意衙役取出他口中的布。

周中谦哑声道："不错，他爹杀了我全家，我为什么要放过他！"

那个夜晚发生在他记忆模糊的幼年，却是他永远的梦魇。

梦中只有支离破碎的片段，满天的红光，炙烤得钻心的皮肤，迎面而来的刀光，男人和女人们的惨呼，还有冰冷的水，灌进鼻腔、喉咙，让他在窒息中冷汗淋漓地醒来。

家破人亡的噩梦，注定永远缠绕他一生，不得解脱。

他的牙齿咯咯地咬出了血，衙役把布团重新塞进他口中。

张屏继续道："马廉的复仇计划没有告诉思贤书局的人，他先开始不择手段地上位，并且有意败坏自己的名声，后来，他终于搭上了王小公子一系，并且联络上了柳大人，准备在科试中，抓到科试舞弊的证据。"

王宣梗着脖子道："有什么证据啊，本公子和我爹，还有我哥，我们全家光明磊落！"

王砚瞪着他道："闭嘴，公堂之上，不得咆哮！"

张屏自顾自地往下说："马廉在试场外故意喧哗，是因他本以为，舞弊的是贤部。他之前拿到的也是贤部的考卷，却没想到他被安排到纪部的考场。所以他刻意闹事，想告诉场外的人，考场有了变化。还有床下的符文，恐怕不是舞弊的人刻的，而是抓舞弊的人所刻。"

舞弊的人既然能任意安排试场、买卖考卷甚至在推荐卷子上做手脚，那么根本就没有必要再在床底下冒险做记号，落人把柄。

只有纶部和贤部的几个试场床下有这种印记，恐怕是因为抓舞弊的人早就得到了消息，这几个考场会有猫腻，所以刻下记号，一旦收卷的时候取得了确凿的证据，就会把那些符文按照顺序排列。那是请鬼的符，意思是，这个试场，有鬼。

邓绪的眉头越皱越紧，有个小吏从屏风后转出，不动声色地把一张条子塞到他手中。

张屏又道："还有，马廉他和……"

邓绪突然抬手道："此案，本寺已大概明白，待核对证供后，再开堂审断。"

整衣退堂。

张屏走出大理寺，阳光有些刺眼，照得地上的影子十分浓重。

张屏低头看自己脚下的影子，王砚踱到他身边，硬邦邦地说："此案会水落石出，这件案子，本部院承认你办得漂亮，不过你办了这件案子，不一定会有什么好结果，自求多福吧。"

张屏嗯了一声，慢慢向前走，他知道有些事情，不会准他再说了。

比如，其实早在六年前，云棠就查清了陈子觞一案，朝廷压下真相，保全了窦方的名声，只在祠堂上刻下了陈子觞的字迹文章，隐晦地表明事实。

如果当时公布出来，可能就不会有几年后马廉被杀的事了。

再比如，牢里面突然死掉的那两个柳家的丫鬟，实际上和马洪或马廉一样，是在用自己的命，企图推倒她们所谓的恶吧。

这样做，真的值得吗？

张屏站在街上，太阳在天空中，阳光下的人，脚边总有影子。

熙熙攘攘的街道，房屋，行人，形形色色，很少有纯粹的黑和白。

张屏正在出神，身边一个声音道："你办了这样的大案，我都不敢让你再委屈住在敝府了。"

兰珏站在离他三四步远的地方，微微含笑看着他。

张屏垂下眼皮。

"学生，立刻就搬出去。"

兰珏的笑意更深了些："本部院还要回司部去，你先自行回府吧。徽儿这几天不见你，总问，我都头疼了。你可以先不用做事，准你三天假，养好了精神再说。缺钱的话，就去账房那里预支下个月的薪水。"

张屏沉默片刻，闷声道："学生多谢兰大人。"

兰珏走上大理寺门前的官轿，径直赶回礼部。

傍晚，捕快们带着从"吕仲和"的住处搜到的血衣回到了大理寺。

几日后，试子马廉被杀一案结案，凶犯"吕仲和"斩立决。

王宣白坐了一回牢，回到府中，王太师也没多说什么。

陈筹出了狱，抱着张屏痛哭流涕："张兄，你就是我今生最大的恩公！我这辈子做牛，下辈子做马也会报答你！你就是我的……"

张屏在变成陈筹的又一个爹之前及时阻拦了他。

陈筹买了一大堆纸钱，到陈子觥的祠堂中烧，唏嘘不已。

他的母亲是陈子觥的父亲偷偷养在外面的一个外室。

但她是个精明的女人，知道陈父的正夫人生了儿子，自己身份低微，没什么好争，就要了一块地，买了个小宅院，自己过日子。

陈父因此觉得她很贤惠，即便正夫人有了儿子，也偶尔去找找她，就这样又有了陈筹。

陈筹生下来后，他母亲越发担心，怕正夫人以为她要争家产，容不下她，索性带着孩子和钱财，偷偷搬到了西北郡，从此与陈父断绝，没想到却因此幸运地逃过一劫。

陈筹哭着说："我娘常讲，不该是你的，就别想，别拿，没有好果子。她老人家真是太明理了。"哭完了，陈筹又问张屏，"为啥曹兄会变成兰大人？你进了兰大人府，是不是以后功名就有指望了？你发达了，别忘了提携我。"

张屏闷声说："不知道。"

朝廷一切照旧，刑部在陶周风春风化雨的领导下，由王砚挑头，继续孜孜不倦地与京兆府和大理寺抢案竞争。

吏部继续在为肃清吏治、荡涤朝野努力着。

礼部仍然为了怀王的婚事忙得四脚朝天。

但在怀王大婚之前，有件事必须尘埃落定。

礼部尚书龚颂明拿着今科的进士榜单呈给永宣帝："皇上，这次殿试的名单，是否就这二十九人？"

永宣帝提起笔："把张屏的名字，放在第三十名。让陶周风做他的老师。"

女 儿 村

一

八月初八，怀王大婚。整个京城披红挂彩。

怀王乃永宣帝的堂叔，在永宣帝亲政前曾代摄朝政，因此这场婚事，办得格外奢华隆重，围观的老百姓都说，即便皇上大婚，也只能这么排场了。

永宣帝有意喜上加喜，把今科殿试安排在怀王大婚之后，八月初十。

会试选出的三十人，末名的马廉遇害，只剩了二十九，不甚吉利，永宣帝命礼部在榜单上填补一人，经代替礼部尚书龚颂明主持阅卷的刑部尚书陶周风"极力推荐"，填补者定为西川郡考生张屏。

吉报还未发出时，兰珏就已经收到了消息，回府把张屏叫到厅堂，道："不管殿试成绩如何，你都已经是进士，陶大人是你的老师，再留在我府上，有些不方便。明天吉报就会送到小耗子巷，你今天收拾东西，搬回去吧。"

张屏嗯一声。

兰珏等了一下，张屏嗯完之后，就没有下文了。

兰珏不由得心想，此生于人情世故上，实在太欠缺了。

皇帝会让张屏添补上榜，不让兰珏做张屏的老师，兰珏早已料到。兰珏眼下在朝廷的官员中，仍算年轻的，资历浅，倘若皇帝想着力培养张屏，定然会给他找一个名声好、威望高的老师。

虽然料到了，兰珏仍不免有些介怀，就好像一个玉匠，发现了一块不起眼的石头中藏着美玉，却不能亲手雕琢它一样，总归遗憾。

他不指望张屏会说，提携我的人是兰大人，在我心中，兰大人才是我的恩师。

但，再木讷，也该说个谢字吧，毕竟你在本部院家住了这么久，还拿了工钱，你其实正经教过徽儿几次？

兰珏心情复杂地看着张屏，张屏躬了躬身道："学生现在就回去收拾东西。"

道了声告退，居然就这么离开了小厅。

兰珏望着他的背影，又坐了一时，起身回了卧房。

张屏在厢房里收拾东西，吴士欣过来帮他，身边竟然还跟着兰徽。吴士欣笑道："我和徽少爷说了你的事，他非说也要来送送你。"

兰徽探头看张屏的行李，一本正经道："吴先生说，你中进士了。你还没殿试吧？"

张屏道："对。"

兰徽再眨眼看看他："我爹当年是探花，你做不了探花吧，要长得像我爹爹那样的，才能做探花。我以为桐表哥能做探花的，但是我爹说，桐表哥会是状元。"

吴士欣知道张屏是被后来补上去的，这次殿试恐怕也只能吊在榜尾，兰徽这么口无遮拦地说，可能会伤了他的自尊，赶紧岔开话题道："唉，张兄高中真是令小弟羡慕。三载之后，小弟才能参加科考，希望有张兄这般的运气。"

张屏道："只是侥幸，吴兄的学问好，下一科定能高中。"

吴士欣笑呵呵地说："愿托张兄吉言。"

兰徽继续睁着乌溜溜的眼看张屏："听说，你会破案才能做进士，那杀人案到底是怎么回事啊？你见过鬼没有？我在大舅舅家，在王伯父家都见过，我爹爹说，那都是人装的，到底……"

吴士欣赶紧道："徽少爷，你忘了么，兰大人告诉过你，再提这个，又会招惹邪气，要睡书房了。"

兰徽不情不愿地嗯了一声，不再说话了，假装板着脸，却依然偷偷地瞄张屏。

趁着吴士欣去茅房的工夫，兰徽又凑到张屏跟前，拉拉他的袖子："你以后还来吗？"

张屏点点头，兰徽大喜，小声道："那等你来的时候，我爹爹和吴先生不在，你再跟我讲。"

张屏摸摸他的头顶："好。"

兰珏在卧房中小憩了一会儿，起身之后，天已尽黑，贴身小厮道："老爷，那张屏要走，正在外面等老爷起身辞行呢。"

兰珏意外地皱了皱眉："哦？他没直接走吗？"

小厮道："没，在院子里等了半天了。"

兰珏披了件外袍，出了卧房，廊下昏黄的灯影中，站着一个沉默的身影。

兰珏走到近前，那身影躬身："学生告辞了。"

兰珏微微颔首，那身影在灯光中仍垂着头，道："这些天，兰大人的帮助，学生感激不尽，铭记在心。"

兰珏浮起一丝笑："不必如此客气，回去好好准备，殿试时，莫太紧张，应答自如便可。"

那身影在灯光中沉默了片刻，道："学生记得了。"

八月初十，进士科中榜三十人参加殿试。龚尚书上殿陪试，兰珏在礼部衙门中待着。

到了近晌午时，窦郎中满脸笑容叩了叩门，向兰珏拱手道："恭喜恭喜啊，兰大人，令内侄柳桐倚才惊金銮殿，已被皇上钦点为状元了。榜眼是江南郡试子蔡贤章，听说是兰大人你举荐的雅部试子，探花山东郡试子游恒清，这次兰大人可谓双喜临门。"

兰珏心中不以为意，柳桐倚是状元毫无悬念，榜眼的那名试子的卷子虽然由他荐出，但他是礼部侍郎，主审是他的上司龚颂明，按照例制，此生会算成龚尚书的门生。

他笑容满面向窦郎中道谢，窦郎中又道："对了，那个后补上的试子张屏……好像还是倒数第一。"觑看兰珏的神色，压低声音，"听说皇上殿试完毕之后，对身边的人说：'若不是坐在殿上，单看此生的表情，朕还以为朕欠了他钱。'看来他虽意外交了好运，前程依然是……难。"

兰珏噙着微笑听，眉头跳了跳。

八月十一，新科进士正式放榜；八月十二，进士科三甲游街。

京城的老百姓都挺激动的，今科的进士中，标致的小年轻特别多，尤其新状元，比探花郎漂亮多了。

张屏穿着进士袍子，胸前绑着一朵红花，慢吞吞地骑马尾随在巡游的进士队伍最末。陈筹站在路边的人群中替他欢呼了一阵。

连着两件大案，让张屏在京城里颇有点小名声，不少人都抻长了脖颈子看他的脸，指指点点议论道，这就是那个白捡了一个进士做的，卖面条的扫把星。

巡游完毕，进士们到皇宫中领御宴。张屏虽是倒数第一名，但众进士都知道，他与兰侍郎交情不错，得皇上青睐，现在更做了陶周风的门生，都待他很是客气，主动与他攀谈。

张屏生性话少，同时和几个人说话，更觉得词穷，特别是那些进士们各个名次都比他高，却都爱恭维他的才智，张屏就不知道该怎么应付了，他苦苦在肚子里搜刮应对的话语，知道自己说话语气往往不自觉地生硬，开口前，再斟酌一下，然后说，越发显得话少而慢。

到了御花园中，皇上尚未驾临，陪宴的兰珏等礼部诸官与几位翰林院学士先到了，兰珏只是向张屏含笑微微点了点头，如同待其他进士一样。趁着众进士都去拜见诸官员的空当，张屏假装赏花，悄悄绕到了一棵老树后，喘了口气。

他抬头打量御花园的景致，只见一个人从远处向这里行来。

张屏的目光锁在了他的腿上。

此人二十余岁年纪，姿容俊雅，身形瘦而高，倘若步履翩翩，便就是戏文之中王孙公子的模板，可惜，他是个瘸子。

他拖着一条腿慢慢地走，眉眼中带着怏怏的倦怠之色，他察觉到张屏的视线，便向其扫了一眼，张屏垂首躬身，那人淡漠地收回目光，继续向前走。

张屏继续盯着他瞧，他身边有人拉了拉他的袍子，悄声道："张兄，你胆子忒大了，知道是谁吗？"

张屏低声道："知道。"

园中的众人已都跪倒在地，张屏也跟着在原地跪下。

那人身上穿着紫色云纹蛟袍，本朝之中，能穿这种服色的只有一人——

"臣等叩见怀王殿下。"

怀王随便地道："哦，都平身吧。"神色中隐去了方才的倦怠，望向扎着绢花的芍药丛旁的新状元柳桐倚，浮起几分笑意，"真是紫薇花般的人物。"

柳桐倚从容谢过怀王的赞赏，怀王又朝他走近了两步："不必如此多礼，你是柳太傅之孙？"一面说，一面竟携起了柳桐倚的手，"不知你是否记得，本王曾与你……"

柳桐倚后退了一步，神色有些愕然，一旁的宦官和两名翰林学士表情复杂，此时，通报声起，皇上驾到。

怀王方才松开了柳桐倚的手，柳桐倚趁机再后退一步，俯身叩拜，永宣帝向着跪拜的众人之中站着的怀王笑道："皇叔竟比朕早来了。"走到怀王身边，方才向众人道，"众卿都平身吧。"

张屏爬起身，拍了拍衣袍，他身边方才提醒他的是本次进士科的第二十九名杜梦蘅。他和张屏名次挨着，对张屏更是格外亲切。御宴开席后，他与张屏坐在一起，皇上亲切地勉励了众进士几句，众官负责陪衬，怀王坐在皇上身边，只管喝酒吃菜，极少说话，眉眼间又浮起了那种恹恹之色，目光偶尔飘向柳桐倚。

散席之后，皇上与怀王先行离去，张屏蹲到地上，眯眼瞧了瞧，旁边的宦官道：“张进士，你掉了东西？”

张屏站起身，拍拍袍子：“没有。”

出了皇城，杜梦蘅方才吐出一口气，向张屏道：“张兄，你可愁死我了，你老盯着怀王殿下看，万一被问个不敬之罪，可不是闹着玩的。我提醒了你半天，你都不理会。”

他左右张望了一下，低声道：“我知道你是没见过，咳咳……其实怀王有龙阳之癖……”

张屏愣了愣，杜梦蘅很满意他的表情，更小声地道：“此事满朝皆知，前两天，怀王殿下大婚，听说根本连新房的门都没进，第二天就去了暮暮馆。”

见张屏一脸迷茫，知道他没有见识，遂解释道，“就是勾栏，不过里面，都是男人……这事你千万别和第二个人说啊，否则你我都完了。”

张屏嗯了一声，他虽然面无表情，其实心里很震撼。

他之前听说过龙阳之癖，但从来没有亲眼见过，也没有在意过。

张屏一直过得很简单，看书、卖面条、吃饭，遇见了感兴趣的案子踅摸踅摸。这么直接地接触到复杂的人性，令他很触动。

他观察怀王的时候，见其频频看向柳桐倚，只猜测他们之前曾有过什么旧事，原来如此。

但是怀王的腿……

他之前听过怀王的逸闻，有人说，如果不是因为怀王瘸了，可能皇位就要换人坐了。也有人说，如果不是因为怀王瘸了，说不定就会被先帝除掉，便不会有独霸朝纲的机会。

不过，怀王的腿……

可是……难道……

柳桐倚长得不像女人，可是……难道……

张屏陷入深思。

怀王大婚完了，科举也结束了，兰珏总算松了一口气，告假在家歇乏，睡到日上三竿才起身。小厮道："老爷可算醒了，张进士前来拜见老爷，在前厅等了半晌了。"

兰珏一时迷惘，今天是新科进士拜见老师的日子，但是本届科举没有哪个考生算他的门生，这个张进士……

不会是张屏吧。

果然是张屏，兰珏到了前厅，就看见张屏在厅中站着，桌上摆着两盒月饼、一筐石榴，是他带来的礼物。

兰珏皱眉道："你该去拜见陶大人。"

张屏道："学生已递了帖，下午去拜见陶大人。"

兰珏有些无奈，却不由得笑了："陶大人是你的老师，日后在朝中，亦是要帮你最多的人，但陶大人是个好官，你不用送什么好礼，只按照你带来的东西，同样送去便可。"踱到桌边看了看月饼盒，又道，"陶大人年岁稍长，云腿月饼太过油腻，你可以挑一些素馅的月饼。"

张屏道："学生订了五仁馅。"

兰珏不觉又笑了，此生倒不像他想的那般不开窍。

他缓声道："如果陶大人不留你在尚书府吃饭，你晚上就过来吃吧。"

张屏点点头："好。"

中秋那日，新科进士的封赏官职诏书颁发。

今科一改本朝旧制，头甲三名不再外放地方，直接进入朝中各司部。

状元柳桐倚赐封大理寺断丞，正五品。

榜眼蔡贤章赐封吏部主事，从五品。

探花游恒清赐封礼部主事，从五品。

二甲三甲或留用朝中，或外放地方，官职都比以往优厚，起码在州府任职。唯独末名张屏，外放沐天郡宜平县县丞，从七品。

张屏被封了这样的官职，陈筹异常惊讶。

原本，他背着张屏，在酒楼里偷偷订了几桌酒席，准备张屏封官之后替他庆祝一番，也算还张屏救他的恩情。可堂堂进士出身，竟然被封了个从七品的县丞，连知县都不是，这几桌酒席，就显得尴尬了。

陈筹只得又去把酒席退了，还好酒楼老板知道原委，很同情张屏，只收了陈筹六十文的退订钱。陈筹从头到尾不敢让张屏知道，只能自己暗暗心痛。

实在是疼得有点憋不住了，他小心翼翼地问张屏："兰侍郎……陶尚书……不都是挺大的官么，怎么就……"

张屏说："哦。"

陈筹便不敢再问啥了。

张屏临去上任之前，陶周风把他叫到府上，勉励鼓舞了一番，曰，授予这种官职，更能体现皇上和朝廷对张屏的器重和恩典。既得官职，就当以民为本，外放地方，身为官阶最低的小县丞，才能最充分地体察到民情，了解民生。

他再从这里那里那里这里的层面上逐一剖析，把县丞剖析成了本朝最前途无量的官职，暗示朝廷要把张屏栽培成最粗壮的那根栋梁。

勉励到最后，陶周风自己都热血沸腾，几乎信以为真。

张屏板板正正地躬下身，道："学生一定谨记恩师教诲。"言语郑重，陶周风欣慰地笑了。

其实陶周风很心痛，他本是想让张屏进刑部的，小皇上让张屏做了替补进士，又成了他的门生，陶周风原以为，皇上也是这个打算。

他知道，张屏这般上榜，官职不会太高，就算在刑部先从最底层的小吏做，一步步向上走，前程也不会差了。

手下有了王砚和张屏两人……陶周风几乎看到了刑部牌匾上那璀璨的光芒。

从七品的县丞一封下来，陶周风蒙了。

难道是皇上想让张屏从低做起，外放小县赚取资历？陶周风虽然认为，为国为民不需要计较官职高低，但是，小小县丞，上面还有个知县，恐怕连升堂审案都轮不到他，想做出政绩，实在……

陶周风深深感到圣意难测。

朝廷中有了风言风语，说是从宫里的宦官们那里得来的闲话——张屏在领御宴的时候，大不敬地多看了怀王的腿几眼，犯了蛟颜，才会有这般结果。

陶周风不愿意这么想。

就在今天下午，王砚汇报完公事，像不经意似的说了一句："大人，下官听说，那张屏做了你的学生，怎么外放到小县去了，好像连知县都不是？"

陶周风的伤口上被撒了一把盐，呵呵笑了两声道："还太年轻嘛，总要历练历练，这是圣上和朝廷栽培的苦心啊。"

王砚哂笑一声。

陶周风留张屏吃了个晚饭，说了一句今天最发自肺腑的话："好好干，你做出的政绩，朝廷不会看不到，老师等你尽快回到京城。"

张屏收拾好行李，要在九月初到宜平县衙上任，临行之前，又去到兰府辞行。

兰珏亦对张屏的官职有些意外，一些闲碎的传闻他也都听说了，但他揣度小皇上对张屏的态度，总觉得这个官职别有深意。

他尚不能太确定，便只泛泛地说："县丞这个官职是有些小了，不过，先在这样的职位上磨一磨，来日回到朝中，亦多了一些经验。"

张屏道："我觉得，挺好的。"他来考科举，本来也没想做大官，干惊天动地的大事业。

他自知不太会说话，也不太会和人打交道，但在朝廷里，这两样很重要。

他仰慕兰珏这般事事都应付得游刃有余，从容又优雅的人，但他知道自己做不了这样的人。

就好像吃面，他佩服那些连喝面汤都喝得没有一点声音，跟品香茶一样高雅的举止，不过自己吃面条，他还是喜欢吸溜着吃，呼啦呼啦啜啜面汤，再嚼一头蒜，嘎嘣脆的，吃得香。

能吃饱肚子，冬有暖屋，夏有凉床，拿上些足以过活的俸禄，偶尔有几个案子掺和一下，是张屏梦想中的人生。

所以这个县丞很合他意。

但是大家因为这个官职，都在同情他，安慰他，他就只能不吭声，默默地满足。

八月二十，张屏背着小包袱离开了京城。

县丞这个官职实在太小了，朝廷连车轿都没有给配发，更没有随从，只让张屏自行上任。

陈筹和张屏同行，他准备三年后重考，京城物价太高，宜平县离京城不算太远，张屏的官职虽小，但住处肯定要比现在小耗子巷的陋屋强很多。

张屏邀陈筹同行时，陈筹客套了一阵，就欣然答应了。

"也是，张兄你初去那边，人生地不熟的，使别人总不如使熟人顺手，我就给你打打杂，有些文书事务，只管给我做。"

兰珏本要替张屏安排马车，张屏推拒了，他就没勉强。

张屏和陈筹雇了一辆驴车，一个六旬左右的老车夫赶车，陈筹另给了老车夫的小孙子——一名年方十岁、名曰三娃的孩童二十几文钱，让他跟在车中充当小厮，替张屏壮壮声色。

那三娃生了脚癣，加上跳蚤头虱，一路上挠个不住，张屏带了几个包子做干粮，三娃偷吃了一个萝卜馅的，专放响屁。老车夫呵斥了他几句，他委屈地哭了，鼻涕答答的，自家的袖口早被鼻涕浆得硬挺了，磨鼻头，便偷偷地在张屏和陈筹的包袱皮上蹭。

宜平县离京城实在太近，驴车东倒西歪走了两三天，就入了沐天郡地界，即将到县城。

驴车的车窗颠掉了，外面的景致一览无余，只见一片荒野，一带远山，几只老鸹蹲在官道边的树杈上哇哇叫。陈筹道："怪了，官道旁边，这么大片的荒地，怎么不见村落庄稼地，一丝人烟都没有？"

老车夫慢悠悠道："原本有。"

张屏问："怎么现在没了？"

老车夫道："就没有了呗。"一甩鞭子，那驴嘚嘚地快跑几步，"张大人，你放心，天黑前，肯定能到宜平。"

沐天郡紧挨着京兆府，当年本该是京兆府的一部分，但有臣子向太祖皇帝进谏，道京兆府太大了，不好管辖，于是就割出了一块，单成了一个州郡，把原本要做京兆尹的一位官员派去做了知府。知府想着自己原本应是京兆尹，郡中的百姓觉得自己原本应是京兆府的人，都诸多不忿。知府上表朝廷，含恨把此郡命名为了沐天郡，即做不成京兆府，也最能沐浴到天恩的意思。

宜平县是沐天郡中紧挨着京兆府的一个县，虽然小而穷，县里的人却都自视甚高，假如当年画郡界的官员手一抖，说不定大家就是皇城根的人了。宜平县的人都坚信，有朝一日，他们一定会回归京兆府的怀抱。

宜平县的知县姓邵，名志通，四旬有余，已在宜平县任上做了六年。

邵知县并非科举出身，关系也不算硬，朝廷突然空降下一个进士县丞，让他感到了威胁，担忧不已。

属下主簿劝他道："大人不必忧心，听闻这个进士与别的不同，是之前上榜的一个人死了，赶着怀王殿下大婚的喜事，皇上怕不吉利，拿他补上的。领御宴时，此人不知眼色，盯着怀王殿下的疾腿看了，便被发放这里。"

邵知县却不能释怀，他听说了张屏会办案，老师是刑部尚书陶周风，正因陶周风的力荐，才能替补上进士，后台很硬了。张屏是得罪了怀王殿下，但朝廷总不能让一个进士一直做县丞，起码要升一升，这一升……可不就第一步升成知县了？

邵知县正在顾虑的时候，先后接到了一份礼、一封信。

那份礼并不重，只是几色果品、一方古砚，来送礼的是个打扮朴素的仆役，说是张屏远亲的家人，受张屏所托，即日来上任，先替他来向邵知县问安。

这礼其实是兰珏让人送的，张屏初去上任，必定要向顶头上司知县大人表点心意，但像张屏那般不开窍，就算提醒了他，恐怕他也根本不会送，或送不起，就算买得起，送了，怕也送不对东西。

于是兰珏就随便挑了点东西，让管事的找个稳重的仆役，穿得简朴些，直接用张屏的名义把礼送过去。

邵知县拿着这些东西，果然有几分喜悦，这个进士，起码懂些眼色，会来事，不端穷酸傲气。

不过，兰大人家的下人，即使穿着寒酸衣裳，举止气质毕竟非同等闲。邵知县看在眼里，觉得这个张屏的确不一般。

就在邵知县收下礼物的下午，又有一封信到了。

这封信让邵知县颤抖了，信是陶周风写的，他左思右想，终究觉得自己应该为张屏这个学生做点什么，起码能让他这个县丞当得顺利点，于是陶周风在为官几十年的生涯中破天荒干了一件有走人情之嫌的事情。

他给邵知县写了一封亲笔信，诚挚地拜托他多多关照自己的学生张屏。

邵知县捧着礼物，捏着信，肝颤不已。这时，属下禀报，新县丞张屏到了。

邵知县亲自到衙门口相迎，眼见张屏和陈筹背着包袱，从破驴车上下来，邵知县颤着的肝不由得蹿上一股暗火。

差得动那样的家人，砸下尚书大人的亲笔信，居然坐一辆破驴车来上任！

娘的，显示清贫吗？能别这么做作吗？你当本县是二傻子吗？

邵知县笑容满面地迎上前，亲热地把住躬身行礼的张屏的手臂："呵呵，张县丞，本县可算把你盼来了！"

邵知县安排了一顿丰厚的接风宴，许久没有见到肥油的张屏和陈筹脸上油起了几个大疙瘩，连连跑茅厕。

张屏的住处是县衙后的一处小院，与知县大人的住宅紧挨着，两进两出，院子不算大，收拾得特别干净雅致，屋里有侍候的仆役，厨房里有做饭的厨子，后院有负责洗涮缝补的大妈，邵知县还要赠送两名由他夫人亲自调教、年方二八、娇俏伶俐的丫鬟贴身伺候，被张屏婉拒。

陈筹从茅厕出来，摸着拉虚了的肚子，站在内院的葡萄架下，环视四周，一脸感动地对正往茅厕走的张屏说："张兄，这里真好。"

张屏点点头，这宅子连茅厕里，都点着小盘香熏味儿，张屏觉得太奢靡了，打算即日废除。

李主簿问邵知县："大人打算让张县丞管哪一块儿？"

邵知县叹了口气："尚书大人都写了亲笔信，本县实在不好不照顾张县丞啊。"

所谓照顾，无非就是，住最好的屋，吃最好的饭，干最少的活。

次日，张屏到衙门正式上任，邵知县叫来众同僚，把县衙事务一一向他介绍，末了道："……秋忙时节，农耕水利之事，已安排各乡。建置、税赋、兵丁，张县丞若想知晓，可询问李主簿。本县一向会偷懒，那些要事，都是他们办了，汇总到本县这里，也就是碰上几个刑讼案件，由本县亲自坐堂审一审。张县丞初到宜平，正待详知县中诸事，本县有一件要务想托与你办。"

张屏躬身道："请大人吩咐。"

邵知县笑眯眯道："张县丞与本县同治宜平，谈何上下，不必这般拘谨，你进士出身，学问好，从今日起，本县的地方志，就由你编纂吧。"

二

深秋眨眼即到，天气渐渐转凉。九月里的最后一天，陶周风例行入宫汇报这一个月来刑部的公务。

原本六部的月末公务小结只需要汇报与尚书令，再由尚书令统一转报到中书衙门。但从今上继位之后，略起了变化。

按照本朝的惯例，一般是由丞相兼任中书令，六部的小结转到了中书衙门，也就等于上报到丞相的手上。可前相云棠升了太傅之后，转兼了尚书令，原中书侍郎曾尧升任丞相兼中书令，地位就有点尴尬。

永宣帝亲政前，六部的公务都是直接报给云棠，曾丞相做了很长时间的摆设。

待永宣帝亲政之后，为了平衡云太傅和曾丞相的关系，就定下每月的最后一天，云太傅、曾丞相连同六部的尚书统一到宫中的崇德殿中汇议本月之事。

议事完毕后，众官告退，小皇帝单独把陶周风留下，亲切地谈了一会儿话。

陶周风微有惴惴，前几天，王砚又从京兆府手中抢了两件案子，陶周风听说冯府尹已经告御状了。

陶周风亦不赞同王砚这样急进，虽然他觉得案子谁破都一样，都是为天下太平、民生安乐做了贡献嘛，但各司部衙门之间，朝中同僚之间，还当要以和为贵。

他已打好了致歉的腹稿，准备小皇帝问起的时候就背一背，然后说训诫过王砚了。

没想到永宣帝没提王砚，反而涉及了一个陶周风预料之外的话题。

小皇帝先和陶周风说："最近天气渐凉，陶爱卿忙于政务，亦要留意保养身体。"

陶周风赶紧谢恩，并恳请皇上也要爱惜龙体。

小皇帝叹了口气道："龚爱卿年事已高，这几日又染了风寒，龚爱卿曾与朕提及过请辞之意，朕如何舍得。若无众卿，朕怎能端坐这张龙椅？"

陶周风再谢恩宽慰，心想，龚颂明，礼部，离京兆府还比较远。

小皇帝再问了问陶周风近日的饮食起居，道："对了，陶爱卿，你那个学生张屏，可与你时常通信？"

陶周风道："臣新近才接到他的信，他刚到宜平任上，万事要从头学起，不敢辜负圣恩。"

永宣帝笑了两声道："今科三十名进士，唯独他官职最低，因他是后补上的，朕得让他和别人有些差别，朕怕他有埋怨。"

陶周风马上说："若无皇上的恩典，他都做不成这个进士，老臣也没有他这个学生。他在信中与老臣说，从宜平一县的日益繁盛，可见皇上的英明。"

陶周风不常做歌功颂德事，但皇上垂问张屏，是个机会，陶周风再为了自己的这个学生不顾老脸地努力了一下。

永宣帝道："他能体谅朕，那是最好。他生活上，可有什么难处？或有疑难事，陶爱卿常教导教导他。"

陶周风又谢恩。他想，皇上对张屏还是颇看重的，或者，张屏能够尽快回朝。

陶周风回府之后，给张屏写了一封信，把圣上的关怀详细地说了，他睡了一觉后，想了想，又没有发这封信。

他怕张屏乍一得知这些事，反而会浮躁，年轻人，要沉得下心做事，才能一步步往上走。

再过了几天，兰珏到宫中呈报太后的寿辰事宜，永宣帝御审了寿宴请柬之后，又向兰珏道："对了兰爱卿，那张屏去了宜平县任上，你可知道他的近况？"

兰珏道："微臣对他近况不甚了解，只听说他在主持编修地方志。详细的，皇上询问陶大人应能得知。"

永宣帝双眉微微皱起："张屏在编地方志？"

兰珏含笑道："微臣也是听陶大人提到。"

永宣帝不说话了，兰珏看出，小皇帝对张屏在做这项差事不甚满意，但到底不满意哪里，实在不好说。

他就又笑了笑道："臣听闻，沐天郡各县上一编的地方志，都是刘御史在沐天任上时主持编纂，张屏在史料文章上的造诣，比之刘大人，差了一些。"

永宣帝道："编纂地方志，文字平实便可，张屏足能胜任。只因今科三十名进士，唯有他的官职最低，朕唯恐他心有怨恨。"

兰珏道："此生能入榜，得官职，已是皇上破格提拔，他的心中应该只有对皇上的感恩。"

待兰珏告退之后，永宣帝独自在龙椅上端坐许久。

他把张屏发放到宜平县，本有深意。

民间最近起了些谣言，有关乎天数、关乎运道的，玄乎其玄。朝廷秘密派人追查，发现这些谣言先是编成歌谣，由小儿传唱。

有些童谣已经唱到了京城附近，譬如沐天郡几个县的街头。

孩子嘴里唱的东西，如果让官府查办，显得朝廷有些沉不住气，永宣帝亦想看看长线之后的，到底是根怎样的鱼竿。

最好这些童谣，会在某天的街上，被一个官职微小的地方官员——譬如县丞偶尔发现，此人凭着自己的一点癖好，或许会去查，查着查着，或许就能一点点拽出那鱼竿的端倪。

可是永宣帝等了一两个月，始终没有等到那些最好和或许。

原来张屏在编地方志，可能这一两个月都没出书库。

童谣已经要唱到京城根了。

沐天郡的地方志，重新编纂尚未出十年。张屏这样的人，竟然放他去编地方志？宜平县的知县，叫什么名字？

永宣帝站起身："让邓绪速进宫来见朕。"

京城里，皇宫中发生的这些事情，张屏自然毫不知情。

他如永宣帝所料，一直埋头在编地方志，一两个月只在住处和书库中来往，有时候就睡在书库里。

他翻阅了上一编的地方志，据说是由上一任的沐天郡知府亲自主持编纂，记载详细，文采斐然。

这几年县衙里一直有人专门管着记录县志，但邵知县和他说，那些人才学有限，整出来的东西不堪入目，让张屏从头再整。

张屏就把县中几年来的相关文书先一一理过，替他打下手的陈筹瞧着那堆纸，都有些腿软。

上一编的宜平县志修了六册，张屏预备这一编只修两册。李主簿向邵知县道："张大人未免太简约了，上一编县志字字珠玑，这一编添了几年，却只有两册，能搁下什么。"

邵知县笑眯眯道："文字简而精，庞则杂，想来张大人是悟透了这个道理。有何不可？"

李主簿道："小人看他就是想省事。"

张屏和陈筹乍过上大床软枕、米肉丰足的好日子，纵然日夜忙碌，不由得也都胖了些。

邵知县却硬要说张屏忙得清减了，又送了几只乌鸡，与他进补。

晚上，陈筹喝了一碗乌鸡汤，啃下一根鸡腿，热得心躁，半夜爬起来喝水，打开窗户透气时，蓦地看到院中有一道黑影走动，吓了一跳，幸好月色清朗，他斗胆摸出房门后，发现那影子竟是张屏。

他走上前："张兄，你也又积食了？"

这几日县志起草，张屏连序和卷首都还没写好，陈筹猜想，亦或许张屏正在夜色中寻找文兴。

张屏道："明日，我要出城。"

陈筹道："因为县境图之事？"

县境之中，乡里重新划分过，地图与上一编不同，张屏反复地量那张新图纸，让参编的小吏有些不快。

张屏道："主要想看看乡境与没了的村子。"

陈筹的脊背上有股凉意，生生打了个寒战。

半夜三更，谈起这个怪吓人的。

最近帮着张屏编县志，他也知道了，宜平县有个鬼村。

数年前，整个村子的人都没有了，一个不留。

次日，张屏和陈筹一起，又带着一个小吏，大清早出了宜平县城。

张屏不坐轿，邵知县给他配了一匹马两头驴代步，以驴和马区分主从位次。但张屏从没骑过马，只骑过驴和牛，反倒是陈筹会骑马。于是便陈筹骑着马，张屏和小吏骑着驴，一路往乡里去。

宜平县比之张屏的老家，算是个富庶的县。农田中，新麦早已经种上，村里能看见不少瓦房。快到鬼村地界，农田渐少，小吏替张屏引着路，走上一条小岔路，说是能比官道上少走不少路。

道路旁的树叶子已经落得差不多了，几个老鸹蹲在枝头乱叫。枯藤蔓延，秋草衰黄。

小吏道："这条路近是近，但若非今天和大人还有陈兄两人同行，小人自己真不敢走。"

张屏向左右看，四周已不怎么见人烟，都是荒地，连小风都仿佛比刚才在官道上阴凉些。远处的地里，依稀是一座坟场，这一带土包高低绵延，都袅袅冒着烟雾。

陈筹道："怪了，寒衣节都过去好多天了，怎么还有人上坟？"

小吏道："算来就是这几天祭日吧。"

张屏勒住驴向那一带坟包望了一时，上一编的县志有记载，几年前，这一带发生了瘟疫，许多人都死了。那个鬼村原叫作辜家庄，瘟疫就是从那座村子里起的，全村亡于疫病。

朝廷派了军队，把瘟疫亡者的尸首统一在一处焚烧深埋，辜家庄就做了掩埋之地，从此荒废。

现在荒地中冒烟的坟，恐怕是附近村中人，染上疫病的亡者亲友所立的空坟，空做念想而已。

陈筹帮着张屏打下手，也读过这一段，看到那些坟和烟，顿时觉得风更加冷了，把袍领又捂得紧了些，催促张屏快走。

到了晌午时分，小吏指着前方道："前面就是辜家庄地界。"

张屏向所指的那处望，一片长草，一片荒凉，他骑的驴子都不肯往长草中去，在路边徘徊不前，张屏下了驴，牵驴走进草中，不知道是什么鸟在草里嘎啊叫了一声，扑棱着翅膀走远，吓得陈筹的马咴地一惊，险些把陈筹从马上掀下来。

陈筹连滚带爬地下马，故作镇定地四下打量："这其实算是块好地，可惜了白白长草。"

小吏道："谁说不是好地？当年这里全是田。十里八乡，辜家庄算是最富的，谁承想……"

小吏姓田名能，四十余岁，就是本县人氏，新编县志的图，是由他重画，被张屏量来量去，他心里不太高兴，一路走来，话都不算多。

但到了辜家庄的地界，田能不由得就想提起旧事，他小时候，辜家庄是整个宜平地界最傲气的乡，连对着县城里的人都端着，外人轻易进不了他们的庄子。田能指着草间的两垛焦黑的石块向张屏和陈筹道，这里原本是辜家庄的大门，白石刻的，又高又排场，瘟疫之后，朝廷下令烧村，连村门也被推倒砸了。后来，辜家庄的地界平分给了隔壁的两个乡，但那两个乡的人谁也不敢用辜家庄的地，邵知县还颁发过开垦这里的田地给奖励的政令，都没用。

张屏俯身看草中残留的石垛，焦黑的石头上，依稀还能看见花纹。

过了石垛，草里残石乱瓦渐渐多了，田能不由又感叹："想想也就是几年的事，好好的一个庄子，说没就没了。"

张屏放下手中的一块碎瓦，站起身："一直没查出疫症因何而起？"

上一编的县志中只记载了疫情和结果，但没有说原因，按理说，朝廷应该派人查过。

田能冷笑道："张大人，老天让你发瘟，就这么发起来了。要回回都能知道怎么闹的，从古到今这些年，也该不会发瘟了。"他打心里瞧不上这个捡了个进士做的小年轻，不觉话说得有些过，但又不敢太得罪，又补救道，"朝廷派人查过，还是那位刘知府，听说现在升御史了，够有才能了，亲自监督查的，还是不了了之。又说是水，又说是耗子。辜家庄发瘟，怎么可能是因为耗子？"

陈筹插话道："鼠疫最厉害，怎么不可能是耗子？"

田能似乎想说什么，又没有说。张屏继续往前走，几蓬矮些的草中，有一个黑黝黝的石台，张屏绕着那石台转了一圈儿，看形状，是寺庙中神佛像下的神台，遂问道："这里本是一座庙？"

田能道："是，辜家庄里有座土地庙。"

陈筹又插话："此庄的人倒是虔诚。"

张屏瞥见田能的神色复杂，心下想起翻阅卷宗时看到的一桩轶事，上上编的县志杂志卷中有录，上一编的县志却给去了，没有收录，可能是觉得它比较像志怪传奇，不属实情。

回想方才田能说辜家庄不能闹鼠疫，张屏心下微动，问："这土地庙，是否是传说中狐仙与顾生结缘的地方，辜家庄就是狐仙后人？"

陈筹目瞪口呆："真的假的？张兄你不是从不信什么鬼啊怪啊什么的？"

田能的神色闪烁了一下，咳嗽一声，道："是有……这种传闻。"

上上编的县志中记录，有书生顾某，进京赶考，路遇大雨，在土地庙中避雨，次日发现，自己随身带的酒葫芦没了，囊中拿来做消遣的传奇也少了两本。

顾生以为是土地神显灵，喝了他的酒，拿了书看。他非常高兴，再把包袱里的一些干粮摆到神台上敬献土地神，求他保佑自己金榜题名。

顾生继续向京城去，一路上都仿佛被神佛加持般，异常顺利。半夜有人帮他盖被子，下雨的时候根本不会淋到，在京城可以租到非常便宜的房子，夜半看书看睡了，醒来已经在床上，床头还放着一只烧鸡。

顾生发愤苦读，他才华横溢，本应该金榜题名，但是当时奸臣当道，顾生在考卷中针砭时弊，便就落榜了。

落榜之后，顾生异常悲愤，本以为自己有神佛保佑，定能成功，想不到还是一场空。他在酒馆喝了个酩酊大醉，却朦胧发现自己在一个温暖的被窝里，怀里还抱着一个绝代佳人。

美好的春宵之后，第二天早上，顾生发现被窝还在，绝代佳人没有了，房间中站着一名神采奕奕的男子，向他道歉。

男子说，他是一只狐狸，带领一窝狐狸在土地庙附近修炼，顾生避雨的时候，他的孩儿们偷了顾生的酒，还偷了顾生的传奇小说，但是顾生非但没有怪罪，又拿出了干粮，令狐狸觉得他是一个可相交之人，就一路照顾他。

顾生觉得，朝廷黑暗，人心不古，人还不如畜生，与其做不得志的读书人，还不如与狐狸相交。遂放弃功名，到了狐狸窝中。

数年之后，有人经过顾生避雨的那处土地庙，发现附近有一座华美的农庄，有高屋大宅，还有绿树良田，那人上前问询，放鹅的小童答曰，主人家姓顾。

陈筹听了张屏讲完，恍然道："到底那个顾生是娶了个母狐狸生下了一窝小狐狸，还是另娶妻，只是与狐狸同住？顾与辜同音，这段往事就是指辜家庄？"

张屏道："记录中没说。"

田能没有否认："这些鬼神精怪之事，小人不敢妄谈。编上一编县志的时候，小人已经在县衙当差了，当时辜家庄刚因瘟疫绝户，刘知府看到了这一段，便让从县志中删掉，只说它过于怪诞，不可信。"

一个刚绝了户的村子，再加上些怪诞的来历传说，是有些不合时宜。

田能看看那座石台，摇摇头："要真是狐仙的后人，怎么可能扛不住瘟病？"

张屏道："世上本无鬼神，亦无精怪。"

陈筹道："这未必，只是……"眼光瞥到石台的某处，突然顿了顿。

张屏抬起眼皮瞥向他，只见陈筹的目光在石台的某处停顿许久，弯下腰摸了摸，又有些慌乱地直起身，朝张屏笑笑。

张屏没吭声，待陈筹转身时，他仔细看了看陈筹方才碰过的地方。

那里刻着一根树枝，四片叶中，挂着三颗杏果。

从乡间回到县衙，天已黑透了，张屏吃了晚饭，早早睡下。次日，他一直没看见陈筹的踪影，到了晚上吃饭时，陈筹方才出现在饭厅里，眼周挂着两个黑圈儿。

陈筹脸上的黑圈一天天重，神色一天天恍惚，连饭桌上的红烧蹄髈都不能振奋他的精神。

又过了三四天之后，张屏熬夜重审图纸，耳边突然响起挠门声，他拉开门，陈筹一头撞进来，抓住他的衣袖。

"张兄，我真快疯了。就算你当我疯了，我也得跟你说说！"

张屏帮他拉了把椅子，倒了杯茶。陈筹接过茶杯，眼直直的："张兄，我说我曾经偶尔到过一个地方，有一段奇遇，你还记得吧……"

张屏点头，他当然记得。恐怕今科在京城的考生没有几个不记得。

陈筹张了张嘴，又合上，再张开，再合上，来回几次后，从怀中噌地拉出一样东西："你看吧。"

张屏接过，有些意外。

是条纱帕，茜色，一角绣着一根杏枝，四片杏叶中，挂着三颗杏果。

陈筹张了张嘴："这、这条纱帕就是她、她送给我的。"一脸烦躁地抓抓头，"张兄，就算我跟你说了，可能你也当我是扯谎。"

张屏肯定地说："不会。"拖着凳子，往陈筹跟前坐了坐，目光炯炯，"把那件事，再跟我说说。"

陈筹又抓抓头："唉，都说过多少遍了……我怕你嫌烦。"抬起眼可怜巴巴地看着张屏，"那我……简单点说？"

张屏道："详细点。"

陈筹受到了他的鼓舞，坐直身体："唉唉，详细点的话，从哪里讲呢……也罢，就从那天我喝醉了酒开始讲吧。就是两年多以前的事儿。春上，我娘的一个姑妈死了，我娘小时候受过她照顾，跟她很亲，就让我去奔丧……"

那位姑奶奶做过寡妇，后又改嫁给了一个油贩子，跟着油贩子回了他老家抚临郡的一小镇子里开油铺。

镇子小得可怜，比京城西大街的菜市场大不了多少，周围都是穷苦村落，没什么像样的地儿。陈筹在那里憋得难受，吊唁完了，就想绕路到抚临郡的州城去逍遥两天。

小镇子来往行路极其不便，陈筹带了地图，走的是官道，依然被起伏的山丘和七拐八拐的路径绕迷了方向，误拐进了一条岔路，陷进了一个山沟子里。

他在山洞里和蝙蝠蝇虫将就了一夜，终于在第二天早上遇着了一个樵夫。他买了樵夫半葫芦酒，问得沿着某条小路往前走，能看见一条河，一个渡口，渡口有个老船工，花上至多十五文钱，坐船往上游去，行不了几里水路，便可到附近的县城。

陈筹依照指点沿着小路往东南走，穿过一片树林，果然见一条也就比山溪稍微宽一点的小河蜿蜒自山缝流过。树林外的洼地上有个破旧的小码头，却看不见什么老船工，只有一条带篷的小舢板孤零零拴在码头的竹桩上。

陈筹等了又等，始终见不到老船工的影子，天渐近晌午，燥热难当，他索性爬上那条小舢板，坐到船篷下，边喝酒边等。

樵夫的酒很烈，加之行路疲倦，他居然在船篷下睡着了。等醒来时，他蓦然惊了，他还在船上，不过船却在水中央，两边都是陡峭山壁，船上只有他一个，船自己在慢慢前行。

"我当时快吓死了，真以为是上了鬼船了。"

张屏道："不是鬼，是船缆开了。"小舢板不大，船缆肯定不够结实，陈筹在船中，带得船上下晃荡，很容易会把船缆扯开，然后船就会沿着水流，自己往下游漂。

陈筹道："我现在想也是这样，但当时害怕，就以为见了鬼。"

他捞起船尾的桨拼命划，不会划船，越乱划船反而越快地往下游漂。

到了一处河流拐弯的地方，陈筹想趁机用船桨卡出旁边的山壁，结果船一顿，反被水冲进了一大片芦苇荡。船在苇子荡里来回打转，转进了一个水旋处，撞上山壁，翻了。他记得自己拼命刨水，依稀是爬进了一个溶洞内，跟着就两眼一黑，昏了过去。

陈筹艰难地说："然后，等我再睁眼，就看见杏花，大片大片的杏花。那个时候杏树叶子都该长很大了，那里的杏树居然还开着花，你说神不神？杏花林里有个村子……"

每回他一说自己的奇遇，讲到这里时，旁人就会大笑，而后道："那村子是不是叫杏花源啊？有此奇缘，来日陈兄定然会成为一个不输给陶五柳的诗文大家！"

陈筹感伤地说："张兄，这确确实实是真的，我绝没有扯谎。"

张屏点头："我信。"

陈筹感动地瞅着他，跟着又叹了口气："这还不是最神的，那地儿最神的是……整个村里，全是女子，没有半个男的。"

陈筹睁开眼的时候，身边就守着一个女子，陈筹盯着张屏手里的丝帕，幽幽地说："就是离绾了，她，怎么说呢，打个不太那啥的比方，那什么京师花魁芊妩的相貌和她一比，就是一团驴粪球。"

张屏没有见过传说中的花魁芊妩，不过他能算出一个美女和一团驴粪球之间的差距。

"离绾在那个村子里，只能算相貌寻常，真正的绝色佳人，是村里的掌山离珑……"

陈筹的目光飘向了不知名的某处，半晌不语。

张屏不得不唤醒他："掌山可就是那群女子的首领？"

陈筹猛地一惊，收回目光，点点头："掌山就是那个村的村长，她们都叫她掌山。村中的大小事务，都是她说了算。"

他叹了口气，脸上浮起红晕："如今想来，我倒不如那时就留在那个村中……那与其说像个村，不如说像个国，小国。桃源乡，女儿国。"

是了，张屏想起来了，他曾几度听陈筹说过，女儿国的国王要招他做王夫。

他婉转地问："那女首领，对你有意？"

陈筹的眼神闪烁了两下："其实……我就是个平常人……但是她们，她们说祖祖辈辈，都只有女子，没见过男人……"

张屏道："没见过男人，怎么会有祖辈和子孙？"

陈筹道，离绾和他说，村中的女子出生时，手里就会攥着一枚杏核，其母将杏核埋在村外种一棵杏树，那杏子要长到至少十七年才能开花，女子若想要孩子时，就把自己的那棵杏树每年开出的第一朵花，结的第一颗果吃下，便能受孕，同样怀胎十月，分娩，生下的还是女儿。

陈筹当时被这种说法吓得不轻，他以为自己是掉进了一个杏花精的窝点里，要被女妖精们拿去采阳补阴了。

他踅摸着村子周围的路径，想在半夜逃走，却被离绾发现。

离绾很伤心，和他说，她们一族避居于此，就是怕这种习性不被世人所容，当她们是妖怪，将她们灭族。

"她说自己只愿做一个寻常女子，与夫君相厮相守，白头到老。可我说带她走，她又不愿意。"

离绾告诉陈筹，她们注定从生到死都不能离开这个村落。就好像种在土中的杏树一样，刨出了土，就会死掉。

"我看她的确不像鬼怪，她有影子，和平常人一般吃饭睡觉，会伤风发热，有一回她的手指划破了，流出来的是血……"

张屏聚精会神地听，觉得这个事儿挺微妙的，按照陈筹的说法，应该是那个村落的掌山离珑要招他做夫婿，可他提来提去，都是那名叫离绾的女子。

陈筹垂下头："而后，我又遇见了一件吓人的事儿……"

有天晚上，他吃坏了肚子，半夜起来去茅厕，发现离绾不在屋中，一边的天空泛红，好像是村落的某处起火了。他蹑手蹑脚靠近那有火光的地方，吓得魂都飞了。

村子中的空地上，燃着一个火堆，烧得全部都是黄纸和纸钱，村中的女子都身穿白衣，盘腿围坐在火堆边，纸灰四散，那些女子都闭着眼，一声不吭。

陈筹颤着腿看了半晌，哆哆嗦嗦地跑了。

不知是否此事被发现了，第二天，陈筹就被村中的几个年长的女子带到了掌山离珑面前。离珑向他道，村中不能留男子，他若想留下，唯一的方法就是和她成亲。

陈筹问，与其他的女子成亲行不行？

离珑道，不行，村里唯一能与男子成亲的女子是掌山。

她又问陈筹："难道我不美？见了我，你还会喜欢其他人？"

陈筹唏嘘地向张屏道："张兄，不是我故作姿态，虽然我爱美色，但你知道的，这世上有些时候不能光看美色。老实说，那个离珑太艳了，反倒有些吓人。"

美艳得吓人，要怎么个美法？张屏不禁思索。

陈筹刚拒绝了离珑，便嗅到了一阵甜香，跟着两眼一黑，晕了过去。

等到醒来时，他发现自己正躺在小舢板的船篷下，船拴在那个破旧的小码头的竹桩上，他身边还放着那个酒葫芦，天刚正午，四周寂静无人，好像一切不过是他的一场醉梦。

陈筹正在迷惘间，岸上来了个老船工，问他："这位公子怎么在老汉的船上睡着了？是要搭船吗？"

陈筹问那老船工："这船最近可丢过？"

老船工道："老汉天天在这里摆渡，穷乡僻壤的，几天拉不到一个活儿，一条破舢板，有什么好偷。还以为今天没活了，方才回家吃了顿晌午饭，谁承想竟有了一位客。"

陈筹不由得更茫然了，赶紧掏出钱让那老船工摆船去下游，看四周的山壁，好几处都有些像他撞船的地方，又有些不像，更慌乱了。到了傍晚也无所得，只得回去，坐船到了上游的县城。

进城后，他临时找了家客栈歇息，这才想起向客栈的人询问今天是哪年哪月哪日，结果发现，是他陷进深山，寻到那个小码头的半个月后。

晚上他宽衣睡觉时，一条纱帕从衣服夹层中掉了出来。

"这是离绾的纱帕，我见她拿过。"陈筹目光虚浮，"这样看，又不是梦了。"

张屏道："你在村中，见那些树木，尤其是杏树，是老树还是新树？"

陈筹道："有新有老吧，我对花木不大上心，除非刚新长出的新树我能瞧出来，那些老的，我就分辨不出年岁了。"

张屏又问："村里的饮食，有无什么特别？"

陈筹道："没什么特别，一般饭菜，可能稍微清淡一些，反正我口味不算重，吃着还行。"

他又补充，那些女子都自己种地，养猪牛羊鸡等牲畜，自己养蚕纺纱织布，村里甚至还有铁匠铺和砖窑瓷窑，完全能自给自足。

陈筹顿了顿，道："张兄，还有件事情我要告诉你。那个村里……也有一座庙，不过里面供的不是土地，而是名女子，相貌打扮与离珑有些相似……神像下的基台，与我们在辜家庄见到的，花纹一样。"

张屏沉默半晌，点点头。

次日上午，张屏到了县衙的卷宗库中，先翻看地图，找到抚临郡方位，又开始翻查旧卷宗。

陈筹遇见的那个村子，和辜家庄定然有关系。张屏不信鬼神，那群女子避居在深山中，肯定另有缘故。

他根据陈筹昨日描述，铺开地图，在那个山谷可能所在的方位点了一点，再在沐天郡宜平县的位置圈了个圈。

抚临郡地偏西南，靠近蜀郡，离宜平县路程甚远。

他查找卷宗，暂时没有找到宜平县与抚临郡有什么交集，既没有人口迁入迁出的记录，也没什么能联系在一起的事件。

他再翻开上上一编的地方志，翻到某个条目的某一页上，看了许久，夹进一张纸条。

他又写了两封信，交给衙门的信差，说是私信，但请信差尽快送到京城。

信差一看封皮，一封是送给刑部尚书陶周风的，一封是送给礼部侍郎兰珏的，当即爬上马背，一溜烟出了县衙。

张屏随即也出了县衙，他在街上走了一圈儿，进了几家店铺，旁敲侧击地打听有没有货物是从抚临郡那边运来的，那些店铺都没有。

斜阳西下，张屏手里提着一堆从店铺里买的东西，往县衙走，前方的街角，有两个熟悉的人影一闪，张屏微微怔了怔。

那两人进了街边的茶楼，张屏遂也跟进去，茶楼掌柜认得他，忙出来迎接，张屏向大堂中扫了一眼，随掌柜的上了楼上雅座，要了杯茶水喝。

这杯茶不便宜，张屏买了许多东西，又喝了贵茶，很是心痛。

但他心里更多的是诧异，他方才瞥见那两人坐在大堂的窗边，他果然没看错，那两人一个是邓绪，一个是柳桐倚。

两人都穿着便装，为什么在这里？

张屏喝完茶下楼，邓绪和柳桐倚还在大堂里，他只当什么都没看到，出了茶楼，刚走到街角，迎面走来一条黑汉，将他一撞，张屏手里的东西跌了一地。

那黑汉赔着不是，和张屏一起弯腰捡东西，突然低声道："方才看见的，跟谁都不要说。"

张屏简短地说："我知道。"提着东西，回到了县衙。

兰珏这段时日忙个不停，终于忙出了病，染了风寒，还起了点热，不得不告假在府中休养。

他许久不曾这么病过了，饶是这样，仍有紧急的公文从礼部送到他家，要他立刻批复。

上午，兰珏刚喝下药，礼部就送来一摞公文，待小吏带着批好的文书离开，兰珏不禁有些头晕眼花，太阳穴一跳一跳地疼，遂趁尚未到用饭的时候，又躺到床上睡了一时。

他做了个梦。

寒冬腊月，细雪纷纷，他站在土地庙外，守着字画摊儿，早上只喝了半碗残粥，寒湿之气透进他身上的破夹袍，割着他的皮肤，钻刺进他的骨头，根本无法抵挡，他只盼着早些冻木了，没有知觉。

腊月初一，虽然下着雪，土地庙外来往的人还是不少的，但唯独他这个摊子无人问津。

快过年了，人人都想买些喜庆点的画儿字幅贴贴，没谁想要他写的画的这些寒碜东西。

一顶纸伞在他的摊前停下，伞下的人抬手摸了摸他摊上的字幅，素净的衣袖，白皙纤长的手。他冷冷道："我不写喜联，也不画年画。"

伞下的人抬起头，移开伞，向他一笑："兄台的字好漂亮，这诗可也是你写的？赞！绝赞！"

他依旧冷淡地道："卖不出去的东西，没什么好赞的。我今天都没生意，你要是想买，我算便宜些给你，十文钱一幅。"

那人摇头："千金之字，此时却遭此运，可惜，可惜。"继而又看着他，黑晶石般的双眸神采灿然，"明年的春闱，你定然高中，那时这些字画即便千金也难得。"

他冷嗤一声，望着他的双眼中漾出笑意："你莫要不信，我会看相，头甲三名中，有你的位置。"

一阵哑哑啼叫，兰珏从梦中惊醒，是窗户忘记关了，凉风入室，一只不知从哪里飞来的老鸹蹲在窗外树杈上，又哑哑叫了几声，拍着翅膀飞走了。

兰珏披衣起身，小书童捧着一封信匆匆进来："老爷，刚刚送到的，说是急信，小的记得老爷吩咐过，凡是这人的信都即刻呈上。"

兰珏接过信拆开，张屏那笔死板板的字跃进眼中，兰珏扫过几句寡淡的问候，便看见了几行字——

> 学生冒昧，有件要事请教，万望回复。兰大人可还记得，昔年科试时，有一同科试子，家乡沐天郡宜平县，名叫辜清章。

兰珏一惊。

辜清章，辜清章。

方才刚做了那个梦，竟就接到了这封信。

他握着信，站了许久，走到桌边，铺纸提笔。

"……不知你因何问及，辜清章确与我同科，但只偶尔照面，无甚深交……"

一滴墨自笔尖啪嗒滴在纸上，兰珏涂黑了那几行字，将纸团起扔进纸篓，提笔又重写了一遍。

"……然辜清章少年早逝，着实令人嗟叹。"

三

几天之后，张屏收到了兰珏的回信，看着信上寥寥的那两行字，张屏沉思许久。

他翻查县志，无意中发现，辜家庄在多年前曾经出过一个参加会试的试子，名叫辜清章，与兰珏和上一任沐天郡知府、如今的御史刘知荟是同科。

县志中记录，辜清章参加会试时，还不到十九岁，县试和郡试都是第二名，但就卒于会试那年。县志中没有记录辜清章会试取得的名次，可见他是榜上无名。不知道是死在会试前还是会试后。

根据张屏收集来的资料，辜家庄一向孤立避世，档录中，之前和之后，都没有辜家庄人参加科举的记录，辜清章是唯一一个。

而在刘知荟编纂的县志中，将辜清章的名字抹掉了，只记录了郡试中选名单中，有一个"辜生"，夹在一大堆郡试中选的名单中，没有列出名录标注籍贯，到了会试时，仅仅写了一句，这一年无人中选。

张屏觉得有古怪，前任知府刘知荟主持编纂的这部县志，厚厚数册，比起之前的县志，记录都详细了很多，显然刘知荟喜爱考据史料，添东补西，却在涉及辜家庄和辜清章时，能省则省，能删则删，与他的作风不符。

那一届的会试，状元正是刘知荟，探花是兰珏。

兰珏的回信到了后没两天，陶周风的回信也来了。

厚厚一摞纸，写满了陶周风对张屏这个学生的关怀和谆谆教诲。张屏心头一暖，他打小没爹娘，在道观中长大。除了把他养大、已经作古的观主道长，陶周风是最深切关心他的长辈。

在陶周风的大堆教诲中，张屏找到了他想要的答案——

他向陶周风请教曰，自己不懂得编纂地方志，有了刘知府的版本珠玉在前，更加惶恐，不知道每次翻编地方志，有没有什么规定，一般县志是几年重修一次，倘若在宜平县做久了，是否会出现重修两次的事情。

陶周风在回信中说，地方志本朝例制是每十到十五年重修一次，重修之时，会预留下页数，记录以后每年发生的大事。刘知荟那次的重修，就已经打破了规矩，是他上书朝廷，说之前沐天郡的地方志多有疏漏，请求重修的。

至于邵知县又破例让张屏重修县志到底是什么用意，陶周风唯恐张屏揣度之后，与邵知县之间产生芥蒂，所以绕了过去，找了一堆理由，消除张屏往这方面想的念头。

目前资料不算多，张屏不想轻易断定什么。他只想在辜清章身上再多挖挖。

自从和张屏说了自己的奇遇之后，陈筹每天比以往更勤地张屏身边转悠，探听他查到了哪一步。

张屏在卷宗库里翻找辜清章的记录，陈筹就晃在附近，扒了扒张屏桌上的纸堆，看到张屏在一张白纸上写下的两个名字——辜清章、刘知荟。

陈筹目光灼灼地问："哎，张兄，你为什么把刘御史的名字，跟一个姓辜的写在一起？难道你怀疑其中有关联？"

张屏没吭声。

陈筹又道："你要是想查这个刘御史，问问兰大人说不定能问出来，他和兰大人是对头。呃，也不能说是对头吧，他们这样的人物，就算心里恨得想把对方咬死，见面也一团和气，只能讲……他俩之间，不怎么得劲。"

张屏猛然回过身："嗯？"

陈筹看看他放空的眼神，道："不会吧，京城人人都听说过的事儿，你不知道？"

张屏摇头："不知道。"

陈筹一时得意，斟了杯茶，抿了两口，方才慢悠悠地道："要说这位刘大人和兰大人的梁子，可结得够久了，他两人是同科，据说当年殿试的时候，本来应该是兰大人中状元。但可惜兰大人长得太好了，年纪又轻，先帝看了之后说，这样的人不做探花，上哪里还找个比他更合适的探花？所以兰大人就成探花了，你说亏不？

"还有一说是，兰大人的家世不好，做状元不合适，所以用了刘大人和另外一人压着他，长相就是个借口，想来也对，要是兰大人跟今年那柳桐倚一样的出身，哪怕他长得再漂亮，其他人都跟庙里的门神似的，也不能就状元做不成，降成探花了。刘大人呢，因为兰大人被硬压了两头，他才做了状元，心里也不得劲，两人之间就有点那啥了。

"后来兰大人娶了柳太傅家的小姐，听说是柳小姐硬要跟他的，柳老太傅不愿意，看似兰大人攀上了个厉害的老丈杆子，其实在朝廷里反而天天被老丈杆子压着。刘大人比他升得快，先是做了实权知府，后来回朝廷也都是吃香官职，兰大人等到柳老太傅归西了，好不容易才熬到礼部的二把手。刘知荟现在是御史，官职比他大了半阶。唉，不过这二位，都是人物……"

张屏等陈筹唏嘘完，立刻问："那你听说过辜清章这个人没？"

陈筹一脸茫然摇摇头。

张屏身为宜平县县丞，想查一个数年前参加县试的考生，还算容易。

虽然在县志中，辜清章的名字已被模糊掉了，但是他年纪轻，县试中了第二名，想必主考的考官也会对他印象深刻。

宜平县例制，科考治学的事宜由知县亲自主持。邵知县上一任的孔知县已病故。那任的朱县丞又跟着邵知县干了两年，后来身体不好，告老还乡。他的老家不远，就在宜平县旁边的左安县的五十铺乡。

张屏连夜赶出了县志的卷首，把县境图重新画过，去向邵知县请假。

邵知县因最近张屏的那几封信，觉得有必要与他的关系再亲近些，立刻准假这是必须的，准假后，又看着张屏血红的两个眼珠说："芹墉贤弟，做事不用这么赶，编纂县志固然不能马虎，可要把你忙坏了，损失更大啊。"

还抓住张屏的手，拍了拍。

张屏手微微颤了一下，赶紧谢过邵知县，回房简单收拾了收拾。

张屏一个县丞，公然跑到别县去不大好，所以没敢用县衙的马车，陈筹到街上雇了一辆车，张屏这趟去别县查辜清章，他更加要同去。

五十铺乡在宜平县境边缘，靠近左安县。天快黑时就到了，张屏和陈筹先在五十铺乡路口的一家客栈歇了一宿，第二天上午打听了一下，方才找到朱县丞家中。

朱家算此乡最风光的大户，一道白墙围起一个颇大的院子，内里屋脊纵横，张屏叩了叩门环，隐隐听见狗叫，约盏茶工夫，才有个后生慢吞吞开了门，缩着脖子将张屏和陈筹打量了一下，见他二人都穿着长衫，未敢怠慢，问："二位找哪个？"

张屏道："学生姓张，宜平县来，想找前宜平县县丞朱员外，有事请教。"

后生立刻闪身，让张屏和陈筹进去。

庭院宽阔，搭着扁豆棚石榴架，架下搁着大水缸，鸡鸣犬吠，浓浓的农家气象。

后生向着院里一仰脖吼道："有人找舅爷！宜平县来的！"

遥遥有人应了一声，是个女子的声音。

陈筹道："原来小哥竟是朱县丞的贵亲。"

后生咧嘴道："是我亲舅爷，舅爷这两年身子不大中了，我就过来帮帮忙。"一面说，一面领着张屏和陈筹过了一道月门，又仰脖喊道，"能进吗？"

又是女子的声音应道："能！"

后生转身指着一道厢房："舅爷就在里面，你们来肯定有急事，直接过去吧。"

陈筹低声向张屏笑道："农家风情，甚是有趣。"

后生已经奔到了厢房门前，砰砰敲了两下，一把推开，向张屏和陈筹招手道："来。"

张屏走过去，隐隐听到一个女子的声音嗔道："来什么来，再学不会规矩说话，哥哥看不惯你，我可没办法了！"

后生嘿嘿笑了一声，将张屏和陈筹让进厢房，屋内一股药香，一架屏风上人影绰绰，想必是方才那说话的女子闪在其后。靠墙的一张大床上躺着一个老者，后生走到床边连声喊："舅爷，宜平县来的人，找你有事！"

老者大咳了几声，后生扶着他颤巍巍坐起。张屏到床边见礼，说明来意，老者闭着眼，深深喘了两口气，哑声道："辜清章……咳咳，我再老糊涂了，也记得他，唉……辜……姓辜的人，都生得奇，死得也奇……"慢慢睁开眼，看向张屏道，"张大人想必是科举出身，可知道人生有四福四祸吗？"

张屏没费劲想答案，直接道："请朱大人指教。"

朱县丞又咳嗽两声，长喘了一口气："四福和四祸，指的乃同样四件事——生做神童、少年登科、偶得横财、妻娶娇娥。"

陈筹插话道："这四件都是天大的福气，怎么能是祸？"

朱县丞道："这四桩但凡能赶上一桩，的确都是天大的福分，但天地阴阳，讲究个均衡之数。此长则彼消，折去了这么多的福气，可不会有祸？"

张屏道："朱大人说得极有道理。"

朱县丞大咳几声，嘶哑道："老夫可说不出这样一番道理，是有人和我说过这些话，我记下了。说此话的人，就是辜清章。"

朱县丞道，当年，辜清章刚报名参加县试时，他便留意了此生。辜家庄一向孤立避世，竟有个后生主动参加科举，算是一件稀罕事。朱县丞见他年纪轻，在他报名的时候，有意考了他一考，结果辜清章的谈吐学识，都大出他所料。

待到县试阅卷的时候，朱县丞又觉得这个学生很古怪，考第一名的那个学生，应答见解都远远不如辜清章，但是偏偏辜清章的卷子答错了几题，倒像是他故意不想考第一一样。

朱县丞心存疑惑，在发榜领取郡试资格时，有意泛泛试探辜清章，问他没得第一，是否不甘，辜清章笑嘻嘻地说，第二刚刚好。

等到郡试成绩出来，辜清章又是第二。他这个第二，已经是给宜平县争光了。宜平县郡试有五个学生获得了参加会试的资格，是沐天郡之首，孔知县大大长了面子，亲自设宴替这五个学生庆祝。

辜清章是名次最高的一个，坐在最上首，但整个席间都闷闷不乐，朱县丞忍不住又去问他，难道这次得了第二，竟然不甘了。

辜清章愁眉苦脸道，不是，这个第二，还是太高了。

陈筹不禁道："这个姓辜的有点装吧，考了第二，他嫌名次高，这话让考不上的人听到了该怎么活？"有时候过分的谦虚，亦是一种自夸和炫耀。

朱县丞道，他也是这般和辜清章说了，问他是否在自夸，然后，辜清章就讲了这四福四祸。

"后来，老夫忽然听说他没了，就想起他当日和我说话时的神情语气，好像早就知道自己会是这个结果一样。"

陈筹忍不住又插话："也可能，只是碰巧了。"

这个姓辜的当日故作谦虚，没想到后来真的夭亡了，搞得好像应验一般，看来人还是要少说点丧气话。

朱县丞又咳嗽许久，方才摇摇头："老夫也不知道……但张大人特意从宜平来问我，是否关于辜清章，有什么疑惑？"

张屏道："学生奉命重新编撰县志，因昔年辜家庄一事和辜清章此人相关，上一编县志上都记载寥寥，似有隐晦，心存疑惑，故而前来问询。如果有什么忌讳，也好避开。"

朱县丞长喘几声："唉，辜家庄，后来突然就闹了瘟疫，一个村子都没了。当日我们还道，是不是这个村里的人天生身上就带着什么病，辜清章先死了几年，他们村子就一起发病了。这村子古怪，当年辜清章县试郡试中了，多大的喜事，搁在平常人家都能放半个月鞭炮，结果送喜报的人连村子都没进去，就被撵出来了，那些人说，辜家庄说辜清章坏了他们村子的规矩，已经不认他了，他不再是辜家庄的人。"

陈筹咂咂舌："原来真不是装，只是一脉相承的古怪。"

朱县丞咳了又咳，那后生端水来喂他，张屏见他体力不支，不便再多打扰，又寥寥问了几句，就要告辞。

告辞前，张屏又问道："敢问朱大人，当年辜家庄瘟疫，前往救治的大夫与兵丁可有感染？"

朱县丞闭着眼点头："有……不少……先知县大人与老夫亦曾到过那里，回来后也有些不适，吃了几帖药好了，但身体从那之后就不如以前了。唉，老夫怕出不了今年年里了……"

那后生立刻道："舅爷说哪里话，昨天王郎中还和我说，要是这服药吃完你老还不好，就让我拿棍子抽他。"

朱县丞闭眼笑了笑，又摇摇头。

屏风后，有女子低低的抽泣声。

离开朱家，张屏和陈筹又回到留宿的那家客栈内，客栈帮他们找了一辆马车送他们回到宜平县城门外。

往城门内走时，陈筹忽然道："张兄，要按照今天那位朱县丞的说法，你我这样多磨多难的，倒不用担心什么横祸。"

张屏嗯了一声。

停了片刻，陈筹又愁眉深锁道："张兄，是不是我之前有过那番奇遇，折损了运道，这次才上不得榜？"

张屏沉默了一下，还是说了实话："我不信这。"

陈筹叹了口气，不再说话。

回到县衙内，小杂役远远就向张屏谄媚笑道："张大人回来了？又有一封京城急信。"双手捧着一个信封递给张屏。

张屏接过，一看封皮，竟然又是兰珏的信。

他回房拆开，兰珏信的内容极其简略——

      你问及辜清章，想必有因。此生身上有些干系，非你所能触及，莫要再查。

几天后，兰珏接到张屏回信，打开一看，气得手一哆嗦——

学生知道大人不便告知内情，但请放心，学生会自己查出来。

京城近日一片太平，王砚待在衙门中困守文书，坐听陶周风教诲，只觉得无限寂寞。

忽而这一日，有捕快来报，城南有个壮年男子张大突然暴亡。

张大是开茶铺的，报信的捕快与他相熟，每天到他那里吃茶，今日早上又去，见茶铺未开，外面有一堆人议论，方知道是张大死了，左邻右舍正劝他家人去京兆府衙门报案。捕快赶紧跑回来告诉王砚。

张大的尸首捕快并未见过，但听邻人说，口鼻流血，脸色乌青。

张大新近刚娶了一位妩媚娇俏的小娘子，两三天前，这位小娘子的表哥前来看她，就住在张大家。

王砚顿时精神振奋，立刻召集捕快，吩咐备马。

刑部衙门马厩中的几十匹快马，都是太师府饲养的名驹，王砚牵来做刑部公用，跑起来像风一样，回回都抢在京兆府或大理寺前头。

这次亦不例外，王砚率人到了张大家，一挥手把小娘子表哥和几个伙计统统套上，牵着走了，周围百姓咬指瞻仰，只见王侍郎雄赳赳的身姿又风一般离去，只余滚滚烟尘。

"衙门办事就是快，太师的大公子真真英武不凡。"

"不是报的京兆府吗？为啥来的是刑部？"

……

王砚御马前行，想到不久之后京兆尹跳脚的模样，心中一阵得意。他放慢马速，回头瞧那几个嫌犯，眼角的余光突然瞥到街边有一道熟悉的、绝对不应该在此时出现的身影。那身影匆匆地闪进了一间茶楼内。

自从接到张屏的回信后，兰珏心中就不甚踏实，总隐约有种预感，张屏要捅下大娄子了。

接到回信的第三日晚上，王砚突然登门拜访，才吃了一口茶，就道："佩之啊，我昨天上午，在城里见着一个熟人，就是老陶和你的那位好学生张屏。他到京城，没来见你吗？"

兰珏在心里叹了口气，微微蹙眉："哦？怎么他会在京城？"

王砚捏着茶盖，挑起一边眉毛看他："他真没来找你？这两天，他在京城中一天去近十个茶楼喝茶。好像在打听什么人，好像打听的，还是你的熟人。"

兰珏放下茶盏："王大人查案真是细致，听闻你昨天仅审了一堂，就破了一桩命案，怪不得今天冯大人哭到了皇上那里，他要辞官归田，把京兆尹让给你兼任。"

王砚呵呵笑道："老冯这人就是太较真，套一句我们陶尚书的名言，案子谁来破，不都是为了朝廷，为了社稷，为了皇上吗？什么京兆府刑部，何必分得太清，案子他接去了，他要破不了，还是要送到刑部，不都一样？佩之啊，我真不是审你，就是提个醒，姓张那小子一个外任的末品小县丞，擅自回京鬼鬼祟祟问东问西，这是拿命玩。"

一边说，一边看着兰珏的神色："他查的人，叫辜清章。我记得，正是当年我刚认识你时，常与你在一起的那个神神道道的小子。说我活不到四十，结果自己早死了的那个。以张屏折腾的能耐，不可能翻不出来。"

兰珏的手一顿："他查的是辜清章？"

王砚嘿了一声："我不知他为什么要查一个短命鬼，当心自己也变成了短命鬼。"从袖中取出一张纸条，"他住在折巾巷的顺顺客栈，房号我也写上了。"

王砚走后，兰珏即刻叫来管事："我向朝中告假，后天你着人预备，替我做一回生日。"

管事怔了怔："老爷……怎么又做寿？"

兰珏道："王大人替我荐了一位算命先生，占得我明年当有一劫，须赶在年前再做一次生日，算多过了一岁，方度得此劫。此事不必声张，只自家人吃顿饭便可，对了，我还叫了张屏，他已到京城了，住在折巾巷顺顺客栈，丙十一房，你明日接他府中来住吧。他在地方小县中做事，贸然回京，别引什么麻烦。"

管事喏喏应了。兰珏去兰徽房中，查了查他的功课，方才回到自己的卧房。

天已甚寒，卧房内挂了厚厚的帷幕，夹壁与镂砖内也已熏笼了炭热，因还不算大寒，用炭不多，房内温热适宜。

兰珏取了一本书，在灯下看，不久微微起了倦意，蒙眬中，似有人坐在对面，怅然地望着他："佩之，你信不信命？"

他从书上抬起眼："不信。除了自己，我哪个都不信。"

那人轻叹了一口气："佩之，这样最好，我一直没敢告诉你……其实，你三旬之内，注定有一劫，但你若要不信命，此劫便有转机，千万记得。"

他不禁冷笑："那王公子刚说要找人打死你我，你就说我活不长，真灵验。再这般到处说旁人有劫有难，当心第一个活不长的是你。"

那人在灯下定定地望他："佩之，我知道你不爱听。我本不想和你说，但若此时不说，可能就没机会了。我恐怕，真的活不了几天了。"

兰珏手中的书啪嗒掉在地上，猛地回神四顾，屋内空空如也。

他坐了许久，方才站起身，从柜中取出一方不起眼的锦盒，盒里躺着一块玉，是一块剔透的黄玉，刻成了一枚杏果的模样，玉上似乎还带着那人手中的余温。

"佩之，我没什么好送你，只望数年后，世上还有个人，能记得我辜清章……"

次日，兰珏到司部中处理完公事，告了假，回到府中，管事的说，张屏已经接过来了，正在和兰徽吴士欣说话。

兰珏道："让他到书房吧。"

待换下官服，到了书房，兰珏看到张屏木头般的身影杵在屋子当中，听到他那死板板的请安，便有一股无名之气在心中翻涌，当即关了房门。

"本部院告诉你莫要擅动，你竟私自回京，是嫌命长吗？"

张屏垂下眼皮："学生有些事情，必须要查。"

兰珏冷冷道："必须？什么叫必须？一个小小县丞，编纂县志，安安稳稳待在县衙里，这才是你的必须。"

张屏抬头，面不改色与他对视："大人，学生如果不查辜清章，他与宜平县辜家庄及附近村民数百人，死不瞑目。"

兰珏重重一击桌案："死不瞑目？何人死不瞑目？病死的人，早知道自己要死，怎会死不瞑目？！不知就里之事，便莫要凭空臆想，无中生有！"

桌上的茶盏被他的袖口扫到，喀喇一声落地粉碎，兰珏猛地一顿神。

他居然，没有收敛怒火。

许多年来，他第一次如此失态，数年官场中练就的圆融竟在这一刻化为了零，似乎一瞬间，他被打回了原形，还是那个当街卖字，穷且酸迂的少年。

屋中一时沉默，张屏没有说话，兰珏扶住桌案，端起另一个茶盏，慢慢喝了一口半冷的茶，缓缓道："不论如何，你也会继续查，是吗？"

张屏还是不作声。

兰珏长叹了一口气，转过身："也罢。其实我所知之事，全部告诉你也无妨。我与辜清章，数年之前，是有交情。"

张屏道："大人不必告诉我你与他的交情，学生只想知道，他和刘知荟的交情。"

兰珏停了半晌，笑了："你想知道他和刘知荟的交情，该去问刘知荟，本部院怎会知道？"

张屏清清喉咙："学生查到……"

兰珏截断他的话："我知道你肯定查到了不少。但不管你查到多少，辜清章与刘知荟的事情，我不知情。"走到门边，拉开门，"你应该问谁，就想办法去问吧。"

张屏抬眼看了看兰珏，走了两步，到了门边，又转过身："辜清章……那时和刘知荟相交，可能是不得已。"

兰珏负手不说话，张屏又说："学生总觉得，他有什么把柄在刘知荟手上。"

兰珏挑眉看了看他，片刻，又扯起嘴角："看来你为了套出本部院的话，可谓无所不用其极。你应该知道，刘大人的官阶在我之上。每次升迁，必查旧档。他的履历，我都能倒背，清清白白，无瑕无疵。你如果想扯些莫须有之事在他身上，连陶周风也休想保得了你。"

张屏瞅着他，又耷下眼皮不吭声了，缓缓地转身走出了书房。

兰珏在他身后摔上了房门。

张屏穿过庭院，走回客房，在房里待了半天。到天擦黑时，小厮来给他送晚饭，偷睄着他的眼神闪闪烁烁的。这人得老爷青睐，大家都知道，这人下午居然惹得老爷摔了门，大家也都知道，搞得厨房给他备饭，都要拿捏着备一份不好不坏的。这人咋就恁大能耐呢？

张屏吃饱了饭，也不等人来收碗，自己要把碗送回厨房，在回廊上遇见了小厮，小厮连忙把碗碟接过去了。张屏下了回廊，在院里乱转，因兰珏没说哪儿不让他去，他怎么转也没人拦他。

兰珏的府邸甚大，当日张屏在这里教兰徽时也没有逛遍。他拣着小路，穿过层层院落。夜风刺骨，但见两三个妖媚的女婢捧着食盒进了一间房中，那间房内笼着厚厚的帘帷，只在推开门时闪出了一道暖融融的光。

张屏向上提了提衣领，走近了些，犹豫了一下，又转过身。屋门在他身后打开，那几名女婢携着一股温暖带着香味的风退出了屋子，门内兰珏的声音道："廊下站的是张屏么，进来吧。"

女婢笑吟吟地退下了台阶，张屏闪进了屋门，扑身的一股暖意顿时浸到他的毛孔里，兰珏坐在屋中的桌边，淡淡道："关上门。"

张屏关上了门，按兰珏的示意在桌边坐下，觉得浑身的衣裳重得慌，瞅着兰珏，一身丁香褐纹银丝的夹袍，其实不比他身上的外袍薄。

兰珏斟了一杯温好的暖酒："着人给你备一副筷？"

张屏看着桌上层叠的碗盘："不了，晚上吃饱了。"

兰珏哦了一声，又道："嫌热就把袍子脱了。"

张屏抓住衣襟："数日不曾沐浴，恐怕气味……"

兰珏皱了皱眉，向旁边一比："去那头脱了再过来。"

张屏依言走到屋子那头的旮旯里，脱下夹袍，放在椅子上，才又走回桌边坐下，看了看饮酒的兰珏："大人不热吗？"

兰珏道："不热，我早年受过冻，有些畏寒，但比旁人耐热。"

张屏道："是大人未中功名之前？"

兰珏转着酒盏，似笑非笑看他："本部院的家底，是不是都被你给查了？"

张屏郑重地道："学生只查了与辜清章相关的。"

兰珏垂眼看着盏内的酒，慢慢道："那也差不多了，遇着他时，正是我最潦倒之时。"

张屏不说话，兰珏又饮了两杯酒，方才又看向张屏："为何要查他？"

张屏道："学生其实是想查辜家庄。"

兰珏微微眯眼："你觉得，辜清章的出身有问题？"

张屏不答，但从袖中取出一条丝帕，兰珏接过，看到丝帕角上绣的杏叶杏果，心中不由得一顿。

他折起丝帕："你为什么要查他和刘知荟的关系？"

张屏道："一开始学生只是觉得蹊跷，辜清章与辜家庄相关之事，都在刘大人主持编撰县志时，模糊抹去了。刘大人主持编纂的地方志各处详尽，唯独这里略去，学生十分不解。后来查得，刘大人与辜清章是同科，兰大人与辜清章亦是。我问询过县中曾见过辜清章之人，此人绝非寻常人物，兰大人和刘大人应该都认识他……"

兰珏道："然后你觉得刘大人的做法有隐情，再写信询问本部院，我的回信让你觉得本部院刻意回避，反倒生疑。"

张屏默认。

屋中又一时寂静，相持约半刻钟，兰珏方才又开口："辜清章与刘知荟结识，在与我相识之后。因何认识我不清楚。结识之后……也只是日夜谈论学问诗词，并无什么异常。当然，即便有异常，我也不知道。"将酒盏举到唇边，轻描淡写道，"因为辜清章与刘知荟交情浓厚之后，便不怎么与我往来了。"

张屏在椅子上挪动一下："学生想问……之前辜清章与大人好到什么程度？"

兰珏从酒杯上抬眼，挑眉："同进同出，同食同榻。"

张屏轻咳一声："那么……后来辜清章是突然疏远了大人……还是……"

兰珏将酒盏往桌上一搁："辜清章当时与我疏远，实属情理之中。我那时一心求功名，提书本便是经纶教条，谈文章就是应试制式。刘大人喜好谈诗词，论琴画，真正风雅，辜清章与他趣味更合，当日与我相交，本就勉强，我诸多作为，他都不赞同。"

他这般无所谓地说，但那人当年言语，又恍惚萦绕耳边。

"佩之佩之，你这是要把美玉丢进油锅，秀木砍成棺材板！"

辜清章在桌边来回走，带得灯影摇曳，他只当听不见，埋头练字。

昨日在庙前，竟遇着了便服到庙中敬香的孙侍郎，孙侍郎对着他的字幅，评了一个字——浮。

孙侍郎是本届科试考官，喜欢方正的小隶或小楷，笔力朴实，字形刚正。

于是他抱了一摞纸苦练，像刚开始习字的小孩子一样。

改字形，比学写字更难，手忍不住飘勾出撇捺，他就砸自己的手腕，手腕肿成馒头，两眼看字都快成双影。

辜清章最后来夺他手中的笔，打翻了油灯，险些起了火灾，袖子也点着了，幸亏他为了冰手，放了一盆凉水在手边，及时浇灭了火，辜清章没有烧伤。

火灭了，他呆站在漆黑的屋里，桌上的纸在吧嗒吧嗒滴水，他想道歉，却听辜清章轻轻叹了一口气。

他说："佩之，你定然能榜上有名，世上的人万万千千，谁都不可能面面俱到，处处迎合，反倒得不偿失。"

他看不见辜清章的神色，但能想到他这时的眼神。

辜清章的眼神中必然带着悲悯，说实话，兰珏不喜欢这样的眼神。

他不择手段，一定要榜上有名，因为他知道自己输不起，输了这一回，可能无法挨到三年后。

所以他总是无法听从辜清章的劝告，而刘知荟和他不同。

刘知荟也穷，可是他穷得清清白白，堂堂正正，不像他是犯官之后，天生血里就流着不堪。

结识了刘知荟之后，辜清章和他说话就越来越少，多的是叹气。

后来也不在一间屋子里住了，有时候两三天才碰见一次。

没了辜清章，同科的试子们也没谁与他往来。如今回想，他那时候嘴硬，其实心里挺难受的，人都要拢群，自己来来去去，其实就证明了失败。

兰珏慢慢道："若说到蹊跷，可能就是疏临……辜清章他死前一个来月，当时快科考了，他突然和我说，他可能不久于人世。"

张屏的眼神立刻就振奋了："哦？"

兰珏微微皱眉："我那时和他有段时间没怎么说话了，偶然在街上遇到。"

也不算偶然，那几天他实在缺钱，就又写了几幅字，送到字画店中寄卖，恰好碰见辜清章和刘知荟在路边茶棚吃茶，见面了不能不打个招呼，谁知道又碰见了王砚。

想起当年的王砚，兰珏就有点哭笑不得。

当时王公子乃京中一霸，王太师其时还是大将军，但已手握重兵，兼任兵部尚书。王公子骑着一匹白得闪眼的胡种名驹纵横京城，两袖兜风，霸气四溢。

某一天，王公子领着几个跟班在兰珏摆摊的庙门口呼啸而过，那天风微有点大，王公子迎风招展的大袖子挂在了兰珏的摊上，哗啦带翻了摊子。王公子便勒住缰绳，居高临下斜瞥了一眼兰珏和辜清章，向身边小厮一摆头。小厮立刻丢出一锭大银："我家大公子赏你们了。"

要是搁着而今兰珏的脾气，肯定笑一笑，把银子捡起来，吹吹灰，揣袖子里，当撞了大运，白赚一笔，晚上去吃顿好的。

但那时他还年轻并且愣着，顿时就捡起了银子，又加上一枚铜板，向着已随着王砚掉转马头的小厮道："这位留步，此是我给你家公子补衣服的钱。"

那小厮回过头，眼直了，声音也直了："哪里来的穷酸，这般不识抬举！"

王砚掉转马头，抬手止住小厮，眯眼一瞥兰珏，从腰间摸出一个钱袋，丢下，吐出两个字："砸了。"

几个小厮纵马上前，直接踏向兰珏的摊子，幸亏辜清章拖着兰珏闪到一旁，兰珏方才没被踩扁。

他和辜清章在地上滚了两三滚，灰头土脸地爬起来，摊子早已踩碎，字画七零八落，王公子带着随从们呼啸而去。

辜清章帮他收拾起还没坏的字画，从地上捡起那袋钱，拍拍灰，打开看了看，笑道："这位王大公子，还真是不积德，不如你我就帮他积一回。"扯着他把那一袋钱全散给了附近的乞丐。

兰珏一时意气，等回去后，也有点后悔，他想求功名，得罪了王大公子，等于自己葬送自己的前途。以后他远远看到王公子，就绕着走，想来这种人也不会记着他这样的人。

哪知道，许久之后，兰珏已和辜清章十分疏离，在茶棚外竟又遇到王大公子，谁想到王公子真就还记得他，一勒缰绳，白闪闪的马唰地一扬前蹄，王公子朝兰珏一勾手指，一旁的小厮立刻尖声道："我家大公子让你过来！"

兰珏心知，既然撞见，必然就躲不过了。还未想到该如何应对，便瞥见茶棚中，辜清章要站起身，刘知荟握住他的衣袖，皱眉向兰珏这里望了一眼。

这一眼的含意，足能写出一篇文章，其名为——与不可相交者为伍，必遭其累。

兰珏心中一堵，抬腿向王砚迎了过去，却也只看着那个小厮道："你家大公子当路堵我这个穷试子，有何贵干？"

辜清章走到兰珏身旁，向王砚笑道："路遇阁下，实是缘分，但眼下我们还有些急事要办，便先告辞。"拉着兰珏示意他走。

兰珏却不动，王砚耷下眼皮，仿佛眼前没有辜清章这个人一样，辜清章的话，他当然更没听见，只向小厮道："问他手里拿的什么。"

小厮立刻尖声道："我家大公子问你，手里拿的什么？"

兰珏道："你家大公子好清闲，还管我这个路人手中拿什么。我爱拿什么，便拿什么。"

小厮转头向王砚："禀大公子，这人有意不回大公子的话，还说他爱拿什么，就拿什么。"

辜清章往后扯兰珏，又有一只手，拉住了辜清章，是刘知荟。

正在这时，王砚的小厮又开始传话了："将你手中的东西拿过来，我家大公子要看。"

兰珏道："哦，告诉你家大公子，我不想给他看。"

小厮立刻再转头："大公子，这穷酸竟说，他手里的东西，不给大公子看。"

辜清章低声道："佩之。"

刘知荟扯着辜清章皱眉："你几时惹上了这等事？"

兰珏听着刺耳，向辜清章道："辜兄，王公子今日只是想与我说话，没你和刘兄什么事，你与刘兄先走吧。"

辜清章沉下神色："佩之……"

马背上的王砚此时又开口，却是直接和兰珏说："你手里的那些，是字画？"

王公子眯着眼睛，直望着兰珏。兰珏正要冷笑回，是或不是，与王公子何干。王砚又道："拿去卖的？"

兰珏干脆只发出一声冷笑，王砚道："拿来我看看，我买。"

兰珏道："王公子，真是对不住了，我这些俗字烂画，上不得台面，更不想卖给王公子。"

王砚道："你寄出去，我就买得到。"

兰珏道："那就是店主做的好买卖了。反正在我手中，便不会卖给阁下。"

王砚一声嗤笑："蠢材。"

辜清章向王砚拱拱手："王公子，真是对不住，先告辞了。"再拉扯兰珏，兰珏仍

136

旧不动。刘知荟皱着眉深深叹了一口气："兰兄，你只当看清章的面子，别在此事上多纠缠了。"

兰珏心中再一堵，王砚又低头和小厮说了几句什么，小厮高声喊话："那穷酸，我家大公子说了，他不打你，他有笔买卖，真心想和你做，看你识相不识相。"

兰珏不知自己怎么想的，一句话便从嘴里飘了出来："什么买卖？"

王砚嘴角吊起一丝笑，又再俯身对小厮说了几句。小厮道："街上人杂，大公子怎么能在这里谈事，得找个清静的地方。"

兰珏挑眉，马背上的王公子握住缰绳，以一个极其洒脱的姿态，向对面富丽堂皇的酒楼一瞥。小厮道："大公子已经选好地方，你跟来便是。"

辜清章扣住兰珏的手臂："佩之！"

刘知荟轻声道："兰兄，你我都是想要科举入仕的人，应知深浅，大将军的公子，非我等所能沾惹。听清章的劝，莫再意气用事。"

那小厮又开始喊话："大公子问，你敢去，还是不敢？"

兰珏抬眼一笑："大将军的公子请客，得要多大面子才有的机会，怎会不去？"

王砚一勒马，再以一个潇洒的姿态回身，视线仍旧只盯住兰珏："我只请你一人。"

兰珏甩开了辜清章的手，微笑道："王公子请。"

兰珏双眼望着烛火，叹了口气："之后数年，乃至今日，我每每想起清章，就总想到此情此景，无限后悔。我那时何其可笑，又何其……我对不起清章，伤他之事，又何止这一件，数不胜数。他待我宽容真心，我待他计较无理，重新想来，真是……但再悔，再自省，清章亦不能复生。我一生唯一真心相交的挚友，再回不来了。即便真有魂魄，待我死时，他该早就转生。此生失之，来生错过，生生世世，都不再得见。"

张屏点点头："嗯，要是有下辈子，就算见到了，也不认得。"

兰珏的视线从灯火上移到他脸上，片刻后才道："你说得不错。但以后旁人忆旧伤怀时，你想劝慰，最好别再这样说话。"

张屏肃然颔首，又道："其实学生并不信转生，也不信轮回，也不信鬼魂。学生觉得，人死如灯灭。方才是因为大人的话，才那样说。"

兰珏道："罢了，刚刚是我说错了。以后旁人说话，你只管听，不用接。"

张屏点点头，又动动嘴，再合上。

兰珏挑眉："你想说什么？不必吞下，这句话可以说。"

张屏道："学生想问，王大人当时找兰大人，到底是……"

兰珏道："哦，那事真出我意料。原来王侍郎当时找我，真不是想寻我晦气，确实是要和我谈买卖。"

兰珏怀揣着被王公子狠狠修理的准备进了酒楼。王公子抬手包了整座酒楼，挑了最大最阔气的雅间，兰珏走进去，小厮关上门，屏风后并未跳出几个拿棍子的家丁。王公子坐在酒桌上首，摆了个尊贵典雅的姿态，望向兰珏："坐？"

兰珏抱着伸头缩头都是一刀的心态，在王砚对面坐定。王砚看向他摆到桌面上的卷轴，又说想瞧瞧。

兰珏人都坐在王砚对面了，不可能再说不让看，就递过卷轴。没想到王砚接过展开，还看得一脸认真，几个卷轴都瞧了瞧之后，道："都是你亲笔？"

兰珏道："是。"

王砚点点头，从袖中取出一个鼓囊囊的荷包，啪地搁在桌上："两日之内，作一则写竹子的赋。"点一点其中一幅字，"与此诗意境类似便可。再要一幅春竹图，须有奋发向上之意。这些是定钱，交得出来，另有酬金。"

兰珏道："王公子当真？"

王砚道："我有多少工夫，能闲着跟你废话？"

兰珏道："那好，王公子要的东西，不必两日。取纸笔来，立时便有。"

王砚深深看了他一眼，命小厮去取纸笔。

兰珏憋了一口意气在胸，情绪正是翻涌，纸笔到后，挽袖磨墨，先将春竹图一挥而就。绘图之时，题赋文字已结成在腹中。待画毕，换过纸笔，下笔不停，又是一气呵成。

王砚一直摆着那个尊贵典雅的姿势一旁看着，待画赋皆成，取过再看，点点头，真的又摸出一锭银子，摆在那个荷包旁。

兰珏取过，放入袖中，起身，拱拱手："那在下便先告辞了。"也以一个极其洒脱的姿态，走出了房门。

直至出了酒楼，真的没再发生什么，兰珏方才真的相信了，王砚的确是找他"谈买卖"来的。

兰珏有种脑袋上挨了一下，以为是块石头，没想到是张大饼的庆幸，揣着这么多钱，竟不敢进店卖点急需的东西，径直回了住处。一到家，就发现辜清章正坐在房内。

辜清章一看到他，便站起身，一脸肃然："佩之，王砚此人，不可相交。若你不破了此命，来日必然有祸。"

兰珏一见辜清章，乍闻此言，刚被钱冲淡的烦躁顿时又聚塞于胸，似笑非笑道："哦？那劳烦你给我算一算，我这样的人，该与何人相交？"

辜清章又露出兰珏最不爱看的那种神情，好像很替他担心着急一般："佩之……"

兰珏径直从他眼前走过，只当没看见辜清章刚倒好的茶，另取了个杯子又倒了一杯："这样的命，不用你算，我也会。王公子一看就是个惹事的主儿，近他不招上事才怪。他这么横，就因为他老子是大将军。哪天他老子倒了，他全家都得完。只是……"

他有意从怀中取出那包钱，在手里掂了掂："虽说富贵难出三代，王大将军到王公子这里，不过两代，王大将军官运正昌，抱得上王公子大腿前程有望，就算牵牵王公子的裤脚，起码也吃喝不愁。"

辜清章定定看着他："佩之，别置气。你不是这种人。"

兰珏扬眉："不是哪种人？我就是这种人。我与你，与刘知荟才真的不是一路人。"啪地将银子包往床上一丢，"疏临，我这话，并非置气，拿了王大公子这包银子，我当真欢喜。"

本以为心态难转过弯，多少有一两分尴尬羞耻与不适，却发现丝毫没有，唯有开心。

"我与辜清章，本非同类。"兰珏慢慢搁下酒盏，"你查了这么多，应早就知道，本部院是犯官之后。先祖父本是京兆府主簿，府尹辛余谋私受贿，他亦卷在其内，同被大理寺查办，在牢中畏罪自尽，家中被抄，余下男女要充入奴籍，恰逢先帝登基大赦，没去为奴为婢，但一无所剩，连叫花子都不如。都没挨过饿受过罪，有扛不住自己寻短见了的，也有实在体弱是挨不住苦病没了的，后就剩得先父一人。本来连他也不得剩，跳河没沉下去，被一个洗衣女救了，就是先慈。他没死，但说句大不孝的话，以后跟死了没两样，一辈子除了吃饭喝酒叹气没多做过什么，我曾疑惑我娘何必捞他。不过，要不捞他，也就没我了。"

说到此处，自己轻笑一声，瞥向张屏，见其一声不吭地听，表情颇为专注，除此之外，倒没流露出其他，虽未对兰珏方才的那句话接上点什么，不过这也是他的本性。兰珏对此表现尚算满意。

当年，兰珏畏畏缩缩时，走在路上，瞟见行人闲聊，都唯恐在谈自己身世，恨不得找个地缝钻进去。直至进了官场，头一两年还常觉得同僚在背后指戳，回想更是好笑了。

"先慈在京郊九和县织坊里做活，就住那里，本部院乃市井里长大，因此，你莫以为我黍麦不辨，不知米价油钱，其实各样苦都吃过。与你一样，劈过柴挑过水，还替先慈卖过针线，饿极了，也偷过旁人地里的瓜。"

曾以为耻，但如今轻描淡写道来，却如年少时的功勋。

张屏道："唔。"

兰珏突然觉得，小皇上把张屏外放，着实英明神武。此生处事，真让人不知如何评判，假如进了朝廷，结果难以想象。单说倘若换一个人坐在对面，溜须拍马的言辞暂不多想，"大人早年原来也曾如此不易"之类顺竿的话必然当要来上一两句吧。

也就是本部院这样的胸怀，才容得了他罢了。

兰珏接着道："先父一生只教过我一件对的事，唯有读书考功名，才能换一种活法。我娘半夜还赶活做针线，换钱送我进学堂。那时着实刻苦，路上捡片有字的纸头儿，都揣回家藏着，反复看。县城北关有个书坊，我在那里做过搬纸的活计，就为了能偷看两眼坊中的书。那地方如果还在，格局未变，我仍能闭着眼进出。只是，我那时用功，从没想过是不是真喜欢念书，实际是为着不再受穷。"挑眉看了看仍不吭声的张屏，"你若有见解，但说无妨。"

张屏道："大人尚未说到辜清章，学生暂无见解。"

兰珏微微眯眼："哦，是，怎么净说我自己的事了，难为你听我絮叨许久。"烛芯噼啪，酒入杯中，碎影流金。

"我与辜清章，乃入京科试时相识。当时我在街边卖字画，他买了几张。"

细雪中，那人收了伞，抬手一指架上的一排字画。

"这些兄台可都卖否？"

"挂的都卖。"他取架上的画，"阁下为何买这么多？"

"小弟方才说了，明年春闱，兄台定然高中，预先买上囤着，他日富贵，说不定就指着这些了。"

奚落、耍弄，他早已习以为常。但眼前这双清亮含笑的眼，让他不想往心怀叵测上想。

他取了一幅画，卷好，裹了纸，扎束好递过："阁下既为知己，怎能再谈买卖。此画权作相赠，但望不弃。"

那人双手接过画："蒙兰兄相赠，实不堪领此厚礼，不知何以为报。"

别转头扯了做如厕之用便可。

他不禁道："阁下果然会算命，竟然知我名姓。"

那人眨眨眼："这真不是算出来的。"抬手一指，"兰兄的画卷上，不都落着款么。"

他绷不住一笑："是了，居然把这个忘了。见笑见笑。"

那人轻抬衣袖，雪屑沾染了眉梢唇角，浅笑中化成薄露。

"我竟也忘了告知名姓。鄙姓辜，辜清章。"

此情此景，每字每词，都不能忘记，一旦忆起，就如同又回到当时。

"那时没什么人与我相交，直至遇到了疏临，方才认得朋友二字。他性情随和，谦容礼让，与我这般人也处得来。我二人一道赁屋，同食同宿。直至后来遇见刘知荟，方才有些远了。"

张屏肃然问："为何辜清章与刘大人相识，便同大人疏远？"

这话问得真不讨人喜欢。

"本部院都已说了数次，因我和辜清章，并非一类人，他和刘知荟，才是同道。我那时穷，苦寒的试子该有什么样子，我便做出什么样子。其实还是与他人不同。"

张屏又开口了："任何人，都与他人不同。"

嗯，对，你是也很与他人不同。难道不曾因此自省过，为何除了那个傻陈筹，你几乎没有半个至交好友？

"虽各有不同，又依类而群，异于众者，孑然伶仃。"

张屏道："学生以为，有人喜独处，有人好扎堆，不过各人喜好尔。"

原来是如此自我安慰，倒也难为了。

罢了。

"再说得明白一些，我那时考科举，只为功名……"

"来考科举，都是想做官。学生也很想。"

兰珏这辈子对兰徽都没动过戒尺，此时却很想把身边的圆凳抡起来。

"再说透些，本部院那时为求功名不择手段。刘知荟等生性便喜读书学问，赴科举是因心怀社稷，方才是读书人正途，境界与我有天地之差，行事当然也不同。我每每唯利是图，疏临劝不了我，虽宽容相待，但我的作为，他到底不赞同。而刘知荟品性高洁，行端坐正，疏临本就该与他相交。"

兰珏与辜清章相交最亲密时，常有人指点不解，为什么辜清章竟与这样的人交好。刘知荟在那届试子中名望甚高，出身诗书世家，举动有风骨，谈吐皆雅趣。

刘知荟与辜清章月下茗茶论赋时，兰珏在屋里油灯下趴着死啃应制格式。

刘知荟与辜清章纵论古今兴衰，兰珏一心想搞透的，是本届的主考所好。

刘知荟与辜清章不屑权贵，兰珏假清高了一阵子，最终还是跟王砚混熟了。

……

那时的辜清章，焉能不与刘知荟更投契？仍把他兰珏当个寻常朋友，已是不易。

张屏道："果真高洁，为何科试？"

兰珏神色陡然一寒："疏临非常人，以我那时品性，哪能懂得真正的他，而今再忆，更难分明。如你者，更不可评断。"

辜清章之于他，始终如初见之时，乱琼素白中，曾近在眼前，却终只得相望，不能触碰。

年少时泥沼中沉浮的他，唯一的一抹清。

兰珏抛下酒盏："时辰已不早，你先回吧。"

张屏坐在凳子上没动："学生在县里，曾向当年主考询问过辜清章其人，他向学生说，一直不明白，为什么辜清章会考科举。"

兰珏面无表情按了按眉："我亦曾有此疑问。他并无俗人之志，更不介怀功名，参与科试，可能不过好奇想见识见识，或当历练罢了，即便考上了，他应也不会进官场……本部院已乏，你先退下吧。"

张屏跟长在了凳子上一样："辜家庄因辜清章赴试将他除名，若只为游戏，代价过大。且，辜清章亦曾与朱老大人提过，少年登科，折福折寿，还曾因名次高了不乐，种种行为，令学生十分不解，到底他为何赴试。"

兰珏按住眉尾的手指不觉松开。

为何……？

听张屏之问，他的心里竟慢慢升起了一个念头。

一个他一直藏着，不想触及的……猜测。

他下意识皱眉，正要抓住此念，张屏已说了出来——

"辜清章参加科试，像是有意等死。"

夜半，兰珏又不能入眠。

张屏的话如同小刺，生进他心里，难除难安。

一阖眼，就是辜清章的模样，眉眼鲜活，唇边含笑望着他："佩之，佩之。"

辜清章参加科试，像是有意等死……

怎么可能。

辜清章绝不是那样的人。

兰珏亦是如此向张屏说，而后便无下文。

树影摇曳，轻叩窗棂，又有些模糊的零碎旧事在浓夜中清晰。

那时天冷地冻，苦寒之中，人极易满足，吃两口热饭，靠近火盆得几分暖意便昏昏欲睡，头脑也不清楚起来。兰珏便刻意不吃饭，待天一亮就袖着书到外面读，冻得骨头疼痛，记书格外快。

有一回他饿了一天一夜，早起背书时没留神踩着一块冰，脚下一滑，两眼一黑，再有知觉时就发现自己正在床上，身上压了几层厚被，辜清章站在床头，难得地黑着脸。

"佩之，你别不把命当回事。科举前程固然重要，命都没了，一切是空。"

兰珏挣扎坐起身，嘴上若无其事："人越贱，命越硬，死不了。这次若不能中，我才真是活不了了。"

母亲已逝，世上就剩下他一个，无依无靠，无着无落，仅存的指望活路，都赌在这次科试上。倘若不中，即便他想熬等三年后，也没路熬，只能有一个结果，他其实已做了打算。

每科放榜后，便是京城的河沟里下饺子，树林破庙挂腊肉的时节，林边桥头处处是礼部或京兆府悬挂安插的条幅木牌——"天将降大任，必先多磨炼；三载弹指过，功名在眼前"、"懦夫方才做腊肉，想想渭水钓鱼叟"之类，用处并不甚大，还有考生寻短见前在牌上续书"他幸飞熊兆牙笏，我岂有命到白头"。京兆府的官员路过读到，觉得此生续得还算押韵通俗，可招进衙门，专写此类幅牌，赶紧命衙役去寻，那考生已成腊肉，只好摘下收葬，并将这段事迹刻写于木匾，警醒他人。

兰珏不想去凑那份热闹，且既要再丢一次人，又给旁人添堵添乱。

田老头家的耗子药效力甚好，他预存了两包，以防届时旺季难购。九和县附近，有几个荒岭子绝无人烟，到时寻个山洞，亦算死有得葬。

他把囤的两包耗子药装在一个小瓶内，用小布袋装着，随身佩戴，时刻警醒自己没有后路。

兰珏拢了拢被子，忽然觉得怀里微空，再一按胸前，心里一惊。

辜清章道："佩之，对不住。方才我拿酒替你擦身的时候拿了你一件东西，一时好奇就看了看。"从袖中取出一物，正是那个小瓶。

兰珏的脑子里顿时轰的一声，脸颊滚烫，手心渗出汗，只想化身做穿山甲，遁地而去。

最隐秘的怯懦赤裸裸暴露，耻辱且无措。

辜清章把他按在床头，整了整被褥，摊开一块手巾在被上，端起桌上的托盘递给兰珏："佩之，人生可贵，生做人已是不易，脚下踩的都是路，莫把死活之说挂在嘴边。"

托盘上搁着一碗热粥、两个馒头，还有一盘热菜。辜清章拿起粥碗舀了一勺，吹了吹，送到兰珏口边："趁热吃饭，过一时药就好了。"

兰珏喝下那口粥，从辜清章手里接碗勺，又道："饭与药，各要多少钱，我回头给你。"

辜清章一顿，松开端碗和勺的手："好。"

饿过了头，就不觉得饿，但一旦碰见了饭，饥饿回归，便不可收。

兰珏抱着饭碗狼吞虎咽风卷残云，辜清章生怕他噎了，直道："佩之，慢些。"

兰珏正拿馒头蘸菜汤，辜清章又道："对了，佩之，你早上沏的那壶茶，我喝了。茶叶并沏茶的热水，还有烧水的柴火，各得多少钱？我回头给你。"

兰珏一口馒头哽在喉咙里，辜清章端起粥碗又帮他灌下一口粥，顺顺他的脊背，兰珏回过气，还没捡起尴尬，辜清章又一本正经道："啊，险些忘了，你攒的炭，我昨晚上往火盆里多搁了两块，你瓶子里的东西，我已给倒了，得要几文？对了，前日我临时要出门，穿了你的袍子，这个也当算算折旧费。还有，上回洗澡，我是不是也用的你的面皂？再有你帮我洗过几回衣服，水费人工……"

兰珏垂眼看碗里的粥："行了，疏临，我怕了你了。"

辜清章笑吟吟又舀了一勺粥："来，慢慢吃。锅里还有，等下再添。"

疏临……疏临……

"老爷，做生日该吃面。"管事觑着兰珏眼周淡青黑色的圈儿，小心翼翼道，"熬粥是否……"

兰珏道："这个生日乃是加做，必须得喝粥，取米之千万数的吉意，你只管做便是。"

管事的喏喏而去，兰珏步进内厅。

他这个假生日要当真过，府上的下人早上都来跪贺了一番，兰徽还画了一张寿桃图，画功颇为长进，兰珏很是欣慰，摸着兰徽的头夸赞了他几句，又赏了吴士欣。

然则却没见着张屏的人影。

兰珏做事不爱讨人情，帮人乃是自愿，帮了就帮了。

这个生日，算帮张屏遮掩，也因他与自己走得近，少些事，都得安生。

也罢，就此一次。

兰珏在廊下踱了几个来回，小厮道："禀老爷，那张屏在后厨。"

兰珏脚步一顿，微微皱眉："他在府中行走，不必多管，任他在哪里。"再慢慢踱，不觉到了后厨近前，众仆役行礼，兰珏示意不必，瞥到墙根处一抹蓝灰将手里的一个碗搁在洗菜台上走过来。

"学生见过大人。"

兰珏负手:"在用早饭?不必多礼了,接着吃吧。"

张屏未曾抬头,一旁管事的道:"老爷,张大人一早来厨下,先忙着给老爷做寿面。不知老爷这回生得得喝粥……刚改熬上粥。"

张屏道:"学生不知大人过生辰,且没什么钱,未办贺礼。望大人见谅。"

兰珏眯眼看着他:"你方才是在吃面?"

张屏道:"泡泛了,就不好吃了。"

兰珏瞧了他片刻,再看厨房的门:"锅里还有吗?"

张屏抬头看看他:"大人,粥正熬着。"

兰珏淡淡道:"虽是要吃粥,亦非只能是粥,有面也可,粥正熬着,一时不得好,先吃碗面垫垫也罢。"

管事立刻带人去盛,兰珏又瞥向张屏:"随我到厅中用饭吧,已是有官职的人了,在下厨门前吃面成何体统?"

张屏躬身:"谢大人,学生记下教诲。"抬身转头却往反方向去。

兰珏立刻唤住:"你又作甚?"

张屏道:"取碗。"

兰珏冷冷道:"碗自有人取,你随本部院走。"

张屏只得应是,瞄了瞄洗菜台上那半碗面条。

饮食烹饪,用料果然至关重要。

兰珏吃了一碗张屏煮的面,虽然已泡得微有些泛,但比起其在摊上煮的,滋味更佳。

连挑嘴的兰徽吃了一碗后,都嚷着要再添。

兰珏心情稍明朗了些,待左右撤下碗筷,把兰徽打发去玩,又和张屏到暖阁稍坐,顺口问:"你来京之后,可有去拜望陶大人?"

张屏道:"学生是偷偷前来,怕给老师添乱,不曾惊扰。"

嗯,还算懂点事。

兰珏颔首:"不错,你擅自进京,实在不妥,拖累本部院一个便罢了。陶大人那里,你若怕见怪,可以后再拜见时委婉道明原委致歉,书信也不甚妥当。"

张屏应了一声。

兰珏又道:"今日一过,你就速速回宜平吧。"

张屏道:"学生打算今天下午就赶回宜平。"再深深一揖,"此次多谢大人。"

兰珏挑眉看他："你便就此收手？"

张屏不言语。

他要查的事没查完，但仍留在京城，就会拖累兰珏。先回宜平，过上两日再说。

他的打算，兰珏一瞧便知，也不点破，只道："你是寒门学子，这个进士功名几经周折方才得来，多多珍惜，好好做事。做什么，都不要作死。"

张屏谨慎地看看兰珏的神色："学生还想请问大人一事。此时问可能有些不妥……"

这个日子，毕竟号称是兰珏生辰，问及过世之人，会显得讨晦气，不吉利。

兰珏道："有什么想问的便直说，不必吞吐。"反正早晚都会问出口。

张屏道："学生想知道，辜清章因何病亡故？"

兰珏皱眉："我记得曾与你说过，寒症，又引起心疾。"

"心疾可是旧症？"

"之前未曾见发作过，但应是痼疾，他才会和我说自己时日无多。"

张屏沉吟了一下，再看看兰珏的神情："大人可还记得，临终及下葬时，他的模样？"

兰珏紧摁椅子扶手上的雕花，语气淡然道："我不在近旁。他病危时，我没去看他。刘知荟替他办了身后事。封棺后，我才去祭拜。"

四

兰侍郎府的马自然匹匹皆是良驹，晨昏蹄不停，再次日的上午，马车便进入了宜平县境。

车夫与张屏闲聊："此县是大人治下？人旺田肥，好地方，大人治理得好！"

张屏道："我方上任，不敢居此功，此乃知县大人政绩。"

车夫知道张屏只是个县丞。兰珏这两年亦提携过几个官员，门下却从未出过这么芝麻渣大的小官，车夫心中自也稀罕。但人之前程高低，非一时能看透，兰珏对张屏的看重甚至高过做门生栽培的吴士欣，必有其道理。

车夫呵呵笑道："大人在县中，主管何要务？税赋？水利？农耕？"

张屏道："时下正编纂县志。"

车夫道："哦……呵呵，与我家老爷同科的那位刘大人初为官时亦是编纂方志，如今官位还高过老爷半阶，可见是份旺人的差事。"一甩鞭子，马车的行速又快了几分。

张屏一路卷着车帘观望沿途，忽而道："可否这里一停？"

车夫方挽缰勒住两匹马，张屏已自下了车，拱了拱手："多谢老丈，送我到此处便可。"

车夫惊诧："张大人，离县城应还有几十里路，前不着村后不着店，在此处下了如何使得？老爷命老汉送大人回县，怎能送不到地方就走？"

张屏道："在附近有些事务，此处下来正好。"从袖子里摸出一把钱谢了车夫，"劳累老丈相送。"

车夫举目四顾，荒野、老树、起伏的坟包。小风嗖嗖的，大白天都觉得阴森入骨。能在这里办什么事务？

车夫正在为难，张屏已步入道边乱草，直向着远处乱坟堆走去，老鸹蹲踞虬曲枯枝，此起彼伏地哑哑啼叫。

玉皇大帝，元始天尊，闲事莫管，闲事莫问……

车夫跳上车辀，掉转马头，不再多看，径直往京城方向而去。

张屏拨开枯黄蒿草，行到乱坟之中。

许多坟包已快要平了，掩于乱草间，仅隐约可辨出隆起。

这些坟都无碑。当日田能曾道，瘟疫时的尸首都由官府统一焚烧填埋，一个坑里填了无数，都管不了是辜家庄、李家庄还是王家庄的，更分不出身份。土堆是幸存的人后来撮了堆起来的，聊表悲悼罢了。祭拜亦是在坟圈外焚纸泼浆。

这一带本是某个庄子的坟地，经那次一乱，祖辈老坟也辨不出了。

张屏在坟岗踱了许久，慢慢走向辜家庄方向。

兰珏说，辜清章死后，刘知荟承办了后事，后来辜清章的家人来接了他的棺木，运回家中收葬。

张屏问兰珏，是否见过辜清章的家人。

兰珏道，辜清章的家人把棺木运走时，他在附近，只远远看到几个男子，从年龄推测应该是辜清章的兄长或叔辈，无甚异常。

张屏再问，穿长衫短衣。兰珏答曰，都穿长衫。辜清章的才学非开蒙极早自幼耳濡目染不可能有，亲族如此不足为奇。且辜清章虽多和苦寒学子往来，穿衣用度也未见奢靡，但一看就是从不曾愁生计愁钱使的。

同届试子初相见时，都会自报家乡籍贯，一板一眼说过于死板，多是先自我打趣，兰珏常向人道："我县里来的。"辜清章便在旁边跟着道："我村里来的。"

但他买菜都不会看秤，爱吃豆腐豆芽，豆子连荚带壳时他竟不认得。时常有人因此趣他："疏临家里肯定是财主，良田百亩，春上用青牛八匹并骏马八匹犁开，撒豆发芽，秋来豆树参天，满枝结着豆干，嫩时洁白如玉，老熟酱色醇浓。"

张屏查过县中历年钱饷记录，官粮税赋，辜家庄都按时缴纳，数目往往高过其他村庄。但不曾查到过丁役记录。

张屏走进乱石残壁内，俯身再度抚摸刻着枝叶杏实的石台。

那一日他曾问田能，辜家庄收葬先人的墓园在何处？

田能听后神情很古怪，片刻后才道："这又是辜家庄的奇异之一，没人知道他们庄子的坟地在何处。也不曾有人见过他们办丧葬嫁娶事，连他们庄子的大肚子婆娘都没瞧见过。他庄子里的孩子，就像突然冒出来的一般。忽然就没了一个人，也不知如何收葬。传言甚多，有说他们不土葬，死后火化，骨灰就扬在地里。也有玄乎地说，辜家庄的人不会真死，是遁化了。"

"大人与辜清章相交甚笃，为何他病危亡故时大人不在身旁？"

前日他问出此话，兰珏的目光便凌厉扫来，片刻后闭了闭眼，靠上椅背。

"后来我与他略有疏远，他与刘知荟同住，我因一些事另赁他居，时常多日不照面。他初病时，我去看过他一次。后来就不曾再去。"

又抬起眼帘，扫了一眼张屏。

"你是否还要问，我见他时，他病况如何，为什么我没有再去？"

不待张屏回应，便长长叹了一口气。张屏从未见过这样神情的兰珏。

"我是有意不去。"兰珏的语气却很平淡，"见他那一面时，我就知道，他好不了了。本部院见过死人。父母亡时我皆在，能医好的人和好不了的人，我看得出来。"

辜清章和刘知荟，是否想让大人再去探望？

看着兰珏，张屏这句话却问不出来。

"鬼魂阴司皆虚幻，人活时则在，死即全无。尸存何处，何地为葬，已于此人无干。我为何要看他死时的模样。"

枯草在风中瑟瑟，荒草中，忽然响起了碎碎的窸窣声。

张屏松开按着石台的手站直，草影里蓦地闪出两条黑影。

"你在此作甚？"

张屏看清来人，立刻行礼。

"下官拜见邓大人。"

邓绪双眉紧锁，一脸冷峻，他身后那人却向张屏微微笑了笑，如三月春风，是柳桐倚。

邓绪摆手让张屏起身，又道："你还未曾告诉本寺，你为何会在这里？"

张屏道："来转转。"

邓绪挑起一边眉毛："哦？从何处来？县里还是京里？"

张屏往远处乱坟比了一下："下官刚从那边走过来。"

柳桐倚轻咳了一声。

邓绪仍挑着眉毛，看了他片刻，再道："吃饭了吗？"

张屏道："尚未。"

邓绪一颔首："来这边。"

大石台旁边有处空地，邓绪踹开几块土坷垃，抖开一块布，解开腰间皮囊，取出几个纸包，里面是两块牛肉，几个烧饼。柳桐倚解下肩上包袱，亦拿出两个纸包，却是一只卤鸡和两张大饼，又取出一个水袋。

邓绪在一道石梁上坐了，柳桐倚向张屏道："张兄，请。"

张屏便也挪了一块残砖坐下。

柳桐倚取出一把小刀切割卤鸡，张屏帮他按着翅膀那个位置，鸡翅连着一大块鸡肉脱离鸡身落于张屏掌中，邓绪的目光灼灼从对面射来。

张屏道："大人先请。"

邓绪嘿了一声："你倒客气。"朝柳桐倚道，"腿。"

柳桐倚切下鸡腿，邓绪接过咀嚼，张屏方才开始啃鸡翅，邓绪又从怀中摸出一个扁瓶，旋开，灌了一口，再瞥向张屏："老陶最近好吗？"

张屏道："下官许久不曾与恩师通信，不知近况。"

邓绪哂笑一声，抹抹嘴："行了小子，本寺面前，莫再遮掩。你到底在查何案？"

张屏不吭声。

邓绪道："本寺亦是在查一桩案子，是什么，不能告诉你。但你查到了什么，可与本寺说一说，若对本寺所查之事有助，亦会有你一份功劳。"

张屏道："下官不知大人想听什么。"

邓绪呵呵道："真是老陶的好学生，大智若愚甚得精髓。你我都坐在此处了，你说我想听什么？"

张屏道："下官只是编纂县志时好奇，想知辜家庄旧事。"

邓绪抛下鸡骨头，擦了擦手："你只查了辜家庄？辜家庄是有隐情，但凭你，靠着几本宜平县志守着这堆破砖头，再怎么挖，也不可能知道内情。本寺倒可以告诉你一些真相，你也得帮本寺一个忙。"

张屏道："请大人赐教。"

邓绪慢慢呷着扁壶中的酒："本寺先来考一考你，辜家庄你都瞧出了什么？"

张屏道："自隔于世，务农纳赋，不出仕不出丁。县志曾以神怪传说为因，后又简略不提，皆为避讳。辜是改姓，以此自表有罪。朝廷既宽许如此，则未负我朝。四叶三果，暗应前朝三贤之祸。辜家庄是前朝易太傅后人。"

邓绪盯着张屏看了半晌，塞上酒瓶："本寺没什么可告诉你的了。"

前朝立国时，有桓、易、庆三贤辅政，通兵法，善谋略，才学惊世。

三人辅佐前朝武帝成就帝业，却不能彼此相容，打天下时就在暗斗，江山统天下定后变成明掐，各成派系，争斗不休。至前朝文帝时，易氏一家独大，独揽朝政，权高遮天。桓、庆两族联手，构陷其罪，易氏被灭门，时太傅易敬挖心弃市，如殷朝比干。

易氏虽是被桓、庆两族构陷，但归根结底，还是权过高而主不容。

前朝武帝曾与桓、易、庆三贤结拜为兄弟。易氏未出两代便灭，桓、庆二族两三代后虽也各自势衰凋败，比之易氏，算是得着了好结果。

坊间亦有传言，易太傅的门生偷偷藏匿下易氏的血脉在民间，有说藏在寺庙的，亦有说在道观的，还有说避居海外的。

前朝党争以三贤之乱为渊源，一直未休。

前朝历经七帝，便耗尽气数，祸乱频起。太祖皇帝天命所归，有云游道人赠兵书图谱十套，太祖屡破前朝兵阵，所向披靡。民间谣传说，那云游道人就是易氏后人，来报灭门之仇，献给太祖的书中还有砍断前朝龙脉的方法。

张屏道："大人所查谋乱事，应与辜家庄无干。"

邓绪再瞥了他一眼，垂眸不语。

张屏继续道："辜家庄到底因何而灭，下官尚未完全明白。"

邓绪道："你都查到了这里，本寺再隐讳也无用处。快十年前，本寺还在边关军中，此事我不知情。朝中的记录，的确是瘟疫。"

柳桐倚道："下官以为，此记录应无隐避，是直录所知实情。辜家庄在朝廷治下，安居数代，若非奇祸，岂能不察。"

邓绪点头："不错。"

还波及了周围村落，官差及兵卒亦有折损，自始至终在朝廷掌握中的一个村，理应不会造成这样的后果。

张屏道："那下官只能再去查其他事了。"

邓绪挑眉："比如？"

张屏道："同姓不婚，何以嫁娶。"

邓绪点头："这是个事儿，朝廷关怀民生，添丁增户更当报于衙门。然则嫁娶总是家事，他人不能尽知。你查查也罢。"

张屏嗯了一声。

邓绪又问："还有呢？"

张屏道："还有的，下官不当查。"

邓绪呵呵笑道："不当你就不查了？"神色突然又一敛，"脑子好使是件好事，但要使对地方，莫要偏了方向。"

张屏躬身："下官谨遵教诲。"

一顿饭匆匆吃罢，张屏和柳桐倚一道收拾鸡骨头和渣滓，清出空地。柳桐倚忽而轻声道："张兄放心，此事应不会牵及陈兄。"

张屏看了他一眼，默默无语。

张屏又跟着邓绪和柳桐倚在附近转了转，三人都没多说什么话。

邓绪和柳桐倚带了一辆车过来，车夫就是那个曾撞到过张屏的大汉。张屏搭了个便车回到县里，在城门处下车，自行走回住处。

道别时，邓绪意味深长道："说不定过一段时日，本寺会再找你聊聊。"

张屏好像没听懂一般，恭敬告退。

邓绪看着他木僵僵的脸，心道，小子，你就装吧，再挑帘望了一眼其背影，桀桀一笑。

"老陶抢了本寺恁多案子，若本寺抢他一个学生，看他会如何？"

要入冬的时节，每天起床，都觉得今天更比昨天冷了几分。

天上淅淅沥沥落着小雨，兰珏下了早朝，步上湿漉漉的白玉阶，微风夹着湿气，渗透衣缝，钻进肌肤毛孔。

蒙蒙雨雾笼着层叠宫阙，烟灰的底色里恢宏堂皇平添了几分空茫。

多年之前，相似的清晨，他穿着单薄的布衫，站在街边低矮的屋檐下遥望宫墙，身前街道上贩夫走卒来来去去，堆满杂物的推车木轮溅起泥浆落在衣摆上。

那时无论如何想不到今时今刻的景况。

回想其中相隔的年月，又似乎眨眼便过。

时常觉得日子没怎么过就没了，待回望昔日，才发现似乎换了一辈子在活。

兰珏一步步走下玉阶，向前方一个身影唤道："刘大人？"

刘知荟侧身："兰大人。"

兰珏步履稍快，行至他身侧："刘大人是回府还是直接去御史台？"

刘知荟道:"有些要紧公务,需赶着办完,就不回家里了。因走得急,方才不曾与兰大人招呼,莫怪莫怪。"

兰珏含笑,其实他和刘知荟同朝为官多年,除非迎面走过避不掉,方才互相寒暄几句,一般都不怎么打招呼,前后走着就各自绕得远些。

倒不是心存芥蒂,至少兰珏不是,只因他和刘知荟第一眼见时,彼此就明白不是一路人,没多少话好讲罢了。

估计今天主动招呼,刘知荟心里正在犯疑惑。

"哦,方才一时触景忘神,竟没看着刘大人经过,该是兰某惶恐才是。"

刘知荟道:"兰大人真乃雅士,想是心中已有佳句。"

兰珏眼角微微弯起:"刘大人见笑,兰某不擅词句,昔日你我同届科考时,刘大人应就知道。不过深秋薄雨,偶忆故人罢了。"望着眼前雨丝,轻轻一叹,"算来疏临辞世,竟快要十年了。"

刘知荟垂下眼帘:"故人已脱红尘,吾等碌碌徒悲。"

"叹也不曾梦中见。"兰珏转目看向刘知荟,"不知刘兄可有梦到过疏临?"

刘知荟抬眼看雨:"梦境本是心造,有无都是虚幻。"

兰珏再一声长叹:"疏临当年,常与我论命,曾卜未来事。我亦常常想,既命早已定,应真有鬼神。不知你我之思念,疏临是否能知。"

刘知荟淡淡道:"刘某不似兰大人这般善感,逝者已逝,唯存余心,虚无缥缈事,不值得信,不曾多想。"抬一抬衣袖,"公务委实赶得急,先行一步,兰大人见谅。"

兰珏亦拱手:"刘大人慢走。刘大人时时刻刻将疏临铭记在心中,不论神灵魂魄是否有,疏临可能感应,刘大人的这份情谊,天地已知。"

刘知荟移开与兰珏相触的视线,匆匆离去。

兰珏在原地站了片刻,继续前行,遥遥一个声音道:"真是稀罕事。"

兰珏转头笑:"正纳闷为何离殿不见王大人,原来今天破例走在后头。"

王砚大步走到近前,道:"拐了一趟厕房,出来竟看见了奇景。兰大人方才这是在和刘知荟谈心?"

兰珏颔首:"不错,聊一聊风景,忆一忆往昔。"

王砚呵呵两声:"佩之,你没受风起烧吧?"

兰珏道:"王大人这话说的。我与刘大人既有同年之谊,偶尔叙旧,岂非寻常?"

王砚道:"罢了吧,我看你是被那姓张的小子给下蛊了。"冷冷一笑,"真不知那小子有何等能耐,你和老陶都爱他入骨。他到底在偷摸查甚?你居然都陪着他失心疯?"

兰珏装聋作哑道："我是不知道王大人在说甚。"

王砚挑眉看着他，半晌一点头："好啊，佩之，你真烧得可以了。"

兰珏只是笑。

王砚又道："或你不是烧，是还记着刘知荟及那辜姓小子的前情旧恨？"

兰珏眯眼道："王大人说的，兰某更听不懂了。"

王砚道："佩之你别恼，我只是玩笑而已。"

兰珏悠悠然道："若是墨闻兄知一些朝廷典册未收录之事，兰某却是感激不尽。"

王砚拊掌："这般爽朗的态度，方才是佩之。我认识的人里，或有知一二的，待我去打听打听。"神色忽又一变，"是了佩之，你有无听说过邓绪的动向？"

兰珏道："王大人，兰某这种谨慎做官的，若能一世不沾大理寺，便愿天天烧高香，岂能了解邓大人的动向？不该是贵部与大理寺来往密切，互通有无吗？"

王砚道："是我糊涂了，只是问问。"不再多言，继续和兰珏一道缓缓前行。靡靡落雨渗透官袍。

雨细既可湿衣，小县焉不能翻出大浪？宜平县，竟是个出人物的地方。

张屏回到宜平县内，邵知县对他未到衙门应卯的这几天只做不知，不闻不问，但衙中同僚总有一两个看不顺眼。

"张县丞在县里究竟做什么的？来了也有不少时日，大人只让他编个县志，话倒说得大，御史大人亲编的方志他都嫌烦琐，说要精简。简来简去，至今连个序尚未出，界图也没画。连着数天不来应卯，跟大人告假时亦含糊其词，到底有何盘算？"

"尚书大人的门生，行事自然与他人不同。顶头自有金光照，与我等不是一片天哪。"

"大人虽仁德宽厚，但规矩总在，不可纵一而破律。"

邵知县笑眯眯道："张大人还年轻嘛，又刚得了官职，总得适应一段时日。本县相信，张大人对其司职之事，热忱不下吾等，只是一来张大人性格较为内敛，有热忱亦未形于色，年轻人，处事不像列位这么周到。二来，刚到任不久，可能还没完全找对方向，慢慢来，本县相信张大人必能为宜平做出卓越的贡献。"

李主簿道："大人说得甚是，张大人这些日子县志虽未编出多少，对查典册倒是很上心。查了前县志查户籍，查完户籍查税册，官粮出丁亦未少过，好似还要瞧瞧武备记录。考究之细，值得称道。"

李主簿说的这些，邵知县自然早就知道，起初亦曾捏过一把老汗，但宜平是个小县，邵知县又自认是个谨小慎微的人，星星点点之数，尚不足以聚成湖海。张屏找过前县丞问话，执着的似乎是旧事。

前几天得知张屏去了京城，邵知县就更放心了，自己这只小虾米，根本不值得吏部御史台的大人们瞥一眼的，如果张屏是去州府，倒真得掂量掂量。邵知县再请陈筹吃了一顿饭，略微一探口风，发现张屏兴趣所在，好像是辜家庄那一块儿，便彻底放开了怀抱。

若等到尔等来点醒，本县的乌纱还戴个甚？

邵知县呵呵道："田赋积贮、人丁物产、营额奉饷，县志中皆要详录，张大人如此认真细致，尽责之态度可见一斑。"

李主簿等见左右敲桩也惊不动狡兔，只能各自作罢。

邵知县又踱去卷宗库，关怀了一下正扎在旧册堆里的张屏。

"张大人哪，做事可徐徐而来，缓缓渐进，不必太急赶。晚上切莫再熬夜了，元气固则精神满，精神满了，才好做事。"

关爱之深切，连在旮旯里帮张屏翻找的陈筹都暗暗抖了一下，待邵知县走后，悄声向张屏道："知县大人别是以为你是京里派来抓他小辫子的吧。你走的那几天还请我吃过饭，乖乖，一大桌子菜，还敬酒夹菜，差点把我吓趴到桌子底下去。吃的那几口，积在心里好几天。"又道，"对了，我吃的这一顿，不会算在你头上，说你同什么或为官那什么吧？"

张屏深深看着他道："不会。"

陈筹咳了一声，挪开眼。还有一件事，正闹得他浑身不自在，就是，张屏从京里回来后，有点奇怪。

陈筹确定不是自己多想或过疑，张屏好像……总在看他。

只要与张屏在一处，张屏的目光好像就总挂在他身上。陈筹有意无意抬眼转目，便能与张屏的视线相遇。相遇之后，张屏也不闪不避，继续与他对望，眼神深邃。

陈筹浑身就跟长了刺一样，很是难受。他试图不在意此事，也不怎么看张屏的脸，但仍能无时无刻感觉到张屏的凝望，就像粘上了蜘蛛丝一样，挥之不去，如影随形。

张屏还问了陈筹一个问题："为何与我相交？"

这个……

陈筹在张屏定定的目光里，竟不由得有些结巴。

"这、这真不大记得了……当时觉着都是同届应试的，就、就认识认识呗……"

咋认识的来着？陈筹在乱浆似的头壳里翻了一下，貌似是他主动去跟张屏打招呼套近乎的。

"同届在京者甚多，为什么偏偏是我？"

这……

初冬天，院子里小风呼啦呼啦刮着，陈筹却有点想冒汗。

当时，陈筹也是听别人说，有个西北来的考生脾气古怪，不怎么和人说话。陈筹一时好奇，碰巧遇见时，就打了个招呼，张屏闷闷地应了。而后再见面，再聊聊，又见面，又聊聊，陈筹发现张屏虽然不怎么主动和人说话，但你先开口的话，他其实蛮好说话。陈筹常被人看不起被人耻笑，跟张屏这样的人相处，不会担忧这种事。

就，就这么处着处着就熟了呗……

"见、见面便是有缘……有缘便相交，多个朋友多条路呗……"

"哦。"张屏凝视着他，"除你之外，我再无挚友，因而问之。"

"唔，呵呵。"陈筹冷汗直下，发现自己不小心又和张屏的视线相遇了。张屏的双眸浓黑中带着一丝迷离，似在沉思："我亦在想，为什么那时并无旁人，唯你而已。"

陈筹大汗，收回视线，借口尿急，飞一般地遁了。

今日清晨，陈筹起床后，开窗洗脸，突然后脑勺处又有一股莫名的寒意，他一回头，只见张屏正站在廊下，幽幽地望着他。

张兄，你到底怎了？

陈筹在心中抽噎，脸上却不敢流露半点质疑，正要抱着册子钻回书堆旮旯里去，仍直直望着他的张屏忽而道："今晚，我请你吃酒。"

"不、不必了吧……"陈筹用力微笑，"咱俩不是天天同吃同……咳咳，一桌吃饭么。在这里吃都是我蹭你。"

陈筹也知道这样说没用的，傍晚他正寻路欲遁，张屏已抱着几个油纸包、一个小酒瓮，鬼一般地冒了出来。

陈筹只得跟着张屏到了饭厅里，下人送上火盆，贴心地插严了窗，带紧了门。盆中炭火噼啪作响，小泥炉上的酒咕嘟咕嘟，陈筹汗珠子直冒，张屏往陈筹的碗里夹一只鸡翅："这卤鸡甚好，我前日吃过。"

陈筹嘿嘿道："多谢多谢。"

张屏自己夹了另一只鸡翅，慢慢啃嚼。陈筹不断在心里跟自己说，两只鸡翅而已，应无其他隐喻。

张屏吐出鸡骨头，眼神又射了过来："怎么不吃？真好吃。"

陈筹抓起鸡翅咬了一口："嗯嗯，是不错。"

张屏取过旁边的手巾擦了擦手，取酒壶将陈筹的酒杯斟满。

"若你另与他人相交，是否会因此同我疏远？"

陈筹咬着的鸡骨头一跟头翻进了喉咙，险些卡住，赶紧伸着脖子把鸡骨头咽下，方才强笑道："这个……朋友多多益善，怎会因为多交了一个就疏远其他？又……又不是谈情，只能同一个好，娶回家也得分个正侧。朋友之……之谊，坦荡宽广。"

张兄，望你能明白，你我虽是好友，但其他事，真不可能。

陈筹不知张屏是否听懂了自己最后两句话的暗示，想偷看他神情，一抬眼，又与张屏视线相遇，浑身一颤，不敢再看，赶紧转眼假装瞧菜。

"呵呵。这卤鸡滋味的确不错，我再来上一块！"

张屏又道："假如那新交之友与我性情不合，非同一路人，是否会从二者中择其一而远另一？"

"怎会？"陈筹脱口而出，继而想咬掉自己的舌头，咳嗽一声正色道，"交友当交百样人。同为我之好友，未必二人间得有交情。譬如张兄你的好友，我就不认得几个。"

张屏又一次道："除你之外，我没什么朋友。"

陈筹冷汗涔涔而下："像兰大人、陶尚书，根本不认得我陈筹是哪根葱。啊……张兄，我说这个绝无他意，就是举个例子。"实在是想不到旁人举例子了，"跟我处得不错的挺多，张兄你也大多不认得。"

陈筹再偷偷瞄，发现张屏的目光竟是落在了别处，似乎若有所思。

他不知自己刚才哪句话打动或触动了张屏，赶紧趁热打铁。

"譬如……张兄，我再拿这二位举例子真是绝无他意哈。"真的寻思不到旁人了，"譬如陶尚书和兰大人，都算是张兄你的老师，这二人就不是一路人，张兄你可会因为陶大人而不念兰大人的恩情，又是否会因为兰大人而无视陶大人的教诲？"

张屏点了点头，仍只是凝望着盘中的卤鸡，没有再看陈筹了："很是。"

陈筹松了一口气，打个哈哈，转移话题："张兄，你这个鸡在哪家店买的？真是不错。比邵大人家的厨子做得还好。"

张屏抬起眼皮，视线忽然又火辣辣地黏上了他的脸："那么，与你相交后便淡却与旁人来往，不想见你与他相交，这般心态作为，究其缘故，并非友情。"

娘……娘啊……

张屏的两个眼珠好像两口千年老井，幽不见底："而是因为其他念头，其他感情。"

陈筹闭一闭眼："张兄，你永是我陈筹的好友。仅是……"

吱嘎一声门响，竟是张屏陡然起身，蹿出门去。

陈筹定定看了大开的门扇半晌，一口喝尽了杯中的酒。小厮袖着手探进一颗头："陈公子，外头寒，要小的把门拢上吗？"

陈筹长叹一声："不必了。"站起身，"桌上都撤了吧。"

小厮闪身进来，目光闪烁，瞧着陈筹踱出门的身影。

天甚阴沉，似要下雨，陈筹没拿伞，径直踱到了街上，路上行人看天色不好，多匆匆而行，街边摊贩亦在收摊或架起雨棚。

巷口几个小儿耍闹，拍手唱："刺儿菜，不需栽，春里出，夏里开，开遍田埂老坟台。秋天黄了叶，割了冬做柴，过了明年二月二，春来它又在……"

一个胡须蓬乱的道人擎着铁口直断的旗杆打巷口路过，小童追在他身后起哄："牛鼻子老道胡子长，摇着铃铛钻小巷，偷谁家的尿布当衣裳！"唱完回头就跑，跑两步见老道没理会，又哄拥尾随。

陈筹见那道人，眼前却是一亮，赶紧追上："道长道长……"

道人停步回头，捋须笑道："施主，好生有缘，竟又遇到。"

陈筹道："确实有缘。"从袖子里摸出几个钱，"道长，能否再给我占上一卦？"

道人便把旗杆靠到墙边，凑到旁边店铺的廊下，拿袖口甩一甩灰尘，先从箱中摸出一块布，铺在台阶上，而后取一龟壳，从陈筹给的钱中取出六枚，放入龟壳，摇晃数下，念念有词，继而钱从龟壳出，三正三反，雷风恒卦。

陈筹一抖。

道人道："此乃鱼来撞网之卦，凑巧机缘之意，端坐自有缘分来。前日施主卜占，得一坎为水卦，老道记得，施主说是想寻人，问旧缘，若仍是求同一事，前日是水中寻月，多空茫，这两日内却有了转机，所想者自来。"

陈筹唉声道："自来自来，果然自来……我求的不是同一事。"

道人捋须："哦？施主不妨与老道说上一说，卦者多意，或另有旁解。"

陈筹苦着脸道："看来是没旁的解释了。唉，我所求……那什么，并非我自己的事。乃我相识的一位好友……"

道人道："哦……"

陈筹犹豫了一下："那位好友，他有一位交情甚好的友人……两人相识虽然不满一年……但常同吃同……住，很是亲厚。那一位好友，这两天突然对我的好友……"

道人含笑："疏远？这个无妨。看此卦象，两人情意浓厚，倒是越来越亲密的兆头。"

陈筹哀嘶一声，摆摆手："罢，罢，多谢道长。"跌跌撞撞转身去了。

邓绪抚着花白的假须若有所思望着陈筹的背影。

那张屏，竟有此好？真是人不可貌相。

几个小儿又拍手蹦蹦跳跳走近，邓绪呵呵一笑，从袖子里摸出一包麦芽糖："来，老道也教你们念个歌好吗？小喜鹊，大尾巴，蹲树头，叫喳喳，好学的孩子是乖娃娃……"

几个小儿冲他吐舌："嘞嘞，老牛鼻子的歌好难听，土死了。"

邓绪笑眯眯道："那你们的歌是跟哪个学的？要么再给老道念一遍，老道想比比到底怎么不如了。这里有糖吃。"

小童呸了一声："我娘说，街上白给糖的都是老拐子。"啪地向邓绪丢了个小石头，"老牛鼻子是老拐子！"一哄跑远。

邓绪收起纸包，不由感慨，不想当下的娃娃都这般精了，取了旗杆继续慢慢走，见前方又一个墙角处，几个小童正边跳绳边唱什么，正要靠近，街角突然冒出几个衙役："兀那野道，原地莫动！"

邓绪目光一敛，衙役一拥而上，手中锁链朝邓绪当头套下："带回衙门！"

张屏换了身布袍，正待上街转转，只听县衙正门处一阵吵嚷，百姓乱哄哄拥来，李主簿打偏厢匆匆走出："张大人要出去？邵大人正要升堂问案，我等还是到堂旁听为是。"

张屏便又回房换衣，迎面撞见陈筹摇摇晃晃而来，像是刚回来。陈筹一抬眼看见张屏，神色立刻变了。

张屏心知，陈筹与他定有误会，但不及琢磨哪里出了误会，眼下也不便询问，先到厢房换衣服。陈筹见他没说什么就走了，松了一口气。

张屏更衣赶往正堂，看见被衙役揪着等升堂的人，脚步一顿。

邓绪森森瞥了他一眼，张屏垂目低头，问一旁小吏："事出何因？"

小吏摇头："不大清楚。"

张屏再问："何人报案，谁下令缉拿？"

小吏再摇头："刚被拿住，经过不明。"

张屏不再言语，在堂下站定。邵知县整衣升堂，明镜高悬的牌匾下坐定："堂下案犯，怎的不跪？报上名来！"

邓绪端立堂上："贫道苍天门下，只跪天跪地，不跪微末小吏。案尚未审，贫道连为何被拘捕尚不知道，邵大人怎的就称我为案犯？既然成案，贫道成了被告，原告何在？"

邵知县一拍惊堂木："大胆！你这野道，装神弄鬼，觊觎本县小儿数日，当县中治安是摆设，瞧不出你是个拐子？今日在街头，竟还妄图拿迷魂药饵诱拐。尔这般岁数，做这种勾当，想来不止一天两天，一年两年了，有拐必然有卖，定还有同伙，快快从实招供！"

衙役拉扯邓绪，想按他跪下，邓绪本是军中出身，会些功夫，立定不动，几个衙役按不倒他，怒急推搡，误打误撞一把扯下了他的假胡子。

邵知县顿时道："连胡须都是作假粘的，还说自己不是拐子？快快招认，免受皮肉之苦？"

邓绪呵呵笑道："知县大人倒是警惕，但证供不足，只凭捕风捉影的揣测便抓人，难令人信服。贫道粘个假胡须自己耍耍，何罪之有？"

一个小吏转过屏风，拉拉李主簿的衣袖耳语几句，邵知县勃然大怒，左右正要按倒邓绪，李主簿急急上堂，在邵知县耳边耳语几句。

邵知县又一拍惊堂木："先将此野道押下！"让衙役们再去查证，便就退堂。

衙外围观百姓意犹未尽各自散去。邵知县匆匆往后院去，张屏也跟上，到了院内，李主簿转身向张屏道："张大人请先去忙手中事务吧。"

张屏便就止步。邵知县自去内堂，李主簿廊下一转，又到了一处偏厢。

门口小吏推开房门，向屋内道："主簿大人到了。"

一个年轻男子即刻起身："学生见过主簿大人。"

李主簿踱进堂内，单看对方穿着，倒是平平，但生得真是秀雅不凡，官宦人家也难出这样的孩子，李主簿的神色不由得和悦了许多。

那年轻人道："学生梅庸，不知家叔所犯何事，被拘到县衙，冒昧烦扰大人，万望恕罪。"抬手捧上一个盒子。

李主簿瞥那盒子似乎颇沉，但只做不在意，也未去接，上下又看了他几遍："那道人是你叔父？"

梅庸将盒子放于桌上，轻叹一声："家叔不是道士。说来大人可能不信，这事有些离奇。学生家中本来经商，前年家叔宅院中生了一窝黄鼠狼，叼了几只鸡，家叔一时气恼，设下机关，抓住了一只大的。不想从那之后，整个人就不对劲了，先是时常恍惚，自言自语，后来前言不搭后语，之前的事情常常忘记，再后来出门后居然连家都不认得，时常走丢。最后自己是谁都不知道，言谈举止，都像变了个人，一时说自己是姜子牙，一时说自己是太上老君。"

李主簿皱眉："病得这么重，就该关起来，看看大夫。"

梅庸摇头："看过，家里连京城的老太医都设法求过，各种药吃遍，都无法可治。不瞒大人，也请过不少异士高僧，曾好过一阵，突然又犯了。听闻宜平县内有人擅驱灾治病，家父要照看生意，这才让学生与一名家人带着叔父前来。本来一路上都好好的，谁想今早学生一个不察，家叔就跑出来了。"

李主簿眯眼："但他与知县大人堂上顶撞，口齿颇为流利。假胡须旗杆卦箱一应俱全，充足得很，不像只是疯哪。"

梅庸道："旗杆卦箱，是家叔偷拿客栈旁边城隍庙里一游方道人的，大人不信，可着人问询。学生已赔了钱款，东西亦会归还，幸而那道长大量，说不告家叔盗窃。大人有所不知，家叔一粘上那副假胡子，就变样了，听大人所说他在堂上种种，应该是又当自己是姜子牙了。知县大人未审他几句，倘若多审，学生不敢估计他还会说出什么骇人的话来。但家叔只是疯，不伤人。兜里的糖是学生买的，绝不是迷魂药饵，不信大人可拿来，学生现吃为证。"

李主簿变色："罢了罢了，疯成这样还带到我宜平县，不是祸害吗？"

梅庸道："这两年家人带着家叔，不知跑了多少地方。家资快要耗空，就指望能医好他这病症，听说宜平有高人，这才来了。但那人给的地址有误，还未寻到，因此耽搁。"

李主簿道："我在这宜平县中几十年，不曾听说有什么高人，民间谣传虚妄事不可信，还是带回去看大夫吃药吧。"

梅庸道："大人真不曾听说？那高人一说姓范，或姓秦，能知过去未来，专除祟驱邪。"

李主簿道："连姓都不清楚，更不可信。这两个姓本县都有不少人口，但没听说有谁有异术。看你是个读书人模样，怎么信这个？身份文牒可带了？"

梅庸忙说有，取出文牒，李主簿验看了一番，文牒上各书曲临县民梅前，生员梅庸，的确是叔侄，官印清晰，文牒无伪。

李主簿合上文牒："罢了，这些我自会告知知县大人，大人为官清廉公正，如果无罪，绝不会枉判，但若有罪，亦不会因私情而纵。"

梅庸抬袖："学生明白，邵大人与李大人的青天之名，学生虽刚到县中，已如雷贯耳。"袖中又取出一方盒子，与刚才那盒大小仿佛。

李主簿谦然一笑："李某只是县中小吏，不敢居此名。你且回去吧，但听消息便是。"

梅庸遂告辞离开。小吏引着梅庸出去，行到小角门，廊下有个身影一顿，梅庸似是无意地目光一扫，低头出门。

陈筹在廊下僵了片刻，哧溜蹿到卷宗库，关上门，把张屏扯到犄角旮旯，一脸见鬼的表情左右看看，一把揪住张屏："张兄，你猜我我刚才看到谁了？"

160

张屏道:"柳桐倚。"

陈筹倒吸一口冷气:"你你你你怎么……?"

张屏一脸平静:"嗯,我知道。这事,咱不管。"

陈筹拍着胸口,顺了两口气:"嗯嗯,咱……不管……"

卷宗库门突然被轻叩两声,两人尚来不及反应,李主簿已推门而入:"张大人,你……?"

张屏和陈筹从旮旯里钻出,陈筹不由得低头朝旁边了站,张屏整了整刚才被陈筹揪歪的衣袍。

李主簿的表情顿时意味深长了:"喔,张大人看来……正忙?那下官稍后再来。"

张屏道:"没有。李大人请说。"

李主簿道:"亦无旁的事,前日张大人曾问到建置相关,是否要下官取些记录给大人参详用?"

张屏道:"好,多谢。"

李主簿又闲话了几句,再道:"对了,陈公子,方才听人说你到偏厢那里,可是找李某有什么事?"

陈筹道:"哦,刚才我是想出去、出去转转,然后看见那里有人进出,以为不便,就回来了。"

李主簿道:"无事便可。那……张大人和陈公子继续忙。李某先告辞了。"

他走后,陈筹也不敢多说什么,待晚上回住处,才又半夜闪进张屏房中,悄悄小声询问:"我在廊下看到柳桐倚的时候愣了一下。李主簿旁敲侧击是不是在问这个?柳桐倚不是进刑部了么,他在这里难道要查什么?看来李主簿不知道他身份,会不会……我让他暴露了?"

张屏沉默片刻,道:"咱不管,不该咱管。"

陈筹只好松开张屏的袖口,自回房去睡,小厮帮他壶中添上热茶,笑嘻嘻道:"公子和张大人又和好了啊。正该如此,张大人待公子的情谊,人见便知。公子不用多虑。"

陈筹正只顾琢磨,柳桐倚到底为什么而来,连县衙都瞒着,可见是大案,难道就是来查县衙的?张屏竟然知道,难道已经知情?但并未露口风,到底是何事?辜家庄真的有什么大秘密?那个花纹……离绢离绢……可别扯到什么朝廷隐秘的禁忌……一时未听清小厮的话,含糊应了一声。

小厮笑着搓手退下,房门合拢,陈筹方才回神,似有冷风灌入,打了个寒战。

次日天刚亮，邓绪被几个差役从牢中带出，摇摇摆摆走到一辆小驴车前。

柳桐倚站在车边，抱拳一揖："丞相，武王命我等前来迎接，请速回镐京。"

邓绪摸着并不存在的长须昂然道："妲己未除，怎能班师？哪吒，你先回去，待吾祭起五雷阵法，轰死那妖狐，再拜见吾主。"竖起两根手指，指向苍天，似要发功。

柳桐倚肃然道："丞相且慢，那妖狐已纵云逃了，行得甚快，恐是去镐京魅惑武王。属下特从元始天尊处借来仙车一辆，瞬行八万里，定教那妖狐无处可逃。"

邓绪眯眼点头："如此？甚好，甚好。哪吒，想你那风火轮也不及此车之速，与吾一同登车。"蹦蹦跳跳钻进车中，柳桐倚随后跟上。

衙役们叹曰："这个侄儿做的，亲儿子也只能这样了。"

"长远这么陪着，怕是会一起疯。看情形，快了。"

……

车缓缓沿街而行，柳桐倚笑道："大人委屈了。"

邓绪嘿笑一声："被黄鼠狼上身了失心疯，好段子。"

柳桐倚道："下官小时候爱看传奇，临时东扯西凑了一段，大人见笑莫怪。说来黄鼠狼一事，还是偷了张兄那时办的一案的情节。"

邓绪颔首："编得不错，趁此可探出县衙什么？"

柳桐倚道："主簿口风甚紧，或是确不知情，暂时无法判断。只是我出门时，被陈筹看见，不知是否泄露行迹。"

邓绪摸了摸短须："应不至于。若是泄露，本寺不会这样出来。若是泄露了，本寺还这样出来，县衙就的确该详查了。都先看看再说。当务之急，是给那张屏递个话，让他从里面查一查，到底本寺被抓进衙门，是哪个报的官，哪个做的主。"

放人之后，捕头便前去禀报邵知县，顺便一说牢前情形。

"着实疯得厉害，跟出大戏似的。大人，属下看那侄儿也有些不对劲了，可要暗暗盯着这俩人？人一疯，保不准做出什么来。此时是姜子牙，万一过得一时变张飞，抡起板斧上街……"

邵知县沉吟片刻，摆摆手："罢了，应不至于。再多加些人手巩固治安倒是必须。从今日起，你等暂不要休假，各街道轮流巡查，夜岗亦要排上。尤其近日，县中不可出什么差池。"

捕头领命而去。一旁李主簿道："大人觉得那叔侄有蹊跷？"

邵知县捋须眯眼："不好说。"

李主簿再道："下官亦觉得哪里有些不对，但又说不上来。昨天那个侄儿离开时，那陈筹打廊下过，下官总觉得，他们认得，便出言试探，陈筹却说是不识，下官心中却仍是……这些事凑在一处……"觑眼看邵知县神色。

邵知县心中早就在打鼓，昨天下堂后，他就直觉哪里不对，再听刚才李主簿所言，对应张屏告假离开的几天，此事越发高深莫测起来。邵知县观察张屏行事，倒是个规矩谨慎之辈，不像常玩出格那一流，种种奇怪行径，必事出有因。

刑部尚书的门生，进士及第，下到县里，真就只是单纯做个县丞？

那对疯叔侄，若不是真疯，那么……

但近日县里明明十分太平，邵知县实在想不出什么缘故。

辜家庄？一个绝了户的庄子，能有什么事？

有也是绝户之前的事，旧事，前任的事。

事不关己，莫招莫沾。

邵知县叹一声："罢了，我等何必多操虚无缥缈之闲心。本县只为宜平安乐太平而已，上不负皇恩，下不负百姓，足矣。"

自房中出来后，邵知县又踱去卷宗库关怀张屏，结果库中空空，小吏道，张大人早上在库里转了几圈，就更衣上街去了。邵知县便道："本县只是过来看看，并无他事，不必告之张大人。"自回去办公不提。

到得午后，邵知县吃罢午饭，没歇午觉，又到衙门中办公，窗半挑着，几个小吏袖手在窗外不远处的廊下晒暖闲聊，不知道邵知县居然来了，声音略大，几个字眼儿钻进邵知县耳中。

"……咱们这位张大人，真是奇人……"

邵知县凑近窗边，凝神细听。

"……方才我吃了饭，打街上过，撞见儒翰书斋的曹老板。他跟我说，早上有一人，在店里看书，只看不买，看了一上午。伙计有些不耐，言语了几句。那人出了门，在王瞎子摊上吃面片，被人认出来是张县丞大人。曹老板吓得不轻，正想着怎么赔罪哩。"

邵知县心里咯噔一声，看来那对叔侄，当真大有来头。张屏与他们倒不是一伙，想是昨天陈筹无意认出，告诉了张屏。张屏便迫不及待，跑出去表现了。

只看不买，当街小摊上吃面片，何等体察民生的清廉做派。

后生可畏！

邵知县赶紧折回府中，换了套便装，不让备轿，不带随从，也踱到街上。

邵知县这张脸，县城里除了瞎子，人人都熟到不能再熟，前后远远随侍的几位便装的差爷，更是天天见面招呼。但众人自都知情识趣，知县大人这么出门，必然是微服。既然微服，就不想被人认出来。因此只当不认得，默默观之。

邵知县不常步行，走了一两条街，腿十分酸，前头打探开路的一个差役小碎步跑来，凑近小声道："大人，张大人貌似在前头茶棚子底下坐着哩。"

邵知县咳嗽一声，板着脸道："直起腰，退下。"

差役赶紧道："是，是，小人该死。"再小碎步跑开。

邵知县继续向前走，果然在差役所指方向遥遥看见了一个破旧茶棚。棚子稍内靠着挑棚竹竿坐的一人，应就是张屏。

天气寒冷，这种外面的茶棚本来生意清淡，但因为张屏在那里坐着，他不常出外务，亦不怎么上堂，宜平县中认得他的人不多，今天是被往张屏小宅中送菜的商贩认出，众人都想认认新县丞的模样，默默围观者多，棚下的客人便不少。

邵知县揣度了一下张屏坐的这个位置，不算靠外，倍显随意真实，但又在经过时一眼可见，分寸拿捏得当至极，邵知县暗暗赞叹。

周围人等皆纳闷今天到底是什么吉日，或出了什么事情，居然知县大人和县丞大人纷纷微服出衙门，怕妨碍了两位大人，棚下的人反倒散了些。

张屏看见邵知县，立刻站起身，尚未躬身，邵知县已呵呵道："贤弟啊，真是偶遇！"左眼轻轻一眨，以兹为示。

张屏只得默默拱手，其实吃晌午饭的时候他就知道自己被人认了出来，一路上都在被暗暗围观，但实在想查些事情，就佯作不知。出门钱带少了，买书之后不够进茶楼，又渴得慌，只能到茶棚喝碗粗茶。

结果到茶棚坐下，摊主笑呵呵说客人稍等，张屏瞄见摊主的小孙子飞快奔进了旁边的茶叶铺，顿时后悔了，但已不好起身走人。少顷茶上来，尖尖小芽润着碧青茶水，张屏心里更加不安，一边喝一边算着身上的钱，兼带暗瞅路上，指望陈筹或邓绪、柳桐倚能从这里经过，借两个茶钱。

谁料来的竟是邵知县，摊主笑呵呵躬身："贵客请坐。"四周人等了然地或散或旁观，张屏很是无奈，但也不能不配合邵知县继续做戏，所谓人在官场，身不由己，此应就是其一。

茶斟上来，邵知县呷了一口，赞道："妙哉，清香满口，胜似龙井新芽，只才两文一碗，着实妙不可言。此茶何名？"

摊主道："农家土茶，自种自摘自炒，自家井水沏成，谢客人抬爱。"

张屏更无奈了。

吃罢了茶，邵知县连着张屏的茶钱，一道付了六文，张屏把兜里的钱都取出来，趁起身时放在小板凳上，和邵知县出了茶棚。摊主收拾桌椅，顺便把那些钱取了，亦未多言。

邵知县笑眯眯道："贤弟何去？"

张屏道："该回去了。"

邵知县道："哦，我还要四下走走。"见张屏挟着一摞书，又略压低声音道，"这些都可算在经费之内，不必你自家花钱。"

张屏将书再挟紧些："这些，自看的。"

邵知县瞥见露在外面的书角，画着一个拖着茸茸尾巴的妖娆女子下半身，还有俩字似乎是"媚""传"，应是近年颇风行的香艳小本《媚媚传》，讲述某进京赶考的书生夜宿破庙，遇见狐精，被摄去狐洞中采阳吸元，日吸夜吸竟吸出了真情的故事。

不想张屏竟是此道中人。邵知县再瞧瞧他如挟着三坟五典一般正直的脸，对他更刮目相看了。

张屏一揖作别，先行回住处。邵知县继续四处溜达，路边摊位问了问价格，顺便向卖土产的老乡关怀了一下今冬农户的收入，本预备再舍钱给路边乞丐，并指明衙门收容之处，再顺势发挥拔高自个一番，但道路两旁的乞丐都被开路的衙役们不动声色地清理了，邵知县未能如愿，略有遗憾，自觉若真有双看不见的眼睛在追随，今天下午的作为很够看了，到傍晚便回去了。

他这样做，邓绪确实看着了。

邓绪与柳桐倚等随行仍在城中打探，街上种种，皆入眼中。

柳桐倚道："看来县衙已大略猜出了些许，街面上动静恐怕打草惊蛇。"

邓绪不耐烦道："傻到底便罢了，最怕这般傻里带着一两丝小聪明的，尤其可恶！"拄着棍子和柳桐倚一前一后沿街而行，路过一间茶楼，恰好陈筹在二楼听书完毕，正下楼，一眼看到，顿如雷劈。

伙计道："咦，陈公子，刚刚路过的，是不是昨儿被抓进县衙的？听说是个疯子，前两天还在街上算命来着……"

陈筹直愣愣站了片刻，冲出酒楼，沿着另一条路回到住处，见张屏的房间开着窗，似乎有人，便一头撞进，抵上门："张、张、张兄，你猜我又看见什么了？"

张屏从书上抬起眼："柳桐倚和昨天被抓的疯子。"

"那那那疯子就是被被被抓起来那个疯子？他他他前几天我还找过他算命啊张兄……"陈筹嘶一声，惊觉自己声音高了，赶紧再压下去，"到底是……"

张屏却也一脸疑惑："你没认出他？你那次三司会审，邓大人坐在正中。"

陈筹长长倒抽一口冷气："哪个邓大人？"

"大理寺卿，邓绪大人。"

邓邓邓邓邓绪……

娘娘娘娘娘我的亲娘……

陈筹觉得自己快晕过去了，他摇摇欲坠，不得不伸手扶住桌角，桌角上堆着一摞什么被他扶歪了，陈筹顺手一稳，目光一掠。

嗯？

《媚媚传》。

《白骨娇娃》。

《野店魅娘》。

《沈生小情》。

……

陈筹两眼放空地一本本翻，最后再看回张屏……的手中……

《荒村野店奇艳大观》。

"张……张兄……"陈筹更晕了。

他觉得这就是一场梦。

这绝对是一场梦。

这个世间不应如此。

张屏又深深地看进他眼中："陈兄，我还想问你一事。你相信鬼神姻缘之说否？"

陈筹抖了一下："我、我略有些不适，先回房了……"正待转身，衣袖却被扯住，陈筹大惊，张屏绕到他前面，一脸肃然。

"说实话，女儿村之事，你信多少？"

陈筹又蒙了，结结巴巴："什、什么……信多少？"

"离绾，村中女子与你说的种种，和你所见种种。"

这……

陈筹脑中一片混乱："我……张兄，要是你也当是我编的，我一点都不怪你。这事连我自己想着，都像做梦一样。那些事儿，我后来都怀疑是不是真的是梦，我是否真的亲眼所见，连离绾是否存在都……"

"确实是你亲眼所见。你说的，我都信。"张屏盯着他，"我是问，你对所见所闻，如何想？"

陈筹捂住额头："什么……如何想？"

一个都是女人的村子，可以靠杏树有孕生子……

"你所见，她们所说，你是否全信？若不信，又如何以为？"

"说、说真的，我不是太信。我猜过，她们可能有什么苦衷，比如避祸之类。特别是我看到、看到那些女子都穿着丧服在烧纸的时候……"陈筹反手扶住墙，"还有那条纱帕，你见过的。我找过许多绣房询问纱质和针法。"

很寻常的纱，很寻常的针法。

是凡间的东西。

所以他才将此事四处和人说，他希望有人能解开此惑。

他把这件事告知张屏，更是把这份希望寄于张屏身上。

他希望能知道真相。

他知道，女儿村中，他所见所闻的种种，皆不是真相。

女儿村之事，你信多少？

"我没信多少。除了离绾与我之情，其余的，几乎一点都不信。"

张屏松开陈筹的袖口，陈筹一把扣住他手臂："张兄，你是不是查到了什么？"

张屏又瞅瞅他，皱眉："没有。"

陈筹心里一空，慢慢松开手。张屏又转头捡起那本《荒村野店奇艳大观》。陈筹的脑子渐渐清明了一些："张兄，你买这堆……跟查案有什么干系？"

张屏说："参详一下。"

陈筹无语，也从桌上抽过一本《沈生小情》，又苦笑一声："这些编撰故事，世上哪可能真有类似。"翻开一页，序中写——

> 同光五年，自江北入京，途经下蔡县境，夜宿客栈。时堂中有老者，讲述沈生故事，余邻座闻之，嗟叹惊奇。老者自称无名，然言语描绘，仿佛亲历其事。当时至今，已过十余年，沈生奇遇，却盘踞心怀，仍如初闻。今岁元宵，与友人孔舆、何放共饮于临江楼，忽念起沈生元宵高台独饮，见小情月下踏雪而来之情形。寒月娇娥，薄衫素裙，行或舞而雪无痕。虽为男女情愫之事，但曲折奇异，格外风流。故录之成册。不敢以著者自居，署无名老人述，余录记。

> 同光十七年九月望　宿安白如依

陈筹正了正下巴，白如依与西山红叶生、颠酒客并称为传奇三圣，所著江湖豪侠传奇，开阔恢宏，跌宕离奇，没想到居然写过这样香艳的小册子。

"嘿，张兄你从哪里搞来的？我都没听说过白如依写过这书，看年份是未写传奇之前写的。嘿，看来即便是白如依，早年潦倒时也得写这个赚钱。版刻……版刻同光十八年二月，只出过这一版？京城书坊都没见过，一定得藏好，将来可以卖大价钱！先借我看看行不？"

陈筹将书捧在手中翻来覆去，又翻到题序，再嘿嘿笑一声："无名老人述，这一手居然白如依也玩过。什么无名老人，乡路老妪，谁不知道都是著者自己编的。本就是平生不可遇，方才读来开心。看来白如依后来想明白了，他写的传奇都没这么搞过。"

张屏从《荒村野店奇艳大观》上抬起眼："不错，即便当真收录乡野奇事，亦不免添油加醋。"

陈筹道："是，而且有些一眼就看出真相到底是怎么回事。比如前朝某志异笔记中说，有一个人外出做买卖，半夜梦见和他老婆共赴巫山，回家之后发现他老婆竟然有孕了，老婆说也和他做了同样的梦。这分明就是此人发了个春梦，他老婆在家偷汉。得多傻的男人才真信千里梦会怀了孕这种假话。"

张屏颔首："诸多添改，鬼怪神幻之下，或多或少，仍可见本源。"

陈筹心中一动，又直直瞅着张屏："张兄，你到底想查啥？"

张屏道："辜家庄之渊源。"

辜家庄的来历，他已经知道，但因朝廷避讳，知情反而可能招祸，暂时不便告诉陈筹。

上上编县志之中那个顾生和狐狸的故事，却令他反复琢磨。

上上编县志收录这个段子，是为了让人附会辜家庄。但是辜家庄是本朝立国之后方才有，顾生与狐狸的故事不像临时编出来，更像是原本就有，正好可以附会，取来用之。其中虽未指明哪朝哪代，但顾生觉得朝政不清，人心不古，如果是影射今朝，编纂县志的人有十万个胆子也不敢收录。

至少创于前朝。

鬼怪自有出处，假言暗托真情。

那么，这个段子，到底出于何处？它所指的，本应是哪个村庄？

陈筹叹了口气："还是辜家庄啊……"微觉失落。他本以为，张屏问了这些，是为了查女儿村。

辜家庄必与女儿村有关，查辜家庄说不定就能找到女儿村的真相。陈筹很明白。只是，张屏来来回回，似乎全绕在了辜家庄上，对陈筹来讲，就好像手上有个蚊子咬的包，却只在包的旁边搔挠，起包的地方就越发痒得难熬。

张屏又抬起眼皮，深深地瞅着他，目光之中，饱藏无数内涵，陈筹又打了个激灵："那你、你先慢慢查吧，我帮不上啥忙，就不给你添乱了……"袖着那本《沈生小情》蹿离张屏的房间。

张屏捧着一摞书看到天黑，还是在《荒村野店奇艳大观》中找到了与顾生狐狸最相似的小段子，说有书生杜某，进京赶考，在土地庙夜宿，包袱里的肉干被偷，杜某以为土地神所为，就把随身带的干粮和酒都取出供奉山神，夜晚梦到一女子，自言是山中女仙，与杜生巫山一夜。杜生一路上京，多奇异事，临考之时，女仙又再现身，告诉杜生该如何答卷。

但这个小段与顾生之事结局不同。

顾生弃考归乡，而杜生却听了女仙指点，金榜题名，但再也没见过那女仙。杜生为官数年，做了边疆太守，忽有一日又梦见女仙，女仙警告其近日有祸，果然后来有敌国攻城，城破，杜太守殉城，敌将把其尸悬挂在城门上，看守的兵卒夜晚见一大狐狸，对着城门悲嘶数声，太守尸首自落，狐狸负尸而去，兵卒乱箭射之，天亮时追踪城下血迹，到一悬崖，只见崖上插着断箭，狐狸与尸首却都没有寻到。

顾生遇到的狐狸有公有母，有大有小，杜生所遇只有一只母的，且顾生遇见狐狸，是在宜平县附近的土地庙，杜生遇见的母狐狸，却是在前朝都城不远处的阳近县。

次日张屏到了卷宗库，捧着几编县志图纸，看了半晌。

陈筹和几个小吏看着他一时捧着书出神，一时又如困兽般在屋里院中转来转去，小吏不知怎么劝，陈筹揣测他是在琢磨辜家庄和女儿村的事，又怕关怀过度旁生枝节，便也不劝，只在中午问了一声："张兄，饭否？"

张屏哦了一声，却不怎么动。

陈筹就说："那我先去吃了。"自先出了卷宗库。张屏转头，定定望着他的背影，旁侧的小吏暗暗咬指。半晌，张屏突然一言不发也出了卷宗库，回到小宅，饭也没吃，换了件衣服就上街去了。

过了大约一个时辰，张屏回来，又挟着一摞书，手里还多了个签筒子，走动时袖着，有人到近前，或小厮来递茶水，或在岔路处，便摇动签筒，抽出一根，喉咙里还常发出不明所以的声音。

衙门和宅子里的人皆吓得不轻，暗暗议论："都说春上痫疾常发，难道疯子发病的时节却是冬天？"

邵知县闻言又转了趟卷宗库，拍着张屏的肩望着他赤红的眼珠道："张大人哪，人人皆有文思困顿时，不要生憋，四处走走，不经意间，或就灵潮涌动了。"

张屏进出了一句多谢大人关怀，盯着邵知县跨出卷宗库门槛的腿，又哗啦摇摇签筒，抽出一根。

　　生之时多荣，半路上下不相逢；只看无妄之卦，方可悔吝分明。

　　"嗯，左者为生，半路上下不相逢，可解做左腿先抬。"
　　陈筹亦有些担忧，待要去劝告，却见张屏站在窗边，捏着一根签，双目幽幽，陈筹与他视线一触，心里顿时虚了，别过眼拐到别的屋去。
　　张兄，莫怪我心狠，这样对你我都好。

　　晚上，张屏又守着那堆书看，烛火摇曳，突然啪嗒一声，一物穿破窗纸，落于他面前桌案。
　　张屏打开，是一枚石子裹着一张纸条，纸条上书——

　　明日来辜家庄。

　　张屏将纸条凑到烛上烧了，次日清晨，骑了衙门中的驴，嘚嘚出城。
　　到了辜家庄地界，邓绪正和柳桐倚在石台那里敲打查看，见张屏及其坐骑，不由双眉一皱："难怪来得慢，怎么骑了头老驴？"
　　张屏行礼道："下官不会骑马，看牙门它不足两岁，尚小。"
　　邓绪不耐烦道："管它是老是小，骑马没什么难的，赶紧学着，少给朝廷丢人。"
　　张屏道："下官遵命。"
　　邓绪在石头上坐下，看了看张屏的脸："这几天晚上没好好睡？都查到什么了？"
　　张屏道："差了一些事不知道，不能理顺头绪。"
　　邓绪呵呵笑道："哦？你想查谁？"
　　张屏不吭声。
　　邓绪眯眼："不必害怕，查案贵在细心与胆大。来，讲一讲，说不定本寺能告诉你。"
　　张屏拱手："多谢大人，下官并非想查人，只是想看一看年年呈于朝廷的本县异事。"
　　邓绪目光一闪。辜家庄在宜平县内，但隐秘之事，地方小官不便知情，的确另有安插，记录动向异常，上报朝廷。张屏猜到了这些，倒也不算稀奇。
　　"这些不光是你，本寺也想看，已递交了折子，若有了，本寺答应，一定带

170

你看。”

张屏道了声谢。

邓绪又道：“还有什么？你心里，应该另外装着些事，左右难下。”瞧着张屏抬眼看来的目光，又呵呵一笑，“本寺办了这么多年案，若连这点察言观色的本事都没有，早该丢老山沟里喂熊了。”

张屏低头：“下官确实有件事，不知该不该做。”

他已犹豫数日，初次不能判断想做之事到底是对是错。

长这么大，与他十分亲近的朋友，只有一个陈筹。

邓绪慢条斯理道：“本寺看得出，你挺有志向。但该不该往这条路上走，你趁着年轻，还在路口，当要仔细掂量。本寺不敢说自己算走得顺，但已在这条道上走了不少年，比你多些经验。你想往这上头走，开始多是事事想求个明白清楚。但越走可能会越发现，许多事，各有其清，各有其白，但你只能选一，不可兼顾。且，上了这条道，你就无朋无友，无亲无故。因为你不能护友，不能顾亲。法度之下，无情无义。唯有如此，才可得大清白。”

张屏沉默。

柳桐倚在一旁笑道：“大人真心严厉，先是说下官不适合此道，又与张兄这般说。”

邓绪捻捻胡须：“你当真不甚适合，脾性过温了，定然不会久留在大理寺。至于……呵呵……”至于这小子，得看他自己能不能摸对路。

柳桐倚道：“大人别说了，下官要去草地里哭了。”

邓绪笑而不语。

张屏忽而一拱手：“下官有一事，想求大人帮忙。”

邓绪一脸意料之中地颔首：“说。”

五

十月乃天光最短之时。坤卦之月，至阴至静。待入了十一月，一阳复生，虽然大寒将至，白天却渐渐转长。

兰珏却无此感觉。尤其今日阴了一整天，没憋下来一丝雨，一片雪，用了午膳没多久，刚看了两三卷公文，提笔写了四五页纸，一抬头，窗外竟已尽黑。小吏在案旁道：“大人早些回去吧，恐怕晚上下雪。”

回府的路上，糖炒栗子的香气钻进轿内，兰珏挑帘向外望，满街灯火，酒肆花窗映着觥筹人影，茶摊食棚烟雾升腾，浓浓闹市景象。

湿冷寒风入袖，随从以为兰珏有吩咐，赶忙到轿窗外等候，兰珏示意其退下，放下了轿帘，再一刻，又复挑起一角："称一斤炒栗子。"

轿子行到府门外，兰珏听得从门口匆匆跑来的脚步声，便知道家中必然有客。

果然，小厮道，王侍郎来了快两刻钟了。

兰珏未更衣，径直去中院暖厅，兰徽从小桌边起身，乖乖垂手问安，王砚在小桌另一侧握着棋子笑道："起早贪黑，兰大人真是勤于政务哪。"又吸吸鼻子，看向兰珏身后随从手中的纸包，"这是什么好物？"

兰珏转首向随从道："快拿给王大人断一断。"

随从赶紧将栗子呈上，王砚朝纸包里望了望："挺香，街上时常闻着这个味儿。没毒吧，能吃一颗否？"

兰珏道："尚未亲身相试，不能保证无毒，王大人可以先吃吃看。"

随从刚道："大人，待小的……"王砚已从纸包里捏了一颗，凑到眼前反复瞧了瞧，掰开壳再瞧了瞧，送入口中。

小厮赶紧连连请罪，飞速去取盆水香面巾帕。王砚嚼了几下："嗯，栗子这样吃竟也甚好。"

兰珏笑道："王大人竟会剥壳，佩服佩服。果然带着壳就不认得它了。"

王砚扬起眉毛："佩之莫取笑我，此物腹部裂着偌大的一口儿，难道还不知道怎么除壳？再说这东西我小时候应该在街上买着吃过，只是忘记了罢了。"就着小厮捧上的盆净了手，又捏起一颗，"我这里吃着，你先去把官袍换了吧。"

待兰珏更衣返回，王砚居然还在吃栗子，兰徽趴在他对面跟着嚼，看见兰珏，手里的栗子来不及放下，赶紧先站起身。

兰珏再看桌上那包栗子，只剩下一半了。

王砚又抓起一颗，道："此物竟如吃蟹，自行剥用，格外有趣。来来，给你留着不少。"

兰珏便亦在桌边坐下，净手后取一颗栗子剥开。王砚眯眼："兰大人手法利落，丝毫不会连皮挂肉，看来练过。"

兰珏轻描淡写将壳抛到一旁碟中："何止练过，自幼经年成就的功夫，这几年略生疏罢了。"

只是小时候吃这样的栗子，对他来说算一种奢侈。连吃饱都不容易，当然更没余钱买这种零嘴儿，头一回吃，还是家住的小巷口卖炒栗子的大娘见他老远远看，塞给他了一把，当时真觉得吃到了仙果龙髓，结果还被爹打了一顿，说他受人施舍，有辱家风。

后来每冬娘会拼命赶活，偷偷藏下几个钱不让爹去买酒，给他买一回炒栗子，连半斤都称不起，只能称二三两，纸包底儿都盖不住。

头一回豪爽地买栗子，是他应考那时候，就是刚从王砚那里赚了一包银子，跟辜清章置气说了你我不是一路人之后，他觉着应该奢靡一把，就跑到酒楼点了几个菜，全是荤的，又要了壶酒，自己吃喝完毕，在路上看见卖栗子的，让称了满满一大包，晕乎乎地甩钱走人。

回去之后，辜清章在房间里等他："佩之……"

他记着自己是大着舌头说："你我本非同路，不必再勉强相交，我其实就是这种人，不想玷污你的清誉，何不就此割席而绝，请回吧。"径自摊书到灯下看。辜清章在他背后桌边坐着，兰珏其实什么也看不进去，就对着书页愣上一时，翻一页，再愣上一时，翻一页。

辜清章沏茶放到他手边，兰珏当没看见，自己再泡一壶。

辜清章道："佩之，方才我那壶茶略浓，你这壶似乎清些，我能喝否？"

兰珏当没听见，辜清章拿着杯子端壶倒了，他当没看见。

辜清章端着杯子，又从他案上拿了本书，仍转回他身后方桌边坐："佩之，你这纸包里是什么？好香。"

兰珏依然不应，片刻后听见呼啦呼啦，应是辜清章扒开了纸包，而后咔，清脆的剥壳声。

兰珏仍将一切做浮云，继续对着双影飘飘的书册参禅。背后咔、咔的剥壳声匀速地响着，间或杂着书页翻动声。

不知耗了多久，兰珏内急，不得不起身如厕，房门乍开，寒气灌入，桌边的辜清章顿时冒出一声："嗝——"

兰珏眼角余光一扫，方桌上栗壳如山，平铺一张皱巴巴空荡荡的粗纸："那一大包，你都吃完了？"

辜清章道："不知不觉就……嗝——"赶紧抓起水杯。兰珏忍无可忍，走到桌边将杯子夺下："塞了一大包栗子还灌凉茶，你找死吗？"

辜清章满脸愧疚："佩之，嗝，对不住。我明，嗝，明天还你一包，嗝——"

兰珏一脚先把门踹上，挡了寒风："行了，我先去看看厨房还有没有余火，先弄壶热水。"

结果，辜清章喝了热茶后，倒是不嗝了，但是站不起来了。撑的。

兰珏只好把他拖到床上，按进被窝，这辈子第一回去药房抓了消食的药，大冬天早上锅里煮的居然是绿豆粥。辜清章喝着药汁，嘴角上一溜儿新发的燎泡，还在追问他栗子哪家买的。

"街上见了，一直没买过，果然闻着香，吃着更好吃。"

兰珏诧异："你竟没吃过炒栗子？"

"我村里来的，乡间没这样的吃食，城里才有。"

"辜少爷你没进过城？"

"从小家里管得严，让佩之见笑了。"

王砚剥着栗子："我于此物生疏，让佩之见笑了。"瞧了瞧捏着栗子恍神的兰珏，"佩之……"

兰珏微一惊，收回思绪，将手中剥好的栗仁放下："已有些凉了，炒栗子凉了便不宜再吃，且吃多了上火积食。"

王砚哦了一声，将栗壳丢进盘中拍拍手："那便撤了吧。"

左右撤清桌案，兰珏命人带下了兰徽，沏上新茶。

待杂人皆都退去，王砚拨了拨盏中浮叶道："佩之，你眼带黑晕，面色青白，灯下尤显。单是起早贪黑，尚不至于，倒像彻夜不眠。听闻近日龚大人有致仕之意，确实正在节骨眼上，但亦不可太耗损身体。"

兰珏微微笑道："多谢关怀，龚大人的传言果然连你都知道了。切实与否，尚不可知。即便成真，我窃居此位几年，分内事，不敢说能做好，起码算熟了，脸皮也厚了。即便换成其他严厉些的大人主持礼部，也不会愁到夜不能眠。"

龚尚书身体一日不如一日，恐怕难再支撑太久，是有几个看不破局面的猜测过兰珏会是继任人选。旁人眼中，他更觊觎此位许久。但这个位置，如今还轮不到他坐，连王砚都未升尚书，他更且得慢慢熬。

看来接任的人选已经定下了。王砚方才的话，固然是打趣，亦算提醒。

王砚道："那佩之是因何无眠？"

兰珏道："倒不是无眠，只是近来多梦。"

他不喜欢做梦，偏偏有时候常常做梦。阖眼便是前尘事，儿时旧事，年少往事，近日纷纷拥拥。

过去已然去了，当下之人才是本人。

梦乃虚幻，时时回首，徒然沉耽流连。

"我读书的时候学了一招，不想做梦，就先一个晚上不睡，到下一晚，即可酣而无梦。"

王砚挑眉瞧了瞧他，从袖中取出一卷纸："这些东西，不知能不能让你今晚睡得好些，我看难。那日你我下朝时说的事儿，我有些消息，都在其上了。没什么有用的。真是莹透一颗水晶雕成的蛋，更无一丝缝隙。令岳与令大舅子都不能如斯无瑕。说句唐突的话，清流下一代砥柱，挑梁的那根怕不在令岳家。"

兰珏笑吟吟道："兰某未入朝廷前，便早已被圣光普照，若是纯净琉璃上竟有个黑点儿，那才会吓着。"收起纸卷，"厨下晚饭该好了，王大人可愿赏脸用过再走？"

王砚露齿道："巴巴等这么久，终于等到饭了。多谢佩之。"

王砚在兰珏府中吃完饭回府，已近二更，刚一下轿，一名小厮便打树影中蹿来："大人竟走了侧门，小的们接晚了，恕罪。李叔几个在正门那里候了半晚上。"

王砚一听这个称呼，便知有情况："我爹来了？"

小厮伏地："老爷在内堂。"

内堂中，臂粗蜡烛火光灼灼，王太师端坐堂上，左右侍从森森罗列，王砚刚到门口，王太师便发声道："进。"

王砚跨进门槛："爹。"

左右顿时行礼齐刷刷退下，门扇合拢，除却烛芯噼啪，一丝杂音不闻。

王砚道："爹，你怎么这时候来了？"

王太师半眯双目冷冷将他一扫："自己老子在眼前，竟不行礼，逆子何来的规矩！"

王砚道："爹曾教导儿子，从急便可暂去俗礼。"嘴里说着，却是行了礼，又道，"爹大半夜纡尊驾临儿子的狗舍，不知有何教诲？"

王太师勃然一掌呼出："混账小子，敢拐弯骂你老子！果然是浑头浑脑才做混账事，老夫早晚被你跟阿宣两个孽畜气死！"

王砚一脸恭敬地低头："儿子最近循规蹈矩，不知哪里仍出了错漏，请爹指正。"

王太师捋须叹一口气："罢了，此刻真不是嬉皮笑脸的时候。你且自省，除却当做之事，又沾了哪些多余？"

王砚道："近日安分守己，只办当办的公务，除此之外，仅帮一个朋友查了些细碎末节小事。"

王太师眯眼瞧了他片刻，方才道："砚儿，你与阿宣不同，一向让爹省心。爹知道你有向上之意，但乱党谋逆之事，查得固然是大功，分寸极难掌控，稍有偏差，功不成反变大祸。爷俩间的话再说透些，这事若好把握，也到不了邓绪那里，明白了否？"

王砚亦沉默了片刻，才道："爹，儿子从不曾听闻有乱党事。"

王太师微微一笑。

张屏忽然正常了。

县衙诸吏都觉得，似乎只是睡了一觉，再一睁眼，张县丞便焕然一新，眼不直了，眉不皱了，不再东走西逛，左看右摸，进了卷宗库，竟是一心一意，专注县志。

到底那一夜究竟发生过什么？

有那么靠不住的不值一提的似乎是宅子里的下人传出来的小闲话说，先是张县丞抱回了一堆艳书，貌似陈公子进了张县丞的房间，一些分辨不清的扭打和言语声后，陈公子冲出了张县丞的房间。然后，张县丞看完了所有的艳书，焕然而成摒尘绝俗的孤寂模样，只埋首公务，不再多问其他。

连李主簿主动拿账簿给他看，张县丞都淡淡说，不用收进县志，无必要看。

然后，一天之内，画好了界图。

再几天，舆地、建置两个大目编成。协助的书吏整校，无一错漏，虽比起前编县志稍嫌刻板，失之文采，但的确更精简切实。

邵知县审阅后欣慰道："本县就知道，张大人做事，绝对让人放心。"

张屏没再去街上微服，让邵知县暗暗纳闷了一阵。

且那对疯叔侄，侄儿到处请神棍给叔叔跳大神，凡是自称或被称有神通的，来者不拒，已成县中一奇，好像是真疯。再对照张屏态度，邵知县怀疑自己前日可能多虑了。

陈筹亦很惊诧，他也是感觉睡了一觉，睁眼后，追逐着自己的火辣辣赤裸裸的视线没了，张屏又变成以前的那个张屏。

陈筹松了一口气，又一时觉得不适应，就好像一颗后槽牙疼了很久，突然掉了，不疼了，但是留了个坑在那里，有点空落。

陈筹向张屏打探案子的进展，也没打听出张屏查到了什么关窍，张屏只说，一些事情待查证，不能判断，而后竟就只管编县志。

而且，虽然张屏不看陈筹了，换成其他人在常常打量陈筹，但因所有目光都远不及张屏那时的那般热烈，陈筹经过历练，些许的小瞥小瞻全当浮云掠过。既然案子没有进展，陈筹暂时把心放回肚子，协助张屏编县志。

邵知县审完两目，张屏着手进展人物条目。

就在这一日，张屏忽而向陈筹道，有事相求。

陈筹这几天过得舒心，早把前愁置之脑后，立刻道："张兄，你我之间，哪还用一个求字，什么事只管说。"

张屏道："孝子篇，须加颂词，我不擅写此类。"

陈筹拍胸脯道："小事！其实我也写不太好，但你若放心交付，就包在我身上！"

小吏在一旁凑趣："陈公子真是张大人的至交，大人事事皆有公子相助。"

张屏目光一闪，眼神忽然又变得幽幽的，陈筹脑中警钟铛地一响，赶紧转开视线再回头看，张屏又恢复成了寻常的模样，埋首在纸堆书册中。

天气愈寒，终有一日，宜平县落了今冬第一场小雪。

雪细如盐，沾地成水，不走人的地面老半天才积下一层薄薄的白。房顶树梢上铺得略厚，好像面果子上的糖霜。

几骑快马卷着雪末驰进城门，径直入县衙，带来一个消息——知府大人巡视各县，车驾已出州府，先去邻近县里，最多五六天内便到宜平。

邵知县忙抖擞起精神，县衙上下跟随他四脚朝天奔波，恭迎知府大人大驾。唯独张屏还是成天憋在卷宗库里，只每天早上应卯时问一声邵知县："大人可有他事吩咐下官？"

邵知县一般便道："张大人编县志就甚劳累了，知府大人不喜欢门面功夫，本县也觉得，当让知府大人看到县中如实情形，不必刻意做作。一些零碎事务，让李主簿他们搞搞便可。张大人还是专心编书吧。"

张屏闻之就回卷宗库，也没什么情绪表露。因他整天就那副样子，颇有些事事不形于色的架势。邵知县又思虑，总不让张屏做迎接知府的事务，若张屏因之生出点其他的情绪，也不大好，便把审核几位主簿书吏拟定的各乡查访路线等事交一两件给张屏做。张屏接了就做，审核时看出错来便说，没错点头就过，瞧出来的错改对了即可，不再多有其他。诸吏发现跟他做事挺快，奉承他两句如同对牛弹琴，但有时候言语不恭敬，他也无所谓，倒很利索，看着一张深刻的脸，反而是最好说话的一个，竟对他生出几分好感。

事情做完，张屏上交给邵知县审核完毕，也不多话，转头还扎回卷宗库。还有事找他，他就再出来做，做完再回去。邵知县褒奖两句，看不出他有欢欣之意，但若不褒奖，他也是那副模样。上报的文书薄薄几页纸，简略但条理清楚，一目了然，无其他词句。

邵知县这般试了两三个来回，也很意外，不禁抚案叹道："小张虽然脾气闷了点，做事却很明白利落嘛。"

几位主簿听邵知县竟对张屏用了个爱称，可见感情已升华，遂纷纷附和。

"正是，张大人看似少言寡语，处一处便觉得是个外冷内热的人。"

"进士出身，到底不同。"

"大人宽厚英明，属下自然尽心做事。"

……

小雪断断续续下了一两天便停了。今年冬暖，雪存不住，等知府大人驾临时，街道的屋瓦上，几乎不见白色。

除市集之外，摆摊做小买卖的商贩暂未出摊，只还留着一两个茶棚。店铺和临街住家窗明几净，街道干净整洁，偶有几片落叶点缀，平添自然。来往路人衣衫齐整，头面无垢，笑语轻言，行坐礼让。高知府徐徐看来，颔首向邵知县道："富庶和乐，可见汝勤政教化之功。"

邵知县立刻道："谢大人谬赞，下官日夜兢兢，唯恐枉食俸禄尔。"请高知府前往行馆暂歇，高知府却要先到县衙。

既到了衙门内，诸官吏拜见，邵知县又道："天已正午，请大人先到行馆用些茶饭。"

高知府道："刚到县中，本应访看民生，但本府虽不饿，不能让汝等陪着饿肚子。也罢，就在衙门中简略用些。"

邵知县早就揣摩着高知府的脾气，在行馆和县衙各有布置，立刻着人安排，又道："县中几位宿儒闻大人前来，亦想拜见，可要下官传来？"

高知府道："本府亦意欲与众老先生一叙，但已是这个时辰，请来恐怕仓促，待晚些或明日再说。午膳便就本府与诸公简单用些便可。"邵知县又应诺。

高知府又叮嘱："切不可铺张。"

邵知县道："下官一向谨遵大人教诲，从不敢浪费铺张。"

菜单食材都早已备好，厨房接令后立刻开办。在衙门后院的一间暖厅里设下桌案，大桌木椅，质朴素雅，无多余雕饰。菜品乃邵知县精心挑择，因高知府爱吃鱼，唯独一大盆白丝鱼烩略显奢华，其余都是精致巧样小菜，还有松仁云腿碎搭配栗子面窝窝头，粉蒸蒿尖等乡野菜色，酒亦是数十年窖藏土酿，高知府果然瞧起来还算满意，只望着那盘鱼烩道："冬日食此大鱼，略奢靡尔。"

邵知县笑道："县中渔民冬日皆有贴补，不甚出活，可能偶尔有实在闲不住的，打些到市集上卖。但这尾大鲤非从市集购得，乃县衙后水塘中养的，只恐不及河中鲤鱼鲜美。"

高知府夹了一筷，品后曰："鲜滑甚美。"邵知县眼角笑出层层皱褶，再率同桌众人向知府大人敬酒。

一巡敬罢，高知府看向邵知县身侧道："这便是新任的张县丞吧。"

张屏放下手中筷子起身。接知府大人大驾时，按官位顺序，他站在邵知县身后或旁边，但一直没主动说话，别人做什么他就做什么，好像个影子一般，到后来邵知县都忙得差点把他忘了。吃饭的时候，他坐在邵知县旁侧，正好是个犄角，跟着敬完酒，就默不吭声守着面前的菜盘吃。若不是高知府突然出声，可能邵知县又要把他忘了。

高知府道："张县丞快坐，席间不必拘礼。"张屏便又躬身坐下。高知府含笑道："本府听闻你乃今科进士，今科主审龚尚书与恩师曾相同出卜仆射老大人门下，算来本府与你亦可称同门。"

张屏道："下官这科，后来阅卷主审不是龚尚书，是刑部陶尚书。下官的老师是陶大人。"

邵知县终于能断定，张屏并非大智若愚，是真的很愣，同坐其余诸人虽都喜闻乐见，仍不免微微汗之。

张屏又道："而且下官一开始落榜了，后来第三十名遇害，下官才又被填补了上去，凑足三十之数。"

邵知县轻咳一声。

高知府道："张县丞的言语着实风趣。"

邵知县打个哈哈："不过，科考乃礼部主持，这般算来，说张大人出自龚尚书门下，亦无不可。想来张大人亦得过龚尚书许多教诲。"

张屏道："龚尚书下官未曾见过，礼部的众位大人，下官只认得兰侍郎。"

高知府轻笑一声："哦，兰珏啊。不承想你既是陶大人门生，竟又和兰大人熟。本府亦听闻，龚大人身体抱恙，本届科考事务多由兰侍郎代劳。既是如此，怎么你的老师不是兰侍郎，而是陶大人？"

张屏道："下官也不知道为什么。"

高知府双目微眯："呵呵，张县丞真是太风趣了。"

同坐皆无言。邵知县的一只脚不禁抬起，刚想伸向旁边，又缩了回来。

高知府的老师，是当今丞相曾尧，曾丞相的老师乃已故的左仆射卜浩，卜仆射又和先柳老太傅系同门。

邵知县等对朝廷中的错杂关系略知些许。张屏先说自己的老师是陶尚书，虽是不领情地呛了知府大人的话头，但因为柳老太傅和卜仆射的关系，还可以补救着与知府大人套套情谊。待提及礼部侍郎兰珏，就真的令邵知县不知道怎么评价了。

兰侍郎骗娶柳小姐，被柳老太傅禁入其门的逸事众人皆知，是云太傅王太师一挂，与清流一系势如水火。

且高知府与兰珏及前任知府刘知荟大人系同科。据传未登科前就和兰珏关系不怎么样，当年在吏部，还曾上折弹劾过兰珏。

弹劾书据说最后被云太傅看了，没多久，高知府即外放到地方，待皇上亲政后，方才升做知府。官阶低于兰侍郎，但治理一方州郡，跟在礼部任副职的兰珏到底谁官途更顺，尚不好说。

邵知县赶紧开腔转过话头，张屏又默默埋头吃菜，席间高知府未曾再和他说话，连视线亦都扫到张屏旁边人即止，张屏也一直没吭声。

散席，高知府继续在县衙内巡视，行至中庭，忽而看了张屏："张县丞到任后做何事务？"

邵知县替张屏答道："张大人一直在编修县志。"

高知府道："哦？本郡方志，几年前皆由刘御史在本府之位时主持编纂，你既承其珠玉，重新修纂，本府倒想一观。"

张屏躬身道："尚未成稿。"

高知府道："本府亦不可能尽看，但把已编成的拿来便可。"

张屏与书吏去卷宗库拿来了已成的书稿，高知府端坐内堂，一页页翻看："甚是简略。"

张屏垂首应道："下官不擅繁复。"

高知府垂目再翻一页稿纸："拟编几册？"

张屏答："两册。"

高知府道："哦？竟比刘大人之版精简。"

张屏总算上道说了一句："下官难及刘大人文采，故而从简。"

高知府微微一笑："方志便如朝廷之人才，一代胜似一代方能欣荣蓬勃，且刘大人素来谦虚宽厚，亦曾与本府说，编纂方志时，有颇多遗憾。若你觉刘大人之本繁复，尽可精而改之，不必过谦。"

众人在心中默默替张屏烧了两摞纸钱。

高知府再翻了几页纸稿，忽而视线在某两页上反复流连："这几段话，与前文似非一人手笔。"

张屏道："此……"堂下书吏道："回禀知府大人，有时张大人的成稿，会由小人等重新誊写。"

高知府微微凝眉："文风修辞，亦大相径庭。"

张屏躬身："下官不擅长抒情文字，人物篇的颂词皆由友人陈筹代笔。"

高知府抚须轻叩稿纸："这几段文字，其意感怀，其情深浓，本府看来，竟是已成县志文稿中，最好的几段。"抬眼看向邵知县，"写此文字者，可否唤来堂中，本府一见？"

邵知县瞥了一眼张屏，应道："此人应在衙内，下官即刻着人去叫。"

张屏再躬身："他在卷宗库，下官去……"

高知府抬手："不必你去，让邵大人着人带来便可。"

陈筹的确在卷宗库内，接待知府大人的重要时刻，他这种闲杂人等当要回避。陈筹在京城见过几个大官，跟大理寺卿邓大人一比，一个知府，实在不算稀罕，本着看不看都无所谓的态度于角落里远远观摩了两眼高知府的真容后，就进卷宗库替张屏帮忙了。小吏来唤时，陈筹很是纳闷，自己怎么就忽然入了知府大人法眼，一头雾水到了内堂，高知府含笑望着他道："你叫陈筹？这几段文字作得不错。本府很是喜欢。"

陈筹愣了一下，立刻行礼道："学生惶恐，谢大人赞赏。"

高知府抚须缓缓道："文字之道，重于自然。情自然，书自然。多修饰固然繁复，刻意简略更苍白惨淡。许多人以为，如方志传记者，直叙便可，其实不然。太史公之《史记》，文辞精妙，如珠如玑，评断之句，更是点睛之笔。若把文章比作建屋，则叙是梁架，情乃砖瓦。皆是直愣愣的文字，就像几根棍子搭了个框一样，空荡荡，无肉无肤，怎可叫文章？"

陈筹如掉进了棉花堆，一时转不过弯儿，懵懵不解其意，但看周围人脸色及张屏垂头站在一旁的模样，直觉知府大人话风不对，刚考虑着怎么接话，高知府又慈爱地望着他："你在县衙中，做何差事？"

陈筹道："回大人，张屏……张县丞是学生的朋友，学生科试落榜，被张县丞带携到此，偶尔帮忙整整文书之类。"

高知府微微颔首："哦，原来是张县丞带你来帮他做事。"

陈筹听着这话越发觉得不对："其实也不……"

高知府再淡淡一笑："这般才学，屈此实在可惜。本府案下，正缺一文吏，你可愿随本府到府衙做事？"

陈筹一愣："这……"下意识转头看张屏，正与张屏视线相遇，张屏眼中无波无澜，脸上亦无表情。

堂上高知府又道："食宿不必担忧，府衙自会安排。俸禄，亦应足够你用。"

陈筹晕乎乎道："但学生……"

高知府再道："三载之后，尔尽可去科考，如若仍不中，依然可以留任。若任内有功绩，本府或可为你做荐，无须顾虑前程。"

陈筹觉得眼前飞舞着无数小星星，在一闪一闪："学生……学生不能……"

邵知县赶紧截住他话头："陈生，知府大人实在是爱惜你的才华，莫再谦虚推辞，否则连本县和张大人都要一道劝你了。"

陈筹再看向张屏，张屏低头站着，竟不看他，陈筹一时头壳中混乱如麻，只能结结巴巴道："学生，学生多谢大人抬爱。学生得此恩典，一时不知如何是好，大人可否容学生过两天再回复？"

邵知县一脸痛心："你真是……"

高知府噙着微笑道："也罢，本府从不爱勉强他人，只是有此一说，你可自行考虑，明日再回复本府。"

陈筹退下后，一溜烟回了小宅，关门在房中乱转。到了傍晚，因知府大人与县中长者闲话，共用晚膳，无关紧要人等无须奉陪，张屏便回来了。陈筹扎进他房中："张兄，你说我怎么回绝知府大人，才能既显得不拂他面子，又不连累你？"

张屏目光中有什么闪了一下，垂下眼皮："你应该答应。"

陈筹急道："张兄，你以为我看不出来么，知府大人不知道哪里看你不顺眼，借着抬举我来削你，我要趁此顺竿，我成什么人了？"

张屏又深深看了他一眼："但，是个机会。"

陈筹跺脚："鬼的机会！我陈筹绝不靠踩朋友得机会！三年之后科考，光明正大金榜题名，那才是自己挣来的机会。"

张屏的眼中又有什么闪了一下，似要说什么，又吞下不语。

陈筹团团转了半晌，看张屏屁也不出一个的模样，越发焦躁，索性一头撞出门去。

天将尽黑，似乎又要下雪的模样，陈筹钻进一家酒楼，要了三碟小菜、一壶暖酒，在一楼大堂的角落里自饮自吃，两三杯下肚，满腔烦愁愈加愁，夹起一筷肚丝，不禁唏嘘，恍惚走神时，忽然听有人道："陈公子？凑巧凑巧。"

陈筹茫然转目，却见是县衙户房工房的几名书吏正向他拱手。陈筹忙站起身："几位大人也来吃酒？不弃就请这桌坐下。"

那几人笑道："不打扰陈公子吧？"

陈筹道："怎会，几位大人肯坐，是陈某的荣幸才是。"又再相让客气了一番，几人在陈筹这桌坐下，加上陈筹正好四个，陈筹再喊伙计添菜，几人又道："使不得，怎么能我们三个蹭吃陈公子一个？"

陈筹道："先来者做东，一向是这个规矩。几位大人平日对陈某多有照应，若再推辞，那就是看不起我了。"抢过菜单点菜，让再拿好酒温上，几位书吏又再客气了一番。

菜点罢，陈筹又问："几位大人未在县衙用饭？"

礼房的唐书吏常在卷宗库帮忙，和陈筹最熟，答道："唉，知府大人用晚膳，我等怎有福分列席？就出来吃了。"

陈筹一听知府两个字，神情顿黯，幸亏此时新添的酒上了，恰好岔过话头。伙计煨上酒，又端上一个大圆暖锅，内分四格，下方细炭火煨着，咕嘟咕嘟，炖着羊肉、大骨、各类丸子、菇片、笋尖、菜蔬等物。羊肉等都已是熟的，可以现吃。几位书吏都道："这个好，天冷正当吃。"陈筹又让店家取了四枚生鸡蛋，磕在碗中搅碎，加葱末香菜碎，将炖开的大骨热汤冲进，道："此是我在京时和沿淮的几位朋友学的，那时穷极，没有肉汤冲，加些盐用开水冲了吃亦十分暖身，先吃一碗把胃暖一暖，再吃酒最好。"

几位书吏试喝两口，的确鲜美，都道："极妙。""陈公子真是会吃，心思又细。张县丞有陈公子协助，着实如虎添翼。"

陈筹心里又是一紧。

几位书吏果然接着话头道："是了，陈公子今日投了知府大人的缘分，合该庆贺！""知府大人一向爱惜人才，陈公子定然前程似锦。""明日便就随着知府大人一道启程吗？还是先再待上一阵儿？"

陈筹不语。唐书吏道："想来陈公子是不舍与张大人分离。但有好机缘，亦当要把握。倘若陈公子因此错失，张大人反倒会心存愧疚。"

另外两名书吏亦道："不错，郡州城离宜平不太远，想去的话骑匹快马，一两天即到。这般的好机缘，不把握可惜。"

"再者，知府大人在堂上都已说了，陈公子若不应下，亦不免辜负了知府大人的栽培之意。"

陈筹心里自也明白，这回知府大人借他拿捏张屏，如果真的推拒，张屏更不会好过，他捏着酒杯，苦笑一声："谢几位大人提点，来来，干上。"

次日清晨，张屏起身，院中绕了几圈，未见陈筹，推开他房门，只见被褥折叠整齐，桌案上摆着那本《媚媚传》，下方压着两封书信，上面一封写了给张屏。

　　张兄：繁杂话略过，我左思右想，留在这里不大妥当，半夜不好扰你清梦，故不辞而别。借了厩中一匹马，当是买了，留了些钱，不知够不够。若不够了，等你上京，我再还你。我想先四处转转，或是最近，或等到下一科临近时再到京城。我若回京，大概还住小耗子巷那里，你能找着；我若暂时不去京城，待安定下来，亦会给你书信。婉拒知府大人的书函，我已编好，就说家中长辈病重，急赶着回去。劳你转交。这段时日在宜平，白吃白住，加上以前的救命之情，我陈筹欠你，拿命都还不来了，说多反觉虚情客套。此时帮不上你什么忙，只能待来日再见……

几页薄纸，因仓促书写，字略潦草。桌角还放着一个蓝色钱袋，正是陈筹平日所用，内有半袋银钱。

张屏握着信在小厮惶惶的目光中一言不发出了房门，浓云灰重如铅，片片雪花无声坠落。

高知府闻得陈筹走了，只略点了点头："家人抱恙便冒雪赶回，此生甚重孝道。"

邵知县道："可惜大人失一贤才。"

高知府含笑道："有才之士朝廷定会重用。不是还有三年后的科考么，本府看好此生前程。"又瞥向张屏，"陈生既走，县志你当要如何编？"

张屏道："下官依然继续编。"

邵知县忙道："下官会再选人协助张县丞，只是才学恐怕不及陈公子。"

高知府微微颔首："那张县丞便先去做事吧，不必在此站着耽误公务。"张屏便告退。

县衙中邵知县及下属其他官吏，皆陪着高知府冒雪下乡巡视，衙门顿时空空荡荡，只剩两三个腿脚不便的老衙役瞧着张屏像抹孤魂一样又钻进卷宗库中。

高知府巡查完毕，邵知县随侍知府大人用了晚膳，在行馆安歇，待回衙门时，已是深夜，邵知县亦不忘记问一声张县丞何在，老衙役答曰，张县丞傍晚就回宅子了。小宅方向黑漆漆全无灯火，张屏一向俭省，入睡前院中廊下的灯笼亦都要熄掉。看来已经睡了。

雪积了甚厚，三更梆子敲过，高知府在灯下合起文书，正要再取过一册，房门轻响，门外侍从低声道："大人，你等的贵客来了。"

左右退下，远远守在院子中，一抹黑影闪进房门，高知府站起身，黑影拉开遮脸的厚巾："知府大人真会做事。好端端让你关照个人，结果人被你吓得连夜跑了。"

高知府拱了拱手："邓大人，下官惶恐。真是遵大人之命，特地关照了，不知怎的，他竟然跑了。当下的年轻人，脾气难以琢磨啊。"

邓绪解开带兜帽的厚重大氅："老高，少来。你在县衙做的好事当我不知道？我只让你照应陈筹，哪个让你拿捏张屏了？你倒好，抬一个，踩一个，不跑还能怎的？"

高知府抚须呵呵笑道:"这不是为了更合乎情理么,不然,下官也寻不到理由抬举那陈生。"

邓绪拍拍大氅上的雪,甩在椅背上:"高大人倒笑得开心,人跑了,怎么办,你赔我一个?"

高知府道:"好,下官这就去牵马,学萧何,不把邓大人看上的人追回来绝不罢休。"

邓绪摆摆手:"罢了罢了,追也晚了,先这样吧。当我是和你玩笑么,真是干系重大。"

高知府颔首:"此生在京中曾牵扯进连王太师公子和柳大人都在内的三司会审大案。下官略有耳闻。"

邓绪挑眉:"看来高大人更没少在张屏身上下功夫。"

高知府笑道:"圣上都青眼有加的人,下派到下官治下县中,怎敢疏忽?下官就说,怎么陶尚书的爱徒竟会被御旨赐来小县当个县丞,原来是协助邓大人查案的。"

邓绪道:"本寺要查的事跟他却无干系。他的确就是做县丞。"

高知府道:"不当问的,下官也就不多言了。只是,那张屏怎么就扯上了兰珏?本府见他时,他一口一个兰侍郎,颇以此为傲一般。陶尚书和兰珏,呵呵,这个路子有点儿飘。"

邓绪道:"你与兰侍郎的爱恨情仇,本寺亦不多言。"

高知府咂舌:"邓大人这词用的,下雪天让下官出了一身大汗。不过当日大家都气盛,相看碍眼,你参我一本,我上你一折罢了。怨可能是有点儿,其他的不敢沾。"

邓绪在灯影中坐着,笑眯眯道:"是,据说兰侍郎和刘御史更不对付一些。高大人是和刘御史交情比较好,对吧?"

高知府作势抬袖擦汗:"邓大人高抬贵手,下官可沾不起结党二字。刘御史和兰侍郎,下官都不怎么熟,只是刘御史在打照面时会多说两句话,毕竟下官没有上过关于刘御史的折子。当年同届科考时,这二人都不大和他人往来。兰侍郎昔日同现在完全是两个人,刘御史倒一直是那样的性情。众同年与他二人都不甚熟稔。"

邓绪摸了摸唇边短髭:"是,我听闻他二人当年都曾同一个姓辜的交情不错。你熟悉此人否?"

高知府道:"宜平辜家庄,不当问的下官不问,辜家庄之事,邓大人所知应比下官多。"

陈筹夜半牵马离开小宅,候在城门边,待交卯城门一开,即刻策马而出。

他帮张屏编县志许久，县境及周边概况皆算熟悉，选了方向沿大路纵马前行。行不多时，竟然下雪了。

冒雪行了一段，到了高台子乡地界，正赶上乡里早上的小集。但凡乡间，多有些此类市集，一般在同乡几个村子的临界处，不比城里街道纵横商铺林立，大都是傍着大路官道和庙观学塾的一截短短道路，有客栈茶饭棚，外几个低矮门面日常开着，卖些油盐酱醋之类必需小物。清晨上午，附近村落农家不必忙农务的老弱妇孺带些自产的东西如现摘果蔬、黄酱咸菜、米酒鱼肉之类到此或易或售，多为拎个篮子，提一布兜摆在路边，近午时各自散去，名曰小集。赶在秋收后或节期时，另有大集，类似城里庙会，连城中商户、远游商贩都来卖货，还有戏班唱戏。同县各乡，大集日期各有不同，逢集时热闹胜过城中闹市。

高台子乡挨着县城，较为富庶，但因下雪，小集上人甚稀疏。道边茶饭棚的大锅里现熬着胡辣汤，陈筹喝了一碗，吃了两大块刚出锅的大饼。饼皮抹了葱油，撒着芝麻，黄亮焦脆，就着加了几滴老醋的胡辣汤，妙不可言，下肚后竟额头微微渗出了汗。

邻座有一老者，携着半筐咸菜，亦在喝汤吃饼，问陈筹曰："冒恁大的雪，公子要往哪里去？"

陈筹随口答了邻县的名字道："泉阳。"

老者道："泉阳离此还有近百里地，这么大雪里走，明天晌午也到不了。再往南过了水凹乡，有十几里地挺荒的，若是正走到那里快天黑，不好办。"

店家也道："客官今天走到水凹那边，就寻家客栈歇了吧。你一个人，若事儿不急，等雪停再赶路更稳妥。"

老者摇头道："今年九龙治水，雨水大，雪到明个不一定能停。"

陈筹道："多谢老丈店家，横竖只是到泉阳，慢慢走着便罢。"吃饱喝足，浑身带劲，结了饭钱，从包袱里取出毡斗篷裹上，又再冒雪前行。

雪越下越大，陈筹恐怕马蹄打滑，不敢行太快。天色阴沉，难辨时辰，腹中的胡辣汤大饼渐渐消化，身上越来越冷，肚子响得雷鸣一般时，总算又遥遥看到了人家。陈筹下马，厚着脸皮拍门讨热茶。那家儿子媳妇都在宜平县做工，只有老两口在家，心甚软善，锅里还剩着些菜汤、半张烙馍，通火给陈筹热上，老太太替陈筹扫干净斗篷上的雪，拿到灶旁烘烤。

陈筹取钱答谢，二老死活不收。

陈筹烤了一时火，吃下热饭，又回过气儿，问此地何处，老头儿道，是水凹乡小牛村地界。他家原本开茶棚，所以靠着大路住。要到村里得沿着前面岔路拐进去，走个二三里地。

陈筹看了一眼屋内沙漏，居然才交申时，又问到再往前走个十来里路，水凹乡和豆塘乡的交界地有家客栈，便谢过二老，讨了热水装满水袋，暗暗放了些钱在小板凳下，复又动身。

雪越来越大，乱扑在脸上，几乎看不清路。陈筹牵的这匹是小马，一向养在厩中，不曾劳苦过，后来变成陈筹蹚着雪牵着它走，背上的行李甚轻，马的四条腿仍有些打战，屡屡踟蹰不前。

道上的雪越积越深，揣在怀中的水袋渐渐变冷。陈筹拔开木塞喝了一口尚有余温的水，举目四望，但见一片茫茫的白，几乎分不出道路。天渐渐暗，却还是不见有人烟。

陈筹有些怀疑自己走岔了路，只得走了再走，雪灌进靴子里，化了，冰得两脚疼了一时，渐渐木了。不知道第多少次举目四望时，前方竟出现了一个正在移动的小点。

陈筹揉了揉眼，的确不是眼花。看行进的快慢，应该是个人。

那影子渐渐靠近，确实是个人，身披毡袍，头顶斗笠，挑着一担柴。陈筹忙牵马快步迎上问询："敢问此方何地，前方可有客栈？"

那人一抬斗笠，是个中年汉子，络腮胡须，一双豹眼，朗朗笑道："此处乃水凹乡临界，前头十几里都是荒地，哪来人家？"

陈筹心里咯噔一声："一路行来，怎的一直未曾见到人家？听闻水凹乡和豆塘乡交界处有客栈可投宿，离此多远？"

那人道："公子走错路了，要沿着官道才走得到，此路是水凹乡出身的善人修的大路，本是为了方便祭祖的，再往前去都是荒地坟岗了。想是雪大，公子看不清路，错走到此道上来了。"

但明明一直沿着一条道走，未曾见过岔路……

陈筹来不及细琢磨，又问："那如何才能走回去？"

那人道："走回去，也得十来里。"

岂不是怎么着都一样？陈筹心里拔凉，再道："那走过这十几里荒地，前方有可投宿的人家？"

那人笑道："过了这段路，是赛岗乡芥墩村，接上了官道，路邻近就有人家。只是天将黑了，雪天夜路难行，不知公子几时才能走到。如若要投宿，何必走这么远？"

陈筹一喜："请兄台指教！"

那人摇摇一指："前方不就可宿？"

陈筹朝他所指方向一望，一片白苍苍旷野中，真有一处凸出，依稀是屋舍模样，不由又惊又喜，连忙谢过那汉子，朝屋舍方向去。

走了几步，他忽然觉得微微有些不对，刚才那人出现得忒古怪了一些。

大雪天，十三不靠的时辰，挑着一担柴，在前不着村后不着店的地方……

他从哪里来？要到哪里去？

唉，兴许是和张屏在一起待多了，染上了遇事瞎琢磨的毛病。

陈筹回头一望，乱雪眯眼，道路上空空如也。

刚才的樵夫，居然不见了！

陈筹生生打了个寒战。

大雪中的人，能走多快？四周并无可遁形处……

那樵夫竟像……凭空消失了一般。

玉皇大帝，元始天尊，阿弥陀佛，不要自己吓自己，不要自己吓自己……

陈筹缩缩脖子，又仔细看了看那屋舍，还在。

说不定，是雪里视线有碍，说不定，樵夫所指，就是他家。

撑着再走十几里路，恐怕困难，总不能夜半冻死在雪地里吧。

陈筹一咬牙，继续牵着马，一脚深一脚浅地朝那屋舍走去。

待到了屋舍近前，陈筹的手一软，松开缰绳，马轻嘶一声，陈筹牙齿咯咯撞了几撞——

门洞大开，残窗破瓦，蛛网处处张挂。

分明是一座破庙！

陈筹再度心里默念，不要自己吓自己，不要自己吓自己……阿弥陀佛，无量天尊……莫要疑心好人好意。破庙可避风雪，总比冻死在路上好。既来之则安之，天已快黑，别处也不可去之……

来回念了几遍，方才坚强地抓起缰绳，牵着小马到了廊下，将马拴在柱子上，猛吸一口气，腿一抬，迈进门槛。

未闻异声，未见异象。

殿内正中高台上，立着一尊神像，应是个土地之类，台前残破蒲团。陈筹自向神像祷祝了一番——

小生陈筹，途经宝地，恰逢风雪，不得已借宿庙宇一宿，谢尊神庇佑，无香火供奉，唯心意敬之。

祷罢，四下一转，发现此处可能真是樵夫猎户常歇脚的地方，靠内里的地上有火堆灰烬，另有不少树杈木棍，甚至还有口小铁锅，另一些些拔下的野鸡毛等物，几个破蒲团没多少灰，像常有人坐，靠着墙角避风处还有个拿门板铺干草做成的草铺。

陈筹松了一口气，复又欢喜起来，拢了剩下的柴生一堆火，将包袱里冻挺了的大饼放火上烤了烤。拿小铁锅化开雪水，自己喝了一些，剩下一些留着饮马。将小马牵进殿内另一头的柱子旁拴好，抓了些干草，也不知道它吃不吃。装着一肚子热食躺到草铺上，抓些草盖在身上，再压上毡斗篷，竟有种连住皇宫也比不得的美满，阖眼入梦。

酣梦中，居然一点也感觉不到寒冷，还微微有些热，欲翻身，但觉胸口沉重，竟未翻得，抬手一拨，触手毛茸茸的。

陈筹迷迷瞪瞪睁开眼，两盏幽幽绿光在鼻尖处亮着。

陈筹与之对视片刻，绿光微微闪烁，胸口沉甸甸地蠕动了一下。

陈筹陡然一惊，清醒过来。

他的胸口压着一个毛茸茸的东西！

陈筹浑身都麻了，张着嘴，居然发不出声音。那东西站起身，抖了抖毛，黑暗中，只能见其尖尖的双耳，湛绿的眼再一闪，陈筹觉得有热热的气息哈到自己脸上，继而口鼻处有温软湿润之物一扫，应是那东西的舌……

陈筹两眼向上一翻，再度陷入黑暗。

许久许久之后，陈筹的四肢忽而抽了抽，猛地睁开双眼，一骨碌弹起身。

四周明亮。

包袱好端端摆在草铺旁。火堆残灰、蒲团、小锅、神像……小马正甩着尾巴嚼草，一切都无异样。

陈筹怔了半响，才长吁一口气。

他翻身坐起，忽而僵住。

他身上盖着的，竟不是那件破毡斗篷，而是一件黄褐色的棉氅！

陈筹一哆嗦跌下草铺，牙齿咔咔碰撞。小马喷了一口气，好奇地扭头看他。

陈筹抖了半响，跌跌撞撞爬起，朝着四面八方一通乱揖：“大仙，大仙，晚生实因风雪逼迫，冒昧闯进宝地，谢大仙不杀之恩！求大仙莫与区区凡人计较！留宿之恩，无以为报，祝大仙早得金身正果，晚生碌碌凡夫，不足记挂！”

身后突然嘎吱一响，陈筹吓得又一跌，哆哆嗦嗦回头，却是风吹动破窗的声响。

陈筹不敢再留，扛起包袱，牵马蹿出破庙。

外面阳光灿烂，天空湛蓝，一片白皑皑。陈筹也不管什么方向，牵马蹚着雪一脚深一脚浅往前奔命。小马嫌雪深，又嫌陈筹走太快，屡屡止步摆头，待陈筹将缰绳顿了又顿，方才不耐烦地喷两口气，跟着陈筹前行。

走了一时，见前方有两行树排列蜿蜒，中间所夹应是道路。陈筹松了一口气，牵马蹚过去，果然是路，脚底踩着雪下实地，心中也踏实了一些。抬头看太阳辨了辨东南西北，沿路继续往前。

陈筹跑后，邵知县很是忐忑了一番，毕竟驳了知府大人好意，唯恐高知府心存芥蒂，得空便着力凑趣。下乡巡查，有名望的乡老和乡中学子前来拜见，高知府见有两个学生衣衫单薄，暗暗嘱咐邵知县留意关怀。

邵知县立刻喏喏应是，又道："大人真是爱惜人才，下官多有不及，无地自容。"

高知府道："本府见着他们，就想起年少时读书的辛苦。他们乃来日国之梁柱，本府只望他们能多一分专注在学问，少一些烦扰于旁杂。"

邵知县哽咽："大人苦心，众学子定能体会，奋发向学，不负大人厚望。"

高知府呵呵笑道："他们不必知本府此时意，但望来日有功于百姓社稷，报答皇恩。"

邵知县与随行人等皆赞叹唏嘘，邵知县道："大人恩德，如春风雨露，融泽寒冬。胸襟更仁怀开阔，即便有负大人恩德者，亦不曾计较。"

高知府道："你所指是那陈生？"左右一望，众人中不见张屏。邵知县忙道："张县丞在衙门中修书。"张屏除非必要的例行请安，都闷在卷宗库中。高知府亦不曾再提及他，邵知县便未喊他同行。

高知府略一领首，接着道："那陈生以孝道为先，且不愿借本府之力谋出身，本府倒极欣赏他的骨气。本府已修书与京中同年，略做一荐，他再上京时，能多得些照应。"

邵知县红了眼眶："大人的胸怀，真、真足以称得旷古烁今！"

高知府摆手："呵呵，当不得，当不得，莫给本府戴高帽子。本府只是不愿朝廷错失每一个人才罢了。"

随行众官交口称赞，感叹陈筹三生有幸，知府大人功德无量。

"哈啾！哈啾！哈啾！"陈筹耳根滚热，猛打了个几个喷嚏。

日光映着白雪，晃眼耀目，阳气昭昭，令他心中稍安。

虽然头顶着大太阳，但感觉比昨日更冷些，小风一吹，湿润润的寒气便往骨头里钻。陈筹拿袖口包着手，缩头牵着马走，没有扛风的毡斗篷，两颊耳朵刺刺疼痛，实在扛不住了，就从包袱里翻出几件宽敞袍子，不论薄厚，一律裹在身上。横竖路上没有人影，又拿了一件袍子把头裹住，翻出干粮，找来找去，却只有硬邦邦的大饼，昨天早上买了囤着的几个茶叶蛋不见了。

陈筹又翻了一通，确定包袱里没有茶叶蛋。

奇怪，昨天晚上搁在包袱里都没拿出来，难道跑出破庙的时候从包袱缝隙中滚了？不至于啊，拿几层油纸包得好好的。

一个猜测忽从陈筹脑中掠过。

难道？真的好像……的故事……

不可能……阿弥陀佛，元始天尊，太上老君……不多想，不多想……

飞快啃了两口大饼，灌下几口凉水，接着朝前。

树杈上的积雪滑落，陈筹又硬生生打了个寒战，后颈寒毛直竖，猛一回头，身后果然空旷旷一片银白。

大白天里，哪会有什么！

日头再偏西时，终于看到了人烟。屋顶！篱笆！烟囱！是个村落！

靠路边的一户人家门前，有两个半大少年手持铲子钢叉正在拍草垛上的积雪，回头看见跟跟跄跄牵马而来的陈筹，顿时抡起了手中的铲和叉。

"什么人！来干啥的！"

陈筹抖抖袖口，抱拳一揖："二位小哥，小生打从宜平县来，途经此地，敢问这里是何处地界，能否讨碗热茶？"

两个少年凌厉地盯着陈筹，屋里一个声音问："外头咋了？"

一个少年回头应道："有个人，跟个偷山芋的一样，讲话听不大懂！"

屋门中随即走出农家打扮的一对中年男女，女子一惊："我的娘啊，这是个啥人哪！"男人暴喝一声："咄，你是谁？来这边干啥！"

陈筹赶紧赔笑躬身："小生……"一笑间，腮边感到摩擦，方才想起到脑袋上还裹着衣裳，赶紧扒下，再整整衣衫拱手一笑，"小生打从宜平县过来，欲去泉阳。昨日恰逢风雪，迷失道路，茫然行到此处。惊扰几位，惶恐惶恐。敢问这里是何方地界？"

两个少年加那一对男女都一脸戒备。

陈筹再补充："小生真不是歹人，只是路上寒冷，多穿了些衣服御寒……"

那男子沉吟片刻，道："去泉阳？咋不走大路？"

陈筹赔笑："大雪难辨道路，走错了。正要找大路，能否请阁下指个方向。"

男子抬手一指："哦，大路往那儿走。"摆手示意两个少年回屋。

陈筹赶紧再道："敢问可否讨些热……"

那一家四口退进屋内，砰，关上了门。

陈筹一管感伤的清水鼻涕几欲滴落，吸了吸，抬袖拭之，牵着马朝所指方向走，沿途人家皆探头探脑向他观望，待陈筹满怀希望走近，立刻进屋关门。

陈筹只得寂寞地牵着小马蹒跚前行，夕阳渐沉，幸而没走多久就到了一个岔路口，看两侧树木荒草，路比正走的这条宽阔，且路上有人畜脚印和车轮痕迹，看来是大路了。

陈筹一阵惊喜，沿大路又走了片刻，拐过一道弯，沉沉暮色中，竟看到了一挂旗帘，陈筹涕泪纵横，忽觉遍体生热，两腿蓄力，扯着小马直扎向那方。

灯火！桌椅！热茶！

陈筹坐在客栈大堂中，幸福的清水鼻涕不可遏止，伴泪而下。也不算计兜里盘缠，直接拍桌要了酒菜，狼一般连吞带塞。

酒足饭饱后，陈筹钻进客房，未等洗漱，便一头扎到床上，坠入黑甜。

酣梦中，似被什么推了推，陈筹随手一拨，翻了个身儿，有吃吃笑声，在耳边忽近忽远。

"怎么这就睡了？"

"陈郎……陈郎……"

香气馥郁，杏花如云，袅娜身影绰约立在薄雾中，他待要走去，长草裹足，腿脚难抬。吃力一步步前行，薄雾忽浓，他扶住大树，欲挥去雾气，前方突然亮起两点幽幽绿光。

陈筹啊的一声，从床上直坐起身。

猛喘几口气，渐渐平静下来。佛祖在上，玉帝保佑……梦而已，梦而已……

推开被褥，他又僵住。

身着内袍，被褥掖压成筒，外衣整齐叠放在椅上，靴子干干净净，摆在床前。

陈筹弹身下床，撞出门喊小二。

"昨晚可是你等扶我上床？"

小二一脸茫然："昨晚小的们来送洗漱热水，客官已经睡了，便就未曾打扰。"

陈筹直着眼睛："不是你们扶我上了床，脱了我的衣裳，帮我盖了被子刷了鞋？！"

小二瑟缩道："客官，但凡客人休息了，我等绝不会打扰。昨夜真不曾进去。"

陈筹一把揪住他："那昨晚可有看到旁人进我房中？"

小二颤抖道："客官，随身行李，须自己看管，楼下大堂里牌子写明了，若有短少小店恕不赔偿……"

陈筹再将他揪近一些："我没短东西！真没人进我屋？真没人？！！"

小二牙齿咯咯打架，掌柜带着两三个壮汉赶来，左右扯开陈筹："客官，放开小店伙计，有话好说。"

陈筹踉跄回屋，砸上房门，抱头在屋中来回乱走。

不对，不对，这事不对！

冷静！冷静！

张屏素来说得对，世上鬼怪之事，多是有人弄鬼！

是了，张屏。

陈筹顿住脚步，如果张屏在此，他会怎么看？

他拿了个枕头，竖在椅子上，假装是张屏，自站在椅旁，思索片刻，学张屏平日的声音："陈兄，鬼怪事，不可信。定有其因。"

再走到椅子对面，盯着枕头："那、那会是何因？这也忒离奇了。"

又站回椅子旁边，皱眉："你当先想一想……"

你当先想一想，之前种种，有哪些点值得推敲。

从哪里开始不对劲的？

樵夫？破庙？绿……绿眼珠……

陈筹打个哆嗦，强迫自己继续往下想。

还有……毛……

小二趴在门边，只听陈筹一个人的声音或高或低喃喃不停，咋舌回头道："掌柜的，这人看来真有病。昨晚上看他穿得花花绿绿的就觉得不对头，没想到真是个疯子，咋弄？"

掌柜的道："不咋弄，疯不疯，能付房钱就是客。没钱再说没钱的事。顶多弄死。"

绿眼珠，毛……也可能是做梦。

但是那件棉氅，还有包袱里的茶叶蛋……

陈筹从叠放整齐的外袍下扯出包袱，一声大叫扎入小二贴在门上的耳中。

小二惊得一跌，脚下一滑，竟撞开了房门。

只见陈筹站在椅子旁，面无人色。

手里捧着一件黄褐色棉氅，脚旁地上还有两只崭新的厚袜。

陈筹脑中空白一片，只能不断喃喃重复："鬼！有鬼……有鬼……鬼……"

其他房的客人听到动静，纷纷出来围观。掌柜的赶紧道："客官，小店乃正经店铺，当初选址的时候请法师看过，绝不可能有鬼，从来也没闹过鬼。如果有鬼，应该是客官自己带来的鬼。"

陈筹直愣愣地转头看了他一眼，似乎清醒了些许，手一抖，烫到一般将棉氅丢在地上，乱七八糟扎住包袱："退房，我要退房！"

全县衙的人都觉得，张屏憔悴了。

打从陈筹走后，张大人每日起得比小公鸡早，睡得比猫头鹰晚，成天不见笑，除了进卷宗库，就是回小宅，插门独自在房中时，常听到里面有脚步声在走来走去。眼也凹了，脸上的骨头更嶙峋了，还时常有些沧桑的青黑胡茬。扒饭的时候，眼都是直的。加上知府大人不甚待见，无缘伴驾，更平添悲凉。人人见到其穿梭在回廊下的幽灵般的背影，都不禁暗暗感叹，知府大人作孽哪……

县衙上下为这次知府大人巡查之事皆使出了上辈子出娘胎的力气。雪后放晴，高知府继续巡查，深入远村。各个村落都出动壮丁，打扫道路。邵知县吩咐，知府大人不喜扰民，路方便通行即可，不必过于干净。乡吏愚钝，难以把握其中分寸，索性就命在路边留些残雪，随意装点。晌午太阳一晒，有雪融化，到晚间，路面结冰难行，不及回辕。幸而邵知县机警，早早知会各个乡里预备下榻之处，当夜便就宿在一处文庙。乡中文庙不大，正殿明伦堂上夫子塑像年代已久，但一尘不染，蒲团显有叩痕，铜鼎累积香屑。高知府遂赞曰："方寸庙堂，扬德化高远。"所宿厢房是小小一间，木床古旧，被褥粗棉素里。乡长惭愧曰，厢房原是给家贫或考前苦读的学子留宿之用，竟让知府大人纡尊宿于此，实在惶恐。

高知府道："本府亦是圣人门生，正该宿于此。"含笑抚摸蓝青被面，"好极，好极。"

邵知县欢喜不胜，退出厢房后，又赞赏了一番乡长。

乡长道："皆遵大人教诲，卑职不敢居功。"又悄悄道，已让各村传下命令，知府大人巡查期间，闲杂人等胆敢接近文庙，一律杖责，尤其那些想生儿子来摸圣人脚趾的村妇。村头路口也埋伏了人手以防万一，绝不会节外生枝。

次日清晨，文庙中献上早膳，乃白粥佐以雪里蕻、芝麻叶等几样小菜，并几样面点和农家土腌咸蛋。咸蛋乃是野鸭蛋腌制，较寻常家鸭蛋略小。生蛋的野鸭绿首紫翼，只宿在文庙附近的白塘湖苇荡中，以湖中小银鱼为食。腌制时不可用草木灰或黄泥，仅以农家新蒸的头壶粟酒加细井盐浸之，瓷罐封存。蛋白嫩莹如玉膏，咸淡适宜，蛋黄绯红，流油酥透，佐以小平锅腾出，入炉微烤，一半软暄一半焦脆、巴掌大小的白面小饼，或加绿豆芽、面筋，用刚出笼屉，软而韧的水烙馍卷之，滋味绝妙。

高知府各尝其一，微微颔首，又端起碗，望碗中白粥，会心一笑："圣人之所，合当食此。"

随行有人凑趣道："惜无人先于大人尝。"

邵知县接道："仁人在席，因无埃墨堕之矣。"

高知府呵呵道："折煞，折煞，怎敢此比？"

乡长一揖："谢大人嘉赏本乡教化已脱蛮愚。"

满座皆哄笑拊掌，高知府亦笑曰："尔等未曾领悟，孙乡长乃是在提醒，莫忘了饭资。"

乡长立刻再一揖："小小伎俩，难逃大人利眼，惭愧惭愧！此餐卑职请了，只当领罚。"

众人更抚案大笑。

再起驾继续巡视，仍是样样圆满。下午返回县丞，进了城门，邵知县暗暗松了一口气，不料行驾到了南大街，道旁房舍二楼的一扇窗突然大开，闪出一条红脸长须汉子，抡着一把大刀，冲知府大人的官轿一声暴吼："哈！喝！"

侍卫顿时疾声道："有刺客！"

屋上护卫弓弩齐发，持刀汉子一晃不见，身法敏捷。众护卫纵身踏瓦，拥向那窗，轿旁统领高声喝道："大人有令，活捉！不要伤及！方便审问！"

邵知县捏着一把冷汗出轿观望，开窗的房舍是一家客栈，掌柜率小二匍出店，跪在道旁请罪。不多时，众侍卫押出两个五花大绑的人，扔到知府大人轿前。邵知府探头一望，头壳一嗡——居然是那对疯叔侄。

陈筹拍下房钱，连滚带爬逃出客栈，牵马惶惶奔于道上。

观自在菩萨，行深般若波罗密多时，照见五蕴皆空……

太上台星，应变无停。驱邪缚魅，保命护身。智慧明净，心神安宁……

大仙大仙，晚生一介庸庸凡夫，难承厚意，寰宇之中，诸多佼佼俊才，盼大仙早早移爱！

世上本无鬼神，多是有人作怪。

但这也忒怪了！

为什么总是我摊上这种事？

陈筹迎风涕零，哽咽之时，吞进凉气，连连打嗝。

不知是昨晚吃太饱还是反复思虑分散了精神，一路没歇几口气，居然日头已偏西，肚里也没觉着饿，忽然听到一阵歌声。

"茫茫雾霭，苍苍流霞，道兮高远，道兮足下……"

陈筹精神一凛，只见斜阳下，一道服长髯老者骑着一头瘦驴，踏歌而来。周遭白皑皑旷野，不见人家，怎么又钻出个道人？陈筹不由得停住脚步，牵马谨慎站在道旁。

老者行到近前，止歌停驴："施主，贫道有礼了。"

陈筹眯眼打量，拱了拱手："小生见过道长。雪地荒凉，道长何行此处？"

老道呵呵笑道："行游四方，不觉到此。施主又如何在此处？"

陈筹道："欲去泉阳。"

老道颔首："前方再有几里就是泉阳地界，两县交界处，乡集颇为热闹。施主若欲投宿，甚是方便。"

陈筹道："多谢，但道长所行方向，得过十几里路才有人家，夜路难行，如何留宿？"

老道含笑："但凭自然，行多少，是多少，停时自有缘法。便如施主，无须心存疑虑，缘法到时，一切自解。"

陈筹不断和自己说，小心谨慎，小心谨慎，但还是没忍住嘴："道长此言何解？"

老道但笑不语。不知为何，陈筹望着眼前之人，内心竟有一股莫名信赖与亲切，不似方才那般无着无落的惶恐，又不禁一揖："不瞒道长，小生路途之上，遇上了一些……不可思议之事。"

老道笑曰："既为不可思议，便不必多思，不必多虑。施主乃福泽深厚之人，无须疑惧邪祟，顺其自然即可。"

陈筹听此言竟暗应这两天的怪事，便如乌云之中，窥见一丝阳光，再深深一揖："小生鲁钝，难以看破，求道长开示！"

老道呵呵道："施主免礼，贫道方才只是随口乱语尔，施主今后事，早已明明白白，何须他人多言？也罢，既然相逢，便是有缘，便与施主占一签。"取出一个竹筒，陈筹忙捧上钱，老道摆手，"此乃施主缘分，贫道不需卦资。"

陈筹拈了一签，签文曰——

月到天心人有望，牛郎巧合属天成；不须辗转求良偶，天喜从人命自荣。

陈筹怔怔，老道捋须："此签贫道亦不多解，施主心中自知。"道一声别，又骑驴而去。

陈筹晕晕乎乎，继续前行，走了不多时，果然到了那乡镇上，两三条小街，官家驿馆、客栈、酒肆、店铺一应俱全。已是掌灯时分，一片灯火绚烂，出乎意料地热闹。

陈筹正要往客栈中进，忽而听得一阵鞭炮吹打声，不由得问："谁家这时候办喜事？"

小二道："不是喜事，是土地庙中做庙会。我方土地，极其灵验，年年此时做庙会，这是上晚供。"

陈筹思量，这两天稀奇古怪之事太多，去庙里上个香，说不定能解一解，在客房放下行李，便朝那吹打处去，没走几步，就见一处庙宇，香烟冲天，人头攒拥，男女老少捧着红绸香烛推来挤去。陈筹几乎被人潮推进了庙中，便也买香拜了拜。神座旁有一桌案，摆着签筒卦图，陈筹心中一动，走到案旁："道长，可能卜卦？"

老道竖起两根手指："一签十文。"

陈筹付钱，擎着签筒，瞅准空隙，抢跪到神像前蒲团上，默祷摇筒，一根竹签啪嗒落下，陈筹捡起，交与道人。

老道笑道："施主好福气，此上上大吉签。"将签文纸条递给陈筹。

陈筹展开一看，心中咯噔一下。

红纸上写着四行签诗——

　　　月到天心人有望，牛郎巧合属天成；不须辗转求良偶，天喜从人命自荣。

下附小字——

　　　前情蹉跎无须叹，红线早已定姻缘；桂花开在杏花后，跨上玉兔至广寒。

陈筹心湖但起激荡，不由抬头，头顶再被雷劈般一震，一阵恍惚。
神台之上的土地像三缕长须，眉目慈和，竟然像极了傍晚时他遇到的老道！

鼓响三声，知府大人升堂。
邵知县侍立于侧，县衙众官吏，以张屏为首，站在案下旁观。
众侍卫押着捆成粽子的二人入内。
邓绪脸上红色油彩已蹭掉不少，露出淡黄本色，齐腹美髯半边歪垂到腰下，左右四望：“噫，怎的这般熟悉？”又瞪眼昂然，“上座何人？”

高知府一拍惊堂木：“大胆贼人，本府尚未问话，竟敢出言相诘！”

邓绪一声暴喝：“大胆鼠辈，敢称汉寿亭侯为贼？关某定要斩下尔的狗头！”

柳桐倚温声道：“将军，此乃东吴大殿，将军自然熟悉，既已单刀赴会，何妨泰然处之，看他们有何花样。”

邓绪微微皱眉，似在沉思，忽而双目一睁：“关某单刀赴会，季常，你怎会在此？你的眉毛怎么黑了？”

柳桐倚道：“军师命属下暗暗跟随。唯恐雪天撞色，将军看不清属下的脸，故而染了。”

邓绪再睁了睁眼：“噢。但关某记得，单刀赴会，应不是下雪的时节。”

柳桐倚道：“将军壮举，感天动地，纷降瑞雪。”

高知府埋首袖中，邵知县道：“大人？”

高知府一击桌案：“谁来告诉本府，堂下到底是什么人？！”

邵知县颤声回道：“是一对疯叔侄，下官曾抓过这二人。”

邓绪道：“季常，你听见了吗？他们怎么称呼你我？青龙偃月刀何在？”

柳桐倚道：“将军镇定，莫要中了东吴激将之计。”

高知府再按住额头，大袖遮面，似在顺气，邵知县忙又低声道：“这对叔侄，好像只有叔叔疯，侄儿还好。”

高知府摆摆手：“那便先把叔叔牵下去，只留侄儿待本府审问。”

众侍卫将哇呀呀嘶吼的邓绪押出公堂，柳桐倚行礼道：“学生参见知府大人。”

高知府咳了一声：“看来没了叔叔，侄儿是正常多了。堂下犯人，报上名来。尔既如斯自称，竟还是个读书人，身份文牒何在？”

柳桐倚道：“学生曲临县生员梅庸，身份文牒俱在客栈房中行囊内，大人只管验看。”

高知府道：“曲临县，乃京兆府治下，尔到我沐天郡何干？”

柳桐倚道：“家叔有疾，来此求医。”

高知府挑眉：“何等名医在京中求不到，非得舍近求远，来这小小宜平？”

柳桐倚道：“家人曾带叔父到京城医治过，不见起色，到宜平求治亦算是病急乱投医。”

高知府一拍惊堂木：“好个病急乱投医！那你叔父到底是什么病症？都投了哪个医？本府即刻命人将县中大夫都带来，与你一一对质。”

柳桐倚低头，一时未答，高知府再一拍惊堂木：“速速回话！”

198

柳桐倚迟疑了一下，道："家叔的病，乃是失心疯……发病的情形症状，方才大人也都看到了……"

高知府又一拍惊堂木，震断他话头："失心疯？好个失心疯！以为在堂上装疯卖傻，便能瞒过本府？预先算得本府归程，埋伏于路，意图行刺，如此心智谋划，真疯出了慧根！这般的失心疯，本府也想得一得。"

柳桐倚连忙跪伏在地："大人明鉴！家叔真的不是想行刺大人！他手里那把刀，是纸糊的，大人可让诸位差爷呈堂验看。冲撞大人行驾，罪当重罚，但家叔与学生绝对不是刺客！大人请只管搜查下处与家叔和学生身上，绝无利器！大人英明，恳请明察！"

堂下侍卫呈上那把大刀，在捕拿时侍卫与邓绪厮打，刀已断成几截，七零八落，拼接不全，的确是纸糊的，连棍子都是硬纸卷成，涂抹了颜色，亦验了空心内，没有藏毒。

高知府问："房里都仔细搜过了？"

侍卫答曰，都搜遍了，连屋瓦地砖都掀开了，的确没有其他凶器。

柳桐倚又道："大人，此足证叔父与学生的清白！"

高知府微微眯起双目："既然物证如此，本府不能妄断你叔侄之罪。便权且信你所言。你叔父疯成这样，怎么就让你一个侄儿带其前来？"

柳桐倚道："叔父未有子嗣，家里经商，因宜平不甚远，所以着学生与一个下仆陪伴，盘资用尽，下仆回去取钱未归，只剩下学生一人，一时没有按住叔父，冲撞了大人的行驾。叔父发病不甚知事，罪在学生，请大人问责。"

高知府微微颔首："答得好啊，既能圆上说辞，又凸显孝心。只是，本府方才问你，前来宜平，是寻哪位名医看诊，为何含糊不答？"转首向旁侧，"邵知县，县中哪个大夫，擅医失心疯之症？邻郡县民都慕名前来看诊，想你应知。"

邵知县擦了擦额上汗："这……大人恕罪，下官从未听闻！"

高知府又看向旁听的众吏："尔等可知是谁？"

张屏径低头不吭声，高知府偏偏点名道："张县丞？"

张屏出列施礼道："下官初到宜平，所知寥寥，言不足证。"

高知府似笑非笑："编纂县志，必有人物一项，诸业良秀，皆要录之述其所长，不曾察考？"

张屏道："不曾，未修到伎艺目。"

高知府轻笑一声："尔修书倒如屎壳郎推球，现料现攒。"视线再扫向其余人，"罢了，尔等之中，居宜平十载以上者，答本府此问。"

张屏身侧其余人皆上前诺诺请罪，李主簿道："大人恕罪，卑职无能，三代居于此县，不曾听闻县里有擅医失心疯的名医。"

唐书吏亦道："卑职家四代居于宜平，亦不曾听闻。县里唯独大鼓巷的扁鹊堂，跌打伤药算得一绝。"

高知府看向堂下柳桐倚："世代居于本县者都未听闻的名医，你倒是从哪里听来，到底名医姓甚名谁，住在哪条街哪道巷子？"

柳桐倚眼神有些闪烁："学生……学生……"

高知府一拍惊堂木："速速招来！"

柳桐倚道："学生带家叔看过不少大夫，一时不能道尽……"

高知府冷笑："好个不能道尽，宜平多大点的地方，把所有懂医术的传来，堂上恐怕也站不满。含糊迟疑，莫非有鬼？是不能道尽，还是根本没有？最近所看的那位大夫姓甚名谁总记得吧，快快从实招出，免得本府用刑！"

柳桐倚犹豫了一下，垂首："最近为家叔看治的，姓……黄。"

邵知县皱眉道："本县记得，县里南关只有善仁医馆有位黄大夫，下针极好，去年春上仙逝了。"

高知府再砸惊堂木："难道鬼给你叔父看的病？"

柳桐倚忙道："回大人，给学生叔父诊治的这位，住在东关小磨桥头，姓黄，本名似乎叫翠翠。"

邵知县和李主簿等人都是一惊。

高知府道："嗯？是个女子？宜平县真人才济济，竟还出了位女神医？"

邵知县道："禀、禀大人，这个黄婆子，下官倒是知道。据说接生不错，胎位不正、早产晚产，凡找了她，多能保母子平安。"

高知府又一砸惊堂木："好个信口雌黄！失心疯找产婆何干？难道来看治的，不是你叔父，而是你婶娘？来人，上夹棍！"

柳桐倚再跪倒在地："大人明鉴，学生不敢撒谎。找那黄婆，是因她有……有驱邪除祟之法……"

高知府一拍桌案，陡然起身："竟是巫蛊之术？！本府平生最恨此邪说！有病不治，整这些歪门邪道，真是岂有此理！"

柳桐倚一脸苦涩："大人，这亦是病急乱投医，叔父总不见好，各种药都吃尽了。的确是因为端了家里那窝黄鼠狼之后，家叔方才发了失心疯……"

高知府大怒："混账！人生于世间，头顶青天，脚下实地，呼吸吐纳，荡荡清气，何来鬼神？你乃读书之人，竟也信这些东西，如何对得起圣人教训？！"

柳桐倚默默无言。

邵知县忙劝高知府息怒，高知府仰天一叹："本府承蒙圣恩，窃踞此位，自知无能，日夜兢兢。不想治下县城，竟以巫蛊邪术遐迩所闻，本府何颜见圣？何颜以对百姓？！"

邵知县哆哆嗦嗦与县衙众吏一同伏地请罪，张屏也跟着跪了。

高知府再一拂袖，唤人取来纸笔，掷到柳桐倚面前："将所会装神弄鬼者统统写下，本府自会提审客栈及近旁之人与你对质，若少写一个名字，本府决不轻饶！"

陈筹回到客栈，不能入眠。

一则思绪纷乱，二来这两天猎奇之事太多，不敢合眼。

他挺在床上，双眼直直，看着无尽浓夜，忽然，似乎听到一丝轻轻脚步声。

娘啊……

香气，甜甜的脂粉香气，如浸泡在蜜糖中的鲜花，缭绕入鼻。

陈筹闭上眼，屏住呼吸，一动也不敢动。

一道比浓夜更浓的影子飘到了他床边，馨香吁在他脸颊耳畔："陈郎，你是在睡，还是醒着？"

一只留着长长指甲的手滑进了他的衣襟，抚上他心口的肌肤，陈筹激灵了一下，猛地睁开眼，一时一句话都说不出来。

他的面前有张女人的脸，满屋子幽幽绿光，烈焰红唇近在咫尺。

陈筹对上女人的视线，嗷一声爬起身，搂着被子缩到床角，双手抱住连连作揖。

"仙子饶命！仙子，晚生只是粗鄙不堪一介凡夫，靠近便有污仙子的仙气！求仙子莫要再纡尊降贵……"

女子嘟起嘴："我不许你这样说自己，陈郎是我心中最好的男子。"

娘！！！

陈筹搂紧被子，又往角落里缩了一点："那是……仙子见过的男人太少了……世间风流倜傥的男子多的是，真的！"

女子眨眨眼："我为什么要去看其他男子，与我有缘的就是你啊。陈郎，你干吗总在往后躲？怕我吗？难道奴长得不美，样貌很吓人？"

怕死了——

陈筹抱着被子，打了个哆嗦："不，不，仙子美艳绝伦！"

凭良心说，这女子长得的确很美，但是，煞白皮肤映着绿油油的光，真的……

玉帝！佛祖！观音大士！山神土地！谁来救救我！！！

女子嫣然一笑:"陈郎,奴与你宿世有缘,因此趁夜前来,以身相许。良宵短暂,莫要辜负……"说着竟就要解衣,陈筹才发现,大冬天,这女子只穿着薄如蝉翼的白色纱衫,下面是银红色的肚……肚兜!

陈筹用力贴紧墙壁:"仙子,天寒地冻,且把衣服穿好,免得伤风受凉……"

女子掩口哧哧笑道:"陈郎真是有趣,难道嫌弃奴?"

陈筹结结巴巴:"晚生怎敢嫌弃仙子,但,真的、真的……恕难从命!"

女子挑起眉,忽而又扑哧一笑,拢上衣襟:"陈郎果然是正人君子,乃姊姊可以托付终身之人。"闪离床畔。

陈筹晕晕乎乎,愣愣怔怔挟紧被子。

女子看看他,又朝一旁看了看:"哎呀,这可怎么好?一个呢,在床旮旯里,一个呢,在屋犄角里,都不想出来,难道要耗到天亮。唉……看得发急。"

???

忽而,门窗四闭的屋中,似扬起了一阵微风。

那风带着融融暖意,浅浅的异常熟悉的花香,冲散了刚才那女子身上的甜浓香味,一个秀美的身影缓缓走入陈筹视线。

陈筹的呼吸一窒。

"离……离绾?"

怎么可能?!!

她怎会在这里!!!

她……

陈筹完全不能再思考,那熟悉的身影远远站在床边,定定望着他,陈筹踉跄冲下床:"离……"

脚下一绊。

好像是,踩到了被子——

陈筹一头扎倒在地,眼前一片漆黑。

离绾!

离绾!!

离绾!!!

砰砰——

陈筹弹起身,没有,没有离绾。

怎么会在床上?

202

好像天亮了？

怎么……

门砰砰响着，陈筹在屋内团团乱转。没有！哪里都没有！怎么会没有！

明明就……

房门响得像打雷。

"客官，客官——"

陈筹一把拉开门，小二一脸如释重负："客官，恕小的冒昧。昨夜客官入住时，气色疲倦。小的见已经午时，客官还未起身，唯恐客官雪天着凉，这才唐突打扰，望请恕……"

陈筹猛地掐住他："我房里的人哪儿去了？"

小二两眼瞪大："客、客官，一直不就你一个人？"

陈筹眼珠血红，狠狠摇晃小二："真没其他人？昨夜我房中有什么动静？"

小二伸着舌头喘气，左右上来几个小伙计拉住陈筹，小二咳嗽几声道："客官，真没有，昨夜就是小的当值。夜里安静得很。"

陈筹踉跄后退，觉得脚下踩的地在摇晃。

陈筹回到屋里，把行李翻了一遍，又将屋子掀了个底朝天，连桌底床下都爬进去查了，没有任何物品。

他从床下爬出，嗅嗅床边褥子，也没有其他味道，比如，甜甜的香气。

客栈小二小心翼翼探头到陈筹身侧："客官，是要再住一宿，还是退房？"

陈筹摇晃站起身："退房。"

牵着小马浑浑噩噩走在道上，正行到那间土地庙前，满地爆竹纸屑不曾打扫，门口大树上挂满许愿红绸。

陈筹又掏出怀中的签纸看了看。

前情蹉跎无须叹，红线早已定姻缘；桂花开在杏花后，跨上玉兔至广寒。

苍天，苍天，你到底是耍我，还是赏我？究竟什么是天意？

几个小童追逐嬉戏，误把陈筹一撞，签文纸飘落在地，陈筹弯腰去捡，有快马拉着马车迅速驰来。

陈筹连忙起身闪避，那马车经过眼前，车帘飘飞，窗内女子侧颜秀如杏花。

陈筹心里咯噔一下，拔腿就追，手臂一扯，想起明明牵着一匹马，赶紧要上马，脚下一滑，四仰八叉摔倒在地。

小马咴一声转头钻进人群，陈筹跌跌撞撞爬起追上，再一回头，那马车早不见踪影。

陈筹翻身上马，催马疾奔，前方是个岔路口，陈筹拦住一个路人询问。那人道："公子所见，应是搭客的驿车，往渡头去的。"指向左侧道路。

陈筹道谢，再纵马狂奔，前方果见河道，渡头停着的正是那辆马车。

车内是空的。

一艘大船刚离岸行出一段。

渡头船工拦住要甩衣下河的陈筹："公子，大船看似行得慢，实则甚快。追不上的。"

陈筹翻包袱找钱，欲要租船，船工皆摇头："江水有冰，小船行不太快，多少钱也不敢追。一个时辰后还有一趟船，公子可搭。"

陈筹又一把揪住船工："是和这艘去一个地方吗？去哪里？！"

船工连连点头："是，是。这里的大船都只到郡府。"

高知府一堂审完，甩出一叠名单，命随行的州府侍卫擒拿。

不单是曾给那对疯叔侄看过病的，连客栈掌柜伙计、茶棚老板、巷口卖烧饼的一家等等人也俱被捕获。

一时间宜平县风声鹤唳。

跳个大神竟也是罪，且罪坐十族以上。知府大人就差把嗅过那对疯叔侄裤脚的狗也抓回衙门了。凶残得不可思议。

连邵知县都斗胆进言，拐弯抹角日这样是否会令百姓惶惶，落小人话柄。高知府搁出一句"本府自有道理"，邵知县只能喏喏退下。

抓回的人，高知府一一亲自审讯，经过亦十分神妙。

侍卫将人带到案前，高知府大略询问姓名籍贯，有一些根本问也不问，直接一点头，或放出，或继续回去蹲。

被放的和继续扣押的对了对供词，很多答得都差不多，似乎扣或放，就是看知府大人顺不顺眼。

县衙的灯火彻夜通明，被抓者的亲属聚集在大门前等待消息或号哭鸣冤。附近的鸡颇受惊吓，报晓乱了时辰。

高知府审了一个通宵，到天亮仍不回行馆休息，曰"治下愚昧邪风一日不清，本府一日不得安寝"。李主簿与礼房唐书吏、刑房刘书吏、吏房赵书吏等袖手缩着脖子在廊下探望，州府随从侍卫来去去，恍然有种县衙变成了州府衙门的错觉。

从抓捕到审讯，高知府支使的，都是随行带来的人，除却几个县衙衙役给州府侍卫们带了带路之外，其余人都只能陪着知府大人干熬。李主簿等干坐了一夜，知府大人未进膳，他们也不敢吃夜宵，到了这个时辰，亦不敢挑头去吃早点，只觉得浑身发虚，后心冰凉，都到外面小步来回挪动，活络血脉，忽而见张屏远远从院子那头来，李主簿招招手，小声道："张大人，张大人。"

张屏掀起眼皮朝这里看看，走了过来。李主簿笼着手道："张大人熬了一夜，看来精神还甚足，果然少壮体格好哪！"

张屏道："张某刚过来。"再看了看李主簿等人，"几位大人衙门里待了一宿？"

李主簿等人都哽了一下，张屏嘴角油汪汪的，牙上还缀着一片韭菜叶，看来刚吃完早饭。刘书吏抬手往嘴边比画了一下，示意张屏留意门牙，小心翼翼问："张大人回去睡了？"

张屏嘬嘬牙花，将那片韭菜叶嘬下："昨日酉时离衙，不是和平常一样吗？"

李主簿几人一时都不知道该愣还是该叹，不想张屏竟就这样自暴自弃，破罐破摔。李主簿婉转道："知府大人彻夜审案，我等岂能擅离职守。"

张屏道："哦，张某以为，既无须我等协助，留也没用，便照旧了。"一副死猪不怕开水烫的坦然。

李主簿几人只得呵呵赔笑，张屏再看看他们："几位难道还未吃饭？"

几人都说没吃，李主簿道："张大人吃过了？"

张屏道："刚在路口吃过。忽想吃油角，便未让厨房备饭。"

唐书吏道："张大人真爱体察民生。路口老姚家铺子，油角极好，豆腐脑的浇汤真是老母鸡高汤熬的，蛋皮薄韧如绸，香菇碎绝不用菇梗。只是人多。"

张屏道："正是在他家吃的，油角焦脆，韭馅甚鲜，不禁吃了四个。油糕亦甚好，还有茶叶蛋十分入味。"

几人被他说得肚里一阵抓挠，刘书吏道："张大人胃口真好。"

张屏竟笑了一下："今日铺子里人倒不甚多，几位既来不及用饭，张某就再去买一些回来。"

几人赶紧道谢，连称不用。

"哪能让张大人替卑职等带饭，使不得！"

"不可，万万不可，这饭卑职哪里敢吃。"

张屏道："诸位休要客气，张某较闲，随手之事，不费力气。"

一句话中，淡淡沧桑，浅浅寂寥，几人都感受到了，再坚持推辞。刘书吏扯开话题："是了，张大人，卑职正要请教，这次案子，卑职等无用，不能协力，亦看不

205

甚懂。为何知府大人竟如此重视。大人的老师陶老尚书执掌刑部，张大人可曾听闻有什么前例？本朝刑律之中，对跳大神之类的事，从未有……"

李主簿打断道："刘掌房，此话僭越了，知府大人看重此事，必有重大干系。或是朝廷欲出新令，但张大人到本县已久，朝中新近之事，恐怕他也不知道。张大人忙于编修县志，县中刑讼事都不曾过问，何用此事烦他？"

刘书吏连连揖道："张大人，是卑职一时糊涂，乱说了话，张大人莫怪罪。"

张屏道："刘掌房说得对，何须道歉？此事内中另有关窍。"

李主簿几人都不禁互望了一眼，他几人饿得狠了，胃空脑钝，未能细细雕琢言语，恭维激将之辞粗粗罗就，搭配僵拙，没想到张屏一口吞下了这枚直钩。

刘书吏恳切道："卑职实在愚钝，望张大人详尽指点。"

张屏道："朝廷最近好似在查乱党。"

几人吃了一惊，刘书吏颤声道："乱、乱党？"

李主簿左右看看，小声道："张大人，这事可不能乱说啊。当下熙熙盛世，怎会有人作乱？"

张屏神色平常道："非匪祸兵乱，只是有人造谣，借鬼神之说。"

唐书吏恍然："怪不得知府大人突然此时巡查各县，此事不可说大，又不能小待。"眼一直，"难道……祸根在沐天郡？"

张屏道："各地都有，不能详断。知府大人或只是例行。"

刘书吏道："我们宜平真没这种兴风作浪的逆贼哪！依卑职看，倒是那对疯叔侄，从外地前来，到宜平求什么医，十分可疑。"

赵书吏道："但看着又像真疯。这叔侄俩在街上蹦跶许多天了，还曾被抓进县衙过，当真有什么，敢如斯招摇吗？"

李主簿因此事亦捏着一把汗，基于前事，不便多言，勉强笑了笑道："都不好说。张大人怎么看？"

张屏道："只堂上见过，不好判断。"

李主簿等人默默解析了一下这句话与张屏的神情，似依稀嗅到一丝不甘与向往。

刘书吏笑道："张大人，休怪卑职多事。大人京中断案的事迹，属下等都曾耳闻，唯钦佩赞叹而已。大人对朝廷欲查之事可有见解？"

张屏沉默片刻，道："不能详查，故无见解。"

几人哑着这句话，只觉得不甘之意比前言更甚，都呵呵笑着，再岔开话题，张屏寥寥应对了几句，袖着手走开。

几人望其背影，刘书吏道："久闻张大人嗜查案，看来并非妄传。"

李主簿道："刘掌房，你也是的，张大人如今专心编修县志，何必在他面前提这些有的没的。"

刘书吏道："李大人，你是不知，卑职前几天听老田说，张大人外出舆地时，曾去那邪门的辜家庄地界看过，又找过朱老大人问话，只是修县志，哪用得着做这些。当时我就纳闷，刚才听了张大人的话，方才恍然明白。"其余几人皆一脸领悟。

李主簿道："唉，我等廊下家雀，既不知凌云之志，亦不便多言。散了吧。"自踱回屋中，另外几人便也各自散了。

谁知过了一时，李主簿在房中坐，忽然嗅到一阵油香，一个小厮拎着几个提盒，在门外道："大人，小的在此伺候。"

李主簿唤其入，小厮将一个提盒捧到案上："张大人命小人送来。"

李主簿打开提盒，里面是油角、油糕、茶叶蛋等物，还有一碗豆腐脑。小厮道："大人请趁热吃，天寒易凉，油角就不酥脆了。"又行礼道，"小的先请告退。"

李主簿点头，待其出门，不禁尾随，探头观望，看那小厮又到吏房门口，须臾闪入，另还有一个小厮刚从刑房闪出，手里也拎着食盒。

过得一时，刚才廊下一同站着的刘书吏、赵书吏、唐书吏等都纷纷于门口探望，李主簿率先走到廊下，刘书吏左右看看，挪过来悄声道："李大人，你也有？"

李主簿点点头。

刘书吏一脸复杂，唐书吏也凑了过来："张大人这是怎了？卑职竟有些惶恐。"

李主簿道："看来我等一向都误解了张大人，他虽看似冷峻，实则内心炙热。既然张大人如此关怀我等，便感激领受。"

炸货充饥，吃了这顿早饭，到了晌午，李主簿都丝毫不觉得饿，打个嗝，还是韭菜味儿，看看桌上沙漏，遂踱去看看邵知县那边有什么示下，正走在廊下，眼角视线瞟见花窗外两个熟悉身影。李主簿放轻脚步，走到回廊月门边，一张望，居然是张屏和刘书吏站在靠墙的灌木旁。瞧见李主簿，刘书吏的表情有点慌乱，张屏仍是面无表情。

待从邵知县那边回来，李主簿遥遥见刘书吏的身影在刑房门口闪了一下，再往前行，刘书吏好似不经意一样自门内走出，还惊喜地笑了一下："主簿大人。"

李主簿笑道："刘掌房有事？"

刘书吏道："没事，都晌午了，坐得腿麻，出来走走，晒个暖。"

上午一起说话的唐书吏，赵书吏也都踱出来，东拉西扯了一阵儿，刘书吏终于憋不住一样小声道："告诉诸公一件事，千万别外传，方才，张大人来找我，让我办件事，真是愁死我了。"

唐书吏道："莫不是中午还要请吃饭？这回单请刘掌房一个，没我等的份儿？"

刘书吏苦着脸："唐老弟，别取笑我了。"再左右一望，又压低些声音，"张大人居然是要我带他去……"手往大牢方向一比。

诸人失色。

赵书吏道："那你怎么回的？"

刘书吏道："我哪敢答应，就说我没钥匙，因知府大人要审案，都上交了。"特意看了李主簿一眼，李主簿只做旁听，但笑不语。

唐书吏悄悄道："刘兄啊，这个事，你确实不好做。知府大人不能得罪，张大人也不像会屈此许久的人。谁知道他掺和这些事是否真的只是自作主张？听说，朝中护着他的，可不止陶尚书一个。"

赵书吏道："确实，张大人还年轻，人之运势高低，谁能判断？唉唉……"

刘书吏被这么一说，脸色更艰辛了。

到了傍晚，张屏正要回小宅，前方墙角忽而闪出一人："张大人。"

张屏抬眼看清是刘书吏，停下脚步。刘书吏左右看看，一抬衣袖，露出一把钥匙，悄声道："大人，知府大人回行馆了，但大人不能多待，否则卑职真的这辈子都完了。"

张屏点点头："张某明白。"拱拱手，"多谢刘掌房。"

刘书吏苦着脸："卑职不敢承大人谢，只望大人莫久留。"引着张屏，匆匆走向大牢。

牢房外把守森严，除开原本守卫，还有几个州府侍卫，侍卫率先喝道："来此何干？"

刘书吏掏出刑房的令牌和一本册子："奉命盘查一个案子的犯人。"

侍卫狐疑地上下将他二人一扫："为何不堂审？"

刘书吏道："堂审恐怕打草惊蛇，再则……"

侍卫夺过令牌册子，翻看了一遍，竟就让开："速速进去，速速出来，不得意图其他！"

刘书吏擦擦汗，拱拱手："多谢各位，多谢各位。"和张屏匆匆进了大门，牢差见州府的人都放了，自也不多阻拦。

进得牢内，扑面一股臊臭烘烘的暖气，牢头很识趣地没有跟随，刘书吏挥了挥袖子，说话都不敢张嘴："大人，牢中腌臜，且忍着些。"

张屏面无表情，他第一次来县衙大牢，与之相比，刑部牢房简直就是京城鸿运楼的天字一号房。看不出本来颜色的栏杆空隙处手臂舞动，黑压压的影子蠕动匍匐，每走一步，鞋底似都被地面粘了一下，转角牢房内，骂声刺耳。

刘书吏走过去，作势喝道："肃静！县丞大人在此，不得喧哗！"

一个人伸着脖子道："就是知府在，老子也得骂，他奶奶的为了俩疯子把老子抓来蹲冤狱，耳根还不得清净，唱屁，老子撕他祖宗三十六辈！"

一侧耳，果然听得一阵嗷嗷唱戏声，貌似是邓绪。张屏仍无表情地站着，刘书吏跺脚："真不像话！牢里竟还唱戏，被知府大人知道还了得！"便向那里走去，张屏跟上。

但见角落一间牢房，只蹲了两个人，正是邓绪和柳桐倚。邓绪正在角落舞着稻草唱："……天啊天，你不开眼……竟设难关将员陷……过不去，难合眼……难……合……眼……"

刘书吏咳嗽了一声，柳桐倚起身施礼，邓绪一蹿而起，扑到栏杆边："东皋公，可是天亮了？！"猛挠自己的头，"这里！看这里！白了没？！白不白？！"

刘书吏喝道："张县丞在此，胡言乱语个甚……"张屏抬手示意，刘书吏便住口。

邓绪直着眼睛道："张县丞是谁？东皋公何在？东皋公何在？"面皮涨红，颈暴青筋。张屏上前两步，邓绪抓住栏杆："东皋公？"却是望着年纪较大的刘书吏，"东皋公，我的头白了没？"忽而揪住一把头发，失声道，"没有，怎么还是有黑的！怎么还不白！"喉咙喝喝两声，一把扑住柳桐倚，"小主，伍员有罪！天都亮了，头还不白！过不了昭关了……"

柳桐倚抱住他道："莫急，窗外透入的，是月光，天还没亮，慢慢来，一定会白的。"

邓绪哽咽："真的？"

柳桐倚道："真的，伍大人请先去角落静候，若盘膝运气，白得更快。"

邓绪抹了一把眼泪鼻涕，真的就到角落里盘膝打坐。柳桐倚方才又拱手，悄声道："惭愧，惭愧。"

刘书吏向张屏道："张大人，卑职看这叔侄二人是有些蹊跷，堂上时还是关云长，这会儿变成伍子胥了。"

张屏不说话，柳桐倚拱手道："二位大人，实在是冤枉。家叔的病情就是如此。初发病的时候，曾经袒身露体，仅胯部围一草席，话也不说，整日乱叫，碗筷都不会使，只用手抓生瓜果与烤的大块肉吃。后来到看了无数大夫，各种法子用一遍，总算变成了太上老君和姜子牙。来到贵县后，再治了一时，竟变成了关云长，从商周春秋到汉末，学生以为，再过一段时日，说不定就进展到本朝。谁料，一进大牢，又变成伍子胥，回到春秋……"

209

话到这里，邓绪捶着膝盖又开始唱："天啊天，你不开眼……"

张屏面无表情地回过身，向外走去，柳桐倚疾声道："大人莫走，学生叔侄真的冤枉哪！！"

出了牢房门，刘书吏看了看依然没什么表情的张屏，小声道："大人怎么看？"

张屏沉默不言。

次日，天刚寅时，县衙忽起喧闹，大牢火光陡亮，鸡惊啼，狗乱吠，张屏小宅的院门忽被撞开，一队手执火把的侍卫一拥而入，一丛雪亮枪尖指向睡眼惺忪一脸呆滞的值夜小厮："张屏何在？"

小厮两股战战，完全说不出话，只能朝一个方向一比画，众侍卫哗啦啦杀去，踹开房门，张屏正站在床边，身上挂着刚穿进一只袖子的夹袄，侍卫头目一摆手："拿下！"

侍卫们一拥而上，将张屏五花大绑，拖到县衙，推进大堂。

堂内灯火通明，高知府端坐上方，四周衙役侍卫陈列森严，堂下瑟瑟跪着蓬头赤足衣衫不整的刘书吏。

张屏被推到刘书吏身旁，按倒在地，高知府一拍惊堂木："兀那张屏，你可知罪？！"

张屏抬头："下官不知。下官虽只有从七品，亦是朝廷任命，知府大人这般将下官拿到此，不合律制。"

高大人冷冷道："本府治沐天郡数载，比你知道什么是律制。你昨日混入大牢，有什么图谋，从实招来！"

张屏道："下官是宜平县县丞，进出县中大牢，不用担混入二字。"

高知府再一拍惊堂木："本府三令五申，此案期间，闲杂人等不得干涉，你当本府之言是耳旁风？"

张屏道："大牢之内，并非只有此案犯人。再则，即便大人有令，按本朝律法……"

高知府喝道："莫和本府扯什么律法！"

张屏道："大人，律，国之纲，上至帝王，下到百姓，皆要遵从。"

高知府一击桌案，噌地起身："闭嘴！你昨日擅入天牢，牢中疑犯便死了几个，你来告诉本府，这是怎么回事？！！"

张屏仍未低头："敢问大人，死的疑犯是哪几个？"

高知府脸都青了，案旁的邵知县忙道："张屏，你就老实回答大人问话吧，唉，死的几人，还有个几岁大的稚童，何其无辜，凶手何其残忍！"

张屏脸上闪过一丝悲悯，依旧看着高知府："大人，可有人证物证，能指认下官曾接触过死的几人？"

高知府脸色铁青，缓缓坐下。

张屏继续道："下官乃大人属下，但若要问罪或免职，按本朝律令，须上报三司吏部，大人不可自判。"

高知府缓缓点头："好，好个不能自判。但……"神色陡然一厉，又一砸惊堂木，"本府虽不能将你就地摘下乌纱定罪，却能将你责问收押！"唤来侍从，命将张屏和刘书吏拖下收押。

邵知县拭汗道："大人，不再多审一审？"

高知府脸上厉色一收，忽而微微一笑："本府抓这么多人进牢，本就是敲山震虎，他果然嗅饵而出，慢慢再看有何伎俩！"

邵知县一愣："竟是……大人预料之中？大人高明！真当世神断！"

高知府笑意淡去，又一叹："可惜那被害几人。亡者可还有家人？"

邵知县道："是卖烧饼的一家，前几年搬来，无甚亲戚在本县了。"

高知府叹道："那就县里安排厚葬吧。"邵知县领命而去，高知府又唤过侍卫头领："那对疯叔侄，干系重大，本府觉得，留在本县不甚妥当，你等速将这二人押送州府。"

侍卫亦应喏离去，高知府退堂。

东方天空，墨蓝透白，渐染绯色，晨晓已至。

赵书吏走到墙边，撒出一把小米，几只鸽子扑棱棱飞下，啄食小米，赵书吏俯身缓缓抚摸鸽子，众鸽食尽小米，扑棱棱飞走。

赵书吏掸掸衣袖，转过身，身形一僵。一群州府侍卫在几步开外的地方站着。

为首侍卫道："在作甚？"

赵书吏施礼道："早起喂……喂喂鸟……"

侍卫道："是，大冬天里，掌房起得早，鸟也起得早。"掏出镣铐，"知府大人亦等着和掌房早些聊一聊。"

清早，邓绪和柳桐倚被州府侍卫推向囚车。

一个侍卫捧着那把折断的纸刀从车边过，萎靡蹒跚的邓绪忽而双眼一亮，挺起胸脯："青龙偃月刀！关某的青龙偃月刀怎的成了这副模样？！！哇呀呀——"

柳桐倚道："将军，此刀乃打斗之时误折，可见将军内功精进，竟连青龙偃月刀

211

都能震断！"

邓绪皱眉："真是关某做的？怎的无印象？"

柳桐倚道："真的，军师已命人选天玄金石为将军锻造新刀，名曰忠肝义胆刀。"

邓绪点头："嗯，此名足可匹配关某！"

侍卫不耐烦喝了两声，推搡他二人，邓绪待要咆哮，柳桐倚又道："将军，这是送你我还蜀，东吴多有不甘，莫与他计较。"

邓绪哈哈一声："关某之刀，岂斩鼠类？"昂首阔步登车，柳桐倚遂入，一队侍卫纵马环护，往州府方向去。

侍从遂报高知府，高知府正在审赵书吏，闻之略颔首。

赵书吏跪地痛哭，说不明白为什么被抓，他每天都出来喂鸽子。他家娘子素厌禽鸟，不准他养，他就常在袖中装些小米，遇到鸽子便逗弄。听闻县衙有事，清早赶来，见围墙上停着几只鸽子，不知是谁家的，放出笼甚早，不禁取米逗之。

高知府道："一番言语，漏洞百出，本府都懒得一一驳斥。"命将赵书吏单独收押。左右劝高知府小憩片刻，高知府道："也罢，你们也都累了，各去眯一会儿。"

邵知县命人取来早膳，高知府略用了些许，暂去休息。

邵知县自个也眼皮乱打架中，李主簿劝他道："大人先去歇一歇，我等昨晚回去睡了一时，早上听说张大人犯事了才过来的。大人一直同知府大人办案，都连熬两夜了。"

邵知县跺脚："本县如何睡得着！四房书吏被抓了两个，更有个张县丞！怎么会有这般事情！"

李主簿道："大人，事已经有了，急也无用。知府大人英明，这些应不会连累大人。大人缓一缓精神，才好协助知府大人查案。"

邵知县叹了一口气，困倦交加，整个人都木了，应答迟钝，这样下去的确更容易出纰漏，便拍拍李主簿肩头："这里先劳累你盯着一时，但有动静，立刻知会本县。"

从县衙回宅子不过几步路，但邵知县不回去，命人抬了张木床在离高知府小憩处不远的角落小屋，弄了床旧铺盖，和衣暂眠。

陈筹上了另一艘大船，恨不得船上木桨都化成翅膀，凌云追上之前的那艘。隔一时就到甲板上转一圈儿。他临时上船，没订到单间，只在下舱大通铺有个床位，舱中湿冷，腌臜无比，男女吵扰，小儿啼哭声不绝于耳。陈筹在铺上坐了一时，忽觉腿痒，从神游中惊醒，隐有小物在肌肤上奔跑，应是虱子从铺上爬入衣缝。陈筹赶紧抖衣，发现旁边的老汉正在探手入怀，搔而扪之，扪得一个，送到口边一嗑。

陈筹一阵恶心，又出了船舱，到甲板上，寻堆缆绳暂且坐下，一个面目平常行商打扮的男子踱过来坐在他身旁："在码头就见公子来来去去，又打听上一班船，想有急事？"

陈筹黯然点头。

那人袖着手，眯眼道："公子别怪在下多事，公子这般风流形容，难道是为了一个女子？"

陈筹讶然抬头。那人呵呵笑道："看来说中了。"

陈筹喃喃道："唉，只是匆匆一瞥，也不知是不是她。下船之后，她早走了，万一不在州府停留，又该到何处寻？"

那人道："原来公子要找的人就在上一班船中。在下之前亦要搭那艘船，因州府有个大户，采买了几个年轻女子，要送到京城，舱位满了，方才改乘了这艘，不知公子要找的人是否也在其内。"

这番话让陈筹越发心焦难耐，夜中难眠，直挺挺睁着眼夹在老汉和一条壮汉之间，听着此起彼伏的鼾声，嗅着脚臭与童子尿的气息，任虱子在衣内奔波，无心抓挠。

船行了一天半，终于到了郡府码头，陈筹蹿上岸，在人潮中找寻，逮着码头的船工摊贩便问。有个卖茶水的摊主道："上艘船是有几个年轻女子，被人一车拉走，往城西去了，似是哪家采买的。"

陈筹径往城西去一路找寻，州府丹化城甚大，街道上车马行人攘攘如流水，陈筹像一条蹿入大江的蝌蚪，左右乱顾，空茫然难进退，更不知所向。

忽而，他又嗅到一丝淡淡的馨香，回头一望，忽而拔足便奔。

前方，一抹倩影匆匆低头而行。

陈筹奋力跑，似乎踩到了不少脚，撞了不少人，耳朵里此起彼伏的骂声，陈筹将它们统统抛到身后，随着那倩影奔进一条小巷。

乍进巷口，只见空空荡荡，没有人影。

陈筹再向前奔了一段儿，前方有两个岔口，陈筹正犹豫，忽似有所感，猛一回头，但见那抹倩影正从一棵老树后绕出，要往巷口去，陈筹猛跑几步，大喊一声："离绾！"

那倩影一僵，低着头又疾步向前。

陈筹一把捉住她的肩："离绾！"

她浑身僵硬，终于缓缓地侧身，抬起头。

陈筹脑中一嗡，千种滋味，百般思念，化成热流，一时竟哽咽。

你为什么在这里？

你到底是谁？

一切都不重要。

"离绾……"

州府侍卫押着马车一路不曾停歇，天将晌午时，正行到荒野，忽而一阵风起，沙尘扑面。

众侍卫放慢马速，一个侍卫挥挥手，啐道："这风甚邪，路上犹有积雪，哪来这些沙土？"

前方打头的统领勒马转头喝道："须多小心，快速前行！"

话刚落音，胯下骏马忽而一声嘶鸣，猛地一跃。

侍卫们还来不及上前相助，所有马匹俱惊，统领抓缰绳驭马，突身形一僵，从马上直直坠下！

侍卫们奋力稳住身形，拔出兵刃，又一阵风沙扑面袭来，侍卫们扑通扑通，全如下锅的饺子一般落下马。

道旁积雪的长草中，陡然跃出数条白色身影，无数寒光如雨点般扎向马车，剑锋刀刃，在阳光下反射刺目银光，刺入马车！

"咳咳。"高知府小憩起身，一阵轻咳。

随从道："大人连日劳累，损耗过大，再多睡会儿吧。"

高知府摆手："此事必有重大隐情，不……咳咳……不彻查明白，本府如何能高枕安寝？"话毕，又一阵咳嗽。

随从惶惶。

高知府道："想是喉咙里，咳咳……呛了唾沫，无妨。"喝了两口茶，整好衣冠，又向随从道，"传本府令，明日本府先回府衙，巡查暂停。本案一应犯人，今日未审完的，一律押回州府再审。"

随从即刻前去传令。

县衙中正因张屏、刘书吏、赵书吏被关押的事情人心惶惶，李主簿更冷汗出了好几身，心口扑通扑通狂跳不停，听闻此令，诸人都松了一口气，暗烧高香，请知府大人快快移驾。

唯独邵知县仰天长叹："罢了，一月后，不知堂上所坐何人。"

李主簿安慰邵知县："这事真与大人无干，休要担忧。"

邵知县再叹息一声，自到门前去迎刚请来的大夫给高知府看诊。

县中几位名医轮流诊脉，都曰可能是劳累所致，无大事，食补多休息为宜。开了几味温养的补药。

到了傍晚，高知府确实不怎么咳了。邵知县又来劝高知府进膳，又请高知府早些到行馆休息。

高知府道，今夜要再看看卷宗供词，就还歇在县衙。

邵知县只得再去准备。

县衙诸吏都在廊下等候差遣，李主簿向邵知县道："大人还要安排知府大人的饮食药膳，其余杂事便让卑职等分担吧。"

邵知县道："也罢。"分出一些杂务交代众人，又拉着李主簿的手道，"怀达，你素稳妥，便由你统一替本县照看。"

李主簿施礼道："卑职一定尽力办好。"

众人各去忙碌，李主簿来回各处察看。高知府的房间上午已用过，安排起来说容易容易，说不容易也不容易，打扫要整洁，被褥用过一遍，已不暄软，重新换过，又要一模一样，让知府大人看不出来。还有茶杯茶壶把手对应的方位，等等种种。

李主簿一一查过，忽而瞥到案上："知府大人便是晚上休息，也可能用到笔墨，怎么还没备好？"

下属道："恐怕天冷，墨锭不易化开，纸也不托墨。唐书吏亲自去库房取好墨与新纸了。"

李主簿哦了一声，又有人来回别的事，便暂先出房。

过了一时，唐书吏捧着纸墨过来，门口老仆跌足道："就等唐掌房了。"

唐书吏道："多劳多劳。"

进了房中，把墨盒摆好，又将纸抖开折叠。

打扫的仆役都甚好奇："为何这般麻烦？"

唐书吏道："你等有所不知，高知府常用京中连升阁的君子宣，县衙里没有这等好纸，只好找相近的代替。然连升阁的纸，折式与别家亦不同，不像咱们常使的一摞摞，而是有整张，有单折做公文折式样，还有书信折式，须照样分开弄好，免得知府大人要用时不方便。"

老仆叹道："还不知道知府大人用不用，就这么费心，只恨小人等蠢笨，还非得唐掌房这般懂行的弄。"

唐书吏道："我这儿还得一时，你等要有旁的事，可先过去。"

县衙人手分到行馆一部分，本就不够，知府大人审案办公处更等着帮忙，老仆便笑道："那唐掌房弄好了，就先把门拢上便可。"带着几个仆役出去。

唐书吏道："也先帮我拢上门，莫让风吹了纸。"

房门合拢，唐书吏专心致志折纸，折了一阵儿，抬头揉了揉肩，慢慢踱出桌案后，踱到屋中。

屋内寂静，廊下也寂静，站在窗下，听不到一丝声音。

唐书吏又揉肩活动着手臂，来回走了几步，踱到窗下案边，似随手一般，掀起了香炉盖，拿起炉中盘香，看了看，又放了回去。盖上香炉盖，回过身。

不由僵住。

房中，平白多出一个人，就站在纸还没理好的书案边，两眼幽幽地望着他。

竟是应该在牢里的张屏。

刀剑刺入马车，起手时，车壁崩裂，殷红飞溅，沿刃滑落。

雪地中奔出一条巨汉，手执一把大锤，朝马车重重锤下，车壁轰然崩开，冒出一股烟。

众白衣人再挥手，银光寒刃噌噌噌直插，噗噗噗，猩红滋出。

烟雾淡去，残破木板的正中央竖着一个鼓囊囊的大口袋，汩汩流着红水，哪有什么人影。

白衣人心中刚一惊，腿上便一凉，尚未察觉到疼痛，已纷纷摔倒在地。

这次溅出的，是真的血。

巨汉双腿已断，兀自跪地挺胸，怒吼一声，手中大锤抡得像风车一般，昏倒在地的侍卫们纵身跃起，兵刃白光交错成网。

一个侍卫从怀中掏出一支竹筒，取火折子点燃，一声尖厉的呼哨声直蹿入云霄。

砰，天边炸出一点红光。

路人闻声，纷纷抬头观望。

"哪家大白天的放烟火？"

邓绪和柳桐倚放下了手中筷子，推开面碗，喊过小二结账，走出草棚。

到了旷野中，柳桐倚解下随身的布袋，在其中掏摸，邓绪道："看仔细些，拿漆绿条的，叫他们留活口。"

柳桐倚取出带着一抹绿的竹筒，邓绪看过，一点头，柳桐倚点燃捻信，忽一点嗖地钻上青天。

邓绪慢悠悠捻了捻短须，柳桐倚道："大人怎么知道他们会在这一带动手？"

邓绪嘿一声道："这就是经验了，你得慢慢学。"

话刚落音，远处天边忽又一响，隐约是红光一闪。

邓绪神色一肃："果然，都死了。"

唐书吏一怔之后，脸上顿现惊喜："张大人？怎么……"么字刚吐出一半，床下柜中扑出两个黑衣男子，扣住唐书吏。唐书吏还未来得及挣扎，便不知被撞上了什么穴道，哑不能言。两个男子一搜他衣袖，摸出一盘香，与香炉中的一模一样，再撬开他牙关，拿探钩挑出一颗金牙，一拨，牙中滚出一颗黑丸。

张屏拿出香炉中的那盘香，翻来覆去看了看。唐书吏竟还是脸色不变，只从容地闭上了双眼，仿佛养神。张屏将盘香凑到鼻子边，黑衣男子之一往唐书吏嘴里塞了一团布，笑道："张大人，这可使不得。"

张屏取出一个小盒，把盘香收在其中，黑衣人将唐书吏塞进一个麻袋，扛出房间。

"离绾……"

陈筹的千言万语化成惊涛骇浪澎湃在心中，口里却只能吐出这两个字。

女子仍垂着头，仓皇地颤抖："这位公子，为何无故拦住奴家……"后退一步，欲挣脱陈筹的掌握。

陈筹双手一紧，死死扣住她："离绾，别这样，我知道一定是你。我陈筹、我陈筹虽然不是什么聪明人，但这个世上，唯独你我绝对不会认错！"

女子的肩颤抖得更厉害了："公子真的……"

陈筹一咬牙，狠狠将她拉入怀中，紧紧搂住："你要挣扎你就挣你要喊非礼你就喊你要报官也可以报！我不管你因为什么不问你到底怎么回事我什么都不想什么都不多说……"

离绾离绾离绾，只要你在我眼前，只要我看得着你，摸得到你！

"离绾，我……我……不论如何，我都要和你在一起。"

女子挣扎了两下，瑟瑟如风中枯叶，忽然伏在陈筹肩上无声地哭了起来。陈筹紧紧地抱着她，似乎过了千千万万年般长久，她才又轻轻挣开陈筹的怀抱，后退两步。陈筹怀中一空，冷风袭入，望着面前仍垂着头的她，忽而又不知该说什么好，居然不争气地手不敢再抱上去了，纠结了片刻，才结结巴巴道："你……你吃过了吗？饿不饿？"

话出口，陈筹顿时想抽自己一个大嘴巴，偏偏他的肚子在此时极其应景地，咕——

陈筹脸蓦地有点烫，狠狠拍自己肚子一下："你个丢人现眼的东西，又没问你！"

离绾扑哧一声，抬起了带着泪痕的脸，笑容如盈着露珠的杏花："若饿了，就去吃些东西吧。"

邵知县站在公堂门口，觉得自己肯定没睡醒。要不然，正上首明镜高悬大匾下端坐的，怎么会是那个横贯古今，在公堂上跳了不止一次大神的疯子。

知府大人还跟个小学童一样，毕恭毕敬站在他身边。

疯子的那个疯侄儿也在，旁边还立着应该蹲在小黑牢里的张屏，高知府居然含着微笑凝望着张屏，眼中盈满关爱："本府此前种种，乃不得已，并非有意为难你。你可莫要怪我，都是邓大人吩咐的，要怪就怪邓大人。"

那疯子道："若道啊，你真会推诿，本寺几时让你这么拿捏他了？"亦笑着看向张屏，"回头一定跟高知府要张表功折，你应得的。"

高知府道："肯定有，肯定有，这个不劳大人提醒，亦不需他开口。"

疯子摸了摸短髭："好，本寺回京后，时刻关注着。"

高知府叹道："邓大人这句话压下，本府不睡觉也得把折子写出来。"

那疯侄儿就在一旁笑，张屏仍是不吭声站着。

呵呵，这梦太神奇了。邵知县又默默掐了一把自己的大腿。

李主簿在身后偷扯他袖子，悄声道："大人，大人，快跪！快见过寺卿大人！"

寺……卿……？邵知府一时迷蒙。

李主簿再顿顿扯扯他袖口："我的大人哟！上面那个是大理寺卿邓大人！"

大理寺卿……邓大人……

邓——邓绪！

大理寺卿邓绪大人！！！

邵知县陡然一激灵，恍被天雷劈中天灵盖，刹那回神，双膝一颤一软，忘记脚边就是门槛，一个苍鹰扑兔势扎倒在地，挣扎匍匐进了门槛。

"下、下官……宜平县邵志通参见邓大人！下官有眼不识泰山，大人恕罪！下官有眼不识泰山，大人恕罪！下官有眼不识泰山，大人恕罪！下官有眼不识泰山，大人恕罪……"

邓绪一挥手："罢了罢了，本寺奉旨查案，微服到此县，给你添了不少麻烦，应是本寺向你赔不是才对。两进县衙，倒给本寺办案增了不少方便，算来是你有功，何来请罪之说？快起身。"

一股暖流从心窝涌进了邵知县的眼眶。

邓大人！传说中的邓大人！果然就和传说一样英明、宽厚、睿智！

邓大人！！！

"下官谢大人关爱！下官谢大人关爱！！下官谢大人关爱！！！"

邓绪又费了一番口舌，方才安抚了涕泪横流的邵知县，再看向高知府："汝审，还是本寺审？"

高知府道："大人在这里坐着，下官哪敢露拙，且此案下官真是一知半解，正待大人堂审时，开开眼界，长长见识，大人请。"

邓绪又一笑："那就升堂吧！是这样说的吗？大理寺的做法，恐与地方公堂不大一样。"

高知府忙称是，邓绪将笑一敛："不必行其他繁文缛节，将案犯押上。"

几个身着玄衣劲装，头戴小纱冠，腰佩长刀，脚踏皂色官靴的男子押着一个蒙着黑布袋的人进了公堂，掀开布袋，露出唐书吏的脸。

邵知县心里一紧，脚心发汗，又给逮起一个，这是一个都跑不掉的征兆吗？

唐书吏一脸平静，甚至可以说是从容，缓缓睁开本是闭着的双眼。

邓绪道："抓你真是不容易。能否告诉本寺，你到底是谁？"

唐书吏道："阁下又是哪位？本来曾与我一样，是这堂下客，怎又端坐上首？连是谁都不知道，就扣押问罪，岂不荒唐？"

邓绪点头："好口才，不愧造谣谋逆的骨干。"

邵知县头壳嗡的一声，谋……谋逆！！！

李主簿一把扶住邵知县："大人，镇静。"

邵知县双腿冰凉，几无知觉，漫天飞舞的七彩小星星中，唐书吏的表情依稀仍平静从容。

邓绪瞥向那几个玄衣男子："逆贼的同伙都拿住了吗？"

玄衣男子之一行礼道："回大人的话，逆贼合宅未曾漏网，但属下不够快，自尽了两个，请大人责罚。其余全部扣押。"

邓绪抬了抬手，让玄衣人平身，又看向唐书吏，眼中却有怜悯："从祖到孙，累积四代，居于此县，只为了谋逆，连你尚不足十岁的幼子亦牵扯在内，何必。稚童无辜，此时回头，你罪虽不可免，家人或可得赦。到底背后指使，是什么邪党，什么教派，快快从实招来！"

唐书吏仍是一脸平静："小人听不懂大人在说什么，大人这样的人物要给小人这般的草芥定罪，随便罗织个名目便可，又何必多费口舌？"

邓绪挑眉："你不是不知道本寺是谁吗？这时倒称大人了。"

唐书吏居然微微一笑："端坐堂上，这般气派，这般指鹿为马的作风，小人虽不知阁下姓甚名谁，但必定是位大人，当今朝廷贯产的好大人。"

邓绪道："语气如斯怨愤，便将你对当今朝廷的见解说一说？"

唐书吏悠悠道："大人听错了吧，小人哪里说对朝廷有见解了？捕风捉影，欲加之罪，实令小人惶恐不已。"

邓绪哂然一笑，却是看向邵知县等人："都瞧见了吧？与你等算是朝夕相处，有想过他其实是这样吗？"再将笑一收，又将目光扫回唐书吏身上，"本寺不与你口舌扯皮，此案清晰明白，没什么绕弯的地方，只是抓到你费些事罢了。"

邵知县撑着直抽筋的腿，听邓大人讲述所谓"清晰明白"的案情原委。

有一伙人，一直潜伏在宜平县内作祟，行谋逆之事。常用的手段是编些造谣的歌谣小段，散播出去，大人编，小儿唱，但逢天灾人祸，就再做得频繁些，蛊惑人心。

散布谣言之人，以唐书吏为首，还有巷口卖烧饼的一家等等，混迹在民间，多是生意买卖人，或求神卜卦者，居住在街头巷尾，方便与百姓接触，散布谣言，且不露痕迹。

"本寺装疯作傻，总算引得一两个露出马脚，但都是边角虾蟹。上峰之人，隐在幕后，不露真容，幸而有高知府相助，故意行打草惊蛇之计，方才引尔出洞。"

邵知县在飘飘忽忽之际，仍挣扎出一丝清明，几乎与高知府齐声道："大人高明！"

邓绪接着道："关于此案，本府有一叹两惑，一叹者，孩童无辜，虎尚不食子，亲生骨肉，竟忍教其做贼。两惑者，其一，数辈延续，阖家沦落，行谋逆事，到底为什么？"

唐书吏还是一脸平静，竟从容闭上了双目。

邓绪轻叩案几："其二，煞费苦心，如尔，一家四辈，几十年，几十口子，就只造了造谣，在县衙供职期间，也没做出其他的事，为什么？怎么不搞大一些？"

唐书吏的嘴角浮起一抹笑。

邓绪眯眼："难道是已经暗暗搞大，本寺未曾察觉？"

唐书吏仍平静地闭着双眼，挂着笑意，不答。

邓绪缓缓道："你能不能告诉本寺，你们这伙人，和辜家庄有何关联？"

唐书吏的表情有须臾间的一滞，继而嘴角又扬回刚才的弧度，忽漏出一缕猩红，玄衣人出手如电，点了唐书吏几处穴道，掰开他的嘴。

"大人，案犯咬舌了！"

邓绪一脸意料之中地摆摆手："带下去，尽力救一救，救不过来就和涉案的其他尸首一起，仔细验尸。"

玄衣人之一道："禀大人，涉案尸首已验看过，有几具尸首身上隐蔽处，文有一个图案，卑职愚钝，尚未查得出处。"取出一卷纸，呈给邓绪。

邓绪展开，纸上绘着一根长着四片树叶的树枝，叶中结着一枚果实，像是杏果。

浓云沉盖，碎雪又零碎飘落，陈筹牵着离绾进了路边一家不起眼的小馆，要了两三道小菜、两碗羊汤面。面端上来，陈筹方才想起："呃，不知道这面你能不能吃……"

离绾在汤面氤氲的白雾后微微低着头，唇角却是翘着的："面很香。"拿起筷子，把碗中的羊肉一片片挑进陈筹的面碗里。

陈筹不知道她是不是不能吃肉，不敢推辞，看着碗中堆起的肉，心窝处像揣了个暖炉一般，热烘烘的。

小饭馆是夫妻店，老板炒好了菜，老板娘端上来，瞧着陈筹和离绾直笑："客官和小娘子真是般配。"

陈筹尴尬一顿，想辩解，又觉得也不太好，含糊了一声，偷眼看离绾，离绾把脸埋在烟雾中。

吃罢了饭，雪下得大了，出了小饭馆，陈筹鼓起吃饭时在心里酝酿了许久的勇气，再抓住离绾的手臂，直奔街边一家客栈，拍下碎银："一间上房！"

掌柜的笑眯眯道："客官来得真是巧，也就只剩一间上房了。"

跟随小伙计上楼，陈筹亦一直牵着离绾，但不敢回头看。小伙计瞧他们的目光没什么异样，打开房门，哈腰道："客官请，有什么吩咐，门口喊一声便是。"

陈筹故作镇定地点点头，进房关上房门，方松了离绾的手臂，才敢看向她："那什么……你、你莫要误会……我带你来，并非有什么歹意。"

离绾仍低着头，陈筹的脸十分烫，咳嗽了一声，无措道："你、你先坐……你渴吗？"

离绾微微摇了摇头。

陈筹再顿了一时，又道："我……我要么还是叫壶茶来。"

离绾依旧未作声。

陈筹再鼓了鼓勇气，又一把扣住她双肩："离绾，从今之后，和我在一起，好吗？"

他努力让声音不要打战，一口气往下说："我、我一定对你好，不让你吃苦。我用功读书，三年后争取挣得功名。即便没有功名，我、我也会找些别的事做。总之、总之就是，就算只有一口饭，我不吃，也会让你吃！"

离绾的双肩微微颤："只怕……我配不上这么好的公子。"

陈筹赶紧道："是我配不上你！我无钱无名，跟着我你享不了荣华富贵……"

离绾轻轻摇头："什么是荣华，什么是富贵？衣可蔽体，饭能果腹，便是心稳身安。"

陈筹的眼眶顿时潮湿，离绾缓缓抬头，双目盈盈："你……难道不想知道，为什么我会在这里？你难道不怀疑，我到底是……"

想得要命！

但是，不能这么说，一说，眼前的人可能就要如烟雾一般，消散无踪。

陈筹斩钉截铁地说："你不想说的事，我绝不问！"

离绾定定地看着他："公子真的能做到？你不怕我是……"

陈筹截断她后面的话："只要和你在一起，其他什么都不重要！"

离绾再定定地望着他，陈筹亦直直地与她深深凝视，两眼发酸，也不敢眨一下。眼皮就要撑不住的时候，离绾忽然微微地，点了点头。

陈筹几乎以为是自己眼晕，猛地揉揉眼："你、你答应了？"

离绾咬唇，微微垂首，又轻轻点了点头。

邓绪审完那堂之后，未有再审，只着县衙诸人不得声张，押上唐书吏，直接回京。高知府也同时结束巡查，折返州府。

邵知县跪送两尊大神各离县衙，起身后许久还没回过神来："这就，完事了？"

李主簿叹道："唉，大人，看来暂时没我等什么事儿了。"与邵知县一道偷眼瞄向杵在旁边的张屏。

邵知县擦了擦额上的汗，真挚地含笑看着张屏："张大人哪，本县实在是糊涂，到底是怎么回事？"

张屏道："下官亦只知一二，邓大人微服查访，牵扯谋逆，已将嫌疑人等抓获。"

李主簿道："张大人，你是不是早就知道那位是邓大人？怎的不知会一声！怠慢了大人，可怎生是好？这不是让宜平县落不是嘛。"

张屏道："邓大人有令，下官不便透露。"垂着眼皮的死样子让邵知县和李主簿牙根一阵痒痒。

李主簿一脸无奈："张大人，凡事有变通，大家一个县衙，既是同僚，就和一家人一样。事情没办好，我们谁都落不到好，对不对？"

邵知县截住其话头道："不可这么说，张大人按规矩办事，极其值得赞赏。幸亏如此，邓大人才能如此快地破案！"

张屏躬身道："谢大人体谅，若无其他吩咐，下官先去做事了。"

邵知县慈爱地道："去吧，去吧，这几天都没休息好，今日可提早一个时辰回去。"

张屏施礼退下，其余人一道目送他离开，李主簿叹了一口气："张大人毕竟与我等不同啊。是了，与邓大人同行的那个年轻人，原来就是先柳老太傅的亲孙子、今科状元柳桐倚，张大人与他同科，看来交情不错。"

在场其余人都未接话，这次的案子明摆着大家都在鼓里坐着，好处全被张屏一个人占了。尤其曾把邓绪押来拖去的衙役们，暗暗忧心之余，再想到张屏本就知情，心中更不是滋味。

唯有刘书吏和赵书吏叹道："能留条命在就知足了，其他不多想。""何必多问，但求平安。"

众人又安慰了他二人一番，都想不通怎么唐书吏居然跟谋反有关，都不敢多提，各自散去。

被高知府抓进大牢的人，放出了一批，还有一些早在邓绪微服查访时被盯上，由高知府暂时押送到州府。邓绪与高知府均吩咐，此案一定保密，但天下没有不透风的墙，谋逆相关的事情还是传了出去。被放出来的只庆幸捡了一条命，县中百姓都暗暗议论此事，不敢声张。

谁在谋反？为什么会在宜平县谋反？朝廷怎么查到的？被抓起来的那些人大都是抬头不见低头见的老街坊，怎么就是反贼了？

人人都想知道，说法各有不同。

各种猜测与小道消息纷纭流窜，甚至连"辜家庄的狐狸精作祟"这种谣传都出来了。

邓绪亦成了宜平百姓茶余饭后最常提及的名字。

邓绪在本朝，本就甚有名望，堪称传奇。市井出身，少年时是街头混混，偷抢扒赌几乎都做过，但是个孝子，为了给寡母治病，卖身顶替富户家的少爷到边关为军，从小卒混成百夫长。都统忌其能耐，派他去刺探敌国城池，故意不给外援，邓绪竟出奇谋刺杀了城主，带着多半随行的弟兄全身而退，还顺手救回了几个被掳的妇孺，被当时正在边疆手握兵马大权的先怀王看上，收入麾下。不幸背运，没两年先怀王薨了，帅帐易主，新帅与先怀王政见不合，又忌惮邓绪之功，便将其调回京中，名曰升迁，在兵部做一闲职。

邓绪肚里没少墨水，新职务偏与文书有关，屡屡出错，官阶一降再降，幸而当时的兵部侍郎程柏与他同是先怀王麾下，交情甚好，总算护住他没有被罚到丢官。后有一回又犯错，程柏护他，亦被人参了，邓绪便自请罪曰无颜再留在兵部，恰恰大理寺缺一狱丞，就调了过去。看大牢时，竟发现其中一个犯人可能被冤枉，便告知大理寺卿。

当时的大理寺卿是本朝赫赫有名的贤臣，当今怀王殿下已故的岳丈李峄。李峄不单未怪罪邓绪越级上报，还根据他的进言重新追查，果然发现此案的疏漏之处，寻到真凶。李峄欣赏邓绪之才，将他从狱丞升做评事。邓绪不负李峄赏识，屡屡发现案情疑点，助大理寺破了许多奇案。未几年升做大理寺断丞。后李峄调任中书令，离开大理寺前，保举邓绪做了大理寺正。有人弹劾邓绪胸无点墨，不堪大任。先太傅柳羡是李峄的老师，常听李峄夸赞邓绪，便亲自当面考核，结果邓绪竟应答如流，颇有文采，自言是在做了狱丞后，便得空就读书，弥补短处。柳羡称赞邓绪"机敏多智，上劲务实"。大理寺卿之位几易其主，但邓绪因这八个字的加持一直卓然屹立。

大理寺屡破大案，亦得先帝赞赏，邓绪名声日响，最终众望所归，升做大理寺卿。如今与京兆尹冯邰、刑部侍郎王砚并称本朝三大神断。

冯邰擅长堂审取证。王砚身为太师大公子，腰杆硬，底气足，敢审旁人不敢审的案，能判旁人不能判的人，故列为三神断之一。邓绪擅长察人观迹，从些许微末便能推察出案件关键，撰《循迹录》等书，记录断案经验，为许多官员的必读书本，且为人豪爽，不拘小节，教导提携他人从不藏私，乃三神断之首。

宜平虽然离京城近，但只慕邓大人之名，从未近身瞻仰其光辉，而今，邓大人居然在宜平破获了大案，还用了微服查访这么传奇的方法，怎不令人兴奋！

邓绪住过的客栈房间、坐过的茶馆饭庄里的桌椅板凳，都被供了起来。连从牢里放出来的人都说，被知府大人抓去，本以为没救了，幸而有邓大人，才没被冤枉。

城中的几个文人，已准备将邓大人这段事迹写成传奇。城里的戏班亦拟请人将此事写成一出戏排演，甚至有书坊主人、戏班老板来找张屏。

"张大人文采不凡，听闻曾写过戏本，亦曾协助邓大人破获此案，斗胆恳请成稿后，大人能赐撰一序，亦可让百姓多知邓大人之英明！"

张屏默默翻开书坊主人带来的一摞稿纸。

压封白纸后的第一页——

天地既成，便有阴阳二气，日月轮转，清浊皆生。某年某月某日，一缕妖风竟躲过天眼，潜入凡尘，化作邪畜，黄毛四爪，摄阴噬阳，滋出一窝小孽畜，可变幻成人形，吐息为村落，以辜为姓，作祟人间。噫！却不知苍天早已降下克星，此星是谁？乃北斗第五星廉贞也。乘七彩虹，披五色霞，入邓氏宅邸，呱呱坠地，异香满室，白鹤栖梁，四节鲜花皆感应而开……

张屏将白纸重新压回书稿上："朝廷官员，不得参与经营买卖，故不能露拙忝列为序，望谅解。"待书坊主人和戏班老板离去，继续翻卷宗，编县志。

县衙中人，都暗暗观察他，张屏好像什么事都没发生过一样，还是那副样子，早晨来，黄昏去，只埋首书卷。

陈筹与离绾在客栈住了两日，囊中见拙。

他留钱给张屏，身上的盘缠不算多，住上房开销甚大，他盘算着要不暂时赁个小院，但丹化的房租不算便宜，寻来寻去，找不到合适的。

陈筹有些焦急，又在路上听说，知府大人已回府衙，在宜平办了大案，据说还惊动了大理寺，陈筹不由心中跳了几跳，隐隐为张屏担忧。

不知为什么，张屏总会卷进这些事里，希望眼下没什么麻烦。

回客栈后，他仍不由自主地想，离绾轻声道："陈郎，你面有忧色，是为何事烦心？"

陈筹连忙道："没什么大事，只是听说知府大人回府衙了。我没告诉过你吧，我的好友张屏，在宜平县做县丞，我之前就是承他照应，跟他一起住。他这个人的事儿，从头讲能讲三天三夜，总之是个极讲义气的好人，就是不知道为什么，有点招事，我也有点招事，我俩在一起时，就更招事。知府大人到宜平的时候，我可能又给他招了点麻烦，怕他因此有什么妨碍。"

遂把高知府那件事和离绾一说，再由此说了一些张屏的事迹。

离绾微微一笑："陈郎说的很多事，奴都不大懂，但听陈郎这么说，这位张公子，是个极好的人，好人自有天佑。"

陈筹嘿嘿一笑："正是。"

这夜陈筹却没有睡好，总觉得身上很冷，仿佛有冷风一直往被窝里灌，想要醒来，怎么也睁不开双眼，挣扎到筋疲力尽，终于睁开双眼，猛地坐起。

温软的柔荑覆在他的手上，离绾轻声问："陈郎，怎了？"又微微蹙眉，"你的手好冰。"

陈筹叹了口气："没什么。"怎么就做起噩梦了。

离绾握紧他的手，忽而道："陈郎，你忧心，并非只为了张公子吧？"

陈筹一怔。

离绾道："陈郎，我不是真傻到什么世事都不懂。你一介书生，能有多少银钱。我们住这间上房，房钱不便宜，你给我买的东西，平日吃穿，亦都费了不少钱，你有多少积蓄，够这样使呢？"

陈筹反手捧住她的手："放心，总有办法。"

离绾摇了摇头："陈郎，这样不是长久之计。既要长长远远地过日子，从今日起，就得踏实地活。"

长长远远，过日子。

陈筹一窒，热浪在心中翻涌。

"离绾，离绾，我陈筹上辈子是烧了多少高香，今生才能遇上你。"

离绾脸颊绯红，埋首在陈筹怀中："陈郎，你去哪里，我都和你一起。"

六

腊月将近，礼部的事务愈发繁重。

兰珏每天累得教导兰徽的力气都没有，只能彻底变成慈父，摸摸他的脑袋，道几句"乖""嗯""甚好"之类，兰徽对此明显非常开心，眼见着欢实。

龚尚书虽还未上折告老卸任，但满朝皆知这是板上钉钉的事情了。有那么一些不明白局面的人，以为兰珏要高升，表露情谊，兰珏拿捏分寸应对，亦十分耗神。

这日筋疲力尽回府，连晚饭都不想用，正命人备热水，先泡泡解乏，忽而下人通报道："老爷，侄少爷来了。"

兰珏一怔，一时没转过来弯儿，管事的立刻贴心地道："是小的错了，如今该称柳大人了。就是柳小少爷，柳状元。"

兰珏这才恍然。

不过他的这位所谓的内侄柳桐倚，倒是与其祖父大伯不大一样，每每见兰珏，一口一个姑父叫得很实在，亦常带兰徽玩耍，登科之后，还携礼来兰府拜会，柳家人，做事能这般很难得了。

兰珏道："快请。请到居闲厅吧。"

居闲厅是兰府内院的小暖厅，平日兰珏和兰徽亦常在此起坐。姑父见内侄，如此正显得不见外。

兰珏亦未再更衣加冠，就穿着身上这件棠梨褐锦袍到厅中等候，不多时柳桐倚被下人引来，向兰珏见礼："未预先知会就冒昧前来，姑父莫要怪罪。"

兰珏笑吟吟道："哪里的话，一家人走动，还用得着那些繁文缛节？"

左右服侍柳桐倚宽衣入座，脱下莲青棉氅，只着银缃色长衫，亦是家常打扮。

兰珏道："可用了晚膳？"

柳桐倚道："来得仓促，不曾打扰姑父用膳吧？"

兰珏微微笑道："我刚从衙门回来，看你的样子像也没吃，不嫌这边饭食粗糙，就留下来一道用吧。徽儿正想你得紧，天天在我耳边念桐表哥。"

柳桐倚道："多谢姑父，那小侄就不客气了。"又一笑，"姑父别误会小侄是专程来蹭饭的便可。"

兰珏道："怎能这样说，哪有侄儿上门，姑父不管饭，让饿着肚子回去的道理。就算你吃了，亦得再多吃一顿。"

彼此再又一笑，先吃了一时茶，兰珏问了他一些柳宅的近况，柳桐倚亦一一作答。必要的话说尽，兰珏又道："是了，近日你和邓大人在地方上破了一桩大案，很是不错。朝中都在夸赞。"

柳桐倚放下茶盏："姑父谬赞，小侄是沾了邓大人的光。"又一拱手，"其实小侄今日前来，是有一事，想请姑父帮忙。"

兰珏唇角微扬："一家人，何用请字，直说无妨。"

翌日，兰珏刚下早朝，便被一供事唤住，让他到文藻阁一行。

文藻阁原是本朝丞相公务之所，但云棠升太傅之后，懒得换地方，仍在文藻阁内，曾丞相便改在紫微台办公。兰珏随供事到了文藻阁，见除云太傅之外，曾丞相也在，顿时明白十有八九是为某事，见礼之后，云太傅一脸关怀地道："兰侍郎，正值年末，应是礼部最忙的时候，本不想再给汝等添事，但因诸事堆叠，要务皆要早报，圣上有谕，特为礼部破例，若有要紧待办之事，可直交本阁或曾相处，呈至御前特批。龚尚书公务繁重，恐无闲暇，便与曾相着汝前来一问。"

果然如此。

看来龚尚书已定下在年后致仕，卸任之前，按照旧例，需要拿出一两件场面政绩。一向都是下属代办，这也是惯例了，云太傅与曾丞相今天过来，就是问他兰珏，这事想好了没有。

兰珏即刻道："确有一件要务，下官正要代尚书大人呈奏。圣上英明，四海安乐，盛世欣欣。然有愚昧者，因富生惰，又有无知者，贪图眼下，子弟不教，少年不学，嫌寒窗苦，弃圣贤书，逐商贾小利，溺闲游玩乐。本部因此拟编一书，录本朝栋梁读书上进事迹，以励天下向学之志。"

云棠略作思量，颔首道："甚好，立意新。"

曾尧亦道："又合时宜，更可传后世矣。"

兰珏躬身道："谢太傅与丞相赞赏，尚书大人若闻之，定甚欣喜。"

云棠微微笑道："既然已经定了，就赶紧把折子呈上，皇上的御案都快被压塌了，不抢先机不行哪。"

兰珏道："名录正在拟定中，最迟明日，便有奏章呈请。"

云棠含笑道："兰侍郎才思敏捷，倚马成章，果不虚传。"

兰珏忙道："太傅谬赞，下官惶恐，此乃尚书大人之意，下官不过代禀，岂敢僭取。"

曾尧亦笑道："本相十分想看此书都会收哪些人进去，兰侍郎休要自谦，把自己漏了。"

兰珏道："曾相莫取笑下官，下官更惶恐了，下官这般拙劣之资，浑浑之名，能蒙不弃，不嫌污纸清白，忝列执笔，已是至幸。曾相的名字可是真在里头，太傅更是首篇第一章，若有所作不当之处，到时望海涵轻责。"

曾尧道："哎哟，这使不得。本相岂能入列？羞煞羞煞！"

云棠道："本阁才是真使不得，收本阁进去，那成笑话了，先柳老太傅等人还不得在九泉之下撞墙？不成不成。"

兰珏道："太傅和曾相若不入册，时下朝中，谁还可录？这才真是万万不成，恳请二位定要答应。"

如此这般再一通推让，又过了许久兰珏方才得以告退。出了文藻阁，晨风灌入领口，微觉刺骨，想是尚未用早膳，腹空气虚，不甚耐寒。兰珏抬头看了看天，在心里叹了口气，今晚为了赶那个折子，定然不能睡了，办这样的差事，固然是旧例，但按例代做这场门面的，大都是接任的那个，做这项差事亦是算是接位的一点敬意。可他无望升任，白做苦力，不免有些寂寥阑珊。

罢了，人在朝中，谁都得常有些这样的事儿。人人皆不易。譬如曾尧，连自称时，都称"本相"，因云太傅居文藻阁理政，仍自谦称"本阁"，这原是本朝丞相的自称，云棠用了，曾尧同用便不妥，居于紫微台，称本阁亦觉名不副实，曾尧便先称"本台"，某日如斯自称时，凑巧怀王路过，立刻唤住道："曾相哪，孤几日未进宫，你怎的被降到御史台去了？那处不是卜一范在管事么，他又去了哪里？出了这么大动静，孤竟不知。你为相，一向甚好，怎能无声无息降了，孤帮你去向皇上说说。"吓得曾尧连连请罪，委婉禀明原委，怀王又道："原来如此，是了，居台称阁，确不甚符实，但曾相如此谦称，像孤这样脑子拐不过弯的容易误会，也不好。这么着吧，孤去奏请皇上，把紫微台改成紫微阁，你看如何？"曾尧忙再请罪，从此改称本相，此事罢了。

这么想想，兰珏心里便清亮豁达了起来，做到丞相又如何？他这个小侍郎又何必多抱怨？嗯，只是还不知道，接龚大人之位，白摘鲜果的是哪个。

罢了，总有一个两个一时好运的，彼时谁知又会如何，都得一步步拿捏着往前走。

兰珏出了皇城门，上轿，随从道："大人可要回府用膳？"

兰珏道："不回了，去司部，今日早上中午都在司部吃。"

陈筹携着离缩，登上了进京的马车。

马车老旧，一路颠簸，男女分坐，以布帘隔开，帘上有破损，车一摇晃，陈筹便能从缝隙处窥见离缩半分恬静面容，内心溢满暖与甜。

那日，在客栈中，离缩向他道："公子既要科举，就当用功读书，心无旁骛。这些时日，公子都没摸过书本，怎么能行？"

陈筹一阵汗颜，离缩又道："身安方能心静，公子可曾想好，要安身何处？"

陈筹犹豫难决，回宜平不太合适，回老家又觉得折腾，且功名未成，总觉得无颜返乡，留在丹化吧，人生地不熟，物价亦不便宜……

离缩道："奴既已与公子在一起，便今生相随。哪里都是安身处，总会有办法。"

这话倒提点了陈筹，其实除了老家，他最有人脉的地方反而是京城，若在京郊先赁一农舍，再找金班主等老交情套套近乎，接些昔日活计，总能凑够些饭钱。

这般与离缩一说，离缩只道："公子在哪里，奴便在哪里。"

离缩离缩，我陈筹上辈子到底积了多少德，才能今生遇到你？

丹化离京城甚近，没两天就到了。陈筹竟十分好运，在京郊一个村庄赁到一个小院，进出两间屋，屋顶竟是带瓦的，墙亦泥得很敦实，屋后有厕，还用篱笆围出个小院，外屋有灶，旁边有林子，甚好捡柴，一生灶火，屋内暖暖和和。

房里居然还有一架纺车，入夜陈筹灯下读书，离缩一旁纺绩，陈筹恍然觉得，所谓人生至幸，不过如此。

安定下来后，陈筹立刻写了一封书信给张屏，告知平安，但想了一想，把离缩的事略过未提。

信到宜平时，张屏刚接到一道谕令，乃高知府特意派人传达，垂问县志进度，并曰有几篇他要亲自过目，大概是辜家庄相关，须仔细把握分寸。

传信使令道，知府大人说，若是张县丞得闲，亲自将县志送到州府最好。

这么说了，张屏肯定必须"得闲"，邵知县充满慈爱地告诉他，衙门里没事了，他可以回去收拾行李。

张屏回到小宅，小厮立刻来禀告，行李已经收拾好，请张屏过目。

张屏也没有验看，只拿着陈筹的书信，在廊下看了一时，再望向天边浮云，出了一会儿神，收回视线，转身道："走吧。"

那本作为龚尚书致仕之绩的劝学励志之作，兰珏递上奏折后两三日便得了批准。朝中亦都知道了此事。礼部设了一宴，将名单之上的时下诸官与已作古者的后人一一请到。云太傅固辞，没有入册，名单中人，都是实打实身正名清的清流一脉，参过兰珏的几位御史亦在其内，这些人虽然多不齿兰珏为人，但一因圣意难违，二看在龚尚书面子，都来了。

龚尚书抱恙卧床，未能在席，此宴由兰珏主持应酬，一面赔笑与诸人叙话敬酒，一面在心里想，不知有多少人此时在暗笑他像一跳梁小丑，上蹿下跳，以为能接尚书之位。他刻意将姿态放得更谦和，言语更滴水不漏。

这些人都是出身寒微，苦读之后，科举入朝，与兰珏经历相近，话头易寻。兰珏素善辞令，言谈雅趣，偶有一两句讥讽，或一笑罢了，或调侃化之，甚是洒脱，便是不齿他的人亦觉得，这厮场面上着实无可挑剔，爬到这个位置，不是没有道理。

柳桐倚亦在座，他虽是今科状元，但一为名门之后，二来官职尚微，并不在册，列席乃为讲述柳氏先人事迹，坐于下首，常替他兰姑父凑个趣，诸人更觉只看在他面上，也不好太不给兰珏留脸，席间竟是一片和乐融融。

又一巡酒罢，兰珏擎杯笑道："说起当年，兰某倒想起一件事，列位大人莫要笑话。那时唯恐考不中，这辈子就完了，饭都吃不上，省下钱还到庙里烧香，非我夸口，京城与周边大庙小庙，没有我没进去磕头过的。有一日忘记因为什么路过一个山坳，就在京城北边，靠近青龙镇那里，忽而又看到有个庙，尽是些妇孺，也不思避嫌，就奔了去，烧了三根香，再去求卦。那占卦的道人很高深的模样，替我起了一卦，卦甚别致，我竟看不懂，便求解，道人只送了我两个字——"

旁侧人道："莫非是'高中'？"

兰珏摇头："否，是'生男'。那是个求子庙。"

众人不禁大笑。

柳桐倚道："姑父后来有了徽表弟，可见还是灵验的。"

兰珏摆手："凑巧罢了，岂可信这个。"

柳桐倚又道："先祖的遗稿里亦提及近似的逸事，当日先祖科考时，有位考生小名中有个石字，说是出生时有高人路经，指点父母说，此子一生与此字大有牵连。

后来他进京赶考，恰巧住的巷子里有个石字，临考前烧香，去的寺院名字里亦有个石字，抽试签时抽中了十纵十号……"

斜对面坐的孙翰林道："这说的是度恭度大人的事迹吧。度大人与先柳太傅乃同年，小名石头儿，进京赶考时在石瓦巷住，常去石林禅寺清修，当年放榜时，是第十名进士，后任萧州太守。可惜，蛮贼袭城时殉国了。"

旁侧的工部白侍郎道："是，某亦听闻过这位大人的事迹。太傅在世时，每每感叹，失度大人，朝廷少一梁柱。据说殉国时恰好四十四岁。"

孙翰林颔首："不错，且度大人殉国之地平延，蛮语唤作科西拔哩垛，意思是石头城。"

兰珏道："度大人的英烈之事兰某亦略知一二，必要收录。据说度大人的遗骨还未找到？"

孙翰林长叹一声："正是，想是当日被人偷偷收葬了，后无可查，如今只有衣冠冢。唉……"

众人都随之唏嘘。

兰珏慢慢道："兰某还听闻，有人竟以度大人的英烈事迹，编纂奇情小说，说度大人与狐狸精……"

孙翰林惊怒，一砸桌面："真是岂有此理！"

亦有人同拍案："何人所为？此书叫甚名字？当抓当禁！""兰大人，此事礼部可管，绝不允许此下作之书流毒于市！"

兰珏道："唉，兰某倒是想管。但书名叫作《荒村野店奇艳大观》，列位大人想，写者印者轻易可查吗？且写那些小说话本戏文的，多不落真名，或已作古，书中人物避过真正名讳，起些同音之姓，同义之名，即便落网，抵死否认，或反咬衙门，总之是难哪……"

孙翰林等人皆仍愤愤，斜旁忽飘出一句："兰大人涉阅甚广。"

兰珏往那方一瞥，说话的是刘知荟。兰珏便就一笑："刘大人谬赞。说来，刘大人和兰某那一科，倒是未曾出过什么奇殊的人物事迹，唯有刘大人这样奇秀的人才。"

刘知荟亦一笑："兰大人抬杀，同科芝兰佼佼，刘某杂于其中，一直羞惭。"

兰珏道："刘大人这般自谦，兰某与另二十八位同年真要无地自容了。"

在座的诸人都知道兰珏跟刘知荟之间一向不对付，据说当年科试，兰珏本应是状元之选，得云棠盛赞，但兰珏出身不好，且文字间颇有孤寒之意，对比之下，柳老太傅看好的刘知荟文采失之灵逸，长在规矩端庄，于是殿试点了刘知荟为状元。先帝只道，兰卿这般品貌，正衬探花郎之衔。于是兰珏反倒成了第三名。

后来兰珏靠着一张脸，把柳小姐迷得神魂颠倒，弃家出逃，算报了一箭之仇，但刘知荟一直压在他头上，想来心中必然不忿。

众人听得他二人话头不对，还好有人又开口，于波澜暗生之际转过话题。

"科试期间，的确多生离奇传言，下官这科，亦有这般的传闻，比如某间试房半夜有人哭泣，还有一个考生病倒离场，说是中邪了云云。皆因紧张而致恍惚，容易疑神疑鬼吧。传言多了，写话本小说的取来改编，想是惯例了。"

众人一瞅，说话的是柳桐倚，难为他给姑父解围了，亦都跟着话题展开。

"作文须有德，忠烈名臣，岂可如斯被污！"

"鬼魅故事，主角往往是科试考生，想来一是年轻，二乃人生转机之际，好做文章。像我们这种胡子拉碴的半截老头子，跑去自荐，人家也看不上。"

兰珏笑道："白大人过谦了，白大人是要列册为勉励辈读书人的典范，岂可与那市井之物相提并论？"

话题就此正了回来，各位大人顺便又聊了聊应试之时种种奇异传闻，一场席吃得趣味横生。

待到散席之时，刘知荟向兰珏拱了拱手："今日此宴，兰大人收获甚丰。除却劝学书，还能再写出一本《历代科举逸闻大观》。"

兰珏道："这个主意好。不知刘大人可有什么相熟的书坊，给下官介绍介绍。卖得好了，分刘大人两成。"

刘知荟笑："兰大人见识广博，这些定比刘某清楚。不过刘某也帮你留意着。"

兰珏亦拱手一笑："多谢。"

天气愈寒，又降了一场纷扬大雪，陈筹住的小屋外堆柴的棚子都被雪压塌了，他早上起床，打开门，看见压塌的棚子半歪在地，竟忍不住笑起来。

离绾道："哎呀，这怎么好？"

陈筹道："就随它去呗，等天好了再修。"

离绾嗯了一声，陈筹携过她的手放在自己袖中暖着，和她一道看外面雪景，觉得其实日子就这么一直过下去，也挺好的。

住在这小屋中，平淡度日，有种身在世外桃源般悠然的幸福。

他不禁看向身边的离绾，想对她说，我们就这样相守白头好吗？离绾有些羞涩地微垂首，白皙纤细的颈项微露在领口外，雪片沾到铜簪绾起的发上，小巧的耳垂泛着桃花瓣一样的淡粉，耳洞中塞着短短的茶梗。

陈筹忽而察觉到了风的寒意。这样的离绾，本应当着绫罗华裳裹貂裘，立在朱栏内看碎玉琼瑶。插玉簪金钗，佩明珠彩宝，纤纤玉手，亦应捧着金丝手炉，笼着大毛暖袖，而非在滴水成冰之时，捡木材，生灶火，执铲勺，摇纺车……

陈筹内心一阵愧恼，想狠狠给自己一巴掌，白雪也刺目了起来，他攥紧离绡的手："太冷了，回屋吧。"

插上屋门，陈筹又到桌前温书，不知怎么的，字句就是无法入心，想写一篇文章练手，研墨提笔，却不知如何落毫，愣了一时，写了两句，自己都看不下去，再抹去。离绡轻轻挑帘走进内屋，纺车又毂毂响起，陈筹一把扯起纸，团起丢进篓中，猛地站起身。离绡停下手："是不是吵着你看书了？"

陈筹摇头："不是。离绡我……"

都是我没用，害得你跟我吃苦。

他蹲下身抓住离绡的手："离绡，我一定会考上功名，出人头地！一定会让你过上好日子！"

离绡嫣然笑起来："只要和陈郎在一处，便是最好的日子。"

陈筹喉头一阵发紧，正在此时，突然响起砰砰的叩门声。

"这里是陈筹陈公子的住处吗？"

陈筹诧异，走到外屋，打开门，一个满身雪屑裹着厚毡斗篷的人脱下兜帽："啊，陈公子，可算让小人找着了，这里真不好找！"

陈筹定睛一看，竟是宜平县衙的一个衙役，名叫周承，很豪爽的一个人，常到卷宗库跑跑腿传传消息，成天都打照面。

陈筹赶紧拱手让进："周兄快请进，大冷的天，你怎会来此？"

周承跺跺脚，脱下斗篷，拖着一个袋子进了屋："陈公子，小人奉张大人之命，来给公子送些东西。"打开油毡裹住的皮袋，从里面拖出一个大口袋，又拿出一个包袱，又自怀中取出一个包裹严密的长条布包，一层层打开，里面是两封书信。

"张大人新近协助朝廷破了一桩大案，被知府大人召去州府了，临行前吩咐小人务必将这些送到公子手上。这两封信，一封是给公子的，另一封请公子转交给京里的某位大人。这些东西里，有些是张大人命小人给公子送来的，另一些是和那封信一起，托公子转交的。公子看看信，查点一下有无疏漏。"

陈筹笑道："多谢多谢，"将信放在桌上，"寒天雪地，劳周兄奔波，真是过意不去。陋舍无好礼答谢，周兄请宽坐稍待片刻，陈某烫些酒水，给周兄暖暖身。"

周承立刻道："不用不用，多谢陈公子，公子不必客气。这是小人应当做的，本来昨天下午就该送到，因为下雪，耽误了行程。小人还要去京里给知县大人办些事，就先告辞了。"

陈筹恳切挽留，周承坚决推辞，说待办的事实在很急。陈筹又拿钱谢他，周承亦推了，收好空袋子，裹上斗篷，牵起拴在屋檐下的马，又没入风雪之中。

陈筹关上屋门，打开那两个包，大口袋里面是两只腊鹅，一对云腿，几挂腊肠，几十枚咸蛋，几大包干菇木耳和笋丝，两包干果。

小一些的包袱里还有一个单独包好的包袱，束着一纸，写着请君策兄代传。另有两卷包裹严实的布料，一盒墨锭，几支笔，一个小小的布袋，里面有两锭十两的大银。

陈筹捧着布袋，心中一阵热浪翻涌。

离绾走到陈筹身边："这么多东西。送这些物事的，就是陈郎的那位至交好友张公子吗？"

陈筹说不出话，拆开桌上信封，张屏那笔板正的字迹跃入眼中。

信亦是张屏一贯的简略，只有两页纸，说了说自己的近况，问问陈筹是否安好，让天冷记得多穿些，末了道，另有一封书信，一份东西，托陈筹务必亲手转交给兰侍郎。

陈筹的手微有些抖，离绾道："陈郎，张公子这样待你，你更应当用功读书，才能不负张公子的情谊。"

陈筹忍着眼眶中的滚烫，用力点了点头，揽住了离绾。

老天老天，你何其厚待我，让我有张屏这样的朋友，又有离绾！

次日一大早，陈筹穿上最好的棉袍，带上张屏托付的书信包袱，前往京城。

他挺走运地搭上了一辆往京城运菜的骡车，没到中午就到了京城东市，行至兰府门口，还没近大门一丈处，便有两个家丁迎来拦住："何人敢滋扰礼部侍郎大人府邸。"

陈筹忙揖道："小生陈筹，是张屏的好友，受张屏之托求见兰大人，有信函呈上。"双手奉上名帖。

家丁一摆手："咄，滚滚滚！什么玩意儿！这里不是你这种人来的地方！快滚！"

陈筹忍着火气老着脸皮赔笑，从袖子里取出些钱，压在名帖之下，再度奉上："小生……"

家丁一挥手将他推了个趔趄："滚！"

要不是因为兰侍郎屡屡帮过张屏，对他陈筹亦算有恩，陈筹几乎要唾骂一声狗官门前欺人太甚。这时，大门处一个门房模样的人袖着手过来，眯眼看陈筹："那什么，你方才说了张屏？哪个张，哪个屏？"

陈筹道："就是你们兰侍郎认识，还在贵府待过的张屏。今科进士。现在宜平县为官。"

那人的眼神闪了闪，陈筹发现有戏，接着道："我是他好友，他有些东西托我转呈给兰大人。"

那人搓了搓手，咧嘴道："哦，失敬失敬。年底了，常有些不三不四的人到我们大人门前啰唣，不能不警惕些，公子莫见怪，公子可有名帖？"

陈筹便将名帖送上，那些钱依然压在下面。兰珏的门房哪看得上这几个铜子儿，但因为张屏是兰珏看重的人，看此情面，也权且接过，露牙一笑："公子下榻何处？我家老爷得晚上才能回来。"

陈筹一怔，道："鸿昌客栈。"

鸿昌客栈是离兰侍郎府最近的一家大客栈，挺贵的，陈筹怕给张屏跌份才这么说，但他现在手头局促，就算在鸿昌客栈一楼的大堂喝一下午最便宜的茶都肉疼。便想了个机智的主意，离了兰侍郎府门前，先在礼部到兰侍郎府必经之路转悠，转到天黑，路边清道，是兰侍郎回府。陈筹赶紧一溜小跑到了鸿昌客栈，又在鸿昌客栈门口转悠。

今天是个晴天，但比昨天下雪还冷，天黑了更冷，陈筹牙齿咯咯打架，买了个热包子，边焐手边等，为贪暖意，舍不得咬，包子都冷透了，方才吃下去，噎得打了两个嗝。一面踱步取暖，一面挂念着家中的离缩，不知她是否等急了。

直到半夜，陈筹差点冻挺成了一根棍子，也没见着有侍郎府的人到客栈来叫人，他咬牙扛到三更开外，差点靠到墙角睡过去，猛掐自己大腿默念，莫睡，莫睡，睡过去你就完了。

看着快要四更了，兰侍郎府的人绝不可能这时候来，陈筹方才钻进一条小巷，找了家通宵开门的小饭馆，要了一壶热酒，一碗汤面，暖过活气儿。

到了早上，他又去兰侍郎府门前，这次换了几个家丁，又是一顿不留脸的驱赶，幸亏一个家丁亦知道张屏，总算听完陈筹的话，末了道："老爷要是看了名帖，想找你，定会派人去唤你的，等着吧。"

陈筹一阵气堵。等到何时是个头？想着家里的离缩见他彻夜未归不知会如何，更加抓心挠肝。

想回家，又犹豫。还是咬了咬牙，继续到城里转悠。

一直又到了晚上，陈筹候在鸿昌客栈对面，瑟瑟等到快入更，终于见到一辆貌似是兰侍郎府的马车，几个家仆打扮的人走进客栈，陈筹赶紧跟上，只听其中一人道："可有位姓陈的客人下榻此处？"

陈筹赶紧蹿到近前，假装无意听到，停步侧身一拱手："在下陈筹，几位是……？"

为首的正是昨日的门房，咧嘴道："啊，陈公子，我们老爷着小的请公子府中叙话。"

陈筹上了马车，到了兰侍郎府，车行到后角门，门房与门口护卫言语了几句，马车进了门。行至院中，陈筹下了车，却是又换了一个小厮打扮的男子与两个提灯的侍女，引着他穿过层层院落，走上蜿蜒游廊。

明明是冬天，陈筹却闻到了馥郁的花香。走了许久，进了一间雅厅，熏熏暖意扑面，陈筹一管清水鼻涕顿时流了下来，赶紧假装咳嗽，不留痕迹地拭去。

小厮着陈筹在此等候，自行离去。桌上摆着各色精巧点心和鲜果，陈筹肚子一阵咕咕作响，在灯火辉煌中眼观鼻鼻观心，淡然不动。

过了一时，又一个小厮进了厅内："陈公子，劳烦久候了，请。"引着陈筹出了这间厅，提灯引路的侍女也换了，变成四个，走了一时，再进一间厅，小厮又道："陈公子请暂停片刻。"退了出去。

再过了一时，又换了一名小厮入内，比起前面两位相貌更清秀，衣着亦更体面："劳陈公子久等。"又领着陈筹出了这间厅，门外有六名手提灯笼的美貌侍女，齐齐福身，引着陈筹继续向内走。

陈筹不禁在心里道，兰侍郎到底捞了多少油水，这个府邸该有多大，光养这些下人得要多少钱！

终于，又到了一间厅前，小厮先闪入内："老爷，陈公子到了。"

陈筹松了一口气，总算不用再跑了。

进了厅内，上首座上的人正是兰珏，一袭沉香色锦袍，望着陈筹微微含笑："抱歉，劳你久候，方才不巧有位客人先到，耽搁了一时。"

不知怎的，陈筹一肚子的委屈牢骚，竟都空了。

算了，人家多大的官儿，能见见你这个老百姓，还能这么客气，还要怎样？

陈筹立刻先施礼问候，再道明来意，取出张屏的书信并那个包袱呈上。

随侍自陈筹手中接过书信包袱，兰珏微抬手，示意先送到屏风后，又含笑向陈筹道："你眼下是在京城住？"

陈筹道："在京郊赁了个小院，京城里面太贵了。且住在清静之处，更能沉下心读书。"

兰珏道："我昔年亦曾在京郊住过，空气比京里好，确实更清静些。"

又聊了几句，陈筹起身告退，小厮引他出去，送至一道月门前，另一个小厮接上，领着陈筹再往外去，又到了一道门前，再换了一个小厮，就是来接陈筹的那位，引着陈筹穿院行廊，走到马车前。

陈筹忙道："不劳相送，我自己走着出去就行。"

小厮笑道："公子不必客气，公子乃贵客，小的们若怠慢了，老爷定会责罚。"

陈筹心道，怎么我这样还算是贵客的待遇？便就上了马车。

兰珏命人将陈筹带来的信和东西送到书房，在灯下拆开。

信上是张屏死板板的字迹——

学生在宜平数月，常忆大人教诲。入冬凉寒，请大人保重身体……

兰珏不禁微笑道："这个张屏，倒是学会来事了。"

再看送来的东西，竟是一盒酥，有栗子、松仁等六种。

小厮道："老爷，已验过了，无毒。"

兰珏道："张屏送来的东西，怎可能有毒。"

小厮躬身："小的是怕途中有些……"

兰珏笑一笑："你们也莫太捕风捉影，倒像我做过多少亏心事似的。"随手取一块酥，送入口中。

马车在鸿昌客栈门前停下，刚一下车，客栈的几个小伙计便向陈筹打千儿道："公子回来了。""公子请。"

那小厮对陈筹道："小的便不打扰公子休息，先告退了。"

陈筹拱手与他作别，作势走进客栈，正想着等这些人走了，再找个借口溜出客栈，客栈小伙计却躬身向他道："公子是先沐浴，还是先用席？"

陈筹茫然："我未曾在贵店订房，是否……"

小伙计道："方才兰大人府上已经着人来吩咐过，客房为公子安排妥当了，陈公子请随小的上楼。"

陈筹蒙蒙地跟着小伙计上了楼，两个小伙计打开天字一号房门，将陈筹请入其内。华毡铺地，锦帷翠屏，满目奢华。陈筹只觉得毛孔滋滋地向外冒着汗。

客栈先送上大桶热水，服侍陈筹沐浴，换上崭新衣袍，再于外间摆开席面，山珍海味，流水般端上，还问陈筹要不要歌姬助兴，陈筹赶紧婉拒。夜里挺着滚圆的肚子挺在大床上，居然睡不着，到了第二天清晨，就着几十道面点小菜喝完了粥，刚出大门，就见几个小厮在门外向他行礼，将他架上一辆马车。

陈筹在家门口下了车，才发现这辆车后还跟着一辆车，里面下来几个仆役，抬下一堆箱笼往陈筹屋中送，陈筹赶紧拦住。为首的小厮道："我家大人十分感谢公子，微末物事不成敬意，望公子不要嫌弃我家大人的一点心意。"

话说成这样，陈筹也不好推辞，待兰府的人走后，站在一堆东西中两眼发直。离绾从内屋出来，茫然道："陈郎，这是怎么回事？"

陈筹喃喃道："你只当天上下大饼吧。"

第二天仍是晴天，下了早朝，兰珏扶着栏杆，独自慢慢步下玉阶。王砚从后面过来："佩之，你怎么了？步履迟缓，是否身体不适？"

兰珏道："多谢关怀，没什么不适，就是有些困倦，我一向冬天易乏。"说到这里，不禁抬袖掩口，打了个呵欠。

王砚皱眉看看他："真没事？我看你气色不怎么好。"

兰珏笑道："真没事。"

"大人，近日公务繁重，请保重贵体。"

兰珏看完一卷公文，合上册子，抬手揉了揉眉心。小吏在案前奉上茶水，如斯说。

兰珏端起茶水，刚抿了一口，主客司的上官郎中前来递交岁末赐发各藩国的礼单拟议，兰珏放下茶盏，茶咽得急了，在喉咙里呛了一下，不由得咳嗽了几声。上官郎中立刻担忧地望着他道："大人，天冷风寒不易祛，今日请早些回去休息吧，身体为上。"

兰珏微笑道："只是呛了一下，并非伤风咳嗽。多谢挂怀。"接过上官郎中手里的本册。上官郎中看看他的脸，眼中仍写满担忧。

晚上，兰珏回到府内，小厮服侍他沐浴，道："老爷，今晚莫熬夜了，早些休息吧。"

兰珏唤兰徽来看他功课，兰徽扒着他的膝盖道："爹爹，你早点睡，徽儿不吵你。"

次日清晨起身，兰珏头重身乏，不由多打了两个呵欠，正帮他理衣摆的小厮抬头看他，站起来后小声道："老爷，晚上让崔太医来一趟吧？"

早朝时分，大殿里似没有以往温暖，兰珏出列奏事，小皇帝瞧着他的目光充满关怀："兰爱卿，近日是否未曾休息好？下朝后朕着御医帮你诊诊脉。"

兰珏忙行礼道："臣叩谢圣恩，臣的确无恙。殿上失仪，竟让皇上忧心，臣涕零，臣有过。"

小皇帝道："众爱卿乃朝廷之梁柱，须得爱惜身体。公务无须太赶。若因劳成疾，朕要依仗何人？得不偿失。"

众臣都拜谢皇上关爱。下朝之后，王砚在殿外拉住兰珏："佩之啊，你要不就告一天假吧，请大夫看看，吃剂药好好养一养。礼部一天没你应该塌不了。"

兰珏无奈："怎么这两天人人都当我病了，我的脸色很难看吗？"

王砚认真地盯着他的脸道："面带灰气，眼圈泛青，也就比我们刑部验尸房里躺着的那些稍强一点。"

兰珏道："多谢王侍郎的好形容，兰某觉得自己神清气爽，行能至百里，饭可啖数斤。"

王砚再定定看着他，片刻后语重心长道："别死扛了。"

"大人，今儿就告假一天吧。"待兰珏出了宫墙，要上轿时，小厮一脸恳切道。

兰珏甩袖入轿："本部院精神好得很，去衙门。"

到了礼部衙门，同僚下属们看见兰珏，都纷纷道："兰大人，回去休息吧。""身体要紧。""礼部不能没有大人，因此大人更要爱惜身体。"……

连今日破天荒来衙门办公的龚尚书都将兰珏唤到近前，慈爱道："兰侍郎，快回去躺躺吧。你还年轻，但也不能不拿身体当回事。本部堂年轻的时候，就和你现在一样，以为什么都扛得住。待你到了我这个年岁，就知道年轻时爱惜身体有多么重要了。"

兰珏躬身道："谢大人关怀，下官真的甚好，未感觉到有病。"

龚尚书一阵叹息，便让兰珏与他共饮了一杯刚亲手沏好的养生茶。

龚大人的养生茶里有百年老野参，兰珏喝下去后有点冒汗，在众人关爱的目光中看了一时公文，忽有谕令到衙门，着他速入宫见驾。

传谕的公公瞅着兰珏一脸不忍，偷偷给他递了个消息——

兰珏又被参了。

年底难免人情来往，一些务必要表示的，一些实在不能推辞的，自然会有那么一点两点落进紧盯着他的那些双眼睛里。

连他买的那包栗子，都单独成了一项罪名，弹劾他身为礼部官员，竟当市买卖，有辱体统。

兰珏早已皮厚肉糙，闻之竟还有点兴奋，终于来了点拿他当正常人看的东西。

他匆匆进宫，到了御书房。永宣帝叹道："兰爱卿，朕深知卿之辛劳。这些折子，卿看一看，若有不实，朕会严责。"

兰珏接过自己的罪状册，伏身道："臣……"

头一低下，眼前地面一阵摇晃。

永宣帝道："兰卿？"

兰珏稍稍直起身："臣失仪了，方才……"眼前一切再一阵模糊晃动，一张黑幕当头罩下。

兰珏醒来时，发现自己正在卧房的床上。

一袭官袍抢入视线，定睛一看，是王砚站在床头，面无表情："佩之，恭喜你醒了。若你就这么睡过去了，你帮龚大人编的那本册子里，你倒是能占头一篇了。"

兰徽趴在床沿，抓着被子抽噎："爹爹……爹爹……"

兰珏动了动唇，苦笑道："原来我真是有病，悔未听劝告。"

他迎着亮眯了眯眼，房中除了王砚，竟还有不少身着官服之人，正在移动着，好像在……翻角落，搬东西。

兰珏脸色一变，欲撑身坐起："本部院这是被抄家了吗？"

王砚按住他，在床边坐下："佩之，莫乱动。你不是病了，是被人下毒了。你仔细想一想，这几日，你有没有碰过什么奇怪的东西，吃过什么可疑的饮食？"

谁会想杀兰珏？

从兰珏卧房出来后，王砚站在廊下，思索这个问题。

经数名太医诊脉，得出了确切结论，兰珏是中了毒，下毒的时间应是在两三天前，这毒发作得极慢，被下毒者无任何不适，只是气色有些像染了风寒或者劳累过度。若不是兰珏曾经喝过一杯龚尚书的养生茶，毒性被老野参激发，可能被夺去性命时，都无知无觉。

想到这里，王砚不由捏紧了拳，又强制自己冷静下来，分析案情。

兰珏为官数载，政敌不少。但他一直待的都是礼部这样温和的司部，应未与谁结下过血海深仇。屡被弹劾，亦都是因为作风问题。

兰珏家的下人平时非常谨慎小心，连漱口水都是验过的。

要说兰珏唯一做过招人切齿痛恨的事，就是多年前拐了柳老头的爱女。

柳家的人……隔了这么多年下毒报仇？

本着不放过任何一条线索的原则，王砚还是将兰珏府上的管事叫来问了问。

"最近，可有柳家的人到这里走动？"

管事的道："往常多年都不曾走动，打从柳小公子中了状元，进了大理寺后，就常过来了。但……"管事的偷眼看看王砚，"柳小公子没带过什么吃的东西过来，倒

240

是老爷留他吃过几顿饭。"

一旁的兰珏的贴身小厮哽咽道："小的倒是想起来一件事，前几天，有人给老爷送了盒酥，老爷吃了两块。"

王砚神色一凛："什么？为何不早些告诉本部院！"

小厮瑟瑟："那酥也验过，无毒，且那是……"

"大人。"一名下属匆匆奔上回廊，"大理寺来人了，说此案干系重大，当由他们接手……"

王砚眼珠泛红，一挥衣袖："叫他们滚！有种就让邓绪亲自来抢！玉皇大帝过来这案子老子也不会让！守好各门和外墙，休让他等靠近一步！！！"

下属抖擞应诺，飞快离去。王砚劈手拎起小厮的领口："说，酥是谁送的？！"

小厮的牙齿咯咯打架："禀，禀王大人，那盒酥是、是张屏送给老爷的，老爷吃的时候还说，绝不可能有毒……"

张、屏。

王砚掼下小厮，眼迸绿光："酥在何处？！除了酥还送了什么？！"

"张屏下毒？"兰珏一愣，又欲撑身坐起，"这怎么可能？"

王砚再一把将他按回被窝："我已着人验了，毒的确是在他送来的东西中，但不是那盒酥，是那封信。"

毒下在信纸上，药性极强，即便之后洗手，毒仍会残存，随吃食入口。

王砚冷着脸慢慢道："我知道，天翻过来也不可能是那小子下的毒。此事定是陷害。但谁会如此了解你与那小子的关系，清楚他送的东西你不会防备，趁机行凶？"

陈筹这几天一直在烦恼，该把兰侍郎给的东西搁哪儿。那些绫罗绸缎，箱子里塞不下，又不能直接扔在地上，瓷器摆件，更是找不到地方安置，拿去卖了换钱花，也不大好。

陈筹叹了口气，真是穷惯了就消受不起富贵了。

离绾轻声唤："陈郎，饭好了。"

陈筹起身，走到饭桌前，离绾正将羹盆摆放到桌上，氤氲的雾气中，她的脸颊泛着微微红润，娇艳如桃花。

陈筹抬手替她拭去脸颊上沾的一点面粉，离绾嫣然一笑。

哐——

大门突被撞开，寒风直灌，一群手拿兵刃的官差一拥而入，踹翻桌椅，臂粗锁链兜头套向陈筹和离绾。

"将嫌犯陈筹与相干人等拿下！"

陈筹被推搡拖出屋，茫然挣扎，这些官差的服色很眼熟，此情此景更何其熟悉。

"离绾——离绾——各位官爷，小生犯了何事，为什么平白无故拿人！"

这些官差，像是刑部的。

怎么回事……怎么回事？

混乱之中，陈筹挣扎去看离绾，一只手擒住他的下巴，往他嘴里塞了一团布。

"胆敢下毒谋害礼部侍郎大人，有话留到公堂上说吧！"

什么？什么？！什么！！

娘啊，怎么又让我摊上这种事！

陈筹悲愤地呜呜挣扎，身后哐哐乒乒，是他和离绾的小屋被拆砸的声音。

离绾在被推搡，陈筹悲鸣，徒然挣着被拖向路边马车。

忽而，马蹄声疾响，一群玄衣人策马而来。

"此案由大理寺查办，速将疑犯放下！"

捕头一个跨步，拦在路前："此乃我刑部的案子，谁敢擅抢？"

玄衣人齐齐勒马，唯一人缓缓催马越众而出，捻一捻唇上短髭。

"小子，你看本寺有资格吗？"

"大人！"捕快一头撞进屋，"嫌犯半道被大理寺截和了！"

王砚击案而起："混账！哪个王八羔子干的？！"

"是……邓绪邓大人亲自干的。"

王砚摔门而出，险些与门外一人迎面撞到，那人忙后退两步，躬身。

王砚含怒定睛，发现竟是尤太医。

"王大人……兰侍郎的毒有些……"偷眼看了看王砚青黑的脸。

一旁的孔郎中素知王砚最恨人吞吞吐吐，赶在王砚发飙前忙低声道："大人，兰侍郎的情况，恐怕不太好。"

王砚一怔："毒不是已经解了？"

尤太医擦了擦额上的汗："之前是有所缓和，但不知怎的，又厉害了起来……"

左右见王砚一副要扑上去掐住尤太医的架势，赶紧侧围上前挡住，孔郎中接着道："方才兰侍郎又人事不省了，还吐了血。"

陈筹被大理寺护卫从刑部捕快手中夺下，脑袋上蒙了一个黑布袋，摸瞎中，经历无数颠簸、推拉、踉跄，待又被按跪在地，布袋掀开，眼前重见光明，已身在一间石室内，四壁火把熊熊，分不清白天黑夜。离绾在他身边几步之外。陈筹心中大痛，呜呜两声，挣扎望向离绾。

绾儿，都是我的错，都是我太衰了，命犯刑祸，连累了你！

离绾与陈筹对视，双眸清澈宁静，似乎在说，我不怪你。

陈筹两眼发涩。石室的门隆隆开启，邓绪携着几个侍从缓缓踱了进来。

陈筹连忙欲扑上前，被侍卫按住，只能死盯着邓绪呜呜不已。邓绪一摆手，侍卫取出了陈筹口中的布团。陈筹连忙一迭声地喊："大人，学生冤枉！大人你认得学生的，学生是良民哪！"

邓绪在一张椅上坐下，道："你给兰侍郎的信上，怎么会有毒？"

陈筹急得头顶发涨，双耳嗡嗡作响："大人，学生实在不知！那封信是学生的好友张屏托学生转交给兰大人的，兰大人乃张屏的贵人，张屏绝不可能害他，学生更不可能谋害兰大人！学生一个穷书生，谋害兰大人有何好处？"

邓绪听他说完，又道："一旁的那个女子，是何人？"

陈筹一阵颤抖，连忙抢答："她，她是学生的表妹，出生时与学生定了娃娃亲！后来、后来失散了，又再碰到……她一介女流，怎么可能知道礼部侍郎，这件事与她绝无关系……"

邓绪双眼微微眯起："哦，表妹。姓氏？籍贯？"

离绾口中的布已被取下，开口道："禀大人，民女名叫离绾。陈郎，休在大人面前替妾遮掩，反倒会惹祸端。"微微抬起螓首，"大人，民女并非陈郎的表妹，乃是抚临郡双全镇杏子村人氏，后家乡水灾，父母皆亡，只剩下民女一个，沦落风尘，本被妈妈卖给沐天郡府的曹员外，路上与陈郎相遇生情……"

邓绪瞥向陈筹："你从那曹员外手中将这女子买了下来？"

陈筹语塞。

邓绪似笑非笑："本寺明白了。拐带他人姬妾，按律应受刑责。不过不归大理寺定裁。待此案之后，再看沐天府那里管不管吧。"

陈筹伏地。

邓绪扫了一眼离绾，视线仍落在陈筹身上："本寺在宜平县微服时，就曾在街市中见过你。"

陈筹连声道："是！是！学生借住在张屏张县丞宅中，大人微服时还曾给学生算过命，学生……"

邓绪微微挑眉："尔常到街上去逛？"

陈筹道："因为学生平日无事，还好吃酒，就常……"

邓绪打断他："后来怎么又不在宜平了？"

这个，说出高知府那些事儿，好像也不太好。

"学生想三年之后再应试，还是住在京城旁边，比较……"

邓绪又打断他："张屏让你给兰侍郎送信，托何人转达？"

陈筹道："宜平县衙的衙役周承。"

邓绪又问："尔往兰侍郎府送信，在京城内共待了几日？"

陈筹道："两日。学生递上名帖之后，没有立刻见到兰侍郎，怕错过传唤，未敢回家，就一直等着。"

邓绪微微颔首："既递上了名帖，何不将信件一同与兰府门人？"

陈筹道："这个……学生觉得，信挺重要的，还是亲手转交比较好。"

邓绪的双眼又眯了眯："你和兰府的下人说，你住在鸿昌客栈，但本寺查到，你是在送信之后，才住进了鸿昌客栈，之前并未入住。"

陈筹一惊："大人，那是、那是学生怕丢人，为装门面，才谎称自己住在了鸿昌客栈……学生其实手头局促，根本住不起那里……"

邓绪盯着他："那尔当夜宿在了何处？"

陈筹道："并未住客栈……就随便在街上将就了一夜。大人，学生说的都是实话。大人，学生真的是冤枉啊大人……"

邓绪未有理会，亦未再问话，只站起身，吩咐侍卫将陈筹和离绾分别收押。

兰珏再度昏过去之后，到了晚上也没醒转。

王砚站在床前，看着兰珏泛着灰气的脸，压抑着内心的焦躁，将尤太医唤到廊下，直截了当问："兰侍郎的毒，到底能解否？"

尤太医犹豫道："老夫与其他人都在尽力查解，只看这两三日内，若能好转，就……"

王砚冷着脸转过了身。如钩寒月斜挂天上，冷冷银光映着瓦上残雪。

"王公子将来能做本朝神断。"

遥记当年，他为了让兰珏知道跟他砚少混能得多少好处，特意带他去京城最大的勾栏朝朝阁开眼。老鸨竟献上几个大着舌头学了几句吴侬软腔的女子，说是新从江南选来的，被王砚三言两句道出这几个女子相貌口音举止上的破绽，老鸨伏地请罪，一旁的兰珏略惊讶地看着他："不想王公子竟有这般的眼力，将来能做本朝神断。"

王砚其实心里门儿清，兰珏是被之前交好的穷酸抛弃了，才跟他进进出出，有点赌气的调调，偶尔附和他两句也跟自暴自弃似的，敷衍得很。只是王砚不屑计较。

他砚少的风范，处长了自然能体会。

兰珏这话一出，王砚顿时在心里笑了。

这不，已经体会到一二了。

此仅是皮毛层上的一星半点尔，日后多得你心里眼里都装不下。

王砚折扇轻摇，对老鸨淡淡一笑："想来这是特意献给本少的猜谜戏法。罢了，既然谜猜出来了，速将真的唤出。"

老鸨如蒙大赦，连连叩首，倒爬出去，送上各样赔礼。

兰珏又道："不想王公子竟这么有肚量。"

王砚再云淡风轻一笑。呵呵，连你这样冲撞过本少的人，本少都折节下交，辽阔胸襟，难道不是早该感受到了？

寒风入廊，王砚感到衣袖被扯了扯，低头一看，兰徽鼻头通红正攥着他的袖口。

"王伯父，我爹爹……"

这孩子唯有鼻子和额头像兰珏，其余都神似其母，尤其眉眼。

看着他，王砚不禁想起兰珏这么多年所受的诽谤。

其实明明是柳老头的闺女贴了兰珏。

其实按王砚的打算，兰珏本来应该是他妹夫。

当年兰珏中了探花，王砚便生出此意。他妹妹蕴绮相貌与兰珏很般配，就是脾气厉害了点，曾议入宫闱，被王勤找借口推了，生怕她哪天一个不高兴撒起性子，把老王家满门搭进去。

王勤常常说，最好是别让她外嫁，找个倒插门女婿在自家过罢了。

王砚一想，兰珏挺合适，出身差了些，正好方便做倒插门。兰珏的脾气，也不会任由妹妹拿捏，说不定还能反过来磨磨妹妹的性子，他的相貌更是妹妹最喜欢的那一款。蕴绮还和他打听过："哥，听说今年的新科探花长得很俊，俊得连状元都丢了。哥你是不是还认得他，哪天叫他来咱家看看？"

王砚板脸道："不害臊，深闺小姐哪能这样说话。"心里却越感有戏，正好安王妃做寿，便带着兰珏一同赴宴，假装吃多酒迷了路，误闯进女眷所在的内花园。

本来按照安排，蕴绮应该在正对着月门的水池畔扶栏观鱼，蕴绮的相貌，半侧望去最妩媚，且扶栏之姿，也显得娴雅，再一转目，两人能对上眼，就算成了。

谁知道闯过重重关卡到了月门前，池畔是有一个少女带着几个小婢投喂锦鲤，天姿绝色，看得王砚眼都一直。继而大惊，不是蕴绮，蕴绮哪儿去了？

正惊诧着，小婢瞟见门口有男人，一声惊呼，那少女转目望来。

然后……

然后就和兰珏对上眼了。

这个绝色少女就是柳羡的爱女。蕴绮因为和云相的千金抢着扑蝴蝶，拌了几句嘴，耽搁了。

为了一个蛾子，丢了一个相公，蠢得可以！

兰珏刚开始倒没对柳羡之女怎样，但柳小姐因那一眼，便对兰珏情根深种，据说还女扮男装去找兰珏，执意非他不嫁，柳家门风一时成为笑谈，柳老头被气个半死。

还好，蕴绮后来嫁得也不错。

柳小姐嫁给兰珏没两年就死了，留给兰珏一个兰徽，外加一个诱拐太傅千金的名声。

王砚摸摸兰徽的头顶，硬声道："放心，你爹爹休息休息就会好转了。王伯父一定将把你爹爹害成这样的人抓起来！"

兰徽抽噎着点头，吴士欣与几个下人哄着他去睡了。

王砚唤过随从属下："走，回衙门。"

待在此处，只能徒然耗费精力，查出凶手，才是当务之急。

有了凶手，说不定解药也就有了。

随从怯怯道："大人，要不还是先回府歇息吧？案子不都已被大理寺……"

王砚冷笑一声："三品大员遇刺，偌大的案子，大理寺怎能独办？刑部必须协助。"

陈筹被关进一间小黑牢，仿佛过了一万年那么久之后，门处传来声响，陈筹惊喜地往门口爬了爬。

难道是张屏来了？

张屏来了，这事肯定能找到解释！

门打开，进来的两个狱卒打扮的人，先放下一个提盒，从里面取出一碟白菜豆腐，一碟面筋烩丸子，一碗豆芽汤，一碗饭。

"吃吧，吃完跟我们走。"

陈筹浑身一颤，两眼一黑，眼泪唰地淌下："各位大人，各位老爷，不带这样的！案子还没有审！我是被冤枉的！这是冤案！我要上告！我——"

狱卒不耐烦道："快吃吧，我们大理寺从来不办冤案。大人等着问你话哩！"

嗯？原来这不是最后的一餐？

在大理寺坐牢都吃这么好啊。

陈筹飞快扒饭，面筋烩丸子里佐味的蒜末爆得很香，把饭菜吃完，也就饱了。

陈筹咽下碗底的最后一根豆芽，站起身："劳两位差爷久等，走吧。"

狱卒给他套上锁链，又往他脑袋上蒙了个布袋，牵着他出了小黑牢，走了许久后，停下，待眼前重见光明，陈筹发现自己还是在上回的那个大石室内。

离绾也被带来了，跪在不远处。

邓绪仍是在上次的那把椅子上坐下，犀利的视线盯着陈筹。

"本寺刚得到派去宜平的人飞鸽传来的消息，周承数日前便无故失踪，尸首被一樵夫在林中发现。沐天府亦传来消息，张屏正在高知府处，他从未给兰侍郎和你写过信。据仵作验尸所得结果，周承死于刀伤，且死在张屏动身去沐天府衙之前。你且告诉本寺，一个已经死了几天的人，怎么能带着一堆东西和张屏从没写过的书信，送到你家？"

这……

这……

这……

陈筹头晕，肝寒，双眼发花，耳中嗡嗡作响，三魂六魄跟要飘离肉身了一般。

这……怎么可能！

明明……

陈筹的嘴张了又张，喉咙唭唭数声，方才如冲破河堤的洪水一般倾泻而出。

"大人这不可能这绝对是假的那周承那周承那周承……"

那周承明明就来了，还带了一大堆的东西，还说了一大堆的话！

"……那信确实是张屏亲笔写的我跟他这么多年的交情是不是亲笔我怎么可能认不出来！大人学生真的是冤枉啊大人！"

怎么回事，这到底是怎么回事？

难道在做梦，难道这一切的一切都是噩梦？

陈筹膝行两步："大人，那两封信都在，大人可以核对，的确是张屏的笔迹！"

邓绪轻叩座椅扶手："陈筹，你种种作为，实在疑点甚多。突然离开了宜平县，中途拐带他人姬妾，来到京城。说是要送信，却不肯将信件交给门子下人转呈。于京城逗留两日，却无人证明你宿在何处，做了什么。本寺也想问你，张屏并未写过此信，那么有他笔迹的信件，你从何得来？一个死人，怎么会去你家送信？"

陈筹急得牙齿咯咯打架，要辩白的太多，反而说不出话。一旁的离绾忽然抬起头："大人这样说，是否太偏颇了？"

邓绪转目看她："哦？"

陈筹急道："离绾，这事你别掺和。"又看向邓绪，"大人，此事与她无干！"

离绾和邓绪对视，眼眸中毫无畏惧："陈郎所说，句句属实，民女可以为他作证。当日那人确实来过，带来的东西信件，都在屋内，大人可以着人查看。人证物证皆有，大人为何还疑心陈郎作伪？"

邓绪摸了摸髭须："你可认识周承？"

离绾道："民女不认识。"

"你既然不认识，如何能证明，周承到你和陈筹姘居的住所送了东西？"

离绾不疾不徐答道："民女不认识那是周承，但的确有人来送了东西和信件，这是民女亲眼所见。"

邓绪道："陈筹说，送信的那人是周承。"

离绾道："那大人更不应该怀疑陈郎，若陈郎知道周承早就死了，何必撒这种谎，除了惹事上身，对他有什么好处？"

邓绪一笑："好个口齿伶俐的女子。"

离绾仰头直视邓绪："民女只是实话实说，陈郎有人证物证，大人依然怀疑。那张屏只是一句他未曾写过信，大人就相信。未免有失公允。"

陈筹唯恐离绾惹祸上身，连连出声和打手势，让她不要再说。邓绪闭了闭眼："本寺办案多年，岂能被一个女子质疑公允？"又看向陈筹，"本寺早已派人传张屏来京，他大概明日就能到了。到时候你们就当场对质吧。"

站起身，吩咐左右将陈筹和离绾分别押回牢房。

将要被套上布袋的时候，陈筹喊了一声离绾的名字，深深望着她，离绾与他对视，微微一笑，仿佛在用眼神说，陈郎，没事的，一定会没事。

黑暗兜头而下，有滚烫的潮湿从陈筹脸颊滑过。

王砚带着捕快们踏着夜色造访大理寺，大理寺衙门大门紧闭，黑灯瞎火。看门的小吏说，傍晚邓大人和其他诸位大人就各回各家了。

王砚似笑非笑转头向身后的捕快们道："尔等不幸进错了衙门，跟着本部院，一年到头连天加夜办案，若在大理寺，何至于此？"

小门吏弓着脊梁笑嘻嘻道："王大人说得是，小的们也常常纳闷，邓大人好吃好睡，怎么就能眨眼工夫把案子破了。"

王砚冷哼一声，带着众捕快拂袖而去。

小门吏目送他们的背影，呵了呵手，闪进门内。

片刻后，侍卫向邓绪禀报："大人所料不错，那王砚又来了。已让门前给打发了。

不过，只怕他不会罢休。"

邓绪呵呵笑道："随他去，这小子，他上头还有个老陶，跟本寺作对还早了些。以往是不想与他计较。"

侍卫长跟着搓手笑道："正是，哪回不是他们刑部惹出的纰漏咱们大理寺替他们补上，都是大人厚道，否则就该放手让御史台参垮他们！"

邓绪捻一捻短髭："唉，老陶还是个厚道人，但看他面子，本寺也不能不多帮着些。"

卜一范那老小子，也就让他手下那帮人拿捏兰珏之类，哪敢动王勤的儿子。

"王小子做事是横了些，倒是个办实事的。"

王砚看了一夜卷宗，次日去找陶周风，以此案是刑部先发现，兰珏中毒、嫌犯人等、证据关键都是刑部先查出，唯恐大理寺接手，线索有疏漏，思路接不上为由，请议此案两部协办，三司会审。

陶周风曰案子十分重要，但各司部的协作亦十分重要。邓绪做事素来严谨，此案定是经过了皇上点头，且干系重大方才移交过去。便以此话题开始，延伸到朝廷各司部之间的配合与情谊，和了一大团稀泥。

王砚忍了又忍，才一直保持着一个聆听的姿态，没把陶周风面前的书案掀了，等陶周风说完，方才道："兰侍郎中毒待解，太医束手无策，抓到凶手，才能找到解药，性命攸关，不容拖延！大理寺分明是查错了方向。"

陶周风讶然："哦？"

王砚面无表情道："据下官所知，邓大人这几天审了又审，都在审那个陈筹。但下官以为，陈筹身边的那个女子甚是可疑，着力一审，定能挖出关键。"

陶周风略一沉吟："本部堂立刻将你的看法告诉邓大人。"继而欣慰地看着王砚，"王侍郎，你看，这就是司部之间的协作。何须什么形式？相信你已经体会到了。"

王砚内心已将陶周风搓成肉丸，叉了亿万万刀，硬声道："下官受教。"大步出门。

门外下属见他脸色不善，都不敢靠近，唯有孔郎中犹豫再三，凑了上去："大人……"

王砚猛一停，一侧首，孔郎中后退两步，低头："禀、禀大人，兰大人醒了……"

为什么？为什么？为什么？

陈筹缩在小黑牢里，觉得自己的心沦落在一个更黑暗狭窄的地方。

一个死人在大雪天的早上送来了一堆东西，说是张屏送的。

但张屏说，不是他送的。

这到底是为什么？

陈筹忽然想起了，离开宜平之后，一路上的种种……

闹鬼的客栈、棉氅、那个破庙。

还有那个梦，梦里压在他身上的毛茸茸的东西，绿油油的眼睛，湿漉漉的舌头……

鬼——

难、道、我、真、被、鬼、缠、上、了？

娘啊！为啥是我！为啥总是我！

陈筹抱住头，有个念头突然一闪而过，快到他来不及捕捉，牢门又开了，几个狱卒拎着铁链进来，一言不发又把他锁好套上布袋，牵了出来。

还是那间大石室，离缩亦被带来了，陈筹刚试图向她的方向爬两步，牢门再度打开，一个熟悉的身影跟着几个侍卫走了进来。

陈筹猛地揉了揉眼。没错，是张屏！

张屏！！！

"张兄！张兄！"陈筹舌头都有点打结，"你、你可算来了！你快和他们说……"

对哦，说啥呢？

"那封信，还有送到我住的地方的东西，到底是怎么回事？！"

张屏走到陈筹面前，一身县丞官服渗着寒意，双眉深锁，神色凝重，望着陈筹的目光很复杂。

"陈兄，我没写过信，也没给你送过东西。"

这……

陈筹愣住，张屏的态度似乎有点冷漠，不太像他熟悉的那个张屏。

"明明是你的字！明明……"

又一阵响动声起，侍卫们簇拥着邓绪入内。

张屏转身背对陈筹，向邓绪施礼，邓绪依然在那把椅子上坐下。

"好，你总算过来了，便和嫌犯陈生对对供，信件是否是你派人送的？"

张屏仍背对着陈筹，简短答道："下官从未送过信和东西。"

"但那信本寺看过，的确是你的笔迹。"

邓绪一摆手，身侧捧着托盘的侍卫立刻把托盘中的信送到张屏面前。

张屏拿起信，仔细看了看："大人，此信字迹的确很像下官手笔，但并非下官所写。"

邓绪挑眉："何以证明。"

张屏道："笔迹看似很像，下官可以写几个字来对比，钩捺力度，还是有些不同。另外，信中诸如'君策兄，隆冬寒重，须记多添衣物，保重珍重'这类烦琐词句，下官不会写。下官一般唤陈筹陈兄，不大喊他的字。"

邓绪再扬了扬眉："称字不是更亲切些么，这句子在本寺看来已经够简略，若是你，会怎么写？"

张屏道："陈兄，天冷，多保暖，珍重。"

邓绪道："本寺额外问一句，你有几个朋友？"

张屏道："至交好友，只有陈兄一人。"

邓绪瞥向陈筹："如此看来，你确实品格气量都不错。"

陈筹赶紧点头："大人，学生真的是良民！"

邓绪的视线又转回张屏身上："倘若信不是你写的，东西不是你送的，为什么会有人冒名顶替，给陈生送这些东西？"

张屏道："下官不知道。"

邓绪再问："你觉得，陈生所言，属实否？"

陈筹屏住了呼吸。

张屏背对着他，微微躬身："下官不知道。"

陈筹眼前心中一片凉白。背对着他的那个身影，眼生得很。

邓绪的声音又响起："你不知道，是何意？"

"信非下官所写，东西非下官所送。大人当审问陈筹。"

呵。

呵呵。

张屏，张屏，这就是你要讲的话？

陈筹发现自己一点感觉都没有，左胸肋下那个位置，不痛不痒，跟啥也没有似的。

"张大人。"柔婉的女声响起，离绾抬起头，仰视着张屏，"你说这话，是否凭良心。陈郎他将你当作挚友，你就眼睁睁看着他被冤枉？"

张屏转过身，面无表情："我只说事实。"

邓绪依次看看他们三人，站起身："这样吧，本寺先出去片刻。你们三人说说话，若有了忽然要交代的事，就到门口喊侍卫。"

竟就带着侍卫们走了出去，石室内只剩下张屏、陈筹和离绾三人。

墙上的火把噼啪作响，张屏的影子在地上微微晃动，他一言不发，又向陈筹走了两步。陈筹冷笑一声，背转过身："张大人，草民和你没什么好说，请大人速速离开，免得沾了草民的晦气，将这趟官司沾到你身上。"

张屏皱眉盯着他，陈筹不再说话，始终背对他坐着。

张屏望着他的后背站了片刻，沉默地向门口转身。离绾忽然扑上前，抓住了张屏的衣袖："张大人，陈郎都是在说气话。张大人最应该知道这件事的原委，明明是有人冒张大人你的笔迹写信害人，陈郎只是被利用了！张大人难道想不出什么可疑的人或事？能救陈郎的只有你。求求你就当是为了自己……"

"离绾！"陈筹大喝一声，"不要求他！我陈筹清清白白，无须求任何人来证实！就算当了冤死鬼，那也是我的命，与他人无干！"

离绾满脸泪痕，缓缓松开张屏的衣袖："陈郎……"

陈筹再硬声道："你若心里还有我，就不要求他！"

离绾泣不成声。

陈筹仍背着身："张大人，这件事跟离绾没有半点关系，你应该清楚，伪造信的人，不管出于什么目的，只是想栽赃你我或害兰大人。若你还念着一分半点往日的情谊，就别让这件事扯到她。"

张屏道："此案定有公断，水落石出时，自有清白。"折身走向石门。

兰珏醒了，醒后不久，王砚便赶来兰府。

兰珏屏退左右，与王砚单独说了许久的话。王砚出来后，神色极其阴沉。兰府众人心中都凉了一大截。

老爷情况不太好，难道是已向王侍郎托付了身后事？

兰徽奔进兰珏房中，死死扒着兰珏的床沿，把脑袋埋进被子里。兰珏摸着他头上的被子道："乖，爹爹不会丢下你，放心吧。"着吴士欣等人硬把兰徽拖走。

兰徽的痛哭声渐远，兰珏靠在枕上，抬了抬手："替我更衣。"

守在床前的众人都一僵，继而腿一软，扑通扑通都跪了下来。

"老爷……"

"呜呜……老爷……"

"老爷，太医说一定会好的……"

"老爷吉人自有天相……一定会有转机……呜呜……"

兰珏无奈地坐直了一些："都别哭了，我一时半刻还死不了。咳咳。速为我更衣，请御史刘知荟大人来府中一趟，就说我有极其重要的事欲告知。"

离绾无助地望着张屏离开的背影:"张大人!"

陈筹道:"离绾,别喊了,这件事你莫参与,听我的话。"

离绾泣不成声:"陈郎……你别这样……离绾与你同生共死……绝不分开……"

陈筹爬向她:"离绾,你别这么傻。世上好人多的是,你……你……"

离绾亦向他伸出手:"陈郎……离绾今生,只和你在一起……"

就在两人的指尖即将触碰时,离绾突然一声闷哼,向后跌去。陈筹还来不及惊诧,便被一股劲力向后一甩,几道黑影自头顶掠下,扑向离绾,闪电般封住她几处穴道,往她口中塞入布巾。

邓绪推门而入,和张屏一起走到离绾身边。

玄衣侍卫抓起离绾的手臂,展开她的手指,从指甲缝中挑出了两根细小的银针。

陈筹张着嘴,瞪大眼,完全变成了一只石刻的蛤蟆。

邓绪眯眼看那两根银针:"好毒的妇人!"瞥向陈筹,"小子,你差点就没命了,知道吗?"

一步,二步,三步。

由远而近,不疾不徐。

兰珏合着双眼,听着这脚步声进了房内,抬手命左右退下。

门扇合拢声之后,药香弥漫的室内,一时宁谧。

"兰大人,听闻你遭人暗算,可好转了?"

兰珏睁开双目,看向眼前此人。

"刘大人,请尊驾至敝府,望莫嫌唐突。兰某觉得,刘大人应当很想看看兰某此时的模样。"

刘知荟的神色肃然中带着关切:"听闻兰大人中毒,刘某惊诧且痛心,但唯恐冒昧前来,打扰兰大人休养,方才一直未曾探望。"

兰珏笑了笑:"行了,刘大人。都到这一步了,你我就别惺惺作态了。我知道,毒是你下的。"

刘知荟未答话。

兰珏本也没指望他回答,继续道:"刘大人放心,这间屋子里,只有你我。想来刘大人文武双绝,若暗中藏了耳目,亦难逃你的法眼。兰某只问刘大人一句,我所中的毒,与你当日杀疏临的,可是同一种?"

刘知荟神情自若,唯周身散发着轻蔑与不屑。

兰珏如今官居礼部侍郎,即便皇帝或不齿他的政敌,亦不会对他心存轻视。但刘知荟的不屑，如同他高高在上立于云端，而兰珏是一只地上的蝼蚁，不值得看，亦看不进眼中。

兰珏回想，他初见刘知荟，应该是与辜清章一道参加某个文会，经旁人引见。相识不过是彼此拱手，寒暄客气，但那时他就看着刘知荟心里别扭。他曾以为是自己嫉妒刘知荟的品行才学，或是见辜清章与其越来越好内心不忿。

但其实，不过是那时刘知荟对他便如此轻蔑不屑。而他没有如今的眼光，未能发现，只是直觉感到不快罢了。

这些年来，刘知荟的态度倒是始终如一。

兰珏是个不值一看、看不进眼中的渣屑。

此时此刻，兰珏说出的这些话，他也不屑于理会，过耳未入心。

"兰大人，好好休养，刘某便不多打扰。"

兰珏道："疏临知道你会杀他，他临死前，给了我一样东西。"

刘知荟像没听见一样，继续往前走。

兰珏接着道："疏临给我的，是他贴身佩戴的挂坠，一枚黄玉杏果。"

刘知荟打开房门，走了出去。

大理寺，石室内。

火光摇曳，陈筹跌坐在地上，浑身关节咯咯作响。

梦也？非也？

这世上到底何为真，何为幻？

他不知道。

一双手将他扶了起来，貌似是张屏的手。

侍卫去掉他身上的锁链，陈筹的视线木木然只定在前方。

离绾被牢牢绑束，忽而眼皮动了动，慢慢睁开。

陈筹浑身一震，离绾的视线与他相交，双眸仍那般清澈、纯净。

陈筹的嘴唇不由得翕动了两下。

侍卫取下了离绾口中的布，邓绪道："陈生，这女子操控欺瞒你许久，险些害你万劫不复，本寺便在审她之前，许你先问她几句。"

你到底是谁？

为什么？

这一切到底是……？

陈筹的喉结动了动，吐出来几个不太连贯的字："你……那针……"

离绾仍和一直以来一样望着他的双眼:"陈郎,离绾允诺与你同生共死,绝不食言。"

陈筹摇晃了一下。

邓绪道:"那是,你把这小子哄得团团转,替你顶罪,不拉他陪你一起死,怎算大功告成?"

离绾仍望着陈筹,仿佛没听见邓绪说的话。

邓绪向陈筹道:"陈生,本寺劝你还是莫瞧她了。这女子受多年训练,惯会蛊惑人心,此时不过仍想操控你罢了。"

陈筹一片混乱,视线却无法从离绾身上移开。张屏上前一步,恰刚好挡在了陈筹眼前。

"为何是兰大人?"

离绾垂下眼眸。

"为何不是高知府,而是兰大人?"

离绾柔婉地道:"奴听不懂大人在说什么。"

邓绪道:"尔这一党,还有多少人,速速招出,或可从轻发落。"

离绾仍道:"奴听不懂大人在说什么。"

陈筹身体中蓦地激荡出一股力量,一把拨开张屏:"说实话当年那个村子的种种我从没信过,但是……这些究竟是怎么回事!!!"

离绾又抬起了眼眸,眼神仍是那般清澈宁静:"陈郎,你曾说过,只要我们在一起,什么都不多问。难道都是假的吗?"

陈筹又一愣,头壳中再一片空白。

张屏转过身,再度挡在他面前:"陈兄,别听。一直是圈套。"

陈筹慢慢看向张屏的脸。

邓绪呵呵笑了两声:"小子,你离开宜平县了之后,碰到了不少稀奇古怪的事儿吧。神神鬼鬼的,让你觉得跟啥冥冥中自有安排一样,然后就碰到了这个女子?"

陈筹下意识转动眼珠,视线却越不过张屏,就又停顿住,再张了张嘴。

你……怎么知道?

邓绪慢悠悠道:"果不出本寺所料。"

什么意思?

"你们知道,我会遇见离绾?"陈筹颤声,"你是说……我遇见离绾,是安排好的?"

张屏垂眼看着他:"不只如此。从一开始就是圈套。"

陈筹整个人颤声："……从我，离开宜平？"

破庙，噩梦，客栈惊魂，全是有人安排？

张屏道："不是。从数年前，你进那个村子的时候。"

陈筹彻底空白了。

张屏又转开身，却是看向了离绡。

"夫人和其他女子，被养在那个村落中，从出生起，便受幕后之人栽培，让被选中之人堕入彀中，为尔等所用。"

潦倒之中心怀抱负的年轻人，偶尔邂逅一名美女。这是从古到今，最常见的传奇。

有志难酬，有才难展，处处碰壁，人人可欺。

荒村中，破庙里，客栈内，突然出现的佳人，如仙似魅，脉脉含情，只求一夜姻缘。

沦落于风尘勾栏的绝艳之花，千金难买一笑，却因意外一瞥，情愿以身相许。

分明是梦中常常渴求的奇遇，竟真的出现，谁能抵挡？

"此计经营多年。许多被操控之人，到死都不知道，自己早已是棋子。"

佳人善解人意，令人不免将心中烦恼一一道出，却不曾察到被对方软语宽解时，思路行径已不知不觉被对方操控。

功成名就时，佳人或甘愿为妾，或早已不见，多年之后，再度相遇。

即便心如铁石，又有几人肯怀疑今生最美好纯粹之情？

"比如数年之前，死于战祸的萧州太守度恭，便是受尔等之害，却未曾察觉。"

"度太守年轻时，一个如夫人一般的女子装神弄鬼，假装与其意外邂逅。数年后，度太守再见那女子，却不曾想到，一无所有时委身于他的女子，再度出现，是为了拿到州郡防守布置，卖给番邦。"

离绡仍道："奴不知大人在说什么。"

张屏如没听见一样，继续道："那女子盗走州城防备图，卖与外敌，却在度太守死后，将其尸收葬。想来夫人对陈兄，也打算这么做。"

陈筹怔怔，怎么可能，这绝不可能！

"我是偶尔迷路，才到了……"

张屏点点头："是偶尔迷路，而后便被选中。"

"怎么会，相中我？"我陈筹真不是才华横溢、大有作为之相。

"你是读书人。"

之前陈筹是否就被盯上，是自己误打误撞闯进，还是被指路人引入，线索证据不足，张屏无法断言。

但陈筹的确是进入了这些人的掌控之地。

而后在船上或自己睡着，或被人迷倒。

之后，应该有人查看了他随身携带的身份文牒。身家一清二楚，且是下一科会应考的生员，正是他们需要的人。

"怎么船就能飘进那里？"

"船离岸，便会顺水而下，目的地处水下有人便可。"

"那……"

陈筹下一句话还未出口，张屏已先一步回答。

"从一开始，分给陈兄你的，就是这位夫人，另一人是考验。"

杏花村的种种，都是做戏，一群白衣寡妇一起烧纸，亦是为了在陈筹心中种下一颗日后会发芽的种子。

美艳的离珑，更是考验，陈筹对这样绝色的美人以身相许的请求都不动心，那么他对离绾之情，已十分坚固。

就可以放他离开了。

"此……此还是难以解释……"陈筹越发混乱，"依你所说，她们并不是神仙，怎么能算到我会认识兰大人，认识你，然后假冒你写信，让我送过去？"

邓绪摇头："真是个糊涂小子！这些女人当然算不到这一点，只不过本寺在宜平县办的那桩案子，让这些逆贼发现你刚好可以用，明白了否？"

陈筹头壳中仍是一片混沌。

邓绪不得不再说得明白一些："本寺在宜平县查一伙反贼，这些女人和那伙反贼是一伙的，这回你可明白了？"

反……反贼……？

邓绪一脸理所当然："不然你当这些贼人费尽心机是弄啥？难道过家家？他们先利用你，送信毒害兰侍郎，然后用你顶罪，嫁祸张屏，一箭双雕。这女子在你和张屏对质后，将你除去，再嫁祸张屏。她抓张屏衣袖时，往他袖中藏了杀你所用的毒，嫁祸成功，就是张屏杀人灭口；嫁祸不成，是你畏罪自尽。三品大员遇刺，案子必然着落在大理寺，证据确凿，本寺也只能按此定案，这样本寺亦会断下一桩冤案，而后……"

说到这里，邓绪停住，未再继续。陈筹两眼直直，却像是连邓绪停下了都没发现。

张屏拧眉望着陈筹，邓绪向侍卫摆摆手："先搬把椅子让他那边坐着，消化消化。

这事对他来讲的确比较震惊。"继而向离绾走了两步。

"尔等一路引着陈生，应该费了不少周章。假信定然是熟悉张屏笔迹的人伪造，送信的那个周承，大概也是你们的人。这么看来，人手真不少。若是老实交代，本寺当真可以酌情从宽处置。"

"奴不知大人在说什么。"离绾仍是那副神情，那个回答。

邓绪搓搓手："那好，本寺换个问题。尔等一路引着陈筹，本是往丹化去的，目的是高堪，为何突然换成了京城，变成了兰珏？"

"奴不知大人在说什么。"

邓绪笑笑："那本寺再换个问题，尔等幕后主使，到底是谁？"

"奴不知大人在说什么。"离绾还是那副神情，那个回答。

"你……从一开始，就打算杀我？"

被侍卫带着坐到一旁的陈筹忽然开口。

离绾的目光闪了闪，眼珠终于动了，望向陈筹，唇边扬起一抹恬美的笑。

"陈郎，你不是说过，生死在一起，是最幸福的事吗？"

陈筹木然与她对视。

张屏道："她之意为，嫁祸你杀人，用毒针扎死你，她再自尽，很幸福。"

陈筹霍地站起身，眼崩红丝："住口！"

张屏面无表情地望着他，陈筹两耳嗡嗡作响，颈上青筋突突跳着，又看向离绾。

离绾仍笑着望着他："陈郎，自离绾初次见你时起，对你之心，从未变过。"

张屏道："操控你，让你死的心，始终如一。"

陈筹猛地向张屏扑去，四五个侍卫架住了他，邓绪挥手："蒙上眼睛带下去，别让他再被这女子蛊惑。"

陈筹挣扎着，侍卫往他头上套了个布袋，把他拖出了石室。

离绾转而盯着张屏，眼中终于出现了一丝凌厉。

"我对陈郎之情，无须他人论是非。"

张屏亦望着她："利用之心，加害之意，不应是情。"

离绾仍定定望着他，嘴角慢慢挂下一缕血丝。侍卫抢上一步，脸色大变。

"不好，嫌犯自尽了！"

邓绪一脸意料之中："验尸。"

半个时辰后，差役来报，验得尸体腋下，有个刺青，是四片叶中，结着三枚杏果。

邓绪一笑："果然，辜家庄。"

七

深夜，兰府的内院突然传出号哭。

哭声撕裂浓夜，内府管事颤巍巍走到廊下，跌坐在阶上。

"老爷……老爷……"

哭声在纷乱的灯笼和脚步声中蔓延。

老爷，去了。

兰珏的卧房门前，小厮哽咽着扶住管事的肩膀："少爷……还小……不能替……替老爷更衣……由小的等来吧……老爷的身子……快……快冷了……"

管事点头，却难以起身。

几个年轻的小厮强忍悲痛，去取盆巾寿衣，替兰珏洗身更衣。

小厮长由哽咽道："是了……老爷曾说，他有一块黄玉，无论何时都要带着，正好含在口中。可知搁在哪里了？"

贴身小厮长修道："老爷那块玉从不离身，应该是挂着。"

长由走到床前，跪下三叩首，解开兰珏衣领，取下黄玉，浸入琉璃碗盛的净水中，突然颈上一麻，眼前一黑，跌倒在地。

琉璃碗摔得粉碎，但卧房门前廊下，全无动静。痛哭的下人们，均横七竖八躺在地上。

一道黑影走进屋内，俯身捡起琉璃碴儿中的玉。

温润，细腻，是一枚杏果模样。

黑衣人的手似乎顿了一下，正要将杏果收入怀中，忽而光明大盛。

光亮却是从室外传来，黑衣人纵身一跃，撞向屋顶，一道黑网当头罩下，咻，咻，咻，几条绳索从梁上甩出，将他紧紧缚住。

绳索一抖，黑衣人连人带网摔到地上，竟一个弹身又跃起！但几道雪亮利刃也在此时，架上了他的颈项。

屋内灯火亦亮，兰珏的床帐后，竟缓缓走出了邓绪和柳桐倚。

"刘大人，想请你到大理寺叙叙话真是不容易。"

四更未尽，霜结牙笏，御史台都大夫卜一范在昭永门前下轿，等候钟响早朝。

一行车马恰刚好也到了，于卜一范官轿几步外停下，是刑部侍郎王砚的车轿。

卜一范不由在心里一笑。满朝皆知，前天夜里，王砚带着一行人跑到大理寺抢案，连大门都没进成，被大理寺看门的小厮呛得一声都不敢吱，灰头灰脑撤了。估计冯邰欢喜得要替邓绪立长生牌位，不晓得有没有在京兆府院子里放鞭炮。

卜一范袖手在心里淡淡笑着，有种超脱的悠然。

这厢王砚已下了轿，就近先向卜一范施礼。卜一范抬袖还礼，脸上的神情却很沉重。

"王大人可知兰侍郎……"

御史台的老朋友、卜一范的属下们长久的挚爱兰珏中毒之事，朝中也议论得沸沸扬扬。恰恰在龚尚书将要致仕的节骨眼上，兰侍郎正上蹿下跳地又是编书，又是宴请众官，劲头甚足，御史们也都擦亮双眼紧盯其动作时，突然兰珏便被人下毒了，听说情况不太妙。

卜一范很是唏嘘，一干御史亦感叹兰珏的报应未免来得太早太快，老奸巨猾了一辈子，怎么就在紧要关头跟被下了降头一样，活泼忘形，不懂收敛着些，蹦跶得这么欢实，惹火烧身。

这些年，因为有兰珏，御史台的折子丰满了不少，众御史对他履历作为皆能倒背，参他的折子都有了固定格式，捉起笔，便可滔滔挥就，从不用顾虑文思凝滞，随时能拎出来弹弹。年关已至，正是上折旺季，忽失兰珏，不免惜之，不免寂寞。

卜一范早已暗暗备好唁礼奠金，算是御史台这些年对兰珏的致意。众御史们亦商议着多给兰珏化些金箔元宝，手里有尚未完成的折子，把那弹劾的内容抹去，只拿生平起头，正好改作追思悼文。

上朝之前，卜一范接到禀告，兰侍郎府昨夜哭声震天，恐怕已经……

但王砚却来上朝了。兰珏一向紧抱太师府大腿，王砚常与其往来，这时来上朝，可能未必……或是由王砚来通禀亡讯？

卜一范吃不大准，故而言语探之。

门前众官，亦皆侧首，竖起耳朵。

启明星朗朗，灯笼光亮中，王砚的神色不甚分明，还未回话，又有车马脚步声渐近，遥遥而来的灯盏上，依稀竟是大大的"兰"字！

声近，人至，车轿停。

随从掀起轿帘，扶出一只冠带齐整，手执笏板的鬼。

卜一范与众官愕然。那鬼步履从容地朝昭永门行来，向他们施礼招呼："诸位大人甚早。"

饶是卜一范，亦不禁怔了片刻，方才还礼道："兰侍郎，许久不见，今日来上早朝，可是已痊愈了？"

兰珏躬身："下官已无碍，谢大人关怀。"

众官亦都清醒过来，纷纷与兰珏寒暄。王砚低声向兰珏道："你该再休养两日，不必今日就上朝。"

卜一范微微皱眉，看来王砚知情。难道兰珏中毒，其中另有文章？

"卜大人。"一个声音自身侧传来，卜一范回神侧首，见大理寺少卿沈重在向自己躬身行礼，"属下奉邓大人之命，来与大人传禀一事。可否请大人移步到方便处说话？"

御史中丞刘知荟，已被大理寺擒拿，其在御史台的所有物品、相关文书皆为证物，除大理寺外，所有人等不得触碰，违者刑责，特此通禀。

卜一范两腿发虚，战战兢兢上完了早朝。

早朝未有异常，永宣帝对兰珏又来上朝，亦只亲切关爱了几句，便照议政务。

这说明皇上早就知道。

卜一范冷汗潺潺，下朝后立刻跪进御书房。

永宣帝道："卜爱卿缘何请罪？刘知荟犯的此案，卿必然不知。就连朕闻之，亦十分震惊。此案本当三司会审，但牵涉重大，故只能密审。卿便去大理寺与邓卿做参详，切记此案万不可泄露分毫。"

卜一范领命而退。待出了宣华门，便见沈少卿正在道边相待。昭永门外轿已备好，载着卜一范径直往大理寺去。

轿子在大理寺内院落地，沈少卿引着卜一范穿廊过院，经一条长长甬道，进了一间厅堂。

此厅四壁内顶地面皆是石头砌成，因十分高大宽阔，倒也不觉气闷。

厅中上首摆着三张桌案，陶周风已在厅中站着，见卜一范前来，顿时一脸欣慰。卜一范与陶周风寒暄几句，发现王砚没有跟过来。

过了片刻，一群侍卫迅速有序地入得厅内，向卜一范和陶周风无声无息地行礼，分列左右，邓绪随后从另一门内进入，向卜一范和陶周风拱手。

"案涉极重，故而如斯审办，有劳二位大人。"

陶周风与卜一范都道客气，卜一范又叹道："不想竟是……唉，卜某无颜居于堂上。"

陶周风道："卜大人莫要这般说，此事或另有隐情，毕竟尚未水落石出。"

邓绪道："此贼心思缜密，狡诈歹毒至极，潜藏多年，不露痕迹，与之同朝者皆未察觉，非卜大人之过。时辰不早了，既然两位大人都到了，就赶紧开审，请。"

三人绕至桌案后，又就座次谦让一番，最终陶周风坐了左首，卜一范陪坐右首，邓绪中央主审。

三人落座，沈少卿又引着一人到了堂中，却是兰珏。

卜一范微微惊诧，继而默然。兰珏中毒，竟与此案相关。这案子越来越超乎他的想象。

邓绪立刻起身："兰侍郎，这次真是多有劳累，竟让你以身涉险，本寺感激不尽。兰侍郎的身体可好？"

兰珏道："邓大人客气，下官已精神得很了。能或有益于此案的一两分进展，乃下官之幸。此案牵涉下官昔年故人，下官之前照本宣科，其实诸多迷惑难解，急切欲知真相。邓大人准许下官旁听此案，下官感激不尽。"

卜一范更加云山雾罩，但愈发觉得，这不是个一般的案子，搞不好会……

邓绪命人在旁侧设下座椅，着兰珏落座。

就在这个时候，卜一范似乎听到了一点细碎的声音，察觉到了一丝熟悉的气息。

极轻，是独特的配饰行动时发出的声音。

极浅，唯独……才能用的熏香。

他三人身后的石壁是空的，后面还有人。

卜一范的手心渗出了薄汗。侍卫又无声无息让开，从邓绪方才出来的侧门内，又走出两人，一个是新科状元，柳太傅的嫡孙柳桐倚。

其身着五品服色，应是个推丞或断丞，怎会入此堂上？

再看另一人，卜一范双眉不由皱起。此人他倒记得，好像叫张什么，是陶周风的爱徒，之前那个被杀的进士一案，是他查到了关键，将王砚噎得够呛。只是，此人这身官服……是从七品？地方上的？

卜一范陡然悟到了，这个案子到底关系什么。

要命啊……

柳桐倚和张屏向堂上及兰珏施礼后，便沉默地立于案旁。

邓绪肃然坐正："将逆贼刘知荟押上。"

卜一范的眉头跳了一下。

执律法，掌刑罚，严明公允，循规摒私，罪须定后方有名。即便十恶不赦的凶徒，结案定罪之前，都只能称一声嫌犯。位卑职微者如一县衙役，亦需谨记。

邓绪身列九卿，掌大理寺数年，却在审案开堂时，开口就称嫌犯为"逆贼"。

此嫌犯，还是三品御史中丞。

这个情况，卜一范应当吱上一声的。

但是，卜一范想到背后墙壁的另一边坐的那位……

邓绪可能张口就犯错吗？

幸而在卜一范思量的当口，陶周风替他吱了："邓大人，虽然本部堂尚不知此案究竟，但……案既未定，暂称其为嫌犯，是否更贴切些？"

邓绪道："逆贼刘知荟，谋逆之罪已坐实，故而本寺如此称呼。"

坐实，果然。

谋逆之罪，不可能是邓绪随随便便就定了。必然是……

侧门处无声无息出现一人，向邓绪比了个手势，邓绪又道："不过，陶大人说得很是，案尚未审，用此称呼不妥，改称嫌犯吧。多谢陶大人纠正。"含笑看向卜一范，"卜大人记得记下本寺此失。"

卜一范忙呵呵笑了一声。

刘知荟被侍卫押着走进堂内。

身缚铁链，枷锁紧套，侍卫除下其头上套的黑布袋，露出面容，嘴里竟还塞着布巾。

陶周风一脸震惊，忍了忍，待要再开口，邓绪已先道："两位大人可能不知，嫌犯刘知荟其实武功高强，且与他同党者，被抓之后皆自裁避罪，本寺不得不如此防范。"

卜一范只能无语。

陶周风感伤地长叹一声："本部堂真是越来越看不懂当下的年轻人了。"

邓绪颔首："是啊，都多才多艺，着实令人意外。"

刘知荟立在堂下，姿态从容。

他看也未看旁边坐着的兰珏一眼。虽面向堂上，似也没看着邓绪三人。

他站在这石堂里，堂内一切，都不在他眼中。

皎洁持身，卓然风骨。

兰珏记起当年同科者评价刘知荟的这八个字。

这辈子跟他兰珏无缘的八个字。

数年前某日的情形不由得浮现在眼前。他因辜清章，初次参加了同科试子的一个文会。在城南一座私邸的花园内。一人向辜清章招呼道："疏临老弟，你还不曾认识刘兄吧。这可是位佼佼才子，吾等都看好他能做今科状元，你二人定能谈得来。"

刘知荟自座位上站起，一脸谦和，向辜清章拱手施礼："孙兄这般抬杀，某惭愧

263

不敢立足。在下刘知荟。"

兰珏早就认得刘知荟，但刘知荟这样的人，自然不会跟他打交道，即便迎面碰见，也是各走各的，擦肩而过，从没有正式厮见招呼过。因此，就算旁人只向辜清章引见刘知荟，兰珏也不得不跟着站起来，向刘知荟见礼寒暄。

刘知荟简单回礼，便继续与辜清章交谈。

看似礼数周到，未有怠慢，其实明明白白地表露着，没把兰珏看在眼里。

当时的兰珏因此很气堵。

随后把酒联句，刘知荟的咏句一出，都是一片叫好，兰珏觉得，其实没有好到众人吹捧的份上，之后辜清章联的，比他灵动得多，正要替辜清章喝彩，刘知荟起身拊掌："妙绝，刘某惭愧。"

同座者道："刘兄与辜兄之句珠玉相当，不必过谦。"

兰珏暗暗不以为然地嗤鼻，辜清章亦起身道："谬赞谬赞，我其实不擅对咏，佩之比我强多了。"

按照文会上的惯例规矩，刘知荟起身喝彩，是表明他想接着对辜清章的诗句。众人称赞珠玉相当，亦是附和让刘知荟与辜清章对句，但辜清章说了这句话，众人不得不让兰珏接续。这种情形，兰珏应当以才疏学浅对不上推却，推让两三回后，刘知荟勉强地谦虚地接上。

但当时的兰珏一上气就比较愣，竟不推辞，张口接了一句。

场中一时寂静。唯独辜清章道："绝赞绝赞，刚才我那句有点死板，佩之这一接，连我那句都活了一些。果然联句我还得靠佩之。"

刘知荟淡淡一笑："兰兄妙句。"回身坐下。其余人亦简略称赞，尴尬了一时，兰珏身边的人才勉强接下了这句。

等到散场时，刘知荟又过来与辜清章道别，顺便与兰珏客气相辞。仍是礼数周全。

兰珏回去后闷着没多说什么，还是辜清章先愧疚地向他道："佩之，对不住，是我不会做事。"

兰珏硬声道："没什么，我跟他们不是一路人，在一起必然尴尬。以后这样的事，我就不去了。"

辜清章道："我也觉得没什么好玩的。以后推了罢了。"

兰珏道："你何必推却，他们很想跟你结交。其实，你本不应当与我来往，你跟刘知荟才该成为知己。"

你要是真的当我是朋友，就不要理会刘知荟。

明白的暗示，真如三岁小儿一般。

不知为什么，兰珏回忆起这样的自己，失笑之余，又有点怀念。

辜清章那时的神情恍在眼前，从这日之后，他时常会露出这种表情，然后道："佩之……"

疏临，疏临，那时的你，是真的初次认识刘知荟吗？

你与刘知荟，到底是什么关系？

那枚杏果，又有何秘密？

为什么，你要把它给我？

邓绪肃然道："嫌犯已到，本寺先简略说说此案原委。"

陶周风和卜一范正在云涛雾海中，闻之精神一振。

"数月之前，大理寺接到线报，民间有人散布流言，意图不轨。暗查追源之后，本寺与新任断丞柳桐倚至沐天郡宜平县查访，得沐天郡知府高堪与宜平县县丞张屏协助，拿得一伙潜藏在民间与宜平县衙中的乱党贼人。这伙乱党组织庞大，枝叶繁茂，有假作寻常百姓者，匍匐民间；有谋得功名者，潜入朝廷官衙；有艳丽女子与装神弄鬼者，蛊惑人心。抓捕的数十人，不过是微末小卒，主谋仍隐在幕后。本寺便又与礼部兰侍郎、高知府、张屏设局引诱，将女刺客离缟缉拿归案，并引出了潜藏朝中多年的幕后凶徒刘知荟。"

卜一范称赞道："本台恍然矣，邓大人布局真是精妙，之前只知邓大人微服去宜平，抓获一伙乱党，还当已经结案，不想案后有案，邓大人这般做法，亦是引蛇出洞。佩服，佩服！兰侍郎身在礼部，中毒一事，竟是以身犯险，协助查案。圣上时常教诲，朝中诸部，各司其职之外，更要协作配合，方能开阔和谐，益于社稷。兰侍郎此举，正合圣训，本台唯惭愧赞叹尔！"

陶周风跟着拈须含笑附和了几句，而后不负卜一范期待地道："……只是，其中一些关键，本部堂尚未明白。比如……刘知荟怎会做这样的事？状元出身，风华正茂，圣上与朝廷对他甚厚啊，明明有大好前程，为何要做乱党？"将痛心视线转向刘知荟，"乱者，匪也。读圣人之书，立君子之列，何至如斯自甘堕落？邓大人在哪里抓到他的，他身上这件，好像是民间所称的夜行衣哪，三品要员，竟着短衣，这、这……是否有……"

邓绪截断陶周风话头："本寺在兰侍郎家中将嫌犯擒获，嫌犯于半夜飞檐走壁，用药迷倒兰侍郎家中仆役，继而潜入兰侍郎卧房。"

陶周风更震惊更痛心地看着刘知荟："尔真习过武？那么这件夜行衣，是为此而穿的了？半夜去兰大人卧房，是为了什么？尔与兰大人同朝为官，有何事不能登门造访解决，非要如此啊？当时兰侍郎在床上？刘知荟欲要把你……"

兰珏站起身："回大人的话，刘知荟到下官卧房中，不是为了下官，而是为了一件挂饰。下官当时已装作自己死了。"

陶周风捋须："挂饰？"

邓绪示意兰珏回座，道："一枚玉杏果，乃此案关键，亦是揭露真凶身份的关键。"

陶周风微微颔首，又道："本部堂见方才嫌犯的眼皮微微颤动，似有话说。总不言语，审案亦多不便，不如除其口中布？"

邓绪向侍卫抬了抬手，侍卫取出了刘知荟口中的布和木枷，只是手脚仍缚着铁链。

刘知荟拱手向陶周风微微躬身："谢陶大人。"

陶周风一叹："唉，千万不要因此轻生。朝廷不办冤案，若要申辩，亦可直言。"

刘知荟道："谢大人，下官的确冤枉。下官身居御史之位，掌监察之责，因兰侍郎向有收受贿赂之事，忽而中毒，适逢年底，恐与行贿有关。兰侍郎乃礼部要员，勘查此事是御史台要务，且事关命案，不可轻易交付属下，下官便亲身夜探兰府，本想看看有无蛛丝马迹可寻。不料当时兰侍郎与家人串通一气假做毒发身亡，下官以为兰侍郎真的亡故，震惊之余，听闻其贴身仆从提及兰侍郎贴身佩戴一枚杏果挂饰，方才进入兰侍郎卧房内。"

兰珏不禁乐了。

故作姿态者，不只昔日的他，还有一直以来的刘知荟。

刘知荟仍在继续。

"下官不知兰侍郎向邓大人提供了什么说辞，有什么协助布置。但这枚玉杏果，的确关系重大，下官才欲取之为证。下官所说句句属实，可将兰府下人传来与下官对质。"

邓绪挑眉："哦，你倒说说看，这枚杏果有何重大秘密？"

刘知荟环视四周："事关隐秘，下官真可直说？"

邓绪道："能审你，这个堂上就没什么不可说的。说吧。"

刘知荟道："下官曾任沐天郡知府，更曾编修地方志。宜平县内的辜家庄，相信大人知道其中的秘密。辜家庄内，乃前朝遗族，数年前因瘟疫灭村，下官编修地方志时，奉命隐去此村来历。大人若不信，可询问曾相。"

邓绪点头："这个不用问，是真的，本寺知道。"

刘知荟道："那大人亦应知道，辜家庄的徽记，是四片叶子和三枚杏果。下官与兰侍郎乃同年，科举时，有位同科试子，名叫辜清章，就是辜家庄人士，后来不幸病故。其人与兰侍郎来往甚密。其实，就在下官夜探兰府的前一日，兰侍郎让下官到他府中叙话，忽而提及辜清章以及他手中有一枚玉杏果。"

邓绪的目光移向兰珏："兰侍郎，此事属实否？"

兰珏起身道："属实。但下官当时和刘知荟说的还有一句，我知道，毒是他下的。"

刘知荟道："下官听闻兰侍郎的说辞，顿时生出两个念头，一是兰侍郎中毒颇重，神志不清；二是兰侍郎中毒，或与辜家庄有重大联系。"

邓绪道："那你比较偏向哪种猜测？"

刘知荟道："二者皆有，不然兰侍郎不会特意告知我这件事情。亦因此疑虑，下官才会夜入兰侍郎府。"

邓绪呵呵一笑："说得好。真还就能说得通，说得圆满。照你推断，是兰侍郎与那辜家庄有关联。"

刘知荟从容道："下官不知兰侍郎怎会与邓大人设下一局，引下官入瓮。想来大人所查案件牵涉辜家庄，兰大人怕有牵扯，至于为什么选中下官，下官亦不知。"

邓绪眯起双眼："身为一个被冤枉的人，尔真是镇定得很哪。"

刘知荟躬身："下官相信，青天在上，有三位大人主审，定不会冤枉无辜。"

邓绪神色一冷："罢了，狡辩便到此为止！尔之家宅已被查抄，令堂畏罪自尽，你还有何话说！"

刘知荟脸色大变："家慈竟然……"

邓绪一拍惊堂木，打断他话头："罢了，痛心疾首孝子戏码不必再做，侍卫刚进门，令堂便触柱而亡，死得真够快！以为不用尔等一贯的死法就能蒙混过关？尔可知为何南柑北枳，一方水土一方人？尔等从小便被那乱党教养，多抓几个，自然能发现其中相同之处。指甲中为藏毒针暗器，便与他人不同。登屋入院的身法，不经意的举动，处处有迹可寻。"

一直沉默立在案旁的张屏突然拧眉盯着刘知荟，喃喃道："错了。"

柳桐倚察觉，悄声道："张兄，怎了？这是公堂之上。"

刘知荟缓缓道："仅凭举动猜测，便可给人定罪，逼死家人。天理何在？"

张屏低声道："有事想和邓大人说。"

兰珏一直留神张屏的动静，听到"错了"二字，不禁微微诧异。

卜一范亦发现到了，皱眉道："案旁二人交头接耳何事？"

邓绪欲拍惊堂木的手停了下来，看向张屏。

张屏亦看向邓绪，卜一范道："邓大人，这年轻人像在和你打眼色。"

邓绪道："有话这里直说无妨。"

张屏遂上前一步施礼："大人，下官想看看嫌犯的双手，似乎有件事错了。"

邓绪沉默片刻，侧门处忽然又无声无息出现一人，邓绪慢慢放下惊堂木，僵着脸道："好。"

兰珏不禁紧瞅着张屏，心道，千万别出什么岔子，你当就堂上这些人在看吗？邓绪信了你才抓了刘知荟，若你此时再说抓错了，替他翻案，连本部院都得陪你一起死。

邓绪的好字落音，刘知荟两旁的侍卫立刻抓住他双臂，喀拉喀拉两声脆响，将其双臂关节卸脱，又往刘知荟口中塞了一团布。

卜一范悄悄凑近邓绪："邓大人，堂下那年轻人为何要说错了？"

邓绪不语。

张屏上前验看刘知荟双手，指甲果然微微上翘，与旁边无连，但若不凑近仔细验看，很难发现。再将其手翻过，贴得更近些，双眉又拧住，转身再施礼："下官想要些墨汁，一张白纸。"

邓绪简单道："准。"

左右送上。

张屏拿起刘知荟的左手，将其食指蘸了墨汁，向纸上按去。

堂上众人都变了颜色，陶周风道："张屏哪，堂上不能做逼供强画押的事情！"

张屏道："并非画押，乃是取证。"举起那张纸看了看。

侍卫亦在盯着张屏举动，躬身禀报道："大人，嫌犯的指纹上，似乎有个符号。"

邓绪命张屏将纸呈上，皱眉一看："指肚甚软，墨汁按痕恐不明显，还是取印泥来试试。"又左右看向陶周风和卜一范，"二位大人见证，此只为取证，绝非画押。"

侍卫又送上印泥，再拿刘知荟的左手食指按了一遍。符文果然清晰，侍卫道："像个番邦文字。"堂上邓绪三人眼都一亮，忙命将纸送上。

张屏皱眉："下官不解此符之意。"看向刘知荟，侍卫掏出刘知荟口中的布，刘知荟冷笑："真是无所不用其极。这个疤痕应是幼时烫伤，刘某都不知道什么时候在手上，自己亦是偶尔发现。我若真是乱党，还能在手指上刻个章表明身份？"

邓绪研究道："的确像个烫痕。"卜一范道："亦……有些像梵文。像个梵文的五字。"

张屏顿时又看向刘知荟。

陶周风和邓绪一齐称卜一范赞渊博，卜一范呵呵道："因在西疆待过一段时日，略识一二。"

张屏躬身:"大人,果然推测中有一点错了。"

邓绪神色再一凛:"何处?"

张屏垂下眼皮:"下官本以为,辜清章察觉了刘知荟的身份,但未确定时,就被刘知荟杀害。此时看来,可能并未如此。辜清章是替刘知荟隐瞒了此事,可能是在他还未道出时,就被下毒,因此选择了不说。"

兰珏的心微微一窒。

邓绪暗暗松了一口气,维持着和刚才一样的声调道:"为何?"

张屏侧身再看向刘知荟:"刘大人本不姓刘,应该姓度,数年前被其同党所害的知府度恭,是刘大人的亲生父亲。辜清章为了刘大人,隐瞒了两件事。一是此事,二是他自己的身份。刘大人听说了黄玉杏果,知道自己错了,这才去兰大人府上盗玉。错杀重要之人,此举是赎罪,其实猜到这是自投罗网,反诬兰大人与毒害兰大人一样,多出于私怨,而非必要。刘大人已经知道了,辜清章既不姓辜,亦不姓易,他是易氏保下的前朝血脉。"

是被枝叶簇拥的杏果。

不知为什么,兰珏心中却顿觉释然。

原来如此,辜清章,辜是假的,清章二字才是真姓。

清章,清华之章,书于纸上,纸名为宣。

疏临,原来你姓宣。

"辜清章应试,本就抱了必死之心。他冒此风险,只为找出刘大人或同族,却一开始错找上了兰大人。"

邓绪不得不打断张屏道:"且慢,你怎知嫌犯是度大人的血脉,度大人殉国已有几十年。一个指印,如何证明?"

张屏躬身:"的确有待证实。但,刘大人手指的印记之意应为'吾石子'。"

吾乃石之子。

陶周风道:"本部堂常听恩师说,度恭大人一生,与石字大有渊源。只是……张屏哪,这么个解释,固然说得通,仍有些牵强。"

柳桐倚忽而上前,向堂上道:"禀各位大人,下官曾听闻,度大人生前在京中常去石林禅寺。既然印记是梵文,其中或能查到蛛丝马迹。"

邓绪皱眉,视线又飘向侧门,片刻后,左右看了看陶周风和卜一范:"石林禅寺离大理寺倒不甚远,天近晌午,不妨暂时退堂?"

陶周风和卜一范都附和。

侍卫将刘知荟锁好押下,头上套上黑布袋之前,刘知荟扫了张屏一眼。

邓绪陪着陶周风、卜一范和兰珏走进侧门，又折回堂内，向张屏和柳桐倚道："你二人速去石林禅寺。能不能查到证据，都先传个信回来。若查不到，便暂时把此推论撤出案子。"

张屏和柳桐倚领命。

邓绪再走进侧门，向卜一范等人笑道："几位大人先简单用个午膳？"

卜一范向身侧一瞥，甬道墙壁上另有一扇小门，紧紧闭着。卜一范假装什么都没看到收回视线，笑道："那就叨扰邓大人一顿了。"

兰珏道："下官身为证人，与三位大人一同用膳是否不合法度？"

邓绪道："只能先委屈兰侍郎了。这次欠下兰侍郎老大人情，待结案，本寺做东，一定请兰侍郎痛饮一顿！"

兰珏笑道："大人客气，那下官就真等着了。"

邓绪陪同陶周风和卜一范前往内院，沈少卿和几个侍卫引着兰珏单独到一间静室内。

张屏和柳桐倚乘马车离开大理寺，前方侍卫纵马开路，一路疾驰，不到一个时辰便到了石林禅寺。

传令官已先到，寺僧请退香众，让张屏、柳桐倚和众侍卫入内。

其实张屏并不肯定。

毕竟已是几十年前的事，即便有证据，是否会留在原处？

但，离开前刘知荟的那一眼，却让张屏知道了，刘知荟的确不晓得自己的身世。

绕过天王殿，柳桐倚忽而欣喜抬手指向前侧方："张兄，快看！"

张屏随之望去，亦不禁眯起了眼。石壁上，镌刻着经句和弯曲符文。

引路寺僧道："几十年前，敝寺与虚元观、明纶书院共开释、儒、道三教盛会，参与此盛会的一位度翰林手书《佛说阿弥陀佛经》中光明无量篇，虚元观清然道长写《中庸》第三十章，敝寺空远主持以梵文书一到九之数，分列三行，并题《道德经》中句，道生一，一生二，二生三，三生万物。以示三教情谊。后依原笔迹为模，刻做此壁。"

度翰林，度恭。

张屏与柳桐倚互望一眼，走到石壁前。

张屏抬手了按壁上梵文"五"字处，凑近观察，未有异常。柳桐倚细细查看度恭所写的佛经句子。

舍利弗。于汝意云何。彼佛何故号阿弥陀。舍利弗。彼佛光明无量。照十
方国。无所障碍。是故号为阿弥陀。

他在"十"字处轻叩，按压，擦拭，没什么不寻常。

张屏皱眉。

度恭和陈筹一样，同被那个邪派选中，对度恭施展美人计的女子盗了守城图纸，害死度恭，又将度恭尸体收葬，定已对度恭有了真情。

她生下度恭的孩子，在孩子手上留下记号，必是知道自己会死。

那么，如果她留下东西，会怎么隐藏？

刘知荟被邪派抚养，手上的印记若被发现，教派的人会生疑，亦会推测。度恭常来的石林禅寺，和记号一样的梵文"五"，度恭亲手写的，与"石"同音的"十"，都一下能想到，太明显……

那么……

吾、石、子。

梵文五、石壁，还有……

张屏霍然转头，奔向了清然道长所写的《中庸》处。

仲尼祖述尧舜，宪章文武；上律天时，下袭水土。辟如天地之无不持载，
无不覆帱；辟如四时之错行，如日月之代明。万物并育而不相害，道并行而不
相悖。小德川流，大德敦化。此天地之所以为大也。

张屏借侍卫佩剑，以剑柄在"仲尼"二字处轻叩，眼睛亮了。

嗯，两个字的大小，才好多藏点东西。

邓绪、陶周风、卜一范三人吃完了饭，沉默地喝茶，门外急急的脚步声起，邓绪放下茶盏，一名侍卫奔至门前。

"禀大人，石林禅寺那里飞鸽传报，有收获！"

邓绪噌地站起身："好，下午再升堂。"

子曰天命，佛说轮回因果，道家云杳兮冥，其中有精。有此三证，天意
云云，或可信之。我儿若能见此信，妾身灭后若有魂，则恨可了。但妾入地狱
万万年，罪能消否？

陶周风叹息："其实是个情感细腻的女子，良知未泯。"

卜一范颔首："还通文墨。"

邓绪将信纸放回案上："度大人才学渊博，没几把刷子，怎么能迷得了他？"

刘知荟死死盯着案上的信。邓绪翻翻面前的木匣："这女子真留下了十分关键的证物。"

刘知荟喉结滚动。

卜一范道："邓大人，不过本台还是……有些听不明白了。此案到底是怎么回事？刘知荟与那辜家庄合伙谋逆？还有……前朝遗族？"

邓绪向张屏示意："你来说。"

张屏躬身："回卜大人话，辜家庄并未谋逆，乃是一直在被栽赃。辜家庄一举一动都在朝廷掌控之内，怎可能谋反？"

卜一范微微颔首："尔之意为，刘知荟及其同党，意图谋逆，嫁祸辜家庄？辜家庄内有前朝遗族，就是兰大人也认识的那个什么辜清章。而后辜清章因故被刘知荟杀之。兰大人手中有辜清章送给他的东西，事关重要，故而刘知荟又要害兰大人。而兰大人其实是与邓大人合计好了，以此物引了刘知荟露出行藏。可是如此？"

刘知荟喉中咯咯作响。陶周风抚须："卜大人这么一梳理，本部堂也茅塞顿开。唉，真是曲折……嫌犯好似有话要说。看他眼神，是不是想看其生母留下的书信？唉，母子天性，即便堕落为反贼凶犯，天伦仍存。给他看看吧。"

邓绪道："证据有了，用不用此物引他开口都无所谓。不急。"

卜一范道："只是本台还不甚明白，那个辜清章既然是前朝遗族，为什么又出来考科举，刘知荟怎么会杀他，怎又牵扯了兰大人？刘知荟同党苦心经营，看来是个庞大的乱党。"

张屏道："其实不算乱党，亦不能说是谋逆。"

堂上顿时又是一静。

兰珏无语地瞧着张屏，真是心窍这里通些那里都堵实了。乱党谋逆，乃极大极重之罪，岂能轻言是或不是。话说不好，脑袋就跟着没了，当是儿戏吗？

片刻后，邓绪冷冷道："乱党谋逆，已无可辨。"

陶周风暗暗向张屏动了动眉毛，示意他赶进顺话退下，把场子交给邓绪。

张屏却没能领会，又开口道："刘大人所在教派，高于乱党之上。"

卜一范失笑："高于乱党？那是什么？"

张屏转身看向刘知荟："阴阳纵横，变化无穷，各有所归，或柔或刚，或开或闭，或弛或张。"

刘知荟的眼光闪了闪。张屏再转身朝堂上："大人，可否暂将嫌犯口中布取出？"

邓绪面无表情抬抬手，侍卫取出刘知荟口中布团。

刘知荟冷冷盯着张屏："你寻来的书信中所写？"

张屏简短道："不是，是推测。看来对了。"

刘知荟再看他片刻，转而望向堂上："此信可否让我一观？"

卜一范道："真是越来越糊涂了。"

邓绪皱眉："这么东一句西一茬连本寺都要绕了。这样吧，张屏，你便将推测与原委说出，而后再进行其他。刘知荟既然肯定了你方才的那句话，暂时亦先不用他交代别的。"

侍卫立刻将布团又塞回刘知荟口中。

张屏只得又转身向堂上："禀大人，刘知荟所属，下官亦不知如何称呼贴切，便先称教派。之所以不能称乱党，是因并非只为祸乱本朝。此教派遍布广泛，借东周时阴阳纵横之说立教，至今应已有数百年，历时至少三朝。"

东周鬼谷子，千古奇士，知阴阳，擅韬略，智机通天。

弟子苏秦、张仪、孙膑、庞涓，各择其主，各行其事，皆名昭史册。

"阴阳纵横一派，审时度势，不忠于某一主。此教派亦是。其将世事视作棋局，自己则是操纵棋子与局面的手。"

"教派党羽，遍布各处，下至贩夫走卒，上至朝臣贵胄。"

甚至是帝王。

"其不为单单一个皇位，而是要操控世代江山。"

帝王废立，朝代更替，皆掌握在手中。

啪！似乎堂上的方向传来一声响动。

张屏微微抬起眼。邓绪、陶周风、卜一范都神情僵硬。

片刻后，邓绪向旁侧扫了一眼，硬声道："接着说。"

张屏便继续："阳动而行，阴止而藏。世无可抵，深隐待时；时有可抵，则为之谋。太平之时，其蓄力潜敛，默默布置，挑选合适的人培养。"

如女儿村中的女子，就是训练来接近和掌控他们选中的人，这些女子生下的孩子，更从出生起，就成为教派的棋子。

刘知荟便是。

如此繁衍生息，扩张壮大。

"他们在太平盛世时，亦会为日后作乱埋下伏线，比如谣言之类，或还会放出几个能掐会算，预言气运、天机之人。待到合适时机，起而乱之。之前的谣言、歌谣与作乱合上，看起来更是玄之又玄，似乎他们的人真能洞悉天命。"

其实不是天命，而是人为。

和他们假借鬼怪故事，控制选中之人一样。

世人往往想不到，会有人花这样的力气，做这样的事。

你坐着皇位又如何？其实你的朝局是我掌控。

江山暂时是你家姓又怎样？我能让你的朝代生，亦能让它灭。

这就是追求。

享受比当皇帝更高的乐趣，神一样的乐趣。

"前朝宣氏，就是被此教派扶持立国。桓、易、庆三家，都是这个教派的人。但扶持前朝立国后，易氏应是对教派有了质疑，从其族后来作为看，易氏应不想再听从教派操控宣氏，而是真心想当忠臣，所以被教派和桓氏、庆氏操纵前朝皇帝，借党羽之争做幌子灭族。但是易氏有血脉存留了下来。"

桓氏和庆氏按照教派安排，渐渐淡出朝堂，不再做明线。

"前朝后来乱党纷起，民祸不断，亡国应在教派掌控之内。易氏之人却先于教派一步，找到了太祖皇帝。"

卜一范肃然道："太祖皇帝乃天命所归，真龙临世。故连昔日邪党亦归顺，缔造千秋万世之天朝。那宣氏到底是草龙，才会被一个什么邪派控制，怪不得七代就亡国。"

邓绪清清喉咙，颔首："卜大人此言精妙！"

陶周风点头："极精妙。"

兰珏亦跟着肯定地点头。

刘知荟喉咙中咯了一声，似是哂笑。

张屏静等他们点头完毕，接着道："易氏深知其教派一贯的布置谋略，便献给太祖皇帝破解之道，又偷偷留下了宣氏的血脉，改姓居于辜家庄。"

辜家庄的事，邓绪、陶周风、卜一范其实都知道。

但他们知道的只是前朝被灭门的易氏向太祖皇帝献策，却自称无心仕途，住在离京城不远的一个村落，因其曾为前朝臣子，又助终前朝，朝廷不能放心，也有些怀疑是不是藏了些什么。易氏自请受朝廷监控，种田纳税，不出丁，不出仕，不与邻近通婚。朝廷会按时挑选一些年轻女子，与其村中适婚男子匹配。

宜平县衙，亦有朝廷安排监控辜家庄的人。

"易氏除了留下前朝后人，亦并未告知太祖皇帝这个教派的事。"

卜一范道："想来其仍对前朝和那邪派存一丝忠心，竟然欺君。"

邓绪、陶周风跟着附和地应了两声，兰珏亦点点头。其实大家心里都门儿清，如果易氏说了那教派的存在，太祖皇帝一定把他们和那教派一起灭了绝后患，更不用说保什么宣氏血脉了。

"易氏知道，自己这些作为，肯定瞒不过此教派，便索性以知情为挟。"

将教派的图腾四叶三杏果刻在村里，用教派惯使的小段子做村子的传说。

"此教派处于暗处，本朝未在其掌控中，便蛰伏壮大，与辜家庄僵持。直到数年之前，应是发生了一件事，下官并无证据，只是凭事实推测——大约是此教派发现了易氏手中有前朝血脉，便派人修好和谈，诱其助教派完成一桩谋划。或是，此教派的一个大谋划，被易氏通过其他渠道得知。身为宣氏血脉的辜清章得知了来龙去脉，想以一己之力，阻止此事。"

辜清章偷偷离开村子，参加科试，待易氏发现，已来不及阻止，又怕朝廷发现他的身份，逐出村落等行径，其实都是为了保护辜清章。

"辜清章知道这次科试中，有此教派安插的人。他以自己为饵，想钓出此人，再顺藤摸瓜，使此教派大白于天下。他一开始怀疑，这人是兰大人。"

兰珏神色不变，端坐于椅上。

张屏看着他，片刻，垂下眼皮。

卜一范兴致勃勃地问："为什么会怀疑是兰侍郎？"

兰珏含笑道："可能下官长得就不像好人。"

张屏道："因为兰大人父亲早逝。"

那教派训练出的女子生下的孩子，都只有娘，没有爹。

"与兰大人相处一段时日，辜清章发现自己错了，那人是刘知荟。辜清章接近刘知荟，想收罗证据揭露其身份。他打算先取信于刘知荟，但又怕自己前朝皇族的身份会被教派反用来要挟易氏，所以仅以易氏的身份接近刘知荟。下官推测，他或可能想取信成功后，再说出身份，进一步得到更多内幕。"

但刘知荟一开始就毫不手软地给他下了毒。

"辜清章发现自己中毒，便选择彻底隐瞒自己的身份，将代表身份的黄玉杏果送给了兰珏。既怕反被利用连累易氏，亦是为了刘知荟。"

刘知荟的视线一闪。

张屏看看他双目："前朝皇族对教派有多重要，未能查清底细，错杀之，会受什么处罚，刘大人肯定清楚，所以才会去兰大人处盗杏果。下官之前一直想不透为何辜清章没有抓出刘知荟就遇害了，他明明将自己之死也算在了揭露刘知荟及幕后教派的证据内。下官还以为，是刘大人下手过快，但此时才知道，必然是辜清章发现了刘知荟的身世，犹豫了。"

或者，他想找到证据，恰当的时机方法，告诉刘知荟这件事，让他和自己成为盟友。

但，这个意外拖延了他原本计划的时间。

还未说出，就毒发身亡。

还是在毒发身亡时，选择了不说？

其实答案很明显。

如果说了，刘知荟会怎么样？

是让世道更太平一些，还是让一个人活得更单纯更久一些？

兰珏记起，应就是在辜清章死前不久，他刚又从王砚那里挣了一票回来，在路边遇见了辜清章。

他当时怔了一下，而后假装很自在地走了过去："辜兄，甚巧。刘兄没和你一起？"

辜清章笑了笑："佩之，试期不远，书温得怎么样？"

兰珏敷衍答道："还行吧。"

辜清章望着他道："佩之，你一定能中。"

兰珏挑眉："那我信了，中不了找你？"话脱口，才发现这是以前跟辜清章玩笑时常说的话，眼下不应该再这么亲密了。

辜清章很开心地又笑了，兰珏不自然地向一旁移了移视线，不和他目光接触，却听辜清章又问："对了，佩之，假如入朝为官，你觉得当以济世为重，还是济人为重？"

兰珏道："济自己最最重。"

辜清章一怔。

兰珏笑道："唉，我没有你或刘兄那么高洁的情操，进了朝廷，也是个贪官吧。"敷衍两句便离开了。

疏临，而今看来，你是选了后者吧。

陶周风唏嘘地瞅着刘知荟："嫌犯哪，你双目赤红，脸色紫涨，喉头颤动，眼神灼灼，是不是有话要说？”

刘知荟喉咙中发出含混声音。

邓绪哼道："但凡凶徒，罪行被揭发时，总要强词夺理一番。嫌犯亦是如此。之前妄图嫁祸兰侍郎，不知此时又想出何等妖言。"

卜一范颔首，又注视着张屏："这年轻人可就是陶大人的门生？之前进士马廉一案，本台便对他印象颇深。这番协助邓大人，将如此大的一桩阴谋破获，这等年岁，竟有如此推勘之技，洞悉之能。相较之下，本台真是无地自容，徒有年纪，枉食君禄。朽败之躯，愧对郁郁新枝。"

邓绪道："卜大人太自责了。刘贼于御史台供职，与你我同列朝堂，数年无一人看出，岂独卜大人之失尔？不过卜大人对张屏的赞誉倒不为过，此生年纪轻轻，通晓世情，对人心之丑恶，意外犀利。刘知荟杀辜清章之事，乃他发现，惭愧说，本寺都万没想到。"

张屏转向堂上："谢大人赞赏，一切种种，下官皆是据理而导，循情而推罢了。"

刘知荟瞥向张屏，喉中轻呵一声，目光轻蔑。

陶周风再叹一声："嫌犯之模样，真是十分着急。不如就让其说上两句？堂上一直塞着嫌犯的嘴，不让出声，也不好。"

邓绪挑眉："罢了，就取出他口中之布。张屏的阐述，如此缜密无缺，合情合理。本寺倒要看看，他还有何言可辩！"

侍卫便又掏出刘知荟口中布团。

布方离口，刘知荟顿时一声长笑："可笑！可笑至极！缜密无缺？合情合理？哈哈，分明是凭空猜测，一派胡言！竟还大言不惭，自称什么据理而导，循情而推！辜清章根本不是我所杀！"

邓绪袖起手，看向陶周风："陶大人，就你心软，非得让他说上两句。看，被本寺言中了吧。刘贼这等丧心病狂之徒，即便罪行尽数大白，亦不会认罪。"

卜一范长叹："唉，刘知荟，本台以为你即便大逆不道，罪无可赦，总有一两分为人之尊。事已至此，何必多辩。"

刘知荟傲然瞪视堂上："尔等徒着官衣，竟信一小儿无凭无据，随口乱扯，才是无脸无尊！要是早知道尔等皆是这样深浅，不出数年，此朝自败，我何须费心入此朝廷！"

邓绪喝道："大胆！"

刘知荟昂然倨立："不过尔等亦不算完全糊涂。不错，我的身份，被尔等言中了，那辜家庄一个村，也是我杀的。但，我的确没杀辜清章。一条人命罢了，我何必推脱？"

堂上邓绪三人皆不言语。

刘知荟转而又看向张屏："你年纪几何？见过多少人，经过多少事？敢大言不惭，以洞察世情自居？你乃宜平县县丞？进士外任小县为副，定被上司所忌，那县令便让你编纂县志？接触辜家庄之事，你生出疑惑，而后查知辜清章，正好你与兰珏素有勾搭，便写信询问，兰珏告知你种种，少不了对我描述甚多。你便以此猜测我杀了辜清章，又在辜家庄发现真相后，将一个村杀了灭口，对否？"

张屏回望着他，一脸肯定："嗯。"

刘知荟眯起眼："你推断出这些，定然自认聪明极了。邓绪亦在宜平，大约是转悠时被你无意碰见，你迫不及待将猜测说与邓绪，正有助邓绪所查之事，好大一桩功劳，邓绪就收了你做帮手，对否？"

张屏仍与他对视，不吭声。

刘知荟仰面长笑："天啊天，吾竟败在这等货色手中，是你要亡我尔！"再瞧着张屏，眼神极尽不屑，"你真有几分狗屎运道，加上邓绪不算完全糊涂，后来误打误撞蒙着。你可知道，其实你的推断，开始便错了。"

张屏道："唔？"

邓绪淡淡道："张屏，休受此贼蛊惑，你是对的，切莫中计动摇。"

刘知荟重重一嗤："放屁！杀辜清章的，乃辜家庄！"

张屏皱起眉。

刘知荟轻蔑地挑起嘴角："黄口小儿，涉世未深，偶知星点之皮毛，便想当然尔。只见那辜家庄全村一个不剩，就以为死绝必然无辜。还什么他等自甘隐姓埋名？牵强附会，自以为是！当年被宣氏灭了满门，竟仍忠心耿耿，暗中保其血脉？有这等情操，直该飞升了，岂还在人间？

"易氏当年被灭是因为想做忠臣？更加可笑！掌持朝纲，党羽满朝，此是忠臣行径？昔年，门中着三长老共扶宣氏，易氏却生自立之心，觉得门中行事，不甚符其志。俗世富贵，臣毕竟不如君。明要对宣氏叩拜称主，暗须受门中差遣，意难伸展，便欲清剿门派弑帝得天下，门中察觉其布置，着桓、庆二长老与宣氏共除之，但桓、庆二长老与他共事多年，手下留情，存了漏网之鱼，蛰伏蛮地，潜养数代，选中景图，故技重施。"

邓绪陡然变色而起，重重一击桌案："大胆，竟直呼太祖皇帝圣讳！"

刘知荟神色自若，挑眉视邓绪。

侍卫抽出佩刀，邓绪瞥向侧门，沉着脸缓缓坐下："录下此大逆不道之罪，定刑时一并结算。"

刘知荟闻若未闻，继续道："本来易氏的算盘是，借着乱世，假景图兵马立朝，除门中，再废景氏自立。但你朝太祖亦非等闲角色，看破其打算，待大局已定，就夺了易氏之权。易氏再次偷鸡不成蚀把米，你朝太祖欲树仁义，唯恐杀功臣落人话柄，就将易氏圈禁。一族之人，禁锢乡野村中，不得出入，不得任意婚配，这么明显的软禁，竟能被你这小儿猜成自愿，想法真是脱俗！"

张屏垂着眼皮，不语。

刘知荟哂笑两声，接着道："易氏自然不甘，此族之人一贯善隐忍，就假作认命敛息。其实却在你们朝廷的眼皮底下把宣氏遗脉藏在村中，再图打算。历时几代，都没找到机会。终至数年前，应昌病重，眼看时日无多。皇子年幼。怀王已逝，其子承其王衔，但腿有残疾，手中兵权无多，与其余诸王不和，不足大患，便思量动作。"

他说话时，一直未看过兰珏，此时却瞥了兰珏一眼，再看着张屏。

"你对辜清章的猜测，更是凭空放屁。尔这村夫小儿，懂个什么！他是不愿被易氏操控，伺机逃出。他知自己恐怕难逃掌握，索性以退为进，参加科试。朝廷不解其意，便先以不动观察其行径，易氏一时两难，宣氏男丁，他们只敢留下一个活到成年，他尚未婚配，杀之可惜，且妄动或会被朝廷发现，但不杀又恐不可用，思量之后，又想出一招，假意与门中修好，将他身份告知门中，所以我从一开始，就知道他是谁。

"他接近我，的确别有目的，倒是被你蒙对了。他纵然聪明，那时毕竟年少，又未涉世事，打算并不难猜。"

刘知荟再轻笑一声，笑中却有苦意。

"想要以一己之力，终易氏与门中谋算。怎么可能？疏临他……到底是太年轻。"

一直沉默的兰珏，终于看向了刘知荟。

"他以为我毫不知情，其实我早就知道。只是我如果要杀他，随手便可，被劫意外酒后落水之类，哪个不能做借口？何必与他敷衍多日？还下什么慢毒？我闲的？若如你之推断，真是蠢到极点！

"我与他相处，只因为我想他活着。门中自然不信易氏归顺，一则先将计就计，观察虚实；二则，他的身份，确实对门中有用。他起初倒以为我毫不知情。后来，易氏见门中并未杀他，怕他反真的投靠门中，就下手毒他，还让他以为那毒是我所下，这样，倘若他手中有我把柄，或者会因此抖出。他临终之时，还对我说，人生有些事无法选择，望我凡事看开，不必因今日所做的事悔恨自责……我以为他仍不信害他的是易氏，仍疑心毒是我下的，明明我在替他解毒，只是无法可解！今日今时我才明白，他竟然是知道了我到底是谁。"

知道刘知荟是度恭之子。

知道刘知荟和辜清章一样，都是被仇人养大的棋子。

辜清章的结果，亦可能是刘知荟的将来。

而辜清章更明白，刘知荟如果知道自己的身世，只会更快得到和辜清章一样的结局。

刘知荟又冷冷看向兰珏："他临终前还和我说，你的确不知情，他怕你受他连累，让我承诺绝不伤你。否则你早已是鬼矣。"

兰珏缓声道："多谢刘兄信守承诺，手下留情，容兰某好好做人。"

刘知荟冷声一嗤。

邓绪道："你都对兰大人下手了，还说此话，岂不矛盾？"

刘知荟面无表情，再瞥兰珏一眼："因为我一直怀疑，兰珏就是那个隐在暗中的易氏之人。但疏临说不是他，我既做出承诺，便不轻易破誓，我亦调查过兰珏来历，确实不像。所以这些年，仍在暗中观察。"

兰珏轻叹："原来刘兄一直在默默关爱兰某。余竟浑然不觉，辜负厚意。"

刘知荟再一声嗤，转目不再看他："乃至前日，门中被查，兰珏忽然开始说话不阴不阳，旁敲侧击，屡屡暗示，说些不相干的人本不应知道的事。我便不禁以为，这些年我走了眼。乃至他忽然提起黄玉杏果之事，我更怀疑，当年杀疏临的是你。易氏一族尚未除尽，漏网之鱼仍在眼前。我也没当你是真的要咽气，但以为是易氏残孽设计，未想到是朝廷之局。是我漏算了。"瞥向邓绪，"此着算是高明。如何设下此局？"

张屏慢吞吞开口："辜家庄，显然有隐情。非朝廷所为。"

如果是朝廷下手，不至于牵扯这么多无辜。

"与女儿村图腾相同，差点以为是一家，后又发现不是。"

辜家庄与女儿村相隔甚远，且长年被朝廷监控，就算秘密活动，也不至于拿明摆着刻在村里的图案做标记。

"是嫁祸，有仇。"

而后便是辜清章。

"辜清章必是被害，逝时前后，与刘大人最接近。"

凶手看来最可能的是刘知荟。

"但……"

刘知荟忽然脸色一变："你们方才是诈供！"

张屏看着他，两眼眨了一下。

左右侍卫扣住刘知荟，刘知荟挣扎一下，嘶声厉笑："刘某一时不察，竟中了尔等诈供之计！尔等本无证据，就以疏临之事故意相激诈我入局！哈哈，刑部尚书、大理寺卿、御史台都大夫与这微末小卒串通，唱作俱佳，诈刘某之供，真是好清白堂审！"

卜一范咳嗽了一声。

邓绪摸着下巴笑道："不要说得如此难听嘛，这只是一种问案的方法。有些细节不能确定，想让尔自己说出来罢了。"

张屏肃然道："刘大人灭辜家庄，证据确凿。非要诈此。"

刘知荟再挣扎一下，死死盯住张屏："好，你说，你接着刚才的说！但后面是什么？"

张屏道："但，若女儿村是刘大人同伙，辜清章姓易，杀他之后数年，再灭辜家庄，不合情理。"

造反乱党的种种作为都在嫁祸辜家庄，其村灭后尚如此附会，若此村仍在，更方便嫁祸，且能借朝廷之手处之，何必冒险灭其全村？

不过，如果不是女儿村和宜平县乱党一伙，辜清章一个之前从未踏出过村落的人，性情为人皆很好，怎会惹来杀身之祸。

刘知荟又怎么会灭了辜家庄全村？

"辜家庄的确是刘大人所灭。用了鼠虫。"

辜家庄人行事小心，下手不易，所以刘知荟把毒下在老鼠和虫身上，鼠虫发狂咬人，人中毒，他人接触其身上溃烂，亦会中毒。十分狠毒的方式。

发狂的鼠与虫窜到邻村，或死在水中，污染水源，祸害了许多附近无辜。

下令官兵封村的亦是刘知荟。

"之前，刘大人曾以整肃街道为名，下令捕鼠灭蝇，有记载为证。"

刘知荟以此暗藏了很多活鼠，但这也表明，此事是他自己在做，好像没什么帮手。

为何？

"为解此疑惑，便请兰大人帮忙。"

柳桐倚找到兰珏，请他旁敲侧击相助查证此事。

"兰大人说了黄玉杏果。"

杏果一出，辜清章的身份便有了转折。

"四叶之中的三果，乃被门派扶持的皇帝。辜清章杏果的形状，是第二果，且用黄玉。他是前朝遗脉。"

这时关于辜清章之死的真相就更难断定了。

"此时证据未足，尚不能将刘大人与乱党联系。"

查刘知荟和查乱党，本是两条线。宜平县抓到的小虾小蟹，要么死了，要么审不出所以，邓绪便请高知府帮忙串通，逼走陈筹，引出离绾，本来是以为他们会去行刺高堪，再趁机抓出一批乱党。

而兰珏这边，旁敲侧击，原打算待刘知荟坐不住了，自己漏出破绽，再循而查之。

但刘知荟反应得比他们想象的大。

"刘大人竟让手下改杀兰大人，是意外收获。"

这下刘知荟与乱党的关系坐实了，更加让人不明白他干吗杀光辜家庄一村。辜清章之死，亦更加扑朔迷离。

"如刘大人所说，若刘大人要杀辜清章，不必如此麻烦。"

那么，下手的是辜家庄？

这是刘知荟行径的唯一解释。

"当时证据，已无存留，只能推测，或由知情人说出。"

如果刘知荟因为辜清章灭了辜家庄，那么咬定他杀了辜清章，绝对能激他开口。

"刘大人与那门派关系，已确定。灭辜家庄，亦证据确凿。辜家庄灭村前，亦留下了证据，就在石台下。"

易氏不可能信什么狐狸祖先，偌大的神像石台，必然是机关。灭村之难，机关坏掉难以挪动的石台，是最好藏证据的所在。

张屏来时，证据已被大理寺挖出，是封存在盒中的死鼠及那个门派的秘密。

"定刘大人之罪容易。但想知道辜清章应得的——真相。"

刘知荟静默不动。

"还有，图腾上，四叶三果，桓、易、庆三叶之外，还有一叶是谁？前前朝，与前朝之后，第三果在哪里？"

从各种类似的传说推敲，各种相像的事件追溯，那门派至少已历时三朝，扶持了两朝君王。

易氏把图腾明晃晃刻在村里威胁那门派，辜清章的杏果是第二果，这一切都表明，那门派早就定下计划，扶持下一朝。

但景氏一朝不是其所控制。

图腾应该早就改了，那门派生出种种动作，应是棋子已备好，会是谁？

刘知荟道："我定然不可能是如此重要之人，亦不知答案。"

邓绪微微眯起眼："刘知荟，不论是你，还是辜清章，都是被这门派所害。肯定还有许多与你等遭遇相同的人。为你自己也罢，为辜清章的在天之灵也罢，为后来不再有无辜者重蹈覆辙也罢，都该让邪派到此为止。尔犯下这等罪过，已无可赦。本寺不会做任何不可能兑现的承诺欺瞒你，到底要怎么做，看你自己，问你之心。"

刘知荟冷然回视邓绪："邓大人这时不再作伪了，说得亦是实话。刘某现下可能看看我娘留下的书信？"

邓绪抬手吩咐侍卫将信拿到刘知荟面前。

信并不算长，只记下了度恭之事的经过。

刘知荟看罢，闭上双目，再睁眼一扫旁边蓄势待发的侍卫，望向堂上："列位放心，刘某定会领罪，不会以自尽避罪。我之作为，我必担当。门中之事，我会尽数告知。但……即便我知门主所在，方才所问叶与果之事，我亦的确不知，可能在你们朝廷内，或你们查出来，或抓到门主的时候，试试看他会不会说。"

邓绪凝视着他，未再说话，微微颔首。

刘知荟从容被侍卫押下。

兰珏长长吁出一口气，正欲起身，堂上忽然传来声响。

邓绪三人身后石壁，隆隆向两边分开，露出后面端坐的永宣帝。

永宣帝身边，竟还坐着怀王。

堂中诸人，顿时皆跪倒在地。

永宣帝缓缓起身："众卿平身。此审精彩绝伦，邓爱卿、陶爱卿、卜爱卿、兰爱卿与其余诸卿辛苦。"

诸人忙再谢恩。

邓绪道："只是最关键之处，尚未审出。"

永宣帝负手："朝中仍存妖党事，或不过刘知荟诈称。"含笑望向身侧，"皇叔以为呢？"

怀王视线微垂："臣觉得，因妖党而疑群臣，不值当。若对号入座，耿耿老臣，烈烈门第，如先柳老太傅一门者，岂不首当其冲。"说罢，又望向堂下的柳桐倚，浮出一丝微笑，"哦，你是柳羡之孙，今年的新科状元？方才小王不过打个比方，无甚他意，千万不要误会。"

柳桐倚含笑施礼："臣明白。"

永宣帝道："皇叔说得甚有道理，提醒了朕。朝中诸卿皆国之梁柱，朕之倚仗，即便有人负朕，朕亦绝不能负众卿。"

堂内众人便又纷纷跪倒，感动叩谢圣恩。

永宣帝摆驾回宫，众人恭送，行至门前，怀王忽而折转身："是了，兰侍郎，你可再仔细想想那辜清章与你说过的话。他既然曾经误将你当作刘知荟一党，言语间，必有试探，或能因之寻到些关键。"

兰珏一顿。

"你莫要不信，头甲三名中，有你的位置。"

"佩之，今科你定然能中……"

会试评卷，选中刘知荟的可是柳……

兰珏躬身："臣会仔细想想，时隔数年，确实记得模糊。"

永宣帝轻笑："皇叔也断上案了。"

怀王眯起双眼："臣坐观堂审，不觉心动手痒。忍不住在三司行家面前献丑，皇上与诸位见笑了。"

卜一范一揖："怀王殿下此问，正是臣等堂审时的疏漏，谢殿下提点。"

永宣帝双目微弯："皇叔此问甚是到位，兰爱卿，若是想到了什么，记得就算不告诉邓大人，亦要告诉皇叔。"

怀王扬了扬眉："罢了，罢了，还是不要接着丢人了。臣不过一时口快，此案当由邓卿与众位行家继续费心。臣得蒙圣恩，观得一堂，过过眼瘾便罢。"目光又扫过兰珏，再落到柳桐倚身上，又微微一笑，"说来，兰侍郎是柳断丞姑父？兰侍郎气韵高华，柳断丞形容清嫩，虽非同姓血脉，皆皎皎如璧，可谓兰姿柳芳。"

邓绪等人一阵默然。

怀王之癖，人尽皆知。却不承想，此时此刻，当着皇上的面，竟也如此露骨垂涎，实令人无话可说。

兰珏一揖："殿下谬赞，臣愧不敢当。"

柳桐倚亦随之施礼："谢殿下，臣鄙陋，难当此赞。"

怀王嘻着笑，似又要开口，永宣帝轻咳一声，肃起神色："朕着实期望，此案仅此一桩，天下从此再无。"

众人皆垂首。

陶周风道："皇上垂悯天下，四海清平，臣等兢兢碌碌，只盼某一日，国无刑狱，世无阴霾。"

张屏跟着弯腰，永宣帝登辇起驾。

陶周风和卜一范亦随之离去，后续案情将由大理寺秘密独办。

兰珏离开前，邓绪将他请进一间静室，道："兰侍郎故人之物，乃重要证供，恐怕要留在大理寺。"

兰珏笑笑："那杏果便是邓大人再还给下官，下官亦不敢留了。"

物件不过是物件，心里有便是，何必执着外物。

邓绪正色道："我邓绪是个直人，有话就明说了，兰侍郎请放心，谋逆之案的确棘手，但此案今时日后，都决计不会妨碍到兰侍郎。若无兰大人，案子绝不能破，大理寺与邓某感激不尽，其他空话不多说，必尽力答谢。"

兰珏道："邓大人这话说得太重了。下官此番不算什么帮助，其实亦是邓大人帮了下官。这些年来，辜清章之事压在下官心中，终于得解，了却一憾。"

张屏离了大堂，便拿着邓绪着柳桐倚转交给他的大理寺令牌，去找陈筹。

陈筹还蹲在大理寺的静室内，沈少卿和侍卫将张屏引到门前，打开门，陈筹蓬头垢面坐在角落中，一动不动。

沈少卿道："陈生，案已审完，因蛊惑你的妖女乃乱党爪牙，恐其同党加害于你，才委屈你住在此处，此时你可随张县丞离去了。你协助大理寺破案有功，结案上呈时，定会请下你应得的功劳奖赏。"

陈筹仍幽幽蹲在角落阴影中，不动，不吭声。

张屏走到他面前："陈兄，走吧。"

陈筹再沉默片刻，站起身。

沈少卿又道："后院备有酒菜，亦可先梳洗一番。"

陈筹不语，绕过沈少卿，随张屏走出静室。

离了回廊，步入院中，陈筹停住脚步："离绾在何处？"

张屏看着他，答道："死了。"

陈筹颤了一下，面无表情，视线自乱发中射向张屏。

"张兄，我离开宜平县，是你安排的？"

张屏点点头。

"高知府根本没有瞧上我陈筹，更不是要拿捏你，那些都是做戏，对吧？"

张屏再点点头："你被那村子盯上，迟早都会……"

陈筹打断他的话："张兄，你会断案，料事如神，实在太聪明了。我陈筹跟你一比，真是愚不可及，俗不可耐。张兄这样的人，结交的应该是兰侍郎、邓大人这般同样聪明、有身份、有格调的人。我陈筹一个蠢人，不配与你为伍。你我交情，到此为止吧。"

张屏一怔。

陈筹转身而去。

张屏快步追上，拉住陈筹："陈兄，对不住。"

陈筹猛地甩开他的手，凌乱发丝下的眼珠赤红。

"张屏，你我都别再多说废话。桥归桥，路归路，只当没认识过。"

张屏嘴唇动了动，最终，垂下眼，向后退一步："门在这边。"

陈筹转开视线，不再看张屏，大步自他面前走过。

张屏定定站在原地，看着陈筹离去的方向。

次日兰珏上朝，不少同僚看他的眼神，都有了不同。

兰珏中毒，乃是协助大理寺秘密办了件大案，朝中已尽知，本以为他无望尚书之位的人亦觉得，这事真说不准了。

谁承想兰珏竟能豁命出大招，突建一奇功？

真是荣华险中求，无畏则无敌。

下朝后，王砚踱至他身边："兰大人，说不定过不多久，王某在你面前，就得自称下官了。"

兰珏无奈道："罢了，王大人，休拿那太阳从西边出来一样传奇的话打趣。"

王砚咧嘴一笑，凑近些压低声音："你把你是做戏的事告诉了我，老邓没有因为我突然无动静了起疑心吧？"

兰珏道："邓大人正在不可开交的时候，应不会留意这个。唉，我只望此案别给我惹上什么事。"

王砚道："放心，今上跟老邓眼睛都挺亮的，你只会有功。当时也就因为是你，我才折腾。此类的案子，我也不想沾。"抬眼看了看前方，搓一搓手，"听说老冯最近很快活，嘿嘿，我准备送他个惊喜。"

兰珏挑了挑眉："墨闻兄，悠着些，小心皇上怕冯大人哭塌御书房的桌子，真压你一道训诫。"

王砚嘿嘿一笑："又不是跟他抢功，案子我办，功劳让给他京兆府，白让他得便宜，他还哭个甚？各司部当要为了社稷齐心协作，此乃我们陶大人的教导。"

兰珏无话可说，前方一小黄门疾步行来："兰侍郎速往御书房一行。"

王砚意味深长瞧了兰珏一眼，先行离去。

王公子，潮满则退，月盈则亏，世事如星辰轮转，冥冥自有其序。王公子荣盛之势，正如涨潮之浪，此时正起，盛年可达极致，然愈高愈险。恐四旬难过。

兰珏向王砚的背影看了一眼。

小黄门躬身："兰侍郎请这里走。"

兰珏收回视线："劳小公公指引。"

到得御书房内，永宣帝先关怀问及兰珏身体，再褒赞他助大理寺之功，又道："兰爱卿为社稷立此功，朕都想不出该如何赏卿，才配得上这般功劳。"

兰珏立刻道:"臣乃知情之人,按照律法,应当配合查案,此本分内事,怎敢言功?"微微一顿,又躬身,"但臣斗胆,想向皇上恳求一事。"

永宣帝含笑:"兰爱卿只管说来。"

兰珏道:"臣不孝,先慈之墓,久未修扫。臣想年后请几日假,拜祭先慈。"

永宣帝道:"此乃理所应当,爱卿就是京郊人士吧,一月够否?"

兰珏俯身谢恩。

永宣帝心里松了一口气,礼部尚书的接任之选,早已定下。但兰珏忽然立了一件大功,竟不能升任,永宣帝恐其有怨,且招其他官员非议,故将兰珏召来,慰赏并探其意向。

兰珏甚识时务地讨假行孝,告假一月,避开了新尚书上任前后的关键。尚书到任时,他仍在假中,自己给自己备下一过,又对新上司退让一步。如此知情识趣,让永宣帝十分欣慰。

兰珏离开御书房,刚走过御花园浮桥,竟见怀王迎面行来,便侧身至道旁行礼。

怀王道了声平身,在兰珏面前停下:"是了,兰卿,虽然孤与皇上说,不再多事,但还是忍不住心痒,昨日在大理寺说到的那事,你可想起了什么?"

兰珏恳切道:"殿下,臣真尽力想了,但……还是不曾想到什么。臣会继续努力。"

怀王似是遗憾地叹了口气,又勾起一抹薄笑:"孤只是随口问问,兰卿莫要当作负担。"

兰珏待其离去,方继续前行,走不多远,又见太傅云棠打前方而来。

云太傅却像有要事,亲切与兰珏略说了两三句话,就匆匆往御书房方向去了。

兰珏走回道上,一句旧日言语突如其来,又涌上心头。

"你莫要不信,头甲三名中,有你的位置。"

刘知荟虽然是柳羡看中的,但那届会试的主考,是……

兰珏停步回身,云棠已行至浮桥之上,一抹紫色掠入视线边缘,兰珏一惊,是怀王站在游廊柱旁,望着这方。

兰珏正要假装想起一事追上前请教太傅,怀王已走下游廊,笑向云棠走去,却像没发现兰珏回身。

兰珏默默转回去,继续往前。

邓绪即便能连窝端了那门派,仍有一些事,肯定一时半刻,不可能明白了。

唉,这不再牵扯故人事,已然不相干。

浑水莫蹚,顾好自己罢了。

傍晚，兰珏如往常一样离开礼部衙门，命随侍备一车轿，换下官服，只携二三随从，绕行城南回府。

天已近黑，道旁许多屋舍如旧，寒冷中充盈着糖炒栗子的甜香。

兰珏微微挑着轿帘，浓重暮色中，似乎看见数年前的自己，袖中揣着一包糖炒栗子，站在路旁。

昏黄灯火，照不见前路，栗子在袖中变得冰冷，亦不会有人走来。

"佩之，你到哪里去了，让我好找。"

再不看，不想，当没有那回事。再这么一日日地站着，那人也不可能再来。

必然有一天，要松开袖中的栗子，走回街道上去。

必然有一天，要明白地对自己说，那人已经死了，不可能再见到。

而他得随着川流人群，在俗世灯火中，继续一步步走，继续往前。

兰珏正要放下轿帘，忽然依稀瞥见一抹眼熟的身影。

他轻叩壁板让车夫缓行，定睛细看。的确是张屏，独自坐在路边的一张木桌后，垂眼对着一个碗，叼着一根面慢慢咀嚼。

兰珏不禁失笑。

陈筹在大理寺和张屏断义绝交，他已听说了。

到底是年轻啊。必求事事真切，样样分明。

要是搁在昔年，自己又当如何？

纷飞雪中，行至摊前的少年。

伞下清透的双眸，明净的笑容。

"兄台的字好漂亮，这诗可也是你写的？"

看似偶然，实则有意。

兰珏命车夫停住，下车走向那面摊。

一个后生搓手迎上："这位爷吃什么？"

兰珏在张屏对面坐下："你吃的什么面？"

张屏叼着面看兰珏，兰珏头一回见他如此愣怔的神情，不禁又失笑。

后生热忱地道："这位客官吃的是羊汤面，爷也来一碗？"

兰珏点头："来一碗。"

张屏咀嚼下口中的面，慢慢开口："大……"

兰珏截断他将吐口的言语："在这儿了，就吃面吧，不须其他废话。"

遇上了，就甚好。管他有意无意，因何而起。

疏临，能遇着你，真的很好。

古 刹 夜 话

一

"施主，山门简陋，不堪相留。天色尚明，下山沿官道往东，不过两三里路，便有客栈。"

他扒着窗台，直勾勾盯着被智缘和尚堵得严严实实的门缝，无声地呐喊。

书生，不要走，千万坚持住！留下来！

"大师，学生走不动了。"

越过智缘的光头飘进的声音，充满了坚定。

"只借宿一晚，望行个方便。"

智缘的背影僵硬了一下。

那声音又补充："但有片瓦遮首便可。"

智缘终于低下了头，双手合十："阿弥陀佛，施主若不嫌寒陋，便请进吧。"

他蹿上窗台，看着打开的山门兴奋地搓手。

哇哈哈，太好了！又有鲜嫩嫩的，进京赶考的小书生可以玩耍了！

他舔了舔嘴唇。

唔，背着包袱跨进山门的这个小书生，干巴巴硬邦邦的，看起来不甚鲜美多汁。

不过……

想象一下其半夜抓着被子脸色煞白失声尖叫的模样……

甚有意趣，很值得期待！

智缘引着那小书生边走边聊。

"施主可是进京赶考途经此地？"

"嗯。"

"官道平坦，缘何绕行荒山？"

"没钱，欲寻借宿之处，省点是点。"

"……"智缘笑了一下，双手再合十，"贫僧法号智缘。"

那书生一揖还礼："学生俗名张屏。"

直起身后，书生环视四周，目光扫过斑驳的栏柱、覆尘的窗棂、锈蚀的香鼎："宝刹幽静，似少有人至。"

智缘跨上回廊，斜阳下，长长的倒影拖曳在青苔累累的阶上："寒寺几无香客，寺中仅贫僧一人。"

二

智缘走到厢房前，停步回身："施主当真要在此留宿？"

他隐在阴暗的角落，不动声色地注视。

那叫张屏的书生肯定地点点头："多谢大师收留。"

智缘垂下眼帘，推开厢房的门，此门久未开合，机栝嘎吱声响粗糙刺耳。

"空置许久，积尘甚多。"

张屏跨进门，又四下扫了一眼："学生自己打扫便可。"

智缘道："廊下有扫帚，院中有井，桶盆和抹布都在井边。"

张屏将包袱放在床上，去院中打水。

他悄悄尾随在后，要不要此刻就给这张生一个惊喜呢？还是等到晚上慢慢玩？

先送份见面礼吧。

幽幽树荫，深深老井，微微清风，凉凉寒意。

井绳吊着木桶坠下，沙沙，树影婆娑，水面忽然咕咕冒起水泡，一抹白影嗖地在水面一晃，噗，一朵水花跃起。

呀呀——

树杈上，一只老鸹啼了一声，扑棱棱惊飞。

张屏抽着井绳，将木桶自井中提起，眼皮都没动一下。

喂，书生，你是瞎子吗？明明正瞅着井口，那么明白的影子，那么大朵水花，你没看见？

张屏提着桶，进了房中，脱下外袍，卷起衣袖，开始擦拭桌椅床板。

他决定再接再厉。

嘎吱——

明明无风，房门却缓缓自行摇晃，盛满水的木桶哐当翻倒在地，水四下流淌。

张屏弯下身，扶起水桶。地面的水渍忽而冒起泡泡，一道白影在水中一闪而过。

张屏的表情定了一下。

嘿嘿，可怕不？

张屏却头一歪，视线转了个方向，继而一脚踩在缓缓下渗的水渍上，拿起扫帚，从床底掏出了一张纸。

他眼睁睁看着，张屏站在水上，吹吹那纸的积灰，开始读。

"施主。"智缘的身影出现在门外，"贫僧晚不食斋，施主若要用膳，可去香积厨中自做。"

张屏道了声谢，又看了看手中的纸张。

智缘亦看向那纸："大约是之前一位施主留下的，未能打扫干净。"走进屋内，再凑近了一望。

张屏抬起眼，却是看向了智缘。

纸上用清秀的行楷写着几行字，似乎是几张纸的其中一页。

> ……又有了。闲林寺，闲林寺，真有些古怪。噫，难道鬼魅确有其实，传言并非虚妄？待吾今夜再探后院，或可……

智缘一笑："这定然是上月前来的那位陈施主了。本寺在荒山中，寺中唯有贫僧，便生出些虚妄传言，亦因此得些客人到访。"迎向张屏视线，"施主可信鬼怪之说？"

张屏道："不信。"又看看智缘，"大师信否？"

智缘再一合十："阿弥陀佛，天堂地狱唯一线一念之间。众生皆佛，悟或未悟，明或未明，一般平等。"

混账！秃驴！

搞什么玄虚！

老子都吓跑过这么多人了，你还嘴硬什么？

承认吧，告诉那个书生！这世上绝对有鬼！

我就是鬼！

张屏的目光扫过结着蛛网、覆着积年老灰的旧纱帐，又落到智缘脸上："闲林寺是何地？"

"哦。"智缘淡然垂眸，"闲林寺乃本寺旧名，后因故改为忏生寺。"

三

张屏暂时停下打扫，去香积厨中做饭。

他尾随在后。

黑漆漆的厨房，会有惊喜等着你哇，小、书、生。

香积厨在寺院一角，张屏甫行到离门还有三四步处的所在，门扇忽而自动缓缓向内打开。

嘎——吱——

声音千回百转，继而缓缓晃动。

吱——吱——吱——

张屏抬头看了看树梢。

嘿嘿，现在一丝丝风都没有。怎么样？感受到不寻常的寒意了吗？牙齿打架了吗？腿想发抖了吗？

张屏脚步未停，走进厨房内。

很能死撑嘛！

咣咣，碗柜轻响了几下。

锵锵，锅盖自己转了个圈儿。

呼啦啦，筷筒跟着应和了几下。

张屏在灶台上搁下包着干粮的纸包，看向了筷筒。

唰唰唰，筷筒像求签人手中的签筒一般抖动。

不要怀疑，你看到的，是事实，事实就是这么可怕！

张屏走向筷筒，目光中透出一丝寻味，一抬手，取走了筷筒旁边的……笼屉。

他举起笼屉看了看，持续着方才寻思的神情，而后，走出了厨房。

走、走出去了……

这个小书生，到底是眼睛不好，还是耳朵不好，或者，缺心眼？

"阿弥陀佛，施主何处去？"智缘在不远处的廊下施礼。

张屏还礼道："欲去寻些野菜。"

智缘指向后方："沿这里走，能到本寺后门。"

张屏道了声谢，向智缘指点的方向走去，走了两步，又停下，肃然回身："大师，厨中有耗子。"

你才是鼠辈，我是鬼鬼鬼鬼鬼！

智缘微微一笑："哦？贫僧竟还有伴。"

忏生寺的后门外，是荒凉的山坡。

蜿蜒碎石小径，通往一道院墙，墙内，石塔林立，是寺院历代僧人的埋骨之地。

张屏翻着草丛掐了几簇嫩叶茎，走到那塔林边，一道月门，无门扇，举步进去，一座座塔上，铭刻着僧人法号生平。

张屏行到内墙边，停下脚步。

墙角有一座坟，是世俗的坟墓模样，坟前竖着一碑，刻着空觉二字，虽被风雨残蚀，碑面却很光滑。

山坡另一侧的小径则通往这个坡的边缘，几株桃树立在长草中，下方可见山下荒地树林。

张屏攥着野菜回到寺内，又在回廊边驻足，抬头看了看。

书生，你很好奇啊。

他缩在阴影中抱手观望。

张屏从厨房中取出笼屉，连同铁锅铲勺和野菜一道拿到水井旁，仔细清洗，当然没看见井内突然出现的脸、从树旁掠过的影子，最后他还没浪费地用洗菜盆里剩下的水冲了一下水桶和地面，于是桶壁上正在缓缓流淌的异样汁液和地面上出现的神秘手印顿化为无……

他不气馁地欲继续尾随，张屏到了厨中，放下笼屉，从怀里摸出了火石……

火！可恶！

书生，暂时饶你片刻，晚上陪你好好玩。

火苗舔上木材，在灶中噼啪燃烧。张屏拿袖子挥了挥烟，咳嗽了两声，蒸上自带的馒头，打开柜子寻觅盐罐。

吃罢了饭，张屏洗刷收拾完毕，暮色已重。他回到房中继续打扫，房门叩叩轻响两下。

"施主。"

张屏直起身转头，智缘手执油灯站在门外，另一只手还端着一盘，上有三枚桃子。

"寺中贫寒，无甚相待，此乃寺后树上自结的桃子，请施主一尝。"

张屏道谢，接过灯盏和果盘，放到桌上："敢问大师，寺中是否常有猿猴？"

智缘目露疑惑："施主如何得知？"

张屏道:"学生看回廊的檐梁及柱上累有抓痕,寺后有桃树,山中更颇多野果,便想应是如此。"

智缘轻声一叹:"施主好眼力,寺中本常有猿猴来往,不过都是数十年前的事了。施主既经过此地,难道在山下不曾听说几十年前,这里曾发生的事情?"

张屏道:"学生打尖时,略有耳闻,说曾有钦犯逃至此地,官兵追拿,引火烧山。"

智缘道:"不错,当日所烧的,便是本寺后面的山林,那场火之后,山中再无猿猴了。本寺便自那时起,改称忏生寺,前住持觉明禅师亦在那不久后坐化。"

夜已初至,智缘的身影仿佛门边一抹水墨涂绘。张屏取出火石,点燃灯盏,智缘双手合十躬身:"阿弥陀佛,施主请早些休息,贫僧告退。"

张屏放下火石:"大师请留步,学生还有一事不解。"

暗暗黄光充盈室内,浅浅扫在门外转身的智缘袈裟之上。

张屏拖着长长的影子走到门前:"学生方才去摘野菜时,见塔林中有一墓,俗碑俗葬,碑上刻得空觉二字却似法号,可否请教是何人之墓?"

智缘垂下眼帘:"俗葬之墓,葬的自然是一坛俗世骨殖,一段尘心。"说罢再一合十,折身离去。

张屏站在门槛边,若有所思地看着幽黑回廊,一只蛾子一下一下撞向桌上灯盏,张屏身后的影子随着噼啪跳跃的灯火微微摇曳。

书生,看来你和之前那些人一样,都为窥探而来。

那你能猜得到吗?这间寺院藏着的秘密。

你能发现吗?我究竟是谁?

四

夜深,老树沙沙,窗纸上一抹影子一晃,房门忽然嘎吱嘎吱打开,夜风袭入。

书生,你睡着了否?来玩玩吧。

纱帐外,黑色阴影缓缓移动,床上的张屏翻了个身,面向里,继续酣睡。

书生,不要装模作样了,我知道,你感受得到,不是吗?

纱帐翻飞,幽幽的气息呵在张屏的颈项。

张屏的嘴无意识地动了动,抬手挥了挥,抱住了薄毯:"呼——"

床内的帐上的倒影,似人似兽,尖尖双爪扣向张屏的颈项。

张屏啪一巴掌打在脖子上。

双爪猛地一缩,一声闷哼。

次日，张屏起床，枕上一物，啪嗒掉在床单上。是一枚啃得干干净净的桃核。

枕边还有一簇黄中带红的毛。

张屏再看向桌上，昨晚他吃了一个桃子，盘中本应还有两个，现在只剩下了一个。

张屏洗漱完毕，拿着那个桃子走出房门，看着广阔庭院，慢慢啃食。

"施主昨晚睡得可好？"智缘忽又出现在廊下。

张屏点点头："多谢大师，甚好。"

智缘掐着念珠，看着在晨光中仔仔细细啃着桃核上果肉的张屏，不禁莞尔。

"大师，多有打扰，告辞了。"张屏背着行李，在大殿中敬了三支香，往功德香内放了一些香火钱，向智缘告辞。

智缘合十："阿弥陀佛，是山寺寒陋，委屈施主了才是。请恕贫僧不远送了。"

张屏还礼："多谢大师款待，山寺清幽，不应荒凉。当年种种早已过去，觉明住持乃是自惭，更无因大师而生悔恨之意。大师何必再多自责？"

智缘掐着念珠的手一顿，片刻后缓缓道："施主想来已找到你欲寻的答案。但心会便可，何必说破？"

张屏看了看智缘："大师起初便知学生来意，不是大师让学生看破的吗？"

智缘又沉默了片刻，竟无奈地笑了起来。

这个书生，放着大路不走，爬荒山口称借宿。不用想亦知道，肯定和之前的那些人一样，是在山下听了忏生寺的种种传说，将忏生寺当成了探奇之地。

但他还是将这个书生放进来了。

他想，也许这个书生会不一样。

真的不一样。

"学生在山下听闻数十年前，忏生寺发生的那件事与猿怪传闻，便起意过来一看。"

忏生寺，本名闲林寺。寺后及附近山里多桃树，常有猿猴在寺中往来，颇有灵性。

然数十年前，有朝廷钦犯逃至此地，请求闲林寺收留。闲林寺住持觉明禅师闭门不纳。钦犯逃至后山林中，被官兵围住，拒不出山，点火自焚。山林大火，烧死鸟兽无数。觉明禅师自悔没能劝化钦犯，致此惨祸，当夜坐化，闲林寺改名为忏生寺。

又有一说，忏生寺后来被成了精的老猿霸占。香客与寺中僧人，多被不可思议的事情滋扰，渐渐僧人越来越少，香火稀薄，只剩下智缘法师一人。

"入寺之后，大师便将真相隐晦告知，学生不曾多花力气。"

立着空觉之碑的墓，从墓土和刻碑年份判断，是觉明禅师之墓。

只因闭门不纳一个逃犯，竟可以让觉明禅师觉得自己不配为出家人？不太能说得过去。

再加上智缘法师的法号及年纪，真相便一看即知。

"当年觉明住持为救大师而做的事，学生无法评断对错。"

无法评断？

你这书生竟敢说无法评断？

倘若那和尚杀的是个人，你是不是还会说无法评断？！

这群和尚，念着阿弥陀佛，讲着众生平等的道理，全是假话！在他们眼里，还是只有人的命是命！

"学生只是觉得，无论对错，都与大师无关。"

智缘一怔："怎能无关？"

怎能无关。

我乃罪孽之首。

数十年前的那个下午，父亲带他翻进闲林寺的院墙，被寺僧发现后，父亲长跪苦求禅师，他在院子角落瑟瑟地蜷着，寺僧在他脚边放下水碗馒头便匆匆走开，不敢和他说话。忽然，一个石子儿啪嗒掉在他脚边。

他抬头，便对上了屋顶上一双红红的眼。

那大猿继而跳到地上，向他跃来，他尖叫一声向后缩，大猿在他面前数步处停下，好像笑一样龇了龇牙。递给他一个桃子。

"小施主莫怕，这猴儿叫阿智，就跟住在寺里差不多，绝不会伤人，它还会上香磕头哩，真快要成精了。师父说，它修为比我们还高。"

他颤着手接过那个桃子咬了一口，大猿歪头看着他，咔咔笑了一声，很欢喜的样子。

父亲在叩首："某罪孽深重，不敢连累佛门清净之地，但稚儿无辜，求大师开恩，救他性命！"

他呆呆听着，不甚明白。阿智捡起他的小斗篷，顶在身上，摇摇摆摆，走来走去。

他忽而感受到灼热的视线，便看向廊下。

只见父亲跪在老禅师脚边，目光灼灼看向这里。

老禅师面如死灰，闭上了眼："了行，你将这位小施主，带到后院僧房去吧。"

父亲摘下他脖子上的项圈，递给阿智。小沙弥牵着他的手带他离开。

他回头望，就见到阿智把项圈挂在颈上，顶着斗篷，吱吱地学着人的模样，很欢喜地走来走去。

"贫僧绝不能称为无辜。"

"孰是孰非，学生不能定论。但佛经中常云放下，放下，即是向前。"

"放下？"智缘回身看向寺中，"忏生寺中，的确有些无法以常理解释之事。或者阿智真的魂魄仍在，贫僧之身残存，亦是为了证己之罪。"

张屏看看智缘的脸，再看看他的双手："寺中从来无鬼，天地高远，大师不妨出去走走。放开怀抱，则一切皆无。"

智缘凝视张屏，双手合十一笑："多谢施主点化。山长水远，或者来日，贫僧与施主，能再相见。"

张屏再施一礼："学生告辞。"

书生，你就这样走了？

你是第一个看出了真相的人，你为何不再多说些什么？

智缘迈出门槛，举目望四处山林。

晨色清朗，正是凡间好时节。

阿智，你我在这寺中许久，是否的确该到远处走走？

五

"……当时要是换个胆小的，肯定就哭着喊娘了。说实话，我腿也有点软。我推开门，一步，一步，走出去……你们猜，我看见了什么？

"你们绝对想不到！我居然看见，那个智缘和尚像猿猴一样挂在廊下，嘴里叼着一个桃子，双目在夜里雪亮，就这样！这样！这样盯着我！"

一桌书生皆拍案大笑，其中一个拍拍陈筹的肩膀："陈兄真乃奇人也，此番若不高中，简直愧对天意。曾去过女儿国，差点变成王夫，还夜宿古寺，见了猴子精变的和尚！连连奇遇，必然天意。陈兄来日，定有大成，青史有名！"

陈筹着急道："哎哎，我说的都是真的。不信你们去那县里问问。附近山民都知道，那座庙几十年前不肯收留一对逃犯父子，官兵缉拿时纵火，一只成精的猴王也被烧死了，逃犯父子和猴子的鬼魂回来报仇，先弄死了住持，又搅得庙里鸡犬不宁，谁也降服不住。后来庙就败了，只剩下了一个和尚，据说被猴子上身了。"

同桌书生咂舌："哎呀，哎呀，真真可怖，陈兄可将其写成戏本，说不定名声不薄于马兄！"

陈筹很是郁闷，却察觉到有视线落在自己身上，转目望去，只见隔壁桌上独自坐着一个书生，正若有所思看着他。

同桌的书生们将陈筹一番取笑后，一哄而散。陈筹悻悻，再转头看向那张桌子，那个书生仍在，正专心致志地剥蒜吃面。

陈筹便凑过去，拱一拱手："兄台，冒昧打扰。方才在下说起前日一段奇遇时，兄台似是也听见了？"

那书生从面碗上抬起眼，嘴里嚼着面，点点头。

陈筹试探道："那，兄台觉得荒诞否？是不是，挺像编出来的？"

书生咽下口中的面："所见无虚。"

陈筹顿时目光灼灼："兄台相信？"

书生道："但无鬼魂，皆是人为。"

人为？陈筹瞪大眼："什么人会嘴里叼个桃子自己挂在房檐下？那形态……"两手做爪状，一龇牙，"这样，真跟猴一样。"

什么人？心里有愧的人。

不能放下的人。

从不生火做饭食五谷，只生吃果实野菜的人。

将明明半个月前住过人的房间遍撒灰尘，有意留下一两张纸页待来客打扫时发现的人。

从头到尾在故弄玄虚的人。

希望别人以为庙里有鬼的人。

自己亦希望世间有鬼魂报应的人。

也许真正可怖的，不是鬼魂，而是无法改变，一无所有，一切皆空。

"唉，算了。"陈筹见连这书生都不吭声了，颓然长叹一口气，"反正就是离奇古怪，古怪离奇，谁知究竟。"再拱一拱手，"是了，兄台可是今科试子？小弟陈筹，请教兄台名讳？"

张屏抬袖还礼："张屏。"

再两年后，张屏因事又路过虢县一带，绕上山中，忏生寺大门紧闭，门前枯叶荒草满地，已无人迹。

又数年后，张屏巡检沿江诸郡，行至徐州地界，在一处林边见一无碑坟墓，坟包打理得很干净，墓前还供着鲜果，便问一乡民。

乡民道，约两三年前，有一个云游的和尚来到此处，化缘时不吃五谷，只食鲜果，好与小童嬉耍。有一善人将其接到宅中供奉果菜，斋毕，求卜吉凶。和尚道："出家人遇俗事本不当说破，但贫僧或与檀越有缘，该行此举。"转而点向门外，"南墙下有祸引。"又指向一位家仆，"此人为祸根。"

善人即着人查看南墙下，拨开墙边草，发现有个记号。原来有一伙悍匪流窜到此地，打家劫舍，在将下手的人家墙下做记号，还收买家仆做内应。

善人立即将那家仆扭送官府，经审后剿了那伙悍匪，又要厚赏和尚，和尚悄悄离去，却被悍匪脱逃的喽啰杀死在道旁。

亦有人说，这和尚已成佛，唯恐世俗纠缠，便借故尸解死遁。和尚死后，有孩童见一大猿攀树而去。

乡民将和尚尸首收葬，不知法号，故坟未立碑，常有人来此供奉鲜果，祈求叩拜，颇有灵验。

张屏独自在坟前矗立，忽听树叶簌窣，一黄毛小猴从树上蹿下，抱起坟前盘中一个桃子，迅速蹿回树上，向张屏吱吱两声，叼着桃子攀枝跳跃向树林深处去。

书生。

施主。

山长水远，或有来日，你我能再相见。

二 世 祖

一

六月初六，初伏之始，庚辰日，鬼过桥。

宜祭祀、纳财、进人口，忌修坟、破土、开市、安床。

刑部得宜，喜添人口。

刑部新郎中，王太师大公子王砚，今日走马上任。

辰时三刻，王大公子跨一匹神伟骏马直入刑部衙门，那马浑身的毛竟是浅金色，映着晨辉，和王大公子簇新的官袍一起闪闪发亮，晃晕了门前衙役和围观百姓的眼。

两匹枣红骏马随在王大公子身后进了大门，马上乃王大公子的贴身小厮，其中一匹居然拖着一架破旧推车，车上直挺挺躺着一卷草席，还有一个浑身素白、瑟瑟呜咽的少女。

一路尾随的路人指点道，这车和车上的女子，是王大公子刚在街上捡的。

王大公子靠爹荫得此位，上任之时，须体现清正廉洁，故一不坐轿，二不设仪仗，三不清路开道，只携二仆，骑行前往，秉承平日纵横京师，跑马遛鹰的一贯风范。

一路横冲直撞，到了长乐大街处，王大公子犀利地瞥见道边有一抹梨花带雨的娇怯倩影，顿时勒马，俯身问之。

少女拭泪答道："民女之父新丧，无钱收葬，只得卖身葬父。"

王大公子紧盯着少女的脸蛋道："你父因何而死，可有冤情？"

少女垂首抽泣："无冤，只求将父亲安葬。"

王大公子眯眼，仍是看着少女的脸："必有冤情。"一挥衣袖，大公子的小厮便跃下马，将放置少女她爹尸体的破推车套到马上。

少女扑住车沿，痛哭道："老父染病而死，民女真的无冤，只求葬父……"

小厮喝道："知道我们大公子是谁吗？刑部郎中！说你有冤，你一定有冤！"遂将那少女一把按到车上，"休要磨叽，耽误我们大公子去衙门上任，一百个你跟你爹也抵不了！"

就此一路来到刑部。

二

"哦，是王郎中。"刑部尚书陶周风捋着胡须，笑逐颜开，"免礼，免礼，快快起身。头一天来衙门，就带来如此热闹气象，甚好，甚好。"

书令孔攸与司刑、司仆、司关、司计四司及其余人等一道向王郎中施礼，内心都五味杂陈。方侍郎调任后，刑部侍郎一位一直空而未补。王太师又调走了一位郎中，将自己的儿子安到这个位置，如斯直接，谁能看不明白。

因为陶尚书的大爱无疆，这两三个月内，刑部已经有十几桩案子被大理寺拿走了。大理寺主簿萧范正要拿走又一桩案子，此时正在衙门内，就在屏风后看热闹。

仁慈大爱的尚书加上一个二世祖未来侍郎，刑部的将来还有什么值得期待？

厮见完毕，陶尚书着人领着王郎中在衙门内转转，熟悉一下。王大公子道："且慢，某方才在街上见得一桩冤案，已将被告带来，宜速速审之。"

孔攸等人正要含蓄地问王郎中，前院那个呜呜哭泣一直喊着只要葬父绝无冤情的女子要怎么处置，他竟主动提起了这茬，不由心里一沉。

陶周风喜悦道："甚好，甚好！王郎中刚到任，便勤于案情，刑部必有崭新气象。"

王砚淡淡道了一句："谢大人勉励，下官定会不负厚望。"坦然受之。

正待要出门，廊下忽有一小吏匆匆奔来，在门槛外气喘吁吁道："禀尚书大人，各位大人，大理寺来了几个人在大门外吵嚷，说……说王郎中当街强抢民女，要带王郎中去大理寺问话。"

众人心中都又一沉，忍不住偷眼看向王砚。

王砚一扬眉，陶周风诧异道："竟有此事？必是误会吧。王郎中啊，不要担心，肯定是哪里没有弄清楚。先随本部堂出去看看。"

萧范亦从观望之处转出，施礼道："我大理寺断不会无故冒犯王大人，必有缘故，许是误会。"

前院中，那少女仍在哭泣，王砚的两个小厮正梗着脖子与大理寺的差役叫嚣。

"我们大公子乃千年难出其一的青天，你等居然污蔑是强抢民女，知道胆字怎么写吗？"

"呸！不擦亮狗眼看看！想巴上我们大公子的小娘儿们能一路排到昆仑山还绕三圈，这等货色我们大公子用得着抢？明察秋毫你们懂不懂？"

那少女哭得更厉害了。

大理寺官差一挥镣铐："休得无礼，再敢咆哮官差，将尔等一道拿回大理寺问责！"

王砚的小厮两手叉腰："来呀，爷就在这里，有种你就来拿！"

刑部衙役正在左右为难，见陶周风与王砚等人过来，顿时如蒙大赦，高喊一声："尚书大人面前，都休得无礼！"

场面暂时清静。

陶周风扫视一圈，温声道："这是……怎么回事？"

大理寺的差役阶下行礼，为首的道："禀尚书大人，因接到线报，刑部郎中王砚涉嫌当街强抢民女，卑职奉命请王大人往大理寺一行。"

话末略抬头，看向了王砚。

其余在场的诸人亦都在看王砚，连那少女都停止了哭泣。陶周风道："王郎中，这个事……"

王砚未说话，只负手步下台阶，走向那破车上的少女。

少女抽噎着，握紧手绢，瑟瑟向后缩了缩。

王砚走到车前，居高临下俯视着她："你因何随本司回到刑部？"

少女低头，王砚的小厮之一幽幽道："姑娘，说话斟酌着些。"

大理寺差役喝道："放肆，官府问案，岂容闲杂人等插话！"

王砚神色一寒。

萧范忙道："哎哎，有话都好好说。"蔼声向那少女道，"这么多位大人在此，连刑部尚书大人都在，有话可放心直言，不必害怕。"

少女慌乱地抬头看了看，一望到王砚的脸，赶紧又低下头："这位大人……说民女有冤情，方才将民女带至此处。"

萧范又和气地道："哦，那你是否真有冤情？"

少女刚张了张嘴，王砚的一位小厮又远远幽幽地道："姑娘，我们公子不单是刑部郎中，更是太师的大公子。你若有冤，可要说明白了。"

少女顿时猛抬起头，抓着手绢的手指深深掐进肉中。

萧范一皱眉，大理寺的几个差役脸色都已铁青："放肆！难道区区家奴都可在刑部院中胡言？"

陶周风脸上都有点挂不住，刚动了动胡须，王砚的小厮极其干脆利落地打了自己两个嘴巴，扑通跪下："诸位大人老爷，小奴才无礼，自扇两掌，先滚远了。待各位大人老爷正事办完，再来请罚。"砰砰磕完几个响头，哧溜奔到远处再跪倒。

王砚仍是面无表情负手站着。少女颤声道："民女、民女有冤！"伏在车上，连连叩首，"民女有冤！求王大人为民女做主！"

萧范神情复杂，叹息一声。

差役之一道："姑娘无须畏惧，即便王子犯法，亦与庶民同罪，你……"

王砚双目一眯，忽而再向车前跨一大步，一抬手，扯开了卷着尸体的草席。

在场众人又都失声。

尸体露在外面的皮肤皆带着大小不等的伤痕，脸上与额上伤痕，更是触目惊心。

王砚又看向那少女，沉声道："打死你爹的，究竟是何人？"

少女爬下破车，扑倒在王砚脚边："是……是尤公子……他爹是大内尤公公……他、他看到民女与我爹……就……就……求王大人替民女做主……"

三

四周除却那少女的哭诉声，再度一片寂静。

王砚再道："看这尸首模样，你爹应不会早于昨日被打死。"

少女捂着嘴点头："是……是昨天晚上，我和爹要收摊时……"

王砚截断她话头："哪条街？"

少女抽噎："灯……灯市街。"

王砚道："尤公子叫什么？"

少女捂住嘴拼命摇头："不知叫什么，只知道是尤公子。"

王砚抬眼一扫，刑部衙役仍木木呆呆地戳着。孔攸忙道："下官这就着人去查。"

王砚道："传仵作验尸。"

萧范轻咳一声，拱了拱手："既然是误会，下官这便给王大人赔罪了，请……"

王砚冷冷道："混账。"

萧范一僵，王砚的眼，却是看着刑部的衙役。

"衙门重地，本司问案之时，竟容外人进入啰唣，要尔等何用？"

衙役们立刻都跪倒在地，口称无能请罪。

萧范和大理寺的几个差役都差点站不住，萧范又老着面皮出声道："是一时不察误会，冲撞了王大人，望王大人大量恕……"

王砚又负手侧转身，再扫向那几个大理寺差役："尔等来拿本司，是以强抢民女为名？那便给本司解释解释，若真是抢个民女，可会带到刑部衙门？"

萧范拿眼看向那几个差役，几个差役硬着头皮躬身一抱拳："卑职等误会……"

王砚抬起一只手："不必说误会。本司身为刑部郎中，将街边尸首带回刑部，只能是为问案。尔等明知如此，还直闯入刑部衙门称拿人，是有意给我这个新上任的刑部郎中一个下马威，还是故意想给刑部没脸？刑部原来已成大理寺之辖属了，小小差役都敢直入大门当着尚书与各司郎中之面咆哮，这是谁定下的规矩体统！"

几个差役与萧范腿一软，都跪倒在地。

萧范向陶周风叩首："尚书大人，下官……"

王砚又打断萧范的话，两眼仍只盯着那几个差役："尔等既然过来拿本司，这女子与尸首俱在车上，竟连取证都不做。这女子年纪尚轻，其父应仍是壮年。这般天气，尸首拿草席裹住，却无甚腐败臭气，必是新丧。尸首足部露在外，脚踝伤痕明显。本司在马上一扫便得见，尔等在前院许久，居然视若无睹。尸首鞋底无灰，是新鞋，裤却不覆脚踝，可见衣不合体，是别人施舍，死后换上。这女子脸上有伤痕，以粉遮盖。如斯明显种种迹象，看也不看，真是为了案子来的？！"

几个大理寺差役伏地咬牙不作声，萧范额上的汗珠潸潸而下，官袍紧沾在脊背上。

王大公子横行京城多年，其实算是京兆尹、刑部和大理寺的老朋友了。他有多惹不得，全京城都知道。今天招惹上了这个主儿，竟最后还被他占上了理，萧范已做好了必死的觉悟。

陶周风适时地出声道："王郎中啊，可能，真是误会……大早上嘛，起身不久，刚到衙门，可能还未来得及用早饭，想事情会有偏差，不那么周全。"

萧范立刻顺竿："下官该死，不敢求恕。"

王砚冷冷道："没你的事。"

话虽然是对萧范说的，连陶周风都噎了一下。

王砚将视线仍放到那几个已开始两腿打战的大理寺差役身上："本司待要查案，没空在尔等杂碎身上徒费口舌。滚！"

几个差役牙关咬得咯咯作响，为首的差役暗暗将手伸向腰间："卑职犯下此等大错，令大理寺蒙羞，不敢求赦。"刚要划向颈中，手腕突然一麻，咣啷，匕首跌落在地。

王砚眯眼看着他，冷冷一笑："少在本司面前要死要活，跟个娘儿们似的。"

王砚的小厮远远在角落里喊："要死就出去死，我们大公子最看不得脏。尚书老爷和这么多位大人老爷都在哩，你吓唬他们怎的？你死了倒好，刑部的地面还得这些衙役哥擦。"

大理寺几个差役脸紫涨到几乎要滴出血。另外几个扶住方才想自尽的那个，飞快掠出了刑部衙门。

萧范是文官，未有这么快的身手，只能当自己没有脸，讪讪站起身，再躬身施了一礼，悄悄退到旁边，从书吏手中接过卷宗袋。王砚忽然看着他，眼又一眯："你是……？"

萧范忙道："下官大理寺主簿萧范。"

王砚道："哦，本司来之前，你就在衙门里了。想是为他事而来，手里拿的是何物？"

萧范躬身："下官为取一案子的卷宗而来。"

王砚淡淡看着他手中："拿来，本司看看。"

这……

萧范求救般看向陶周风，未想到陶尚书对王砚的这桩案子极有兴趣，正同赶来的仵作一道观看尸首。

与王砚平级的其余三司郎中都在，但谁愿意在太师大公子上任第一把火正往上蹿的时候往上靠？

萧范只得将卷宗袋奉上。

王砚接过，只掏出扫了一眼，即合上："嗯，这个案子，本司觉得，尚有许多疑点，暂留在刑部待审。"

萧范赶紧道："王大人，此案移交我大理寺，是上面的意思。"

王砚道："哪个上面？"

是……云太傅恩准的。

但是，如果王大公子回去求爹，云太傅不必说，就是圣谕，也……

萧范再道："尚书大人亦已同意，王大人请看卷宗，印都盖了。"

陶周风听着有人提到自己，便回身观望之。

王砚拎着卷宗袋走过去："大人，下官觉得，此案仍有许多疑点，想再详细查审后，再转交大理寺。"

陶周风捋着须子思索了一下："这样啊，王郎中，你的想法很好，这种办案的劲头，亦很值得赞赏。这个案子，本部堂也觉得，有甚多疑点。在查案这种事上，你们年轻人放得开手脚，想法又大胆，说不定会有突破。只是……暂时留下查之……"目光转向萧范，"邓大人那边，会同意吗？"

萧范只能道："下官回去请示邓大人后，再来回尚书大人话。"

陶周风一脸过意不去："大热天的，要萧主簿你来回跑。"

萧范躬身："应该的，应该的，此乃下官应做之事，义不容辞。"

萧范迈着碎步急急出了刑部大门，王砚将卷宗往旁边孔攸手中一丢。

"大公子真是太英明了！"王砚的小厮之一忽地冒了出来，像刚落到茶杯盖上的苍蝇一般搓了搓手，"大公子，小的已经查出来了，那个姓尤的名叫尤余，宫里面侍候太后的尤公公是他干爹。肯定是不敢在大公子面前现世，所以没听过他。他家就在顺安大街那块儿，这个时辰到午时，应该是在悦临坊一带不入流的地方喝茶装蒜。"

孔攸一阵汗颜，他刚知会了一声曹捕头，估计最快傍晚前能查到，不曾留意王砚的这个小厮早在闻言后就溜了出去，眨眼就得回了结果。

王砚略一颔首，再一抬手。

王砚的小厮立刻高声道："各位衙役哥，先放下手里的活，听我们大公子说话！我们大公子有时候下令会比较简洁，多跟他几日，诸位就晓得了。"再抬手啪给自己一个嘴巴，"小的又多言插话衙门事了。诸位请忙，小的先滚远待罪。"哧溜跑到一边，跟仍跪着的那个挨着蹲下。

众衙役都看向了王砚，王砚道："捕头何在？点二十人，备马，取兵器，列队！"

刑部的捕快从来出去前没有列队这一说，曹捕头闻声赶来，看看王砚，又都看向陶周风，发现陶大人正含笑赞许地注视此处，只好依言，点了二十个捕快，挂好佩刀，来到院中。

众捕快都不知该怎么排列，正在左右乱挪，王砚又道："行七纵三，速！"

曹捕头总算有了方向，指挥捕快们列队站好。王砚背着手，在队列前方踱步，视线扫过捕快们腰间或高或低或左或右的刀剑。

曹捕头赶紧让捕快们把兵器锁链镣铐挂齐，挺直脊背。王砚方才一点头："走。"

王砚小厮已将那匹神伟骏马牵来，王砚翻身上马，曹捕头忙带着捕快们奔向各自马匹，王砚的另一个小厮从地上爬了起来，在门前小声提醒："衙役哥，门口整宽敞点呗。"

衙役们恍然领悟，赶紧敞开大门，让开道路，门口围观的百姓也都散开让出主道。王砚高高坐在马上等候众捕快牵马前来，皱眉扫了一眼高矮不一毛色各异有老有少的马们。捕快们顿感惭愧，缩颈上马。王砚一抖缰绳，一马当先冲出大门，直奔大道。

王大公子宝驹的脚程自然令捕快们的马匹们望尘莫及，众捕快们只能使出吃奶的劲催马追赶，无奈众马亦各有快慢，奔出了自然的错落。只见闪闪金光之上，王砚官袍大袖招展，遥遥在前，众捕快们飞驰在后，扬滚滚尘土而去。围观百姓不禁咬指。

"不好了，大理寺给王大公子下马威，让他刚上任就没脸，王大公子咽不下气，带了刑部的人去大理寺火并了！"

"路口右转了，不是去大理寺的方向。"

"难道是回太师府调兵？"

……

四

砰——

眠花楼的雅间门扇跌落尘埃。

姐儿们的尖叫声此起彼伏。

尤余披挂着镣铐在碎瓷烂片椅子腿中挣扎咆哮："刑部又怎的？不问问老子是谁？！"

王砚挑起一侧嘴角："本司的确不知道你老子是谁。"

同被按住的尤余小厮尖声道："这事要等我们家太爷知道……"

王砚的小厮道："这事要是你们少爷的干爹知道，一定一脚把他踹出去，来给我们大公子敬茶赔罪。"

"认个公公当干爹，还跟光宗耀祖了一样。要和我们大公子似的，不单是刑部郎中，还是太师的大公子，还不得尾巴一翘，蹿到月宫去？"

太……太师……？

王砚一摆手，着捕快将木雕泥塑一般的尤余牵走，淡淡道："公务之时，休提家世。"

小厮立刻啪给了自己一嘴巴："小的多嘴。小的忘记了，大公子从不靠爹。"

"谢王大人替民女之父申冤。"少女跪在堂上，痛哭流涕。退堂之后，又在阶下，再度对着王砚叩头，"大人，大恩大德无以为报，民女愿……"

王砚的两个小厮从柱子后冒出，将其拦住。

"姑娘，我们大公子一代青天，高风亮节，替人申冤，从不图报答。不要哭了，好好安葬你爹吧。这些钱也拿着。"

"民女愿为奴为婢……"

"这话就不要提了，我们太师府哪是平常人能进的地方。"

"为了亲近我们大公子，削尖了脑袋想做丫鬟的女子能排到昆仑山还绕三圈。你这样的，没指望。"

王砚昂首阔步穿过回廊，跨入司刑司，自桌案上拿起从萧范手中抢下的卷宗。

孔攸随在王砚身后进屋，侍立案旁，端看王砚神色。

大理寺并未再来要这个案子。但据孔攸揣测，应该绝不是怕得罪王大公子或为早上的事心虚。

因为，这桩案子，又是一桩强抢民女案。

嫌犯乃是太后的侄儿何述。

丢失的女子姓黄，乳名绥绥，上月十五与其母黄陈氏去庙中上香，路遇何公子车驾，避让时被何公子见得容貌。过了几日，一个晚上，有个家仆打扮的男子登门，声称是替何公子下聘，欲纳绥绥为小。黄陈氏婉拒。次日，黄陈氏的姐姐请黄陈氏和绥绥到家里帮忙做针线，黄陈氏不敢让女儿抛头露面，就让她待在家中，独自去姐姐家帮忙。傍晚回来时，有邻居说，看见一个面生后生在附近转悠，黄陈氏心生警惕，回家一看，女儿仍在。半夜，后巷狗叫，黄陈氏心中不安，携烛到绥绥房中一看，窗户大开，女儿踪迹不见。

黄陈氏与相公立刻到京兆府报官。因京兆尹下乡巡查暂不在京城，嫌犯身份特殊，不能等闲对待，故将此案转到刑部。捕快查得黄陈氏与其女当日所遇，的确是何述车驾，那登门的家仆与在黄家附近转悠的后生衣饰经黄陈氏和作证的邻居辨认，亦是何府家丁的服饰。

刑部去何府拿人，何府却声称不可能是何公子做的，何公子近日不在京城。

陶周风犹豫想查查是否有其他隐情。黄陈氏与其父害怕女儿已被灭口，哭闹不绝。大理寺觉得刑部再这样下去会让百姓觉得，官府有包庇之嫌，故而提请因涉及国戚，此案转由大理寺来查。

何公子在京城也是大名鼎鼎，似乎还和王大公子交情不错。

大理寺此时不吭声了，应该是在等着看，王砚抢下此案，会怎么办。

会怎么办？孔攸也很好奇。

王砚面无表情看完了案子，将卷宗往桌上一丢，抬头看看沙漏："都这个时辰了。今天先回去吧。"

居然整整官服，抬腿走了。

次日，王大公子再度雄赳赳地来到衙门内，这回换了一匹乌黑的骏马，额头一道闪电般的白纹。随行的小厮亦换了两个，一般的机灵伶俐。

向陶周风问完了安，王砚主动开口请陶周风给他安排个人做向导，在衙门里转转。转了一上午，王砚提也不提那卷宗的事。快到晌午时，王砚忽然叫过曹捕头。

"和昨日一样，备马，点九人，换下官服，只带兵器。"

王砚的小厮捧过一个包袱，里面是十套衣裳，曹捕头一抖开，似乎是太师府侍卫服色，看一眼王砚，不敢多言，飞奔而去。

一回生二回熟，不出两刻钟，捕快们便列队完毕。

王砚负手扫视他们："待到了地方，听我笑声为令，立刻进来，拿下我面前那人。明白了否？"

曹捕头与众捕快此起彼伏地应。

"明白。""卑职领命。""遵大人吩咐。"……

王砚神色一凛，喝道："声音大些，齐些！本司再问一遍，明白了否？！"

曹捕头与众捕快高声喊道："明白！"

王砚一挥手："走！"翻身上马。

一道狼烟，又卷出大门。陶周风欣慰地站在廊下捋须："年轻人，就是风风火火啊。"

五

这就是传说中，没有三品以上的官衔都进不了门的月华阁吗？

捕快们望着门匾上那三个字，心情复杂。

一进大门，就有淡雅的香气扑面而来。引客的伙计都穿着长衫，态度文雅有礼。到得园子最深处的一处雅榭，引客的将王砚让进主厅，又请捕快们到左边侧厢中坐。

过一时，又有脚步声，来客已至。

来客似乎兴致甚高很健谈，进门后就语带笑声，月华阁的美酒佳肴捕快们也不能安心享用，竖起耳朵努力分辨笑声中哪个是王砚的，忽而听得房门轻响了一下，似乎是王砚的小厮在外面咳嗽。

曹捕头赶紧带着捕快们蹿出厢房，杀进厅中，噌噌噌拔出兵刃。

王砚对面的少年一怔，继而一挑眉："原来这是鸿门宴。王砚你他娘的行啊，进了刑部六亲不认了，拿兄弟扎筏子树威是吧？"起身一甩袖，桌上杯盘哗啦哐啷跌碎在地。

王砚亦慢条斯理站起身："你她娘又什么时候这么不上道，连个路过的女子都偷？"

那少年点头："好，好，王砚，今日你我交情今日就如此杯！"咔嚓，又砸了个杯子。

王砚慢慢道："若问心无愧，就跟我刑部衙门走一趟。顶着这么个名声你不嫌，旁人都不敢沾。"

少年涨红的脖子青筋暴突："行！行啊！王砚，我就跟你刑部大堂走一趟。若是我清清白白，你要怎样？你说！你说！"

王砚一抬手："套上，带走。"

众捕快便拿起锁链套向少年，少年挣扎抡起一把椅子砸向王砚，被捕快左右按住，犹在挣扎大喊："我要是清清白白，你要怎样？你说！王砚你个孙子敢不敢说！"

王砚一抬腿，哐啷踹翻了桌子："回衙门，堂审后再说！"

众捕快拖着何述出门，只见外面地上躺着几个小厮打扮的人，王砚的小厮搓搓手向王砚一笑："大公子，跑了一个，应该是回去报信了。"

何述牙关咯咯作响，忽而猛咳几声，哇地吐了一口，捕快赶紧擦拭身上溅落之物，何述凝视吐出秽物一眼，仰天凄然长笑："碎了，我的内丹，碎了。王砚，你害得我好……"

王砚冷冷道："内个鬼的丹，刚刚吃下去的肉丸子。"

何述再凄然长笑，闭上双眼，昂首道："我自会走，休要碰我！"

出了月华阁，王砚命捕快将何述塞进带来的马车中，立刻返回衙门。

途经一条街道，忽闻一阵喧哗，王砚顿时勒马询问何事，捕快们待要去查看，王砚的小厮已飞奔而出，眨眼又飞奔了回来。

"禀大公子，那边有个小偷正被人按住打哩。"

王砚简洁道："带回衙门。"

捕快们一怔。曹捕头看看王砚的脸色，再使个眼色，两名捕快只得即刻出发。

"王砚你忒丧心病狂了吧。"何述在马车中阴阴道，"带着小偷回刑部，要不是你有爹，刑部肯定还没等你进门就把你踹出八丈外，省得你丢人现眼。"

捕快们都在心里默默念，何公子，你真是个耿直的人，相信你一定是清白的！

王砚哂笑一声："所谓小偷，未必是偷，未必只是偷，被拿住也未必就是贼，打亦未必因为窃。事事皆可有隐情，不能只看表象。何必与你这种一窍不通者费口舌。倒是你说话底气甚足，丹看来没碎。"

何述幽幽道："碎了，绝非肉丸。我岂能不知是否已碎？罢，罢，不与你多言。"

王砚与众捕快一行带着何述、小偷和打小偷的失主义士回到衙门。捕快们从车中牵出何述。众人本以为会开到一个油面大耳、花缎袍子大折扇的纨绔，却不料是个长眉秀目、面色灰白、衣衫清雅的少年。

何述一脸了无生趣地闭目站着，陶周风不禁捋须唏嘘："虽说评断一人，不可单凭相貌，但本部堂觉得，嫌犯何述，真的长得不像个急色的模样。"

王砚冷笑："他急色？若那女子在此，与他一比，说不定比他还壮实。"

陶周风关切地道："国舅之子，应不缺吃穿，怎会如斯柔弱。"

王砚面无表情道："他自己饿的。以前也不是这样，就是这几个月不知怎的被几个道士哄得团团转，辟谷、打坐、炼丹，草灰朱砂搓成大丸子就着露水吞，还以为自己肚里结了个什么内丹。再过个一年半载，可能真就成仙了。"

陶周风不禁怜惜地再看看自始至终仍是闭目未动的何公子："他此时，是在运功否？"

王砚道："不是，他以为丹碎了，这辈子只能当凡人，万念俱灰而已。"

众人再一道于屏风后观望着堂内的何述。

陶周风叹息道："一定得要看紧点何公子，年轻人，容易钻牛角尖，走极端。万一他一个想不开……"

王砚道："大人放心，自尽者不能升天，他不会做。"

曹捕头插话："卑职听闻，以道法为名的邪术中，有一种是拿妙龄女子做炉鼎，是否……"

王砚道："何述炼得那个玩意儿，第一条就是固守元阳。"

陶周风皱眉："那看来，何述并非主谋？"

王砚仍是面无表情："犯案者，绝非何述。下官昨天一看这案子就知道。但必须将他带来，此案方能明了。二者，亦有故意打草惊蛇之意。下官昨日看卷宗，案犯似对何府甚是了解，去黄家的人，衣裳都穿得不错。"

像何府这般的地方，杂役仆从，做不同的活计，穿着亦不同，外人极易混淆。

但去黄家的人，穿的的确是何述贴身侍从的衣裳。

"邻居匆匆而见未必分明，但黄陈氏会做针线，应对衣裳辨认不错。可让她再来一趟，认一认衣料。"

何府这样的府邸，仆役所穿，应都是自家的布料，别处难以弄到。若连衣料都一样，那就更可疑了。

陶周风颔首，又沉吟："本部堂当日不拿捕何述，便是考虑有这种可能。既熟知何府，又知道那女子遇见何述车驾一事，或可能是……"

王砚负手："下官以为，何府的下人亦不大可能。那女子家不算极贫，将要十九，尚且未嫁，想来姿色泛泛，何府不至于连个比其貌美的婢女都没有。"看了一眼曹捕头，"曹捕头所言炉鼎，于下官甚有启发。"

唔？曹捕头不禁愕然。

六

"孔兄，恭喜啊。"萧范拱了拱手，满脸堆笑，"太师公子上任不久，就破得一大案。你们司刑司，亦少不了嘉奖吧。"

孔攸接过返还卷宗的文书，谦逊道："毕竟比不上大理寺的洗冤之能，不过既吃着朝廷的饭，便尽力做事罢了，不敢图赏。"

黄氏少女失踪一案，已告破，统共用了四五天，那少女绥绥，亦已找到。

案犯乃一帮装神弄鬼的假道士，一面诱骗大户人家，以长生不老术、点石成金法等骗得钱财，一面假借那些人家的名义诱拐想嫁给豪门公子的女子，转手贩卖。这帮人已辗转数州郡行卖骗拐，来到京城后，钓上国舅之子这条大鱼，本打算只宰他一个，饱捞一票。那日何述车驾经过道旁时，黄氏少女痴痴望着何述的神情太过热烈，引得一旁的拐子技痒，忍不住重操旧业。

案子破了，顺道还将何述从炼丹伪经中拔了出来，太后和国舅何阅都大喜，国舅还给太师府和刑部都送了谢礼。

何述被国舅亲自领回家时咆哮："王砚，当时我问你，我若是清白的，你待要如何？你个孙子现在敢不敢答？！"

王砚嘿嘿一笑："帮你脱了罪，替你办了骗子，还要如何？"

何述转而向国舅咆哮："爹，王砚做鸿门宴设套害儿，儿的内丹已成，竟就碎了，今生只能是凡夫了！"

何国舅两眼含泪，抓住王砚的手："阿砚哪，当是伯父拜托你了。下回述儿再这样，你一定还得再这么帮他！"

王砚道："小侄必定尽力而为。"

孔攸看了看窗外，院中甚热闹，王大公子嫌弃捕快们的马太不中用，牵来了三十匹骏马。捕快们都很心动，陶周风觉得不合规矩，但王砚执意如此，正在找寻各种正大光明的理由。

说实话，他和刑部的其他人，此时更不知道，刑部将来，会变成什么样。

孔攸想，肯定和现在不一样，但应该，不会太坏。

"孔贤弟，你们刑部在大街上抓了个挨打的小偷的事怎么样了？"萧范微微眯起双目，"听说京兆府想拿此事说事，后来不了了之。还道是被上面压下来了。"

孔攸一笑："萧兄，孔某只是个小小书令，哪知道这许多事。不过，虽然身在刑部，见街上有个小偷，总不能不闻不问。又万一偷不是偷，或不仅是偷？并非事事皆表里如一。鸡毛蒜皮之事，还不至于惊动了上面。"

萧范一脸不置可否。孔攸将手中文书理好，又笑笑。

"便是有上面插手，也没办法。谁让我们王郎中，是太师的大公子？"

景卫邑

不知你是否记得，本王曾与你……

柳桐倚

张公案

大风刮过 著

中册

北京联合出版公司
Beijing United Publishing Co., Ltd.

古 井 姥 姥

山中何所有，岭上多白云；

只可自怡悦，不堪持赠君。

——南朝·陶弘景

楔子

"道宝法筵开，妙用奇哉，亡灵灭罪免三灾，青华宝盖来接引，送上天台，送上天台……"

香烟缭绕，铃响磬鸣。众道人手捧经卷法器，唱诵经文。立于案前正中的法师捧起水盏，趋步向案后。

案后地面上绘着硕大的阴阳双极图案，一口大棺首压阴眼，尾压阳眼，横在双极正中。棺，无盖，只覆着一块书满经文的黄绸。

铅云沉沉，烟柱直升。无风，黄绸却在微微拂动。

六名道人随法师一起站到大棺边，诵咒焚化一张符文，投入水盏。火焰在水上燃得更烈，仿佛一朵绽开的火莲。倏忽寂灭，盏中水仍澄清无比，不见半点灰屑。

法师望着盏内，脸上掠过一丝阴霾，随即看向棺身："启。"

六名道人同时抬手，黄绸卷落，露出幽冷的白。

这口大棺，竟是石做的！

棺身上，白色的云纹似在流淌，几只栩栩如生的蝙蝠拱托日月。翩翩仙鹤振翅，仿佛立刻便会从棺上飞出。

棺中躺着一名华服女子，满头银丝，面容姣美如少女。她双目阖拢，神色从容，如在沉睡，两手叠放于腹，指甲殷红如血。

法师口诵经文，缓缓绕石棺踏步，左手捻诀，将盏中水点弹向棺中。

九名壮年男子抬着白色的石棺盖走到棺边。突然，他们都肩一沉，身一斜，棺盖重重落地。

法师大喝一声，再猛弹几滴水进棺内，把剩下的水泼向棺盖。

六名道人齐齐诵经，这时，远远有人一声惊呼："乩，动了！"

围观的人群瑟瑟，九名抬棺盖的壮汉也不禁寒毛倒竖，看向香案侧前方的乩台。唯有法师紧盯着棺盖上滑向四周的水滴，瞳孔微缩。

竖直的乩在沙盘上缓缓划动，书出两行文字——

坐山高，观水长，云外松下妙玄藏；
座下虔许勤善功，自有福报世无双。

棺中的女子仍静静躺着。一滴水凝在她的脸颊，似一颗晶莹的珍珠，又如一滴泪。她的唇边噙着一丝笑意。

清晨，书生踏着被晨露打湿苔痕更显斑驳的石阶向上而行。背着香袋的少女们红着脸不断偷偷瞧他，年岁长些的妇人们掩口嬉笑，一妇人扬声道："小公子，来给慈寿姥姥上香，是想娶个好媳妇？"

书生侧转身一揖："晚生不是为许愿而来。只是听闻这里神仙显灵的事迹，好奇一访。"

那妇人嘻嘻笑："原来小公子是来踏春郊游的。那得仔细赏玩啊，山上的美景多着呢，莫看漏了。"

书生笑了笑，旁侧的少女们都羞涩地垂下了头。

铛、铛、铛——

山顶观前的大钟响了数响。书生随着拥挤的人群踏入狭窄的观门，在大殿绕了一圈后，又自廊下向后院去。一名鬓发花白的老者缓缓自墙边站起身："施主，此处香客止步。"

书生向后面的大殿张望："听闻慈寿姥姥的仙身就在后殿，不知如何才能有缘参拜？"

老者慢吞吞道："上香许愿，正殿即可。后殿乃供奉仙棺的重地，冲撞反而不好。施主请回。"

书生讶然："老丈所言仙棺，难道就是那口承载慈寿姥姥仙身的石棺？老丈可曾见过？听闻那棺是石的，自水井中浮出。石怎能浮于水上？那井，晚辈已去看过，口甚小，又如何能置下一口棺？"

老者抬眼将书生上下一扫，摇了摇头："此事小老儿也不清楚。庙观之地，不敢妄言。"言毕缓缓踱开。

书生在观中转了许久，又到了观外。院墙旁邻近崖边处，一株柳树碧绿垂挂，迎风摇曳。

书生走到柳树下，临崖远眺。日近中天，薄雾已散，崖外云霭如涛，微风清幽沁凉。

书生忽感到一丝寒意自足底升上脊背，他一回头，见刚才那名老者正站在身后。

"公子喜欢这棵树？"

书生颔首："晚辈姓柳，一见到柳树便觉得亲切。"

老者"哦"了一声："柳，是个好姓。"

书生又看向崖外："在此处观山景，真是缥缈恍若身在仙境。晚辈曾听过一个传说，道丰乐县一带，埋有宝藏，天上常有祥云霞光，其实是地底宝物吞吐瑞气。本朝开国时，地动使某地塌陷，传闻就是藏宝处。又被视作太祖皇帝必得天下的吉兆，那里如今叫作大碗村。"

老者咳嗽两声："公子真渊博，老夫打小生长在这里，竟没有听说过。"

书生直视老者的双目："大碗村，就是数十年前，慈寿姥姥的石棺出现的地方。这老丈应该知道吧？"

老者点点头："不错，不错，是大碗村。公子知道的真多，难道是想要寻宝？"

书生一笑："晚辈只是喜欢听故事。传闻姑且听之，不可尽信。晚辈总觉得，这方土地之下，另有隐秘。非送子合婚的神迹，而是不为世人所知的传奇。"

老者望着书生脚下的地面："老夫不知道什么隐秘传奇，但故事确实有不少。老夫昔日里还听过另一种说法，许多许多年前，丰乐县某处的地下曾有一座城池，一位公主住在里面。有一天，公主遇见了一个误入城池的少年。"

书生双眼亮了："而后如何？"

老者道："而后，公主喜欢上了少年，少年也喜欢上了公主。"

书生兴致盎然："两情相悦，令人艳羡。再然后呢？"

老者半闭起眼："再然后啊，两人就永远在一起了。其实公主不能到地面上，她一见光就会化成粉，亦有邪魔觊觎公主。但少年不会让公主堕入邪魔之手，也不会让她消失不见，他诛灭邪魔，与公主长相厮守，直到天荒地老。乡下故事，简单得很，让公子见笑了。"

书生立刻道："不，老丈讲述虽然简略，但可想象其中的荡气回肠。"

老者呵呵两声："只是寻常故事罢了，公子姑且听之。"

书生转目又看向崖外，陷入沉思。

日渐偏西，书生离开崖顶，沿着弯曲石阶下山。

上香的人已走得差不多了，山道上十分寂静。道旁密密的树林中，黑影盯着书生的背影，不远不近地跟随。

"少爷——"

弯道处突然跃出一个书童打扮的少年，身后跟来十来个形容精干的男子，一起扑向书生。

"少爷，你怎么自己跑到这里来了？要是磕着碰着了让小的们怎么向老爷夫人交代！求少爷可怜可怜小的们，别再乱逛了。"

"我只是出来踏踏青，这不是好好的嘛。"书生含笑抚慰书童。

树丛中的黑影收起手中的匕首，无声无息地潜回阴影中。

"慈寿姥姥，初现神迹于丰乐县郊。托躯石柩，浮显井中……"

封若棋放下手中的笔，端起茶盏。

茶水已凉。沏得过久，本应碧绿清亮的茶汤在烛光下泛着褐浊，入口微涩。封若棋盯着窗纸，回想白天的事。

"请问，先生可是慕叶生？"

几个陌生的男子叩开门，开口便是这句询问，令他不由得一怔。

"不才鄙姓封，名若棋。昔日曾写话本，所用化名是慕叶生。敢问诸位是……"

为首的中年男子拱了拱手："唐突先生，吾等乃丰乐县人氏，窃食县衙礼房薪俸。最近县中寿念山慈寿观重修，知县大人久仰先生高才，特命吾等来请先生写一篇碑文。"

丰乐县的慈寿姥姥庙，封若棋久有耳闻，据说求子极其灵验，每年春上，京城都有不少人过去烧香。关于那个庙的来历，传言也很邪性。说是多年前，有人从一口老井里挖出了一口石棺，里面躺着一个白发童颜的老妪，跟着又出了很多邪乎的事情，村民请高人作法，将棺材抬到山上埋了，并建了一座庙祭祀。

此类传说，乡野多见。祭拜非正神者，且无朝廷赐匾，一般被视作淫祀。地方官府若纵容，朝廷还会处罚。丰乐县毗邻京城，这县衙怎的如斯胆大，大张旗鼓翻修这样一座庙，还立碑铭文？

听说丰乐的知县才刚上任，或许不太熟悉朝廷的规矩？

而且，他们请人撰文，为何放着大把的高贤名士不请，要请他这样一个写传奇话本的人？

封若棋心中堆积种种疑惑，但当时不知怎的，就客客气气将这几人迎进了厅中，听他们讲了一堆"知县大人久慕先生才学，撰文者非先生不可"之类的客套话，稀里糊涂应了下来。

待送走了几位客，他渐渐清醒，越想越不对劲，越琢磨越觉得蹊跷，但事已经应下，若再奔去丰乐县衙，推托不干了，着实不妥。

封若棋叹了口气，罢了，写了这么多年的传奇话本，还怕稀奇古怪的事吗？

可能找上他这个写传奇的，就是因为这事太邪性，正经的文士没谁愿意写吧。

唉，一切障，皆是自障；所有魔，都是心魔。

封若棋站起身，提起身后小泥炉上的壶，准备再重新烧一壶水。突然，他的脊背感觉到透骨的凉意。

咣！

紧闭的窗扇猛地大开，一股劲风扑向愣住的封若棋，卷起桌上只写了一行字的纸。

灯，灭了。

一片黑暗。

一

刘知荟一案告一段落，大理寺卿邓绪特意告知张屏，让他暂不要回宜平，留在京中。着沈少卿将张屏安排在大理寺旁边的淳和行馆中住。

行馆外貌甚为朴素，门匾上单题"淳和"二字，白墙墨瓦，梁栋檐柱皆无绘饰，门窗游廊样式简单。

沈少卿与馆丞引着张屏到了东南角的一座小院落。小小一间厅，连着一卧房、一书房，陈设朴素，但样样齐备。地砖下有火道，踏进屋中就觉得十分温暖。院中梅花开得正好。

馆丞道："馆内轻易没人住，极清静。"

张屏"嗯"了一声，将包袱搁进卧房。

沈少卿看着张屏的模样，暗暗佩服。住进这里都如此淡定，果然是宠辱不惊的一个人，怪不得邓大人如斯看重。

馆丞道："随行可在耳房中住。"

张屏道："就我一个。"

馆丞笑道："打扫收拾馆内都有人做，三餐亦会送来，大人随便吩咐馆中人便是。"

张屏拱手向馆丞道谢，沈少卿亦自去回禀邓绪。

张屏在屋里略歇了歇，便出了行馆，到街上继续寻找陈筹。

寻了几处陈筹以往爱去的地方，都无头绪。张屏在买年货的人群中穿行，去年，他就是和陈筹还有其他几个合住的试子一道过的年，凑钱买了几斤羊肉，拿铜锅炖着，弄些菜蔬粉条边涮边吃。

恰好几个胡人打扮的男子推着一车生羊迎面而来，张屏不禁驻足望了过去。

推车远去，身边忽地响起一道男声："张大人，我家大人有请。"

张屏转头，见一年轻男子，头戴圆皮小帽，足踏黑毡靴，窄袖灰缎袍外罩着一件驼绒毛边比甲。

随从。

很有钱。

武官近侍打扮。

张屏同他进了临街酒楼，二楼雅间的门一开，果然见王太师的大公子、刑部侍郎王砚端坐其内。

王砚向他一点头："坐。"

随从替张屏拉开椅子，张屏便坐了。

桌上无菜碟，但屋中有酒味，王砚嘴角发油，碗盏筷子像是新换过的，显然是吃过一轮了。随从端来新温的酒，跟着两个小厮抬着一只油汪汪的烤全羊进来。

羊到近前，方才能看清羊身上的纵横刀迹，已剔分切好，皮肉却都不散，足见刀功。

王砚向张屏道："吃吧。"

张屏夹了一筷。

王砚端着酒杯道："还没回去？"

张屏不得不暂停咬第二口羊肉："嗯。"

王砚又道："邓绪让你留在京里过年？"

张屏点头："是。"

王砚挑眉："你一个人在街上逛，是邓绪没给你安排地方住？"

张屏把羊肉吞下肚："安排了。下官现住在一个叫淳和的行馆里。"

王砚放下酒杯。

张屏自羊肉上抬起头，王砚向他摆摆手："没什么，接着吃。"

下午王砚回了刑部衙门，向陶周风道："邓大人对尚书大人的学生张屏甚是看重，安排他在淳和行馆住。"

淳和行馆临近大理寺，亦离吏部不远。

京城六大行馆八大驿，淳和行馆不在其内，平常少有人住。只有被特传入京的官员，才能下榻其中。行馆的位置，乃是方便住的人被吏部、礼部查档，大理寺、御史台评审。这般审核身家，必然是打算授予要职。所以，朝中官员默认，若哪个地方官吏住在淳和行馆内，肯定是鸿运临头了。

即便封疆大吏，亦盼望入京时能住淳和行馆。张屏一个从七品县丞住进馆内，可算空前，亦可能绝后。

但看张屏一副浑然无觉的蠢相，王砚敢断定，这二愣子还在鼓里坐着。邓绪一腔美意倒在了狗身上。王砚不禁有些乐呵。

陶周风其实早在邓绪带张屏办案时，便看出了邓绪的意向。单从张屏的前程考虑，若能经此一案，进了大理寺，跟着邓绪，实在很不错。但……陶周风羞惭地承认，自己到底乃一俗人尔……还是想着，能亲自带带这个学生。

王砚又道："他助大理寺查出大案，必有厚赏。刑部正好缺人，大人可趁圣意未定，上折一试。"

这小子确有三四分能耐，且往往能凑巧抢在别人前头先看破关键所在，亦有几分狗屎运。要是一直待在地方上的哪个旮旯里倒也罢了，被大理寺捡去，忒便宜了他们。

陶周风继续犹豫。不是他不敢开口，而是当下形势，如果邓绪真的有意，他绝对抢不过。

王砚朗朗一笑："大人若思虑开口要自己的学生到刑部恐有徇私之嫌，可由下官奏请。若不赶紧些，只怕那小子就跟大理寺姓了。"

兰珏这几天忙得四脚朝天。

他本想着张屏若不急着回去，可再到兰府中住两天，过个年再走。待听说他住在淳和行馆，顿时不再多言。

他实在也没工夫再多过问张屏的事。每到年关，他就惆怅自己为什么在礼部这个越过节越忙的地方。而今年的忙碌更胜过以往。尚书龚大人致仕在即，礼部的要紧事都得他这个侍郎扛着。前些时日，他助大理寺查刘知荟一案，假装中毒，趴了几天，堆积的大堆公务，却不会因为他帮忙查案有功就分与他人。还有那本要当作龚大人致仕前最后一件政绩的劝学励志册子，更得抓紧时间编出来。

偏偏这时，龚大人临要离去，依依之情浓厚，时常召唤兰珏，共忆往昔。兰珏每天陪着龚大人或笑或泪唏嘘完岁月流淌，转身就得撞进隔壁扎向如山公文，回府还要熬夜审编那本劝学册子。还没觉得怎么样的时候，居然已经年三十了。

年三十清晨，兰珏一边挥毫将参过自己不下三百遍的钱御史雕琢成一株奋发蓬勃的傲雪寒梅，一边思量要不要自打脸，把不让兰徽踏进柳家大门的誓言吃进肚子里。

那时热血涌脑，把自己身为苦命的礼部侍郎，从年三十到初一都不可能在家的事给忘了。

等一会儿他就得去宫中，核查初一大祭和朝会的一应事项。柳家偏偏真的顾及起他的感受了，居然没有派人来接兰徽。难道是在抄手等着自己送过去吗？

唉，脸面二字，本是虚幻。兰珏搁下笔，正要喊小厮，长修蹩到门口小声道："老爷，柳、柳府来人了，说是老夫人想少爷，大年下……"

兰珏"噌"地站起身，长修一抖："老爷，小的这就让他们走。"

兰珏立刻道："慢。"拧眉，酝酿片刻，叹一口气，"毕竟是血脉至亲……罢了，让少爷收拾收拾。"

张屏在陶周风府中过了年三十。

陶周风没让王砚开口讨张屏，而是趁永宣帝谈到这个案子时，先在永宣帝面前委婉探了探口风。

"张屏能得邓大人看重，实在是他的福分。"

永宣帝的话让陶周风有些琢磨不透："张屏确是未令朕后悔将他列入今科。这桩要案，他立功不少，理应重赏。"

陶周风忙道："他还年少，此番邓大人能带他历练，已是赏赐了。"

永宣帝笑道："愿他自己也能这么想。邓卿对他极力称赞，朕觉得他多历练历练，来日可成栋梁。"

这到底是打算升张屏还是不升呢？

陶周风吃不透，在张屏面前一丝口风未露，只勉励他，年轻时不要怕吃亏吃苦，待日后会发现，吃的都是经验。要更加奋发，报效朝廷。

张屏听得很用心，陶周风甚是欣慰。

吃完年夜饭，张屏带着陶夫人给的一提盒饺子，顶着满天烟花，踏着爆竹声回到行馆内。

年初一早上，张屏跟厨房要了个小炭炉，拿小锅下了饺子，正独自吃着，忽有人急敲他院门："张大人，张大人，宫里来人，速更衣接旨。"

行馆前厅，为首的老宦官眯着双眼："可是宜平县县丞张屏？"

张屏整衣跪倒，老宦官展开卷轴——

沐天郡宜平县县丞张屏，擢升京兆府丰乐县知县，三月十六前到任。

初一下午，兰珏领完御宴出宫，两眼发花，两腿发虚。万幸这次一切圆满，御宴上，永宣帝道"龚爱卿与礼部其余众爱卿辛苦"时，说到其余二字，目光落在他身上。兰珏随在龚尚书之后谢恩，敛让无争，一应夸赞功绩尽数由龚尚书担着，龚尚书心中自也感动。

离席后，众王和一些老臣同龚尚书还有话说，兰珏先行一步，正走着，遥遥看见前方，王砚竟和京兆尹冯郤对面拱手，像在互贺新春。待兰珏走到近前，二人犹在含笑对话。

兰珏亦与冯郤互道了几句祝词，待冯郤走后，笑道："看来刑部与京兆府的情谊，新年将有新气象。"

王砚咧嘴："这个老冯，跟我讲了这一时话，不知道在心里给我烧了几摞纸。若非本部院，他帐下岂能新添一卒？竟不谢我。对了，佩之你还不知道吧？"

兰珏微微扬眉。

王砚道："就是你和我们尚书大人都甚爱的那个姓张的小子，邓绪本来想要他到大理寺，但是没要成。皇上把他给冯郤了，派到丰乐县。应该就是这两天下旨。"

兰珏微觉意外。

王砚嘿嘿一笑："这事其实有我一份功劳，我也是无意为之。"

刑部与京兆府因抢案积怨，势如水火，平日各自布置人手巡视京城各处，力求不放过每一根罪案的毫毛，甚至互相在对方衙门附近安插卧底探子。

前几天，王砚去大理寺抢案，碰了一鼻子灰。冯郤得知，非常开心，以为王砚接下来必定拖上他爹的大腿，从邓绪手中夺回脸面和案子，怡然袖手旁观，防范不由稍有松懈。

然就在一个风和日丽的下午，刑部的一个小捕快偶然便装，偶然地到了京兆府门口，单纯想吃口茶，坐到了京兆府大门斜对面的茶棚里，无意中看见一个老者遥遥望着京兆府大门，犹豫踟蹰。

小捕快是个热心肠，便走上前去。老者拉住他询问，可知道向京兆府报案需要什么步骤，是直接问门前衙役，还是得先击鼓。

小捕快遂将老者搀到一旁，询问老丈何事报官。

老丈道，他是丰乐县姚员外的家仆，姚员外的小公子丢了，知县老爷到京里来了，县衙使不上力，员外便派他前来京兆府报官。

小捕快道，京兆府的冯大人是有名的青天，肯定能破此案，老丈请放心，赶紧去找门前衙役，他们会问你些话，若是这个时辰刑房的人还在衙门里，就能带你去刑房录个案。若已经走了，得等明天了。录上案之后，刑房会定夺案情，看他们年底忙不忙吧，忙呢，就多等两天；要是不忙，大概两三天便能裁定出查或不查。再看刑捕那边忙不忙，快的话，不出三四天，就会下到你们县里查了；如果一时人手抽不过来，得再多等等。

王砚向兰珏道:"这说的都是实话吧。"

兰珏沉默。

老者扳着指头算了算,大惊失色,那等官爷们来查,我家小公子若一直寻不着,早该……

小捕快说,这也没办法,衙门办事,得按章程来。老丈你家员外可认识京兆府的人?若有认识的人,能快些,好办些。

老者说,不认识,又紧揪住小捕快问,小哥可认识吗,家员外定有重谢。并连连作揖。

小捕快赶紧诚实地说,晚辈若能帮上忙,定然相助,岂会要什么答谢。只是京兆府里的人,我认识倒是认识,但都关系不好。要是他们知道老丈认识我,反倒不会好好办你这案子了。

老者顿时无措,小捕快看这么大岁数的一个老人家,眼泪都要下来了,实在不忍,便道,其实吧,除了京兆府,老丈还可以去刑部报案,那里快。

王砚道:"这也是实话吧,是比他们快。"

兰珏继续听着。

老丈问,刑部,管这案子不?

小捕快道,刑部,就是专门管案子的。

老丈又哭着问,但刑部,是不是也得认识人才能更快些?多耽搁一时,我家小公子的性命就……

小捕快立刻安慰,放心,老丈你认识刑部的人呀。我就是刑部的。

王砚道:"我们刑部,一向案不论大小,皆谨慎对待。这案子起初是当失踪案来办,到那姚家一查,他家丢的那少爷竟自己回来了。姚家人犹不知就里,非哭着闹些神神鬼鬼。那丰乐县里有个什么姥姥庙,说是丢的少爷被姥姥摄去了,我还当是跟前日查的乱党案有关联,亲自去了一趟。"

兰珏笑道:"丰乐县的慈寿姥姥庙?我倒算是熟悉。我家乡九和县,离丰乐县不远。打小就听闻那庙十分灵验,附近各县,连京里的一些妇人都去那庙中求子。"

王砚道:"闹得邪乎得很,还说以前得每隔三年,向姥姥庙进献一对六岁男童做座前童子,九岁方得放回。直到前些年才革此陋习。"

姚家人说,他家少爷大门不出二门不迈,天天就知道在屋里读书,突然就丢了,恐怕是姥姥这些年没有童男,太过寂寞。

姚小公子回来后,眼窝凹陷,形容枯槁,沉默不言,整天浑浑噩噩,活像连魂魄都不全了。

王砚冷笑："真是胡扯。一个十九岁的男子，还能嚷嚷是被摄去做童男？这等年岁，连女子都心旌荡漾，堂堂男儿竟能静守家中？一看即知，将他吸干的妖精必定在府内。果然稍一查，便查得是偏房的一个奶娘。"

那奶娘比姚小公子大了十余岁，姚小公子竟被其迷得神魂颠倒，还想带她私奔。奶娘知道这段情缘必不能久长，趁着辞工的时候，和姚小公子甜蜜了几日，就奔进了一个肚大腰圆的粮贩怀抱。

"就这么个案子，不消两个时辰便破。多大点事，被那冯郘知道，又哭哭啼啼，跑去告御状。说我无视朝廷纲纪，逾权妄为。可笑！本是他下属渎职，民有案而无人管，不得不进京报案。单听那老者言辞，无故失踪，又牵扯些神鬼之事，焉知大小？我就和皇上说，这案子当是京兆府破的，我一份功劳不要，正如我们陶尚书所言，司部之间，须协助配合。"

兰珏可想而知冯郘当时的表情心境。

王砚嘿嘿笑道："你知道冯郘怎么个反应？他居然一副西子捧心，将要昏厥的模样，弄得皇上让两个内侍左右搀住了他。然后他说，因为我，他不知道该怎么做京兆尹了，要辞官。我立刻就说，京兆尹职责何等重大，又不像我们刑部，专门管刑讼，至于把一两件案子当个事儿嘛。分担协作，不都为了朝廷。"

兰珏更能想象冯郘当时的形容。

王砚嗤道："然后冯郘连西施都不做了，那模样，唉……"

皇上不得不安抚冯郘日，此案因丰乐县知县失职起，朕便亲自替冯爱卿再择一知县便是。

王砚道："我当时听皇上竟要亲自择派知县，就想着可能是那张屏。刚才见冯郘的神情，便知道不会错了。张屏曾侥幸先我一步破案，看着这层，冯郘定会待他不薄。"

兰珏心道，未必。

王砚又呵呵道："其实我真无所谓，恐怕邓绪和我们陶大人得失落失落。罢了，微末事不必多提。是了，佩之，我弄了些稀奇东西，还有些好酒，你今天跟初二定得歇乏，初三有空闲否？请你吃酒。"

兰珏含笑道谢应着，与王砚一道出了宫门，各自回府。

踏进门槛，兰珏便命人去柳府接兰徽，然后趁此机会先到卧房小憩片刻。正宽衣时，又对小厮道："着人去淳和行馆看看，张屏若在，问他是否已有安排，无事便让他到这边吃饭。"

兰珏睁开双眼时，天竟然已经快黑了。小厮道，兰徽已经接回来了，张屏亦已经到了。

兰珏出了卧房，兰徽立刻奔过来喊爹爹，兰珏将他抱在膝盖上，兰徽却挣扎不大乐意坐。前几天，王砚的儿子刚耻笑过他"你不会天天都坐在你爹的膝盖上哭鼻子吧"，而今过了年他大了一岁，更不是小孩子，坐爹爹膝盖这种事不当再为之。

兰珏揉揉他头顶："爹爹每年过年都不能和你一道守岁，实在是对不住你。"

兰徽一本正经挺起胸膛："父亲大人当以公务为重。即便儿独自在家里，父亲在宫中，同心同念时，便是一起过年。"

兰珏笑道："说得很好啊，看来这两天跟你舅舅和表哥又学了不少。在外公家吃得好吗？桐表哥带你玩的？舅舅舅母给你压岁钱了？"

净还是些问小孩子的话，兰徽不情愿地答道："甚好，拿了压岁钱。"

兰珏其实已听小厮说了，这回柳家给兰徽塞了不少压岁钱，还有一堆箱子盒子跟着兰徽一道回来。兰珏也不去问兰徽到底拿了多少，只忍不住猜他这回要把钱藏哪儿。

兰徽从会走路起几个惯藏钱的地方，兰珏都知道。床板底下，屏风座台下，卧房的细颈桃花瓶内，书房的经集盒子里，还曾溜到市集上，偷偷买过一个长得特别像夜壶的瓦罐，里面藏了几个金锞子，埋在花园的太湖石旁，在石头上做了个记号。

兰珏一时兴起，就把那罐子挖出来，多放了一个一模一样的金锞子在里面，然后埋好。过两天，又放进去两个，再过两天，放进去三个。待又放进去六个的时候，晚上兰珏在灯下看公文，穿着睡袍的兰徽挠开书房的门，扒着桌边问："爹爹每天很累吧？"

兰珏道："唉，爹爹要养家啊。"

兰徽转而扒住他胳膊："爹爹很累就不要做了，徽儿可以养你！"

兰珏乐得不行，知道不能再继续，次日就再加了七个金锞子，留下一张左手写的纸条——

天机既泄，缘分已尽。

当天下午，兰珏看见兰徽在池塘边蹲了很久。晚上，兰徽又肿着眼泡挠开兰珏书房的门："爹爹……"

兰珏摸摸他的头："乖，快去睡吧。你还小，等爹爹老了再让你养。现下爹爹得好好做官。"

兰徽耷拉着脑袋"嗯"了一声。

前年兰徽刚开始换牙的时候，曾把一颗脱落的槽牙误吞进肚子里，以为自己要死了，遂将一封泪痕斑斑的遗书夹在兰珏正读的一本书内，里面把他藏钱的地方全都交代了，还将几个丑得兰珏不忍直视的玩偶和其他一些偷着藏下的小东西拢在一个匣子里，在遗书中让兰珏想他时就看看。

兰珏没奈何，把吴士欣叫来，吩咐他假装不经意地告诉兰徽，牙齿吞下去会拉出来，死不了人。而后当没发现般任兰徽把信和东西偷偷摸摸地收回去。

但是兰珏欣慰地发现，自己的儿子还是挺谨慎的，虽然以为遗书兰珏没看过，还是把藏钱和东西的地方换了。这回收了忒多压岁钱，不知会不会再开辟出一个新地方。

想到这里，兰珏唇边笑意不由得更深。又着人让张屏来小厅。

张屏这番过来，带了点果品做拜年的礼物，兰珏十分欣慰，毕竟是越来越会做事了。

他笑向张屏道："士欣回家过年去了，方才无人陪你说话，是有些怠慢了。"

张屏道："学生有书看，未觉寂寞。大人客气。"

唉，要是再会说话一些更好。

兰珏在心中向自己道，不应要求太多。

他亦思量，要不要提醒张屏去拜谒冯郜。到任前先拜见上官乃约定俗成的规矩，且张屏是圣旨封的知县，更加得先去问安以示谦逊。

但冯郜这个人素来较真，要是张屏话没说好，礼没行对，反而不如不去。

晚膳开席后，兰珏随口问张屏："听闻你年后将迁任丰乐县知县？"

张屏点头。

兰珏含笑："可喜可贺，但日后得要更忙一些了。何时到任？"

张屏道："三月中旬。"

这无可救药的应对让兰珏深感无奈，心道还是别让他去拜见冯郜了，便转开话题："你上任后，致仕归乡的龚尚书必将从丰乐县行过。届时……"

张屏握着筷子，像块木雕般凝望着兰珏。

兰珏含笑道："罢了，说这事还有些早。到时候一应安排，由礼部知会你，你按照列出的单子做便可。"

张屏又点点头。

兰珏这里和张屏闲话，却发现兰徽一直看着张屏，两眼闪闪发亮。

等到上汤的时候，兰徽终于看着张屏开了口："你帮大理寺破的那个案子，是关于什么的？桐表哥不肯告诉我。"

兰珏微肃起神色："徽儿，对长辈怎可不用敬称？张先生还曾教过你学问。快快赔罪。"

兰徽耷拉下脑袋。

张屏道："是查了一群骗子。"

兰徽双眼顿时又焕出光彩："唔？"

张屏正色："但不可细说。"

兰徽猛点头："明白。"又往张屏跟前凑了凑，"张先生，那案犯都被抓住了吗？"

张屏道："抓住了。还没抓住的，也逃不掉。"

兰徽眼巴巴地望着他："爹爹也帮你们忙了，对吧？前几天爹爹说他生病了，其实是装的。"

张屏嘴角微微扬起："对。"

兰徽道："那……"

兰珏缓声道："徽儿，饭时不可多言。"

兰徽不情不愿地挪回座位，嘀咕了一句："刚才爹爹说得最多。"

兰珏当没听见。

到了晚上，兰徽又挠开兰珏卧房的门："爹爹。"

兰珏放下书卷看他："何事？"

兰徽走到兰珏面前，神色郑重："爹爹，儿想长大后，秉公正，洗冤情，平悬案。"

兰珏的眉头一跳，不知怎的，眼前恍然浮现长大后的兰徽耷着眼皮幽幽地说："爹，你吃碗面睡吧，我得回衙门，不陪你过年了。"

不可能，绝对不可能！

我兰珏的儿子，变不成那样！

兰珏蔼声道："你不是曾说，要和爹爹一样吗？"

兰徽挺起胸脯："丈夫者，当平天下不平事。"

兰珏起身摸摸兰徽的头顶："嗯，立此志向，亦甚好。但不论何等志向，若不好好读书，都是空谈。初五之后，继续用功。"

年初二，邓绪让柳桐倚把张屏带到邓府中，吃了顿饭。

"小子，你在查案上甚有天分。实不相瞒，本寺本想让你到大理寺，但皇上调你去了丰乐县，你我暂无更深的缘分。不过我看人不会差，你将来还是吃这碗饭的料。"

又拿出一块令牌，丢给张屏。

"虚话不多说，我大理寺可调查天下所有疑案，你到地方任上，若有案子上的事需要帮忙，拿这块牌子到大理寺，可直入衙门，告知于我。"

张屏收下牌子，诚心向邓绪道谢。进大理寺或刑部，对他来说真是好到不能再好的事。不过，在宜平待的那段时间，让他觉得，做知县，也不错。

年初三，张屏动身回宜平，临行前，陶周风慈爱地叮嘱他，做了几个月的县丞便升任知县，足见皇恩浩荡。一定要好好做事，不负皇上，不负社稷百姓。

张屏一一应下。

陶周风末了问："可已见过冯大人？"

张屏道："尚未。"

陶周风抬须沉吟了一下："也罢，待上任时再拜谒，更庄重些。"

张屏再去兰府辞行。兰珏问他："你是二月底卸任去丰乐？"

"嗯。"张屏道，"学生要把县志编完，三月初也行。"

兰珏微微笑道："我大约在二月底会告假一月回九和县扫墓，九和就在丰乐县旁边，说不定到时还能顺道去看看你。"

张屏立刻道："学生等着大人。"

兰珏笑意更深了些："还不一定。若是能过去……"本想说便让你请客，但又觉和张屏这样的下属晚辈这般玩笑，不甚妥当，便没说出口。

张屏望着兰珏，又道："学生等着大人。"

离京的路上，张屏又去陈筹和离缩曾住的那茅屋中看了看。

茅屋已被大理寺拆了，连地面都被挖过，张屏在原地站了片刻，方爬上了马车。

回到宜平，邵知县待张屏愈发热烈。因之前的案子，邵知县亦得了些奖赏，且张屏已将调任，再无忧患，情更切切，意更稠稠。

永宣帝让张屏留任到二月，在县丞这个位置上差不多凑够半年，多出的两个月只是填补。邵知县自然明白，恨不得把张屏插香供起来，数度恳求张屏不要再编县志了，又派出数人协助。但张屏仍是在两月之内编完了县志。

二月越过越少，邵知县只叹光阴不等人，常常携起张屏的手，双目蓄满泪水。

"张大人啊，来日，你会记得宜平这个小地方吧？"

张屏只能回答："会。"

兰珏的那本劝学册子，在礼部众官齐心协力下，顺利在二月完本，刻版印刷后，颁发地方。龚颂明尚书将于三月初二正式请辞致仕，依例恳辞三次，永宣帝方会恩准。约在三月末，新尚书将到任。

新尚书人选兰珏已经知道了，是翰林学士、通议大夫仇祐。

仇大人不比龚尚书年轻几岁，正直有雅望。论资历，论学识，论处事，兰珏摸着良心掂量，都远比自己担当得起礼部尚书之职。

永宣帝年少，此举正表明他虽为少主，亦看重老臣。

兰珏会在龚尚书正式请辞前，二月底的时候，告一月长假。

他嗅着刚印出的劝学册的油墨香，想象着自己即将睡到日上三竿，踏踏青，泛泛舟，赏赏春日美色的好日子，甚畅甚慰。

然，不知道算兰珏倒霉，还是龚尚书太衰，二月二十二，兰珏打算递假条的这日，出了一桩事。

玳王启檀在清思殿偷窥塔赤国王子察布察里克洗澡，被王子的随从撞破。

二

前来宣永宣帝口谕，着兰珏即刻入宫的老宦官提着灯笼拍开兰府大门时，兰珏都已经睡了，先清醒了片刻，才问："是否玳王殿下一时走错了路，误会？"

郭公公叹气摇头。

今日并未安排过玳王接见塔赤王子。即便玳王接见，亦应在皇宫里。

清思殿在宝华宫，本是太祖皇帝修来供圣慈仁庄太后静休之用，同光帝时改作番夷上宾居住的行馆。

玳王的府邸在长乐街，去宝华宫最快也得近一个时辰，王子戌时入浴。论天论时论场合，玳王都是个绝不应该出现在那里的人。

事发后，上官郎中和鸿胪寺卿便快速赶到了宝华宫，安抚王子和随行使臣。

察布察里克王子感到了极大的惊恐与羞辱，目前的情绪极其不稳定。使臣说，其实玳王早有猥亵之意，玳王初见王子时，眼神就十分赤裸裸，言辞多挑逗。玳王还曾约王子一同喝酒，在席间说，按照天朝的规矩，喝一杯就要脱一件衣服。王子阅读过天朝的书籍，并未看到过这个习俗，便没有遵从。玳王又企图灌醉王子，邀请王子同榻而眠，说这也是天朝习俗之一。王子隐隐觉得玳王有些奇怪，但为了两国的友谊，一直隐忍未曾声张，只避免再与玳王见面。岂知玳王见不到王子，更加压抑不住兽性，竟然在夜晚潜进清思殿，做出这种令人发指的行径。

兰珏听后，不知该作何反应。

玳王今年十三，察布察里克王子今年三十。

宫中因这件事，已成了一锅沸水，怀王等诸王亦被召进宫内。太后一时气急，哭道："哀家无颜去见先帝！是哀家疏于管教，对他太过纵容，竟让他小小年纪，随了怀王的毛病……"

其余诸王怕在座的怀王脸上挂不住，连忙岔开话题劝慰。

怀王道："对，都是臣的错。是臣打小惯着玳王，让他随我了。臣一向都道，管孩子不当太严。俗话说，缺什么，想什么。这个岁数，正是好奇的时候。成天怕他学坏了，贴身侍候的全是半截入土的牛头马面。那察什么克跟个隔夜的荞麦面锅盔一样，他都去看，若是见惯了好的，何至于此？"

兰珏赶到宫内见驾时，玳王刚被带到御前。兰珏行礼后退至旁侧，永宣帝望着玳王道："檀弟，和朕说说，察布察里克到底何处令你着迷，竟让你做出如斯下流行径？"

怀王一脸痛心："下回想看就和叔说，叔带你去看好的。"

一旁端坐的其余诸王都神色阴沉，嘉王轻咳了一声。

玳王鼓起腮："皇兄，这是误会。臣弟没有下流，更不是跟小皇叔一样了！臣弟就是想看看察布察里克身上的那头狼是不是真的。"

塔赤国的人说，察布察里克王子是天狼星下凡，生来后背上就有一只狼。最初是一只奶狼，与王子一道慢慢长大，如今已雄姿飒爽。更神奇的是，王子醒来时，狼眼是睁开的；王子睡着，狼眼也闭上了。

怀王道："这等传奇一听就是编的，还用当真去查证？"

玳王嘟囔："当然知道是假的，上回围猎的时候就瞧着了，文得跟个狗头一样，狼眼还拿绿颜色染了。"

永宣帝道："那你昨晚还去作甚？"

玳王支吾了片刻，在永宣帝和诸王的逼问下，终于彻底招了："就那么个玩意儿，还神神秘秘的，跟旁人都多想看似的。随便弄瓶洗颜料的水就能脱了它。"

永宣帝与诸王的脸色更难看了。

玎王皱皱鼻子："都是男人，看看怎的，值得如斯哭天抢地？"

永宣帝长叹了一口气："檀弟，你明白自己做了什么否？你不单偷窥了察布察里克王子沐浴，还往他的澡盆里下了药。"

兰珏与颤巍巍的龚尚书立在一旁，不知该哭还是该笑。这事若与他毫无干系，是挺好笑的。但儿戏一般的事，已上升为两国邦交关键。

塔赤国与本朝在边境素有摩擦，察布察里克王子和其兄都尔古都争夺汗位，略居下风，才被发配出使。察布察里克通过使臣向朝廷暗示，若支持他成为可汗，愿与天朝修好，世代朝贡。

使团中也有都尔古都的心腹，传达了同样的信息。朝廷权衡之后，决定暂不偏向，由他们内讧，看形势再说。

玎王偷窥之事一出，察布察里克摆明了借此闹大，要挟朝廷。

情况如斯尴尬，定要先安抚察布察里克，再商谈。来回往复，为了做足场面，其间或再罢黜一两个主谈的官员。

按照鸿胪寺一贯的德行，肯定会把皮球踢给礼部。且鸿胪寺卿薛沐霖官才四品，不会是主谈。

兰珏在被召进宫的刹那，心中已有了觉悟。在朝为官，往往如此，并非行差踏错，亦非败于政敌，纯粹是死在一个衰字上。赶上倒霉没办法。

最近总惦记着休假的滋润日子，这下好了，有大把时间，广阔荒漠可待放歌。

永宣帝已开始点题了："如今……只能暂先稳住察布察里克王子与塔赤使团。"

龚尚书颤巍巍佝偻着身体，看样子想要请旨。即便这个差事不是明摆着会落到自己头上，兰珏也做不出缩头让老尚书出面扛下的行径，便在龚尚书动之前，先一步踏出："主客司上官郎中已与鸿胪寺卿在宝华宫安抚。"

永宣帝微微颔首："朕知道，但察布察里克王子受惊极深，恐怕上官卿二人难以安抚。"

其实塔赤国使团已经嚷上了，说派这么两个官来态度太敷衍，要和能管事的谈。

兰珏眼下只能赌，赌永宣帝尚年少，淳厚心性未泯。

"若皇上信任，臣愿前往。只是以臣拙智，或可暂稳，恐难化解。皇上若恩准，臣便权且待罪往之。"

永宣帝道："兰爱卿前去，实在再好不过。玎王妄为，惹此祸端，累众位爱卿周旋，朕愧对众卿。兰爱卿再称罪，朕情何以堪。卿做事，朕素来放心。塔赤使团一时半刻必不肯干休。兰爱卿明日和薛卿过去，只当先探探他们的意向。"

兰珏领命，稍稍松了一口气。

永宣帝又道："塔赤国使者蛮性未脱，兰爱卿明日多加小心。"

兰珏又再谢恩。

永宣帝等于是在给他下保证，绝不会拿他顶缸。不过，此一时，彼一时，这样的保证能当多大真，能当多久真，实在不好说。只能两眼一闭向前了。

永宣帝又瞥了一眼玳王："龚爱卿和兰爱卿深夜来议此事，辛苦了。先回府休息吧。"

兰珏知道这是皇上和诸王要关起门来教训玳王了，便与龚尚书告辞。

退出勤政殿，龚尚书向兰珏道了声受累。

兰珏道："既为臣下，此乃理所应当。夜深凉寒，大人回府后记得进些热汤。"

龚尚书心中自也感怀。这些年来，他对兰珏的感觉一直不算太好也不算太坏。兰珏是年轻一辈中爬得很快的，行事圆滑，礼部的冗务多是他扛下。即便有些行为龚尚书不赞同，亦睁只眼闭只眼。但这般能力，这等行事手段，侍郎之位在他眼中，必然只是一个台阶。龚尚书以往不能说没有防范，乃至致仕前，推荐接任人选，将兰珏列在其内，言辞只是泛泛，并谈及他常被弹劾的疏漏。

直到将致仕的这段日子，龚尚书才觉得兰珏真的行事周到。不管是否出自真心，能做到这个分儿上，都是极其难得了。

张屏趁着卸任与赴任的空当，去了一趟丰乐县。

知县乃一县之主，与县丞职责大不相同，张屏在宜平县衙中学了一些，但知县应做的很多事，他自觉并不擅长。将担起一县百姓的责任，先去踩踩地皮，心里踏实些。

张屏最近趁空练了练骑马，此趟便骑了一匹脚稳的黄毛老马，未带随从，独自踏进丰乐县。

田野中覆盖着茸茸新绿，枝头点缀早开的春花，微风甚是怡人。毕竟是京兆府地界，气象不同，山野中隐着清幽的庄园，官道上来往行人颇多，官宦人家出游踏青的车驾蜿蜒，旷野之中，轻衫少年纵马放鹰，天上飘着颇多样式新奇的风筝。

张屏一路慢慢溜达，下午进了丰乐县城。从城门到房屋街道，再到路上行人衣着，都比宜平强出不少。

他到路旁的茶摊坐了坐，一壶粗茶也比宜平贵了两文。

张屏吃着茶听邻桌闲话，不少人提到换知县的事，都在惋惜谢知县倒霉，称赞谢知县其实是个不错的官。逢年底到京里述职本乃循例行事，京兆府有几个县的知县都不在县城坐堂，而是将衙门设在京城。谢知县兢兢业业几年，力求做出政绩，不承想，因一桩案子，在京兆府和刑部的争斗下成了炮灰。

更感伤的是，谢知县不是被罢黜，也不是调任，而是直接被贬成县丞，给新知县打下手。最近谢知县身边的人都在紧紧地盯着他，怕他想不开。

姚员外深感愧疚自责，数度向谢知县赔罪，更觉得没脸在丰乐县住下去，打算搬家。

张屏啜着茶，但觉淡淡苦涩。

离开茶棚，他牵着老马继续在街上走，见路边不少客栈门前都挂着二十九、三十、初一三日客房已订满字样。市集上有许多摊位在卖纸扎娃娃，香烛店铺门口一对对摆放着的，都是童男，没有童女。

张屏在一个娃娃摊前驻足，摊主立刻热情招呼："尊客是要到姥姥庙上香？一定得请一对金童焚献，有求必应。"

张屏问："怎么只有童男，无童女？"

摊主一笑："老人家可不都更疼孙子些？"

张屏转头看看左右绵延的娃娃摊："这许多，疼得过来吗？"

摊主脸色一变："客人，你要不信就罢了，何必如此说话。"转头招呼其他行人，不再理会他。

张屏遂动念，想去那姥姥庙看看。

他又踱去一个香烛铺前，打听姥姥庙的所在，店家告知，在城外的寿念山上。

张屏谢过店家，待要前去，却想起陶周风曾和他道："治理一县，与办案不同，非专注一事，当以大局为重，既要面面俱到，又需不失小心谨慎。"

张屏抬头看看天，决定今天还是先在县里转。

丰乐县在京城西，最繁华的一条街道是连贯东西城门的恩隆大街。客栈、饭庄、钱庄、绸缎首饰等大店铺都在这条街上。其中恩隆西大街乃是官驿所在，镖行、漕运的联络门脸亦在此处，店铺多为皮货、木漆瓷器、鞍索马具、铁铺，还有专门招待蛮商胡客的客栈饭庄，门前以正楷和弯曲胡文书明店内备有小灶，器皿洁净，可提供上品素斋，绝无大油云云。

恩隆东大街则多是钱庄、绸缎庄、典当行、珠宝铺、茶行之类，本朝最大的钱庄大正升的丰乐分号亦在此处，门首一匾，如京城总号一样书曰"汇通万国"，壁上钉着铜铸户部批文，门旁廊下设有一栏，贴着今日金银钱币通汇价格、银票兑换折算及阿拔斯等几个番邦大国的金银番币置换。

恩隆东大街的客栈、酒楼较之西大街的更华美，当然价钱也更高些。

张屏在东西大街上，都各见着了一个有官府标识的门脸，内里有身着官服的人端坐或走动。

恩隆大街来往人物车马繁杂，但道路相当整洁。张屏入城时，守城的兵卒便发给他一个兜套，着他兜在马屁股处。张屏在西大街上走时，前方一匹屁股上没套兜套的骡子行着行着，忽而尾巴甩了几下，噗啦啦落下一摊粪便。道旁立刻过来一名老者，从手提的小箱中倒些灰，掩在粪上，再自背上取下一铲一帚，将粪便迅速铲扫进一个篓子。

张屏只在这条街上来回走了走，天就要黑了，他折转到别的街道，寻一家客栈投宿。

入店后询问价格，房钱竟与恩隆大街上陈设类似的客栈差不多，比之宜平略贵，但以地界而论，仍算公道。

掌柜笑向张屏道："客人若是去京城，在恩隆大街那边投宿其实更方便，小店在那里亦有分号，都一个价格。我们县里没有因地抬价的事。"

小伙计引张屏去二楼客房，房间不算大，极其干净。若不另用酒菜，客房早晚还赠一碗粥、一个馒头、两小碟咸菜。

丰乐有不少住不起京城的试子，小伙计见张屏年轻，像个读书人模样，就询问他是否打算在丰乐暂住，可以介绍租价实惠的房子给他。

"非小的吹嘘，京兆府各县，我们丰乐算数一数二的了，京中大员都在我们丰乐置办宅子。京城有的东西，这里都能买着。恩隆大街客官去了没？真和京城的大街差不多了。"

张屏道："是，热闹，干净。"

小伙计笑道："是吧，街道都是这几年整过的，京兆府的这些县，没一个能跟我们县这样，格局这么有条理。起先也没这么干净齐整，都是这任……啊，已经是前任了，知县大人整治的。"

张屏道："谢知县？"

小伙计道："看来客官也听说了。唉，人赶着倒霉没办法。谢大人在我们县这些年，事真做了不少。本来丰乐城没这么大，都是谢大人来了后重新规整格局，进行扩建的。"

恩隆大街之前叫京通街，来往人多，颇为杂乱，店铺也无章法，谢知县将街道更名，扩宽一倍，东西两段各分其类。

连贯南北城门的街道以前就叫大街市，谢知县将其更名为正阳大街，如恩隆大街一般整治。

大正升钱庄原本从不在县城设分号，谢知县约了县中望族，亲自到京城邀约，甚至求冯府尹出面。大正升钱庄设了分号后，诸如锦昌、恒合等大商号，才纷纷在丰乐县设立分号。

两条大街如今是县里的脸面，往来客商，因丰乐好过其他县，往往宁可绕行，也要打这里经过留宿。

恩隆大街东西两段带县衙标识的门脸乃谢知县特设。西大街衙署督管道行纠纷、欺行霸市之类；东大街衙署管辖买卖欺诈、文牒丢失、财物失窃等事务。不必专跑衙门，就近快捷。

县内坊里亦重新规划，道路平直，陋屋皆拆除或修缮，各处井井有条。

路旁行乞者，皆被官府收容登记，能劳作者，便分配在城中做些打扫、归整垃圾、修剪树木之类的琐事，可挣得粮钱糊口。

谢知县上任的这几年，丰乐县百姓都过得精致又有条理了。

"就有一条，在这边讲究惯了，到其他地方不习惯。"

张屏盯着面前白得晃眼的粥碗，心知此言不虚。

次日清晨，张屏离开客栈，老黄马的毛皮被洗刷得油亮，鞍具亦擦得闪眼，小伙计又赠给张屏一个兜套。

干干净净的道路上刚洒过水，晨风清新芬芳。

寿念山在县城南边，张屏经过正阳大街出城。

正阳大街亦分作两段，南街和北街，北街是粮铺、油店、酱醋店、调料店、碗筷炊具店铺等；南街是菜市，葱姜、菜蔬、鲜肉、鸡鸭、河鲜、蛋类均分段摆摊，排列整齐，有人来回巡视，清扫地面。南北两街亦设有县衙的门脸，可称量物品斤两，还有钱庄的小铺，整零银钱随时兑换。

南街一条小巷，专卖吃食，面条馄饨、粥油茶豆腐脑、大饼馒头包子、各种炸货，亦分类分段整齐排列。

张屏买了几个包子揣着，眯眼看了看街边棍子长短粗细一致的旗帘，再望了望道旁树木一水儿直线的脑袋，又比较了一下路牙子尽头两块花砖的大小色泽，问城门口的兵卒："谢知县几日卸任？"

兵卒一怔，打量了一下张屏："看新知县几时来。"

兰珏与鸿胪寺卿薛沐霖携重礼到宝华宫向塔赤国使团致歉，只有一个使团中身份最低的随从出来迎接，其脸色阴沉，态度僵硬，面对金银宝器，眼皮都不掀一下。

兰珏温声道，玳王殿下少年心性，导致王子因误解而受惊，皇上特命礼部和鸿胪寺一同转达对王子的歉意。能否面见王子，将皇上的慰问带到？

那随从操着不流利的番音汉话道："不行，不行，王子现在不见你们，不可见你们！"

薛沐霖道："敢问，为何不可见？"

随从将头摇了两摇，络腮胡须抖动："去，去，你们，走吧。没用的。王子，不可见你们！"

兰珏道："温木里大人可在？"

随从摆手："走，走，温木里大人，沙忽汉大人，他们，都，不可，见你们！走！走吧，你们！"

薛沐霖脸上有些挂不住，这个随从，在使团中不过牵马执鞭之人，竟像赶猪一样驱赶代表皇上前来的礼部侍郎和鸿胪寺卿，塔赤国使团着实有些蹬鼻子上脸。

兰珏亦不快，但担着这件事，肯定必须得不要脸，便又诚挚地道："皇上命本部院等务必将慰问当面传达给王子，烦请代为通报。"

"走吧，你们！"那随从大吼一声，赤红双目蓄满了泪，"王子，他要离开我们了！他要回到太阳神的身边了！"

"塔赤随从道……"兰珏在勤政殿中，转禀永宣帝，"察布察里克王子性情刚烈，这次的事，令他有了回到太阳神身边的打算。温木里等在阻拦王子，未出来与臣等相见。"

诸王亦都在殿中，年岁最长的宗王道："太阳神，是塔赤国中的什么官职？难道是那国王的代指？"

兰珏与薛沐霖迅速互望一眼，薛沐霖无声地表示还是由兰珏来解释。兰珏便又躬身禀道："太阳神乃塔赤国信奉的神明。塔赤国传言，察布察里克是天狼星转世，天狼星是太阳神的儿子。"

太后自屏风后急切道："那个王子已经去了？要不，厚葬？"

兰珏还未回答，怀王就哂笑一声："他哪舍得死，一哭二闹三上吊，番子亦会这些妇人路数。"

宗王咳了一声，看了一眼怀王。

太后哼道："哀家亦是妇人，可也得说，这等路数真是不上道。"

怀王含笑："臣失言。太后乃天下之母，慈佑万民，凤仪尊严，臣等皆钦服而拜。"

太后柔声道："怀王不必介怀，哀家知道你并无他意。"

永宣帝望向兰珏："两位爱卿可探得他等意向？"

兰珏和薛沐霖称罪曰不知。

怀王道："就这么闹着要死要活，等着这边开价，胃口不小啊。"

永宣帝皱眉："依皇叔与两位爱卿看，当如何处置？"

诸王与兰珏二人都先请罪道，没什么好主意。兰珏又道："臣愚见，暂严密守护宝华宫，令察布察里克王子不会轻易回到太阳神的身边，再多致慰问，其余，需细细商讨，谨慎斟酌。"

闹归闹，反正也不会真去死，索性就大家耗着，看谁先软。

一直总不死，嚷不了太久。

永宣帝轻叹一口气："朕无他策，依卿所言。"

诸王跟着叹息点头："只能先如此了。"

兰珏和薛沐霖松了一口气，正要告退，永宣帝神色又一敛："但，玕王必要处罚，算是个交代。"即传召中书侍郎，拟旨，削去玕王衔爵，收府邸封邑，贬为庶人，逐出京城，流放乡野。

太后失声，诸王变色，兰珏与薛沐霖、中书侍郎伏地，都道玕王年幼，此罚过重，请永宣帝开恩。

永宣帝闭目道："朕乃启檀兄长，启檀之过，亦是朕之过，皆因平日纵容，铸就大错，不重罚，不足以令其自省。"

旨意即下，次日，兰珏与薛沐霖又去宝华宫慰问，这次，倒是塔赤国使团的一个还算像样的使臣出来接待了，仍是一脸沉痛："王子，仍执意回到太阳神的身边。已经有的伤痛，再也无法回到当初。"

兰珏和薛沐霖婉言抚慰许久，告辞离去。

出了宝华宫，薛沐霖长叹："愿早些了结。"

兰珏未回答，只在心里跟着叹了口气，突然右眼皮跳了跳。

回宫复命后，永宣帝温声道："兰爱卿，暂留片刻。"

兰珏顿时升起不妙的预感。

待薛沐霖离去后，永宣帝道："兰爱卿本已告假，却因此事延迟，朕甚过意不去。"

兰珏立刻道这是臣应该做的云云。

永宣帝又道:"朕记得, 兰爱卿的家乡, 就在京兆府的某县?"

兰珏道:"臣故乡京兆府九和县。"

永宣帝双眸闪亮:"哦? 甚巧。朕已命冯郆择一乡野之地, 流放庶人启檀于斯, 务农思过。冯卿向朕推荐了一个叫念勤乡的地方, 属丰乐县境, 离兰爱卿家乡远吗?"

兰珏微抬起昏沉的头:"与……臣故乡小县相邻。"

永宣帝笑了:"太好了, 兰爱卿。庶人启檀一贯顽劣, 兰爱卿能否替朕就近监督管束?"

兰珏心中一顿, 立刻俯首:"谢皇上恩赏眷托, 臣性鄙才疏, 只恐……"

永宣帝截住他话头:"兰爱卿之才学行事朕素来信任。启檀流于乡野, 朕唯恐其仍不知悔悟, 愈发堕落。思择一贤师教导, 端正一二。朕本就觉得兰爱卿是最合适的人选, 但爱卿在礼部, 职责重大, 朕不能因启檀一人置朝务于不顾。恰值卿告假, 朕方才问询。只是在休假时仍劳累爱卿, 庶人启檀又如斯讨嫌, 朕开这个口, 着实汗颜。"

兰珏忙顿首:"臣庸碌之徒, 能得皇上恩典重托, 乃百世福分。臣必当兢兢竭力。只恐侍奉不力, 有负圣嘱。"

这事……确实烫手, 也确实是个机缘。

玳王肯定用不了多久就会恢复王衔, 有这番奉旨教导的经历, 身价履历便大大不同。待今上有了皇子, 择师时, 更多了一分备列入选的可能。

从这方面来说, 永宣帝的确是给了他一份厚赏。只是这份赏, 真不好拿。

玳王骄纵, 一向无法无天, 御厨里的苍蝇见他都绕道, 又正当狗也嫌的年纪, 倘若别的娃是刚出炉的山芋, 他就是才从油锅里捞上来的。

该怎么管教? 管严了, 得罪玳王, 来日方长, 定无好处; 若一味放任, 草长莺飞, 广阔田野, 正好撒欢, 玳王绝对生事。太得玳王欢喜, 也不太妙。其中分寸, 把握得稍微偏差一星星, 便会凶险重重。

兰珏太阳穴突突乱跳, 不晓得到底该给自己烧香还是烧纸。

还有……兰徽。

兰珏本打算趁休假之际, 尽尽身为人父的责任, 带兰徽好好玩玩, 划划船, 钓钓鱼, 骑骑马, 放放风筝。

兰徽对此行十分期待, 这几天都忘记了要装模作样学大人, 常常趴在兰珏膝盖上问鱼该怎么钓, 在山上会不会遇到老虎。吴士欣告诉兰珏, 兰徽在偷偷抛弹丸练飞镖，还从兰珏书房顺出了一本《山河异兽志》研究。

突然被这档事砸中，该拿徽儿怎么办？

兰珏正这么想着，便听见永宣帝道："兰爱卿的儿子是否与启檀年纪相仿？"

兰珏心里一跳："承皇上垂问，劣子今年九岁。"

永宣帝含笑："差了四岁，不甚多，可做启檀的玩伴，只是兰爱卿怕要担忧启檀把他带坏了。"

兰珏真想顺势道，皇上说得太对了。

陪皇子读书不容易，兰徽只是个从三品小官的儿子。万一再和玭王学得一招半式，对这个世间产生别样的好奇，比如偷看看后花园的老宋洗澡什么的……

"劣子愚钝，恐不堪陪伴玭王……"

"什么玭王，已是庶人景启檀了。"永宣帝肃然，"朕正要和兰爱卿说，委屈爱卿暂为他师，朕赐卿戒尺一把，有不当的地方，该罚就罚，该打就打。"

兰珏抱着钦赐戒尺退出御书房前，永宣帝又道："兰爱卿是三月初一开始休假？"

兰珏道："是。"

这是在变相地命令，务必于三月初一前摆平察布察里克之事啊……

兰珏暗暗叹了口气，抬头看了看层叠宫阙之上的苍穹。

张屏出了南城门，沿路直上寿念山。

往寿念山去的道路和官道差不多宽阔，路边的树木排列齐整，走不多远，就有一块木牌指示方向，牌上还刻绘着笑嘻嘻的作揖童子，格外喜庆。

山下一道山门，上书"灵慈福地"四字，山门左右亦各有一尊石刻童子，左侧的抱着鲤鱼，右侧的捧着如意，头顶抓髻，颈戴项圈，红衫绿裤，手腕脚腕都套着金环，赤足踏在白云上。

从山门和这两尊童子的新旧上来看，应都在这四五年间立成。童子身上的颜色，项圈和手足环上的金粉，近期都刷补过，凑近尚能闻见气味。

过了山门，便见一尊大铜香鼎，腹部铭刻"恩感孝念，善心福佑"八个大字，被香客摸得锃亮。另刻满密密小字，庙观的香鼎、石碑上一般是镌刻着捐赠者的姓名，但这尊香鼎上刻的，好像都是商号的名字，大福缘、天香堂、功德居……

山阶下的空地左右各有一排房舍，被隔成一个个小小的门脸，挂着式样大小相同的门匾旗帘，功德居、天香堂、大福缘……门脸内是各种香束、斗香、油灯、纸扎娃娃。有的门匾和旗帘左上角，还有一朱色礼字花。

左边那排店铺旁边，另有一间小屋，无门匾，单钉着一牌，就写着一个礼字。张屏走过去，见屋内坐着两个青色吏袍的汉子，面前桌案上搁着几个漆盘，盛着大小不等的朱色礼字牌。

张屏施礼询问，一个小吏道，从这里买了牌符，可到任何有礼字花标识的店内换香供。一块小牌换一束香或一串鞭炮，一块中牌换一个纸扎童子或一盏香油灯，一块大牌换一捆斗香。

也可先买牌符，到山上再兑换香供，省得上山拿着费力。

在姥姥庙中捐牌还可吃斋饭。捐两块小牌，可吃一饭、四菜、一汤，大厅随便坐，十人一桌。捐一块中牌吃六菜一汤，八人桌。捐一块大牌能在内厢用斋，六人一席，十二道菜，两个汤，席前有供过姥姥的糖果。

"此牌乃县衙礼房特制，足下可放心兑换。牌未用完，能换回银钱，也可以下回再用。若换得香供有瑕疵，店家不予调换，可来告知我等。过几天就是三月初一，今天换六块以上小牌，或一对中牌，或一块大牌者，即送个盛香的布袋或磕长头上山系勒的围兜。"

小吏将盛香的布袋拎给张屏看，银褐福字纹布袋上书两行大字——

拜山上姥姥，更敬家中诸老。
丰乐县衙礼房。

背后右下角又有一行小字——

锦昌布庄捐制。

张屏遂掏钱换了两块小牌，牵马上山。

上山阶梯亦修得十分齐整，上了数阶，便有一段平坦斜坡，然后再是石阶。阶上踩踏平滑处又被处理粗糙，无一丝苔痕。沿途有几处茶棚，甚是干净整洁。半山处还有一眼泉水，汩汩清澈，山壁上刻着"福寿泉"三个大字。游人争相去掏水喝。泉水旁一只石刻蛤蟆，张着大嘴，众人纷纷往蛤蟆口中投掷钱币。泉旁有一小棚，一老者在棚中贩卖竹筒和刻着福字寿字的胖葫芦，还有投掷蛤蟆专用的姥姥庙中开过光的如意钱。一块礼字牌可换两枚如意钱或一个竹筒，两块礼字牌换一个福寿葫芦。

老者向张屏道，姥姥庙前有座福来桥，这里换的如意钱亦可投掷桥上的金蝠和桥下玉蟾。

张屏继续牵马向上。

在这里已能嗅到山上的香火气味，隐隐钟声响起，张屏前方一对婆媳模样的女子顿足："晚了晚了，要抢不着灵露了！"发力噔噔向前。

张屏随着蜂拥奔往山顶的妇人们加快步伐。

到达山顶，钟响九声，黑压压的一堆人"嗡"地拥向一个石台。台上有一尊头顶大碗的铜铸童子像，一名青袍纱帽的小吏与一个手执拂尘的道人各站在童子像两边，扬声让众人两人一列按顺序排好。

"诸位莫要拥挤，所谓灵露，不过天感降化，露水尔，信则有，不信则无，无须痴迷。"

"心诚自有神仙佑，心诚则灵。"

众人嗷嗷催促，几个衙役将梯子搭在童子像上，一名道人攀梯而上，从童子像头顶的大碗中舀出水，由另几人散与众人。

张屏在庙外转了转，找了几个人问询，那些人都目光灼灼，满面红光地道，姥姥庙，真是太灵了！求福添福，求寿添寿，求男得男，求女得女！

张屏又问："姥姥究竟是哪位上仙？"

被问的人指向一石壁："喏，那里刻着哩。"

张屏踱向那石壁前看，上刻一篇文字——

> 慈寿姥姥，初现神迹于丰乐县郊。托躯石柩，浮显井中，农夫焦二迁葬供养，遂成庙，求祷者皆得灵验感应，香火渐盛……

洋洋洒洒数百字。撰文者竟是京城名士慕叶生。

看成文年份，是四年前。

童子像碗中水已分发完毕，又九声钟响，众人拥往庙中。张屏待人群散开，走到童子像近前看看，应与山脚下的石像一样，是这四五年间所铸，童子的双足、肚子、耳垂都被摸得锃亮。

姥姥庙正名叫慈寿观，殿阁富丽，亦像建完没几年。

张屏踏进庙中，正前院又一尊大铜香鼎，一堆人抢着插香叩拜。正殿名曰福寿殿，一名细眉善目笑容慈和的老妇塑像端坐殿上，头戴太真宝冠，足踏如意舄，紫袄褐裙，裹着香客供奉的红缎福字纹披风，左右各一童子，左捧鲤鱼，右捧如意。

神台两侧垂着的锦幡上绣着莲子、红枣。

殿外侧厢有开光的枣核链子手串卖，两块礼字牌可换一个手串。

张屏在庙里蹓了一圈，又到了庙外，见卖香贡的小房中，有一个未标礼字花的小门脸，东西也比旁边的少些，一个老者坐在内里，手执小锥，雕着一只小葫芦。

张屏走到铺前，摸出一块礼字牌："老丈，换一束香。"

老者抬眼："客人，这里还没和衙门通上，不能拿此牌换，请去隔壁吧。"

张屏见柜上有几只刻绘好的葫芦，便拿起来看："几文一只？"

老者道："早上还没开张，算十文一只给你吧。"

张屏摸出十文钱，拿了只刻着顺字的。

老者笑道："客人想是路经此地，赶路的喜此彩头。"

张屏点头，道："听闻此处灵验，方才敬香。拜读那边石壁，十分感叹。姥姥的石椁，竟浮显于水面。石浮于水，果然神迹！"

老者道："石壁所书，是知县大人请人写的，千真万确，乃井中所出。我老儿神庙前不打诳语。"

张屏一揖："望老丈详细告知。"

老者打量张屏："客人莫非是京城来的文士，欲将此事写作戏文？那你去问问那边县衙礼房的官爷。题写本县风俗的诗词文章，写得好的，特别是京城来的，以往县里都给笔润，但知县大人倒霉被贬了，不知此事还作不作数。"

张屏道："晚辈不擅文章，只是好奇。"

老者道："客官随便找人打听便是。关于此庙的灵验，多的是，不然香火也不会这么盛了。连去京城做买卖的，路过此处都得来上炷香。"

张屏揣着葫芦在山顶绕圈，果然靠近一堆人，便能听到一些灵验事迹——

连生了六个闺女，喝下一碗灵露之后，没出两个月就有了，生下来是个小子。

都是儿子，想要个闺女，十五烧了斗香，晚上便做了个梦，梦见天上月亮又大又圆。没过多久，就确定有了，生的闺女两三岁便会帮娘做针线，又俊又伶俐。

姑娘十九了，还没嫁出去，上京城的月老祠求了都不管用，当娘的来给姥姥敬香，磕完头，出了大殿，碰见一个年岁相仿形容富态的妇人，一看就觉得很亲切，跟上辈子认得一样。便上前问，你是哪里来的，来做什么。那女子说，是来帮儿子求姻缘的，不知道为啥，儿子说的媒，女方家都不满意。反问，你来做什么的？答，我来给我家姑娘求姻缘的。再一对生辰八字，恰好合适！立刻就定下，过礼择日成亲了。亲家在京城有店面，姑爷老实，姑娘文静，天作之合。

做生意，总是赔，到京城请大师算过，说命犯流年。前年三月初一来给姥姥上香，做六日清醮，烧了三十三对开光童子。当晚就梦见一群白胖童子手捧元宝在一片空地上蹦蹦跳跳。没两日便接了个官衙的活计，工部巡查河岸，尚书大人行辕须用步障，库里囤的布顿时出了许多，自此常给官府供货。

……

张屏牵着马，默默地下了山。

兰珏与薛沐霖再去宝华宫，察布察里克王子仍是不见，随行使臣拿搪了半晌，方才摇摇摆摆出来。

薛沐霖低声道："这群番子，让他三分，真以为当他们是回事了。"

兰珏含笑立着，在牙缝中道："蛮夷者，未经教化，怎懂一个礼字。"

永宣帝重责玳王，便意味着，不会因此事在其他方面多做让步。但这群番子仍不知机，还自以为占了上风，一味卖乖。

待几个使臣坐定，兰珏与薛沐霖不温不火地说了几句慰问之辞。

兰珏末了道："礼部亦会修书向可汗致歉。请王子安心静养，慢慢平复心绪。"

使臣之首温木里算是塔赤使团中较精明的，见兰珏和薛沐霖一副徐徐然的态度，又听到这一句，顿感内涵丰富。

可汗已不大中了，所谓致书可汗，其实就是致书大王子都尔古都。

温木里便硬声道："殿下已几天没吃饭了，不知道他的身体还撑不撑得住。"

兰珏道："精膳司会再择厨役为王子另备菜肴，菜单明日议好，本部院取来与诸位探讨。"

另一位使臣红着眼睛道："若王子他，撑不到明日……"

兰珏道："内医院医官会来为王子悬丝诊脉。"

薛沐霖接着道："悲虑过度，则伤脾胃，贸然进食，亦恐不妥。缓缓为之。"

两人便告辞而去。

兰珏回味着临走之前温木里的神情，心道大概用不多久，王子便能痊愈。

张屏下了寿念山，取出在城中书坊买的县境图，翻看了位置，便向南行去。纵马十余里，向一牧童打听，前方不远就是挖出姥姥石棺的慈寿村地界。

张屏拣了一条平坦直路，往村中行去，遥遥见前方一杆旗帘，写着个"茶"字，棚下唯有一位老叟坐在茶炉旁摇扇。

张屏在茶棚前下马："老丈，一碗茶。"

老叟迎起身："恰有刚沏好的，三文一碗，公子请里面坐。"

张屏进棚，在小桌旁坐下。

老叟替他斟上热茶："公子一个人出游？"

张屏道："刚从姥姥庙烧香过来，想到慈寿村看看。"

老叟道："再行几里便是慈寿村，这里是大葫芦村。"

张屏笑了一下，他长着一张不爱笑的脸，这一笑，那老叟顿觉突兀："公子笑甚？"

张屏拱手："老丈莫怪，两村之名，皆颇有趣。"

老叟呵呵道："我们大葫芦村名土吧，不如慈寿村有彩头？其实知县大人拟把我们村改成福禄村来着，谁知还没商议妥，他就倒霉了。京城里玩的葫芦多是这里供的，养蛐蛐最好，所以就叫大葫芦村，别看糙，一听就知道。"

张屏点头："是。"

老叟接着道："慈寿村吧，以前也不叫这名儿，叫大碗村，那里凹些，地势跟个碗似的。中间有一阵，因为井里挖出来的那个姥姥，改名叫古井村。谢大人上任后，整治这整治那，山头香火旺了，就跟着改叫慈寿村了。一般的小年轻，都不知道它最早的旧名。公子去那里作甚？烧香拜姥姥，到山上庙里就成。"

张屏道："想去看看那口浮出棺的井。"

老叟道："那井外人瞧好像得交十二文钱，听说最近正修着，不知道公子过去能不能看着。原先都给封上了，也建了个小庙。往年献一对童男的时候，就是从那个小庙启程，再送到山上。不知道谢大人又打算建什么，说要拆开，重新挖口井，还没动工呢，他就遭殃了。"

张屏道："想那井本该甚大，不然石棺怎能浮出？即便竖着……"抬手比画了一下。

老叟"嘿"了一声："什么浮上来的，那都是知县大人请京里的文士后来润色的。石头哪可能浮，其实就是挖出来的。"睐眼打量张屏，"公子该不会是京里来写传奇戏文的吧。"

张屏道："不是，仅好奇而已。听老丈言语，应知究竟。可否详细告知？"

老叟又睐了睐眼："公子打听这庙来历，算问对了人，这个县里，比老汉所知还多的，应是没有了。对了，老汉敝姓郭。"

张屏说他不是写传奇或戏本的，老者不太信，遂特意将姓氏报上，万一这小书生真拿此事撰文，说不定就会在文中道，某年某月某日，录乡叟郭翁所言云云，也算跟着扬扬名。

"焦老二把那棺材挖出来的时候，我就在跟前看来着。说来是同光年间的事了。

346

那时老汉还是个小后生。我外祖家是大碗村的，跟焦家是旧邻。焦家当年在村里算是大户，焦二生来就是个瘸子，干不动力气活。"

焦二是续弦生的，其父死后，他哥嫂将他告到县里，说他生时，其父已年过花甲，他长得也不像焦家人，说不定是他娘和路过的马贩子私通怀的。拿这个借口把他赶出家门，一分钱也不给他。

焦二娶的媳妇娘家也没什么钱，丈人丈母娘均已过世。焦二无房无地，身体残缺，又不能到城里做工。乡长可怜他，便将乡学名下的几亩地着他耕种。焦二娘子去城里做零工。过了几年，两口子攒了些钱。村头野树林旁有两三间无主破屋，被官府收归，乡长就向县里说情，请县里将这几间屋卖给焦二容身。

焦二有了住的地方，十分欣喜。那屋后本有口枯井，焦二想把井挖开，好吃水。

"谁知道，往下挖了老深都不出水，挖着挖着，挖出了一口石棺。"

石棺上刻着殿阁、仙鹤等等，还夹着丝丝云絮一样的纹路。焦二吓得不轻，赶紧上报乡里。

张屏插话："是焦二自己将这石棺从井中拉出的？"

老者摇头："当然不是，他当时就挖出了一个棺材头，村里让几个劳力一起挖，才把棺材整个拉出来。大碗村有个姚老拐，懂些门道，说这棺材最好别挪动，还是搁在原地。我当时跟着去看了，就在焦二家门前搭了个棚子，把棺材放在那里。这事闹得可大，县里都有人来看。"

连县衙都觉得棺材有些神道，特意从京城里请了位法师来断。

"那法师看了说，棺材首尾刻的几个纹路是字，棺材头上的字是'遇者开'，棺材尾的字是'见者拜'，得把这个棺打开。"

乡里便请几个法师念了念经，择一吉日吉时，将石棺打开。石棺里面躺着一个老妇，鬓发银白，肤如少女，面容若生。身穿缎袄罗裙，手腕上戴着玉镯金钏，满头珠翠。

"看着跟活人睡着一样，谁都不敢乱动。村里活过一百多岁的都说没听说过这样的事。法师说，这位姥姥本是天上神仙，托胎凡世，遗仙蜕于地下。这回是跟焦二有缘，由他挖出，好让世人瞻仰供奉。"

大碗村择一黄道吉日，请法师做法事，将姥姥送到山上入葬。

张屏问："为何是山上？"

他在道观中长大，知道些风水门道。墓葬的一大禁忌，就是葬在孤独山头。

老叟道："姥姥自己选的。"

347

说完这句，老叟略一顿，在张屏关注的视线中，自斟了一杯茶，咂了一口，捋一捋胡须，方才继续。

"此事说来更是蹊跷。大碗村外有几处地方风水上佳，本想将姥姥请葬入土。哪知道许多劳力一起抬那棺材，都死活抬不动。"

焦二觉得，可能姥姥就喜欢他家这个地方，反正挖出了棺材，他也不敢住了，就让给姥姥，不多打扰她老人家便罢。

可京城来的法师说，姥姥既择定焦二将她挖出，必是早有安排。于是起坛扶乩，请她老人家亲自示下。

然而，左请右请，甚至让焦二上去请，请到的始终都是乱乩，法师又恍然想到，或许是姥姥嫌弃众人不洁，不肯降临。找了两个女童扶乩，依然不成。没奈何又找了两个男童，不承想竟然请出了乩。

"当时老朽就在旁边，亲眼见炉中香烟齐齐往一个地方飘，跟着乩便动起来！"

扶乩的两个娃娃，都是村里孩子，皆不识字，沙盘上却明明白白写出了两行字——

坐山高，观水长，云外松下妙玄藏；
座下虔许勤善功，自有福报世无双。

"老朽打小不喜欢念书，诗啊词啊更是不往脑子里去。但奇了，这几句话，我一辈子都记得清清楚楚。便是拿刀刻到心里，也只能记这么清了。"

张屏神色专注："嗯。"

老叟再呷一口茶，继续讲述。

法师将这几句乩诗解读了一下，推测姥姥是要葬在山上，还得是峰顶有大松树的山。

村人便想到，村外的大包子山顶上就有几棵老松树。然后众人又恍然发现，炉中供香青烟飘的方向正是大包子山的所在。

焦二更道出，姥姥的石棺被挖出时，棺材头亦是朝着大包子山的方位。

原来姥姥早有暗示，只是众人愚痴，不曾领悟。

众人便在做完法事后，将姥姥的石棺恭送上大包子山安葬。这回姥姥的石棺轻轻松松便被抬动了。几个抬棺的后生上了山亦不觉得累。

安葬好姥姥后，众人觉得，再管这山叫大包子山显得对姥姥不太恭敬，便都改口称姥姥山，后来又改成寿念山。

张屏听老叟讲述完毕，满脸沉思之色。老叟将之看作意犹未尽，甚是欣慰。

张屏再吃了一碗茶，辞别老叟，骑马径直往慈寿村去。

石棺被挖出的地方十分好找。像张屏这样来探访姥姥神迹的人不少，村民早已司空见惯，瞅见张屏是个穿长衫的生面孔，便在道旁主动停下，待张屏一开口，立即为他指明道路。

张屏到了地方，见果然如郭叟所言，有一座小小庙观，四周都被竹竿围了起来，但若跨竿钻缝，亦能进得去。看来不少人都那么干了——竹竿皆歪歪扭扭，这头高那头低的。

空地上的棚子下堆着砖，破旧的小庙正门与两边两扇窗歪斜着，好像一张扮鬼脸的脸。地面上还有用涂料画好的印子，看来准备把这个小破庙扩成原来三倍大。

张屏钻进围栏内，走到小庙前的一个土堆旁。土堆后，是一圈井沿。井沿斑驳陈旧，沾着新土，井壁亦是裸露的泥土。看井沿痕迹，上方及四周，以前应该有封盖的石板，新近才被刨开，打算重新挖修。

张屏量了一下井口大小，再捡了根树棍往土堆中捣了捣，仔细查看许久方才离开。

刚走出几丈，前方路口忽然冒出一个后生，拄着一把大铁叉，向他露出不甚白的牙。

"这位公子，官府有令，此地不得擅入。"

张屏停下："哦。"

后生迈到路当中："但公子方才进去了，可怎么好哩？"

张屏道："只是看看。"

后生卷卷袖口："就是不让看才围上了。你刚才还钻竹竿了吧？官府有令，但凡有人擅闯，即刻捆送衙门重罚。"

张屏"哦"了一声，一副请捆的淡然。

后生再作势打量他："我看公子应是外地人士，不知规矩。要是我把你就这么绑去官府，显得我这人好像不近人情似的。"

张屏认真地道："犯即有过，无关知否。送官乃理应之举。"

后生瞪眼看着张屏，不禁在心中破口大骂。娘的，至于嘛！看穿戴也不算破，给点小钱意思一下的事，至于做到这地步吗？！这是哪个山旮旯里钻出来的吧？

给他一叉？这种人，值得爷费这一下动胳膊的劲吗？

后生啐了一口唾沫："行了，过去吧！"

张屏向他一拱手："多谢。"慢吞吞爬上老马。

老马不紧不慢迈蹄前行，后生强忍着一叉叉上马屁股的冲动，再狠狠啐了一口，望着张屏骑着马嘚嘚远去的背影，又恨不得从怀里摸出一把钱砸到他脊梁上。

娘的，就没见过这样的人！

张屏赶回县城歇了一夜，即返回宜平县。

刚到城门前，即有人飞奔进县衙告知邵知县。邵知县亲自到大门处迎接，告知张屏，吏部派了人来，已在县衙行馆等了张屏两天了。

玳王流放丰乐县，新旧知县若在流放期间交替，不甚妥当。吏部便派人通知张屏提前到任。

前来的小吏奉命务必即刻带张屏到京城。谁想到了宜平县，张屏居然不在，不知道哪里溜达去了，小吏等候两日，憋了一肚子火气。迁任的紧要时刻，竟优哉游哉擅离旧职，跑去春游。真没见过当官当成这样的！

小吏强忍怒意，未形于色，留待回司部后再上报张屏失职之过。玳王之事，皇上圣谕，未免地方官吏因玳王身份，生出徇情之事，不得透露。故小吏提也未提，只简略告知张屏立刻启程，连夜进京。

"就歇一日不成吗？"邵知县替张屏求情，"张大人极得百姓爱戴，百姓们都想送一送。"

小吏板着脸道："任令紧急，不可耽搁。"幸而这几天，邵知县酒菜供奉尚令他满意，总算容张屏喝了口茶。

张屏要交接的公务早已整理交代好，极迅速地拢了个小包袱，便向邵知县与县衙同僚辞别，随小吏一道离开。

邵知县率县衙众僚送至城门外，许多百姓尾随围观，送别场面竟有几分浩荡。

张屏向邵知县、众同僚及百姓一揖作别，抬眼看了看城门上"宜平县"三字，转身策马向前。

三

离开宜平后的第三天黄昏时分，张屏与小吏到了京城。

小吏不让张屏休息便启程，本打算难为难为他，叫他受受罪。没想到张屏穷孩子出身，苦惯了，就算让他走去京城，他也不会觉得有什么大不了，何况是骑马。

因去了趟丰乐，张屏的骑术锻炼得挺娴熟了，小吏催促走快点，他就真的纵马闷头前奔，不喝水，不喊饿。最后反倒是小吏吃不消了，张屏还是一副可以跑到地老天荒的稳健模样。小吏不得已只得投店，吃饭时道："张大人，朝廷有令，官员在外，务必廉洁。大鱼大肉山珍海味不可上席，酒更不能多饮。"

张屏点点头，立刻点了两碗稀粥、几个馒头，端起空盘子，到大堂那头的桌边装白送的自取咸菜去了。

小吏一阵眼晕，数着粥里的米粒勉强吞了几口馒头。吃罢饭，张屏付了饭钱，小吏都拉不下脸为了这几个铜子儿与他假意争抢，便随他去了。

小吏已发现张屏是个狠人，要客房时，怕他一来劲，点两个大通铺的空位，便抢先道："寻常的干净客房还有空的吗？"

掌柜的道："有。"

小吏正要问床帐如何，送不送洗澡水之类，张屏摸出钱袋："要一间。"

掌柜笑道："双床单床？"

张屏侧首看看小吏，小吏望着他深邃的双眼，浑身一凛。这厮，二十余岁了，尚未成亲，该不会有某些别样的癖好吧？

小吏虽已过而立之年，但是个娃娃脸，不显大，加之肤色白细胜过妇人，又姓薛名皎，平日同僚玩笑时常唤他雪娇、雪雪、娇娇。愤懑之余，他精心蓄了浓须，更在某些方面格外留意，遂忙道："双床。"

掌柜的取过房牌，让小伙计引他两人去客房。

"客官退房时再结房钱便可。房中早晚各赠新茶一壶，开水可随叫随添。只送一桶热汤沐浴，若换新水或加桶需加……"

小吏赶紧打断道："天还不算暖和，沐浴怕会着凉，拿干净盆巾来，洗洗脸烫烫脚便可。"

掌柜的与小伙计早发现小吏脚上穿的是官靴，且是京官款式，故迎接得十分热情，未承想这两人竟如此抠门，但跟衙门相关的，能送情面便送情面，就依然笑着应下。

结果，进房之后，薛皎因不肯与张屏合用洗漱器皿，要了四个新盆、四条新手巾，连连唤小二送开水。小伙计团团乱转，笑脸差点没有绷住，合上门便去和掌柜的牢骚，这两人到底是做什么的，比个生孩子的女人还费东西难伺候。

薛皎更加气堵，他本打算到了客房后，让小伙计送点酒菜做夜宵，不承想跟张屏合住了一间，夜宵没了，澡都不能洗。

张屏烫完脚后，拿剩下的热水洗了洗袜子，晾在支窗扇的小竿上。薛皎只觉得吹过张屏袜子的夜风正向自己脸上吹来，一阵恶心，心中那把因饿而生的熊熊之火直蹿到天灵盖，一宿未能睡好。

次日早饭时，张屏居然又只要了两碗粥、几个大包子。薛皎闻着包子的韭菜味太阳穴直疼，勉强喝着粥，张屏关切地问他是不是不喜欢包子，要不要加个茶叶蛋，薛皎气海几欲爆裂，冷然道，不必。

张屏也不多说，揣起薛皎剩下的包子，一副打算当中午干粮的模样。

薛皎终于撑不住了，太阳刚上中天，瞅见个勉强像样的小店便翻身下马，撞进店内，报出一串菜名，总算有那么几道店中能做出的汤菜，再要了一壶好酒。

张屏跟着在桌边坐下，一副乐得消受的模样。薛皎在心里恶狠狠道，孙子，有种到外头老树底下啃你的包子！等的就是这一刻吧！好，让你装！等进了京看爷不整死你！

当晚住的是官家驿馆，各自有房间，晚饭早饭都可送到房内，薛皎就在房内吃了，不想多看张屏那张脸。熬过次日那顿午饭，快傍晚时进了京城，薛皎向张屏抬了抬袖："这时候衙门都没人了。张大人，明日上午吏部衙门见吧。"也不告知张屏衣装要求和必带的文书，更不安排他去驿馆，径自绝尘而去，把张屏晾在大街边。

张屏策马往吏部方向去。吏部在皇城东侧，大理寺、宗正府都在那一带，客栈极贵，但张屏知道离那一带不远的明华坊有几条小巷，巷内人家多有租赁空厢房的，价钱还行。

张屏就在离吏部相对较近的水泡儿巷租了一间空厢房。次日起了个大早，到巷口吃了个早点，回来漱口再洗了一遍脸，换上官服。他不知道需要哪些东西，就把觉得能用上的文书、文牒之类全都拿着，打了个小包袱，拎着步行前往吏部。

京城是个随便扔块砖就能砸死几个官的地方，但像张屏这样，穿着从七品的地方小官服色，拎着个包袱走在大街上的，仍属罕见，一路走来，自成一道风景。

到了吏部大门前，张屏向门吏道了声问询："某乃宜平县县丞，调任丰乐县，奉命前来。当去哪一司？"

门吏袖手瞄了瞄他："可有文书？"

张屏解开包袱："文书在这里。"

门吏在心里乐，敢情又是个傻子。一地方小破官，竟以为调个任，能有资格进吏部大门？懒得再理会他，转身踱开。张屏一件件掏出文书向小吏背影扬声道：

"文书在此，烦请……"

门吏头也不回，径直回门房内喝茶去了。

拦住张屏的门卫倒有一个是热心肠："说的文书，是进这门的文书。让你来，应当发给你张文书凭据，可进门的。"

张屏有这张文书，但在薛皎那里，薛皎提都没提过，因此张屏不知道。他向门卫道："有位姓薛名皎的大人带某来京，着今日到吏部。"

薛皎，这两个门卫认识，但守门期间，不能擅离。门卫便道："时辰还早，许多大人没来哩。未曾见薛大人进门，想是还未到。你就先等一等吧。"让张屏到路对面的大树下站着。

等了约两三刻钟，官轿络绎，一直未曾看见薛皎。张屏便择一空当再凑到门前："薛大人可到了？"

正是众位大人进衙门的时辰，门卫唯恐与张屏这样的闲杂人等啰唣惹来责罚，便硬声道："没有没有，再等等吧。"

张屏就又转到路对面。

其实薛皎已经到了。他知道张屏必然来得早，行至路口时远远一瞧，一眼看到一个穿着从七品官服的二愣子杵着，立刻改从侧门进了衙门。

验封司的郎中来深亦已经到了。张屏一个县丞升知县，本属文选司的升调科管，但张屏的这个知县乃皇上下旨亲封，有圣旨加持，这事便归到了验封司处。薛皎亦是验封司的承典。

验封司通常管的都是封爵诰敕之类，这么个从七品小官升七品的芝麻尖小事落手里，当真稀罕。来郎中便有些好奇，想看看这个能入皇上龙目的小县官长得是圆是扁。到衙门后，经过办事房前，瞥见薛皎正在喝茶，便在门外停步。

"那升任知县的张屏可已到了？着他到厅中吧。"

薛皎本打算将张屏好好晾一晾，反正这么大点破事，大人们肯定不会放在心上，晾到下午再放他进来。众大人公务繁忙，大约是来不及瞧这点小事的，便让他明天再来。如此这般反复彻底地晾他几天。

不承想来郎中居然记得这事，主动问及。幸而薛皎早备好答辞，流利地回道："禀大人，那张屏不曾与属下一同前来。他恣好游乐，属下到宜平县时，他就不在县中，外出踏春去了。属下等他两日，他方才回来，即便快马加鞭，也只能在昨日傍晚赶回。他亦未住在驿馆，属下不知他去了哪里，属下已告知他早早来此，等了又等，竟还没到。"

来深锁起眉："或是对京城不熟悉，走错路了。"

薛皎忙躬身："属下这就去门口瞧瞧，不行就往路口迎一迎，找一找。"又困惑地小声喃喃道，"不至于啊，这位张大人在京城住过许久，各处熟得很。"边说边快步出了办事房，匆匆沿廊奔到前院，却又从侧门绕出去。

罢了，就往街上转转，喝个茶吧。

张屏在路边树下等了又等，数度到门口询问，又被赶回。

他身穿官服，站须端正，更不能随意蹲坐。日头渐渐升高，张屏腿正有些发麻，忽而见一顶官轿在仪仗簇拥中，遥遥前来，十分眼熟。

张屏不由得向路边走了走。

门卫撤开门槛，那官轿直入门内。

张屏虽然瞧不见，但能想象那人下轿的模样。他相信自己没有认错。

门槛又被放回，张屏再往大门处走去，还未待他靠近，门卫便摆手道："没有没有，再等等吧。"

张屏顿了顿，过了衙门点卯的时辰，薛皎还不露头时，他就已经想到，这十有八九是故意的。

他觉得一路上与薛皎处得很融洽，没有得罪对方的地方，互相请了吃饭住店，虽然薛皎请的贵些，但应是算在公务费用内。那么大约是在宜平时，让薛皎等了两日，他有些不高兴。

张屏想，既然吏部让薛皎去接，那么自己必然还是会踏进这个门的。等等，就再等等吧。

他遂又回身，还未走回大树下，忽然听到一个声音道："张兄？"

张屏转过头，竟是柳桐倚骑在一匹马上，在不远处望着他。

柳桐倚翻身下马，一脸惊喜地迎过来："张兄，果然是你。你怎会在此？啊，可是因升任之事过来的？怎么不进去？"

张屏点点头："未有文书，接引的那位大人没来，故在这里等着。"

柳桐倚笑道："我们邓大人时常念叨张兄呢。正好今天衙门里有些事，我就来这里跑趟腿。要不，张兄和我一道进去吧。接引的人虽未到，办你这事的司部不可能一个人都没来。进去问问比干站着强。"转向守卫拱手，"几位，这位张大人乃皇上赐封的京兆府丰乐县知县，奉命前来领取任职文书。能否让他与我一同入内？"

柳桐倚，吏部侍郎柳远的亲侄儿，先老太傅柳羡的嫡孙，今科状元，现就在没多远的大理寺任职，吏部的人自然都熟悉。

几个护卫早在柳桐倚和张屏招呼时，心里就咯噔了一下。看来这小官有些来头。

门吏亦赶紧从门房里跑了出来："自然自然，二位请入。"又对张屏亲切一笑，"这位大人是办升迁之事？那是归文选司管，进去后，往左侧走，第一个内院便是。"仿佛才刚刚见到张屏一样。

柳桐倚道："正好，我是去稽勋司，在文选司院子的后一层，恰能与张兄同行。"

守卫牵过柳桐倚的马，张屏随柳桐倚进了门，刚转过前院，柳桐倚忽然"咦"了一声。张屏随他瞧往侧前方，只见有三人正在不远处的廊下说话。其中一人，正是兰珏。

嗯，刚才是没认错。

柳桐倚喃喃："大伯在啊，姑父怎么也来了？"

上官言谈，不可冒昧打扰。张屏正要和柳桐倚一道往内院中去，与柳远、兰珏说话的稽勋司郎中潘绚却瞧见了他二人："那边好似是二位大人的贤侄柳断丞。"

阶下小吏忙传递眼色，向张屏和柳桐倚示意。

张屏跟着柳桐倚停下脚步，向三人施礼。柳远道："都遇上了，还站这么远作甚？"

柳桐倚方才走上前去："三位大人说话，不敢唐突打扰，故未问安，望请恕罪。"

潘绚笑道："是了，大理寺曾知会过，今日为些事务要来找本司，没想到竟是让柳断丞过来。恰好兰大人也在，真真巧极。"瞧着柳桐倚身后的张屏，却有些疑惑，一个地方从七品的县丞，怎会出现在吏部之中？正要询问，兰珏已含笑开口："是甚巧。"视线掠过柳桐倚，看向张屏，"更巧是你也在。你二人乃是一同前来？"

张屏躬身："下官来领调任文书。"

柳桐倚亦躬身："下官在衙门外遇见了张县丞，就与他一道进来了。"

柳远道："哦，你便是那新任丰乐知县张屏。"

这次王砚和冯邰抢案呛起来，皇帝将陶周风的爱徒丢到京兆府做知县和稀泥一事，柳远略有耳闻。听到张屏这个名字，总觉得耳熟。

后来皇帝居然为升任一个知县下了道圣旨，大理寺又将张屏协办谋逆案的功绩送到吏部，"会办案"这个关键点终于触发柳远想起，这个张屏，正是那个协助办了今科进士被杀一案，将陈子觞的旧案再度翻出，还因此得功名，成了父亲的爱徒陶周风门生的年轻人。

原来就是他。

才刚要上任，玳王便被流放到他所辖之境，龚尚书离京时，还要从他的县境经过。因此柳远不得不亲自叮嘱下属，务必以领迁任文书为名，着张屏到吏部来一趟。

此时柳远打量着张屏，觉得这年轻人瞧着倒挺踏实。

"不曾有人接引你进来？"

张屏再躬身："承蒙传召接引至京，一路照拂。今日是自己过来的。"

柳远微微颔首："哦，虽文选司主升调，但你应去验封司。"

张屏一揖："多谢大人指点，下官这就过去。"

柳远又道："在行馆住得可还习惯？"

其实张屏被柳桐倚带进来，连个引路的人都没有，兰珏、柳远和潘绚三人余光一扫就看出究竟。以三位大人的身份，这等鸡毛蒜皮的小事，不当入眼。但柳远是清官，极看重名誉。兰珏站在这里，方才又似有似无地点了一下，这事他更必须过问。

原来柳侍郎这么亲切和气，还关心自己住得好不好。张屏垂首道："下官未住行馆，就在明华坊暂赁一舍。"

柳远双眉微皱。柳桐倚"啊"了一声："那刚好，我在宜和街住，离明华坊不远。张兄若不嫌简陋，这两天就到我那里吧。我自己住着怪冷清的。"

兰珏含笑望着柳桐倚："你不在大宅中住了？"顺势替柳远再下一段台阶。

柳桐倚笑嘻嘻道："嗯，离衙门近些，早上能多睡一时。"

柳远拧眉："无人看管，好尽情淘气，横竖是有俸禄拿了。"

柳桐倚低下头。

潘绚道："若小柳断丞还叫淘气，天下可没有端正少年了。"

柳桐倚一揖："谢潘伯父谬赞。"

柳远冷下脸："伯父都叫上了，还有没有一丝衙门的规矩！快向潘大人赔礼。"

柳桐倚立刻再一揖："下官一时忘形，望潘大人恕不恭之罪。"

潘绚忙称不用，柳桐倚又揖道："几位大人言谈要事时冒昧冲撞，之后又言及私事，屡违仪规，诸多冒犯，不敢求恕。暂兢兢告退，待稍后再来领罪。"

柳远板着脸道："便饶你此次，退下吧。"

张屏随着柳桐倚一道退下，临行前又看看兰珏，兰珏向他微微一笑，亦未多言。

退到回廊另一端，有小吏迎上，引张屏去验封司。柳桐倚得到稽勋司等潘侍郎回来，不能相陪，便约张屏晌午一道在酒楼吃饭。

张屏谢别柳桐倚，随小吏前去验封司。

那厢薛皎在街上吃了一会儿茶，觉得气顺了不少，看看日头，准备发一发慈悲，不多和张屏计较，带他进衙门罢了。

到了大门外，竟不见张屏踪迹。难不成等急了，跑了？不至于这么蠢吧？

薛皎左右张望，门卫道："承典可是在找那位小县官？已办完事走了。"

薛皎一怔。门房袖着手踱来："薛承典，那小县官是什么来头？刚才和柳侍郎那位在大理寺的侄儿一道进去的。出来时是谭书令相送，还给他备了车马。听说在里面和侍郎大人都说上话了，礼部的兰侍郎好像也认得他。"

薛皎胡乱应付了几句，赶紧进门。刚到院中，便见一同僚迎面而来，目光中充满同情："来大人让你回来后，立刻过去一趟。"

薛皎头壳"嗡"的一声，两腿一软。

张屏坐着吏部的马车到了水泡儿巷口，车夫万万没想到一个进京领封的官儿居然住在这等地方，张屏肯定地说了两三次"就是此处"后方才停下。待张屏下车，便掉转马头，绝尘而去。

张屏回屋刚换下官服，便有两个柳府的下人到来，称奉小公子之命，来取张屏的行李。

两个家仆带了马车来，道可先将张屏载到酒楼，再送他的东西去柳桐倚的小宅。张屏婉拒，离和柳桐倚约下的时辰还有一阵子，足够他慢慢走到地方。

两个家仆带的车驾本就是仆役用的，张屏不愿坐，他们亦未勉强。张屏待他们走后，结了房钱，离开了小院。

天晴得十分好，张屏晒着太阳缓缓溜达，内心很舒畅。

他觉得这趟进京总体来说都挺好的。除却薛皎似乎有些不高兴外，遇见的人都十分亲切，方才在验封司，来郎中亲自将文书、官服发给他，还反复叮嘱上任后一定要谨慎小心，确保安稳太平，这样的关怀让张屏内心和阳光一样暖洋洋的。

路边有摊贩推车卖柑橘，红彤彤的煞是好看。张屏思量，可能明天就得离京了，不如买些果品，去看看兰大人和老师。

这一思索，便在柑橘车边驻足略久，摊主看他一副穷酸书生模样，就道："公子，买否？给你算便宜些。"

张屏遂称了一篓，预备送给柳桐倚当谢礼。

正付钱，摊主忽然对张屏道："公子，这钱找你，赶紧快走，不行就先往那边绕一绕。"

张屏抬头，见几个人径直往这柑橘车旁来，走得十分急，家仆打扮，眼泡微肿，神色惶惶。十有八九，是家中主人暴亡，措手不及，临时出来采买办丧用的果品。那摊主定然也看出来了，怕张屏嫌晦气，才让他快走或绕道。

张屏朝一旁退了退，那几人到了柑橘车旁，朝摊主比画，车上的橘子他们全都要了。口音与京腔类似，应是京城附近人士。

摊主向那几人道："橘子忒多，恐几位不大好拿，可直接给送过去。"

付钱的人抱拳道："多谢多谢。就在前边双成大街意南巷，家老员外姓姚，昨日刚到京城，忽然就……"一时哽咽。

摊主道："人生本多无常事，老员外既已登极乐，万望节哀。小可就住在城东郊，家中几间大屋，储有南北各种鲜果干果，京城几个早市的果贩都从我这里进果子卖。今日闲得慌，才自己拖车橘子来卖着耍。若还需什么果品，只管和我说便是。"

那几人感激道谢。

张屏向前几步："敢问，诸位可是丰乐县人士？"

为首的汉子一愣："足下如何知道？"

另一名家仆打量了一下张屏："公子亦是丰乐县人士？"

现在还不算是，但过两天就是了。张屏点点头。

那家仆拱拱手："家老员外乐善好施，结交甚广，常来往的贵客小的不能一一识得，万望莫怪。"

张屏将自己的橘子双手捧上："老员外为何会突然仙逝？着实令人震惊悲痛。"

家仆哽咽："员外平日就不算硬朗，这些时日又因……昨儿傍晚觉出来有些不舒服，谁承想夜里就……"

卖橘子的在一旁叹道："唉，上岁数的人往往说走就走了。节哀。这么个走法，算是有福了。"

张屏道："某衣不得体，不合致唁，可否告知住址？"又将橘子往前送送。

家仆忙道："小的代家老爷谢过公子心意，果礼小的万不敢擅收。"遂将地址告诉张屏。

张屏拎着橘子继续向酒楼去，因为橘子刚才让了一回姚员外的家仆，不大好再送给柳桐倚了，就又称了些别的果子。到了酒楼，柳桐倚已经来了，见到张屏，顿时道："啊呀，张兄，怎如斯客气。这么着下次我可不敢找你吃饭了。"笑让张屏入座，示意伙计上酒菜。

张屏坐下，柳桐倚见他把拎着的一篓橘子放在脚边，道："张兄可是下午要去拜望府尹大人？"

张屏道："吏部着我明日往京兆府拜见。"

柳桐倚道："张兄不先呈帖？京里行事烦琐，初拜上官，官署中正式拜见之前，可往大人府上先呈帖知会。"

这回的备礼呈帖乃为致意，礼到不了大人面前，是对从门房到通传接待的家仆的一点知会，让大人与府上家仆们知道有你这号人物。

"而后官署正式拜见，离京时，可再做辞行。"

柳桐倚只说了三拜，已经是拜见上官最简略的次数。

官署拜见的那回是朝廷规定的流程，只是个过场。登邸造访，方是重中之重，关系到上官大人的看法态度。送什么礼，呈帖的词句，穿着言谈都至关重要，许多官员都会召集幕僚参详，唯恐纰漏。

兰珏本来也打算告诉张屏这些，但一想冯邰的脾气和张屏的性子，觉得张屏照不照着规矩做，结果应该都差不多，遂就没再多管闲事。

张屏听柳桐倚说完，皱了皱眉。

柳桐倚笑道："下午衙门中无事，吃完了饭，我可与张兄一道回去。"

上午他回大理寺后，将遇见张屏的事儿告诉了邓绪。他说得很简略，但邓绪一听柳桐倚在门口遇见了张屏，一道进了衙门，顿时了然。

"这小子真是老陶门下一宝，来日定然常常照面。就是有些地方有点傻不楞登的，偏偏分到了老冯手底下。对了，下午衙门里应该没什么事，你可以不用过来了。不记假。"

柳桐倚笑吟吟道："多谢大人。"

张屏与柳桐倚吃罢饭，一道回柳桐倚的小宅，张屏在车中一直话不多，视线常直僵僵定在窗外或某处，柳桐倚以为他在思索待会儿往冯邰府上送拜帖和拜礼的事，未多言。

柳桐倚的小宅在一条长巷中，江南庭园样式，清幽雅致，院中植有许多花木，郁郁葱茏。

张屏无暇多做打量，柳桐倚见他的眼神直勾勾的，仿佛在做什么重大的决断，便引他去了厢房。

"张兄权作休息，有事只管吩咐下人。"

张屏"嗯"了一声，拱手道谢，拎着橘子一头扎进房中，关上了门。

柳桐倚自回卧房更衣，过了一时，听见隔壁门响，便也出门到廊下，一眼看见张屏一身去奔丧般的素衣行头，手里仍拎着那篓橘子，一脸肃穆。

柳桐倚委婉道："张兄要出门？"

张屏道："去双成大街，吊唁。"

柳桐倚一怔："张兄有故人离世？"

张屏如实道："不是。是丰乐县中一位姓姚的员外，突然在京城暴毙。"简略将姚员外曾丢了儿子，被王砚查出，连累谢知县遭贬，自己因此接任的事告诉柳桐倚。

根据他在丰乐县听得的消息，姚员外这趟来京城，很可能是觉得自己愧对谢知县，想要托关系到冯府尹面前替谢知县求情。

刚到京城就死了……

张屏觉得还是去看看好些，趁下午过去，说不定能看到尸首。到了明天，就未必了。

张屏思量了一下，立刻在前往冯府尹府上呈帖和去双成大街看姚员外尸体中选择了后者。反正明天也得拜见冯大人，今天不去也罢。

柳桐倚的眼睛亮了："张兄怀疑死因有蹊跷？"

张屏道："目前只是觉得突然，得多知道些，才能判断其他。"

柳桐倚略一沉吟："张兄休怪我多事，冯大人那边，还是先呈帖拜望一趟好些。冯大人此时定然在府衙，张兄将帖交由门房转呈便可，用不了多久。再折回双成大街吊唁亦来得及。张兄可在车内更衣，若怕赶不及备礼，放心的话，我这里帮张兄备下。"

张屏立刻拱手："多谢。"

柳桐倚两眼亮闪闪道："张兄不用客气。只是你这么一说，我有些好奇，不知能不能跟你一道去吊唁？"

张屏点点头。

柳桐倚喜道："多谢。吊唁的唁礼皆由我预备。张兄你先去冯大人府邸，我在双成大街西口等你，届时你我会合，这样更快些。"立刻吩咐备车马，和张屏各自扎回房中更衣。

张屏匆匆写好拜帖，柳宅的下人已帮他备好一个礼盒，放在车中，车夫一路快马加鞭，来到冯府尹的宅邸。张屏将拜帖与礼盒交与门房，门房客气接下，一揖道，府尹大人还在衙门，尚未回府，待回府后定然呈交。

张屏松了一口气，赶紧爬回马车。

门房望着马车扬起的烟尘，心道，不知这小官还要去哪家送人情，跑得这么快。回到屋内拿起拜帖向门内道："转禀老爷，丰乐县的姓张的新知县，方才来拜。"

门内通传接过拜帖，转中院再到内院，内院到书房门前，奉与门前侍候的小厮。

小厮接过，叩开房门。

其实冯邰不在衙门，此时就在府中。听了小厮的通报，冯邰自书上抬起眼。

皇上塞过来了这个陶周风的爱徒，抚慰？与刑部建立情谊联系？刑部的眼线？暗示他冯邰不会带属下？呵呵，不过一小卒尔，不堪当回事。

竟先来拜？行事竟如此庸俗？竟与沽名钓誉浑水摸鱼逢迎溜须之辈举动如出一辙。呵呵，陶周风爱徒，不过如此。

冯邰瞄了一眼拜帖，让小厮丢至案角。

张屏在马车内换了衣袍，赶到双成大街，与柳桐倚会合。两人乘车到了意南巷，巷口不少人探头围观，巷内一门前白布高悬，哭声震天。柳桐倚与张屏向门前家仆道："闻员外仙逝，前来吊唁。"

家仆一看柳桐倚气度非等闲，立刻请入。捧着唁礼的柳宅仆从随着入内。

唁礼乃柳桐倚匆匆备就，在他看来，很简薄了。这个简薄，是相对于太傅府邸丧唁来往的礼仪。挽联、箱盒鱼贯入内，惊得姚家下人飞奔去通报。姚老员外的两个儿子听到丰乐县张屏的名字，觉得张屏二字有些耳熟，但平日来往的大户，又好像没有张姓，来不及细想时，便看见两张又年轻又陌生的脸，不禁愣了。

灵棚已搭好，姚老员外的尸身已被挪入，张屏和柳桐倚在灵棚前敬香，孝子行完谢客大礼后，张屏道："老员外陡然仙去，令人悲痛意外。"

长子姚函哑声道："儿孙不孝，还未来得及孝顺他老人家，就……"话到此处，泪流失声。

张屏肃然问："何症？"

二儿子姚岐泣道："大夫说是中风心塞……"

柳桐倚宽慰道："员外已登极乐，但请节哀。"

姚函、姚岐再谢，张屏又揖道："在下还有一不情之请，可否入内一拜老员外？"

姚函、姚岐又一怔，柳桐倚叹息："仙者永极乐，仆身在凡尘，凭香忆音容，长敬奉，镌心田。"

两位孝子眼眶一热，姚函躬身："尊客请入。"

张屏和柳桐倚进了灵棚，在灵床边向姚员外尸身恭敬行礼，暗暗打量。

姚员外身形适中，所着寿衣显然是临时买就，衣料做工虽好，尺寸略有出入，尤其鞋面，不甚贴脚。尸身面覆盖布，双手微握，稍露在袖口外。指甲并无异色，看手形，掌心中必已被孝子们放入了钱或金玉，定然也不是死时的形状。

两人行礼毕，出了灵棚。柳桐倚轻声道："老员外素善养生，却不承想……叹匆匆。"

从姚员外尸身所露在外的手指皮肤，及他陡然离世后姚家人的表现来看，姚员外身体必然一向不错。

姚家二子见他二人连父亲平日行事都知晓，越发相信他们是熟人或姚老员外在京中故交的子侄。姚函哽咽道："先君常食素布施，亦常教诲曰，口中食，身上福，惜之方能久长。可他老人家却……"

柳桐倚道："老仙翁累积福德，定已登仙列，望二位节哀。"与张屏再化了些纸钱，行礼毕，告辞离开。姚函、姚岐感动地将他二人一直送到大门口。

进了车厢，柳桐倚叹了一口气："人生在世，无常太匆匆。张兄可看出了什么疑点？"

张屏道："没多少。"

柳桐倚点点头："是。尸身已被动过，且某些毒药致死，与中风心梗而死的特征相似，不找仵作验尸，单凭匆匆一看，瞧不出什么。张兄这次过来，也不是想看姚员外的尸身吧。"

张屏再"嗯"了一声："若姚员外死于非命……"

柳桐倚接话："凶手大约不是姚家儿子，连灵棚都让我们进了。"

张屏补充："不是长子。"

柳桐倚一笑："对，是我武断了。与你我交谈最多的是长子，还有些家里人我们没见到。"

张屏点头。

柳桐倚道："看来张兄尚未上任已有公务临身。待来日此案破了，一定告诉我一声。"

张屏道："好。"

柳桐倚两眼亮闪闪的："张兄莫要笑话我多事，我在断案上无甚才能，但自小就喜欢公案故事。能进大理寺，跟着各位大人长长见识，实属侥幸。这回见张兄有案子，便情不自禁了。我若之后忍不住再和张兄聊聊这案子，你不会介意吧？

请张兄放心，我绝不向他人泄露。"

张屏诚恳地说："柳兄很有才华，我当然不介意。"柳桐倚很聪明，能得到他的帮助，张屏很感激。

柳桐倚笑了："那真太好了。多谢张兄。"

张屏认真地道："是我该谢谢你。"

柳桐倚摆手："张兄，你我二人以后就不要这般客气了。哦，对了，张兄应该知道了吧，姑父要离京一段时日，似是要到张兄所辖的县中去。"

张屏点点头。

柳桐倚接着道："我打算这两天去姑父家一趟。今天吊唁过姚老员外，再去姑父府上有些不合适。明日张兄拜见完冯大人，若尚有空闲，我与张兄一道过去向姑父问安，如何？"

张屏："好。"

回到柳桐倚的小宅，刚下马车，便有仆从来报，兰侍郎大人府上遣了人过来，曰侍郎大人不日将离京，小公子想在临行前见见表兄，请柳桐倚到兰府一叙。

小厮道："兰府来传话的人说，张公子可与少爷一道过去。"

柳桐倚颔首："转代我谢过姑父大人，且替我与张公子向姑父大人请罪，原本今日便想唐突不请自去，但方才去吊唁了一位故人，不便再拜见尊长。不知明日拜见，可会冒昧？"

小厮道："小的该死，未回禀详细。来传话的人已说了，就是请少爷和张公子明日到兰府小叙。"

柳桐倚道："姑父安排周全，太爱护小侄了。"吩咐打赏兰府下人，又写了封谢函，并些许礼物，托兰府下人转呈兰珏。

兰府下人带了好些果品、点心来，还有新奇的时令河鲜野味。柳桐倚笑道："姑父疼爱，有口福了。"遂令厨房整治，晚上与张屏把盏谈案。

"我总觉得，之前姚家丢儿子的案子就很奇怪，姚老员外发现儿子丢了，为什么非说是被姥姥抓走了？还有，刚发现人不见了，都不知道不见了多久时，就很着急。姚小公子十九了，不是九岁，也不是女子，如斯担忧，是否太过了一些？"

张屏立刻点头："我也这么想。"遂把所知道的关于姥姥庙的事告诉了柳桐倚。

柳桐倚两眼在烛光下闪着光："张兄，越听越不一般了。我都想去丰乐县了。"

张屏道："嗯，那个让别挪动石棺的人……"

柳桐倚一拍桌面："啊，他姓姚！"

张屏凝视着柳桐倚的双眼，点头。

次日大清早，吏部就派了一名小吏带着一辆马车来到柳桐倚的小宅，引张屏到京兆府衙。

有人带着，张屏很顺利地就进了府衙大门，陪着他的这位小吏与薛皎截然不同，非常和气，一路指点张屏言谈举止。

礼房丘礼书在内门廊处相迎，道府尹大人正在亲自处理一重要之事，不能在厅内相见，请张知县移步到府尹大人此时所在之处。

小吏一揖："那张大人便赶紧过去吧。丘大人、张大人，小的还要回衙门，就先告罪请辞了。"

张屏谢过小吏关照，跟着丘礼书继续往里走。

京兆府辖管京城，府衙自然异常庄严恢宏。张屏过了一道又一道门，经过一层又一层屋脊，差不多了走过了四五个宜平县衙串起来的长短，进了一道月门，前方一座白墙灰瓦的房屋，门与廊柱都是黑色，与经过的屋子完全不同。

一只黑漆漆的小乌鸦蹲在屋脊上，探头探脑看着丘礼书和张屏。

丘礼书向张屏道："张大人可走累了？此处乃府衙刑房的尸房，较偏僻。"

屋脊上那只小乌鸦扑扑翅膀，呀呀叫了两声。丘礼书抬头看了看："这边的树上，老鸹也特别多。"

张屏道："老鸹爱吃荤，喜腐气，好栖空旷高处，因此常见于田间坟地的野树上。这里僻静，所以多，而非丧气之故。"

丘礼书微笑："张大人懂得真多。"

张屏道："大人过奖，只是见多了而已。"

丘礼书又微微一笑，走到廊下门前："大人，新任丰乐县知县张屏到了。"

门，缓缓打开。

门内，有一张床，四个人。

一个人躺在床上，直僵僵的，双足赤裸，显然不是活人。

另外三个都是活着的，一个站在床头，一个站在床尾，还有一个在门旁，方才就是他开了门。

张屏跨进门槛，向床头方向行礼："下官张屏，拜见府尹大人。"

床头的男子转过身，蒙住口鼻的布巾之上，狭长冰冷的双目毫无感情地望向张屏："你为什么称我是府尹？"

张屏躬身："回大人话，大人罩衫之下，穿着官袍。"

男子道:"仅凭衣服就断定一个人的身份?草率。抬头,再往这里看看。丰乐县姚某的尸首,你还认得出吗?"

张屏一怔,立刻看向床上。

男子冷冷道:"你昨日去了姚府,想来对姚丛之死有些看法。"

张屏低头:"下官是觉得或许有蹊跷。"

"什么蹊跷,不妨说来听听。"

张屏道:"姚员外乃中风心疾暴亡。但他素重养生。"

冯邰微微颔首:"你起先听说,姚丛突然死了,觉得可能另有隐情,就去姚家吊唁,而后觉得死者姚丛不像是会中风心疾暴亡的模样,愈发断定他死得有蹊跷,可是这样?"

张屏道:"下官仅是推断。"

冯邰冷笑:"你还知道说这句话,不至于完全无可救药。"

张屏没吭声。

冯邰微微眯眼:"你的履历,本府已看过。原本科考落榜,如今晋身此位,是因曾助朝廷破过几宗案。那些案子的过程,本府都看了。最后竟能破案,是你侥幸,且有邓绪等人掌控,方未惹出冤情祸端。"

张屏抬起眼皮,看看冯邰。

冯邰扬眉:"怎么,不服气?断案一项,最要紧的是四个字——真凭实据。最不能有的也是四个字——想当然尔。疑因实而散,罪因证而定。然你解案的方法,却是先揣测臆想,再寻所谓证据,证臆断为真实。就譬如姚丛之死,你想当然地以为必有隐情,便上门查探,尸身未验,仅凭两句话,又再度臆测。只怕心里已将死者的儿孙家眷当作凶徒。你可知道,只这样动念,数个无辜之人,已在你的念头中被冤枉。你若再接着一步步这么论下去,自古以来,许多的冤案,就要再添上一桩。那些冤案,也大多是这么来的。"

张屏道:"下官并未断定姚员外的儿孙是凶手,且下官以为,长子绝对不是。"

冯邰冷笑一声:"在你心里,其他儿孙还有可能是了?"

张屏道:"下官……"

冯邰的神色再陡然一寒,截住他话头:"本府手下,决不能有这种臆断行径!"

张屏不再吭声了。

丘礼书和另外两人像三根柱子一样矗立不动,比尸床上的姚员外还沉默,各在心中给张屏烧纸。

姚员外暴亡这事,京兆府本未留意。时正春日乍暖,交节之季,年岁大的人易发病症。京城乃天下第一富贵处，九九老母鸡汤才刚喝完，春饼大肘子立刻跟上，再就着只肥鹅多品上几盅杏花小酒，中风心疾一串一串的。姚家客居京城，按例将姚员外死讯报知了官府，接报的一听又是一个，便着一个胥吏带着两个属随小吏上门瞧瞧，录上一两页，户房入个册，着他们回本县改户册也就罢了，更未多想与前日被刑部抢去打了府尹大人脸的那个案子有什么关联。

也该着那胥吏和属随立功，到姚家暂住之处时，正好赶上张屏和柳桐倚吊唁完离开。老胥吏一眼看出，这二人的随从排场不一般。太傅府下人的举止，毕竟和寻常人家不同。

胥吏进门后，便假作随意地道："看方才出门的那两个年轻人，举止不俗，可是尊府的贵亲？"

姚家长子道："惭愧，想来是先君在京中的友人子侄。仓促之间，仆等礼数未周，实在汗颜。"

胥吏道："不知姓什么？"

姚家长子道："年稍长、瘦些的那位姓张，另一位好像姓刘。"

一个小属随暗暗拉扯老胥吏的袖子，示意那边的挽联，上面的字迹笔法让老胥吏心里咯噔一下。

本朝公认，书法有四大家——怀兰王柳。

第一怀，乃怀王，不是当今怀王殿下，而是其父，先怀王景重舒。一手草书，洒脱风流。

第二兰，即礼部侍郎兰珏。

第三王，是当今太师王勤。王太师马背得功名，书读得不多，字却极其威武霸道，先帝曾亲口赞曰，观之便如见边塞刀光。

第四柳，素有些争议，有人说该是先太傅柳羡，亦有人说当是其子柳知。父子二人都擅小楷，柳羡之字峻挺，柳知之字清逸。众人都评，论灵动当是小柳，可惜柳知早逝，字迹存世不多。柳太傅父子二人字迹虽有差别，但柳家人写的字，一脉相承，旁人一眼便看得出。

而那挽联上的字迹，恰恰就是……

另一个小属随向老胥吏耳语："大人，方才咱们见那两人车驾的马匹佩鞍，还有马镫的样式，一般人家可不会用哪。"

开国之时，太祖皇帝那朝的佩鞍样式，京里没多少人用了，也没多少人配用。

看来，另外那个，不是姓刘，而是姓柳。

柳老太傅府上，为什么要来这样的人家吊唁？姚家的人还有眼不识泰山，没看出贵人的身份。

老胥吏麻溜地回去禀报户书大人，户书顿时想到，柳老太傅的孙子，不是正在大理寺吗？

户书立刻再麻溜地去告知刑房，刑房一听大理寺，再一听姚这个姓，顿时恍然，大惊，赶紧飞速不动声色地把死者姚某的尸首抬过来，一面去给府尹大人报信。

冯邰从府邸赶到京兆府衙门时，尸首刚好也到了，刑房欣欣然向冯大人禀告，这回丝毫没给刑部留任何可乘之机，王砚及其爪牙们可能压根儿不知道有这事。

冯邰淡淡道："可大理寺显然是赶在了尔等之前哪。竟还自得？虽然本府和你们早已没有脸了，但不能因为没有脸，就彻底不要脸。"

刑书及捕头捕快们跪地请罪。没错，京兆府没查出的案子，若是被大理寺接了，其实是比被刑部接了更加没脸。因为王砚这头螳螂，竟轻视了枝权上的大理寺，着实不应该。

冯邰再淡淡道："不过，大理寺未取姚某尸首，想是那柳太傅之孙自作主张。和他一同前去的姓张？"

下属赶紧回道："不错，属下并未查到大理寺哪位主刑案的姓张，想是化姓？"

冯邰呵呵冷笑一声："原来是他。"

原来是他。

直到刚才，见到张屏，听到冯大人与其的言语，在场的刑书、仵作才恍然明白。

听闻这位张知县乃陶尚书心爱的门生，可惜得罪了王砚，便转抱大理寺的大腿，能当这个知县还是邓大人的提拔，果然如此。这是身在京兆府，心系大理寺哪。

冯邰盯着张屏垂下的眼皮："这般胡来的行事，朝里倒是有位卓绝者，就是刑部的王砚。怪不得你跟他在几桩案子里都撞上了，根本就是一个路子上的。本府先把话搁在前头，若你在丰乐县任上，仍是这般行径，本府当依律法处置，绝不留情！"

张屏道："下官知道了。"顿了一下，又补充，"谢大人教诲。"

冯邰看着他耷着的脑袋，估计这番话已把他自以为是的小火焰压下去了一些，遂宽宏大量地不再多言，径直掀开尸首脸上的盖布。床尾的人忙赶过来，帮着取下尸首口鼻处的封纸，撬开牙关，门旁站的那人迅速从一旁桌上取了个托盘，捧到床边，冯邰自托盘上拿起一把小镊，从尸首喉中取出一根细薄银条。

张屏往前凑了凑，银条仍是银色，未有黑。

冯邰侧首，瞥了一眼张屏，将银条投入托盘上一个盛满浑浊白色水浆的小碗中。

张屏立刻挪到近前，瞄瞄碗内，再直勾勾盯着尸床。

方才站在床尾的那人将小碗捧起，清洗银条，丘礼书从桌上捧了盆巾，冯邰净了净手。

"张知县，对尸首，你有什么看法？"

张屏恭敬道："禀大人，指甲略青，银条未变色，以此为判，应乃是中风而卒。是否再用槽醋验之？"

冯邰眯眼"哼"了一声："才验到这里，又下论断，你把本府方才的话当成了耳旁风？应、可能、大约、或许，这些词不应当出现在论断中，查案，需要的是以实证为佐的必然、肯定。"

推衍无实证不可为定，疑犯未审断不能称罪，这是刑律入门必知的一句话。

冯大人方才的教导不算不严谨，单用这句话，便能驳倒。

但张屏知道冯大人其实是想告诫他，千万不要凭空乱猜冤枉好人，这般严格，是对他的关爱。

兰珏和他说过，别人说话的时候，如果了解其本来的意思，那么就尽量虚心领受，言语上偶尔的漏洞，不要反驳。

张屏本来一直觉得，有错，就要指出、修改，对兰珏的话不太能接受，后来琢磨了一下，又觉得很有道理。像他，也经常说的时候是这个意思，不知道为什么，别人听起来，就是另外一个意思。言谈并不能代表实际。对此不作反应，只理解别人真正的好意，大概就是所谓处事中的容吧。他照着这话做，发现确实会省下很多不必要的事。

于是张屏又垂下头道："下官知道了。谢大人教诲。"

冯邰果然未再多说，心道此人倒还乖觉，刻意出头表现，不过是想让本府另眼看待他罢了，年轻人的虚荣小心思。当即向那之前站在床尾的汉子道："老洪，取醋吧。"

老洪领命而去，片刻后带着几杂役搬来炭炉点燃，架上铁盆，往盆内倒上米醋。

冯邰与另外一人又将银条放入尸首喉咙内，封住口鼻。张屏也凑上去搭了把手，帮着拿拿桑皮纸，掀掀床单。冯邰觉得他卖乖得不讨人嫌，就没说什么。

大盆内的醋烧到了滚开，几个杂役往盆中丢下布巾，煮了片刻，取出，从尸首的脚底开始，一面敷，一面向上擦拭，不断更换新的热醋巾，一直擦敷到头部。

冯郐再次取出尸首喉内的银条，银条通体乌黑。

冯郐将银条又丢进皂角水碗中："甚是隐蔽的手法，凶手有些小机灵。"

一直在做帮手的那人立刻道："小伎俩尔，怎能逃过大人法眼。"

冯郐擦干双手："张知县，你又有什么判断？"

张屏道："姚员外被人下了毒。"

冯郐道："什么毒？凶手用了哪种方法让死者中了毒？"

张屏躬身："回禀大人，下官，不能判断。"

冯郐神色略略和缓："这就对了。你从进屋起，总算做对了一件事。"转而看向仵作等人，"仔细验看尸身，查出是什么毒，什么手法，速来告知本府。"取下蒙脸的布巾，拂袖出门。

另外那人跟着冯大人出门，丘礼书发现张屏也不声不响地要跟上，忙道："张大人，留步。你我先缓一步，待府尹大人回务政处后，再请张大人另行参见。"

张屏点点头："多谢。"

张屏从京兆府衙门出来，差不多中午了。吏部的人走了，京兆府亦未安排车轿送他，张屏正打算自己走回去，忽有人出现在他斜前方："张大人，这边请。"原来是柳桐倚安排了马车过来接他。

张屏很感激地上了马车，这么承柳桐倚的情，他都有些不好意思了，不知道该如何报答。回到柳桐倚的小宅，他谎称自己还有事，换了衣服，到街上吃了顿饭，又搭了辆驴车，去姚家暂住之处附近转了一圈儿，顺便在街上买些果点回到柳宅，待傍晚柳桐倚从大理寺回来，一道去兰府。

两人到达兰府，随仆从进了内院小花厅中，却见厅内上首坐着两人，一个是兰珏，还有一个竟是王砚。

王砚是兰珏下午面圣后出宫时遇上的，王砚笑呵呵向他道："兰大人，不错啊，频见圣容，恩宠殊胜。"

兰珏道："罢了，马上就要归乡，比不上王大人直入台阁的洒脱。"

王砚与他并肩而行："我知道你忧心玧王之事。想开些，其实算个好事。"

兰珏揉揉太阳穴："只愿全手全脚从乡下回来，便要去烧高香了。"

王砚"嘿"了一声："放心，我知道你肯定出不了差池的。我这回也是来挨训的。我前日和你说过的那个案子生了些旁枝，案中的一个人死了。冯郐参了我一本，说我草率结案以致出了人命。"

看王砚方才过来的那个方向，必然是冯郐的折子被云太傅看到，告知了王砚。

兰珏不便多言，泛泛劝了两句，王砚一脸无所谓地道："就让冯邰先高兴两天。案子在手里不赶紧查，偏在一些可有可无的事上费工夫，等破不了案，又栽到旁人身上。是了，佩之，今天你我两个伤神之人，一处喝顿开怀酒？"

兰珏笑道："新近得了些好酒，正要请王大人赏光驾临。可今日内侄要到敝府为我送行。"

王砚奇道："你几时和令岳家打得这样热乎了？"

兰珏道："长辈之事，跟小孩子没什么关系。正好张屏也在京中，一起过来。"

王砚两眼一亮："哦，是，他该要上任了吧。这小子到了冯邰手下，不知鹿死谁手。对了，冯邰见了他没？"

兰珏道："应是今日上午去京兆府衙门。"

王砚双目陡然炯炯："佩之，今晚你家桌上加双筷子，不嫌吧？"

兰珏只得道："不胜殊荣。"

张屏和柳桐倚向兰珏与王砚见礼。柳桐倚和王砚的辈分不太好算，王砚与他姑父兰珏官职相当，又是好友，但他祖父柳羡比王砚的爹王太师高了一辈，喊王叔父不大合适，便与张屏一样，只称作王大人。

王砚点头与柳桐倚略说了两句，再看看张屏，双眉一扬。

兰珏含笑开口："你今日去拜见冯大人，可还好吗？"

张屏道："甚好。"

王砚道："真的？"

兰珏嗓子有些痒。

张屏认真答道："冯大人亲切随和，同下官说了许多话，还带下官一起验尸，非常关爱下官。"

王砚的眉头一跳。

晚饭入席时，张屏瞅瞅王砚，王砚瞥瞥张屏。两人都有话想问对方，都没开口。

兰珏和柳桐倚权当没瞧见，寻个话题闲聊。张屏埋头吃饭，王砚与兰、柳二人谈笑。

饭后，王砚告辞，张屏又瞅瞅他，王砚眼尾余光或有扫到他，但再没正眼看过，径直离去。

柳桐倚去小书房看兰徽，剩张屏和兰珏在厅中，兰珏闲话般道："是了，玳王之事，今日冯大人可有告诉你？"

张屏点点头。冯郜对他说，玳王殿下暂住丰乐县境内，一应事情，自有皇上指定的人与宗正府办理，上面交代什么，他照着办就是。千万不要自作聪明，做不该做的。

兰珏道："我会与玳王殿下同行，中途折转九和县祭祖，应只耽搁半日，然后便到丰乐。一些必须的事，到时再知会你吧。"

张屏道："大人会去丰乐？"

兰珏微笑："原来冯大人没有告诉你。我奉圣谕，陪同侍奉殿下。龚尚书龚老大人这些年对我提携厚爱，原以为他归乡时，我不能相送，深感羞愧。正好这次奉旨到丰乐，可以一送老大人，了我心愿。"

张屏点点头："嗯。那，学生等着大人。"

从兰府回到柳桐倚的小宅，一下马车，张屏便对柳桐倚道："柳兄，我就先告辞了。"

柳桐倚怔了一下："张兄要连夜赶去丰乐？明日不行吗？"

张屏道："明天再走，就晚了。"

柳桐倚看了他片刻，点点头："我知道张兄必有这么赶的道理。那我去安排马车。"

张屏道："我骑马去便可，多谢。"他下午溜达时，顺便买了匹马，此时正在柳桐倚小宅的马厩中吃草。

柳桐倚想，张屏新官赴任，坐别人家的车驾去确实不妥，而且他这么做，必有缘故，便道："那我送张兄到城门吧。晚上虽然验看文牒便可出城，但有人送，能更方便些，张兄就不要推辞了。"

张屏感激地道："多谢。"去房中拿了包袱，柳桐倚带着几个家仆骑马送他到城门前。

守门的兵卒看清柳桐倚随从的衣服，验了验张屏的文牒便立刻放行。

张屏向兵卒道："敢问，方才可有家中有白事的人出城？"

卫兵本不会理这种话，但看在柳桐倚随从衣服的面子上，有一个回了一句："两三刻钟前，有几个出城的，像是家里刚死了人。"

张屏道了声谢。柳桐倚拱手道："张兄，夜路难行，多加小心。到丰乐之后，捎个信过来。"

张屏向柳桐倚道谢道别，策马出城。

他买的这匹棕马还是匹小马驹，脚力不错，脾气沉稳，夜路跑得快又稳。饲主说它有西域马血统，因为长得有点像骡子，遭嫌弃，才被饲主便宜卖了，张屏算捡了个漏。

天麻麻亮时，张屏遥遥望见前方有处茶棚冒着袅袅炊烟，行到近前，见棚子附近的空地上有几匹马，几个身着丧服之人坐在马旁，沉默地吃喝。果然就是姚家的人，其中一人，是姚家的次子姚岐，另外几个，看衣着举止是仆从。

张屏在茶棚前下马，向摊主要了草和水喂马，自己买了碗胡辣汤、一块大饼，坐到棚下吃。姚家诸人不曾注意他，吃喝完毕，便上马继续赶往丰乐方向。张屏亦飞快起身，尾随而行。

天亮后，官道上来往的人甚多，张屏一路跟着姚家诸人也不显眼。到了快晌午时，姚家诸人在路边一摊歇脚吃饭，张屏亦停下。

姚家的人和早上一样，买了饭到摊棚后面的空地上吃，不给摊主添不便。姚岐哽咽难进食，仆从们劝他略吃了一些。张屏要了碗面在棚里吃，待姚家人吃完上路后，又继续尾随。

再跟了一段路，终于有个家仆留意到了，小声向他人道："后面有个骑骡子的，好像一直跟着咱们。"

其余家仆心中一惊。京兆府说，员外之死可能有别的缘故，难道……

管事的悄声道："先看着，别惊动少爷，当没发现，继续走。"

家仆们从命，但忍不住悄悄回头偷看，又一个家仆道："这人瞧着好像有点眼熟。"

其他人心里又咯噔一下，一路不断暗暗观察，待快到丰乐县地界，却见张屏在岔路口转上了另一条道。瞧见的家丁立刻悄声道："那个骑骡子的不跟着咱们了，转朝南去了。"

管事的皱眉回头："那路不是往……"

众随从一路的小举动，姚岐在悲痛中一直未曾理会，此时终于忍不住问："何事？"

管事的立刻回道："禀少爷，没什么大事，就是有个骑骡子的，好像一直跟着咱们，但方才往南去了。"

姚岐一怔，随即脸色大变："往南？寿念山？姥姥庙？！"

一路上姚家人频频回头，张屏当然知道。

姚家人发现了他改往寿念山，会作何反应？张屏觉得冯大人说得很有道理，要看事实，莫多猜测，猜测往往跟事实不一样。

寿念山脚下有客栈，挺贵，张屏忍痛花钱存了行囊和马，步行上山。

天已黄昏。传说慈寿姥姥晚上歇得早，不喜旁人打扰清静，逗留山上反而有祸，姥姥庙申时便闭门不再让香客进入。张屏一路绕行闪避，到了山顶，暮色已浓，店铺都已经关了，姥姥庙大门紧闭。张屏闪进庙旁树林，绕着姥姥庙外墙而行，忽然听到脚步声。

张屏停下，脚步声往另一个方向去了，张屏等声音渐远，无声无息地跟上。

斜穿过孤寂僻静黑漆漆的小树林，前方渐有光亮，林外是悬崖，最后一抹残红正要消失在苍茫天边。悬崖向外延伸的尖尖处站着一人，向着天际怆然一笑。

"天光尽时，正好去了——"

话未落音，纵身跃下的姿势还没来得及摆出，张屏"噌"地蹿出，一把抱住了他。

那人吃了一惊，奋力挣扎，被张屏拖着连连后退，怒而喝道："放肆，松开本县！"

张屏胳膊一顿，那人停止了挣扎，闭上双目，仰天凄然一笑："罢，罢，老天竟连体面而去的机会都不肯给吾！"

张屏道："你是谢知县？"

那人闭着眼，冷冷道："废话，何必明知故问。谁派你跟着我？还不速速松手。黜令下时，我已非知县。足下已让谢某如此难堪，何必再令我无地自容。"

张屏道："你不跳，我就松手。活着，怎么都比死了好，死了，就什么都没有了。"

那人硬声道："放心，吾怎会当着旁人的面行了断之事。"

张屏松开胳膊，那人转过身："你倒面生，从何时起跟着我的？"

张屏道："方才在林中，意外听见你的脚步声，方才尾随。"

那人面无表情地盯着张屏的双眼："你是说，你是个路人？寿念山傍晚便清山，你怎会这时候还在山顶？报上姓名。"

张屏道："在下张屏。"

谢赋猛地颤了一下，嘶哑道："弓长张，屏风的屏？"

张屏点头。

谢赋面如死灰，身体摇摇欲倾，强撑着弯下腰，听见自己的骨缝发出咯咯声响。

"下官……见过大人。有眼不识泰山，未能看出大人身份，望大人恕罪。"

张屏扶住他："谢大人请起。我之前亦不知道你是谢大人。"

谢赋站直身，在心里凄然苦笑，天啊，天啊，你还要怎样折磨我！

张屏眨了眨眼："我有些事，想请教谢大人。"

谢赋望着地上的草芽："不敢当大人之请，承蒙垂问，下官定据实禀报。"

张屏在随身的小包袱里摸索了一下，取出水袋，递到谢赋面前。

谢赋垂首道："谢大人厚爱，下官不渴。"

张屏将水袋挟在胳肢窝下，又在小包袱里掏了掏，从一个纸包中掏出一个烧饼，递给谢赋。

谢赋仍是头也不抬地道："多谢大人，下官不饿。"

张屏把烧饼掰成两半，又把其中一半递与谢赋，另一半自己咬了一口。

谢赋僵了一下。此时此刻，求死，已是不能够了。眼前这人，毕竟已是顶头上司，执意要与自己分食一饼，又怎能不从？

他颤着双手接过烧饼："下官，谢过大人。"心中凄然一笑。

张屏走到林边一块大石头旁，看看谢赋，谢赋行到近旁，在下首处站定。

张屏道："请坐。"

谢赋立刻道："不敢，大人请，下官站着便可。"

张屏道："坐。"

谢赋只得在另一块石头上坐了，张屏方才在大石头上坐下，又咬了一口饼，肃然道："这饼冷了，不酥脆了。"

谢赋只好勉强道："下官食之，甚甘美。"

张屏眨眨眼皮，他买的是咸酥烧饼，不过卖烧饼的舍不得搁盐和五香面，葱油刷得也不多，咬起来寡淡无味。原来谢知县正好喜欢吃淡？

张屏叼着烧饼，从包袱里又取出一个递与谢赋。

谢赋又僵了一下："下官……"他又在心里凄然一笑，接过烧饼，"大人厚爱，下官感激不已。"

恨啊，方才为何不早早纵身跃下，落得此时，还要捧着一块冷饼，谄然赔笑。

如蜡的饼嚼在口中，谢赋只觉得生不如死，用尽全力才把一口饼勉强咽下，一只水袋立刻出现在了眼前。

"下官……"

张屏恳切地道："请用。"

谢赋闭了闭眼，双手恭敬接过水袋："下官，感激不尽。"

张屏觉得，谢赋应该不再想着轻生的事了，自己亦已如兰大人和柳桐倚一般，先与谢赋消去了生分，可更无妨碍地开始谈正事了。

"敢问谢大人，当年这山顶上，本是什么模样？"

谢赋捧着水袋恭敬道："回大人询问，大人可是指此山未经改建之前？下官初到此县时，山顶上只有一座小庙，一些树木罢了。"

张屏从地上捡了根树枝递给谢赋："可还记得详细？"

谢赋将饼和水袋放到一旁，起身双手接过树枝，再俯身单膝跪下，开始画图。

"时日久远，下官可能记得不甚对，大致应是这样……"

张屏蹲到谢赋身边，皱眉看他画出的图："谢大人见过姥姥的棺材否？"

谢赋道："慈寿姥姥之棺，埋于庙中圣感殿内。下官命人改建时，并未惊动，只是将殿阁扩大，殿名亦是当初的。"

张屏道："不曾挖开看过？"

谢赋道："不曾。"这位张大人，怎么对慈寿姥姥如斯感兴趣？

他突然一惊。是了，为何他说他是张屏，我就信了？

一，未看过官牒；二，此人穿的是便服。

若他不是张屏，却谎称是张屏，那么做出这些行径，意欲何为？谢赋心中警钟大响，暗暗扫视张屏。

张屏仍盯着地上的图，眉头紧皱，手指还在图上比画，惹得一只穿梭在草边捡饼渣的大头蚂蚁跟着摆动触须。

"石壁上姥姥庙的来历，是慕叶生自己所写，还是……"

谢赋未想到他突然跳问到这里，顿了一下才道："是下官请封大人题的。张大人应该知道吧，慕叶生即是如今的芜州府丞封若棋封大人。"

张屏跟着问："谢大人为何要请他？"

谢赋不禁又盯住了张屏，思量片刻，反问道："下官逾越，想请问大人，姥姥庙之神迹，大人信吗？"

张屏简洁道："我不信鬼神。"

谢赋道："其实下官也不信。下官修建此山，只是觉得对本县大有益处。"

张屏点点头。这座山的确处处都流露着能多捞点就多捞点的气息。

谢赋继续道："这些神道，多为乡民妇孺所喜，下官若是请当世诗词名家题碑文，怕他们也不认得。下官本来想请西山红叶生、白如依之类传奇名士来题碑文，拜神求姥姥的人应该都知道这些人，看过他们所写的传奇或由之改编的戏文。他们说不定还会在以后写的传奇里提一提此处，于是前去相请。但当时或是找不到踪迹，或是笔润太高。那时，封大人尚未出仕，正因一些事身陷困顿……"

谢赋盘算着，慕叶生不管好名多还是歹名多，总算是有点人知道，而且是当时能找的人中最便宜的一个，便前去邀约。慕叶生接到谢赋的邀请，大约觉得是雪中送炭，异常感动，洋洋洒洒写了一大篇，一个子儿的笔润都未要。此举更让谢赋欣喜。

"下官真是捡漏了。封大人出仕后，还多有向朝中为丰乐美言，真乃一段善缘。"

张屏又点点头："谢大人可曾见过那些童男？"

谢赋蹙起双眉："大人是说侍奉姥姥庙的那些？下官到丰乐之时，选童男供奉姥姥的规矩已革除。"

张屏道："卷宗中有记录吗？"

谢赋回忆了一下，摇首："下官不曾看过，或许是有？"

他正要试探着问"大人为何提到这些"，却听张屏肃然道："姚员外死了。"

谢赋惊住。

张屏站起身："谢大人，该回县衙了。我还想恳请一事。"

谢赋怔怔木木，张屏看了看他的脸。

"姚员外是被人毒杀。请谢大人让人先把山顶守住，外人暂不得出入。"

夜色已重，梆子声已响，姚岐在县衙门廊处团团乱转，恨不得立刻冲出门外，快马加鞭，直奔京城，敲烂京兆府大门前的鼓。

管事家仆拉住他劝解，忽然一串灯笼奔了进来。

"快快，所有还在衙门里的，整好衣服，恭迎新任知县大人到任！"

"快去后衙通知夫人，谢大人找着了，和新来的张大人一道呢。"

"是张知县让谢大人陪着去踏看城外了。"

"快快，人都在哪里，快迎上！"

……

姚岐猛地甩开众人，向大门处扑去。

明晃晃的灯笼，簇拥着两条人影正走到县衙门外。

姚岐一头撞上前，扑通跪下："大人，学生有案报官！学生老父在京城惨遭毒害，已由京兆府查办。学生回家报丧，一路被人跟踪，到家之后，宅子竟遭了贼盗。此事绝对与亡父被害一事有关，请大人彻查！"

一道灰扑扑的布袍下摆和一双穿着布鞋的脚踏着地上的灯光人影向他走来，袍边与鞋上尽是尘土草屑。

"贵府遭盗？"声音甚严肃，甚年轻。

姚岐抬眼，怔住。

在姚岐身后跪下的姚家管事亦抬起头，浑身一震。

这人……

376

姚岐拱了拱手："足下可是在京城，吊唁过先君的贵人？"

为何会在这里？难道，是新知县大人或谢大人的什么人？

他身后的管事颤声低低道："少爷……他就是一路跟着咱们的人。"

姚岐打了个哆嗦，张屏两颗幽亮的眼珠紧盯着他。

"贵府几时被盗？能否这就去查看？"

姚岐毛骨悚然。

刑房书吏向张屏道："大人请先进府衙歇息，卑职们这就去查看。"又看向姚岐，"二公子放心，知县大人极看重姚老员外的案子，绝不会耽搁。"

张屏皱眉："我还是先去看看。"别人转述得再详细，也不如自己亲眼所见。耽搁的时间越久，能发现的线索越少。他看向旁侧："先不进县衙，应该不碍事吧？"

众吏们一怔，当然不碍事，新任知县大人刚到任，县衙还没进，就马不停蹄地先去了案子现场，这是何等光辉的事迹！

主簿，捕头，刑房、招房的主事立刻奋勇。

"请大人准卑职同往。"

"大人这边请。"

"大人，捕快们都在这里。"

"快快备轿！"

……

谢赋冷眼看着衙门众吏前仆后继围绕在张屏身边，此时，应该只有他还记得，这位张大人，自始至终未亮出文书。

只得他来唱这个白脸啊。

唉，当时怎么就没快点跳下去。

谢赋清了清喉咙，向前两步："大人一路劳顿，还是先进衙门休息片刻，由下官将大印奉上，过一过文书，再前去不迟。"

张屏转过身："查看案情现场，越快越好。谢大人一同去否？"

谢赋因为姚员外的案子被贬了官，应该很关心。

谢赋一噎。张屏立刻又想到，谢赋刚从生到死走了一遭，想来极疲乏了，他夫人还很担心他，于是又恳切地说："谢大人还是先回去吧。好好休息。"摘下肩头包袱，"吏部文书在木匣里，烦请谢大人先拿着。"

谢赋脸上"轰"地滚热，几乎要站不住。

一旁的主簿忙过来圆场："谢大人对此案亦极挂心，必是要陪同知县大人前往的。大人的行囊就由下官送入衙门吧。"

张屏关切地看看谢赋:"没事吧?"

谢赋内心再长长凄凄一笑。罢了,罢了,当初为什么不早点跳下去。死再不堪,亦胜生时之辱。

他两眼一闭,躬身:"多谢大人关怀,若大人能恩准陪同,乃下官之幸。"

姚府大宅在丰乐县城西南处。张屏没坐官轿,仍骑自己那匹马,随行众人自然也都骑马。

众人都明白,新任知县大人这番作为,必要让城中百姓好好瞻仰,便将张屏簇拥在中央,押着马慢慢前进。

徐徐走了半条街,张屏道:"能快些吗?"小马驹不耐烦地喷了一口气,趁机插进几个小吏回身闪出的空隙,冲出包围,嘚嘚撒蹄开奔。

张屏之前踩过点,知道怎么去姚宅。县衙官吏本打算引他从最繁华的东西大街绕行前往,以便更多百姓瞻仰新任知县大人查案的英姿,却见张屏在街口一转马头,竟向着近道去了。

姚家管事本已悄悄闪出骑行队伍,打算从近道赶回宅子,通知迎接新知县大驾。刚转进小巷,便听见身后马蹄声响,他勒马回头,只见一人一马自幽暗的街角鬼影般向自己奔来,于路边小摊的灯下现出身形,却是新知县张大人。

管事暗暗打了个寒战,他怎么跟上来的?

幸而追赶张屏的众人亦立刻出现了,管事的松了口气,机智地向张屏做出恭候的样子:"大人,请随小的走这边。"

县衙诸人追上张屏,一同在姚府大门外下马,姚岐与谢赋陪同张屏跨进姚府大门。

张屏瞄了瞄屋檐墙柱,又看了看地砖。灯笼火光下,看得不甚分明。门和廊柱的漆甚新,门把和地砖又像是颇有年头了。

姚府内府管事率仆役跪迎,传姚夫人话,叩谢并向知县大人问安,府中女眷不便前来拜见,望大人恕罪。

姚家是在姚岐到家报丧前后遭窃,当时府中众人正因老员外离世而痛哭,还是姚夫人前往厢房去拿亡夫遗物,才发现遭贼了。姚岐和同行的仆从立刻想起一路上跟着他们的那个骑着骡子的怪人。然后姚岐便带着家仆前往衙门报官。

捕头向张屏请示,派几名捕快与姚府家仆一道查点被窃了何物。张屏点点头,而后问姚岐:"贵宅建成,可有几十年了?"

姚岐答道："回大人话，敝府乃学生的曾祖同光年间所建。是老宅子了。"

张屏又问："员外祖上，做何生计？"

姚岐道："祖上曾经过商，到家父一辈方才读书，算不得诗书人家。"

走在后面的刑书插话道："二公子过谦了，员外乃县里的大善人，几位公子都饱读诗书，贵府堪称县中表率。"

姚岐哑声道："大人莫要抬举，敝府当不得此话。"

众人皆沉默。张屏再问："员外家人，可信风水？"

这句话略突兀，连谢赋都不由得看了看张屏。姚岐有些僵，但知县大人问话，不能不答，哽咽道："回大人话，先父多年持斋念佛，常云善恶由心持，福祸皆缘生，修之惜之，顺其自然。连求签问卦都甚少做，家中更不曾行厌胜祈禳之事……"话到最后，哽不能言，抬袖拭泪。

张屏道："员外的祖父、曾祖、高祖信吗？风水，堪舆，道法。"

姚岐又噎住。刑书忙打圆场："大人，二公子未出生时，其祖便已过世了，这些恐怕二公子也不知道。"

姚岐勉强道："敝府藏书中有几本道家书卷，先父没提过来历，是与祖父传下来的书册放在一处的。先父爱收珍本古书，这几本书是先祖传下，或他人赠予，学生就不得而知了。"

张屏再问："书名是什么？"

姚岐哽声道："一本《青乌经》，一套《抱朴子》。大人这样问，难道是其中有先父案子的线索？"

张屏一本正经道："暂不能论断。"又问，"员外家是否丰乐本地人士？祖上是住城里，还是乡下？"

姚岐道："学生方才已答过，祖上经商，学生家在乡间仍有薄田。宅子是同光年间建的，那时方才住到了丰乐。"

张屏道："你可曾听令尊提到过大碗村？就是现在的慈寿村。"

慈寿姥姥？姚岐浑身一抖。

张屏双眼紧紧盯着他，这时，两个捕快与几个姚府家仆一道自内宅赶来，在廊下跪倒："启禀大人，府中的数个屋子被翻过，先姚员外房中的一个木盒与书房里的几本旧书不见了。卑职等正在清查是否丢失了他物。"

姚岐嘶哑道："那木盒是先父装房契田契的，放在先父床边几块地砖下的暗格中，若非今天家慈说出，连学生也不知道，不晓得贼人如何得知。"

张屏看向捕快："丢了什么书？"

跪在捕快身后的姚家家仆答道:"禀大人,是几本老书,一直在书房旮旯里,员外没怎么看过。几本《抱朴子》,还有本什么《青鸟经》。"

众人皆变色,姚岐与其他人都看着张屏,张屏看向姚岐:"能否借一步说话?"

姚岐张了张嘴,无声地点点头,与张屏一道走下回廊。左右无人,暗淡光下,只能看见对方模糊的轮廓。

"姚员外可曾提到过一个女子,与贵府祖上有关?"

姚岐无端端打了个寒战:"先父一向不准家人提及慈寿姥姥,说祖上有训,不可信歪门邪道,更禁女眷前往寿念山。几年前姥姥庙翻修,谢大人曾请先父前往,先父推拒未去,家母怕谢大人责怪,想偷偷备些祭礼送到庙中,被先父夺回。所以后来……幼弟失踪,家母才道,是姥姥降罪,把弟弟掳走了。"

张屏道:"这话是令堂所言?"

姚岐点头:"不过,先父亦很着急。当时我们看先父像是也往家母瞎猜的地方想。我们还有些纳闷,后来想,他老人家念佛,神佛相通,他心里可能仍有些信的。"

"哦。"张屏微颔首,"其实我问二公子者,并非慈寿姥姥。你不曾听姚员外提到过一个年轻女子?"

姚岐神色陡然大变:"大人这是何意?"

张屏道:"二公子有无听员外提起过,二公子祖上认识一名早逝的女子。"

姚岐硬声道:"家父陡然遇害,学生心绪着实混乱。若大人已知道些与此案相关的事,还请详细告知。大人的揣测,学生实在不能帮大人证实。请大人恕罪。"言罢,深深一揖。

张屏点点头,又向姚岐说想去被盗物品所在之处看看。

姚岐暗暗平复心绪,亲自引着张屏前去。

姚府甚大,府中女眷在南方位住,姚员外的卧房在内院西北,藏书楼更在后面一个单独的小院。当时姚家的家丁护院仆从也都聚到了厅外哭泣,确实是个下手的好时机。

捕头道,算了下时间,不论贼人是从哪个地方潜进来,是先去姚员外的卧房偷木盒,还是先偷书再偷木盒,都绰绰有余。

张屏查完姚员外卧房,又前往藏书楼。

藏书楼共有两层,一层和二层都设有桌案笔墨,布置得十分雅致。厅内用镂花木壁隔断,楼下隔作三间,楼上隔作两间,十分开阔。姚岐说,他兄弟三人都曾被关在这里读过书，姚员外年轻的时候也是。

可惜姚员外只过了郡试，姚岐兄弟三人都只是秀才。

一层与二层的书柜都靠墙摆放，二楼还有一间专门存放珍本的暗室，室内无窗，四壁书架，有些抽屉暗格，用来存放珍贵的书画挂轴。

但是被盗的书并不在暗室内，而是摆放在二楼的书柜上，与一些讲风物、杂玩的书册放在一起。

捕头道："确实蹊跷，若是为财而来，怎不进内室，偏偏要盗这几本？"

姚岐道："可不是，平日里，真没谁瞧这些书。"

张屏看了看书册原本在的位置，又摸了摸架上和书顶。

姚岐道："家里的下人还算勤勉，除了内室不可擅入，其余的地方都日日有人打扫，虽然学生兄弟并无做学问的天分，亦不会让书册蒙尘。"

谢赋憋着一些话已经半天了，本不想再多事，但为了良心，还是轻声向张屏道："是否审一审下人？"

张屏立刻道："暂且不必。"

谢赋在心里叹气。家宅失盗，是否有内贼乃是第一猜测，这位张大人不可能想不到吧。方才真是又嘴欠了。罢了，罢了，已是要与这世间永远别过了，临了之时，就当个看客吧。他但觉自己的魂魄出离了这喧嚣，遥遥旁观。

只见张屏向姚岐一拱手："能否见姚夫人一面？"

姚岐立刻答："家慈着实不便拜见大人，望大人谅解。"

张屏又问："能否借用纸笔？"

一旁书案上就有现成的，捕快赶紧点亮桌上烛台，书吏立刻扑到桌边磨墨。

张屏道："能否让我一个人写？"

围在桌旁的人又都赶紧撤开，倒显得一直不动不摇站在书架旁的谢赋像涨退人潮中的礁石。

谢赋瞅着张屏挥笔的侧影，心道，人多眼杂，此举确实妥当，但又有刻意造作之感。不消说旁人，连他都越发想瞄一瞄，到底纸上写了什么。

唉……已要一了百了，还瞧这些作甚？谢赋在心里自嘲地一笑，收回目光。

张屏停笔，将写好的纸折叠递给姚岐："烦请立刻转交与姚夫人。"

姚岐接过，面无表情地朝张屏行了一礼，走出藏书楼。

出了小院，他就着廊下灯光，将纸条悄悄展开，上面只有一句话——

夫人让家仆查看失窃书册之隐情，望请告知。

姚岐怔了一下，回头看看藏书楼方向，犹豫了一下，继续向姚夫人厢房行去。

过了一时，姚岐匆匆回到藏书楼。

"家母想于内堂拜见大人，可否请大人移步？"

张屏随姚岐一道出了藏书楼所在的小院，走到内院一处小厅。

厅门外站着两个素衣小婢，向张屏福身行礼。厅内灯烛明亮，架着一扇屏风，张屏步入厅内，朝屏风拱手："新任丰乐知县张屏，见过夫人。"

屏风后一个年长女子的声音颤巍巍道："不敢，未亡人一介民妇，怎敢当大人之礼。"一袭素白身影，自屏风后走出，向张屏施礼，"未亡人姚钱氏，拜见知县大人。"

姚夫人年约五十，鬓发斑白，双目已肿得看不出形状，声音也嘶哑得只能低低说话。

张屏道："是晚辈要多谢夫人愿意相见。"

姚夫人双膝一曲："大人怎可如斯自谦，折煞民妇。"

张屏道："夫人请起，那几本书十分重要，还望夫人告知其中隐情。"

姚夫人望着张屏："并无下人对大人说藏书楼是民妇让去看的。此事犬子也不知道，大人如何得知？"

张屏道："贵府藏书甚多，那几册书平日无人看，左右书册，皆非珍本。只有特意派人查看，才能立刻发现究竟是哪几本书不见了。贵府中能差遣下人专程去查看的，除了二公子，只有夫人。"

姚夫人身躯微晃："不错，书是民妇让人去看的。"

张屏紧盯着她："为何？此事十分要紧，还望夫人告知。"

姚夫人犹豫片刻，长长叹了口气："这几本书，确实担着些干系，犬子都不知道。民妇的婆婆多年前告知民妇，这几本书关系重大。先夫的曾祖曾叮嘱民妇的公公，若哪天家里的人出了事，就把那几本书送到官府。"

张屏问："为何？"

姚夫人摇头："婆婆也是听到了曾祖与公公的言语方才知道此事，详细缘由她也不清楚。但婆婆想着既然曾祖这般叮嘱必有道理，就告诉了民妇，以防万一。"

张屏道："夫人不知书中秘密？"

姚夫人犹豫了一下，再摇摇头："不瞒大人说，民妇识得几个字，曾悄悄看过这几本书，但并未看出什么不妥。"

张屏皱眉，继续追问："员外的曾祖，可有提起过一个女子？"

姚夫人一怔："这……民妇不曾听说过。"

离开姚府，时已四更。张屏瞅见街边一饭馆亮着灯，便停下马："这里吃了再回去？"

随行的众人都挺饿。姚府的人正在悲痛中，照应疏漏，在那里待了大半夜，众人连热乎茶也没喝上。

刑房书吏苗泛立刻道："大人连晚饭都还未用吧，是卑职们疏忽了。"

张屏看看众人："你们饿吗？"

捕头屠孟笑道："不瞒大人，卑职的确有些饿了，谢大人体谅！"

谢赋骑在马上，冷眼旁观。其实，回衙门吃也是一样的，当街而食不甚合礼体。不过，做戏嘛，是得要做足全套。也说不定张大人就是体谅衙门的厨子？

唉……这世间的纷纭，于此时之我，又有何干？罢，罢，不多想了。

谢赋超然地淡淡抛出那句最关键的话："大人，那就在这里用些饭吧。"

众人都下了马，一道进入那家小饭馆。

看店的小伙计见几乎整个县衙有头脸的人物都进来了，还以为自己发癔症了，其中一个将眼揉了几揉，才合上大张的嘴，飞快迎上来。另一个立刻一溜烟奔向后面，叫回去睡了的老板。

张屏率先拣了一张桌子坐下，谢赋、苗泛等依照官位与他同桌入座，屠孟陪在末座，其余人也各自按位分找位置坐，省去了推让座次的工夫。

张屏瞅着墙上的菜牌，向奉茶的小伙计道："一碗牛肉板面。"

小伙计赶紧应是，拎着大铜壶的手打战，差点把茶浇在桌面上。

"大人……不要点别的？捅开火做几个菜也快得很。"

张屏道："我吃面即可。面，要大碗。"快到吃早饭的时辰了，这时候吃炒菜，他不习惯。

小伙计猛点头："一定，一定。"

谢赋跟着随便点了碗素面。将弃此生之际，还管什么吃食？应付两口便罢。

众人已知两盅小酒就小菜的梦是没有了，跟着清汤面、鸡蛋面、阳春面这么一溜儿地点下去。张屏道："我爱吃面。你们点你们喜欢吃的。"

屠孟哈哈两声："太巧了，卑职也爱吃面。"

张屏知道肯定不是这样，但他也想不出这个场面该说什么话，就没再吭声。

过了一时，小伙计端了他的面上来，半碗满满全是牛肉，张屏搅了一下，没看见汤，抬头道："能舀碗面汤否？"

小伙计连声应着，奔进后厨，端出一碗面汤，浓白高汤，香葱香菜碎蒜苗花，浮着一层香油点儿。

小伙计殷勤地道："大人，小店的面都是砂罐煨的老汤，别家可没有这个味道。"

张屏点点头，喝着面汤，想着姚府的案子。

众人没太摸清新知县大人究竟是什么风格，面上来都埋头吃，堂中甚是沉默。张屏面无表情吃面喝汤的模样，看在他们眼中，平添了几分难以捉摸的深沉。

吃完了面，张屏摸出一小块碎银，递给小伙计，小伙计怔了一下，连声感谢知县大人赏赐。张屏道："结饭钱，应该的。不必如此。"

苗书吏、屠捕头等呼啦啦都站了起来。

"大人，怎好这样，卑职惶恐。"

"卑职的饭钱，怎能让大人付！"

"大人，这……"

张屏很不习惯这种推来让去的场面，道："没什么，一碗面而已。"跟着看了看那小伙计，"算一下饭钱，这块银子应该够吧。"

小伙计立刻道："足够了，足够了。大人多赏了许多哩。"

张屏眨了眨眼，看来，小伙计是不会找他钱了。

谢赋瞅着张屏慢慢转回来盯着面碗的脸，那眉头微微一敛的小表情，令他浮起一个念头——这人，刚才，不会在等着那小伙计找钱吧。不至于吧。

他不禁试探地轻声道："大人，此餐乃公务所需，让书吏录下，入进账册便可，不必大人自己破费。"

张屏道："不用了。"

姚府是他要去的，他身为知县，付钱是应该的。虽然这顿饭钱，对他来说，确实不算个小数目，略有些心疼。

谢赋无言，再度看看张屏，这人，到底是个什么样的人？罢了，将别尘世，又管这么多作甚？

跟着张屏一道走出饭馆，谢赋发现，天就要微微亮了。看来，得要再等到夜里，才能寻着了断的机会了。又要在这浊世多留一日了。

谢赋又在心里凄然一笑，生不易，死亦不易。

张屏亦看了看天："已是这个时辰，诸位都请先回去休息一时。其他事，上午再说。"

众人算算时辰，回去顶多只能再眯一个来时辰就得再到衙门应卯。不过，忙了一夜，肚里又有了热乎饭，乏劲儿确实上来了，便谢恩先散了，只剩了几人随张屏一道回衙门。

谢赋发现，他就是这几人之一。

他寞然地上马，随诸人一道移动回了衙门门口，几个仆役迎出来，服侍张屏下马，谢赋这才又想起，自家已从衙门后的知县府邸搬出，挪到了旁侧的县丞小院中。以往知县官邸中配的仆从，如今也是服侍张屏，而非他了。

这些于眼下的他，又算得了什么？

谢赋超然地将缰绳丢给自家家仆，想要悄悄转回去，又想到，要回去，还是得和张屏一道，或穿过衙门，或绕行小巷，都得先恭送张大人进府，他方才能进家门。

总是逃不过这场屈辱。都是因为没有快点跳下去。

谢赋木木然地随在张屏之后，迈进县衙门槛，张屏突然转身凑近了他："对了，谢大人，我还有件事想请教。"

谢赋一凛，戒备地眯起眼："承蒙大人垂问，大人请直言。"

左右仆从都识相地后退，想不到新来的知县大人和谢大人已经处上了。

张屏瞅着他道："本地除了慈寿观外，还有没有道观或精通玄学风水的人？"

谢赋淡然道："没有。"他是要死的人，说话也不必顾忌，"要不怎能有这么多人信姥姥。"

张屏点点头，谢赋这么直爽，他很喜欢。

"我有些风水相关的事，想找人问问。谢大人有无认识的精通玄学风水的人？"

谢赋干脆地说："抱歉，下官不信这些，帮不上大人的忙。山顶慈寿观里有几个道人，下官觉得，修为也不怎么精通。"倒是对怎么从香客兜里钓钱更精通。

张屏眨一眨眼："哦。"

上午，张屏掌印坐堂，正式就任丰乐县知县。

他两天两夜没睡，凌晨回到县衙后，在洗个澡和睡一觉之间当然选择了后者。醒来后洗了把脸换上官服就来到县衙大堂。

县衙诸人参拜，主簿率吏、户、刑、工、兵、礼六房典吏呈交文书账册。

县衙的众人一向遵从谢赋的训教，尤重仪表。所有人都刚沐浴过，官帽下的头发用发油梳得一丝不乱，眉须齐整，体面光洁，浆挺熨烫过的官服绝无折痕。唯独张屏顶着两个黑圈儿，一脸参差的胡荐，簇新的官袍带着在行李中压出的褶皱，纱帽下的头发干枯毛躁，离得近的谢赋和主簿几乎能闻到他身上的尘土味道。

听说张知县出身西北，看来是条颇写意的汉子。众人暗暗再瞄瞄谢赋，揣测，不知道以后丰乐的规矩会不会大变样。

谢赋淡然立在众人之首。呈给张屏的那堆文书，他之前都亲自理过。名目顺通，账册中每一厘钱的进出都清楚明白。每本册子的封皮都一尘不染，内页的每同一项条目都由同一个书吏用同一支笔同一种墨同样的字体同等大小书写，页角绝无折痕。他要干干净净弃绝此生，不容许留下任何话柄和麻烦。

张屏取出了一本户房的册子翻了翻，手法略重，极易在纸上留下痕迹，谢赋不禁眉头一跳。反正就今儿一天了，忍一忍吧。

张屏聚精会神盯着册子的某页，眉头皱起，谢赋、主簿与户房典吏的心都不由一顿。主簿正要询问可是有哪里不对，堂外一个衙役飞奔而来："大人，宫中来人了！"

张屏与县衙诸人匆匆迎到大门前，一名老宦官站在一群御前服色的侍卫之前，扫视众人，将视线定在谢赋身上："哪位是丰乐知县？"

张屏上前一步："某是新任丰乐知县张屏。"

老宦官眯眼一笑："哦，张大人。咱家奉太后懿旨前来，有事托付。"

张屏与县衙众人整衣跪下。老宦官道："慢来，慢来，太后娘娘并无训谕，不必行此大礼。"向后使了个眼色，长长两列捧着各种箱盒的小宦官鱼贯进入县衙。

"太后娘娘听闻丰乐县内有座慈寿观，颇多灵验，助一方祥乐，特赐亲书慈寿灵观宝匾一块，牲礼若干，命咱家送来。另赐黄金二百两，嘉赏张知县与丰乐县衙之勤勉，亦做修缮民生所需之用。望张知县与丰乐县衙日后更勤政爱民，为皇上分忧。"

太后的这番作为，当然不是为了册封这乡间小庙的泥塑为正神，也不是要奖赏一个小小的丰乐县，而是为了玳王。

玳王被贬成庶人，发放到丰乐县，明眼人都看出是暂时的事，太后仍唯恐皇帝落下个为了番子迫害手足的名声。

太后一向最看重皇帝和自己的贤名。玳王之母本是先帝最宠爱的妃子，虽然永宣帝生下来就是太子，储位从未动摇，但民间难免有那好嚼舌根的人，胡扯编排出些宫廷大戏。太后愈发觉得不能在明面上让人有话可说。

自玳王被贬的旨意下后，太后便饮食清减，帝每日请安劝问，太后皆叹息不语。就在张屏和柳桐倚到兰珏府上吃饭的那天，张柳二人前脚刚走，后脚宫里的人便到了兰府，召兰珏进宫。

内宫与外宫之间的泰福殿内，太后隔着纱帘向兰珏道："兰卿，你做事一向周全，哀家最放心不过。亦是因此，皇上才把启檀托付与你，你一定要好好照顾。"

兰珏立刻跪下，说了一堆臣一定不负皇上与太后娘娘圣嘱云云的话。太后叹了口气："启檀这个孩子，虽不是哀家生的，可哀家疼他，更甚过皇上。他这次实在是太淘气了。皇上也是为了……唉……一想到他要到那乡里去，哀家的心就……哀家听说，兰卿的家乡在丰乐县旁边，想来对那里甚为熟悉？"

兰珏温声道："请娘娘放心，丰乐县离京城不远，归京兆府所辖，颇为富庶，民风淳朴。皇上择选此地，正是出于对殿下的疼爱。"

太后拿起手绢拭了拭眼角："哀家知道，皇上一定都安排妥当了。可启檀这孩子，打小就是捧着长大的，一想到他离京，还没几个人服侍，哀家就吃不下也睡不着。哀家这几日也查了查丰乐那个地方，听说那里有座庙观，颇为灵验。哀家想赐给那观一块封匾，算是哀家为启檀祈福了。兰卿以为如何？"

兰珏道："娘娘对殿下的疼爱，天地动容。"

太后道："可皇上的旨意放在这儿，得要压着那些对启檀的非议。此事就权当哀家自己的意思，不必惊动外朝。兰卿正好在假里，替哀家拟个单子出来，哀家挑个身边服侍的人替哀家送过去罢了。"

兰珏领命："娘娘慈爱万民，垂济天下。"

纱帘上太后的影子动了动，一叹："哀家只盼天地神佛能怜哀家这颗为人母之心，多多看顾启檀，让他好好的。"

兰珏心道，神佛知不知太后之意不好说，但，丰乐县衙里的那个人恐怕是明白不了。

老宦官宣完太后恩典，县衙诸人皆暗暗为谢赋惋惜，费心费力许久，连太后都来姥姥庙烧香了，结果桃子全让旁人摘了。

新知县福大，谢大人命苦啊。

谢赋感受到了旁人怜惜的目光，垂下眼帘，又在心里轻轻一笑。

这些，都已是身后的浮云了。此身将化尘土，一切皆为虚幻。

张屏叩首："臣叩谢太后恩赐，只是……"

老宦官扶住他："张大人快起来，咱家还有句话。"凑到张屏耳边悄声道，"兰侍郎让咱家转告张大人，今日就从京里启程了，后儿便能到。"

玳王流贬的圣旨今日才颁，来丰乐县衙宣旨的宗正府官员正在路上。让王公公捎上这句含糊的话，已是兰珏能做的极限了，张屏能根据这句话领悟到该做什么否？兰珏还是不太吃得准。"蠢"这个字和张屏不沾边，但不知道为什么，他的脑子就是不往某些该使的地方使。

县衙诸人艳羡地看着服侍太后的公公与张知县亲密耳语，而后，张知县的眼皮动了动，嘴角似乎掠过了一抹春风。众人继续在心里替谢赋叹息，却见张屏脸色又一板："公公，慈寿观现下，不宜进香。"

老宦官与在场众人都怔住，老宦官道："张大人这是何意？"

"公公！"地上的谢赋闪电般蹿了起来，张屏被他撞得一歪，"知县大人的意思是，慈寿观蒙太后恩赐，须得扫尘诵经，方可顶礼迎匾。"

老宦官展颜："哦？"

张屏肃然道："公公，可否借一步……"

"大人！"谢赋猛斩断张屏的话尾，"下官有要事，想单独禀告大人！"

老宦官笑眯眯看看他二人："两位大人请便，不要在意咱家。"

主簿迅速上前，将老宦官与宫中诸人请进衙内吃茶。张屏沉默地和谢赋走到旁边一间静室，谢赋插上门，直勾勾盯着他道："张大人方才准备和那位公公说什么？"

张屏道："慈寿观可能与命案有关。姥姥之棺，必不是灵异。"

谢赋盯着他的眼睛，一字字道："张大人，你要是敢毁了慈寿姥姥庙，我就当着所有人的面撞死在堂上！"

张屏神色未变："真相早晚会大白。"

谢赋冷笑："所以，张大人打算和太后的人说，慈寿姥姥庙全他娘的是假的？那县衙的人，慈寿观的人，丰乐县这些年的历任知县，都是欺君之罪。再加上一条纵妖邪淫祀惑众，谁也别想活。如果大人打算这么做，下官就在这间屋子里跟你同归于尽。"

张屏道："以前不知真相，并非欺君。知情不报，就的确是欺君之罪了。"

谢赋呵呵一声："你觉得，上面的人会讲这个？"

张屏道："律法如此。"

谢赋又哈哈哈狞笑数声，血红的眼珠宛若厉鬼："张大人，我实话告诉你，你从悬崖拦住了我，但我仍然不打算活了。我绳子都找好了。你自己怎么作死跟我没关系，但你要想毁了丰乐县，我无论如何，也不会放过你！"

张屏认真地看着他："你打不过我。"

谢赋身躯一晃，龇出牙，猛地扑向了张屏。

砰！

外面偷听的衙役听见这声巨响，欲推门而入，却发现门插着，透过门缝，隐约见知县大人正和谢大人在地上翻滚。

张屏格挡住谢赋掐向他喉咙的双手，谢赋低头，狠狠一口咬住了他的脖子。

张屏道："太后不是来烧香，是为了玟王。"

谢赋身体一僵，松开牙："你说什么？"

张屏捂住颈侧："玟王殿下获罪遭贬，发放到本县念勤乡。这两天就到。"

谢赋颤了一下，滚到一旁："你，为什么不早说！"

张屏撑起身："还没来得及。"

谢赋盯着张屏脖子上那个冒血的牙印，羞愤难耐，转目看向一旁的柱子，正要一头撞去，忽然又清醒过来："即便如此，太后的赐匾祭礼都到了，若说穿此事，大家还是一个死。"

张屏道："不说，更是欺君。姚家的案子，冯大人正在查。"

"张大人何以认定姚家的案子与姥姥庙有关？"

张屏肃然起身："并非认定。方才我看户籍册，姚员外曾祖姚存善乃本县大碗村人士，二十一岁娶妻张氏，二十五岁妻殁，一直鳏居。家贫，有薄田几亩。石棺挖出那年，他离开本县。二十三年后迁回。独子姚迹迁回时已殁，独孙姚天保即姚员外之父。"

谢赋拧起眉头。姚员外这件让他身败名裂的案子，他当然记得清楚。当时听闻消息，他赶紧从京城赶回县里，可惜已插不上手。

姚丛说儿子被姥姥抓去了这点，更是令谢赋惊诧。姥姥庙在世人眼中是吉祥如意的，且已有多年不曾送童子进庙里供奉姥姥了。姚家亦无人做过童子。

谢赋为打造姥姥庙这块吸金招牌费尽心力，姚员外突然说慈寿姥姥是抓少男的老妖怪，让谢赋很介意。但没等谢赋诧异并介意完，刑部已经结案了，真相和姥姥庙没有半分干系。谢赋跟着就倒霉了，也顾不上再继续诧异、介意此事。

"你怀疑姚家跟石棺有关？"

张屏点头："石棺挖出时，有个绰号叫姚老拐的人曾说石棺不可动。"

谢赋道："就是姚员外的曾祖姚存善？"

张屏道："待查证。户籍上有附注，姚存善离开本县，在宜州、浔州各住过数载。"

这两处都是偏南安逸之地，但非行商繁华处。二十多年，挣下万贯家业，并非绝无可能，但在那边不算容易。

谢赋再看向张屏："所以张大人觉得，是姚存善知道石棺内情，拿了封口钱，离开丰乐，数载之后再回来？"他的头壳已彻底敞亮，"张大人昨日就到了寿念山山顶，恐怕不是经过了昨晚，看到了户籍册，才疑心姚家与寿念山的关系吧？"

张屏一脸默认。

谢赋右眼皮猛一抽搐，冯府尹断案如神，这个姓张的能查出来的事，府尹大人绝对会查出。如果真的和姥姥庙有关联，到时候发作起来，尤胜今日。

唉……我一个要死的人，就算天翻地覆，又与我何干呢？

谢赋在心中苦苦一笑，道："张大人下一步打算怎么查？"

张屏一副理所当然的样子，吐出两个字："挖棺。"

谢赋又蹿了起来："你敢！"

张屏敏捷地闪开："我不挖，亦会有人挖。"

谢赋牙齿咯咯作响。依府尹大人的脾气，会不会不顾及太后的颜面，公然直接挖石棺？谢赋不能断定，但是，不论明挖或暗挖，这些年相关的人，必然要追究几个。

张屏又道："不知者无罪。知而不报，便是触犯律法。"

谢赋再眯起眼。方才王公公和张屏咬耳朵的情形掠过脑海。

姓张的这厮乃皇上亲封的丰乐知县，关系通天。装得很实诚，像个二愣子似的，手段却不弱。姥姥庙石棺从挖出到如今这些年，牵扯诸多官员，有的已是朝中高位，盘杂相连的，更不可想象。姓张的刚入官场，后台再硬，也不会愚蠢到让这许多人倒霉。

自己反正是要一了百了干净了，可是主簿、工房、户房这些……整个衙署，恐怕都……

谢赋心里的算盘珠噼里啪啦飞快地拨着，事已至此，只能权衡出一条对丰乐、对相关之人，损失相对最少的路。

笃笃笃——

敲门声突起。

谢赋一凛。一个声音在门外道："启禀两位大人，县衙外来了一名道人，声称是张大人的故人。"

谢赋不能阻拦，眼睁睁看着张屏打开了门。

"什么人？"

门外除了一个衙役外，还站着主簿。

两人飞快地扫了一眼张屏和谢赋，赶紧垂下眼。主簿道："那道人说自己是从西川南池县来，因为宫里的人在，下官让人先把他请到后面厅中了。"他声音再低了几分，"大人，王公公还坐着，不宜让其久候啊。"

张屏点点头就要往廊下走，主簿忙拦住，更小声地道："大人，衣服上沾了灰尘。"

仆从为张屏和谢赋理了理仪表，张屏脖子上那个牙印儿所有人都当作没看见。谢赋恨不得此身即刻化为飞灰，但在这个时候，他还不能死。

到了厅中，王公公放下茶盏，向张屏和谢赋笑得甚和气。

他心里早跟明镜似的，必然是太后娘娘要赐封的那个什么庙有了些事情。该怎么着，是这两个县里的小官儿应办好的事，他不多管。张屏立得高了些的那个领子仍隐隐半露出的牙印儿，在王公公看来更是什么都算不上。

"二位大人谈完事了？"

张屏拱手："劳公公久候。有一事要告知公公。"

谢赋在心里长叹一声。罢了，命也，躲不过。只能半看天意，半赌运数了。

王公公"哦"了一声，左右连同主簿都退下，厅中只剩得张屏、谢赋和王公公三人，张屏接着道："慈寿观与一桩命案有关，须挖棺验尸，山顶已暂封。"

王公公微微眯眼："张大人，太后亲自赐封的福地灵观，怎会扯上命案？"

张屏道："福地灵观恐不副实。本县要验的，就是慈寿姥姥的石棺。"

谢赋头壳"嗡"的一声，双耳狂鸣。

完了，这厮他娘的竟是个真愣子！

这下全完了。

此时此刻，京城郊外，兰珏亦在心中长长叹息。

遵照圣旨，玳王被贬庶人，由宗正府解送出京。待到丰乐县念勤乡后，才由礼部侍郎兰珏趁休假之便"督管教导，校正礼仪"，因此，兰珏虽是和玳王一行同日动身，明面上却不是一起出京，而是于京城外十余里的一处亭子里，兰珏"歇马小憩"，"恰遇"玳王等人，"便就一道前行"。

玳王辰时初刻除袍服，着素衣，向皇宫及宗庙方向叩首拜别，离府出京。兰珏天不亮就出发，带着兰徽赶往十里亭。

兰徽很是兴奋，眼睛得溜圆，不断撩开车窗帘向外看。兰珏向他交代了无数遍万万不可得罪玳王。兰徽每次都一脸老成地点头，表示自己已是大人了，都懂的。

"爹爹放心，儿绝不会冒犯殿下。路上我就避不让他看见我。他若和我说话，他说什么，我应着好就了。桐表哥也和我说了，对玳王只要说'是、好、遵命'

即可。玳王让我做什么，我都告诉爹爹。"

兰珏微笑。若非永宣帝指名，他真不想让兰徽小小年纪就受这份看人脸色的罪。不过很多事早晚都要学的，也只能如此了。

临行前，王砚送了兰徽一把弹弓，几袋弹丸。太师府制弹弓和弹丸的匠人手艺卓绝，宫里的匠师都难比得上。弹弓以西域异兽之骨为柄，绑的据说是海蛟之筋。弹丸乃用雪山冰潭旁的黑土、沉香、檀末等数十种材料搓成，异香扑鼻。

兰珏小时候，曾在郊外树下捡到过一枚这样的弹丸。当时他以为是游玩的贵人小姐所佩香囊中掉出的香丸，很宝贝地揣在袖中拿回家给母亲看，母亲也很欢喜，把丸子放在箱中熏衣，多年后香味依然浓郁。兰珏进京赶考时，仍带着这枚香丸，搁在衣箱里。后来认得了王砚，有一回和王砚去郊游，在一亭中小憩，一只不知从哪家笼中逃出的七彩锦斓鹦鹉落到树梢上朝他二人探头叫："蠢球，蠢球……"王大公子从腰间小皮兜里摸出一把弹弓，"咻"地向鹦鹉射了一发。鹦鹉飞了，王砚将弹弓和装着弹丸的小袋往石桌上一丢："许久不耍这孩子玩意儿，手生了。"兰珏却嗅到一股香味，循而瞧见了小袋中熟悉的黑色圆球。回去之后，他默默把衣箱中的那枚香丸丢了。

这种弹弓和弹丸，市面上是买不到的，都是世家公侯府中的匠人才做得出的东西。兰珏虽混到了如今的官职，但这样的匠人，他府中仍没有。兰徽得了王砚送的这些，开心得不得了，把装弹弓和弹丸的小锦袋绑在腰间，时不时摸摸。

出了京城，兰珏的头就开始大了，更顾不上操心兰徽。玳王贬放，圣命不得相送，于是众人就来偶遇兰珏。先在出京路上偶遇一下，等到了地方，意外再相逢，顺势送别玳王，倍显真实。

大部分人都是这么打算的。

所以，一出京城大门，兰珏就不断地被偶遇着。这些有缘人，他都怠慢不起。且，朝中诸人本来都在怜惜他豁出老命空蹦跶一场也没混成尚书，还得灰溜溜休假，忽然发现他默不吭声叼到了个当玳王老师的差事，各种心境，可想而知。这时候对人对事，出了一分一毫的差错都真心要命。兰珏只能抖擞精神，不断地下轿，赔笑，寒暄。遇上几拨人一起偶遇时，更是费神费时，兰珏眼睁睁地看着天越来越亮，太阳要升起了，十里亭还遥在前方。

若是玳王一行赶上来了，若是玳王先到了十里亭……

大不了本部院就从此回乡种地吧。

太阳刚升上地平线，兰珏已比在司部衙门忙了一天还疲倦。

还好，十里亭总算是要到了，玳王与宗正府的人应该还得有一会儿才能过来。

马车一顿，兰珏的心跟着一顿："何事？"

"大人。"小厮在车外道，"亭子里有人。"

兰珏揉揉太阳穴，下了车，见几个寻常打扮的侍从站在亭外，亭中坐着三人，上首紫檀袍者乃怀王景卫邑，旁侧着云纹锦袍的少年是珝王启绯，下首陪坐的少年一袭水玉长衫，应不是皇子王子，兰珏看着眼熟，跟着想起，是曾在王砚府中见过的云太傅之子云毓。

怀王含笑："咦，兰侍郎？甚巧。你也出来踏春？"

云毓起身退到一旁。兰珏上前向怀王及珝王施礼："臣休假归乡，祭扫家墓，恰巧经过。"

"哦，那小王当真是与兰侍郎有缘了。"怀王凝视着兰珏，"兰侍郎休假，小王竟不知道。朝中一段时日不见兰卿，当要失色，当要寂寞。"

兰珏双膝一屈："臣万死不敢承王爷之言。"

怀王起身扶住他手臂："啊呀，兰侍郎，快快请起，小王面前，不必这般客气。"又在他臂上握了一下，方才松开，再温声道，"兰侍郎若不急着赶路，可愿与小王同到亭中坐坐，略叙一叙？"

兰珏恭敬道："臣多谢王爷抬爱。"

进了亭子，云毓向兰珏行礼，怀王先入座，待兰珏在下首坐下，怀王又道："云毓怎么还站着，快坐。突然就都客套起来了，小王可不是个好规矩的人。"

珝王笑道："皇叔说得跟自己多不规矩似的。"

怀王皱眉："淘气，孤一向最正经不过，兰侍郎休要听启绯胡言。小王可不是个乱七八糟的人。"

怀王喜好男风，世人皆知。一向有些风言风语，说自从怀王摄政之后，朝里年轻俊俏的官员就越来越多了。兰珏倒不曾避嫌过，一则，众所周知，他是先帝钦点的探花，靠了老丈杆子和太师府的粗腿升迁；二则，凡知道些内情的都晓得，怀王爱少年，兰珏自知，自己这把老壳子，怎么刷漆也不像十七八了。此时的亲切，应该还是为了玳王的事。

兰珏便就只管赔笑。云毓也跟着一笑，在兰珏下首坐下。

怀王又道："今日真是个踏春的好天气。旷野之中，徐徐而行，观新柳，访杏花，方不负如此晴日。"

兰珏道："王爷真心风雅。"

云毓道："臣等随行，亦跟着风雅了。"

怀王淡淡笑道："过誉过誉，孤是个最庸俗不过的人，只能走动走动，四处瞧瞧，写不出诗，也作不了画，徒对大好春色矣。"

珝王道："皇叔太自谦了。皇叔年下赏给侄儿的那张神像，侄儿大年初一贴在门上了，谁看谁说辟邪。"

怀王敛起笑："休想再让叔给你画嫦娥了。"

珝王嘻嘻道："侄儿错了，侄儿还想请皇叔帮画一张吴刚，好和嫦娥凑成一对。"

怀王眯眼佯怒，珝王吐吐舌，做讨饶状，云毓跟着笑道："和嫦娥凑对的，不应当是后羿吗？"

怀王挑眉看向珝王："要不叔把吴刚后羿都给你画了，你连门头都贴上？"

珝王一揖："多谢皇叔。那小侄明儿就上门求赐。"

怀王"呿"了一声："哪那么快，作画，当要酝酿。"

珝王道："皇叔莫酿太久，让嫦娥孤孤单单过中秋就行。"

兰珏跟着在下首噙着一丝不失恭敬的笑意听。云毓多半时候与兰珏一样，偶尔插上一两句言，看似活泼，却从未失分寸。他除了进亭时行礼，没怎么与兰珏直接说过话，但目光神色及微侧的坐姿却透露着对兰珏的敬意，丝毫不让兰珏感到被冷待。

兰珏不由在心里赞叹，不愧是太傅之子，看年纪，也快进朝廷了，来日前程定不可限量。

这时怀王又看向了兰珏："说起诗画，兰侍郎才是行家，字更是本朝一绝。小王从未得你墨宝，甚憾之。得闲可否向你讨教一二？"

兰珏起身行礼道："岂敢岂敢，臣素不擅丹青，更不通格律，字迹鄙陋，能得王爷指点，乃至幸。"

怀王道："兰侍郎还是太客气了。"示意他回座，就此把话引到诗文丹青上。

怀王说话，素难应对，一句话里往往有许多种可能的含意，不知道哪点才是真的。兼之言语无什么套路，时刻出其不意，令对答者如夜行山路一般，稍有不慎，便不知会滚跌到何处。

幸亏兰珏口干舌燥时，玳王一行，总算是出现了。

兰珏望着几位宗正府小吏和两个内宦环拥着的那个白衣少年的身影，热泪差点涌了出来。

怀王起身，珝王恰当地惊讶道："啊，那不是……檀弟么！"

玳王一行人渐渐走近，怀王眯起眼："兰卿乃礼部侍郎，规矩自然很懂。帮孤断一断，侄儿就在近前，孤过去看看，应未犯什么法吧？"

兰珏躬身："臣正休假中，途经罢了。且一介外臣，怎敢多言皇上与王爷的家事。"

怀王淡淡一笑，向亭外走去。陪同玳王的几人都停下了脚步，宗正府的小吏象征性地道："怀王殿下，臣等乃奉旨……"

怀王截住他话头："孤只是踏青路过此地。兰侍郎也在，能为孤作证。孤想和侄儿说几句话，皇上那里，孤自己去说，应不会让你们难做吧。"

随行人等立刻称罪，扑通扑通跪下。

玳王吸吸鼻子："皇叔。"

怀王摸摸他脑袋："乖。"兰珏眼睁睁看着他把一个鼓囊囊的小口袋塞给玳王。

玳王瞪圆了眼看着怀王："皇叔，侄儿已经是戴罪之身，一无所有的草民了。自此一别，各自天涯，皇叔珍重！"

怀王再揉揉他头顶："从哪儿学的话？什么天涯不天涯。你去的那地方离京城没多远。乡下甚好，你待待就知道，这些人定然不会怠慢你。兰侍郎性情好。你只当去行宫玩耍，别太淘气就成。"

随行的人叩首如捣蒜。玳王再吸吸鼻子："皇叔和皇兄来看侄儿，已违了圣旨。请皇叔快些回去吧，侄儿会好好的。给大雍丢的脸，侄儿一定会挣回来！"

兰珏眼皮一颤。

怀王道："小小年纪，不要学着意气行事，休要顾着一时面子。能屈能伸者，才是真的大丈夫。"

玳王挺起胸脯："侄儿今生一定牢记皇叔的话。"

怀王一脸欣慰地拍拍他的肩："乖。"又不知给玳王塞了点什么东西。

兰珏右眼皮直跳，强烈地预感到，这一路上，不会太平了。

翊王也凑到了玳王面前，跟玳王咬了一阵儿耳朵，往他手里塞了个目测颇沉的小袋子。玳王垂了垂眼皮，揣着了。

云毓亦走上前来，向玳王行礼，玳王硬声道："我已是庶人了，不用这样。"

云毓道："在云毓心中，永远当要行礼。"

玳王看了看他，没吭声。

怀王又拍拍玳王肩膀："一路当心些。"继而扫视宗正府小吏和内宦，"怎么，真是要一路走着到那乡下去？"

小吏忙回道："不是不是，回禀千岁，出城十里是步行。就在此亭换上车马。"

怀王略点了点头。

玳王傲然道："走着去，也没什么。"

怀王道："别瞎置气,累得跟叔一样瘸了,后悔就晚了。世上为什么要有车,就是为了少走些路。你不坐,岂不耗费前人造车的心力?"

玳王耷下眼皮"嗯"了一声。

终于,怀王、翙王和玳王话别完毕。临行前,怀王望着宗正府的小吏和宦官们道："孤也就不多说了,一路之上,务必周详。"

众人叩首不迭。怀王转而看向兰珏,略浮出一丝笑意："兰侍郎,路上小心珍重。"又朝前走了两步,凑近兰珏耳边,"小王的侄儿,拜托兰侍郎多多关照。"

兰珏后退一步,躬身一礼："臣谢殿下关爱。自不负皇命,不负王爷嘱托。"

怀王扶住他的双臂,轻轻拍了拍,双目盈满笑意："那小王就先行一步了。方才让兰侍郎听了不少絮叨,莫要笑话。待来日京中再会。"

兰珏垂下视线："臣得以聆听殿下言语,如沐春风。恭送殿下。"

怀王、翙王、云毓一行离去,其余的"偶遇者"陆续而来,玳王看也不看,径直上了马车,那些"偶遇者"便遥遥致意,待兰珏与小吏宦官答礼后四散离去。

随行宦官进了玳王的马车,兰珏看那车厢甚小,多塞人必然拥挤,就请宗正府的小吏到自己车中坐。

小吏立刻道："这怎么好意思,卑职怎能与侍郎大人同车共坐,使不得,使不得。"

兰珏道："我乃离京休假,此时不在任上,何以论官职?正好可一同说说话。"

同行的大宦官卞公公乃皇上指派,早年服侍过玳王之母贵妃娘娘,亦曾服侍过玳王。两个小宦官都是玳王府中的,小吏若是同入车中,拥挤之外,必然也尴尬。犹豫了一下,再推让了两句,便躬身道："那卑职就多谢兰大人了。"

宗正府的人,大多是皇室宗亲。临行前,兰珏已将玳王的几位随行都摸过底,这宗正府的小吏柏沧虽然只有从七品,官阶比张屏还低,但拐弯与宗室沾点边,和柳家也能挂上些亲戚。

柏沧自然也知道这层关系。在朝为官,谁都不会多得罪宗正府的人,能卖人情便卖人情,种种情面上的事,在他来说是家常便饭了。但兰珏贵为礼部侍郎,本身跟宗正令交情就不错,向他这小虾米高高在上示恩一下即可,竟肯让他同车,柏沧心中异常感动。于是入车后,略言语几句,柏沧便主动道："大人的家乡,就在丰乐县旁边吧?"

兰珏含笑道："是,我家乡九和县。"

柏沧道："卑职先祖当年侍奉太祖皇帝,曾在九和待过,不过那时是打仗。"

兰珏扬眉："令先祖是骁骑虎营中？失敬失敬。九曲河一役，今日阅史书时，犹觉刀锋热血，透纸而来。"

柏沧谦然道："卑职先祖只是虎营一小小前锋，当日大胜，乃太祖皇帝天命所归，先祖常与后辈言，能身在其中，便是至幸。"

兰珏道："功高谦雅，令先祖真英贤也。说来，先岳之祖，当时亦在骁营。"

柏沧忙道："先柳老太傅神机妙算，先祖常常赞叹老太傅真乃孔明再世。"他知道兰珏与柳家关系尴尬，故而刚才谨慎未敢先提，见兰珏自己大方说了，方才吐口，又道，"卑职的堂叔祖母，亦姓柳，与老太傅有些远亲。"

兰珏讶然："原来你我竟是亲戚？"

柏沧起身拜倒："卑职不敢妄称。"

兰珏扶住他："亲戚这般说话太见外了。日后多走动才是。"

柏沧咧嘴笑道："若论辈分，大人比卑职高出一辈。大人若不嫌弃，日后直呼我小名便是。私下里，卑职若称大人一声叔父，不知大人可觉唐突？"

兰珏微笑道："亲戚间正是要多亲切些。"

柏沧躬身作揖："小侄拜见叔父。"

两人又再叙了一时话，格外亲切。

正午时分，车马行到一处旷野，在路边停下。柏沧前去安排玳王用午膳。

玳王随行的人中没有厨子，主事的卞公公事先与兰珏通过气，玳王名义上是流放，若地方官府供奉不合礼制，反留话柄。就由兰珏随行带了两拨厨子，一拨侍奉玳王饮食，一拨料理自家。玳王随行得着便利，也给兰珏一个玳王这里的情面，两相欢喜。

午膳送到玳王车中，小宦官委婉向柏沧暗示，他在旁侧影响玳王用膳的心情。柏沧识趣退出马车，兰珏本到了另一辆车中与兰徽一同用膳，听闻小厮报之此事，便摸摸兰徽的头，让他自己吃饭，又让人请柏沧回到方才的车中，与他一起用膳。

兰徽一本正经道："爹爹，你去吧，儿自己吃也可以的。"

兰珏含笑道："乖，等扫祭你祖母时，爹爹陪你放风筝。"

兰徽点点头，却没对放风筝这件事表现出特别的兴奋。

儿子这是长大了，小时候哄他玩的东西已经不太好用了，看来得要再想新的了。兰珏再揉揉兰徽头顶，去另一车中与柏沧一同用膳。

兰珏此行，车马都十分简素，饭菜乃家常菜色。一同吃饭，柏沧更觉得自己和兰珏之间亲近了许多。不觉谈到一路途经之地与丰乐县相关，柏沧道："念勤乡乃太祖皇帝励民嘉农之处，皇上圣意深厚啊。"

兰珏含笑颔首。

念勤乡的来历有个典故，太祖皇帝登基后，鼓励农耕，免赋三年。西域有小国前来朝贡，贡品中有千里马一匹，宝剑一把。恰好太祖皇帝正在读京兆尹呈上的京郊县里丰收的折子，便说："刀剑马匹，都是征战之物。如今乡中一亩丰收良田，在朕心中远胜千万良驹宝器。"于是丰乐县便从此得名，太祖皇帝更是将当时刚好读到折子上那一处亩产格外高的良田所在之乡赐名念勤乡。

京兆府、户部官员在农耕秋收时，都爱踏看那里，先帝及前几代皇帝亦曾驾临过，现成有行馆房屋。永宣帝将玳王发到此地，既可表现自己管束弟弟的用心，又十分便利。

柏沧感叹道："太祖皇帝爷的圣明事迹，真是说也说不完。其实丰乐县还有个地方也有一段与太祖皇帝有关的逸事，不知叔父听说过没？当年开国时，打到京城地界，就在丰乐县境内，突然地动山摇，一处颇高的地方塌出一块大洼地。有那妖言惑众的人便说什么不吉利。太祖皇帝道，天象本与人事无干，地动真的就是凶兆？那朕斩袍折箭，看凶也不凶。凶，应在朕身上，与将士无关，自有真贤能使天下太平。便真就割开衣甲，折断一箭。又有人发现，那块洼地塌成了一个碗状，说其实是天将这江山装在碗中，送与太祖皇帝。亦是我朝立后，人人皆有饭吃。乃上上吉兆。此后士气大盛，挥师直取京师。那块洼地后来改叫了大碗村。太祖皇帝的圣明真是旷古烁今了。"

兰珏亦称是。正聊着，车帘一掀，却是兰珏的贴身小厮端了一碟菜进来，将菜搁在桌上，抬眼望了兰珏一眼。

兰珏遂挑开车窗帘，却见玳王竟出了马车，不远处的空地上站着兰徽，玳王正朝着兰徽走去。

兰珏和柏沧立刻一同下车。那里玳王已走到了兰徽面前。

兰徽本是趁着兰珏去吃饭，溜下马车想试试新弹弓，正在寻找树杈上有没有鸟，瞥见那边马车里下来了几个陌生人向自己走来，不由得怔了一下。玳王在离他两三步外站定，扫了他一眼："你叫什么名字？"

兰徽行礼道："草民兰徽，见过玳王殿下。"

玳王比兰徽大了数岁，身量高出不少。他抱起双臂，居高临下地瞧着兰徽道："我已是庶人了，你不必如此行礼。你是兰珏的儿子？"

兰徽点点头："是。"玳王殿下看起来挺不好惹的。

玳王环视了一下四周："那你知道此处是什么地界吗？"

兰徽摇摇头。

玳王瞄瞄他手里的弹弓："你喜欢玩这个？嗯，小孩子都喜欢。我小时候也玩过。不过后来只射箭，不再玩这个了。你会骑射吗？"

兰徽没吭声。他会骑马，但是没怎么学过射箭。玳王在他眼中已很有大人派头了，玩弹弓被玳王蔑视成小孩子，让他觉得有些没面子。

玳王又问："你是骑马来的，还是坐马车？"

兰徽道："我同爹爹一道坐马车。爹爹带我回乡扫墓。"

玳王道："哦，你出来，连自己的马都没带一匹啊，那怎么行猎？"

兰徽道："爹爹与我只是为祖母扫墓。"

玳王"喊"了一声："到野外哪有不行猎的。"

兰徽一噎。兰珏适时地上前一步："犬子确实不擅骑射，让殿下见笑了。"

"早说了，我已是庶人，不要再如此称呼。"玳王又瞥了一眼兰徽，"兰侍郎的儿子甚是乖巧。"口气老气横秋。

兰珏险些失笑，恭敬道："多谢。犬子腼腆，疏于教导。"

玳王"哼"了一声，卞公公向他道："这一时风大，刚用完膳，吃了凉风就不好了。小主人请回车里吧。"

玳王不耐烦地道："刚吃饱，正是要活动活动哩。难道这样也不成？"又左右四望道，"说来，这是行到哪里了，多久能到？"

兰珏慢悠悠从袖中取出了一张地图，展开，向身边的柏沧道："柏大人，我也不太辨路径，我们这是行到了哪里？"

柏沧在图纸上一点："禀大人，是在这一带。"

兰珏随即向玳王道："回禀小公子，此处是封授乡，已近久安县地界。"

玳王仍抱着双臂，好似随意一般点了点头。兰珏缓缓折起地图，收进袖中，感受着玳王瞅着地图火辣辣的目光。

他与柏沧等人，情谊联络得差不多了，出了什么事，第一想着的，也是互相兜着，那么说些不太中听的应不会被当成挑刺了。现在该旁敲侧击提醒提醒了——玳王肯定是在打算着跑路，浪迹天涯，呼啸江湖。

丰乐县衙中，王公公瞅着眼前两个憨货，心里很无奈。

他只能再把眼瞅得狠些，用最意味深长的口气说："张知县，言，当要谨慎哪。那庙，不是灵验得很吗，怎会……"

张屏道："本县为一桩命案取证，正要封山挖棺。"

王公公叹气，这货实在憋得他受不了了，他老人家竟忍不住慈悲了："张知县，咱家听着还是糊涂。可你说的这事，实在是大，若是太后娘娘吩咐的事办不好，咱家死一万次也担不起，必须回京禀报。张大人明白吗？"

张屏一揖："请公公如实禀报。"

王公公顿生出借道闪电劈死他的心，谢赋抢声道："公公！知县大人的意思是，慈寿观现与一桩命案有关，必须封观，取些证物查看。一切论据未足，都不能定断。但因太后娘娘赐封，县中万万不敢隐瞒，故而才来告知！"

"这……"王公公皱眉，"咱家更糊涂了，要咱家回去，如何禀报太后娘娘才好？耽误了正事，谁都担待不起。"

谢赋一揖："明日非黄道吉日，诸事不宜。今天日落之前，定给公公一个交代，可好？"

王公公看看他，再看看张屏，点点头："也罢，请二位大人千万不要坑咱家啊。咱家的老命可都悬起来了。"

张屏沉默行了一礼，退出厅堂，谢赋跌跌撞撞跟出去，在拐角廊下一把揪住他："你要做什么？"

张屏道："立刻让人上山挖棺，事实得证，便能如实禀报。"

谢赋掐紧他嘶声道："你疯了？你真就想那么多人一起死？！王公公给了半天宽限你还想着大家一起死？信不信我现在就死给你看！你信不信我现在就弄死你！"

张屏肃然地望着他几欲崩血的眼珠："不要死，性命最可贵。事实为证，律法为凭，冤者得雪，真相必然大白。"

"你……"

"大人……"小衙役颤声开口，及时地阻止了谢赋掐向张屏喉咙的举动，"知县大人，又来了一个人，也说要见大人，说有要事，见完了他就走。"

谢赋这才发现，廊下，远处，有不少凝固的身影正望向这方。他收回手，勉强后撤一步。张屏向小衙役道："人在何处。"

小衙役怯怯向某侧一比，张屏循之望去，见斜对的回廊下，竟是柳桐倚正看向这里。

柳桐倚浮起微笑，向这方走来，朝张屏和谢赋皆拱了拱手，仿佛刚才什么都不曾看见。

谢赋整了整衣衫回礼。柳桐倚对张屏道："张兄，我到邻县送些公文，正好想起了些事，便冒昧过来找你了。稍后便得告辞，张兄此时可有闲暇与我单独一叙？

片刻即可。"

张屏点头："有。"回首看了看谢赋。

谢赋冷冷道："张大人请自便。"

张屏再深深地关切地看着他。谢赋又冷冷道："张大人放心，为着一些事不会发生，有的事下官暂且不会做。"移开视线，远眺无尽虚空。

张屏与柳桐倚到了旁侧一处僻静小厅，衙役退出合上厅门，柳桐倚开门见山道："张兄，那日你离去后，我忽然想起了一些事，或与你在查的案子有关，且十分有趣。"自随身的锦袋中取出一本册子，"这是先父早年的笔记。张兄请看夹着纸的那一页。"

张屏接过，册子半旧，应是已被翻看过无数次，但封皮干净，内页毫无折角，纸张也没怎么泛黄，可见保管它的人极其用心。

张屏很小心地翻到了柳桐倚所指之处，册页中夹着一张折起的素帛，页上用秀逸小楷写道——

> 大碗村，大碗村，朴拙之名，吉祥之意。天兆传说，世人皆晓；苍草黄土，却掩无名。慷慨而歌者，当为豪杰；不负誓言者，更乃义士。古往今来，最可惊可叹故事，总不得为人知也。

柳桐倚道："张兄看看夹着的那张图。"

张屏依言抖开素帛。帛上绘着一张地图，几近小儿随手涂画，极是简略，星点朱色，标注了一些地方，还画了些细小的短线。素帛的下角有几个小字——易阳子绘。

柳桐倚再凑近一些，指着那些线道："张兄看出来了吧，这些是卦象标注。我来之前，已经借图纸对照过此图。所绘地方，正是贵县以往叫作大碗村的慈寿村。"

张屏抬眼看着他。

柳桐倚犹豫了一下："张兄肯定是要问我为什么有这东西。不知张兄可曾听说过西山红叶生？"

张屏点点头。西山红叶生乃一代传奇大家，书中许多侠士往往遇上离奇案子，误打误撞将案子破解。虽然有很多地方张屏觉得不对，但若不细想，也挺好看。

柳桐倚道："西山红叶生……与先父有些渊源。他所著一部书叫《乱世侠盗》。"

张屏道："看过。"

柳桐倚惊讶："张兄竟看过？那你可记得，《乱世侠盗》中，山谨与黄泉公主的一段？"

张屏的目光闪了一下。柳桐倚所说，是《乱世侠盗》中的双侠之一山谨刚入江湖的一段。

山谨当时尚是少年，被仇家追杀，逃亡到一处郊野，却遇地动，脚下裂开一条大口。山谨坠入其中，自昏迷中醒来，发现自己身在一地底桃源中，那里亦有树木花草，河流原野，房屋农田，似与人间无异。只是头上并非蓝天，而是发光的土壁。无昼夜，醒时出屋，困则入暗室而眠。

那里所居之人，自称黄泉国人，肤皆如雪，发乌黑垂地，眼珠在暗处发光，眼瞳如狸猫，有琥珀、湛蓝、莹绿各色，身轻如燕。苍头老者，亦能踏水而行，如履平地，掠上数层高楼。

山谨在其中学到了轻功绝技，国主的独生女，有着一双绿眼眸的绝色公主蜜蜜儿也痴恋上了他。

山谨找到了回到地面上的路，想让蜜蜜儿公主和他一起离开，公主终于答应。两人攀爬国中最高的塔，再通过山谨用铁锁引下的雷电之力打开了通往地面的桥，而在爬出地缝，重新回到地上的时候，一把飞来的长剑，钉进了公主的胸口。

山谨扑向了那个藏在暗处的黑影，正与其打斗时，太阳升起来了，那人让山谨回头看，山谨发现，公主化为了亮晶晶的粉末。

那人告诉山谨，并不是他杀了公主。他只是一个奉命守护此处的人。山谨所入之黄泉国非人间，亦不算是真正的黄泉幽冥，而是自开天辟地以来，一些幽怨痴执之气所聚，幻化为人，天怜之，便由其存于地下。但若至阳间，便会遭到天罚。即便公主未被剑刺中，非血肉之体，亦难承受阳气，见到阳光，她依然会化尘而灭。

山谨终于明白了，蜜蜜儿公主答应和自己一起离开时，那含泪的眼眸，唇边凄艳的笑容是什么意思。她根本就知道自己到地上不可能活着，只是，离开山谨，她也不愿再活，和他一起到地上，还能在灰飞烟灭时，与他多待上片刻。

山谨痛不欲生，举目四望，这里就是他掉下去前所在的地方，地上的裂缝早已合拢，只是当时算是高岗的地面，这时变成了低洼的一处。

山谨从此性情大变，沉默寡言，他的胸前，永远挂着一个小袋，里面装着公主化成的粉尘。

多年后的某日，山谨遇险，难以脱身，那小袋突然跌落，亮晶晶的粉尘落到地面，竟为山谨指出了离开的路径。

蜜蜜儿公主的痴情令许多读过此书的人唏嘘，不少文士还写过《叹蜜蜜儿》《惜蜜词》等诗词长赋赞颂哀悼这位黄泉公主。关于若是蜜蜜儿公主一直活着，她与后来和山谨相恋的魏昌公主哪个才应是山谨的正房一事，亦素有争议。

蜜蜜儿公主一派以为，魏昌公主固然温婉聪慧，但及不上蜜蜜儿之纯之痴。若蜜蜜儿在，山谨或者也会喜欢魏昌公主，但终究不是挚爱。且蜜蜜儿绝色美貌，永不衰老，魏昌公主亦美，然凡人青春，不能久长。

魏昌公主一派则道，山谨为国而死后，魏昌公主殉情相随，论及痴与烈，皆不逊于蜜蜜儿。而蜜蜜儿其实就是个野鬼，和真正尊贵的金枝玉叶魏昌公主无法比。活着也只能当妾，不配为正妻。

当今太后是魏昌公主一派，怀王则赞叹过蜜蜜儿。据说，今年正月里，宫中吃元宵宴时，太后还让戏班唱了一段魏昌公主与山谨定情的戏，怀王向太后献了个琉璃瓶，里面装了晶晶亮的夜明珠粉末。

张屏读此书时，觉得黄泉国这段略离奇了，若他推断，应是外来的番族与当地人通婚，惹了祸事，避居地下。他也觉得蜜蜜儿公主很好。

柳桐倚道："前日张兄离开后，我想着张兄告诉我的石棺之事及大碗村之名，忽然记起此书中的黄泉之国一段及先父的笔记。先父在世时，好记录些逸闻，虽然有些事不可说，但可能……"

张屏深深向他一揖。

柳桐倚怔了一下，而后垂下眼帘："果然瞒不住张兄，不错，先父就是西山红叶生。此事还望张兄不要道与外人。"

张屏直起身，点了点头。他早就猜到西山红叶生数年前便已离世，今日证实，心中又泛起沉重。

柳桐倚深深看看他，张屏对他的父亲——太傅柳羡之子柳知——为什么会是写传奇的西山红叶生一事好像并无疑惑。他便又露出微笑："先父若知张兄亦是知音，应甚欣喜。"

话已说开，那便更好继续讲正事了。

"先父的这段手录，应是书于写《乱世侠盗》之前。"

册中所感叹不能让世人所知之事，或许还是被他的父亲忍不住化用了《乱世侠盗》中。

"小弟家中记录先祖事迹的书册中有载，当日先祖随太祖皇帝行军到京城附近，地动山摇，有处高岗塌陷成了凹地，人皆曰不吉，先祖使计，以谣克谣，让人向外道，地陷成碗，乃天意将江山置于碗中，奉与太祖皇帝。后，果然士气高涨，直入京城。"

张屏点点头。大碗村的事，让柳桐倚想到了这段旧事和其父传奇书中所著的重叠部分。

"此外，与先祖相关的，还有一事，我觉得也甚值得琢磨。太祖皇帝初登大宝时，天下皆因战乱而苦，连皇宫所损的殿阁亦无钱修缮，这时，有人献书与先祖，告发有妖人居于京郊，藏匿宝藏，意图毁龙脉，复辟前朝。先祖查之，发现为无稽之谈。又禀与太祖皇帝，太祖皇帝亦道，挖地掘土乃鸡鸣狗盗行径，岂可为之。将告发之人逐出。"

张屏深深皱起眉，一把抓住柳桐倚手臂："走。"

柳桐倚愣了一下，他知道张屏这么做必有缘故，便没有询问，随他出了小厅。

衙役们皆在附近徘徊，谢赋要紧紧盯着张屏，更一直站在厅外廊下，见门扇打开，张屏拉着柳桐倚出来，诸人都呆了一下。

张屏直勾勾地盯着一个衙役："之前来找我的人在哪里？"

那衙役木僵僵地半张开口："主簿大人将前一位想见大人的贵客请到后院的厅中去了。"

张屏转身往后院去，那小衙役忙一溜小跑赶上："大人，这边……"

绕过屋角，穿过院中，门扇敞开的厅中，一名身着道氅的男子看见拉着柳桐倚身后尾随着衙役和谢赋直直疾步行来的张屏，立刻起身迎出，浮出微笑。

张屏踏上台阶，松开了柳桐倚的袖子，从怀中摸出一张纸，递到他面前。

"师兄，帮我看看这个。"

男子怔了一下，接过了张屏手中的纸，展开，顿时神色一变："如斯狠的局，这是多大的仇。"

柳桐倚讶然盯向那张图。谢赋也不禁蹭到近前一瞥。只见那纸上画着两幅简图，上面那幅，和昨天他画给张屏的寿念山山顶简图一样。张屏问到的那棵老柳树下方画了个小方框。下面一张是座山，大致标出周围田野及河流的位置，山尖儿上点了个红点。这是寿念山的整图吧。

看来这两幅图均出自这位张大人的手笔，谢赋瞅着那和小儿画的草垛一样的山体，不在内心多作评价。

张屏在慈寿观的位置点了一下："若是棺材埋在此处呢？"

那道人立刻道："费这么大事布局，不搁在正好的位置，不是脱裤子放屁嘛！"说罢抬眼看周围，拱了拱手，"贫道乡野散人，言语粗鄙处，诸位官爷施主勿怪。"

谢赋眯眼："这位道长是何意？难道暗指图上所绘之处是什么风水局不成？这

里早已不是图上画的这样了。"伸手在图上点道，"这里，这里，还有这里，而今都有房屋树木。"

那道人向谢赋再一揖："这位大人看来也是行家。但恕贫道直言，这个局已经成了，加上的这些，并无破解的作用。"

谢赋冷冷道："本县不懂什么风水，亦不信什么风水。树长在哪里，房子盖在哪里，还能管得了人生病发财，真是无稽之谈。此处而今香火旺盛，繁盛得很。"

道人一怔："这里，还是庙观？"

廊下的衙役们也愣了。难道张大人找了个道士在看姥姥庙的风水？

张屏点点头："嗯。"

那道人叹道："歹毒，太歹毒了。永不翻身，永绝其户。"

张屏望着他："有无可能，是偶然凑巧？"

道人回看他："谁家葬棺挑这么个地方？虽然师父他老人家的本事我没学到多少，我脑子笨也不咋会读书，但这个局我还认得。只是万想不到，世上真有人下这样的手。"

张屏紧皱起眉头。谢赋扫视他和道人，霍然明白："哦，原来知县大人请了这个道士，就是找理由动慈寿观。"这么多人都看着了，他也就彻底豁出去了，"张大人，你是非要谁也活不了？慈寿观是太后娘娘要赐封的地方，保我丰乐一县风调雨顺，民生安乐。毁了那里，大人能有什么好处？"

众人皆惊。那道人一脸愕然后退一步："这……阿屏，你可别坑我，你让我看的是什么地方？贫道、贫道今天才到这里，方才只是看图纸说话，贫道什么也不知道！"

亦有衙役跪了下来："张大人，谢大人说的，可是真的？小的本没有什么说话的资格，但……请大人凡事三思！"

众衙役都扑通扑通跪倒。张屏皱眉，柳桐倚上前一步："在下乃是外人，尚不甚明白。不过……在下想，张大人也许只是想要修缮宝观。太后娘娘赐封之事，绝不容闪失。宝观当先打扫修缮，诵经除尘，方可恭迎祭礼。"

他边说边询问地看了看张屏。张屏的嘴唇动了动，柳桐倚又向那道人拱了拱手："道长方才可是看出这图上有些什么风水忌讳？容在下再多话一句，若有关碍，尽快去除为好。一为吉祥，二为平安。张大人也休要怪我多事。"

方才带头跪下的那位衙役立刻道："啊……这位公子说得甚是。小的该死，是小的误解了大人的意思。"啪，给了自己一个嘴巴，连连叩首，"请大人恕罪。"

其余衙役跟着叩首，连谢赋都勉强一揖："若是如这位公子所说，是下官错了，下官向大人赔罪，方才逾越冒犯之处，任凭责罚。"

张屏沉默地站着，以前兰珏曾和他说过，官场之中，有些事，必须要变通。此时，他体会到了。

片刻后，张屏吐出几个字："封山，挖树。"

谢赋的表情又一紧，跪地的衙役们略僵了一瞬，而后领头的那位立刻叩首："遵命，小的这就去传大人之命！"

张屏一言不发地转身，走向身后的小厅。柳桐倚和那个道人随了过去。

廊下的衙役们识相地退下。只有谢赋进退不得，仍在廊下站着。他想，反正这也是活在世上的最后一时了，就权当自己是个厉鬼，紧紧盯着这姓张的。

进得厅中，柳桐倚抬袖向道人道："是了，实在失礼。在下柳桐倚，还未请教道长尊号。"

道人一揖还礼："无量寿福，贫道无昧见过施主。贫道与张大人乃是同乡，自幼相识。"

张屏道："我是孤儿，被师父捡进了道观，与嵋哥一起长大的。"

无昧道："已是出家人，不当称俗名了。"

张屏道："嗯，师兄。"

无昧叹了口气："唉，就是你进京赶考后，朴忘子道长突然仙逝了，观中多出一个空缺，我就出家了。冲阳接了朴忘子道长之位，眼下已是监院了。"再呵呵笑了一声，"你是个俗缘福分大的，就该走科举这条路，师父算得不会有错。"

张屏亦笑了一下。

柳桐倚听来，张屏出身及他和这位师兄之间应该颇多故事，他是外人，自不便多问多听，就又向张屏道："请张兄莫怪我方才多事。"

张屏道："是我该谢你。"

柳桐倚帮他解了围，只是现在这样，其实才是真的欺瞒太后，后面更棘手。

柳桐倚叹道："太后赐匾，真是大事。若姑父现下在这里就好了。"

张屏道："那观上不得香，是假的。"

无昧倒抽一口冷气："阿屏祖宗欸，别说这样的话！哥可不想交待在这里！那是太后啊，你眼下就是个知县！你给我看的那张图怎么来的？我不是怕事，但你可别这么耍！"

柳桐倚两眼亮亮看向张屏："张兄是觉得，慈寿观里藏着一口棺材？"

张屏道："慈寿观，自然有棺。只是我觉得，所谓慈寿姥姥之棺，并不在慈寿观内，而在那棵树下。"

柳桐倚顿时恍然："张兄的意思是，那慈寿观……"

张屏点头。慈寿姥姥当然是假的。棺中的，肯定不是什么神女仙蜕。

他从头开始解释："我之前，去看过挖出石棺的井。井口是后来建的，里面略大一些，也是圆洞。若石棺是横着挖出，形状不会是这样。那么棺，只能竖着。"

柳桐倚敛眉，无昧脱口道："这里的人不会这点都不懂吧，挖出口竖插棺，还给供起来！"

张屏不语，竖插棺，乃是一种很恶毒的诅咒葬法。一般是咒对方上不得天入不得地府。多年前，慈寿村的村民为什么会被忽悠得相信了这是吉祥仙棺？

他又展开刚才那张纸。

"这是寿念山的图。石棺挖出后，被运到山上，然后山顶就成了这个样子。"

柳桐倚微变色："张兄，这……事可有些大了。抱歉，我方才真是自作聪明，反而可能给你添事了。"

一直在外听着的谢赋一头撞了进来："怎么回事！"

张屏再把纸递向他："多年前，慈寿姥姥显灵一事，实际是有人挖出了一口竖插棺，然后把这棺送到山上，又用道观及树木，布了个风水局。"

谢赋直直地从纸上抬起眼。

无昧咽咽唾沫，在道袍上蹭了蹭手心的汗："阿屏，若你这图没画错，这个局可真是凶得很啊。这是钉魄镇魂局，咒那棺材里的人升天不能做鬼不成永无轮回，永世绝后。一般人不知道这个局。这么缺德，懂行的也不敢布。"

迷信里说，行风水咒法事，施法越重，自己的报应越深。所以，精通术学的高人，连寻常吉凶都不肯轻易为人卜算，唯恐泄露天机，坏了自己修为，不得成大道。扎小人，钉钉子这种事，多也是无知妇孺才做。

张屏道："而且那棵树，是柳树。"

无昧倒抽一口冷气。

柳树亦是葬殓禁忌。用柳木为棺装殓尸身，即是咒死者断子绝孙。这个风水局，植树于棺上，便是以木为钉，做穿心钉棺之局，再用上柳树，简直毒到不可思议。

谢赋不信鬼，但听着这些话，他只觉得后背有些凉飕飕的，仿佛有风阴阴袭入骨缝，脖颈汗毛根根竖起。

无昧喃喃："使这么毒的局，那人根本是连自己都不顾了。这、这地儿……还能立成庙观，给拜了这么多年？！"

张屏面无表情："所以我才说，和王公公，讲真话。"

谢赋抓着纸的手心里冒出了潮汗。

这事很大。

姓张的说得没错。欺瞒不报，让太后给布置成永世不得翻身诅咒绝户之地的庙观赐匾烧香，问成诅咒国运之罪，株连九族，也不算冤枉。相较之下，背个误信妖邪，瞒上惑众之罪，几个人掉掉脑袋，一些人丢丢官，发发配，简直温情无比。

柳桐倚道："我再多言两句，风水之事，毕竟只是一种说法。官文上报中提及，较为不妥。张兄封山挖树之举极是正确。不妨就秘密上山，起树之后，有了与命案相关的确凿证据，再上禀解释，有凭证，则更适宜。"

谢赋不禁抬头看了看他，柳桐倚其实就是在暗示，不提风水之事，只以挖出棺材与命案相关上报。

这么多年都无人看出，如果现在厅内的这几人不说，就此瞒过，化大为小的可能性极大。

谢赋不由得对柳桐倚充满感激，他起初以为这个穿便服来找张屏的美貌少年是京里哪家挂了个闲职的贵胄子弟，却不承想其几次出言化解局面都十分不俗，非同寻常。

张屏点头："风水，本就是种说法。此案，仍是命案，风水乃线索。"

谢赋心里一颤，无昧先他一步喊道："阿屏啊，我的张爷爷，那你就跟太后娘娘的人禀告案子就成，可别多唠什么线索的事了。这么凶煞的局，让太后娘娘来上香，就算跟你无关，哥更是路过的，但咱俩一准也得掉脑袋。哥刚做道士，还没有升仙的资格。你就报命案吧，其他的，就不要提了。反正贵人们知道是怎么回事，整妥当了，就成了。细细碎碎的，他们也不爱听。"

谢赋不由得又感动地看向无昧，姓张的忒可恶，难为与他结交的，都是明白人。

张屏道："嗯。"

谢赋有种脖子上的刀刃挪开了半寸的轻松："衙役们皆为县中考虑，想来封山缘由暂还未声张，但再着人监督，会更牢靠些。"

张屏二话不说转身，柳桐倚立刻拱手："张兄，那我也先告辞回京了。"

张屏看向他："不一起上山？"

柳桐倚笑了一下："不了，张兄这里太忙，我在徒然添乱，大人还等着我回去复命。"

张屏其实挺想让柳桐倚暂时别走，有个人一同想案子，他觉得蛮好的，而且柳桐倚告诉他的话，更能将这个案子串起来了。但他也知道，柳桐倚这次必是找了个借口离京特意赶来，大理寺事务繁忙，柳桐倚不能在这里待太久。

他拱手道："那，路上小心。多谢。我会写信。"

柳桐倚双眼又亮起来："那是我要多谢张兄了。"

谢赋不耐烦地在旁边转圈，他很感激柳桐倚，可此时真是片刻也耽误不得，幸亏张屏马上出了小厅。哪知才行到院中，刘主簿迎面匆匆奔了过来："知县大人，九公庄乡春旱已快难支撑，引河取水之事，大人可否今日决断？"

谢赋硬声抢道："此项我不是已经准了吗？"

刘主簿神色为难："此前……只是批下。款项、劳役尚未到位。而今，得由张大人再核查批复，方可动工。"

谢赋转头向张屏道："下官仔细核对过，未有问题，大人可立批，若有差池，拿我问罪便是。"

张屏向刘主簿道："我得去寿念山山顶，公文我在路上看，烦请主簿与我同车，待看完，再劳烦主簿带回。"

谢赋在心中轻呵一声，这位张大人，毕竟是不肯轻信我。罢罢，只要不耽误，不祸及他人性命便罢。

这厢，刘主簿又为难地看看张屏："大人要去山顶？恕下官直言，除却引河取水，还有随漕、祭祀之项待批。县中盐商都在等盐引，否则快要无盐可卖了。盐课款项都齐了，户房已做好账，只等大人审阅。这些皆须大人速速批复。另外……王公公的下榻之处与接风酒菜，还是大人亲自定较妥当些。"

张知县是靠查案晋升，但，把民生大事与宫里来的人放在一边，为一家一户的案子亲自跑上山，刘主簿觉得有些本末倒置。

谢赋恨不能把刘主簿一脚踹开，冷冷道："张知县在办的，的确是要案，其他的都先缓一缓，死不了人。"

刘主簿抬头，刚张了张嘴，突然，又有一个捕快匆匆奔来。

"大人……大人……"

张屏神色一变，这个捕快，是今早派过去到姚府换岗，继续看守现场及保护姚家人的捕快之一。

刘主簿立刻喝道："何事如此大惊小怪，快向大人自领惊扰之罪。"

那捕快扑通跪倒："小的鲁莽失礼，求恕小的死罪。请大人快去姚家看看吧，府尹大人和上回来过咱们县里查姚家丢儿子一案的那位刑部侍郎大人，正……都在姚府里……小的不敢再多说……请、请大人速速过去……"

409

张屏转身看向谢赋："我须速去山顶，可否请谢大人前往姚府？"

"大人！"捕快失声打断，"小的该死！可……还请大人亲自过去，单一个谢大人恐怕不成。府尹大人快和那位王侍郎打起来了！"

张屏面无表情："我去，他们该打还是会打。"朝谢赋一拱手，转头对刘主簿道，"劳烦主簿拿上须紧急办的公文，我车里看。"

谢赋盯着他，一点头："好。但山顶的事，请张大人务必周全。"

张屏垂下眼皮。刘主簿也只能躬身道："下官遵命。"

谢赋带着报信的捕快直奔马厩，迎面遇上正牵马要离开的柳桐倚。

柳桐倚向他拱手："劳烦谢大人告诉张兄一声，我这就直接回去了，不再与他道别了。"

谢赋回礼道："某此刻正有急事，得晚些时候才能帮公子带信了。"目光扫到柳桐倚马鞍上的袋子，一怔，"你是大理寺的人？"

马鞍袋上并无任何纹饰，但袋口的两道横线以及袋子所用的软皮都是大理寺特有。大理寺卿邓绪出身军中，之前曾在边塞，爱用这种胡式皮袋，执掌大理寺后，请将此袋改成大理寺专用，朝中其他司部均用各部特制的布袋。

柳桐倚道："在下不才，在大理寺居一闲职，不过此次过来找张兄，是为私事，并非公务。"

谢赋回忆起方才张屏拉着柳桐倚去找无昧谈论案子的种种。原来如此，还道怎么一个京城公子哥儿会掺和进案子的事，竟是大理寺的人。

他不禁拿话试探道："府尹大人和刑部侍郎大人为了这件案子此刻都正在姚府，某方才还以为，此案竟连大理寺都惊动了，让足下见笑。"

柳桐倚又微微笑了笑："在下乃大理寺微末一卒，尚无资格独自查案。只是恰好知道些线索，便来与张兄一说。是了，大人可有将府尹大人与侍郎大人同为此案操劳之事告知宫中来人？"

谢赋又一怔。

柳桐倚道："想来此案如此重大，太后娘娘那边的人更能体谅吧。在下多事，谢大人见谅。"道别而去。

谢赋皱着眉头站在原地，捕快牵了两匹马出来，谢赋匆匆道："本县独自去姚府，你且留下，有件事吩咐你办。"唤那捕快靠近，耳语几句。

马车飞驰向寿念山，车厢内，张屏看着公文，刘主簿看着张屏，无昧默默在一旁念经。

无昧本打算趁着张屏离开的时机，留纸一张，飘然而去，不料张屏喊了两个小衙役，曰此案还需他帮忙，"请"他一道同去山顶。

无昧腿肚子直抽筋，连连讨饶，张屏对他深深一揖："此案若无师兄，可能无法得破，求师兄帮忙。"

无昧只恨自己心肠太软，念着张屏好歹是个县令了，当着底下人的面行这么大的礼，从小一起长大的，哪能不给他留脸？

但是，脸给张屏留了，自己的脑袋就挂在裤腰带上了。

无昧只能多给自己念两遍经。弟子尘孽重，还当在人间好好修行哪。

张屏盯着手里的公文，却也忍不住走了一瞬神。这个案子又多出许多线索，他需要好好顺一顺。公文很要紧，但他其实更惦记着案子。

当下不容乱想耽搁，张屏收回思绪，聚精会神继续看手中的公文。他仔细核对了引河取水工程的文书，批了准修，盐引的公文刚看了几页，寿念山便到了。

百姓都以为封山是为了太后娘娘赐匾上香一事，皆觉得姥姥庙灵验，本县长脸，都没什么怨言。仅是山脚下聚了一些探头探脑看热闹的。

有捕快迎来报，之前接到了传信的衙役带来的谕令，只是将闲杂人等都驱散了，慈寿观中的道人都在打扫殿堂，丝毫不知即将动土之事。

张屏点点头，就在山脚石阶处下了马车。刘主簿道："大人若急的话，便直接从车道上山便是。"

张屏让人牵来两匹马，又对无昧一揖："请师兄看看周围。"

无昧忙道："阿屏你不用这么客气，放心吧，师兄懂得不多，但一定会仔细看。"

刘主簿掉头回县里送张屏批好的公文，张屏与无昧一道骑马沿着车道上山，几个捕快左右相随。

车道不似步行的石阶那般直上直下，而是绕山盘旋，更能多看山景，瞧清此山四周的田野洼地。无昧不禁道："此山甚是孤绝，且山形为圆丘。"

依山傍水，本是绝佳风水之地，许多帝王将相陵墓更是用山体为陵，但修坟建陵之山，山形最需讲究，山体峻拔连绵，左右侧峰如屏障者，乃上佳之处。而这座山则如同桌面大的碟子中央蹲了个包子，一道侧流过来的河水还破气穿元，即连搁包子的碟子都炸了道裂痕。真是……

无昧连连摇头。

几个捕快盯着他动来动去的后脑勺，心中直忽悠。

到了山顶，屠捕头领着几个捕快迎来："大人，卑职一直守在这里。观中的道人要不要先让避一避？"

张屏示意不必，径直往大柳树的方向去。慈寿观门前打扫的道士在张屏和无昧出现的刹那便敏锐地注意到了，无昧感受到遥遥射来落在自己身上的视线，索性双眼微闭做掐指状，一副高人姿态。

刚走到刻着慈寿姥姥神迹的石壁处，两个小道簇拥着一个长髯道人匆匆迎来。

长髯道人向张屏揖道："知县大人，贫道慈寿观住持静清稽首了。"

张屏已问得，慈寿观中以往只有两三个香火道人，都是火居道士，夜里不宿在观中，只是每日过来打扫，卖卖香烛，替人算算命。观中住持及其余的道士皆是谢赋重修慈寿观后请来的。以前的那几个火居道人谢赋亦未亏待，一位司早晨发放灵露之职，还有一位要了间山顶的小门脸，年岁最大的那位，管着半山腰那口灵泉，都比以往油水肥足。

张屏打量了一下静清，见其年约四旬，相貌颇有出尘之气。身后的两个小道士亦十分清秀。和张屏说这些的小捕快漏了些口风，谢赋当年请道人时，一个个都去见过，每位的仙姿都绝对给慈寿观长脸。

静清住持与张屏见礼毕，立刻又向无昧一揖："这位道友，有礼了。"

无昧忙还礼，屠捕头道："今日知县大人前来，乃为太后祈福一事。观旁那棵老柳树，说是有些妨碍，得起了。"

静清看了无昧一眼，立刻垂目道："那知县大人与屠大人请吧，贫道便不在此叨扰了。"就此退下。

屠捕头招呼捕快们拿起锄头、铁锹，奔向老柳树。屠捕头又向张屏抱拳："大人，直接从根里起了推倒，还是先锯了再起出根？"

张屏默默打量了一下眼前的柳树，树身约两人合抱粗细，垂下的长枝上已满是新绿，在春日的微风中，轻轻摇曳。碧空闲云，翠柳青山，本是人间好风景。

张屏侧身问无昧："师兄，身上可有香烛？"

无昧立即道："有。"从随身袋中取出香束火折，屠捕头与众捕快衙役退到旁侧，让出树前空地。无昧掘土焚香，再自袋中拿出一叠符纸，点火化了，口中喃喃念诵。张屏向柳树深深一揖。

他不信鬼神，但坟与棺乃人之最后归宿。若世间清荡荡，原不应被惊扰。

屠捕头与捕快们见此情形，不知怎的，都觉得小风陡然凉了起来，跟着张屏向大树行礼。

无昧又从袋中取出一个酒壶，踏着步法，口中念念有词，绕香火而行，将壶中酒在插香化纸处浇了一圈儿。再回到正对大树处，收起酒壶，摸出一个铜铃，丁零零摇着，念唱舞蹈片刻，收势，拿出一个小袋，从内中捏了些赤色粉末，均匀沿着方才浇出的酒痕撒下。

插在土中之香已然燃尽，焚化的符纸之灰被风卷起四散，只余些许灰白残烬。

屠捕头咽咽唾沫："大人，可能起树了？"

张屏摇摇头，指了指围着赤圈的插香焚符之处："挖这里。"

王公公坐在小厅里，抓着一把松子嗑，心里无奈得几乎都要笑了。

活了这么多年，第一次见到这么会来事的衙门。他老人家去怀王府传旨，怀王都要亲自请他喝口茶。偏偏在一个小小的县衙，被晾在小厅里许久。县令县丞主簿，半晌头都不露一个，只有个县衙的什么礼房掌书，来来回回进进出出。跳蚤腿大的小官儿，话都说不囫囵。他老人家想解解乏，都是跟来的小宦官捏肩。

礼房掌书说要去准备饭，一猛子扎进院子里，也不见了。王公公嚼着松仁，心道，活了大半辈子，见识的最大谱儿，竟是在一个小县衙里，也是开眼了。

衙役泡的茶委实难以入口，小宦官索性要了器具，亲自替王公公沏茶，悄声道："公公，这回的事可能确实有些大。小的方才去厨房里看着烧水，听一个衙役说，前段时间，他们这里出了个案子，跟咱们要去的那个山，有些关联。"

王公公眼皮一动："嗯？"

小宦官向门外瞧了瞧："那衙役说，案子闹到了京里，还是太师那位在刑部当侍郎的大公子给查了。这里的知县被贬官了，就是咱们看见的那位县丞。现在的知县是新来的。本以为案子了了，谁知道就在前日，那户人家的家主突然死了。尸首被京兆府抬去，是冯府尹亲自查。新来的这位知县昨天才刚到县里，包袱都没放下，就赶去了那家查了一宿案。现下，刑部王侍郎和京兆尹冯大人，都在这县里，正在那户人家里呢。"

王公公一惊："哦？"

小宦官声音更低："那衙役说，县衙也是才知道这个事，本来知县和县丞都要来陪公公吃酒了，听了这个信儿，县丞赶紧到那户人家去了。知县带了几个人，到山上去了。"

王公公眉头紧锁。看来，这事大得不一般啊。

小宦官一脸焦虑："公公，小的还听说，那知县到山上，是要挖……挖什么……小的不担事。这事会不会牵连咱们的差事？这……这……"

王公公半垂下眼："没出息的东西，休要蝎蝎螫螫的。咱们什么都没听过，什么都不知道，明白吗？"

谢赋与县衙的衙役一道赶往姚府，一路上听其转述，总算知道了为什么姚家人昨晚的态度有点儿怠慢。

凡事果然皆有其因。

原来，当时刑部王侍郎带着刑部的人已在姚府内，只是吩咐了不让声张。等到他们查完离开，刑部的人方才又出来。他们都是便装，留守在姚府的衙役竟都没有认出。还是今天，府尹大人陡然出现，刑部的人这才现身。

谢赋恍然，怪不得从县衙过去乃至进府时，姚岐对张屏的态度还蛮恭敬，后面却越来越不客气。姓张的固然不会说话，但新知县上任，连衙门都没进，就跑到姚府查案，姚家的人还一副不领情的样子，原来是因为有个刑部侍郎在府中。

谢赋在心中超然一笑，这个世间，是污浊的。还好，不会苟活太久了。

衙役偷瞄他诡异的神色，又接着道，府尹大人雷霆震怒，要刑部的人立刻滚出姚府，不然就以越权擅扰京兆府事务为由，上禀皇上。那王侍郎倒是一直笑嘻嘻的，让府尹大人别误会，其实他们查的不是一个案子。

刑部的人和姚家人也都说，刑部并非有意抢案，此事本为偶然。

前日在京中，京兆府将姚员外的尸身带去府衙验看，姚家人哭奔出门，贴身服侍姚员外的老仆更是当即就想撞死在路边追随姚员外而去，被左右路人拦住。一个拉住老仆的年轻人惊讶地道："大爷，怎么是你？这是怎么了？"

老仆透过朦胧泪眼，辨认出这年轻人正是他为小公子丢了一事到京城报案，在京兆府门前遇见的那个刑部小捕快。

查姚小公子丢失案的时候，这个小捕快也跟着王砚去姚府了，查案过程中，一直跑来跑去很勤勉，姚家的人都认得他，亦心存感激。

小捕快未着公服，一身寻常打扮，还提着一个荷叶包，一把葱，显然是上街买个菜路过这里的。为拦着老仆，他的葱被踩烂了，荷叶包掉到地上，里面的一块肉也不知道是被人还是被狗捡走了。

在场的姚家人歉疚地向他赔不是，顺便和他解释了一下原委。

小捕快震惊并悲痛地问："怎会如此！那为什么不赶紧跟我们刑部说？！"

就是因为把案子报到刑部，才有了后面这种种不幸。当着这个刑部小捕快的面，怎好把实话讲出口？姚家人只能含糊着道这事报了京兆府。

小捕快立即道："京兆府的冯大人是位青天哪，断案如神。与我们王侍郎并称本朝三大神断，若他亲审，此案定会很快水落石出。诸位节哀。这事我们刑部也不会不管的。"

姚家人一听都一颤，小捕快接着又道："诸位放心，我们刑部办的案子，必然会管到底。切莫怪我唐突，诸位难道不觉得老员外过世得略离奇吗？记得当日去贵府办小公子那件案时，侍郎大人就曾提到，员外心疼幼子之情切切，但当时的反应有些奇怪，只因与案情没什么关系，可能涉及贵府私隐旧事，侍郎大人方才没有多问。不承想，员外竟就过世了。这确实是我们刑部的疏忽。"

姚家众人忙道，这事真的不能怪刑部，可能确实是不相干。

小捕快叹了口气，坚定地道："诸位都是好人，可也不必替我们刑部卸责任。我这就回去禀告。京兆府查案子，肯定是从验尸着手，在京里查蛛丝马迹。我们刑部就是将之前那案继续查下去，寻找其中关联，会到县里查，这样双案齐开，双线齐查，刑部与京兆府一同办，水落石出得更快。"

姚家人觉得很有道理。

小捕快又道："我们刑部和京兆府查，是两个案，不会有冲突，更不会让诸位难做。诸位安心，京兆尹冯大人和我们王侍郎处得可好了，连皇上都常常招府尹大人和我们王侍郎一起觐见。"

谢赋冷笑："一个刑部的小捕快，竟对案件如斯有见解，刑部还真是人才济济。就是来抢案的，直说又何妨。"

衙役震惊地看看谢赋。从昨晚到今天，总感觉谢大人有些不一样了。

到了姚府，场面比谢赋想的好一些，京兆府的人与刑部的人没有火并，冯大人竟还和王侍郎一道坐在一间厅中吃茶。

京兆尹比地方知府官位高出半阶，与刑部侍郎一样是从三品。但京兆尹为正职，刑部侍郎为副职，故而冯邰坐在左侧，王砚坐在右侧。

冯邰面罩寒霜，王砚倒是笑嘻嘻的。谢赋进厅见礼，冯邰冷冷道："尔等昨夜到姚府，还有人在此守着，竟连府中有他人都未察觉。竟是本府来了，才发现府中另有他人。如此做事，能查清案子，真是奇闻了。怎配这头顶乌纱？你此前便是因疏忽铸成大错。幸皇恩浩荡，只将你降为县丞，怎么仍不长教训！"

谢赋称罪。王砚道："老冯啊，这可不关他们的事。我昨晚到这里，怕打扰你们这边，一直待在后面偏厢内，他们压根儿就没见到。"向谢赋道，"快平身吧，平身吧。"

冯邰道："所谓勘查，自然是要一一查到，有一寸地方未查，就是他们的失职。"

王砚笑道："当时黑灯瞎火的，都是夜里了，一一查也看不清哪。"

冯邰道："那何必趁夜前来，既然来了，无论何时，都得细细勘查。"

谢赋伏地："是下官错了。下官罪该万死，请大人责罚。"

冯邰微微眯眼看着谢赋："本府自会将尔等的过失录下，上报吏部。怎的只有你独自来了？张知县难道在县衙接待宫里来的人？"

谢赋顿首："回禀大人，太后娘娘的特使已在县衙安顿。张大人去寿念山了。"

冯邰双眉顿时一皱："他去那里作甚？"王砚亦目光灼灼。

谢赋思考了一瞬，答了实话："张大人去寿念山山顶，挖树了。"

冯邰面上寒霜更重："说清楚。"

谢赋略直起身："禀大人，张大人觉得此案与慈寿观恐有关联。寿念山山顶的大柳树下，可能埋着一口棺材，寿念山慈寿观关系太后赐匾封赏大事，不容有失，故而由下官前来拜见两位大人，张大人去山顶挖棺。"

王砚一拍座椅扶手："竟有此事？老冯啊，你赶紧去县衙吧。太后娘娘的事，出了岔子谁也担不起。这丰乐知县真是胆大，竟然说最要紧的地方有棺材，还和命案有关！老冯，你得赶快过去，放心，这里有我。"

冯邰淡淡道："王大人何必做作。本府记得，新任丰乐知县张屏，与刑部渊源颇深，乃陶尚书的门生，更帮王大人破过好几个案子。他昨晚也到姚府来了，难道王侍郎不曾在门缝里看见？"

王砚一挑眉："是，本部院认得他。此生查案，是有几分能耐。上山挖棺，应是确有缘故，并非乱搞。只是恐怕会让冯大人难做。冯大人还是速去县衙，先与宫里的人解释清楚了要紧。"

冯邰微眯起眼："既是查案，便为公务。秉公办事，何来让本府难做一说？事实未证之前，不可妄断，若妄自上报，更等同于欺君。"即刻唤人去县衙向宫里来的人请太后娘娘金安。

王砚在一旁悠悠道："也替本部院代请太后娘娘金安吧。"唤过随行一人，与冯邰所派之人同去。

冯邰起身向谢赋道："随本府去山顶。"

王砚又悠悠道："老冯啊，大老远的，何必往山上跑。在这里查也甚好。"

冯邰冷笑一声，拂袖出门，谢赋跟上，却见王砚也跟了上来。

冯邰侧首讥讽一笑："王侍郎不是说，在这里查甚好吗？"

王砚笑道："我是说你们的案子在这里查甚好。我们刑部的案子，死者曾说过寿念山慈寿观，上次乃本部院疏忽，此次绝不可再漏下线索，务必要去。"

冯邰轻嗤一声，径下台阶。

柳树前的土坑越来越深。

说是挖树，却又不挖树，只是挖土。衙役们心里都直嘀咕。方才那道长作的一段法，更让他们感觉毛毛的，阴阴的。但再嘀咕，再冒冷汗，衙役们手上的锄头、铁锹都毫不含糊。突然，某个人手中的锄头好像触到了什么。

树根？不是，扎下去的感觉有些像，但又有些区别。坑边的张屏双眼一亮，俯下身，衙役们用铁锹小心翼翼地铲开土，露出那东西的轮廓。

一个，棺材头。

一个，竖着的，棺材头。

衙役们只觉得手心有些凉潮，不由得都停住了。

张屏跳进坑中，拨开泥土，仔细摸了摸。没错，是一口竖插棺。但这口棺材是木制的，暂时判断不出材质，做工极其普通，棺材板也不很厚，表皮已有些朽了。余下斑驳的漆皮，是朱红色。

坑边的无昧"哦"了一声，闭上眼喃喃念着法咒。

张屏站起身："继续挖。小心些，将棺木抬出来。"

衙役们犹豫着，老半天才鼓起勇气，心里各自念着玉皇大帝阿弥陀佛观世音菩萨，再举起手中的铁锹、锄头，刨松棺旁的土。

约半个时辰后，竖插在土中的棺终于被拉出，小心翼翼地平放在空地上。

张屏取一条布巾，亲自擦拭棺身。朱红的余漆在阳光下鲜艳刺目。

一个衙役失声道："这、这棺钉……"

无昧嗡嗡念咒，张屏仔细擦净钉眼。

……十六、十七、十八。

十八颗硕大的玄色钉头，刻着阴文，整齐地排在棺盖上。

张屏看向无昧："师兄可知钉上符文的意思？"

在这么多人面前，无昧坚强地维持住了高人的风范，身未抖，股未战，声音只僵没打战："似非正道之物。"

也就是说，无昧不知道。

张屏从怀中摸出一张大纸一个小盒，让四名衙役展开纸，铺在棺材盖上按住，再自盒中取出一块石墨，仔细拓下钉头的符文。

无昧暗暗深吸了一口气："这十八根钉，恐是取双九之意。九乃极阳之数。"

丧葬之仪，棺钉一般是七根。七是通阴之数，中元节在七月，丧仪须得做七。九者，差一分为最圆满，乃纯阳极盛之数。这口棺上钉了一十八根，一个九还不够，要两个九来压。双又有和合之意，也是阳配，阴路向来独行，是不用双的。

双九和合，再配上这阳盛的朱红……

无昧都不敢再往下想了。

无上天尊，弟子方才出家，怎就遇上了如斯凶煞之事……

在场的其余人皆感觉寒毛直竖，有阴寒之气直穿入骨，几个胆小的衙役不禁盯着埋头拓棺材钉的张屏想，等一下该不会要开棺吧？现在跑还来得及吗？

无昧甩着拂尘向他们的脑袋挥了挥，念了几句咒，衙役们感激地望着他。

拓毕，张屏将纸上再铺一层纸，折叠，小心收入一个封套内，放进怀中。衙役们均肃然起敬，这么凶煞的东西敢往怀里揣，张大人有两把刷子。

屠捕头上前一步："大人，方才他们瞧见有个道士趴在慈寿观的墙头上探头探脑，因大人刚才忙着，未敢妄动。可要拿下？"

张屏抬眼："能认出此人？"

屠捕头转而瞧向捕快们："还能认出来吗？"

一个捕快躬身回道："禀大人，虽离得远，不甚真切，应还是能认出来的。"

张屏点点头："暂不用惊扰，勿让观中的人出慈寿观。"

屠捕头与捕快们领命，屠捕头又道："大人，此棺可要运回衙门？"

他在衙门里当差几十年，算是见识不少了，但吐出这个"棺"字，却像有股阴风流蹿在四肢，冲进天灵盖，顶得发根直竖。

张屏道："不必，仵作应该快到了。"

屠捕头一惊："大人这是要在山顶开棺？"

张屏"嗯"了一声，让衙役们先把棺材挪到慈寿观外礼房特设小屋内，又请屠捕头派几人到山顶迎一迎仵作。

屠捕头立刻点人前去。衙役们硬着头皮拉开抬棺的架势，无昧一甩拂尘："待贫道再来念一卷经。"

张屏道："不用了，耽误工夫。"

无昧顿时一脸感伤，张屏这才发现自己又说错话了，一揖："这次多谢师兄。"

无昧伤感地道："罢了，罢了。谁让你是阿屏呢。"

衙役们用绳索、棍子小心担起棺材，在心里默念，棺中的大仙莫怪莫怪，海涵海涵。

棺刚刚离开地面，有衙役飞奔来报，府尹大人和刑部侍郎大人驾到！

屠捕头大惊，转身却发现张大人没了，目光再一扫，瞧见无昧苦着脸站在挖出棺材的土坑边，跟着，张大人的乌纱帽顶与帽翅从土坑中冒了出来。

张屏爬出坟坑，拍一拍身上的土，向着山前迎去。

方走到慈寿观前，只见侍丛簇拥中，王砚与冯邰已遥遥行来。

冯王二人及京兆府和刑部的侍卫捕快皆是便装，各自以冯王二人为中心攒成一团，间隔一两人的距离，泾渭分明。冯邰一身方领皂袍，软纱帽，脸色与衣衫的颜色近似，疾疾碎步。王砚的穿戴有些胡服样式，窄袖锦袍乌金钩带软皮靴，大步流星，瞧见张屏，双眉微微一抬，随即目光灼灼，盯向了后方的衙役抬着的棺材。

谢赋尾随在冯邰及随从的人群后。

张屏行礼，抬着棺材的衙役们放下棺材跪倒在地。冯邰淡淡道："都起来吧。挖出东西了？"

张屏道："禀大人，树下挖出了一口棺。"

王砚向棺材走去："就是这口木棺？本部院听闻，你们这寿念山山顶的灵棺是口石棺。"

冯邰亦走向棺材："怎的擅自搬动？"

张屏转身，跟上冯邰、王砚的步伐："回大人话，下官让人将棺挪进那边屋中，待仵作验尸。"

冯邰一拧眉："轻率！此棺挖出了多久？棺现之后，可仔细验看过泥土，记录周围？文书有无绘下图纸？"

张屏道："没有。"

冯邰猛站定："胡闹！未测未验，未有录记，便擅自将棺挪出，任意搬动。张知县，你将取证章法视为何物？此案重要线索，或就因此而失，简直混账！"

张屏躬身："下官知错，请大人责罚。棺现时情形，下官还记得，这就画出。"

冯邰伸出两根手指："张知县，你告诉本府，这是几？"

张屏抬眼："二。"

冯邰收回手，负在身后："那你现在再告诉本府，方才本府的左手，伸出了几根手指？"

张屏道："大人的左手方才并未伸指，手掌微弯，垂在身侧，食指尖、中指第一指节、无名指尖微露出袖口外。"

冯邰冷冷道："那你再告诉本府，方才本府的双脚，哪只前，哪只后。"

张屏道:"下官抬眼之前,大人双足并立,左足尖离下官稍近。"

冯邰微微眯眼:"观察算是仔细。那么,方才四周所有人,各是什么表情、举动,手指出了袖口几分,你能不能都知道?"

张屏低头:"下官不能。"

冯邰冷笑:"这就是了。任凭你观察再仔细,一人之目,一时之间,不可能面面俱到,所以勘查现场,才要仔细,取证更要详尽,一步步记录。若无此章法,将来案件录档,难道要凭你一人口述?结案上报,难道复核时,要听你念诵?"

张屏再躬身:"下官知错。谢大人教诲。"

冯邰面无表情道:"大错或已铸成,称罪又有何用?"

这厢王砚乐呵呵地绕着棺材转了又转,上手摸了几把:"老冯,这口棺有点意思。你看这排钉。木已朽,钉却未锈,有些门道。"

冯邰道:"钉未取出,不可断言锈或未锈。"

王砚道:"钉头上的花,搭着棺材板的颜色,很是不俗啊。"

冯邰道:"待取证后,再推测,较妥。"

王砚咧嘴:"冯大人说得甚是。"一脸悠哉地向另一方走去。

冯邰立刻问:"王侍郎要去树下?"

王砚笑道:"你慢慢验棺,无须招呼我。我走动走动,顺便看看坑。"

冯邰面无表情道:"本府正要先看看起棺之地。同行吧。"

王砚道:"那正好。"

两人一同走向大柳树,张屏向着冯邰的背影道:"大人,下官能否先将棺挪进屋中?"

冯邰停下脚步,满面寒霜地回身:"棺已被你妄自取出,便就送至静室内。"又唤过两个便衣随从,"待棺入室,仔细把守,无本府之命,任何人不得靠近!"

衙役们战战兢兢抬起棺材,谢赋看了看沉默地跟着棺材往小屋去的张屏,在任上数载,他深知府尹大人行事之凌厉。可能是人之将死,心也软了,见姓张的被削得灰头土脸,他竟起了些恻隐之心。

他便走到张屏身侧,轻声道:"送棺入室交给下官,大人快去陪同府尹大人和王侍郎吧,恐怕到那里,府尹大人还有话询问。"

张屏瞅了瞅谢赋:"我将棺木送进室内再过去也不迟。"谢赋的关心,他很感激,本想笑一下,只是这个场合,实在不适合笑,他也笑不出来。

谢赋见他盯着自己,神色有些诡异,内心轻呵一声,这位张大人,怕是多心了。罢了,是我多言。何必在意他人领不领情?

他淡然一躬身："那下官就先过去了。"

张屏点点头，再感激地看着他："嗯。"

衙役们将棺材抬进小屋。府尹大人与刑部侍郎大人双双驾临，贵气阳气逼人，感受到这种劲头的加持，众衙役心中的怵惧略少了些许。

京兆府的便衣侍卫在屋门前拦住张屏："对不住，张大人，府尹大人有命，任何人不得擅入。"

张屏便就止步，向门内道："莫将棺放到地上。"

京兆府的侍卫只是奉命办事，并不想跟这个小知县作对，没多说什么，任由张屏指点着衙役们把两张长桌拼成了一个架台，放置好棺材。

张屏又让衙役们将与门在同一侧的窗扇打开，对京兆府的侍卫们道："请勿让任何人靠近，有劳。"

几个侍卫暗觉好笑，一个侍卫道："大人真折煞卑职了，都是卑职分内事。卑职遵府尹大人之命，定会守好此处。"

张屏点点头，离开小屋门前，屠捕头禀告，仵作已经到了。

仵作遵照张屏离开县衙前的吩咐，带了一堆盆盆罐罐。屠捕头已简略告知他，府尹大人和刑部侍郎大人驾临，暂时不能开棺。仵作对此事倒是惊喜多过失落，不是跟张知县，说不定就是随府尹大人和刑部侍郎一同办案了，便欣欣然跟着装满东西的马车一道，在一旁空地上候着。

屠捕头这里正和张屏说着，一个衙役一脸慌张，气喘吁吁来禀："知县大人……与大人一同来山上的那位……那位道长，被刑部侍郎大人抓起来了……"

张屏立刻赶向大柳树，远远见无昧匍匐在地，王砚与其随从站在他面前。旁侧冯邰正在验看侍卫呈上的坑中泥土。

无昧听到脚步声，回头向张屏投来求救的眼神。

张屏快步走上前，向王砚施礼。王砚向他微挑起眉，尚未开口，冯邰自放置泥土的漆盘上抬起头："张知县，官府办案之处怎会有个野道？你眼中到底还有无朝廷的法纪！"

张屏禀道："道人无昧与下官从小一起长大，从家乡前来探望下官。下官让他到此，是因此案或与风水有关。"

无昧立刻转个方向叩首："是啊是啊，府尹大人，贫道所言句句属实！贫道本来什么都不知道，只是看出了图纸上有个风水局，被带到这里。果不出贫道所料，树下真有口大凶之棺！"

冯郐皱眉："公案之地，岂容此胡言乱语，诡诞妄谈？来人，将这野道带下去！"

无昧连连喊饶，王砚瞅着他道："且慢。你方才说的，是个什么风水局？"

无昧偷偷看了张屏一眼。大庭广众之下，若贸然说出风水局的真相，说不定诸位大人查案之前，为保太后娘娘颜面，先把他给灭口了。

王砚道："你看他，就是不敢说了。为何？"

无昧斟酌了一下，含蓄地道："贫道只是看出，若柳树下葬棺，不合葬仪。"

王砚道："那你又怎么知道，柳树下有棺？"

无昧哽住，战战不敢言。张屏道："禀侍郎大人，下官根据种种证据，推断数十年前，慈寿……"

冯郐冷冷道："数十年前？如此陈年旧事，你有几分真凭实据？"

王砚一笑："敬农啊，棺材都挖出来了，这可是实打实的铁证。看情况，查出来的事，还怪曲折的。些许蛛丝马迹，与我刑部之案重叠了。现场取证这事，我不及敬农。不知你都验出什么了？棺材，咱们几时开？"

冯郐在心中冷哼一声。王砚非要掺进这案子，死皮赖脸之相着实可恶。不过眼下情形，拉上刑部及王砚下水，不是坏事。

冯郐遂淡淡道："取证之事，不可草率，请王侍郎再稍待片刻。"

王砚亲热地道："敬农你慢慢来，勿要被我打扰。"

无昧得以退下，顿觉捡回一条命，跌跌撞撞遁了。冯郐继续验看泥土，他的随从又从坟坑底、中、边沿各处分别用小银勺挖取泥土，封装进白色的小瓷瓶中。靠近坟坑的柳树根须也被剪了些许。

随从们又刮了些树皮，剪下枝叶，翻寻挖土时翻开的草皮，切下小块放入小瓷盒内。

张屏在一旁聚精会神地瞅着。

他记得，冯郐所著的《沉疑浮证录》中有云，取证大忌为取未成反毁之。且看此时，冯大人及属下身上都套着玄色的罩衫，面上蒙了布巾，指尖上戴着桑皮纸套，脚上也包着布套，就是顾虑到了鞋底的泥土会与坟坑的土混淆，怕汗气或吐息喷嚏会破坏证物。而用银勺验看，更可以在查看泥土时，顺便验毒。

冯郐取证验尸乃本朝一绝，张屏一直十分仰慕。冯郐曾和邓绪一样，将自己的断案经验写成一书，名曰《沉疑浮证录》。但邓绪所著之书文字简洁直白，收录各种见闻案子为实例，或险或奇，还常穿插些诙谐妙语，故极受欢迎，连识字的贩夫走卒与闺阁里的女子都常捧一本当传奇看。而冯郐的《沉疑浮证录》多是论述，用词古奥，或有案子为例，也是寥寥叙之，以证其论。除却朝中官吏与些许文士拜读瞻仰京兆尹大人之高才外，无甚其他流传。邓绪的手录一本接着一本出，冯邰就只此一本，便再无他作了。

《沉疑浮证录》张屏早就烂熟于胸，此时看着冯邰勘查，一些不甚解之处顿时豁然。冯邰在书中提到过他查案的器具都是专门打制，附上了一两幅简图，其余的，张屏默默想象过，但书中所述实在太简略，想象不了太多。他瞅着京兆府的另几个随从背着的木箱或皮囊，打开口的几个，里面密密有序摆放的，肯定就是他想象不到的那些了。张屏内心澎湃不已，恨不能上前摸一摸，看一看。

京兆府的随从们一直就觉得，杵在边上的王侍郎那么笑眯眯地一直盯着府尹大人，真是怪恶心的，又感受到了张屏火辣辣的视线，不禁冒出一层层鸡皮疙瘩。

过了一时，冯邰摘下了蒙面的布巾，示意一两名随从留下，继续取证。王砚笑得像颗开花的大枣一样道："敬农呀，是不是要去开棺了？"

张屏亦充满期待地瞅着冯邰。

冯邰摘下指尖的桑皮纸套，着随从帮他脱下身上罩衫，面无表情地一颔首。

小屋，棺材，都与张屏离开时一样，甚至连门前的侍卫姿势都无变化。冯邰率先踏入屋中，王砚随后，张屏和谢赋跟着进去，再塞进几个随从，小屋顿时就满了。

王砚道："地方略狭小了些。"

谢赋立刻行礼道："下官到门外听候吩咐。"

冯邰瞥了一眼毫无跟着退下自觉的张屏："窗扇，是你让人开着的？"

张屏低头："这个时节无西北风，下官只让开着这侧窗扇。"

冯邰对他的卖弄聪明已习以为常，向随从道："将其他的窗扇也打开。"又审视棺木，"看坑穴形状深长，下窄上宽，再看棺身痕迹，此棺乃棺头向上竖插在土中的。"

张屏道："是。"

冯邰对他贴上来的应答不予理会。两名京兆府的侍卫从棺头棺身棺尾等各处取下碎漆与残余泥土，又刮下些许木屑。冯邰注视棺尾良久，戴上桑皮指套轻轻抚摸，而后略一点头，随从服侍他穿上罩衫，取出布巾，冯邰淡淡向王砚道："王侍郎若要看开棺，最好也将口鼻蒙上。"

王砚含笑道："敬农所言甚是，我蒙。"他的随从亦笑着向京兆府的随从作揖，京兆府的随从只得又取出一条布巾。

冯郐再看向张屏："张知县，你先出去。"

张屏躬身退下，跟着立刻出现在了窗口，冯郐眼角的余光瞥到，只当没有看见，吩咐随从开棺。

几个随从自随身木箱中取出了样式奇怪的工具，将棺上的钉子一一撬起，拔出，麻利地在钉上缠上各色丝线标序，收进小匣中，而后有序退出屋外。身穿皮甲的几名侍卫入内，双手缠布，遮着面巾，抓着棺盖边缘，试抬一下。

冯郐对王砚道："王侍郎，你我且去外面一站。"

王砚道："成。"

两人一同出了小屋，冯郐向贴着窗台的张屏道："你也向后站站。"

张屏知道，这是冯大人担心棺中有浊气或机关伤到了他。他默默向后站站，心中暖暖的。

冯郐再向屋中侍卫示意，侍卫们手臂一起，利落地侧掀开棺盖，迅速蹲下。

棺盖中没有冒出烟雾，也没有飞出什么异物，更不曾跳起一具干尸。

片刻后，几名侍卫站起身，齐齐朝门外行礼。

冯郐走进门内，王砚跟上，向棺内一望："哦？"

棺木之中，躺着一具朽尸。

尸身已腐坏，骸骨犹整，覆盖在尸身上的衣物残片尚能辨认些许。

尸身上及旁侧密密麻麻粘着许多虫尸，有的形状还很完整，凝固在已成暗色泥状的肌肉与衣物之上。

尸体的头部，赫然是一堆银白的发，连发髻的形状都还是好的。如雪如银之色在朽败骨肉堆中格外刺目。发髻中的金钗及点缀的彩宝珍珠，犹湛湛莹然。尸身腹部，已成枯骨的双手交叠，指甲竟也是完好的，鲜红如血。

王砚环起双臂："看盆骨形状与发髻，是个年轻女子。若是老妪，怎的还染这么艳的指甲？"

冯郐未接话，转头唤随从，一侧目却看见张屏在旁边站着，不由变色："咄，谁让你进来的！出去！"

话出口，冯郐自己也感觉过了。这话拿来吆喝下人犹重了，何况张屏身位七品，一县长官，纵使一声不吱蹭进来看棺材有失礼之过，亦不应受此呵斥，便略把口气放和缓了些，又唤住低头退下的张屏："罢了，你既然进来了，方才可看清楚尸体？"

张屏停下脚步："禀大人，方才下官粗粗看到了尸体。"

冯郐点了点头："那你有何看法？"

424

张屏道:"尸骨未验,下官暂对死者年龄、身份、死因做不出什么论断。"

冯邰又点点头。

张屏道了声告退,离开了屋中。

王砚看看棺内:"验此尸骨需挺长的时候吧。我就不在这里碍事了,敬农你先验着,我出去转转。"

冯邰道:"慈寿观关系太后娘娘,若王侍郎想审问其中道人,劳烦告诉本府一声。"

王砚呵呵一笑:"敬农,瞧你,我刑部与京兆府双案齐办,你我二人携手同心,我怎会做让你为难的事?这座山我头一次过来,想各处转一转罢了。"带着随从大摇大摆出门。

京兆府的侍卫询问地看了冯邰一眼,冯邰微一摇头,只吩咐道:"传仵作,先验残肌。"

张屏出屋后,便径直走到谢赋面前:"有事问询,可能到静处站站?"

谢赋站在门外,看不见棺内,但凭方才听到的女子、尸骨、指甲等字眼,便知棺中尸首必然不寻常,立刻随张屏往僻静处去,刚走没几步,就听见身后有人道:"张知县,我们侍郎大人有话询问,可否留步?"

张屏与谢赋只得停步朝遥遥走来的王砚行礼。

王砚点头示意他二人平身:"你二人方才要去何处?"

张屏道:"禀大人,下官有事请教谢大人,欲在那边草丛中一站。"

王砚朝空地草丛看了看:"哦,是甚清静,那你二人就随本部院一道过去站站吧。"

三人一道走到空地处,附近的县衙衙役见此情形,都识趣避让,本就空旷的地方顿时更加空旷了。

王砚看着张屏道:"本部院也就不废话了。我不是你们冯大人,你无须憋着,只管说来,你方才看那棺材尸骨,都看出了什么?"

张屏抬起眼皮看看王砚。

王砚一挑嘴角:"怎么,不敢说?你竟也学会小心谨慎了?放心吧,我们刑部查的案子与你们京兆府查的其实就是同一个,叫法不同罢了。本部院再把话说穿些,本部院不是瞎子傻子,大柳树下的竖插棺什么意思还是知道的。你带了个道人上山顶,恐怕这山上的布置也有门道吧。那边庙里供的什么姥姥是个假仙,这事可能与姚丛的命案有关,我说得对吗?"

张屏道："是。"

谢赋不禁暗暗看了看张屏又看看王砚。身为丰乐知县，有事不报上官，却与刑部侍郎先说上了，绝无任何好处，姓张的应不会如斯愚蠢吧。

王砚哂笑一声："难道你是怕本部院是在套你话，将你的推断据为己有？跟我做事的都知道，我上表属下之功，从来只有多，没有少。若破个案都要指望别人，本部院怎能还居于此位？只是，看来你知道的东西比我多些。这件案子越快了结越好。要是等着你们冯大人把尸首的头发丝一根根验过，只怕八十岁也结不了。这样吧，本部院就先把自己看出的告诉你，你再答我问你的，如何？"

张屏还是没吭声，但垂下眼皮，做了个默默聆听的姿态。

王砚牙根不禁有点发痒："棺材里的那具女尸，是被人毒死的。所以棺中虫尸，都是成虫，从棺缝中爬入，触碰其肌肤，便毒发身亡。"

人身之毒，积淀于指尖、肝与双肾处，所以女尸指甲存留完好，和指尖尚有筋肉相连，未完全脱落。

"本部院办姚丛案时，曾看过所谓姥姥庙的卷宗。据说数十年前，挖出的所谓仙尸，鬓发银白，面目却宛如少女。从树下挖出的这口竖插棺及棺中尸首，推测年份，与其相合。恐怕棺材里躺着的，就是观中供的那尊神吧。"

谢赋一惊。张屏道："下官尚未论证，不敢断言。只是……"

王砚嗤笑道："别在本部院跟前来应答冯邰那一套。你是看出了这山顶上有什么特殊的风水布置，所谓显灵的老神仙也是另有文章，方才来挖大树底下，对吗？你挖那里，那棵大柳树肯定是什么风水之类的说道里，所谓的阵眼了。"

张屏把方才被王砚打断的那句话说完："下官要验看过慈寿观中的埋灵棺之处，方才能肯定。"

王砚道："你只需告诉本部院，你是怎么从姚丛的案子查到了这里。你方才叫过这个县丞，想问他什么？本部院记得，他就是丰乐县之前的知县吧。"

谢赋冷汗潸潸，王侍郎行事一派霸道纨绔作风，却不想缜密起来，竟不输于府尹大人。

张屏道："下官是想问谢大人，有无慈寿观初建时的工匠记录。"

王砚兴致盎然道："你怀疑工匠之中，有杀了那棺中女子的真凶？"

张屏道："慈寿姥姥之棺，被挖出与抬上山时，都是石棺。树下挖出的棺材，却是木的。"

显然，是石棺太沉重，案犯无法将石棺整个挪出，于是就只取出女尸，造了口新棺材，将尸体封入其中，竖埋在柳树下。

"棺未朽穿，棺中有虫，是板材钉得不严。此棺乃案犯在山上匆忙做出。"

运一口棺材上山，太过显眼。山上多树木，就地取材新做一口棺材，是个比较聪明的选择。

"伐树锯木，钉造板材，皆需工具。"

如果是当年修建慈寿观的工匠，这种工具就能随手拿到了。

王砚点点头："有几分道理。"

张屏继续道："棺上之漆刷得并不厚，埋于地下许久依然鲜艳，棺木腐朽，漆随之脱落，仍是附着在朽落木屑之上。不是棺漆，是廊柱漆。下官自小在道观长大，道观翻修时，曾打过下手，认得此漆。"

棺材所用，一般是黑漆，板材油后漆之，都刷得很厚，脱落的状态，也与这口棺材的红漆不同。

而门扇廊柱所用之漆，要风吹不脱，雨淋不烂，颜色长久明艳，调配需有秘方。有些工匠还会在漆中加入牲畜之血。但庙宇道观乃清修之地，不能沾染杂秽，所用朱漆，又另有调制的方子。

王砚道："这一项，本部院确实没有看出。那你是如何将这尸首与死者姚丛牵扯上的？"

张屏道："下官尚未发现确切证据，证明其联系。"

王砚瞳孔一缩，大方地一摆手："虚套话你说给老冯听就罢了。本部院不会白问你，过一时就挖了那所谓石头灵棺，定会让你全程在场。"

张屏又垂下眼皮："谢大人。下官想先查名录。"

王砚点头："查，查。县丞，你手里有吗？"

谢赋躬身："相隔久远……下官不能断定，也得回去找找……"

王砚不耐烦地皱眉，正要发话，一旁的小厮忽然道："大人，小的该死打扰。大人看那边，是不是冯知府那里验尸出了什么事？"

王砚、张屏、谢赋都立刻看向小屋方向，只见县衙的仵作歪歪倒倒跟跟跄跄自屋门处撞向空旷所在，像受了不小的惊吓。

王砚立刻大步向小屋去，张屏和谢赋也跟上。

回到小屋，才知究竟，原来是验尸时发现了些意外。那具枯尸并未完全腐败，胃竟还是完好的，后背也有些肌肉尚在。甚至有几块还很完好。

棺与尸都太诡异，棺中又多虫尸腐泥，仵作验看时本就不适，再发现完好的脏器及肤肉，一时难以承受。

屋中焚着避秽防尸毒的药香，浅薄白雾缭绕，冯邰站在棺旁，瞥了一眼王砚和门口的张屏与谢赋："身为仵作，验看尸身，竟出此等状况，本府也是第一次见到。"

王砚"哈哈"一声。

谢赋见张屏闷不吭声，遂低头道："县衙仵作，不曾经过大案，见识少，耽误大人办案了。"

冯邰"哼"了一声："丰乐虽小，身为仵作，难道见识的尸首还少吗？"

王砚道："老冯，算啦，这种尸的确不多见。胃未腐，尚有肤肉在，是否……"

冯邰平淡道："已验过，这女子胃中是水银，死前肌肤也曾触到，背部及棺底有丹砂之痕，故而有些皮肉未腐。就骨骼与牙齿来看，年岁应在二十余。"

王砚凝目看向棺内："水银、丹砂，又是些神神道道的东西。敬农啊，听说还有另一处，是不是也赶紧看看？"

冯邰冷冷看了一眼王砚："王侍郎也知道当下的情形，你打算如何看？"

王砚又一挑眉："自然是妥当地看，不然就敬农你继续验着，其余我查，如何？"

冯邰垂下眼帘，从验尸得到的证据来看，慈寿观中的那口石棺，必然要查，而且要尽快查。只是有太后一事在，不免棘手。他方才有意将话丢给王砚，不想王砚竟干脆应承，把挖慈寿观中石棺的事扛下。冯邰不得不承认，有些时候，这种天塌下来有他老子先扛，一脑子想抢案的二世祖在场，还挺方便办事。

王砚这么痛快，他便也就痛快地一颔首："干系重大，请王侍郎务必谨慎。"

王砚爽朗地道："放心，放心。"携着随从笔直前往慈寿观。

张屏和谢赋在门口犹豫了一下，冯邰的声音从屋内飘出："本府还要继续验尸，张知县你与谢县丞都退下吧。"

张屏和谢赋立刻道了告退，张屏直追着王砚的背影而去，谢赋发现自己也跟上了，不由在心里轻轻一笑，罢了，就当是此生了却前，多开开眼。

路过仍在树下干呕的仵作，谢赋略停步，拍拍他的背，安慰了两句。无昧从树后闪出，表示正悄悄帮仵作念消灾经，谢赋便继续快步追上张屏和王砚。

王砚已雄赳赳到了慈寿观门前，一摆手，随从立刻命所有衙役退后，严加看守四面围墙，蚂蚁也不准爬出一只。谢赋刚好赶在关上大门前闪进了门缝，慈寿观大门在他身后"哐"地合拢，上了几层闩，侍卫们聚在门前，又成一道铁打人墙。

住持带着观中道人齐齐跪在前院，这些道人不少都在京城混过，王侍郎的威名自然熟悉，更久仰王侍郎抓人不眨眼的风范。王砚的随从手按上腰间刀柄，几个胆小的道人立刻砰砰叩首。

"爷爷，侍郎爷爷，贫道其实前年才出家，还什么都不懂！"

"侍郎爷爷，贫道曾是个和尚，只因寺中香火不好，方才转做了道士。连《太上感应篇》都还背不熟，更不知道什么风水之事……"

"贫道只是一心清修，每日打坐而已，那些风水术数，一概不知。贫道连八字怎么看都不知道！"

连住持都叩首："侍郎大人，贫道自幼出家，修的是丹道，从不懂什么风水。一应世事，皆不问，不闻，不知。"

王砚似笑非笑转目看向张屏和谢赋："看来此观中的道人，来历颇为丰富，不知如何选出的？"

可怜，人如蝼蚁，为了苟存于世，竟要做出如此卑微行径。谢赋在心中怜惜地叹了一声，超然地一躬身："回禀侍郎大人，这些道人都是下官任知县时选出。当时择选，只要相貌好，识得字，应允来观中的供奉费用少便可。"

王砚点头："甚是实惠。"

众道人又一迭声告饶，王砚摆摆手，他身侧的随从立刻道："诸位道长都起来吧，我们侍郎大人只是有些公务要办，并非要为难诸位。请诸位放心，我们侍郎大人最宽厚随和，只是有几句话要与诸位道长说。"

众道人如蒙大赦，纷纷抬头，但仍不敢起身。

王砚和颜悦色道："你等想来都在为太后娘娘祈福一事扫沐修整。本部院与冯大人亦是为此来到山上。本部院来贵观，一则是想沾沾福气；二则，亦当看一看，观中是否还有待修整之处。哪位是住持？"

住持立刻应道："贫道便是。"

王砚道："劳烦给本部院指一指路。"

住持忙连连应是。王砚的随从又道："其他道长请都先回去吧，我们侍郎大人参拜贵观，不喜人多。诸位道长在各自厢房中休息便好。若有他事，侍郎大人会着人来请。"

众道人立刻跌跌撞撞爬起身，散了。

王砚负手四处张望了一下："玉皇殿在何处？本部院想去上炷香。"

住持道："回禀侍郎大人，观中只供奉慈寿姥姥神座。"

王砚道："哦，本部院听说，修道派系颇多，似道长这般，只在这小小观中，不拜玉皇三清，难道不怕耽误修行？"

住持躬身："回大人话，此身就在天地内，随处可拜，三清自在心中，持静持明。"

王砚笑道："妙哉，请教住持尊号？"

住持道："方外之人，不堪尊字，贫道野号静清。"

王砚呵呵一笑："妙，妙。那本部院便不打扰道长清静，既在天地之内，我便随意走走。"

静清道："无量寿福，侍郎大人洒脱，贫道也不絮叨了。"躬身告退。

王砚又瞥了一眼张屏和谢赋："这个住持找的，还有点意思。"

谢赋平静地道："因是要在此当住持的，得撑得起门面，相看许久才找了这位，钱也比旁人多了许多。他原是京中上化观中道人，未来之前，是在大殿知客，来历应可查到。"

王砚"嗯"了一声，抬腿往内院去。张屏和谢赋跟上。

进了埋着灵棺的大殿，随行侍卫一些把守殿外，一星星尘埃也飘不进门缝打扰侍郎大人参悟道法。另一些进来帮忙，取出包在布套里的铁锹、锄头，立刻开挖。

谢赋当年翻修慈寿观，只是将大殿扩大改修，殿内正中，埋着慈寿姥姥灵棺之处，从未动过。

灵棺之上有一神台，上有一尊慈寿姥姥的木雕神像，石台上刻有铭文。

谢赋道，木雕像本就是慈寿观内的。最初观中也只有这一尊神像，外面瑞气千条的大金身都是整修时才添的。

当时这殿中只有灵台，上面挂着一幅卷轴绘像。整修时工匠们把灵台稍微加宽了一些，外面包一层汉白玉片。

侍卫们麻利地把木像抬到了一旁，迅速凿开灵台。张屏绕着木像看，王砚又将谢赋唤到墙角，问他些慈寿观之前的事。

"昔年悬挂的卷轴你可有留存？"

谢赋恭敬道："禀大人，那是件旧物。凡观中旧物，下官都命人特用一屋存放，有些还按原来布置摆放，留待参拜者观看。"

他还特意让道人在那屋子门口摆了张旧桌子，上面放了以前道观中的旧香炉，既阻挡了香客入内观看，到门口的香客还会主动往香炉内放铜子儿，人旺的时候，一天到中午之前，能满满堆好几炉。

唉，那时的他，是多么分毫必算的一个人，此时想来，悔否？

不，不悔，但，又想淡淡一笑。

"大人！"王砚随从的一声呼唤，打断了谢赋的思绪，"出来了。"

王砚快步上前："刚到地皮，你说出来了？"

张屏已先一步站到了"出来了"之处，凝望地面。王砚跨到近前，目光越过砖土堆，怔了一下，转目望向跟来的谢赋："这个，你不知道？"

谢赋愣了："下官当日整修此地，县民聚集，下官乃是让道人在一旁念经，方才加宽修整了此台，未敢多动，不承想……"

不承想灵台下，竟不是直接埋着棺材，而是有一扇门。

门扇外层是铁，上刻几行字——

入者生，入者死，生生死死死死生，不生不死无死生。

张屏蹲下身摸摸门扇："葬殓之处，不应用铁门。"

铁，和棺材上的钉子不一样，是一般的铁。

王砚一摆手："什么颠颠倒倒的，连对仗都没有，开！"

侍卫用铁锹一撬，门扇打开，一个黑漆漆的窟窿露了出来。侍卫麻利地点亮一盏灯，用绳吊着，缓缓放入门洞中。

"禀大人，未曾见有梯子。"

王砚道："那应该不深，再把灯往下放放。"

侍卫便将灯缓缓下放，片刻，惊喜道："大人，果然不深，大人英明，小的钦佩不已！"

王砚一笑："这里当年是个小庙，想来搞不出什么大机关，若坑修得深了，没梯子，怎好爬上爬下？再则此处乃山顶，土层薄，下面都是山石了，要挖深坑也不易。"

众随从与侍卫都满脸佩服赞叹："大人真神了，小的们跟着大人，总能长好多见识。"

王砚"呵"地又一摆手，吩咐左右取来绳梯，放入洞中。

一个侍卫便要下洞，王砚道："且慢，这洞也不知多少年没开了，等换换气再下。"

侍卫立刻跪倒："谢大人关爱下属！"

张屏和谢赋只管在一旁看着，张屏又蹲下身，摸了摸门洞口的砖沿。

再过了约一刻钟左右，方才有两名侍卫先下到洞中，王砚提提袖子随即下去，王砚的随从满脸仰慕地望着他的身姿："我们侍郎大人就是这样，事事都亲力亲为。

查每个案子，都要仔细亲自验看。有好些时候，我们这些下属，做得都远远不及大人。"

张屏道："嗯。"就要下梯。谢赋不得不把他的袖子一拉，向王砚的随从道："下官能随侍郎大人办案，真是福分。"

姓张的这眼力见儿他实在越来越佩服了，立刻就跟着王侍郎下梯子，正好一步步都踩在王侍郎头顶，真是嫌自己命长。

张屏总算暂停下了，王砚的随从道："小的更是只愿今生追随大人，便别无他求了。"

谢赋轻轻一笑，唉，好累。

等张屏也下去了，谢赋抱着离别此世时再多见识一点也无不可的念头，随后而下。他不擅攀爬，绳梯软且晃，官袍衣摆袖子都甚累赘，靴底也有些打滑，先到坑底的一个侍卫帮他扶着梯子，费了九牛二虎之力，双脚踏上实地时，官帽也歪了，腰带也斜了。

谢赋整理仪表，一转身，立刻看到一口巨大的石棺。

张屏和王砚一脸严肃地站到石棺边，王砚道："再放几盏灯下来，再下三四个人。"

侍卫抬头传话，谢赋走向石棺。

这间地室竟是圆形，约比寻常人家的堂屋大些，甚是阴冷，但还算干燥。周围墙壁用墙泥涂得平整整的，些许墙泥脱落，露出砖和磨平的石块。

地室的地面，竟被黑白两色漆成一硕大的阴阳双极图案，阴阳双眼，皆是朱红色，石棺摆放在墓室正中，棺头向西，在阴眼处，棺尾向东，压住阳眼。

张屏与王砚都蹲下身，摸了摸地面，王砚道："糙得很，应是修此穴的工匠所为。"

张屏从袖中取出一纸一小锉，从地上锉了些漆和泥包进纸中，王砚不置可否地站起身，接过侍卫捧上的布巾擦了擦手，与张屏又先后走向石棺。

侍卫们提着灯盏在棺前照亮。

棺身在灯火下，白中隐隐带着淡黄的纹路，侍卫将灯盏凑近，棺上的流云便似要浮起一样。仙鹤口衔灵芝，蝙蝠翅托日月。流云飞逸，天花飘洒。棺头处还有一个硕大的花纹，像一个符咒。一张黄纸，贴在花纹之上，封住棺盖与棺身间的缝隙，黄纸上似有红色字迹。王砚在此驻足，左右侍卫立刻上前，提灯照亮，拂去纸上积尘，露出龙飞凤舞两行大字——

坐山高，观水长，云外松下妙玄藏；

座下虔许勤善功，自有福报世无双。

棺头之前，还有一只石雕的乌龟，背上驮着一香炉，看雕工，应是县里工匠的手艺。

谢赋感到一股无形的威压，心中不由生出一股敬畏。

这样的棺，真的是留着装载区区凡俗肉身？

世上若真有不生不死的仙，又怎会用上棺？

侍卫们提着灯盏无声无息站在石棺周围，王砚和张屏缓缓绕棺行走，墓室壁上阴影重叠，竟有几分像在举行什么仪式。

张屏抬手摸了摸棺身。一个侍卫立刻道："请大人当心些，由小的先来。"

这话陡然打破墓室中的沉寂，把谢赋惊了一下。他这才发现，从方才到此刻，已许久没有人出声了。

王砚绕回棺头处，一把揭下棺头贴的黄纸，交由侍卫收管："开棺吧。"

众侍卫抡起铁钎撬棍，但看着石棺，都明显犹豫了一下，又齐齐看向王砚。

张屏道："此棺之前被打开过，棺盖应可直接抬起。"

众侍卫仍是看着王砚。

王砚一摆手："先抬抬试试。"

众侍卫立刻分成四队，棺头三人，棺尾三人，左右棺侧各两人，齐齐一抬，棺盖缓缓而起。

侍卫们托着棺盖小心平移，露出的缝隙中并未蹿出什么，也没冒出什么。张屏与王砚几乎同时凑到棺边。

石棺之中，空空如也。

唯有棺底，余存些许赤色粉末。

王砚着一侍卫入棺，用一狼毫笔将粉末扫入小瓷瓶内："等一时拿给老冯验，他虽不在此处，也算这事带上他了。"

侍卫道："大人真是事事思虑周全。"

张屏仔细查看棺内，谢赋也很有兴趣好好看看，但棺材处暂时没他站的空隙了，他便转而去看棺盖。侍卫将棺盖倚放在一旁，谢赋不禁俯身触摸，似石又似玉，沁凉入骨。

唉，人到终了，管他是贫是贵，孰耻孰荣，都要归于此处。早晚都是枯烂成泥，其实不必浪费，能装下此身足矣。

他正这么想着，却觉指下有异，触感不似石材，像是……蜡？

谢赋不由出声，王砚与张屏顿时扑了过来。

侍卫举着灯笼凑近照亮，棺盖内侧正中处，果然是正正方方覆着一层蜡。那蜡甚薄，被灯盏的火一热，竟就融了，流了下来。

侍卫失声道："大人，这里面好像有字！"

王砚道："灯拿远点，别都给烤化了，把蜡刮下来装好，留给老冯。看看下面什么东西。"

侍卫遵命照办，一点点清下蜡，露出几行蝇纹般细小的刻痕——

　　松下老蕉客，云外醉蓬莱；

　　残酒脱沉赘，梦转千百载。

　　金丹归泥穴，六息散八海；

　　洞章书玄虚，临岳观太白。

　　三横逢一纵，弓木遇长才；

　　直把天门开，送我归阙台。

谢赋心神俱震。

三横一纵，弓木长才，竟暗指了王砚与张屏之姓。

难道这世上真有幽冥鬼神？

王砚慢悠悠道："这几句，难道是老冯正验的那具女尸躺在这口石棺中时，咽气前所刻？死前还要题上两句，嗯，是个好文墨的女子。"

谢赋心又一缩，是，棺底的赤色粉末，冯大人也在木棺内的女尸上验到了。这表明，那具尸体一开始是躺在这口石棺里的？

为什么又被挪进红漆木棺内，竖插埋在柳树下？

若如王侍郎所言，难道那女子在石棺中，还活着？

可封上的那层蜡又是怎么来的？

张屏肃然道："这几句，定非之前在此石棺中的尸首所刻，是别人刻的。"

王砚双眉一挑，似笑非笑地瞥了他一眼。谢赋这才发现，旁边的刑部众人竟都在笑，有几个还笑出了声。

"张大人没跟我们侍郎大人办过案，误会了，侍郎大人是在打趣哩。"

"大人怕小的们胆小，才讲个笑话给我们听。"

"我们侍郎大人就是这么诙谐，两位大人日后多跟我们侍郎大人办几个案子就知道了。"

刑部的人并没有完全说穿事实，其实是刑部每次办案，特别是验看证物尸首时，陶周风往往会亲临现场，说些推论判断，见解独到，风格清新，令人精神抖擞。久而久之，刑部众人已成习惯，办案时听不到两句尚书大人的教诲，便觉缺点儿什么，少了把劲。于是，每回办案，若尚书大人不在，便由王砚或其他主办之人效仿尚书大人说上两句，暖一暖场子。

陶周风行事仁善，待下宽厚，刑部众人都很喜欢尚书大人，这事只当一趣，并没有对尚书大人不敬的意思。连陶周风自己都知道，还乐呵呵的。只是不好对外人言说。

王砚一摆手："罢了，正事要紧。棺材盖上这行字，不论何人所刻，十有八九，是故弄玄虚。刻完还涂上一层蜡，更是画蛇添足。与这坑中的布置一样，引人往神神道道的地方想罢了，或还盘算着有人挖开此处，发现棺中无尸，可以拿些尸解、升仙之类的借口搪塞。这些细枝末节暂不多计较。看来老冯验的那具女尸，此前曾在这口棺里躺过。这案子越发有趣了。不知棺中原本的尸首去了何处？"

谢赋一愣。刑部的捕快飞快地问出了他心中的疑问："恕小的愚钝，大人的意思是，这口棺中，还有别的尸首？"

王砚回看石棺："自然有。你们也在刑部办了许多案子，难道看不出这是口石椁？"

侍卫惭愧道："大人恕罪，不瞒大人说，这案子真有些奇特，小的们给忽略了。请大人赐教，既然这是口石椁，也就是说以前里面还有口棺？那方才树下挖出的那口棺，是否就是这口石椁中的棺？"

默默站在一旁的张屏摇了摇头。

王砚环起双臂瞧向他："看你晃头，那就说说看？"

张屏道："不是。不配套。做工也不对。"他方才绕着石棺测算过，树下那口棺，放进这口石椁中，四周颇有空余，完全不匹配。且那木棺做工粗糙，像是匆匆打就，与这口华美石椁绝非出自相同工匠之手。

"原本棺中，应是……"

王砚一抬手："不错，尔的眼力还是甚好。你们也都多与他学着些，堪案推情本非难事，只是要把方方面面看仔细了。"

刑部众人皆低头谢侍郎大人教诲。

王砚又道："看得可以了，随本部院上去吧。"率先攀上绳梯。

张屏、谢赋与其他人随后跟上。出了洞口，谢赋竟觉得两腿有些打飘，唉，本应死寂之心，竟是又被世俗之离奇所扰。

扑朔否？迷离否？最后大抵都是空寂，又何必执着？

他默默让自己的心再归于虚无，出了大殿。

天已黑透，夜空澄净，微风清爽，星子熠熠，谢赋深深吐息，只觉得魂魄便要飘然离体，荡于山风之中。

他闭了闭双眼。

手臂一紧，打断思绪，却是张屏一声不吭地扶住了他。王砚转头看看他："脚底下打飘了？其实本部院也有些饿了，先一同去找你们府尹大人，让他请客。"

谢赋躬身脱开张屏搀扶："谢侍郎大人关爱。此乃下官接待不周，这就去安排。"

王砚的随从道："我们侍郎大人不想麻烦诸位，且明日还要供奉太后娘娘祭礼哩。"

谢赋也不指望张屏了，忙又道："慈寿观中有专为香客而备的米粮菜蔬，下官这就去安排人借厨房一用，绝不污观中清静。只是仓促备之，粗陋茶饭，望侍郎大人莫要怪罪。"

王砚的随从笑道："我们侍郎大人外出办案时，吃住都与我们这些人一起。"

谢赋表达了一下对王侍郎的敬仰，立刻去办。王砚的一个随从与他同行。

王砚吩咐侍卫仍好好把守慈寿观，任何外人不得靠近后殿，并继续检查地室。张屏随王砚离开观内。观外空旷处灯火明亮，冯邰坐在一个马扎上，面前摆着一张可折叠的小案，正在看阅文书，县衙衙役与京兆府侍卫侍奉左右。

王砚行到近前，冯邰方才合上文书站起："王侍郎验得如何了？"

王砚瞅着冯邰手中文书笑呵呵道："尸首已验好了？我还是比不上敬农快。"命随从将在坑洞石棺中取得证物捧给冯邰。冯邰的随从接下，冯邰淡淡道："天色已晚，待明日再详验。"略一点头，京兆府的侍卫将一本册子呈给王砚。

王砚接过打开，张屏在王砚侧后方瞅着，纸页上绘着一仰一趴两人形，手臂、腿、手腕、脚踝和背部均圈了红。

王砚道："此女生前受过刑？"

冯邰道："有伤，尚不能断定因何而致。王大人那里还有什么发现？"

王砚侧回身看慈寿观方向："敬农你别急，一道查的案子，我怎会将查的东西瞒你，等一下一定告知。"

冯邰面色平静："是王侍郎多想了，本府既答应王侍郎参与此案，岂会疑之。"

王砚一笑："敬农信得过我就好。"

远远两盏灯笼自慈寿观处遥遥而来，却是谢赋与王砚的随从安排了做饭的事，赶过来了。两人向冯邰与王砚见礼，平身之后，王砚环视四周："方才随本部院下去的人，都在这里吧。"

谢赋与几人都应声，张屏亦躬了躬身。

王砚又看向冯邰："这次我出来，没带几个人。老冯我看你带的人挺多的。"

冯邰道："王侍郎此话何意？"

王砚道："想跟你借用一下。"一转身，"来人，将这几人，除了姓张的这个，暂都先押起来！"

谢赋愕然怔住。

张屏向前一步："侍郎大人，棺盖上的字与他们无关，不是新刻。"

王砚眯起眼："你倒是总爱在这样的时候出头，何以见得？"

谢赋这才幡然醒悟，方才在坑底，王砚看似对那几行诗诀不介意，实际早已疑心有人弄鬼。自己与碰过石棺的人，都在怀疑之列。

张屏道："来不及。"

王砚道："所谓障眼法，就是为看似不可能之事。这世上有药剂可以化石，只需一铁印，刻好文字涂之，印出字迹，再封蜡油，手若够快，瞬间足矣。"

张屏道："但情理不合。若这几人中，真有案犯欲在故弄玄虚，必是将词句引到古井女尸身上。"

王砚瞳孔一缩："难道不是？那几句的字词，与坐山高观水长之句重合甚多。"

张屏道："看似相合，但说的不是一回事。坐山高观水长之句是假作女尸显灵的伪句。道家男女修行之法有别，金丹泥穴等句，乃男修之要。大人之前在坑中打断下官，应是也早已看出，石棺中原本……"

王砚道："罢了，你随本部院那边说话。"看向冯邰，"敬农，可愿也暂移尊步？"

冯邰皱眉，率先大步往空旷处去。

三人到得一处只有草没有树的光秃秃空地，王砚挥手令其余所有人都退到数丈外。

冯邰缓声开口："王侍郎挖出的那口石棺中，究竟有什么？"

王砚干脆地道："什么也没有，空的。有些赤色粉末，大概就是你验的尸首躺在那石棺里时落下的。那口石棺是个椁，里面本应该有口棺。"

冯邰道："哦，棺椁盖上，还有几句话？"

王砚点头："不错。而且那棺里睡的，原本应该是个男人。"

冯邰不禁神色一肃，王砚一抬手："老冯，这不算凭空臆断，你手下这个张知县手里，定还有实证。"说罢饶有兴趣地看着星光下张屏的轮廓，"既然你不让本部院抓人，就别把知道的事再藏着掖着，将古墓之事说出来吧。"

张屏道："尚未勘定，下官不可断言，仅是推测。下官听闻，本朝开国之时，丰乐一带，曾有地动，一处高地塌陷，得名曰大碗村。"

冯邰淡淡道："这个本府知道。就是石棺起出之地。"

王砚道："原来如此，那这个案子，差不多有头绪了。"

冯邰眯起眼："王侍郎何意？难道你还查到了别的证据？"

王砚嘿嘿一笑："老冯，我知道你事事讲证据，但而今这个案子，证据已足够多了。咱们现在把这些事串一串——开国之时，此县有地动。而后过了许多年，地动处挖出了一口大石棺。那棺雕工纹饰都不是今法，定是个老物。一口古棺的外椁，竖插在土中，被人挖出来，里面躺着一具女尸，于是就有人装神弄鬼，说是神仙显灵。把石棺与女尸抬到这座山头上埋了，还起了个庙。然而，石棺中的女尸却被人偷偷挪了出来，另封在一口棺木内，竖埋在大柳树下。"

冯邰"哼"了一声，王砚立刻道："老冯你别说我是凭空臆测啊，我给你的东西里，可证你验的那具尸首是在那石头大棺里睡过的。其实这山上的布置，还是个风水局，对吧，张知县？"

张屏"嗯"了一声。

冯邰道："木棺中女子，胃中有水银，身有伤痕，确实可以推测死于非命。张知县，你回侍郎大人问话，怎可如斯不敬？"

张屏躬身："下官知错。"

王砚不耐烦摆手："免免免，这会儿可以放肆放肆少叽歪。老冯你就别那么含糊其辞了，那女子就是生前被打过，然后吞水银而亡。手法狠毒，死后还被整些神神道道的，到底是什么，还不明白吗？"

冯邰道："本府真是还不明白，王侍郎说的这些与刑部查的姚家人口案，到底有什么关联。"

王砚"呵"了一声："老冯你真较真，这不马上就说到了嘛。然后此地太平无事过了几十年，突然有一天，姚家出事了。一个十九岁大的儿子被个奶娘勾引，私奔了，他爹却急得不行，非说儿子是被此地吉祥无比的慈寿姥姥抓走了。姚家的儿子此前并没有跟这个姥姥庙有什么瓜葛，此地曾有敬献男童的规矩，但早就废除了。那个做爹的甚至等都等不得，就派人到京城报官，案子还到了我们刑部。"

冯邰道："呵。"

王砚继续道："其他就不多说了，儿子找回来不久，他爹却被人杀了，家里还有两本风水书被盗。"

冯邰道："这样王侍郎就觉得有牵连？牵强。"

张屏道："下官已查得，石棺挖出时，死者姚员外的曾祖姚存善曾在场，还阻拦动棺。此人在石棺显灵之事后不久，便迁往丰乐。多年之后方才回来。姚家被盗《青乌经》《抱朴子》二书系其曾祖当年传下，还交代后人，若家人出事，便将此书交由官府。"

王砚哈哈一笑："老冯，这可以证明本部院的推论了吧。"

冯邰道："张知县，若依此事为证，本府只能推断，这是一条线索。姚家被窃书籍中确有秘密。但物品失窃与姚丛之死，是否同一案犯所为，这两件事之间是否真有联系，证据仍欠缺。本府告诉过你，事事当要由证而定，或许、可能，便不是事实。"

王砚环起双臂："若是照老冯你这样说，那案子也就不用查了。查案者，推勘证断评，推在其首。既然有可能是，有可能不是，那么从是的这方面想一想，几件事更能顺理成章连起来，乃查案之正确必要环节。不多废话，这个案子，定与盗墓有关。"

张屏微抬头看向王砚。

冯邰冷冷道："荒唐。"

王砚笑吟吟道："荒不荒唐，真相大白时再论断，才是老冯你的风范嘛。若是哪里不对，我任你参便是。这世上大多案子，起因都不外乎财禄情仇。此案以当下的证据判断，是因财起。挖出石棺的那个什么村，地下应该有个大墓，墓穴为空，故而遇到地动，便就塌陷。这事在数十年前被一伙人所知，便去挖墓求财。今日树下的女尸与姚家先人都牵扯在内。或是分赃不均，起了口角，或是因其他事，这女子便被盗墓贼害死了。做挖坟掘墓之事的人，大多又很信些鬼神风水。这女子先被封在石棺之内，然后又被竖埋在柳树之下。之后石棺被挖出，装神弄鬼的，必然也是那些人。姚家先人知道了真相，但被买通，所以就离开了此地。"

张屏点点头，王砚所说与他推测有些许细节不合，但大致确实差不多。他便将姚员外曾祖姚存善离开后，居住皆是偏远之地的事说出。王砚几乎开始欣赏他了："看，这又对上了。姚家先祖必是留有揭开此事真相的证据，可能就藏在失窃的东西上。然后姚员外陡然丢了儿子，心智混乱时，猜测这件事是当年的案犯所为，不料却惊动了案犯，反惹来杀身之祸。"

张屏点点头。

冯邰面无表情:"王侍郎对案情的推测当真是天花乱坠。若确实推得对,那此案的案犯真是多才多艺,养生有道,老当益壮。数十年前挖了墓,杀了人,跳了大神,糊弄了官府与百姓,还当了木匠打了口棺材种了棵树布了个什么风水局。数十年后,以古稀耄耋之躯,先在京城毒死姚丛,再赶回丰乐,于官府与姚府一院子人眼皮底下,飞檐走壁,窃得书册,销去罪证,神不知鬼不觉,真老奇士也。"

王砚道:"可能是后人,徒子徒孙嘛。"

冯邰道:"按本朝律法,杀人挖墓之罪,罪不坐连妻儿亲族。既无忧虑,何必行凶?再则,案犯想销证灭口,行事如斯顺当,必熟知门径,为什么不早做?"

王砚一拊掌:"老冯你说得太对了。所以你我联手查此案,实在十分必要。你看我先这么一推,你再提出了这许多的疑点,案子便又大大向前了一步。我与敬农,真是天生一对。"

冯邰淡淡道:"王侍郎不必如斯肉麻。你可能误会了本府的意思。本府对你的推论,恕无一丝苟同。今日所验之女尸,本府也暂无法将之与姚丛被杀之案联系。"

王砚温声道:"你不必觉得有联系,慢慢证着。由我们刑部去联系。"

冯邰冷冷道:"那王侍郎的联系,是继续追查真凶,还是要去挖古坟?"

王砚含笑:"凡可疑,或有线索之处,都要仔细勘查勘查嘛。"

冯邰道:"恕本府冒犯提一句,朝廷设刑部,乃为天下刑讼事。掘古人之墓,应不在其中。"

王砚放下双臂:"老冯,你我都是手里办过无数案子的人,开过的棺,起过的坟,不知有多少。为案可破,真相出,不违律法,不论查古人今人,勘阴宅阳宅,都是理所应当。"

冯邰平缓道:"但愿王侍郎记得你最后这句的前半段。"拂袖而去。

张屏也要告退,王砚收回看向冯邰背影的视线:"老冯与本部院的查法,你觉得,哪个对?"

张屏道:"下官不知该如何判断。"

王侍郎说到了他推测出的事,冯大人说的疏漏亦是他还没想明白的地方。

王砚"呵"了一声:"你倒也会说话了,可是佩之教过你?罢了,先退下吧。"

张屏默默离开。

"阿嚏——"

驿馆的房间中,兰珏掩住口鼻,打了个喷嚏,小厮立刻将窗扇合上:"夜晚风寒，大人莫着凉了，总觉着这里比京里凉些。"

兰珏道："驿馆所在偏僻空旷，自然清凉。殿下那里如何？"

小厮立刻回道："方才小的们又去问过安，殿下已经就寝，公公们伴在房中，门外侍候的也绝不敢懈怠，大人放心吧。"

兰珏暗暗叹了一口气，自上路之后，他的右眼皮总是时不时地跳两下。兰珏素不信这些，但玦王总让他觉得伴着一捆蹿天猴，稍一疏忽，其尾捻上就会自行开出一朵火花，刺溜蹿入云霄。

内室床上，兰徽也已呼呼睡着了。兰珏放下笔，再看了一遍写好的今日言行笔录，合上折子，正也要去睡，门外响起通报声。

兰珏不想惊醒兰徽，便披衣亲自到了门前。小厮禀道："老爷，方才驿馆又来了人住宿，小的瞧着，像侄少爷柳小公子，便上前请安，果然就是。"

兰珏讶然："是桐倚？他怎会在此？"

小厮道："侄少爷让小的转禀，若老爷还没歇下，他想见见老爷，说会儿话。侄少爷是从丰乐过来的。"

兰珏立刻跨出房门："不必让他过来了。他在哪里，我去见他。"

谢赋的心里一直有个念头——这个姓张的，是不是哪里有点不太对劲？

他知道这样想不好。方才这姓张的与王侍郎一番争辩，免了他死前再多一场牢狱之苦，亦算对他有恩。但这个念头，谢赋实在是摁不住了。

张屏正坐在他身边，凝望着一个包子。

与府尹大人及王侍郎聊完后，张屏就两眼发直，双眉深锁。待晚饭做好，谢赋让侍卫和衙役们从慈寿观中抬出两张大桌，供府尹大人和王侍郎用饭。府尹大人和王侍郎都就座了，却不见张屏过来，谢赋环视左右，只见张屏一动不动站在一棵树下，两个衙役抬着大筐面食经过，张屏一个跨步上前，从筐里拿了个包子。

抬筐的衙役见突然蹿出个人，吓了一跳。这筐馒头包子是慈寿观供给香客的斋饭剩下的，热一热他们这些人吃。诸位大人的饭都是另做的。但知县大人拿了包子，他们也不好多说什么。

谢赋走过去，请张屏去大桌那边吃饭，张屏凝望着手里的包子，点了点头，托着包子随谢赋走到大桌边。

冯邰看着张屏手中的包子，眉头一跳。王砚的目光已飘了过来。谢赋见没人过来服侍，只能亲自取桌上一小空碟，送到张屏手边，张屏总算把包子搁在了碟子里，待谢赋把碟子放到桌上，张屏又将碟子往自己跟前拉了拉。

冯邰冷冷地瞥了他一眼，王砚一脸饶有兴致地道："咦，张知县那个是包子吗？桌上倒没有此物，还有吗，取两只来尝尝。"

谢赋只得起身道："面点一时难以做出，此是白日里供香客的斋饭剩下的，故不敢奉与大人。"

王砚呵呵一笑："本部院不是个讲究人，听闻包子再热一热，更别有滋味，正好今日尝鲜。"

冯邰道："恐怕这种面食，新蒸出来的，王侍郎也没吃过多少吧。"又皱眉道，"晚饭备一样的饭食便可，怎还又整出许多花样？"

谢赋躬身称罪："只是这一样不敢奉上罢了，其余都是相同的。"立刻让人取来，王砚举筷夹起一只，咬了一口："嗯，甚好。"

冯邰淡淡一笑，自侍从手中接过手巾擦了擦手，拿起一只，尝了一口，微颔首："确实颇鲜。"

王砚放下筷子，改用手抓着包子又咬了一大口："愈品愈有滋味。"与冯邰开始就包子的滋味聊起。

两位大人聊得似不再留意其他，谢赋总算得以坐下，却发现身边的张屏捧着之前搁在碟子里的那个包子，嘴角噙着一丝若有若无的微笑，定定凝望着包子的目光中充满了……爱意。

片刻后，张屏抬起了另一只手，轻轻抚摸着包身，手指流连于包褶与褶花之上。谢赋的鸡皮疙瘩冒了出来，感到了一丝恶心。

突然，张屏的手指顿住，表情一冷，目光中迸出阴寒，一口咬住了包子。

谢赋毛骨悚然。

张屏满脸冷酷，缓缓咀嚼，将那口包子咽下。表情转为和缓，把咬了一口的包子放回碟子里，拿起一根筷子，插进了包子雪白完整的另半边。

而后，他拔出了筷子，抬手按扁包子。包子馅从他方才咬出的豁口流进了碟中。张屏又举筷，刺进了扁扁的包身。

一股寒意从谢赋的骨缝中冒了出来。张屏拔出筷子，拿起已成饼状的包子，端详被刺出的两个小孔，而后手指在包子边缘一捏，那个咬出的豁口处张开了，张屏向内注视，神色充满深思。

谢赋移开了视线，再也不能继续看下去了。

正在和王侍郎聊天的冯邰道："张知县，你在作甚？"

张屏抬眼道："回大人的话，下官在吃饭。"

谢赋生生打了个哆嗦。

冯邰微微眯起眼："有话便直说，不必在本府面前刻意做作。"

张屏道："下官确实有两件事仍未想明白，方才正在想。"

冯邰在心中冷笑一声，此生每每蓄意表现的小手段不甚上道，不过眼神还是有一点的。

"直说。"

张屏站起身，行了一礼："下官想不明白的第一件事是……"他伸手又拿过一个完整的包子，"假如，这是一个墓。"

他举起筷子，插进包子："这样，可以挖进去。"

再用筷子从扎出的窟窿中挑出一些馅儿："这样，也能取出东西。但是……"

他一掌拍扁了那个包子，又用筷子扎了扎："这样……"

张屏和王砚的推论目前大致一样，他还猜测，最初发现石棺的那口枯井不是井，而是一个盗洞。但如果那个古墓在地动时塌陷成凹地，墓室已毁，挖一个盗洞进去，很险。于土中挖宝，很难。而且为什么石棺没有被砸或损坏的痕迹？

冯邰微微颔首："你的想法确实不错，不过古时厚葬，墓穴恢宏，远超世间殿堂。或许只塌了部分。"

王砚接话："这些本部院早已考虑到，所以赶紧查证才是必要。"

张屏道："下官想不明白的第二件事是……案犯处理那女尸的方法。"

冯邰露出一丝笑："不错，这点你竟看了出来，尚不至无可救药。"

王砚问："怎么了？我可把自己的推测都说了，老冯你明显藏着东西，这不地道啊。"

冯邰道："只是本府还未彻底推证出结果，想之后再告知王侍郎罢了。"

王砚"嗤"了一声，转看向张屏："那你说。"

张屏放下手中的包子："下官不解，那棺中女尸死于非命，身上有伤痕，死后尸身被挪进木棺，还用风水咒法封之，但她的发髻却是完好的，钗饰亦是。"

结合其尸身摆放的姿势，只能得出一个结论——她的尸体在放入木棺时，被人精心地打理过。

"据下官所知，所谓风水下咒，尸首本也不该放过，鞭尸挫骨，披发塞糠之类恶毒方法，众所周知。"

可是案犯没有这么做，他将这死去的女子头发梳理整齐，装饰了钗环，如同让她舒服安睡般放进了棺中。

为什么？

笃笃笃——打更的梆子声响起，王公公禁不住想在屋中打转了。

入更了，知县、县丞、据说已来了的冯府尹与王侍郎，都仍不露头。只在早前回来了一个主簿，顶个屁用？

王公公终于忍不住对着赔笑又摆上酒菜来的主簿道："贵县可是打算将娘娘赐匾的事全让咱家独自料理？"

主簿立刻赔笑："哪能呢，哪能呢，诸位大人定是要把山上那里都料理妥当了，请公公安心。"

王公公连冷笑都发不出来了，只袖起手慢慢道："罢了，回宫之后，咱家一定会向太后娘娘如实禀报。"

望着外面的浓夜，他心中无尽空洞，不承想战战兢兢一辈子，竟可能会了结在此处，碰上找死还要带上别人一起的货，只能叹命了。

此时的驿馆中，兰珏也想深深叹息。

柳桐倚很是简洁明了地说清楚了事情。

张屏在查一个案子，他恰好知道点线索，就借公务之便绕了丰乐县衙告知张屏。归程遇上了姑父，觉得应该告诉姑父一声，张屏查到了太后娘娘要赐匾的那个庙是假的，灵验的姥姥只是一具死于非命的女尸。他走的时候张屏已经上山去挖棺材了，为那个案子打过架的冯邰和王砚也到了。

兰珏眼前一阵黑，忽然就感觉天再也不会亮了。

柳桐倚道："姑父放心，既然冯府尹和王侍郎都在，这事想来……"

兰珏扶着桌子站起身："你先休息，我得先把此事知会服侍殿下的公公们。"顿了一下，真情实意地说，"这件事，姑父真是要多谢你……"

柳桐倚立刻道："小侄哪能当姑父这句话。姑父也早些歇息，莫太劳累，小侄今夜就不再去打扰问安了。"

兰珏微笑："你奔波了一天，更要早些睡。我已让人备了些消夜，待会儿给你送来。"

好孩子，姑父是休息不了了。脸色差不是赶路累的，是被你的话吓的。

待派人将卞公公与柏沧请到静室，告知了内情，看着卞公公和柏沧的表情，兰珏心里忽然舒缓了一些，大约是死也有伴这种不厚道的感情在作祟。

王砚行事如何，大家都知道。兰珏想，现在慈寿观一定被刨开了一个大窟窿，王砚兴致勃勃地率领跟班们包围在挖出的棺材旁边。

卞公公想到的和兰珏相同，他稳了稳心绪，才道："冯府尹做事素来周全细致，定会让此事得当无碍。"

兰珏在心里苦笑一声，冯郜做事是一丝不苟，但也六亲不认。况且有王砚在旁边，冯郜会做出什么更是不能预测，说不定就是王砚、张屏挖棺他验尸，正在那神圣的山头上为谁先找到凶手而血红着眼睛。太后上香是什么事？忘记了。

柏沧怔怔看看兰珏和卞公公："这……与我等干系不大吧？"

卞公公与兰珏无言对望一眼，都在心中叹息，你是不清楚太后娘娘素来行事啊。

若这是皇上吩咐办的事，太后娘娘绝不会过问，他们倒真可以放心睡大觉。但太后娘娘一向思虑甚多，又颇信些命数。倘若在路上踩到一颗小石子，若是旁人，行事苛刻些的，会责罚仆婢未打扫干净路面，跟随开路的随从未尽心。可若是太后娘娘踩到颗石子，便会从昨夜的梦今晨的鸟叫风向开始想起，然后着钦天监观天象卜气运，看此事是否为凶兆，连带所有服侍过的宫女宦官的八字都要算一算，瞧瞧有无冲克。

兰珏近年官运颇顺，时常得以入宫，亦是要多谢母亲把他生在了好时辰，八字乃扶君良臣之相，又是水命，正能帮扶皇上，姓为兰，昌文运，太后很喜欢。

所以，如果这事被太后娘娘得知，第一必然是想，怎么哀家为玳王祈个福，就触了这样的霉头？是了，玳王好端端就闹出了事，早就开始不祥了。是不是有什么在妨害皇上和国运？宣钦天监正，给哀家好好算算。

然后他们这些人，连带所用马匹的颜色、钉的蹄铁大小形状、车轿的轮子、车身上有几根钉等等大概都逃不过被查一查。

皇历必然会曰，某人某物，身带衰克……至于是谁或谁们，就得看命了。

兰珏沉默着，卞公公颤巍巍长叹一口气："太后娘娘是为玳王殿下祈福，怎能与我等无干……"

柏沧一噎，颤声道："那……那怎么办？"

兰珏思虑片刻，起身："这样吧，本部院立刻先赶去丰乐。随侍殿下之事，就多劳累公公和柏大人了。"

山顶之上，柴堆的火焰仍在跳跃。冯郜从随从手中接过手巾，慢条斯理擦了擦手："张知县，你之前勘查此案疏漏甚多，但能想到这些，还是用了心的。其实你方才所说，正是需要因证而推之处。单从尸骸来看，姿态衣着发饰，确是表明葬尸之人有怜惜之意，但钉棺手法，又属无稽邪术。这女子死因与生前所牵扯之

445

事，不单是为了财。"

王砚"哈"了一声："又爱又恨？案犯是男人。一面喜欢着这个女人，一面又弄死了她？可以写一出戏了。"

张屏不语，这正是他想不明白之处，喜欢一个人，又想杀了这个人，世间真有这样的情感？

冯邰淡淡道："戏乃想当然尔，案件原委岂可与之并论。王侍郎此言有失。"

王砚笑道："敬农忒严谨了。"亦接过侍从递来的手巾，揩了揩嘴角，"此案曲折出乎意料，我们刑部的意思，自然是想继续与京兆府合查，敬农你看如何？"

冯邰道："王侍郎仍要留在丰乐县？"

王砚干脆地道："不错。你我都在这儿，尤其敬农你，身担京兆府的要务，专程为案子到此，要是没破，咱们脸上都不好看。我们刑部和你们京兆府所查的案子就暂时并到一处，算成一个。眼下看来，案子有三条线，姚府是一条，山顶的棺材女尸又是一条，还有一条待查证是否相关的，是那口挖出了山顶石棺的井。若要查得快，自然三线齐查最好。你我各查一条。这张知县，也甚堪一用。正好够了。"

冯邰道："那王侍郎是要查哪一条？"

王砚正色道："老冯你择便好，我们刑部怎么都成。只是这间道观关系太后娘娘赐匾一事，我们刑部的人不便在山顶。姚府那里，虽然之前的案子是我刑部结的，之后姚丛暴亡，是你们京兆府接了案，姚丛的尸体也是你们所验。你们若想要这条，归你们也罢。"

冯邰道："看来王侍郎就是想去挖点什么。"

王砚呵呵一笑："敬农瞧你说的，那姚府归我们刑部查也罢。"

冯邰缓缓道："王侍郎所说第三条，在本府看来无甚凭据。再则，凡挖掘农田查拆屋舍，皆得经由县衙户房工房，牵扯案子，还要再加上刑房，同拟公文上报，核准批复后方能开动。本府虽身为京兆尹，仍不能擅作主张。"

王砚双眉一挑，尚未说话，张屏开口道："禀大人，下官此前去过那里。那处刚好正在修缮，且四周并无农田人家。"

王砚顿时又露出白牙："正好，那就这样定了，敬农可答应吗？"

冯邰一脸平淡道："既然王侍郎执意觉得有什么，那就去挖吧。"

谢赋听他们像分大饼一样讨论案子，一句话忍了又忍，几欲冲口而出。这时张屏又道："下官想先回县衙。"

有很多事，还是首先要查看县衙中的卷宗才能理出头绪。

谢赋稍松了一口气，总算还是记得正事的，便趁此接话道："下官斗胆多言，几位大人恕罪。王公公等人正在县衙中，不知该如何安排？"

马上都半夜了，慈寿观里有个大窟窿，小屋里还横着一具陈年女尸，山顶整个是个风水阵。恐怕是个人都不会想来烧香了。太后娘娘的匾，要往哪儿挂？

怎么所有的人，都好像不着急呢？

冯邰的视线扫向他："嗯，谢县丞，你看当如何办？"

谢赋一怔，这……

他在心中凄然一笑，府尹大人，下官真不知道这烂摊子怎么办。下官见识少，没见过这等阵仗，下官的心早就死了。求府尹大人给下官个痛快，让下官从山顶跳下去吧。

"下官无能，请大人责罚，下官不知该如何办。"

张屏起身："下官以为，慈寿观不宜迎太后娘娘香供。"

冯邰眯眼看了看他："不错，上香之事，必要恭请太后娘娘暂缓了。正好此时也该下山了，本府便先去县衙吧。"

兰珏纵马飞奔在暗夜的官道上。

马车终不如骑马快，他别过卞公公和柏沧，叮嘱家仆好生照看兰徽，便吩咐随从牵马启程。他甚少骑马，这般夜路狂奔更是几乎从未有过，凉风猎猎，灌进袍袖，兰珏心中惦记着兰徽，强打精神。

这般赶去丰乐，实在是多此一举。恐怕冯邰还会诧异他为什么没事自己颠颠凑上来。

但，又不能不去。

护送玳王，明里暗中，多少双眼睛看着。柳桐倚自丰乐赶来，与他谈过，瞒不住任何人。若他是正经随行伴驾也好，偏偏路上这段，他是"偶遇同行"，到丰乐后才算有名有分地开始侍奉玳王。

明日行程，本是回乡祭祖。若改程赶去丰乐，冯邰会说没你什么事你跑来干吗？但若不去丰乐，太后会说你兰珏明明身为礼部官员，得知哀家赐匾封神一事出了岔子，却装聋作哑当不知道，难道你不把哀家当回事吗？两厢无须权衡，他当然必须得立即火烧火燎地赶去丰乐。

风钻进外袍衣襟，袭进内衫，兰珏心中也凉凉空空，近来颇多跌宕，他都禁不住想，是不是该去找个庙，烧一炷香了。

第一不求自己平安，先求玳王不要生事吧。

三更开外，想把鹦鹉一样说了半晚上"快了，快了，就来了"的主簿捏死剁碎的王公公终于把要等的人等到了。

听着"冯府尹到"的通报，王公公的眼眶不由一热，颤巍巍上前施礼："冯大人来了，咱家就放心了。太后娘娘之事，正待与大人商量。"

冯邰肃然道："本府正要告知公公，寿念山山顶，与一宗命案有关，不宜再迎奉太后娘娘匾额。"

王公公天灵盖被闷了一棍子："冯大人，此事不当儿戏。仪仗已到，怎能说罢就罢？"

冯邰神色更肃："本府自会上折禀明皇上与太后娘娘其中原委。此事，暂缓。"

王公公盯着冯邰淡如水的脸，像鱼一样张了张嘴。

冯邰道："夜已深了，公公请先歇息。"竟就转身离开，将木雕泥塑般的王公公留在厅中。

主簿又满脸笑容地过来了："见了府尹大人，公公可以安心了。"

两个小宦官左右搀住了王公公，将他扶到椅子上坐着，半晌，王公公才颤声问："咱家听闻王侍郎也在，不知能否见上一见。"

因为都姓王，王公公曾与太师府攀过些亲戚。

主簿道："王侍郎未到这边驿馆，直接在寿念山下歇息了。"

王公公眼前一阵一阵地黑。待主簿走后，小宦官向王公公耳语："听说府尹大人和王侍郎在山顶挖出了一具老干尸，王侍郎睡在山下客栈，就是赶着明天想去挖挖还有没有别的哩。"

王公公望着门外不久后将变亮的天，半晌，终于发出了声音："丰乐这个地方可能真有些邪性。"

大约这回是要大家一起成干尸了。只望，是全尸。

快四更时，张屏方才回到知县住宅。张屏自己没有仆从，宅中都是官仆，行馆那边侍奉人手不足，大都被抓去帮忙了，连厨子被叫去帮着做酒菜了，宅中只余一个老仆看门，一个年轻些的守院子，见张屏自己提着一个灯笼回来了，很是惶恐，这才想起灶上连热饭都没有，看张知县的脸色，也不像陪府尹大人吃完酒席回来。老仆遂机智地问："大人必然乏了吧，小的这就去备沐桶热水。"

那厢，年轻些的仆从已暗暗飞奔出门，去找厨子和其他侍候的人了。趁着张知县洗澡的工夫，怎么也能先整点热乎茶饭出来。

张屏道："不必了。"

他这几天都没好好睡觉，能多睡一时是一时，洗澡太费工夫。

"取些热水，擦把脸烫烫脚就行。"

老仆心道，看来张知县不太喜欢水，和谢大人行事真不一致，倒是能松口气。厨房灶上坐的那把大铜壶里有热水，应该正够张知县吃茶洗脸泡脚。

老仆正要退下，张屏又道："我师兄无昧可已休息了？"

无昧一直没能偷溜下山顶，还好冯郜和王砚后来都没再点到他。离开山顶时，无昧与仵作同乘了一辆车下山，待回到县衙，谢赋让人把无昧带回张屏的住处，张屏很是感激。

老仆立刻道："是，是，小人愚钝，忘记禀告大人。无昧道长已在客房歇下。"

张屏再向客房方向看了看，没有灯光，他便回到自己卧房，待热水送来，张屏推拒了老仆的服侍，独自在房内洗漱，刚擦了两把脸，房门笃笃响了两下。

张屏开门，无昧咧嘴站在门外："我看你灯还亮着，想着你还没睡，没打扰你吧？"

张屏闪身让无昧进门，无昧一眼看到水盆，立刻道："你接着洗，接着洗，不用管我。"站到墙边。

张屏搬过一把椅子，无昧连忙拦住："哎哎，使不得使不得，师兄当不起。你现在已经是知县了，怎能再做这样的事。"

张屏放下椅子："师兄是出家人。看世人，都是一样的。"

无昧一乐："你小子，当官了，果然是会说话了。"但仍站着，张屏只得先自己拖过另一把椅子坐下，无昧方才跟着坐下，搓搓手。

"我过来也没啥事，就是和你说一下，明天师兄就回去了。我这趟过来，就是来看看你，你过得好，师兄也就放心了。实不相瞒，你赶考之后，观中突然空出一个缺，我一直就觉得好像被我便宜占了，对不住你。但看来师父他老人家说得是对的。你官做得真好，我这回也算跟着你长了长见识。这么多贵人，本来我只在戏台子上见过听说书的讲过，这回居然全见着了，后半辈子安安生生修道也安心了。"

张屏不想无昧这么快走，但无昧明显是被今天的事吓着了，他也不能再开口留。

无昧再搓搓手，脸色渐渐涨红，堆满了犹豫："阿屏，还有一事……实在不知该怎么开口……观里近日又要修缮……"

张屏点点头，起身从衣柜中取出一个小布包。无昧"噌"地起身，连连摆手："不成不成，阿屏，我还不知道你嘛。从小到大你攒的钱都装这个袋里，你才当官几天，能有几个钱，正是到处要使钱的时候，都给我了你咋整？"

张屏坚定地把包塞给他，无昧连连后退。

"阿屏，你再这样我立即就走！你随便给我个一两二两就成。你能不知道嘛，观里怎么可能没钱？多了也是被冲阳那几个人贪了。这样吧……"

他一把抢过布包，从里面抠出一小块银子，再把整包塞回给张屏。

"这么些，足够了。"

张屏捧着布包看着无昧，无昧唯恐张屏再塞包给他，将双手背在身后，又后退了两步："阿屏啊，你如今都做了官，我就是个小道士，按理是配不上说你了。但有几句话，还是得越规矩念叨念叨，你就是做事太憨实，当官之后，真是不能再这样了。就我们观里那么大点的地儿，还有多少是非，何况官场这个遍地人精的地方？只我在这里见识这一天，便觉得真是把脑袋挂在裤腰带上的日子。你凡事一定要多仔细小心，需留意处千万留意，该使力处也得灵活，这些你肯定都懂，哥多嘴了，你也别嫌我啰唆。"

张屏道："嗯。"

无昧不禁咧嘴："你小子，还和以前一样。"想抬手拍拍张屏的肩膀，又缩了回去，"那……阿屏，我就先回屋了，你不用送我，赶紧睡一时吧，今儿累一天了。明儿天一亮我自己走就成。"

张屏坚持将无昧送到了厢房门外，无昧连连催促他回去，听到身后房门合上的声音，张屏沿着走廊慢慢走回自己的房间。

那个打小就教他事带他玩的嵋哥，现在他不坐也绝对不会落座，对他亦开始用敬称。他不想如此，但无法改变。

张屏想，这就是兰大人所说的，许多无可奈何事吧。

晓光刺破沉幕，东方薄霞飞彩，兰珏觉得自己这把老骨头都要被颠散在晨雾中了，万幸已入丰乐地界，县城亦不远了。

行至一处岔路口，奔在最前的随从下马查看地标对照地图，兰珏得以勒马稍缓口气。

水袋中冰冷的白水入喉，甚渴也觉得难以下咽。想起年少时，河水井水乃至雪水雨水都喝过，此时就矫情了，即是所谓的由奢入俭难，当自省矣。

兰珏便亲手塞上了水袋的木塞，方才将水袋递与小厮，小厮指向前侧方道："老爷，看那里，好像冒烟了。"

兰珏抬眼望去，远处一高峰尖上，一道烟雾冲天，未全亮的天空隐带红色。

查看地标的随从道："大人，那处就是寿念山。"

小厮道："是不是已经开始上供祭拜了，正放焰火哩？"

兰珏皱眉："混说，岂有祭拜神佛，先举焰火的道理？哪个放烟花会在早上放？"

小厮缩缩脖子，另一随从道："大人，小人瞧着，像是走水了。"

众随从都看向兰珏，兰珏一抖马缰："无论如何，本部院至丰乐地界，都要先知会县衙。"

王公公应不至于仍扛着祭品去上香吧。

"去丰乐县衙！"

四

张屏正在沉睡中，忽被一阵喧嚣声惊醒，他翻身下床，只听锣鼓巨响，一个箭步拉开房门，差点被一个小厮撞个满怀。

小厮连滚带爬匍匐在地："大人，不好了！衙门走水！太、太后娘娘的圣祭，烧……烧……烧……"

张屏冲出房门，只见县衙方向狼烟冲天，看那烟雾颜色，应是已有人在扑救，火势将灭。

人活着，真是每一刻都或能见识到一个新的不可思议。飞奔向县衙时，谢赋纷乱思绪中飘出了这句话。

火已灭，满目狼藉。其实只烧了一处侧厢，但，这几间屋，正是放置太后娘娘帷幔仪仗的屋子。

张屏已站在了厢房前，皱眉看着仍在冒余烟的门窗，而后无视衙役劝阻，走向房中，谢赋接过衙役递来的布巾，蒙住口鼻跟上。

火确实不大，扑灭亦很及时，屋子的门窗房顶都有大损，但屋中的物品着了火，燎了烟，又泼了水，绝不可能再用了。

张屏缓缓扫视屋中物品，俯身捡起一块烧焦的布头抖了抖，再沾起地上的水嗅了嗅，抠了抠地面，又走到窗边。先起火的是顶华盖，案犯先泼洒桐油，再用引线捆绑在华盖柄上，点燃之后，从容逃走。

手法很简单，但……张屏又皱起眉。

谢赋站在张屏身后扫视屋内，一个念头忽然在他心中冒了出来。起火的这间屋里的仪仗物事不算十分贵重，最重要的是，太后娘娘亲笔题写的匾额在另一间屋中，好端端没事。这般看来，竟更像……为了太后娘娘进香一事不能顺遂进行一样……

谢赋抬眼盯着张屏的后背，应该不会是这姓张的……

府尹大人，也不会……

那么，难道是……

"大人！"

衙役的声音陡然打断谢赋的思路："大人，外、外面有人来报，寿念山那里也起火了！"

谢赋大惊，张屏一怔，又一衙役飞奔而来："两位大人，府尹大人命县衙所有人都去大堂。"

张屏转头再看了看屋内，沉默地走出房门。

刚刚下台阶，屋角处有道影子一闪，却是屠捕头。他瞧着张屏及其身侧的人，神色有些犹豫："卑职禀告知县大人，卑职等方才在衙门附近擒住了几人，昨日与大人同行的道长也在其中。"

张屏的双眉一皱："我师兄现在何处？"

屠捕头道："已带到大门处。"

张屏向谢赋拱拱手："劳烦谢大人向府尹大人告罪，张某随后就到。"与屠捕头疾步向前院去。

谢赋在心里叹了口气，转身前往大堂。

朝阳已升，晨风吹开饱含烟火气的雾霭，县衙大门外，百姓遥遥围观，掩口议论，无昧在几个捕快的钳制中挣扎了一下，看着匆匆过来的张屏，热泪盈眶。

"阿屏——"

张屏却停住了脚步，视线定定落在了无昧身侧。

"大人……"

兰珏迎着他的视线微微一笑："看来本部院来得凑巧，恰好被当成纵火犯了。"

张屏快步上前，钳住兰珏等人的侍卫察觉不对，赶紧松开手。

张屏扶住兰珏的手臂，触到犹带着晨露湿凉的衣料，立刻又收回手后退一步，躬身施礼："下官拜见大人。"

兰珏道："本部院休假中，不在任上，无须拘礼。"

左右见此情形，皆在内心惊惧，这位原来真是个人物！

兰珏一行人进城时，见狼烟滚滚，一片乱哄哄，吵嚷县衙失火了，不由得惊诧，但也省事不必问路了，朝着冒烟的地方行便是。兰珏的小厮咬指道："老爷，这丰乐县是怎的了，这边烧了那边烧？"

随从劝道："大人还是先缓行片刻，待小的们去打探打探，若还正烧着，大人就先等一等。"

兰珏额首："顺便问问有无伤者。侍奉太后娘娘的王公公，京兆尹冯大人应都在县衙内，还有那丰乐县的知县。"随从躬身领命。

这厢，县衙的捕快与京兆府的人手追出衙门外擒拿可疑人，正好走到兰珏等人附近，听到了"去县衙探看"这句，再看他几人一副外来形容，兰珏几位随从短衣打扮，目光坚毅，像是有些飞檐走壁的功夫在身上，既没有行李，还牵着马，马屁股上连兜套都没有，顿时冲上前。

兰珏的随从拔出兵器，小厮喝道："你们做什么？可知眼前这位是谁？敢对我们侍郎大人这般无礼？"

县衙的捕快顿住，京兆府的侍卫一扫兰珏，冷笑："侍郎大人？真是好年轻的一个侍郎。朝中六部，统共也就六位侍郎大人，刑部的王侍郎倒是真在此县内。却不曾听说又有哪位侍郎大人要到这县中来，当是堂堂朝廷三品大员，一个两个赶来这里推糖球吗？形迹可疑，满口胡言，拿下！"

兰珏失笑，抬手止住暴怒的小厮与随从："也罢，是我来得凑巧。这般倒是能快些面见冯大人。既是犯了嫌疑，就随诸位之便罢。"即由着侍卫们带到了衙门。

此时众侍卫捕快见张屏行礼，立刻跪倒。兰珏的小厮甩开侍卫手臂，揉了揉膀子，冷笑道："这回不说我们侍郎大人是假的了？"

众人称罪。县衙捕快向张屏道："知县大人，小的愚昧，但这位大人不是小的们抓的。"

京兆府的侍卫垂首："卑职等奉府尹大人之命擒拿可疑人等，唐突大人，万死之罪，请大人责罚。"

兰珏温声道："罢了，尔等见形迹可疑者缉拿问询，任是何等身份，都乃秉公办事，无须请罪。都起来吧。"又看向张屏，"县衙火势如何？你没事吧？"

张屏心里一暖，低头道："多谢大人，下官没事。"

无昧在一旁眼巴巴地瞅着张屏和兰珏，非常欣慰，看来阿屏与这位贵人关系不一般。阿屏认得不少达官贵人，仕途前程有望。只是不知道这是哪位大人，这么年轻，长得这么好看，也是位侍郎，就是和那位王侍郎一般大小的官了，啧啧，真是人之命，不能比。

张屏转身向无昧歉然道:"师兄,对不住,待见了府尹大人,我再为师兄解释。"

无昧立即道:"没事没事。"侍郎大人被捆了都这么大度,贫道又有啥?"只别当真说火是师兄放的就行。"

这厢兰珏打量了下无昧,心道,张屏怎的喊个道人作师兄?是了,听他说过自幼在道观长大,看来这是他老家来的人了。

"撞上此事,本部院当要与冯大人解释,你引我去见冯大人吧。"

张屏躬身:"大人这边请。"

大堂之上,谢赋被冯大人阴森肃穆的目光扫视,左右等不来张屏,正在焦急,忽然听到传报:"张知县堂外听候传唤,另有一位京里来的大人请见府尹大人。"

冯邰眯眼看门外:"是哪个?都请进来吧。"

张屏与兰珏进了堂内,京兆府的侍卫押着无昧跟随在后。

谢赋瞧着来人一身便服,眉梢眼角有些行路倦容,衣袂袍角携着仆仆风尘,但姿容华美,举止神色皆非凡俗,不禁揣测这是朝中哪位大人,看来官位不低。一旁坐着的王公公双眼一亮,"噌"地站起了身:"兰、兰大人?"

堂上冯邰亦开口:"兰侍郎怎的来了?"

兰珏施礼:"兰某休假归乡,顺路过来,想与此县官员商议后两日的事宜,却是来得有些不巧,给冯大人和县衙添乱了。"

冯邰心中冷冷一笑,兰珏必然是晓得了太后烧香的这摊事,忙不迭跑来看看有无建功立业的机会,消息倒灵便,腿也挺快。"兰侍郎有心了。本府知道兰大人奉旨待办之事,既为公务,何谈添乱二字。"

王公公侧身让到一旁,与兰珏谦让落座,身体和声音都微微有些抖,好,好,总算是来了个明白事,会做事的了。但,都这样了,来了能顶多少事?

冯邰又将视线转向无昧:"被押的这个可是张知县的亲戚,昨日在山上的道人?"

无昧忙道:"府尹大人,贫道不是张知县的亲戚,只是打小就和他认识。"

冯邰双眉一皱,侍卫喝道:"公堂之上,府尹大人未曾问你,怎能乱言!"

无昧哆嗦了一下,连连作揖:"小道一个乡下野人,不知道规矩,求大人恕罪!"

左右侍卫再喝止,张屏躬身道:"道人无昧与衙门火灾并无干系。"

冯邰冷冷道:"哦?你说他无纵火嫌疑,难道失火之时你与他在一起?"

张屏道："没有，下官当时在房中睡觉。"

冯邰道："那你有别的证人？"

无昧颤颤抢声道："禀府尹老爷，小道是一个人出了衙门，失火的时候，小道正在街上走着哩，路上的人，应该有看见小道的！小道出门的时候，诸位衙役施主也是看见了的！"

冯邰面无表情垂目盯向他："难道本府问你话了？"

无昧哆嗦了一下，缩缩脖子。

张屏躬身："大人，下官验看过失火的房屋，案犯乃撬窗翻入，在一顶华盖的木柄上绑缚引线，拖至窗下，出窗后点燃离去。木柄尚未燃尽，从窗扇痕迹及烧痕看来，案犯惯用右手，而道人无昧是左撇子。房内泼洒的是桐油，窗台上有桐油痕迹，案犯的身上应沾染了油污，或多或少，会有桐油气味。大人可派人验看无昧衣履，并无油渍，亦无油味或掩盖桐油气味的其他味道。"

冯邰"哼"了一声。

张屏接着道："无昧昨日才来到丰乐县，他身上本无多少盘缠，一路多靠化缘吃喝，钱袋内的一块银子是下官四更时才给他的。应无能力雇用他人纵火。"

冯邰冷冷道："指使他人犯案，怎会只靠银钱？尤其假僧邪道之流，装神弄鬼，操控人心者，不在少数。这项开脱，可谓牵强。"

无昧抬头叫道："贫道可没那种能……"视线触到冯邰凛冽的目光，硬生生把那最后一个字吞了回去。

冯邰唤侍卫衙役呈上从现场取来的物事，衙役们捧着托盘鱼贯进入，分作三列，冯邰示意先将烧焦的那些呈上。

捧着未损毁物品的衙役站在兰珏与王公公所坐的一侧，兰珏不由打量托盘，布匹、羽饰竟有不少完好，看来火真的不甚大。

冯邰忽而抬起眼："兰大人对本案有兴趣？可是看出了什么？"

兰珏道："本部院哪里有验看证物的眼力，只是瞧见了一样识得之物，不由逾越了。"

冯邰"哦"了一声。

张屏亦看向兰珏，兰珏感受到张屏隔着三列衙役投来的视线，忽觉自己方才所言可能不妥，但话已出口，便起身走到侧前方的衙役旁，指着他手中的托盘里放着的一块满是经文的黄色绸缎。

"若本部院没有看错，此物乃是圣慈太后亲绣的玉清宝诰，圣慈太后赐予太后娘娘，本部院曾在大祭时有幸见过。"

王公公拭了拭眼角："兰大人的眼神与记性真好。太后娘娘特命老奴将这件宝贝捧来供奉。"

兰珏道："太后娘娘慈爱之心，可使天地动容矣。"

王公公再擦了擦泪："此经幡丝毫未损，必是上天神明护佑。"

兰珏道："如斯圣物，岂会被邪火所侵？"

冯郃冷眼看着王公公如瞧亲爹般瞅着兰珏的眼神及兰珏与王公公一唱一和的嘴脸，点头："嗯，此物未损毁，委实着人深思。"

兰珏立刻明白过来了，自己是咬了冯郃垂钓的香饵。

冯郃放下正验看的焦木，向堂下道："寿念山那边烧损情形如何，可有回报？王侍郎又在何处？传本府的话，将他请回衙门。如今县衙与寿念山皆突然起火，本府与堂内诸位，还有王侍郎，都难脱嫌疑。"

王公公愕然失色："府尹大人此话何意？"

兰珏不言不语，坐回椅子上。果然，冯郃要钓的，不是他，而是王公公。

冯郃肃然道："本府与堂中诸位，丰乐县衙诸人，在此期间，便都留在衙内。张知县，你与丰乐县衙诸官诸吏各写一份自证，本府及随行人等，亦得盘查。待王侍郎过来，本府再与他互查。"

张屏上前一步："大人，下官以为，姚氏案与寿念山山顶案，不可耽搁。"

冯郃斥道："此时此刻，哪有你胡言的余地！速滚出堂外，先把证词写来！"

张屏低头退下，冯郃又眯眼道："且慢，张知县，若被本府知道，你阳奉阴违，背地里做些其他事，本府定当重处！"

兰珏在一旁瞧着，不禁有些想笑。张屏再施礼，忽而又抬头道："大人，下官还有一事，道人无昧，应不至于入狱羁押。"

冯郃面无表情盯着张屏的脖子道："你与这个道人倒真是情浓意厚。罢了，既然你罗列许多证据，本府就先放了此人，但若他离开了衙门逃窜了，本府唯你是问！"

无昧扭动了一下，望着张屏，泪盈于眶。张屏又道："大人……"

冯郃皱眉："你还有什么事！"

张屏正色："下官以为，存放太后娘娘祭礼之处失火，应做法事禳之。"

堂中顿时无声，谢赋不禁侧目，连无昧也愕然忘记了挣扎，张大嘴看着张屏。

冯郃缓缓地眯起眼："张知县，敢情本府不准你暗中捣鼓，你便明里扑腾。"

兰珏起身："冯大人，请恕本部院多言几句。太后娘娘下赐的祭礼忽有祝融侵损。然圣宝经幡却丝毫无恙，此吉祥也。既逢变故，又显奇异，以道家法事祈禳，乃合情合理之举。行之甚宜。"

王公公忙不迭地接口："正是正是，咱家也觉得，张知县所请甚是，兰侍郎说的更甚是！"

谢赋在心中暗道，姓张的怎么会突然迷信了起来？是为替他师兄脱罪？不对，倒更像是与那兰侍郎唱和。看来姓张的，与那兰侍郎关系不一般。

他想着，不由瞧向兰珏，却见兰珏目光一转，亦向他看来。

谢赋忙低头敛身，无声一礼以请罪。堂上冯邰又平缓开口道："也罢，兰大人掌礼部事务，自然比本府懂规矩，既然说可行，那便行。张知县要怎么做哪？"

张屏肃然道："道人无昧便可做此法事。"

无昧又一哆嗦："阿屏，你别乱说！我……贫道才刚入玄门，如此法事需得至少三位高功法师，其余醮坛执事若干，如今只得贫道一个小道士，哪里能行？"

冯邰一拍惊堂木："兀那道人，怎的如斯多事，既然当要行之，又只你一个，那就你一个便是！"

张屏转向他："师兄，事从权且，简略为之。"

无昧欲哭无泪，疯了，疯了，怎么这群大人老爷，个个都跟疯子一样。

"可、可，阿屏你知道的，再怎么权且，都得斋戒沐浴……"

张屏道："师兄你昨天吃肉了吗？"

无昧一噎："没有。"

张屏道："我昨天早晨之后到现在也没吃肉，我帮你敲磬摇铃。"再转向谢赋，"谢大人应与我一样吧。"

谢赋点点头。

张屏道："那请谢大人侍香灯。"

兰珏道："本部院倒也可以帮忙，只是昨日沾了荤腥。"

张屏转身："大人可是还不曾用过早饭？"

兰珏点头："是。"

张屏道："那大人念一段净口咒，再沐浴后，便可。请大人助知经卷。"

兰珏颔首："本部院甚荣幸矣。"

冯邰淡淡道："张知县对道家之事，懂得倒多。"

张屏躬身："下官自幼在道观长大，耳濡目染，故而懂得。"

冯邰不耐烦摆手："那就莫再啰唆。该沐浴的去沐浴，该布置的布置。"

王公公颤巍巍起身："咱家也当……"

冯邰立刻道："公公就请不必去了。公公与本府都才食过荤腥不久，参与恐怕不好。且本府有些事，还需与公公单独说一说。"

王公公心里一凉，木木然坐下。

冯邰又向堂下道："有贼人放火，屋内祭礼仪仗，竟还剩下这许多完好，果然灵异，来人啊，把这些给本府呈上，待本府与王公公单独详谈时，再请公公顺便将这些完好的都是什么一一告知本府。"

两名侍卫走到王公公身边："公公，后堂请。"搀扶着神色勉强自若的王公公缓缓起身。王公公绝望地看了一眼兰珏，兰珏只能假装什么都不知道，与张屏、谢赋和无昧一道离开大堂。

到了廊下，刘主簿上前轻声问张屏："大人，当安排在哪里沐浴？"

这么多尊大神在衙门，他都快不能呼吸了，天上突然又降下一位礼部侍郎大人，简直是一丝闪失就得丢命的架势。

兰珏温声道："本部院正在休假，不必拘礼，愈随意愈好。"

张屏靠近兰珏："大人，衙门里沐浴不方便，下官的住处就在后面。"

兰珏道："那就去你住的地方吧。只是你家有两个浴盆吗？"

张屏道："大人先洗，下官洗得快。"

谢赋听这话很不像样，不得不道："下官这就让人备好新桶香汤，送至知县大人府上。"

兰珏额首："有劳。"

张屏道："下官住处的浴盆应该是新的，下官过来后，还没洗过澡。"

谢赋不由想起昨日狂怒时，在张屏脖子上咬的那一口，一阵恶心。张屏看向他："谢大人早上洗过了吧。"

谢赋点点头："可下官方才又来回走动……"

张屏道："没事，谢大人早上肯定洗得很干净。祭坛得赶紧布置，劳烦谢大人。"

谢赋僵住。

无昧小声问："那，贫道呢？"

张屏道："师兄与我一起洗吧。"

刘主簿咳嗽一声："法师的沐浴最为重要，由下官安排。"

无昧很是不好意思地向刘主簿作揖："如此有劳了。"

张屏引着兰珏到了自己住处，进得院内，兰珏环视四处："虽然狭小简朴，却甚舒适。"

张屏"嗯"了一声："多谢大人赞扬，驿馆那里人甚多，大人若不嫌弃，晚上可歇在学生这里。"

兰珏的随从正要提醒张屏话有逾越，堂堂侍郎大人怎能屈尊下榻知县私宅，却听兰珏道："也好，我正好不大爱住驿馆。"

随从们便不说话了。

张屏引着兰珏走到一房门外，推开门："这里是学生的卧房，大人请在这里沐浴吧，学生去客房。"

连知道兰珏与张屏关系的小厮也不得不开口了："张大人，我们老爷怎能在大人卧房？这着实不妥，请大人另安排一间房吧。"

张屏低头："此宅之中，上首主厢便是这间，别厢不能供大人下榻。下官统共只在这间房内睡过不到五六个时辰，这就让人打扫撤换下东西。"

跟随的宅内下人赶紧奔进去，收拾张屏的衣物和床上被褥。

兰珏的小厮随从都觉得实在不成样子，皱起眉和脸。兰珏道："若本部院占你卧房，太劳烦你了。只是沐浴，不必太讲究，先找间空厢房即可，或你内院厅室亦可一用，其他的事回头再说，免得耽误法事。"

张屏便将兰珏请进内院厅内，那厅两侧还有两间耳厢，本是谢赋住在这里时，做会客进退之用的。兰珏的随从觉得还算像样，少顷，谢赋命人送来的新桶香汤到了，便抬进耳厢，兰珏沐浴更衣。张屏也自去另一间空厢内洗了洗，待沐浴完毕，张屏穿戴好官服出门，到内厅外候着，过了一时，门吱呀一声开了，一袭侍郎官服的兰珏自内走出："略耽搁了些，让你久候了。休假中，本不当着官服，但此法会上，应是这样穿着更好一些吧。"

张屏直视兰珏的双眼，躬身："学生多谢大人。"

兰珏微微一笑，他不知道张屏要做那个法事到底是何用意，但肯定是为了查案，和祈福禳灾没有半点关系。冯邰竟点头同意了这事，分明是洞悉张屏的打算，默许赞同。如斯想来，还顺道卖了个人情给冯邰。只是冯邰肯定不领这份情便是了。

兰珏步下台阶，左右随侍尚未到近前，他便微笑向张屏道："那谢县丞，为什么要咬你？"

张屏怔了一下，而后垂下眼皮："学生与谢大人在公务上有些分歧，起了些冲突，已经没事了。"

兰珏看着他脖子上那个牙印儿抬了抬眉毛："哦，谢县丞白白净净斯斯文文，竟是个性情中人。"

他一早见到张屏时，发现他脖子上有个牙印儿，左右两点像虎牙所致，后来又瞧见了谢赋的虎牙，就想到肯定又闹了什么误会趣事。冯邰必然也留意到了，才会在公堂上对张屏语带敲打，可惜张屏浑然不觉。兰珏憋了一肚子好笑，方才忍不住一问。

张屏盯着地面道："嗯，谢大人也不算是故意的。"

兰珏温声道："你与谢县丞都还年少，血气方刚，有时言行举止便会失了妥当。只是你如今是一县长官，谢县丞身居副职，官体礼仪，都当要注意，须为表率。"

张屏躬身："多谢大人教诲，学生以后会注意言行。谢大人应该也不会与学生再动手了。"

兰珏忍住笑意，点头道："如此便好。"

众随从也已整束完毕，陪侍兰珏与张屏往县衙前院去，路经县衙内院时，几个京兆府的侍卫押着一个小宦官在廊下一闪而过，隐入回廊折转处。

兰珏和张屏都当作没有看见，继续行到前院。香案已摆设好，谢赋和刘主簿指点衙役们把蒲团旗幡等物调整位置，无昧一身道袍，缩在屋角别人看不见的地方，抖抖索索地直搓手。

县衙大门大敞，挤满了看热闹的老百姓。

太后娘娘上香的祭品失火了，县衙里居然要做法事道场，这种几辈子都难见的事情谁肯错过？

兰珏和张屏一出现，人群顿时更加骚动，前排的伸长脖子，后排的直蹦。

穿蓝的那个，是新知县大人，噢哟好年轻！

穿红的那个，听说又是一位侍郎大人，礼部侍郎！噢哟噢哟，这事真闹得不小！大官一个两个都来了。话说礼部侍郎就是好看哈，要不怎么在礼部当朝廷脸面，就是跟别人长得不一样。

衙门前的侍卫高喝了一声肃静，门外喧嚣略平静了些许。

与张屏说了一会儿悄悄话的无昧终于咬了咬牙，硬着头皮，拖着直打战的腿走向香案。

人群顿时又炸了，众人纷纷探头一睹法师真颜。无昧的耳中灌入"京城来的大法师""专门给皇上和太后念经的""看着年轻，其实都一百多岁了"等字句，不断在心里默念，弟子错了，弟子不是有意要欺世盗名，弟子更不是有意在这种时候还敢行斋醮科仪，弟子真的是迫不得已，请不要降雷劈死弟子……

兰珏已在香案左首站定，张屏和谢赋站在右首。

无昧走到案前，豁出去一闭眼，抖擞精神，拈香开颂——

"日出……"

声音劈了。

这都晌午了，也不是日出的时辰了。罢了，这时哪还能计较这么多？！

无昧一清喉咙，心再一横，气沉丹田，复冲咽喉，启口发声——

"日出扶桑映海红，瑶坛肇启阐宗风；正一演教谈玄妙，大道分明在其中。"继而步虚颂曰，"宝座临金殿，霞光照玉轩。万真朝帝所，飞舄蹑云端。"

张屏叮叮摇铃，铛铛敲磬。兰珏捧经，谢赋侍香。烟燎雾绕中，无昧念经诵咒，捻诀踏步。张屏、兰珏、谢赋三人时而和声，时而跟着无昧边唱边转圈。门外众百姓只觉眼花缭乱，纷纷赞叹场面庄严，法师身姿曼妙，声如仙音。更不断有人表示，感受到了不可思议的酥麻，天灵盖好像有清泉灌入，百窍顿开，更嗅到阵阵天香。

一批批人就地跪倒，齐齐念诵"福生无量天尊"，尚未跪下的人中，却有一人忍不住抱臂哂笑两声，转身便走。

旁侧一老妇人拉住他衣袖道："走个甚？这么厉害的法师做法事，还不多接些仙气哩？"

那人一嗤："呵呵？法师？一通乱扯，一场猴戏尔，如此乱为，天尊众仙若有知，怎不劈死他们。"扯回衣袖，出人群而去。

法事毕。

在门外叩首呼保佑声中，退到屋后寂静处，无昧才发现浑身衣衫早已被汗湿透，两股战战，已不能直立。

屠捕头飞奔过来，低声向张屏道："果然如大人所说，有人离去，卑职已派人盯上了。"

在人群中嗤鼻而去的男子不紧不慢地走在大街上。

他先踱进一家茶铺，又在字画铺中转了几圈，再于路边的几个小摊边流连，行至一处最繁华的街市，他忽然转回身，走向几个正假意翻看字画的便服青年。

"几位已跟了某许久，敢问所为何事？几位官差老爷若有什么事找我区区草民，直说便是，何必如此？"

几个便服捕快都噎了一下。他们接到的命令只是远远地跟着这人，这等情形不在预料之中。围观的百姓有不少是认得他们的，当众否认不太合适。

一个捕快便道："我等出来，乃为公务。你可是本县人士？将身份文牒拿出来看看。"

男子道:"草民只是吃饱了出来走走,身份文牒并未在身上。几位官差老爷既然说是公务,那能否告诉草民,是为了哪桩公务?我好端端走在大街上,犯了哪条罪?若几位差爷说不出什么理由,恕某不奉陪了。"转身便走。

围观的百姓低声议论指点,几个捕快喊了声休走,直扑上前,男子向旁边一避一闪,扑到旁边小摊桌上的笸箩,一笸油汪汪的炸果子呼啦啦翻了出来。

那人身上沾满油渍,喊道:"官差乱抓人!官差乱抓人!"

几个捕快七手八脚将他按住,忽有疾疾马蹄声响,几匹快马自匆忙避开的众人空隙中奔过,唳唳两声,陡然停下。

"何事吵嚷?"

众捕快抬头,都两眼一晕,高高端坐在马上的其中一人,竟是刑部侍郎王大人。正要见礼,王砚的随从抬手止住。

那男子又嚷起来:"某一介良民,光天化日,朗朗乾坤下,竟无故被官府擒拿,请两位与诸父老乡亲们评评理!这是哪门子的王法!天理何在!"

王砚的随从道:"必然有原因,不然,当这么多人的面在街上拿你作甚?几位是县衙的人?既要拿人,带回衙门便是,何故啰唆?"

王砚收回视线,一顿马缰,疾驰向衙门,随从立刻拍马跟上,几个捕快七手八脚按住男子,往他口中塞了一块布,在众人议论声中拖向衙门。

王砚驰至衙门前,先见大门外跪着几个老汉妇人,再往门内一望,前院中摆着一张香案,摆满法器,大香炉中三根粗香犹在冒烟。随从亮出刑部令牌,四周衙役齐齐跪倒,随从又看着香案道:"这院里是怎么回事?"

一个衙役忙抬头回道:"禀侍郎大人,方才礼部侍郎大人、知县大人刚与一位大法师一道做了一场祈福法事。门外几个百姓想多接收一些道法灵气,不肯离去,冲撞不敬之处,请大人责罚。"

王砚一怔:"礼部侍郎?兰珏?"

衙役连声道:"是,是,是兰侍郎。"

王砚双眉一展,笑了一声:"他怎么这时候就来了?"翻身下马,将手中缰绳一抛,"兰侍郎在何处?引本部院过去。"

无昧换下了身上道氅,在椅子上坐了半晌,仍觉得腿肚子直抽。

同样在抽的还有他的舌头。这辈子做梦都想不到的事这两天全部都发生了,无昧只觉得自己正坐在一朵风中飘浮的小云上,忽忽悠悠,飘飘荡荡。

礼部侍郎兰大人正在与他一同吃茶!无昧觉得,现在就算飘出个皇上来,他都不惊奇了。他只晕得慌。兰侍郎的微笑让他更晕了。侍郎大人十分亲切地同他讲话，无昧结结巴巴，没有两句话是连贯的。

张屏甚是沉默地坐在他旁侧，那两眼发直的表情无昧十分熟悉，这小子竟在走神。幸亏那位谢县丞真真是个好人，一直在帮他圆场接话。无昧不敢直视兰珏，频频向谢赋投去感激的目光，再哀怨地看向张屏。

阿屏你醒一醒啊！侍郎大人面前你怎么能这样！

门外忽地响起一声传报，无昧险些咬到自己舌头，紧跟着便听到刑部王侍郎到了。无昧缩了一下，还没来得及告退遁去，门嘎吱一响，王砚跨进小厅："佩之。"

兰珏站起身，张屏、谢赋齐齐行礼，无昧跪倒在地，王砚向他几人一摆手，径向兰珏笑道："我还想着得你销假后才能见着你，怎的这时候就过来了？"

兰珏道："就是多事想早一步过来瞧瞧，更妥当些。"

王砚自然明白他到底为什么过来，笑道："那你恰好赶了场热闹。对了，我这里正有件事想请你帮个忙。"

兰珏道："王大人只管吩咐。"

王砚正要开口，门外闪进京兆府的侍从。

"府尹大人请王侍郎与兰侍郎移驾后厅，张大人亦请同行。"

王砚一挑眉："也罢，还是先以老冯这边为重。"与兰珏张屏一道去见冯邰。

后厅中，除了冯邰，还有王公公及一个瑟瑟发抖额头冒血的小宦官。王公公坐在旁侧椅上，脸色灰败，已是站也站不起来的模样。

兰珏与王砚各自落座。张屏默默在下首站定。

冯邰一脸肃然："王侍郎、兰侍郎，本府在审案犯，便请两位屈于偏座了。堂内无闲杂人等，本府便不再隐晦。这堂中的，就是今晨衙门纵火案的嫌犯。"

那小宦官砰砰磕头："求冯大人明鉴，求诸位大人明鉴，火真不是奴婢放的，更与公公毫无干系。"

冯邰斥道："混账！人证物证俱在，还敢狡辩？！速速供出事实，或能留尔全尸！"

小宦官瑟缩一下，继续磕头。王公公干裂的双唇颤了颤："冯大人，如今王侍郎和兰侍郎都在这里，便就打开窗户说亮话吧。咱家知道，你觉得，这把火是咱家放的。"

兰珏本要做出不敢相信的震惊神情，但不知道为什么，张屏在那里杵着，他

463

竟拉不下脸来这样无耻，便修改了一下，变成内心无比震惊与不能相信，但脸上只流露出些微。

从王公公回应他目光的眼神来看，这样效果似乎更好。

王公公闭了闭双眼："是。咱家是想要找个法子，让敬香一事能体面搁置。可咱家就算被千刀万剐一万次，也绝不敢动太后娘娘的物事。"

那小宦官又再拼命磕头："府尹大人，两位侍郎大人，我们公公对太后娘娘真的唯有一片忠心！奴婢……"

王公公嘶声打断他的话："让咱家来说！咱家请冯大人想一想，若是太后娘娘的祭礼受损，第一要担事的是谁？无论是哪个的责任，咱家的脑袋都得搬家！咱家做什么手脚，也绝不敢动祭礼！再则，山上也烧了，咱家一行人一直在县衙与行馆中，难道还能短短时间，偷偷飞到山上布置一个同党？"

小宦官抬头："府尹大人，诸位大人，都是奴婢鬼迷心窍！奴婢见公公为了敬香一事吃不下睡不好，就想……就想……弄个什么花样……"

王砚道："那你就去放火？"

小宦官又猛磕头："奴婢绝不敢啊，侍郎大人！如果祭礼出事，公公都性命难保，奴婢等小奴才更是全都会被碎尸万段。奴婢祖上是变戏法的，打小学过些把戏，就……就想捣鼓出一些戏法来，弄些什么云啊影啊的，显得事有灵异，不宜上山，便偷偷出了驿馆。衙门把守如斯森严，奴婢又怎混得过去？原打算在县衙后面那条巷子里行事，谁知刚到了那里，就被人打昏。等醒来的时候，县衙里刚好冒烟。奴婢怕这时回去别人会疑心，便假装是从驿馆赶来衙门救火的。谁知府尹大人明察秋毫，还是查着了奴婢进衙门的时间与路线不对。跟着又查到了奴婢偷溜出去之事。但奴婢绝对不是纵火凶徒，那戏法物事塞在床底下了，不信大人可着人取来，奴婢当场演示……"

王公公哑声道："孽畜，你害死我也！"冯郜冷笑一声。

小宦官更用力地磕头，口口声声只道自己鬼迷心窍。

正在这时，厅门突又响了两下，一个侍卫匆匆进来，向冯郜低语几句。

冯郜看向张屏："张知县，你让衙役当街抓了个人回来，是怎么回事？"

王砚道："哦，终于拖到了。本部院在路上时刚好遇上他们。怎的抓个人还如斯磨叽。"

张屏皱了一下眉，走到堂中："回禀大人，下官觉得，此人可疑。纵火者，可能另有其人。"

王公公抬眼看向张屏，眼中充满惊诧。

冯郜眯起眼，还未发话，张屏又道："下官还没有证据确定，确实是下官的推测。"

冯郜脸色阴沉，王砚开口："推测，也是断案的一个步骤。你怎么推的，说来听听？"

张屏语气平板地道："下官觉得，纵火之人的目的有些蹊跷。山上和衙门先后失火，衙门这里，损失不大。"

王砚道："山上也不大。烧了一片草，几棵树。这可以说是太后娘娘福德庇佑，亦可以看作有人放火，却不敢烧要紧的东西。"

王公公又一颤。

张屏道："这事表面看来，是官府内有人下手。"

王砚颔首："不错，看起来是有人想让以起火做由头，使太后娘娘之事暂缓。我们这些人皆有嫌疑。但还有一种可能，纵火之人，是有意以此疑点让我们内讧，拖延查案。"

张屏点点头。王砚又道："而后你又推测出，纵火之人想看看衙门是不是真的内斗了，必然要回现场。所以你就让人暗中跟着？"

张屏点头："是。"

冯郜冷冷道："王侍郎甚知张知县的心。"

王砚一咧嘴："老冯，莫酸嘛。这本就是一眼便看得透的事儿，本部院不想多听啰唆罢了。"

冯郜眯了眯眼："张知县，你臆想完这些，便让衙役去街上抓人了？"

张屏再躬身："回大人的话，下官还觉得，祭礼与山上一起失火，纵火之人或许与正在查的案子有关。从山顶尸首、姚员外家失窃书册来看，凶徒是个极信风水术数之人。敬香仪仗失火，珍贵之物几乎未损，一则是凶徒为了嫁祸他人；二则，是否也是凶徒十分迷信，不愿多损？如王大人所说，下官是推测那凶徒必要回到现场。于是下官才……"

兰珏温声开口："原来张知县在禳灾祈福举法事时，仍不忘记查案，真是有心。"

张屏抬眼看了看兰珏。

冯郜在心里冷笑了一声，姓兰的倒是乖觉拦得快，没让这二愣子把假跳大神的事实说破，大家一起完蛋。

"于是你派人盯着祈福法事，见人有异就暗中跟随，是吗？"

张屏道："是。"

无昧那场法事做得有许多不对的地方，寻常百姓只瞧着热闹，可真正懂点道法的人，一看便知。这人既然极其迷信，官府举法事都这样乱来，必不能忍，或多或少，神情中会有流露。

冯邰道："除却你所说的这些臆想之外，还有何真凭实据，能让你将一个良民从大街上抓回衙门？"

张屏低头："下官，暂时没有能将此人定罪的证据。"

冯邰一击桌案："混账！无凭无据，便敢随意抓人？朝廷哪条法度准你这般妄为？！"

张屏默默跪下。

王砚开口道："那几个拿人的衙役穿的本是便装，看来张知县一开始不是让他们去拿人的。后来又抓了这人，或是有别的缘故，不妨先叫衙役来问问？"

冯邰面无表情道："衙门差役，当值之时不穿公服，又是何故？"

张屏道："是下官下令，让他们便服，方便跟随。"

冯邰冰冷的视线盯着他头顶："此项勉强可算取证，但不能为当街无故拿人之事开脱。本府暂留你顶上乌纱，待询问完那几个衙役，再行定夺。你已不配立于此堂，滚出去吧。"

张屏默默地行礼退出了厅门。外面阳光正好，他穿过院子，在一棵大树下的石桌边坐下，盯着地砖出神。

过得一时，一道人影落在他的袍角，张屏转头，站起身："大人。"

兰珏踱到石桌另一侧的石凳上坐下："堂中涉及些案子细节，本部院不便多听，就先出来了。你怎的在此坐着？我还当你要趁那被抓之人未放，先去审审。可是不让你去了？"

张屏道："不是，学生在想，怎么审。"

兰珏温声道："我虽不懂查案，但你让跟随的捕快穿便服，想来本不是要抓人。"

张屏道："其实学生想到了可能会抓人。也告诉了捕快，必要时，可以抓。"

山顶和衙门一起失火，表明案犯不止一个。跟随一个，或能查到其他案犯的蛛丝马迹。但张屏只调得动县衙的捕快，县城就这么大一点，衙门里的捕快人人都认得。越乔装打扮，路人越知道他们在查案，露馅得越快。张屏只能依此设下反套，让捕快们便服跟随，不必太掩饰行藏，嫌犯一旦发现自己被跟踪了，情急之下，或许会采取一些手段通知自己的同党。

兰珏道："但你本意并不是抓，而是跟。待有了需要抓的理由时才抓，对否？"

张屏点点头。

兰珏道:"那便不是无故抓人。冯大人也说了,若你只是令衙役跟随,就是取证。无须担心。"

冯邰能点头让张屏去做法事,必然也是觉得王公公不可能自己找死烧祭品,纵火另有其人。方才,他斥责张屏看似凌厉,实则追究的,只是张屏为什么要把人抓回来。这些兰珏便不说破了。

张屏垂着眼皮看地面:"冯大人责备的,确实是学生的欠缺。"

看他此时的模样,兰珏竟想起了背不出诗文的兰徽,便慈爱地道:"本部院乍入官场时,亦有许多不适应。直至今日,仍常常自省。但行事作风,人人不同,自己还有思量这样做是否比那样做更好些的时候,何况旁人来看?只要不违背天理纲纪,把事情做好了,就是对的。"

张屏仍盯着地面:"那年学生家乡遭灾,父母皆亡于灾疫,师父知止道长收养了学生及许多与学生境况相同的孤儿。师父不能费观里的粮钱,便替人算卦挣钱。"

兰珏第一次听他详谈自己的身世,突然就说起来了,略显没头没脑,但兰珏还是动容道:"哦。"

张屏接着道:"要算得准,才有人来。"

兰珏道:"我知卜算一事,许多其实是靠察言观色。难道这便是你喜好查案的由头?"

张屏点了点头。

"师父甚善观人,初见一生人,其出身来历,便能推出十之七八。学生从小跟着师父学习,记事会走路后,常在城里走动,打探各家事情,帮衬生意。"

南池县城极小,街坊邻居门对门户挨户,一般谁家有个风吹草动很容易知道。

算命这事,不单得讲出已经发生的事,还要说出还没发生的事,才能让人信。人之日常,吃穿住行,都有规律可循。若有蛛丝马迹,近期要发生的事,也不难推出。

兰珏道:"看来你们师徒的生意口碑都不错。"

张屏点点头。

他小时候也思考过这是否叫行骗,师父道,现在的事,将来的事,有人是算出来的,咱们是瞧摸出来的,但讲的都是真事,怎么能叫骗呢?不过你得好好查,若说错了,咱们就真成骗子了。张屏觉得很有道理,就更努力地各处打探。

"学生接触的第一桩命案,就是在帮师父算命的时候。案子的关键之人是南街的一个女子,名叫姝娘,她对学生很好。"

兰珏问："你那时多大？"

张屏道："十岁。"又看看兰珏。

兰珏道："哦，没事。本部院只是觉得你那时小小年纪，就十分懂事，甚有担当。"

张屏硬声道："大人过誉了。学生当时只是四处转转。"

"姝娘成亲多年，一直未有子嗣，在家中做牛做马，三更睡，五更起，伺候全家老小。她的公婆与相公时常打骂她，将她打得遍体鳞伤，生病也不能看大夫吃药。可幸姝娘的婆婆倒是不拦着她烧香算命，还常带她过来，算算她是不是下不出蛋的扫把星老母鸡。南池县中似这样看不了病或生了病偏不看病非要算命的人有很多，知止道长懂些医术，便常拿些药丸药面药水之类说是符粉符水，给人医治。

"学生时常去姝娘家附近走动，知道街角面店的伙计对姝娘甚好，常常偷偷帮她。可惜姝娘已嫁，那小伙计很穷，姝娘怕惹来是非再挨打，就故意躲着他。

"后来，学生又发现，有个外来的商人赖某常与姝娘的相公李大来往，出入一家刚开的赌坊。赖某显然是赌坊的东家之一，故意拉人下水赌博。大约过了一两个月，李大突然不见了。"

兰珏道："这种钩套，去赌者定会输得倾家荡产，莫不是藏起来躲赌债去了？"

张屏点点头："是。但姝娘的公婆闹到公堂，说媳妇与人私通，谋害了亲夫。面店小伙计对姝娘的好感，早有街坊的三姑六婆瞧出来了。那商人赖某成天在姝娘家进出，也逃不出奸夫嫌疑。

"姝娘被抓到衙门，眼看将要屈打成招。

"学生知道姝娘的相公不见之前，买过新靴子。姝娘也说前几日还帮相公补过皮袄。还到师父的摊上算过，北方是否吉利，显然是打算去北方。师父便对县衙的人说，他占了一卦，姝娘的相公在北方。

"再一日，有人在城北树林的枯井中发现了李大的尸首。尸首手中抓住一个穗子，是那商人赖某常戴的玉佩上的。"

兰珏道："看来杀人的是……"

张屏道："嗯，是当铺老板。"

兰珏噎了一下，不动声色地略一思索："姝娘的相公偷了商户的玉佩，想要换路费，却与当铺老板谈崩？可其他人乍一看，会以为是商人杀了人吧。"

张屏点点头。

当时知县便断定，是商人赖某对李大追债不成，痛下杀手。李大的爹娘还咬定，赖某出入他们家时，常与姝娘眉来眼去，已与姝娘勾搭成奸。

赖某声辩，自己的玉佩早已丢失，这块玉佩很是贵重，自己若要追人杀人，断然不会戴在身上。

县衙的仵作亦提出异议，赖某身量甚高，若是用刀捅死李大，刀口伤痕不应如此。但知县觉得，玉佩是个直接的证据，刺死李大的，是一把胡人用的弯匕首。赖某是从边塞过来的客商，所以有这样的刀，这又是一个证据。赖某难脱干系。赖某刺死李大的时候，弯着腰或又开了马步，也是可能的。

"恰好学生发现了，那几日当铺的一个账房举止有异，支使学生帮他跑腿，还给了几文赏钱。"

这账房惯好在账簿上动手脚，但老板查账十分厉害，那几日老板的眼神突然不好，让他捞了不少油水，不由得出手大方了起来，更在酒桌上说漏了嘴。

除了边塞来的客商之外，当铺的老板也有胡刀。凶案现场的脚印，与当铺老板的脚印大小相同。

知止道长便称要替李大做超度法事，扶了一乩，在沙盘上写了几个"当"字。当铺老板露出了破绽，后来衙门的人在当铺老板家找到了玉佩。

"但姝娘死了。"

她在牢里自尽了。

李大的爹娘后来供认，他们当时是怕赖姓客商去追儿子的赌债，才谎称儿子被害，暗示媳妇与经常上门的赖某通奸，以此来拖住赖某，好让儿子无后顾之忧地跑路。却不料街坊的三姑六婆又抖出了面店的小伙计对姝娘有好感之事。发现李大被杀后，李大的爹娘觉得是媳妇克死了儿子，更为了让赖某定罪，愈发疯狂地咬住是姝娘偷汉谋杀了亲夫。

姝娘挨不住拷问，又怕连累小伙计，便在牢里自缢了。

兰珏道："这女子十分可怜，但你那时还是孩童，能与你师父一起最终抓到真凶，恢复她身后清名，也算功德了。"

张屏摇头："有许多不对的地方。当时证据未足，并不能将真凶定罪，扶乩的做法，也是诈诱。"

若非那老板本就不是大恶之人，失手杀了李大实在是一时气愤，加上姝娘无辜而死，他心有愧疚，恐怕诈不成，反倒打草惊蛇。凶手不露出破绽，或趁机溜走，则此案会成悬案或冤案。

兰珏沉默了片刻，其实他暗想过，张屏已经是这副棺材板子模样了，如果再吸收吸收冯邰的作风，恐怕得羽化成一块商周老坑的玄铁板子，一丈之内，都不能站人。而现在听了张屏这些话，他又觉得，不论如何，张屏的确是想要上进的。

他便道："你那时只是个孩童，令师也只是位道长，无论细节是否正确周全，都抓住了一个凶手，破了一个案子，恢复了一个女子的名节。若让如今的你来破此案子，本部院相信，方法必然不同。你既然要听冯大人的教诲，就别再多想，唯有事实方是真实。思往事而自省，日后更谨慎便是。"

张屏抬眼看向兰珏："学生多谢大人教诲。"

兰珏望着张屏眼中的亮光微微一笑，难怪许多人好为人师，教导一个年轻人，见得他虚心聆听后的神情，确实有种别样的愉悦。

不远处的廊下冒出了一个小衙役，在廊柱后探了探头，张屏立刻站起身："大人……"

兰珏颔首："快过去吧。"

张屏行了一礼，跟着小衙役转过屋角，被冯邰叫去的几个捕快和刘主簿一道站在空地上。

刘主簿先捧出了一本册子："禀大人，送往慈寿观中的童男名册，下官已经查到了。"

张屏接过册子，刘主簿又道："下官本未找到专门收录童男姓名的名册，翻了往年的县志也没寻着。幸而忽然想起历年祭祀应会录册，就又去查祭祀相关的卷宗，果然里面有记载。下官赶紧让人誊录了出来，请大人过目。"

张屏翻了翻册子，所记录的唯有当时年份、男童姓名及年岁，便向刘主簿道了声谢，又道："还有一事有劳刘大人，能否查出名册上这些童男的父母名姓、住处及这些年的记录？"

刘主簿立刻道："历年童男多是从慈寿村中选出，对照户籍册应能很快查到。是下官疏忽了，未能一同录好呈于大人，下官这就去办。"拿回册子告退，刚转身走了一两步，又折回身歉然向张屏一礼，"请大人恕罪，下官忘记禀告一事。谢大人让下官转禀大人，当年寿念山山顶修建慈寿观时的工匠名册，谢大人正在查找，若有结果，立刻呈上。"

张屏点点头，眼下事情堆积太多，他正想将这事拜托给谢赋，谢赋已先查了，他着实感激。

"烦请转告谢大人，一同查查挖出石棺的那处房屋原本的房主姓名。"

刘主簿领命离去，侍立一旁的几个捕快这才上前，为首的道："之前尚未禀报大人，卑职等将带回那人单独关押起来了。"

方才府尹大人在堂上大发雷霆，但并未直接下令放人，他们还是得硬着头皮来请示张屏。

张屏道："带我过去。"

张大人是要顶着府尹大人的雷霆震怒审问那人？真是一条汉子！

为首的捕快一抱拳："大人这边请！"

张屏离去后，兰珏亦起身回厅中休息，刚行到廊下拐角处，却见王砚站在廊柱边。"佩之，眼下可得闲乎？有事想请一请你。"

兰珏道："不敢当王大人一个请字，能为王大人效力荣幸之至，但凭吩咐。"

王砚"嘿"了一声："其实就是想请你去赏赏山景，顺便有个老物件劳你给掌掌眼。"

兰珏道："王大人说的不会是那位树下美人吧。兰某胆小，且无品鉴此等美人之学问。"

王砚正色："那美人已归了老冯了，他人岂能觊觎？真的只是个物件儿。你知道我素来不好古董，也看不出什么年份之类。有劳有劳。"

兰珏道："自当从命。只是我所知亦连皮毛都算不上，常常走眼，怕有负所托。"

王砚道："佩之莫要自谦了，帮我看个大致就成，路上我请你吃酒。好酒。"

兰珏笑道："酒吃多了怕眼昏，先有顿饱饭就成。"

王砚哈哈一笑："那是当然！"

兰珏让小厮取来便服更换，与王砚一同出了县衙。

这厢张屏亦已到了县衙牢室。牢室位于刑房所在的小院偏角，乃是临时关押刚抓捕回或提来待审的犯人的地方，一条脊的大屋内隔成一个个小间，无窗，只靠近屋檐处有一排气孔。墙上贴了石片，门板上包着铁。

屠捕头已在门口等候，命人取钥匙开锁。内里十分幽凉，内墙壁上也都贴了石片。张屏踏进门槛，衙役们迅速点亮厅内所有灯烛，屠捕头告知张屏，带回来那人关在居中的小牢室内，尽头还有一间专供审讯的小厅，怎么审，全看张屏的意思。

看守小牢室的衙役开了门。昏暗的光线中，坐在地上的男子缓缓站起身。

"哦，这是官老爷驾到了。敢问大老爷，草民到底犯了何罪，青天白日里走在大街上，竟先被衙门的差爷尾随，再捉拿至此？"

张屏望着男子："请问足下姓名、籍贯？"

那男子冷笑一声："区区草民，一介嫌犯，怎劳官老爷如此尊称？草民丁威，并州人士，走商路过此地，却不料被无故当街抓捕。身份文牒不在身上。草民住在正隆大街迎悦客栈福字丙号房，大人可着差爷去搜来。"

张屏道："你官话说得甚好，没什么并州口音，倒是北音更浓些。"

丁威道："回大人话，草民自小便随家人走商，常行边关。玉泉西川到京城一线，十个漆木商里，起码有五六个我们并州人，胡子与京商不做这种买卖。"

张屏点点头："我就是西川郡人，我们那里好吃面食好搁醋，还有羊肉泡馍之类，都是早年并州一带来此行商的人带来的吃法。"

丁威道："草民不敢与大人如此攀亲。但请大人告诉草民，草民到底犯了何罪？"

张屏肃然望着他："都这时候了，你该饿了吧。本县这就让人送饭过来。"

丁威呵呵一声："大人，草民倒不觉得饿，只想请教草民为何会被抓……"张屏转过身，小牢室的门"吭"地合上，将他没说完的话也关在了牢内。

屠捕头和众捕快衙役跟着张屏走出了大门，屠捕头犹豫地问："大人……"

张屏转过身："先去客栈取此人文牒过来，县衙厨房在何处？带我过去一趟。"

冯邰正端坐堂内阅读卷宗，听见张屏求见的通报冷冷一颔首。张屏进了堂内，躬身行礼："下官有一事想请大人相助。"

冯邰望着卷宗，视线分毫不曾抬起："何事？"

张屏略站直了些："自街上抓回之人，下官已见过，想请大人也移步一趟。"

冯邰从卷宗上抬起眼，盯了他片刻，站起身："也罢，本府正要亲自过去看看。"

众侍卫衙役簇拥着冯邰和张屏浩浩荡荡来到牢室，冯邰跨进门槛，盯着小室的门道："张知县，你既已审过了，究竟此人确系纵火嫌犯，还是被无辜错拿，可有论断？"

张屏低头："下官并无论断。"

冯邰陡然变色："无论断，可有证据？"

张屏道："已让捕快去取他文牒。"

冯邰神色阴森，拂袖转身，向大门走去："有了凭据，立刻呈与本府。其他的，本府就不多说了。"

张屏再低头："下官遵命。"

冯邰头也不回，径直出门。张屏追随出去，众捕快衙役面面相觑，又锁上大门。张屏追着冯邰到了院中，冯邰停下脚步，将他一瞥："若待本府查明，确系你无故当街抓捕良民，绝不轻饶！"

张屏深深施礼："下官多谢大人。"

冯邰再不看他，大步向前行去。

约半个多时辰后，一个衙役手提食盒来到牢室，打开门，将一碗面、一罐热汤、一碗碎肉、两个白饼放到地上，又取出一个小壶、一盘糖蒜。

"这是我们知县大人吩咐厨下特意备的。"

丁威硬声道："无端将某拿至此，又好饭好菜招待，是何道理？"

衙役道："拿人的事不归我管，为何拿你，我也不知。但来这牢里的人，从来没你这等待遇。我们知县大人这般慈悲，又岂会冤枉你。"

丁威眯眼望着饭菜："走在大街上都能有牢狱之灾，某还真不知道在这牢里还会出什么事。"

衙役道："这位大哥莫要多心，不然我吃两口这饭菜给你看看？莫不识抬举哩，这是知县大人特意吩咐给你预备的。我们知县大人真正是个青天大老爷，最体恤慈爱百姓，只是近来事多难以兼顾。你心里明白，知道如果知府大人问你话，你该说什么就成了。"

丁威瞧了瞧饭菜，拿过那小壶，在鼻下嗅了嗅："醋甚好，但某只愿将此面换作一碗刀削面，配醋吃才够滋味。"

衙役笑道："老哥也是够了，我们衙门里的厨子全是本地的，还能现上街上去给你请个做刀削面的厨子？"

丁威放下小壶："差爷见谅，某乃苦中作乐开个玩笑，身在牢狱，能得此厚待，着实感激。若能得昭雪，定然重谢。"

衙役摇手："休说这话，若被他人听见，问我个徇私枉法之罪，我可兜不住。你先慢慢吃着，待会儿我过来收碗。"

丁威目送他离开牢房，低头看了看地上的饭菜，拿起了饼。

众捕快从客栈取回了丁威的包袱文牒，张屏正在验看，谢赋神色凝重进屋，请张屏让左右退下，合上了房门。

"下官方才查档，发现了一事，觉得有些奇怪。方才查到工匠名册，有几个是本地人士，便想对照户籍册，查一查他们可还在世，现在何处。结果竟发现，卷宗库中旧年的户籍卷宗搁置顺序不对，有一排都放乱了。"

张屏皱起了眉："刘主簿他们也要查户籍。"

谢赋道："下官正是与他们一同进去的。卷宗库每半个月便会清查扫尘一次，下官卸任前刚令他们又重整过，清单编目我还亲自看过。"

张屏问："重整是几日前？"

谢赋道："不出十日。而且，乱的恰好有至圣年间的卷宗。"

张屏的神色顿时更加肃然，门外传来通报声，方才到牢中送饭的小衙役进门禀报："大人，丁威已将饭吃了。"

张屏立刻问："怎么吃的？"

小衙役咧了咧嘴："他把饼掰碎了，跟肉一道倒进汤里吃了。而后在那碗面上浇了点醋，就着糖蒜也吃了。他还说，可惜没有刀削面。"

张屏的脸上却未浮起欣然的神色，小衙役行礼告退，谢赋看看合拢的房门，再看看张屏："被抓回的那人在饮食上有了破绽？"

张屏"嗯"了一声："此人自称是并州人氏，所持也是并州行商文牒。但他绝非来自并州，应该从没去过那里。"

羊肉泡馍不是并州的吃食，而是秦川的。许多人不大能区分这两地，常常混淆。那碗面，才是地道的并州面食，名叫荞面河捞，只是不如刀削面那般有名，广传各地。张屏也是被去过并州的陈筹带到京城正宗的并州小馆里吃过才知道。那碗肉更不是放进羊肉泡馍汤里的肉，而是荞面河捞的浇头，正确的吃法应当是把面放进热汤中，再把肉浇于其上。

这个自称丁威的人乃至渐渐浮出水面的案情，都出乎了张屏最开始的推测预料。

"此人的一些举止，像是番邦人。"

谢赋惊诧："近日这些新案旧案……诸多迷离玄妙，都不应该与番邦有关吧。"

番邦小国虽然常师天朝言语学问，可墓葬祭祀之类习俗有别，风水术数更是玄之又玄，他们应是搞不懂，也搞不来。

张屏拧眉沉思。

丁威的相貌，的确不像番邦人。但他从地上站起的姿势快而矫健，说话时右脚微微向前，右手露出了袖口，左手却半隐在袖内，略略靠近背后。视线乃至一些细微动作亦与寻常人有微末的不同。

张屏生长在南池县，见过不少番邦胡商。边境一带的胡人常与边民通婚，有许多形貌都与汉人无异。但番邦习俗与本朝悬殊甚多。一些小国多荒漠草场，百姓都在帐篷中居住，常要匍匐草内狩猎，兼之防备野兽或敌人攻击，下蹲与起身都充满警惕，动作利落，姿势最有利于闪避与攻击。不少礼仪更与中原截然相反，譬如注视对方双目乃为挑衅，垂首下视亦有伺机插对方刀子的意图。很多番人与人交谈时会露出右手，表示手里没有武器，充满善意。更有不少番邦刺客是左撇子，把暗器利刃藏在左袖内，刻意露出右手，让对方放松警惕，暗中预备出其不意地攻击。

言行举止目光神态是一个人从生下来后就自然学到的东西，已是本能，再怎么刻意纠正，仍会流露出微末差别。丁威即是如此。

从这些痕迹判断，他不单是个番邦人，还习过武。可偏偏他又是围观的众人中，唯一一个看出了道场错误，并嗤鼻而去的人。难道番邦也有道士？

张屏觉得兰大人肯定能答出这个问题。他刚才已经去找了兰大人，但衙役告诉他，兰大人和王侍郎一道走了。

张屏只能先来验看证据。他问谢赋："番邦有道士吗？"

谢赋一愣："这……道法可能弘扬过去过，但他们不是有拜自己的神啊什么的嘛……张大人，对不住，下官对这方面真没有研究……"

兰珏与王砚一道骑马出了县衙，王砚的随从早已在酒楼安排好酒席。兰珏奔波一夜，又折腾了一上午，疲乏过头，反倒没什么感觉了。用了些饭，喝了些热汤水，便抖擞精神，再翻身上马。

王砚策马在他身侧："佩之，你还成吗？可要换马车？"

兰珏道："不必了，还是骑马快些，莫耽误正事。"

王砚道："其实也不大急，我料那出棺材的井口处，一时半刻挖不出什么来。人皆好奇，那里曾出过这么神异的事，怎可能没人再去挖一挖。现在他们正铲着的，还是旁人挖过的土。"

兰珏望着前方道路："看来王侍郎不是带我去观井。"

王砚嘿嘿一笑："当然不是，咱们去看山。"

张屏挟着捕快从客栈搜来的包袱，再去求见冯邰。

冯邰正在听一个侍卫禀报事务，听传报便让侍卫先站到一旁，着张屏先进来。

"你已查得那人确系疑犯的证据？"

张屏躬身捧上包袱。冯邰道："只把证据讲来。若事事都要本府亲自验看，还要你何用？"

张屏收回包袱："禀大人，下官只查得此人的身份系伪造。下官前来，是有一疑问请教。大人可知番邦哪国盛行道法或有道士？"

冯郐神色霍然一厉："为何这般问？"

张屏道："被抓回的那人，一些举止，像是番人。"

冯郐猛站起身："什么时候看出来的？怎不早早报来！"

张屏抬眼："下官只是凭细节推测……"

冯郐打断他话尾，向那侍卫喝道："速取本府印信，调所有暂时能调动的人，接迎玳王！不得有丝毫耽误！快！"

张屏困惑地看着冯郐。

冯郐一拍桌案："混账！混账！与番邦有关，为何早不禀报！兰珏现在何处？"

张屏道："兰大人与王大人一同出去了。"

冯郐再一击桌案，脸色铁青："来人，去将兰侍郎给本府请来！姚府那里，务必守好盯住！"

兰珏与王砚纵马到了寿念山山脚下，把守的侍卫衙役让开道路。

清晨的浓烟冒得甚高，十里八乡都传开了姥姥庙失火的事，许多百姓围在山脚下。侍卫与衙役分开道路，环护兰珏和王砚上山。

"大人，火起之处在那边接近山顶的树林里，卑职等正在验看……"

王砚摆手："那地方不忙着看。"径直进了慈寿观后殿，将兰珏带到放置那口石棺的暗室洞口前。

兰珏攀下绳梯，瞧着横在眼前的大石棺道："王大人真是让兰某开眼见了一件宝物。"

王砚咧嘴："棺材棺材，升官发财，多好的意头，待你回京，一准高升。"

兰珏道："谢王大人美意，愿托吉言。"

王砚亲自提着灯笼走到石棺前："不用谢，帮我掌掌眼看看这宝贝有什么来历。老冯那个属夜壶的，嘴上的塞子塞得越严，肚里一定越憋着大料。单凭一个富户之死及他对我的浓浓爱意，应不至于让他亲自跑到这县城来。待你帮我看出线索，我再找他谈谈心。"

兰珏无奈走到石棺边："墨闻兄，我对此类老物确实少有涉及……"

王砚举着灯笼柔声道："没事，你慢慢看，我不急。"

兰珏从侍卫手里拿过一盏灯笼，提着先绕棺查看了一番，王砚又领他去看那棺盖上的刻字。

"姓张的那小子说，从这刻字看，棺材里本来应该是个男的。"

兰珏赞同颔首："不错，单从这诗看来，这副石椁应是预备存放一男子尸首所用。自题墓碑自绘身后图形，吟诗玄虚以为谶言偈语，都是修道参佛者常行之事。只是……"

他提着灯笼，照了照石椁内。

"若说是椁，有些地方好像不大对。我再看一看。"

王砚紧跟在又绕向棺尾的兰珏身侧："佩之，哪里不对你就先说，莫卖关子了，我又不是老冯，逮着什么都要铁证。"

兰珏弯腰仔细查看棺身的花纹，抬手抚向衔芝仙鹤旁的云纹："墨闻兄请看，这些云都不成朵。"

王砚"哦"了一声，那些石刻的云纹，的确都是一缕缕的，类似水纹般的道道，在画卷雕刻中甚常见。

兰珏道："这种云纹样式始于楚朝康帝之后。康帝之母梁惠妃夜梦一朵祥云入怀，后有孕诞下康帝。康帝的小名便叫祥云儿。康帝登基之后，避其名讳，云纹便不成朵，皆绘做流散水波模样。"

待楚亡而前朝立，成朵的祥云方才复用。

兰珏再指向旁侧的蝙蝠刻纹："而这些蝙蝠的翅上又托着日月，前朝太宗名昭成，登基前乃福王。"

那么前朝太宗之后也可以排除了。

"石刻雕工并非近代手法，若非有人刻意做旧，可以断为是楚朝后期之物。"

王砚咧嘴："佩之好眼力，帮了我大忙了！"

兰珏道："不敢不敢，辨形断代这些我不大懂，只能凭花纹推测。不过，这口石椁样式大小，乃王侯所用……"

王砚摸摸下巴："我不好看那些史书之类的。那个楚朝的皇帝是不是很能生来着？而且那一朝喜欢神神道道的也挺多。"

兰珏颔首，楚朝盛行道术，尚养气论玄，寻方炼药。不少皇室宗亲都与道流来往，并自号某某道人，某某居士。皇室人丁兴旺，单康帝就有三十多个皇子，封王并活到七十多岁的快有二十个，这些皇子又生了一堆儿女，这堆皇孙皇孙女又生出一堆……后来天下土地都不够封，百姓养不起宗室，民乱频起，边疆又战乱不断，终至覆亡。

前朝灭那么快，与楚朝皇室遗脉太多也有关系，跟地里的小韭菜一样，隔一段时间就冒出一大片来顶着"反顺复楚"的名号闹一闹，扑完一茬又出一茬，绵绵不绝。前朝皇帝恨而称之为"楚虱"。

楚朝自康帝到楚朝亡，约八九十年，这些年里，好道术又配用这种棺材的人着实不少。

兰珏继续打量石棺："此若为椁，样式却不大对。楚朝贵胄皆好道术，尤讲究墓葬。木棺石椁，取木生石养之理，以棺身为地，棺盖做天，或天分地合，或天合地分，必得有其一。也就是木棺的棺身或棺盖，必须得有一样与石椁嵌合。"

可这口石椁的内里非常光滑，椁身或盖都没有槽沟和镶嵌痕迹。

王砚皱眉："什么意思，这东西不是椁？"

兰珏道："依我愚见，这看来是口疑棺，并非真正存放尸首所用。但盖上诗句又甚玄妙，不大像单纯只为跟盗墓贼开个玩笑。"

王砚盯着石棺："这东西真是越来越让人迷糊了。不要紧，那具女尸，甚至姚家，肯定都和这石棺有联系，再挖挖别的线索，串起来，就有答案了。"

兰珏道："可惜不在京城。楚朝用得上这种葬仪又可能葬在京城附近的，史料上应能查到。有了名字，再加上其他线索，或者真相便出来了。"

王砚道："我这就让人回京城查。佩之，真是多谢多谢，下山后咱们一道吃酒去。"

兰珏委婉道："天已不早，还是快些回县衙为上。"

王砚请客，席面排场必不会差。若被有心人参上一本在这样要命的时刻大吃大喝，就算王太师同是他二人的亲老子，恐怕也护不住。

王砚道："也是。老冯都去跟兵部借人防止番子行刺玳王了，你这里更得多操心。"

兰珏一怔："什么？"

王砚挑眉："你不知道？还当你这次过来就是为这事来和老冯碰头，敢情他没告诉你？"

兰珏诧异："冯大人怎会说起番邦行刺玳王？"

王砚道："这等隐秘公务，我就不知道了。只听闻前两天冯邰去了趟兵部询问番邦事。"

兰珏愈发纳闷，朝廷与他国往来事务，皆归礼部和鸿胪寺管，但一些边关敌情兵戈阴谋之事，就归在兵部，直接上报皇上。塔赤是小国，一向仰仗天朝护佑，都尔古都和察布察里克都在争取朝廷的支持，怎么突然牵扯到了兵部？若真有什么，也该是宗正府查，为何是冯邰这里办？

兰珏便道："京兆府事务众多，或是冯大人另外有什么要紧公务。"

王砚道："但我过来的时候，我爹还嘱咐了一句，到了丰乐，凡事小心仔细。"

兰珏满头雾水，冯邰去了兵部的事，王砚必然也是从王太师那里得知。若不是跟丰乐有关系，王太师不会这么交代儿子。

兰珏越琢磨越觉得蹊跷，急急爬上软梯出了暗室，与王砚一道赶回县衙。

县衙这厢，冯邰又严厉询问了张屏一通关于丁威的种种。

张屏不明白为什么冯邰判断番邦会行刺玳王。他仍觉得，丁威是为了姚员外和姥姥庙来到了丰乐。丁威与同伙放火烧县衙，是要拖延查案，目的还是在女尸和石棺隐藏的秘密上。

他将所有看出的都如实禀报，一些证据不足之处，冯邰难得地没有斥为臆想，只道："罢了，你速速出去，令人把守好牢室，任何人不得出入，更不要将此事泄露半分。丁威你不必再审，亦万勿让其看出你疑心他是番邦人的端倪破绽。稍后本府再亲自去看一看。"

张屏领命，又稍稍抬头："下官想请教大人，可是大人验看姚员外尸首时，发现姚员外之死与番邦有关？"

冯邰脸色铁青地盯了他片刻才道："待兰侍郎与王侍郎回来，本府自会说清此事。"

张屏行礼退出了门。

廊外晚霞正好，他按照冯邰的交代吩咐了屠捕头与众衙役，刚打算去卷宗库瞧瞧，谢赋袖着一本册子匆匆而来。

"挖出石棺的破屋原主已经查着了，很是奇怪，此屋本朝之前便归这户人家所有，但除此之外，这家人的生死婚姻出丁记录，一概全无。"

户籍卷宗记录，焦二所住破屋的原主姓蒲。

蒲氏先祖蒲祖留在顺太祖建元二年购得此屋，当时有院两进，正屋堂屋三间，厢房十二间，另厨房一，柴房一，厕房二，并田十二亩，入此乡籍，但办了客商文牒，田地租给了他人耕种，税赋都按时缴纳，出丁则用银钱抵扣。

卷宗上只记录了，某年某月某日，田屋主人改为蒲某某，系原主蒲某某之子。直到本朝亦是如此。

按照卷宗记载，最后一位屋主名叫蒲定，字继守。本朝律，客居他处者，须五年回乡重办文牒，延而未至者，次年衙门会向客居之地核查，若未查得，本人又仍无音讯，便断为失踪，三年后田亩房屋即充为官用。

蒲定最后一次重办文牒在淳和二十一年，至圣五年断为失踪，至圣八年田亩房屋充公，至圣九年房屋由官府租给焦二。

谢赋紧锁眉头："下官查了赋税记录，直到至圣四年，蒲定名下的田亩仍在交税，抵扣出丁的钱也出了。丁钱可提前一年预交，但田税都是当年年底结算。"

也就是，至圣四年末，仍有人在帮蒲定交税钱。

是谁呢？租田的佃农，或是其他人？

谢赋从张屏手中取回册子，又翻了几页："另外，下官还查到一事，大人请看淳和十二年这页，这年蒲定的名字下角有个失踪人口加盖的圆印，但被涂抹去了。也就是他曾经在这年被算成过失踪。"

可卷宗上写得明明白白，前一年，也就是淳和十一年，蒲定刚重办了文牒。

为什么他又会被断为失踪？是不是户房的人手一抖盖错了章？

张屏的视线自册页上抬起："有无查过这一年的刑案卷宗？"

谢赋道："下官已经想到了这一点，让人去查了，想来快要查到了。"

张屏合上手中的册子："我跟你一同去卷宗库。"

暮色已甚浓重，几个衙役提着灯笼随张屏、谢赋一道往卷宗库去，方才走到中院，两道黑影自外院方向大步流星而来，在数步外停下施礼，其中一人沉声道："两位大人请恕失礼之过，我等有要紧案情须禀报府尹大人，便先告退了。"

衙役手中的灯笼映出他二人服色，是刑部的人。那两人匆匆赶往正堂方向，谢赋正要问张屏要不要也去冯大人那边，张屏已沉默地继续往卷宗库方向前行，刚走不远，迎面一盏灯笼摇摇晃晃奔来，却是刑房的苗泛。

"大人……"苗泛喘着粗气，声音还微微带着颤，翻开手中册子，呈给张屏，"卑职查得，淳和十二年，有一桩跟蒲定有关的命案。"

张屏接过册子，凑着灯笼的光线匆匆一扫，急又掉转身往正堂去。

正堂灯火亮如白昼，冯郜匆匆从堂后绕出，端坐堂上："尔等有何要事非要见本府？"

两位刑部捕快行礼道："的确是要紧案情，侍郎大人交代过，若他不在，就先禀告府尹大人。"

冯郜待要再开口，却见外面灯笼光近，不待侍卫禀报张知县求见的话落音，便直接简略道："速进。"

张屏疾步迈进堂内，谢赋也跟随而入，冯郜又一摆手，示意他二人不必多礼浪费时间，向刑部捕快冷声道："究竟何事？"

刑部捕快之一躬身回道："禀大人，卑职等在那口井附近挖到了尸体。"

张屏立刻上前一步："大人，下官亦要禀报。谢县丞及刑房查得，淳和十二年，挖出石棺的那处房屋的原屋主蒲定，被指谋害京城上化观道人准真。但证据不足，准真尸首未找到，亦有人证实，蒲定当时不在本县，此案终断为蒲定无罪。"

冯邰双眉紧拧，刑部的两人定定看着张屏，继而又向上首躬身："请府尹大人恕卑职失态，卑职等在井附近挖出的尸首中，确实有道人，且不止一个。"

谢赋不禁吃惊地抬眼看向两个捕快，冯邰道："几具尸首？"

"卑职等挖出了三具尸首，都是男子，其中两具身着道人服饰。"

冯邰道："详细些报来。"

"侍郎大人在卑职等去挖那井时教导过，那里这些年必然被人挖过，挖掘时要同时找寻其他可能的点，卑职等便依照大人一贯的教诲和办案的经验，找了……"

冯邰冷冷打断他的话："本府没工夫听你啰唆这些，这三具尸首可是从一个地方挖出来的？"

"回禀大人，不是。"

兰珏与王砚策马赶回县衙，天已尽黑。刚在院中下马，王砚的随从便飞奔而来："大人，案子有了大进展！"

王砚呵呵笑道："正好，兰侍郎与本部院方才也查到了大线索，可以跟老冯坐到一起聊聊。"

王砚的随从道："大人和兰侍郎大人请快去正堂吧，冯府尹正等着哩。小人等幸未给大人和刑部丢脸，按大人的吩咐在那口井附近又挖出了三具老尸，可能那地方原来的屋主是个惯杀人的嗜血魔头！冯府尹那边不知另得到了什么消息，派人往京城那条路上走了。"

兰珏脑子"嗡"了一声，拔腿先往正堂方向赶去。

夜浓如墨，侍卫们合拢了正堂的门扇，依照吩咐全部撤到院中矗立。正堂中唯剩下了王砚、兰珏与冯邰相对落座，张屏沉默地侍立在柱子边。

灼灼燃烧的烛火将几人的面孔映得清晰中夹杂了些许暗昧。

冯邰环视众人："事态紧迫，本府就开门见山了。前日，丰乐县富户姚丛暴亡于京城。京兆府查验其尸时，发现其关节等处皆有脱卸复接的痕迹，但皮肉上无伤痕显现。死因乃是中毒，死后情形类似中风。

"姚丛的双手双足，腕肘膝臂各关节皆有暗伤，包括足趾关节。后槽牙蛀孔中残有碎屑，且有毒，推断其关节被卸时，被人用棉质带毒物件塞口，毒随唾液流入喉咙，而后发作身亡。

"上述种种，与京兆府数年前验查过的无故暴亡胡人尸首类似。但那胡人尸首，被其他胡商取了宾务司商部的文书领走。"

兰珏心下了然，京城宾务司由京兆府与鸿胪寺合管，主理京城的胡商、番人迁居等事宜，暗里也有兵部参与，查控他国细作。怪不得冯郜会去兵部。

王砚直接问："哪国的胡商？"

冯郜道："图库沙国。"

王砚道："哦，那应该是番子间的纠纷。"

图库沙国离天朝较远，国境无接壤处，中间隔着几个小国，即便那胡商有特殊身份，顶多也就是活动活动看有无可能联手天朝对付对付夹在中间的几国，应没有对本朝不利的方面。

图库沙人开口领尸，明面上当这事是个意外，宾务司给发了公文，也证明这事确实和朝廷没什么大关系。

冯郜道："当时便由他们领走了尸体，未再追查此案。但相隔几年，死者姚丛的尸首竟与那图库沙胡商有种种相似处，本府不能不警惕。"

王砚满脸痛心："老冯啊，如此重大的线索，你怎么不早说！若姚丛与番邦有关，这案子我等可能查偏了方向，白做了许多无用功！"

冯郜面无表情道："这等嫌疑，本府怎敢轻断，便向兵部查问。否则本府怎能为此案来到丰乐？"

兰珏更加了然了，其实王砚赶来，也不单单为了跟冯郜和京兆府斗气，而是知道了兵部的事，但不能确定是跟案子有关还是和玳王有关。方才王砚在路上说了冯郜去过兵部，一则是与他通气；二则也因为他与王砚二人分属两个衙门，不能直接详谈公事，借此话推敲一下真相。

王砚挑眉看冯郜："兵部那边怎么说？"

冯郜道："无任何相关线索。"

最近北边的番国都没什么异动，京城里的别国细作也无与此案有关的痕迹。

王砚略一思索："之前查姚丛丢儿子那案时，我这里查过姚家的底，没发现有什么通番的痕迹。"

冯郜冷冷道："本府亦着人查过姚氏一族，其先祖系此地农户，未有与番邦关联的证据。"

张屏躬身道："下官这里查得姚丛曾祖姚存善在那口石棺挖出后不久便离开本县，客居过宜州、浔州等地，后又回本县居住，家产来源有可疑。"

王砚道："宜州、浔州离北疆都太远，若北边的番子细作如此兜圈活动，未免太折腾。"

冯郜道："番子计算，不能用想象揣度。兰侍郎陪着张知县唱的那出大戏，引来张知县揣测的县衙失火案疑犯，可能就是番人。"

兰珏震惊地看向张屏。

王砚精神一振："是个番子？却装作我朝百姓在这时放火烧县衙？耐人寻味。"

兰珏站起身："兰某不懂解析案情，只担心玳王殿下安危。"

冯邰仍是面无表情："兰大人请暂坐，本府已让人去接迎殿下。兰大人若再折返，还要调人手与你同行，于当前局面毫无助益。"

兰珏缓缓坐回椅上。王砚道："老冯，你就是太谨慎，这事真不该瞒着。从你说的这些可以推测，或有一撮某小邦的番子常年在我朝境内活动，意图不轨，还安插了一些装作我朝百姓的暗桩，比如姚家，兼离间他国与我朝之关系。如图库沙国想跟我朝亲近亲近，他们就杀。这回玳王殿下因塔赤国之事暂往丰乐，或他们也觉得又有可图谋的间隙。"

冯邰寒着脸道："王侍郎，这样的时刻就莫要再乱编一通。本府不被你乱，但兰侍郎恐怕得受惊了。此案若如此简单，姚丛身上伤痕何解？"

兰珏沉默不语，他方才起身并非做作。在这个节骨眼上，玳王若出了事，本朝与塔赤国邦交必受影响。那些能趁此取利的番国真会老实不动？

暗中保护玳王的有不少人，可若有人行刺，暗卫们会拼死保护玳王，但不会管兰徽。兰珏表面镇定，心中早已如在油锅中翻滚，打定主意出了这门便离开县衙赶回去。

张屏看了看兰珏，开口道："姚员外曾祖姚存善所得的钱财，应与石棺之事有关。"

姚员外生前被折磨，必是凶手想知道什么秘密。姚家失窃的《青乌经》《抱朴子》或许就是凶手从姚员外那里拿到的答案。

冯邰道："张知县倒是抱定棺材不松手，不论有什么重大线索，都瞅准了那具老干尸。"

王砚道："年轻人纯粹些挺好。"

张屏向兰珏和王砚施礼："下官想请教王大人和兰大人，可是已有了石棺的其他线索？"

兰珏见他仍继续扯棺材，浑然不识大体，不禁道："张知县，做事须分轻重，识进退。"

张屏再行了一礼，王砚道："嗯，是。老冯我也正要说这事，我与兰侍郎去了趟山顶，兰侍郎断得那石棺的年代在楚朝康帝继位之后，前朝太宗在位之前。"

冯邰点点头："哦。王大人或也已知道了，那口井旁又新挖出了三具尸首。本府已令仵作趁夜验尸，据你们刑部捕快禀报，三具尸首死时年岁都值壮年，朽烂只剩骸骨及布片。"

三具尸体分别埋在老井附近的林子中和土坡下，捕快根据其中两具身边挖出的发簪及拂尘的木柄并残存的鞋底和衣物布片等物，推测死者本是道士。还有一人穿的是寻常服饰。

"三具骸骨都应死于数十年前。"

王砚叩了叩座椅扶手："听来这个蒲定很不简单，那个被断为失踪的道人，或就是尸首之一。"

冯邰道："证据未足，尚无法做结论，若蒲定乃凶徒，如斯勇悍善杀，怎不知抛尸，偏要埋在住处附近？"

王砚道："女尸与男尸待遇也不一样。又或者，这三具男尸的其中一具，就是蒲定。"

真的是蒲定杀了这些人？

那么，那名女尸生前到底是什么人？与蒲定有什么关系？

若蒲定也在三具尸首中，杀他的，又是谁？

张屏再施一礼："下官还想请教兰大人，哪些番国信道？"

兰珏方才焦虑之下说了重话，自觉失当，便缓声道："邻属小国，习儒习道者甚多，乃至用我朝文字历法，藩属小国更不用说。"

张屏道："下官想问西域北疆。"

兰珏略一思索："西域北疆各番国习我朝言语文字者，只为邦交往来。屡犯边境如瓦鞑等国，用汉官，习汉字，是图谋不轨。真正文字历法都乃其自有，所信也是番邦教派。不过，你这样一问，本部院倒是想起，史上有一东真国，一度甚壮大。其王族先祖据说是羌奴与某朝亡时流落番境的皇室遗脉所生，举国行华夏历法文字，官制、王侯与官员服饰更遵周礼从中原，屡犯边疆，野心甚大。楚朝末年，险些真入侵了中原，但后来因王位争斗内乱，数十年前被瓦鞑、楼然等国联而灭之。"

张屏躬身："多谢大人赐教。"

冯邰道："兰大人真渊博也。"

兰珏欠身："冯大人谬赞，下官窃食礼部俸禄，方才所言，如地方衙门之升堂，刑部之录供，不过入门须知之皮毛尔。"

冯邰道："兰大人过谦。"

张屏又行一礼："下官想求告退。"

冯郃一瞥他，点头准许。

张屏退出门，匆匆走下台阶。案情真相，在纷乱中已渐露轮廓，当下他还急需查清几件事。

刚走到院中，又有几道黑影箭一般奔来，掠过张屏身侧，带出一阵森森的风。

张屏不由得随之回身，望向正堂猛然大开的门。

"大、大人……玧王殿下遇刺了！"

兰珏霍然起身，手中茶杯跌碎在脚边。

侍卫匍匐在地，咚咚叩首："卑职等罪该万死，殿下失踪了……"

五

灯烛摇曳，夜风袭窗，兰珏忽然听到了兰徽的声音。

"爹爹，爹爹……"

他侧首，只见兰徽袖着一卷书站在门边。

"爹爹，书里有几句话儿不甚懂，先生已经睡了。"

兰珏不禁微笑。兰徽怕打雷，每到阴天下雨时，有再多下人值夜也睡不着，兰珏便会给他讲些传奇故事听。有下人劝过兰珏，少爷年纪渐渐大了，再这么宠着不妥当。给兰徽开蒙的老儒学问好，但平生持无鬼论，最恨子虚乌有事，更对兰珏道，当爹的给儿子讲捏造的故事，等于是在喂亲儿子吃砒霜，兰徽这个年纪所学的东西正是立身立形之关键，歪一点就难成材了。兰珏于是不再讲了，但每到下雨时，兰徽总是找各种借口过来，绕着弯子问各种问题，兰珏顺着他说些逸事典故，等兰徽瞌睡迷糊或睡着时，再送他回房。

兰珏也反省过自己这样是不是太惯着兰徽了，但看着兰徽眼巴巴望着自己的模样，便温声道："怎么这时候还没睡？没人通报，也没人跟着你？哪里不会了，拿来给爹爹看看。"

兰徽的双眼顿时亮了，欢快地向兰珏奔来，忽然脚下一绊。

兰珏脱口喊了一句"徽儿"，身体一顿，猛地睁开了双眼。

灯火依旧在摇曳，车身颠簸，马车正在飞速疾奔。

对面的冯郃自卷宗上抬眼看兰珏，兰珏坐直身："竟不留神睡着了，惭愧惭愧。"

冯郃淡淡道："兰大人非无意睡着，本府命人在你饮的茶水里加了些安神的药材。兰大人昨夜通宵奔波至丰乐，白天又劳碌一天，若再通宵赶路，出了什么岔子，本府这里更担待不起了。"

兰珏拱手："多谢冯大人。稍微眯了一时，精神是好了许多。敢问已行到了哪里？"

冯邰道："再行两刻钟左右差不多就到了。"继续翻阅卷宗。

兰珏抬手掀起车窗帘，漆黑夜幕中，唯有树影绰绰。

玳王不见了，与玳王一起不见的还有兰徽。

据赶来县衙的暗卫禀报，玳王一行辰时自驿馆出发，徐徐前行，中午在一处空地用了午饭。再启行时，忽又有一队车马自远处来，看仆役服饰及车马配饰，似是太傅府的。

玳王这边的人有些纳闷，昨天云太傅的公子已跟着怀王殿下一行来露过脸了，按照云太傅一贯的行事，不应该再有此举。

几个随行前去阻止这群人靠近，一个家仆打扮的男子立刻迎上来说，家主人想向小少爷请安。

卞公公正要回绝，那自称太傅府家仆的男子手中突然飞出几枚暗器，几个随从顿时倒地。那队人马也纷纷亮出兵器，与现身护驾的暗卫们战将起来。

这群刺客招式凶悍凌厉，看不出路数。暗卫们一批迎敌，另一批护送玳王离开，谁料到了一处山坳，忽然一阵白烟冒出，侍卫们双腿发软，两眼一黑，等醒来时，玳王已不知所终。

更令兰珏心如刀绞的是，报信的侍卫只提了一句——兰大人的公子也一同不见了。

这个来报信的侍卫是迎敌的那一拨，反反复复也说不清细节。兰珏恨不能拍桌怒骂，强忍着硬声道："只你一人来报？"

那侍卫叩首："其他人都在寻找玳王殿下，还有两个回京里报信了，卑职与那些刺客交过手，故而前来报信。"

这样一说，考虑得也算周全。

兰珏再急也不能细问兰徽的事，只能和冯邰一起又问了问玳王失踪时的一些细节，便即刻赶往现场。

此时兰珏眼望着窗外，只觉得马蹄车轮，全踏碾在自己心上。

思此一生，亲缘凉薄，父母、爱妻、挚友……凡至亲至近之人，皆匆匆而去，唯余幼子相依为命。若……

兰珏放下车窗帘，不再多想。

但灯影一恍惚，似又回到爱妻从柔离世时。满目素白，尚牙牙无知的兰徽全由奶娘喂养，他竟不愿去看，只怕一看，就想到从柔，每天只听下人禀报，少爷吃了，少爷睡了，少爷昨天很乖，少爷今天也很乖……

直到一天，他踱步廊下，见奶娘抱着兰徽在院中玩耍，兰徽抬手抓飘飞的柳絮，脑袋转动，活像一只扑蝶的奶猫。兰珏不禁走上前去，兰徽顿时不再看柳絮，向他伸出小手，咧开嘴喊："爹爹，爹爹……"

兰珏从奶娘怀中接过兰徽，兰徽在他怀中扭动身体，抓住他衣领，那一瞬间，兰珏心中奔涌出父爱的暖流。

兰徽出生后，兰珏虽有身为人父的自豪，但公务繁忙，无暇多顾及，抚养儿子的事都是从柔在做，兰珏只在闲暇时逗弄片刻。

直到这一刻，他抱着兰徽，才真真切切感觉到血脉相通的重量。从柔已去，兰徽就是他在这世上唯一的亲人，也是从柔留给他最珍贵的礼物与牵挂。

车厢猛一摇晃，将兰珏从恍惚中震回，侍卫的声音自车厢外传来。

"禀二位大人，到地方了。"

县衙院内灯火大亮。王砚站在廊下台阶上，左右各三名随从侍立在侧，屋檐上挂的大灯笼与随从手中的小灯笼将王砚的身姿映照得庄严威武，镶着金边。

县衙中能到的都站在院子中，聆听王侍郎教诲。

王砚环视院中："冯府尹有要事离开，姚丛被杀案、慈寿观老尸案、古井处新掘出的三尸疑案由刑部接手，张知县负责协助。从此刻起，这三案的所有线索，皆要报到本部院处。"

众人领命。

仵作出列呈上一叠纸。王砚瞧了几眼，丢给张屏。

张屏就着灯光一扫，竟是仵作在女尸胃中发现了一个坠子，是一枚同心锁，刻着一个"率"字。图形下注，此物样式特异，非寻常市井可得。

王砚道："如今这几案大致可疑处已分明。姚府恐另有猫腻，姚家的人都先严密控制。古井新挖了三具尸首，两具身穿道袍，必与道观有关。那慈寿观中的道人也都看管起来。"

屠捕头战战兢兢道："禀大人，已经都牢牢地控制着了。"

王砚的随从立刻道："我们侍郎大人的意思是，让你们再多增派些人手，万不可出丝毫差错。"

屠捕头诺诺领命。

王砚又道："古井新挖出的尸首牵扯到数十年前京城上化观道人失踪案。那慈寿观的住持静清，就来自上化观吧。"

谢赋在心中淡淡涩然一笑，向前一步："大人，静清是下官任知县时请来的。"

刑部捕快出列，张屏举步挡在谢赋身前："大人，下官愿为谢大人作保。"

谢赋淡然道："张大人不必如此，下官确实嫌疑重大，愿凭处置。"

一时腿慢成千古恨，眼下这般，皆由天也。

张屏道："下官不熟悉县衙卷宗，须谢县丞协助。"

王砚挑眉："也罢，你如斯离不开他，本部院便暂应你所求，只是县丞谢赋不得离开县衙半步，若有逃窜失踪身亡等任何闪失，本部院唯你是问。"

张屏领命。

王砚再一摆手，吩咐众人散去，只让刑部的几个捕快随他到厅内。

刘主簿茫然问张屏："大人，眼下卑职们该……"

张屏道："继续查案。"其他的，暂时不用县衙管，也管不了。

重又回到卷宗库，谢赋终于向张屏道："多谢大人替下官担保。"

张屏道："不必。其实王大人并不是要抓你。"

王侍郎在院中大张旗鼓，是在声东击西。

张屏觉得，有一个凶手要落网了，应该就在今夜。

他提笔在童男名册的前两页画了几个圈。这些童男全部都能查到户籍来历，唯有一个疑点，第一次被择选的童男都是六岁，第二次却是九岁，第三次又改回了六岁，而后一直延续六岁的规矩直至被废除。

三更已过大半，街道一片黑暗寂静。

县中连出大案，夜市暂罢，全县宵禁。各个店铺都紧关着门。忽有一道黑影掠进一座院内，极快地奔向前厅门口，抱着廊柱嗖嗖而上，自廊檐内取出一物。

他刚落到地面，忽觉微有凉风，一闪身，便后颈一痛，手中物事"啪嗒"落地。

院中亮起火光，刑部的捕快们一拥而上，将僵挺倒地的黑影擒住，一个捕快飞快地将掉在地上的纸包打开，呈给王砚。

王砚看着纸包内的书皮，再瞧向被捕快拖来的人，在灯火中露出白牙："本部院候你许久矣。只是没想到你竟是个番子，还如斯没胆。"

兰珏和冯邰一起下了马车。

黑暗旷野中一片火把灯海，另有一簇簇火光点缀在远方暗夜中，如火红的棉堆被风吹播出去的絮团。

此处是刺客们出现的地方，侍卫禀报，玳王丢失之处在此几里外，只能从这里骑马或步行穿过旷野。刺客已尽数伏诛，护卫们本想留下活口，但那些刺客一被拿住就立刻自尽。玳王仍未找到。京里还没有人过来。

冯邰道："除此之外可有其他伤亡？兰大人的公子怎会一同不见？"

侍卫躬身："卑职正要禀报，兰大人的公子失踪与殿下有关。卑职等当时在与刺客缠斗，几位同僚护送着殿下离开，兰大人的公子起先应是与兰大人的家人在一起。后来的事，柏沧大人知道得比较详细。"

冯邰略一颔首，立刻让人传柏沧。

"兰大人公子失踪时，你在场？"

柏沧发丝凌乱，衣衫上沾着泥土草屑，十分狼狈。他看了一眼沉默地半隐在冯邰影子中的兰珏，躬身答道："下官不懂武功，唯恐成为拖累，侍卫保护殿下离开时并未跟随，只和几位侍卫殿后，正好与兰大人的公子及家仆同行。行到一处树林，忽然看见了两匹护送殿下离开的侍卫骑的马……"

马上没人，嘚嘚地向这方奔来。

"下官等知道必有变故，就向那马过来的方向查看。"

冯邰道："兰大人的公子和家仆与你们在一起？"

柏沧顿了一下："兰府脚程快的马都套在车上，驱车目标太大，故而下官让小公子先与下官同马，将附近的一个地方告诉了兰大人的家仆，到那里会合。"

冯邰又点一点头，没再多说。柏沧继续道："下官等朝那方追去，竟看见殿下独自站在草中。"

玳王一看见他们，立刻高呼护驾，柏沧等人下马上前，却看见其他几个护卫躺在草中，尚未来得及惊诧，眼前一股白烟冒起，跟着嗅到一阵香味，就什么也不知道了……

冯邰冷冷道："尔等怎如此大意，不察看有无机关，便就上前？"

柏沧低头："大人教训的是。当时殿下虽喊了刺客不在这里，下官等也不该贸然上前。"

冯邰道："兰大人的公子既与你同马，当时如何了？"

柏沧道："下官并未让小公子与下官一同下马。之后醒来，殿下与小公子都不见了。"

冯邰又再询问那名护送玳王的侍卫，侍卫所说细节与前往县衙报信的人转述的一致。冯邰问："当时为何不留意周围？"

侍卫叩首:"卑职罪该万死,实是未曾察觉有人靠近。烟雾突起,便就不省人事。"

冯邰道:"哦,你倒下前,可看到了什么?"

侍卫伏地:"回大人,卑职倒下前,并没有看到什么。和卑职一起的几人也不曾看到或听到什么。"

柏沧道:"下官等亦是。"

冯邰沉吟片刻,转身向兰珏:"兰大人,能否借一步说话?"

兰珏与冯邰一道走到一旁空地,冯邰屏退左右:"兰大人可曾发现玳王在路途中有异常?"

兰珏看了看逆着远处灯火的冯邰模糊的面孔,内心和意识渐渐与头顶的星子一般清明起来:"有。殿下对路途周边及地图都甚有兴趣。本部院不敢多做大不敬的臆想。"

冯邰沉默一瞬,道:"多谢。"

兰珏抬袖,真心实意道:"是兰某要多谢冯大人。"

冯邰淡淡道:"查寻失踪人口,是本府分内之事,兰大人不必客气。"转身自去验看那几名刺客的尸首。

兰珏回到灯火处,迎住柏沧:"柏主事,多谢。"

柏沧一愣,立刻一揖:"大人折煞下官。这是下官应该做的。"

兰珏温声道:"此时不便多说,待殿下无恙回来,本部院再另相谢。"

柏沧连连道不敢。

兰珏望着他凌乱的头顶。他之前礼待柏沧,本是顺手人情,但关键时刻,柏沧带着侍卫护住兰徽离开,相当于救了兰徽一命。只是,救了兰徽后,他又将兰徽放到自己马上,遣开家仆,这些行为,恐怕是因为一层打算。毕竟,现场有两个孩子,刺客可能并不认得玳王,兰徽的衣饰比玳王还好些。

兰珏心中涌起一股倦怠,懒得多想。

这些年,这些人,这些事,都差不多。如此时的旷野天空一般,混沌模糊。他自己亦是其中一员。此时此刻,他只想兰徽平安无事。

远处灯火中,众人纷纷劝慰着痛哭流涕要自尽谢罪的卞公公,兰珏慢慢踱过去,卞公公看见了他,顿时哭着扑来。

侍卫们手中的火把熊熊,天也快亮了。

天刚破晓，姚岐便与幼弟姚庐随几个捕快赶到了县衙。

两人忐忑到了大堂，只见左右衙役捕快侍立森严，王侍郎端坐堂上，不待他二人见礼，便指着堂下跪着的一人道："杀死你兄弟二人父亲的凶手，本部院已经拿到，过来认一认，可眼熟？"

捕快扳起那人面孔，姚岐定睛一看，大惊，姚庐更失声变色。

此人竟是那诱拐姚庐的奶娘的真爱奸夫——那个粮贩！

一旁的衙役咳嗽了两声，姚岐方才回神，一把拦住双目赤红要扑向粮贩的姚庐。王砚道："汝不必愧疚自责，案犯杀死汝父，并非要争那个奶娘，之前那一案只是他计划中的一环，为的是得到姚府的秘密。"

姚庐稍稍平静了一些，王砚又道："本部院先有些话问你二人，你们当真不知道从你们先祖姚存善那时起传下来的秘密？"

姚岐颤声道："大人，学生当真不知！先父从未向我兄弟提及，学生亦是上次那张知县询问家慈时方才知道，家中的几本书里可能藏着些什么……"

王砚道："此人并不是个粮贩，而是个番子。他想知道你们姚家藏着的那个秘密，奶娘之案，只是第一计，一计不成再生二计，令尊方才遭了毒手。"

姚岐与姚庐再度惨然变色，姚岐连连顿首："大人，大人，学生的确什么都不知道。学生家世代良民，绝不会与番邦扯上关系！"

王砚悠然道："莫怕，本部院岂会冤枉尔等？若有那样的怀疑，你们兄弟二人也不能在这堂上了。真相尚未完全查明，但凶手归案，先给你们一个交代。姚庐，本部院还有一事问你，当日那奶娘与你相好，诱你离家时，可有和你说过什么？"

姚庐伏地："实不相瞒，她的确与学生提过，为我二人来日着想，是否需要些可变卖的宝物。但学生自知私奔已极其羞耻，再偷拿家中东西，真无颜面对祖宗……我就……就与她说，我可先教书卖字供我二人过活……然后……"

王砚点头："然后她就与你扯破了脸。"

姚庐匍匐在地，脊背微颤。

王砚一瞥堂下粮贩："你又为何对他如此心慈手软？"

姚岐一怔，不由得看向姚庐。

那粮贩一瞥姚庐，之后闭目不语。

王砚冷笑："你当日将他放回，只是发现他的确不知道真相，若是闹出命案，恐怕就更不易找到姚府的秘密。"

王砚当时堂审时，奶娘主动认罪，说自己脚踏两只船，被判流配边疆为奴。粮贩断作私通拐带他人奴仆罪，姚员外表示这是丢人事，不想多追究，粮贩只被杖刑，刑部估算了奶娘的身价，着他赔了双倍便罢。

"本部院当日审案失察，致此命案。回去后，自会向朝廷请罪。"

姚氏兄弟连连叩首，姚岐道："敝府两案，皆是大人所破，大人乃旷世青天，更是姚家的恩人，万不可如此自责！"

刑部捕快道："两位公子不了解我们侍郎大人。大人素来待人宽厚，律己严格。你们只好好听大人断案便是。"

王砚微微眯眼："公堂之上，休得插话。"

捕快立刻告罪闪到一旁，王砚注视粮贩道："待得知姚丛被杀，本部院立刻想到了此案这个疑点。昨日你的同伙被抓前在各处店铺转悠，似有暗示。本部院记得你在这城中有家粮店，估计就是你们的窝点。果然被我料中！"

刑部捕快立刻喝道："我们侍郎大人神机妙算，你还有何话说？"

粮贩双目暴突，口中呜呜有声。

王砚道："不必如此做作，本部院暂无须你说话。你若有胆，大摇大摆从大门进，倒也罢了。大半夜蒙着脸，跳进自家院墙，还被本部院连人带赃抓了现行。你腰腹虽大，飞檐走壁倒是轻盈。大腿内侧与足底有茧，证明时常骑马，胡人马鞍马镫样式与我朝不同，一验便知。你虽常着我朝衣冠，但胡人梳发戴帽，与我朝亦不同，细看头皮及发根也看得出来。且你后槽牙里，还有一颗毒丸。你是什么都不用辩了。"

姚岐颤声道："大人，此人究竟为了什么要杀我爹？我姚家世代良民，绝对和番邦没有半点瓜葛！"

王砚意味深长地扫视姚氏兄弟及粮贩，靠上椅背，一个随从立刻凑到他身边。

王砚低声问道："那张屏在作甚？"

在这种时刻钻出来抢一抢风头是这厮一贯的爱好，这次却一味缩着，王砚竟有些寂寞。

随从轻声道："回禀大人，那张知县还在翻卷宗哩。"

王砚这里开堂后，便有衙役奔到卷宗库向张屏转述了案情——王侍郎抓到了凶手，是与姚府小公子相好的奶娘的粮贩情夫。

不承想，这竟是一桩因情起仇的谋杀。

谢赋、刘主簿、苗泛等人都目瞪口呆，张屏淡淡道："不是。"

谢赋脱口道："怎的不是？"话毕，又补充道，"下官请教大人。"

张屏道："不是情杀，是逼供。"将手中户籍册摊在桌上。

户籍记录，姚存善兄妹五人，两个兄长和最小的妹妹都未活过二十岁，还有一个妹妹入了乐户。

谢赋道："但姚存善的这个妹妹与他就差了几岁，与石棺中的女子年纪不符。"

张屏点点头，按户籍上的印记及备注，姚存善的妹妹是被卖到了京城的珠摇楼。

苗泛道："大人，这个珠摇楼现在还开着，就在京城曲乐街。"

刘主簿笑道："苗掌书倒是熟悉。"

苗泛脸色微红："主簿大人休要调笑，下官入衙门时先在户房，本县入乐户者，往往都是到珠摇楼等几处谋营生，故而记得。"

张屏道："苗掌书能否立刻去京城一趟？"

苗泛呆了一下，而后道："下官遵命。"

张屏道："我再写一封信，请苗掌书帮我转交给一个人。"

珠摇楼、上化观，这两处地方都需要查，此时无暇分身，只能请柳桐倚帮忙了。

张屏更想见兰珏。

他已在县志中查到，丰乐县在楚朝灭亡前，属于楚朝和王封地。县志中载，和王行九，喜玄道之术，自号玄旷道人。邻县九和便以此得名。和王一直不问政事，住在封地炼丹修道。但在楚朝将亡时却忽然掌了朝政大权，更亲自到边关领军作战，大败东真国。后来和王突然暴病而薨，他薨后没几年，楚朝就亡了。

县志中写得太简略，张屏想兰大人必定知道得更详细。

不知大人现在，好不好。

兰珏与冯邰策马来到了柏沧见到玳王并晕倒的地方。

两人在初现的阳光中下马，行了数步后，冯邰示意兰珏与引路的柏沧及其余人停下，只点了两名背着箱子的随从与他一道再向前查看。

兰珏在草中站定，扫视四周。此处是树林边缘，只有一大片草地，十分空旷。兰珏想，若自己是刺客，应该不会选这里埋伏下手。

冯邰先看了看柏沧停马的地方，草倒得乱七八糟，马蹄印和脚印辨别不清，像是被树枝之类的东西拨扫过，遂唤柏沧上前："你下马时，兰侍郎的公子还在马上？"

柏沧回道："下官让小公子在马上等着，若看到情形不对，立刻骑马离开，不必等下官。"

一名侍卫道："属下等在前方发现了马蹄印，朝西南方去了。已派人前去追查，蹄印转到了官道上，那道路两旁都是荒野，属下等已往各方搜寻。"

冯邰颔首，又仔细查了柏沧和侍卫们晕倒的地方，再折返回来向兰珏问了兰徽的身量体重，匍匐在草丛中，验看马蹄印的深浅和马的步子长短，最后起身，吩咐左右牵马过来，与兰珏一道沿着马蹄印的方向行去。

约几里路后，一条道路出现在前方，冯邰下马，伏地看了看道路边缘的痕迹，吩咐侍卫："多调些人手，在周围乡里追访殿下与兰小公子的下落。东北方向及溪流沿岸尤要留意。另发出榜文，若有捡到失落马匹者，重赏。"

侍卫们领命，冯邰又喊兰珏走到一旁僻静处。

"兰大人暂可放心，马上只有殿下和令郎。"

兰珏心中早已了然，苦笑道："犬子之前并未见过殿下，兰某更不敢让犬子在路途上打扰殿下，当真不知为何……"

为什么？玳王跑便罢了，为什么要拉上徽儿？

为什么？兰徽一脚高一脚低地踩在小溪边湿滑的石头上，看着前方玳王的背影，脑袋里满是疑惑。

为什么，他要拉上我？

其实兰徽一点都不想和玳王玩耍，玳王一副瞧不起他的模样，让兰徽很不舒服。

他也不明白自己为什么会在这里。昨天在驿馆一早醒来，管家说爹爹有公务在身先走了，桐表哥竟然出现了，陪他说了两句话后，也走了。他寂寞之余，又觉得爹爹留他一个人，正是认可他能独当一面的证明。一路上，兰徽都在努力稳重，甚至在坏人出现的时候，他都拼命维持镇定，没有喊叫哭闹。

然而，柏沧把他留在马上，去找玳王的时候，兰徽清清楚楚地看见，玳王丢出了个什么东西，一股白烟冒出，玳王从白烟里跑了出来，柏沧和其他人一起躺倒在了草丛里。

兰徽脱口道："你为什么要用烟把人迷倒？"

玳王嗤笑一声："咦，眼力不错嘛。"掏出一把匕首，在手中一抛，"下来，不然就让你尝尝我飞刀的厉害！"

兰徽下了马，玳王把匕首架在他脖子旁，挽住马缰："现在给你两个选择。一，被我灭口；二，跟我一起走。你选哪个？"

兰徽咽咽唾沫："我什么都不会说，我会当什么都没看到，我保证。"

玳王摇摇头："不行。本大侠说一不二。快点决定，选哪个？"

无数传奇故事的主角在兰徽脑海中掠过，他吸吸鼻子："二。"

玳王将匕首舞了个花，收起："嗯，很识时务。去，捡几根树枝。"

兰徽捡了几根树枝，玳王弄花了地上的足迹，扯着兰徽一同上了马，到大路旁把马丢掉，带他换了个方向，在旷野中又走了许久，半夜窝在一处破屋里睡到了天亮，再沿着这条溪流继续走。

玳王说，踩着溪流的石头走，不会留下脚印，被人追到。

走了许久，兰徽的脚有点疼。他昨晚在破草屋里被虫子咬了，还看到大蜘蛛等各种奇怪的东西，没睡好，现在肚里咕咕乱叫。

玳王转头不耐烦地催他快点，兰徽努力跟上。到了溪流拐弯的山坳处，玳王停下脚步，带他在一块平坦的草地上休息，又丢给他一块饼。

兰徽看看自己手里的饼，再看看玳王的。玳王"哼"了一声："不用看了，一样大。从昨天到现在，本大侠和你吃的都是一样的饭，只要你今后乖乖跟我混，我不会亏待你。"

兰徽看了看玳王腰间鼓囊囊的小皮袋："你为什么要逃跑？"

玳王啧道："从昨晚问到今天，你烦不烦。逃跑，是小人的行径。孤只是不甘做一个田间庶民终此一生，飘然离去罢了。大丈夫心系天地，志在四海！"

兰徽眨眨眼，玳王的口气既成熟，又沧桑。他遂坐直身体，肃然道："可天下甚大，你打算去何处？"

玳王瞥他一眼："天宽地阔，哪里去不得。快意江湖这几个字，你这种小屁孩不会懂。"说罢，将水壶举到口边，如戏台上的侠士一般仰脖一饮，再用手背一抹嘴唇。

兰徽没有水壶，做不出这种洒脱的姿态，只能沉着地点头："哦，原来你打算浪迹天涯。"

玳王再瞥了他一眼，一开始见到兰徽时，他并没有将这个小破孩放在眼里，但昨天在林子里，他发现这小娃儿竟还有点眼色，继而想到，传奇小说中，但凡主角，身边往往要有一个手脚伶俐，能牵牵马，拎拎行李，关键时刻团团乱转叫两声"怎么办啊怎么办"凸显主角智慧与风采的小厮。这小娃倒可以充作此用，遂先威胁兰徽同行，再施以恩惠，彰显风范，让他心悦诚服。

没想到兰徽的见识有些出乎他意料，还一副不服气他的模样，玳王便傲然道："天地早已是吾家了。世上已没有玳王，从昨日起，景启檀这三个字，也再不存在了。今时今日，天下只有浪无名。"

浪迹天涯，从此无名。

多么孤傲，多么寂寞。

这个名字，会是江湖中的传奇。

绝世美貌的番邦公主，在边关的路上被匪徒挟持，一道身影从天而降，淡淡报出浪无名三个字，匪徒便抱头鼠窜。公主冲出轿子，对着要乘风而去的他喊："侠士请留下姓名，我愿以身相许！"而他，只头也不回地道："某是天地间的一个浪子，无名无姓，无牵无挂。姑娘，莫要记挂，忘记我吧。"公主泪流满面望着他消失的背影，从此把浪无名三个字刻在心底，终身不嫁。

再又或在数年后，乱党杀入皇宫，禁军束手无策，忽有一道身影从天而降，以一敌万，杀尽乱党。皇兄对着一身敌血的他的背影喊："侠士莫走，朕会封你一字并肩王！"

他淡淡一笑，头也不回。

皇兄忽然身躯一震，失声道："为何你的背影如此熟悉，难道，难道你是檀弟？"

小皇叔亦在含泪喊："启檀，你、你是启檀？皇叔想你想得胡子都白了……你回头看一眼吧！"

而他，仍不回头，只留下一句："世间早已没有景启檀了，只有一无名浪子，漂泊天涯。"便飘然消失在夜空中。

玳王握着水壶，又仰脖一饮，一抹嘴角，眺望远方，许久后，方才又一瞥眼神发直的兰徽："怎样，你要是想跟我一块儿，我可以考虑捎上你。只是你也得改个名字，不如就叫你小点儿罢了，我以前最喜欢的一只小鹰就叫这个名字。"

兰徽当然一点都不觉得这是恩典，愤怒地红了脸："我才不稀罕当什么大侠，我比较想当神断。"

玳王皱眉："什么？"

兰徽再挺了挺胸："就是查出冤案，找出凶手，成为一代青天！"

玳王一撇嘴："我知道了，跟大理寺的邓绪，还有京兆尹冯郃一样对吧。他们都才几品，跟你爹官位差不多吧。"

兰徽大声道："查案洗冤，千古留名，不分品阶！"

玳王不屑一笑："不错，大丈夫何计功名尔？但等你去破案的时候，该死的人都死了，该出的事都出了，有个鬼用？侠者，是让世上再无不平事！再说，你当了官，也未必能管得到案子。我是王爷的时候我都管不了案子。你懂朝政吗？各司其职你明白不？像你爹、邓绪、冯郃，都是胡子一大把的老头子了才混到这个位置。"

兰徽瞪眼:"我爹爹才不老!"

玡王嗤道:"你爹该有三十了吧,不是老头也是半截老头了。你爹还管不到案子哩。邓绪和冯郜都比你爹老,陶周风更老。哪天我皇兄一个不高兴了,罢了他们的官,他们也只能回家种地。萧肃二十岁就是天下第一大侠了。你要是愿意耗,你就去耗。反正大鹏有大鹏的志向,家雀有家雀的志向,我不勉强你。回去的路你认得不?我要继续赶路了。"说罢站起身,大步就往前走。

兰徽愣了一愣,亦起身,犹豫地看向玡王的背影。

玡王只大步行了四五步,慢悠悠再挪了两步,回头看看仍站在原地的兰徽:"怎么,想跟着我了?"

兰徽再犹豫了一下,硬声道:"我不要叫小点儿。"

在想当神断之前,他也是梦想过当大侠的,也早已给自己起了名号。他觉得,浪无名比不上自己的这个名号。

玡王一脸无所谓:"行,随你。"

兰徽快步走过去,也眼望远方,铿锵有力道:"那从今后,我叫孤影侠!"

县衙,正堂中,王砚将手中的《青鸟经》又翻回前几页。

"盘古浑沦,气萌太朴;分阴分阳,为清为浊。生老病死,谁实主之……"

一旁侍从道:"大人,可要卑职等先把这几本书拿下去,验验是否另有文章?"

王砚拧眉:"暂时不必。看这书页颜色,定已被人火烤兼用药水涂抹验看过,书皮也是拆下又缝上的。若是这么简单就能找到其中秘密,此书也到不了公堂上了。"

侍从立刻自称愚钝浅薄,赞叹大人教训的是。王砚抬手打断:"牢里情形如何?"

一侍卫禀道:"卑职等遵大人吩咐,将那番子押入牢室,特意从那丁威面前经过,两人均无特殊举动。"

王砚点头:"盯紧些,尤其不能让他们死了。"

侍卫应诺退下,王砚拿起案上的几本书,起身走出房门,向廊下左右看了看:"卷宗库在何处?"

一随从马上道:"小的即刻去唤张知县过来。"

王砚负手："本部院想去卷宗库瞧瞧，唤他作甚？"

随从立刻给了自己一巴掌："小的该死，妄自揣测大人之意。"麻溜地奔到前方引路。

　　张屏在卷宗库中亦合上了手中的册子，站起身，走到门边，又定住。他在卷宗内找到了一些记录。记录告诉他，凶手，应该就是……

但是，证据，或者说是线索，还缺了一些。

关于那女子的身世。还有一切起因的那个秘密。

该要怎么对待凶手？

张屏盯着门槛发怔，视线中忽然闯进一抹红色的衣摆，他抬起眼，恰好对上王砚的视线。

"张知县你在看蚂蚁搬家？"

张屏行礼："禀侍郎大人，此处方才未有蚂蚁经过，下官在想案情。"

王砚道："哦，什么案情？"

张屏道："回禀大人，有好几项。下官不知……"

王砚打断他："罢了，本部院先帮你换换脑子，杀死姚丛的凶手已被本部院拿下。"

张屏躬身："下官知道了。"

王砚挑眉："消息挺灵便。只是此犯口风甚紧，尚未吐露真相。这是姚家丢掉的几本书，你瞧瞧。"

张屏立刻接过王砚手中的书册，王砚在随从搬来的椅子上坐下，张屏将册子捧到桌上查看，谢赋等人不由自主也凑上前。

张屏快速翻看了书册内页，再看了看书皮："下官想请问大人，是否还有其他书册。"

王砚道："没有了，本部院亦已问过姚氏兄弟，确实只有这几本。很奇怪吧？《青乌经》属风水术数一流，但偏偏姚家的《抱朴子》只有外篇，且不全，缺了好几卷。外篇中《君道》卷几页尽被撕去。"

世人皆知，《抱朴子》为葛洪所著，分内外两篇，外篇论政议文，内篇是道法修炼之类。

"只有外篇而无内篇，撕《君道》卷，存《臣节》卷，姚家的祖先倒是身在市井田间，心存济世之念，且唯有忠心，绝无他志。"

张屏喃喃："撕君道，存臣节……"紧盯着书皮片刻，飞快将几本《抱朴子》

码作一堆，拖过一张白纸，翻书提笔抄录。

谢赋不禁又凑得近些，王砚亦起身踱到桌边，只见张屏抄下的，乃是几本《抱朴子》中的卷名。

嘉遁、逸民、勖学、崇教、臣节、良规、时难、审举、交际、备阙、擢才、守塉、安贫、仁明、博喻、广譬、辞义、循本……

谢赋有点犯晕，王砚眉间越拧越紧，张屏抄完，放下笔，口中喃喃："抱朴子，抱朴子……"

王砚一怔，忽然猛一拍桌："是了，朴！"

张屏抬眼看着他："朴。"又低下头，飞快在方才抄录的卷名上画圈。

臣节、时难、守塉、安贫……

王砚两眼越来越亮，哈哈一笑："不错，不错，你小子可以啊，这回本部院认你先我一着！朴、朴，我竟没想到！"

张屏抬起眼："下官查到，姚员外曾祖姚存善有个妹妹，在京城做歌伎，所在勾栏至今仍存，下官已让人去京城查访。"再拿过当年的童男名册，"大人请看这些童男的岁数。"

王砚接过册子，看着张屏做标记的地方："第一次六岁，第二次九岁，之后都是六岁。前两次都在……"

他猛再看向张屏。

张屏亦望着他："抱朴子。"

王砚神色一凛："若事情真如你推测，这案子当真大了。本部院虽不是老冯，也得问你一句，证据，够吗？"

张屏道："下官已让人去京城查。"

王砚"啪"地合上册子："你这小县衙的人能有多快？快得过我刑部？说，要查什么？"

傍晚时分，兰珏回到了丰乐县衙。

得出结论后，冯邰明示他应当回去，兰珏亦清楚，因为兰徽和玳王一起丢了，他再留在现场，全然无益，只能被当成添乱。

确定兰徽并不是被刺客绑走，兰珏心中未有丝毫轻松。兰徽长这么大，皆有人在身旁伺候，连衣裳都没自己穿过，从昨天到现在，他吃什么？怎么睡？兰珏一想就像整个人浸在滚油中一般。

马车行到县衙内，他昏昏沉沉下了车，双脚仿佛踩在棉花上，抬眼却看见王砚和张屏一起站在不远处。

兰珏一时觉得眼有些花，再一定睛，王砚已在夕阳中大步流星向他走来。

"佩之，没事吧？小徽儿可已寻着？"

旁侧有侍卫在，兰珏简略道："无大事，冯大人已有线索，正在寻找。"

张屏恭敬施礼："下官见过大人。"

王砚温声道："你莫太担心，定然没事的。先用些饭，好好休息一时，你脸都没人色了。"

兰珏颔首："多谢墨闻兄关爱。你和张知县可是另有他事？"

张屏垂下视线，王砚温声道："不急。佩之，咱们先去厅里歇一歇，吃些茶。"

兰珏着实疲倦，便勉强点了点头，随王砚走向内院，张屏默默跟上。

待到厅内坐定，兰珏端起茶略润了润喉，王砚柔声开口："佩之，楚朝的那个和王，就是跟你老家九和县有关的那位，其生平事迹，你了解吗？"

兰珏看看王砚和张屏："墨闻兄和张知县觉得，那口石椁是和王的棺椁？"

王砚点头："眼下还怀疑蒲氏及那具女尸，都与他有关。"

兰珏略一迟疑："从石椁年代和纹饰来看，说是和王之物应是不错。但史书载，和王身染疫病，薨于边关归京的路上，尸骨便就地焚化。其归葬处，素有争议，一说是就地而葬，陵墓详细所在之处已失；另一说则是回京后葬于皇陵旁侧。倒是未曾见有葬于封地的说法，我所阅史书不多，亦可能有，只是我未见过。"

王砚道："佩之莫自谦，你若还知道得不多，我就等于不识字了。那和王堂堂一介亲王，当时还手握重兵，尸身怎么能给烧了？"

兰珏道："所以野史多曰，和王手握重兵，为殇帝所忌，派人将其毒杀。怕被看出异状，便焚尸掩迹。楚朝史官记录，死后焚尸乃是和王临终前的吩咐，和王仁厚，恐将疫病染于他人，故命焚尸。和王笃信道法，曾写诗云生是俗世一块肉，死做泥中一点尘，不介意死后焚尸算有迹可循。"

王砚若有所思地点点头。张屏道："下官请教，和王病逝之地在何处？"

兰珏道："并州，离此地甚远。"

张屏双眼一亮，王砚"哈"地一笑："那个假名叫丁威的番子，不是就自称并州人士吗？！哈哈，果然大有关联！"

张屏回望王砚，肃然点头。

兰珏见他二人形容，不由提了几分精神，端起手边茶水，再饮了一口，转动思绪："野史中，还有一说，和王乃被东真国的刺客行刺而死。"

和王领兵大败东真国。野史或传奇演绎中，和王会占天象，测风水，派死士毁了东真国的国器，坏了他们的风水命脉，楚朝亡后，东真国一度看似强盛，甚至入侵中原，却终亡于内耗，盛世宛如昙花一现。

王砚双眼冒光："有趣，这案子越来越开始明白了！可惜中间隔了一朝，太过久远，那和王的后人，想来楚朝亡后纵然活着，也都做了楚虱，现在难以找寻了。有些事只能推测。"

兰珏道："据史料载，和王一生未娶，无后。"

张屏眨了眨眼，王砚呵呵笑了一声："该不会这位也……"

兰珏正色："和王应无龙阳之好，一生未娶，是因其信道。据说，楚朝的大臣本欲扶他做皇帝，但他固辞不受，差点真出家做了道士。"

楚朝皇室皆好道术，吃丹药，养方士，空谈玄妙，甚至醉心房中术，许多朝臣都心忧不已。和王淳于旷为皇子时，不吃丹药，不养方士，也不与人空谈，言行皎洁，朝中重臣都暗暗开心，觉得这是老天赏给楚朝的希望，打算联手推旷皇子为太子。

但有一日，灵帝在御花园设宴，数位重臣列席，诸皇子皆在，还有灵帝甚是宠信的国师。席间诸皇子与国师谈玄论道，酬酢甚欢，唯独九皇子旷沉默不语。几位重臣正越端详越觉得旷皇子持重沉稳，出淤泥而不染时，灵帝问："九儿为何一味不语？"旷皇子起身答道："儿臣性拙，不善言。"

灵帝又道："拙乃朴也。九儿性朴，既不善言，今御园中景色甚美，便择一物绘之吧。"

随侍宫人摆上笔墨纸砚，旷皇子提笔挥毫。满园鲜花秀木，他偏偏画了一棵老松杆在花丛中，还题曰"身在锦绣终是客，愿与老鹤伴云崖"，几位重臣均是两眼一黑，这才醒悟，旷皇子不是出淤泥而不染，而是道根深种，其他人只是逐于风气，谈虚弄玄，他却是真真正正想离世清修。

过不多久，旷皇子便自请出家，灵帝未允，后来旷皇子还是到了一个山沟里去学了一段时间道法，待灵帝驾崩后方才回朝，被封为和王，居于封地，每日看经下棋，绝不问政务。

兰珏边说边又喝下一杯茶水，茶劲凝聚起精神，他又想起一事，望向张屏："是了，你之前曾问过我哪些番国信道，我当时没能想起，和王淳于旷与东真国，还有一段纠葛。"

张屏的神情顿时更加专注，王砚也坐直了些。

兰珏再喝了一口茶："和王隐姓埋名去深山修道，拜的是当时很有名的一个道人阳华子为师，道号玄旷。"

阳华子知道和王的皇子身份，但仍让他去挑水种菜，不教他经文。阳华子门下弟子十数人，都以为和王是个小童，不怎么理会他，唯独大弟子玄及待他甚亲厚，和王向师兄们请教道经，也只有玄及耐心为他解答。

待到和王离开师门时，玄及等人才知道他竟是皇子。封王后，和王常请玄及到王府，仍以师兄之礼待他。

"后来玄及到边疆金州府苍云观做了住持，不承想东真国攻打金州时，玄及竟带着道门至宝投了敌国。"

张屏忽而开口："大人所说的可是《虚元秘卷》？"

兰珏诧异，张屏垂下眼皮："下官曾听师父提起过此书。《虚元秘卷》收录老君及南华真人一些秘传学说，更有混元真武几派秘典经册，十分珍贵。世上只存有一部，藏于金州府的一道观中，后来落入番国之手，今已失传。"

兰珏点头："不错。《虚元秘卷》究竟何人编纂不得而知，玄妙说法，乃是东方朔自天庭得来。唐时武后夺位，更尊佛法，此书多毁于战乱，失传许久，直到楚朝时，金州府苍云观修建大殿，于地下一石函中发现，奉若至宝。却被玄及送给了东真国。"

后世史官多推测，和王出山参政，到边关领兵，是因此事起。他师兄投了番国，当时楚朝与东真国势如水火，通敌之罪太大，和王不敢让朝廷怀疑他的忠诚，只能领兵打东真国自证清白。

玄及被捉拿回国，同观的道人与城中百姓恨他是卖国贼，将他活活烧死。

兰珏叹息讲完，王砚猛地起身："佩之啊，你真是个渊博的福星，这个案子真相已出，能破了！大半是你的功劳！"

张屏亦一揖："多谢大人。"又从袖中取出一物，"此物请大人一鉴。"

白色布帕上，躺着的正是仵作从女尸胃中取出的同心锁。

兰珏皱眉看了看："此坠被腐蚀过，本部院看不出年代，不过形状是胡物样式。"

张屏立刻再一揖："多谢大人。"

王砚匆匆向兰珏拱手："佩之，恕我先失陪了。"又看向张屏，"本部院要去牢室，你可要同去否？"

张屏犹豫了一下："侍郎大人，可否让下官先审丁威。"

王砚勾起嘴角："你小子的性格，我却是越来越爱了。那丁威是你拿的，归你，假粮贩你想审亦可，本部院便旁观。"

张屏躬身："多谢侍郎大人。"又向兰珏道，"下官先告退，大人请好好休息。"

王砚亦回身："不错，佩之，你赶紧去睡会儿吧。放宽心。是了，我还有个事要向你请教，你会东真国话吗？寒暄之类的场面话，一两句就成。"

兰珏道："东真国的官话与我朝官话相同，文字亦是。但百姓言语应有差别，具体如何说我真是不知道了。我虽窃食礼部俸禄，但不大懂番邦文字。东真国亡国许久，估计鸿胪寺中也找不到通晓东真话的人。"

王砚"哦"了一声："没事，我就是随口问问。"

兰珏略一思索，又道："是了，东真国人言语，应是常用'噫呜呼'开头，'呼噜呼噜'感慨，乃他们学我朝言语，但又一知半解，将'噫'与'呜呼'混用，成了'噫呜呼'，番子嗓音与我天朝人不同，乎字发音不清，成了'呼噜'。"

王砚顿时喜笑颜开："多谢多谢，佩之你真太好了，太神了！"

兰珏道："折煞折煞，我是忽而想起前朝大儒梁至道公的一个典故，当日梁公讲学时，有学生问：'子曰，生而知之者，上也；困而不学，民斯为下矣。学而时习之，需上下而求索'何解？梁公笑曰：'解作孔圣人袖着《论语》会屈原，与东真国呼噜呼噜噫呜呼同义也。'"

王砚呵呵抱拳："当谢当谢。我若不问你，肯定不知道。你快去后面休息吧。"

张屏跟着默默一礼，随王砚一道出门，快步到了牢室。

衙役打开大门，王砚向张屏道："本部院已允了你，你去审丁威吧。"

张屏躬身一礼，走到丁威的小牢室门前。

室门打开，丁威自地上站起身，一脸从容不迫地行礼。张屏道："取书的人，已被抓到。"

丁威道："草民不知大人在说什么。大人可是又要赏草民什么罪名了？草民着实惶恐。"

张屏道："你不是并州人，饮食已露破绽。"

丁威冷笑："大人，人人吃饭，习惯都不同。身份文牒在此，大人若有怀疑，尽管去查。"

张屏道："我会到并州查你户籍。"

丁威哈哈一笑："那大人尽管就查好了。草民打小在外走商，街坊邻人或不识某，但户籍任凭大人验看！你区区一个京兆府知县，还能将手伸到并州陷害良民？"

张屏面无表情地看着他："此案并非丰乐县衙之案，京兆府、刑部与县衙在共同查。"

丁威冷笑数声："荒唐，荒唐，你们官官相护，竟要……"

张屏打断他："本县只查案犯，但你是番邦人。你的同伙，官府不会放过。"转身走出了牢室。

王砚仍站在外面厅堂中，负手看他："审出了什么？"

张屏道："从他回答下官的话来看，此犯仍有同党，他的假户籍身份，并不是临时伪造。"

王砚点点头："你怎么审的？"

张屏道："下官告知他饮食破绽与取书之人等证据。"

王砚挑眉："可你并不只是想问这些，明明还有话要问，对吗？"

张屏垂眼看着地面："下官想等京城的证据。"

王砚大步走向另一间牢室："跟上本部院。"

侍卫打开了另一间牢室的大门，提灯入内，粮贩口中仍严严实实塞着布团，被五花大绑在一把椅上，椅子四脚都被钉在地上。

王砚踱进门："你这塔赤国的番子，可肯招了？"

粮贩猛地睁开眼，神色静止。

王砚呵呵一笑："怎么，被本部院说穿来历，又假装不承认？"

一旁的侍卫道："番贼，难道不曾听说我们侍郎大人的威名？在大人面前，休要再耍花枪，乖乖从实招来！"

粮贩又闭上了双眼。

一个侍卫看向王砚："大人，用刑吧！"

王砚抬手："把东西端上来。"

侍卫领命飞奔而去，稍后端着一个托盘走了进来。

另一名刑部捕快蒙上面巾，拿起托盘上的一根香，点燃放到粮贩鼻下。粮贩睁开双眼，捕快拿起托盘上一个小瓶，掏出他口中布团，捏住下颔，将瓶中液体灌进他的喉咙。

粮贩两眼一翻，陷入黑暗。许久之后，他自无尽虚无中挣扎出一丝意识，颤动眼皮，一抹光亮袭入黑暗，渐渐清晰的眼前，赫然一袭红色官袍。

王砚坐着木桌边，品着茶看他："醒了？"

粮贩僵硬地转动眼珠，张屏面无表情地站在木桌旁，如同另一根铁柱。

王砚端着茶盏摇了摇头："噫呜呼，你竟不是塔赤国人。东真国，本部院真是第一回听说。"

粮贩的心狠狠地一缩。

王砚站起身："尔等明行杀人偷盗，暗图的却是复你们那小邦的大业，呼噜呼噜，当真意外。"

粮贩脖颈血管暴起，双目猛睁。

王砚一笑："不过，告知了本部院你同党的秘密，当要记你一功，或可因此饶你一条狗命！"

粮贩喉咙中凄厉咯咯两声："王子乃天帝之子，天下将臣服于他，哈哈……他早已料到……哈——"

他的声音戛然而止，一旁侍卫捉住他下颌，将布团又塞回他口中。

王砚看也不再看他，甩袖出门。

离开牢室，侍卫道："大人方才审案简直绝了！卑职佩服得五体投地。"

王砚一挑唇角："小招数尔。"眼角视线再一扫张屏，"你如何看？"

张屏道："下官以为，眼下最大的疑惑是，谁是王子？他们到底在找什么？"

此案缘由其实很简单，归结起来就四个字——财宝，贪求。

东真国、蒲氏、石棺中的女子、那两个死去多年姓名未知的道人、姚老拐、无辜遇害的姚丛，以及真凶……

甚至可能包括和王。

这一串串的案子，新血与旧血，其实都是因贪心与执念生出的恶。

"若要让案子彻底了结，唯有找到他们一直在找的东西。"

王砚"嗯"了一声："东真国找的，应该就是佩之所说，楚朝和王从东真国夺来的宝物。"

张屏点点头："他们必是怀疑宝物藏在和王的墓中。传说和王葬在并州，丁威的假身份是并州人士，他自称祖上三代清清白白，说明东真国细作潜伏在并州已多年。"

王砚勾唇："但丁威被你瞧出破绽，他没去过并州，只是用了那个户籍。"

这群番子挺会做买卖，弄个假户籍，子子孙孙一串儿用，划算。

"看来东真国余孽在并州没找到什么。而今，他们着重查的，一是京城的和王墓，二是丰乐。"

张屏道："下官以为，一直都是丰乐。和王如果葬在楚朝皇陵，葬仪必由官员打理，不好在墓里藏东西。"

王砚颔首："不错，本部院此处没你考虑得细致。那番子所谓的王子，十有八九也在丰乐县。这群番子在我朝潜伏活动许久，这一次务必一网打尽。另外的凶手，你那里已经有名字了吧，先报与本部院，立刻拿住，免得跑了。"

张屏双眉紧锁。东真国的人来丰乐寻宝，是这些凶案的开端。案子的真相，已大略现出了轮廓，可要完全清晰，还需要等京城的线索。

"下官觉得，证据和线索都不足，还是暂不要拿人。下官想求大人一件事。"

王砚微扬眉，这小子真拿冯郜的话当圣旨了？

不过这件案子确实牵连甚广，经历少，放不开，也属正常。

他负手，简洁道："说。"

向王砚告退后，张屏又直奔卷宗库。

他还有一件事没有想通——姚家的《青乌经》中，隐藏着什么？

《青乌经》相传是彭祖弟子青乌公所作，以四字歌诀晓风水堪舆之道理。

张屏去和王砚审案时，谢赋等人又验看了一下姚家的《青乌经》。书页无缺漏。是京城瀚广书局至圣元年刊印，还有一枚品墨斋的戳印。

谢赋道："品墨斋是本县一书坊，原来在东市大街上，十几年前就关张了。幸而本县生的几位同僚还记得。"

张屏点点头，翻动书页。

盘古浑沦，气萌太朴；分阴分阳，为清为浊。生老病死，谁实主之？

……

福厚之地，雍容不迫。四合周顾，辨其主客。山欲其凝，水欲其澄。

……

张屏抓过一张县境图。

百年幻化，离形归真。精神入门，骨骸反根。吉气感应，鬼神及人。

……

水流不行，外狭内阔。大地平洋，杳茫莫测。

张屏从怀中取出柳桐倚暂留下的那张画着慈寿村地形写有"易阳子绘"的素帛，扫视上面的卦象标注。

坤、震、离、巽、艮。

没有乾和坎。

506

乾为天，坎为水。

天光下临，百川同归。真龙所泊，孰辨玄微？

张屏抬起头："有没有前朝本县的县境图？最好是楚朝的。"

谢赋道："有。"带着司卷宗库的几位老吏去旁侧小屋翻找，不多时捧着一个卷轴回来。

张屏展开卷轴，抬头看谢赋："谢大人，能否单独谈谈？"

屋内其他人立刻告退，张屏制止，与谢赋一道来到院中。

"这份楚朝县境图是新的，谢大人为什么要重绘楚朝县境图？"

谢赋望着张屏的双目，平静地道："因为和王淳于旷。"

兰徽开始觉得，浪无名不是个闯荡江湖的好搭档。

说好了是做并肩同行的伙伴，浪无名还是王爷架子十足，对他呼来喝去，一时嫌他走得慢，一时嫌他没见识，动辄说他蠢。

但兰徽身上没有干粮，吃饭喝水都得仰仗浪无名，浪无名把水壶口袋都丢给他背着，怎么走也是浪无名说了算。

干粮已经吃完了，水也要没了。兰徽很懊悔，未能有先见之明，如果知道从此便踏上江湖路了，怎样也该把攒的那些钱都带上，再带两包果点，一壶百蜜露，还有王伯父送的匕首，桐表哥给的那个可以骑马用的皮袋。

肯定得给爹爹留封信吧。

爹爹……兰徽吸吸鼻子，男儿既已入江湖，便从此无家。

爹，儿会给你写信的。

启檀站在前方，对他勾手指："小影子，快点，来。"

兰徽加快步子赶过去："吾乃孤影侠，无名兄可称我孤影弟，但莫要叫我小影子。"

启檀"啧"了一声："一个名字，有什么好计较的，麻烦。多少人磕头求我这么叫哩。"

兰徽道："无名兄若执意如此，我就叫你小浪儿。"

启檀一撇嘴："行吧，孤影贤弟，你看看前面，愚兄觉得，那边有人家。"

兰徽看了看远处屋顶和袅袅上升的白烟："弟亦觉得是。"

启檀环起双臂："要不要过去，看看能不能弄点吃的？"

兰徽犹豫，他和启檀尝试过打野味，一包弹丸都打光了，也没有猎到一只小鸟。一路走来，树上也没有发现野果。他还尝了两口野草，实在太难吃，咽不下去。

"会不会被人发现你我踪迹？"

启檀嗤道："你我欲成大事，不要这么瞻前顾后。小心些便是。"

兰徽又道："那我们怎么弄吃的？本侠士行走江湖，绝不做鸡鸣狗盗之事。"

启檀道："谁让你偷了。"

其实他也不知道具体怎么弄，书里但凡到这种情节，侠士尚未走到村口，便会听见细草沙沙，树枝摇晃，侠士向那声响处一扫，朗声道："哪位朋友，请出来一见！"

四周先是一寂。而后，树后缓缓走出的，竟是一位倾城倾国的少女，羞涩地垂下眼帘："侠士请随奴家来。"

启檀知道，事情不一定会跟书里写的一样，但一位侠士，不会被这样的事难倒。

"随机应变这四个字你该懂吧。到时候咱们找个窗户，你跳进去，我帮你把风。你能拿多少拿多少，然后给他们留块银子，写上你我名号便是。"

兰徽问："为什么是我进？"

启檀惊讶："怎么你连钻窗都不会？你竟一点轻功都不懂？"

兰徽咽咽唾沫，硬声道："好，我进去。"

启檀一笑："就这么定了。"

浪无名和孤影侠顺着田埂谨慎前行，房屋越来越近，前方的细草突然沙沙作响，灌木树叶摇晃。

启檀停步站定，视线向那声响处一扫，朗声道："哪位朋友，请出来一见！"

一条黄狗蹿了出来。

兰徽脚下的地面飞移。

仿佛他真像书里的侠士那样，身负绝世轻功，正掠风踏云。

他喘着粗气，周遭一切都在颠簸，最清晰的是前方离他越来越远的浪无名。

兰徽双腿的速度其实已经快得不可思议了，只是与启檀相比长短差距太残酷，他只能眼睁睁看着浪无名的背影愈来愈远……

"哈、哈……呜、呜——"喘息声越来越重，不是他自己的，是狗的。

兰徽咬牙，闭眼，小腿肚感受到了寒意。

508

一块凸起的地面绊住了他的右脚，他大叫一声，飞了起来，重重趴落地面。

黄狗猝不及防，愣住了。

奔跑中的启檀也闻声回头。

兰徽眼前一黑，继而金星闪烁，双耳嗡嗡作响，但他的身体又迅速动起来。

愣完的黄狗正准备再扑，兰徽咬牙爬起身的动作和前面停步回身的启檀又让它产生了犹豫——

爬起来的这个会不会在捡石头？往这里看的那个是不是手里有棍子？

黄狗谨慎地后退一步，呜呜龇牙。

兰徽站起身，双腿打战，麻木的右脚一阵刺痛，他倒吸一口冷气，盯着黄狗。

远处的启檀大吼一声："蠢材，快接着跑！"

兰徽颤了一下。

黄狗也抖了一下。

启檀再吼："跑！拿你的弹弓打它！"

黄狗听得懂这个打字，兰徽一摇晃，它警惕地一拱背，将尾巴夹在两腿间，大声狂吠。

启檀一把抡起路边一根枯树杈，猛冲了过来："孽畜，吃本侠一棍！"

黄狗厉吠一声，旁边的灌木丛突一阵窸窣。

树荫里冒出一条人影："喂，你们两个小贼是做什么的？"

兰徽、启檀和黄狗又都愣了。

和王，淳于旷。

张屏双眉皱起，盯着谢赋的眼珠："谢大人为何会因和王而绘制楚朝县境图？"

谢赋淡淡道："下官想挖掘一些旧事。"

张屏道："什么事？"

谢赋在心里轻轻一笑："大人可要将下官捆进公堂再审？"

张屏肃然："我并未怀疑谢大人，但此或是破案关键，还请谢大人详细告知。"

谢赋不禁深深地看了看他："张大人为何屡屡说相信下官？"

张屏道："因为种种证据。"

谢赋叹了一口气："下官多谢大人信任。下官是想证明楚朝和王淳于旷当日的王府在本县，而非九和县内。下官这么做，是顾虑到慈寿姥姥庙的将来。"

张屏紧紧盯着谢赋，谢赋又叹了口气。

"下官刚到此县任上时，确实怀了一颗急进之心，力图政绩。铺张修那姥姥庙，又着力扶持商户，确实也见着利了。但下官清楚，那慈寿姥姥是个假仙……"

历朝历代，这种硬造的神庙都往往难久长。此时香火鼎盛，财源滚滚，换了一任官员，或哪里有人借装神弄鬼生事，朝廷下令整治民间乱拜神道，推倒金身，平了庙观都是眨眼的事。那时县里当要如何？

"于是下官就想着，不能只有一座慈寿山，多弄几处，没有这里有那里。"

挖出石棺的大碗村有太祖皇帝顺天命的传说，但涉及太祖皇帝，须被层层监管，若有一丝一毫出错，都会招来灭顶大祸。不敢碰。

念勤乡又是太祖皇帝圣明的典范，那里等于已从丰乐县分出，由礼部与京兆府共辖，县衙根本就管不到。

"下官那时也是搜来刮去，恰好有人提点，才想到了和王淳于旷。"

楚朝在本朝不算禁忌，和王淳于旷，好修道，死因成谜，经历传奇。旁边的九和县虽然用了和王的王衔，却一点也没有好好挖掘一下这位传奇王爷的意思。

"下官查了史料，和王府所在及和王清修的别邸都可考据到我县境内。可建一建造一造，挖掘一些传说。实不相瞒，姚员外之子失踪时，下官在京城，除述职之外，亦打算就此事先问问上面的意思。下官……"

张屏打断谢赋的话："谢大人将这个打算报给了谁？"

谢赋顿了一下："下官本打算向府尹大人请示，但尚未述职完毕，不能提及他事。"

张屏目光灼灼："那还有谁知道此事？谢大人所说，对你提起和王淳于旷的人，又是谁？"

兰徽、启檀和黄狗与草丛中忽然冒出的人大眼瞪小眼地对峙着。

那人是个女孩子，但与侠客传奇里的美貌少女一点也不一样。

她年纪大约和启檀相仿，一身灰扑扑的衣服，身后背着一个竹篓，裙子都不及地，头发蓬乱，眼睛很凶狠地瞪着他们。

"你们两个小贼是什么人，干吗打我家狗？"

黄狗哼唧一声，晃着尾巴奔到她腿边，又向兰徽和启檀汪汪狂吠。

玦王以收剑姿势将棍子背到身后："村姑，这是你家狗？纵犬伤人，可知何罪？"

少女嗤道："你谁啊，打我家狗还有理了？！"

兰徽记起自己的侠士身份，站直身体抱一抱拳："姑娘，某与浪兄路经此地，确实是这条狗先咬我们兄弟。不过，大丈夫行走江湖，怎能与狗计较。姑娘请和狗一道回去吧，我二人就此别过。”

少女立刻瞪向他：“你这小贼，说话怪腔怪调，跟骂人似的。说，你们到底是什么人？”

兰徽又抱一抱拳：“这位姑娘，在下好言好语同你解释，你为何这般误解？”

启檀打断他的话：“小影子别废话了，与这村姑言语就是白费唇舌，走吧。”

两人刚转身迈步，那少女以不可思议的速度抢到了前方，拦在路当中：“你们两个是谁家少爷吧，离家出走的对不对？”

黄狗紧贴在她腿边，又兴奋地汪汪汪了几声。

兰徽的心扑通扑通快跳两下，启檀不屑轻哼一声：“好大胆子，敢挡本侠的道。退下。”

少女双手叉腰：“别装腔作势了，你们这种京城少爷，离家出走，我见得多了去了。你家里的人肯定要不了多久就追过来了。把你们交给他们，能得不少赏钱哩。”

兰徽挺直身体：“姑娘，请让开，你不是我二人的对手。”

启檀皱眉：“说什么蠢话。”

少女“哧”地一笑：“还嘴硬？这小傻子已经承认了呀。”

启檀面无表情：“本侠并未与你说话，我说他蠢。”

兰徽茫然地睁大眼。

启檀冷酷地一眯眼：“村姑，你确实看错了我二人来历。将我二人报与官府，你全家可能一个不留。”

少女撇嘴：“吓唬谁呢？我现在就能把你们两个小贼剁了埋田里当肥料，你信不信？”

黄狗嗷呜一声，直扑而来，启檀一挥棍，狗再定住，又嗷嗷狂吠。

兰徽挺胸：“姑娘，我二人行走江湖，绝不伤妇孺。请你让开道路。”

那少女哈哈狂笑起来：“哎呀，你们这两个小贼，特别是你，到底从哪儿冒出来的呀，傻透了。行了行了，你们走吧，这么傻，跑不了多远。”

兰徽肃然道：“那，姑娘可还会对旁人说起我二人行踪？”

启檀照头敲了他一棍：“不说蠢话你会死？！”

少女又笑起来：“肯定的呀，有钱干吗不赚。我真心劝你们两个公子少爷赶紧回家吃奶吧。跑到这里也怪累的，看你们脸色都没水喝没饭吃了吧？这边都是人家，你们走在路上总会碰见人，这模样打扮谁看不出来呀。我不赚这钱别人也会赚的。”

她擦擦眼角笑出的泪，冲呜呜低吼的黄狗吹了声口哨。

"算啦，不跟你们两个小鬼啰唆了。我娘还等着我回家生火哩。"

兰徽愣愣看着她背着篓子径直从自己眼前走过。

这是，就这么放过了他们？女孩子做事，真的难以捉摸。

启檀盯着那少女的背影："且慢。村姑，你家多少人口？"

少女转头："就我跟我娘两个。怎么，还真想灭我家满门？"

启檀倨傲地负手："我兄弟二人来历，确实非你想象。你说了，绝无好处。但你若图财，本侠可以赏你。"

少女眨眨眼："你要出封口费？先给个价。"

兰徽正色道："姑娘，你若答应了，可要讲信用。"

启檀又抬手给了他脑袋一下，再盯着少女："你不信，只管对人说。本侠不封你口。只问你，你家中可有汤水饭食？"

少女与他对视片刻，一扬眉："有呀。但我家是开黑店的，水里有蒙汗药，饭里有迷魂散，吃完了你们两个白嫩小少爷就变成白胖包子里的馅儿了。"

启檀一挑唇角："带路，本侠去尝尝你家包子。"

少女一脸无所谓："行，你们不怕死就跟我走吧。"掉头快走。

启檀大摇大摆抬腿，兰徽怔了怔，快跑两步跟上他："无名兄，是否应当谨慎些？"

启檀"喊"了一声，又向少女的背影扬声道："喂，去你家有能避开旁人的路吗？要是其他人发现了我们兄弟，你可就挣不到独一份的钱了。"

少女好像没听见一般，继续大步向前走，黄狗紧紧跟在少女腿边，回头对他们龇龇牙。

离村庄越来越近，走到一丛矮树边，少女斜转身扎进了树丛。

种种荒野邪魅传说顿时从兰徽心头掠过，启檀冲他一招手，亦跟进树丛中。

兰徽犹豫了一下，只好也跟上，拨开戳到脸上的枝叶，发现脚下有条窄窄的小路。他一脚高一脚低地跟着前面的启檀，黄狗在树缝中扑哒扑哒奔跑着。

走出树丛，再穿过一块杂草丛生高低不平的荒地，少女躬身钻进了一道破旧的篱笆洞。启檀和兰徽随着钻过去，只见眼前一道矮墙，几间矮趴趴的小屋，黄狗站在墙边，又开始冲他们汪汪吼叫。

少女跺脚："土球，别叫！"推开两道矮墙垛间的木栅栏。

遥遥从墙内飘来一句询问："外面有旁人？"

一个穿着粗布衣裙的妇人自栅栏内探出身，看见兰徽和启檀，怔了一下，走了出来："这两个孩子，是谁家的？"

兰徽对她行礼："夫人，晚辈冒昧打扰了。"

妇人又向他们走了两步，她的身体略微有些伛偻，很瘦，眼窝微陷，鬓角有些白发，袖口挽着，摞着补丁的衣服很干净，打量兰徽的眼神充满了和善。

"啊呀，这是位小少爷吧。我可当不起什么夫人的称呼。你们是兄弟？你们家大人呢？"

少女取下肩上的背篓："娘，这两个小鬼是从家里逃出来的，我刚才在路上遇见了他俩，他们拿棍子吓唬土球，又要跟我过来，我就带他们来了。"

启檀傲然道："兀那村姑，休要胡言。某懒得再与你解释。"跟着对那年长的女子抱了抱拳，"吾兄弟二人只是路过此处。"

这般的乡野民妇，他平生头一回直视，行见面礼，更是开天辟地第一遭。想以往，这妇人便是想对他磕头，都到不了他十丈内。此时手一抬，豪情感慨顿澎湃在胸中——孤，当真已是江湖一浪子了。

妇人在围裙上擦了擦手，向一旁让了让："两位小公子先进来喝口水吧。"

兰徽看看启檀，启檀自袖中摸出一块碎银："不必叨扰了，我们兄弟还要赶路。想与你买些水和干粮。"

妇人笑了："小公子，我们这乡下人家可备不出值你这些银子的东西。在外面可不要轻易把钱给旁人看，快收起来吧。我灶上正好做着饭，先进来喝点茶水，不一时就能吃饭了。"

启檀道："不必了，着实急着赶路。你们从井里打些水，将某这水壶装满，再拿十来个煮鸡蛋便可。多的钱，只当赏你们了。"

兰徽暗暗赞同地瞧启檀，看来浪无名确实懂些江湖规矩。传奇中有录，赶路行走，即便见到形貌若老弱妇孺者亦不能掉以轻心，须谨防暗算。现从井里打出的水，带壳的煮鸡蛋，最不容易被下毒。

少女"呵"了一声："十几个煮鸡蛋？哪来这么多的蛋？谁还单给你们再烧火起锅煮？我家可不是开酒馆的，想点菜回城里街上去。一百两银子这也没的买！"

妇人略带责备地转头："苋苋，休要无礼。"

启檀负手："二百两，有吗？"

妇人瞪了一眼又要还嘴的少女，回头向启檀道："小公子，我们乡下的井水涩，生水吃不得。我灶上煮着粥，还有些饼子，你们若吃不惯，再吃些别的。想吃煮鸡蛋，婶婶也能给你们煮，但要洗洗再煮，也得些时候。你们总不能就在外面站着吧。"

兰徽挪动了一下双腿，他的腿很木很酸，刚才摔了一下，现在膝盖和脚踝还有些疼。他觉得妇人确实不像坏人，询问地看向启檀。启檀一点头："也罢。"对兰徽一摆手，大摇大摆进了栅栏。

妇人吩咐少女将吠个不停的黄狗赶开，引他二人进屋。

兰徽第一次踏进这样的地方，不禁好奇地四处打量，进堂屋时一脚踩下门槛，差点又跌了个跟头，妇人赶紧扶住他："乖啊，小心些。"

兰徽端正地行礼："多谢夫人。"

妇人嫣然："真跟个小大人一样。来，这里坐，告诉婶婶，你多大了？还没十岁吧。"

兰徽正色："多谢赐座，晚辈明年便十岁了。"

启檀咳嗽一声，妇人含笑摸了摸兰徽的头顶："九岁，好，好啊。"

兰徽不自在地扭了扭脖子，启檀在上首的大板凳上大刺刺坐下。这间堂屋，顶多有他这趟遭贬路上乘的马车车厢那么大，低矮阴暗，脚下地面坑洼不平，不过收拾得倒挺干净，桌椅板凳更是他二人从未见过的样式，看来倒是别致有趣。

屋内还有一股香味，闻起来有些呛，跟偷偷去市集时经过城隍庙等处闻到的味道类似。

妇人拿过一条手巾，擦擦兰徽脸上的污痕，又替他拢拢跑散了的头发。

"你们两个小孩子怎会自己在外面跑，家人该多着急。"

启檀正色："我们兄弟行走江湖，已无父母亲人。"

妇人顿时变了神色："那你们两个孩子要怎么过活？可有亲戚投奔？"

兰徽的心微微抽搐了一下，想起了爹爹，转目避开妇人怜爱的目光。

"在下江湖经验虽不算深，但与浪兄结伴同行，尚能应付。"

妇人再惊诧："难道你们还不是亲兄弟？"

兰徽肃然："晚辈与浪兄乃异姓兄弟。"

启檀飞快抢过他话头："他个小孩子讲不好话，我们不是一个娘生的。唉，照应着他，某是辛苦些，但还能应付吧。我们兄弟身世来历，不能尽向外人道之。"

那少女觅觅在门外"哈"了一声，探身进来："娘你莫听这俩小子瞎扯，就他们还孤儿？肯定是逃家的少爷！"

启檀站起身："莫不是你们这里备不出茶水干粮？那我们……"

妇人忙道："有，有，你们先坐着。"起身带着少女去厨房，不久端来一盆热腾腾的米汤。

"喝白水太伤脾胃，粥还未煮好，先舀些汤来你们喝着解渴暖暖胃，饭马上就好。"

兰徽起身道:"多谢。"

妇人又揉揉他头顶:"好乖。是了,婶婶还没问你叫什么。"

兰徽还未开口,启檀又抢道:"他叫吴影,我叫吴名。你们母女贵姓?"

妇人道:"我娘家姓黄,夫家姓蔡,你们喊我蔡婶就好,领你们过来那个是我闺女苋苋。我平日里得干农活,没好好教她规矩,有冲撞两位小公子的地方,莫怪。"将盛满米汤的碗吹了吹,放到他二人面前,"有些烫,用勺慢慢喝。婶婶再去取些热水,帮你们擦洗擦洗。"

兰徽皱了皱脸:"多谢蔡婶。"他不想吃被吹过的汤,但碗中的浑浊米汤闻起来很香。

启檀垂目用瓷勺搅着碗中的汤,待蔡黄氏出了堂屋,立刻从袖中摸出一根银签,插进碗中,取出看了一看,微一点头:"喝吧。小影子,你真是,江湖经验太浅了。"

兰徽道:"是你要来这里的。"

启檀挑眉:"不错。某一看便知,村姑母女,乃寻常乡下妇人也。但凡事即便有十分之把握,仍要存一分小心。这才是行走江湖之道。你还太嫩,方才被人一问,差点把老底都交代了,这样怎么能行哪。"

兰徽被噎得说不出话,过了一时才涨红脸道:"我这是实则虚也,虚又实也。"

启檀"啧"了一声:"没见识还嘴硬,乖乖别说话,跟着我便是。"

兰徽又噎了一下,愤愤地端起碗,喝了一大口汤。

启檀仍搅动勺子,待兰徽一碗都快喝完了,方才慢条斯理喝起来。

兰徽从碗上抬起眼:"你为什么要等我喝过才喝。"

启檀一挑唇:"我怕烫。"

"他怕死,怕里面下了药,拿你试毒呗!"苋苋端着水盆大步跨进屋内,把木盆放在凳子上,"你们不是兄弟吧,哪有哥哥这样对弟弟的。"

兰徽紧抱住碗,牢牢闭口。启檀对她抬抬眉毛:"你猜喽。"

苋苋嗤一声,看向兰徽:"小鬼,姊姊劝你一句,乖乖回家,别和这种人玩。"

兰徽眨眨眼,启檀冷笑:"我与小影子之间无须你这长舌妇挑拨。该跟谁混,小影子自己知道。"

苋苋叉腰:"那你何必怕我说话?"

启檀道:"聒噪。"

苋苋正要反讥,蔡黄氏拿着布巾梳子走了进来,责备了她两句,把她支去厨房，端水替兰徽和启檀洗漱。

兰徽的手掌摔倒时蹭破了皮，蔡黄氏捧着他的手吹了吹，仔细替他清干净伤处，捣了些草药敷住，再用干净帕子包裹。

"可要记得忌口，最近莫吃发物，别乱玩水，知道吗？"

兰徽点点头。蔡黄氏的手甚粗糙，掌心都是茧子，举止更远比不上奶娘和侍女们细致轻柔，但被那双手拿着粗布巾擦脸，执梳拢发时，兰徽心中竟感到一丝暖意。蔡黄氏替他吹伤口时，他也没有反感。

蔡黄氏又让他起身，帮他拍身上的灰尘，而后再替启檀抖外袍。兰徽望着她的动作，忽而浮起一个念头——若自己也有娘，会是什么样？

他继而又想起了爹，心中一抽搐，低下头。

苋苋的声音又从门外飘了进来："娘，娘，饼子好了。"

蔡黄氏走到门前："那你把筐里的鸡蛋都洗了煮上。"

启檀轻咳一声："鸡蛋就不用了，我们兄弟同你们一样用膳即可。"

油灯的火光摇曳，热腾腾的粥与野菜饼被端上桌面，腾腾热气朦胧了视线，令狭窄屋内又添了几分温暖。

蔡黄氏挽袖盛粥，苋苋摆放碗筷，兰徽凑近粗糙的碗边，喝了一口小米粥，又咬了一口抹了酱的饼，连头顶的毛孔都舒服地张开来。

这粥与饼，竟让他觉得无比的香，升腾的热气，令他有种浸泡在温水中，身在云絮里的感觉。

他看向桌对面大模大样吃饼的启檀，启檀似乎离他更远了，更模糊了，更……

他打了个呵欠，眼皮渐渐下垂，粘上。

启檀正咬了一口饼，却见对面兰徽攥着饼歪向地面，他一怔，猛站起身，却一阵头晕，脚下不稳，砰一声，摔倒在地。

兰珏没想到自己竟真的能睡着。睁开眼时，天已尽黑，屋角一盏小灯幽幽燃着，兰珏猛地掀被坐起："入更了？"

小厮上前替兰珏更衣："回老爷话，快了，差一两刻钟。"顿了一顿，又道，"冯大人那边，尚无消息。"

兰珏定了定神，缓缓下床。

行馆房间不够，兰珏仍歇在张屏的知县小宅。

他独自踱到院中，在树下站了一时，突然听见有嘈杂声响，便循声跨过月门，转过屋角，却见一片灯火中，张屏正拽着无昧往大门方向去。侍从发现兰珏，立刻行礼，张屏松开无昧的袖口："下官见过大人。"

兰珏道了声免礼，张屏稍直起身："大人没休息？"

兰珏道："刚醒。"

张屏再看看他："大人可吃过了？"

兰珏道："没什么胃口，暂先不必用晚膳。你还在忙公务，无须招呼本部院。"

张屏道："大人还是用一些晚饭为好。"

兰珏微颔首："稍晚些再用。你这般匆匆，想来又是要查什么线索，快些去吧。"

张屏"嗯"了一声："下官先告退了。大人好好休息。"

兰珏看着他的表情："你查的案子与本部院算有些牵连，若你那里有需求，可直接来找本部院。"

张屏抬起眼："下官确实有事，想请大人赐教。"

兰珏瞧着他双瞳中的灯火："要本部院同你过去吗？"

无昧偷偷在后面一扯张屏袍子，张屏道："下官先随大人去用晚膳。"

兰珏道："不必，本部院眼下没胃口，走吧。"

等待无用，多想亦是无用，先做些别的事定一定心也好。

张屏再一躬身："大人这边请。"

京城，鸿胪寺礼宾署的厅内，塔赤国领使温木里在来回踱步。

一听说玳王遇刺，他立刻感到事情大大不妙。

其实，玳王被贬时，温木里就有些后悔了。王子在这件事上，发挥确实太过。这些日子使团的人能明显感受到周遭的反感与鄙夷。

温木里派人收集京城民间的议论，大多是惊诧皇上怎会为了一个芥末小番国的番子如此处罚玳王，一个十三岁的孩子能把一条三十岁的壮汉怎样，就算怎样了又怎样，灭了那小番国不跟捏死一只蚂蚁一样吗云云。

不少人甚至暗讽隐刺朝廷软骨，大叹倘若太祖爷同光爷在世，必先杀番使，再平番国。对察布察里克王子，对塔赤国的辱骂更如四海汇聚，浩瀚无边，温木里都不忍听。最近塔赤的商人在街上走动，皆不敢自报来历，甚至谎称自己是别国人，否则连碗水都买不到。

别国，尤其是与塔赤国相邻的几国在京城的使臣和细作这段时日格外活跃。

温木里很忐忑，夜夜向八方天诸神祷告，千万别让玳王在这节骨眼上再出意外。然，他最担心的事情还是发生了。

探子来报信的时候，温木里正在读一本近日风靡坊间的艳情小说，书中写某朝某代一王爷春王，荒淫好色，不拘阴阳，府中两座秘苑，一名花醉，一名南秋。有一北漠小番国将被灭国，其国王子抹布，闻得王爷喜好，便涂脂抹粉，埋伏在春王去山寺赏花的路上，假装邂逅，意图献身。

书中道，那春王轿子一停，抹布便啊呀一声从树后跌出，做个雨打娇花状，匍匐在地，身上那件水绸衫儿刺啦崩开了线，襟怀大开，两只绿头小蝇从浓浓胸毛中嘤咛飞出。抹布刚横眼波，正启朱唇，轿里春王大叫一声："这是个什么东西！快，宣法师，把这个偷了面粉的马猴给孤劈了！"

跟着便是下一回的章目——

降马猴番抹布玉殒法螺寺　逢奇侠淫春王倒挂戏楼钟

温木里正要一把将那书扯烂，探子如被火燎般蹿进来，禀报玳王遇刺了。
而后温木里便直蹿出门。

有靴声响起，温木里急忙回头，礼宾署丞汪希跨进门内，向他歉然拱手："薛大人从府中过来需些时候，领使请先稍坐。"

温木里将手按在胸前，恳切地道："已是诸位大人回府休息的时间，本不该过来打扰。但王子听闻了玳王殿下遇刺的消息，十分担心。王子与玳王殿下之间虽有小小的不愉快，但都是小小的误会，听到玳王殿下遇到危险，王子非常惊诧，立刻为玳王殿下的安危向太阳神祈祷，命我前来，表达诚挚的问候。明日王子还会有信函，上达皇帝陛下。"

汪希再一抬袖："多谢领使大人的转达。待薛大人过来，领使将这些告知大人，大人定会转禀朝廷。领使请稍坐，我再去前面问问。"吩咐左右看茶，而后出厅到了务事房内，关门落座。

案前小吏磨牙道："这群番子还来找事，让大人这时候都不得回府。"

汪希端起茶盏："他们倒是有些急了。可惜，当时让我们大人和整个鸿胪寺给他们赔笑脸的时候怎么想不到后路。"

小吏道："大人真还过来见他？"

汪希抿了一口茶水："见，肯定要见。大人正在宫里面圣，必然得回衙门一趟，只是什么时候就不一定了。让他等着吧。"

旷野中火把连成长龙，京城的第一队禁军已赶到，但仍未找到玳王。

冯邰验了验几枚侍卫找到的弹丸。兰珏告诉过他，兰徽身上带着一把弹弓、一包弹丸，是王砚送的，应是此物。

可惜侍卫追踪到的足迹在小道与官道的交叉口又消失了。

天色已晚，不便再追查脚印，冯邰吩咐众侍卫分几小队，挑几户住在邻近官道村口的农户询问，尽量不要惊吓到百姓。

侍卫领命而去，捕快来报："大人，仵作再验看那几个刺客的尸首，又有了与番国相关的发现。"

冯邰立刻与捕快赶往验尸的帐篷。

此时，另一处的旷野上亦是火把熊熊。铲锹在火光中奋力地挖着，突然，一把铁锹触到了泥土下的坚硬。

火光聚拢了过来。

"报——报——"侍从一头扎进王砚的帐篷，"禀报侍郎大人，土下挖到了石砖墙！"

王砚双眼一亮，收起手中擦拭的短剑，起身大步流星出帐："让他们先莫乱动。待本部院过去！"

老冯不在，做事就是快！那姓张的小子，这次要老实认输了。

王砚带着侍卫下了土坑，走到那挖出的砖墙近前，不禁一喜。

决定探查此处后，他便向冯邰借了点工具，着手下用可续接棍体长短的尖头铁钎探钻附近地面，结果，除了发现几具尸体，更探到原蒲氏旧宅附近地下数丈处十分坚硬。

谁家的地基或地窖都搞不了这么深。侍卫们绘出了图纸，王砚提笔一圈，断定下面必是密室。

该从哪里挖？

王砚略一思索，命侍卫们扩开那口井，从井底向斜前下方挖掘。

现在，眼前挖出的砖墙证明，他的推测对了。

这面砖墙，很粗糙。墙上的砖大小不一，像是从别人家砌墙垒院子的砖头里顺来的，与墓砖样式差别甚大，中间的砖泥很不均匀。寻常百姓家垒个院墙垛子也不能这么不讲究。

左右再呈上从地面和埋着砖墙的土层各段取来的泥土。王砚抓起一撮封住砖墙的土捻了捻，土中有几丝根须。这里没有种树，草根扎不到这么深。这些根须必是封住砖墙时就在土里的，没有化在土里，说明这堵墙砌成的年份应不会太久。

"此墙必是某些人当年从地下出来后临时封上的。挖开，后面定有通道。"

众侍卫领命，兴奋地拥向砖墙。

王砚又道："仔细莫挖塌了，另当心有一两个不入流的机关之类。"

侍卫们立刻道："请侍郎大人放心，卑职等绝不会被些粗陋玩意儿伤到，丢刑部脸面。"

王砚唤过一个小厮："回趟县衙，请兰侍郎过来。"小厮刚领命，王砚又补充，"你先在衙门里候着，等天亮，兰侍郎自己起身，且没旁的事，再请他过来。"

小厮连连躬身："小的明白。请大人放心，小的绝对待兰侍郎歇好了，用了饭，再恭请过来。"

旁侧一县衙衙役哆哆嗦嗦跪地："诸、诸位大人，挖之前，是不是……先上个香，烧点纸……"

侍卫喝道："什么乱七八糟的，我们刑部查案，从不搞这种神神鬼鬼的东西！"

那衙役连连作揖："是小的们错了。之前在山顶上，知县大人还让法师念经了来着……"

侍卫再呵斥："跟着我们侍郎大人办案，还怕什么妖魔鬼怪？方才挖井时怎不见你这么神道！"

王砚遥遥一抬手："罢了，尔等怕这些虚头巴脑的东西，待会儿挖墙时手软，也耽误事，本部院入乡随俗便是。"吩咐左右抬了张小桌到砖墙前，点上蜡烛，拿一个碗里装了点土摆放在案上。竟真有衙役随身带着香，立刻奉上，王砚取三根香，点燃，双手举着，面朝砖墙。

"以香为敬，言致虚空。本部院刑部侍郎王砚，因查一案，欲开此墙。若墙后为墓，墓中有灵，须得听好。非本部院要掘汝墓，汝墓早已被开，如今再开，是为帮你拿贼。查案取证，天经地义。本部院乃行司职分内事，不用你谢。若你有不忿不解不明不懂，问地府，地府也得赞同我；欲理论，可直接来找我。人生在世，终有一死，或早或晚，或前或后。不论阴间阳世，有疑案，必得解。有冤有惑，更需证一个清白！"

言必，将香插入碗内。

"开挖！"

兰珏与张屏到了卷宗库。

小院月门内，两侧存放卷宗的厢房都亮着灯，正中的厅内更是灯火通明，几张桌案拼在一起，上铺白纸，整齐摆着一堆堆书册。谢赋自案旁起身行礼。张屏从书堆里抽出《青乌经》，展开如今和楚朝时的县境图。

"下官推测，昔日害死棺中女子，并伪造出慈寿姥姥神迹的人，还有而今杀死姚员外的凶手，都是为了寻找一个传说中的宝藏。丰乐县是和王的封地，从种种线索来看，在传说里，这个宝藏与楚朝的和王有关。本朝开国时，慈寿村所在之处因地动塌陷，所以，很多人认定，那里的地下，就是宝藏所在之处。"

谢赋与无昧的双眼不禁亮了，张屏指向楚朝时的县境图上某处。

"这里是楚朝末年本县的地形。慈寿村在这里。"

他又展开柳桐倚的那张"易阳子绘"的素帛。

"这张，就是寻找这个宝藏的藏宝图，亦是慈寿村的地形图。大人、师兄，请看这些卦象。"

兰珏垂目端详："这图上没有乾、坎二卦。"

无昧抓抓下巴："对照地形图，这是先天卦标注。缺乾缺坎，即是无南无西，无天无水。且乾为至阳，坎为阳陷阴中，少这两卦，不知何意。"

张屏一点图纸："挖出石棺的古井，在震卦处。"

无昧"咦"了一声："震为雷卦，若做藏棺之地，却是别出心裁。不过一些修炼之人，往往逆天道而行之，棺居震卦，或是为应雷劫而飞升？"

兰珏觉得，再这么扯下去，狐狸精都要扯出来了，便向张屏道："你是在以卦卜算，哪个方位能找到宝藏？"

张屏肃然道："下官是凭证据推测，绘制这幅图的人，以卦象找寻进入地宫的入口。而后来的凶手则认为，宝藏在蒲氏的旧宅和那口井的地下。"

数件凶案，因此而生。

谢赋开口道："实不相瞒，当年初到此任，听得古井石棺的故事，下官都想再挖一挖那口井下。推及他人，难道这么多年，就没有心动的？"

张屏冲他点点头："凶手在寻宝时杀死了那个女子，将其放在棺中，竖立井下。但他们没找到宝藏。"

兰珏问："何以见得？"

张屏道："如果他们找到了要找的东西，姚员外便不会在几十年后又遭毒手。这本《青乌经》也是证据。"

《青乌经》一直被姚家收藏着，书页里陈旧的痕迹也表示，不断有人想从这本书里找到什么。

"假棺是疑阵，震卦亦是疑阵。真正的宝物藏在其他地方。"

兰珏扫视桌上图纸："你也相信世上真有那宝藏，想让本部院与你师兄一起，帮你占卦？"

张屏肯定地道："下官的确觉得宝藏真的存在。这本《青乌经》中或藏着真正的线索，可还没有找到答案。下官把书中合上卦象的句子都抄了下来，再对照地形，但还是没头绪。"

无昧道："未标的乾位与坎位，各是什么地方？"

张屏道："乾位是如今的寿念山，坎位是往县城的官道。"

兰珏翻看张屏抄满句子的纸："那么，棺盖上发现的那几句，你有无与这些联在一起合一合？"

张屏眨了眨眼："下官也想到了这点，但是，下官不擅解读诗文，所以才请大人解惑。"

兰珏一挑唇角："我就说，解卦看风水这事，找你师兄便可，为何还拖上我。原来如此。你直说便是，什么不好学，学会绕弯了。"

张屏躬身："下官知错了。"

兰珏抬袖提笔，在纸上写下棺盖上的那几句话——

松下老蕉客，云外醉蓬莱；
残酒脱沉赘，梦转千百载。
金丹归泥穴，六息散八海；
洞章书玄虚，临岳观太白。
三横逢一纵，弓木遇长才；
直把天门开，送我归阙台。

无昧盯着纸咬指："三横逢一纵，弓木遇长才，是不是一个王字和一个张字……"

兰珏道："这几句读来很有些意思。三横一纵，弓木长才，乃是弄玄虚写谶语的一个寻常手法。王、张二姓是大姓。入墓启棺，一个人必然不行，得要一群人。众人之中，十之八九，会有一两个姓张或姓王的。这样便能对上了。"

张屏点点头。

谢赋问："下官斗胆请教，那为什么不用李或赵？"

兰珏道："或许是三横一纵，弓木长才两句与整体更搭，韵也对，此只是本部院的推测尔。其余玄虚词句似是描绘地形。松、云、岳、太白，都是高处，应是

522

一山也。"

谢赋道:"本县境内,从古到今,只有寿念山一座山。"

兰珏端详纸上:"洞章书玄虚,临岳观太白,直解可以解为一个山洞,能观太白星。而直把天门开,送我归阙台一句,可看作山顶。"

张屏点头道:"所以凶手才假借扶乩,把石棺运上山顶。"

重葬与修庙,其实都是为了再挖挖山顶。

谢赋听这么一说,想到慈寿观大殿下的那个存放石棺的地洞,方位与这两句十分对得上,不禁浑身毛孔一紧:"张大人的意思是,这几句话凶手也看到了。那为什么还要用蜡封住?"

张屏道:"凶手杀死石椁中女子时,并未发现盖上的字迹。"

如果发现了,他们会立刻解句,并挖掘寿念山山顶。而寿念山山顶,是在石椁被村民挖出,要依照做法事的道人扶乩的内容,迁葬古井姥姥仙身时,才动土。

"依事实推测,这几行字应是那个扶乩的道人假做法事时,偶然发现的。他没有把这件事告诉他的同伙,还用蜡封住了字,打算寻到宝藏后独吞。"

无昧、谢赋等人都是一脸懵懂。

兰珏看看他:"若是冯大人在此,该要问你这般推测还有无别的论证了。"

张屏道:"下官查了卷宗,那道人道号虚真,后来便是慈寿观的住持。挖出石椁之后的法会及慈寿观建成后几次进献童男的大祭皆是由他主持。他在慈寿观内住了十几年后死了。不过庙观册上,并未录他之前来历,幸亏刘主簿查到了祭祀卷宗。"

张屏取过一本旧册,翻至某页——

　　上化观虚真法师主醮事。

"挖出石椁的旧屋原主蒲定,曾被指杀害京城上化观的一位道人。这位虚真亦是上化观道人。旧屋附近新挖出的三具尸首,有两具身着道服。"

无昧叹息:"听来上化观和这里,甚有宿缘。"

谢赋淡淡道:"如今慈寿观的住持静清,亦是上化观道人,乃下官亲自请来,再续前缘。"

张屏道:"谢大人只是无意做成此事,与你无关。"

谢赋不禁又深深看看张屏。

兰珏揉了揉眉间:"本部院听着还是有些蒙,但这虚真确实可疑。"

张屏道："下官推测，虚真是在装神弄鬼绕着石椁作法的时候偶尔发现了棺盖上的字迹。"

做那法会时，几次扶乩不成，而后才出来了指向寿念山的乩语，乃是虚真在拖延时间。遮住字迹的油蜡方正，像是用铜印蘸热蜡扣上，这种没有刻字的铜印，是法器的一种，亦只有法师才有。

"建议将石椁运到山上及山顶的风水阵，应该都是虚真的主意。当时唯有他有这个能力。风水阵，亦是他糊弄其他凶手，掩饰自己真实目的的幌子。下官看了庙观的记录，虚真死前，遗言'未解，命也'，座下道人以为这是道长悟道之言，但下官觉得此话证明他一直没找到宝物。"

厅中诸人都定定盯着张屏。兰珏皱眉："你说……虚真是凶手？"

张屏点头道："下官在等证据。目前推测，虚真是凶手之一。"

"你觉得凶手不止一个人？"

张屏抬起眼皮，深深看着兰珏："正如大人方才所说，寻宝入墓，一个人必然不行，得一群人。"

兰徽在浓浓黑暗中，依稀感到衣摆动了动。

他努力撑开眼皮，入目仍是昏暗的油灯光芒，那条黄狗正咬住他的衣摆拉扯。黄狗嚼嚼他的衣角，将上面泼洒的汤汁全部咂尽，而后抬头看看兰徽，喉咙里咕噜了一声。

兰徽的视线与黄狗相触，回想起之前发生的事，惊恐地环视四周。

他在一间很破的屋子里，被捆在一根柱子上。旁边的墙壁斑驳坑洼，屋顶黑黢黢的，仿佛随时会掉下什么，让他不敢多看。

不远处的桌上有一盏油灯，几只飞虫不断撞着火苗。对面的墙角堆积着许多东西，在昏暗的灯光中膨胀出的阴影仿佛怪兽。

兰徽又用力挣扎了几下，但绑在身上的绳子限制了他的举动。他嘴里塞着一团布，身下和后背都垫着厚厚的旧棉被，周围还撒了一圈儿淡黄色的粉末。

黄狗后退了两步。兰徽强忍着恐惧用舌头尽力顶着嘴里被塞的布团，他很害怕，一点都不想做大侠了。突然，他听到身后传来唔唔声。

兰徽哆嗦了一下，感到背后传来几下撞击，唔唔声愈发响了点。黄狗摇着尾巴汪汪叫了两声，兰徽突然明白过来，这个声音，是玳王发出的！

浪无名就在他背后！一样被绑了！

不知为什么，兰徽竟稍微心安了一些，记起了自己的侠士身份。

黄狗又摇摇尾巴，凑过来嗅他衣角。兰徽心中一动，将腿上的绳索向黄狗口边凑了凑，黄狗吸吸鼻子，继续去咬他的衣角，忽然又向旁边一跳，跟着嘎吱一声，门开了，蔡黄氏手中端着一个碗走进屋中。

黄狗夹着尾巴，一溜烟擦着墙边蹿出了门。兰徽瑟缩了一下，蔡黄氏脸上挂着温柔的笑意："醒了？饿了没？婶婶把鸡蛋煮好了，想不想吃？"

兰徽盯着蔡黄氏，想移开视线，又移不开，这时他背后又响起咚咚的撞击和唔唔声。

蔡黄氏转而向后方走了几步，柔声道："莫急，你们都有的吃，只是，你年岁大些，当然要让着弟弟啊。"

她将碗放在桌上，从中取出一枚蛋，磕了两下，剥开蛋壳，递到兰徽口边，取出他口里的布："来，吃吧。"

兰徽紧紧闭着嘴，盯着她一动不动。

蔡黄氏温声道："不凉不热，刚刚好。婶婶不知道你爱吃嫩的还是老的，没有煮成溏心蛋。是不是觉得不好咬？婶婶帮你掰开。"

兰徽把头扭到一旁。

蔡黄氏仍是笑眯眯地："罢了，那我先拿去给你的兄长吃。"起身走到后方，拿下启檀口中的布团。

启檀立刻吐了吐口中布屑，不屑地盯着蔡黄氏："村妇，你绑了我们，有何打算？"

蔡黄氏像未听见一般，将鸡蛋送到他嘴边。

启檀一口啐在鸡蛋上："拿开，村妇之手与这糟烂玩意儿休近我眼前！"

蔡黄氏脸上仍挂着微笑，抬手给了他一个耳光："你爹娘难道不曾教过你，糟蹋东西，要遭天谴？"

启檀咬了咬牙，"哈"了一声："你这野妇也配讲天谴？我没爹没娘，但你敢提我爹娘一个字，已注定粉身碎骨。我这回的确是着了道儿，落入你手。想你正惦记着大把的荣华富贵，只是我得告诉你，我跟那个小娃并非兄弟，他其实是我家养的一个小厮，你留着他也没用，不如你放他回去通风报信，让我家里人拿钱来赎便是。"

蔡黄氏的头微微偏向一旁："你没爹没娘，那怎么还有家？"

启檀哼道："爹娘不在，自然是我兄长当家，我还有一堆叔叔伯伯，拿银子把你全家埋起来也不是个事儿。"

蔡黄氏双眉微皱，站起身，仿佛自言自语般道："这般的孩子，十分不洁，不如不留。"

兰徽打了个哆嗦，失声道："别。"

启檀扬声道："小影子，闭嘴。"又傲然看向蔡黄氏，"要杀要剐来个痛快的，本侠十三年后，又是一条好汉！"

蔡黄氏却像猛被什么东西砸到一样，瞪向启檀："你今年十三？"

启檀晃晃脑袋："不错。"

蔡黄氏扑上来，掐住他肩头："周岁还是虚岁？你今年周岁可是本命年？怎么没绑红腰带？"

启檀强忍着肩上疼痛，硬声道："本命年就得绑红腰带？钦天……我兄长让算命的替我算了，我这属相今年反而得要忌红。"

蔡黄氏突然颤抖起来，望向屋顶："天意……真的是天意……九岁……还有个十二岁……"她跪倒在地，两行泪从脸上流下，"苍天，是你有意把这两个孩子赐给我的吧……是你要借我的手，来完成这件事吧……"

兰徽和启檀愕然地看着她咚咚叩首，又哭又笑。蔡黄氏突然向兰徽爬来，抚摸着他的脸，又爬向启檀，摸着他的脸，泪水流进颤抖的双唇中。

"九岁……九岁……十二……十二……好……好啊……"

厅中的地面都快被踱穿时，温木里终于等到了鸿胪寺卿薛沐霖。

薛沐霖匆匆跨进厅内，脸上却带着诧异："领使大人怎会深夜到访？"

温木里将手按在胸前，再度诚挚地道："我塔赤国英勇尊贵的太阳神之子察布察里克王子殿下听闻了贵国玳王殿下失踪之事，特命……"

薛沐霖一拱手打断他："领使大人且慢，本寺冒昧一问，大人为何会说我朝新近被贬为庶人的小殿下失踪了？"

温木里一怔："我们王子殿下听得消息……"

薛沐霖满脸诧异："敢问察布察里克王子与诸位使臣大人是从何处听到的消息？"

温木里又怔了一下，这群狡猾的汉人，这是又设下圈套了。

他接着用诚恳并悲伤的神色道："护送玳王殿下的那些护卫，回来进城的时候，消息便传开了。也传到了清思殿，我们王子得知后，立刻就命我前来了。"

薛沐霖微皱起眉："那么，是清思殿的从吏侍卫得知了这个消息，告诉了诸位使臣大人，使这件事到了王子面前，还是贵国的使臣大人或随从在外面自己听来的？"

温木里伤感地道:"薛大人是要查证什么吗?"

薛沐霖立刻再拱手:"请领使大人莫要误会,只因这消息分明是错传了,方才冒昧唐突一问。遇到劫匪的,乃是休假归乡的礼部兰侍郎家眷的车驾。兰侍郎的小公子目前尚未找到,京兆府正加派人手追查,还请领使大人保守这个秘密。从三品官员及家眷有事,按例必须上报朝廷。却不知怎会谬传至此?若是清思殿处的官员侍从胡言,使王子误信,更让领使大人深夜前来,请务必告知本寺,朝廷一定严惩!"

温木里先露出震惊的表情。

这群狡猾的汉人,睁着眼说瞎话,这是要把这件事遮掩过去了。

他慢慢再把表情换成松了一口气的欣喜。

"不是玳王殿下?那真是太好了!哦,不,不,我不是说兰侍郎家出了事太好了!我大错特错了!请薛大人千万不要告诉兰大人,让他怪罪于我。希望兰大人的儿子能尽快找到。这件事,可能是我们的随从汉话不好,听错了。待我转禀王子殿下,王子殿下定会责罚他们!"

薛沐霖拱手:"也是本寺疏忽,不知察布察里克王子与贵国诸使竟得知了谬传的消息,府中今晚正好有客,领使大人前来,又久候至这个时辰,本寺当致歉。"

温木里真挚地道:"薛大人太客气了,是我们打扰了薛大人,这个时辰薛大人本该要休息了吧。我也要向薛大人致歉,我们的王子殿下一直因为玳王殿下被处罚的事情不安,王子身体转好后,便每天都在太阳神面前为玳王殿下祈福,为我们两国共同的繁荣昌盛、共同的和平与友谊祈福。只要都幸福着,平安着,和乐着,其他的任何问题,都不是问题。薛大人觉得,我说得对吗?"

薛沐霖再拱手:"领使之言发出本寺肺腑之声。"

待温木里辞别的背影与灯笼火光一道消失在廊外夜色中,一道身穿大内暗卫服色的身影自廊柱后闪出,向薛沐霖一礼。

"多谢薛大人,卑职这便告退,回宫复命。"

咚咚咚,拍门声砸破浓夜的静寂。片刻后,汪汪犬吠中,低矮的门嘎吱开启,一个瘦小的妇人微微佝偻着身体出现在门前,茫然看着眼前刺目的火光。

"诸位是……官爷?为何深夜叩门?"

一名侍卫上前一步:"姓甚名谁,家有几口人,速速报来。下午或傍晚时,可曾见过陌生的孩童?"

妇人脸上露出惶恐的神色,福身行礼:"禀诸位官爷,小妇人蔡黄氏,家中只我与小女两人，没见过什么孩童。官爷不信，就进来搜吧。民妇这里偏僻，不靠路，轻易见不到什么人。若是见到了，一定禀报官爷。"

那侍卫举着火把向内里一扫，向同行的几个侍卫并一个正拿笔记录的小吏点了点头。

"若见到八九岁十来岁的陌生孩童，便告知你们乡长，衙门有赏钱。"

妇人仍佝偻着身体，连连道"好，好"，目送侍卫们牵马离去，合上了木门。

灯芯蜷曲，火苗微微跳跃。兰珏、谢赋、无昧继续与张屏一道围桌而立，紧盯着桌上的地图和纸张。

无昧终于问出了众人都在想着的疑问："咱们要找的到底是什么宝贝？"

张屏道："得找到，才能知道。"

无昧再小心翼翼问："那找到宝贝后，要怎么样？"

兰珏道："这件事恐怕张知县也做不得主，须上报朝廷。今晚诸位在这厅中的所见所闻，更都是机密。"

众人立刻纷纷保证，绝不会泄露半句。

无昧瞅着桌上帛图："贫道多嘴一句……那句三横逢一纵，可以解作一个王字。而离卦也很像个王字。"

兰珏意识里豁然一敞亮，指尖一点额头："不错。强解棺盖上的这几句话字面上的意思，或许错了，线索藏在了其他方法里。"

他点向易阳子那张帛图上所绘的卦象，离☲、坤☷、艮☶、巽☴、兑☱、震☳。

"其实这几卦，都可看作是三横中加了一竖。"

张屏点头："只有图上没标的乾和坎不是。"

乾卦☰只有三横，而坎卦☵是有两个小纵，与诗句不合。

张屏向无昧一揖："师兄，多谢。"

兰珏亦道："这些事情，果然还是要请道长才看得清楚。"

无昧小腿肚子打战："多谢大人，多谢大人，大人谬赞了，小道只是瞎想了一下，当不起！"

谢赋发现自己又嘴欠了："挖出石棺处，是震卦，亦符合三横一纵说，可张大人已通过虚真的生平判断了，杀死树下无名女子的凶手多年前挖过那里，没找到宝藏。"

无昧又大胆道："会不会还是有的，一个村的下面都是空的，只是不在那个方位。"

兰珏道："慈寿村里住了很多人家，建房屋，打水井，挖地窖，除了那口石棺外，再没人挖出什么，不大像真藏有东西。"

张屏道："大人说得对。"

无昧又猜测："那，一口这么好的大石棺，还有棺盖上的诗，又有什么意义？难道是连环线索，先让人找到那口石棺，再根据石棺发现真正的宝藏？"

张屏不语。

兰珏道："现在都只是猜测，不妨先把其他暂放在一旁，只解棺盖上的句子。若方才解得对，那这几句话解出，真相所在应该也就清楚了。"

张屏点点头："大人说得对。"

兰珏提笔："三横逢一纵并非王字，而是卦象，后面那句弓木遇长才是否也类似？弓木，长才，才……"

张屏、无昧、谢赋与他同时道："三才。"

无昧与谢赋连连告罪，兰珏摆摆手："本部院在休假中，眼下查案关头，繁文缛节就不必了。在本部院面前便与你们张知县一样罢了。"

无昧感动得痛哭流涕，暗暗在桌下踹了也拉过一张纸开始写写画画的张屏一腿。礼部侍郎大人竟是这般的平易近人。阿屏，你有点眼力见儿好吗？要惜福啊！

张屏抬眼茫然地望了望无昧，再低头继续画。

三才者，天地人。

　　一元生两仪，两仪生三才。

　　是以立天之道，曰阴与阳；立地之道，曰柔与刚；立人之道，曰仁与义；兼三才而两之，故《易》六画而成卦。

弓木遇长才……指的是三才中的哪一才？

无昧又积极地道："离卦，为东木。"

谢赋接口："弓木与东木似是谐音，只是长才……"

兰珏道："再看后面一句，似就明白了。直把天门开，送我归阙台。"

天！

"天是乾卦，南。东南方位？"

谢赋看看张屏："可是乾卦图上没有。"

兰珏道:"这帛图,只是易阳子根据推演所绘,不能全部作准,毕竟,他没找着。"

无昧点头,张屏也再点头:"大人说得对。"

兰珏沉吟:"若是东南,按先天卦推算,就是兑卦了。"

谢赋与县衙等人的视线,都不由得瞥向图纸上慈寿村的兑卦处。

张屏目光灼灼:"若按和王时的县境图,慈寿村在县境的正南,乃乾卦。兑卦处,是寿念山。"

众人听到他这句话,都无端端毛孔一紧。厅中蓦地一阵沉默。

片刻后,兰珏道:"这是兜兜转转,又回到了开头?"

谢赋道:"那里,不是已被虚真挖过了吗?不过,他只挖了山顶。"

无昧小声道:"兑为泽……跟山,差别有点大吧。那山从风水上说,可不算好地儿呀。"

谢赋叹了口气:"传说那位和王是个狠人,如此行事也有可能。只是寿念山可不小,把一座山都挖遍,十年也做不到。"

兰珏扫视图纸:"大墓皆有陵道,地宫必有入口。乱挖肯定不行,得找到入口才是。"

入口,会是哪里?

张屏抓起那本《青鸟经》翻动。兰珏心中又有什么一掠,若是……

正在此时,门外响起脚步及通报声,是王砚派来请兰珏的人到了。

侍卫禀报完毕,兰珏便起身道:"本部院即刻与你过去。"

张屏跟着起身。

侍卫抱拳:"王大人吩咐卑职请兰大人明早前去,卑职听闻大人尚未就寝,便先冒昧禀之。夜已深了,大人先休息吧。"

谢赋跟着进言:"夜色已深,大人自到县中,便不曾好好休息,到现在晚膳还未用,若劳倦过度,本案破解更要波折。下官已着人备膳,请大人略进些许,歇息一夜,明晨再启行。"

兰珏道:"地宫墓穴,经年封存,一旦开启,流动气脉入内,遇风遇火遇光,都或多或少会有些变化,尤其墙上壁饰。越早过去,越能看出究竟。"

张屏待他们都说完了,才道:"下官能否同大人一起前去?大人先吃点饭。"

兰珏略颔首:"好吧。"

张屏向兰珏一躬身:"大人,可否让道人无昧亦同行?"

无昧心中咯噔一声,告饶的话差点便冲口而出。苍天哪,阿屏你能不能不要这么抬举哥啊……哥怕顶不住……

兰珏看看张屏，再扫过无昧蜡白的脸，颔首："允。"

谢赋遂赶紧命人备膳备车马，又安排那侍卫也去吃饭。

兰珏就在书库内厅用了膳。谢赋未让厨房备油腻饭食，只上了几道羹，几种粥，并一些细点和清淡菜品。其实现在兰珏就是空口吃油泼花椒，也吃不出什么滋味来。他稍进了些粥便就起身，亦不更衣，直接便往外院乘车。

谢赋看着兰珏的背影心中感慨，这世上，谁活着都不易。便是坐上了这般高位，儿子丢了，还要若无其事般为公务奔波。嗟乎，人人皆如蝼蚁，营营又何为？

马车出了县衙，直往慈寿村方向。兰珏自乘一车，张屏和无昧共乘一辆。兰珏吃了些饭在肚里，再一经颠簸，眼皮不由得沉重，他的心中更加沉重，若冯邰推论确实，玳王其实是趁乱出逃，皇上留情便罢，倘若论真追究，兰徽或大或小，要有个从罪。

所以兰珏即便身在油锅，也要咬牙做个奔忙专注于案情的姿态，能得个一星半点的功劳，便为兰徽挣下一分求情的余地。

首先，得徽儿平安回来。

兰珏倚着靠枕合上双目。

张屏一路沉默不语，盯着灯火出神。无昧闭眼念经，待到了地方，下车时，他摸出一个符塞给张屏："阿屏啊，我知道你不信，我画的这个符恐怕也没什么用，但你还是拿着，就当多揣张纸。"

张屏接过符，道了声谢，塞进袖中。只见一片灯火大亮，来往侍卫衙役走动，人影钎铲舞动。亦下了车的兰珏不由一怔："不是已经挖到了吗，怎么那边地上还在挖？"

迎上来的侍卫回道："禀大人，是另一处！"

无昧暗暗咋舌："乖乖啊，头回见这样挖坟的。不愧是朝廷大官的手笔，不知道的还以为是盖房子下地基马上要放鞭炮撒糖了哩。"

他与张屏随在兰珏身后跟着侍卫指引向前走，没走几步，只见灯火又盛，王砚大步流星领着几个举着火把打着灯笼的侍卫迎面而来。

"佩之，怎么这么快就赶过来了？"

兰珏道："墓室地宫，遇气欲损，既是要看，当尽快。"

王砚呵呵一笑："多谢多谢。唉，累着你了。其实下面差不多一目了然了，不过细节处请你再掌掌眼。"又一瞥行礼的张屏与无昧。

张屏躬身："下官想看看，便恳请与兰大人同行。"

王砚大方道："行，你看看也正好。一同过来吧。"带着他们大步走向枯井处挖出的地道。

到洞口时，张屏又看了看另一处正在开工的地方，兰珏道："墨闻兄，怎么那里还挖着？"

王砚一挑唇角："过一时你就知道了。"

开出的土道微有些陡，张屏一路走一路打量，到了挖开的砖墙前，捡起一小块碎砖看了看。旁边的侍卫立刻道："张大人，我们侍郎大人已验过了这里，此处是后封上的。"

张屏点点头。无昧赶紧道："王侍郎大人真是厉害，简直是通阴阳断鬼神的神断。贫道有幸得见，真是几辈子修来的福分。"

侍卫道："我们侍郎大人不爱说鬼神事，他说他只断世间冤案，不管那些虚头巴脑的。我们跟着大人做事，更是这辈子的福气。"

无昧颤声道："这正是青天大老爷的风范！"

侍卫笑了笑。

张屏默默踩着地上的影子往前走，砖墙之后，是一条甬道，墙壁与地下皆是石片。兰珏驻足，就着灯火打量四周。

"若此为墓道，规格略小。"

王侯墓葬，皆有制式，楚朝奢靡，尤喜厚葬。可这甬道才一人多高，宽也只有七八尺。甬道壁上毫无雕饰，若是寻常富户的墓道，倒说得过去，以和王之尊，着实简陋。

王砚道："但这上下石壁，寻常工匠难以做成。我大略算了一下，那口石棺，抬得进来。"

张屏向侍卫讨了一盏灯笼，先照了照地面，又折回去看了看砖墙后面和顶上，再照着地面一寸寸看。

"这里是条通道，但未必是墓道。"

王砚瞥了他一眼："这些可稍后再细验，先去里面。"

张屏站起身，无昧紧跟在他身旁，继续默默念经。越往里走，越阴冷。张屏边走边计算步数，不久后，前方出现了一道石门。

此门原先被一道大石做的门扇封住，此时门扇半缩在旁侧墙壁内，王砚指着门上方一太极图案道："这是开门的机关。"

一侍卫纵身跃起将太极一转，再一按阴眼，石门轰隆隆关闭；又一按阳眼，石门又轰隆隆开启。

王砚负手微微一笑："佩之看如何？寻常人的墓葬，难做这般机巧。"

兰珏打量着石门："确实非寻常墓葬可有，但我不才，亦未曾听说前朝地宫中设有可开关墓门的他例。地宫修好，入葬后便会封存。以石条封门，铁汁浇固，永世不得再开。"

和王崇道清修欲飞升，一生未娶，应该没人与他合葬，他入葬后便可封墓了，不应再留道能开关的门。

张屏道："这门，是留给活人进的。"

王砚看了看他："不错。这和王真是个奇人，墓造得当真不寻常，里面更让人想不到。你们想不想知道，什么是天门？"

兰珏微诧异："只把天门开，送我归阙台？"

王砚负手一笑："不错，这几句我也背得了。三横逢一纵，弓木遇长才；只把天门开，送我归阙台。"

王砚

王公子骑着一匹白得闪眼的胡种名驹纵横京城，两袖兜风，霸气四溢。

景启檀

景启赭

张公案

大风刮过 著

下册

北京联合出版公司
Beijing United Publishing Co.,Ltd.

六

门内墓室深处走出几个提着灯笼的侍卫，护卫他们进来的侍卫亦率先进了石门，汇聚的灯光照亮一座白色石碑。

石碑高约丈余，石质似玉，横在正前方，上刻两行朱红大字——

生归尘，死归土，死化生归皆尘土；
前有路，前无路，一切有相本是无。

王砚回头看他三人："有无感受到寒意？"

兰珏驻足扫视石碑："好字，洒脱之中，更有风骨，非寻常手笔。地宫四面皆石壁，确实阴冷。但石碑障目，未见天门，不知归尘归土还是归阙台，更不知开阖之时，能为雌乎？"

张屏抬手摸了摸石碑，看看手上灰迹。王砚"哈"了一声："玩笑玩笑，不过这碑也不是全然故弄玄虚，前面还有东西。"

张屏默默先绕过石碑。无昧偷偷瞄瞄王砚和兰珏，掐着诀，默念着咒，小碎步跟在张屏身后。

石碑后确实还有东西，还是石碑。确切说来，是一道石壁，左右两碑，都是玄黑色。石壁丈宽人高，上方赫然又是一行朱红大字，与前方白碑似出一人手笔——

见孤者，拜；敬孤者，佑；犯孤者，死！

无昧生生打了个冷战，向正朝石壁伸手的张屏道："当、当心些，墓里的东西，不能乱动。"

王砚遥遥道："没事，摸吧，本部院方才已摸过了。"

无昧把各种不吉利的话憋压在喉咙里，眼睁睁看着张屏把石壁和上面的字摸了又摸，摸完还意犹未尽般搓着手指，举到眼前端详。而后，张屏又看向左右两座小碑。

左碑上刻着四字"似空不空"，右碑上刻着四字"无形无象"。各被一只石刻赑屃驮着。

无昧怯怯道："无上天尊，贫道冒犯，多言一句。'似空不空，无形无象'乃明经度世之句，置于暴戾咒诅之言旁侧，着实不好。听说和王曾修道法，不当如此为之。"

张屏道："这是为了故弄玄虚。这些碑，不是一起刻的。"

这两座小碑连同赑屃上有风雨侵蚀痕迹，看样式，之前应是放在什么屋子或门外，后来才被挪进这地宫内，碑身被重新漆刷，字也重新描了。

张屏抬起眼皮看看兰珏："大人也已看出石碑上字迹的不对了吧？"

兰珏颔首："玄色石壁上字迹，不似白碑与小碑的字迹流畅，撇捺相接处甚是僵硬，尤其那'死'字，与入门白碑上'死化生归皆尘土'一句的'死'字一模一样，只是大小不同。"

这世上，即便同一人笔下，也绝写不出完全一模一样的两个字。白碑上"生归尘，死归土，死化生归皆尘土"中的两个"死"字，便不相同。

"故，此碑是将同一人书于他处的字迹拼凑而成。"

张屏点头："大人说得对。黑色石壁，是蒲氏或其他和王旧臣伪造，做震慑之用。"

王砚慢悠悠道："为什么要震慑？"

张屏道："故弄玄虚。这座地宫，并不是和王墓，可是造这座墓的人，却要别人以为，这是和王墓。"

王砚负手："本部院要学老冯说一句，别没勘查完，就急着下判断。后面还有好东西。"

几人遂绕过石碑，向后走去。只见宽阔石室，高高穹顶，冰冷四壁。侍卫们手中的灯火霎时变得幽幽单薄。

遥遥正上首，有几个一动不动的"人"。

四周仿佛又凉了些许，令人不由自主想屏住呼吸。张屏蹲下身摸了摸光洁的石地，一步步走到那几"人"近前。

被尘埃覆盖的帷幔繁厚华美，漆案座椅式样古朴，雕饰巧夺天工。端坐在正上首长案后的人蟒袍高冠，清俊的面庞上带着一丝疏离与寂寥，似是凝目望着阶下，又似看着未知的虚空，铜铸肌肤在灯光中折射出淡淡温润。

主座阶下左右，各有几张小案，案后铜像，有长袍纱帽，亦有铠甲佩剑，姿态或肃穆，或慷慨，或聆听，或沉思。

桌案上，都放着杯盏。仿佛这些人或物，只是被法术定在了这幽暗地下，待有一缕阳光落下，便会化为鲜活，把盏议事，散去尘埃与时光。

而张屏等人，便是无意闯入的不速之客，就算穿梭在桌案间，触碰着眼前的躯体，也无法穿透无形的壁障，只能站在二三百年的岁月洪流这边，遥遥远观。

张屏抬起袖子，擦了擦最上首铜像肩上的灰尘，一旁提着灯笼的侍卫递上一块布巾。兰珏扫视着周围："最上方的铜像，想来就是和王了。"

他的声音温和，响在空旷厅中，仍显突兀，像骤然打破了沉睡的壁障一般。

张屏道："嗯。"

王砚亦开口道："不错，看这服色，应当就是了。"

张屏端起和王面前的杯子，看了看，又嗅了嗅。兰珏道："单看这间石室，确实不像墓室，而像祭堂。但一般祭拜，都是在地上殿阁内，而非地宫之中。"

张屏微抬起头："大人说得对，这是祭堂。铜像与器物上的灰尘都不厚，而且铜像光泽，杯盘都不像新的，被人擦洗过。"

王砚道："那你觉得，出入祭拜这里的人，是谁？"

张屏道："以现有的证据推测，下官觉得，是蒲氏。"

王砚挑起一边唇角："哦？"

张屏躬身："下官方才进来时，查看入口，石料磨痕明显，非常光滑，应是常年被人踩踏所致。能开合石门的机关，也是常被触摸的模样。下官想，当年蒲氏院中的井口，应就是通往此处地宫的入口。"

王砚点头："嗯，不错。这就对上了你我之前的推测。蒲与仆同音，蒲氏，就是当年和王的旧部，楚臣余党。"

兰珏"哦"了一声："墨闻兄与张知县之前就猜到了蒲氏是和王的旧部？"

王砚点头："是这小子看到姚家丢的那套《抱朴子》，根据其中缺失及存余的卷名，推出书中暗藏了这个古井的屋主蒲氏身份的秘密。"

那套《抱朴子》，只有外篇而无内篇，撕《君道》卷，存《臣节》卷，还有《时难》《守塉》《安贫》等，暗示不幸逢时难，潜迹于乡野，守塉安贫，以全臣节。

而"朴"与"蒲"同音，亦与"仆"同音。蒲氏，即和王之仆也。

兰珏恍然："原来如此，这蒲氏身为楚朝余党，却也忠义于旧主，秘密不得见天光，唯能以隐晦之法委婉道之。此心机也，亦可叹也。只是，藏着他们身份秘密的书，怎么会藏在姚家？"

王砚呵呵道："自然是因为，姚家跟当年挖出那口石棺，还有棺材里的那具女尸，都有关系。死者姚丛之前丢了儿子，嚷着儿子被姥姥抓走了，就是心虚。数日前姚丛被杀，凶手又跑到姚家去偷书，也是个知道内情的。"

张屏道："姚员外的夫人告诉学生，姚家先祖曾交代后人，如果出事，就把那几本《抱朴子》和《青乌经》送到官府。"

兰珏又深深看了张屏一眼，难怪张屏之前一直说，姚家那本《青乌经》中会有宝藏的线索。

王砚道："所以我才说，当年的女尸，现在的姚丛被杀，其实是一个案子。都是为了挖这和王的墓。不知道传说中，和王到底藏了什么好宝贝。"

兰珏道："墨闻兄没在这地宫里发现宝贝？"

王砚却又故弄玄虚地看向空旷处："要说宝贝，也有。佩之你猜猜是什么？"

兰珏叹了一口气："我当真不擅长猜谜。不过，这地宫，杀死无名女子的凶手曾来过，若还留有宝物，肯定不是能拿得动的小宝贝。"

王砚哈哈一笑："佩之厉害。"

当年来过这地宫寻宝，又与那石棺女尸有关的，目前已知有虚真道人和姚氏的先祖姚存善。其他的，还有谁？

那惨钉在风水局内，却又被无知乡民恭称为慈寿姥姥祭拜的无名女子，到底是谁？

张屏在王砚和兰珏谈笑时默默走下了台阶，他绕了几圈，突然匍匐在地，用刚才在墓道口捡到的那块碎砖敲着地面，直至某处停住："这里，有东西。"

王砚顿时奔了过来，其他人随后围拢上前。张屏起身，向一位侍卫要过一根铁钎一撬，一块石板微微抬起。

几个侍卫撬起石板，抬到一旁，露出的石坑内，整齐放着一排排的盒子。

王砚盯着张屏："你怎么判断此处有东西？"

张屏躬身："禀大人，下官想，既是祭拜，必然要有供物。可这些铜像仿佛饮宴议事情形，祭拜之人若奉祭品，必不会唐突地直送到案前。这里正对上首的所在，恰是位卑之人供奉的恰当位置。"

侍卫捧出一个盒子，打开，盒中有一束头发。

其他侍卫们将盒子一个个捧出，里面全是头发，有些是一束束，略大些的盒子里有数束或十数束甚至几十束。

头发越来越多，无昧的鸡皮疙瘩一层层上冒："诸位大人，贫道见识浅薄……一时判断不出，这是什么意图……"

张屏面无表情："以发代首。"

王砚点头道:"不错,这些头发,应都是从被杀死的人头上割下,代替首级,供奉和王。"

张屏俯身,拿起一束头发,这绺发虽已干枯,但仍比常人之发更乌黑坚硬,还是卷曲的。这是胡人的头发,这样的发,有很多。

"东真人一直在寻找被和王拿走的宝藏,蒲氏将这里伪装成和王之墓,引他们到来。"

放饵垂钓,请君入瓮。

王砚亦拿过一个盒子:"你一直在说,这座地宫是故弄玄虚,使人以为这是和王之墓。你觉得杀掉觊觎和王宝藏者,割下头发献祭,就是建这个地宫的目的?工程未免大了些。"

张屏道:"下官觉得,诱杀觊觎宝藏的人,特别是东真人,是建此地宫的目的之一。但不是最主要的目的。"

王砚道:"那你以为最主要的是什么?"

张屏垂下眼皮看着地面:"证据不足,下官暂时无论断。"

王砚"嗤"了一声,将盒子丢给随从。

兰珏袖手旁观,颇觉有趣。从王砚言行看来,他心中已有了推论,而且和张屏相同。他一直询问张屏,并非为难。王大公子办案从来都是他说他做,属下一旁跟着即可,这般一直问,一直听张屏说,很不寻常。

更不寻常的是,王砚的眉梢眼底,竟隐隐洋溢着对张屏的喜爱。当然,这些就不指望张屏能看出来了。

兰珏唇角刚扬,兰徽之事又砸得心上一紧,王砚察觉到他的目光,踱了过来。

"佩之,你还好吧?是我不对,不顾你这般劳累,还硬请你过来。放心,找人对老冯来讲不算什么事。等一时上去了,肯定就能听到小徽儿的消息了。"

兰珏自然明白,王砚定是推测到了玑王失踪十有八九是趁乱拉上了兰徽逃跑,才让他过来帮忙。送份人情又好像双方互不亏欠,王大公子一向喜欢做这样的事。

兰珏便就仍依惯例承情不说破,只道:"谢墨闻兄吉言,冯大人之能乃我所慕,他办此案我心甚安,此时更不可因私误公。"

王砚搓搓手:"正是,这些头发已看了大致,细查就留给老冯吧。不然,他觉得咱们这边完全把他撇了,又该恼哭了。他一定每根头发丝都能验出来历。走,咱们先看后头。"

张屏与无昧默默跟上王砚和兰珏,王砚又停下脚步。

"是了,你们先来猜一猜,这间殿除了咱们进来时的门,其余都是石墙,后面的殿，在什么方位，要怎么进？"

兰珏看向上首："我这外行人先来班门弄斧做个推论，按照寻常玄宫布局套算，此处乃前殿，往后应有中殿、侧殿及后殿。中、后二殿都在前殿正后方。所以，若要有门，应在和王铜像身后。"

王砚哈哈一笑："不愧是佩之。"

兰珏道："卖弄卖弄，惭愧，惭愧。"

两名侍卫走到和王铜像身后，拉开帷幔，用手一推，一块墙面便侧凹进去，露出漆黑门洞。幽幽几点火光，突然在漆黑中亮起，悬浮于虚空中，恍若幽冥鬼火。

兰珏道："这真是有些机关了。"

张屏道："是有纸煤子等物。石门沉重，开之有气流，亦有震动，若还有硝石之类坠下，便可自燃。"

王砚颔首："嗯，你长于道观中，果然对这些手法甚熟悉。"

无昧鼓起勇气道："侍郎大人，市井之中确实有许多骗子，谎称道门中人，用些硝石烟火手法骗人。但行骗乃作孽，坏自己福德根本，真正修道之人，断不会如此做。"

王砚呵呵一声。

兰珏道："水有子孑木有蠹，世之常态尔。王大人也是俏皮，前已识破了这机关，却还仍又让我等领略了一番。"

王砚嘿嘿一笑道："我看这一出有趣，就还原还原，好请佩之看破这些把戏的意图。"

几人说话间已步入门内，侍卫点亮灯火，张屏、兰珏、无昧的脚步皆顿住。

他们的脚下，踩着一些碎屑和粉末。而这整间石殿，竟就是一个八卦！

偌大殿堂形状浑圆，地面八方刻着乾、兑、离、震、巽、坎、艮、坤卦象。石门处是坤卦，除却这里，其余七卦处各竖着一根石柱，柱上托一石盆，盆中的火熊熊燃着，照得整个殿内亮如白昼。

坤卦前，横着一方石台，台前一片狼藉，红的、金的、白的、灰的、蓝的各色粉末颗粒散在一地碎瓷中，还有些许直到石门处，映着火光，折射晶亮虹彩。

石殿正中，是一汪圆池。池壁一半玄黑，一半纯白，池水已干涸大半，亦半黑半清，成一阴阳双极，清水池底，还有些红色和亮晶晶的东西。

池边对着大门的地方，亦有些碎瓷片。池水阴阳双眼处，两根鲜红圆柱，直插向上，顶着殿顶。

张屏走到代表离的卦象旁，八方卦象，只有此方的地面是下陷的。张屏沉默地在离卦旁蹲下，有干涸的血痕。点滴断续，从那方石台前绵延至此。

那些人走的时候并未擦扫过这里，一地的狼藉凝固了数十年前的种种，告知后来人，那封在柳树下的木棺内，却又被百姓敬为古井姥姥，享着数十年供奉的女子，生命最后时刻的惨烈。

无昧凑到张屏身边："这红的是丹砂？"

张屏捻起一些碎屑："还有云母、曾青、铅粉。"

无昧"咦"了一声："都是丹材？这些罐子，怎么都给砸了，好细薄的瓷片，都是好瓷器哪。"

兰珏亦走了过来，俯身捡起一块罐底的碎瓷："楚时上用瓷器。淳于氏奢靡，上用瓷存世甚多，这盖罐若得完好，沽于市集店铺，约能得百十两银子。"

无昧咋舌："百十两？就这么砸了？！罪过，罪过！"

兰珏放下瓷片："想着有金山银山，却只见到几个这样的罐子，难免愤然。"

无昧扫视地面："还有这些血迹，他们在这里……杀了人？"

张屏闷声道："就是山顶的那具女尸，她是自杀。"

无昧愕然，张屏指着石台底部边缘："这里有些粉末，是硫黄粉。还有这几点红，不是丹砂，是被撒了硫黄粉的水银残粒。地上有五个罐子的碎瓷，清水池里，有琉璃碎片和红块。这石案上，除了丹砂、云母、铅粉、曾青，还有一瓷罐硫黄粉，一琉璃罐水银。"

无昧立刻向后一跳，脚下被碎屑一滑，幸亏一旁的侍卫扶住，未摔倒在瓷片上。

张屏道："不碍事，水银已被撒了硫黄粉，又被丢入水中，无毒气可散。若是有毒气，我们待了这么久，也早该中毒了。"

无昧哆哆嗦嗦站直，偷偷飞快看了看自己的手和指甲。

兰珏道："听闻冯大人验得那女尸胃中有水银。"

张屏道："她喝下了水银，又砸破瓶子，把水银洒在地上，想用水银散出的毒气杀了其余的人。可惜石案上，还有一罐硫黄粉。"

兰珏动容。无昧先他一步问："那女子到底是谁啊，为什么那些人和她会进入这里？"

张屏道："那个女子，应该姓蒲。"

她就是蒲氏的后人，当时世上，唯一一个知道这座地宫秘密的人。

张屏走到阴阳池边，盯着那两根鲜红的石柱，兰珏顺着石柱看向穹顶："这两根柱所顶处，似有一方形痕迹。"

无昧长大嘴伸长脖子，没错，这大殿的穹顶十分光洁，唯独被柱子顶着，正对着水池的那里，四条缝隙组成了一个长方形。

张屏道："这就是蒲氏女按下离卦后，升起的机关。天门，开。"

天门开？无昧浑身一震："直把天门开，送我归阙台？"

王砚哈哈一声："不错。只把天门开，送我归阙台。天门，已是开过了。真是想不到，这水池中的阴阳双眼，是两根可升降的柱子。机关一动，就托着搁在柱子上的石棺升上去。所谓的天门，有趣！"

无昧目瞪口呆，一脸茫然。旁侧侍卫向他再解释："法师，按下离卦那里，顶上会先开一个洞，这两根柱子就会托着棺材升起来，升到洞外头。小小机关，我们侍郎大人一眼便看破了。"

无昧舌头打结："棺？什么棺？"

王砚呵呵道："这还用问吗，就是后来显灵，现在被供在庙里的石棺。"

无昧眼前星光闪耀，只觉得更眩晕了。

张屏道："如此，蒲氏女之死便就明了。数十年前，想得到和王宝藏的人抓住了蒲氏女，严刑拷打，与她一起进入这殿内。蒲氏女按下了离卦机关，升起石柱。"

而后她喝下水银，打破水银罐，想和案犯们同归于尽。可惜案犯们用硫黄粉压住了水银，顺利地离开了，带着她的尸首，回到了地上。

"他们打开了石棺，把升出石棺的地方和井下的通道封住。石棺太过沉重，不好藏，他们就把女子的尸首放进棺中，竖着丢进井里。"

又数年后，地面上的屋子被分给了村户焦二，石棺又在挖井时被发现。

无昧摸摸鼻子，嘀咕："但是……贫道还是想不明白，为什么要做个机关，把棺材升上去？"

兰珏打量四周："这整个玄宫就很古怪。门前石碑有恐吓之意，然而整个地宫之内，并没有什么厉害的机关暗器。"

便是寻常富户的墓葬，稍有规格的，都会有些防盗的机关。

此玄宫却是看似玄之又玄，内里简单空荡，让人有种莫名的空虚。

张屏看向无昧："师兄，带盘了吧。"

无昧赶紧从随身的小袋掏出一个罗盘，托在手中，定睛一看，立刻失声大喝："有鬼！"

罗盘上的指针跳动颤抖，左右摆动着。张屏从无昧颤抖的双手中接过罗盘，向前走几步，又停一停，再朝左走几步，又停一停。

王砚环视周围："看来这殿内有磁石。"吩咐侍卫拿来一把铁钥匙，用绳索拴住，自提着，也在殿内走走停停。

铁钥匙没有明显被吸附的现象，只在某些地面、墙壁、阴阳池的黑池边，稍有吸感。张屏手中的罗盘指针，却在各个方位都抖动摇摆，不能停顿。

王砚饶有兴趣地环视四周："如此看来，磁石必是隐藏在了石壁后，些许打磨成粉，涂抹在缝隙中。"

兰珏道："听闻有些机关须用磁石，殿内石门开合，还有这两根千斤石柱平地升起，其内机关转动，或有磁石之力。"

张屏踱到墙壁边："下官觉得，再到下面看看，能判断得更准确些。"

王砚瞳孔一缩："你说什么？"

众侍卫和无昧亦齐齐看向了张屏。

兰珏道："你觉得，这里还藏着另一间暗室？"

张屏向王砚一礼："下官想让两名侍卫先退到门外，望大人准许。"

王砚一点头，就近点了两个侍卫退到石门外。

张屏径直走到坎卦墙边，抬手推了推灯柱火盆下的莲花托，那托竟缓缓转动，张屏再往地面卦象上按了几下，整间殿的地面突然抖动，阴阳池黑色池身缓缓沉下，露出一道梯的顶端。

几名侍卫迅速奔到洞口边，向洞中降下一盏灯笼。

王砚盯着张屏，目光锐利："你是根据这两根石柱没升起时是缩在地下的，断定这间殿的下方是空的，或还有一间殿。而离坎两卦相对，离卦乃升，坎卦便落。按下离卦，石柱起，穹顶开。如果想打开地下的殿门，就是按坎卦了，对否？但你又如何知道灯托该转几圈？"

兰珏亦望着张屏，方才张屏旋转灯托时，他也留意数了数，一共转了八圈。

"如果你是按卦象对应数字来转动灯托，坎卦那里不应该是八圈。"

八这个数字，在先天八卦中是正北方位的坤，后天八卦中对应是东北方位的艮，都和坎卦没有关系。坎卦在先天卦中方位为西，对应数六，后天卦中方位是北，对应数是一。

张屏垂下眼皮："回大人话，下官发现这殿中方位可能是错的，便推算了一下本来的方位。"他从侍卫手中接过灯笼，照亮坎卦处，"大人请看。"

兰珏走到近前，石砖虽被涂成了坎卦☵，但凹下去的形状竟然是☷，坤！

"地面上的卦象都是由九块小石砖组成，只是朱红的颜色让人忽略去察看其中的缝隙，直接相信所绘的图像。"

被棺中女子按下的机关，卦象上所绘是离卦☲，可陷下的却是直直的三道，☰，乾。

乾，对应着天。

无昧咬指嘀咕："我真晕了，为什么要这样搞呢？"

张屏道："因为这些卦象随时可变化。这间石殿的地面和墙壁，原本都会转。"

无昧倒抽一口冷气："会转？"

张屏看向穹顶："但此时转不了了，已被机关卡住了。"

他从衣袋里取出了一颗鸡蛋，将大头朝上，缓缓转动。

"假如这上半颗便是石殿，原本机关一动，它的石壁便能这样转。"

张屏再敲碎蛋顶的壳。

"但，石柱升上来后，放置石棺的石床卡在这里，它就转不动了。"

无昧盯着鸡蛋，舔舔嘴唇："可，为什么它要转？"

张屏举着鸡蛋，肃然道："转，是机关。"

王砚看看周围："本部院被你转得也有点糊涂了。"

兰珏温声道："张知县的意思大约是，此殿本是个颠倒迷魂阵。与书中所载八卦迷魂阵类似。只是八卦迷魂阵是用阵法困住人，使得人分不清东西南北，难辨生门死门。而此殿则是用磁石和错卦混淆方位，再以机关之力，旋转墙壁地面，困人在其中。"

张屏双眼亮亮地望着兰珏，王砚挑挑眉："听来是很精密，然在此案中，并没有什么用处。既有如此机关，那棺中女子，何必还要砸水银，扔瓶子？直接转一转，把案犯困在这里，拼个同归于尽，饿死他们不就成了？"

张屏道："她必须按下那个机关，关上另一扇门。但她放弃启动其他机关的机会，选择这样做的原因，下官还不知道。"

王砚盯着掏出一张纸把鸡蛋包起来的张屏："你所说的关上另一扇门，肯定不是指此殿的石门吧。"

张屏躬身："回禀大人，门，在下面。有开，必有合。"

王砚微微眯起眼："你带了几颗煮鸡蛋？"

张屏一愣，无昧扯扯他袖子，张屏从衣袋中取出另一颗完好的蛋，双手奉上。

王砚拿过鸡蛋，在侍卫的刀柄上敲了敲，剥开。张屏又取出一颗蛋，奉与兰珏。兰珏含笑接过。张屏再掏出一个纸包，里面是三个包子。他看看众侍卫衙役，一侍卫忙道："大人请自用吧，卑职们不饿。"

王砚咽下一口蛋:"你带的干粮还真不少。赶紧吃,吃好了再下一层。"

通往下一层地宫的梯甚窄。

梯身乃铁铸,分五段,折转而下,以转轴相连。阴阳池升起时,它便拉收;降下时,自然折叠伸展成梯。

这等精妙,令见识少的无昧惊叹咋舌。而后,又有更多东西让他目瞪口呆。

大小齿轮石坨遍布地上、墙壁及顶处,被粗细不等、铁丝拧成的绳索纵横连接。中央一座大石台,托着上一层石殿的两根石柱。圆柱形的、轮盘状的、球体的,形形色色,各种各样,他叫不出名的玩意儿。

王砚负手四望:"这跟蜘蛛网似的,我看着有点晕,佩之能瞧明白吗?"

兰珏道:"惭愧惭愧,机关构造,我当真是一窍不通。"

殿内一侧墙壁上,赫然还有一个门洞,通往另一间大殿。王砚挑起半边眉毛看向张屏:"这就是你说的门?可没关上哪。"

张屏躬身:"回大人话,那里是上方有铜像的外殿下面。下官所说的门,应在这两面墙上。"

他示意正对石台的两边墙壁,施礼请示,走到一侧石壁边,摸出一包细白草灰,沿着石壁下方撒了一些,匍匐在地,对着灰吹气,再爬起来走到正对这方的石壁旁,再撒,再吹。细灰的痕迹与方才的那堵墙出现了不同,有些许进入了肉眼难辨的缝隙,显现出痕迹。张屏又向侍卫讨了一个灯盏,将灯油沿着痕迹处倾出,油慢慢渗进那处痕迹中。

"门就在这里。"

众人都凑到近前,王砚抬手在石壁上推了推,张屏道:"大人,此门放下,应是无法打开了。"

王砚继续打量石门,已明了这个机关的原委。

那死去的女子按下了机关,穹顶上打开一个洞,必然就有一块石板落下。这就是张屏所说的,有开,就有合。

石柱升起,托出那口假石椁,都是转移注意的方式。就如同抛出一根骨头引狗群去追,用石椁将案犯们引回地面,令他们完全想不到这个机关是为了关门。

那女子没有发动其他的机关,应该也是为了顺利关上这扇门。转动的地面共有八个方位,对应会转动的石壁的八个方位,能生出许多种组合。发动迷魂阵后,再调到适当的位置开启这个机关,太费时间,太冒险。

根据穹顶推测出这种种其实很简单,只是他当时被殿内其他分去了注意,匆匆查过，又让姓张的小子占了先招。

王砚敲了敲石壁："敲断那两根柱子，撬出卡在上面的石台，此门便可撬起。"

张屏道："大人的方法甚对，但这石门重逾千斤，撬起不易。"

王砚呵呵道："一个机关都能将两根大柱子升上去，我们这堆活人还能撬不起一扇门？"

旁侧侍卫立刻铿锵有力道："卑职这就上去传大人钧令！"

张屏躬身："下官推测，此门只是阻断了这里通往门后的通道，他处应还有一个出入口。"

王砚神色一敛："何以见得？你能找到？"

张屏恭敬道："下官仅有推测，尚待证实。"

王砚眯起双眼："再用回冯邰的话来回本部院我就掐死你。"

张屏没吭声，王砚一摆手："既已想到了，就速速上去。天塌下来有本部院顶着，你畏缩什么？只管大胆去做。"

张屏躬身："旁侧那间殿尚未看过，或有其他线索。"

王砚"哦"了一声："也罢，让你把那间殿也看过。"率先走向隔壁。

另一间殿上方及墙壁上，亦有些绳索机栝，但比方才那间空旷不少。正中央处，又有一个石砌圆池。

侍卫向王砚道："大人请往里看。"

圆池中，竟堆满了铜钱。多是小平、折二。王砚抓起几枚，见上刻字样，有熙永通宝、昭圣通宝等，都是楚朝钱币，不由笑道："挖了这么久，咱们这也算寻着宝了。"

兰珏亦拿起几枚小平，楚朝铸币甚多，前朝开国时，三枚或五枚楚币才能换一枚前朝的开国币，常被市井小儿拿来缝毽子踢。而今也难卖上价钱。

"不知这里有无道圣钱。此钱乃楚光帝时，重修玄元神宫，改年号为道圣时所铸。光帝御笔亲书道圣通宝楷、草、隶、篆四种。民间常拿来做厌胜钱，甚至烧煮做药引，若得篆书款，一枚约值千文。"

王砚立刻向侍卫道："赶紧的，在里面好好找找，池子里所有的钱拢一拢，不知能不能凑够几十金。"

怪不得当年那群案犯要在上头砸罐子，看来这和王真没剩下什么家底。

也可能都拿来整这些机关了。

侍卫又向王砚禀报："大人，那边墙上有题字。"提着灯笼照亮一块石壁。壁上龙飞凤舞几行字迹，如同名胜之地，顽童或游人用砖块在亭子柱上划拉出的痕迹一般，且全无押韵对仗——

大门洞开揖迎客，来来往往都是人；苍天与尔皆明鉴，此事不能怨老夫。

落款金人十。

王砚皱眉："这又是什么？"

无昧咋舌："能在石头上划出这样的道道，好功夫！"

王砚一嗤："什么功夫，化石粉之类，江湖骗子常用的把戏。看来此处也有盗贼观光过了，连到此一游都题写上了。所以人死了，就拿口棺一装，土里一埋就成了，别弄些什么金银宝贝，整些这个那个的机关。越捣鼓，越被惦记，越是遭刨。不过横竖几根朽骨，一堆腐肉，怎么被倒腾，也都无知无觉了。"

无昧噤口不言，默默在心里祷祝，无量天尊无量法，和王殿下莫怪莫怪，王侍郎乃为捉拿盗墓贼而来，是为殿下身后安乐，几句无心之语，殿下大量，不要计较……

兰珏上下打量着那几行字："此书，或非盗墓者所刻……"

王砚和张屏一齐看向他。

兰珏凝目继续端详："题字之人，应不叫金人十，而叫钟会古。"

王砚、张屏、无昧又都一脸不解。

兰珏道："钟会古是机关大家，此人楚末时曾出仕，在工部做过监造，因言行不羁，屡遭弹劾，后去官归隐，号钟洪子。我朝边关一些城池的布局及城墙兵防多参照他的一本《土工机略》。"

王砚恍然："哦，就是剧繁天天不离口的那人。"

张屏点点头，钟洪子这个名字他听说过。这石殿机关若出自他手笔，如斯精妙，便不足为奇了。

王砚抄手："这'金人十'三字，是钟会古有意把自己的名字只写了半截？再品这几行字的意思，老头有怨气啊。是钱不够，或是其他缘故？后来人或许是觉得这几句话挺合此殿装神弄鬼的气氛，便就没有除去。"

张屏很赞同王砚的推测，又点点头。

王砚一摆手："罢了，待此案完结，再知会工部一声，这里的机关，应值得他们观赏观赏。"

兰珏一笑："剧大人定甚欣喜。"

王砚嘿嘿一笑道："看他谢不谢我。"

众人再将这间石殿的他处细细查过，别无他获，只是张屏又发现了一个机关，能再伸出一架梯，顶上石门只能从里面打开。钻出门洞，竟就是入口黑色石碑与白色石碑的空隙处。

他们突然从地下冒出来，将留守在外的侍卫们吓了一跳。兰珏回身看那合上的洞口，叹了一口气："墓葬玄宫之内，皆步步封固，独这里处处生门，真是玄也奇也。"

张屏若有所思地盯着地面。

几人离开石宫，沿着甬道回到地面。甫至洞口，阳光灼目，湛蓝碧空，无一丝闲絮。有侍卫来向王砚禀报，另一处挖掘，已挖到了地宫穹顶处的石床。

王砚到那土坑边看了看，再对照回想殿中方位，张屏推算，丝毫不差。

此处亦是当年蒲氏的屋宅所在，地下甬道先斜伸再略转，与地宫两殿连在一起，形成了一个弯，折转回来。蒲氏建宅于此，必是早已推算妥当，那石棺升起，恰好升在了他们的屋中或院内，避免了惊动他人。

眼下，王砚仍有两个疑惑。

一，案犯为什么要把那女子再带上来，不干脆把她丢在墓里，后来还要多费一道工夫，把她装进石椁中。

二，最下面的那扇封上的石门后，到底是什么？

他侧目问走到他身边的张屏："你所说的另一个出入口在何处？"

张屏展开一张地图，指向图上一处："下官猜测，应在这个方位。请大人准许下官先去探查验证。"

搜寻玳王和兰徽的人马一无所获，归来向冯邰请罪。冯邰验看他们的问话笔录，翻过数份，视线定在某一页。

"这名叫蔡黄氏的妇人家中，你们可有搜过？"

几名侍卫一怔。

冯邰厉起神色："蠢材！一个女子，住于村落边缘偏僻处，深夜被人敲门，竟敢开门应答，且面对几名官府侍卫，仍口齿敏捷，言语缜密，岂是寻常妇人？！"

几名侍卫叩首不迭，连声请罪。

冯邰冷冷道："蠢材，蠢材，如斯明白疑点，尔等竟不多盘问，亦不搜查，白白打草惊蛇，请罪又有何用？来人，备车马，速与本府前去！"

兰徽感到脸上有些湿凉，打了个激灵，再一次睁开双眼，赫然看见一张放大的脸，一声惊呼被嘴里的布团噎在喉咙中。

那少女苋苋端着水瓢俯视他："醒了？我拿了点水跟吃的，你要是乖，我就把你的手上的绳子解开，让你吃。"

兰徽转动眼珠打量四周。他不在之前那个小屋里了，左右都是木板，还有堆着的草扎和木柴。他正靠着木板坐着，玳王就在他对面，冲他咧了咧塞着布团的嘴。他和玳王都被拦腰固定在墙上，脚上都拴着铁链，双手被绳子捆着。

兰徽晃了晃头，他只记得，之前听到有人在拍门，他觉得可能是爹爹或朝廷派来找他和玳王的人，一阵激动。玳王也在他身后撞了几下，然而跟着小屋的门就开了，蔡黄氏进来往他嘴里硬灌了些东西，然后他就什么都不知道了。

有阳光落在他身上，他抬头看了看头顶。上面也是木板，太阳光从木板的缝隙漏了下来。苋苋板着脸道："别想着跑啊，链子你挣不开的。这个地方，喊破喉咙也没人来救你。"

兰徽再看看她，书里说过，好汉不吃眼前亏，要懂得和坏人周旋。他就不动了。苋苋解开他手上的绳索，往他身上丢了块饼，把水瓢放在他脚边。

兰徽取下口中的布，拿起饼。饼是杂粮面的，黄黑黄黑的。

苋苋道："别看啦，放心吧，没毒。要毒死你们不会是这时候。"

玳王塞着布的口中发出一声闷闷的冷笑。

兰徽犹豫了一下，小心翼翼咬了一口饼角。饼是凉的，有点硬，不过味道很新奇，嚼嚼还有点甜，他便又咬了一口。

苋苋道："别噎着，可以喝点水顺顺。"

瓢里的水也是凉的，兰徽抿了一口，努力咽下去。苋苋掀开地上一个筐的盖布，捧出一个圆木盒："好啦好啦，不逗你了。喏。"她从盒子里端出了一碗白米粥，还是温的。

兰徽抓着饼摇摇头："我吃这个就能饱了，请端给无名兄吧。"

玳王又发出一阵"唔唔"的声音，音调甚为不屑。

苋苋道："本来这饼我就先给他了，他不吃还用脚踹，我才拿给你吃。看来他不饿，你就都吃了吧。"

兰徽顿时觉得有点恶心，他认真又肃然地问苋苋："令堂及姑娘你，究竟要对我们兄弟做什么？"

苋苋拍拍手："让你们不要跟着我，你们偏不，现在后悔了吧。你们到底是什么大官家的孩子？"

兰徽道："昨晚有人来找我们了，对吧？"

觅觅又凑近了点，紧紧地盯着他："说，你究竟是什么人家的孩子？"

她凑近的眼珠显得很大，兰徽能看到自己的影子，还有觅觅鼻尖上一些淡淡的斑点，他不禁向后避了避，在心中默念书中教诲——与敌对峙，万不可慌张。

"请姑娘先告诉我，你们到底打算做什么。"

玳王又发出一阵"唔唔唔"的声音，觅觅站起身，取出他口中的布："那小鬼不肯说，你要不要告诉我啊？"

玳王"呵呵呵"笑了数声："本侠行不更名坐不改姓，浪无名也。村姑，你与你那蛇蝎老母休以为绑了我兄弟二人就能捞到金山银山！等着满门抄斩吧。我之前听到已有人过来搜查了，你们把我兄弟二人挪了地方，也迟早会被找到。"

兰徽跟着道："姑娘，确实如此。只要犯案，便会留下痕迹，循迹追踪，真相迟早大白。国法无情，回头是岸，你能不能放了我们？"

玳王"哈哈"两声："小影子，休开口求饶丢我的人！下药绑人这么熟稔，还有这暗室里备有绳索、铁链，村姑与她娘这对蛇蝎毒妇必不是第一次做这种勾当了。你们之前害过多少人？"

觅觅脱口喝道："胡说，我娘才不是这样的人！我娘人最好了，小兔子受伤了她都会医治。一定是你们这两个小鬼有问题！"

玳王笑声不断："这真是本侠这两天听过最好笑的话！是我一时大意，身陷于此，我无惧也。你一个蛇蝎娘儿们就别装了，还医小白兔，医锅里去了吧，兔肉香还是人肉香？"

觅觅一把将布团塞进他嘴里："反正你的肉肯定是臭的！苍蝇都不吃！"

她拎起地上的筐，在筐上盖上布，提着灯沿木梯而上，推开了一扇盖板，待爬出去后，抽出了梯子。

咣，盖板合上，跟着，那漏下阳光的缝隙也被挡上了，兰徽周围又陷入黑暗。

冯郃带人赶到蔡黄氏的家中，屋内空无一人，只有一条狗拴在后院吠个不住，侍卫们破门而入，冯郃略在屋中一转，再到屋后，先看了看水井，再命砸开柴房的门。

逼仄小屋内，杂物堆塞，尘土厚积。冯郃扫视左右："此处刚布置过，太过刻意，弄巧成拙。"

柴房必时常有人出入，从门到柴堆的地方，积灰却与墙角屯杂之处相同，连个脚印也没有。

这妇人蠢了些，但知道掩盖，亦是有心机。这里之前，肯定发生过什么。

冯郃唤人细查屋内，捕快已将乡长与里正带到。

朝廷派人传来谕令，玳王失踪之事暂为机密，对外只称是礼部侍郎兰珏的儿子丢失。但对乡长和里正来说，礼部侍郎公子失踪竟与自己所辖之地有关，已足以让他二人战战兢兢。

二人到冯郃面前，立刻扑通跪地。

冯郃截断他二人的叩首问安，肃声道："案情急迫，速将蔡黄氏的出身来历报来。"

乡长和里正同时怔了怔，互望一眼，乡长战战兢兢道："禀府尹大人，住在这里的，并非什么蔡黄氏。"

冯郃瞳孔一缩："这里住的，难道不是个女子？本府看屋中陈设，她还有个女儿。"

乡长躬身："大人说得是，但这女子姓黄，未曾嫁过人。"

黑暗的四周静得有些可怕，兰徽小心翼翼地竖着耳朵听着动静，拼命不去想会不会有多脚的虫子顺着衣缝领口爬进衣服里。

忽然一个声音道："小影子。"

兰徽吃了一惊，打了个嗝。启檀道："哒，莫怕，是我，这里现在只有咱俩，不是我是谁！"

兰徽咽了咽唾沫："无、无名兄，你怎么能说话？"

启檀的链子呼啦响了一下："那村姑没把我的嘴塞严，我用舌头顶开了呗。小影子，我有件事要交代你。你千万记住，不论他们怎么逼问，我是谁，你爹是谁，你都绝对不能说，明白吗？"

兰徽道："我知道。她们问到了，就能要钱了。"

启檀道："她们问到了，就会觉得咱们没用了，然后，咯——所以，你懂？千万不能说，拖得越久，咱们的机会越大。"

兰徽哆嗦了一下，幸好，太黑了，浪无名看不见。

他用力吸吸气，用镇定的语气开口："咱们现在，应该不在她家了。刚才她把碗搁在筐子里，上面还盖了布，肯定是不想让人看见，所以这里是她们家外面的地方。"

启檀"嗯"了一声："小影子，不错嘛，观察细致，跟着本侠的这段时日，长进很大。很好，出去了赏你。"

兰徽道："那你说，这是什么地方。"

启檀道:"这个,本侠对乡下格局不甚熟悉,一时做不出判断。你觉得呢?"

兰徽撇撇嘴。

启檀语重心长道:"总之,小影子你记住,咱们肯定有机会逃……"

头顶的上方嘎吱一声,又有阳光漏了下来,一道影子顺着梯子慢慢走下。

兰徽吸吸气,看着提着灯缓缓走近的蔡黄氏,咬住牙,不哆嗦。

妇人的笑容柔柔地绽开:"觅觅没喂你们吃完饭就走了?这个丫头,等会儿我打她。"

启檀哼道:"这么难吃,谁吃得下。"

妇人捡起地上的饼,吹了吹,递到兰徽口边,枯瘦的手指抚摸他的脸颊。

"挑嘴的孩子可不是好孩子。吃吧,好好吃,吃得白又胖,婶婶带你们去好地方。"

兰徽攥住拳:"什么好地方?"

蔡黄氏的声音更柔了:"快吃啊。婶婶这就带你们过去。"

"那女子既然未嫁,为何会对捕快以蔡黄氏自称?"冯郜面色阴寒,俯视乡长与里正,"她父母家人何在,女儿又从何而来?屋主是她吗?"

乡长哆哆嗦嗦回道:"禀大人,这黄氏女母亲早逝,她爹是个郎中,也已死了十几年了。这几间屋确实是她家。邻近几个村子有些岁数的百姓,多被黄郎中诊过病。可惜好人福却薄,只有这一个女儿。再详细些的,里正知道得更清楚,请大人容他细禀。"

冯郜微颔首,乡长退到旁侧,里正匍匐上前。

"上禀府尹大人,已故的黄郎中真真是个好人。当年他给人看病,不论夜里多晚,哪怕寒冬腊月天上下雹子,只要有人请,他便出诊。遇着实在穷的,他还不收诊费。这十里八乡,多受他恩惠。可惜这么好的一个人,却是命苦,他娘子就是生这个闺女时难产死了,这闺女又打小和旁人不一样,常坐在树下面、田埂上,直着眼睛,自己跟自己讲话。"

冯郜神色一寒:"原来竟是个疯妇,其父过世后,尔等便容她自己住在这偏僻处?"

里正扑通跪倒:"大人,这黄氏女也不是一般的疯子或那种什么都不懂的傻子,能下地做活,也会煮饭女工,好的时候就与寻常女子一样,就是……"

冯郜道:"常自言自语,自称能看到听到旁人看不见的物事,听不到的声音?"

里正立刻点头:"是!是!"

冯郐再道："有时与寻常人一样，有时便会神态殊异，还常独自在田间树下空旷处行走或静坐，并痴笑言语，仿佛旁侧有人？"

里正连连叩首："大人英明，大人英明！大人真是举世青天，算通鬼神。"

冯郐面无表情："世间无鬼，本府更不会掐算，只是见多了各类疯子。此乃心智不足症之一。有些还会祖传孙，父母传子，叔姑姨舅传侄甥。"

里正颤声道："大人真明镜神断！小人也是听家中先人说，这黄氏的姥姥，就和她一样，疯得比她厉害些。这里的房子，原是她娘家里的，她姥爷是被招赘上门。等她的曾姥姥曾姥爷一过世，她姥爷便卷了家里的钱跑了，留下她姥姥和她娘母女两个。黄郎中原本是个行脚的郎中，路过这里，给她姥姥看了病，就和她娘好上了，留在了村里。"

黄氏的姥姥家原本是个富户，钱都被她姥爷卷走后，只剩下这几间破屋并几亩薄田。

"黄氏小名叫稚娘。村里人都说她姥姥家以前作过孽，有些什么总缠着这家的女子。她生下来又克死了娘。早年也有人给黄郎中做媒续弦，但说的女子都不敢嫁，黄郎中也怕闺女被后娘薄待，想索性等闺女嫁人以后再找伴。唉，哪有人家敢定他这个闺女。"

冯郐道："黄稚娘自称蔡黄氏，又是为什么？"

里正长叹："回大人问，黄郎中真是命苦，跟上辈子欠过他娘子和闺女的债似的。十二三年前，有位在京里做官的姓蔡的老爷，在这附近有座别庄，他家小公子，当年大概十八九岁，在这附近打猎，坠马受了伤，身边没带府内的大夫……"

冯郐道："于是便到黄郎中处医治，与稚娘相识？"

里正苦下脸："就小人听来的说法，是稚娘趴在里屋门缝瞧见了那位蔡公子。蔡公子从头到尾根本没看到过稚娘。"

黄郎中甚守礼数，凡有人到他家医病，他都让稚娘待在里屋。但稚娘窥到蔡公子后，却犯起了痴病，先是呆呆怔怔，后来就满口胡话，说与蔡公子一见钟情，已私定终身。

"黄郎中给稚娘扎针灌药都不管用，稚娘胡话越说越厉害，什么蔡公子半夜爬窗进她屋的话都嚷得出来。最后竟说自己和蔡公子已经拜了天地了，还跑到蔡府别庄去，连带黄郎中都好几回被蔡府家丁打得一身伤。"

冯郐道："若那蔡生与稚娘确无私情，孩子又从哪里来？"

乡长躬身："禀大人，可能是路边弃儿，被黄氏捡来的。"

冯郐垂目看着里正，里正抖了几下，再叩首："大人面前，小人不敢扯谎隐瞒。

明里说，黄氏的这个女儿是在路边捡的。不过有段时间黄郎中一直把稚娘锁在屋里，有谣言说……住在邻近的，见到过稚娘挺着大肚子。还有人听到过女人生孩子的喊声跟婴儿的哭声……"

冯郃吩咐侍卫，找几个住在附近、年岁四旬以上的过来问话。

里正道："大人找离这儿最近的人家，恐怕也不知道，原先住这附近的都搬了。有几家是这几年才搬来的。"

冯郃道："本府自还有其他要问。后来那蔡府可还与黄氏有来往？"

里正道："回大人话，这就是邪门的地方了。就在稚娘疯后不到一年，蔡府别庄突然起了大火，蔡老爷一家正住在庄里消夏，一府人几乎全没了，蔡小公子也没了。再后来稚娘突然抱了个孩子出来，见人就说自己是未亡人。黄郎中也是被折腾得太厉害，没过两年就得了场大病，不多久便走了。"剩下稚娘带着一个来历不明的孩子，独自过活。

"之后，稚娘却不怎么生事了。黄郎中一过世，她好像又明白过来了，原以为她跟孩子都难活，谁承想她也知道种地干活，还能做些针线到附近集市上卖。

"市集上来往人多，不知道她来历，她也能卖得些钱。村人都怕她，但念着黄郎中生前的好，只远着她，也不难为她，偶尔还周济她孩子点衣裳吃食。稚娘带着这个孩子，竟就好好地过了这十来年。

"反正这些年，只要不提嫁人、相公、名姓这些，她差不多就跟平常人没两样了，只是话少些。她那个闺女挺机灵的，长得确实不太像她，到底从哪儿来的，真不好说。"

妇人将饼又往兰徽口中送了送，启檀大声道："小影子，别吃！"

妇人一转身，扑到启檀身边，抽出一把匕首，架在他颈边，仍是温柔地道："你不让他吃，难道是自己想吃？"

启檀一口叼住饼，咬了一大块，用力嚼了几下："呵呵，不错。怎样？"

妇人又柔柔笑开："你这孩子，早这样不就行了？何必非要讨打呢？"

洞口又传来动静，苋苋顺着梯子爬了下来，她还是挽着方才那个筐，取出之前的粥碗，送到兰徽口边："喝吧，真没毒。"

妇人收起架在启檀脖上的匕首，一步跨过来，扬手给了苋苋一耳光。

苋苋手里的粥泼出来些许。她向后退了些，从筐里取出一只小勺，舀起再送到兰徽嘴边。

妇人蹲身轻轻擦拭兰徽身上的粥渍："等到了那边，婶婶再给你换新衣服。"

苋苋向着他微笑了一下："喝吧。"

兰徽打了个哆嗦，默默张口喝下了粥。

苋苋一勺勺将整碗粥喂兰徽喝完，妇人亦喂启檀吃完了饼，再让他喝些水，又取出匕首。

启檀神色一僵，兰徽再哆嗦了一下，妇人却是用匕首割开了启檀手上的绳子，又解开他的脚上和身上的锁链绑缚，再替兰徽解绑。

"来，乖，和婶婶上去。"

兰徽看着洒下灿烂阳光的洞口，颈上寒毛根根竖起："去哪里？"

妇人摸摸他头顶："乖，快一些。"

兰徽吸吸气，走到梯子边，慢慢爬了上去。

刺目的阳光，让他眯住双眼。他周围竟是一道道断墙残壁。破败残砖多是焦黑色，枯败乱藤覆盖其上，点缀着簇簇今春新发的绿芽。

一只灰雀蹲在一个墙垛上，远远打量着兰徽。妇人、启檀和苋苋也先后爬了上来。兰徽跟着妇人绕过一堵墙垛，灰雀扑棱着翅膀飞走，一头驴站在方才被墙垛遮挡住的空地中，身后拖着一辆板车，车旁堆着几扎草。

妇人让他们走到车边，又取出两个小瓶，递到他二人面前："乖，喝吧，甜的。"

启檀和兰徽一僵。

苋苋向启檀嗤道："怕啦？放心，喝了只会睡觉，现在还不到宰你的时候哩。"

妇人闪电般回身，"啪啪"又扇了她两耳光，再回头，仍温柔地笑着："乖，喝啊。"

兰徽僵硬地伸手接过瓶子，启檀一副无所谓的神色取过另一瓶。苋苋在妇人身后站直身体，对着启檀挑衅地笑了笑，好像方才什么都没发生。

兰徽这才注意到，她除了脸颊外，眼眶也很红，眼眶边和额角还有青紫，手腕和露出的手臂也有伤痕。

瓶中的水和兰徽之前喝过的味道一样，确实甜甜的，他咽下，听从妇人的话躺到板车上，失去意识前，看见好多草盖了下来。

启檀硬声道："记得给本大侠兄弟留出透气的地方。"

妇人和苋苋都没回答他，更多的草盖下。

冯邰询问完乡长与里正，又到屋内查看，未过多时，捕快将住在附近的几名妇人带到。妇人们扑通通跪倒，纷纷连声道不太与黄氏往来，这两天除了今早被官差老爷查问外，没看到什么特别的，也没听到什么异样声响。更不知道黄氏除了下地做活外，都在家里干什么。天地可鉴，请府尹老爷明察。

冯邰负起手："本府传汝等前来，只问一事。这黄稚娘平日拜神，是否拜寿念山上的那个姥姥？"

堂屋之中，有香火味道，但未有神像牌位。香炉香具都收在矮柜中，柜旁有一小案，蒲团立于下方。案两侧有痕迹显示，经常被人搬动。堂屋门前有遗落的香灰。

寻常人家，神像及祖先牌位，皆供于屋中上首。拜天拜月，多在院中。黄稚娘却是在堂屋门口拜案烧香，于各种祭拜仪体都显得不伦不类。这堂屋门朝着的，正是寿念山方向。

一个妇人大声道："大人说得太对了！"

乡长顿时呵斥："无礼，低头回话，速向大人请罪。"

冯邰抬手制止："本府再问你，这黄稚娘信姥姥，是否痴诚。"

那妇人咚咚叩了几个响头："民妇回府尹老爷问话，诚，太诚了！简直没有比她诚的！她上山烧香，都是一步一磕头上去。那头磕得结结实实的……"

冯邰截断她话："除姥姥之外，她还去不去别处烧香？"

另一妇人抢答道："没有，她只信慈寿姥姥，还跟人说姥姥的灵验。"

冯邰道："怎样的灵验？"

那妇人撇了撇嘴："禀府尹大老爷，那黄氏……想必府尹大老爷已经知道了，跟常人不太一样。她眼里头的事，说的话，也都跟一般人不一样。像慈寿姥姥，那么慈悲的一尊老神仙，给大家添福添寿送子送孙的，我们都诚心敬拜的，年年都请城里最好的铺子扎最大的金身童子孝敬她老人家。黄氏却从不请童子，还跟我们讲，我们供童子，是对姥姥的不敬。"

冯邰视线一凝："怎的不敬？"

妇人道："说什么弄虚作假要遭报应之类，还撞过香炉，让山上的人硬给抬下来了。反正她嘴里就从没好话呗，十句有九句要咒人，都知道她那样，谁也不和她计较。"

又一妇人道："是啊，什么对姥姥不敬，姥姥就把赐的福气都收走，还多降罪责。也就是村里人心善，她爹以前积过德，只当听鸟叫了，谁和一个半疯的人计较。"

冯邰沉声道："她可有说过自己被赐福降罪的例子？"

妇人道："有啊，她说她那闺女就是姥姥赐的，姻缘也是。孩子她爹没了，就是降罪了。唉，她这个病反正就像……大老爷面前，我们就不多说了。道长也说，这是个被魔住了的女人，慈寿姥姥慈悲，不会计较她口舌之过。"

冯邰道："她平日如何去寿念山烧香？走哪条路径？"

几个妇人互相看了看，其中一个道："平日她也不大与人来往，都自己去烧。反正她赶得早，每回我们去寿念山烧香，哪怕头天住在山脚下，第二天赶第一拨上山，她也一定就在我们前头到了。也不知道她怎么这么快。"

冯邰唤过侍卫："速传本府令，搜查从此地到寿念山的各处路径，留意无人的房舍及破庙，询问路人是否见过一妇人或十余岁女童与一推拉板车！"

阳光下的坑洼不平的土路上，瘦驴拉着板车嘚嘚前行。

车夫坐在车头，不断甩鞭，催驴赶路。破旧斗笠遮住了大半张脸，身上灰扑扑的粗麻短衣更让人难以发现，"他"竟是个瘦弱的妇人。

望着延伸向远山的路，妇人的目光比阳光更灼热。

快了，就要到了。

这过错，马上便能弥补了！

民妇虔诚叩拜，望一切罪孽可恕，一切责罚可免。

快，要尽快！

侍卫飞速赶去传令，乡长觑眼看冯邰，脸色蜡白："大人，黄稚娘当真绑了礼部侍郎大人的公子？"

冯邰冰冷的视线扫视院内："此女有失心癔病，痴信神道。绑孩童，非为求财。以证据可推出两个意图，一是禁锢养育。但她临行前，还烧了香，本府以为，更可能是二。"

乡长和里正打了几个激灵："大人以为，二是……"

冯邰简短吐出两个字："上供。"

纸扎的，乃弄虚作假。真活人，才是诚心。

王砚点了一队人手，与张屏一同去找所谓的"另一个入口"。

张屏本是向他请示先自己探探，王砚对这小子磨磨叽叽的做法十分不耐。

"本部院带人同你一道过去。办案不是做贼，要先踩点。折折返返，来来回回，耽误多少工夫。不必忧虑，错了也没事，不会罚你。"即刻命人备马，又问张屏，"约莫有多远？"

张屏道："没多远。"

兰珏仍与他们同行。冯郜那边还没有消息传来，王砚劝兰珏回县衙或是留在帐篷里休息，兰珏心知自己一静下来更会油煎火燎，便道："此谜着实令我好奇，若不跟着看看究竟，怕是坐不住。其实与诸位比，我还算睡得多的。"

王砚要帮他备车，兰珏说骑马即可："刚从地下出来，太阳如斯好，正得晒一晒。"

县衙那边谢赋命人备的膳食送到，兰珏与王砚、张屏、无昧一道用了饭，一路骑马再晒了晒太阳，自觉颇为精神。

行了不到两刻钟，队伍便停下了。众人下马，无昧从堆满铁钎铲子的大车上爬下。

兰珏抬头看看太阳，他们所在处是个大空场，场中卧着一大磨、一个大石臼及石碾等物，应为村里公用的晒粮舂米的地方。张屏双眼直勾勾地盯着空场边缘的仓屋。

王砚的随从提来一个围观的村民，询问此处究竟，村民伏地道："回各位大老爷话，这里就是个晾粮场子，各户纳的粮先拿到这儿，称斤两查够数。"

王砚道："那仓屋便是个粮库？"

村民再回："不是，那里头就堆了些出杂役使的锄头、麻绳啥的。草民们纳的粮都是当天交了便运到县里，不在村里留。"

张屏道："这仓房在此多少年了，以前可是座土地庙？"

那村民道："这个草民就不知道了，打草民小时候起，这里就是个仓屋。不过小时候听老人把这里这里叫作庙场子，或许真是土地庙。"

王砚道："此屋看起来倒不多老。"

村民立刻叩首："大老爷明察秋毫，这仓屋前两年重盖过。"

王砚道："怎么重盖的，可有动过地基？"

村民道："起先给房顶换过瓦，也修过门窗，后来破得不行了，就拆了重盖了一次。"

这时村长也已赶来，王砚的随从便领那村民退下，赏他一小块碎银，那村民连声称颂刑部侍郎大老爷恩德，激动地走了。

村长匍匐在王砚面前，王砚命他将仓屋门打开，又让衙役铲了铲屋角的土，土下的基砖与墙砖相同。

村长道："这仓屋原先还是几十年前盖的，用的不是什么好砖，幸亏这里地势高，下雨积不着水，屋根没怎么沤过，但也快不成了。小老儿不才，奉命管这一片的事儿后，就做主连地基也挖开翻修了。"

仓门打开，里面确实堆的都是些草袋、木头、锄头、绳子之类。王砚踩踩地面，村长忙又道："这里地势高，上不了水，也不反潮，所以就没铺砖。不过翻修的时候地又新夯过。草袋、麻绳下面都垫板子了，不会朽。"

王砚瞥向张屏。被这么大修过，这屋子里应该不会有什么机关了。

张屏默默走出仓屋，摸出罗盘。

遥遥围观的百姓们顿时振奋。风闻新来的知县大人通阴阳，会法术，刚到任便在衙门亲自做了场大法会，竟然是真的！

但，传闻还说，张知县与慈寿姥姥老神仙修的法门不同，法力相克。所谓一县不能容二神，知县大人来了，姥姥庙就着火了。触了本来要来拜姥姥的太后娘娘的霉头，朝廷震怒，便将姥姥视为邪神，要协助张大人与姥姥斗法。

听说慈寿山头已经被官兵围住，姥姥的神棺被挖，侍奉姥姥座前的道爷们也都被拿下了。刑部侍郎大人带人连夜刨了姥姥的神迹所现之地。

而今，几位大人带着法师齐齐驾临此地，难道是要一举断掉姥姥的根基灵脉，誓要将其打个烟消云散？

众乡民只见张知县手托罗盘，观了观天象，一旁的一位法师为他展开了一张纸，张知县沉吟片刻，似在掐算着什么，而后面容坚定，步履沉着，向仓屋后的树林走去。

众乡民都伸长了脖子，但被衙门的人阻拦，不能再上前一步，只能眼巴巴望着张大人的身影没入树林中，刑部侍郎大人及其他人紧随其后。

这是，要来场大的了！

众人或忐忑，或惴惴，只觉得那林子中的阴影，充满了不祥的气息。

张屏端着罗盘，在树林中走走停停。无昧帮他捧着地图，小声道："阿屏哪，你有把握吧？若按那位柳公子借你的帛图对照先天卦方位算，古井那里是震位，与震相对的是巽。离卦也能按字面解释为离，还有那天门开，等于乾……"

而这里，按方位推算，是艮位。什么解释都搭不上，为什么你要来这儿？

张屏没说话，旁侧的兰珏道："你是因为卦象？"

张屏转头看向兰珏："大人说得对。"

王砚皱眉："什么卦象？"

兰珏在掌心中虚画几道示意："震卦的卦象☳，可看作是一个通道向下，通到了一堵墙。而艮卦的卦象☶，则正好与其相反，可看成是上方一堵墙，下方乃甬道。"

王砚道："就这样？"有些儿戏，牵强。

张屏道："下官先前对照历年图纸，也看过其他方位。或是民宅聚集处，或是官道田亩，只有此处曾是一座土地庙，后来乃仓屋。还有这片荒地林子，下方乱石多，不宜耕种建屋。"

兰珏颔首："若地宫另有出入口，必然隐蔽，亦要有标识。民宅房屋易改建，道路常修。唯独祠堂庙宇，乡间一般不敢轻易收占其地，即便改建，也至多是改成仓屋。而且一般是村落旁侧，靠近荒地，周围少有人家。"

王砚"嗯"了一声："我一向烦那些神神道道的事，但从这回看来，也得去瞧瞧《易经》了。"

兰珏微笑，继续扫视周围。即便是祠堂庙宇，亦不免人来人往或修整，张屏应是以此判断，之前的土地庙，而今的仓屋，只是一个地标，真正的入口是在这片林地里。

先天卦中，艮为山，那里，或许是处比较高的地方……张屏突然脚步一顿，快速向某方走去。

王砚皱了皱眉，跟着双眼一亮，也率侍卫大步走向那方，兰珏亦露出微笑。

那一处地势略高，仿佛一个天然的小坡，有许多大小乱石，矮矮长着些灌木或杂草，没有高大的树木。

王砚命侍卫探挖刨土，张屏绕圈察看，在某处停下。这里连低矮小树也没有，唯有枯蔓草芽，地面嶙峋凸起。

王砚大步行来，略一端详："嗯，不错，甚可疑。来人，挖！"几个衙役立刻扛着家伙围来，刨开土层，露出几块叠摞的大石，并有一些碎石填塞其中。

王砚呵呵一声："显然是人力堆成。掘了。"

众衙役连刨带撬，刨开小石，撬起大石，最下方的石头挪开后，一名侍卫用铁钎探探下方土层："大人，下方有东西！"衙役们抖擞精神，挥舞铲锹，下方渐渐露出一块石板，上面刻着阴阳双极图案。

无昧激动地揪住张屏袖子："当真有，当真有！"

众人继续刨土，石板一侧露了出来一块与地宫圆厅中一样的卦符图案。

王砚回头看张屏和兰珏："又是这套。这我当真不会，怎么按？"

张屏道："乾。"

王砚俯身按下乾卦，石板纹丝不动。兰珏上前，按住石板阴阳双极的一眼，轻轻一推，那图案动了动。

张屏抬手："大人，这边是正南。"

兰珏看看他所指方位，将阴阳双极的阳鱼阴眼推至正南方，咔嗒一声，他手指下传来震动。

两名衙役拿着撬棍插进石板两侧一用力，石板抬了起来。石板下，露出一个方形的洞口，一道梯。

王砚负手看向漆黑洞内："这是又一个天门开了？"

连着下了几趟地宫地穴，兰珏发现自己爬梯子越来越灵活矫健了。

石阶甚狭窄，他扶着石壁一阶阶向下，空气嗅来微带尘味，但无潮霉气息，带着浮灰的石壁摸起来也甚干爽，脚下阶梯颇有积尘。

显然，此处已封存许久，未有人走过。

石阶很粗糙，以往也没有多少人走过吧。

兰珏推测着，觉得自己真可以进刑部了。

终于下到最后一阶梯，前方一条拱形甬道，比之古井下的那条宽阔许多。侍卫向王砚禀报，发现了一个机关。王砚打量了一下四周，吩咐众人进到甬道内遥遥散开，一个侍卫转动甬道口处的石墩。

一扇石门轰隆落下。外面隐隐传来咻咻砰砰声。侍卫再反向一转石墩，石门开启。只见甬道口及下来的楼梯上许多箭矢碎石。

王砚笑道："总算是见着些厉害的了。"

侍卫捡了几根箭奉与王砚、张屏，箭矢积灰颇重，箭身是铁，已微锈，但箭头仍甚锋利。

王砚道："不是本朝的。这般老旧样式，比前朝的还差，不快，也射不远。咱们的弩用不了。不过工料不错，看来是楚朝的东西。"

兰珏微笑："墨闻兄乃兵器大行家。"

王砚嘿嘿一笑道："才疏学浅了一路，总算碰着了识得出的东西，见笑见笑。"将锈箭丢给侍卫，"都收起来，这些也算古董了。"

张屏蹲下察看地面，之前地上没有箭矢与石头落下的痕迹，现在却有了。

"下官觉得，这机关此前从未用过。"

甬道四壁皆有灯盏，亦覆着厚厚积尘，铁质灯身微锈，盏内油膏干裂，微有凹陷，灯芯有燃烧痕迹。

王砚道："多年前有人在这里走动。"

兰珏道："有灯盏，即是方便人走动。墓穴地宫，本不应该如此。"

王砚呵呵道:"有趣,这地方真是越来越不像墓了。"

无昧小声道:"会不会……和王已参悟大道,尸解飞升,所以地宫才如此布置?"

王砚一嗤:"扯淡。"

张屏道:"兰大人说得对,灯,是为人照亮,神仙不用。"

无昧不吱声了,暗暗在心中祷祝,无量寿福,和王殿下若有知,莫怪莫怪……

众人继续向前,甬道尽头拱门外竖着一大块如照壁般的石壁,方方正正,既无涂漆,亦无刻痕。

拱门洞边又有一个石墩,与入口那个相同,王砚道:"想来用法也一样,先不用试,看完了再说。"与众人绕过石壁,四周陡然宽阔,三个黑黝黝的门洞,并列在正前方。

但中间与右侧的门洞前,都堵着一道木栅栏,唯独最左侧的门洞是大开的。

王砚道:"这又有什么风水说道?"

兰珏道:"应与风水无干。"

拦住两道门的栅栏是用树杈扎成,粗糙至极,约半人高,下面还堵了几块石头。地宫之中,本不应出现这种东西。

王砚呵呵道:"有趣,有趣,步步意外,处处惊喜。"

张屏抚摸石壁,感到指下有些异样的粗糙,似是一些细碎的砂,被粘在石上,凑近了,能看到亮晶晶的颗粒。他遂回过身:"下官发现石碑有蹊跷,能否先暂熄灯火?"

王砚命侍卫灭灯。黑暗中,石壁上浮出了幽幽的绿光。

是一幅画!

一根弯曲的粗线宛如老树,发出几根枝杈,伸得最长的树杈上挂着一盏灯笼。一只甚是潦草的绿油油的兔子支棱着耳朵蹲在灯笼下树根旁,抬头望着高处的一个绿圈,圈旁边闪着许多零碎小绿点。

王砚道:"这圈儿显然是个月亮。这是一幅绿兔观灯赏月图?"

兰珏道:"或画者本意是白兔,只是作画粉末仅能发绿光。"

王砚道:"不拘是什么兔吧,画得难看了点,跟三岁小儿乱涂似的。"

兰珏继续端详石壁:"此画虽简陋,画者笔中却寄有情思,应非小儿手笔。"

王砚摸摸下巴:"一只兔子坐在老树底下点灯看月,能有什么情思?是了,兔子不会爬树,这盏灯笼,是谁挂在树杈上的?"

兰珏无奈,若要这样看画,这棵树长在哪里,灯笼是谁家的,谁点了火,兔子是自己蹲在了这里还是别人把它放到了这里……能翻出一箩筐问题，缠到下辈子。

而他觉得，这幅潦草的画，在一片漆黑中，发出的光虽然如鬼火一般，但看来却丝毫不冰冷可怖，甚至能感到暖意，如同过年时节门扇上的年画。

无昧怯怯道："无量天尊。兔乃月宫之物，本应在桂花树下捣药。此兔却坐在人间树下，头顶凡灯，仰望明月，是不是它不慎堕入凡间，望圆月，待飞升，希冀重返月宫？"

王砚哈一声："怎么不说它是只求偶的兔子，爱上了月宫里的那只，所以伸脖子看？"

无昧默默低下头念经，一个幽幽的声音从远处飘来："大人，这里还有。"

兰珏微一惊，继而辨出竟是张屏的声音。

王砚命左右重新亮起灯火："这小子钻哪里去了？"

张屏从最左侧的门洞中冒了出来："大人，这边。"

王砚大步带众人过去，那洞口进去没两步即是一个转弯，张屏再请熄去灯火，又见幽幽绿光，浮在黑暗中，绵延向前。

王砚上前查看，这些绿光亦是画在墙上的。皆在左侧壁上，离地三尺左右，多是横道，间或会加些图案，有些是圆圈，有些是云朵，还有些是鸟、乌龟或兔子。都十分粗拙。

王砚的心中一动，豁然顿悟："难道这些是为一个孩童所画？"

三尺左右，是一个寻常三四岁的孩童的身量。寻常人家的大人哄孩子玩时，随手在沙地或纸上乱涂，就如同这些画一般。

"这地宫中，曾有过一个孩子。"

无昧打了个哆嗦："墓、墓里怎么会有小孩？"

难道是……和王已修得了元婴出窍……

王砚道："非鬼非神，是个活孩子。"

兰珏扫视这些画，亦已明白了过来："那石棺中的女子，拼死放下门扇，原来是因为她有个孩子。"

王砚点点头："那些案犯不知道她把孩子藏在这边，她怕孩子被发现。可怜天下父母心。"他命人举起灯火，"姚存善留给他后人两套书，内涵很丰富啊。特别是《抱朴子》。"

抱、朴、子。

兰珏心中一震："莫非……姚存善抱走了蒲氏女的孩子？"

王砚神色难得凝重，再颔首。

兰珏心中更诧异："姚存善为什么要抱走蒲氏女的孩子？"

被杀的姚丛，还有其子嗣，莫非竟是……蒲氏的后人？

王砚盯着墙壁道："原因目前还在查。"

张屏沉默跟随在后。

前方墙上有处凹陷，是一扇门，门扇竟不是石头，而是箍着铁的木门，微微开了条缝，一条微锈的铁链躺在门边。

王砚一把推开门扇。

灯火照亮门内。石室不甚大，内里别无他物，唯独与门在同一侧的角落里砌着一个土灶。灶旁还搁着一口粗陶水缸。一侧墙上还有一个门洞，通连里面一间小室，室内亦空空如也，唯靠墙有一张样式极其简单的木床。

无昧往灶里探了探："这里头有通着烟道！烟道在墙夹层里！这灶真能用！"

王砚带着侍卫出去，再推开下一扇、另一扇、又一扇门。

这些门有些被铁链绑住，有的半掩，但里面全部都与第一扇门内一模一样。

连无昧都不能再往风水上想了："这里，怎么都像是住人的地方？"

一直沉默的张屏开口："这里的确是住人的地方。"

一个地下的村落。西山红叶生《乱世侠盗》中，山谨误入的黄泉国。

<h1 style="text-align:center">七</h1>

山谨不禁一怔。这地下，原本该混沌沌一片墨黑，却怎的，亮堂堂无限光明。

看那光，非日光、月光、星光，更不是灯光、烛光、火光，而是自四周遭头顶上石壁中迸出，好似暖阳，映得这不见天日的乾坤，如人间一般模样。

白头叟笑道："小子，这就呆了？"

山谨收拾精神，从容答道："晚辈乃是想，如此这般，怎分得出昼夜四季？何时起卧作息？又哪里出风，哪里聚云落雨？"

白头叟道："你仍是凡夫念头，这泉下之国，地上岂能相比？后头更有你呆的。"说罢，一纵身，向那不见底的深渊处直跃而下。

较量轻功，山谨从来不惧，但在此诡奇之地，多半分小心，便少一点差池，略一思量，仍取出如意索，钩住山壁，再飞身掠下。却只见，四周山壁与下方，竟都是人家房舍，还有树木田亩，花架篱笆。垂髫小儿，于云里雾间腾跳玩耍；三两闲人，在门前屋后聚谈品茶。

　　蒸蒸云雾托住身体，随意而浮，无须内力。山谨恍恍惚惚，不由思量——此间处，究竟是天上，还是地下？

　　白头曳的长笑声自云外传来："小子，又呆了吗？黄泉国十八层，你才看到第一层的尖儿哩。"

　　王砚、兰珏、张屏等人继续边查看石室边向前走，前方又分出一条岔路，左右两处门洞。右侧门洞，如外面的那两个门洞一样，拦着栅栏，堵着石块，内里一片漆黑。绿光图案向左侧门内延伸。

　　王砚道："这栅栏只能拦得住小儿，想来是那女子怕孩子走错了路。这些图就是路标，咱们先顺着它走吧。"吩咐随从让其他人手搜索别的路径。

　　转过门，亦与方才一样，长长的通道，一间间石室。王砚又道："这布置倒有些像试院的考房，佩之看来，应该亲切。"

　　兰珏道："只是此处考题不在卷上，我这捎带混进场的学生更解不开题。"

　　王砚正色："佩之是提点我等的夫子，怎能如此自谦。"

　　兰珏道："王大人才是自谦，这般抬举，在下在诸位神断面前可站不住了。"

　　众人都跟着笑，森冷气氛暖了不少，正要继续往前行，去搜查其他路径的侍卫之一来禀："大人，这地宫有些地方塌了，卑职等发现几处奇怪的地方。"

　　王砚精神一振："带路。"

　　那洞就在方才岔路处被堵住的另一扇门通往的甬道内。带路的侍卫边走边禀告："……卑职觉得，两人一起一间间向前查有些慢，便自作主张，自己先向前探路，刘尔在后面查看石室。结果卑职走着走着，脚下就不一样了。"

　　那名叫刘尔的侍卫在一处石室门前见礼，王砚简单一点头，命一个随行的侍卫留下与他做伴，其余人继续往前走。

　　前方出现一个转弯，侍卫提醒："诸位大人小心，地上不平整。"

　　转弯的顶上，便就有些倾斜，地上墙壁出现了裂纹，越往前，便越多。

　　带路侍卫先小跑到某处停下："诸位大人请看这边。"

　　此处亦是一个门洞，但所通的，既非甬道，亦非石室，而是一道向下延伸的楼梯。但石梯只能下去几阶，前方的顶与墙壁崩塌了，堵堵着一堆乱石。兰珏走到梯边，王砚立刻道："佩之，当心些，此梯下面是空的。"自己却下了两阶，环视四周，"下方若还有一层，这地宫真能装不少人。就因为挖得太深，才会被地动震塌了。"

张屏道："下官觉得，下方不止一层。"

井下的地宫有两层，却丝毫未损。那边建造精细，强过这里许多，又处于边缘，在遭逢地动时必然能减少很多损伤，但差别如此之大，肯定还因为层数上的差距。

王砚微颔首："待清出此处后再证实吧。这里多半塌陷，地上有裂缝，下方是空的，也不知多深，你们都小心些。门道要摸清，但人，一个都不能伤。"

侍卫及县衙调来的衙役们都一脸感动。

兰珏看了看张屏，王砚做事，素来求简求快，其实眼下这里及将要增调过来的多半是县衙的人手，后续挖掘这个地宫亦得县衙来办，原本当要王砚告知张屏，张屏统筹调派。现在这般，论真就是王砚滥权，张屏失职。

带路侍卫的作为，也不合规矩。按本朝律例，取证查访，须两人以上，互相督管，以防疏漏舞弊。凡擅自独行，所查所得，皆要重新审核，或废而不用。

倘若在这里的是冯邰，带路侍卫与其搭档肯定会被严责。如果还有个御史台的人在，王砚和张屏更得被好好弹上一弹了。

王砚有肆意的本钱，但张屏须早些自行体悟知县该怎么当。

大致查看完此处，带路侍卫举着灯笼继续引路："大人，还有一处更不对头的在这边。"

众人随他出了门洞折转，王砚让众人排成一竖行，间隔些许距离，轻落步，缓缓向前走，地面越来越不平，石墙歪斜，走了不多久，前方乱石横阻，再不可行。

带路侍卫在被阻断处前停住，众人的视线亦都定在了那方。

那里有一堆土，土中夹着碎渣石块，土堆对着的靠近坍塌处的顶上，有个洞。

"上头不通，洞里能钻下一个人，卑职觉得，有人从这个洞进到这里过。"

王砚走到洞下抬头看了看，再抇起一撮泥土，里面的石子土渣定不是地宫之物。

"不错，这里还有其他不速之客来过。"

地宫外壁坚硬，不易挖穿，那人是利用坍塌的缝隙，才挖出了洞。

"此洞位置，对应地上，是慈寿村中。石棺中的女子死后，案犯等人必然监视他人的一举一动，挖洞既费力，动静又大，不是抱走孩子的人所为。"

张屏点点头："下官觉得，此洞是在蒲氏女被害，姚存善抱走孩子之后挖的。"

那女子带着孩子住在这里，若这洞是之前挖的，她应该会清清这些土，堵堵洞，防止再有人进来。

"看这洞口痕迹，用了不止一种工具。打洞的动静很大，而案犯一直留意着村中动静。所以，这个洞是案犯自己挖的。"

无昧惊诧脱口："案犯也来过这里？"

王砚瞳孔一缩："不错，难怪那些屋子的门，多半都是开着的。也难怪这些人后来知道了蒲氏女有孩子，还知道孩子大概的岁数。"

张屏再点点头："所以，甄选侍奉慈寿姥姥的灵童，第一次六岁，第二次九岁。"

兰珏微怔："慈寿姥姥选灵童之事，其实是案犯借此为名搜寻蒲氏女的孩子？"

张屏和王砚一起肃然凝视他，同时缓缓点了点头。

正在这时，甬道处一团光亮颠簸而来，一旁侍卫立刻喝止其奔跑，那奔来的侍卫放下灯笼，就地跪倒："叩禀大人，卑职等在那边坍塌处的顶上，发现一处可疑痕迹。卑职等大胆推测，可能是个被封上的洞口。"

王砚神色一变，皱眉："又一个洞？"

和王墓与东真国秘宝一直被人觊觎，这里有十个八个盗洞原本都说得过去。但与当下推测出的案情和那些未动过的机关，就有些对不上了。

王砚拧眉沉吟，张屏躬身："下官想接着查看有壁画的甬道，望大人恩准。"

王砚瞥他一眼："本部院也要接着查那边，否则这般折来返去，平白多走路，多耽误工夫。"转头吩咐侍卫，"那处洞口待本部院查完其他的之后再看，也不用发现了什么就赶着禀报，先都录下，之后一道报与本部院。每块石头每寸土都不得擅动。"

侍卫领命离去。众人又折返回之前正在查的甬道。

张屏跟在王砚、兰珏之后默默前行，几十年前，案犯从洞口下到这里后，必然也如他们一般，先走到岔道口，而后发现了墙壁上发光的画。案犯跟着那些画一路寻觅，进入一间间空荡荡的石室。

越往前走，石室门旁被扯下的锁链距离门越远，门框上锁链被扯的损伤越来越重，还有被脚踹的痕迹。一无所获的案犯越来越暴躁。墙上的画被刮过，墙边的残余火把和火折子都是被摔灭的，案犯非常急躁，质疑自己是否又一次被耍。

终于，在走了很久很久之后，案犯发现了——

这里。

走在最前方的侍卫在一扇大敞的门前站住："大人，地上有痕迹。"再侧身一照门内，惊喜道，"屋里有东西！"

王砚立刻道："小心，莫碰到证据。"带着另一个提灯侍卫大踏步走上前。

地上的痕迹明显是人的鞋底沾了灰踩出的脚印，由深至浅朝向了甬道前方，看大小，是男子的脚印。王砚吩咐随行绘下脚印大小形状，测量步距，自己与两名随从先进入室内。

这间石室与先前那些石室的大小完全一样，屋中一片狼藉，其中一面墙上，又有一幅绿油油冒光的画。

王砚立刻道："佩之，快过来看看。"

兰珏绕开各种痕迹进入室内，端看壁上这幅画，笔法简练，毫无稚气，但仍能看出与外面那些故作粗陋的画是同一人所绘。画中有个月亮，月下寥寥勾勒出的小山丘上有几棵树，其中最靠近崖顶的一棵格外挺拔。远处又有一道水，岸边两撮高矮不一的草。

画边题着几行娟秀的字——

蒲苇生西岸，翠柏在东山；明月应怜我，遥遥共相看。

"此乃女子之作。字画之中，思念之意拳拳。蒲苇应是她自比，山上翠柏，便是她的情郎吧。"

王砚点头："嗯。倘若这画是石棺中女子所绘，她有个娃，孩子得有爹。"

那么，孩子他爹，是谁？

兰珏道："从字画来看，孩子的爹，应该是远行了。"

王砚摸摸下巴："也可能死了？"

兰珏摇头："字画中皆无悲悼之意，应只是远在异乡，难以聚首。"

王砚又"嗯"了一声："还是佩之看得明白。"

张屏默默打量室内。

一张矮桌翻倒在地，灶边水缸也碎了，残骸中躺着翻倒的木桶、扁担和灯盏，一地瓷碴碎片，树棍干柴散在墙角，连灶中的灰都被掏了出来，覆在地上的铁锅和锅盖上。两只凳子，两个碗底，四根筷子。处处痕迹显示，这里原本住过两个人。

王砚又招呼兰珏同他进内室查看："此番多劳佩之，回京后必奉上好酒美人，为兰大人好好洗一洗这老坑女尸的晦气。"

兰珏道:"是我有眼福能详详细细看一回查案取证,若有错行误碰处,望王大人海涵。"

王砚咧嘴:"佩之这话说得我可站不住了,"又瞥了一眼仍杵在门边幽幽望着这方的张屏,"你也进来吧。"

内室之中,亦是一片凌乱。王砚心中却是欣喜。

屋中,有一大一小两张床。床都挂着帐子,稀烂的被褥枕头堆在地上,显然也有大有小。墙角的一口箱子大敞着翻倒,周围七零八落都是幼童的衣物。

靠墙还有一张桌,几块铜镜碎片散落在案上地下,墨汁墨盒与碎裂的胭脂粉盒混在了一起。地上还有许多亮晶晶的粉末。

兰珏道:"粗看床桌衣物,都是寻常样式。"

王砚俯身拈起一撮粉末:"这东西像是夜明珠磨成的粉。"

那女子就是拿这个混在胶中,在墙上涂画。

兰珏一叹:"从外到内这些画作耗费,得多少颗珠子才能磨出,这般作为,远胜一掷千金。"

王砚呵道:"该不会和王墓中贵重的陪葬,就是这堆夜明珠吧。这般被磨粉画着玩。案犯忒不识货,剩下这点还给撒了。嗯,看地上痕迹,或许是失手,又扫拢走了一些。"

张屏不声不响钻到桌子下,捡起了几支笔杆。案犯显然连笔杆内都要检查有没有藏东西,几支笔的笔头全被薅下了。

张屏寻觅角落,从各个旮旯里摸出笔头。

兰珏同王砚走到箱子边,捡起几件小衣衫:"这女子的孩子,是个男孩。"

衣衫不多,布料也大都是棉布,唯有两块半新不旧与一块尚算崭新的小肚兜是缎子的,但做工都很精细,其中不少是婴儿或一两岁的孩子穿戴的大小。这女子将孩子用过的东西,都细心地保留着。

王砚挥手命捕快过来收拾。

张屏起身走了过来,掌中托着两枚他刚捡起的笔头:"大人请看。"王砚凝目端详,兰珏心中一缩,笔头沾了灰尘,但显然从未被用过,毛发更非羊毫、狼毫。

"这是……胎毛笔。"

兰徽亦有一支。

王砚命随从小心收好证物,又问张屏:"又添许多物证。那案犯,还用等京城的消息到了再拿吗?"

张屏肃然道:"下官觉得,今晚便可缉拿。"

兰徽感到脸在被重重拍打。他皱皱眉,一股辛辣诡异的味道灌入鼻子,令他猛打了个喷嚏,大咳两声,睁开双眼,只听身边有人道:"好啦,他醒了,没事。"

是苋苋的声音。

兰徽努力眨眼,天空、树叶在眼前清晰起来,又听启檀的声音道:"他要是有事我不会放过你们,我说到做到!"

苋苋不屑轻哼,扶起兰徽,让他靠在树干上,将一只水壶送到他嘴边:"喝两口水。"

兰徽头很晕,嘴里又干又苦,咽下凉水让他有点恶心。苋苋又倒出点水拍拍他的脸:"连用两回可能药力有点大了,再过一时就好了。"

兰徽转动眼珠。这里是一处荒凉的空地,周围地势微高,都是乱石和大树,显得很阴森,再远一些的地方,是一座山。启檀被绑在离他不远的大树上,脑袋上竟然顶着一对抓髻。

启檀回瞪着他:"别笑,等一时你也得这样!"

兰徽眨眨眼,启檀头上的抓髻还绑着鲜红的绸带,确实很好笑,不过他却笑不出来。

天快黑了,她们带他和浪无名到这片荒凉的空地里,到底要做什么?

不远处停着那辆板车,驴子被拴在稍高一些的坡上,慢慢嚼草。驴旁的一个熟悉的身影让兰徽心中一紧。

黄稚娘从石头上站起,向他走来,将手伸进袖中。

兰徽向后缩了缩,惊恐地睁大眼,黄稚娘从袖中抽出了一把梳子,蹲身散开他的头发,梳成两个抓髻,用翠绿的绸带绑住。启檀瞅着兰徽,用力扯了一下嘴角。

苋苋捧来一双绿色的布鞋,套在兰徽脚上:"没想到我这双鞋他穿挺合适。"

黄稚娘微微一笑:"此乃上天安排,怎会不合适。"

兰徽盯着鞋面上绣的小花哆嗦了一下:"为什么给我穿女子服饰?"

苋苋叹了口气:"没办法,一时做不出新的。你们两个只能穿我跟我娘的鞋子。"

黄稚娘起身:"我去预备,你先替他二人沐浴吧。"

苋苋愣了一下:"娘,这里离山还有段路,不再往前去一去了?"

黄稚娘淡淡道:"此时那边必然杂人众多,唯独此处清静,就在这里吧。远些无所谓，心到神知。"

兰徽咽咽唾沫："你们要做什么？"

没人回答他。觅觅脱下兰徽脚上的绿布鞋："娘，这俩小崽子太臭了，只怕打水冲不干净，不然就直接下河吧。"

启檀神色一变："毒妇，村姑，你二人想淹死我们兄弟？"

觅觅"咦"了一声："你不通水性？"

启檀晃了晃头："通又如何，不通又如何？"

觅觅撇撇嘴："只在河边浅水里，淹不死你。淹了你们两个，拿什么献给姥姥？"

兰徽哆嗦了一下，献？

黄稚娘不耐烦道："也罢，看住他们，带上香油，沐浴后便更衣。"

天快黑了。天一黑，便可举火。

越早献上祭品，姥姥便越早息怒，越快结束罪责。迟了，则会万劫不复。

觅觅取下车把上挂的一个小包袱，将方才给兰徽试的鞋子放进其中，扯起兰徽。黄稚娘抽出一把刀，横在启檀颈上，让觅觅解开他的绑缚。

启檀扯扯嘴角："为何只对我动刀。"

黄稚娘温声道："你弟弟比你乖。你也要学学他。"挟持他往前走，觅觅紧紧扣住兰徽的手臂在后。经过几棵树，一道小河便在眼前。

启檀道："就在这里洗？那我脱了。"立刻开始解腰带。黄稚娘收回刀子，后退了数步。

兰徽偷眼打量，左右两边，都是略高的土岗，几乎是垂直的，唯独站立的这里仿佛一个口袋的出口一样，有一小块空地，通向河面。近水最宽阔处，可并立两人，狭窄处单人便能堵住。

觅觅把包袱放在水边的一块石头上，打开，露出一红一绿两块布，两双鞋。

"不用看了，想从这里出去，只能穿过我们方才在的地方，翻过那个矮坡。你们跑不了，死心吧。"

兰徽默默地转身，暮色余晖中，粼粼水波荡漾，沿水向左望，圆墩墩的山矗立在最后几缕流霞萦绕的灰蓝天幕下。

启檀三两下甩了靴袜，脱下外袍内衫，黄稚娘微微背转身，觅觅也闭了闭眼，又猛地睁开："喂，你做什么？！"

启檀蹲在包袱旁，拎起一块红布，怪叫一声："肚兜？让我们兄弟穿这个玩意儿?！"

黄稚娘举起刀子，温柔一笑："休要不敬。"

启檀立刻道："不敢不敢。"转而面向河，解开裤子。

兰徽再暗暗打了个冷战，也迅速脱下鞋袜衣袍。刚才，启檀蹲下身前，在他耳边低声说了一句"拖住，等我"。

启檀褪下裤子，露出锦绸亵裤，黄稚娘与苋苋又别开脸，启檀忽回身闪电般抓起石头上的红布鞋，飞奔进河中，将鞋挂在抓髻上，奋力向对岸游去。

身后传来苋苋母女的呼喝声与水声，启檀用力刨水，这条小河不算宽，渐近河心，另一划水声紧随身后，启檀回头一望，气一松差点呛水——

游在他身后的竟是兰徽，与他一样一边抓髻上挂着一只鞋。

"无名兄，吾也会游水。"

启檀转回头继续前游："别说话，莫松气，跟着我，游不动就喊！"

兰徽短促地"嗯"了一声。

傍晚的河水甚凉，万幸这条小河很窄，恐惧的力量促使他们拼命划动双臂。

河岸近了，又近了，再近了……

胳膊很酸，腿也不想动了，身体越来越沉重，眼前渐渐模糊……突然手臂被扯住，兰徽打了个激灵，启檀拖了他两步："站起来，淹不着你了。"

兰徽这才发现自己的脚已经能够到水底，他跟着启檀半跑半扑腾上了岸。启檀喘了两口气，取下挂在抓髻上的鞋子："想不到你居然会水。"

兰徽正色："吾之游水术乃家严所授，今日颠簸至体虚，故游得不好。"

初学跟练习多半都是在别庄的温泉里，王伯父府中的池塘里他也游过，不惧冷水，此番最后略失手肯定是因为有点饿了。

启檀道："我不知道你会游水，所以让你等着，她们要做的事，应该需要你我一起，少了我一个，不会立刻对你下手。眼下各处肯定都是找寻你我的官兵，遇见人，就能搬到救兵。不是不讲义气要丢下你，更不会不管你。"

兰徽点点头："我知道。无名兄那般决断，甚对。"

启檀嘿嘿一声道："你懂就好。你其实蛮不错，游过来了，就是气没掌握好。回头我教你。我会游也是父皇让学的，不过教我的是兵部的程柏，都说他高明，我看也就那么回事。没想到你爹那样子也会游水。"

父皇，儿臣已是庶民了，从此，浪迹天涯，漂泊无名。父皇让儿臣学游水，便是注定了儿臣要在江湖中沉浮吧。

兰徽肃然："家严从小在河边长大，记事起就会游。"

启檀站起身打断他："毒妇母女不在对岸了，这附近说不定有桥，咱们得赶快跑！"

兰徽将有些潮湿的绿鞋套到脚上："我觉得，那个苋苋像故意放了咱们。"

他跟在启檀之后抢鞋冲进河中时，苋苋看似向他扑来，伸出的手却没有抓住他，黄稚娘也被她的身体挡住了。

启檀拍拍他肩膀："嗯，此村姑有可能折服于你我兄弟的凛然侠气。不过她那个娘太凶残，她们有驴，快。"

兰徽跟着启檀，迈开沉重的腿："咱们去哪儿？"

启檀向着山的方向飞奔："毒妇本想带我们去山里，肯定想不到我们往这边跑，快快快！"

可是……

望着前方浪无名脚下的红色绣花鞋和头顶随奔跑舞动的红绸带，感受着吹拂湿透裤衩的沉暮晚风，兰徽觉得，很凉。

王砚、兰珏、张屏一行出了石室，继续向前。未走两步，又是一间石室，侍卫再惊喜报："禀诸位大人，门前又有脚印。"

众人径直进去，外面一间空空荡荡，只有一些凌乱灰尘，内里一间却有火燎过的痕迹，烧得焦黑的木块残骸堆在上首被燎黑的石墙边，还有些瓷碎片、布片与粉末。

王砚和张屏各拈起些许，是香灰。

侍卫在残骸中翻找片刻，捧出一块木板，奉与王砚："大人，这似乎是个牌位，上有字迹。"

王砚接过木板，擦拭了一下："不错，是牌位。"

上面残余的字迹模糊，能看出上面是个"先"字，中间有个"定"字，阳上处小字第一个字是"不"，下方可辨一个"⺌"，再往下又残存些笔画。

王砚仔细端详："定，难道是蒲定？佩之你瞧瞧。"

兰珏接过牌位："左下方残余笔画，像是两个离字与一个敬字。离离二字，应为女子闺名。但隔壁石室内的小儿衣衫与胎毛笔，皆是男童之物。分辨笔迹，与隔壁墙上题字似出于一人之手，因此兰某大胆揣测，立牌位之人，是那位女子。"

张屏道："下官觉得，她是蒲定的女儿，名叫蒲离离。"

兰珏道："如此，牌位上的字原本应是'先考某公讳定神位，不肖女离离敬立'。"

王砚道："佩之到我们刑部来吧。"

兰珏道："近香染衣，见笑见笑。"

王砚神情一正："寻常牌位写的都是孝子贤孙，不肖女三字有些怪。"

兰珏微摇头："我只是根据笔画推测。这般写确实不合情理，或有隐情吧。"

张屏面无表情地眨了眨眼道："下官觉得，因为她爱上了一个不该爱的人。"

王砚和兰珏一起看向他，王砚道："这话从你嘴里说出，本部院真感到了一丝莫名的奇异。"

兰珏将牌位递还与王砚："张知县的推断确实能对上蒲氏女题在隔壁墙上的字句。她自比河边蒲苇，句中山上苍柏，或是关键。"

王砚看看张屏，张屏掀了掀眼皮，不语。

兰珏未再多问，只轻叹了一声："离离水上蒲，结水散为珠。蒲氏女之名便如诗意，美且薄。"

王砚道："我只知道白居易之句，离离原上草，一岁一枯荣。很是奋发。佩之作的这句水上蒲，确实听来更合那女子身世。"

兰珏道："墨闻兄抬爱了，我如何作得出这般句子，此乃南朝谢朓之诗《咏蒲》中的前两句。离离水上蒲，结水散为珠。间厕秋菡萏，出入春凫雏。初萌实雕俎，暮蔬杂椒涂。所悲塘上曲，遂铄黄金躯。白乐天离离原上草之句，应是化仿离离水上蒲而得。但白乐天之诗朗朗通达，欣荣勃发，多为人传诵。《咏蒲》意悲清冷，世人虽皆如李太白一般称颂'蓬莱文章建安骨，中间小谢又清发'，然小谢此诗，咏诵者却不多矣。"

王砚露齿："又在佩之面前露怯了。阳春白雪之雅句，得佩之这样的来做知己。"再看看手中牌位，"不过，这也算个例子。行文不可冷僻，起名务必吉利。尤其不能摘那些苦哈哈的诗句里的词当名字。"

旁侧王砚的随从立刻道："大人说得太对了。卑职得以聆听，受益匪浅！"

王砚呵呵一笑，将牌位丢与侍卫，继续查看。

石室中除却这些，再无其他，众人出门继续向前，途经的石室又都一无所有了。走了不多时，甬道便到尽头，前方一堵石壁，张屏上前摸了摸，石壁与古井地宫八卦圆厅下一层封上的石门石料相同，是同一块石。

王砚亦观察了一下石壁："张屏推测得不错。原本过了这扇门，就能从那口井出去了。可惜封上了，咱们还得走回头路。"

众人转身折返，张屏与前方的王砚、兰珏稍拉开了些距离，无眸趁机凑到他身边，压低声音道："阿屏，我心里头有个疑惑。地上面那些村民盖屋子地基浅，挖不到这里情有可原。但家家户户总得吃水吧，地底下有这个地宫在，打井怎么能打出水？挖井的时候怎么也没发现什么？"

张屏道："本朝之前，此间是处高岗，都是农田。地陷之后，才住了人。"

县志及户籍典册记载，慈寿村地界在本朝之前，除了蒲氏的宅子外，并无人家。地动之后，地面凹陷易积水，不适合耕种，大约是有人觉得太祖皇帝的那个大碗传说很吉利，便迁居过来。

"我暂时也不知道为什么能打井吃水。"

塌陷之后，地下堆积着残砖碎石，挖动都会困难，更不用说打井了。

往深处挖，必然会挖出东西。这样的话，地宫应该早就被发现了。难道慈寿村和四叶三果案中的辜家庄一样，整个村都是楚朝遗民，共同守护着和王地宫的秘密？

不可能，如果是这样，就不会有这件案子、这些悲剧，以及那些贪婪狠毒的案犯了。

兰珏略放缓脚步，微微侧回身道："这间地宫，必然还有许多未曾发现的玄妙。"

张屏略停步："下官亦觉得，谜底应该就在地宫中。"

所以他才一定要看看地宫。

王砚不耐烦地回头："这地方十天半个月也细看不完。其他乱七八糟的暂无须理会，缉拿案犯才是当务之急。"

话虽如此，出了甬道，王砚还是先去看了看侍卫禀报的另一个盗洞口。

那洞口在另一甬道内的坍塌处，已被封住，抹了灰泥，侍卫查看时将灰泥刮开了些许，露出一块木板。王砚命衙役们将灰泥彻底砸开，撬下木板，木板下，却是实的。

王砚用小刀刮了刮表面，只刮下些许碎屑。

无昧踮起脚打量："这是用浇注的法子堵上的吧。"

王砚挑眉瞥了他一眼："你竟懂这个？"

无昧忙称罪："小道无状失言，请大人责罚。小道出身的小县地处西北，风沙大，墙得结实，常有人家用石砂拌黏土浇注地基，凝成块后上面再加砖，更结实，或是直接垒个模子浇墙，故而小道识得。"

王砚点点头："看来这个打洞进来的是个好工匠，比挖上一个洞的那人强。张知县你怎么看？"

张屏看着泥封处:"此洞挖出的时间在上一个洞之前。浇注手法粗糙,与本地土木之法殊异,堵洞者,非本地人士。佐证案情的证据,又多了一个。"

侍卫又报:"禀大人,那边的坍塌处也有异常,看墙壁,似乎……"

王砚一摆手:"这些容后再议,时辰不早,速速拿下案犯要紧。"

众人从原路返回地面,踏阶而上,正迎着落入洞口的暮色余光,王砚眯了眯眼:"天竟还未黑。"

随从禀告,刚接到飞鸽传来的紧急密函。兰珏心中一紧,王砚接过呈上的竹筒,打开封蜡,取出密函,匆匆扫视,片刻后,丢给张屏:"京城的消息。你想查的那两处。"难怪这小子说晚上拿人。

张屏的双眼亮了,细读密函。

苗掌书询问了珠摇楼的老婢,接到王砚飞鸽传令的刑部捕快查了楼中记录。珠摇楼中,几十年前有位头牌歌伎连珠本姓姚,后被一客商赎身,赎身文契上,客商签下的姓名是卜栋,还按了个指印。

刑部捕快去了上化观,一无所获。柳桐倚将从上化观处住持处访得的消息交给苗掌书,借刑部的信鸽一同传回——

慈寿观的住持虚真,确实曾是上化观的道人。疑被蒲定所杀的道人准真,是他的师兄。

柳树下竖插棺上的钉子是法器,名曰封魂钉。上化观的住持称,这钉子不是上化观之物。上化观道人修道不修术,缘于本朝开国时,一位祖师偶知一个秘密,献于太祖皇帝。然太祖皇帝不为所动,那位祖师亦顿悟自己竟执迷于尘世杂浊,遂彻底摒俗清修,道观因而也更名为上化观。从那之后,观中道人便清修参道,从不用此类法器。住持年少时,曾在挂单的云游道士处见过这类法器,他记得那云游道士未住多久,便被观中起单了……

张屏在浓重暮色中折起信纸,向王砚施礼:"下官叩请大人钧令,即刻缉拿案犯。"

王砚肃然道:"准。"

兰徽和启檀在林中飞奔。

地面高低坑洼,稍不留神就绊个跟跄踢到脚趾。一团黑影从草丛中蹿出。兰徽吓了一大跳,猛地停下,黑影闪电般蹿进另一丛草里。启檀停步回身:"是野兔子,你没打过猎?"

兰徽硬声道:"天色昏暗,未能看清。"

启檀"嗤"了一声,弯腰捡起根树棍拨了拨草丛:"可惜,若有弓箭在手,你我兄弟的晚膳便有着落了。嗯,眼下也没工夫做晚膳,快,那疯婆娘说不定就在附近!"

兰徽狠狠地抹了一把清水鼻涕,跟着启檀继续开跑。

脚上的鞋有点大,老有小土块小石子跳进鞋帮。跑出一段,兰徽不得不再停下,倒倒鞋子。启檀不耐烦地催他,也把脚从略小的红鞋里脱出来松快一会儿。

树丛中有人踩出的小路,暮色愈重,渐渐看不分明。

山,又近了一点。

兰徽呼哧呼哧喘着气,又有黑影"噌"地从草丛奔出。

兔子?狐狸?狼?蛇?

那黑影闪得太快,他来不及分辨,绕过一个乱石堆,启檀突然大叫一声。

兰徽一抬眼,也不禁失声——

前方的树下,是蔡婶!

兰徽立刻跟着启檀掉头奔向斜侧方。启檀的声音穿过他擂鼓一样的心跳和重重的呼吸:"上坡!往高处跑,她的驴不好上!"

斜前方的乱石堆连着一个高坡,兰徽不顾一切地踩着石块向上攀爬。快了,就要上去了!他手脚并用,终于爬了上去。

那边启檀刚刚爬上坡沿,却被一只手抓住了脚。

启檀心中一凉,一块石头擦身而过,下方闷哼一声,他趁机用另一只脚狠狠一踹,猛甩被抓住的脚,鞋子脱脚而去,他则翻身上坡。

兰徽又朝妇人丢了一块石头,这次未能砸中,启檀拽着他朝前冲,前方没有路,如被切断的发糕一样的断层下方是……

河!

兰徽和启檀同时僵了一瞬,而后蹬掉鞋子,呀的一声跳了下去。

扑通!

冰冷的河水没过头顶,灌进耳朵嘴巴,兰徽呛了一下,拼命扒水。

寒凉的水好像永远也扒不开,扒不完……

山谨只觉得纷纭千花齐放,琳琅万宝出海。想他刀山上过,十八层黄泉也算下了,却因一个少女的容貌,平生第一遭怔怔愣愣,懵懵难言。

少女嫣然一笑,碧绿眼眸盈然流波:"你就是山谨?看来也没什么了不得嘛。"

山谨稍一敛神:"山某本一寻常野夫,姑娘见笑。"

旁侧双鬟女童不悦呵斥:"好没规矩,见了殿下,竟不施礼。"

山谨再又一愣,她就是国主的女儿,统王子的妹妹?龙生九子,其形各异,不想这句话在地下也好用上。

他忙忙见礼:"山某无状,唐突公主殿下。"

只听公主道:"闻得山侠士打赢我王兄时说,大桶的妹妹想来是个罐子。你便平身瞧一瞧,我蜜蜜儿可是个蜜罐儿?"

山谨微赧,竟不能言,平日里的机智应对,似都扑通扑通掉进了那无尽火潭中,呼啦啦化为了青烟。

公主袖中,又垂下一条五彩丝绦:"另外,我亦想试一试,山侠士的剑,是否当真那么快。"

……

他在油灯下翻过书页。《乱世侠盗》这部书,他反反复复读过无数遍。这一回这一段,更是能倒背如流。然而,他还是会不断地看。

他在暗淡的油灯光中微微眯着眼。破旧书页上的字迹,他早已看不清。连封皮上"乱世侠盗"那四个字,他瞧来都不甚清晰。

但,这又有什么关系?

手指滑过那些字句,一幕幕情景便会清晰浮现在眼前,譬如现在。

他闭上眼,细细欣赏,如品醇酒。

看得清字的人,看到的只是字罢了。纸上写的种种,只供他们这些不相干的人眼中得见。他们不知道真正的故事。

灯芯毕剥,他合上了书,缓缓抚摸。墨蓝封皮久经摩挲,柔腻仿佛人肤。像她的肌肤。在这样的夜里微微带着凉意,但摸得久了,还是会暖。

他深深地呼吸,嗅着她发间的芬芳。

窗外有嘈杂声。是衙门的人?

他们已经在暗处待了一阵子了。这两天他都装作看不见,照常地进出。

他们可能想不到,他一直在等着他们。

他想,他活了这么多年,可能就是为了这一天。她让他留在人世间,告诉这些爱看传奇的人真正的传奇。真正的山谨,真正的黄泉公主。

他与她的传奇。

离离，我们一直在一起，不是吗？

他再抚摸了一遍书册，将它放回小案上，自摇椅上站起，蹒跚着打开门。

"诸位差爷，深夜到此何事？"

站在衙役前方的人一袭绿色官服在火光中格外醒目，乌纱帽下的面孔似曾相识。

"你可是刘长杉？"

他眯起双眼："小老儿正是。"

左右喝道："大胆，知县大人面前怎不跪拜？！"

他作势一惊："我道这位衣帽怎的不同于诸位差爷，竟是知县大人亲临！"连称恕罪，颤巍巍跪下。

张屏盯着老者银白的头顶："数日前，在寿念山山顶，你我曾见过。"

老者微欠身抬头："请恕老汉眼拙。山顶香客众多，小门脸人来人往，当时不识大人尊身，此刻更难忆福缘。大人夜半驾临，想来不是欲与老汉叙旧。"

张屏道："本县乃为山顶柳树下的女尸而来。"

他的脊背微微起伏了一下，却未答话。

"慈寿观外柳树下，挖得一具女子尸首，推测就是在慈寿观初建时被掩埋。工房典册记录，你是建慈寿观的工匠之一，之后在慈寿观做了道人。"

他盯着地面，微微笑了笑："小老儿早年的确做过木匠，那时修建慈寿观的许多人，而今还活着的，怕只剩下我这把老骨头了。慈寿观建好后，观中无人，小老儿便挂了个道人的名号，只是每日做些洒扫杂务而已。前几年此前的知县大人重修道观，找了外来的法师掌观念经，承蒙官府恩典，赏了我一间门脸做买卖，可供养老。这些大人应该也能从册子里查到。"

张屏视线越过他望进屋中。旁侧衙役又喝道："夜深风寒，怎的却让大人站在屋外？！"

老者立刻再作揖："恕罪恕罪，寒舍简陋，恐污大人足底。若大人不弃，肯移驾屋内，实乃老汉三生之幸。"颤巍巍起身，让到一旁。

张屏迈进门槛，兰珏与捕快随后进了厅，张屏走到屋角，从小几上拿起了那本《乱世侠盗》。

兰珏浮出一丝讶色："你竟看此书？"

老者哑声道："小老儿略识几个字，行将就木之人，老眼昏花，难看清字迹，只是闲来无事，睡前扫两眼罢了，这位大人见笑。"

兰珏拱手："不敢。某乃一随行闲人尔，老丈只当没在下这个人在场便是。"

张屏将《乱世侠盗》捧给兰珏，兰珏翻开书页："甚巧，正是这一卷。张大人可抽空看一看，其中黄泉国描述，当真与刚挖出的地宫相似。多年前的传奇，却竟能恰好应了多年后之事，西山红叶生之才，着实令吾等后辈叹服。"

才？恰好？呵呵……他不禁在心中一笑。

张屏并未再看书册，只面无表情望着老者："刘叟，寿念山山顶，柳树下女尸，你是否知情？"

老者悠然回望张屏："大人此话，是垂问，还是审问？草民不解所指，还请明示。"

张屏转向衙役："搜查屋内。切勿损坏器物。"

众捕快拥进屋中，老者从容退到一旁，只望向仍在翻书的兰珏："公子气度雍华，定是贵人。方才谈及对此书的见识，更是不俗。"

张屏停步："此书，我看过。只是有个地下之国而已，跟方才挖出的地宫，并无相同之处。"

兰珏挑眉："张大人难道不觉得，地宫中一间间暗室，恰似此书中黄泉国里的人家？"

张屏垂下眼皮："不是很像。"

兰珏道："书中情节必然远强过真实。若非大人已断定地宫及那树下女尸都远早过《乱世侠盗》成书的年代，学生几乎要推测，地宫与树下女尸，乃是模仿本书了。"

张屏摇头："树下女尸，残发银白，必是老妪。"

兰珏叹了口气："是啊，地宫在，惜无黄泉公主，仅见老妇枯尸；更不曾有飞天侠士，唯凶手待拿。叹哉！"

老者再冷冷一笑。

"大人与这位公子不必如此婉转，二位想来是发现最近查到的东西与这本书中的情节相似，又见老朽家中有此书，故出言探问。其实直接垂问便可。此书在老朽看来，扯淡得很。世事乃天意所定，世间文士得知一星半点，东诌西扯出的文章岂能比拟？"

黄泉国？蜜蜜儿？这恶俗的名字，怎配与你有牵连，离离。

"大人与这位公子无非是想知道，写这本书的人，是否与此案有关。不错，这人以前应该来过本县。若没记错，老朽见过他。"

十几年前那个上午，在山顶转悠的小书生，年岁比这个小知县还小些吧。

那时他也是一时兴起，或是因为那小娃的一句话。

"晚辈总觉得，这方土地之下，另有隐秘。非送子合婚的神迹，而是不为世人所知的传奇。"

他便情不自禁道："老夫不知道什么隐秘传奇。但故事确实有不少。"

一个因相逢而生的故事。

许多许多年前，有一个少年，遇见了一位公主。

"老朽当年给他讲了一段故事，却不承想，竟成了书里的这段。"

更不承想，还写成了这样。

兰珏蔼声道："老丈误会了，我并无旁敲侧击之意。而且，据我所知，《乱世侠盗》一书，是借了数十年前的两个大盗岳肃、邵奉的事迹。山谨这个名字，就是化用自岳肃之名。众所周知，西山红叶生此人好写名士名川。其书中所涉及的地方，若非杜撰，或塞北大漠、或江南、或京城，必是千古诗文唱诵的风流之地。其所书之人，更是恣意洒脱，必少年成名，且名动天下。"

老者呵呵一声："你的意思是，这位不可能拿这乡旮旯里糟老头子的事写成书，对吗？"

兰珏道："并无此意，老丈休要多心。这书中情节，与你说给那人的故事一样？"

他不屑："当然不一样。老朽方才已经说过，文人之笔，怎能写出天命真情？"

张屏点点头："书里的黄泉公主蜜蜜儿，眼是绿的，名字像番邦女子。此地，不会有番子。"

"番子是什么东西！"他陡然色变，"她岂会与蛮夷相干！书里是那小子胡诌，但若老朽没记错，黄泉公主乃幽冥之体，故相貌、名字与常人不同，并非附会异族。"

张屏又点了点头："她，是谁？"

他淡漠地站着，不语。

张屏盯着他："蒲离离？"

他的瞳孔一缩。

张屏平板板地继续："几十年前，村夫焦二自古井中掘得石棺，后附会灵异，运送上山，立庙供奉，享数十年香火。以上种种，与《乱世侠盗》中的情节无一丝相同。你说你讲过一个与《乱世侠盗》情节相似的故事给别人，这故事，从哪里来？"

呵，兀这小知县，自以为套出了话，一副扬扬得志模样。

其实我早已看出了你这小小伎俩，只是有意为之罢了。

我本也未曾遮掩，是你们太蠢尔。

"田埂地头，姑且妄言，何来根底供大人追究？"

张屏从袖中摸出了一只刻着"顺"字的葫芦："这只葫芦是当日我从你铺中所买。当时我便觉得，这葫芦上的刻迹，与寻常刻刀有些不同。"

不错，他已经记起来了。那天的头一笔买卖，那个问东问西的后生，原来就是这小知县。

"小老儿眼花手抖，雕的物件儿粗陋，蒙大人不弃。"

左右衙役捧过方才从案头盒中拿到的一把锥子。

"那时在铺子里，老丈拿着刻葫芦的，应就是此物。"

锥子的木柄光滑老旧，锥头微有些秃了，但仍是玄黑色，丝毫未见锈痕。

张屏示意捕快将锥子放在地上，拿过一把小斧，猛砍上锥柄。

咔！木柄粉碎，露出被包裹着的钉头。

张屏捡起钉子，拂去钉头上的残屑。符文依旧清晰，与柳树下棺木上的一模一样。

老者仍是神色自若："大人可是要问小老儿，这把锥子从何处买得？"

张屏未理会，走向内间卧房。

房内陈设简单，一床一几一椅，几个木箱并一个大柜而已。床上铺着粗布单子，被褥枕头摆放整齐，都十分旧了。但，过于整洁。没有人睡过的痕迹与味道，像只是摆在这里。

张屏打量床下与屋中的木箱，估算了一下室内大小，走到内室门边，蹲身打量片刻，将门框下方看似固定之用的一块铁片一推，再按门框，门前地上露出一道槽。

衙役取过立在墙边的扁担一撬，伪装成地面的木板抬起，漆黑的洞口处，一道台阶绵延。

张屏提着灯笼走下台阶。

方正暗室内，朱漆大床悬挂罗帐，朱色箱柜摆放墙边，床头墙边，还有一张梳妆台案，铜镜明亮。

床上似有人卧着，衙役掀开帐子，却见两只枕头并排摆放，内里一卷被筒，前段搭在里面那只枕头上，床外侧却是空荡荡的，如在虚待良人。张屏掀开被筒，里面有一件薄薄的女子罗衫，已破旧不堪。

张屏再让衙役打开箱盖，内里皆是女子衣物。

梳妆台上的妆匣，胭脂早已干涸，粉盒中已泛灰色，全无香味。盒上描花皆被磨得不见了，匣中精美的小手镜，镜身的雕花有些也平了。

张屏走回地上屋内。

"这间暗室中的床柜摆放，与地宫之中蒲离离曾住过的屋子一致。暗室内的女子衣饰等物品，皆是陈旧之物，需细细查验。加上锥中钉子及《乱世侠盗》佐证，刘长杉，你乃蒲氏一案疑凶，本县要拿你回县衙审问。"

老者在捕快捆缚时神色仍旧平静，唯目光锋利地望向张屏。

张屏走向兰珏，躬身施礼："下官谢过大人。方才不敬处，望大人恕罪。"

兰珏微笑："查案而已，无须赔罪。"

被押向门外的老者挣扎停下："这位大人果然是位贵人，老夫未曾看走眼。呵呵，要劳烦一位大老爷和知县大人合伙唱戏赚老夫口供，老夫真是当不起。"

兰珏卷起那本《乱世侠盗》："本部院非掌刑司者，只是归乡休假时，听闻有此案，前来旁观，之前言语，不算诬汝。方才你的一些话，乃是本部院与张知县一句接一句引出，或许你当时并不知道自己在说什么。张知县不能仅凭这些就定案。公堂之上，须有实证。除非西山红叶生死而复生，亲口作证，否则不管你方才说了什么，都能翻供。"

老者道："老夫虽是朽敝苟延之躯，但还担得起自己说的话。大人放心。"任由众捕快拖拽出门。

夜，无风。

囚车跟随在兰珏与张屏的马车后启行。

衙役们高举火把，屠捕头纵马来回巡视，行至一段荒野，囚车旁侧的一名护卫手突然抖了一下，火把跌翻在地。屠捕头拍马上前："怎么回事！"斜刺里忽冒出两人，扣住了他的手。

屠捕头一惊，抓住他的两人身着衙役服饰，但帽下竟是两张陌生面孔。

"你们……"

那两人将他手臂一扭，扒开袖口，露出他左腕贴肉绑着一个小小皮套，其中一人自皮套内捉出两枚小镖。

周遭众衙役与前方的马车都停下了。屠捕头面如死灰，眼睁睁看着张屏在火光中行来。

拿住屠捕头的一人将两枚小镖呈上。另有一人从囚车边的草地上捡起一物，也奉与张屏。是一枚一模一样的小镖，镖身形若柳叶，薄如蝉翼，迎光闪着泛青蓝的寒光。

"大人小心验看，镖身上应该淬了毒。"

屠捕头双膝一软，跪倒在地："大人，小人乃是一时糊涂！小人……大人既然早已怀疑小人，应该知道，小人只是因为害怕刘长杉供出家祖，小人当真是鬼迷心窍！"

县衙衙役皆惊愕不已，弄不明白眼前的状况。

张屏沉声道："先押上，回县衙。"

三更的梆子响起，丰乐县衙的鼓声同时咚咚大作。

升堂！

众衙役排序侍列，张屏跟随在王砚、兰珏之后正要进入堂中，王砚回身看向他："这一段案情是你推出，人也是你拿的，这一堂，你来审吧。"

张屏躬身领命，整衣入堂。咚咚鼓响，衙役齐喝威武。王砚和兰珏各在左右上首坐下，谢赋与县衙诸吏旁侧站定，张屏上堂，端坐案后，平生第一次拿起惊堂木，一拍。

"带嫌犯。"

捕快押着满头银发的老者进堂。旁立的县衙诸吏不少心中都翻涌着唏嘘。在慈寿山山顶做小买卖的这位刘叟，县里几乎人人认识。他和半山腰看泉水的尹叟耄耋之年仍硬朗矍铄，常被当作供奉姥姥可得福报的实例备受赞叹。生于本县的小吏衙役们更都是被他看着长大的，其中许多人还穿过用他的旧衣布片缝成的百衲衫。

为什么，刑部侍郎大人和知县大人抓的人是他？

老者在各色目光中慢吞吞跪下。屠捕头随之被押入堂中，在刘叟旁侧跪倒。

县衙众人心中更是唏嘘。捕快们再将证物送至案前。

门外有一个衙役施礼道："禀大人，生员姚岐、姚庐已带到。"

张屏点点头："传。"

衙役引着姚氏兄弟入内，两人看见堂中的刘叟和屠捕头，都微微一怔，见礼毕，姚庐道："不知大人深夜传唤学生兄弟，所为何事？"

王砚双眉微微一挑，姚岐忙作揖："舍弟年幼，不知礼数，堂上无礼，望大人恕罪。"

张屏道："你二人先暂候旁侧。"姚岐立刻领命，拉着姚庐退到下首侧旁。

屠捕头叩首不迭："大人，小人什么都招！求大人勿要动刑，留小人一条全尸！小人并非要杀刘长杉，大人不信可验看那镖上的毒。那是前年小人抓得一票拐子收缴来的。上面的毒物只能让他痴傻，不至于要他的命，小人只是想让他说不出话，求大人明鉴！"

张屏道："你为何要害刘长杉？"

"回大人话，小人的祖父，几十年前就在这衙门里当差，与小人一般职务。三十多年前，先祖快离世时，总发呓语，常说什么冤魂索命，什么女鬼，什么和王之类。家人都不知为什么，只以为先祖是当差时手中有冤案。这些天小人跟着大人办案，那树下女尸及地宫之事，却能印上先祖的呓语。小人心中惶恐，自知这事恐怕脱不了干系……"

张屏道："依本朝律法，祖或父杀人，子孙不知情者，绝无牵连。"

屠捕头伏地："小人身为捕头，当然明白。只是……只是……鬼迷心窍了！但先祖当年做过的事，小人当真是不清楚，他在世时，从不让先母带小的去姥姥庙烧香。先父应该不知详情，否则也不可能在家祖死后，就让先母带我去烧香了。"

张屏命人把屠捕头也带到下首一旁。堂中正对公案而跪的，只剩下了刘叟，他抬起头看看张屏："大人，可轮到老朽了？"

衙役喝道："大胆！"

张屏点头："轮到了。"

刘叟再道："老朽年纪大了，跪久了恐怕难以支持，能否站起来回话？"

张屏抬手制止又要呵斥的衙役。

"刘长杉，蒲氏女离离的尸首，是否就是被你埋在了柳树下？"

刘叟笑了笑。想起她，他总忍不住会露出笑容，心中感到温暖。

"是，离离就是她的闺名。"

你们这群污浊之人，本不配知道她的名字。

"她喜欢山崖高处的风景，所以我选了那里。那棵柳树，也是我亲手为她种的。这样我每天在山上，都能看着她，伴着她。她也能看着我，伴着我。"

堂中一片静默，张屏望着噙着笑的老者："你应当种青杉松柏，为什么种了柳树？"

他温声答："我与她约下，要时时处处在一起。"

我就在山上，何须再种青杉？他的脸上溢满了甜蜜与温柔。

张屏皱眉："传道人无昧。"

久候在屏风后的无昧立刻转到堂中。

"据贫道看来，柳树下的女尸被封在红漆的柳木棺中，棺上所钉的十八根钉乃旁门左道所用封魂的法器。埋棺的位置，还有那棵柳树，恰与山顶布置成了一个风水局。此局……"他正要吐出上天不能下地不得等话，忽然想起太后娘娘的忌讳，赶紧咽下。

张屏又看向刘叟。

"你乃慈寿村人士，本姓佟，名杉。自幼失怙，十三岁从县中木匠习得手艺，入慈寿观后更名为刘长杉。"

老者淡淡道："并非俗姓的刘，而是留住之留。老夫虽未入册，毕竟几十年里也算半个道人，得有个道名。估计一向众人都闻音而生了歧义，谢县丞来做知县时，整改县里山上，又将老夫录回俗籍，小文吏不晓事，将留长杉写成了刘长杉，老夫眼花没细看，就此错了吧。"

留。听得这个字，尔这小小知县，难道还不明究竟？

张屏道："亦无你年少时，曾修习过风水术数的记录。是否也属疏漏？"

老者慢条斯理道："老夫这般的草民，户籍册子里录个名罢了，哪会有什么事迹记录。大人何必如此做作询问？其他人均已做鬼多年，就算你问了出来，也没用。"

张屏缓缓道："尸首封进柳木棺，埋在柳树下，可是你一人所为？"

他喉咙中"呵"了一声："的确不是。"那天夜里，几个人都在。

"她的棺木是我亲手所造。"可惜做得不好。

"布这个局的人，是谁？"

他哼道："大人岂会连这个都想不到？还能有谁，自然是虚真。"

"为何如此做？"

"他们以为她回来，是为了别的事。可我知道，她只是不想独自一人。虚真说得也对，那石棺并非她的，她住得不安心。"

石棺里的她还是那么美，与那日他为她梳妆后，放进石棺中时，几乎没有变化。

其实你还是舍不得我吧。当时那样狠绝，但又后悔了？

"虚真说，和王的石棺，还是有些邪性，说不定有锁魂的功效，所以她才没有什么变化。我当时也不与他争辩，她是公主，冰肌玉骨，岂会消融于泥土？但那石棺纵然是她先人之物，终归是别的男人的。不能让她在里面。"

张屏道："你是为了不让蒲氏女的魂魄离开，才从了虚真之法，将蒲氏女的尸身挪进木棺中，钉封在柳树下？"

他哑声道:"谁都不能带她走,我们永远在一处。"

堂上县衙诸人脊背都有些发凉。他们从小到大与此叟抬头不见低头见,却从未见过他露出此刻这副面孔,不禁毛骨悚然。

无昧同情地看了看他:"无量天尊。但……据贫道所知,这个局,当真不能让你与那女施主的魂魄长相厮守。就是让她……不能成仙,也不能转生,不能动不能言,永远不能翻身。并且,这对她后人也不好。你有情于这位女施主,怎能忍心这般对她和她的孩子。"

老叟陡然大喝:"胡说!你是何处野人,敢冒充道人!她冰清玉洁,哪来的孽种!我与她自有连引,待功德圆满,自双双超脱三界外,逍遥寰宇!"

无昧向后缩了缩:"施主,你被骗了。那钉叫封魂钉,只是偏门咒术所用。诓你的那虚真道长出身自上化观,上化观的住持已亲证了此物的用法。贫道浅薄,也从未听过有钉钉成仙的法门。"

老叟猛地扑向无昧,被衙役按住。

王砚呵呵道:"神道愚人之术,真是千奇百怪,拿着大铁钉子就能飞升,那市集里岂不是遍地跑着太乙金仙?跟个疯子扯什么淡,审正题吧!"

无昧闪退到旁侧,张屏再问老叟:"你与蒲氏女,当真相识?"

老叟赤红的双目霍然盯向他,继而冷笑。

是了,这小小知县,只是为达目的,装腔作势罢了。怎能中他圈套?

他稳住心绪,淡然不语。

张屏再道:"你方才所言,与事实相去甚远。本县业已查证,蒲离离乃古井屋主蒲定与村民姚存善之妹姚连珠所生。父为商贾,母为歌伎,外祖家世代务农。"

老叟的面孔再陡现厉色,姚岐、姚庐兄弟亦双双变色。姚岐失声脱口:"大人说的可是真的?!"

"一派胡言!"老者猛蹿起身,被衙役牢牢按住,"离离乃楚朝公主,尔等敢以贱民娼妓辱她身份,该当碎尸万段!"

王砚一嗤:"你这疯老儿才该碎尸万段。楚朝已亡数百年,中间还夹了一个顺朝,今我大雍天下,哪里钻出个野路子公主?当逆贼乱党论处,你全家碎尸万段都不够。"

姚氏兄弟再又变色,老者不屑地嘶声道:"蠢鄙凡夫,眼里只见得地上俗物,岂知这浩瀚寰宇,别有天地,自有所主!你们这些污浊之人,怎配知她!"

王砚施施然叩了叩座椅扶手:"的确,本部院原本不应见到这女子,只是几十年前她不幸被你见了,几十年后才又有冤屈遗骸,现于本部院等面前,待官府解开这桩陈案，令尔等丧心病狂的凶徒伏法。"

老叟厉声咆哮，张屏又道："你因什么以为，蒲离离是公主？"

老叟双目几欲迸出利刃，剜向张屏："看见她，自然就能知道。尔等竟敢辱没她，必遭天罚！你们就算等上十辈子，也不可能睹她真容！"

张屏道："你，见到了？"

他挺直身体："我也是偶然。这是老天赐予我的缘分，注定我与她当要相逢。她并非那什么生书中瞎扯的一般，不能到地上来。她只是嫌地上污浊，但她喜欢地上的花儿，尤其河边的花。"

张屏皱眉："你初次见她，是在河边？"

他看向虚空，那一刻的情形，刻在他的骨缝中，时刻想起，便又回到眼前。

"那年我也才十九岁，乘船顺水而下，便见她站在芦苇丛中，即便画中仙子，也及不上她。"

张屏道："她也看见了你？"

老叟不屑地冷冷傲然一笑："那时只是匆匆一瞥，却不想，我闲来行走，又遇见了她。我本也与尔等一样，以为她是那宅院人家的女子，又诧异她为何会这般不染凡尘。后来才终于被我发现了秘密。"

张屏盯着他："你看见她下了那口井？"

老叟未理会他的话，仍继续望着虚空。

"她真正的居处，本是我们凡人无法去得的，还常有邪魔企图滋扰。"

王砚精神一振："具体有几只邪魔？虚真？屠捕头的爷爷？还有其他的否？"

老叟依旧不理会。

"我年轻时武艺不精，不能除去那魔，让她平安。我为见她，欲闯地宫，或与那魔斗，皆被伤过。但只要她看着我，便不觉得疼痛。"

张屏道："那宅院原本有主，屋主当时不在？"

老叟自虚空中收回些许视线："那户宅子原本是有主，屋主当时已经死了，他没死时也不怎么在。"

张屏再问："屋主因何而死？与道人有关？"

老叟不耐烦地皱眉："好像是害过几个道人，然后道人又来把他杀了，大人与屠老袋几个方才知道和王墓的事。虚真也是这么找来的。"

公堂中其余人鸦雀无声，录案的书令奋笔疾书。

王砚做不解状："屋主的尸首跟那几个道人的尸首都埋在了屋子旁边，你埋的？"

老叟神色一凛:"他们怎配躺在那里？屠老袋几个埋的吧。这些人当真该早死，大人与屠老袋他们或许就不会……"

王砚道:"就不会发现地宫？发现她？"

老叟猛地又从虚空中收回视线，厌恶地一瞥王砚，立刻移开。

张屏继续盯着他:"她究竟因何而死？"

老叟陡然失去表情:"她是被邪魔所害！"

张屏取过一叠纸:"验尸所得，蒲氏女乃因吞服水银致死。古井地宫中证据可证，她是在阴阳池机关附近饮下了水银。那时，你可在地宫中？"

他浑身颤抖，关节咯咯作响:"她、她被魔所惑，已不可救，我只能眼睁睁看着她，看着她……"

张屏翻过一页纸:"自蒲氏女尸骨上验得伤痕，系她死前曾被人绑缚拷打，且她乃一妙龄女子，鬓发却是白色。"

"正是那邪魔所为！"他"嘶"了一声，指尖抠进肉中，"公羊大人、屠老袋确实是有私心，可虚真，当真是为了替她驱那魔。可是，可是……"

虚真为她作法时她的眼神，她的神情，她是被魔惑去了心智才会这样的……

"我怕公羊大人和屠老袋他们是为了和王的宝物，所以驱邪都是我按照虚真说的亲自来，是会有一点点苦痛……"

他也告诉她了，忍着一点，一下就会好。可是……

"缚妖锁、通神水、驱邪鞭、震孽杵……这些全都不管用……"

她竟那样看着他，那样的字眼竟会从她的口中喊出！

他知道，那些都是因为魔，那恶毒的字眼，都是魔在作祟！

"可她还是魔障着！符水、药，七天七夜作法，三十六天罡、十八星宿灯……后来，后来她好像好了，肯好好地和我说话了。她还让我与她到她的宫中去……"

然而，那魔却又……

他扑倒在地，狠狠抓着地面。

"虚真说，地宫里的阴气太重，是那阴阳池的缘故！她这样，也未尝不是一种解脱，她、她……"

张屏猛一拍惊堂木:"一派胡言！佟杉，几十年前你是一木匠，偶尔遇见蒲氏女离离，继而尾随窥视。当时的丰乐知县公羊逊、捕头屠某与上化观道人虚真等人，得知了蒲氏守护和王地宫的秘密，你等便抓住蒲离离，拷打逼供。蒲离离将你们带入地宫，自饮水银而死。"

"她不是自己喝了水银！"他厉声大喝，"是那魔……是那该千刀万剐的魔！

是他一直缠着离离！他该死！离离心中爱的是我！有那墙上的诗为证。她将自己比作河边蒲，我是东山上的松柏，她想要永生永世与我在一起！"

张屏面无表情："佟杉，你将自己的名字附会为东山上的松柏，但是蒲离离诗中的苍柏在东山，所指并不是你。东，意指东真国。真正与她有情的男子，是名东真国遗族。"

"一派胡言！"老者厉声大吼，"是魔！是那邪魔魇了她害了她！"

起初他只模糊看到过影子，在他与她初相遇不久。

"那东西一直在跟着她，还蛊惑她与他言语，终于有一日，那邪物被我抓了个正着！"那魔物甚是吃惊，他扑上去与之缠斗，力殚不敌。

"当时我险些被他生噬，幸而关键的时候离离清醒了过来，她施了法，命那魔停手，那邪物方才遁去。"

张屏道："你偷窥时见到了这东真男子，被其抓住，是蒲离离让他放过了你。"

老者猛地一抖："胡说，是魔！那厮虽化成了人的模样，可我看得分明，他的眼珠与豺狼一般，是绿的！"

王砚点点头："听来确实是个番子了。不是说东真国与我朝人相貌相近吗？"

兰珏道："史上东真国从父族姓，国主的后妃多是番族。亡国多年，想又混杂不少番血，如此瞳色，不足为奇。"

老者厉嘶连连，宛若野兽。张屏命人取来半盆微温清水，对其当头泼下，老者方才喘着粗气略略平静。张屏道："于是你就将此事报到了县衙？"

老者任由捕快擦去他脸上水渍。

"若是这样，岂不是要被世人知道她的仙迹？我怎会如此？可能是她那时为我阻止了魔，损耗了法力，魔物遁去后，她也不见了。"

他找寻许久，十分忧伤，不得不浑浑噩噩地继续行走在这俗世中。

"失去她的踪迹，我食难知味，辨不出是醒是醉还是梦，唯日日夜夜徘徊于那几间空屋，终于，苍天佑我，又使我再见着了她！"

张屏道："这其间相隔，可是有三年？"

老者不耐烦道："我那时懒得计算凡间俗日，中间确实过过几回年吧。"

她的容颜当然丝毫未变，不，还是略略有些苍白。

他还记得当时她再看见他时，惊喜睁大的双眼。

"那时我们两两相望，彼此无言。"

王砚道："废话。她难道还跟你聊吗？然后她转身逃走时，你抓了她？"

老者冷冷道："她那时确实有些躲着我。我当时未曾想到，她竟住在地下，终

590

于还是有一日，被我发现。然而……"

老者的瞳孔一缩。

"那邪魔也回来了！我仍不是那邪魔的对手，还是她驱走了那魔。我怕她法力损耗，又会因此不见。恰好虚真为了寻找他师兄，到了此地，我便向他询问有无驱魔之法。"

可恨虚真道行有限。最后她还是，还是……

老者发出痛苦的嘶吟。王砚向堂上道："此案大概已经明了。张知县，你便将案情始末从头捋一捋吧。"

张屏肃然颔首："此案源头在楚朝末年。楚朝和王死后，所葬陵墓位置未有准确记载。传闻番邦东真国的秘宝随葬在和王墓中。几百年来，东真国遗族及许多想着宝藏的人皆在找寻和王之墓。"

跪在旁侧的屠捕头一哆嗦，膝行两步，连连叩首："大人，小的及全家确实不知祖父当年做下的事跟前朝王爷的墓有关！求大人明鉴，求大人明鉴！！！"

两名捕快箭步上前，将他再拖回一旁，塞住了嘴。王砚向张屏抬抬手："继续。"

张屏平板板地缓声道："本朝开国时，慈寿村因地动塌陷，便有人觉得，那里就是和王地宫所在。道人易阳子绘制了找寻和王墓葬的图纸进献给太祖皇帝，却被太祖皇帝拒退。易阳子便也未再寻找和王墓，一生在上化观修道。"

兰珏向京城方向遥遥一拜："太祖皇帝圣明仁德，令心怀贪欲者返归大道，微臣等闻之，叹服涕零。"

众人皆跟着遥拜赞颂。坐下后，张屏再接着道："慈寿村地下，确实有个地宫，被当作慈寿姥姥供奉的女子蒲离离与其父蒲定，皆是和王仆从的后人，以'仆'为姓，隐姓埋名于村中，看守地宫。有觊觎和王宝藏的，皆被蒲氏所杀，剪其发供奉于地宫和王像前。"

丰乐县衙众人内心再度翻腾。户房掌书出列："大人，除却蒲氏，慈寿村其余村民皆老实本分，来历可考，更有许多是开国时跟随太祖皇帝打天下立过战功的兵士后代，应与楚朝无干。乞请明鉴！"

王砚摆手："朝廷办事，向来论事实，辨清浊。清清白白者，自不会冤枉；不清白的，也绝不可能漏网，放心吧。"

户房掌书兢兢退下。张屏继续道："淳和十二年，上化观中的道人准真得知了慈寿村可能有和王墓一事，与另一名道人同来寻宝，二人皆被杀。前日从蒲氏旧宅附近掘出三具尸首，其中两具埋在一处，都穿着道人服饰，一具尸骨上残存的饰物已交由上化观辨认过，是准真之物。准真久久未归，上化观报道人失踪，据刑房记录来看，当时的知县推断这道人可能被蒲离离之父蒲定所杀。"

此事疑点一，来了两个道人，上化观只报了一个失踪，另一个是谁？

疑点二，为什么断定是蒲定，而后又更改？

"另一具尸骨衣服布料质地与准真相同，发簪与配饰不同，两具尸骨埋在一处，都是被人从背后偷袭致死，故推测两人应是结伴而来，同遭暗算。此人或许是上化观中挂单的云游道人，骨骼比准真高大许多，颅骨足骨亦略异于常人，或许身有番邦血统，但仅是可能，无证据能确实证明。"

王砚放下茶盏："先当他是吧。接着说，这两人是不是蒲定所杀？"

张屏道："下官推断，这两人应非蒲定所杀。从地宫中的断发证据来看，蒲氏杀人，定会剪去其发。地宫中有许多头发，却难寻尸首，应是蒲氏有特殊的毁尸灭迹方法。"

但是准真和另一道人的发髻都是完好的。

"蒲氏一族守护和王地宫数百年未被发现，行事十分谨慎缜密，杀完人后埋在自己家附近，并非明智之举。无名道人是被人从背后敲碎颅骨致死，他的身形十分高大，他被杀时，应是坐着的，凶手是他熟悉之人，他不曾防备。而准真臂骨脊骨皆有伤，应是被击倒后再被利器杀死。准真和无名道人并非两人来寻宝，他们当时还有一个同伴。"

这个人，是谁？

老者"哼"了一声："淳和十二年，老夫只有几岁。"

王砚道："这一段没你什么事。其实在整个大案子中，汝不过一小卒尔。"

老者猛一抖，怨毒的目光扎向王砚。

张屏掀开了又一个证物托盘上覆盖的白布："准真与无名道人的袜子皆由一种特殊的油布所制，无名道人足上的靴子是皮的，外有一层油胶，鞋中垫了硬革，可防水防虫，应是为下墓穴而备。在土中埋了数十年，竟腐烂不多。但准真脚上，却是一双屐，屐面和袢绳已腐，唯残余些许麻丝。"

张屏用一双木棍夹起一片木，因袜的缘故，准真的尸骨腐烂时，并未污到鞋，屐面虽已朽坏，屐的内衬及屐底的木片保留了下来。

"此乃准真脚上的屐残留的木底，可看出这双屐与寻常不同——此屐分左右脚，屐下无齿，但又加了一层布，左边的木底较薄，而右边的较厚。与足相接的内底磨损部位也不同。这双屐的主人是个跛子。"

但准真不是跛子。

"是凶手把自己的屐换给了准真，穿走了准真的鞋子。"

谢赋怔了怔，不由开口道："凶手为什么要这么做。"

张屏道："凶手和准真的脚大小相近，他喜欢准真的鞋。"

这种制法的皮靴确实少见，凶手不由得怦然心动了。

谢赋愕然："可……杀人后拿走死者身上的物品，甚是容易被抓。"

张屏点点头："凶手没有大心计，他杀准真和无名道人也是临时起意。"

依凶手的身体状况及附近的情况，不方便搬运两个壮年男子的尸首，埋着准真和无名道人尸首的地方，就是他们被杀的地方。

"他发现准真和无名道人要找的地方和蒲定有关，这才杀了他们。"

贪小便宜，狠毒且无大谋，又是个跛子，凶手是谁，显而易见。

"种种证据皆能证明，杀死准真与无名道人的，是姚存善。"

姚氏兄弟又陡然变色。

姚庐大声道："大人这是何意？先祖怎会是杀人凶手！"

姚岐疾步转到堂中跪下："事关先祖声誉，请大人务必解释清楚。"

张屏望向闭目做打瞌睡状的老者："佟杉，你等后来进入了蒲离离所住之处，打翻器物，留下了脚印，其中一人的足迹与旁人不同。当时的几人，除了你、公羊逊、捕头屠某之外，是否还有姚存善？"

衙役将老者晃了几晃，老者方才缓缓撑开眼皮。

"大人问什么？姚存善这个名字，老夫耳生得很。"

姚岐膝行两步："就是吾家先祖，城中姚老员外！"

"哦，员外。"老者摇摇头，"老夫一直无缘结识这等人物。"

姚岐欣喜地松了一口气，张屏道："姚老拐。"

"哦。"老者的眼皮再动了动，"姚老拐啊，大人早说这个名字不就得了。是，他跟公羊知县和屠捕头是一伙的。"

姚岐面无人色，瘫坐在地。

谢赋忍了又忍，还是不忍看他此时的神态，在心里叹了一声，就当是偿还孽缘吧。他向堂上施礼道："大人恕罪，下官愚钝，大胆多言一句——方才大人曾说，蒲氏女是蒲定与姚存善的妹妹的女儿，那姚存善岂不是蒲氏女的舅舅？"

张屏肃然点头："是。"

谢赋顿了一下："而且姚存善不还是……"

老者厉声喝道："浑说，离离与那畜生，绝无任何瓜葛！再辱她，尔等魂魄被劈成千万道，绝无残余！"

王砚手中茶盏盖轻轻一磕盏沿："听尔呼旁人畜生，真是奇异。张知县正梳理案情，闲杂人等勿多言。"

谢赋连连告罪，退回旁侧。王砚再一瞥张屏："给他们解释解释，姚存善为何要做这些事。"

张屏道："回大人话，此时此刻，已不能取姚存善口供，只能根据证据推演。姚存善杀了准真和无名道人后，将准真的鞋子拿去，乃贪婪之徒。十余年未再行凶，十余年后却又和公羊逊等人一起犯案，据此，下官推测，他杀准真二人时，并不知道和王墓秘宝的秘密。"

蒲定娶姚连珠时，用了化名。这种行径，十分可疑。他又常年在外，不回村中。必是姚存善后来得知了妹夫是蒲定，心起猜疑。准真与无名道人找上他，是为了询问大碗村过往，兼让他带路。姚存善杀了这两人，埋在蒲定家附近，正好既可敲诈蒲定，又能当作诬陷的证据。

姚岐牙齿咯咯道："请大人勿要诋毁先祖！"

张屏接着道："准真久久未回上化观，他师弟虚真告知了观中准真来了丰乐县，但没有说准真来挖和王墓之事。"

虚真手里有无名道人的法器，十几年后又来寻宝，可推得他知道寻宝的事。

而上化观敢向县衙报准真失踪，肯定不知道准真是来挖墓寻宝的。

"刑房卷宗记载，上化观报失踪后，县衙收到举报，又查得蒲定确实不在村中，便判断他为疑凶。举报人是谁，未有记录，但举报人只能是丰乐当地人，符合这些的，只有姚存善。"

姚存善从蒲定那里敲诈到了多少，已不可查。

衙门撤了蒲定的罪名，之后十余年，都风平浪静，证明蒲定回村摆平了这件事。

"蒲定设法平息了此事，十余年间，未再有与此事相关的案件发生。直到至圣二年，公羊逊接任丰乐县新知县。"

新知县上任，都要查看旧卷宗。上化观道人失踪又不了了之的案子，任谁看来，都甚可疑。再略一查蒲定，便会发现可疑之处。

"种种证据可证，蒲定就是死于至圣二年。"

蒲离离在地宫的住所内有蒲定的牌位，蒲氏旧宅附近的第三具尸首，衣物残片及配饰与佟杉住处查得的蒲离离衣物对比，可推这尸首就是蒲定。

蒲定的衣履是初夏或夏末的衣着。佟杉方才已供认，他初见蒲离离时才十九岁，以其年纪推算是在至圣二年。佟杉看见蒲离离站在芦花之中，当时应是八九月间。

蒲定，必是死在这之前。因为蒲定死了，蒲离离方才接任了守墓人。

"蒲定的颅骨有伤，乃钝器猛击所致。肋骨脊骨又有利器砍伤痕迹，至少是被两名凶手联手所杀。伤痕断口利落，凶手是会武功的人。遗骨被埋于蒲氏旧宅附近，与准真和无名道人尸首的掩埋方式一致。"

三具尸体身上及身周都没什么值钱的东西剩下。

王砚点点头："公羊逊发现了蒲定案的纰漏，肯定会问询蒲定及姚存善。姚存善必然不会帮蒲定在新知县面前遮掩，还会趁机抖搂出前情。过程如何已不能尽知。但蒲定显然没有过了这一关，未摆平新知县，自己还丢了命。"

姚庐厉声道："大人！若再这般无凭无据诋毁先祖，学生便是滚钉板告御状也要为先祖求个公道！"

王砚未理会他："这般掩埋尸首，也有以此等待蒲定同党的打算。"

几个捕快喝退姚庐，丰乐县衙众人交口赞颂侍郎大人英明睿智。王砚瞥向张屏："你再接着说。"

张屏接着开口："蒲定死后，蒲离离便回到蒲氏旧宅，也就在这时遇见了佟杉。此外，她还遇见了一个男子，生下了孩子。这个男子，即是佟杉口中的邪魔。"

堂下诸人都屏住了呼吸，等他继续说，张屏却看向了姚庐："蒲离离与东真国男子相恋的究竟，你已尽知，详细说来。"

姚岐大惊，姚庐僵了一僵，面无表情："大人在说什么，学生听不明白。"

王砚一挑眉，左右捕快抓住姚庐，按到堂中。

张屏肃然望着他："姚员外被杀一案，凶手归案，看似已破，但有一点很奇怪。绑架你和杀死姚员外的，是同一伙人。为什么他们杀了姚员外，却放了你？"

姚庐身躯猛地一抖，双目迸出厉光："胡说！杀我爹的，绝不是东真国的人！是你们朝廷隐庇真凶栽赃陷害！"

王砚呷了一口茶："哦？"

姚庐傲然一嗤："狗官不必惺惺作态，不错，我说了方才的话，也不打算否认，尔等可以当作得了证据。横竖你们已经认定了我与东真国有关。就算我否认，又能如何？"

张屏肃然盯着他："你确实与东真国有关，王大人与本县只凭证据审案。杀死姚丛的，与告知你令祖父身世的，也确实是同一群人。"

姚庐又冷冷嗤笑两声。

王砚微挑眉："你小子确实会装，本部院掌刑部数年，什么妖魔鬼怪都治过，前日竟被你蒙了眼。其实你被绑架一事，是与东真国余党串通，试探你爹吧！"

委顿在地的姚岐早已如同魂魄湮灭，只余躯壳，闻得这一句，又浑身一震："三弟……侍郎大人说的，可是真的？！"

姚庐咬牙不语。

姚岐嘶声："三弟，你说话！告诉我！大人所言是不是真的！！！"

衙役不得不按住姚岐，姚庐不屑道："大人嘴一张便是真的，又何必再审？"

张屏道："你所做的种种，都有证据。姚员外去京城，只带了你的两位兄长。你一直都在姚宅内，姚员外的卧房被窃，那几本书被偷，都是你干的。"

姚庐像听到了一个笑话一样："那大人所谓的证据何在？"

张屏转而看向旁侧："证人入堂。"

挡隔着侧门的屏风后转出一名妇人，姚庐与姚岐脸色俱变："娘！"

姚夫人红着双目，走到姚庐面前，劈手给了他一耳光："逆子！"

姚庐僵住，姚夫人撕住他的衣衫："你说你爹不是东真国所害，而与朝廷有关，你如何知道这些？为什么娘和你哥从不曾听你提起！"

姚庐攥住拳头，姚夫人再狠狠掴了他一掌："你真当你做下的事你爹不知道？你可知你爹为什么会去京城，你可知……"姚夫人用帕子捂住脸，泣不成声，"老爷，是我对不起你，是我生下了这个逆子，是我不曾好好教他，是我没看出那个贱婢的来历，是我……"

姚庐咬了咬牙，垂下头："母亲万莫如此，一切事情，儿自己担下。是儿听说了东真国传说，醉心财宝，才与蛮夷结交。前日案子，是儿不肖，同他们一道寻宝，连累爹娘兄长，又怕事情败露，方才假装被绑。欺瞒之事，都是儿独自做下，与他人无干。"

姚夫人抬起眼："逆子，事已至此，你当你这般说，诸位大人会相信，这件事便能了结？你可知你爹、你祖父，这些年为何如此过活？你还不明白你爹为什么会死？你真以为那些番子会认你？如果要认，为什么不是你祖父、你爹、你的两个哥哥？你怎么不想一想为什么是你？你这逆子，畜生！！！"

姚庐任姚夫人在他身上捶打，姚岐的嘴偶人般地开合："娘，三弟，究竟……是怎么回事？"

姚夫人泣不成声："大人，小儿尚幼，愚昧不知事。另外二子绝不知情，民妇知情不报，一切罪责在我，甘受任何责罚。那孽子毕竟未犯下任何罪行，求大人网开一面，饶他性命，民妇愿以此命相抵。"

姚庐颈上青筋暴起："够了！"狠狠看向堂上，"你们想听什么，我全说，求你们放过我娘！"

姚夫人猛回头："孽子，怎可如此言语！你之前背后的那些举动，当你爹与我不知吗？还有些未曾烧掉的纸头，我都藏着！要等为娘拿出来，你才肯说实话？！"

姚庐紧咬牙关。

张屏开口："地宫中，蒲离离住过的石室内，有两支胎毛笔，两个婴儿的衣物。其实她当年生下了一对双胞胎。"

他向兰珏遥遥一礼，兰珏缓声道："东真国虽从中原习俗，但毕竟是蛮夷之邦，亦有许多夷俗，譬如视双胞胎为不吉。史料载，东真国视双生子为妖伴子生，即双生子中早生的那个孩子是借形的妖，须杀妖洗子，取此子之血涂洗幼子，方能驱邪净魂。如此狠毒蛮俗，令人心惊。"

张屏接着道："但是蒲姑娘不会杀自己的儿子，所以她生下两个孩子后，将一个孩子留在了自己身边，另一个跟随其父。姚庐，你在东真国人的眼中，是妖的后代，他们不会真的把你当作王子，也因此，姚员外才遇害。"

姚庐摇晃了一下，大喝："胡说！"

姚夫人再狠狠给了他一掌："愚蠢的小畜生，大人说的是真的！"

张屏道："告知你所谓身世之谜的人，从不曾把你当作亲人，他们会杀你爹，也会杀你。之所以找你，是因为你的两位兄长年岁长于你，赴过科考，或可能知道真相。"

而十八九岁的少年，正是单纯又热血，极易被忽悠的年纪。

姚庐脸色由黑紫转为灰白，姚夫人再叩首："大人，可否容民妇先陈禀前情？"

王砚拨了拨杯中浮叶："所谓前情，其实本部院与张知县尽已查得。张屏，你说吧。"

张屏答诺，先拿起一枚链坠："此坠自蒲氏女遗躯中所得，是她为保住情郎的秘密，临死前吞下。此坠乃番邦样式，亦能证明蒲氏女所爱之男子的身份。"

身为守护和王墓秘密的蒲氏之女，却爱上了宿敌东真国的后人。如何邂逅，并不难推测。东真国人一直在寻找和王墓，而就在这时，遇上了蒲离离。

因而，蒲离离在父亲的牌位上，惭愧称自己为不肖女，墙壁上哀婉的诗句，也流露出了她的苦涩。注定不得相守，不得善终。

"蒲氏女在地宫中，拼死放下了石墙，令凶犯公羊逊、佟杉、屠某等人暂时不能找到她的儿子。孩子顺利被人救走。而后，变成了姚存善之孙姚天保，即本案死者姚丛之父。"

姚岐挣扎了一下："不可能，户籍上明明白白，先高祖之子即先曾祖，名讳上姚下迹，先祖父乃先曾祖之子。"

张屏道："令曾祖姚迹，只是虚有个名字而已，世上并无此人。救下令祖父姚天保，你称为高祖的，也并非真正的姚存善。"

姚岐趴伏在地，再度半张着嘴愣住。张屏又拿起一本书，却是姚家珍藏的那本《青乌经》。

"令高祖带着令祖避居他方多年，后来却又回到此地，应还是为了和王墓。这本书中字迹，是其为了破解和王墓真正所在而留下。但，查阅旧档可知，姚存善不识字，连自己的名字都不会写，一应文书，俱是按指印画押。"

张屏再自漆盘中拿起一张纸："而这本《青乌经》上的字迹，与珠摇楼中遗存的姚连珠姑娘的笔迹，一模一样。"

姚岐只觉得整个世间都碎掉了，然他已露不出更震惊的神情。姚庐也浑身一抖，直勾勾地盯着张屏。

堂下县衙诸人亦不禁目瞪口呆，谢赋又脱口道："大人的意思是，姚员外的先祖其实是……"

张屏缓缓点头："带走蒲离离之子，后来又返回镇上，创下今日姚府的人，是冒用姚存善之名的姚连珠。"

姚岐的嘴像躺在河滩上的鱼一样开合，他僵硬地转头，却见姚夫人匍匐在地，垂泪不语。

张屏亦望着姚夫人："夫人知道这件事？"

姚夫人叹息一声："大人竟连这般隐情都推测得出，民妇怎敢欺瞒。民妇本在婆婆面前发誓，纵若粉身碎骨，也绝不泄露半个字。罢了，一概报应，皆由我来担吧。"她闭上眼，两行泪自眼角滑下。

"二十多年前，民妇嫁入姚家，祭祖时，民妇发现了一些奇怪的事。家中为先祖做法事，只请尼姑女冠。婆婆与民妇可同公公及先夫一道祭拜。家祠内还有两间静室，各供奉着两块无名牌位。公公与先夫去其中一间祭拜，婆婆带着民妇到另一间。有一年，几个路过丰乐的胡商在寿念山附近遭了匪寇，公公与先夫格外不安。之后不久，民妇生了长子函儿，那年家中祭祖格外隆重，而后公公命将那两间静室封起，绝不再让涵儿及其他后人知道。"

张屏点点头。那两间静室，想来一间供奉着蒲离离的东真国情郎与蒲定，另一间供奉姚连珠和蒲离离。

"民妇那时心中便有许多不解，但婆婆与先夫均不告知实情。后来公公过世，有一年二子岐儿出疹子，病得十分重，某日晚上，民妇发现婆婆在祠堂中对着先祖牌位烧一些女子衣物，还祷告说这些年不曾祭拜，请勿怪罪，这也是为了后人平安。民妇追问许久，在婆婆面前立下毒誓，婆婆方才告知民妇，先曾祖——"

先曾祖，其实是先曾外祖母。一个后半辈子一直扮成男子的女人。

张屏道："查户房卷宗，姚存善迁出丰乐县时，签押指印与之前相同。姚连珠冒其身份，应该在他离开丰乐县之后。"

姚连珠被蒲定赎身，与蒲定成亲后，一直行踪成谜，官府中也查不到记录。她为蒲定生下了女儿蒲离离。蒲定死后，蒲离离成了新的守墓人，回到丰乐县。姚连珠有没有一同回来，就不可查证了。唯一可以确定的是，她一直在暗处，知道一切事情。

"蒲离离死后，姚连珠从地道带走了自己的外孙，此后查无音信。公羊逊以官职之便，将蒲定断为失踪，蒲宅荒废，几年后被不知情的乡长租给了焦二。焦二挖井，却掘出了装着蒲离离尸首的石棺。公羊逊、虚真、姚存善等人串通一气，装神弄鬼，借机在寿念山山顶挖寻和王墓。"

杀死蒲离离后，公羊逊等人找到了地宫的另一边，发现这间地宫仍是没有任何宝藏，蒲离离的孩子已被人接走。这个孩子，一直是他们心中的一根刺。

"公羊逊等人以筛选侍奉姥姥的童子为借口，搜寻蒲离离之子。第一次甄选，筛查的全是六岁的小儿，第二次变成了九岁，与蒲离离之子年纪相符。"

第二次甄选之后，公羊逊任期满，新来的知县不知真相，于是第三次及之后选童子，就都全是六岁。

"姚存善或觉得公羊逊等人怀疑是他藏起了蒲离离的孩子，或唯恐被寻仇，便迁出了丰乐县。他带着文牒离开丰乐，姚连珠取代了他的身份，避居小县，抚养外孙。多年后，待公羊逊、虚真等人死的死，走的走，她又回到县中。"

众人听着，心中都有一个问题——

姚连珠冒用了姚存善的身份，那么真的姚存善在哪里？

姚夫人道："民妇听婆婆说，先曾祖在世时，一直不用仆婢贴身侍候。宅中上下，无人看出异常。直到先曾祖离世前重病卧床，婆婆方才发现。"

兰珏轻叹："真奇女子也。"

谢赋亦不禁感叹，一个女子，即便再擅长伪装，后半辈子一直装成一个瘸腿的老头，其艰难辛酸，不可想象。

人生在世，诸多苦痛，这般坚忍活着的女子，怎不令人敬佩乎？

姚夫人继续道："民妇虽知道了先曾祖的秘密，公公及先夫对其他事仍讳莫如深。直到十几年前，民妇才彻底得知。应是……十三四年前吧，庐儿当时五岁多，邻县出了桩大案，有个大户人家一夜之间全家都被杀了。先夫突然又十分不安，夜里睡不好，经常到书楼去。终于有一晚，他对民妇说了实情。"

姚夫人再向堂上顿首："诸位大人明鉴，姚府上下，自民妇的公公到先夫，乃至姚函、姚岐，皆一本本分过活。庐儿只因年纪小，方才被那些夷人算计。也怪先夫和民妇一直未曾告诉他们真相，隐匿不报，委实有错。公公与先夫担心自己是夷人之后，又与前朝有关。其实在那些夷人眼中，先夫、公公与民妇的三个儿子都该死，先夫告诉过民妇，一旦被他们发现，他们肯定先要得到那个什么墓的秘密，再杀了我们。"

王砚颔首道："东真国人仍在找和王墓的秘宝，看来蒲氏女虽和东真国的后人生了孩子，但那个墓与什么宝贝，却没有透露。"

姚夫人再顿首："禀大人，民妇不敢欺瞒，据先夫告知民妇，先夫的夷人祖父的确是来找那和王墓的宝藏，才与先祖母相识。他虽是夷人，相貌却与汉人无异，起初隐姓埋名，挖洞进地宫盗宝，竟与先祖母生出了真情。"

地宫之中，有两个盗洞，其中一个是公羊逊等人所挖，另一个就是那名东真国男子进入地宫的洞口。

姚夫人接着道："后来他向先祖母告知真相。先祖母便与他决裂，但当时已有身孕。如大人所言，先祖母生下了一对双生子，民妇的公公便是其中之一。先祖母生产后，夷人祖父突然又出现了，且带走了一个孩子。他告诉先祖母，这是他们那里的规矩，双生子不能都活在世上。他还是那些夷人的头目，有了双生子，更会被其他夷人视为不祥。唯有分开养，才能保住两个孩子的命。自此之后，先祖母再没见过他。"

王砚道："这蛮夷男子，蒲氏女生下孩子他知道，消息分明挺灵通。蒲氏女被杀，另一个孩子失踪，他当时或许不知情。但蒲氏旧宅井中挖出石棺，古井姥姥如斯名声震天，他却一直没有音讯，很是耐人寻味。"

姚夫人微微顿了一下："据先夫告知民妇，夷人祖父曾向先祖母立誓，今生不再盗和王墓。他应是带着民妇公公的孪生弟弟回了西域，不知中原之事。"

王砚神色一肃："姚氏，汝夫与三个儿子身背多大的嫌疑无须本部院再多说。而今公堂之上，你还要隐瞒？姚存善离开丰乐县后，便被姚连珠顶替了身份。那么真正的姚存善去了哪里？姚连珠一介女流，不会武功，却能让一壮年男子凭空消失，带着一个孩子远走他乡。这也罢了，几十年后，东真余孽能准确无误找到姚府，以身世之谜诱你儿子为同党，他等若不知内情，如何办到？"

张屏道："刑律中，杀人之罪，凶犯担责，不连坐亲属。"

姚夫人沉默了片刻，叩首："诸位大人明察秋毫，民妇知罪，再不敢隐瞒。当时先曾外祖母救下公公，匿于市井间。三年之后，那口石棺被挖出，夷人祖父，确实又回来了。"

张屏道："他杀了姚存善？"

姚夫人轻轻点头。

那几年中，姚连珠带着外孙东躲西藏，心中一直想为被害的丈夫和女儿报仇。石棺被挖出，公羊逊等人装神弄鬼，姚连珠却知道，女婿若听说了这件事，一定会回来。

"先曾外祖母冒险藏在村子附近，等着夷人祖父回来，然后告知了他真相。那时那伙凶手也在心虚，担心做下的事被人看破。姚存善正要离开丰乐，夷人祖父便先杀了他，先曾祖母带着民妇的公公用姚存善的文牒到了南边。"

张屏道："令祖父可曾与令曾外祖母约下再见？"

姚夫人又点了点头："据先夫对民妇所说，确实有，但夷人祖父并没有来。先曾外祖母也罢，民妇的公公也罢，都再没听过他的消息。"

张屏道："他不是没了消息，而是找公羊逊等人寻仇未果反被害。"他看向佟杉与姚庐，"你二人，应该知道真相吧。"

佟杉挣扎了一下，眼中涌动着嗜血的快意。

姚庐喉咙中咯咯两下："都是你们这些狗官的圈套，何必明知故问！你等欲得到墓中秘宝，先杀我曾祖母，又做圈套杀我曾祖父！"

张屏道："什么圈套杀了你曾祖父？"

姚庐咯咯怪笑："狗官，我娘被你们所惑，但你们休想知道和王墓的秘密，那秘密你们永远解不开！"

王砚摆摆手："先塞上这傻小子的嘴，把那个疯子嘴里的布掏出来。"

侍卫依言堵住姚庐的嘴，取出佟杉口中的布。王砚看着佟杉："那该死的魔，死了？"

佟杉立刻爆出一串怪笑。当然，妖魔必须死！

"我知道这魔孽必会一直追着她，我就在那里等着他。果然，他来了，来挖那口石棺。我降住了他，我同虚真，终于将他用三昧真火化成了飞灰！哈哈哈哈哈哈！魔不可胜道！我替她报仇了！哈哈哈哈哈哈！"

旁观的县衙众人都觉得有寒意从骨缝里冒出来。

姚岐颤抖着盯着他："你、你……"

佟杉霍然挺身，血红的眼珠狰狞凸出："尔等魔之孽种，魔孽迷惑了她，尔等杂种都是污秽血块，统统该死！该死！"

王砚冷冷抬手，侍卫们又塞住了佟杉的嘴，将他按在地上。

张屏继续问姚夫人："蒲姑娘的情郎未按约定与令曾外祖母相会，令曾外祖母可有什么行动？"

姚夫人摇头："禀大人，民妇所知有限。据先夫所说，先曾外祖母以为夷人祖父未再过来是怕身边随从发现了民妇的公公。他们避居南方小县，也是要防着那些夷人，那县里见闻闭塞，先曾外祖母多年后才得知家乡消息。"

公羊逊、虚真、屠某等人在她离开后都没有死。

公羊逊调任了，虚真做了慈寿观的住持，屠某仍是捕头。

"民妇冒犯先祖，大不敬实言，先曾外祖母因夷人祖父的身份，心中还是存有些顾虑。她不知夷人祖父已死……更不敢因此让那些夷人发现民妇的公公。"

王砚沉声道："她或许还得猜测，这个东真人是不是为了什么墓里的宝物跟仇人勾结在了一起。"

姚夫人伏地不语。

张屏道："令曾外祖母为什么带着外孙搬回丰乐县？"

姚夫人道："据先夫所言，先曾外祖母冒险带着民妇的公公回到丰乐，还是为了和王墓。先曾外祖父与先祖母确实都有遗command，蒲氏族人必须守着那座墓。"

王砚挑眉："令曾外祖母还希望你们阖府世世代代仍做蒲氏做的事？但本部院又查到点别的。公羊逊任满后升调荆州府丞，任上某年无故外出，死于邻州江边一条船上。据船主道，公羊逊当晚令整船人都离开，独自一人留在船上，似在等什么人相见。凶手至今未能拿到。"

王砚本来是在飞鸽传信中吩咐属下去吏部查公羊逊的下落，不想竟查到命案，正好案子归档在大理寺，柳桐倚凑巧在，便立刻调出了卷宗。

"公羊逊死后几年，虚真于某年慈寿姥姥祭后突发急症，不治身亡。再数年后，姚连珠带着外孙搬回了丰乐县，没多久，参与此事的屠某也暴病而毙。"

姚夫人沉默片刻，缓声道："民妇觉得，世间毕竟有天理，有报应。"

王砚挑一挑眉："哦？"

张屏道："杀人之罪，罪不牵连亲属。夫人在这公堂上所言，也只是转述，无实证不得定罪。"

升堂之前，王砚与他讨论过公羊逊三人之事，兰珏旁听。

王砚道："就案情推测，八九不离十。尤其虚真和屠某死的时候，蒲离离的儿子已经不小了，他也未必干净，不过，证据难以收集。姚存善的事，牵扯到要紧处，大概能审出供认。其他几桩就难了。套用老冯的一句话，证据不足的推测就是胡扯。先当悬案吧。"

以姚连珠手中的钱财，在黑市上再买一个身份并不难，为什么她一直用着姚存善的身份，没有再更换？是不是从一开始，她就在准备着，如果女婿靠不住，她便用这个身份，引出那些凶手，为丈夫和女儿报仇？

张屏望着姚夫人。果然姚夫人微微直起了身："民妇只觉得，天理昭昭，报应不爽。"

张屏又问："令曾外祖母搬回丰乐县，是为了继续守着和王墓？"

姚夫人再伏地："禀大人，并非如此。而是先曾外祖母知道，民妇的公公，还有此后的儿孙们，只要身上流着蒲氏与夷族的血，就永世难安。那些夷人仍会来挖和王墓，可能还会找到民妇的公公。先曾外祖母觉得，解决此事唯一的方法，是把和王墓的秘密告诉朝廷。"

王砚微微眯眼："如此？倒是有见识。"

姚夫人涩然道："大人必然觉得民妇此时为了开脱才这么说。民妇敢立毒誓，先曾外祖母、民妇的公公与先夫的确都这样想。只是，他们都不知道那座墓的秘密。蒲氏旧宅下面，是座假坟。真正的和王陵墓，蒲氏每代只有一个人知道。先祖母被害后，这个秘密便失传了。"

姚连珠不知道真正的和王墓在哪里，只拿到了蒲离离留下的《青鸟经》等书册。蒲离离的儿子当时才三岁，更加不知情。

"他们确实有顾虑，如果拿不出实证，贸然告知官府，恐怕官府不会相信。"

姚家虽然挺有钱，但在官府里没有人脉。万一又遇见了一个公羊逊呢？那等着他们的就是万劫不复了。

"先曾外祖母、民妇的公公及先夫都一直想找到那座墓的秘密，直到公公过世后，先夫才打算放弃。这么多年这件事无人再提起，他以为能就此过去了。他想让函儿、岐儿和庐儿好好念书，考上个功名。如果此事之后不再闹起，便就彻底忘了。倘若又闹出什么，再告知他们真相，禀报朝廷，起码能直接禀报与府尹大人或侍郎大人这样的青天大人，不会再遇上又一个公羊逊。却不承想，他三人都不争气，书念不好，庐儿竟还……"姚夫人泣不成声。

张屏道："本县初次到姚府，夫人让人来禀报，《青鸟经》等书册被窃，便是在委婉提示真相。其实夫人知道，偷东西的，就是姚庐。"

姚夫人哭着叩首："那日大人亲自询问，民妇多有欺瞒，不敢求恕。"

张屏道："夫人虽包庇了姚庐，但正因夫人的提示，本县方才确定了此案与和王墓及东真国有联系。"

姚夫人颤身看向姚庐："民妇当时……以为先夫是被逆子气出了病，又觉得对不起谢大人，才、才……若那时知道先夫死时真相，民妇一定亲手打死这逆子交给大人！"

张屏声音放缓了些许："姚员外与夫人何时发现姚庐与东真国人有关？"

姚夫人勉强压住哽咽："那逆子不见后，先夫便觉得有些不对。谢大人当时不在县中，因屠捕头他是……先夫不敢信县衙的刑房，便让人去京兆府报案。幸得侍郎大人前来。"

王砚道："本部院那时确实忽略了暗藏的枝节，导致后来种种。"

姚夫人转向他叩首："侍郎大人明察秋毫，立刻便找出了诱骗逆子之人。只是寒舍之事，世人难以想象，怎能让大人自责。系娘那贱婢在敝府多年，民妇竟不曾看出她是夷女细作！"

张屏道："姚庐出走，实际是在试探，令姚员外想到东真国与和王墓，从而窥察和王墓的秘密。"

姚庐的身体晃了一下，仍面无表情。

姚夫人痛哭："这个逆子畜生！先夫……先夫和民妇都知道，他不可能跟那个贱婢有什么私情。先夫发现了他写的东西，还有书……"

张屏道："可能是他有意让你们发现。"

姚庐再僵了一下，姚夫人一怔，猛地向他扑去："你这个小畜生！畜生！我不该生你！我跟你爹当时就该打死了你！生了你我对不起列祖列宗！畜生！畜生！！！"

姚岐哭着抱住姚夫人，衙役不得不上前拦阻，将依旧面无表情的姚庐拖到一旁。

许久后，姚夫人的喉咙中才发出零碎的残音："先夫、先夫那时不舍这小畜生……民妇……也、也护着他……先夫想了结此事……连累谢大人，先夫良心不安……先夫、先夫……"

张屏道："姚员外到京城，其实是想找冯大人，说出全部的秘密。"

姚夫人捂住了嘴，用力点头。

张屏缓声道："东真国人也猜到了姚员外的用意，所以，员外才遇害了。"而且，东真国的人不相信姚员外不知道和王墓的秘密，所以姚员外死前，身受酷刑。

姚夫人发出一阵不成人声的悲泣，又扑向了姚庐。

604

"是不是你把你爹的事告诉了那些人！说！你这个畜生——"

姚庐浑身颤抖，僵无人色的脸上终于流下了两行泪水。

衙役掏出姚庐口中的布，姚庐双唇颤了又颤，最终低哑吐出一句："娘，这些都是狗官们的伎俩，休要被蒙蔽。"

王砚一摆手："带上来。"

衙役又塞住姚庐的嘴，拖到旁侧。门外侍卫押着丁威和假粮贩入内。

这两人看到跪着的姚庐，均神情一怔，继而被衙役推到堂中跪下。

随侍为王砚换上一盏新茶，王砚缓缓呷了一口："呼噜呼噜，噫呜呼。姚庐已经拿到，你们这两个番子速速招出实情。"

丁威和假粮贩一动不动，恍若泥塑。

王砚冷冷一哼："上夹棍，把姚庐夹一夹。"

衙役飞快扛上夹棍，姚岐失色膝行两步："大人审他们，为什么夹舍弟？"

王砚淡淡道："本部院要看看，这两个奴才心里，是主子重要，还是秘密重要。"

姚岐一愣，刚要再张嘴，立刻也被塞住嘴拖开。衙役们迅速夹住了姚庐，甫收绳，假粮贩突然"呜"了一声："住手！"

王砚神色一厉，一拍扶手："两个番畜，还在本部院面前弄鬼！噫呜呼，老实交代，姚庐是不是你们的王子！"

丁威与粮贩俱浑身一晃，似受到极大的震撼。

假粮贩失声道："请不要伤害王子！"

丁威低吼："沙尔胡！"

假粮贩满脸痛苦地闭上眼："莫丁，就让我继续做这个告密的人，承受天帝的全部责罚吧！"

丁威悲痛地再喝："沙尔胡！"

假粮贩闭着眼别过头，似不愿再看他，丁威怒喝一声，一头撞向地面，被侍卫死死按住。

假粮贩颤抖了一下，俯下身："侍郎大人，王子们什么也不知道。我们也是不久前，才找到他们。这些事，都是我们做的。我可以招，但我们东真王族，只剩下三位王子了，请大人允许我用自己的命，用我和莫丁的命，换王子们的性命！"

丁威怒声大喝："沙尔胡，你这傻瓜，你说出了我族仅存三位王子的秘密。这些官和他们的皇帝，怎么会放过他们！我们东真王族要绝后了！"

假粮贩浑身一震，也嘶吼一声往地上撞去，被侍卫拉住。

兰珏端起茶盏润了润喉咙。

丁威布满血丝的双目蓄满泪，定定望向姚岐和姚庐。

"王子们，你们卑微的奴仆堕入了这些狗官的圈套，只能祈求在天国相遇时，再服侍你们了！""噗"地喷出一口血。

侍卫即时扣住他下巴，往他的舌头上撒金创药。

王砚抿了一口茶，示意将这二人拖到一旁。

"真是一场拿命唱的好戏。最后的血脉，仅存的三位王子。呵呵，姚庐，沙尔胡糊弄尔傻。傻小子，你但凡眼没瞎，都该看出来了，这二人死到临头还拼了命要弄死你跟你的两个哥哥。你还不说实话？"

张屏接着道："姚家在这些人眼中，从来都不是人。若非为了和王墓的宝藏，你们全家早被灭门了。他们此时，只是以为王大人当真把你当成了王子，是罪魁祸首，便尽力证实这一点。用你们兄弟三人的命，保护他们真正要保护的人。"

侍卫又取出了姚庐口中的布，姚庐死死看着丁威和假粮贩，双唇张合几次，方才发出声音："我爹……是不是你们杀的？叔父和你们，当真是要利用完后，再杀了我们？"丁威和假粮贩满脸的神情突然全部化无。这一无所有，却胜过最冷的寒。

姚庐打了个激灵。

王砚温声问："谁是你的叔父？"

退堂后，谢赋与县衙众吏跨过门槛，方觉双腿僵硬。廊外明晃晃的日光甚是刺目，下得台阶，站在天光下，仿佛从浓夜梦中陡然醒来。

众人在堂外缓缓踱步，都想说点什么，却又说不出什么。

突有一小衙役飞奔而来，将一帖呈与谢赋。谢赋打开，只见落款处赫然一个云字，立刻合上帖："人在何处？"

小衙役道："已在客厢了，说请见府尹大人，小的们回说府尹大人不在衙门，他们便说请见侍郎大人。"

谢赋即刻亲自携帖前往后堂。

王砚正与兰珏、张屏关门在堂内说话，随从皆退避在外。谢赋通报入内，呈上帖子，王砚接过打开："云家小子来了，真是赶着凑热闹。刚说佩之你先去睡一时，事又过来了。"

张屏躬身："下官先告退。"

王砚摆手:"人手还得预备一时,正好这时得空,你也一同过去吧。云家眼下确实算嫌犯。这案子老冯办,本部院与佩之先见了云家人,他别又多疑我们聊出了什么瞒着他。"

张屏领命,与王砚、兰珏同到侧厢。王砚和兰珏看见厢房门外站着两位家仆打扮的男子,双眉皆微微一跳。

二仆推开房门。三人入内,王砚和兰珏向上首施礼,张屏也跟着整衣拜倒。端坐在座椅上的怀王道:"王侍郎、兰侍郎快快平身,孤放心不下侄儿,冒昧前来,二位卿勿嫌惊扰。"

王砚一揖:"臣等不知怀王殿下驾临,未曾迎驾,祈请恕罪。"

怀王温声道:"王侍郎公务之中,孤却因私叨扰,原是孤要道声对不住才是。"又凝目望向兰珏,"此前与兰侍郎相见,与今相隔不过数日,卿竟清减了这般多,神色如斯憔悴,想是这几日未曾吃好睡好。孤信冯卿一定能将两个孩子平安带回,兰卿且放宽心。"

兰珏再施一礼:"臣疏于职责,致使玳王殿下失踪,万死难辞其咎。怀王殿下竟还体恤垂悯,臣羞愧矣。"

怀王起身搀扶:"兰卿言重了,启檀的事,怎能归责于卿。来,快坐下说话。王侍郎也一同坐吧。"

兰珏与王砚谢恩落座。一直侍立在旁侧的云毓上前向他二人见礼:"家父繁务羁身,便差我前来,听凭大人审讯。"王砚道:"言重言重,此案是冯邰在查,与我手里的案子确实可能有一二线索重合,但算不得一件。到底是何人行刺嫁祸给太傅大人,暂还不可知。"

云毓立刻道:"案子未清,家父及敝府其余人便有嫌疑。家父已向皇上请旨待罪在府,云毓此番,也是前来投案,免两位大人再让人往返缉拿。大人可即刻审,也可将云毓先羁押入牢。"

王砚呵呵笑道:"这就更言重了。丰乐县衙的大牢也不归我管,若把你拿了,我先得被问个越权之罪。冯邰该快回来了,兴许启檀殿下和兰大人的儿子已经找着了,案子也水落石出了。就本部院和这位张知县查到的一些线索,是跟番子有关。等冯大人回来,线索一合上,便能结案了。"

怀王点点头,像才留意地上还跪着个张屏:"哦,竟将你疏忽了,平身吧。"

张屏谢恩,默默起身,立到旁侧。

云毓向王砚道:"那我先不给王大人添事,等冯大人回来。"

怀王道:"你便先坐下说话吧,当真跟在公堂上一般,孤这无缘无故跑来更不好待了。"转而向王砚与兰珏，"孤听说了启檀的事就想过来，恰好与他遇着，今日他过来，孤想问问启檀的消息，便就同行了。你们若要说公务，不必顾虑孤，如需孤回避，直说便是。"

云毓道："殿下这才是让臣等不敢在这里待了。恕臣兢兢不能入座，一旁站着听候吩咐。"

怀王一挑唇："那孤与众卿都休要客套，该坐坐，该说说，别一套套较真儿。"

兰珏和王砚应声和了两句，云毓在下首坐下，唯独张屏还站着。他恰好立在一丛盆景旁，翠叶与身上的官袍相映，都绿油油的，倒像天然该在一处一般，令人轻易便可忽略。云毓未曾在意他，怀王更没有再看他，只又向王砚道："王卿方才说，刺客是番人？"

王砚道："臣尚不能以定论禀告，不过应八九不离十。"继而再看向云毓，"太傅大人近日可与番人有过恩怨？"

云毓蹙眉："家父从不与家人言及朝务。府中来往，更无番人。礼部与鸿胪寺事务，不在家父权辖之内。"

怀王抬了抬手："与番子有恩怨的，不就是启檀自个儿嘛。难道那个什么塔赤国在作怪？听闻讹上启檀的察什么布王子与他兄长不和。但不论他们党斗内殴谁要害谁，于我朝看来，都是塔赤国做的，他们不至于这么拎不清吧。"

王砚道："臣猜测，所以刺客才栽赃给云太傅。"

怀王"哦"了一声："这些番子，不上道的花花肠子真多。"

王砚正色："这些都还只是臣的推论，尚未定案。所以方才臣还要再多问一句，云太傅是否与番邦有怨。"

怀王转看向云毓："如此，你回头再问问太傅。万一这些番子背地里还做了别的手脚，仔细查一查，防他暗箭总是好些。王侍郎查案谨慎，不放过一丝一毫，孤这不懂查案的，听他这么一说，都受益匪浅。"

王砚立刻道："臣难当此赞，惶恐惶恐。"

云毓起身施礼："多谢殿下和王大人，我这便让人回府传信。"

怀王道："也不急这一刻，你先坐下，说完话再办不迟。"

云毓道："多谢殿下体恤。"又坐回椅上。怀王望着他笑了笑，方才转头与王砚说话。兰珏移开视线，不知怎的，心中却突然浮起了数月前，刘知荟案后，怀王在御花园中看着云棠的情形。他心内某处不由一动，尚未来得及捕捉，门外隐有嘈杂声传来，王砚"噌"地站起身："可能是老冯回来了。"

张屏躬身："下官去看看。"匆匆出门，廊下小衙役报，是府尹大人回来了，还拿住了案犯。

王砚大步跨出门槛："人是否已找到了？！"

小衙役小心翼翼瞄了瞄他身后的兰珏："小的只是听到前头过来的消息，并不知详细。"

兰珏浑身猛一空。

王砚扶住他肩："走，过去看看。"

前院中响着妇人凄厉的喊叫："你们这群罪人，献祭未成，灾厄必至，你们都得死！都得死！！！"

苋苋欲抓向冯邰的袍摆，被侍卫拖开。

王砚与兰珏大步赶到近前，王砚皱眉看着厉呼的黄稚娘："这疯妇是何人？"

冯邰看了看兰珏，简单道："欲将抓来的孩子献祭的案犯。"

兰珏僵直站着，似魂魄已被抽干，听王砚再问："孩子呢？"

冯邰再看了看兰珏，双唇方动，忽而视线落在远处，敛身行礼。

怀王拖着腿走到近前："孤等不得，便跟过来了。冯卿，启檀在何处？"

冯邰俯身："臣无能。启檀殿下与兰侍郎之子堕入河中，臣已命人沿河搜寻，暂无所得，只在落水的土崖处寻得遗落的鞋履。"

兰珏摇晃了一下，王砚一把扶住他，兰珏面无表情，再又挺身站直。远远在后方的张屏轻声道："大人。"

兰珏纹丝未动，王砚微微侧首，张屏躬身："大人，下官先告退。"

王砚皱眉，摆手示意他速速离开即可。

张屏看了一眼兰珏的背影，转身退下。他十分担心大人，但这件案子暂时用不上他。捕快衙役已准备好，他要去拿住姚员外被杀案的真凶。

蜿蜒的小道上传来急促的马蹄声。

道旁树林间，樵夫担着柴不紧不慢地走着。长长一列人马从他身侧两三丈外呼啸而过，朝寿念山处飞驰而去。

马蹄声自樵夫的身后渐远，樵夫仍悠然前行，嘴角噙出一抹淡笑。自作聪明的微末杂碎，正以为得计，岂知对弈真谛？

尔等所得之，弃卒也。

尔等所知之，是我让尔知也。

尔等所行之，乃我意欲令尔如此也。

尔等所为之结果，朕，将去摘取！

众人纵马奔至小路尽头，转上大道。遥遥两三骑人马，向他们迎来。

张屏勒马停住，迎来的捕快翻身下马。

"大人，嫌犯今早不见了！卑职等一直严密把守山顶山下，不知他如何逃脱。卑职等无能失职，求大人责罚。"

张屏神色凝重，皱眉望向浮云下的寿念山山顶。

丰乐县衙大堂，鼓声再响，冯邰升堂。

黄稚娘仍高声叫嚷神威天谴，冯邰命人堵住她的嘴，先按在一旁。苋苋向堂上拼命叩首："大人老爷，你审什么，我都招。求大人老爷记得此前答应的话，饶我娘的性命！"

衙役呵斥无礼。

坐在上首旁听的怀王看向冯邰："冯府尹，你与这女童有何承诺？"

冯邰侧身答："她乃案犯黄稚娘之女，此前搜寻时，是她拦住了侍卫，告知其母行径，侍卫方才追到河边土崖处，但仍晚了一步，只拿到了这疯妇。"

苋苋伶俐，立刻知道怀王身份高过冯邰，转向怀王磕头："这位贵人大老爷，我娘只是疯了，并没有真的伤着两个小少爷，就是锁过他们。我、我还救过他们两回。我娘她疯起来什么都不知道，她不是存心的。我愿为奴为婢，求贵人大老爷放过我娘一条贱命！"

冯邰一拍惊堂木："混账！你母绑架幼儿，你既知道，为何不早早报官？曾有人去你家查问，你那时怎么不报？"

苋苋嗫嚅："我、我那时睡着了。"

冯邰再一砸惊堂木："混账，还敢满口胡言！你与你母分明是共犯！你等受何人指使，如何绑架，如何行凶，此前还害过多少人，快快从实招来！"

苋苋浑身颤抖，仍抬头看向冯邰："大人，我都招的话，你能饶我娘一条命吗？"

冯邰神色更厉，怀王缓缓开口："小姑娘，人未寻到，你便无一丝要求的资格。前因后果，你不说，经其他途径也能查到。冯府尹问你，已是给你一个机会，莫再糊涂。"

苋苋立刻又叩首不迭："大人，民女不敢欺瞒，那两位小少爷是我在路上遇见的。他们问能不能跟我买东西吃，我就带他们去了我家。我娘是疯，但她此前真没害过人，我真的不是诚心要害他们！"

冯邰双眉一皱，怀王道："你遇上的，只有两个孩子？没有别的人？"

苋苋哭道："就只有那两位小少爷。"

冯邰看了一动不动坐着的兰珏一眼。

怀王再道："他们可有告知你姓名来历？"

苋苋擦擦泪："他们说自己姓吴，一个叫吴名，一个叫吴影。我觉得肯定是编的名字，他们两个还自称本侠什么的。我们那里常有这样从京里跑出来说要去闯荡江湖的小少爷，我把他们带家里去，也是想着他们家里人如果找来，可以领些赏钱。真的是他们自己跑来的，我跟我娘没有劫人！"

怀王揉了揉眉角，立在旁侧的云毓轻声道："想是刚从刺客手中脱身，真是聪慧绝伦。"

冯邰再一拍惊堂木："那你娘为何歹毒相害？！"

苋苋又流泪叩首："府尹大老爷，我娘真的是突然失心疯了！我猜，可能是因为火。我娘她怕见火。她以前都不能进厨房，连早上晚上红点的霞光都见不得，更不能见烟花焰火。过年过节的晚上，都得把她锁在屋子里，封上窗户。外公刚死的时候，我家吃的东西都是旁人给的，我娘不能烧饭。后来她跟人家一道去姥姥庙烧香，那边道长给了她符水喝，她才渐渐好了。还天天给慈寿姥姥神仙上香烧纸钱。她这些年就只是磕头烧香魔怔些，其他都好好的，旁人还找她做活呢，真的！"

冯邰皱眉："怎的又是因为火？简洁些，说关键。"

苋苋再磕了个头："就是前两天寿念山失火了，我娘突然就不对劲了，说神仙要降天谴了。这回拜姥姥的日子，我得了风寒，我娘守着我，没上山去烧香，也没给姥姥献童子。她可能就以为，这是她的错，她得向姥姥赔罪。"

冯邰神色一厉："所谓赔罪，即是绑架男童，烧杀献祭？！"

怀王眯起双目，兰珏仍面无表情坐着，座椅扶手的花纹深陷入掌心。

苋苋用力叩首："我娘她此前当真从没这样过！都是民女的错，是我贪财把两位小少爷带回了家。那两位小少爷刚巧又一个九岁一个十二岁，我娘她就更魔怔了。罪魁祸首不是我娘，是我！"

怀王冷冷道："九岁与十二岁何意？"

冯邰侧身禀道："此地多年前有每隔三年便挑选两名男童侍奉那观中泥像的陋俗，择选的孩童都是六岁，最早的两次还曾有九岁。与另一桩案子有关。疯妇黄氏迷信陋俗，恰好九岁与十二岁正是跟六岁三三相隔，因此触动其恶念。"

苋苋哭道："我娘就当这凑巧是天意，还说若不如此，慈寿姥姥会降天谴给全县的人……她就是分不清事了。总之都是我把两位小少爷带回了家才有了这些事，大老爷要降罪就先罚我吧！"

冯郘再一拍惊堂木："无知狡童，先不说你母欲害之人的身份，单是绑架孩童，意图杀害，便是砍头之罪。你有几颗脑袋，如何担替？你既知你母绑人，怎不报官？"

苋苋的额头已磕出了血，泣道："她是我娘，我不想她被抓。我以为她能把人放了……后来我看事情确实不好，才去喊人。也是我报官晚了才害两位小少爷落水，至今生死不明。大老爷要砍，就先砍我……"

冯郘垂目望着她："你脸颊、手臂均有伤，伤从何来？"

苋苋仍叩首："民女蠢笨，是我自己磕的。"

冯郘喝道："胡说！分明是被你娘所伤！你娘也锁了你，所以你才不能报官。你身上刀伤，乃阻止你娘行凶时所留，对否？孝乃大善，然愚孝纵大恶便是大过。你娘究竟可有伤到那两个孩童？！"

苋苋摇头："没有，我娘真没有伤他们。她说献祭时得干干净净的。就是给他们喝过一点喝了就睡着的药……那个我也喝过，不伤人。那两个小少爷在我娘赶他们下河洗澡的时候跑了，我见我娘去追他们，就赶紧报官了。反正我最后见着他们的时候，他们一点伤都没有，真的！"

冯郘微微颔首。

怀王向冯郘道："若只是落水，多派些人手沿河仔细找寻。启檀水性不错。"

冯郘简洁道："人手足够，但请放心。"命侍卫将苋苋先带到一旁，拖黄稚娘到堂中，取下其塞口的布巾。

"案犯黄氏，绑架两名孩童，可是意图烧杀？"

黄稚娘缓缓抬头，眼中迸出奇异的光芒："你们这群蠢昧的凡夫，时辰已错过，事已无法挽回。天谴将至，我们一个都跑不了，都要被烈火之刑烧至灰飞烟灭！"

冯郘重重一拍惊堂木："疯妇，公堂之上，还敢妖言妄语！"

苋苋哭道："娘，你快快醒醒吧……大老爷，你看我娘真的是人事不知……"

黄稚娘咯咯厉嘶："疯？！无知之徒，待你们见到了，才会知道天谴之威。那火围着你，天兵天将守着你，谁都跑不了！一个都跑不了！"

冯郘凝起神色，语气突然放缓："你曾见过？在何处？"

黄稚娘的喉咙中咯咯不停："那火，从十八层地狱烧上来，接着天。谁都出不来，出不来……"

怀王微微皱眉，王砚靠上了椅背，冯郃继续缓声问："谁，没有出来？"

黄稚娘"啊"的一声厉嘶："蔡郎，蔡郎你跑啊——你快出来！蔡郎——"她突然拼命扭动，欲挣开身上锁链，"爹，你放开我——我要去救蔡郎——你别拦着我——让我和他死在一处！蔡郎——蔡郎！！！"

冯郃抬了抬手，侍卫们又取过布团，塞住黄稚娘撕心裂肺的吼声，按住她如疯狂的困兽般挣扎的身躯。冯郃向怀王道："十几年前，丰乐县与邻县交界处有一蔡府，因火灾满门皆亡。这黄稚娘痴恋的一位公子也在火灾时罹难，方才会有今日天谴言语。"

怀王"哦"了一声。

冯郃接着道："那蔡府家主曾在朝为官，臣已请调其履历与当时火灾的结案卷宗。"

怀王颔首："遭此灾厄，着实可叹。不过这家十几年前就阖府皆亡，顶多算是这妇人疯病的由头，这桩案子再牵扯他们却是牵强。"

冯郃道："黄稚娘非因目睹火灾而疯，乃是本来便有疯病，目睹火灾后，疯症更甚，又因迷信，便当作了天谴。只是本府觉得，其疯言疯语中，点滴碎片，却像火灾时，她就在附近，目睹了经过。"

怀王再"哦"了一声："一个疯妇的言语，也别太较真。眼下当务之急，是把人找着。望冯府尹分得清轻重。"

冯郃肃然："臣绝不敢懈怠。"再又坐正，一拍惊堂木，"带北坝乡乡长！"

乡长被捕快押着入内，在堂中跪倒："老汉顺安县北坝乡乡长巩邺叩见府尹大人及诸位大人。"

冯郃沉声道："此案紧急，本府便不同你废话了。黄稚娘及其女苋苋同你的关系，速速从实招来。"

巩邺一怔，伏地："老汉不知……"

冯郃打断他："推脱的废话就不必说了。本府已查得，黄稚娘家里的布料物件，大多是你所送，尤其是女童苋苋身上穿戴，有些还是你娘子亲自做的。本府可招针线匠与你身上所穿衣物当场比对，再提你娘子问询。"

巩邺抖抖索索叩首："大人明察秋毫，老汉与黄氏的父亲有些交情，所以时常暗中接济……"

冯郃一拍惊堂木："一派胡言！你家与黄氏家相隔数里，素不曾有来往。你家人看诊，皆是请乡中县里名医，更没找过黄氏之父这乡野小郎中。本府查得这许多证据，再加上看这黄苋苋的眉眼，真相便得。本府已派人缉拿你子，你还不从实招来，休怪本府无情用刑！"

巩邺颤巍巍伏身："青天府尹大老爷，老汉再不敢欺瞒，当年孽子年少无知，做下丧尽天良事，是老汉糊涂，竟替他遮掩。孽子已改过多年，确实不曾再做过错事……"

冯邰厉喝："混账，奸淫一个心智不全的女子，令其疯症加剧，不认其产下的女儿，致使其以疯癫之身在乡间非议中存活，愈疯愈剧，乃至沉迷妖妄，绑架图害孩童。而今种种，皆汝子与汝之罪行而起，岂是年少无知、糊涂等言辞可涂饰！"

巩邺含泪叩首，称罪不已。

冯邰摔下供状，着其画押，又命人去捉拿冯邺之子。怀王道："冯府尹，我这里有些糊涂了。是说这个小姑娘，是这巩翁之子奸淫黄氏所生？"

冯邰回道："正是。臣在查黄氏时，得知黄稚娘当日莫名有孕，就觉得有些奇怪。乡野教化未开处，心智不全又有些姿色的少女，被无耻之徒奸污时常有之。黄氏如此疯癫，其父亡故数年，若无人暗中接济，绝不可能顺利养大一个女儿。"

黄稚娘住的地方在村落边缘处，她的邻居显然都不喜欢她，不像能接济她的样子。可黄稚娘一个疯疯癫癫的弱女子，带着个小女孩，却一直过得不错，没被恶霸欺侮，也从未遭匪盗。显然，有人暗中保护她，那人还在这一带有些势力。

"黄稚娘厨中米粮不缺，且都是细粮，佐料齐备，还有肉蛋。衣物，尤其是其女苨苨不少衣衫布料绝非乡中土产，而是织坊料子，针线手法与黄稚娘的许多衣服不同。其家中甚至还有头油、擦脸的油膏和沐浴洗发的皂粉，都是城里商铺中才能买到。"

就算黄稚娘是个心智健全的妇人，凭针线纺绩所得，也难置办得起这些。

她还痴迷拜慈寿姥姥，香火钱也需要不少。

"臣提乡长、里正来问话时，这巩邺作答的神情便十分奇怪，似有遮掩。臣心下起疑，再略一查证，便得真相。这黄氏年轻时，甚有姿色，偶被巩邺之子看到，就趁夜奸污。黄氏心智不全，以为自己是同心仪男子蔡公子神交而有孕，其父无证据，拿不到案犯，只能羞愤不言。巩邺知其子作的孽，却一直掩盖，或还嫌苨苨是黄氏所生，不肯相认，然终是一丝良知未泯，不能丧血脉天性，遂暗中周济。"

巩邺匍匐在地，不敢抬头。苨苨呆呆跪着，两行泪干涸在脸上。

怀王点点头："如此，委实可叹。冯卿真神断也。然孤的皇侄下落不明，孤实在无心其他。"

堂下的巩邺之前听冯郜自称臣时，便两股战战，如今再听得这两句，便如五雷轰顶，瘫伏在地。苋苋也僵硬地向怀王转过头，簌簌地颤抖起来。

冯郜施礼："众侍卫正在尽力找寻。臣亦为顺清一切线索，方才回来审讯。"

王砚安慰地望向兰珏，兰珏仍是握着座椅扶手，沉默地坐着。后面冯郜审的这些，他没听仔细，听着听着，便生恍惚，昔日在别庄，教兰徽游水时的情形浮现于眼前。

兰徽沐浴时便喜欢扑腾水，到了温泉汤池中扑腾得更欢，不用怎么教便能自己浮起来，拍着水游到对岸，扒着石沿直跳："爹爹，爹爹——"

他天生善通水性，定会平安回来。

"上工了，上工了！"

锵锵两声锣响，蹲坐在草丛中的众劳力搁下手中的茶碗、干粮站起身，捡起锄锨土筐，走到土坡旁侧已挖出的半人宽深洞处，正要再动铲，差头大喝："莫挖这了！"指向几丈开外插着的一根木杆，"去那里挖。"

众劳力们一阵喧哗。

"又换地儿刨？"

"这到底是弄啥呢？"

"不是说让俺们疏河道吗，咋净在大荒地里打洞！"

差头咄道："休多啰唆，抓紧开挖。这是张知县千交代万交代一定要办好的事！大人刚到任，办好了，自有你们的赏赐！知道现下谁正在县衙里坐吗？府尹大人！太后娘娘派来的钦差大人！两位侍郎大人！要是在这些大人的眼皮子底下当差不力，日后就等着吧！"

众劳力扛着家伙走到木杆边，却见地上用白灰粉撒出了一个圆圈，差头薅出木杆，点点地面："就这一块儿，往下挖！"

众人卷袖子开动，差头从怀里取出一张纸，对着太阳看了看，再数着步子又往远处去。一三十许的汉子低声道："哎，你们说，咱们到底在挖啥？这两天在这块地里挖了五六个坑了。"

另一人啧道："大人们说了，疏河道呗。"

众人都一阵哂笑，一年长些的汉子道："这里离着河一里多路，得发多大的水，河水才能漫到这里来。漫过来了，就这几个窟窿，也泄不了洪吧。"

一老者瓮声道："说不定是什么阵法，不是说新来的张大人会法术嘛。看差头大人一直举着张纸，照着上头画的让我们挖，可能就是布阵图。待窟窿挖好，搁进大石，阵法成，咱们县就永不发水了。"

众人一阵哄笑。

又一少年道："兴许咱们这位新知县大人是什么神鼠星下凡。最近咱们县不但总现灵异，还总挖洞。山顶挖，姥姥显灵的井那里挖，这里还挖。"

众人赶紧道："小心小心，慎言慎言。"

差头扛着木杆又踱了过来，众人便噤声，奋力刨土。日头渐渐偏西，土坑渐渐深，差头又举着纸走向另一处空地，举着杆子迎着光比画。

两名汉子从坑中提出装满土的筐，倒到渐高的土堆上，偷眼瞄了瞄差头的方向，跳进坑中。

"差头大人又在插杆子了，不知道今儿是不是还得再挖个坑才能下工。"

一短髭汉子憋不住悄声道："咱们是不是在挖什么有宝贝的老坟……"

顿时有人撞了他一肘子，另一老者慢条斯理道："看来这个坑，又白挖了。"

众人继续挥铲，差头再又踱回坑边，探身向下看了看："且住。"

众人依言停下，纷纷将手中铲锹插进土中擦汗等待。一少年突然将手中的铲子向下顿了顿："咦？"铁铲撞击到了什么坚硬又平整的东西。

少年快速刨挖，一角灰色露了出来。

"下面有块石板！"

覆土刨尽，方方正正的石板平躺在斜阳下，两三个汉子吹了吹板上残存的浮土，用袖子擦了擦，石板正中现出一个几道线条勾勒出的山脉图案，山脚下还有一条流水样的纹饰。

差头欢喜地颤声喊人回县衙报信，众人再刨开石板周围的土，又露出一块圆形的白石。一个人抓住那白石一转，只听咔嗒一声，几个劳力将铁锹插进石板边缘用力一撬，石板缓缓抬起，露出一个黝黑的洞口，一条蛇一样的土梯通向黑暗深处。

众人一阵激动喧哗，一汉子向差头道："大人，小的觉得，得先下去探探究竟，别有什么妖魔鬼怪的。"

差头搓着手略一思索，点点头，待散了一时气，便命一瘦小精干的男子腰间绑缚上绳索，先行入内。许久后，洞内传来模糊一声惊呼。

蹲守洞口的众人都一凛，探头下望，片刻后，洞口正下方传来那男子惊喜的喊声："快！快多下来几个人，下面有东西！"

差头立刻抬手点了四个人在坑外守候，率先爬了下去，其余诸劳力纷纷跟上。

不一时，洞内又传出一串惊呼，洞口守着的四人不由伸长脖子朝下方看去，后背突然微微一麻，还未来得及回身，便眼前彻底一黑。

一条浑身包裹在黑布中的人影飞身跃到洞口边，轻盈掠下石阶。

劳力们的议论叹呼遥遥零碎飘来，黑衣人摸出一颗红丸塞进口中，用黑巾罩住口鼻，行进数步，便点燃一颗黑色草丸弹向前方。

行得片刻，他眼前出现了光亮，地上燃烧的火把旁，挺着两个昏迷的劳力。两人后方，是一道门，男子各向两人身上弹出两枚暗器，确定他们未动，方才掠进门内，又弹出一颗冒烟的草丸。

突然，他停下了。前方淡烟散开，一无所有。无物，无人。

唯独有一道金红夕照，自前上方的洞口处斜斜而入。与他进来的洞口处一模一样的土梯上缓缓走下了一个人。

"静清住持怎的不在观中参修道法，闲步至此？"

他拉下蒙面的布巾，微微一笑："衙门公务繁忙，谢大人怎也有空出来散心？"

谢赋前行一步，两排弓弩手出现在他和黑衣人身后。

"拿下。"

黑衣人飞身而起，手中几点寒芒射出。几名侍卫举盾跃至谢赋身前，黑衣人头顶突然呼啦啦落下一道水柱，他一闪身，被一张大网兜头罩住。几道锁链随即套上他的身体，捕快拥上前，收紧铁链，麻利地塞住其口，拖出地洞。

差头迎上来向谢赋一揖："大人神机妙算，此贼果然堕入毂中。"众劳力远远站在一旁，探头向这里张望，捕快们扶出了两名假扮劳力被迷晕的衙役，止住他们身上的血，灌水令他们醒来。

谢赋瞥了一眼双目紧闭面容平静的黑衣人："神机妙算的是张大人。他料到此贼贪念，方才令你们如此。他为了迷惑此贼，前去寿念山山顶，着我在此守候。当年是我将此贼请来了丰乐，如今再由我拿他回去。你们这次辛苦，稍后必有赏赐。"

差头忙率众劳力拜谢。

远远一队人马飞驰而来，为首马上知县服色者，正是张屏。

马转眼奔至，张屏下马，众人迎拜，谢赋上前施礼："禀大人，下官幸未辱命。"

张屏一点头，走向五花大绑的静清。

静清睁开双目，似欲言语。张屏命人取下他口中布巾，静清呶开干涩的唇："带人去山顶，是为了引我入局，这一招不错。"

　　张屏道："从寿念山往这边来的路不多。你以为我们必走小路，我便走了小路。"

　　静清喉咙中一呵："不错，我的确觉得，尔等会走小路。你一直猜测我的念头，继而推断该如何行事，却也撞对了。"

　　张屏道："不，是你一直在推测我们的念头，让我们按照你的安排走，帮你找到和王墓。"

　　静清眯起了眼。

　　张屏接着道："你让手下去找姚庐告知他身世，乃至之后做下的种种事，甚至更早之前，你建议谢大人修建和王相关古迹，都是为了让官府帮你找到和王墓。"

　　静清道："原来是谢县丞说出了我劝他的话，你就开始猜测了，并非姚庐的口供。所以这番布置在你等昨晚堂审之前。"

　　张屏点头："是。"

　　真正的东真国王子是静清，他几天前就已确定。

　　东真国的人唯一的目的是拿到和王墓内的宝藏。静清在准真和虚真出身的上化观中挂单，又获得了谢赋的赞赏，成了慈寿观的住持，与蒲离离一案中两个关键的地方都有联系。

　　再加上他曾经劝谢赋挖整和王相关的遗迹，轻易便能猜出其东真国人的身份。

　　"你与你的手下一直都在引人断定姚氏兄弟是东真王族后裔。譬如将姚庐诱出，又放回，告知他身世，皆为了暴露行踪后让姚家人承担罪责。"

　　假粮贩被王砚诈供，说出了他们的头领是王子。从他们的行动可推得，王子必然是在京城或丰乐这两地。丰乐有东真国遗族最想得到的东西，所以，王子在丰乐。

　　"再联系慈寿观中种种，便能确定你的身份了。你身为东真国遗族，却从未动过慈寿观后殿下的石棺。"

　　杀死蒲离离的公羊逊、虚真等人已作古多年，佟杉纯粹是因痴念疯癫才混入此事，姚连珠没有发现他才是害死女儿的关键，使他成为漏网之鱼。但他已耄耋之年，待在山顶，也只为柳树下蒲离离的尸身。

　　身为东真国遗族的静清假装道士成了慈寿观的住持，按理说，他第一该做的，就是挖开后殿，打开石棺，查个究竟。无人能阻止他这么做。甚至谢赋大修慈寿观还给了他一个完美的机会。

但他没这么做，后殿保存石棺的地室一如几十年前一般纹丝不动地封着。

"以前慈寿观中的塑像、画像也都被你完好保存，你还特意开出一殿来供奉。因为蒲离离是你的祖母。"

东真国人有异族的蛮俗，又奉行一部分儒学道义。姚员外和他的三个儿子在静清眼中是不祥的妖子，会威胁他王位的祸患，但对祖母之墓，他却要恪守孝道，尊恭祭拜，绝不惊扰。

"几十年前，你的祖父来到丰乐，寻找和王墓，却与守墓人蒲离离生情。蒲离离生下一对双生子，你祖父带走了一个孩子，即是你的父亲。另一个孩子跟在蒲离离身边，后来被姚连珠带走养大，改名姚天保，娶妻生下了一个儿子，即姚丛。你与姚员外，乃堂兄弟。"

静清神色百若。

张屏再道："令祖父得知蒲离离被害，只身回来为他报仇，反而堕入虚真等人设下的圈套，身死寿念山。他不敢让你们的族人知道他还有个双胞胎儿子，也没告知他们自己的去向，唯有当时只有六岁的令尊知道自己有个双生兄弟在中原，父亲去找母亲一去不复返。"

六岁孩童的记忆毕竟有限，东真国的人或一直以为王子是被朝廷发现才身死，便潜藏起来，默默抚养小王子。

"令尊长大后，一直守着自己还有一位双生兄弟的秘密，也未再来中原寻宝。但他将这秘密告知了你。你假扮道人潜伏到上化观时，令尊已亡故了？"

静清的神色仍丝毫未变。

张屏继续道："你的想法与令尊不同。令尊告知你的事情有限，你便自己查找。"

东真国遗族在上化观本就有细作，即是那位与准真一道寻宝，一同死于姚存善之手的无名道人。静清就顺着这条线，先蛰伏在了上化观。

"你在上化观挂单知客，蒙骗了来请人的谢大人，成了慈寿观住持。丰乐县中的种种明显线索，再加上令尊留下的线索，你推测出了你的祖父与祖母当年遇害的真相。"

以及当年井中挖出的石棺内，并不是什么神仙之躯，而是蒲离离。

"你不动石棺密室，暗中祭拜，却不知令祖母的尸身早在数十年前就被虚真、佟杉等人挖出，埋在柳树下。暗室石棺中，一无所有。"

静清的脸上终于掠过一抹阴沉："张知县所言，甚是有趣。不过贫道来此县中，已有数年。而你等说我做下的种种，都发生于近几个月内。做这些事好像不需要什么筹谋，我怎么不早做？"

张屏道："你原本想缓缓查，还撺掇谢大人挖寻和王墓。只是突然之间，局势有变。"

静清"哦"了一声："愿请张大人解惑，什么突然，怎么有变？"

张屏简短答道："塔赤国。你突然如此紧迫，是因塔赤国内斗及玞王被贬的事，你们觉得有机可乘。"

谢赋暗暗在心中擦了一把汗。玞王偷看塔赤国王子洗澡的事已是天下笑谈，但在朝官员，譬如王侍郎的爹太师大人，也万不敢直言此事。身为地方官员，更不能轻易谈及邦交国务。张大人张嘴两句话，两条大忌全犯，若被人知道，只怕这什么王子还没定罪，他先得被拖到菜市口。

谢赋这里肝颤，那里张屏仍视生死为无物地继续着。

"塔赤国乃灭东真国的番国之一，还在东真国灭后占了你们大半疆土，与你们有深仇。眼下局面，对你们来说，是极其难得的好时机。"

兰大人说了，塔赤国正在内斗。因为玞王的事，塔赤国又得罪了朝廷。如果两个塔赤王子为夺位争战，朝廷趁其乱时再派兵攻打，塔赤国便可能亡国。

这正是东真国遗族渴望已久的复国之机。

"和王墓中宝藏，本来你的父亲和族人已不打算再找了。但眼下，你却非常需要找到它，用它来假承天意，让更多的人跟随你，帮你复国。"

静清的眼中掠过一抹异色，微侧首做悠然聆听状。

张屏继续道："你查了这些年，都没找到和王墓真实所在。你一直在观察监视姚家，但一直没对他们下手。可眼下你急需找到和王墓，又解不开谜题，便命手下故意作案，让姚家与官府帮你找。"

先将姚家身世的秘密告诉姚氏兄弟中年龄最小、最容易做傻事的姚庐。姚庐理所当然震惊异常，心绪大乱。但他却异常守信，没有将与叔父认亲的事告诉姚员外。

姚庐被诱骗后离家出走，这次姚员外发现了姚庐无意或故意留下的种种字迹线索，知道与东真国有关，方寸大乱，派人去京城报案。

哪知案子误打误撞报到了刑部，王侍郎雷厉风行来查，犀利地抓住了假粮贩和奶娘两个爪牙，冷静下来的姚家着力遮掩，王砚便忽略了慈寿姥姥抓童男这条线，把案子当成了情骗案，没再往下追查。

"你还派人潜进县衙，故意翻找几十年前的卷宗，将其打乱，提示关键。"

务必事事井井有条的谢知县眼皮子底下的卷宗库居然顺序没排好，简直是天大失误，本来一下子就能引起谢大人的注意。只可惜人算不如天算，当时谢赋倒霉遭罚，库管也没将这事上报。

"姚庐被绑一案不成，玑王殿下遭贬，你急需把握住这个时机，便又令姚庐露出种种痕迹。姚员外决定去京城将真相告知府尹大人，你便杀了他。这样做，一是需防万一，确认姚员外确实不知道秘密；二是死在京城动静较大；三是防止姚庐向他父亲说出你的身份，姚员外再告知官府；四是姚庐对你还有用，你骗他姚员外之死是官府所为，让他仇视朝廷，更死心塌地为你所用。"

静清微微笑了笑。

不错，这是朕的得意之作，难得汝这小小知县可看破。朕甚喜悦。

"如你所愿，刑部王侍郎大人与府尹大人一同来查这件案子。你唯恐官府注意不到姚家的秘密，又故意让姚庐去偷书。"

姚府《青乌经》和《抱朴子》被窃这条线索，成了查案的关键。但顺出案情后，仔细一想，便能发现，这两套书在那时失窃，既恰好，又没必要。

一开始，姚员外之死看似是凶手临时起意行凶，在其死后铤而走险偷书，恰好也给了查案的人一条线索。可整个案情的真相是，偷书者即姚庐，姚庐早就知道了自己的身份，还假装了自己被绑架，藏着《青乌经》和《抱朴子》的藏书楼就是供他和两个哥哥读书的地方，他想看随时可以看，想拿走也有的是机会，为什么非要在爹刚死，官府的人正在赶来的节骨眼上再偷？

姚员外夫妇已经发现了他的秘密，姚员外上京都没有带他，把他关在家里。姚员外突然死在京城，跟着家里又丢了与身世秘密相关的书，姚夫人一定不用想就知道是他。

从任何方面来看，姚庐这偷书行为都完全没有必要。除非，故意暴露。

果然，姚夫人虽没有狠心大义灭亲，却也含蓄地给了官府提示。

"这时，蒲离离相关的线索已经浮出水面，几十年前的惨案再被翻出。你还故意在太后来上香的关键时刻在寿念山山顶与衙门放火，令这案子闹得更大。因为闹得越大，查得越彻底。"

连太后都被惊动，与此案相关的所有官员便都没了退路，只能拼尽全力快快查出所有真相。

"丁威中计被抓后，你的另一个手下假粮贩出现得也太恰好，还带着书，如同有意送上门一样。"

假粮贩的所作所为在案子不分明时，也仿佛是一大突破。但理清案情后，顺着姚庐偷书的疑点，可发现，他同样在一个完全没有必要出现的时间出现了，落网，把蒲氏案最关键的线索送到了王砚手中。

"如你所愿，官府得到了姚家的《青乌经》和《抱朴子》，发现了蒲氏是和王墓的守墓人，而后开始挖蒲氏旧宅下的伪墓。"

静清动了动脖颈，换个姿势继续悠然聆听。

汝，蠢却有自觉，善也。

"至此，你只需坐在慈寿观中，等待和王墓被找到便可。"

静清蔑视官府，可有些事他不能光明正大地做，有些史料他得不到，他需要官府迅速查他没有能力查到的线索，调动最大的力量。

京兆尹和刑部侍郎亲自查这件案子，案情越查越大，最关键的线索和王墓牵扯到了前朝、番邦、凶案、装神弄鬼的愚民、欺君冈上。哪怕将此县地界寸寸挖开，和王墓也必须找到。

静清得到了达到目的最快最完美的助力。

"所以我知道，若发现了和王墓，你就会来。"

静清微微一笑："看来你十分自得。但若你早知我是谁，早便可以抓我，为什么要等到今日？做这场戏耗许多人力，你滔滔不绝又费不少口舌。可这里并非公堂，我与你说过什么都能否认。这谢姓小吏与你是同伙，口供不可取。你说的那些，全无实证。你今天这场纯属无用功。除非，你直到刚才方能确认我是谁，所谓推断，乃临时编造尔。"

张屏眨了眨眼。

静清一嗤："听闻你还是这朝的毛孩子皇帝亲自封的知县。呵呵，皇帝亲封知县就是笑话，还封了你，更是笑话。小儿蠢也。"

谢赋喝道："大胆！此大不敬，便足以将你千刀万剐。"

静清哈哈大笑："小子，你假意陈述，刺探我口风的能耐真不怎么样。不论你上面的人交代了你什么，你们想知道的事，你没资格跟我谈。我可先同你回去，让谈得起的人过来谈。"

张屏道："你是说，行刺玳王的人，你知道？"没人让他探问什么，是静清想多了。他刚才只是在说案情。

现在才抓静清，只因京城那边的证据未齐，姚庐等人的口供未出，不宜将他下狱。静清当时能做的都做了，让他先待在道观里，对案情没什么影响。考虑到静清可能会潜逃，所以又安排了这里等他来。

不过张屏不打算多说。兰大人说得对，别人误解你的意思时，不要一下子便开口辩解。沉默，有时候可以更好地解决事情。

玭王遇刺之事，确实被怀疑有东真国遗族参与，冯大人和王大人正等着静清被押回衙门后审问。现在静清却因为误会，自己先说了出来。听大人的教诲，真的很有用。

静清淡淡一笑："那件事似真似假，如假又真。背后的人，你们绝对猜不到。"

张屏唤来捕快，将静清押走。

众劳力依然聚在远处边看向这方边悄声议论。差头小跑至张屏和谢赋面前："二位大人，小的们是否能散了？"

张屏应允："天色已不早，各位明天再继续。"

差头一怔："大人，还要接着挖？"

大人要抓的人，不是已经抓到了吗？这地儿不是什么坟吧。

一旁谢赋开口："务必好好清挖，此乃前朝疏引水流的旧道。前朝兵营常在此操练，故这里闸通河道，内又可容人上下。后岸上淤堵，河道有变，此道废弃多年，一直未清。汛期时或还会积存水流至疫病，需好生整修。"

谢赋原本年前便打算整修这里，不想突然倒霉，诸事繁多，汛期尚远，此事便暂时搁置。几天前张屏批复整修河道，发现这里凑巧可在修整的同时顺便用来钓静清上钩。

被押着还没走远的静清脚步微微一顿。这群劳力以挖河道之名在这里打洞，着实太可疑。这一次，是朕失算了。他尽力往回转了转头："尔等，还未找到和王墓？"

张屏道："没有。"

众捕快推搡着，将他押入马车。

张屏看着沉沉暮霭中的土堆及远处与落霞相接的河道，忽对谢赋道："谢大人，能否请你将案犯带回衙门？"

谢赋微一愣，继而道："下官遵命。"

张屏解开腰带，脱下官袍官帽："请谢大人将我官服也带回去。"

谢赋不得不问："大人这是作甚？"

张屏没回答。他有个猜想，但没有证实前，不方便说。

王砚和冯部各派了一人与他过来拿人，张屏唤过那两人，询问可要同行，两人立刻表示愿听吩咐。

衙役牵来张屏的马，谢赋上前一步："张大人，请留步。"三两下脱下身上长衫，"天晚风寒，下官这件衫袍乃前日新做的，从县里过来时刚换上，未被陋躯污久，大人若不嫌弃，请暂以挡风。"

张屏接过穿上，向谢赋道了声多谢，与两名随行先后上马，奔向远方。

八

似真似假，如假又真。

方才静清的这句话，触动他苦解和王墓之谜的神经。

案子已真相大白，尽快找到和王墓，乃当下最要紧的事。否则，因传说中的宝藏而起的贪欲便永无休止。罪案随之，生而复生。可和王墓，到底在哪里？

他与兰大人、无昧师兄、谢赋及县衙里的众人破解许久，找寻许多卷宗做参考，却总是解不出真相。是否因为他们被太多的旁杂影响？

柳桐倚的父亲收藏的帛图，只是绘图人易阳子自己的推测。

"三横逢一纵，弓木遇长才"这首诗刻在石棺盖上，会不会是用来骗盗墓贼？

抛开易阳子的帛图和棺盖上的诗及其他无凭据的猜测，唯一剩下的、最可信的线索就是——守墓人蒲离离留下的《青乌经》。

> 藏于杳冥，实关休咎。以言谕之，似若非是……
> 其若可忽，何假于予……
> 山川融结，峙流不绝，双眸若无，乌乎其别？

山、川。

水。

佟杉的口供中说，他第一次见到蒲离离时，蒲离离站在河边芦苇丛中。

当时蒲定死去不久，蒲离离刚成为新的守墓人。她出现在那里，是散步赏风景？

不太可能。

佟杉牢记着初见蒲离离的那个位置，张屏退堂后问了出来，标在地图上。但那里是处弯道洼地，存水。对照几十年前和楚朝末年的地图，离那处不甚远的地方都有村落道路，不像是个适合建墓的地方。

张屏与两名随行策马飞奔，赶到了那处。

此地与佟杉描述的数十年前形貌无甚改变，只是尚无苇丛，夕阳余晖下的浅滩一簇簇新发嫩绿，弯曲河水金光粼粼，两岸洼地堆着碎石土块，细草茸茸。张屏立在水畔远眺，依稀见炊烟升腾，袅袅融入暮霭。

若芦苇茂盛时，遮蔽视线，这里很难再看清对岸远处风景。

能清楚明白看到的，仅是——

张屏侧转过身，望向河水延伸处的寿念山。因河道弯曲，在此看来，寿念山像在正前方，端坐水上。圆墩墩的山体，如同一只大包子，又似……

一座坟。

夕阳被它遮蔽，余光镶嵌于山体边缘。

《青乌经》。此书乃青乌子所作，故而得名。

乌，又可指金乌，代指太阳。

青者，山也。

蒲离离在石室的墙壁留下的诗画中，将情郎比作东山的柏树，东，又暗指东真国。而她自己，是一丛河岸的蒲苇。

蒲姓，乃仆字所化。可为什么是蒲，而不是朴、濮、普？

因为蒲苇在水岸边，遥遥望着青山。

张屏翻身上马，再疾驰向前方。

　　　山随水著，迢迢来路，挹而注之，穴须回顾。
　　　天光下临，百川同归。真龙所泊，孰辨元微。

暮色沉浓，霞光敛尽。苍蓝天穹，太白星熠熠，弯月已升。

　　　蒲苇生西岸，翠柏在东山；明月应怜我，遥遥共相看。

寿念山，就在对岸，顶戴星子，身披月华。

山根延绵处，水如镜，映苍穹。

刑部的捕快崔蔚手搭凉棚向河上望了望："张大人，前方有座桥。"

张屏道："过桥。"

至对岸，再往山行，土坡横前，老树森森，灌木丛生，越走越似无路。崔蔚武艺高强，在前方探路，带着张屏与京兆府的侍卫金住牵马寻可下脚处，忽转忽折，或上或下，终于开阔。

山在正前，水在侧。

天上月，挂山巅。水中月，指山边。

三人将马拴在树上，张屏望了望山顶四周，无人影火把，守着寿念山的人手没有查防这一片。

张屏和崔蔚踏着砂土浅水走向山根。金住燃起火把，蹚水走到几块卧在水中的石头前，看了看山壁："张大人，这几块石头是新落下的。"

张屏二人闻声过去，崔蔚忽身形一顿，看向山壁，无声向张屏指了指某处。

张屏与金住立定在原处不动，崔蔚飞身掠到山壁一块石旁，点亮火折子照了照，向下一钻，竟钻进了石后。

张屏和金住立刻也赶了过去。还未到近前，便听石后隐约传来一声呼喝。

金住道："张大人小心，容卑职先去看看。"跳到石旁，亦没入其后。

张屏走到近前，却见那石后侧有一道裂口，极其狭窄。幸而他与崔金二人都不胖，勉强可入。

张屏侧着挤进去，顺着狭窄缝隙蹚行约丈许，亮光开阔处，一块石头迎面飞来，砸到他身侧石壁。崔、金二人手持火把站着，对面几尺外，一个披头散发浑身只有一条裤衩的少年右手抡着一根木棍，左手抓着一块石头，横眉竖目大喝："你们自称是官府的人，拿证据出来！"

又一块石头从少年身旁阴影中飞出，金住侧身避过，张屏走到光亮处，暗影中的黑团愣了愣，吸吸鼻涕，抱着石头探身："张先生？"

抡着棍子的少年一抖树棍："你认得他？"

兰徽用力点头。

张屏道："本县，丰乐县知县张屏。"

崔蔚与金住怔了一怔，迅速悟出眼前两个孩童的身份，扑通扑通跪倒在地。

"臣刑部捕快崔蔚叩见玳王殿下。"

"臣京兆府卫金住，救驾来迟，叩请殿下恕罪。"

启檀"哼"了一声："我已是庶人，不必如此。"

张屏脱下外袍，裹住扑过来的兰徽："兰大人在县衙。"

兰徽把脸埋进衣服里，用力吸吸鼻子，点点头。

他和启檀跳进水中后，凭着本能扑腾水浮起，被水推着漂流。好不容易挣扎靠岸，却发现山在眼前，左右都没有路。

兰徽的四肢和肚皮都擦伤了，又冷又饿，在浅水里睡着了，而后被启檀拍打醒。启檀豪情壮志地建议沿峭壁爬上山顶，甩那疯婆子个出其不意，并且说水里有蛇跟长牙齿的鱼，不赶紧上山，等夜里就会被它们当消夜。

兰徽胳膊腿都抬不起来了，被启檀拖着，没爬多高，蹚落了一块石头，另外几块大石头跟着掉了下来，他们脚下踩空，又摔进水里，还好没摔在石头上。

兰徽的手臂、腿和肚皮上又添几道新伤，启檀终于也爬不动了。天越来越黑，越来越冷，兰徽有点担心真有水蛇和咬人的鱼，启檀又说他是胆小鬼没见识，说水蛇没有毒，鱼都没有牙。兰徽便没有维系住侠士的胸襟，指出了启檀的前后言语矛盾之处。启檀恼羞成怒，又诽谤他是个拖油瓶，不识好歹，要与他割袍断义，自己爬上山顶。兰徽也硬气地说，自己假装需要歇息，只是照顾他罢了。如果没有浪无名，孤影侠早已登上峰顶，对月小酌了。

然后他和启檀又开始往山上爬，没爬几步，他二人先后躺下略微小憩，他就发现了这个缝隙。

启檀说这里面可能是狗熊窝。兰徽觉得狗熊钻不进这个缝。启檀又说这是蛇窝狐狸窝，老妖怪马上就要出来抓人炼元丹了。兰徽表示现在还信这些小毛孩才信的东西的人太幼稚。两人正互相嚷嚷"有种进去啊！""进去就进去！""谁不敢进谁是狗怎么样？"的时候，远远看见了有火光的亮点，便立刻都钻了进来。

听到张屏说爹爹，兰徽的鼻子有点酸。但是，他埋头在衣服上蹭了蹭，堂堂大丈夫，江湖孤影侠，不可在他人面前脓包！

启檀昂然扫视张屏和崔、金二人："来寻我和小影子的，只你们三个？"

张屏起身，又脱下内袍，走向启檀："本县与这二位，并非来寻你和兰小公子，乃因查寻他事到此。"

启檀压住心中的嫌弃，勉强任由这小知县的破袍子搭上自己的肩头，抬手由张屏替他系好衣带卷起袖口，云淡风轻道："你们有吃的吗？"

崔蔚和金住立刻抢答："有！有！"摸向腰间的布袋。

"只有两块凉饼，粗陋本不堪奉上，望殿下恕罪。"

兰徽抬起眼，盯向饼，咽了咽口水。启檀正要拿过饼，张屏却突然一抬手，将饼拦下："你们多久没吃饭了？"

启檀神色一寒，兰徽道："昨天上午吃过。"

张屏拔开水袋的塞子，倒水洗了洗手，将饼掰成小块，浇上水。启檀硬声道："你在作甚？！"

张屏按揉饼块："断食过久，不可陡食硬物。请先饮些水，在口中温热之后咽下，再吃这些。"

启檀压住饿火，灌了一大口水，张屏又道："莫喝太急，在口中温热了再咽。"

启檀翻了个白眼，看着那被张屏掰碎了的饼，实在恶心，勉强拿过一小块。兰徽也抿了口水，拿了一小块饼。张屏再道："嚼碎，就水，在口中变温后再慢慢咽下。"

启檀不耐烦道:"闭嘴,啰唆。"刚入口的饼早已像自己会动一样一跟头翻下了喉咙,接着再狠狠啃下第二口,胃一抽。

"嗝——"

"嗝——"另一声响从兰徽的喉咙里冒了出来。张屏拍拍他的背:"再喝点水,一定要等变温了再咽。"

兰徽点头,仍停不住边打嗝边往嘴里塞饼。

金住道:"是小人无能,弄不来热汤饭,供殿下与兰小公子进用。"

崔蔚脱下身上外衫奉与张屏:"请大人纤尊先以此衣御寒,卑职这里有报信筒,这就出去点放,通知侍郎大人。"

金住道:"恐夷贼仍有余党在附近,见烟火亦会得信。不如先由卑职去报信。崔捕快武艺好,在此守护。估计两三刻钟左右,卑职便能带这附近的人手前来,崔捕快就两刻钟后再放烟火报信,更稳妥。"

张屏颔首应允。金住闪进窄缝,眨眼间却又退了回来:"有水声,外面有人!"

若是寻找玫王的官兵,不会无声无息地行动。

张屏迅速熄灭一个火把,举着另一个站到石后,让通道口完全被阴影笼罩,启檀和兰徽含着饼瞪大了眼。

崔蔚跟着掠到窄道处,侧耳听了片刻,悄声道:"有五六人,身法很快。应是发现那几块落石了。"

根据石头的方位,可判断它们落下前的位置。这石缝外虽有石遮挡,但左右无藤蔓长草掩蔽,用不了多久便会被发现。幸而此时是夜晚,可再多得些时间。

金住向张屏抱了抱拳,无声暗示自己出去,让崔蔚留下护卫。

张屏点点头,极低沉地道:"尽量脱身,报信。"金住躬身,接过崔蔚抛来的报信筒,潜行向外。

洞中剩下的四人都屏住了呼吸,过得一时,便听一声尖啸,烟花蹿天炸响。

金住踏石飞掠,向山坡远方大喊:"有刺客,护好大人!"

几枚暗器钉入他后肩,他咬牙继续引着身后的几道风声冲向树林。

月下浅水中,一蒙面黑衣人抬手拦住另两条黑影:"由他二人追便可,休中调虎离山之计。"

黑影们点头,其中一个指向金住掠出现身的方位。

为首的蒙面人摇了摇头,这人武功不弱,如果想守护什么,不会愚蠢地因现身而暴露之前真正的所在。

山坡上没有多少能够掩蔽身形的树，也没有长草，那么他之前在哪块石头后？

官兵很快就会来，必须尽快找到那里！那里，肯定有什么！

崔蔚抽出了佩刀，立在甬道口，低低道："殿下、大人，请放心。救兵很快便到，此处一人可守。卑职绝不会让贼子进入此处。"

张屏沉默站着，却在扫视四周。这山洞仿佛一个口袋，一室大小，一人多高，石壁嶙峋，不见虫蚁蝙蝠，也无蛛网粪便，唯有积尘而已。

他抬手摸摸洞顶，再摸摸石壁。都很干燥。

《地脉洞息经》中云，山中洞穴，多为隐水融穿而成，曰湿形，南地山群中常见。又有地动或山成时天然而生，此北地山中多也，独山中，亦多为此洞。

南北山洞，洞形更大有不同。

寿念山是一独丘，洞穴按理应是土洞。寒冬冰雪厚，凡有孔穴处，虫兽必藏入御寒。春刚到不久，躲寒的虫兽便是已经离开了，应也会存有痕迹。可这个山洞，岩壁形似南洞，而且太干净了。除非，这看似天然的岩壁是人造出来的，造的时候，为了防止虫兽污损，在岩壁中涂抹了避虫的药粉。

张屏抠了抠石壁，拈些灰在鼻端嗅了嗅。

启檀和兰徽瞪着眼看他。

崔蔚的视线也不禁飘了过来，但下一个瞬间，他就猛一回身，掠入窄缝。

拐过折转处，隐见入口火光闪烁。

入口大石旁，举着火折子的黑衣人转向月下另两条搜寻大石的身影，欣喜呼喊："将军，纳智鲁，这里！呼噜哩哩啊哩噜！"

另两名黑衣人眨眼便飞掠至石前，其中一人突然抬手将另一人一拦，侧身避开。月光下依稀几点银芒闪过，石边等着他们的黑衣壮汉举着火把一动不动地站着，双目圆睁，脸上挂着诡奇的笑容。

被同伴拦下的黑衣人脱口惊呼："古阿尔！"

另一黑衣人再一抬手，沉声道："纳智鲁，你绕到那块石头后面去。"

纳智鲁点头，猫腰沿草潜行，僵立在大石前的黑衣壮汉的身体微微一动，纳智鲁的右肩与脸颊一痛，另一枚飞镖擦破他的头皮钉入草中。

被称作将军的黑衣人猛地飞身而起："与我们打的，只有一个人！"

纳智鲁吹了几声响哨，又两枚飞镖扎入他胸口，他摇晃一下倒地，"将军"手中银练一抖，向古阿尔身后斩下。

一把剑从古阿尔背后刺出，迎上"将军"的剑势，遥遥水声响，伴着一声尖鸣，另几道黑影踏水掠来。

"将军"一声长啸，与那鸣音应和。

崔蔚推开古阿尔的尸体，踏灭火把，剑气挥洒，逼向"将军"。

必须在敌贼援兵到来前先把此人干掉，令后来的那些一时辨不出真实方位，才能拖得更多时机！

"将军"虚虚挡格崔蔚的剑势，却一个飞转，借势翻到了石的上方。崔蔚一剑划过他手臂，他却已将一个东西拍进了窄道，跟着再一转身，避开崔蔚寒刃，又向窄道中弹进一点火光。

轰，火苗蹿出！

崔蔚大惊，欲扑上前，却不得不躲开刺来的剑，缕缕烟雾自洞中冒出。"将军"手一抖，却是已用一绳钩钩住了古阿尔的尸体，以其堵住洞口。

那边的树下，只有三匹马，马腿旁粪便不多。他们只来了三个人，刚到不久。除掉方才走脱的那个，眼前的这个，剩下在洞里的，应该只有那个官了。

这几枚草丸熏出的烟雾，对付洞里的那个官，足够了。

"将军"踏石跃起，又斩向挥剑刺来的崔蔚。崔蔚只觉头微微发昏，手臂力弱，右肩一疼，堪堪扭身而退，数点寒光直钉向他，赶来的几个黑衣人，到了！

缕缕乌烟顺着窄道飘向洞内，张屏撕开衣服，浇湿后蒙住启檀、兰徽和自己的口鼻，再用剩下的水湿透短衣，把短衣顶起，张臂伸开抖风，用身体尽量堵住窄道，将烟扇回。

身后传来启檀和兰徽的咳嗽喷嚏声，张屏头有些昏沉，烟雾仍丝丝延来。

气乘风散，脉遇水止……

东山起焰，西山起云。穴吉而温，富贵绵延……

情当内求，慎勿外觅。形势弯曲，生享用福……

弯曲窄道被遮蔽，方才被他仔仔细细察看过一遍的山洞却似掉了个个儿，又挪到他面前。

和王墓一直有守墓人，说明和王或他的后人并不想把宝藏永埋地下，而是希望能在适当的时机拿出。那么真正的地宫，必然也和古井下的那个疑冢一样，不是封死的，有机关可入。

这里应是真正的入口，开启的机关会是什么？仍与八卦方位有关？

乾、坤、震、巽、坎、离、艮、兑。单先天八卦，便能衍出无数可能。

兰大人用棺盖上的"三横逢一纵，弓木遇长才"一句，解出了和王墓在兑卦方位，就是寿念山。

大人的解法是对的。若跟着大人的思路推算……

"只把天门开，送我归阙台。"

天则，乾也。南方。张屏这么去试了，把洞南仔细地按了一遍，不对。

张屏摇摇头。抛开旁杂，只想直接的线索——《青乌经》。

烟雾本已似渐无，忽又有浓浓几缕涌来。

《青乌经》中，也有火。

　　庚金之位，南火东木，北水鄙技。

　　地有佳气，随土所生；山有吉气，因方而止。

张屏回过身。

烟，虽四处飘逸，最终却是上升。

地，坤。

乾，天。

张屏疾声向举着火把的启檀道："站到中间。"

启檀捂着鼻子一怔："大胆，无礼！"

张屏再喝："站到中间，举高火把。"

兰徽起身，欲从启檀手中拿过火把，启檀手一缩，自己站起，走到洞中央。

张屏抬头看向洞顶，扑上前一把抱起启檀。

启檀大喝："放肆，你作甚！"

张屏将他抱高了些："看上面，能够到吗？"

启檀咳嗽两声，摸摸上方岩石："能。"

张屏疾声问："有无凸出的石头，或石缝？"

启檀硬声道："废话，石头不都是凸凹不平的？！咦？这里有个缝，这边的口挺大的。"

张屏举着启檀再向兰徽喝道："捡起刚才灭掉的火把。"

兰徽点头，凭记忆在地上摸索，越低越没那么呛，他索性在地上爬，终于，指尖触到了木头。他抓住火把棍跳起身。

"将军"满意地看了看身中数刀被众黑衣人缠住难以脱身的崔蔚，吞下一颗药丸，踢开古阿尔的尸体，侧身进入窄道。

这里真的很弯曲，对他来说，也太狭窄了，只能慢慢往里蹭。可惜没能把草丸弹得再里面些，不过，里面的那个官，也已无法抵抗了吧。

张屏稳住打战的手臂，腾出一只手把火把棍递给启檀，启檀的身体向下一滑，张屏一个踉跄，险些两人都摔翻在地。

启檀怒喝一声，张屏再将他托起："把木棍尖的一头插进那个缝里，撬。"

启檀冷冷道："往哪儿撬？"

南火东木，北水鄙技。

水，北。

张屏抱着启檀转向外面河流的方向。

面北，背南，左西，右东。

启檀面向的，是他的背面。

张屏道："棍尖向你左手的方向，撬。"

启檀忍住咳嗽，抛下另一只手拿着的火把："小影子，接住！"

兰徽蹲身去捡，却不由看向洞口。他好像听到了，有什么贴着山壁蹭进来的声音。

张屏也听到了这个声音。他仍举着启檀，启檀双手抓着棍，用力一撬。

窄道口处有亮光和人影，兰徽惊叫一声，脚下突然一空。

轰隆隆——

地面陡然剧烈震颤，两侧山壁抖动，"将军"后背一闷，胸口一窒，喉咙一甜。他强撑着运气驱散满天金星，用力一挤，蹿出窄道，再度摇亮火折，除却淡淡烟雾，他眼前的山洞，一无所有。

扑通！

扑通！

扑通！

冰寒凉水自四面八方压来，灌进兰徽的嘴巴鼻孔。他手脚乱刨，忽被一股大力上拉，脑袋哗啦冒出水面，跟着又有力道重重拍了拍他的背，兰徽吐出口中的水，用力甩头喷气大咳。

甫睁眼，他来不及看提着他腋下助他浮在水面的张屏，情不自禁地"哇"了一声。

星星！

满目荧荧碧绿，点点闪烁，与水相映，璀璨烂漫。兰徽转头看四周头顶，抬手，张屏重重一口气吹向离他最近的一颗星："别碰。"

那星一头扎进水面，"嗤"地灭了。

被张屏另一只手提着的启檀皱眉："这些是什么？"

张屏道："磷火。吹它，扇风，别让它碰着。"呼呼吹着气，挟着兰徽和启檀蹚着及胸的水向前，一串串星火相继堕灭。

兰徽十分困惑，还想再问，几点星星朝他的脸扑来，张屏呼地替他吹开，他赶紧也跟着吹，遥遥前方，又浮现出两团红光，一动不动悬在点点碧绿中，兰徽不由打了个冷噤："那边……谁在打灯笼？"

启檀"哼"了一声："别是什么东西的眼珠吧。"

张屏"呼"地再吹开几点绿光："是灯笼。"

绿光滋滋没入水中，兰徽缩缩脖子，牙齿不住打架，身体忽而触碰到坚硬的石壁。岸，到了。

张屏先把兰徽抱上石沿，再托送启檀。石沿异常冰寒，兰徽连着打了几个哆嗦，张屏扒下启檀身上的湿袍，启檀呵斥："大胆，怎的如斯无礼！"

张屏道："这里冷，着湿衣易病。"

启檀甩开湿袍："这种事孤岂能不知？湿衣孤自己会脱。"

兰徽之前裹上的袍子方才掉进水中时便没了，捂住了身上又唯一仅存的裤衩小声道："我不脱了，行吗？"

启檀亦用手按住了裤腰。张屏点了点头。

兰徽松了一口气，但觉得这里仿佛是个大冰窖，寒气钻进皮里肉中，脚底似也踩在冰上。他不断挪动双脚，骨头咯咯作响。张屏指点他和启檀双手摩擦后搓身体，拍打。兰徽依言照做，启檀硬绷着一副我才没什么事的模样，用力跺脚，牙齿叩击声却不比兰徽小。

他们一边抖着，一边还要继续呼气，吹开点点绿光。兰徽忍不住又问："为什么这里会有这些磷火？它们怎么好像会跟着我们走一样？"

启檀嗤道："你没在书里读到过吗？磷极易燃，若加调配，遇气即着。杂耍你应该看过吧？那些嘴里手里冒火的就是用这个。有什么好大惊小怪的。"

兰徽鼓了鼓腮："我是问为什么这里会有这些，干什么用的。"

启檀呵呵两声，却不说话了。张屏吹开一簇绿光："我们掉下来的洞口下方，有一张网，这些磷便铺于上方。"

启檀点头："不错，然后我们掉下来的时候砸破了那张网，又带起了风，这些就着了，明白了没？"

兰徽"呼"地吹开两点绿："可为什么要弄这些呢？"

启檀再呵呵两声。张屏道："人畜骨中有磷，因此荒地坟墓间，尤其夏夜，多见此火。民间便常称此为鬼火。"

鬼火二字吐出，周遭隐有回声，兰徽不禁再哆嗦了一下。启檀嘿嘿一笑道："就是吓胆小鬼用的！"

兰徽紧跟在张屏身后，向那两团红光走去。

脚下的地面冷且不平，似乎是一块块砖铺成。红光渐近渐分明，当真是两盏灯笼，外糊红纱，悬挂在一道门两侧。

门，是月门。仿佛一座幽居的院落或谁家邸园中某处别苑的入口。两扇门紧闭，张屏摸了摸，门板是石头做的，但非常像木头，还带着纹理，嵌着一对卷云边铜门钹，悬挂两个铜环。

兰徽仰着脖子看灯笼。张屏抬手摘下了一盏，挑挑内里的灯芯，使火苗燎向灯笼壁。兰徽惊讶问道："外面的红纱不会烧着？"

启檀挑挑眉："这灯笼上方开着大口，那些飘着的鬼火落到里面，灯就亮喽。小把戏而已。也就哄哄小孩子吧。"

兰徽又不吭声了。张屏将灯笼给他提着，把另一盏也摘了下来，递与启檀。

"可将湿裤脱下，拧净水，置上面烘干。"

兰徽用力摇摇头，启檀负手不接灯："孤宁冻死，也不为羞耻行径！"

张屏道："灯能取暖，近身提些，莫烫到。"

兰徽将灯笼往身边又凑了凑，启檀仍纹丝不动，张屏抓过他胳膊，将灯柄往他手中一塞："拿好。"

启檀变色，尚未发作，提着灯笼转悠到旁侧的兰徽忽然回身道："这里有棵树！"

张屏大步行向那方。不错，离门不远处，竟还有一棵树，而且——

"是石头树！"兰徽奔到树边，惊奇地摸了又摸，连打哆嗦都忘了，"石头做的松树！"

张屏提灯细看，褐干碧顶，老枝横虬，翠针根根，塔果结生。苍苍傲霜姿态，凛凛出世风骨。若不用手摸，昏暗灯火中朦胧一看，当真瞧不出这是一棵假树。

兰徽踮着脚努力打量枝上的针叶："这些也都是石头做的？怎么粘上去的？"

启檀遥遥凉凉道："当心点，此处古怪，恐怕有机关。"

兰徽未理会他，探头看向树下，惊喜喊道："张先生，看这里！这还有块碑，上面有字。"

张屏点点头，凑近端详，启檀亦提着灯笼慢慢踱过来："刻的是妄入者死，或某某老祖洞府？"

兰徽肃然正色："不是，上面字多得很。"

张屏擦了擦石碑面，就着灯光细看，碑上刻的，是一首诗。

兰徽亦趴到石碑前，念出碑上诗句。

　　晦朔如循环，月盈已复魄。

　　蓐收清西陆，朱羲将由白。

　　寒露拂陵苕，女萝辞松柏。

　　蒋荣不终朝，蜉蝣岂见夕。

　　圆丘有奇章，钟山出灵液。

　　王孙列八珍，安期炼五石。

　　长揖当途人，去来山林客。

兰徽吸吸鼻子："这应该是古人写的诗，我在哪里看到过。"

启檀一哂："废话，这地方阴森森的，跟几百辈子没来过人似的。再看这碑上的灰，肯定不是最近刻的。什么长揖，去来的，是说有人住在这里头，欢迎我们进去？"

张屏沉声道："这是郭璞《游仙诗》中的一首。"

启檀"嗯"了一声："那这里就是这个叫郭璞的人弄的？该有几百年了吧。"

兰徽睁大眼："你不知道郭璞？他是晋朝的，很有名！"

启檀淡淡道："哦，怪不得这诗我听着耳生，我只读《诗经》与唐诗。我觉得这人诗写得不如李白。"

兰徽眨眨眼："郭璞是占卜大家，《尔雅》与《山海经》都有他的注本，你没读过？"

启檀举目环视四周："此处布置如此精细，这郭璞一定藏了重要的秘密在那扇门后。"

兰徽"哈"了一声："这地方一定不是郭璞布置的！这碑上的字仿的是薛曜，郭璞怎么能仿唐朝人的字？"

启檀满不在乎地道:"也可能是他的后人替他刻的喽。这种微末细节不必太计较。要紧的是搞清楚这里到底有什么玄机,懂吗?"

兰徽撇撇嘴。启檀瞥向扫视周遭的张屏:"你让我开上面的机关,你知道这里是什么地方?你和那两个人,不是来找我和小影子,而是来寻此处?"

张屏点点头:"这里,是和王墓。"

兰徽咽咽唾沫:"和王是谁?"

张屏道:"楚朝的一位王爷。"

启檀微微变色:"盗掘他人之墓乃重罪。你身为知县,敢知法犯法?"

兰徽立刻道:"张先生会查案,之前他跟我爹查过很大的案子哩。来这里肯定有缘故。"

张屏沉默,继续端详周围。

这方地洞并不算大,除却那扇门、这株石松,便就只有方才掉进的那口水池了。三者搭配,再加上这嶙峋不平的地面,愈发像一幽居小院的门前。

他走回那道月门,兰徽甩开启檀阻挡的手臂,提着灯笼小跑追上,张屏从他手里拿过灯笼,凑近门扇仔细搜寻。

玳王方才有句话说得不错,石松下碑上刻的《游仙诗》,隐有接迎之意。可开启的顶口及眼前的种种,都仿佛在迎候着,有人打开这扇门。

若有访客至,当要先如何?

张屏抓住门上的铜环,轻叩数下,两扇石门间的缝隙中突传来咔嗒声。

张屏再一推门,石门缓缓打开。

兰徽"哇"了一声,探头进门缝,张屏将他拉到身后,再看向站在三四步外的启檀:"等我走出五步后,再踩着我的脚印走。"

兰徽兴奋点头,启檀眉梢又微微一挑。

张屏道:"上面的人随时会下来,多进一道门,多一丝时机。"

启檀摆摆手:"少废话,走你的就是了!孤已是江湖一浪子,上天入地,正是吾所好。"

张屏默默回身,踏进门内,启檀两步抢到他身后,兰徽亦不甘落后地蹦到另一侧边。张屏无奈,但未阻止,因为面前正横着一道嶙峋石壁,也容不得他前行五步。

石壁上横刻着五个大字——

山中何所有。

月门缓缓合拢，张屏抓住跃跃欲试的兰徽和大喝放肆的启檀绕过石壁。

石壁后，丛丛翠竹中，一条小径蜿蜒向前。

张屏摸了摸竹身与竹叶。与那棵松树一样，这些竹亦都不是真的。积尘下沁肤幽凉，片片竹叶纹理栩栩，段段竹节挺展其姿，根根巧夺天工。

两纵密密竹丛，该得多少雕琢？竟仿佛世间真有神仙法术，直接将两行幽竹点化为石。

启檀挡住兰徽，抓着一根竹子晃了晃："怎么老有石头刻的树。"

张屏沉声道："小心。"

启檀一拍也去够竹子的兰徽的手臂："当心，可能有暗器有毒。"

兰徽瞪眼："你们两个都摸了。"

启檀抬抬眉毛："若这上面有毒，沁入肌理，我跟他或许没事，你这小毛孩就不一定能扛得住了，明白吗？"

兰徽眨眨眼，突然猛向旁边一跳，抓住一根竹子摇了摇。

张屏拉住他："没有毒。但这里是墓，万事当心，才能平安出去。"

兰徽"嗯"了一声，对启檀扮个鬼脸："张先生说了，这没毒。"

启檀摇头："与小儿同行真是不省心。"

兰徽转头再摸摸竹子："我觉得这像是玉。"

张屏颔首："可能。玉与石，我所知不多，暂不能判断。"如果兰大人在，应该就能知道了，连带外面题刻那首《游仙诗》的寓意都能明白。

启檀不耐烦地摆摆手："玉也是石头，有什么好辨的，赶紧走吧。"

小径地面乃是一块块嶙峋不平的石，踩来颇为硌脚，蜿蜒走了许久，前方竟见光明。

三人在小径尽头开阔处略略一顿，兰徽又"哇"了一声。

前方的天壁上，竟悬着一轮圆月，旁缀点点星子，清朗银辉洒裹下方。

几丛芭蕉，一张石桌，侧旁三两屋舍，门扉虚掩，轩窗半开，廊下斜榻小几，书卷闲放。

启檀险些脱口喊出"有人在吗"？

张屏走到石桌边，抬头看月。

那月，当然不是月。

启檀站到张屏身边："挺大颗的夜明珠，切开这么用怪好看的。"

兰徽倒吸一口气："这就是夜明珠啊！书里说隋炀帝的宫里也是拿夜明珠照亮

的，应该和这个差不多大吧。"

启檀呵呵道："你没见过？宫中库里多的是，等回头……哦，孤已是庶人了，等回头我写封信给皇兄，让他准你去看看。比这大的也有。"

兰徽转头跟着张屏凑到石桌边。桌上放着一张寻常竹木刻成的棋盘，两只藤编棋篓。张屏擦了擦上面的浮灰，棋盘与篓都是半旧的，像用了很久，但盘身与篓上不知涂刷了什么，丝毫未见朽败。

两只棋篓中各盛着黑子与白子，沁滑棋子皆带着被掂玩数年的润泽。桌旁相对的两只石凳，虚待人坐，落子开局。

张屏这厢端详着，那厢不耐烦的启檀已跑到了正中那间屋的门前，推开了门。

张屏微抬头："别碰任何摆设。"

启檀置若罔闻，大摇大摆跨进门内："这屋里，东西不少啊。"晃到阶下假装观察的兰徽扭头看了看张屏，启檀手中拿着灯笼在屋中来回逛着。

"咦？唔——"

兰徽犹豫了一瞬，奔上石阶："什么呀？"

启檀斜瞥他一眼，将灯笼高举，只见一张长案横在对着屋门的正上首处，案上置着两把长剑、两柄拂尘。长案上方墙壁挂着一幅画，画中，两个身穿道袍的人对坐在石桌边下棋。

启檀"啧"了一声："不是说这里是什么和王墓吗，怎么画了两个道士？"伸手去拿案上长剑，身后传来一声"莫动"。

启檀脊背一抖，不悦地瞪向不知何时进屋的张屏："进来怎不通报？"张屏按着他肩膀将他向后挪挪，启檀怒喝："放肆，屡屡大不敬，当真以为孤砍不了尔的狗头？！"

张屏从兰徽手中拿过灯笼，照了照四周与案上，拔出灯笼中的烛，点亮案前左右六根铜架上的大灯盏。屋中顿时一片光明。地面坦坦，四壁光洁，左右壁上，各有一门。空旷堂内，除却长案灯架与那幅画外，再无其他。

张屏将烛插回灯笼内，兰徽踮脚打量墙上的画："这两个道士坐的地方，跟外面的院子一样。"

张屏微颔首，画中景致的确与外面相同，连下棋的两人头顶的天空中，亦有一轮明月、几颗星子。

"不是他们坐的地方与外面一样，而是外面与他们坐的地方一样。"

兰徽睁大眼，启檀道："外面的院子，就是照着这幅画建的，懂了吧？"

兰徽皱皱鼻子:"我知道,可是……"

启檀"嗯"了一声:"这幅画,画得不合理。这二人跟前连盏灯都没有,能看得清棋盘吗?"

兰徽道:"肯定能看清,月亮最明的时候,清亮得很哩。左边的这个人还在让着右边的这个。"

启檀"哈"了一声:"这你都能看出来?"

兰徽正色:"你看棋盘,左边这个执白子的人明明下在西九南十二就可以赢了,但他却在让着右边的这个。"

启檀道:"看画上好像是该拿黑子的这个人下,拿白子的得等人家落完子吧。"

兰徽指着画:"不是的,你看盘和这个拿白子的人的手势,他方才一定是下在了东三北五这里,这是有意地让着。"

启檀哼道:"可能天太黑了,他看不清吧。不就是画图的人随便圈的几个点嘛。"

张屏淡淡道:"的确是在相让。"他不怎么懂棋,但画中坐在石桌右侧的少年手执黑子,目盯棋盘,神色凝敛,显然是在思索对着。对面年岁稍长的青年隐带微笑,望着少年的目光透着慈爱。

"执白者,是在教执黑者下棋。"

兰徽喜滋滋地咧开嘴,启檀翻了个白眼,提着灯笼溜达向石门,张屏又一把抓住了他,将他往身后一扯,推开了右侧的石门。

启檀冷冷一哼,忍住发作,与兰徽一起跟在张屏身后踏进门内。

入目便见一泓银辉斜过半开窗扇,铺洒于窗前桌面。桌上唯有一盏油灯、一把粗瓷提梁壶、一只粗瓷杯。桌侧靠墙有一木箱,箱上叠放着一领蓝袍、一墨帻、一根铜簪,如待屋主明晨起身穿戴。

一架屏风横在正对窗与桌处,格挡住月光。屏风上题着一行大字——

　　　　身由到此,心有道焉。

屏风后,唯有一案,与外屋一样,于上首靠墙摆放,案正中放着一只瓷坛。

兰徽轻声问:"这坛子里装的是什么?"

张屏揭开坛前的黄缎,打开其下覆盖的书简。

"是和王的骨灰。"

罪臣高曙徐祝与众僚仆臣等万死顿首伏禀：

仆等承主上遗诏，却逆嘱而行，使仙棺空置，奉主上于斯。自知万死难抵违命之罪。主上意祐万民，仆等虽化仙蜕，但纵入十八层地府，受万万年刀剐油烹之刑，亦不能再使仙骨应贼孽之劫。

帝冤主上，主上却使天下不知帝之过。以一身挽摇摇社稷，以忠恭报万古冤屈，以仁德祐天下万民。

然普天之下，谁可报主上？

承主训诏，社稷疆土，仆等定守之；此方子民，仆等誓护之；昏蒙九阙，仆等亦恭敬奉之。唯置仙蜕命，仆等万死不能遵之。

主上常曰，俗尘明寂骤忽须史，无化而生有，有其实皆无，无形无象方是无量，此为道也。主上已入道去凡尘，仆等仍于浊浊世间，执万般俗念，若主上偶顾凡世，必悯而叹笑矣。

又忆主上曾言，唯少年修道时，方是原来本真。并修此仙府时，陈列旧物，还昔年景致为念。故仆等便启开仙府，供奉仙骨于斯，使以真人为伴。

逆命之罪，不久便可请罚责，但又恐云踪杳杳，阁殿罪鬼，不可仰清虚九天。

只期还得匍匐侍奉之幸，纵立生立死，为蝼蚁牛马千世，得一瞬便足矣……

兰徽跂着脚伸颈瞄张屏手中的帛卷："这上面的字怎么是朱色的？"

张屏合上锦帛："这是血书。"

兰徽缩回脖子哆嗦了一下，启檀哼道："什么内容啊，要用血写。"

张屏道："是和王的臣子向和王的在天之灵请罪。和王临死前，让他们将自己烧成灰，放进一口石棺中。"

兰徽愕然："和王为什么让别人烧掉自己。"

张屏垂目看了看帛书："楚朝的皇帝冤枉了和王，以为他要谋反，秘密毒死了他。和王为了不让世人知道他是被皇帝毒死的，便命臣子焚化他的尸体。"

而且，和王临死前，还命令臣下将自己葬在蒲氏旧宅古井下的石棺中。那座疑冢，本来的确是和王墓。

"但和王的臣子只是焚化了和王的尸体，却没有将他放进那口石棺，而是葬在了这里。"

兰徽怔怔地问："为什么？"

张屏道：“如果按照和王的遗命，和王的骨灰就不能保存了。”

和王已料到楚朝必亡，便让臣下以给自己修陵为名建造了那座地宫，供百姓躲避战乱藏身。他还打算以自己的尸骨为障，使人不会发现那座地宫真正的用途。

和王的臣下不能遵从这个命令，就把和王的骨灰放在了这里。

“这里本不是和王墓，但因此变成了和王墓。”

兰徽愣愣地站着，启檀道：“那这里本来是什么？”

张屏将帛书放回案上的漆盘内：“稍后便能知道了。”

启檀在心中嗤了一声故弄玄虚，开口道：“刚才的刺客也是为了坛子里的这个什么和王来的？”

张屏道：“他们是东真国遗族，为和王墓中的宝藏而来。”

启檀瞪眼：“番子？！敢于我朝做此行径真是反了天了！不过也是，这鬼地方也就番子能当宝窟吧。外头那堆石头刻的竹子，他们肯定稀罕得不得了，不知道会不会再把那半拉夜明珠抠出来。这点东西，够他们几个小破国过个几十年了。”

兰徽一脸不信：“可我见街上的番子都穿得毛茸茸的，脖子上头巾上有老大颗的宝石哩。”

启檀撇嘴：“那是在我朝做买卖的富番子。你知道不，一个在京城大街上卖胡饼卖花布的胡商，身家比得过他们一整个番国。而且番子的习俗是把自己最值钱的东西全披在身上，你看一个番子有没有钱就看他花不花。其实他们最有钱的人连澡都洗不起，他们的王子一年也不洗一次澡，身上的灰用刀都刮不动，那个味儿……”

兰徽吸吸鼻子：“原来你真看过番子的王子洗澡。”

启檀的脸“噌”地紫了。

张屏沉声开口：“这里，的确有宝藏。”

启檀怪声呼：“在哪儿？”伸手向桌上的坛子，“难道在这个骨灰坛子里？”

兰徽和张屏同时道：“别碰！”

启檀不屑地一甩手臂：“我做样子的，谁会真摸装骨灰的……嗯？”

啪嗒一声，有什么落在了他的脚下。他飞快将那件亮晶晶的东西捡起：“玉？”

薄薄一片寸余长短的玉，灰扑扑的，摸着倒还算光滑，启檀在手心里掂了掂：“好凉，这是个什么玩意儿？”

张屏沉默地伸手拿过，置于帛书之上。

启檀不以为意地摆手：“肯定不是从这里掉下来的，我刚才胳膊是这么抡的。而且小知县你刚才也没看到这片玉吧。”

兰徽咽咽唾沫："是不是从坛子上……"

启檀看看坛子："坛盖鼓又滑，上面还有颗顶珠，搁不了东西。"

兰徽转目望四周："难道……"是什么看不见的……

启檀道："这东西没形状，也不像能给人用的。到底是什么？"

张屏道："虽不知其原本，但它在此处，必定是和王的臣子放置，作供奉之用。"

启檀翻个白眼："不知道就直说，孤又不会罚你。"

张屏把绸缎覆回帛书和玉片上，对着瓷坛恭敬三揖，转身道："走吧。"

兰徽跟着张屏行礼，紧随张屏转出屏风。启檀在桌边来回走了两步，再张望左右，方才拖着步子向外："去哪儿？"

张屏出门，笔直朝着对面另一扇石门走去："找宝藏。"

启檀立刻飞快地跟了上来。

石门之后，又是一间方室。内立九根灯台。台上琉璃盏内，注满香油。张屏将灯盏一一点亮，便见一侧石壁，悬置一琴一笛。正上首长帷中，也挂着一幅画。

画中，只有一个人。

长鹤氅，冲虚巾，拂尘飘然，神色慈和。相貌与外面长画中教少年下棋的年轻人一致，但年岁略大了些。身侧题着几行字，与外面松树下石碑上的笔迹相同——

性灵昔既肇，缘业久相因。

即化非冥灭，在理澹悲欣。

冠剑空衣影，镳辔乃仙身。

去此昭轩侣，结彼瀛台宾。

傥能踵留辙，为子道玄津。

此为陶弘景诗作《告游篇》。

题于画纸，所抒何念？

画下方长案上，静矗着一块牌位。

师兄 玄及真人之灵

弟 玄旷敬立

642

启檀转目打量室内："这玄及是谁？怎么有他牌位的这间屋比刚才的那间好？宝物在哪儿？"

张屏走向长案左侧，掀开帷幔："宝藏，在此。"

帷幕后的墙壁中嵌着三格木架，每格皆陈列着三个黄缎包裹。

张屏逐次解开包袱，露出九只大小一致，由紫晶雕成的方匣。启檀和兰徽半张大的嘴渐渐合拢。所有的紫晶匣上都刻着阴阳双极图案，并有阴刻朱砂描就的"壹部""贰部""叁部"等字样，莹透匣壁内，躺着一摞摞书册。

"怎么全都是书？"

张屏向众书匣一揖，捧起正当中的晶匣，透过匣盖，清晰可见匣中第一本书的封皮——虚元秘卷，伍部壹卷。

张屏放下晶匣，拿起匣旁一方玉函，函内也躺着一卷帛书。

庚申年三月十六，右营破贡州，于李历德宅内得《虚元秘卷》全九部八十一册。距余师兄身化时，正三年又十八天。

丁巳年正月，东真军攻金州城，知府尹满弃城而逃，八千守军不战而溃。余师兄及，以此《虚元秘卷》九部，活金州数万性命。因负通敌之罪，身出道门，焚刑示众。

师兄刑时，金州众民蜂拥观望，掷投秽物，口骂国贼。唯街市卖浆老姬郑氏，捧浆与师兄饮。

岁前，敌兵又临金州，余阅告急战报，立发援兵，皆因郑氏。

郑姬报师兄而余报郑，由是，师兄又全金州一城。师兄，师兄，我知你当欣然称赞于我，然我心已受万万凌剐之刑，堕刀剑火狱犹不及也。

如是愚民，我为何要救？

如是朝局，我为何要置身于斯？

如是天下，更与我何干！

我心本私，意于方外，欲得一己清静。如是之我，害累师兄。

民易蒙昧，佞贼奸猾，然构陷得逞，祸根实我。

尹贼已正法，师兄托郑氏逐我心魔，再全金州。如今虚元九部八十一秘卷皆归，敌兵暂退，覆东真之计已得。我负万万杀孽，早绝道缘，此罪身，待承业果。

然纵我灰飞烟灭，师兄亦不可再还世间。书涂满纸，空对虚幻，意岂能达玄冥？阅者实仍唯我也……

启檀不耐烦地瞅着一动不动的张屏："莫光顾着自己看，读来与孤和小影子听听。"

张屏再望了帛书片刻，缓声道："此乃和王追忆他师兄所写。和王喜欢修道，不问政事，楚朝被东真国攻打，和王的师兄在边塞某城的道观做住持，城被东真兵攻陷，领兵的头目喜好道法，和王的师兄便把这部《虚元秘卷》给了东真兵头目，东真军没有屠城。弃城逃跑的知府为了推脱责任，便就此事说和王的师兄是叛国贼。"

启檀"哦"了一声："那些想让和王不好过的人也顺水推舟了吧？"

张屏微颔首："这位玄及道长被火刑示众了，和王也因此不再修道，而是守国抗敌。"

兰徽又吸吸鼻子："后来和王也被楚朝的皇帝毒死了。"

张屏沉默。启檀也沉默了一瞬，而后硬声道："因为他遇见了一个昏君喽，又命不好生在楚朝要亡的时候。如果是太平盛世，就什么事都没有了。"

兰徽迟疑地点点头，又道："可是，和王的师兄为什么不带着大家打番兵，而是把书交出去呀？他这样作别人确实会误会，这经书很珍贵吧？"

启檀露出牙齿："小影子，人家牌位跟画像都在这儿呢，当心他亲自找你聊聊啊。"

兰徽脸白了白，冲着长案画像连作三揖："晚辈无知妄言，请道长莫要责怪，莫要责怪……"再偷眼看张屏，方才的疑惑，他仍很想知道答案。

张屏却只看着帛书沉默。

启檀大模大样摆摆手："哎，打仗，岂是你这小毛孩想象的那么容易。不然史书上怎么会有这么多屠城的记载。你该多看看兵书，一般一个城破的时候，城里的男人就不剩下多少了，大都是老弱妇孺。跟有铠甲刀剑的男人打，得几个甚至十几个才能拿下对方一条命。知府逃了，人心涣散。再说这是个道士，不杀生的。就算他杀了，也得这些人听他的吧。"

兰徽眨巴眨巴眼，握住拳："若是我在那里，可能什么也不想，先跟番子拼了！"

启檀拍拍他肩膀："好，无谋略，但忠勇可嘉！"

兰徽道："那你呢？"

启檀晃晃头，把那句"本侠当然与你一样"晃进肚里："这个，得多多思虑，知己知彼后才能定万全之策，懂吗？"

兰徽哼道："这么优柔寡断，不是侠士作风。"

启檀呵呵一声："有勇有谋才是大丈夫，有勇无谋者，莽夫尔。你一本兵书都没看过吧？"

兰徽扭头看张屏："张先生，你呢？"

张屏将帛书放回玉函："不知道。"

身不同，境不同，道亦不同。因此世间千千万万事，万万千千人。

不在其身，不于其境，不知其道。是以天下有许多不知道。

世间至重，莫过于众生性命，此乃师兄的道。

昔日余不解，当师兄尘念太重，如今方悟。

今将经书暂存师兄处。或天开山动，它自另得归处……

张屏一一包好经匣，把玉函放回刚才的位置，忽啪嗒一声，三道横格从中间分开，木板斜落，木格下部凭空出现一个大洞，众包袱随木板纷纷掉进洞内！

张屏一把抓过启檀和兰徽，猛推向那洞："快，跳下去！"

启檀一趔趄，扑到洞边："什么……"

话未落音，背后被张屏再猛一推，一声"混账"冲出喉咙，与兰徽的惊叫紧融，两人一先一后栽进洞里。

张屏跟着跃下。

启檀只觉得自己砸到了厚厚的柔软的似软毛又似棉絮的东西之上，另一个重物扑通摔在他身边，应该是张屏。

这又软又厚的东西又倾斜，三人飞快滑行。

启檀只能紧抓住毛絮，突地，眼前一花。

光亮！

他看见了光亮！

他飞快地滑向了光亮！

而后，更不可思议的事发生了！

他，飞了起来。

启檀张大嘴，扒住船帮，看清自己与张屏、兰徽是在一艘铺着厚絮的船内。而这艘小船，又被兜在一只大网中。大网各角粗壮的绳索自动上抽，拉着小船冲向上方光亮处，碎渣细土砸坠如雨。

光亮愈来愈近，绳索愈收愈短，忽又绷向四面扯直。下方轰隆巨响，大网随绳平展，张屏大喝一声："抓紧船帮！"船底被重重一撞，绳断，小船完全飞入光明，跟着，又滑向前，直坠而下。

启檀听到自己与兰徽不成腔的大叫，魂魄似猛冲出天灵盖，蹿向无尽虚空，眼前一片刺目白光。

哗啦啦巨响，冰凉的水砸在他头脸身上。

怎么又是水！启檀猛一激灵，意识从半空跌落回躯壳，睁开了眼。

天，水……

还有，山，太阳。

他们，在外面。

他们，漂在河上！

启檀愣愣地扒着船帮，张屏缓缓站起身。

今将经书暂存师兄处。或天开山动，它自另得归处。

若有他人得读余书，必未损洞府一叶，未启一箱，未取一物。

此作为者，或为误入之真君子，或乃仅执着一物之潜行客。

前者，善。后者，专。皆不贪。可与此经结缘，携之出世。

但，那个洞，开启的时间，只有片刻。假如没有紧跟着经书跳下，那么，就是留在山中，与那洞府永远结缘了吧。

张屏举目望向青山，他们跌落前所在之处，平斜的石坡已被山体震落的碎石掩埋。

岸上，有许多人奔来。

兰徽揉揉眼，猛蹦起身，用力挥手："爹爹——爹爹——"

张屏俯身整理船中的包袱。

九只，一只未少。被水打湿的包袱皮下，晶匣皆完整无损。

松下老蕉客，云外醉蓬莱；

残酒脱沉赘，梦转千百载。

金丹归泥穴，六息散八海；

洞章书玄虚，临岳观太白。

三横逢一纵，弓木遇长才；

只把天门开，送我归阙台。

这经卷，确是宝藏，然世间有它如何，无它又如何？

经，圣人阐道之书；道，天地之法；天地，万物存立之处。

身于天地间，时时处处皆道，何执于经焉？

九

岸上侍卫跳下水，奔向小船。启檀端正姿态，踢踢一个经匣，正要优雅地移坐上去，张屏拍拍他肩膀："请将在洞中所取的东西交予本县。"

启檀神色一僵："你说什么？"

张屏伸手到他面前："和王墓室中的玉片，在你裤腰系带左带头的位置。"

启檀转目看向别处，不予理会。

张屏接着道："擅取私匿现场证物，依律当于查收证物后，杖责三十，刑拘三月或一年。若有毁坏，则须再另定罚责。"

启檀"哼"了一声："放肆！有种你来查收，再将孤治罪试试？"

话未落音，张屏一把抓住他胳膊，启檀怒喝一声，猛抡手臂，张屏不闪不避，拉住他的裤腰在系带处一挤，一块玉片啪嗒滑落，坠落甲板。

扒着船帮的兰徽转回头张大了嘴，启檀涨紫脸狠狠踹出一脚："来人！将这放肆犯上的东西给孤拖去砍了！"

张屏面无表情地捡起玉片，直起身看向齐齐定在船旁水中的众侍卫："劳驾，将我等送回岸上。"

为首的侍卫立刻应道："诺。"仿佛什么也没发生一样与众侍卫在船头系上绳索，推拉船身向岸边。

三丈、两丈、一尺……船舷抵岸，兰徽挣脱将他抱下船的侍卫的手臂，飞奔向某方。先他一步被扶下船的启檀裹着侍卫为他披上的衣服立沙地上，冷眼看兰徽一头扎进兰珏怀中。

冯邰率在场众人齐齐施礼，启檀傲然对他们及松开兰徽疾步赶来行礼的兰珏微一点下巴："我乃负罪庶人，尔等不必如此，都平身吧。"

忽而，他身后遥遥传来一个熟悉的声音："启檀哪——"

启檀顿时回身，瞧着阳光下一跛一拐缓缓而来的人，吸了吸鼻子。

怀王行到他面前，启檀垂下眼，闷声道："小皇叔怎么到这儿来了？"

怀王重重揉揉他头顶："能不来嘛。皇上和太后都着急得不得了。启绯他几个，还有你其他皇叔们也都团团乱转。只有叔闲些，就先过来了。"

启檀"唔"了一声。怀王又瞥向旁侧杵着的张屏:"方才在船上,因何事撕扯?"

张屏躬身,启檀抬头抢道:"没什么。"

冯郃上前一步:"张知县甫上任,不知礼数,乃臣治下疏忽,望请责罚。"

怀王微微眯眼:"平安得返,乃他功也,孤岂能事理不分,不念其功而觅其过?"

冯郃再一揖,启檀瞟了一眼一直低头未动的张屏,迅速收回目光。

怀王脱下身上锦袍,又往他身上裹了一层,"走,跟叔先去轿子里。好久没吃东西了吧,轿里有点心,好几样你爱吃的。"

启檀又吸吸鼻子:"嗯。"

斜阳若金,半天流霞。丰乐县衙门扇大开,谢赋率县衙诸人恭立道旁,拜迎归来的车驾。怀王与兰珏、冯郃乘坐的马车直入行馆,张屏被一辆小车拉至衙后小门,穿戴好官服,匆匆赶往衙门内院。

两名衙役将他引到后院侧厢,通报后,张屏跨入门内,扑面一股浓重药香,冯郃在屋中略侧转身:"张知县,过来瞧瞧你做下的好事。"

房中两侧各摆放着一张床,崔蔚与金住躺在床上,浑身多处缠裹包扎,面色灰败。

冯郃冷冷道:"幸他二人已无性命之虞。张知县,本府只想问你一句,你眼中究竟有没有国之纲纪,有没有这身七品官服?"

张屏整衣跪倒:"下官知错。"

他在回来的路上得知,万幸寿念山附近布置了重重防守。冯郃为寻玳王,还调了一营的守军。山脚的火光与打斗惊动了寿念山上的守卒,十数名武艺高的守卫先抄小道悬飞索下山,救下了已身中数刀的崔蔚。金住拖着重伤之躯拼命冲到了官道,也遇见了巡道的兵卒。几名黑衣人尽数伏诛。县衙中接到报信,冯郃、兰珏、怀王都赶了过来,然山壁上那条通往山洞的缝隙竟已合拢。追进洞中的黑衣人头领未来得及逃出,仅有一些模糊血肉迸出了缝隙外,十分惨烈。

众人大都觉得张屏和两个孩子同被闷在山石中了,唯独兰珏一直说,山缝不会无故闭合,必然是山洞中另有机关,触动后所致,说不定还有转机。怀王赞同兰珏的看法,命人寻其他出口并砸山。众人不忍劝兰珏,又劝不住怀王,正团团乱转时,突然山体抖动,脚下隆隆,张屏与玳王、兰徽飞船而出。

冯郃负手俯视张屏的帽顶:"数岁小儿,已懂进退。寻常走卒,亦知行动禀请。

你为一县父母长官，却目无纲纪，擅自妄为。这一回险些连累两人性命，陷皇子于险境，再有一回又该如何？你身既着这身官服，言行便系朝廷颜面，举动更牵连一县，怎能再存山乡野人的习气。丰乐县不是由你想到哪里便蹿到哪里。司守本职，要的是兢兢业业，脚踏实地，更容不得满脑子取巧择鲜！"

张屏垂首不语。

冯邰满面寒霜："偶遇殿下与兰侍郎之子，殿下平安得返，乃老天赏了你一回福气。但你更要想想万一出了差池的下场！看你此时乏累不堪，料也无甚思索之力，先去吃个饭睡一觉，再好好反省！种种过失，本府稍后另与你算。"

张屏一拜："下官知错，多谢大人，下官告退。"

他在回来的路上睡了一时，吃了几口东西，浑身仍很沉重，刚才跪又起，眼前略发黑，下阶时脚底有些小虚，便稍微在夕阳中站了站。一个小厮忽从屋角旁转了出来，恭敬一揖，捧上一笺："张大人，小的奉我家老爷之命，特来送此函。我家老爷在行馆，一时不能过来，便先遣小的前来。小的另也拜谢张大人将小少爷平安带回。"

张屏接过信笺，打开，纸上仅寥寥数行——

> 犬子无恙，托赖重恩。感而涕零，竟不知何以为谢。先致笔墨，望勿弃虚套。
>
> 珏字

有脚步声传来，张屏折起信笺收进袖中，斜方一群侍卫簇拥着王砚大步流星而来。张屏施礼，王砚收步站定："你脸上就剩下俩眼圈了。还扛得住吗？"

张屏道："下官挺好，多谢大人关爱。"

王砚挑挑眉："本部院立刻要再审那静清，你若是还成，就一起过来吧。因你此番经历，本部院发现，之前对东真国余孽的推断有个疏漏。"

咚、咚、咚——

升堂鼓声再响，县衙大门敞开，门前挤满密密麻麻踮脚的百姓，一路排出街上数丈。

刑部侍郎大老爷要开审要犯了！就是慈寿观的住持！说住持是番国的什么妖人！绝对不能不瞧瞧！

衙役竭力稳住将要把门前栅栏挤塌的众人，王砚大步入堂，案后坐定。左侧上首，端坐着冯邰。张屏与随侍人等一同尾随入内，沉默地站在右侧谢赋身旁。

堂外百姓兴奋地骚动。

王砚一拍惊堂木："带人犯。"

静清被捕快押进公堂，虽然重枷披身，却步履从容，体态挺拔。

捕快按肩踹腿喝令其跪下，静清巍然定立于公堂正中，纹丝不动。

王砚摆摆手，示意捕快退下，就由静清站着。

"腿上功夫不错，下盘甚稳，跑得也挺快。静清定然不是你的真名了，报上名来。"

静清淡然道："朕，公孙兆，黄帝之后，承祚十三载。"

冯邰霍然起身："来人，将这口出妄逆之言的东西拖出去！"

王砚再抬手："老冯，且慢，这厮就等着被拖出去，好什么都不用招了。记下这大逆不道之言语，容后再算便是。"

下首录审的文吏拭了拭额头的汗，兢兢奋笔疾书。冯邰阴着脸坐回椅内，王砚又看向公孙兆："那你招认自己是那东真余孽无误了？"

公孙兆昂然轻蔑一瞥王砚："朕位承华夏正统，因天下被贱奴贼孽所窃，故暂且定都东方，待复河山，光正天下。"

冯邰又霍然起身，王砚一拍惊堂木："将这大逆不道的疯犯拖出去，上刑，莫让他晕过去了说不出话。"

捕快立刻塞住公孙兆的嘴，拖到院中，抬出各种刑具。

王砚悠悠然端起桌上茶盏："这年头的疯子，动辄就是什么太上老君下凡，玉皇大帝转世，心都很大。"

冯邰冷冷道："如斯大逆不道，该当凌迟。本府与王大人闻而未阻，亦当叩请责罚。"

王砚点头："当要如此。待把这堂审完。"

过得两盏茶的工夫，捕快将血淋淋的公孙兆拖回堂中，王砚再一拍惊堂木："夷贼，你假扮道人，与同党潜于此县，冒充太傅府家人行刺皇子，杀姚丛，蛊惑其子，究竟有何图谋？寻楚朝和王之墓，又是为了墓中什么宝物，从实招来！"

公孙兆缓缓抬起头，视线自乱发中透出，扫过王砚、冯邰，定在张屏身上。

"你们找到了和王墓？已经进去过了？"

王砚又一拍惊堂木："速速回答本部院问询！"

公孙兆咧了咧嘴："尔等若想知究竟，便将在墓中所得之物呈与朕。"

冯郜"噌"地又站起身，捕快们再抡着刑具，又将公孙兆一顿拷打。公堂中腥味弥漫，侍卫端来一盆水，浇在晕瘫在地的公孙兆身上，拎起他。

王砚再一摆手，一名侍卫捧着一方紫晶匣自屏风后转出。

"你等夷贼所寻之《虚元秘卷》，本是楚朝时从金州掠得，后被楚朝和王使计取回。且这经卷只是道家修道的经文，既和你们这些蛮夷毫无干系，更没有保佑你们那亡了几百年的小番邦的法力。蛮夷孽贼，不可闻道。"

公孙兆盯着经匣，双目迸出奇异的光："你们，从和王墓中，就只拿到了经卷？"

王砚神色一凝："你的意思，还应该有别的？"继而看向张屏，"张知县，你确定密室中，就只有这些？"

张屏躬身："和王墓室中，陈设不少，但宝藏，应就是这经卷。"

公孙兆喉咙中噗的一声："果然，果然，贱奴虽窃河山，却不能承神器！哈哈，宝藏是这几本破书？哈哈哈——什么道什么经，于社稷何用！那淳于旷，盗我帝玉，藏进墓中。然此宝物，非黄帝血脉不能承之。妄取者，不得好死！他拿，即暴毙，楚朝亡。封于地底数百年，纵尔等先一步寻到，圣宝在眼前，却不能识，抱着几本破书当宝贝，哈哈哈！"

王砚挑挑眉："帝玉？什么帝玉？描述再详细些。"

公孙兆大笑几声，捕快们又抡着刑具修理了他一阵，公孙兆昏醒数次，仍不吐一言。

捕快又一次浇下冷水后，王砚抬抬手："罢了，若此夷贼死在堂上，着实太便宜他，且再让他活一时。"

公孙兆慢慢睁开眼，扯了扯嘴角："朕……既落入尔等之手，岂惧生死，然天命，终将归正统。"

王砚也向上一挑嘴角："你这番言语，是在喊给或混迹在外面人群中的漏网之鱼听，对否？"

大门外本在纷纷议论的人群霎时间静了一静。

王砚慢悠悠道："你觉得，本部院这般敞着大门当着一县百姓的面审你，是为了给你这个机会？"

公孙兆轻呵一声。

王砚道："你或者还以为，本部院是要用这种方法钓你同伙出来。嗯，你一口一个正统，可你本身却是那个妖人祸根，他们知道吗？"

公孙兆纹丝不动。门外人群小小哄然了一下，又归于寂静。

王砚轻轻拍了拍惊堂木："数十年前，你的祖父来丰乐县寻找和王墓，想挖你说的那什么玉，遇见了守墓人蒲氏女离离，与其相恋。蒲离离生下了一对双胞胎。你的祖父抱走了你爹，留下了另一个孩子跟在蒲氏女身边。后来蒲离离被觊觎和王墓者所杀，你的祖父为她报仇不成，也遭毒手。剩下的那个孩子被蒲离离的娘，也就是丰乐县民姚存善之妹姚连珠所救，借假身份成为姚存善之孙。后来娶妻生子，其子就是姚丛。"

门外人群再度哄然。公孙兆仍纹丝不动。

王砚接着道："你祖父没把两个孩子都抱走，你的同党下手杀了姚丛，都只因一个缘故——你们这些蛮夷竟将双生儿视为不祥，把先出世的那个孩子当作妖。蒲离离与你祖父先后身死，世上唯独蒲离离之母、你爹和剩下的那个孩子知道双胞胎之事。你自你爹那里得知这个秘密，而后告诉你的同伙，姚丛及其子是妖子之后，可利用完再杀。然而，你的同伙却怎么也想不到，他们都被蒙蔽了，你的父亲才是那个先出生的孩子。"

公孙兆瞳孔一缩："真会讲故事。"

王砚仍不紧不慢道："你的祖父当真是个聪明人。蒲氏女之身份，相当于尔等夷孽的世仇。你祖父偏偏与她相恋，这女子还生下了你们最最忌讳的双胞胎，若被你们的孽党所知，必会将她与先出生的那个孩子挫骨扬灰。你的祖父为保全一家四口之命，只能用上一个最不得已的方法——他带走了那个在尔等夷孽眼中该杀掉的、先出生的孩子，而把那个后出生的、可继首领之位的孩子留在了蒲离离身边。"

这样，一旦秘密被发现，长子在东真遗族中长大，那些老夷贼或许会对其有感情，网开一面。蒲离离抚养着真正的继承人，孩子最亲的人定然是母亲，不会允许东真人伤害蒲氏女。

若秘密一直未被发现，长子继承首领之位，肯定更不会说出自己的身世秘密。

公孙兆淡淡道："好个跌宕的故事。你说了这许多，门外之人，耳朵真能这般好使，一句句听得分明？若当真能闻你言，岂能不知你之他意？"

王砚从旁侧抽出一本书："公堂之上，本部院岂会说无据之言？姚府中，藏有一部《抱朴子》，其中卷目，暗藏姚丛父子身份，且只有外篇而无内篇。众所周知，《抱朴子》内篇在先，外篇在后。其含意昭昭然。"

张屏看向王砚，嘴唇动了动，冯邰侧身一瞥他："张知县，你站立不稳，神色有异，是否身体难以支持？可先退下。"

张屏低头："下官尚可支持，谢大人关爱。"

冯郐颔首，视线充满威压："那就暂且待着，谢县丞，留神看着张知县。"

谢赋施礼领命，张屏默默站回自己的位置。

退堂后，王砚将张屏唤到面前："方才在堂上，你想说什么？"

张屏躬身："回禀大人，而今《抱朴子》一书，确实是内篇为上，外篇为下，然据考证，外篇成文在内篇之前。"

王砚负手："不错，内外篇哪先哪后都可有说法。但本部院之推论，更合理。你断案甚有天分，但还是太嫩了，也没娶妻生子，许多本部院看得到想得到的事情，你看不到想不到，情有可原。"

一旁冯郐缓声开口："王侍郎之推论，有据可证，在无法确凿之下，虽不算对，亦不算错。本案特殊，你之后断案，万不可以此为例。"

张屏看着地面："下官明白。"

王砚呵呵一笑："难得老冯这么赞叹我，多谢多谢。这些蛮夷余孽残存至今，类同邪教，欲毁之，必摧其念。张小子你能领悟便可。"

公孙兆只身犯险，然东真余党仍存，此族不可无首。公孙兆已年近五旬，他定然有后人。看公孙兆堂上表现，围观人群中，肯定混有他的同党，那么那些人心中，现在已种下了怀疑的种子。

确不确信无所谓，不确信，更好。人心，越不确定，就会越揣测，越怀疑。怀疑愈生，信任愈浅。心离则人散。

张屏道："可姚氏……"

王砚再呵呵一声："而今，公开姚氏身份，比隐而不言强。越瞒着掖着，越容易被某些杂碎趁机搞事，懂吗？"

张屏又低头。

冯郐面无表情道："速谢过王侍郎的教诲。看你木木僵僵，怕再站一时连仪态也不知了，先回去睡吧，好好反省所犯过错！"

张屏施礼："下官告退。"

王砚却一抬手："且慢。公孙兆所说的什么帝玉，你当真没在和王墓里见过？"

张屏缓缓抬起脖子，冯郐皱眉："罢了，囫囵话都说不出，你还是先下去睡吧。"

王砚挑起一边的眉毛一瞥冯郐，张屏再一揖："下官告退，去睡了。"

"那所谓帝玉，或许是……"

"是什么，兰卿？"怀王端着茶盏，目光灼灼。陪坐旁侧的王砚、冯邰，杵在下首的张屏，亦都一副屏息聆听的神情。

兰珏打叠精神，毕恭毕敬道："回禀殿下，夷贼妄称公孙氏，所言帝玉，可能是传闻中的黄帝玉。嫘祖为黄帝生二子，相传黄帝将一块宝玉赐予长子玄嚣。黄帝崩，次子昌意之子高阳即位，为帝颛顼。颛顼有六子，长子穷蝉为夺位谋害其弟魍魉，魍魉避居雷泽。颛顼崩，六子皆未继位，帝位由玄嚣之孙高辛袭，即帝喾。帝喾有五子，伊祁侯陈锋氏女庆都为帝喾生子放勋。放勋诞时，帝喾母逝，放勋随母在外祖家长至十岁才回帝喾膝下，姓亦随外祖为伊祁。传闻曰放勋回归时，帝喾怜此子自幼不在身边长大，便将随身佩戴的黄帝宝玉相赐。帝喾崩，长子挚即位，放勋为唐侯。然挚治国不善，在帝位九年后被众诸侯废，诸侯拥立放勋为帝，即帝尧。"

怀王呷了一口茶："听着有几分得此玉者得天下的意思。"

兰珏道："野史传闻之灵异物件，大多依史实如斯附会编纂尔。"

怀王点点头："兰卿见解甚妙。那故事里宝玉后来如何？当真流落到蛮荒之地去了？"

兰珏道："传闻曰，尧将黄帝宝玉镶于冠上，以示恭敬追思之意。尧居帝位七十载后，择穷蝉后人舜为继任。尧嫁二女娥皇女英于舜，并把镶有黄帝宝玉的冠冕赐予舜。此冠由舜传至禹，禹又传启，启开夏朝，此冠便藏于夏国库之内。夏桀亡国，成汤立商。下臣自夏宫中发现此冠，献予成汤。成汤先祖乃帝喾次妃有娀氏简狄所生子契。神话中又说，简狄吞燕卵而生契。而黄帝宝玉乃帝喾亲赐予尧，尧得帝位。故成汤不喜此玉，命人将冠埋于豳地。豳地时为姬氏辖之。姬氏先祖为帝喾元妃有邰氏姜嫄所生嫡子弃，在尧时为农师，即后稷。其子不窋亦司掌农职，太康失国，后羿代夏时，不窋避于庆阳。其孙公刘，亦擅农耕，率民众迁于豳，公刘子庆节便在豳地建国。"

怀王哈哈一笑："那埋着的黄帝宝玉冠看来就被他们刨地的时候挖着了。"

兰珏道："故事里是说，成汤埋冠于豳地，并命豳公守之。伊尹劝其曰，陛下先祖，帝喾次妃所出。豳公先祖弃之母，帝喾元妻有邰氏也，袭帝喾姬姓。今陛下再命其看守黄帝宝玉冠，恐姬氏将生不臣之心。成汤却不以为意，曰，余受命于天，三千诸侯，万方百姓，听余一人诰，岂惮疑一农夫尔？商立朝后，天下大治，姬氏一直安居于豳，冠与黄帝宝玉之事，便被淡忘。直至武乙时，亶父因戎狄之乱，率民由豳地迁居至岐山之阳周原，临行前仍不忘成汤之命，遂携黄帝宝玉冠至西岐。以周原之名而定号为周。"

怀王一哂："后稷之孙，实维大王。居岐之阳，实始翦商。至于文武，缵大王之绪。致天之届，于牧之野。这回姬周天下也能跟这玉编上了，扯得够长。"

兰珏一揖："山乡野话，让殿下见笑。这故事到此仍未结束。众所周知，亶父有三子。幼子季历最贤，长子太伯与次子仲雍文身断发，让位于季历。史载太伯三让天下，后与仲雍避居荆蛮，在梅里凿河耕种，筑城名曰句吴，吴地始兴。故太伯又称吴太伯。太伯无子，身逝后将吴主之位传于仲雍。季历继周位，其子为文王姬昌。时商纣暴虐，民心向周。故事曰，这时商王因西岐繁盛，又想起黄帝宝玉冠之事，先害死季历，又囚禁姬昌。姬昌本欲将冠献给纣王，被臣下劝阻。纣王囚姬昌，杀伯邑考，姬昌归国，姬发伐纣这些，臣就不赘述了。后来周得天下，周武王封仲雍后人周章为吴君。"

怀王轻叩盏盖："看来故事要落到吴国处。"

兰珏又一揖："殿下英明，一眼便看穿窠臼。那故事至此便跳到周幽王时，幽王宠褒姒，废王后申氏及嫡子宜臼太子之位。立褒姒为后，褒姒所生儿子伯服为太子。烽火戏诸侯，尽失人心。申氏设法窃得密室中的黄帝宝玉冠，令宜臼携之逃去申国，向申后之父申侯求助。申侯遂借鄫国及西夷犬戎之兵攻打镐京，幽王被犬戎弑于骊山。申侯扶宜臼为天子，即周平王，迁都洛邑，东周始。因平王之位乃弑父所得，难以服众，自此诸侯争霸，不尊天子。

"至周简王时，吴侯寿梦袭位，到洛邑朝拜简王。简王大喜，与寿梦共叙同宗之情。当时晋楚两国争雄，简王欲扶吴遏制晋楚，将寿梦由吴侯改封吴王。寿梦练兵习车，先伐郯，又攻楚、巢、徐，尤其数番胜楚，会盟诸侯。那传言故事，到这里又分两支，一是说，简王见寿梦时，将黄帝宝玉冠赐给了他，并道，此冠本当是太伯之冠，今还归吴君；二说，简王确实赐黄帝宝玉冠予寿梦，但寿梦坚辞不受，简王深深感动。但其余诸侯都误以为吴王得了黄帝宝玉冠，尤其楚国，十分嫉恨。

"周简王之后，又历灵王、景王二帝，至景王驾崩，景王庶子王子朝欲得帝位而举兵作乱，周悼王被王子朝逼出洛邑，来不及带走黄帝宝玉冠，冠遂被王子朝所得。然悼王又得晋国等诸侯相助，攻回洛邑，王子朝败退，携黄帝宝玉冠退出洛邑，因冠太大，不便携带，便从冠上摘下了玉，还不慎将玉磕出一道伤痕。之后王子朝连连败退，带残部逃至楚，楚王向王子朝索取黄帝宝玉，王子朝不得已献出，却被令尹子常截下，用来栽赃政敌郤宛。郤宛被杀，其子伯嚭携黄帝宝玉投奔吴国。自此，吴国愈盛，吴王阖闾破楚伐越，成一代霸业。但伐越时，被越大夫灵姑浮斩去脚趾，伤重而崩。"

怀王道:"由此对应玉上磕伤,套路。"

兰珏躬身:"天下人若都有殿下一二分英明,则野史话本无可存也。"

怀王微笑:"兰卿太抬举小王。小王平生最喜欢野史故事,不然也不会劳烦兰卿讲述。兰卿先喝些水润润喉,再请继续道来。"

兰珏便谢恩抿了些茶水,接着道:"这故事就一直镶嵌附会史实。阖闾崩后,夫差灭越国,俘虏越王勾践为囚。越国谋士范蠡文种贿赂伯嚭,又献西施、郑旦等数位美女迷惑夫差。范蠡欲让人窃黄帝宝玉,散吴国气数,文种却道,此玉,姬朝与楚得之皆无善果,恐有灵性,会择主,不能驭其者反被其克,不如设法毁之。于是,某美人,一般野史中附会的是郑旦,便假意赏玩宝玉,向夫差求为耳坠。夫差服食越国所献丹药,昏晕之际,竟就答应,命工匠把宝玉劈成两半。群臣苦劝,工匠泣而不从,夫差怒而杀数匠,终有一位工匠惜命从之,甫将玉放置轮盘上,天上忽阴云密布,降下落雷,宝玉自行粉碎成尘。郑旦夜梦一赤龙吐雷击己,不久即暴病而亡。夫差犹执迷不悟,还将宝玉唯一残损稍整的碎片放入郑旦口中,随其入葬。后吴国终被越破。范蠡携西施远遁,文种不得善终。"

怀王挑眉:"这故事就算结束了?那所谓黄帝宝玉就是被毁了,番贼又叨叨个什么?"

王砚道:"可能是当年那边的番子到边塞做买卖,顺手在旧书摊上买了本传奇野话,书不全,只有上册。就当真了,且以为这东西还在。"

怀王露出赞同神色:"有道理。番子们都怪憨的。"

冯邰哼道:"夷贼妄自附会,以为假借个公孙之姓便可攀连,华夏之正统,岂是他们能解尔?"

王砚看看一言不发的张屏,兰珏再道:"凡写此传说的书册,大都还给按个小尾巴。譬如秦一统六国后,曾寻得此玉,秦亡后又不知所终。汉武帝得一玉片,着东方朔鉴之,东方朔曰,此黄帝宝玉残片,因陛下乃天下圣主,自来归之。诸如此类……"

冯邰咳嗽了一声,冷冷道:"真老套尔。"

王砚笑道:"所以说,番子还是书没看全,不然该思量思量,是不是得了这个没福气拿的东西,亡国了。"

冯邰向怀王一揖:"殿下,臣以为,这等野话,不当多言。"

怀王放下茶盏,含笑道:"孤与几位爱卿也就是偷闲喝盏茶聊聊天罢了,自不能当公务论。"

王砚又一扫归座的冯邰与张屏:"此案确实牵扯太多旧时人物琐碎杂谈,卷宗内如何陈述，上禀皇上，臣还在思量。"

冯郜道："自然是据实上禀。"

王砚正色："身为臣下，岂可欺君？若有丝毫隐瞒藏掖，顿时就要头颅落地，怎敢为之？冯大人可不要开这种玩笑。只是王某着实不擅长笔墨，唯恐奏折中陈述不能详尽罢了。不过我们刑部只管结案即可。冯大人还要处理那山那庙那墓的后续，及回复太后娘娘，真是辛苦了。"

冯郜面无表情道："多谢王侍郎替京兆府操心。"

兰珏退回座位上，也瞥了一眼张屏，张屏微微掀了掀眼皮，又顺下目光。

张屏在船上先拉扯玳王，又捡起了什么东西。这事兰珏问了兰徽。兰徽支支吾吾，只说不知道，没什么。儿子不会撒谎，又替旁人守秘密，兰珏十分欣慰。

张屏当时的举动，王砚与怀王肯定更看得一清二楚。再观冯郜和张屏此时形容，一望即知是张屏把东西交给了冯郜，冯郜嘱咐他不要跟旁人说起，准备秘密上报皇上。

玳王补觉醒来后，冯郜立刻求见，带着张屏与玳王三人在屏退左右的静室内约莫待了一刻钟。当时下水带船回岸的几名侍卫这两天都没露面，必也是被冯郜命令，不准提及看到的事，暂不出现，防止被怀王和王砚逮到盘问。

王砚不痛快，与怀王来来回回敲打冯郜和张屏。兰珏趁机偷一小空，喝喝茶。

玳王从和王墓中带出的，定然是一片玉。

公孙兆说帝玉之用心，与王砚说公孙兆身世的用心相同。只是玳王也进了和王墓，还真带出了一片玉，令此事着实变得棘手。若是被最爱从这类事情上往外想象的太后得知，就更棘手了。

兰珏能理解冯郜的慎重。这事与他无关，他只能详细讲讲黄帝宝玉的传说，由冯郜自去思量发挥。

其实，古往今来，这样的神器故事，多如牛毛。若每个物件都要附会计较，除皇帝之外的所有人，就什么都用不得了。

世事哪，本应当简单一点。

兰珏慢慢品茶。王砚又道："可惜那和王墓，又封实了。没想到那墓竟是在山内做了机关，想挖出它，只能把整座山刨开。"

冯郜冷冷道："此事当由皇上与朝廷定夺。本府以为，大动干戈挖一座前朝坟墓，实在劳民伤财。当时山体震动甚剧，墓室或已坍塌，挖之也只是碎砖瓦了。"

怀王一叹："那就太可惜了。孤听启檀与这张知县所言……是姓张吧？那洞府着实奇妙，竟让孤也生出避隐山林之念。孤死后，若也有一如此洞府可存残骨，当无憾也。"

冯郃起身一揖："前朝末代王侯，如何能与今时之殿下并论。请殿下万勿道此不吉之言！"

怀王"啊呀"一声："是小王失言了，错甚罪甚。多谢冯卿提点。"

兰珏将手中茶盏放回案上："殿下，臣忽而想起一事，当要禀奏。臣闻张知县及犬子讲述……"

兰珏听兰徽、张屏讲述掉进洞府后的种种见闻，心中一直叹息无奈。

所谓石头雕的松树、竹子、花草，实则应乃传说中的仙树——碧瑰、琅玕、沙棠。

《淮南子》中云：禹乃以息土填洪水以为名山，掘昆仑虚以下地，中有增城九重，其高万一千里百一十四步二尺六寸。上有木禾，其修五寻，珠树、玉树、璇树、不死树在其西，沙棠、琅玕在其东，绛树在其南，碧树、瑶树在其北。旁有四百四十门，门间四里，里间九纯，纯丈五尺。旁有九井玉横，维其西北之隅，北门开以内不周之风，倾宫、旋室、县圃、凉风、樊桐在昆仑阊阖之中，是其疏圃。疏圃之池，浸之黄水，黄水三周复其原，是谓丹水，饮之不死……

碧瑰类松若桐，琅玕似竹，结实如珠，凤凰来栖。

而今所谓凤凰食竹实之类的传说，就是把琅玕直接说成了竹子。

由此可推，和王墓每寸每厘当都是依经卷而建，一砖一缝皆有典故。

还有石壁上镶嵌的明珠，案上的宝剑，兰珏听描述仿佛是传说中的……

唉！可叹张屏带着两个傻孩子，就像三头掉进瑶池的野猪，一路蹚过琼花宝树，只觉得这地方所有东西都不好吃，连盆麦糠都没有，太荒芜。

不过，也正是因为不识不得珍宝，什么都没乱动，他们才能平安从和王墓中出来。又可庆幸也。

这些，兰珏自然只在心里感叹感叹，不与任何人谈及。

"臣闻张知县及犬子讲述，和王骨坛前祭文，撰文者为高曙、徐祝。"

怀王挑挑眉："哦，怎了？"

兰珏躬身："禀殿下，这高曙，在史书《叛佞传》中有名。史载，其与徐祝共镇守边关，然二人不和。徐祝得高曙通敌证据，上禀朝廷。高曙连夜叛逃，投入东真国国师李历德帐下。"

张屏抬起头，怀王皱眉："李历德这个名字，怎么听着耳熟。"

冯郃揖道："殿下，臣先前曾禀过，围攻金州，从和王师兄处得到《虚元秘卷》

者，就是李历德。"

怀王一脸恍然："啊，是了，孤记性不好一时忘了。这，值得寻味啊。两人既然不和，怎么会一起写祭文？"

兰珏道："殿下英明。臣正是因此才困惑。且高曙叛投东真时，和王还在世。"

高曙助李历德连取数城。后李历德势大，为东真国王所忌，不予援兵粮草，被和王收贡州城时斩杀。高曙却在李历德将失势时即投了东真国二王子公孙布。

"史书记载，高曙相貌俊伟，体修长，美胜潘安。投到二王子身边不久后，即有传闻，他与二王子的王妃阿莎丽娜有私。二王子得知大怒，欲杀王妃与高曙。那王妃是娄然国的公主，带着几个婢女逃回了娘家。高曙转又投靠三王子公孙嵘。"

这时二王子又欲夺位，三王子与大王子一同杀了二王子。高曙居功甚伟，三王子重赏了他，还让他当了自己儿子的老师。

王砚摇头："番子们的确憨，竟不弄死他，还赏他。"

兰珏接着道："和王死后，大王子派三王子攻楚，高曙随行，领东真夷军攻打黄岩城。镇守黄岩的，正是徐祝。东真军破城门，高曙在城门内斩杀徐祝。两年余后，徐祝之子徐烽夺白城，射杀高曙，唾鞭其尸，挫骨扬灰。"

厅中一时沉默，兰珏略一顿后又道："与高曙有关的，还有一件奇事。那个传闻和他有私情的阿莎丽娜王妃，逃回娄然国后生了个儿子，后来还做了女王。那孩子长大后继承王位，番名古禄吉利，汉名高济。"

多年后东真国内乱，曾拜高曙为师的小王子领兵夺位未果，逃到娄然。古禄吉利助他回国，杀了东真国主和几个王子，做了国王。东真割让三座城池给娄然做答谢。小王子原本都没资格排进王位继承人中，东真许多贵族都不服他。东真内乱不断，由此渐衰。

"东真亡国后，疆土被其他几国瓜分，娄然分了最多。至今，娄然国王族起汉名仍用高姓。"

王砚慨叹一声："真奇事也。"

怀王一叹："奇哉，忠哉，真义士哉！"

冯郜道："臣以为，这就称其为忠义，略武断。史实诸多事迹，缘由因果，不可随意推测。"

王砚啧道："老冯啊，这不是一听就明白的事嘛。要连这都不算反间计，我跟你姓算了。"

冯郜冷然道："王侍郎在怀王殿下面前说此戏言太不合体统。冯家宗祠里，也搁不下王侍郎这块大匾。殿下，高曙、徐祝二人合署名于祭文，只是张知县口述，无实物笔迹核对，证据太少。只凭这些便臆测纷纷，贸然驳正史记录，为高某翻案。臣以为，不妥。"

王砚再啧啧两声："老冯你太较真了，只是感慨感慨，又不是真要去修史书，你这么着急做什么？"

冯邰冷笑："身为朝廷命官，言行岂可肆意？掌断刑案，更不能差谬一丝一毫。"

怀王叩了叩扶手，截断冯邰话尾："二卿各有道理。史实真相，确实已无法彻底查证，小王与诸位仅是闲话尔。忠烈之士，舍身报国，又岂在乎身后虚名，他人评说？"

冯邰和王砚各一施礼，兰珏亦起身，歉然一揖："都是臣乱言赘述野史传闻，耽误公务。请殿下及二位大人恕罪。"

怀王立刻道："兰卿博通经籍，谦雅慧明，助解此案种种疑惑，功甚高也，小王当重谢兰卿。若卿再称罪，小王无地自容。"再又一叹，"但，如方才冯卿所说，和王及其师兄部下，虽可钦可叹，但牵扯前朝，极易被人借机生事，亦缺少实证，恐怕不能为他们题文建祠了。"

冯邰躬身："殿下英明。正如殿下评判，忠烈奇士，证道取义，不计身后虚名。"

兰珏与王砚颔首附议，张屏默默看着地面。

怀王又道："还有山上的那个庙，姚连珠、蒲离离，皆奇女子，受得起香火，然也牵扯到一些易生事端的地方……唉，世事哪，就是这般复杂无奈。依小王的愚见，就上禀太后，将那下赐匾额之慈寿改为慈航，供奉观音吧。"

冯邰、王砚、兰珏、张屏告退走出静室，斜刺里立刻闪出一个衙役，在阶下跪倒禀道："禀府尹大人、侍郎大人、知县大人，要犯黄稚娘，在牢中暴毙了。"冯邰与王砚神色均一沉，匆匆赶往前院。

黄稚娘的尸身被抬入公堂，黄苋苋跪在旁侧，泣不成声。

看守禀报，黄稚娘一直被单独关押在小牢房内，把守严密。除却看守及送三餐的狱卒，绝无任何人接触她。黄稚娘起初喊骂不绝口，又用头撞墙，他们怕她寻死觅活，一直都绑着她。黄稚娘整天又哭又笑，又骂又唱，累了就睡，睡醒了接着闹。今天没有动静时，他们还以为是黄稚娘又累了睡着了。没想到送饭时，一开门，发现她直挺挺地躺着，已经没气了。

冯邰端坐公案后，脸色铁青。

他着仵作详细验看过尸首，确实无中毒等被谋害迹象，系心竭力衰而亡。

黄稚娘有疯病，大喜大怒，癫厥而亡，也算正常。

冯邰的视线掠过上首端坐的怀王，以及怀王身侧的云毓，再落到堂中："案犯黄苋苋，你娘虽已身死，但绑掳谋害皇子及兰侍郎公子，罪尚未偿，你身为从犯，更需承罪。"

黄苋苋哽咽匍匐，堂外突然响起一个声音："她不是从犯。"

启檀大摇大摆跨进公堂，兰徽在门槛外犹豫了一下，也跟了进来。

堂中一时寂静，黄苋苋抬起布满泪痕的脸，望向启檀。

启檀却不看她，径直走到大堂正当中："她不是从犯。她当时带我们两个去她家，并不知道她娘会害人。后来因为她帮忙，我们才能逃掉。她身上的伤还是因为帮我们，被她娘打的。"

兰徽跟着点头。

冯邰拧眉："可……"

怀王侧身："冯卿啊，既然有证词，这小姑娘不但无罪，还有救驾之功，就放了她吧。"

冯邰端坐回案后，又一拍惊堂木："带顺安县北坝乡乡长巩邺夫妇。"

巩邺夫妇随衙役入堂跪下，冯邰俯视他二人头顶："十几年前，汝子奸污民妇黄氏，已被缉拿。你二人当问欺瞒协从之罪。本府念你二人年老，可免去牢狱，但令你二人将黄苋苋带回，好生抚养。"

巩邺夫妇连连叩首应承，黄苋苋却膝行两步，向堂上磕头："禀府尹大老爷。民女愿替母承过，求大老爷判民女有罪，我愿为奴为婢，只求大老爷开恩，让我娘尸首入土！"

冯邰厉色一喝："大胆！公堂威严，岂能如市井集市，由你讨价还价？罪妇黄稚娘，绑掳谋害皇子，罪本当凌迟，身虽死，罪不可脱！"

黄苋苋仍连连叩首。

冯邰又一拍惊堂木："退堂！"

衙役将仍哭求的黄苋苋拖出堂外，巩邺夫妇欲拉走她，扯成一团。启檀站在廊下，遥遥看了看那方，转向怀王："皇叔，我被那疯妇抓着时，她也顶撞过我，不妨就把她调到哪个地方当奴婢，好好治一治。"

怀王一笑，揉揉他头顶："这小姑娘去了祖父母家，确实过不上好日子。但公堂之断，不可擅改之。"

启檀鼓了鼓腮。

张屏退出公堂，抬眼见兰珏牵着兰徽立在不远处，兰徽向他行礼："张先生！"

张屏正要迎上，身后传来一个冷冷的声音："张知县。"

张屏回身，向冯郐施礼，冯郐简洁道："来。"

张屏默默随冯郐到了后院务事厅，冯郐坐到桌后，挥手命随侍取过一本册子。

"案子真相已出，待结案后，本府将整拟文书上禀朝廷。这几日你不安职守，目无纲纪，擅断妄为，计犯九大过十四小过，共二十三条。本府会一一详细记录，并报于吏部，记入考功卷宗。当有何责罚，你这顶上乌纱该不该摘，待本府上禀后，由朝廷定夺。"

张屏低头："下官，知道了。"

冯郐神色凛然："结果未出前，你便好好反省，勤恳务政。务必谨记，身居官位，需时时刻刻尽忠职守。你乃知县，而非刑房主事。心上要放的，是一县民生。考功核纪，看的是此县百姓是否安居乐业，而不是你扒拉出了几个案犯。"

张屏一揖："下官，遵命。"又看了看冯郐，"大人，下官逾越一问，公孙兆可有招认与他们合谋行刺玳王的人？"

冯郐微微眯眼。

前夜，他又秘密审过公孙兆。甫一问行刺玳王的真相及为什么要嫁祸云太傅，公孙兆便长笑数声："所见者未必真，亦未必假，尔等竟不明白？"

冯郐再问："何解？"

公孙兆再大笑数声，以指蘸血，在纸上龙飞凤舞书出一行字——

　　看云似云，因云即是云也。

指尖轻轻一点压在公孙兆血书上的卷宗，冯郐对上张屏的视线："殿下遇刺，不在丰乐县辖内。本府刚嘱咐过你，身为知县，需克尽厥职，安分守己，你这便忘了？"

张屏垂下眼皮："下官，告退。"

侍立在廊下的衙役同情地看着张屏退出务事厅，走到院中。

张屏回到前院看了看，听衙役说兰侍郎已随同怀王回行馆去了。县衙中大部分人也被传去了行馆侍奉。张屏穿过寂静的院落，独自到侧厢看公文，门外人影一闪。

"阿屏，阿屏。"

张屏抬头，无昧贴着门框探进半个身子："阿屏，我没打扰到你吧，这屋里我能进不？"

张屏立刻起身，拖过椅子："师兄。"

无昧跨进门内："哎哎，你别动，椅子我自己搬。"反手关上门，把手里的食盒放在桌上，"你累了这么些天，觉也没补好，我给你带点吃的过来。"

张屏看看食盒："公务之处，不能饮食。"

无昧"啊"了一声，立刻把食盒从桌上提起，尴尬地笑笑："阿屏，你看师兄啥也不懂，给你添麻烦了。"

张屏拉开门，牵住无昧的衣袖："走，师兄，咱们去这边。"

兰珏好不容易从怀王处脱身告退，又折回县衙。

这几天各种杂事，他一直未能当面向张屏就兰徽之事道谢。绕过屋角，遥遥见张屏与无昧一道往后院去，兰珏停住脚步，唤住要去通报的衙役，微微笑道："休告知张知县，本部院稍后再来。"

张屏带着无昧绕到县衙后院小花园的紫藤棚下。棚下有一张小石桌，几个木桩做的小凳。张屏吹吹桌面，从无昧手中接过食盒放在桌上。无昧四下看看："阿屏，这地方有些像咱们道观后院的那个丝瓜棚子啊。"

张屏"嗯"了一声。打开食盒，里面满满一大碗榆钱面鱼儿。

无昧嘿嘿笑着搓搓手："阿屏你还记得不，那时候我背粮袋弄到杂面，去树上捋榆钱儿，咱俩就躲在瓜棚下，生火拿小缸子炖这个，差点把棚子烧了。也没搁油盐，吃得可香了。不知道你现在还爱吃不。你这边的榆钱儿可比咱们那边的大，官府宅邸里的东西就是不一样。"

张屏点点头，他当然记得，小时候他个子又矮又瘦，只能帮师父做跑腿的活。嵋哥个子高，能去粮店扛粮包挣补贴，兜里还常常装点粮包里漏下的杂粮回来。

张屏爱在跑腿的时候溜到茶楼窗户下头听说书，耽误了事就被师叔罚，不能吃饭还要劈柴。到了天黑，嵋哥总过来帮忙，带东西给他吃。

道观的院子里有棵大榆树，春天大家就都去捋榆钱儿。嵋哥常捋了榆钱儿自己偷偷生火炖水，拿面捏成榆钱鱼儿吃，被师叔逮到就挨打。

有一回，张屏和嵋哥一道被师叔逮住，打狠了，师叔问还敢不敢。嵋哥哭着喊:"我就吃,我想我娘,我就要吃!"张屏才知道,嵋哥跟他不一样,爹妈死的时候师兄已经记事了,但越大越忘,快连亲娘的脸都记不清,只记得小时候娘爱做榆钱面鱼儿,他跟爹坐在厨房门口的小板凳上吃。

张屏端出碗,把勺子递给无昧,拿起筷子:"师兄,咱俩一块儿吃。"

无昧摆手:"我做的时候就吃了,这碗给你留的,快吃吧。"

张屏拿筷子在碗里拨了拨:"这块面多的,我要。师兄,榆钱儿多的,给你。"

无昧咧咧嘴,接过勺子,在小板凳上坐下:"好。"

余初入师门,一应事务,均由师兄教导。

师兄为我讲经,第一篇讲《道德真经》之六十七章:我有三宝,持而保之。一曰慈,二曰俭,三曰不敢为天下先。

我其时心甚不屑,此经,我三四岁便可倒背,天下所存注解,几乎读遍,何须你教?

师兄未责我之不恭,仍悉心教授。

今我忆师兄,当日情形,便同时而现。

慈是对万物平等之慈爱;俭是任物自然,朴实无为;不敢为天下先,因世间皆自有其道,皆可为我师,万物有而无我,我何能为先也?

这是师兄的见解与秉持,是师兄教给我的道。

番外

瓜 棚 闲 话

阳光明媚的上午，无昧踱到知县小宅后门前，瞅了瞅往街上去的路，心里痒，但没有迈腿。

慈寿观与和王墓的真相已查出，可案子完全收结还得一段时日，他参与了此案，必须得继续留在丰乐县。

在县衙做了那场法会后，丰乐不少百姓认识了他这张脸，一走到街上，就会有人扑过来求他看个生辰八字，卜个前程吉凶，帮忙祛灾挡祸结缘改命。无昧没那分能耐，也怕给张屏惹事，便天天窝在宅子里不出门。

他正要转身回院里，斜对面县衙小角门处一个老衙役探身："法师出来晒太阳？"

无昧一揖："无量寿福，赵爷喊贫道无昧即可，初入道门，法师二字万不能当。"

老衙役也笑着拱手："小人又如何敢当道长尊称，喊我个老赵吧，这边太阳好，道长一同过来喝口茶叙会儿话？"

无昧先推托，那老衙役十分恳切相邀，又道："道长莫怕，我们在衙门里当值的时候，不敢烦道长算命。"

无昧便不好再推了："赵爷千万莫这么说，只是怕耽误诸位公务。"

老衙役笑道："就是看门罢了，坐着喝口茶，想来大人们也不会怪我们懈怠。"

无昧便进了角门，见不远处的丝瓜棚下坐着好几个人，除却两个县衙的衙役，还有一个京兆府的捕快，一个王砚的亲随。

无昧与这几人见礼，在石桌边的小板凳上坐了。赵衙役关好门扇，也过来挨着无昧坐下。

另一衙役道："法师来晚了，侯捕快刚跟我们讲了一个府尹大人破的奇案，真真是万想不到世上还会有这样的事。我原以为这回姥姥庙跟那个什么前朝王爷的墓就够奇了，没料到竟还有更奇的。着实是我们在小县衙当差见识少。"

侯捕快神色谦虚道："其实这案子也不算什么。真正厉害的案子，那是提都不敢提的。"

几个衙役一起咋舌。

"那肯定的。京城里边，多少要紧的人和事牵扯哪！"

"刑房里随便抽个卷宗都能让我们这些人下巴掉下来。"

"我们这样混日子的，真跟你们比不了。"

……

侯捕快再笑着谦虚两句，王砚的小厮道："我也是跟着我们大公子到刑部开眼后，才知道，衙门和朝廷眼里的大案，跟寻常人眼里头的，完全不一样。什么灭门案、碎尸案之类，真是再平常不过了。能成了判例，连律法都跟着要修一修的，在大人们跟朝廷眼里，才算个要紧案子。"

几个衙役立刻又附和。

"正是正是，刑部司掌天下刑案，那更是大案子多了去了。"

"我们在这小县衙里百年难得一遇的，在你们那里估计一天都能见着几个。"

无昳在旁边听着这些奉承，心里却生了一丝出家人不该有的不自在。

这回的案子能查出来，明明是阿屏的功劳最大。可非但没奖赏，还落了很多不是，冯府尹还说要罚他。

这会儿京兆府和刑部的人话里，仿佛这个案子不算什么的口气，衙役们也一味地忙着拍马屁，没谁提一提阿屏。

恰这时王砚的小厮笑嘻嘻道："我们侍郎大人常夸奖张知县，像这回的案子，张知县出力就很多。张大人年轻又有才气，来日定也能办得许多要案。"

无昳欣然："无量寿福。侍郎大人真是体恤下属。张知县他从小就爱破案子，在我们那小城里也帮过许多人，我那时候跟他一块儿长了许多见识哩。"

赵衙役道："是了，张知县和道长的家乡离边关近，想必不少胡人，争执斗殴，谋财凶伤之类也常有吧。"

无昳道："不单是那些，也有古怪的，万万想不到世上能发生的。所以这回遇上这个案子，他也不多惊讶。会动的活尸都见识过，这也不算什么。"

几个衙役、侯捕快及王砚的小厮都露出饶有兴致的神情。

侯捕快道："会动？可是诈尸之类？有时候尸首会出现这类的情形，其实是没死的。"

无昧摇头："不是不是，还会追着人跑，咬人，吸血。"

两个衙役向无昧那边挪了挪。

"法师，详细讲讲这个事呗，听着挺古怪的。"

"真是僵尸在咬人？"

无昧又诵了一声道号："这个事离现在有几年了，不过贫道真是一直记得清清楚楚的。那时张知县才十八九岁，正预备着要去考郡试，我们都住在道观里头。那年，真武山的玄天宫八月初八要做大法会，玄天宫的知尘道长与我们的师父是故交，来信相请，先师当时病重，就命我俩去玄天宫送贺仪。真武山离我们南池县甚远，故七月初六，我们两个就启程去真武山……"

中 元 魇

一

那一年，七月初六，无昧和张屏启程去真武山玄天宫送贺仪。

他二人身无盘缠，观中借给他们两张法牒，两人穿着道袍，冒充道士，边走边化缘。快中元节了，沿途遇上不少做法事的，蹭斋饭茶水都挺顺利。运气好，还能搭一段儿车，借个屋檐过夜。

七月十三，无昧与张屏走到了一个叫小石湾的地方。

那天格外炎热，道路几乎能把脚掌煎熟，无昧只觉得露在外面的皮晒得生疼，毛孔中的水尽被酷日拔干，竟流不出汗。连苍蝇都去躲阴凉了，除却他和张屏，路上再见不到半个活物。

小石湾的界碑半隐在路边一丛被烈日烤得耷拉着的野草后。无昧从烫手的褡裢中摸出地图，想对照一下方位。突然，空空的道路上冒出了一条黑狗。

无昧吓了一跳。狗看见他们也一哆嗦，停止奔跑，缩起脑袋。

无昧壮着胆子向它吹吹口哨，狗打量了他片刻，迟疑地摇摇尾巴，转头向身后看看，飞快朝他们奔来。

张屏向连连后退的无昧道："嵋哥，它不是要咬你。"

黑狗瞄准无昧一个飞扑，无昧啊呀一声，发现黑狗竟绕到了他腿后，瑟瑟直抖。跟着，前方又奔来一个男童，边跑边哭喊："大黑，大黑！"

狗从无昧腿后露出头，尾巴动了动。

孩子看清了无昧和张屏，在几丈外停下，定了一瞬间，转身往回跑。

"爷爷，爷爷，这里有两位道长，他们没有打大黑！"

黑狗抬爪扒扒无昧的腿，咬着他的衣角直拽。阿屏面无表情望着那孩子的背影："嵋哥，这地方，有事。"

无昧脊梁骨一凉："阿屏啊，哥知道你一开口一准没好事，而且特别灵。你可别乌鸦嘴！"

刚才跑来的男童重新出现在前方，拉着一个扛锄头的老者。

黑狗又抖了一下，紧缩在无昧身后。张屏上前向老者一揖。

无昧双腿僵直，不能移动，只能遥遥也揖向老者："无量寿福，老施主，贫道师兄弟二人有礼了。"

老者眯着眼扫视他二人："二位小哥当真是道士？"

张屏道："不是。"

老者抡起肩上的锄头，无昧和黑狗都一颤。

阿屏再拱拱手："敢问老人家为什么要杀这条狗？"

老者将锄头拄在地上，叹了口气："我动手，还能赏它个痛快，好生把它埋了。不枉它给我家守了几年门。"

男童在一旁抽抽噎噎地哭。

无昧小心翼翼问："莫非这狗咬了人？诚心赔个罪，请被伤的施主别和狗计较就是了。上天有好生之德，这么好的一条狗，饶它一命，定有福报。"

黑狗用力摇摇尾巴。

老者再叹了口气："两位肯定是打远道过来的，不知是什么人指点你们走上了这条路？"

无昧道："我们瞧着地图自己走来的。"

老者点点头："我想着也没人这么缺德。这两天，但凡知道的，都不会往这里来了。"

张屏再问："可是贵村新近出了什么事，跟狗有关？"

老者半闭起眼："是隔壁村出了事，但我们村也被牵连了。年轻人，你们两个趁着刚晌午，赶紧回头走。席滩乡的界碑那里有个茶棚，去棚子底下跟人问问路，那附近往南往东往北都有可绕过这里的小路。喝碗茶就能告诉你怎么走。"

无昧"啊"了一声，昨天他和张屏被拽去某村某家的法会充数，好吃好睡了一晚，早上搭了辆村里的运柴车从小路直接上了大道，应是正好错过了席滩乡。

他一躬身："多谢老施主指点。"上前拉拉张屏的袖子，张屏不动，倒是那条狗紧随他的脚步，继续贴在他腿后。

无昧眼睁睁看着张屏肃然又向老者道:"究竟是什么事,令大家避让绕道?"

老者再上下打量了他们几眼:"你们到底是不是道士?"

无昧飞快抢答:"是!"

张屏坚定地道:"不是。"

老者瞪视他们片刻,长吐一口气:"不管是不是吧,年轻人,你们听说过僵尸吗?"

无昧愣了一下:"从棺材里爬出来,蹦蹦跳跳的那种?"

张屏道:"僵尸,都是妄传。有些时候,人看似死了,其实只是昏迷,就会再醒过来。尸体承受极热或其他外力,也会动。"

老者的神色中露出一丝无奈,无昧连忙装模作样念了两句经:"师弟年纪小,说错了话,老施主莫怪。"

老者苦笑一声:"老汉在你们这般岁数的时候,也不信这些,觉得都是胡扯骗人的。这世上许多事,都得亲眼见了,才知道是真的。"

无昧顺着他话头问:"老丈见过?"

老者颔首:"前两天,刚见过。"

假的吧,光天化日,朗朗乾坤,就算快中元节了,哪那么容易见着这种东西!

无昧立刻又在心里念了一句无量天尊,都是和阿屏在一起久了,思维快跟他一样了。

求诸位神仙保佑,妖魔邪物,一切勿扰!

张屏再拱拱手:"老丈可否详细告知?"

老者不言不语转身走向旁边的树荫。

无昧回过神,才发现自己身上正滋着烤乳猪的香味,忙随着张屏一同也走到树荫下。黑狗夹着尾巴紧跟在他背后。

"老施主,僵尸乃是极其凶煞的邪物!贫道观此地风水甚佳,老施主也满脸福相,怎会遇此邪?"

张屏取出水袋,拔下塞子递给老者,老者摇摇手。

"老汉一个乡下老头子,这把岁数还得下地干活,哪有什么福相。这桩邪事,就出在前几日,七月初九的晚上。有三个客商,七夕节到县城里卖结缘物事的,卖完了货,要回去,傍晚借宿在我们小石湾邻近的桥头村。村里一户人家,老头年纪快八十了,就在初九这天没了,停灵在自家堂屋里。第二天清早,店家发现三个客商不见了,那家人发现老头的尸体不见了,都到处找。这个时候,有早起到河边的人，在桥头村和我们小石湾交界的地方见着了这几个人，不过……"

老者停下，拍拍眼巴巴盯着黑狗的男童。

"去，我腿上让蚊子咬了，到那边掐把香草叶回来。"

男童"嗯"了一声，祈求地看向无昧："道长，别让我爷爷打大黑！"颠颠跑开。

张屏待男童跑远，出声问："那几个客商，都死了？"

震耳欲聋的知了叫声中，无昧感到有股阴阴的小风钻进了自己后背。

老者盯着地面："是。三个客商都死在荒地里，身上有牙印，煞白煞白的，似被什么东西撕咬，吸干了血。那老头的尸首在离他们不远的一棵老树下，咬着一只鸡，一嘴血。"

无昧打了几个哆嗦。

张屏肃然道："敢问那三位客商年纪多大？身形如何？"

老者道："老汉只在人堆里粗粗看了几眼。都不算胖大吧，血淌没了，都显得白。听说有一个还会些拳脚，年纪大概四旬左右。"

无昧觉得那股阴凉之气在全身各处游走，老者抬眼望着斜前方的某处："那几个客商借宿的地方，离着那片地有十几里路。老头姓肖，家在村子的另一头，离三个客商住的地方老远，离出事的地方更远。这肖翁在世的时候腿脚就不利索，进出屋迈个门槛都得人搀着，更别说能在半个夜跑出十几里地。"

无昧钦佩地道："老施主真是胆大，要换成贫道，看都不敢看。"

老者"唉"了一声："那两天修整河滩，我就在河边守夜，听闻有事就过去了。乡长说给我加钱，饶是我这把年纪不该怕什么，也再不敢守那河滩了。"

张屏道："老丈守夜之处离尸首被发现之处很近？半夜可有听到什么动静？"

老者思索了一下："没有，那天晚上挺静的，有点风吧。"

无昧在心中将天庭众位神仙都拜了一遍。

玉皇大帝，元始天尊，这太邪性了！

一个诈尸的老大爷，追着几个人跑出几十里地，咬人吸血。后天就是中元节了，真是听不了这样的事啊！

阿屏，快别聊了，咱们赶紧趁阳气足的时候回头绕路吧！

张屏完全感受不到他内心的喧嚣，仍向老者问道："除了那三位客商之外，没有其他事？"

老者慢慢道："有。就在次日早上，一个抬那肖翁尸身的后生也出事了。村里人一早起来，发现路上到处是死了的鸡，全是被掐断了脖子。顺着死鸡与血

671

迹一路找过来，就看到那个后生躺在肖翁当时躺的位置，也是一嘴血，叼着一只鸡。"

无昧要哭了。

王母娘娘！太上老君！慈航大士！

"莫非……你们觉得，是有什么东西作祟，所以老丈才要打这条狗？"

黑狗"哼嗯"了一声。

无昧感到关键时刻更要积德，立即道："黑狗乃辟邪之兽，若真有邪祟，它反倒能护家镇宅。"

老者苦笑两声："老汉不是不懂道理。若这畜生当真是什么妖魔鬼怪，躺在那里的便不是肖翁了。"

无昧忙道："无量寿福，老施主万不可如此比喻。"

老者摇摇手："神神道道的事，官府也不信，也不让说。只是多年前，我们这两个村曾发过一场怪病，死了不少人。不光是人染上，猫狗畜生，连飞着吃蚊子的蝙蝠都能得病。医官说，这病就是瘟咬病的一种，根在狗身上。狗疯咬人，然后人疯。当时这一带有狗必除，好几年都不能养狗。这次一出事，就怀疑又是闹这种病了，村里好几户人家的狗都被打了。"

黑狗再往无昧腿后缩了缩，老者向他二人拱拱手："两位小哥若是真可怜这畜生，就带它一起走吧。它确实是条好狗，留在村里，肯定得被人打死。"

那男童进出一声哭喊，一头扎了过来，抱住黑狗："爷爷不要把大黑给旁人！我要大黑在家里！"

黑狗低头舔男童的手，老者跺脚："不懂事的娃子，你想它活就赶紧撒手！"

男童哭着不肯松手，张屏望向侧方道路："都走不了了。"

炎炎烈日下，一群黑点飞驰而来。

是一队兵！

为首的男子勒马停下："尔等可是小石湾百姓？奉知县大人谕令，小石湾与桥头村周边道路暂时封锁，任何人不得出入！"

二

"诸位军爷，贫道师兄弟二人乃是去真武山玄天宫参加法会，当真刚刚才到此处！一没进村，二没喝水吃饭，可否请诸位通融让我们自行滚远？"

无昧、张屏和那祖孙一道被押入村，无昧一路不断向兵卒们求告。一小兵咧嘴道："你们来得再晚，也比我们到得早。连我们都寸步不能离这里，你们能滚去哪儿？知县老爷与我们千总大人有令，一只蚊子也出去不得！"

无昧欲哭无泪。这队前来封村的兵卒各个都带着兵器，还有两车铲锹绳索以及两个散发着油味的大木桶。

看来这事很大。

无昧的心在痛哭，难道他和阿屏，就要在这青春年华，身染疫症，命丧荒村，尸焚成灰，飘扬无痕？

众兵卒时不时嘻嘻哈哈逗他和张屏两句。

"两位道长，你们怎么不捉妖拿怪，急着要跑哩？"

"这时候念什么经合适？"

"村里的人这回该知道了，真正要紧的时候，光头牛鼻子们能中什么用？"

……

无昧臊得抬不起头，张屏在他身边默默走着。黑狗被一个兵卒用绳索拴着牵在手中，一时瞧瞧他二人，一时偷看一眼祖孙二人。

小石湾村内一片死寂，家家门窗紧闭，唯有乡长与三个日前县衙派来的人前来迎接。乡长一眼看到小卒手中牵的狗，连忙向兵卒中为首的年轻男子道："俞千总，这时村里可不能留狗。"

黑狗悲哼一声，闭眼瑟瑟，男童又"哇"地哭起来，老者狠狠拍了他两巴掌，连声告罪。那俞千总皱眉，看向乡长身旁一袭青色吏服的瘦削男子："当真是瘰咬病？"

男子道："某与仵作都验看了尸首，暂无疫症的迹象。不过为防万一，已发放药材，令村民自行煎茶服用。每日每户熏醋三次。"

俞千总点点头。

男子又道："村中牲畜也都暂无异常。某已请乡长告知各户，这几日不要食肉，水须煮沸后再饮。狗暂无须杀，先以铁链拴在内院或一僻静方便处，人勿靠近，每日投喂，若有病状，立即上报。"

俞千总转头吩咐亲兵："就依李医官所言。别让孩子碰这狗，替他们把狗送家里去。"

老者拉过男童，连连作揖道谢。

李医官身侧的小吏捧过几叠用药汁煮过的布巾发放与诸兵卒，俞千总又向李医官道："我们带来的干粮里有肉，都是县里买的，能吃吧？"

李医官道："一定做熟了再吃，万不可夹生，不能饮生水，亦勿猎食鱼鸟鸡兔等野味。"

俞千总身边的小兵将李医官的话大声通传与所有兵卒。无昧和张屏也各领了一条布巾，张屏将布巾放到鼻边嗅了嗅，小卒又问："大人，这两个道士怎么办？"

俞千总翻看无昧与张屏的法牒："一个二十九岁，一个三十一岁，看不出你二人竟有这么大了。"

无昧赔笑："我们出家人清心寡欲，瞧着会显小一些。"

俞千总一嗤："扯淡！德信、自常，这是你二人的名字？过来的路上，你分明一直叫他阿屏，他叫你嵋哥。"

无昧瑟缩："大人可是属兔？"

俞千总眯眼："什么？"

张屏道："千总大人属狗，所以才没伤这条黑狗。"

俞千总啪一合法牒："将这两个假道押下去，留待交给县衙！"

几个小兵一拥而上按住无昧和张屏，无昧积极道："无须诸位军爷劳动，贫道师兄弟立即自行去县衙投案。"

俞千总冷冷一笑："这俩假道就先跟狗关一块儿，等这里事毕再押去县衙。"

无昧腿肚子一抽搐。李医官扫了一眼他和张屏："千总大人如何处置嫌犯，某无权插话。但此时，人不宜与牲畜同住。"

无昧感激地望向李医官。

小卒皱皱鼻子："大人，要不就先把他们拴营帐里吧，免得跑了。"

俞千总略一沉吟，忽而看向前方拧起眉头。

两三个村民打扮的男子跌跌撞撞向这里奔来。

"不好了，出、出事了！"

"栓子和四罩儿也发邪了！"

无昧和张屏被众兵卒夹裹着冲进村中，迎上许多惊惶逃窜的村民。遥遥几声凄厉嘶吼，伴着鸡飞人惊叫。

兵卒们纷纷拔出兵器。

嘶吼声愈厉，全无人腔。两个赤膊大汉翻滚在前方空地处，口吐白沫，浑身是血，痛苦挣扎。

李医官高喊："快，取凉水来！"

俞千总自马上飞身而起，掠入一户人家院中。定定呆立的众人中另冲出一道人影，翻进旁侧人家的篱笆，拎着一桶水奔出，李医官从他手中抢过桶，猛泼向两个大汉。俞千总亦拎着一桶水跃上墙头，将水向大汉浇下。

两个大汉狠狠抓着满是血痕的肤肉，发出更不成腔的厉吼，终于抽搐了几下，挺直不动。

无昧的下巴颤了颤，回过神，这才发现那个拎水给李医官的人竟是张屏。

俞千总跃到地面，走向地上的大汉。张屏亦跟在李医官身后上前。其中一个大汉突然啊一声，挺身坐起，血红的双目定定看着前方，又"砰"地倒了回去。

俞千总抬手拦住李医官和张屏，命手下兵卒用长矛戳戳两个大汉，再推开拦阻的亲兵，俯身探了探。

"应该不会动了。"

李医官探了探两名大汉的脉息："已经没救了。抬到棚子里吧。"

人群哄然，有人高声喊："烦请医官大人给个准话，到底是不是瘟咬病？！"

李医官面无表情："某目前无法判断。"

人群更喧哗。

"是就是，不是就不是。究竟是闹邪还是闹病，给句实话！"

"怎么还带了道士过来？！"

"都把这里围起来了，到底还打算让我们活不？！"

无昧在一团混乱中努力地解释："贫道师兄弟只是途经贵宝地，与官府和军爷都无干系……"可惜被吵嚷声淹没，无人理会。

乡长与兵卒喝令肃静，俞千总扫视众人："俞某奉命前来，即是为了保护诸位乡亲父老。不论是病是邪，都必消必除！"

人群中又有人跳将起来叫嚷——

"医官来了这两日，啥都没查到。"

"大人你带的这两位道长，毛都没长齐，顶事吗？"

"李医官刚给栓子和四罩儿瞧过，说没事，转头就这样了。俺们能信啥？！"

李医官双眉紧锁，俞千总抱抱拳："诸位，某等驻守此处，便是要和诸位共进退，喝一样的水吸一样的气，若诸位有差池，我等能保自己无恙？"

乡长跟着劝解，俞千总命兵卒取担架抬走两个大汉的尸首，人群中又有人阴阳怪气道："各位军爷小心些，栓子和四罩儿就是抬了那几具尸体才变成了这样。让医官好好替你们验验，再着这两个小老道念卷经吧。"

俞千总转身看向人群中，抬手一点，几个兵卒跨进人群，揪住方才说话的瘦小男子。

那人尽力挣扎："军爷这是作甚？连句话都不让人说？！"

俞千总挑了挑眉："看你所知甚多，等一时跟我详细说说。"又看向乡长，"可有敞亮地方？"

乡长躬身："村学堂宽敞，可暂供千总歇脚。"

李医官拧眉："大人，状况未明，孩童出入之处，尽量少人靠近。"

乡长犹豫了一下："那就请大人移步药王庙吧。"

三

无昧与张屏跟随众兵卒一道穿过小石湾。一路所见人家，几乎都是砖瓦房，而且不算旧。家家门前悬挂着干艾束，贴着各种符纸。村中道路宽阔，打扫得干干净净。

无昧不禁脱口道："这地方挺富啊，房子比我们那边城里的不少人家还好。"

旁边的小兵"呵"了一声，无昧方才记起之前被交代过不准乱说话，幸而旁边的兵卒并未斥责他，一个小兵道："这些房子是当年这边村里闹瘟疫后，县里拿捐的钱统一盖的。"

无昧大着胆子再出声："哦，怪不得样式都差不多。方才就听那位老丈说过，这地方以前有过瘟疫，很厉害吗？"

兵卒道："屋子都烧了重盖，你说厉害不厉害？死了好多人。"

张屏侧身："是瘰痁病？"

那小兵"嗯"了一声："那时候烧尸首，烧屋子，烟在百里路外都能看见。邻近乡里县城都不敢出门，在井上加盖子，怕这边飘来的灰落到井里头，布店里的油布百文钱一尺都买不到。大热天，人人从头到脚包得严严实实，生怕被从这边飞过去的蚊子咬了。"

又一个小兵道："可不是嘛，我那时候浑身也给包得紧紧的，起了一身疙瘩痱子。偷偷去河里洗了个澡，差点被我爹把腿打断。"

无昧愕然，难怪方才那群村民如此反应。

张屏又问："那次疫病，只有这两个村子受灾？"

小兵道："是，这里算是我们县最靠边的乡了。桥头村往东，都是荒地跟庄稼地，过了台子界就是洋台县的地界。"

无昧讨好地道："诸位军爷大热天还要赶这么远的路到此，真是辛苦。"

小兵"嘻"了一声："没办法，县衙说他们人手不够，可不就得我们上嘛。军令一下，刀山火海也得来。"

无昧继续奉承："正因诸位军爷英勇，我们老百姓日子才过得踏实。"又从袖中摸出几个折成三角的符，"军爷请收下，小道法术不精，只是小小心意。"

几个小兵瞄了瞄前头俞千总的背影，飞快抓了符揣起，对无昧和张屏又和颜悦色了几分，一个小兵还分了他们几口水喝。

张屏未再言语，只默默扫视沿途种种。

愈近东南，一股香火气渐浮渐浓，迎面许多村民拥来，被兵卒驱喝，各自散开。乡长歉然向俞千总道："村民愚昧，有了事情，就想烧香求个平安，大人勿怪。"

无昧踮脚向前张望，只见数丈开外一道琉璃青瓦屋脊。再走近些，便见烟雾缭绕中，硕大的"药王庙"三字书于匾上。

药王庙的匾很大，庙却着实小，只有一间大殿，也无道人。

兵卒驱开所有乡民，乡长躬身请俞千总入内，李医官看向神台上药王像手中葫芦下的一堆水盆，陡然变色："这是谁弄的，赶紧撤下倒掉！"

乡长轻声道："都是村民们想求个心安。"

李医官厉声道："愚昧！搁这许久，该落进多少灰尘？大热天人堆里一挤，烟再一呛，再喝进这些水，没病都能整出病！"

乡长连声道："是，是。"

小兵们遂把神台上的所有水都倒了，围观百姓骂声不绝。

无昧和张屏也跟着蹭进殿内，神台旁侧甚是宽阔，后墙密密立满神位。

兵卒将所有窗扇尽数打开，俞千总在一把椅子上坐下，让人把方才抓住的那个瘦小男子带到面前。

"你乃本地村民？"

那男子全无之前的嚣张神气，蔫头耷脑盯着自己的脚尖。

"小的姓章，名平。小石湾生，小石湾长。"

无昧不禁看看张屏。俞千总额首："先时你说什么当心些的话，何意？死了的这两人，你认得？"

章平耷拉着头道："回千总大人话，栓子和四罩儿跟小的算是一道滚爬大的。我们仨岁数差不多，他二人个头大，人也憨，平时就常帮人挑水扛柴。这回桥头村那几个人出事，这么邪性，谁都不敢上前。他俩见那肖老的家人哭得跟什么似的，就帮着把尸体抬了。"

俞千总再问："一共四具尸体，只有他俩，加上前日的另一个死者抬？"

一旁乡长答道："前日的死者小召只是帮肖家人整理尸身，并没有抬尸。抬尸者另外还有六人，都是小石湾的。"

章平道："可他俩抬的是那老头。小召是掏出了老头嘴里的鸡，就是那时候沾上什么了。"

俞千总挥手命人将章平押下，传那两个大汉的家人。

大栓已成亲，有个两岁的娃。娘子哭昏了过去，暂不能前来。

四罩儿还是光棍，爹娘伤心病倒，长兄长嫂在家照顾。其二哥二灯儿应传过来，禀道四罩儿这两日并无异常，今天早上都还好好的，突然就出事了。

俞千总问："他出事前可是一直在家里？都吃过些什么？"

二灯儿哑声道："他上午去河边钓了一时鱼，晌午太热就回来了。鱼都还没杀，在盆里放着。喝了两口水，嚷说头疼，还以为是热的。后来越嚷越厉害，突然就……"

李医官出声问："喝的是凉茶水还是生水？"

二灯儿道："家里后院的水井现打出来的水。"

李医官再追问："他发作后除了喊叫抓挠，还有什么状况？可伤到了人？"

二灯儿立刻道："没有，家里其他人并未受伤！四弟他就是听不得人说话，跟要咬人一样，力气奇大，我们兄弟三个都按不住他。"

俞千总微微眯眼："他是否在太阳下特别不适？"

二灯儿哽咽点头："对，对。四弟在太阳底下就跟要晒化了一样，爹和我们兄弟几个喊他，他就跑外头去了。"

俞千总跟着再盘问了几句，命二灯儿也暂且退下，向李医官道："惧光，怕响声，疯起来要咬人，都是瘪咬病的症状。可要先约束一下乡民吃水？"

李医官神色凝重："千总所说这些，的确是瘪咬病症状。可瘪咬病从染到发需些时日，发作后还会高热或皮下出血，一般反复几日才会身亡。这两人的情况有些不对，我需再查，请高医官一同参详。"

乡长颤巍巍插话："李医官，恕老夫直言，先是桥头村，现下小石湾也有两条命没了，再拖延，万一扩散开，之后更不敢想象。这块地方经不起和数年前一样的事了。"

李医官肃然："李某当然知疫症之祸。但身为医者，不能轻断乱断。桥头村与小石湾的几位亡者发作症状及尸身确实有许多与瘪咬病不同。李某才疏学浅，想不到有任何病症与这些相符，故不能贸然断言是疫病。若无疫却断言有疫，亦是祸害百姓！"

乡长怔了怔："李医官哪，若这几人之死，不是因为病，还能是什么？"

无昧也跟着愣了一下，打了个激灵。

李医官眉间一皱，向俞千总与乡长一揖："李某需去验看尸首，先告退了。那抬过尸首的六人，请千总大人让高医官看诊。"转身出门。

俞千总继续问乡长："高医官怎么说？"

乡长欲言又止。俞千总又道："我与李量是有些私交，但公事公办，有话直说无妨。"

乡长犹豫地道："高医官也说，单看肖翁及三位客商的尸首，与瘰疬病确实不甚相同，断不出是什么病症。天气炎热，多蚊虫，牲畜也易染病，防止扩散最为要紧。"

俞千总道："即是说，高医官觉得是疫病，可李医官觉得不是。对吗？"

乡长忙道："李医官也说要多防范，告知各家饮食行动当要如何。只是桥头村那边现在人心惶惶，各家都把养的牲畜杀了，自己煎药汤喝，李医官说这些都不用。"

俞千总了然地点头，张屏插话："天气热，杀许多牲畜，血腥尸肉极易引病，村户人家没了牲口，日子会很不好过。"

俞千总目光如寒刃，无昧赶紧赔笑告罪："他没见过世面，不小心乱说话，求千总大人恕罪。"

俞千总冷冷道："滚！"

四

张屏和无昧被亲兵扔出门外。张屏爬起身，定定望着门内神台上的药王像。

"嵋哥，你觉不觉得这像有些像……"

无昧赶紧打断他："是跟咱们观里的很像。同是药王法身，自然一样。"

另一方十分吵嚷，却是李医官正在被一群村民拉扯，求他把脉看诊，兵卒驱喝难退，村民还越聚越多。

遥遥一阵撕心裂肺的哭声，几个婆子扶着一个脸色煞白、哭得直不起身的女子跌跌撞撞而来，那女子看见李医官，嘶声一吼猛扑过去。

"李医官，你不是说我家大栓没事吗？！你不给他药！你不让他治！都是你们这些当官的害了他！！！你赔我大栓！！！你赔我相公啊——"

兵卒挡住那女子，李医官分开众人，在几个兵卒的护卫下疾步离开。女子不成人腔的哭骂刺向他们背后。

"你们这些当官的不把我们当人！你们丧尽天良！你们都不得好死——"

李医官闭了闭眼，快走如奔。兵卒忙着驱赶百姓，竟没注意张屏钻出了人墙，向李医官追了过去。

无昧赶紧去追张屏，药王庙再向东南便是田亩荒地，远远一道斜坡，坡上搭着一顶方形的棚子。

护卫李医官的兵卒发现了张屏，立刻呵斥令他退下，张屏向着李医官的背影高声道："那两人死状古怪，请医官大人仔细查验尸首。"

李医官停步瞥向他："世间坦荡，从无怪力乱神。"

张屏道："此事无关鬼神。"

李医官微微皱眉："你懂些什么？"

张屏恭敬道："识得一些药材，能守夜，擦洗尸体，抬运物品。"

棚子方向也传来吵闹声，李医官看了看那方，再面无表情一望张屏："你跟我过来吧。"

无昧本要揪住张屏，但看着李医官的脸，突然打了个哆嗦。

他知道刚才张屏望着药王像其实想说什么了。

那尊药王像的眉眼，很像李医官。

张屏丢下一句"师兄先歇下等我"，头也不回地跟着李医官走向棚子。无昧咬了咬牙，也跟了上去。

盘踞斜坡半腰处的棚子搭得几边不很一致，怎么看怎么像个侧开口的棺材。棚前又有几个乡民在闹，从哭喊的言语听来，是死掉的那两个大汉其余的家人，扯打着要看尸首，质问为什么会这样。

兵卒还没过来这里守卫，只有几个抬尸首过来的小兵同原本就守在这里的差役拦阻那几个哭闹的男女，另一个身穿医官袍服的老者也被扯住，一脸汗与苦涩。

那几人发现了李医官，立刻掉头向他冲来。

兵卒与衙役赶紧将李医官护住，无昧见两条汉子冲破了防卫竟也向他扑了过来，赶紧后退一步。

那两人死死盯着他："你们，是官府找来的？"

另外几个人亦停了手，一个衙役飞快对无昧和张屏挤挤眼。

"是啊，是啊，这二位法师乃是特意过来协助的。别看这二位瞧着年轻，都是高功法师，闭关多年，好不容易才请出山。正是法力高深，方才貌若少年。"

张屏跨出一步斜挡在无昧前面："人死不能复生，当下最要紧，是查出缘由。"

一个汉子嘶哑道："俺们就想知道，为什么好端端的人会突然没了！"

李医官道："现在的确还不清楚，得查。天热尸首易腐，请诸位莫要耽搁。"

那汉子咬了咬牙："李医官，前日你说不是疫病，俺们信了你。你说俺兄弟没事，俺们又信了你。多年前俺们这里是欠了你家，这回就再听你一次。请李医官务必给个交代。"

李医官微一点头，走进棚子。

张屏掏出在村口拿到的布巾，蒙住口鼻，跟了进去。无昧效仿随之。

棚内被油布隔作两间，两名大汉的尸首躺在最内里的长木板上。看守的差役支支吾吾告诉李医官，尸体抬来时，仵作说觉得有些中暑，想去解个手喝口水，到现在还没回来，也找不到了。

张屏望着木板边的水痕："尸体擦洗过？"

差役道："是啊，高医官说得验看伤痕，还要看看他们有没有长肿疱，就让小的们提水冲了一下。在外面冲的，那块地方翻土埋住了！"

高医官闻声踱进棚内，张屏瞅了瞅他，李医官问："高叔可看出病征？"

高医官掀开一具尸体上的盖布，给李医官看尸身上的抓痕。

道道血痕都深到肉里，外翻的肤肉令无昧的胃中也是一阵翻涌。李医官用布巾包手，仔细查看尸首全身，张屏默默站在旁边，遇到要翻动尸体时，便搭一把手。

无昧着实难以忍受，走到油布帘旁喘了一会儿。

半晌，两具尸体都查看完毕。

李医官取下手上布巾，命差役焚去，与高医官一道走到油布帘外。

"依我判断，这两人死于惊厥。除却那些抓痕，无其他肿疱瘢痕，有些奇怪。"

高医官叹了口气："老夫与李医官所见相同，故十分疑惑，不论内有病气或外染邪疾，肌肤上定有表征。可这两具尸体，都是只有抓伤处有肿毒之相。前日的尸体，是因撕咬。这两人无缘无故，为什么要这般抓挠自己？"

无昧竖起耳朵，前日，是指？

差役颤声问："医官大人的意思是，这两人身上的抓伤和那几名客商身上的咬伤一样？！"

李医官神色一厉："高医官与我尚未有结论，方才的言语不可与外人道半个字！望二位小道长也如此遵守，否则我将禀告总兵大人，以妖言惑众之过论处。"

差役与无昧一同连声保证，张屏道："两具尸首身上的抓痕，多在颈部、脖子、前胸、双手及双臂，小腿上也有几道。大腿、腰腹、后背几乎没有。都是天热会露在外面的地方。"

李医官又看了他一眼："不错，若是内症风疹之类，大腿根、腰间、后背都是多发处。我与高医官疑惑即在此。"

无昧也插嘴道："会不会是沾上了什么？有些草汁，沾身上就可痒了，一抓肿一片。还有的虫，爬人身上也会很痒。刚才听其中一位的家人说，他早上去过河边，还吃过自家井里刚打上来的水。"

他说完最后一句话后，棚中突然变得很安静，高医官、李医官和差役的表情也不大对劲。

无昧摸摸鼻子，茫然地看看张屏，李医官突然向差役发声："再去询问这两位的家人，将他们从今早起床到出事前行动饮食详细报来。请俞千总让两村的百姓暂都不得靠近河边，更不能触碰河水。另外，记得我方才告诫你的话。"又向无昧和张屏道，"这里暂无须道人念经，棚中不便他人滞留，请自行离去吧。"

张屏向李医官一揖："敢问之前几具尸首，是因伤致死还是惊厥而亡？那几具尸首存放在何处？"

李医官皱眉："你问这做什么？"

无昧赶紧拉住张屏的袖子，把他拖出棚子。同他们一道出来的差役小声道："那几具，已烧化了。这天，这情形，哪能留？两位找个机会，能走赶紧走吧。"唉了一声，小步跑向村子。

四罩儿的家人仍守在不远处，见他三人出来又嚷着要说法。张屏四下看了看，向棚子后走去。

无昧只能跟着他走到斜坡顶端，下方一片荒地，乱草横生，侧方远处是一座座坟包连绵，荒地角落有处地方无草，裸露着新土，坡下离着荒地很近的地方有一道道干涸的白痕。

张屏正要向坡下去，他们身后传来一个声音："别往下头去。"

一个穿着差役服色的老者缓缓地踱过来。

"下面那块地底下，埋的全是上回这地方闹瘟疫时，烧化了的骨灰。明儿夜里就要开鬼门了，你们两个小道长怕也招架不住。"

张屏指向那无草处："前日的尸首，可是在那里烧埋了？"

老差役踱到树荫下："不错，中元节到了，又添新了。"

无昧浑身寒毛直竖，与张屏一道走到那老差役身边。

"有几位逝者不是这小石湾的人，他们的家人能愿意吗？"

老差役提起裤腿坐下："若闹起疫病，将关系多少人的命？官府下令，谁敢违抗？那几个客商是外地人，还不曾有人告知他们家人哩。"

张屏道："邻村的那位老丈，也不能带回尸身？"

老差役慢悠悠道："第一个烧的就是他。"

无昧哆嗦了一下："那几位客商，真的是被那位老丈咬死的？那位老丈，之前当真已经死了？"

老差役眯了眯眼："眼下因疑有疫病，村都封了，军爷来坐镇，无凭无据的流言蜚语，两位小道长可不能乱说。"

无昧往老差役身边蹲了蹲："差爷一看就是个善人，旁人我们师兄弟可不敢聊。刚刚看棚子里的那两位，贫道就感到邪气，从不曾见过什么病症发起来是这样的。可惜贫道与师弟法力微末，暂不知究竟。"

老差役一叹："实不相瞒，我老儿当差这么多年，就是数年前发瘟疫那回，也没有这样的事。"

张屏道："差爷是指，死人杀人？"

老差役立刻道："慎言慎言！就因为这个说法，这时候才闹这么厉害。"

无昧打了个冷战，张屏继续询问诈尸老者的事，老差役的回答与他们进村时遇到的养黑狗的老者所说差不多。

那位肖翁快八十了，腿脚不便，半边身子有点瘫。在世的时候，自己走到村口都难，更别说半夜里追着几个人跑出这么老远的路了。

三位客商的底细，老差役知道得较多。

"这三个跑商的，一个姓郑、一个姓白、一个姓仇，年年来城里卖货，外号挣油水、大白忽、老皮球。其实他们是跑边塞到江南这条线的。冷天的时候从江南带绸缎玩件往北走，等到边塞了，天暖了，就把绸缎卖了，趁伏天塞外沙漠里热的时候，低价收皮子，再回南边，待到天一冷卖皮货。一年跑这一个来回，挣的钱多了去。他们去时走旱路，不过这里。回去乘船，在乌沙镇那地方上岸，转到川门县那边改河道去江南，路过这一带。"

行商之人，自然每走一步都不错过赚钱的机会。县城里每年七月七有个大集，这三人年年便留下点从江南带去塞外没卖完的余货，到集市中卖，顺便休整两日。虽然都是些江南那边早已时兴过了的衣料饰物，在这小城中，也是十分新鲜了。

"这三个人，都精得很，他们也怕小地方的人见钱眼开，劫他们的道，大货都另雇了镖局护着，先走了。钱放在全国通兑的银号里，回江南再取现。过来城里就带点零碎东西，身上都是散钱。这回出了事，钱财行囊都还在那家店里，怀里揣的钱袋子、身上戴的玉啥的也没少。"

张屏皱眉："这三位客商死的时候，衣饰整齐，身上有钱袋和饰物？"

老差头道："衣裳都扯成布条了，哪能齐整？脚上穿的便鞋。身上钱袋子里钱确实不少，还有金锞子哩，手都见白骨了，扳指还在指头上。唉，行商的人，最值钱的东西都不离身，可钱财，到底是身外之物。"

张屏"噌"地站起身："这些随身的遗物，都在哪里？"

老差头被他吓了一跳："烧了。能烧的肯定都烧了。连那老肖头的家人都同意化了所有东西，他们的怎么能留下？玉佩大扳指都砸烂了，行囊也烧了。剩下些金银钱，怕村民刨挖，都封在罐子里，应该会交给俞千总吧。"

张屏双眉紧锁："差爷可曾见过他们的尸首与饰物？这几人的鞋底是否磨损？泥土多否？"

老差头回忆了一下："我是同两位医官大人一起来的，烧的时候，我在。但都裹着布烧的，真是记不清了。砸他们随身饰物的时候，还有人跟发邪了似的，口吐白沫，说什么鬼放出来了，鬼放出来了，所有人都跑不了。"

张屏立刻追问："这人是谁？"

老差头无奈："对不住，当时这么多人，真是看不清，就是村民呗。"

张屏再追问："是小石湾的？"

老差头摇头："不一定，当时桥头村的人也在。"

张屏肃然又问："这三位客商，可是数年前那场瘟疫前后，也经过了这里？那肖翁与三位客商所宿的店家家中，是否有人因瘟疫过世？"

老差头"呵"了一声："小道长是怀疑这三位被人害了？我们早先也这么想过，已经查了。这三个跑商的，以前从未到过小石湾与桥头村，今年不知为何会在这里歇脚。瘟疫时，这一带几乎家家都死过人，有的一家都没了。"

张屏猛地转身，向坡下跑去。

无昧吃了一惊，匆匆向老差头行了一礼，也追了过去。

张屏一头撞进棚子，高医官与李医官都不在，唯那两具尸体仍躺在木板上。兵卒跟进来呼喝驱他出去，张屏一把抓住小兵的手臂："草民求见俞千总，有十分要紧的事禀报！"

五

张屏与无昧被五花大绑送回药王庙，俞千总正在殿内布置防卫事宜，乡长与高医官、李医官都在旁侧。

俞千总从沙盘上抬起眼，满脸杀气。

"要紧之时，竟敢胡缠。拖出去，三十军棍！"

无昧两眼一黑，李医官出声："验尸时，这两人就在旁侧，或有可用见解，大人不妨一听。"

俞千总冷冷盯着无昧与张屏片刻，一摆手，左右随侍的小兵退下。

殿门合拢，张屏微微躬身："千总大人，桥头村三位客商之死，有可能是谋杀。"

殿中陡然一冷，俞千总眯眼："你说什么？"

张屏抬起眼："世上没有能杀人的尸体。尸首及陈尸之处，都是刻意布置。"

乡长和两位医官神情各异，俞千总用瞧疯子的目光扫视了张屏片刻，转动手中要插在沙盘上的小木棍："前日死的三位客商，与小石湾、桥头村素无关联。县衙已查过，另一名死者肖翁及家人，还有他们所宿的店家内的所有人，都从未与他们有来往。当时店内除了他们三个人，也再无其他路过或留宿的客商。死者财物俱在。不是仇杀，也非劫财。这三人在城里时，未嫖宿召妓，与女子有情色纠缠。谋杀？谋什么？"

张屏道："请大人查一查数年前那场瘟疫时，这三人在本地做过什么。陈尸之处的布置及后来种种，一是借邪祟作乱，二是明显刻意将事态再引向瘃咬病。"

俞千总冷冷一呵："一派胡言！第二天死的那个后生，还有今天的两人难道也是被人害了？什么人能让人咬死一堆鸡再横尸村口？再过一时你是不是该说不是人是鬼了？！"

张屏道："死鸡横尸，可以布置。"

俞千总环起双臂："怎么布置？为什么要布置？能让死人紧咬着一只鸡喝下一肚子血，杀人的是不是还得会迷魂术啊？"

张屏道："死者咬死了这么多只鸡，村人却毫无知觉，第二天才发现尸体，这本身就十分可疑。"

俞千总将手中小木棍一抛，李医官道："目前的七位死者，除了十一早上发现的死者乔小召外，其余皆无病征。确实有些耐人寻味。"

俞千总盯着他："我记得你不信鬼。"

李医官垂下双目："我只是觉得，是否是瘆咬病类似的瘟疫复发真的不能定论。让村民莫要靠近河水足矣。连井水也不能吃，集中在一处，这般酷暑之下，无病也会生病。"

乡长抹了抹额上的汗："今天死的两人都吃过井水，方才李医官已经听到了。地下水脉相通，若两家的井有事，一村都不能幸免。"

李医官面无表情："地下水极不易成为疫源。有人投毒或内有病腐尸首则另当别论。当年疫症死者的骨灰埋葬处离地下水源很遥远，即便骨灰中存余疫毒，经年被雨水冲淋下渗，也污不到村中井水。"

乡长颤声道："万一井水有事，李医官担得了这个责任？！"

高医官出声打圆场："不错，事有万一，趁疫病未扩散，多加预防，总是踏实些。"

李医官平缓道："暂不用封井，让村民各自查捞井中，加盖纱罩，吃水时煮沸再吃。有事，我拿这条命担。"

乡长脸色涨红："李医官，恕老夫直言，你一人性命，能换多少百姓？"

俞千总大喝一声："罢了！"又拿过一根木棍往沙盘上一插，"天气炎热，一村数百人，吃水用水不是小事。向衙门请命运水需至少一两日，贸然封井，恐生大乱，这两天，暂按李医官方才所说的办。严密巡视各户，尤其这几个死者的家里，发现有人不对，立刻隔离。这是我的命令，责任，我俞明彻担！"

乡长长叹一口气："既是千总大人之命，老夫与乡亲们定会遵从。"一揖离去。

张屏再道："大人，这的确是命案。若不立刻查出真凶，其定会再杀人！"

俞千总眯起眼："你个在节骨眼上妖言惑众的神棍，不正法不能明纪！来人，拖出去！"

李医官挡在张屏身前："千总大人，当下人人恐慌，唯这两人以为不是疫病，正好可守夜看尸。仵作仍未寻到，这二人还懂些药理，能否暂留他们与我帮忙？"

俞千总定定看着李医官："你非要如此吗？"

李医官又望向地面："我非与千总作对，只是，身为医者，不能妄断病症。另外，我想开膛查验今日两名死者的尸首，请千总大人应允。"

俞千总长吁一口气："这两人的家人还不活撕了你，等找到仵作再说吧。"

李医官拱手："那尸首今日便不焚化了。多谢千总。"

俞千总脸色铁青，张屏又开口："千总大人，请先保护好另几位抬尸体的人。"

俞千总神色猛厉："速滚！"

"另外六名抬尸人，已被俞千总单独看护起来了。"

离开药王殿，李医官简略告知张屏和无昧。

无昧擦着冷热混合的汗滴赔笑道："千总大人英明。"

"关系疫情，这几人本就该着重察看。"李医官再淡淡道，"你二人，不是道士吧。"

张屏"嗯"了一声，无昧赶紧道："只是还未正式入册。"

张屏瞅着李医官："医官大人方才说，前日死掉的一人有病征，能否详细告知？"

李医官仍是简略地道："他的肺烂了，所以我才想开膛查验后面这两人。"

张屏微微顿住："那他的家人如何？"

李医官道："他没有家人。"

又一群村民向李医官扑了过来，李医官向张屏和无昧抛下一句"你们先回棚子那边"，迎进人群。

无昧拽着张屏快走几步，身侧突然传来一个声音："两位小道长请留步。"

无昧循声望去，唤住他们的竟是乡长。

"方才老夫在殿内，因一时急躁，对李医官说了些唐突言语，并非有意。也牵连到两位小道长，望请莫怪。"

无昧受宠若惊："乡长大人太客气了，原是我们师兄弟二人给村里添了许多乱，让大人多担待。"

张屏道："我们跟李医官，没有乡长和李医官熟，乡长直接和李医官说更好。"

无昧拧了他一下，乡长一愣，继而和蔼地道："老夫见二位与俞千总一同进来，后来又跟着李医官，加上俞千总与李医官是至交，方才……误会了。"

无昧打个哈哈："我们只是路过，就被带了进来。"笑声出口，顿觉在此时此地不妥，悄悄看了看四周，惊讶地发现不远处，几个小兵手握长矛紧紧盯向这方。

乡长再道："乡亲们的事不能耽搁，老夫便先行一步了。两位小道长若有什么需要的，让人带句话即可。"

无昧再扯着张屏向乡长道谢，目送乡长的背影，感慨一叹："这地方的人真是好啊，为什么会遇到这般天灾？我也信李医官说的，不是瘟疫，这些人定然都好人有好报。"

张屏道："的确不是瘟疫。"

无昧一激灵，回过味来，忙示意他身后有人盯着，又悄声道："刚才你真是吓死我了。幸亏李医官人好，不然咱哥俩都得交待在这村子里了。你为什么要说那些话？"

张屏紧皱着眉："他们的确是被杀的，凶手，还会再杀人。"

无昧抬手捂他的嘴，不远处的人群突又混乱了起来。

"又出事了，又出事了！"

"又有人死了！还是那块地方！！！"

死在河边的人，不是村民，而是一直没找到的仵作。

尸体抬回来时，天已傍晚。那片埋着逝者骨灰的荒地处，有几条人影绕行，一路泼洒羹汤。

"爹啊，娘啊，天快黑了——太阳要下去了——不热了——出来喝汤吧——要过节了——儿与媳妇孙子来给你们送汤了——爹啊，娘啊，出来喝一口吧——"

蹒跚在斜阳中的人拖着长影，蹚过荒草，声声呼唤消散于暮色。

数年前的那场瘟疫后，小石湾和桥头村的人上坟，只在傍晚。

被兵卒看守着的无昧和张屏站在斜坡的最高处的树下，沉默观望。

一边仿佛黄泉忘川畔，另一边，黑压压的人群尾随着抬仵作尸体的担架，缓缓而来。

俞千总亲自镇守在棚子前，兵卒们抽出兵器，村民散成半圈。

"到底是什么病，有没有药治，给我们句实话！"

"连你们官府自己的人都没命了，还要拖下去？！"

乡长拦在兵卒与百姓之间，求百姓暂不要闹，一定会给大家一个交代。村民们不买账，叫喊声更大。

兵卒尽力拦阻，李医官和高医官与担架一起匆匆进棚。

张屏也很想去，但被看守他们的小兵拦下。

"二位穿着道袍，被百姓瞧见恐会让乱子更大，对不住了。"

白天与他们说话的老差头又缓缓踱过来，叹了一声："若非是李医官在，恐怕早就乱起来了。"

无昧抓抓后脑："李医官医术精湛，他一直都说，这不是疫病。"

一个小兵插话："也就李医官能这么讲，换个人，早让村民撕了。"

无昧不解，张屏道："是不是李医官与这村子，有什么渊源？"

小兵诧异："还没人告诉二位？李医官的爹，就是几年前发那场疫病时，为了救这里的人死的。"

无昧"啊"了一声。

老差头又长长一叹："当年那场瘟疫，先时一直查不出原委，发病的人越来越多，跟恶鬼一样咬人。好的人被咬，也变成鬼。人都说是这地方的人作了孽，招了邪祟得了报应。"

又一个小兵插话："连我们千总的哥哥也是那次染病没了的。"

无昧惊诧："俞千总也是这村里的人？"

小兵道："不是，二位可真够脱俗的，我们千总大人家是城中第一府，你们打从城里过，竟没听说？"

无昧羞惭："贫道师兄弟身无盘缠，未曾在城中停留。见笑了。"

老差头道："千总大人的父亲俞员外，仗义疏财，在整个州郡都是数一数二的大善人，可叹老天不开眼，当时千总大人的兄长在这附近的别庄读书，不幸也染了疫病。后来那座别庄被员外捐给了县中，改修成乡学堂。"

张屏若有所思地看向坡下，老差头接着道："那时这里真比十八层地狱还可怖。有许多人到官府闹事，让将这一带全烧了。就是这时候李医官的父亲路过城中，瞧出了这是瘼咬病，还查出病源是有疯狗死在了水边，污了河水。"

其他野兽吃了那狗的尸首，或喝了水，便也得了病，乱咬人或其他牲畜，被咬的再染病，就这样扩散，成了瘟疫。

瘼咬病没的治，得上就是死路一条。但多亏李医官的父亲指点，官府知道了如何预防传染，如何处置尸体，清理净化水源及土地，将未曾染病的人及时撤出，疫病最终平息。

"小石湾和桥头村还活着的这些人，可以说是全托赖李老医官的恩德。"

张屏道："药王庙中的神像与李医官有些相似，是照着李医官先君的形容所塑吧。他也是染病过世？"

老差头瞅了瞅他，没回答，小兵们突然也不吱声了。

这时棚子前方又骚乱了起来，无昧探身望去，高医官与李医官走出了棚子，但俞千总将李医官推了回去，和乡长再同高医官说了几句，转向人群高声道："为防疫病扩散，请诸位先回家中！之前靠近过尸首的，不要与家人接触，自己单独找个地方待！天亮前会统一将药送到各位家中，凡有任何病征者，均不得隐瞒，即刻上报！"

乡长与高医官也跟着喊话，人群渐渐散去。

689

无昧和张屏终于可以下坡了。看着他们的小兵自去归队，老差头也去守夜了。两人走到棚子近前，却见乡长与俞千总在一旁空地处说话。

语声不大，但顺着夜风，还是飘到了无昧和张屏耳中。

"千总大人，不如，就让李医官回城中取药？"

"你和我说这些，不只是想让他取药吧。"

"千总大人，恕老夫直言，以方才及之前的言行来看，李医官再留在这里，实在……"

棚子处忽然又转出了一条人影，乡长愣了愣："李医官。"

李医官一言不发，径直从他们身边走过，俞千总喊道："李量！"

李医官仍未停步，无昧和张屏尴尬地站在斜坡下方，李医官仿佛也看不见他们一样，路过他们身边，走向坡顶。

张屏转身跟了上去。

"那仵作的尸首，大人验看的结果如何？"

李医官冷冷一瞥他："此乃公务，不得打探。你若还想装神弄鬼，就地正法绝非戏言！"

张屏道："我不是道士，大人知道。大人也知道，这世上没有鬼。大人更知道，这些人之死，不是因为鬼，也不是因为病。"

李医官大喝："找死！疫病已如斯凶险，你怎敢说这不是病！"

张屏道："不是我说，是大人从尸体上看到的事实。"

李医官暴喝一声："混账！"无昧立刻拉住了张屏。

张屏仍直直看着李医官，李医官大步行到坡顶，张屏又拔腿跟上。

"医官大人。"

李医官在树下停步："我乃戴罪之身，不是什么大人。"

张屏站到他身旁，无昧小心翼翼在稍远的地方立定。

李医官望着斜坡另一方，那几个泼汤祭奠的人已不见了，天边最后一抹泛白处渐渐湮灭。

"先父是朝廷钦犯，曾误诊医死了人。我同他逃到此地，乃是从犯，在县衙以充差役抵罪。披枷之身，当不得你敬称。"

张屏沉默，无昧暗暗叹气。

方才下坡前，一个小兵偷偷告诉了他们，李医官的爹曾经是太医，开错药方治死了宫里一位娘娘，带着家人欲逃到塞外。然路过此地时，见有疫症，李太医终抵不过医者仁心天性，出手救治，因此暴露了行藏。

为了不拖累家人，疫症一被控制，他就留下认罪书，服毒自尽了。

感念李太医恩德的百姓不能公开祭拜他，就建了药王庙，将药王像塑成他的模样。

朝廷开恩免去了李家女眷们的刑罚，只问了李医官从犯之罪，命他在此地以医职充刑役。

这次疫病一起，县衙立刻把李医官派来，希望他能与他的亡父一样，迅速控制疫情。却不承想，李医官来后，口口声声断定没有疫病。

李医官又向荒地的方向走了两步。

"我的医术，连先父千分之一二也难及上。出错误断，不稀奇。"

张屏道："别人怀疑李医官或李医官怀疑自己，都不重要。想要救人，唯一的方法就是找到真相。"

李医官转过身："这就是疫病。当下的处理，已是最正确的方法。"

张屏道："李医官真这么觉得，就不会是现在这样了。"

无昧赶紧上前道："他的意思是，大人医术精湛，应不会出错。可能，可能……"

张屏紧盯着李医官："晚生觉得，不确定，就应该去求证。得到结果，才能真正救人。"

李医官冷冷看着他，忽又转过身，大步向棚子方向去。

张屏和无昧再跟上，李医官笔直地走过去，仍在棚子外议事的俞千总、高医官和乡长都看向他停下了言谈。

李医官径直行到俞千总面前："我要立刻开膛查验中午的两名死者与仵作的尸首。"

乡长的胡须颤了颤："李医官……"

李医官打断他的话："只有开膛才能更准确判断病情及想出对策。天气炎热，疫病尸首不能存放，一验完，立刻焚尸。只我一人验，验后，请千总立刻将我也关押隔离。救治村民，就全仰仗高医官了。"

俞千总与他对视片刻，一点头："好。"

乡长急道："眼下当务之急是药材，请李医官立刻去城中调药！"

高医官附和。

俞千总摆手："病情不能确定，药用得不准更耽误疫情。先验尸！"

四罩儿的家人，竟极其爽快地同意了验尸。

四罩儿的爹撑着树棍，向哭瘫在地的四罩儿娘嘶声呵斥："我是他爹，我来做这个主！我要知道我的儿是怎么死的！我不能让别人家的儿，还有我剩下的这几个儿跟他一样！"

四罩儿的大哥向李医官道："李先生，几年前，是你爹救了我们这片人的命。今儿，我们的命又都靠你了。后天中元节，我弟的魂一定还在这里，他也一定愿意让你这么做。但请李先生一定给我们个答案。"

李医官一字字道："李某以命担保。"

大栓的媳妇本哭骂着不让，见此也答应了。

张屏想跟着俞千总进棚子，被两个兵卒拦住。

张屏争辩："李医官一个人难验三具尸体，需有帮手。"

俞千总环起双臂："他一具具验即可。"兵卒将张屏拖到一旁，油布帘落下。

俞千总又唤过小兵："将大栓和四罩儿的所有家人都请到一个棚子里，好生招待，别让人感到唐突。"

小兵领命飞奔而去。

乡长与高医官诧异："千总大人这般做何意？"

俞千总淡淡道："他们与死者接触过多，本就该隔离。"再吩咐小兵，"其他有异况者，不用这么客气，抓起来捆结实。"

无昧愕然，看向张屏，突然有种不踏实的感觉。

张屏定定望着帘子。

许久之后，布帘终于掀起，李医官的身影出现在门前，几名兵卒立刻上前，左右将他架住。

乡长和高医官欲上前，几杆长矛拦在眼前，两人只能茫然看着李医官被一群小兵包围，挟进浓夜。

"千总大人，李医官尚未说验尸结果。"

俞千总仍淡淡道："哦，稍后我会问他。他为三名死者验尸，必须立刻隔离。"

高医官道："可我与李医官之前也验过尸。"

俞千总道："开膛岂能与验看表象相比？"

"死者家人，还在等验尸结果。"

"稍后我与他们说，无须你操心。"

高医官和乡长欲再争辩，俞千总向另一侧转身："来人，立刻焚尸。死者所有物品，全部销毁！"

兵卒们迅速列成三队，一队进入棚子，另外两队奔向村庄。

无昧目瞪口呆，他和张屏也未能幸免，同样被兵卒架起，一道被拖进一顶刚搭好的小棚子。

无昧盯着棚子上一圈儿兵卒的影子喃喃："李医官查出了这是那最凶狠的瘰咬病？"

或是比瘰咬病还凶狠？

张屏坐起身："不是。李医官查到尸体都没得病。"

无昧睁大眼："你怎么知道的？"

张屏道："李医官被兵卒带走前，拍了三下完骨穴。完骨穴在耳后，如果有病征，之前验尸体外部时就能验到，与开膛无关。拍三下那里，是示意三个人的脏腑无病灶。"

无昧更困惑："如果尸体没病灶，为什么要把李医官和我们都关起来？"

张屏不说话了。

无昧嘟囔："阿屏，不是哥要数落你，有些闲事不沾就没有事。你为啥就非要多这个事？中元节，煞气重，万一俞千总真要拿咱俩祭旗咋办？"

张屏垂下眼皮："嵋哥，对不住，但我想查到真相。因为水灾疫病，咱们成了孤儿。不论这里是不是疫病，都不该再死人。"

无昧一怔，眼睛突然有点发涩，半晌才又看着布帘道："眼下咱们能不能囫囵出去都是个问题，你要怎么帮人家？"

棚外，火光升腾而起。

映在棚子上的兵卒们的影子仿佛有了生命一般，随火光摇摆舞动着。

六

再长的夜，都终会过去。

火光熄，棚子外的浓墨渐褪成白，似乎有什么军令下来，兵卒吆喝着列队，映在棚子上的影子只剩下门前两个。

无昧突然扯着嗓子唱起道情，张屏在他旁边踏步转圈，一个小兵不耐烦地掀帘进棚："嚎什么！等一时……"

一只装满土的铁钵狠狠砸在他脑后，小兵眼前一黑。

另一名小兵听得动静，进来，也是后颈一疼，栽倒在地。

无昧对着这两个昏迷的小兵作了几个揖，与张屏飞快脱下他两人的衣帽换上，闪出棚子。

无昧往停尸的棚子方向瞅了瞅，身后响起一个声音："磨蹭什么，速去应卯！"

无昧与张屏忙低头应了一声，吆喝他们的那个小兵又跑去其他地方催促了，两人迅速奔向村中。

他们避开往土地庙去的大道，贴着民宅墙根绕行，天上浓云密布，一丝风也没有，村里房子长得相似，七绕八绕，无昧有些晕了，瞅瞅满脸坚定往前走的张屏："阿屏啊，我们到底往哪儿去。"

张屏仍是坚定地看着前方："不知道，先走着。"

无昧一晕，身后忽有细微声响，一回头，竟是昨天他们进村时遇见的那个孩童，趴在篱笆上，瞪大眼瞅着他俩。

无昧愣住，小童刺溜滑下地，向屋中喊："爷爷，爷爷！"

无昧脑中轰一声，拉着张屏要跑，张屏却站着不动。

堂屋门一开，昨天他们在村前遇见的老者走了出来，打量了他们一眼，打开院门。

张屏与无昧进了院子，随老者走到堂屋中，老者向小童道："去，盛两碗浆汤来。"

张屏拱手："多谢老丈，不用了，我们立刻就走，只想问老丈几件事。"

老者道："整个村子都被围起来了，出去，难。你们还是等到夜里，试试从村口那里能不能跑，照昨天我跟你们说的路走。别往桥头村那边去，那里肯定也围住了，只会比这里严。村里人见你们面生，也得把你们抓起来送官。"

张屏道："多谢指点，晚辈是想请问，去那位死者小召家，怎么走？"

老者愣了一下："你们去那里做什么？"

张屏道："晚辈觉得，这几位死者的亡故，都有些奇怪。"

老者叹了口气："小哥，这时候，能走就赶紧走吧，别多管其他的了。"

无昧点头，在心中呐喊，阿屏哪，听老人家的劝吧，说不定棚子里的两位军爷已经醒了，还不快跑，咱俩都得交待在这儿！

张屏肃然："只有找到他们的死因，才能解决当下的困境，我们才真的能好好出去。"

老者的表情像被噎到了一样，无昧不得不给张屏圆话："我师弟的意思是，时逢中元，那些亡者魂魄恐不得安息，身为道门中人，不可袖手旁观，当要尽力超度。"

老者的神情更加无奈。张屏站起身："既然老丈不肯告知，晚辈先告辞了。"

老者"唉"了一声："从门口出去，右拐，顺着铺细砖的小路向南走，老槐树下，最靠村边的一家。那屋子就两间，小召原本不是我们小石湾的，所以他住的地方比别家都小。"

张屏立刻问："他是哪里人？"

老者道："桥头村的。你看他的姓就知道，他姓乔。我们小石湾这里就石、章、陈三个大姓，老汉我姓石，村里这个姓的，都跟我家有亲戚关系。桥头村那边，是乔、肖两个大姓。"

无昧问："那他怎么住到这边来了？"

石老又叹一声："这孩子命苦，他爹娘膝下就他一个，给他起名字叫小召，想再召出几个娃。结果几年前那场疫病，他爹娘都没了。听说是他爹先得了病，他娘把他爹关在屋里，不让他近前。他娘被他爹咬了，知道自己也要得病，怕传给他，就自尽了。他家只剩了他一个。官府把桥头村的病尸拉来这边那块荒地里一起化了。他求官府让他到这里来住，近着那块地，也算尽孝。官府怜他孤苦，就把该赔给他的宅子赔到了这边，在村边起了两间小屋。谁承想这次他竟又……"

无昧眼眶发热："桥头村中其他姓乔的应当是他的亲戚吧，怎么也不照应一下？"

石老道："那时候都只能各顾各的，桥头村比我们小石湾疫情重，有些全家都没了。"

张屏道："这疫病起因是河水？"

石老点头："不错，是条疯狗死在了河边，污了河水。因为位置在我们两个村之间，我们小石湾在上游，桥头村在下游，所以桥头村疫情更重。他们以为这是我们村的狗，尸体是从我们这边的河里冲下去的，还因这个与我们小石湾闹过，其实那狗谁都不知道从哪儿来的。"

无昧抬袖擦了擦眼："瘟疫不长眼。不瞒老丈，我们两个也是孤儿，家乡发水灾又闹瘟疫，我们的爹娘都没了，被师父捡进了道观，因此我师弟才说，这个事，他不能袖手旁观，要想办法帮忙。"

石老一声叹息："小哥节哀，人哪，其实真不算什么，说没，就没了。"

张屏道："俞千总的哥哥，也染了疫病亡故。他那时也住在附近？"

石老道："是啊，俞家的别庄离这儿没几里。千总大人的哥哥当时常好到野地里打猎，大约就是这样得了病。也没救过来。"

张屏点点头，向石老一揖作别。石老让孙子出去看了看门外，确定没人，又塞给他们两个包子。

"小哥看完，就快点回来。那些兵不怎么搜屋子，等晚上你们再想办法走吧。"

张屏和无昧感激谢过石老，小心翼翼出了院子，按老者的指点沿小路前行，没走多远又听到兵卒呼喝声。

两人屏住呼吸，贴在墙根，发现这些兵是在查巡各家，到处都是兵，避无可避，无昧与张屏索性置之死地而后生，大摇大摆走到路上。

石老指点的小路不是大队兵卒重点巡防之地，他们偶尔与几个小兵擦身而过，小兵们忙着察看各宅，竟也没仔细看他们的脸。无昧和张屏如有神助般顺利到了那座只有两间屋的小院。

无昧内心一阵激动，抢在张屏前面冲到院前，还未碰到篱笆，身后突然传来一声呼喝："你们两个，去这院干什么？"

无昧一僵，张屏侧身："千总大人说，死者的屋子，也得重新查一查。"

那兵"哦"了一声："那你们还不蒙上脸？记得手也包住，别摸里面的东西，出来之后洗鞋底！"

无昧跟着张屏应了两声，掏出昨天发的布巾蒙住口鼻，推开篱笆，听得身后脚步声走远，才长长松了一口气，挺了挺黏着衣服的后背。

张屏向无昧道："嵋哥，你门前把风，我四处看看。"

无昧道："别，我既然和你来了，就咱俩一块儿看。反正被人看出来，就得被逮住，把不把风都一样。"

张屏"嗯"了一声，先在院中转了一圈。

院中无井，也没有牲畜棚圈或鸡笼，厨房外有口大缸。张屏探头看了看，水缸完好，缸底残留些许晒干的青苔。

张屏再瞧了瞧没几根柴的柴棚，走到屋中。

无昧跟着踏进门槛，顿感一阵幽凉，不禁在心里默念，无意冒犯，莫怪莫怪……

小召的衣服、被褥和随身物品都被搬去和他的尸体一起烧了，床也没了，只剩下个大木橱孤零零地立在墙边，橱门大敞，里面空空如也。

张屏在屋里转了一圈儿，走到内室一处地面踱了两步，蹲下身："嵋哥，你看。"

这块地面有些发亮，像被格外用力地擦洗过。

张屏再看看周遭："这里，应该是放床的地方。"

无昧猜测："那么，发亮的这里会不会是惯放夜壶处？"

张屏皱眉："这是床头所在，夜壶，一般放在床尾。"

无昧再猜测："或者，他天天坐床头洗脚？"

张屏站起身，没说话。

无昧鸡皮疙瘩莫名地一粒粒冒起，总感觉有股凉气缭绕在自己头顶周围。

"阿屏，走吧，这里怪阴森的。今天七月十四，亡者住的地方还是忌讳些好。这地方也都搬干净了，啥也没有。"

张屏又盯着那块发亮的地面："师兄说得对，放床的地方，比别处都干净。"

啥？我说的不是这呀。

无昧抓抓头："可能，村里人来取东西时，顺便扫了一下。"

张屏快步出屋，走进厨房，凑近灶台旁的小炉子，拉下脸上的布巾，在炉边嗅了嗅。

无昧一把将他拽开："这是疫病死的人用过的东西，你不要命了！"

张屏用袖子包住手，抠了抠炉膛："这炉子烧炭，有药味，是熬药用的。"

无昧又愣了愣。农家人烧柴灶，确实很少用炭炉。这种小炉，一般是冬天拿来取暖煮酒吃炖锅的，也常做熬药使用。

张屏在厨房里四处翻找，除却大灶上的一口大铁锅，其他什么锅碗瓢盆一切皆无。

他又转到门外，再看了看那口大水缸，快步走向柴棚，一头扎进柴堆深处，爬向角落。

无昧正要扑过去拉他，张屏突然发出一声轻呼，从柴堆下钻出来："师兄，我找到了！"

他的手里捏着几根鸡毛。

"师兄，这确实不是瘟疫。我知道凶手是谁了！"

村里，到处都是兵。

出小院走不了几步就能迎见。

张屏和无昧走到大路中央，迎着一簇向这里来的兵卒并肩站定，脱下盔帽，无昧拉下脸上的布巾。

兵卒们定了定，瞬间奔了过来。

绑成了两个粽子的无昧和张屏又一次被兵卒架到了药王庙。

俞千总正欲出发去另一个村，张屏向他高声喊："草民有两个问题想问千总！第一，千总的亡兄，因何亡故？"

俞千总放下要踩上马镫的脚，微微回身。

张屏接着道："草民已知道这几日的死者究竟被谁所杀，想和千总单独说话。"

兵卒欲塞住张屏的嘴，俞千总微微眯眼："将这两个假道带进殿内。"

嘎吱——

殿门缓缓合拢，空旷殿内一片阴沉。

俞千总负起双手，望向张屏："左右已无他人，你可直言。你方才说，已经知道是谁杀了这些死者？"

张屏微微躬身："这些死者，都不是因为病而死，而是因为数年前的那场瘟疫。千总的哥哥也在那时染病亡故。草民想请问千总，令兄究竟为什么染上了疫病？还有……"

张屏抬起头，迎视他的双目。

"草民另还想请教，控制疫情，本属县衙职责，为什么会是千总来了这里？"

七

铅云涌聚，风起，隐有雷声。

俞千总猛地推开门，跨出大殿。

"将里面那两个装神弄鬼的假道士拖出去，严加看管，待我回来后就地正法示众！记得，塞住嘴，防止他二人再妖言惑众。"

兵卒领命入内，只见张屏与无昧挺在地面，一探鼻息，尚有气，遂麻利地抬来担架。

俞千总翻身上马，领一队兵卒向桥头村而去。

小兵们将张屏与无昧抬进一顶小棚。六名兵卒守在棚外，执刃于手。

天，越来越阴沉，似要坠下，但无一丝雨滴。

不知过了多久，无昧慢慢睁开眼，听见棚外有说话声。

再过了片刻，布帘一掀，一道人影闪入，是乡长。

无昧身边的张屏坐起身，乡长露出欣慰神色："两位竟醒了，太好了。"上前取出他二人口中塞的布，又掏出一把匕首，割断他们腿脚上的绳索。

无昧愣愣问："这是……"

乡长低声道："此地不宜久留，出去再说。"招手让张屏和无昧随在他身后，掀开布帘。

外面暮色沉沉，他们竟躺了一天。

六名小兵倒在棚前地上，饭碗跌落，汤汁流了满身一地。乡长又悄声道："这迷药顶不了多久，快走。"

张屏和无昧小心地从小兵手中抽出两杆长矛，再摘下两顶盔帽各自戴上，整整身上兵服，跟在乡长身后疾步前行。

一路不断遇到巡查兵卒，乡长挡在他二人面前，小兵们皆未留意。接近村落边缘，突然遥遥号声响，乡长带着他二人迅疾奔至一块荒地，闪到一棵大树后。

"那边长草后有沟壑，可以藏身。俞千总带了些兵去桥头村，这里防守的人少了，两位等到天黑，趁空隙便可出村。往东南方走，有小路。"

无昧深深一揖："多谢乡长搭救。"

乡长扶住他："小道长不必客气。两位无故被卷入这件事，老夫着实不忍。实不相瞒，老夫也是受了村口石老的嘱托。"再从腰间解下一个水袋，掏出两块饼，"未免俞千总的手下生疑，随身只带了这些，两位权且垫垫肚子。"

无昧连声道谢，接过饼和水袋，拔塞将水袋送到口边，咕嘟咕嘟两口。

张屏也接过水袋饮了一口，擦擦嘴角："石老找乡长为我们求情？"

乡长颔首："石老昨天就托我了，但一直没有机会。俞千总要将二位军法处置，老夫只能走一步险棋了。我离开许久，恐俞千总的手下生疑，就先回去了。"

无昧迟疑："可乡长为救我二人迷晕了那些兵卒，再回村中岂不危险？"

乡长露出一抹淡淡的笑："小道长放心，我自有办法。且我身为乡长，俞千总轻易也不能拿我怎样。"

张屏拱拱手："大恩无以为谢，可否请教乡长尊姓？"

乡长道："小道长客气，老夫鄙姓乔，单名一个岘字。"

无昧"咦"了一声："乡长和那位死者小召同姓？"

张屏道："听说桥头村有肖、乔两个大姓，难道乡长是桥头村人？"

乡长的神色微微一凝："正是。"

无昧道："那死者小召是乡长的亲戚？"

乡长抬起衣袖："真的不早了，老夫该回村了。"

张屏斜挡住他去路："乡长难道不想知道，我们之前和俞千总说了什么？"

头顶天空又隐隐传来雷声，乡长皱眉："是啊，两位究竟说了什么？"

张屏道："我们只是从俞千总那里确认了一件事，数年前的那场瘟疫，就是因他亡故的兄长而起。"

云层闪起微微电光，掠过乡长浓暮中模糊的面容。张屏接着道："数年前，俞千总的兄长俞守基在这附近的别庄居住，常到小石湾和桥头村一带骑猎。那年，他从几个商贩手中买了一条边塞带回的猎犬。但因天气炎热，那狗一路被装笼运送，得了瘈咬病。俞守基带它打猎时，狗发狂咬了他后逃走，暴毙在河边，继而使得这一带许多人畜被传染瘈咬病身亡。"

乡长沉默矗立在夜幕中。

张屏缓声继续："俞守基同样也因瘈咬病而死。俞家人觉得，他已经拿性命抵了罪孽，也怕乡民报复，就将此事遮掩了下来。外人只以为，俞公子是因住在这附近，才染病而亡。"

"抵罪？"乡长突然暴出一声大喝，"那场瘟疫，死了多少人？一条命，怎么能抵？凭什么抵？！凭他是天王老子的儿子，死一百次，也不能抵！！！"

无昧喉咙处有些发硬。

张屏缓缓点头："是，抵不了。所以俞家上下连同仆役，还有卖狗给俞公子的商贩，都不敢提这件事。直到几天前，这几个商贩又到城里卖货，大约是喝醉或闲谈时，不慎说漏了嘴，被人恰好听到。"

乡长的手缩进袖中："小道长是猜测，俞千总的手下听到了这几个客商的话，怕当年他们家做下的丧尽天良之事败露，于是杀了他们灭口？"

张屏道："当然不是。俞千总如果要灭口，为什么要在这里杀人，还假装僵尸吸血？"

"血"字未落音，乡长手中寒光一闪，无昧将张屏向旁边一拽，一支羽箭破空钉入乡长的肩膀。

一排兵卒从草丛深处冒了出来，手中弓箭，齐齐指着乡长。

乡长的身形摇晃了一下，勉强站定。

张屏缓缓前行两步："这里就是三名客商与肖翁最后陈尸之处。你将我二人带来，再给我们这袋水，是想让我们和仵作一样去死吧。"

一道雪亮闪电划过云层，照亮乡长狰狞神色。

一个小兵着急看向张屏和无昧："两位方才喝了水！"

无昧咧嘴："假装的，没真喝，放心吧。"

天空开始响起沉闷雷声，乡长呵呵狞笑："你们从何时起，开始疑心我？"

张屏道："村中连连死人，外来的人嫌疑最大。俞千总来之前，小石湾的外人，只有两位医官、县衙派来的衙役还有乡长你。凶手意图让村民既怀疑是水源导致瘈咬病，又怀疑有鬼怪事。两位医官都觉得死者尸体有可疑处，不能肯定是否发生了疫病，与凶手目的相悖，可以排除。"

那么剩下的，就只有衙役们和乡长了。

"你一直都在极力催促两位医官断定这里发生的的确是瘟疫。并且，我询问了千总，立刻上报县里，声称瘪咬病复发，请求不要派衙役而是立刻派兵马前来控制疫情的人，也是你。"

乡长阴阴冷笑："不错，我知道，十有八九会派俞家这个孽种前来，果然，天遂我愿！"

无昧摘下闷热的盔帽："俞千总故去的兄长和几名客商确实导致了疫病，可小石湾的人也是受害者，为什么要杀他们？"

乡长哈哈厉笑两声："受害？他们才死了几个人！那姓俞的为什么能住在附近？就是因为他们村当时想要官道从村边过，将地送给了俞家，求那俞百孝向县衙说情！他们引来了俞家杀千刀的小畜生住在他们村旁边，在他们的地界放疯狗，为什么却是我们桥头村喝被污了的水，却是我们桥头村死了这么多人！！！"

他踉踉跄跄走近张屏，被兵卒的刀剑挡住。

"我有九个兄妹，你知道那场瘟疫后还剩下几个？一个都没了！他们的儿子、闺女，他们全家，全都没了！只剩下我家，因为我们住城里头。那时候整个村子全被兵围住，我想进都进不来！我想最后送他们一程都送不了！！！"

又一道雷炸开，他反身指向小石湾方向。

"等疫病过了，他们倒喊得震天响。我们桥头村人剩得太少了，哭不过他们。且因他们靠着官道更近，赈灾的钱大部分都拨给了他们。他们鸡贼，把破房子都烧了，县里全给他们盖上了新的。你们知不知道县里怎么对我们桥头村说的？你们人剩得少，用不了这么多。哈哈哈哈哈哈，我们人剩得少！！！哈哈哈——"

乡长跪坐在地，凄啸如鬼。

"苍天，你若有灵，就赐下句话。该死的，是不是他们！我让他们死，是不是他们的报应！！！"

仿佛应答般，一道格外亮的电光游蛇般闪出，跟着，惊天动地的雷声炸开。

乡长拨开乱发，缓缓盘膝端坐于地。

"杀了这些人，我认，他们该死。"

"不，"张屏摇摇头，"他们不该死。死的人，也并非全部是被杀。凶手，更不是只有你一个。"

乡长抬起头，眼中，又闪过电光。

"千总，那处便是几位客商所住的小栈。"

桥头村中，引路人指向前方的小院，俞千总在马上颔首："正好，天色已晚，又要下雨，便就进去查看，顺便歇歇脚。"

店主殷勤迎出，俞千总率几名兵卒入内，店里小厮忙着在堂中摆桌上酒，俞千总端起酒盏，门外电光劈空，惊雷砸地，憋了一天的雨点，终于啪啪落下。

门外守候的兵卒们突然都睁大了眼。

前方，不知何时出现了一片黑影，如雨滴落地而化，又若从乱坟冢里爬出的僵尸，沉默地齐齐向他们走来。

俞千总放下酒盏，侍奉在侧的店主含笑："千总怎么不饮？"

俞千总淡淡道："公务在身，不得饮酒。"

店主再笑了笑，抽出袖中匕首，奉菜的小伙计、廊下打扫的杂役，手中也亮出了刀刃。

雨滴，连成了线，越来越粗。

无昧又把盔帽戴回头上，张屏仍一动未动。

"乡长你说这些话，是想保下其他的凶手。但仵作从失踪到死的那几个时辰，你都在村内，身边有人，凶手不可能是你。杀死三名客商，假借鬼怪僵尸传说，将尸体运到小石湾附近，祸水东引，更不是一个人能完成的事。凶手，不止一个，也不是两个三个。"

地上的雨水，变成了鲜红。

俞千总与随从踢开最后一个扑过来的小伙计的尸体，打开院门，便听一声呼喊："千总小心！"

无数块石头破开雨帘砸了过来。

村外，亦有层层黑影聚拢，拥向守卫的兵卒。

黑影们扛着锄头、锤子、铁锹等等，有高有矮，有胖有瘦，有赤膊短衣，也有绾髻束裙。

又一道电光撕裂天幕，世间顿成极昼。

雨中，所有人的面孔，都在这一瞬间，暴露鲜明，毫无隐遁。

他们——

都是桥头村的村民。

“整个桥头村的人都是凶手或帮凶。”

乡长露出牙齿，扑向张屏的咽喉。

兵卒们迅速将他按倒在雨中，塞住口。

乡长抓刨着地面。

那一天，他跟乡亲们也是这样撕扯着三个畜生。

这三个卖疯狗的畜生，让全村人家破人亡的畜生！该要噬其肉，剐其骨，将其一寸寸撕碎！

他努力抬头，看向苍天，眼眶中流出了血。

张屏闭了闭眼。

“几天前，你们村的人在城中赶集，无意中听到了这三个商贩说出当年的真相。你们全村人得知后，决定复仇。有人与这三个商贩接近，诱使他们在桥头村的小栈中歇脚。”

商贩们就这样被复仇的村民们所杀。

“整个桥头村的人都在撒谎，肖家老翁也不是在之前过世，而是杀客商时情绪过于激动猝死。把他伪装成诈尸吸血，应该是他家人的意思。这样可以假借不可思议的诡奇之事，顺理成章地把客商们的尸体搬运到小石湾，再令小石湾的村民误以为是僵尸作祟和瘪咬病复发。之后，你们不断杀人，死的人越多，疫病就越像真的。”

张屏垂目望着乡长。

“死者中，除了肖翁，乔小召也不是被杀的，他是自愿为桥头村牺牲。”

乡长的眼珠动了动，对上张屏的视线。

张屏叹了口气：“乔小召在多年前的疫病后住到了小石湾，而且，他早已身患沉疾。他住的屋子，门向北开，较阴冷，门又对着前方两宅间隙的夹道，后窗即是荒山，常年多吹穿堂风，极易感染风寒，转成肺疾。他的床头处有块地方擦痕明显，是放痰盂的地方。肺疾之人，夜里易咳，吐痰吐到了痰盂外，那块地方就比别的地方擦得多。”

所以，李医官剖验他尸体的时候，发现他肺都坏了。

“小召知道自己时日无多，甘愿以死来做成这个复仇的骗局。小石湾的人都去围观客商与肖翁的尸首时，有人趁机潜到小石湾中，挑了数户人家，每家偷走一只鸡。当围观的小石湾村民返回家中，都差不多在午后，顶多就是把鸡从笼子里放到自家院里跑跑，晚上再关回去，不会太留意清点。”

而小召这时在帮忙清理肖翁的尸体，即便村民发现丢了鸡，他也绝无疑点。

"偷鸡的人把杀死的鸡送到乔小召家中，夜晚，乔小召一路丢死鸡洒鸡血，走到发现客商和肖翁尸体的地方再自杀。但乔小召有两个疏漏。第一，他家没有井，水缸里也没水了。"

夏天各家一般都会在水缸里存很多水。即便天气炎热，只过去两天，水缸里的水也不可能都晒没了。

"是乔小召已决定自杀，那天就没有挑水，他在临走前，打扫了屋子，把水用得差不多了。第二，与其说是乔小召的疏漏，不如说是乡长的疏漏。"

乡长死死盯着张屏。

"乔小召死后，又有人去清理了他的屋子，这个时间能做到这件事的人只有你。你误以为乔小召把死鸡藏在屋内床下，格外仔细地清扫了那里，又让人把床都抬去烧了。可乔小召有肺疾，一堆死鸡放在屋中，味道太重，他受不了，就把死鸡放在了外面的柴棚里。我在那里找到了鸡毛。"

张屏又向乡长走了两步。

"仵作的死，是个意外。他非小石湾和桥头村的人，与多年前的瘟疫也没有关系。应当是他不小心发现了什么不该知道的，被你们灭了口。大栓和四罩儿的死，是你所为。这两个人和其他抬尸体的人昨天早晨起床后，都被叫到你和医官那里察看是否有病征。你选中杀他们两个，是因为只有他们去过河边。你要让村民以为，他们染病和多年前一样，与水有关，村民不敢喝水，要县衙统一运水过来。你还建议俞千总将村民们集中在一起，这样，就更方便下毒手了。"

风刮，雨柱斜飞，无昧被雨水浇湿的汗毛竖不起来，只能打了几个哆嗦。

乡长闭上眼。

黑影们抡着手中刀斧，奔向兵卒。

远处，忽有号声响起。

俞千总抹了一把脸上雨水，呵呵一笑："援兵已至，等的就是将你们这群自己现形的妖魔鬼怪拿住的一刻！"一挥佩剑，"统统擒住！"

号声伴着雷鸣，随风而来。

雨更大。

兵卒们押着乡长走回村子，无昧与张屏跟随在后。

午夜，鬼门开。

但小石湾不会再闹鬼了。

这场雨后，天会晴。

八

无昧话音顿住，王砚的小厮和京兆府的侯捕快神色却都有些古怪。

侯捕快犹豫着道："法师说的这个案子，我似乎听说过……"

无昧立刻道："此事千真万确，绝无半分编造！"

侯捕快赶忙抱了抱拳："法师不要误会。敢问一句，这两个村子所属的是哪个县？"

无昧道："清州郡，双清县。"

京兆府的捕快与王砚的小厮互望了一眼。

"果然是双清案。"

"再请问法师，这个案子破后，你们又在村子里待了多久？"

无昧抓抓后脑："我们回村里睡了一会儿，下午就走了。"

王砚的小厮敬佩地道："张大人和法师真是淡泊名利。这个案子是判例啊。"

无昧茫然，判例？什么判例？

侯捕快点头："不错，我们在刑房做事，都得知道这个案子。"

双清案，一个村子假装有瘟疫，要杀另一个村子还有官府的人，整村的人都是凶手或帮凶。县衙不知该怎么定罪，上报州府，州府也束手无策。本朝律法中，众罪的谋逆、匪乱、抢劫、行窃等项竟无一可用于本案，不得不又上报刑部及大理寺。刑部、大理寺、御史台三司合议，朝中也争论不休。

是该将直接行凶者重罪，其余人以从罪论处，还是所有人一并定罪？

村民不但散布谣言、谋杀，还袭击守军，要不要以谋逆罪并处？

有的人杀了人，但没有袭军。有的人袭了军，没有杀人。要如何量刑？

"到现在朝中还常有关于此案的争论。朝廷在刑律中新加了条目，这个案子就成了判例，在三司和各地方衙门刑房做事的都得知道，以做有类似案件时的参考。法师说的那位千总，因为在此案中有大功，差点被邓大人破格提调去大理寺。不过他说自己是军职，还说他不会破案，案子是两位云游的无名道人破的，破完此案后，无名高人就继续云游去了，他就没去大理寺。官府还发榜文找过无名氏，没想到竟是张大人和法师，真是佩服！"

京兆府的捕快和王砚的小厮一起站起来向无昧施礼，无昧忙不迭还礼。

"诸位忒过奖了。阿屏也说了，这个案子不一样之处就是凶手有点多。其实阿屏他查出来很快的，他说并不算难案。后面成判例，也是因为不好定罪吧，这是官老爷的事了，跟查案的没多大干系。"

他当然不能明说，当时他跟张屏跑得很快，是听说俞千总的上司副将大人，还有知县大人都过来了。他跟阿屏两个冒用法牒的假道士撞到他们面前，可是大大的不妙。

俞千总跟他们保证，有了破案大功，这点小过完全不用担心。但无昧还是怯得慌，又怕后续事多，万一法牒被收了呢？耽误了去玄天宫怎么办？

唉，此时想想，自己真是见识浅！

京兆府的捕快道："张大人和法师当时若留下，应该早已进朝廷了。"

王砚的小厮笑道："张大人功名已写在命簿上，进士及第，簪花入朝。身为我们尚书大人的门生，如今又是一县父母，得冯府尹看重栽培。恕小的妄言一句，那时若得封赏，未必及得上今日哩。"

几个县衙衙役立刻附和，无昧心里也宽慰了一些。

是啊，当时他和张屏仍执意要走，那位李医官似乎也是这么跟阿屏说的。

"你既非真的出家人，又有此天分，不如试试考科举。官场如激流，时刻有覆顶触礁之险。但小心立命，秉正持身，亦能奋力而上，以浪涤浊。"

张屏垂下眼，"嗯"了一声："晚生确实准备考科举。"

李医官又取过纸笔，写了几行字。

"这些都是我觉得于你有用的一些医书和验尸的书册。朝中有位名叫邓绪的大人擅长查案，他有些书作，你也可看看。你救了我一条命，我这一无所有的戴罪之人，也只能以此相谢。"

张屏接过纸，小心收好，又正色道："晚生并没有救李医官，医官不必谢我。而是我要多谢李医官。乡长对李医官的作为，并不是要害你。他感谢令尊当年救治村民的恩情，不愿让你卷进这件事，想方设法让你离开。"

乡长的种种行为，看似处处针对李医官，但仔细观察便可发现，他目的只有一个——让李医官回县城去。

"正因乡长太急切想救李医官，晚生与俞千总才会发现他不对劲。"

无昧惊诧地看向俞千总。

张屏向他解释，俞千总大人也早就怀疑这些人不是死于瘟疫，乡长有些不对，才会让李医官验尸。

俞千总朗朗一笑："不错，我是觉得这事太过玄乎，必是有人弄鬼。乡长也太急了些，但我以为他们是想害李量，没想到……"

他的神色一沉。

无昧忙岔开话题："可叹无辜者，亦可幸终于没事了。"

俞千总正色："等案犯都押回城里，我会劝我爹出来跟村民谢罪。他不肯，就我亲自来。此罪不赎，我俞家没脸做人。"

京兆府的捕快道："这位千总后来应该还是升了，但不知调到哪里去了。"

王砚的小厮咧嘴："这回的这件案子，封赏也快下来了，必然少不了法师，小的提前贺喜。"

无昧忙摆手："不敢想不敢想，不问贫道个捣乱之罪就行。"

他当真不敢期盼领什么赏赐，能平安回去就行，阿屏在这边官做得好就行。

这么一想，自己这些年倒真是没啥长进，还跟当年一样。

那时候他跟阿屏离开小石湾，就想着赶紧走，别撞见大官大人。

昨天的浓云都变成雨下没了，天特别蓝，太阳特别大，但是风挺凉快。

俞千总硬塞给他们一些盘缠和吃食，说是应该的，必须拿。还让小兵用马车送了他们一段路。

他跟阿屏临上马车前，好多村民跑了出来，还有石老家那条黑狗，摇着尾巴追了马车老远。

等到了城里，他跟阿屏到客栈里要了两个大通铺的床位，最靠边的好位置，紧挨着门，通风又凉快。

夜深了，他躺在床上，阿屏在他旁边借着廊下照进来的灯笼光看新买的一本书，街上打更的梆子声传来。

三更，鬼门关，这个中元节，过去了。

众人听完无昧讲述，再感叹了一阵子此案离奇，称赞张知县才华横溢，来日前程不可限量。

王砚的小厮道："我们大公子一直看好张大人，常常夸他，并说朝中正需要张大人这样的人才，不愧是尚书大人的学生。"

侯捕快也道："府尹大人虽然严厉，但对张大人亦是关爱的。凭某这两年当差的所见，府尹大人愈待哪个严格，他心中就愈看重哪个。京兆府辖下的县跟地方上那些小县可不一样，列位定比我更明白，在这里当差，都须得打叠十二分精神。"

赵衙役附和："正是。张知县到任后，我们丰乐县定有新气象，我们也能跟着多长好些见识了。"

无昧甚是欣慰，但嘴上还是替张屏谦虚几句。

"张知县尚且年轻，还请各位多多帮衬。"

相互恭维了一阵儿，几个衙役又转向王砚的小厮道："听了张大人办的奇案，意犹未尽，也将侍郎大人办过的案子讲两件给我们听听，让我们开开眼呗。"

王砚的小厮笑道："张大人的这个案子做过判例的，倘若搁在刑部肯定也数得着了。天下审不出、断不了的疑难案子，都要归于刑部，哪一天都得过来两件让人这辈子想不到的奇案。但一则，许多案子都牵涉紧要，结案封卷之后谁都泄露不得；二来，我只是我们大公子的一个随侍跟班，做些杂碎的事儿而已，大公子公务上的事情，我们这些小的万万不敢过问。"

众人道："小哥这就忒自谦了，跟着侍郎大人，稍微看一丝儿，肚子里的大案也能堆满一院子了，总有一两件能让我们这小县里的长长见识吧。连侯捕快方才都说了府尹大人办的奇案哩。"

王砚的小厮道："侯爷乃公差爷，我们这些做下人的如何能比。"

侯捕快笑："小哥太抬举侯某，我这要坐不住了。但凭小哥这些年的见识，真没有一件两件可以说的，我也不信。"

众人跟着附和，再起哄一时，王砚的小厮起身抱抱拳："也罢，那我也就讲一个我们大公子私底下办的案子。说来这个案子，还是我们大公子头一回与冯大人携手同办的案子。"

侯捕快笑道："某这两年才调到京兆府当差，却不曾听过这个，正好可托小哥的福。"

王砚的小厮咧嘴再抱抱拳："这案子，我们大公子一直觉得寻常尔，但在我这小跟班眼里头，真是离奇得不得了。说来也是几年前了，中秋节前几日，八月十二，大清早，我侍候我们大公子到衙门去……"

小 宝

一

八月十二，晨。

刑部郎中王砚照旧骑马来到衙门，发现门前十分冷清。

刑部所在的大街，自王大公子进了刑部后，本是越来越热闹，排队喊冤的人每天鸡鸣时分便能排出一条街开外。街边店铺门脸的价格翻出数倍，客栈、饭馆、纸笔诉状铺通宵开着，还兼营帮忙排队、写状子、喊冤。茶水摊上挤满围观的人，甚至有不少不远千里而来，只为一睹王郎中英姿的少女。

但此刻，整条街上店铺紧闭，空荡荡的衙门前唯有几只小雀蹦蹦跳跳。王砚一进衙门，捕快们立刻拥来禀报，京兆府的人大清早杀了过来，以违规买卖为名，封了门外街上的店铺，拖走了小摊，连喊冤的人也都拉去京兆府了。

前不久，京兆府刚出了件大事，京兆尹熊豼因失职之过，被贬南疆。府丞及十余官吏同被牵连，一夕之间，京兆府中官吏少了一多半。

就在熊府尹被革职查办前数日，王砚带领刑部捕快成功破获了一起被京兆府刑房断成流寇打劫的谋杀案，便有好事者传言，熊大人有此劫数，都是被王大公子气昏了头。

大中秋节里，京兆府突然来这一出，王砚的小厮等人便不免多疑——会不会是京兆府来给熊府尹报仇了？

王砚听罢禀报，只问道："来我刑部报案者，他们为什么带走？"

孔书令道："下官同他们说了，我们刑部掌管天下刑讼，干涉喊冤是他们越权。

但京兆府的人曰，凡京兆府户籍者，须先到京兆府刑房报案。不是京兆府户籍的，先要向京兆府户房报验文牒，得官印批条后方可在京中经营、买卖、报案等。所以他们就把人都带走了。"

王砚"哦"了一声。

孔书令又道："如今，中书令李大人暂兼京兆尹一职。李大人政务繁忙，具体事务，应是由刚从江东调来的一位通判冯大人暂理，想是刚到任，各方面都要理顺。"

王砚不以为意道："咱们的案子本就堆成山了，京兆府要立规矩，就随他们便。"吩咐左右取几部卷宗，径自去忙公务了。

一直在廊下旁听的陶尚书赞叹："为人做事，就是要像王郎中这样，既有精气神，又能收敛自如，你们都多学着些。"

在场众人一片赞颂。

约又过了半个多时辰，有书吏再急急禀报，京兆府的人送来一封信，请王郎中过目。

王砚从卷宗上抬起眼："什么信？你们先看，值得禀的再来禀。"

书吏拆开信，支支吾吾："郎中大人，京兆府的文书中说，大人的家人杀官差、窃机密、损误要紧公务，请大人立刻将嫌犯交到京兆府。"

王砚神色一寒："谁？我家哪个奴才如此大胆？！"

书吏低头："他们说，是大人府上的糖将军。"

一旁站着的王砚的小厮心里咯噔一声。

糖将军，并不是一个人，而是王砚最心爱的一只雪隼，浑身白羽，唯后颈与尾羽处有几簇黑点，王砚的妹妹蕴绮给它起名叫雪麻糖，与王砚一道亲自将它喂大，府中下人都尊称其为糖将军。

糖将军稀世神俊，性情孤傲，除却王砚和蕴绮，谁也不让摸，且十分挑嘴，只喝早晨刚从京郊太清泉运过来的水。太师府中专门有个小厨房侍候它饮食，可糖将军对送到嘴边的食很不屑，只喜欢自己抓的野味。

王砚到刑部任上后，整日忙碌，不能常带它到野外狩猎，府中就养了些活禽供它捕猎。

但糖将军看不上这些精米细面养大的小东西，它喜欢吃矫健紧实的肉。

譬如……

王砚面无表情扫视众小厮："雪麻糖是不是吃了京兆府的信鸽？"

几个小厮扑通通给王砚跪下了，叩着头招认。

这几天，蕴绮小姐带着刚满月的小少爷回来省亲小住，一见糖将军，顿时惊诧，询问为什么糖将军如斯消瘦憔悴。鹰寮那些不懂事的多嘴了几句话，蕴绮小姐就说这都是天天闷着的缘故，命人每天将糖将军放出去飞一会儿。这之后，糖将军的确丰满精神了许多。

王砚眯眼："让你们遛鹰，你们就在城里遛，连城门也不出？"

小厮结结巴巴道："是想去城郊的，可小的们无能，糖将军上了天，往哪里飞，也没法拘束……"

王砚猛一拍桌案："混账！京城重地，肆意纵鹰放犬，你们眼中还有无国法？它回来，还吃食吗？"

小厮缩缩脖子："也、也是会稍吃一些。"

王砚大怒："稍吃一些还能肥了精神了，那不是在外面自己打食了！"

小厮叩首称罪："可，糖将军一向不吃鸽子。"

王砚再一拍桌："送到嘴边的肉它几时好生吃过！信鸽个大，一身腱子肉，你说它喜不喜欢？"

小厮们捣蒜般磕头，王砚即刻去向陶尚书告假，火速回府。府中下人却都抖抖索索说，糖将军不久前又被放出去，这会儿还没回来，他们正在着力寻找，请大公子恕罪。

王砚阴森森问："蕴绮呢？"

下人们又禀，蕴绮小姐刚被外祖母接去了，不知几时才回。

王砚点头："好，帮我捎句话过去，躲得了一时躲不了一世，速速归来，自行投案。"又匆匆赶往京兆府。

到了京兆府衙门，王砚在厅中候了许久，方有一个文吏摇摇摆摆出来，向王砚拱手："有劳王大人亲自驾临，案犯何在？"

王砚道："疑犯定会尽快带到，我先来了解究竟，到底它吃了几只信鸽，损坏多少公文？"

文吏道："案犯最近总在我们京兆府上空盘旋，前几日它飞过后，共少了三只信鸽，在附近房顶上寻到残存尸身，经件作验证是被撕啄致死，昨天又有两只不见了。"

王砚皱眉："不知这些鸽子是一起丢的，还是前后间隔？此隼乃我亲手养大，它捕猎一次只抓一只野物。"

文吏哼道："王大人这是何意？我们京兆府有确凿证据，绝没有冤枉疑犯。"

王砚问:"可否将证据与我一观?"

文吏肃然道:"王大人,对不住,此案正式开审时,自会出示证据。此时下官无权拿来给王大人过目。"

王砚又问:"能否请李大人或你们新来的那位大人与我一见?"

小吏再一拱手:"京兆府事务繁忙,冯大人无暇见王郎中,李大人更是没空了。但请王郎中速速将案犯交来,休再拖延。"

王砚抬手阻止憋红了脸欲嚷嚷的众随从:"此事我定会给京兆府一个交代。等你们这两位大人有空了,便知会我一声吧。"拂袖带着众随从离去。

出了京兆府,小厮小心翼翼问:"大公子,这件事咱们这边是否再查一查?"

王砚寒着神色道:"先拿住雪麻糖,再谈其他,你们盯紧了府中,蕴绮那边一有动静,立刻报给我。"

正要上马,又有一刑部衙役赶来传陶尚书口信,曰中秋将至,王郎中平日诸多劳累,今天就不必再回衙门了,权当放半日假。

王砚沉声道:"多谢尚书大人关怀。替我转禀尚书大人,王砚因私事令刑部蒙羞,暂无颜回衙门,先待罪告假,待此事毕,再到尚书大人面前请罚。"

随从与衙役均失色。衙役道:"尚书大人和刑部都离不得大人,大人何必如斯自责?"

王砚淡淡道:"我意已决,你禀上便是。"

衙役再劝了几句无果,只得告退离去。

又一小厮禀告:"小的们打听了一下,京兆府这边刚才倒不是有意睄着咱们,他们前天接了一桩案子,是城南死了个胡商,查着了些了不得的东西,新来的那位冯通判上午亲自过去了。李大人这两天去宫中议事,确实都不在衙门。"

王砚颔首。

小厮再试探问:"大公子还未用午膳,可要先回府?"

王砚掉转马头:"我若回去,蕴绮定会在外祖母那边赖下。切莫打草惊蛇,随便找个地方吃些吧。"

二

午时,王大公子踏进了月华阁。

月华阁的二掌柜亲自相迎,引王砚至内院。甫行到游廊,斜前方一道门中突然闪出一个人，拊掌道："哎呀，这是哪个？竟是我们的郎中大人驾临，真真是四方异彩，八面香风！"

这满脸调笑的贵公子，却是奉国公的嫡子虞玩。跟着，先尚书令薛如之孙、长乐大长公主之子薛沐霖、温老太保之孙温意知都笑着走了出来。

"真是咱们王郎中来了，恭迎恭迎！"

"王郎中在刑部大展雄才，把大理寺和京兆府压得嗷嗷叫，听说这次熊瞎子犯了事儿，就是被你气的。今日怎的百忙中得闲？"

王砚抬手："惭愧惭愧，今儿丢了个大脸，无颜回衙门，过来喝顿酒。"

虞玩"哈"了一声："什么事儿？说来我们高兴高兴，顺便与你开解开解。"

王砚面无表情道："家养的隼被舍妹乱遛，疑似吃了京兆府的信鸽。"

三位公子都前仰后合大笑起来。

薛沐霖擦擦眼角："该不会是雪糖球吧？"

王砚道："雪麻糖。"

薛沐霖点头："这名字忒拗口，总记错。阿沖新得了一只金环眼红羽的，也俊得很。我正说刚好你们这两只配一窝，我要一只小的。京兆府现下是归李峒管吧？便让谁给他捎句话呗。一只鸟懂什么，京兆府这般计较岂不惹人笑话。"

王砚摆手："且容后再论。说来，怎么你们几个凑得这么齐全？"

三人又笑起来，虞玩道："还不是因为咱们的刘小侯爷。可巧了，他同你一样，也遇着件鸟事，正愁得不得了，我们三个来劝他，正念叨着找你这破案如神的大青天帮忙，你就自己送上门来了。"

三人立刻拉着王砚进屋，只见圆桌边一人脸颈通红，东倒西歪。王砚嘴角一抽："你们怎么把阿沖灌成这样？"

温意知道："他自己喝的。"

薛沐霖道："可不是，我们还拦来着，拦不住。唉，有家不能进，他委屈嘛。"

王砚疑惑："到底什么事？"

虞玩用扇子敲敲手心："方才同你说了，就是因为一只鸟的事。你知道的，上个月，刘侯爷回京了。"

刘侯爷，即刘沖的爷爷，东南水师总督帅、东海侯刘纳。

人常曰天下兵权十分，五分在怀王府，两分在东海侯。刘侯爷早年曾教过先怀王景重舒兵法，王太师也在他手下待过，资历功勋朝中无人能及。且性情谦和，素好简朴，先帝屡次欲封他为上公，他都坚辞不受。他常年镇守东南，夫人、长子及刘沖等几个孙子都住在京城。

上个月，刘侯爷因公务回京，得几日空闲，作息仍同在军中时一样，鸡鸣起，两更睡，晨晓操练，暮禁酒乐。可怜刘沖等小辈便成了兵营的小卒，每日三请安，起得比鸡早，天黑便得睡，饮宴玩乐一概不敢参与。刘侯爷好交朋友，朝中各处都有他的眼线，刘沖在中书衙门的通议院挂个闲差，平常十天里能去衙门露三四回面算勤快了，近日却得天天按时应卯，枯坐衙门。惹得虞玭等人一见他就笑："沖少爷，今天好好念书了没？回去要罚站挨板子吗？"

大约十几天前，刘侯爷起床后，见晨光大好，一时兴起，去附近的花市逛了一圈儿。悠悠哉地溜达时，瞥见一处门脸外的摊子上，几只肥松鼠蹲在笼中嗑瓜子，不禁驻足观之。

此摊铺的主人是老两口儿，瞧着刘侯爷一身半旧布袍，神色慈和，以为是位寻常老员外，随口招呼了一声，继续忙着归置杂物。

突然，刘侯爷听到有谁叫了一声"当心当心，莫闪着腰"，跟着搬着金鱼盆的老板娘抬头笑道："小宝乖，等归置好了东西就和你玩哈。"

那声音立刻道："不急，不急。"刘侯爷循声望去，发现铺子门脸内一根横杆上挂着一个黄铜架，上面蹲着一只灰毛鸟，尾梢一簇红羽，眼神奕奕，体态雍然，看嘴脸俨然是只鹦鹉。

灰鸟见刘侯爷看它，便歪了歪头："老爷好，吃了吗？"

刘侯爷不禁失笑："这是鹦鹉？"

铺主老者道："是鹦鹉。"

刘侯爷又问："怎么是个灰色的？"

鹦鹉挺了挺胸脯："灰的好，耐脏。"

刘侯爷大乐："说得好，你叫什么名字？"

鹦鹉拍拍翅膀："小宝给爷请安。爷吃过了吗？"

铺主笑道："它馋，跟人打招呼就会问吃过了没。"

刘侯爷再逗鹦鹉说了几句话，鹦鹉口齿清晰，应答伶俐，宛如三四岁孩童。刘侯爷大悦，遂问铺主："这鹦鹉价几何？"

铺主顿了一下，老板娘立刻过来道："客官，这鹦鹉毛色不好看，蠢头蠢脑的，恐怕配不上贵府。"

刘侯爷道："我瞧着它怪机灵有趣，这个毛色也新鲜。"

铺主赔笑："多谢尊客抬爱，可……这只灰鹦哥是我们自家养着玩的，非售卖之物。爱掉毛，气性大，怕它在家里脏了屋子才带到店里来。灰不啦唧的也不体面，客官这样的，还是养只牡丹鹦鹉，富贵又喜庆。"

刘侯爷也看出这鹦鹉是铺主老夫妇的心爱之物，便和蔼笑道："只是随口一问，二位莫怪。"再逗了那鹦鹉片刻，继续向前逛了。

过了几天，刘侯爷又去花市转悠，却听得一阵吵嚷，踱过去一看，正是那养灰鹦鹉的店铺前挤满了人，老铺主在摊前沉默抹泪，老太太坐在地上号啕大哭。听周围人议论，是那只鹦鹉丢了。

旁边铺子的老板向刘侯爷道，老铺主徐翁托人从南海带了一批龟，昨天夜里到货，他老两口儿当夜便住在了店里。龟到了，安置好，鹦鹉还好好地在。两个老人家关了铺门，再睡了一时，等天亮起身，老太太徐白氏想给鹦鹉喂食，却发现鹦鹉不见了。

邻铺老板又告诉刘侯爷，徐翁夫妇只有一个身带残疾的儿子，媳妇身子也很弱，三个女儿都嫁得远，不能帮衬娘家，故两个老人家七十来岁了还得起早贪黑做买卖。两人本有个孙子，叫小宝，聪明又漂亮，谁知数月前不幸从高处失足没了。两个老人家差点疯了。说来也奇巧，就是孙子没了不多久，那只灰鹦鹉突然飞到他家里，徐翁夫妇便觉得这是孙子的魂变的，就给鹦鹉也起名叫小宝，走到哪里都带着，爱若性命。不知被哪个丧尽天良的贼偷了，真等于是要了这两位老人家的命了。

刘侯爷听得很唏嘘，过去宽慰了徐翁几句，正在这时，京兆府的人到了，刘侯爷被认了出来。

徐翁夫妇一得知刘侯爷身份，立刻扑上前央求他帮他们找到鹦鹉。

刘侯爷便屈尊恳请京兆府的捕快们好好查办此案。京兆府的人也保证说一定会尽心，速速破案。

王砚道："市集失窃，看似小案，若非常在这一带出没的惯犯所为，未必能速速破案。"

虞玖呵呵道："刘侯爷回家后，用膳时提及此事。咱们的阿沨，就这么耿直地同他爷爷说了——闹市被偷不好查，即便抓着小偷，也不一定能找到鸟。他爷爷立刻脸色就不对了。京兆府那边赶上熊瞎子出事，办事也慢些。总之到今天也没抓着小偷，更没找到鸟。阿沨就倒霉了。"

徐翁夫妇又去求刘侯爷，刘侯爷使不上力，好几天都没笑脸。刘沨的爹把刘沨狠狠训了一顿："小畜生，忒大的人了，在朝廷里做了许久的事，竟连话都不会说！你若有一丝孝心，就替你祖父把那鸟找着！"

王砚再呵一声："他拿什么玩意儿献给他爷爷充数了？"

虞玳一拍掌："不愧是王神断！阿沖想的其实挺对，那丢了的鸟，是不是活着都未必了，找着了，说不定也伤了傻了。反正不都是鹦鹉嘛，再找只长得差不多的，也就罢了。"

可找遍京城，一时竟寻不着一只真的灰毛鹦鹉，刘沖遂买了几只白鹦鹉染成灰毛红尾巴，又备下一堆大大小小花花绿绿能唱能耍的鹦鹉做搭头，一起献给他爷爷。

刘侯爷勃然大怒，抢棍子狠狠抽了刘沖一顿。

"连找只鹦鹉都能弄虚作假，你平素在衙门里又是怎样做事？！我今天就打死你，只当为朝廷除害，替刘家断了你这条祸根！！！"

刘侯夫人与刘沖的娘连同全府的女眷一起泣阻，方才从棍子下救出了刘沖，把他安置到城郊别庄中避难。

老侯爷经此一气，也差点病了。刘沖的爹便又派小厮给刘沖传话，让他等着接家法。

"可怜阿沖连别庄都不敢住了，而今暂在沐霖那边歇着。"

刘沖一骨碌弹起来，挥挥袖子："一个破鸟，忒多破事儿！什么花市，铲平算了！"

薛沐霖笑道："喝成这样了，竟然还能听得进咱们讲话，也算他能耐。"

王砚道："你们是想我来查这个偷鸟的案子？"

刘沖"噌"地抬头："谁要找你！我自己来！你能做到的事儿，我肯定也能！那只破鸟，这些破事儿，嘿嘿嘿……统统翻不出我的手掌心！"

王砚一笑。

早几年他与虞玳、刘沖、薛沐霖、温意知，还有何国舅的儿子何述成日里一处恣游玩乐，得了一个诨号"京师六魔王"。王砚还是打头的一个。

几人各自有了官职后，本还都是混混玩玩，只是聚得不免越来越少了。王砚自从进了刑部，忽然大放异彩。陶尚书常在御前提及他功劳，盛赞他聪明上进有天分。昔日混世魔头俨然变作朝廷新秀翘楚，其余五魔的老子们瞧在眼里，不免转头要念叨念叨儿子——

"昔日你们比着淘气，而今怎么不同人家比一比为官做事？"

"什么时候，你爹我才能同太师一样因儿子脸上光彩一回？"

如此教训听多了，加上王砚公务繁忙，几人约他出来玩耍，王砚屡屡推却，五人对他不免有种难以道明的情绪，说话也常带调侃。王砚都一笑置之。

王砚的小厮后来打听到，刘小侯爷这回挨训时，又被他爹数落："你不是常跟太师家的王砚一处玩吗？这事若是他，早就把鹦鹉找着了！而你个小畜生就知道弄虚作假，连亲祖父都糊弄！"

刘沖心里堵，借酒撒气。王砚虽不知隐情，闻言也不以为意，拍拍刘沖肩膀："知道了，放心，我一定帮你把鸟找到。"

刘沖抓住他袖子："你，绝对不要给我插手多事，明白不？！"

王砚再拍拍他的头："嗯，我绝对立即揪出那贼跟鸟。乖，睡吧。"

刘沖一松手，扑通又铺平在榻上。

温意知忍不住问："阿砚，你真觉得那只鸟找得到？"

王砚道："当然。区区一小事尔。"

"可你方才说，这种失窃案查起来并不容易。"

王砚笑道："看是谁查。京兆府那里，都查到了什么，你们知道吗？"

虞、薛、温三人一起摇头。

王砚坐下自斟了杯酒："罢了，他们应该也没查到多少有用的东西。"着小厮取来纸笔，写了张字条，命送去礼部，给兰珏。

虞玝露齿："捎了什么话儿给你的小兰呀？我还纳闷你今儿怎么没跟他一处哩。"

王砚道："礼部公务繁忙，他没空。我是问问他知不知道灰毛鹦鹉的来历。这玩意儿应非中原之物，连阿沖一时都找不出一只一样的来，平白飞到了一户寻常人家里，着实可疑。"

温意知问："他不是刚进礼部吗？就是阿述挪出来的那个坑他顶了吧？听闻现下是查办禁书这一块儿。禽鸟他也懂？沐霖都不知道这鸟从哪里来的。"

王砚夹菜："他看的书多，且番邦朝贡物事，除鸿胪寺外，亦须礼部经手录册归档，他同僚可能认得。既然沐霖这边暂还没查到，让他们帮着查也行。"

薛沐霖笑了笑，虞玝啧啧两声。王砚吃了几口菜，随即起身："我去花市。"

薛沐霖立刻道："能否捎带上我？想见识见识咱们砚神断怎么办案的。"

虞玝、温意知一起附和，同称要去。

王砚一点头："行啊。三位大人如今还骑马吗？"

虞玝呵呵道："看你说的。我们去衙门不坐轿子就是违制啊，比不得你在刑部惬意。"吩咐随从备马。

薛沐霖又道："那，阿沖呢？"

王砚向榻上瞥了一眼："让他自个儿在这儿睡吧，说不定等他醒了，鹦鹉已经找着了。"

出了月华阁，四人翻身上马。温意知失笑："咱们这阵仗，竟是为了一只鹦鹉。那鸟真是烧过十辈子的高香了。"

王砚一抖缰绳："为的不是鸟，是阿沭的脸。"率先纵马向前。

虞玩、薛沐霖与温意知均大笑一声，策马跟上。

四匹骏马在众随从簇拥下风驰电掣穿过街市，避让路边的百姓瞅着那熟悉又久违的飞扬衣袂，瞠目咋舌——

乖乖，难道这几位魔王被朝廷踢出，又来祸害京城了？

三

约半个时辰后，几人到了花市。

这个花市离刘侯府不远，名字就叫作花市口。在前朝，此处曾有一座公主府，那位公主喜花，府中花园栽种天下珍奇。前朝灭后，府邸破败，府中下人挖了园子里的花草换钱，虽正乱世，仍有人不吝高价购买，引得一些投机的花贩也跑来，将寻常花木伪作公主府里的卖。时日久了，附近的几条小巷渐成了个卖花木盆景的小市集。一些虫鱼、禽鸟摊儿也开了起来，渐渐连卖玩器杂项的也有了，到而今成了个大花市，内有三纵三横六条小巷，花鸟鱼虫各类皆有。

王砚几人在上书"花市口"三个大字的牌楼前下马，在花市中慢慢打量绕行，引得许多闲杂人等围聚尾随，没过多久，即有人认出了王砚。

"是王大公子，来查丢鹦鹉那事的吧。"

"老徐去刑部报案了？"

"不晓得，但而今京兆府办不出的案子，刑部都会管一管。"

……

众随从忙着驱退杂人，王砚早习惯了这情形，虞玩三人也不以为意，仍然徐徐向前。温意知边走边做仔细扫视状："这市集中的商贩，其实都有嫌疑。或许，贼就在来来往往的行人中。"

薛沐霖道："行人里不大可能吧，正拿他呢，怎不躲几天风头再说？若是商贩倒差不多，此时不来更显得心虚了。"

温意知正色："偷也是一门营生，勤快的偷儿，天天都出来偷。还有一种偷儿，偷完之后还写个字条题幅画儿留下自己的名号，专门告诉官府是他做的，享受的就是这种他站在官差面前，官差也不知是他的快乐。"

王砚似笑非笑侧身："你们瞧出什么可疑的人物没有？"

虞玳笑道："没有。一定帮你仔细瞧着。"

几人一路谈笑，终于瞧见了徐氏鱼虫的匾额，铺子大门紧闭。

一路被随从驱赶仍不挠尾随的路人哄然。

"王公子大老爷，这铺子几天都没开了，老板人不在啊！"

"小的知道老徐家在哪儿，可带大公子前去！"

虞玳啧道："看看簇拥着我们阿砚的这一团团火热的民心！"

薛沐霖一叹："我都想去刑部了。"

王砚挑眉："来吧，不差你们这两双筷子。"

温意知立刻道："那再多添一双行不？"

王砚一笑："行。"走到徐氏铺子前打量门扇。又有围观的闲人叫嚷："王公子大老爷，京兆府的人说，是有人从门缝里插进了迷香，撬开了门！"

王砚示意小厮丢给那人一些赏钱，其余人等轰然起哄，随从们更奋力拦阻。这厢虞玳、薛沐霖和温意知装模作样地与王砚一道查看门扇，薛沐霖起身复蹲下瞅着门缝："好像没有撬过的痕迹。"

温意知比画："贼用工具都很精致，小刀薄如蝉翼，这样插进门缝，再这么着拨开门闩，毫无痕迹。"

薛沐霖拍拍他肩膀："好行家，你可以去偷了。"

温意知嘻道："成啊，今晚就去你家藏宝楼逛逛。"

王砚未理会他们调侃，转身又向对面铺子走去。

虞玳摇着扇子点头："嗯，相邻铺子，必熟知此铺底细。且铺形相似，也好比较。阿砚做事有章法！"

对面的铺主迎出来见礼，一站在铺中书生打扮的人道："敢问诸位何故聚集于此，可是衙门公务？有无公文？"

王砚的小厮打量了一下那人："我们大公子乃刑部郎中，前来此……"

王砚抬手截住小厮话头："某今日闲暇，赏玩花市，想与这位老板闲聊两句。"

铺主忙道："不敢，不敢，小的姓吕，行五，大公子唤小人吕五便是。诸位贵人若不嫌气味腌臢，请铺子里坐下吃茶。"

这铺子做的营生略杂，门前摊上摆着鱼缸，笼子里有花鼠、活兔，还有几对锦鸡、几只刺猬。味儿颇大，虞玳三人掩住了口鼻，王砚道："先就在这里即可。铺子里还有客人，你先招呼完再来。"

吕五转身看铺面，那书生道了声"请店主自便"，踱出了铺子。

王砚便问吕五："你每日几时开张，几时收铺？"

吕五道:"回公子话,这花市每日卯时便开了。城郊的花农都清早过来出摊,一般过了午时就回去。小人这样有铺面的,比他们来得晚,辰时才开门,看一天铺子,酉时才收生意。冬天收得早些。徐老夫妇年岁大了,家里事儿又多,开门比小人略晚些。"

王砚又问:"你店中可有伙计?晚上有人看铺子否?"

吕五道:"小营生哪雇得起人,都是几文几十文钱的玩意儿,京城的贼眼光高,也瞧不上。晚上往屋里一搬,活物锁笼子里,搁上水和食,店门一锁就罢了。徐家与我家一样,因那晚接货,他们老两口才在铺子里过夜,谁想就是那晚鹦鹉被偷了。"

王砚再问:"那你的铺子里,只有你一个人?"

吕五道:"我家老小在铺子里头哩。"向铺子方向高喊了一声"阿小",一个后生伸了伸头,吕五跺脚,"没眼力见儿的东西,快来给公子老爷们磕头!"

王砚抬手:"不必了。"

那后生缩了回去,吕五又赔笑道:"小人这铺面与徐老的铺面是犄角铺子,两边都是门脸儿,须得两人才看得过来。可叹徐老的儿子帮不了生意,儿媳妇一个年少小娘子,不好抛头露面,天天就是他老两口出生意。小人万幸有些薄福,娘子给生了仨小子,都是能帮忙的岁数了。就是淘气,在铺子里待不住,一转头就没影了。老大和老二一吃了晌午饭就溜了,老小还老实些。有时候早上晚上我也让他们去给徐老搬搬东西。"

王砚颔首,又和店主说想看看店内。吕五连声恭请,虞玱三人犹豫了一下,把口鼻又掩得紧些,与王砚一同进店。

铺子里十分狭小,吕五的儿子闪了出去,屋内方能堪堪站下他们几人,后墙还有扇小门,挂着布帘儿,内里是一间隔出的狭窄小室,搁着炉子茶桌,还有一张小榻。

吕五不待几人询问,便比着店内道:"徐老的店和小人的格局相同,这个里间儿也一模一样。这里头只能睡下一个人,那天晚上,白婆睡在里间,徐老在门口这块地方打地铺。鹦鹉就挂在挂门帘的横杆上。"

温意知捂着汗巾道:"这里也没其他入口了,不论贼从两侧哪边门进来,想偷鹦鹉,都得从老头身上跨过去。"

薛沐霖"唔"了一声:"说是贼用了迷烟,所以两人一点都没有察觉?"

吕五一叹:"公子说得没错。京兆府的人在门缝那里查到了残留的迷烟棍儿跟灰渣,直到第二天早上两位老人家醒了,才发现鹦鹉没了。"

温意知咋舌："好厉害的迷烟！当天夜里与他们有接触的那群送货的最可疑。"

吕五拱手："公子真真睿智！京兆府的捕快们也是这样怀疑的，正在排查那群送货的，但还没找到证据。还有一事也很蹊跷，徐翁和白婆醒来后，门上的闩仍是好好的。"

王砚回身看向门扇："你把门关上我看一看。"

吕五立刻遵命，合拢门扇，又压上门闩。

门闩竟有两道，都甚粗壮。吕五不待王砚问，就自行道："徐老的门也是与小人这里一样的。因我们铺子里都养了细小之物，门缝都极窄。"

虞玬道："这就有趣了，如意知所说，用刀子拨开门闩，或还可行，但要怎么再把门闩放回去？"

薛沐霖接着道："而且，贼为什么还要把门闩放回去？"

温意知双眼直勾勾道："会不会，那贼，一直就藏在屋子里？插进门缝的迷烟，只是他的障眼法……"

吕五打了个哆嗦，不由自主瞄瞄自己的房梁和桌下。

王砚沉声道："还有一种可能，就是贼根本不是从门进来的。"说罢走出门外，飞身跃上徐氏鱼虫铺屋顶。

围观众人沸声喝彩，赞叹王大公子身姿俊逸。薛沐霖一叹："阿砚的风头真是谁也抢不了，咱们都没本事往上蹦，就在下面衬托衬托他吧。"

吕五怯怯道："小的方才未来得及禀告，屋顶已经查过，贼应该不是从那里进去的。"

原来这花市的屋顶与别处不同，当初这带房子挨着公主府，恐生火患，屋顶上用的不是望板，而是望砖。砖上铺着特制的油毡布，既防水又不易燃。梁架、檩条、椽子上亦都刷了防蛀又不容易起火的漆。数年前翻新重建时，顶木、望砖均完好无损，就木料重新补漆，接着使用。各位店主又唯恐失盗，便凑钱统一在砖上加了一层菜刀都砍不断的藤丝编成的网席，以铁丝做钩，攀固于桁架，上面再蒙油毡布，最后压铺瓦片。

"京兆府的人前日已仔细察看过，油毡网子都好好的，无人动过。"

虞玬淡淡道："他们瞧不出，未必王砚就瞧不出。"

吕五赶紧赔罪。

方才在吕氏铺子里的书生又冒了出来："诸位何以无故擅动私产？"

众人都只看屋顶上王砚揭瓦，无人理会他。

王砚抚了抚掀开瓦片的某处，起身跃回地面，低声吩咐了小厮几句，目光再一扫，径直走向那仍站在人群中的书生。

"可是新入京兆府的冯大人？"

书生双眼一眯，继而抬袖一礼："鄙姓冯，名邰。不想王郎中已查过冯某了。"

人群轰然，众随从将闲杂人等又驱开丈许。王砚露齿一笑："是你自己告诉我的。方才你警告我等的言语，即明示了你是京兆府的人。京兆府里能在我面前这么说话的，我都认得，但不认得你。再加上你衣着口音俱有南韵，站姿步态能看出是做过两年官的人，必就是今日我去京兆府拜访却无缘得见的冯大人。"

冯邰冷冷道："承蒙王郎中识得冯某。只这一时，诸位就已犯了扰民、行窃、越权、蓄意损毁等数罪，身有公职，知法犯法，罪再加一等。若再不离去，冯某就只能请诸位先到京兆府衙门走一趟了。"

王砚含笑抬手："且慢些扣帽子，我想同你商量一桩事儿。我已知道那贼是用什么法子偷走了鸟。你能否告诉我，你们那边又查着了什么重大线索，才令你今日微服到此？"

冯邰面无表情："抱歉，某与王郎中无任何可相商之公务，请王大人与你的同伙速速离开。"

王砚挑一挑眉："不急，先办正事要紧。"飞身又上了屋顶。几个随从架了把梯子，两名小厮抬着一根两头镶着木棍的铁圆筒小心翼翼地沿着梯子上爬，冯邰立刻跟随上房。

温意知也沿着梯子爬了上去，薛沐霖与虞玩留在下方。

王砚吩咐小厮们将某处瓦片尽数掀开，温意知伸手想摸那个圆筒，王砚立刻道："烫手，莫碰！"

温意知缩回手，冯邰变色："这里面有火炭？王大人要做什么？"

小厮们将圆筒抬到暴露在外的油毡布上，滚压了一时，再抬开，揉了揉毡布，毡布上竟出现了一道裂口，王砚用布包住手，捏住裂口处一掀，一块四方的油毡被掀了下来，露出下方的藤网。

温意知"啊"了一声，又往跟前凑了凑，王砚道："油毡的边上有胶，别把手黏住。"再命小厮将油毡布再多裁下些许，用那圆筒继续烫藤网，藤网上渗出些许亮晶晶的黏液，小厮们再抓住一提，一块四方的藤网轻松被分离。

王砚拿开两块望砖，露出的寸宽檩条缝隙下方，正是徐翁挂鹦鹉之处。

温意知"哈"地一拍手："原来如此，那贼就是从这里下钩，将鹦鹉钩了上来！"

王砚道："手法十分简单，只是之前来查的人未能仔细检查房顶罢了。"

温意知摸摸下巴："可贼偷了鹦鹉后，为什么还要费时费事把这里粘好？耽搁越久，越容易被发现吧。"

王砚瞥向冯郃："冯大人怎么看？"

冯郃仍是面无表情道："恕冯某不能与王大人讨论京兆府的公务。王大人损坏他人私产，请带上杀害京兆府信使的凶犯，到京兆府走一趟。"

王砚正色："我家的隼是否真吃了京兆府的鸽子，我自会给你们个交代。一事归一事。但看这屋顶种种，油毡与藤网断处整齐，边缘有弧，切开它们的是一把极利的弯刀。把毡和网粘回去的胶也非一般，应是一种西域的胶，能粘修断弓，浸水亦无事，只是遇热即化。昔年先怀王自边塞得之，兵部常用，故我认得。刀与胶，都是胡物。偷鹦鹉的贼，极可能是个胡人。"

温意知瞪大了眼。王砚接着道："若是个胡贼，你们查，或要知会鸿胪寺与礼部，真按照步骤一层层文书递上，查出真相时贼早跑没影了。冯大人可要考虑与我合作？"

冯郃仍是肃然道："冯某与王大人，无任何公事可谈，更无任何所谓合作。"

王砚一挑唇，道了声罢了，飘然掠回地面。

立即有几个随从奔过来，王砚自一人手中接过一张纸，扫了两眼，着小厮递给缓缓沿梯而下的冯郃，转身与虞、温、薛三人率众随从离开。

"此屋的主人徐翁按了指印的许可，冯大人细阅。"

四

出花市一路，温意知眉飞色舞向虞玭和薛沐霖转述方才屋顶上种种。

"……没想到这个鹦鹉的事越来越不一般了啊。贼竟然可能是胡子！阿砚你也是的，看那姓冯的小样儿就不可能跟咱们合作，何必告诉他这么多。"

王砚一挑嘴角："我诈他的。上午我去京兆府，得知他们在查一个胡商被杀的案子，这个姓冯的亲自过去了。但方才他竟然微服出现在这里，定有蹊跷。"

温意知恍然："你觉得这两个案子有联系！难道那个胡商就是偷这个鹦鹉的人？他为什么又被杀了？那只鹦鹉该不会是什么了不得的东西吧。"

虞玭与薛沐霖噙着微笑待温意知发完一串儿猜疑，薛沐霖方才慢悠悠道："刚好，你们在屋顶查案时，我跟阿玭意外得了一份大礼。"

温意知诧异："什么？"

虞玩用扇子掩住嘴，神秘一笑："这里人杂，礼先运到外面去了，出去就能见着。"

离了花市，虞玩的随从在前方带路，将他们引入一座茶楼。

茶楼中早已被清场，小伙计们关上门扇，毕恭毕敬引着四位公子上楼。

王砚走向二楼最内里的雅间："到底什么礼物，这般隆重？"

虞玩与薛沐霖含笑不语，茶楼伙计在门前数步外便退下，虞玩的随从推开房门，虞玩率先跨入门内："难为我们也有让你王砚猜不着的时候。请看——"

屋中的椅上，紧紧绑着一个蒙着布的人。虞玩的随从掀开盖布，暴露在众人视线中的，竟是个少年。

黑衣，黑发，肤色异常白皙，鼻梁高挺。

王砚望着他紧闭的眼帘上浅浅的金色睫毛："睁开眼吧，知道你是个胡人。"

少年的眼皮动了动，慢慢抬起，露出了一双湛蓝的眼珠。

虞玩徐徐摇扇："他自我们到了徐氏铺子后，便一直鬼鬼祟祟查探，被我家下人看出异常，就悄悄拿下了。正好阿砚你查出了番邦的线索，这说不定就是个送上门的案犯。且看你怎么审了。"

少年的蓝瞳中射出毫无畏惧的光芒，狠狠地盯着王砚。

王砚拖过一把椅子坐下："我素不惯与一群人一道为难一个女流。姑娘，既然你懂汉话，可否告诉我你的姓名来历？"

温意知大惊："这是个女的？！"

王砚懒懒道："废话，若非佳人在此，这两个斯文败类怎会笑得如此龌龊，用词又这般斟酌。"

温意知再怔了怔，瞪向那少女："那她听得懂咱们说话不？"

虞玩摇摇扇子："既来我天朝，又乔装尾随，必然懂一些，不然，先审审看？"

温意知便将神色一肃："你是何方人士？姓甚名谁？为什么要尾随我等，速速招来！否则，将你送到大理寺，就不是这般待遇了！"

少女紧闭双唇，眼周泛红。

温意知怔了怔："喂，我又没说你什么，更没对你用刑，你哭甚？"

少女瞪向他，碧蓝的双瞳仿佛泉水中的宝石，动人心魄。

虞玩拍拍温意知的肩膀："再两个月你就要成亲了，身为过来人，为兄得教你一句，日后同你夫人，可不能这么愣。"

温意知不解："一个胡女疑犯，难道还要惯着她？"

那少女再咬了咬下唇，突然生涩地吐出几个字："杀我，请。"

王砚按住温意知，在她对面坐下："我们说话，你能听懂多少？"

少女没回答。

王砚又道："我们抓你，只因你无故尾随。国有法度，即便你是番人，在这里，也不会有人随便杀你。"

少女眨了眨眼："四个字词，我不能懂。"

王砚缓声道："我们，不会杀你。懂吗？"

少女点点头。

王砚再将声音放慢些许："你，叫什么名字？哪里人？"

少女垂下睫毛："我，伊西娅，是主人的仆人。"

王砚道："谁是你的主人？"

少女头再低了些，似乎不愿意让王砚等人看到她脸庞上的泪："主人，死了。他们，带主人走了，我跟着那位大人。你们，抓住我。"

温意知愕然："难道，她是那个死了的胡商的婢女？！"

虞玧在掌心敲了敲折扇："看来是。"

王砚继续温声问："你的主人，为什么死了？"

少女的肩膀剧烈地抖动起来："我回来，主人，死了。都是血，在地上。"

王砚俯身："那位大人怎么没有带走你？"

少女努力咽下哽咽："我躲起来了。"

王砚"哦"了一声："为什么要躲起来，这些大人可以帮你找到凶手。"

少女又咬了咬嘴唇："主人，怕，大人们。我，怕，也。我没有文牒。"

她的言语一直带着浓浓的夷音，唯独文牒两个字，格外标准。

王砚一脸了然，瞥了瞥薛沐霖。

薛沐霖满脸无辜："番夷人士在京居住买卖所需文牒，皆由京兆府通番司下发，我们鸿胪寺不管这个事儿。"

王砚再转向少女："谁，杀了你的主人？"

少女再摇头："不知道，主人，卖货品，不惹别人。"

王砚温声问："你的主人，卖鸟吗？"

少女一脸茫然。

王砚双手做翅膀状摆动了一下："鸟，会说话的鹦鹉。你有没有见到，或听你的主人提到过？"

少女眼睛亮了亮，用力点头："有，主人，很奇怪，鹦鹉。"

温意知一步跨过来："灰色的？"

少女再僵了僵，不说话了。

虞玞与薛沐霖按住温意知，把他拖后几步，王砚又将声音放和缓了些许："鹦鹉，在哪里？"

少女道："以前，屋子里。现在，不知道。"

王砚摆手，几个随从七手八脚解开了少女身上的绳索。王砚起身，俯望着少女碧蓝的双瞳，微微一笑。

"姑娘，能带我们去你的住处吗？"

死掉的胡商住在京城西南的礼公坊果子糕巷。

王砚几人换乘马车，带上那番邦少女伊西娅，飞速赶往礼公坊。一路上继续盘问伊西娅，从她磕磕巴巴的答话中零碎拼出——这名胡商叫古罕德，珊斯国人士，四旬年纪，在京城已住了五六年，卖毛毡毯、席子和锡器，从来没有卖过鸟。

王砚问："那只鹦鹉，他什么时候有的？"

伊西娅道："几天前，我看到了。不是，故意的，主人，不知道。"

王砚道："他从哪里得到了鹦鹉？"

伊西娅摇头："不知道，很秘密。"

王砚再问："他把这只鸟放在哪里？"

伊西娅做了个拉门的动作："屋里。"

古罕德的店铺里没雇伙计，平时，家里就只有他和伊西娅两个人。他没什么钱，没有其他仆人。

虞玞与薛沐霖交换了一个意味深长的眼神。

伊西娅称古罕德是个好人，好主人。他有很多朋友，喜欢喝酒，喝完了就睡觉，不会打人骂人。

王砚遂问："你发现尸首时，有没有闻到酒味？"

伊西娅摇头："主人，不喝酒，在上午。"

她是在昨天上午发现主人死了。早上，她出门买菜，主人还好好的，回来就发现主人躺在地上，她惊慌失措奔出门，邻居帮她报了官。

王砚又问："你的主人会不会在死前跟朋友在一起？"

伊西娅含泪再摇头："主人的朋友们，不会来，在上午。没有别人。"

王砚微微眯眼："他为什么没去店里？"

伊西娅哽咽："官大人们说，要查。大家，都没开店，那天。"

虞玓笑道："看来，京兆府这回并未特别针对某一片儿，竟是一视同仁。"

王砚无视她，继续盘问伊西娅。

伊西娅道，官大人来的时候，她很害怕，躲了起来。因为她没有文牒，怕被抓住后官大人会赶走她，不准她继续留在这里，她不知道离开这里还怎么活下去。

窝藏她的就是邻居，邻居们都是古罕德的朋友，皆对京兆府谎称不知她逃去了哪里。

王砚道："你既然害怕，为什么又跟着那位大人？"

伊西娅低下头："他，奇怪。"

王砚温声问："怎么奇怪？"

伊西娅停顿了一下，似在尽力拼组句子："他，来过，几天前。说，查，店不开门了。昨天，主人，死了。今天，在上午，他，又来了。还换衣服，很奇怪。我就跟着他。"

温意知插话："什么换衣服？"

伊西娅又僵了一下，再看看王砚，在身上比画："我看见了，从二楼的窗子。一开始，他穿着，大人的衣服。后来，他去了这样的车里面，就换了，草民的衣服。"

温意知了然道："敢情你是觉得你主人死前死后，这人都在，十分可疑。为了主人，不顾自己安危尾随，也算忠仆了。"

伊西娅一脸茫然："忠仆？"

温意知道："就是说你好。"

伊西娅僵了僵，又低下头。

温意知皱眉："夸你，你怕什么？"

伊西娅抬起睫毛，小心翼翼又看了看王砚，向一旁坐了坐。

温意知"哼"了一声，虞玓与薛沐霖又都笑起来："温少爷啊，成亲后你该怎么办？"

到得礼公坊处，已是申时。礼公坊在京城几大胡商聚集之处中，算是个中不溜的地界，这一带的胡商多是卖皮货、香料、毛毡毯、小玩件的。日头偏西，一股暖烘烘的皮毛腥气混杂香料味飘进车内，街上高鼻深目者络绎，南腔北调滔滔。

温意知掀开车窗帘，瞧着街边皮货摊上的鸟兽头或全身摆件："该不会那鹦鹉已经变成这样了吧。"

伊西娅摇头："不是这样。"

温意知学她音调："不管怎样，抓住犯人，很好了，就。"

虞玖扮作刘沖，举起一个不存在的鹦鹉摆件："祖父大人，孙儿已寻到鹦鹉，起码能养二百年，还不用吃食！"

薛沐霖颔首："乖孙孝心可嘉，退下吧。"虞玖抡起扇子敲他，几人哄笑，伊西娅一脸茫然，王砚指了指头："他们，这儿，不好，不用理会。"

虞玖、薛沐霖和温意知一起转向他作势卷袖，这时马车停住，小厮通报，果子糕巷到了。

王砚含笑向薛沐霖拱手："少卿大人先请。"

薛沐霖正色抬袖："承让，承让。"整衣下车，徐步走进巷中。

几名京兆府衙役自巷子深处迎出："案发之地，闲杂人等不得靠近！"

薛沐霖身侧的随从呵斥一声"大胆"，举起一块令牌。

众衙役已看出这随从衣衫上公主府的纹饰，再见令牌上鸿胪寺的字样，立刻拜倒在地。

薛沐霖淡淡道了声平身，继续向里走，那几个衙役爬起身："薛大人，内里一宅院发生命案，卑职等奉命看守，不得冒犯，请问，大人何故来此？"

薛沐霖微微笑了笑："听说这里死了个胡商，想进去散散步。"

几个衙役呆住，薛沐霖的随从喝道："我们大人到此，自是为了公务。若有耽误，尔等可担得起责罚？！"

衙役们连称不敢，神色僵硬地瞄向薛沐霖身后那张化成灰他们也认得的姓王的脸，以及裹着斗篷，难以看清面目的伊西娅。

薛沐霖噙着笑意道："后面这些都是我的随行，你们如有疑惑，可去询问李大人，真有什么事，到鸿胪寺找我便是。"

众衙役犹豫片刻，让开道路："大人请。"

薛沐霖的随从先行进入巷子最深处的门内，将京兆府的人尽数驱出。

"公务机密，闲杂人等勿入！务必把守好周围，一只苍蝇也不得进来！"

京兆府的衙役们忍气吞声称是，眼睁睁看着王砚与薛沐霖几人大摇大摆进了门，一个衙役飞快奔出巷子，打马驰往京兆府方向。

薛沐霖的随从反手关上院门，将京兆府的人彻底阻隔在门外，薛沐霖方才长长吐出一口气，抓过虞玖手中的扇子扇了扇风。

“王神断，赶紧破案，为了你我可把命都押上了！”

王砚咧嘴，扫视院中：“回头务必让阿沖好好谢咱们。”再侧身看向脱下大斗篷的伊西娅，“鹦鹉，在哪里？”

伊西娅快步走向正厅：“这里。”

五

这间院落就是寻常民宅样式，但陈设多胡夷风情，正厅大门敞开，门楣上有一排异域花样的白铜钩，有两只歪到一边，像被人用力扯过。伊西娅跨进门槛，停下脚步，捂住了脸。

厅中光滑的地面上，一摊红渍格外醒目。

温意知在厅中踱步张望，丈量家具间的步数，王砚摸出一块汗巾，着小厮丢给伊西娅，环视凌乱厅中与地上种种标记。

“京兆府新来的这个姓冯的倒是个细致人儿，屋中与院内的标记已将凶手是怎么杀人的告诉咱们了。”

他走到血痕前。

“当时死者就在厅内，他们有打斗，损毁不少东西。血痕只有一块，死者是被一击致命的。”

王砚再转身向门。

“凶手杀完人后，又非常着急地跑到了门外。”

温意知道：“你怎么看出凶手很着急的？”

王砚一抬手：“凶手把门帘拽了下来。你可去再看看那几个歪了的门钩，是从门内猛拽门帘所致。凶手潜进来杀人的行径十分隐秘，进门时扯下门帘，也不太合情理。”

虞玧指指半开的窗扇：“窗框上贴着标签。凶手亦有可能是从窗子进来的吧。”

王砚一挑眉：“窗只开了一条缝，透气不会这么做，定是京兆府来时窗就是这么开着的。如此狭窄，钻不进一个人。这个标记，是他们在窗台上发现了东西，我猜，是鹦鹉毛。”

温意知“啊”了一声，双目灼灼：“我知道了！也就是说，凶手进来的时候，死者正在屋子里逗鹦鹉。死者发现凶手，就赶紧推开窗子把鹦鹉放飞了。然后，凶手就一刀杀了死者，追出门外！”

王砚拍拍他肩膀：“孺子可教，再给你在刑部的饭桌上多加个汤勺。其实咱们已经可以回去了，跟阿汹说，偷鹦鹉的贼已经死了，鹦鹉可能正在天上飞着，让他继续寻吧。"

温意知愣了愣。

伊西娅双膝一屈，跪倒在王砚面前。

"主人，不是小偷！求求你！我的主人冤枉！求你，帮帮他。"

王砚面无表情地俯视着她："你汉话都说不明白还敢在我面前满口胡言？那只灰鹦鹉，其实是你和死者两个人偷的吧。"

伊西娅的脊背瑟瑟抖起来。

"徐氏铺子屋顶的砖瓦没有踩痕，案犯的身量轻，力气不大，切开盗洞十分仔细，偷了鹦鹉后，再把盗洞仔细黏合，看似掩饰很好其实多此一举。如此小心翼翼婆婆妈妈，显而易见是个怕事的女子。当天夜里，古罕德负责在门缝点迷香及把风，你在屋顶行窃，我说得对否？"

伊西娅抬起满是泪痕的脸："不是偷！是，主人，朋友的鹦鹉！主人的，朋友，不见了，鹦鹉，不见了。有一天，主人，看见了。"

王砚沉声问："什么朋友？叫什么？住在何处？"

伊西娅摇头："我知道，名字。塔木沙。不知住在哪里。"

王砚向随从丢了个眼色，随从会意退下。

王砚继续紧盯着伊西娅碧蓝的双瞳："凶手杀了你的主人后，没有找到鹦鹉，又折回这屋里，翻了许多抽屉柜子，我觉得应该不是在找钱。这鹦鹉，到底有什么秘密？"

伊西娅痛哭着摇头。

虞玕一叹："阿砚，这又不是刑部大堂，何必这么吓唬一个姑娘。先让她起来慢慢问。"

薛沐霖附和："地上都哭出水渍了，让京兆府的人看着了也不好。"

王砚负手一言不发，伊西娅甩开温意知欲拉起她的手臂，又仰头看王砚："我知道一个，秘密，主人的，关于，鹦鹉。我告诉你。但，请你，抓住坏人！"

王砚神色丝毫未变："你先说。"

伊西娅用力摇摇头："不行，交换，必须！"

王砚拂袖转身，伊西娅又紧紧抓住了他的衣摆。

"求、求你！"

虞玕和温意知皆露出怜惜的神情。温意知道："王砚，这么对一弱女子有些过了！"

虞玧又叹了一声："意知，阿砚做得没错。丢鹦鹉的事已经清楚了，剩下杀人这一串儿的案子，应该是京兆府的事。就让这位伊姑娘去找那姓冯的便是。咱们直接回去再喝顿酒，帮阿沖提一提神，让他继续天上城里都搜搜，而后各回各家，各过各节。"

伊西娅仍抓住王砚的衣摆不放，王砚也仍然纹丝不动。薛沐霖笑道："你们就红脸白脸地挤对阿砚吧，正到有趣的时候，别说阿砚，你们肯罢手？"

王砚眉头一跳，侧身，从伊西娅手中抽出衣摆："我从不与犯人讲条件。你须得明白，眼下你也是嫌犯。任何你知道的，都必须交代。要么，你此时跟我说。要么，你去大牢里说。"

伊西娅定定看着王砚。虞玧轻声道："姑娘，他的意思是，只要你说了，必然会接着查。"

王砚横了他一眼。

伊西娅吸了吸鼻子："好，我告诉你。"起身走向通往内室的门。

门内是间小厅，箱子、抽屉、柜门俱大敞着。另外还有一扇与墙一模一样的门，也敞着，露出内中暗室。墙面上残留着曾经悬挂画卷或挂毯的痕迹，不知道是被京兆府还是被贼取走了，仅存一张靠墙的铜制条几，几身布满精美的异域花纹，空空案上有数个大小不一、用墨笔圈出的圆圈。

伊西娅钻到条几下，惊叫了一声。

条案的下方少了一块板，露出的空荡荡暗格中也贴着一张纸条。

随从们把条案翻了个身，温意知盯着贴条处惊叹："那姓冯的属狗吗？这都能发现？！"

薛沐霖轻声道："会不会是凶手取走的？"

王砚面无表情："姓冯的所贴的纸条款式不一，这一种是取得证物的标条。"

伊西娅急切地道："我没骗谎！秘密，主人藏的！一幅画。"

王砚皱眉："什么画？"

伊西娅拼命比画："画，有，鹦鹉。我见过一次。"

王砚再问伊西娅："画多大？"

伊西娅抖开方才王砚丢给他的汗巾："像这个！很老。"

温意知眨眼："老鹦鹉？"

伊西娅再摇头："画，很老！"

温意知问："有多老？"

伊西娅用力道："很老，很老很老。比，祖父的祖父，都老！"

虞玠道："那意知方才的推断就不对了，只有王八才能活这么久，鹦鹉断然不行。画里的鹦鹉跟咱们找的鹦鹉肯定不是一只。"

温意知道："可必然有联系！一幅老画，画里有个鹦鹉。又有一只来历不明被偷了又闹出人命的活鹦鹉。这里面肯定有事儿，还不是一般的事儿！"

薛沐霖再插话："姑娘，你说你只看过一次，你确定画里是一只鹦鹉？许多鸟都与鹦鹉外形类似，且鹦鹉又分许多种，如凤头、牡丹、虎皮……那画中的是哪一种？"

伊西娅满脸通红，泪水又迸出眼眶："是，鹦鹉！"

王砚一摆手："好了，犯人口供不清，只能参详，不可为实证。先看剩下的这些。"

他命随从将条案再翻回原样，指着案上京兆府标记的圆圈与墙上的黄黑痕迹。

"之前这条案正中有个炉鼎或大灯台，旁边是供器，墙上有烘燎的痕迹。这个胡商，应该信神火教。"

神火教有颇多番国胡人信奉，朝廷并未禁止。但信此教者会在家中供奉长明火，京城百姓怕走水，都不愿意把房子租给他们或与他们为邻，因此许多胡商都不会承认自己是神火教教徒。

薛沐霖露出恍然神色："神火教的教徽，正是一双羽翼环拥着他们的光明神，而且那光明神侧身而立，顶戴着一冠，冠有一饰，甚似弯喙，衣袍下摆展开，宛如尾羽。"

温意知双眼一亮："如果画得潦草些，打眼一看，会不会就像一只鹦鹉？"

薛沐霖和蔼地瞧着伊西娅："姑娘，你信神火教吗？"

伊西娅摇头，交叠双手："画，是鹦鹉！"

薛沐霖、虞玠、温意知再齐齐看向王砚，王砚又道："我再问你，那养鹦鹉的徐翁，不过是一个寻常百姓，你和你的主人为什么不去他家偷，非要挑市集下手？"

伊西娅低头："我听主人的。为什么，我不知道。"

几人再到屋中各处溜达了一圈儿，便在京兆府衙役们复杂的目光中匆匆离开胡商住宅。王砚命人用马车将伊西娅带去月华阁歇息，顺便将当前进展告知刘沖，又令方才派去打听案情的随从上前复命。

随从禀报曰，住在这附近的人对古罕德及案情的说法与伊西娅所言基本一致，古罕德待人亲切，不曾与人结怨，只有伊西娅一个女仆。古罕德被杀当日，因京兆府要整顿街市，礼公坊的商铺都没开门，早上伊西娅出门买菜，古罕德独自在家，伊西娅回来后发现他倒在血泊中，惊慌哭喊，邻居帮忙报了官。

但随从另外得知了一件有趣的事——

古罕德有个情妇，名叫海琳娜，与古罕德年纪相仿，一头红发，丰腴艳丽，在敦化坊卖首饰。

伊西娅确实是古罕德的女仆，但在此之前她是海琳娜的女奴，海琳娜把她送给了古罕德。古罕德得到伊西娅之后，就不常与海琳娜见面了。这几个月古罕德的友邻们几乎没有见过海琳娜，连古罕德死了她也没有出现。

虞玧意味深长地摇摇扇子："这三人关系颇耐人寻味啊。唉，小胡姬身世堪怜。"

薛沐霖道："此女身上，还是有甚多疑点。珊斯国人虽然肤白目深鼻高，但发色瞳色多是黑色或深褐，与我们相近。这女子瞳色碧蓝，更像是昂撒、拜曼等地人氏。这些地方与珊斯国风俗相去甚远，且自恃比珊斯人高贵，很少有人信神火教，更少与珊斯人为奴。瞳色碧蓝者，发色一般是黄、红色较多，此女是黑发，或许父母一方是珊斯人。"

王砚沉吟片刻，命几个人去敦化坊查查海琳娜。

往兰珏处送信的小厮亦赶了过来，禀报曰，灰鹦鹉之来历，兰大人亦不知详细出处，请教了同司的一位乔老大人，老大人说，同光年间，珊斯国进贡中有灰羽鹦鹉一只，僧祇奴两名。那鹦鹉十分伶俐，能说番语汉话，应答如四五岁孩童，被同光帝赐予太原荣康公。

虞玧"唔"了一声："这和咱们查的有能对上的地方了。可惜荣康公府而今无人在京中，一时不能求证了。"

小厮再禀，兰大人凑巧刚审一书，书中有一段写道，某男子得一昆仑女奴，女奴随身伴着一只灰羽鹦鹉，那鹦鹉也能幻化一灰衣少女。兰大人并未透露书名和著者，但说了著书人文虽荒淫不堪，凡写异域人物风俗及虫鸟器物等却均考究甚细，皆符事实。这段也或可为一证据。

薛沐霖道："是了，僧祇奴与昆仑奴相貌相近，世人常混淆。珊斯国人多游商，行走各方，僧祇奴便是他们由摩邻、弼琶罗等国带来我朝，这灰羽鹦鹉很可能与僧祇奴同出一处，由他们一同携来。"

虞玧笑道："小兰说的这个写书之人听起来像是奇趣坊主啊，竟是礼部有眼福先看到他的新本，定然还是全本！他的书必有图。啧啧，阿砚，你能同小兰说说，弄一份出来让我等也警醒一下否？"

薛沐霖跟着一笑："这我们鸿胪寺确实不得知，需礼部才能如此渊博了。"

王砚淡淡道："若羡慕，你们也调礼部去就是了。"

虞玩摇头："刚答应了你要去刑部，岂能不守承诺？"

王砚道："这两个愿望能够兼得。你们先去礼部，天天把这些妙本誊出来警醒众生，肯定用不了几天就能到刑部吃饭了。"

虞玩和薛沐霖捶向王砚，王砚又神色一正："眼下看不得妙本，但被京兆府取走、证人一口咬定有鹦鹉的画，还是必须看一看的。"

虞玩道："画在京兆府，怎么看？"

王砚故作神秘看向虚空："待去了下一个地方，自然能看到。"

六

下一个地方，是徐翁家。

王砚与薛沐霖、虞玩、温意知四人又改骑马，一路疾驰，抵达之时，暮色已浓。王砚在小巷口前勒马，顿时围过来一群身着便衣的男子。王砚抬手止住随从的呵斥，一道人影自停在不远处路边的一顶小轿中掀帘而出。

"王郎中，何故造访此地？"

王砚一笑，翻身下马："冯大人，正好，我刚说要去找你。"一把勾住他肩膀，在他耳边低语几句。

冯邰神色变了变，淡然后退一步，从王砚爪下撤开。

王砚又道："是了，另外请教一事，徐翁及家人可曾见过冯大人？"

冯邰面无表情道："尚未。"

王砚咧嘴："太好了。待会儿去那徐家问话，需有位名医在场。一时难寻到，我们这堆人都是穿上道袍也像去喝花酒的，还是冯大人有气韵，不知可否相助？"

冯邰淡淡道："请王大人稍候片刻。"转身唤过侍卫吩咐几句，又走回轿子。

虞玩轻敲王砚一扇："你说谁穿上道袍也像去喝花酒的？"

王砚露出白牙："说你。"

虞玩又敲他一记："不过，你方才跟那姓冯的说了什么悄悄话？他转弯转得有点猛啊。"

温意知一脸担忧："阿砚你不会跟他说要灭他全家吧，不能知法犯法。"

王砚似笑非笑负手："暂不便泄露。"大摇大摆走进巷中。

徐翁家住在小巷左侧第五户，墙头低矮，木门老旧。温意知左右打量巷中各户，喃喃道："阿砚说得不错啊，这墙头我都能翻过去，为什么偷鹦鹉非得去市集？"

各家皆门扇紧闭，某段围墙内传出几声狗叫，王砚的小厮上前叩了叩徐翁家的门环，门缝中灯火光一晃，门吱呀开了，一对白发苍苍的老人提着灯笼拜倒。

"草民徐泓与贱内徐白氏叩见诸位老爷。"

王砚的小厮们扶住两位老人家。

"我们大公子是便服前来，二老不必行此大礼。"

王砚扫视院内："下午先到花市中查看了一下你家铺子，已知会过二位，此时造访贵府，望勿嫌唐突。"

徐翁忙颤巍巍作揖："怎敢，怎敢。王大人竟亲临寒舍，真是小老儿十辈子修来的福气。寒舍着实破陋，不堪迎驾。大人若不弃，请厅中坐。"

王砚跨进门槛。

"我与刘侯爷之孙刘沭素有交情，从他那里得知此案。恰逢今日休假，便顺手一查。可笑京兆府查案尔尔，其他消息倒是灵通得很，竟在这里巷口设了埋伏阻拦。不知有无交代二位，有些话不能在我面前说？"

徐翁与徐白氏忙连声道，不知有这回事，今天并没有京兆府的老爷上门。这桩案子能由王大人来查真是三生有幸上辈子烧过高香。王大人若有什么要问的，一定知无不言。

王砚再点点头，进厅中坐下，着徐翁夫妇也就座，缓缓道："偷你家鹦鹉的贼，已经查到，是一胡人。"

徐翁与徐白氏身子一颤，徐翁忙又要跪倒，被王砚的小厮扶到椅上。

"大人，那草民的鹦鹉，可、可还好？"

王砚道："还没找着，正在搜寻，找到了会告知二位。偷鹦鹉的胡人名叫古罕德，珊斯国人氏，在礼公坊有一店铺，卖毛毡毯、锡器，暂不知为什么会想偷你们家的鹦鹉。你们可认得此贼？"

徐翁扶着桌子，身体微微打战："小老儿夫妇在花市口做买卖，常会有几个胡客，那些胡子长得都差不多，未能特别记得哪个。不知这人为什么要偷我家小宝？"

徐白氏哽咽："多谢大老爷抓住了这个贼，请青天大老爷一定要找到我家小宝！我们老两口愿给大人做牛做马，供奉长生牌位……"

王砚的小厮打断她："请二位放心，还没有我们大公子破不了的案子。"

王砚道："贼已拿住，寻到赃物应不远矣。只是那胡人却道，这鹦鹉本是他一位友人之物，他乃是替友寻回。所以我需问一问你们，这鹦鹉从哪里得来？"

徐翁与徐白氏又一怔，徐翁颤声道："大人，小老儿不能说谎，这鹦鹉，确实是自个儿飞来我们家的。"

徐白氏高声道："可小宝绝不是胡子家的！它跟我们没讲过一句胡话！"

徐翁呵斥打断徐白氏，跪倒在地："大人，贱内有些糊涂，望勿怪罪。几个月前，小老儿的孙子没了……我们老两口兴许是上辈子作过孽，就这么一个孙子，竟也留不住……贱内差点也跟过去了。两三个月前，贱内刚能坐起来，在窗边上晒太阳，忽然听见一个声儿喊祖母莫哭，祖母莫哭……"

徐翁哽住，一旁的徐白氏早已泣不成声。

王砚的小厮再搀起徐翁，递上汗巾。徐翁擦了擦脸，向王砚道了声罪，接着道："我们一瞧，是只鹦鹉，就蹲在外头那丛月季花边上……小宝以前，也老喜欢在那里玩……"

王砚点了点头："这鸟除了这句话，还会说别的吗？"

徐翁再擦了擦泪："除了这句话，其他的不会说。可贱内的命就这么被喊回来了……后来的话，都是我们教的。"

徐白氏用汗巾捂住脸："聪明着呢，一学就会……我们小宝聪明着呢……"

王砚的小厮捧来一杯茶水，徐翁欠身欲接，手颤未能捧住，茶盏跌落地面，碎成数片。

徐翁诚惶诚恐告罪，忽有柔柔的声音飘来："公公，莫割到手，奴来收拾。"旁侧一道门帘儿一掀，一个年轻女子盈盈走了出来，一袭布衫裙外系着粗布围裙，手拿扫帚、簸箕，垂首向王砚等人福了福身，匆匆扫拢碎瓷片。

王砚挑了挑眉："你是何人？"

女子又敛身施礼："民女徐田氏，拜见诸位大人。"

徐翁忙禀："这是草民的儿媳。不懂规矩，唐突了大人。"

徐白氏欲从那女子手中夺过扫帚，却脚下一晃，跌坐回椅子。

王砚温声道："二老可是身体不好？正好，我带了位郎中过来，替二位诊诊脉。"

徐翁一揖："多谢大人关怀，小老儿与贱内身子骨都挺硬朗，无须看诊。"

女子亦垂首道："公公与婆婆都备着日常吃的补药，每日煎服，不必劳烦大人。"

王砚的小厮道："寻常的大夫，岂能与我们大公子请来的相比。两位便让瞧瞧吧。"

王砚道："案发当晚，你二人都中了迷烟，恐对身体有碍。让大夫看诊，也算取证，不必推让。"即吩咐小厮道，"请洪先生过来。"

小厮应声出门，片刻后，引着一身灰袍、头戴方巾、肩背药箱的冯郐进入厅内。

徐翁只得卷起衣袖，冯郐唤住欲退下的田氏："劳烦先替老妇人缓一缓心绪，否则脉相不稳，难以辨症。"

田氏遂将扫帚、簸箕先放到旁侧，走到徐白氏身边，半跪下为其抚捶肩背。

虞玩望着她秀丽的侧颜："少夫人真是贤孝。"

田氏怯怯低头："大人过誉，民妇愧不敢当。"

虞玩含笑："某乃跟随王大人一同过来的闲人，夫人不必称某为大人。"

徐白氏拍拍田氏的手腕，田氏随即起身施礼："厨房还熬着粥，需过去看看，先求告退了。"

冯郐自徐翁腕上收回手："且慢，请扶住老夫人的手臂，容学生看诊。"

田氏便卷起徐白氏的衣袖，将一方手帕搭在腕脉处。冯郐搭指诊脉，虞玩又温声道："少夫人声音婉转，不像京城人士，籍贯可是江南？"

田氏垂下睫毛："民妇江北人，自幼飘零，幸蒙夫家不弃，得为扫尘奉沐之婢。"

虞玩柔声道："听夫人言谈，倒是知书达理。"

田氏正色一礼："贫家贱妾，怎敢当公子之誉。"转身走向门外，冯郐自徐白氏腕上收回手："敢问少夫人，老夫人平日里可是饮食少且清淡？"

田氏在门槛处停步："婆婆吃素，平日里就是汤粥、小菜，这几日因哀伤过度，只喝了些白粥。"

冯郐颔首："而老丈平日里好吃些油腻咸食，如腌制或卤过的肉食，还好喝酒，对否？"

田氏点点头。

冯郐再道："二老都是常觉得头晕，脚下发虚，时有心悸。"

徐翁、徐白氏和田氏一起点头。田氏道："公公从街上药房拿了些养心丸，与婆婆每日服用，这几日也是药房的大夫又给抓了几服药每日服着，妾去取来给先生看。"

冯郃肃然道:"不必了,二老症根相反,如果吃同一服药,定然是医错了。待我新写两个方子,只按着这个抓药。需留意二位老人家的药,万万不可混淆。我再另写两副食单,每天按这单子给他二人备饭。"

田氏再应下,又向门外转身:"妾去取纸笔。"

王砚道:"不必劳烦夫人,纸笔着下人取来便是。夫人看来亦甚柔弱,洪先生也一道诊诊吧。"

田氏怯怯道:"民妇贫贱婢子,不敢劳驾。"

王砚摆手:"没什么劳驾一说。案犯可能到你们这宅子里踩过点,或还可能给你们下过毒。让大夫看诊,乃办案的一环。你夫君在何处,他也得过来诊诊脉。"

田氏道:"夫君有腿疾,下不得床,民妇先去帮他洗整,好拜见大人。"

冯郃道:"夫人先诊了脉再去不迟,若有劳动,脉相亦会不准。"

田氏定了一定,福身道:"那便多谢大人,劳烦先生。"

冯郃从药箱摸出两颗药丸,递给王砚的小厮,让他侍候两位老人温水服下。随从搬来一张小桌,两个小凳,田氏与冯郃在堂中对面坐下,田氏将手腕放于小棉枕上,搭上帕子,提起衣袖,冯郃搭住她腕脉。

"夫人脉相沉稳刚劲,好内力,是自幼练的童子功吧。"

田氏面露惶恐:"先生说什么?"手腕却猛一翻,尖尖指甲刚碰到冯郃的皮肤,手臂陡然无力,跟着,两把刀架在她颈上,侍从飞快捏住她的腮,往她口中塞进布团。

徐翁与徐白氏愣愣地直起眼,徐白氏双眼向上一翻。冯郃迅速从药箱中取出银针,扎进徐白氏几处穴道。

王砚起身踱过来:"未承想冯大人竟真的精通医道,失敬失敬。"

徐翁筛糠般地抖着,语不成声:"大人,这、这……"

王砚简洁地道:"这位乃是京兆府新来的冯通判,你的这个儿媳非同寻常,我今日便是同冯大人一道让她现原形的。"

徐翁喉咙咯咯作响:"大人是说,芳娘她、她、她……"身形一晃,也向后一仰,冯郃面无表情跨步上前,也在徐翁的几处大穴施针。

"若非方才冯某给他二人喂了两颗保心丹,这二老可能真经不住王大人这场大戏。"

王砚瞥向田氏:"胡子不肯来徐家偷鹦鹉,非要费尽周折在市集下手,我就知道徐宅内必然有怪，应在徐家的儿子或儿媳之中。儿媳最有可能。却不承想这女子竟敢主动出来相见，真非凡角。到底是什么来历？"

虞玖道："脱下她鞋袜，或可知端倪。"

随从立刻脱去田氏的鞋袜，徐白氏双眼刚微微睁开一条缝，见此情形，又厥了过去。

虞玖再盼咐随从："看看这女子的足前端两侧，还有拇指与第二个指头之间有无异常。"

随从依言验看："这女子足侧与二指间都有茧。"

薛沐霖诧异："这是常年穿木屐所致，她是……东瀛女子？！"

温意知一愣："怎么又跑出东瀛人来了？"

王砚向冯郐拱拱手："多谢冯大人此番肯与我合作。为表合作的诚意，这名东瀛女子与徐家二老，皆听凭京兆府与冯大人处置。"

冯郐仍面无表情："王大人可否将其他也告知冯某？"

王砚一挑唇："当然。正是用晚膳的时候，我已着人备好酒宴，请冯大人移步。"

冯郐一点头。

七

酒楼，雅间，大桌。

烛光胜过白昼，王砚举起酒盏："菜已摆上，话也都摊开说吧。"先转向虞玖，"第一你来说说，怎么看出了田氏有异？"

虞玖笑道："自然比不得你预先就推出了真相，我是瞧那女子站姿步态与常人不同，东瀛舞姬，我见过不少，她们日常穿木屐，行走步履与我朝女子不同，且站着低头时，姿态也不一样。那女子出来时，走路步子有些怪，低头站立时与东瀛女子相似，加上她说话尾音短促，我便问她是哪里人士。"

温意知一脸顿悟："难怪，我还纳闷了你怎么突然跟个登徒子一般缠着人家问东问西。"

王砚呵呵一声："编，接着编。"

虞玖眨眼："阿砚你说什么？"

王砚将笑意一收："本案牵扯略多，若想速速找出真相，谁都不能再藏私。第一项，就是虞大人和薛大人先说一说，到底是什么隐情能同时惊动鸿胪寺和门下，为什么要把我诓进这个案子。"

温意知目瞪口呆："你说的什么意思？"

王砚面无表情："他们俩耍了咱俩。他们本来就是奉命要查这个案子的。"

薛沐霖露出无辜的微笑，虞玳摇头："阿砚，你不能看谁都像疑犯哪。我区区一个门下给事中，不过是做做归置文书之类，跟案子有什么干系？"

冯郃沉着吃菜，王砚不紧不慢道："你分管的，就是兵部这一块儿吧。一些兵部不便为的事，都是你们做。东瀛跟珊斯国到底在找什么要紧的东西？究竟什么隐情不便让京兆府知道？"

虞玳再笑："阿砚你真是，意知才是正经兵部的，你怎么总往我这儿疑惑？"

王砚将酒杯往桌上一搁，起身。温意知亦推碗而起。冯郃抹抹嘴，也跟着站了起来。薛沐霖抓住王砚的袖子："阿砚，我们两个有命在身，不敢擅自泄露，并非故意隐瞒。你看，我明知道在古罕德的宅子那里会被你瞧出破绽，不还是照样做了应当做的事儿？"

王砚淡淡道："露底的并不是你，也不是在礼公坊。你们两个把那伊西娅绑来的时候，我就瞧出不对了。每日里跟在你们后头的姑娘成群，你们怎的突然就留意起了一个胡女。此时你跟虞玳若再不说实话，这案子恕我没能耐陪你们往下查了。现下冯大人在，不然，你们同他接着聊，我这外人先走？"

虞玳叹了一口气，拱拱手："罢了，砚少，我给你赔个不是。你想知道什么，我们都说，还不成吗？"

王砚回身落座。冯郃跟着坐回去。温意知冷着脸仍站着："我这个真正的外人能一起听吗？"

冯郃接着吃菜，其余三人都充满温暖地看向了他，没有吭声。

温意知脸色僵了僵："若你们觉得不便，我走便是。"

另几人仍不作声，虞玳微笑道："意知，回去让阿泚别再喝了。"

温意知猛一拍桌："混账！你个栽赃嫁祸的，想说自己回去说，我偏不遂你们的意！"一拉椅子重重坐下，"有本事你们就灭我的口，要么啥也别说，反正我就坐这儿了！"

虞玳和薛沐霖都又眨了眨眼，冯郃继续吃菜，王砚又自斟了一杯酒。虞玳将脸上的嬉笑一收，正色端坐。

"那我就从头说起了。前月，泊罗国遣使来向朝廷禀报，东瀛正兴练水军，密谋夺泊罗所辖某岛。加之倭国水寇在东海一带也频有异动，兵部那边便略关注了一下。刘侯爷这趟回京，此也是其缘故之一。"

泊罗国乃本朝属国之一，年号礼法无不遵从上邦，国主需朝廷册封方可称王，王袍服色正红绣鹤纹，戴双翅乌纱冠，与朝中二品文官同。

现国主李密达在位已二十余载，按节朝贡，恭谨知礼，声称这次实在是被东瀛欺负得狠了，才来求朝廷做主。

王砚道："那老侯爷逛花市……"

虞玑道："花市确确实实是侯爷他老人家一时兴起去的。但当时到徐氏铺子，并非因为松鼠、鹦鹉，而是见那铺子的桌案上放了个木雕偶人，乃东瀛之物。"

然刘侯爷与徐氏夫妇闲聊数句，觉得这二人只是寻常百姓。京中市集有万国货物，说不定这木偶就是从哪个胡番商人摊上随手买的，未再多疑其他。之后再去，也是顺便瞧瞧，出了那丢鹦鹉的事，刘侯爷也没往东瀛上想。

薛沐霖接话："泊罗国使臣知会过朝廷，有群东瀛探子一直在京城活动，图谋不轨。为证此事，也专门有人去查了，的确有一小撮倭人鬼鬼祟祟在京中蛰伏，但他们一直在监视打探的是珊斯等国客商的举动，看似是为私怨。"

王砚挑眉："东瀛与珊斯国相隔十万八千里，应无冲突才对。"

虞玑看向冯郜："然就在昨日，京兆府上报，礼公坊有个珊斯国客商被杀，在死者家窗台上找到了几根灰色的鹦鹉毛。且看死者身上痕迹，疑似东瀛刺客所为。"

温意知愕然："你们一开始就知道这么多！方才在死者家的时候，阿砚推出案情，你俩居然还故作不信扯东扯西？真太不地道了！"

王砚转动酒杯："既是如此，直接着京兆府继续查便是，扯我进来作甚？"

虞玑苦笑："我的砚大公子，我同沐霖在衙门里做的事与你在刑部不同，其中许多不能明说的曲折处。这案子说不定只是凑巧，与之前查到的那些并无干系。且这些番夷小国，多不知高低深浅，若朝廷太给他们脸，有些风吹草动便回应，他们因此将自己当回事起来，也麻烦，这沐霖更有体会。"

王砚挑眉："此案若全然由京兆府继续查，就要走明路，一层层报批，各衙门按律协作，为着几个小番子整如斯大阵仗，不值当。最好是有个什么人，迅捷快速地结了案子，真查着什么不对劲的小苗头就顺手掐了，若没有就罢了，对否？"

虞玑满脸感动地一拍桌案："咱们王神断真太通透了！"

王砚摆手："罢罢，我这入彀的蠢材戴不动虞大人赠的高帽，雪麻糖吃京兆府鸽子的事儿，不会也是你们炮制的吧？"

虞玑立刻道："这个绝没有！"

薛沐霖亦道："真没有！连只鹰都栽赃还是人做的事儿吗？我们本想劝阿冲私

下去找你来着，谁承想你刚好过来了。瞒着你是我们不对，但若不是在徐家拿到了那个东瀛女子，即便眼下你同我和阿玩绝交，我们俩也不能多说。"

一直沉着吃菜的冯郃放下筷子，拿起手巾揩了揩嘴角："王大人的家隼杀信鸽一事，我们京兆府正好有些新发现。"从怀中摸出一方匣子，打开。

匣中薄棉絮上，躺着一支小箭。

"京兆府衙门附近屋顶寻到的鸽尸，初看像被鹰隼撕啄而亡，但将残尸去羽再剖验，脊骨附近有一圆孔伤，绝非鹰隼爪喙所致，而是器物伤。依据孔痕位置，鸽子乃被一尖锐物事贯穿而亡。捕快按照鸽子死前应在的大致位置搜寻，在京兆府旁的大树杈上寻到此物，对比鸽身伤痕，确定这就是凶器。"

温意知、虞玩和薛沐霖都惊诧愣住。

虞玩震惊道："当真有人这么不是东西！"

王砚捏起小箭左右端详，薛沐霖皱眉："难道还有人想把阿砚拖进这个案子？或是雪麻糖太俊了，被人垂涎？"

温意知道："这件凶器不像是中原之物，射出其的弓弩应也非寻常。"

薛沐霖道："这也不是东瀛的东西，东瀛人的暗器兵器，比这个精巧。"

冯郃道："王大人的家鹰确实在京兆府衙门上空飞过，我亲眼见过。鸽子的尸体，也确实是在王大人家的雪隼飞过去之后不久寻到的。如斯蓄意陷害一只飞禽，王大人可知是为什么？"

王砚干脆地道："不知道。"

虞玩道："肯定是有胡子也仰慕我们王神断，想借机亲近你。"

王砚一瞥他："现下还理会你我真是贱得慌。"

虞玩笑："谁让咱俩感情深呢。"

冯郃清清喉咙："两位大人可待会儿再探讨情谊，王大人可否告知冯某，查此案之后，你都见过听过些什么？"

王砚道："其实按照捋案子的顺序，该冯大人你先说说京兆府查到的事情才对。但为表诚意，就我先。虞大人和薛大人二位，因为方才他们所说的种种，将我诓进了这个案子，然后，我们就去了花市口，当时，冯大人你在，之后，这两位大人逮住了一个女子，其自称是死去的胡商古罕德的婢女，名叫伊西娅……"

冯郃听王砚简略述说，垂目沉吟。

"那胡女所说的种种，只可姑且听之，不能全作案情之据。她的前主人，王大人可有查过？"

王砚道："还没来得及。我所知已尽数道出，冯大人能否告诉我，那胡商家中密室内桌子的暗格里到底藏着什么？"

冯邰道："此乃京兆府公务，不可私下透露。"

王砚双眉一抬："冯大人，王某已知无不言，你这样就不地道了。"

冯邰瓮声道："王大人将所知线索告知京兆府，本是理所应当。另外两位大人与王大人之间有什么私情纠结，冯某无兴趣过问。但如果无公文或官命，请王大人莫要再继续参与这件案子，否则，冯某会按律上禀，并报与御史台。"

王砚静静看了他一瞬，起身就走，冯邰又拿起筷子吃了一口菜，向他的背影道："另外，冯某还有句话想说，我知王大人一向自视甚高，觉得一切的重点都在自己身上，但若嫁祸雪隼的案犯并不是为了王大人，而只是针对这只隼，王大人觉得，会因为什么？"

王砚脚步略一缓，甩门而出。

小厮快步跟着王砚下楼，温意知亦追了出来。

王砚沉声问："六信与七诚几个去打探敦化坊那边的情况，可有消息？"

门外立刻闪进一条人影，正是六信，跪地禀道："小的们方才在敦化坊查问过，确实有个女胡商叫海琳娜，在四海街上开了个卖银饰彩宝的铺子，可此女已经多日不曾出现了，铺子一直关着，她家里也没人，因欠租人又不在，房主已将屋子收了回去，转租给了旁人。她的东西房主都还留着，搁在一间小屋里。小的们已又从府里调了些人手，守着这几处。她身边确实曾有个姑娘，街坊形容的模样，跟那位伊姑娘一样。不过，小的们询问的街坊和屋主都说不曾听说她有什么情郎。七诚他们还在继续查，小的先回来报信。"

王砚再问此女不见人影多久了，六信回道，差不多三个月了，屋主说她在五月份快交租的时候不见人影了，跟着又欠了两个月的租，合计三个月未交租，这才把屋子转租的。她的铺子因是交的年租，还只是锁着。

"小的们紧守着周围，且已和那屋主说好了，大公子想什么时候查，就什么时候查。"

王砚又问："租下海琳娜住所的是什么人？"

六信道："一户寻常人家。小的去叩门询问，开门的是个男的，又瘦又小，看着约莫三十多岁，门里还有妇人声音跟孩子哭声，听口音是南边人。"

王砚道："敦化坊一带，胡人多，屋价高，寻常人家租那里作甚？再去查查，看是不是东瀛人。"

六信忙忙称罪，道立刻去查。

温意知肃然道："阿砚，我觉得这个叫海什么的胡女，很可能已经死了，咱们要不要过去看看？"

王砚摇头："不必。海琳娜大约是失踪那时候已经死了，三个来月，该跑的早跑了，该翻的也早被翻了，需得细细查，也不急于一时。"

温意知道："也是，现下查出来的东西与那伊西娅说的有很多对不上，还是先回月华阁再审审她。"

王砚正要再说话，忽瞥见有个小厮在一旁探头探脑，发现王砚瞧他，又缩了缩。

王砚冷冷道："你并非跟着我的，来此作甚？"

其余随从将那小厮推搡过来，小厮跪地叩首："小的奉二公子之命，来知会大公子，请大公子速速回府。"

王砚微微眯眼，另有一随从行礼道："大公子，小的也有一事，本想过一时再禀报。"呈一张纸条给王砚。

王砚接过一扫，神色一寒："意知，我有急事，须先回家里一趟。你回月华阁看阿沭也罢，在这里跟着他们也罢，总之，拜托先替我盯着些动静。"

温意知点点头，又犹豫道："但我总是名不正言不顺，你走了我怕他们就不带我了。"

王砚呵呵道："怎会不带你，你今儿上午为什么去的月华阁？"

温意知道："虞玳叫我的呀，他说阿沭可怜得不得了，我们得一同宽慰宽慰他……啊！"

王砚拍拍一脸顿悟的温意知的肩膀："没错，阿沭虽然是刘侯爷的孙子，可他不在兵部，如果查出此案真的关系军务，得由你知会衙门和刘侯爷。他们打的就是这个算盘。"

温意知磨牙："这两个贼孙子！阿砚你放心，我再不让他们弄鬼！"

王砚又一拍温意知肩头，翻身上马，径直回府。

八

三更已过，太师府中仍是灯烛辉煌。

王砚进了府，管事禀报太师与夫人们俱已就寝，大公子可不必请安。

王砚径往内宅去，廊下黑影一闪，王宣跃下台阶："哥你可算回来了，娘子军们刀都磨了好一阵儿了，就等着你哩。"

王砚看向东南内院："蕴绮回来了？还没睡？"

王宣道："跟嫂嫂在溶园厅中候着你哩。"拍拍王砚肩膀，"哥你保重。"

王砚快步赶到溶园，门前两排小婢提灯福身，推开园门。花石小道两边亦各侍立着一纵婢女，齐齐施礼。前方偏厅灯火通明，厅门缓缓打开，两名女子放下手中花牌起身，正是王砚的夫人和王砚的妹妹蕴绮。

王宣悄悄一扯王砚的袖子："哥，可有察觉到杀气？"

王砚"呵"了一声，进了厅，蕴绮盈盈向他一礼："恭迎刑部郎中大人，听闻大人说民女犯了王法，要拿民女问罪。民女本欲去刑部投案，可惜当时天晚，刑部已关门了，只得在这里静候大人拿捕，望大人勿怪。"

王砚正色："别闹，雪麻糖吃了京兆府鸽子一事，已查明是被嫁祸，但在京城私纵鹰隼难道是对的？你如今也是做了娘的人了，怎么性子还跟个孩子似的？"又看向夫人何氏，"月昭，你竟也随着她闹。"

夫人道："是妾不知礼，妾错了。"

蕴绮"哼"了一声："是呀，我不长进，愧做我浪子回头，棒槌变栋梁的好哥哥的妹子。大哥如今荡尽浮华成砥柱，激流勇进做青天，嫂嫂、雪麻糖都是浮云一般，不当在你眼里，妹妹犯法弟弟像猴，尽拖你后腿。真是天将降大任于哥哥，先要锤炼你千百遍。浮云遮眼劫纷乱，噫唏呜呼哉，大哥心疲身累谁堪解？快快把那蓝眼睛的小胡姬带上来，给大哥暖一暖心先。"

王宣捂着嘴别过头，吭吭两声。

王砚神色冷肃，看向一旁的夫人："我快傍晚时才命人将此女带去月华阁，你如何知道？"

蕴绮撇嘴："哥你凶嫂嫂做什么？月华阁哪有家里地方大？大嫂替你接回来，梳洗打扮得漂漂亮亮的，往个小院子里一安置不好吗？"

王砚怒喝："闭嘴！"又转向夫人，"这女子身上牵扯到几件命案，因涉及番邦，不便明查，方才暂时秘密拘收。你吃饱了撑的呷醋当消食，大案嫌犯也敢往家抬，刑部大牢里关着一堆妇人，要不要都抬回来？！我王砚看上哪个女人需要藏着掖着！说，怎么得知，怎么抬回来的？"

王宣轻咳一声："哥，爹交代我的功课还没做完，得回去接着温书了。"一溜烟闪了。

蕴绮也知事情不对，眨眨眼，退到一旁坐下。

夫人红了眼眶："是，我就是个不长心又善妒的女人……"

王砚面无表情："这时候没工夫废话，说重点。难道是你弟弟也去了月华阁？

他同你说的？"

夫人委委屈屈地掏出帕子，拭了拭泪："你这么明察秋毫，这都算得出，还审妾做什么。阿述过去那边，原是瞧瞧刘侯的长孙，你知道他清高的脾气，不会做这样的俗事。"

王砚冷冷道："但那些个嘴碎的下人见着了这个女子，就赶着过来告诉了你，对吧？"

夫人再拭泪："你整天忙公务，从早到晚，我也见不了你多久。我就想，你喜欢的，我都帮你备上，这也是我的本分。"

王砚一点头："好，你这么贤惠大度，回头我就列个单子给你。"

夫人眼眶再一红，王砚夺过她手中的帕子替她擦擦脸："别这么哭哭啼啼的，妹妹跟下人们都看着呢。"

蕴绮扑哧掩口："得知大哥心里只有嫂嫂，并没什么黄毛小狐狸的事儿，嫂嫂这是欢喜得哭呢。"

夫人双颊飞红，探手去拧她的脸，蕴绮嬉笑闪躲。王砚又正起神色："先别打马虎眼，蕴绮我且问你，近来雪麻糖有什么异常否？"

蕴绮又一哼："大哥，你要是没工夫关心雪麻糖了，就把它给我，怎能将它丢给那堆蠢奴？要不是我发现了它的心事，可能它就死了。雪麻糖换成人的年纪也是翩翩少年了，你如何当它只吃肉喝水就成了？"

王砚眯眼："你发现它怎了？"

蕴绮鼓了鼓腮："雪麻糖喜欢上了一只雌鸟！"

王砚眼中光芒一闪："什么雌鸟，在哪里？"

蕴绮一叹："我也不知道雪麻糖心仪的姑娘在哪里，不过它恋得很痴，方才我还以为，你喜欢那只黄毛小狐狸，也是同它一样哩。"

夫人跟着轻轻一叹："世间痴者，不论人或飞禽走兽。若非亲见，谁能想到，一只雪隼会恋上非它同类的鸟雀。"

王砚耐着性子问："你们怎么知道？"

蕴绮瞪大眼："那雌鸟给雪麻糖生了一只小宝宝，雪麻糖把它带回来了！"

夫人亦又幽幽一喟："怎会有当娘的将孩子丢下呢？那雌鸟，是不是有了什么不测？世间至痛，莫若阴阳两隔。"

王砚一把揪住蕴绮，一字字道："那个，宝宝，在哪儿？"

一刻钟后，婢女们捧着一只鸟笼走进厅中。

746

王砚用意料之中的目光打量着笼中那只灰毛、弯喙、红尾巴梢、颈上一圈麻点儿的"小宝宝"。

"小宝宝"也歪头瞅了瞅他:"请爷安,爷吃过了吗?"

王砚从牙缝中道:"雪麻糖几时将它叼回来的?为什么我竟不知道?"

蕴绮道:"你成天日理万机的,谁敢拿琐事烦你?就前儿叼回来的。刚回来的时候,只是吓得有点傻,掉了几根毛,可一点儿伤都没有。哪只鸟能在雪麻糖爪下做到这样?这就是父子天性。"

夫人亦又轻轻一叹。

王砚一挥手,吩咐下人带上鹦鹉,一同去了鹰寮。

小奴打开寮中一门,一排鹰蒙着眼罩,栖息在架上,听得动静,都扑翅躁动。

王砚着其他人退后,亲自提起鹦鹉笼子走进寮内,一只鹰转头扇翅,鹦鹉瑟瑟缩了缩脖子,突然一挺胸脯,冒出一声鹰鸣。

众鹰顿时兴奋。王砚命小厮灭灯关门,鹦鹉又仰头清鸣两声,惟妙惟肖,与真鹰无异。

王砚板着脸走回蕴绮和夫人面前:"都明白了?这鹦鹉会学鹰叫,加之长得怪模样,雪麻糖路过时遇见了它,不知它是个什么东西,就叼回来了。"

蕴绮却不服气:"从没听说哪个鹦哥会学鹰叫,你看它脖上这圈麻点儿,跟雪麻糖一模一样。只是它不白,想来因它毕竟是只串串。哥你就认定了一只隼不可能喜欢一只雌鹦鹉?"

王砚面无表情道:"那些《锦囊错》《镜钗缘》之类的书,以后少看点。这种灰毛鹦鹉每只都长这样,府中也没少养鹦鹉,你们竟然看不出这不是一只雏鸟?好了,该知道的都知道了,你们也该安生了,快回去睡吧。"吩咐左右下人,送蕴绮和夫人回卧房,又问,"带回来的那个胡女在何处,我有些话要问她。"

夫人的身形一顿,蕴绮掀起软轿的垂帘:"哥你这会儿审人?打算在哪儿审呀?"

王砚皱眉:"此乃公务,没你胡说八道的份儿。"

夫人徐声道:"我将那位姑娘安置在绿芜小苑中了,想着那地方素来幽静,少人打扰。"

王砚"哦"了一声,转头吩咐下人:"将此女就近带到悟理厅。"

蕴绮扑哧一笑,掩口看着夫人眨眨眼,夫人回身自侍婢手中接过一件斗篷,亲手替王砚披上。

"我嘱咐厨房备了些点心热汤，便着他们送到厅中去。夜露清冷，吃茶伤脾胃，只饮紫苏木樨熟水罢了，记得莫又要杯子丢一旁，凉了也不让人添换，这时节饮不得冷水了。"

王砚嗯道："晓得了。你也快些去睡，熬到天都快亮了，若眼上冒出两个大黑圈儿，旁人还以为我同你抢月饼，把黑芝麻馅抹你脸上了。"

夫人半嗔半笑地在他胸前轻轻捶了一下，王砚反握住她手："我还有件事要求夫人。"伏在她耳边低语数句。

夫人理了理鬓发，嫣然："同我说什么求字，定然按吩咐办好。"再替王砚整了整衣领，由侍婢扶着上轿离去。

这厢王砚命人看管好鹦鹉，自赶往悟理厅。

约两刻钟后，几个婢女簇拥着身裹霞云纹斗篷的伊西娅进了悟理厅。

待脱下风帽，解去斗篷，王砚目光不禁滞了一下。

方才风帽下掩着的，竟是一头金色的发，在灯下仿佛锦缎，未梳入发髻的几绺在肩上微微卷曲。

她身上也换了新衣，银红衫，荷色裙，衬得肌肤胜雪。只这少许装扮，之前那个灰头土脸的小胡女，竟就变得明艳夺目，光彩逼人。

王砚温声道："冒昧将姑娘带来寒舍，又在此时相请，甚是惭愧。"

伊西娅垂首："大人，客气了。"

王砚示意婢女带她入座："姑娘之前的黑发，是用颜料染的？"

伊西娅点了点头："是，夫人让我沐浴，就洗掉了。加醋，能洗净。"

王砚挑眉："姑娘的汉话，似乎也精进了。"

伊西娅抬起头："说多了，熟练了。"

王砚"呵"地一笑："姑娘的旧主人，海琳娜，我已去查了，她不见踪影已有数月。你可知她去了哪里？"

伊西娅摇摇头。

王砚敛去笑容："她，还活着吗？"

伊西娅再摇了摇头。

王砚再问："尸体在何处？杀她的人是谁？"

伊西娅又摇了摇头。

王砚的瞳孔微微一缩："杀死古罕德的凶手，已经抓到，是东瀛人。你们和东瀛到底为了争什么东西在互相残杀？还有没有其他死者？

伊西娅抬起眼，碧蓝的双瞳直直望着王砚："我说。你，相信吗？"

王砚道："是真是假我自会查证，可你要给我一个跟之前不一样的说法。"

伊西娅又摇了摇头："你，还没有清楚。我说了，你也不会清楚。"

王砚倚在椅中："清楚什么？你说你的，清不清楚是我的事。"

伊西娅继续摇头："你，查不清楚，就不能知道，真相。"

侍婢呵斥无礼，王砚抬手止住："也罢，我这里不是公堂，不会对你用刑逼供。等你想说了，便让人通报与我。"吩咐婢女带她回去。

王砚的小厮望着伊西娅没入黑暗中的身影，嘀咕："大公子，小的不明白……大公子是不是还留了什么后手？"

王砚嘿嘿一笑："都让你明白晓得了，我还混什么？"打个呵欠望了望已泛蓝的天空，就近到旁边的小书斋内眯了一会儿。临睡前又嘱咐小厮，若是薛公子等人到了，不必通传，直接请过来。

九

早饭时分，薛沐霖与温意知到访。

太师早朝未归，两人省去请安，直入内院，小厮在小书斋外迎道："二位公子请，我们大公子静候许久了。"

薛沐霖笑道："这个阿砚！我看他该改个字了。古有孔明，他可以叫块明。"

温意知拊掌："这个好，真是一块铮亮带夜光的砚台。"

王砚幽幽自门中冒了出来："是不是有了什么要紧消息？"

薛沐霖袖手："不然怎么敢登你的门？那位冯大人连夜回京兆府衙门去查数月之内还有没有可疑的异邦人士命案，阿玧跟过去了，还没消息，我跟意知先过来找你。"继而又含蓄一笑，"听闻贵府昨夜后院倒了葡萄架，还好否？"

王砚嗯哼一声。

温意知向门内张望："伊西娅没事吧。"

王砚挑眉："在客房，你若想看她需等一时。我这里有个惊喜先给你们瞧。"一侧身，将薛沐霖和温意知让进小书斋的外厅。薛温二人一眼看到后窗边挂着的鸟架，眼直了。

"这……这……"

架上的灰鹦鹉拍拍翅膀歪歪头："请爷安，爷吃过了吗？"

温意知抬起手指："这这这这这个就是那只鹦鹉？你找着了？！"

王砚面无表情："不是我找着了，是被雪麻糖叼着了。"

温意知怪叫一声："雪麻糖？叼着了它？！"

薛沐霖按按太阳穴："我得缓缓。"

鹦鹉拍拍翅膀："缓缓，缓缓，缓缓，吃饭。"

温意知挥手："快，快去跟阿沖说，他非乐疯了不可。他这会儿应是跟阿玧一道在京兆府，听了这个信儿一准连滚带爬赶过来。"

王砚道："且慢，事情还没将清，反正他们过一会儿自己也得过来，不急在这一时两刻。"

薛沐霖继续揉着太阳穴："这鹦鹉怎会被雪麻糖叼到？"

王砚遂简略说了说，薛沐霖与温意知啧啧称奇，温意知道："这么一说，那个嫁祸雪麻糖吃京兆府鸽子的，更有可能是冲着这只鹦鹉来的。"

薛沐霖改揉眉心："若依阿砚之前的分析，死了的那个胡商被杀前放走了鹦鹉，可能就在这时雪麻糖刚好路过，把鹦鹉叼走了。凶手正好看到，它不知道雪麻糖到底是哪家的，蛰伏观察后，决定嫁祸雪麻糖吃了京兆府的鸽子，借京兆府之手找到雪麻糖的主人，继而找到鹦鹉……"

温意知"嘿"了一声："那就还是徐老头那个东瀛媳妇干的呗！"

王砚唇角一勾："趁着阿玧和刘沖还没过来，先讲讲你们知道的。昨晚我跟意知离席后，冯郐应该把在桌子底夹层里找着的东西给你们看了吧。"

薛沐霖呼了一口气："如王大人所料，他必须得给我们看啊。你这里一走，我那里就掏出公函，他挺痛快就拿出来了。只是我不能带来与你瞧，你这儿可有纸笔？"

王砚指指内屋："桌上备好了。"

进了书房，小厮铺纸研墨，薛沐霖又让再另取一色朱墨，卷袖挥毫，在纸上绘了一张图。

王砚端详："像张列国地图。"

薛沐霖搁下笔："不错，本来画在一张羊皮纸上。上面标注的胡文非珊斯文，我觉得是拜曼文。待上午我再请懂胡文的同僚辨认一下。所绘之处，我大概已知道。"一指图纸最右侧，"这里是东，乃我朝，特意圈出的这一块，就是京城方位。这几小块是那几个胡国，然后再往这里，是珊斯，而正中这处，是拜曼国。"

王砚皱眉："这珊斯胡商密藏的图纸是别国的，倒是有趣。"

薛沐霖道："胡商行走各方，使用别国地图也很常见。我回衙门拿万国图绘比对过，图上标的位置大都是各国的大城和港口，俱在拜曼通往我朝的商道上。另外，图纸上我们京城这里，还画了些东西。"

薛沐霖改提起朱笔，在京城方位处勾勒出一只鹦鹉、一个奇特的圈圈和一颗蛋，蛋身有一簇火焰。

王砚双眼亮了："有意思，还真的有只鹦鹉。这颗蛋上面那个跟城墙一样的圈儿是何意？"

薛沐霖一叹："这个带齿的圈儿不是城墙，是冠，一些胡国的大王之冠就是这个式样。"

王砚摸了摸下巴，温意知道："难道鹦鹉是代指胡子们蛰伏在京城的细作？图上画了到我朝的路线，冒火的蛋是鹦鹉生的，加上冠冕，胡子们恐有狼子之心！"

王砚摇摇头："拜曼国离我朝有十万八千里，若发兵，这么远的路，过得来吗？"

薛沐霖道："过不来。这拜曼倒确实算个大国，每隔几年就会遣使来我朝，他们的使臣从拜曼出发到我朝就得一年多。西边多骁悍之胡，中还有沙海荒漠，无论拜曼还是珊斯，若有不臣之念，不论动多少兵马，根本连娄然、忽挐这几个小国的边都摸不到就该全军覆没了。不过，他们与珊斯国素有不睦，曾有战事。这张图上还有一样东西很有意思。"

薛沐霖又拿起朱笔，在地图旁侧另画了一张图，是一只展翅的鸟周身环绕着火焰。

"图纸的背面画着此图，与神火教的徽记十分相似。神火教曾是珊斯国的国教，王旗之上都绣着神火教徽记。但拜曼国人信景教。西夷诸国尤重教派，各教不能共处，都视他教为异端。拜曼国便是以讨伐异端之名出兵珊斯，险些将珊斯灭国。数十年前，珊斯国主改信景教，罢逐神火教，与拜曼国修好。许多珊斯神火教教徒流落他国，连我朝也多了许多珊斯人。这些珊斯神火教教徒还曾上书朝廷，求赐一块土地做他们的容身聚居之所，朝廷当然未准许，只命他们若在我朝居住须安分守己。"

温意知一拍掌："啊，我明白了！死了的这个珊斯人就是神火教教徒，他们定是蛰伏我朝意图东山再起，回国夺政！再灭拜曼，雪旧恨！那颗蛋上有火苗，即孵化之意，神火生，珊斯昌，拜曼亡！"

王砚难得肯定地点了点头："不失为一种可能。"

薛沐霖微微一笑。

王砚话锋一转："不过……"

温意知呵一声："我就知道得有个不过。"

王砚正色："不过，若是结合此案的其他线索，又有些不对了。他们为什么要抢一只鹦鹉？"

温意知道："或许鹦鹉是他们神火教的圣鸟，相当于咱们的凤凰。你看沐霖最后画的这只火里的鸟，如果没画错，这个弯喙，像不像鹦鹉？有这只鹦鹉在手，就能登位称王。"

王砚道："那东瀛人抢这鹦鹉何用？"

温意知道："东瀛人欲取珊斯国或那个拜曼！"

薛沐霖无奈："东瀛距离珊斯、拜曼两国远之更甚矣，我朝想取这两国都不易，何况区区一弹丸东瀛。"

温意知犹自强辩："远也没事，可能是一群东瀛人想去别国当大王。"

王砚慢悠悠道："我觉得，他们在找一样东西。"

温意知反问："什么东西？"

王砚看向薛沐霖："你这里能不能查到拜曼国近两次来我朝时进贡的礼单？"

薛沐霖一怔，继而又按一按眉心："我们鸿胪寺只负责接待，朝贡之物，都由礼部接收。"

王砚扯过一张纸："那还让兰珏帮忙吧。"提笔匆匆写了几行字，将笔递给薛沐霖，"劳烦薛大人签个名，盖个印，省得兰珏的上司啰唆。"

薛沐霖苦笑："遵命。我真是怕了王大人了。"依言书上名字，又从袖中取出一方印盖了。

随从接过纸折叠封好，飞速去礼部。

薛沐霖又再揉揉额角："敢问王大人这里可有点心？我一宿没睡，早膳也未用就过来了，这会儿真有些站不住了。"

王砚啊呀一声："劳累了，劳累了！"立刻吩咐下人们备上茶饭点心，又命取热水来，让薛沐霖和温意知先在侧厢沐浴更衣。

薛沐霖摆手："沐浴先就不用了，别我们刚脱了衣袍下水，那边虞玳他们就过来了。有的吃就成。"

鹦鹉又在隔壁间叫："脱衣裳，脱衣裳，脱脱脱！"

茶点捧来，王砚和薛沐霖、温意知刚在桌边坐下，下人通报，虞公子与刘公子到了。

薛沐霖道："我说得没错吧，若是沐浴，正好这时才进桶。"

鹦鹉又在窗边欢快扇翅："桶桶桶桶桶！"

下人打起帘子，虞玠和刘沖进屋，一眼看到窗边，愣住。

王砚露齿一笑："惊喜否？"

刘沖浑身一晃，一头扎向了鹦鹉："我的爹啊！阿砚，你就是我的亲爷爷！"

王砚笑道："当不得当不得，休要折煞。"

刘沖赶紧拍了两下嘴："失言失言，望砚兄别笑话，多海涵，实在是这鸟险些将我折腾死了。一只鸟怎能整出这么大的事来？！"

薛沐霖道："何止是大，方才我同阿砚、意知在这里推测案情，简直是万国荟萃，乱七八糟。"

刘沖扯着王砚追问鹦鹉是怎么找着的，王砚又把经过简单复述，刘沖连连惊叹，嚷着要去给雪麻糖烧香，虞玠与王砚一道将他按到桌边坐下。

"眼下的关键，已不是这鹦鹉了，而是整件事牵扯的阴谋！"

刘沖猛点头："是！是！对了，你们可知道京兆府那边翻旧档查出了什么？阿玠，我知道的没你详细，你说，你说！"

虞玠抿了一口茶，肃然坐正："那个东瀛女子什么都不肯招，但小冯大人从京兆府刑房卷宗里查到，数月前，就是徐家得到这只鹦鹉之前，也是敦化坊，离那个失踪的胡女海琳娜住处没多远的地方，死了个珊斯人。人是在家里被杀的，在离他家没多远的地方，还有一具尸体，应是同他差不多时候遇害。你们猜，这个死者，是什么人？"

薛沐霖道："少卖关子了，直说。"

虞玠再抿了一口茶，缓缓道："是个泊罗人。"

王砚瞳孔一缩。

虞玠神秘地眨眨眼："你们再猜猜看，死了的这个珊斯人做什么营生？绰号叫什么？"

温意知嗤道："说话能别大喘气吗，猜不着，你说！"

王砚开口："此人是个工匠，所做营生是制锁或匣子，他的绰号与鹦鹉有关。"

虞玠"哈"了一声："阿砚，神了！你能去城隍庙门口摆摊了！这个珊斯人确实是个锁匠，还会做些连环扣之类的小玩意儿，绰号大鹦鹉，大名叫塔木沙·什么努什么鲁的，挺长挺拗口，他有这个外号，就是因为……"

王砚道："因为他有只鹦鹉，灰的。"

温意知愕然看向窗边的鹦鹉："你的意思是，这只鹦鹉是……"

王砚点头。

这时又有小厮来报："大公子，京兆府那个姓冯的官儿来了，在这边的东角门外，说要见大公子。”

刘浺奇道：“他既然要过来，怎么方才不同我跟阿玧一道？”

王砚道：“冯大人是个守规矩的人。”

刘浺“啧”了一声：“难道跟我和阿玧一道过来就不规矩了？话说这位冯大人倒给你面子，刚才我同阿玧受了他好一顿气。我甚至连谈事的门都进不得，只能到旁边的屋子里喝茶。”

虞玧笑道：“快别说了，昨儿晚上，阿砚跟意知被这冯大人撺的，饭桌上都坐不下去。其实这人能从地方直升到京兆府，岂会真是个愣子，软的硬的，只凭他觉得方便罢了。”

说笑间，小厮引着一身家常便服的冯邰到了。

窗边的鹦鹉拍拍翅膀：“请爷安，爷吃过了吗？”

冯邰深深看了看鹦鹉，与诸人厮见毕，才肃然问王砚：“这只，可就是本案的鹦鹉？”

王砚道：“是。”

冯邰再一拱手：“那请王大人立刻将涉案的胡女伊氏及这只鹦鹉转给京兆府。”

王砚道：“胡女和鹦鹉，过一时冯大人都尽管带走，但眼下还要等一样证物，请冯大人稍候片刻。”

冯邰皱了皱眉，却从袖中取出一卷纸。

“冯某此番过来，乃因在遇害的胡商古罕德家中又找出了一把小弩，查验应该就是射出小箭杀京兆府鸽子嫁祸王大人之隼的凶器。王大人可知古罕德为什么要这么做？”

王砚接过纸卷，看了看上面绘制的弓弩图样：“与我的隼叼回了这只鹦鹉有关。”

冯邰视线一闪，王砚亲手拉开一把椅子：“冯大人也一宿未睡，请坐下来吃杯茶用些点心。过一时一切真相便可知详细。若你还有要务，不便逗留，先回京兆府，过后我这里将人鸟送上，兼知会详情亦可。”

冯邰又看了看王砚，却未多言，径直走到椅子处，坐下。

王砚唤小厮上茶，与冯邰闲话，冯邰只寥寥应上几句，王砚又邀他去屋外看看园景，冯邰也推却，虞玧、薛沐霖、温意知和刘浺搭不上话，就各自散心。先轮遭儿去沐浴，刘浺和温意知围着鹦鹉打转，薛沐霖想去隔壁困个小觉，又被刘浺喊住。虞玧让下人取了一副马吊来，搓几把聊作打发。

这里王砚也取了一本兵法书，与冯邰相对捧卷，那里四人呼啦啦搓牌，架上的鹦鹉突然向着牌桌兴奋地扑腾翅膀："祖母莫哭！祖母莫哭！"

王砚与冯郃抛下书册起身。

虞玧几人也停止搓牌，鹦鹉兀自向着牌桌扇翅："碰，碰，碰！和，和，和！"

温意知失笑："乖乖啊，你懂这个？"

王砚让虞薛温刘四人暂闪到一旁，命人解开鹦鹉的足链。鹦鹉一头扎向牌桌，先啄啄骰子，用爪拨了几滚，叼起，却看了看王砚等人，歪歪头，似乎有些迷惘，继而又吐掉骰子，跳到几块牌前，推了推一张六饼，奋力想叼起。

这时门外忽有声音道："大公子——"

鹦鹉一抖，向旁边一跳，扑棱棱飞起。

王砚怫然转身，盯向那报信的小厮："何事这么一惊一乍的？礼部的消息回来了？"

小厮连连称罪："小的该死，并不是礼部的消息，乃是如大公子妙算，绿芜小苑那里闹起来了。"

王砚神色一变："着其余女眷都退下，我这就过去！"又回头看了看鹦鹉，吩咐小厮，"不必拴它，待我走后，仍让它上牌桌，它做了什么都一一记下，不得疏漏。"

刘泖道："这事儿交给我吧。本是我这边闹出的事，你们忙了许多，反倒我什么都没做，这会儿也得立些功劳。"

王砚挑眉："也行，只是那边可有一场大热闹，你真不去瞧。"

刘泖笑道："不了，我这里还有些糊涂，等你们回来了再跟我说，更明白。"

虞玧和薛沐霖都没多话，只因刘泖推却，或另有缘故。王砚的夫人尚待字闺中时，刘侯爷曾为刘泖向国舅提过亲，但国舅还是把女儿嫁给了王砚。

还有一说是，国舅在王砚与刘泖之间犹豫不能决，让夫人去探女儿的口风。王砚和刘泖常出入国舅府，月昭小姐在帘后都曾见过，毫不犹豫地同母亲说，非王砚不嫁。

自王砚成亲后，刘泖便甚少来太师府，更不会踏足内园。

王砚从不曾因这事尴尬，但刘泖推却，他亦不勉强，道了声"也罢"，即出了小书斋。冯郃、虞玧和薛沐霖都紧随其后，温意知看看鹦鹉再瞧瞧门，挣扎了一下，也跟着奔出门。

正穿过小花园，有小厮快步追来，将兰珏的回函呈与王砚。

王砚拆开信封，虞玧温意知几人争相探身看，冯郃也不紧不慢地凝目瞄去，只见纸上写着——

应昌十九年，拜曼国来朝。

献，宝剑一对。

金杖一柄。

红宝十挂。

绿宝八挂、蓝宝八挂。

锦帐两顶。

丈高珊瑚宝树两棵。

镶七色彩宝金孔雀一对。

镶七色彩宝孔雀子一枚……

王砚一笑："来得正巧，此案真相大白矣。"

绿芜小苑门口守着两个婆子，上前与王砚见礼，王砚询问内里情况，婆子回道："是少夫人房外当差的婢子可语被挟持住了。昨夜少夫人嘱咐了奴婢，小丫头们便依计行事，在窗下门外闲话了几句，提到了鹦鹉的事儿还有夫人吩咐的言语。方才这女子忽然闹着要见少夫人，因昨儿把她抬来就是可语安置的，几个小丫头就又找了可语来，那女子竟以为可语就是夫人，挟住了她呜里哇啦叫嚷一通，老奴耳背，也听不清她到底嚷什么。"

王砚看向门内："里面现下还有何人？"

婆子道："听大公子的吩咐，里面还有三人，一人在屋内，两人守着廊下，防着真出了什么事情，另就只有那胡女和可语了。"

王砚一点头，跨进院中，冯郜及虞玳几人紧随其后。正厢门扇大敞，两个婆子站在门外，向王砚施礼后闪退一旁，王砚大步踏上回廊，只见房中，伊西娅一手挟着鬓发凌乱的可语，一手握着一块碎瓷片横在她颈旁。

王砚缓缓走进屋内，伊西娅松手，丢下瓷片，可语迅速闪到一旁，王砚示意婆子们将她扶走，看着伊西娅："事情的真相我已尽知。你也应该明白，说实话才能帮到你。"

伊西娅竟微微一笑："我不想骗你。可，你不信别人。我说了，你也不信。就像，那些女孩子的议论，是你让她们说给我听。我做了方才的事，如你所想，你才会出现。你只信你自己。所以，我等你，发现答案。"

王砚拱了拱手："这样说来，竟是我进了姑娘的圈套。我一直未发现姑娘这样聪慧，失敬失敬。"

伊西娅双手抓着裙摆，屈了屈膝："谢谢夸奖。"

王砚的视线一敛："那么，我们就彻底说明白话吧。姑娘你不是珊斯人，而是拜曼人。"

伊西娅颔首，一绺散出发髻的金色卷发滑至肩上。

一旁的薛沐霖叹了口气："我在看到姑娘的双瞳时，便在想，你的发色应是金的才对。果然如此。拜曼国人自视比珊斯人高贵，不会与珊斯人为奴。所以，姑娘你也不是那古罕德的婢女吧。"

伊西娅未答，王砚慢悠悠道："自然不是。昨日姑娘刻意掩饰，惭愧我等确被蒙蔽，但待真身显露，绝非等闲。那古罕德，应当是受你差遣。"

伊西娅从容站着，仍未说话。

王砚走到椅子旁："这件事的来龙去脉，其实并不复杂。姑娘你是拜曼国人，为着一件在我朝的宝物不远万里来到这里，古罕德的情人海琳娜是你的侍女。在敦化坊的一位珊斯国锁匠是你们找到这件宝物的关键，可惜他打算背着你们，把这件宝物卖给泊罗国人。"

伊西娅的神色变得凝重起来，缓缓在一张椅子上坐下。王砚继续道："泊罗国人打算买宝物的事情被东瀛人得知，珊斯锁匠与泊罗国人商谈时被东瀛人所杀，东瀛人未能得到宝物，便带走了锁匠的鹦鹉，用鹦鹉引你们上钩。"

王砚也在椅上坐了下来，薛沐霖等人跟着落座，冯郜也给自己找了个凳子，听王砚接着讲述。

"你们明白东瀛人的陷阱，但必须拿到鹦鹉，因为它是得到宝物的关键。设法得到鹦鹉时，海琳娜也被东瀛人杀了，幸而她预先把你托付给了古罕德。古罕德虽然是珊斯人，又信神火教，但对你很忠诚。"

王砚接过下人捧来的茶水，润了润喉。

"昨天姑娘的戏唱得委实不错。你与古罕德查到了鹦鹉的下落，但也知道徐家的儿媳妇是东瀛人，所以不敢去他们家下手，才选择了徐老留宿花市的那天偷走了鹦鹉。可你们为什么要嫁祸给雪麻糖？"

伊西娅轻声反问："你们觉得呢？"

王砚唇角一扬："我觉得，你是想接近我。我的白隼极其听话，它应当不会往那一片飞，为什么它会飞到你们家，还叼走了一只鹦鹉？是你们一直在引它。昨日，你出现在市集，也不是跟踪冯大人，而是为了我。"

温意知不敢相信地望着伊西娅："难道你早就心属阿砚？"

虞玠一叹："姑娘，我劝你趁早抽身，莫要泥足深陷。"

王砚板起脸："休要混说。这位姑娘意欲接近王某，是有别的缘故。"再望进伊西娅碧空般的双眸，"还是为了宝藏，对否？"

伊西娅站起身："王大人，你真的，很聪明。我能不能，见见你的夫人？"

虞、薛、温、刘四人面面相觑，冯郜也微微皱眉。

王砚放下茶盏："你想见她，乃因她的姑母是太后娘娘？"

伊西娅又抓住裙边，向王砚微一屈膝："是的，我想请夫人引我拜见贵国尊贵的皇太后殿下。"

薛沐霖道："姑娘，太后娘娘之圣颜，非寻常人等得仰。"

伊西娅抬起脸，缓缓站直："我以拜曼帝国皇帝之女奥维特妮娅·琶其顿之名，请求拜见皇太后娘娘。"

十

八月十五，中秋，太后娘娘于西内苑侧凰德殿，召见拜曼公主奥维特妮娅·琶其顿。

鸿胪寺急急寻得一名通晓拜曼语与汉话的胡使，朝廷加授九品通校郎之衔，在下首转述传禀。

太后娘娘端坐于殿上珠帘后，王砚、薛沐霖、虞玕、刘沖、温意知同进殿内，恭敬行礼。

太后娘娘莞然道："都平身吧。哀家记着，先前在宫内见你们几人一起时，还是往年御宴，你们同寿王家的启礼几个在御花园里淘气，先帝与太皇太后娘娘常赐果子与你们吃。不想一晃眼，已皆是朝中新秀，屡建功绩。望日后亦多替皇上分忧。"

几人忙又拜倒，称颂太后娘娘与皇上的恩德，立誓定恪尽职守，肝脑涂地，报效皇恩云云。

太后娘娘再道平身，又道："听说此番奇案，京兆府通判冯郜亦有功劳。李爱卿也说，京兆府这段时日多亏有他协助。皇上亦念着要见见他。今日他人可来了？"

薛沐霖回禀："此案数个关键，皆是冯通判查出。他奉娘娘诏命，也同臣等一道入宫，现正在殿外待宣。"

太后便命宣入，冯郜进殿，叩拜毕，太后再道："说了这么一会子话，哀家还尚未见到那位拜曼公主。"

内侍即刻又到门外传宣，几个宫娥引着一少女入殿，盈盈拜倒。

"臣妾拜曼国利默·芭其顿大帝之女奥维特妮娅，拜见尊贵的皇太后殿下，祝愿皇太后殿下千岁万福。"

太后奇道："你就是那位夷国公主？我朝言语说得怎这般好？"

奥维特妮娅微抬头："回禀皇太后殿下，臣妾从拜曼到这里，用了快两年，又在这京城，住了差不多一年，一直都在学说话，写字。"

太后一叹："真是个上进的孩子。快快起身，到近前来，让哀家瞧瞧。"

宫娥搀扶奥维特妮娅起身，走进珠帘，太后凝目细看，只见她一袭紫裳，衬得肌肤胜雪，浅金的发梳成高髻，并无钗环，唯以两串细粒明珠围在髻间，又有一颗水滴形状的宝石垂在眉心处，宝光湛然，却敌不过她碧蓝双瞳的光彩。

太后赞道："好个漂亮的孩子。你在自己的国里，也该是被千娇万宠的。万里迢迢来到这里，定吃了不少苦。"

奥维特妮娅抓住裙摆两侧，屈了屈膝。

薛沐霖躬身道："太后娘娘，奥维特妮娅公主虽粗通我朝文字，然详细上禀恐仍有碍，请娘娘恩准她言拜曼语，由通校转禀。"

太后道了声准。

奥维特妮娅谢过太后，转以拜曼语讲述，通校一段段译作汉话。

"臣妾兢兢奏禀太后娘娘，臣妾芭其顿氏女，奥维特妮娅，乃拜曼国先皇利默大帝之长女……"

薛沐霖又禀道："拜曼国人姓在名后，芭其顿是皇族之姓。其国尚紫色，唯国主及皇子帝女方能服之。故今日为表恭敬，她特意着此服色拜见太后。"

太后微颔首："难为这般有心。"

奥维特妮娅继续讲述。

"臣妾生于紫色的寝宫。凡皇子帝女，出生后便会全身涂抹圣油，再以圣水沐浴，于左肩文一十字玫瑰图样，文法乃宫廷秘技，他人难以摹效。太后娘娘若疑妾之身份，可先请熟知拜曼国情的人询问，或查阅典册，再验妾身。"

太后慈爱地道："哀家既然见你，又有鸿胪寺与这几位卿家作保，便不会疑你。说一说你为什么来这里。"

通校转将太后圣谕以拜曼语宣出，奥维特妮娅的眼眸中浮起水雾。

"臣妾之父先利默大帝，仁厚爱民，愿同天朝上邦交好，屡遣使至上国，臣妾亦因此仰慕天朝久矣。父皇数年前亡故，本应由臣妾之幼弟乌尔廷太子承袭大位，然父皇之弟孔布亲王纠结党羽，篡夺皇位。弟与臣妾一度流落各处，险些性命不保。"

太后动容："你那狼子似的叔父竟这般欺你们孤女幼弟！"

奥维特妮娅垂下羽睫。

"托父皇在天之灵庇佑，臣妾的舅父诺度森公召集忠良，终废逐伪帝，扶臣妾之弟重登大宝。但孔布侥幸未死，逃窜至弗斯国。弗斯垂涎我拜曼久矣，便以扶孔布归位为名，遣兵来犯。我拜曼先时内乱，孔布又将兵防图及军机密事俱献于弗斯，一时不能敌。臣妾来上国时，拜曼已有数城被弗斯所占。"

太后一声叹息："可怜你们了。所谓梁怕虫蛀，国恐贼损。曾把控要权，知军政之国贼如你叔父者，于国尤伤。但你邦离我朝甚远，哀家若求皇上派兵助你，万水千山跋涉，疲损太甚，相隔数国，借道亦难。"

奥维特妮娅再屈膝一拜。

"多谢太后娘娘垂怜。臣妾岂敢劳动天师，冒昧而来，只为一件可救拜曼的宝物。"

太后微讶："哀家先时已听他们禀过，你想求一件宫里的东西，这物事怎又扯上了泊罗国、东瀛，还有一只鹦哥，还闹出了命案。究竟是什么？"

奥维特妮娅尚未回答，王砚跨步到殿中，施礼道："太后娘娘恕微臣唐突，可否请娘娘恩准将公主所求之物先取来，臣当场给太后娘娘变个戏法，把那宝物变出。"

太后含笑："王砚啊，你这是小时候的虎愣劲儿又上来了，竟与哀家卖上关子了。"

王砚咧嘴："臣万死。只是娘娘方才听了许多可叹的故事，何妨看臣耍个小把戏换换心绪？"

太后掩口嫣然："也罢。"吩咐身边宫娥，"将那件东西取来。"

薛沐霖、虞玑几人齐齐跪倒，称颂太后宽厚慈爱。一时，宫娥捧来一漆盘，盘上托着一物，覆盖锦缎。

太后示意内侍接过漆盘，捧出珠帘，掀去盖锦，露出一颗香瓜般大小，形若卵状的宝球。球身较尖的一头镶嵌着一颗硕大的红宝，略小些的浅金色宝石连组成六条瓜纹般的纵道箍环球身，中间密密点缀着七色彩宝组成的花朵纹样，华贵炫目。

"可是此物？"

奥维特妮娅失声轻呼："是它！"

太后微微一笑："此物确系几年前你们拜曼国使臣来朝时所贡。先帝将它献与太皇太后，因太皇太后不喜太过富丽的物事，又将它给了哀家。但不知你为何因它万里迢迢而来，费尽周折，引出许多事端。王砚又要给哀家变个什么戏法？"

王砚道："禀娘娘，这颗宝球乃珊斯工匠塔木沙所制。此人精通制密匣与造锁之技，与他的哥哥，也就是本案中另一位死于东瀛人之手的胡商古罕德一起在拜曼国做买卖。但他们兄弟信神火教，这在拜曼是死罪。奥维特妮娅公主的父皇赦免了他们兄弟，留他们在宫中做了工匠。拜曼帝临崩前，把一件关乎国运的秘宝藏在这颗球内，除了拜曼帝外，只有塔木沙知道怎么打开它。臣的戏法，就是打开这颗球。"

太后蛾眉微扬："这彩球哀家赏玩了几次，竟然从未发现它里面还藏着东西。既然你说这世上只有两个人懂得如何打开这颗球，这两个人都死了，你又怎么知道开法？"

王砚再一揖："因为这世上还存着一把开锁的钥匙，请娘娘恩准臣将钥匙取来。"

太后点头恩准。

王砚转身出殿，片刻后提着一鸟架再回到殿中。

架上栖着一只硕大的灰毛鹦鹉，唯独尾稍处有一簇红毛。鹦鹉向上首扑扑翅膀："万福，万福！"

太后失笑："这鹦哥就是你们先前所禀的那只？"

王砚回道："它本是塔木沙豢养，其间隐情，大都由冯通判查得，请娘娘准他上禀。"

冯邰继而躬身道："臣查得，塔木沙有个外号叫大鹦哥，行走进出都带着一只灰鹦鹉。这鹦鹉极其机灵，塔木沙赌钱带着它，它看得多了，还会帮着出千。塔木沙死后，鹦鹉被东瀛细作所得，东瀛人只知鹦鹉可以打开藏着秘密的宝匣，却不知宝匣是何物，更不知在宫中，还以为在拜曼人身上，便以它为饵，引拜曼人上钩。奥维特妮娅公主与古罕德终还是入彀，古罕德被杀，鹦鹉却被王郎中的雪隼路过时叼走，算得奇事。"

王砚道："不是奇，这鹦鹉乃塔木沙在拜曼国宫中便开始养了，拜曼宫内养了许多鹰，它自小见惯，会学鹰叫，故臣的隼未伤它。"

太后赞叹："真是机灵，它的汉话说得也好过许多胡人，一丁点夷味儿都没有。"

王砚道："鹦鹉毕竟只是禽鸟，忘性大，它在徐氏家被豢养数月，早已驯熟，臣逗了它半夜，它都不曾说过半句夷语。"

鹦鹉再拍拍翅膀："咦咦，小宝，咦咦。"

太后疑惑："那它又如何开得了这宝球？"

王砚躬身一礼："请娘娘恩准再取一副马吊来。"

太后神色更疑，但仍命内侍取来。王砚又请抬一张案到殿中，将马吊牌面向上铺开，调整鹦鹉的脚链，放长些许。鹦鹉扑棱棱飞到桌上，蹦到一张六饼跟前，奋力欲叼。

王砚拿起六饼，放到内宦捧着的漆盘内。鹦鹉再歪头打量周围的马吊牌，又蹦蹦跳跳到一处，抓啄一张八饼。

王砚复拿起八饼，鹦鹉再于牌桌上打量，挠拨一张三条。

王砚又取出三条，鹦鹉继续看牌，叼来啄去，太后忍不住又出声道："它到底叼了什么牌？"

老宦官奉上漆盘："娘娘请看，这鹦鹉倒会凑牌，这会儿共叼了四张三条，四张六筒，四张八条，另有几张三筒、六条、八饼没凑齐，还正在找哩。"

太后失笑："怎么尽是三、六、八？"

王砚立刻躬身："娘娘圣明。"又请再上一副牌九，同样把牌面尽都向上，铺在案上。

鹦鹉叼起一张人牌，再叼了一张铜锤，一张三。

王砚将牌抹过，再摆了让鹦鹉叼。

鹦鹉又先叼了一张三，继而叼了一张长牌，再叼了一张杂八。

王砚再抹牌，再铺，鹦鹉再叼了三张，分别是大猴、三和人牌。

太后娘娘神色微动："这……"

王砚道："娘娘请看，鹦鹉三次所叼天九牌，看似每次都有不同，然其实，三回都叼了三。第一次、第三次叼的人牌与第二次叼的杂八，点数都是八。第一次的铜锤、第二次的长牌、第三次的大猴，点数都是六。"

太后娘娘喃喃："不错，还是三、八、六这三个数儿，定有蹊跷。"

王砚再一揖："娘娘圣明。那胡商古罕德在被东瀛刺客所杀之前，松开了鹦鹉在厅内，京兆府在他的尸身边发现了一些东西。"

冯邰从怀中摸出一个信封，交由内宦呈于帘中。

太后亲手打开信封，倒出了一叠绘着 I、VI、X 等图样的纸片。

王砚道："这是西夷诸国的计数符号，同于壹、贰、叁等。薛少卿几人无意中发现鹦鹉会叼牌，经刘沖查验，方才发现它来来去去，只叼几个数。冯大人再对照京兆府证物，与臣推出，打开宝球，可能与这几个数有关。塔木沙的家中还有几个未售出的匣子，冯大人试了一下，果然不错。"

冯郃又从袖中取出一卷纸，交与内宦："证物过大，不便携带，故臣只绘了图样呈览。望娘娘恕罪。"

太后再接过那纸卷展开，又动容，纸上的匣子、锁扣有各种图案，有些类似马吊中的饼与条，有些类似骰子或牌九上的点，洋溢着珊斯锁匠塔木沙对中华博戏的情深。

王砚道："据冯大人询问证人得知，塔木沙这个人记性不好，但他所有的盒子他都记得如何开，是因为他一直都用同样几个数。他赌钱或做工时，这鹦鹉都在旁侧，于是记下了密数。古罕德临死前，就是想让鹦鹉叼纸片，找出这几个数。"

奥维特妮娅凄然凝望着宝球。

"这球中的秘宝，乃臣妾的父皇苦苦寻觅而得，臣妾先祖曾凭此宝，开疆扩土，成就霸业，使得邻近诸国皆俯首称臣，但于朝代更迭时不慎遗落。父皇寻回它时已病入膏肓，叔父觊觎宝座，在宫中也埋了许多眼线，父皇恐此宝落于贼手，便将它藏在塔木沙所制的这颗宝球内。叔父一向残害神火教教徒，塔木沙见形势不好，在父皇驾崩前就逃走了，不知此事。父皇只把这个秘密告诉了他的兄长古罕德，可古罕德不晓得怎么打开这颗宝球。"

太后道："你父皇也是恐怕这两兄弟吞了宝物，便让他二人互相牵制，乃是一片苦心。"

奥维特妮娅垂泪。

"谢太后娘娘提点。父皇驾崩时，臣妾与弟弟都不在侧，未能知道宝球如何开启，古罕德也没能从宫中带出宝球，它又落入叔父手中。他不知其中藏有至宝，将此物当作贡礼，献与上国。塔木沙贪婪，古罕德没有告诉他真相，只以躲避祸事为由骗塔木沙同他一起来到上国京城，各自开店铺为生。"

太后颔首："想来这古罕德为取回你国重宝，一直殚精竭虑。然后，你为退弗斯之兵，又亲自前来。"

奥维特妮娅立刻再跪倒。

"太后娘娘明鉴，臣妾从来无意冒犯天威，古罕德在京城亦是安分守己，他一胡人，能托庇在京城容身，已是感激涕零，不敢思大逆不道之事。他还劝过臣妾，不如就不回拜曼，在京城做一寻常百姓，安稳一生。"

太后又浮起微笑："哀家并无他意，你休要惊慌。"

奥维特妮娅不禁暗暗看了看王砚，万幸王砚在自己夫人和太后面前替她瞒过了陷害雪麻糖、接近王砚一事。

"臣妾为救拜曼来到上国，陪同的护卫均在路上折损，只剩得女官海琳娜，她与古罕德曾有情缘。到京城后，为求稳妥，臣妾与她先盘下了一间首饰铺子存身，只由海琳娜与古罕德及塔木沙接触。"

太后道："你的这位女官，亦是位忠仆。"

奥维特妮娅涩然一笑。

"但非所有人皆忠诚。臣妾未听古罕德劝阻，将秘宝之事告知了塔木沙，塔木沙居然打算把秘密卖给泊罗人。泊罗人中混有东瀛的细作，塔木沙在与泊罗人谈买卖时，被东瀛人所杀。本来，如何打开这颗宝球要永远成为一个谜了，万幸天无绝人之路，竟留下了一线生机。"

太后唏嘘："亦或汝父在天之灵庇佑矣。你这样历重重险恶而来，哀家定不会为难你。这里头的东西，只要不是有损我朝之物，你尽可取走。"

奥维特妮娅感恩叩首。太后又道："只是王砚哪，说了这半日，此球到底怎么开？哀家看这宝球上并没有你们说的这个符那个数的，也没形似六饼八条的东西。"

王砚又行礼道："娘娘，可否容臣触碰这颗宝球？"

太后吩咐宫娥将宝球捧与王砚，王砚转动球身，仔细查看，轻轻摁了摁其中一颗金色彩宝石，未有异样。王砚转动球身，又摁上一浅红色宝石，但觉指下微动，彩宝石竟微下沉了些许！

王砚双眸一亮，立刻继续摁上一溜儿同色彩石，再将宝球转了转，又摁住一颗浅蓝色碎宝石，宝石亦微微沉下些许。王砚再将一些同色碎宝石摁了一遍，把球转回起初那一面，再摁摁初次触碰的金色碎宝石。

这次，这颗宝石沉下了！

王砚又把周围所有同色的金色碎宝石尽摁了摁，只听一声咔嗒轻响，王砚再将最顶端那颗硕大的红宝石一掰，宝球竟像绽开的花朵一般向外分出了六瓣，内里的半圆金座中，有一叠布。

王砚向上首一拜："臣事先询问过奥维特妮娅公主，拜曼国历法，与我朝近似，一年亦分作十二个月。这颗球上六道纹，把球分作六瓣，每一瓣是两个月份，各用一色宝石镶嵌着拜曼语中的代表此月的符文。臣只要找出拜曼文中三月的字符'M'、六月的字符'I'、八月的字符'A'，并将它们依正确顺序按下，便可开启。"

冯郃补充："这珊斯工匠的机关极其精细，只要第一颗石未摁对，其余皆摁不动，且彩宝细小，纵有些许异样亦难发现，故娘娘以往赏玩，并未察觉有异。"

太后凤颜大悦："妙哉，如此刁钻，难为你们猜得出来。"

王砚拿起那叠布，布上绣着浩瀚的水面，水上燃着无边无际的熊熊烈火。

王砚请内宦取来小剪，剪开布幅的一边，从内里掏出一张羊皮纸，纸上书写着密密文字。

奥维特妮娅再度跪倒："尊贵的皇太后殿下，这，就是拜曼的秘密，海上火。我愿将海上火献与上国。请也准许我，带它回去。"

十一

太后扫视呈上的布幅与纸："海上火？是甚？"

虞玓施礼："禀娘娘，有史料载，西夷国有一秘术曰海上火，能使海上平起烈焰，以水为油，遇风更烈，将大船顷刻化为飞灰，用于水战，无往不胜。泊罗国与东瀛正将要有战事，难怪不惜暴露蛰伏在京城的细作，也要夺得此物。"

太后一叹："兵者，凶也。以仁德治，但望天下止戈。"

奥维特妮娅垂泪，通校又转述其言语禀道："臣妾之故国，国都近海，若水战败，则国亡矣。弗斯水师雄武，唯海上火术可救拜曼。"

太后叹息："你以一女儿身，承一国之重，堪怜矣。待哀家将此事告知皇上，便让你携这秘方回去。"

奥维特妮娅欣喜流泪，叩谢太后恩典。

太后哼道："那泊罗国，还来请皇上为他们做主，驱东瀛之兵，却暗地里买这水战秘方。东西藏在宫中的这颗宝球内，他们打算如何取得？"

左右内宦赶紧跪下，赌咒宫内绝无细作。温意知亦上前道："兵部定会盯准他们的动向！"

太后缓声道："都平身吧，哀家只是这么一说。哀家不欲干预朝务，区区小事，无须太过劳动，稍留心仔细便是。"

众人都领命退到旁侧。

奥维特妮娅再一拜："感谢太后娘娘喜爱拜曼敬献的礼物。若此球能一直留在娘娘的宫殿中，将是拜曼无限之荣幸。"

太后嫣然："你为寻这球中之物历尽千辛不远万里，哀家却瞧着这球好，岂不是留椟还珠？"

奥维特妮娅迷惘地眨了眨眼。

太后掩口笑道："哀家先前未瞧出球中乾坤，你此时不解哀家玩笑之意。可谓两不知时即相逢也。算你与哀家有缘，今日节下，就留在宫中尝一尝御膳房制的月饼吧。"

奥维特妮娅感激谢恩，太后又向王砚等道："你们也不许走，查案有功，更得赏了，皇上在御花园中摆了宴，几位皇子与诸王世子都在，你们一同去吃酒吧。冯卿也是，今儿不用回衙门，大节下可不用顾忌，尽管吃醉。"

众人齐齐叩谢太后，前去领宴。

棚下众人一直屏息听王砚的小厮讲述，一声咳嗽都不曾出。王砚的小厮端起杯子，灌了一口茶，众人方才如梦初醒，长声感叹，跟着纷纷赞颂太后娘娘的圣明与气度，王大公子真是稀世神断。

王砚的小厮笑吟吟道："我们大公子进宫面圣，小的们只能在东华门外候着，方才讲的那些殿上的情形自然无法亲眼目睹，都是公公们后来告诉我的。这桩奇案，至今在宫里还常被说起哩。"

众人连连赞叹："真真奇哉妙哉！此案非侍郎大人不可破也！"

老衙役又追问："那拜曼国的公主，后来如何？"

王砚的小厮嘿嘿一笑："后来嘛，就回去了呗。这公主，其实最后把我们大公子都有些惊住了，说这位真是个非凡的女子。"

众人却都不信。

"定是还有什么秘辛不可告与我等了。"

小厮再赔笑："确实不是，确实不是。"

确实不是不知，而是不能说也。

那一日，领罢了御宴，王砚出了东华门，守在门外的小厮迎上，正要离去，遥遥却有一老内宦提着灯笼追来："王郎中且请留步。"走到王砚跟前悄声低语几句，引着王砚行向旁侧一处偏殿。

小厮小跑跟上，到了殿前，老宦官推开门，一笑告退。

小厮随王砚踏进殿内，奥维特妮娅公主亭亭立在灯影中。

"皇太后殿下，恩准我后日回去。我想同你道谢。"

王砚拱手："公主一路珍重。"

重字尚未落音，奥维特妮娅突然轻盈地飘到王砚面前，踮起脚，环住他的脖子，双唇印在他的唇上。

旁侧的小厮目瞪口呆，转瞬反应过来，刺溜闪出门外。

片刻后，奥维特妮娅松开了手，定定仰望着王砚的双目，碧蓝双瞳如星。

"听说，你们这里的女子，会嫁给救了自己的人。"

王砚沉声道："我已娶妻。"

奥维特妮娅公主仍望着他："你们能娶很多妻子，不是吗？我想让你，和我一起回拜曼。"

未等王砚回答，她又一扬唇。

"其实，你仍未知道全部真相。在拜曼，女子也可继承王位。我的弟弟身体不好，活不了太久，也不会留下后代。我回去，就是帝国的皇帝。"

王砚了然："所以你才不择手段，想尽快拿到海上火的秘卷。"

奥维特妮娅粲然一笑。

"弗斯，不会是拜曼的对手，即便我拿不到海上火，拜曼也不会输。只是我的弟弟不会打仗罢了。众臣不肯信任我，我也不想有人用我来对付我那可怜的弟弟，就让他在皇座上安稳度过这短暂的岁月吧。"

无论是扮作女仆伊西娅时，还是表露身份后，她都一副不谙世事的楚楚形容，直至此时，方才显真正的妩媚与傲然。

"你们雍朝的男子，都太过斯文。而你不同，我知道你流着鹰一样的血。你在这里只能做文官，但你同我回拜曼，我可以让你拥有无上的权力。为了血统的纯正，我会先与一个贵族男子结婚，生下可以承袭皇位的后代。所以我不介意你也曾娶过妻。而后，你便可成为我真正的夫君。我会给你共治权，你可与我共享皇位，只要你愿意，整片大陆都在你我脚下。"

王砚轻笑一声："在下真是无限荣幸，但抱歉要辜负公主美意，王某无意做面首，更对西夷没什么兴趣。我心中所爱女子，唯有我的夫人。归途漫漫，此一别，便是各自天涯，请公主多保重。"

奥维特妮娅轻轻一叹："也罢，我不勉强你。"

她再踮起脚，又在王砚唇上一吻。

"冷酷的人。虽你不爱我，但你或许是我今生最爱的男人。"

小的在窗缝里都看见了！都听见了！

大公子，小的知罪，小的该死，小的应该忍住的！

这个公主，带着那个纸条儿回去之后，真的就成了女皇了！

大公子后来听得这个消息，只望着西方淡淡地一笑："真是个非凡的女子。"

后来这拜曼女皇派使臣来朝贡，感谢太后娘娘当年的恩情时，在信中又提到了大公子哩。

可大公子显得若无其事似的，听了，也就罢了，与当时推开那公主一样地云淡风轻。

王砚离开偏殿，出了宫，又与虞玳、薛沐霖、温意知、刘沖一起吃酒。

席间虞玳笑道："这回的案子，虽阿砚跟意知怪我和沐霖事先藏了事，但因此案，咱们难得像小时候一样凑在一处耍了一回，是不是也算我俩的功劳？"

刘沖道："只可惜阿述还是不肯来，缺了一个。"

王砚呵呵道："今年节下我忘了，等明天补送一份肉丸子到他府上，看他能忘记跟我的仇了不能。"

薛沐霖叹道："他还是孩子心性，以后咱们这样一同淘气的日子怕是越来越少，得空就多一处玩玩，还赌气作甚？"

温意知嘀咕："小时候只抱怨老头子们成天满口朝务，忒无趣，眼见着而今咱们进了朝廷，官服在身，竟是越来越像他们。"

虞玳拍拍他肩膀："哥哥同你说，等你把夫人娶进门，再收两三个，一进家一堆小萝卜抱你的腿请安时，你才晓得什么叫沧桑。"

王砚一笑："听你们这话，着实沧桑。人在何时便行何乐，叽叽歪歪忆往昔感将来作甚？"举杯向天上圆月，"但有好酒明月，此身永是少年。"

另四人一起拍桌称是，擎盏共饮，直至天明大醉，方才各自归去。

十二

八月十八，清晨，王砚策马来到衙门。

刑部门前店铺，道边小摊俱已开门了，喊冤报案及来一睹王郎中丰采的人更多了。

王砚仍不以为意，照旧纵马径入大门。

甫一下马，便有衙役来报，花市口的徐翁夫妇到衙门来求鹦鹉。

王砚一挑眉："他们不是不想要了吗？"

案子结束后，王砚特意向太后娘娘讨了恩典，仍把灰鹦鹉小宝还给徐翁老两口。

不料小厮把鹦鹉送过去，徐翁夫妇却不肯要。

儿媳妇竟然是个东瀛细作，鹦鹉还是儿媳妇杀人得来的，牵连两条人命，还有番国，两位老人家一时有点拐不过弯儿，心里硌硬，怕这鹦鹉灰扑扑的，妨主，不吉利。

小厮只得又把鹦鹉拎回来，王砚也没说什么，将鹦鹉挂到务政房的廊下，陶尚书与孔书令并衙役捕快们隔一时就拿些果仁去逗它，都当它是刑部的鹦鹉了。

故衙役向王砚禀报两位老人家来讨要时，脸上的情绪很复杂。

"那老两口说他们又想通了，没说几句，哭得跟什么似的，孔书令大人正劝着哩。"

王砚绕过前厅，果然见屋檐下一角，孔书令等人正扶着两位老人家宽慰，老太太向着屋檐下挂着的鹦鹉喊："小宝，小宝。"

鹦鹉扑扇着翅膀："祖母莫哭，祖母莫哭。"

陶尚书怜惜又无奈地看着他们，再向王砚道："鹦鹉牵扯的案子，不算是刑部的，这鹦鹉如何处置，你来定吧。"

王砚便问徐翁夫妇："二位想要回这鹦鹉，可是已全无顾虑？恕我直言一句，谁都不能永远没病没灾，若仍觉得晦气硌硬，与其到那时又迁怒疑心这鸟，不如这时候算了。"

陶尚书补充："王郎中说话直了些，但确实是这个道理……二位再仔细想想？"

徐翁作揖："多谢尚书大人与郎中大人屈尊教诲，小老儿与贱内都想明白了。"

徐白氏拭泪："它就是小宝啊，一个鹦鹉，它懂个什么？也就知道谁真喜欢它，它就真心待谁。话都是人说的，事儿也都是人做的，跟鹦鹉有什么干系？"

王砚取下鹦鹉架："既然二位这样明白了，那就请把它带回吧。"

二老喜不自胜，徐白氏捧过鹦鹉架，连声叫："小宝，小宝。"

鹦鹉也扑翅："小宝，小宝。祖母莫哭。"

陶尚书在廊下目送二老捧着鹦鹉蹒跚离去的背影，唏嘘曰："人与万物，俱有情。他们心里记挂着这鹦鹉，终不能舍，鹦鹉何尝不记挂他们？这几天，本部院常常听见它喊'祖母莫哭，祖母莫哭'，可叹其灵哉。"

王砚呵呵负手："大人，不是它灵得成精，它嚷的这句其实是珊斯话，听起来像'祖母莫哭'，真正意思相当于打马吊的时候喊的'这把和了'。必是它昔日天天跟着塔木沙赌钱学会的。前日作证与这几天衙役们逗它玩耍，总让它叼马吊、牌九，故它老喊这几句。"

陶尚书沉默片刻，捋了捋须："言语者，若不知其意，不过一声响尔。"

王砚又挑了挑眉："大人教诲的正是，所以下官未曾说破。"

"我前段时日，去过那花市。这徐翁夫妇，仍开着那个铺子哩。鹦鹉还是挂在门口，还有个两三岁大的小娃咿咿呀呀跟那鹦鹉你一言我一语的，聊天一样，可爱得紧。我过去问了声好，那徐翁同我说，那孩子是他们从一逃荒的老者那里收养的，本就指望这孩子承袭香火了，没想到他儿子又娶上媳妇了，已经怀上了，这个时候该生了吧。"

无昧念了声无量寿福："这两位老善人累积功德，晚年定有福报。"

众人亦称是，赵衙役又道："王大人、冯大人、张大人这些位青天大人，明镜高悬，屡雪沉冤，功德簿子更是摞得高过七层宝塔了，怎能不万人景仰称颂呢？"

无昧赶紧道："阿屏才刚进衙门，不敢受此赞誉，更不能跟侍郎大人、府尹大人同论，还得好好听这些大人们的教诲才是。"

王砚的小厮亦咧嘴道："我们大公子也不爱被人赞颂。"

众人便转又赞扬王侍郎高风亮节，这时又有一衙役匆匆过来，望见无昧，满脸欣喜。

"可巧法师在这里，小人正要去相请。圣旨到了，请法师快快同去接旨。"

无昧眼前一花："圣旨？"

众衙役一同扶他起来，推他向前。

"法师快请去，这可万不能耽搁。"

无昧脚下打飘，晕晕乎乎梦游一般到了前院，被引着跪在最末尾，遥遥望见前方跪在王侍郎、兰侍郎之后的张屏的背影，听得头顶上宣道——

"奉天承运，皇帝诏曰……"

> 刑部侍郎王砚，查案有功，赐玉带一根、锦袍一领、如意一柄。
>
> 京兆尹冯邰，赐玉尺一柄、金花十朵。
>
> 礼部侍郎兰珏，加封翰林廷讲学士，赐玉带一根、串珠两挂、笔砚一套、紫金袋一只。
>
> 于京郊建虚极观一座，供奉《虚元秘卷》九部。
>
> ……

"道人无昧……"

无昧一激灵，怔忡抬头，见宣旨公公旁边的小黄门郎齐齐看着他，赶紧贴伏于地。

"道人无昧，道心坚而有慧根，辨邪正清，赐号纯一道人，迁虚极观中清修。"

无昧眼前金星乱舞，耳中嗡嗡。老宦官继续宣读——

"丰乐知县张屏，因相助查案有功，且念其初任知县之职，便抵免疏忽职守、礼体不分、懈怠政务等过失，赐刑典一部，责令反省思过，日后不得再犯。"

张屏端端正正一拜："臣，领旨，叩谢圣恩。"